W0369555

»Das Erschaffen großer Kunst erfordert das Wechselspiel von Ich und Verdrängtem. Das Ich ergibt sich manchmal letzterem, wehrt es zuweilen ab, bezieht sich manchmal darauf oder verleugnet es. Ich vermute, daß zur Wiederherstellung des Wechselspiels einer fast unendlichen Skala von Mechanismen, durch die das Ich mit dem Verdrängten umgehen konnte, und die für das Maximum der künstlerischen Produktion unverzichtbar waren, diese sekundäre Verdrängung (in den nachitalienischen Jahren) notwendig war. Daß wir in ihrem Kielwasser die Spuren einer Psychose entdecken, sollte uns nicht irritieren, denn sie ließ Goethes Genie ohne Makel.«

K. R. Eissler

K. R. Eissler:
Goethe
Eine psychoanalytische Studie
1775–1786

Band 2

Deutscher
Taschenbuch
Verlag

dtv

In Verbindung mit Wolfram Mauser und Johannes Cremerius
herausgegeben von Rüdiger Scholz

Aus dem Amerikanischen übersetzt von Rüdiger Scholz
Die Anhänge B, G, J, M und W übersetzte Ursula Höcker-Unmüssig.
Der Anhang Z ist ein Zusatz zur deutschen Ausgabe.
Die Übersetzung las Korrektur Hermann Beland.
Die Anmerkungen betreute Rüdiger Scholz.

Ungekürzte Ausgabe
April 1987
Deutscher Taschenbuch Verlag GmbH & Co. KG, München

Titel der Originalausgabe: Goethe. A Psychoanalytic Study, 1775–1786.
Wayne State University Press, Detroit 1963
Umschlaggestaltung: Celestino Piatti
Vorlage: Johann Ehrenfried Schumann, Goethe mit Silhouette (1778),
Freies Deutsches Hochstift, Frankfurter Goethe-Museum,
Frankfurt a. M.
Foto: Ursula Edelmann
Gesamtherstellung: C. H. Beck'sche Buchdruckerei, Nördlingen
Printed in Germany · ISBN 3-423-04457-8

Inhalt

Teil II
D

Vom Tod von Goethes Vater (1782)
bis zu den Vorbereitungen zur Italienreise
(1786)

1. Kapitel

Unmittelbare Folgen

> Goethens Vater ist ja nun abgestrichen und die Mutter kann nun endlich Luft schöpfen. Die bösen Zungen geben Ihnen Schuld, daß sie wohl gar bei diesem Unglück imstande wären zu behaupten, daß dieser Abmarsch wohl der einzige gescheite Streich wäre, den der Alte je gemacht hätte.[1]

Das schrieb Herzog Karl August an Merck, einer von Goethes besten Freunden, nachdem Goethes Vater gestorben war. Der besondere Zynismus des Briefes kommt in der Übersetzung nicht so stark heraus wie im Original. Selbst wenn man einrechnet, daß der subtile mitmenschliche Takt im Umgang mit Tod und Sterben, der sich in Europa im 19. und im frühen 20. Jahrhundert allmählich entwickelt, gerade erst entsteht, müssen die grausamen Worte des Herzogs über den Tod eines nahen Verwandten eines seiner intimsten Freunde seltsam vorkommen. Man muß sich in Erinnerung rufen, daß sich eine unerfreuliche Szene zwischen dem Herzog und Goethes Vater in Frankfurt zugetragen hatte. Krankheit und hohes Alter hatten Goethes Vater zu einer völlig hilflosen Last für seine Umgebung reduziert; schon 1781 hatte Goethes Mutter seine Existenz als »ein wahres Pflantzenleben«[2] charakterisiert. Daher enthielten die grausamen Worte des Herzogs eine unleugbare Wahrheit. Trotzdem: was trieb ihn zu einer solchen taktlosen Bemerkung?

Es gibt verschiedene Gründe, welche die Entwicklung der Freundschaft zwischen Männern begünstigen. Oft kann man bei zwei engen Freunden beobachten, daß sie sich ergänzen: was bei dem einen fehlt, besitzt der andere überreichlich. Das ist natürlich nur ein Typ von Freundschaft; häufiger vielleicht basiert Freundschaft auf Ähnlichkeit. Bei Goethe und Karl August ist daran zu erinnern, daß Karl August seinen Vater als Kind verloren hatte und daß die Geburt seines Bruders erst nach dem Tod des Vaters ihm die Idee »Vater« noch mysteriöser erscheinen ließ. Jungen, die niemals die Erfahrung einer angemessenen Vaterbeziehung gemacht haben, beneiden häufig andere um ihren Vater. Daher könnte ein Grund für das Interesse des Herzogs an Goethe ein geheimer Neid gewesen sein, daß Goethe noch einen Vater hatte. In diesem Zusammenhang erscheint eine Vaterbeziehung wohl als wertvoller Besitz. In der Identifizierung mit Goethe mag der Herzog jenes Privileg erlebt haben, das das Schicksal ihm verweigert hatte. In Konsequenz davon wird sich auch die Ambivalenz wiederbelebt haben, die zwangsläufig einen Teil der Gefühle des Sohnes zu seinem Vater ausmacht. Ganz abgesehen davon, was Goethes Vater diesem bedeutet hat, drücken diese Worte auch eine Art Triumph aus, daß jetzt er und sein Freund in diesem Punkt gleichgestellt sind. Wie weit der Herzog in seinem Brief an Merck auf Dinge reagierte, die er bei Goethe beobachtet hatte, ist nicht bekannt, aber daß dies die Ursache für den Ton war, den der Herzog wählte, scheint ganz unwahrscheinlich, obgleich er Goethes eigene Ambivalenz gespürt haben mag. Doch kann man auch vermuten, daß Goethe wenigstens unbewußt fühlte, was sein fürstlicher Freund (und mit ihm vielleicht auch andere) über seinen Vater allgemein und über den Tod seines Vaters im besonderen dachte.

Was aber dachte oder fühlte Goethe selbst in jenen Tagen? Das Material, auf das ein sicheres Urteil sich gründen könnte, ist lückenhaft. Es hat sich nur ein einziger unmittelbarer Verweis auf seinen Vater erhalten. Am 25. Oktober 1780, eineinhalb Jahre vor dessen Tod, schrieb er an Charlotte von Stein (siehe oben Seite 683): »Mein Vater ist sehr kranck.« Dieser Satz wurde in einer fremden Umgebung, zwischen ganz anderen Gedanken, versteckt. Der vorausgehende Satz lautet: »Adieu, [meine] beste behalten Sie mich lieb.« [WA IV, 4, S. 32]. Der folgende Satz berichtet, er habe seinen Freund Merck getroffen. Es klingt so, als ob er gegen großen Widerstand arbeiten mußte, diesem Satz überhaupt eine schriftliche Form zu geben, so als ob er ihn im günstigen Augenblick ohne zu große Beachtung einschleusen mußte. In diesem Augenblick stand er unter großem Druck, nicht nur wegen seines Vaters, sondern aus verschiedenen anderen Gründen. Er hatte gehört, daß Charlotte von Stein krank war; er selbst fühlte sich nicht wohl; Merck hatte ihn verdrossen (der Vergleich mit Psyche wird erinnerlich sein); es gab keine Hoffnung auf ein baldiges Treffen mit der geliebten Frau. Offenbar waren alle diese zusätzlichen Pressionen notwendig, um die kurze Feststellung machen zu können. Man gewinnt den Eindruck, daß er ständig von Gedanken über seinen Vater geplagt wurde, aber beharrlich versuchte, sie aus den zwischenmenschlichen Beziehungen herauszuhalten. Die Barriere, sonst unüberwindbar, wenigstens in seinen Briefen und Tagebüchern (es gibt in seinen Tagebüchern zwischen 1775 und 1782 keinen Eintrag, der sich auf seinen Vater oder seine Mutter bezieht, und nur zwei Eintragungen über seine Schwester), wird für eine Sekunde durchlässig, als seine Aufmerksamkeit von anderem Ärger abgelenkt ist.[3]

Am 10. April 1782, d. h. sechs Wochen vor dem Tod seines Vaters, schrieb er von einer Dienstreise, die in Richtung Frankfurt führte, an Charlotte von Stein:

> Endlich am $\frac{\text{Aphelio}}{\text{weitsten}}$ Punckt meiner Reise, so nah meinem Vaterlande als dir, und doch von ienem hundert Meilen in Gedancken entfernt und dir so nah als wenn Hand zu Hand reichte.[4]

Hier taucht die Geburtsstadt in einem deutlichen Zusammenhang und in charakteristischer Beziehung zur Entfernung auf. Er muß mit dem Gedanken gerungen haben, seinen Vater noch einmal wiederzusehen, aber wie um den Gedanken schon *in statu nascendi* zu unterdrücken, betont er die Nähe zur geliebten Frau. Es drängt sich einem unausweichlich die Vermutung auf, daß in einer solchen Situation ein Gefühl der Schuld aufkam, aber dieses Gefühl auf die Beziehung zu Charlotte von Stein verschoben wurde. In diesem Brief schrieb er von der Gräfin, die bemerkte: »pour celui-là, on Vous le pardonne«, womit er ein Betragen versprach, auf das sie stolz sein würde. Zugleich enthielt der Brief eine Philippica gegen Lavater, die er bei dieser Gelegenheit losließ (siehe oben Seite 654). So waren die Aggressionen gegen einen Freund und das Schuldgefühl gegenüber der geliebten Frau die Abkömmlinge eines tiefen Schuldgefühls und vermutlich eine gleichermaßen tiefe Aggression gegen seinen Vater.

Wenn einige dieser Fakten nur nach dem Augenschein beurteilt werden, kann man den irrigen Eindruck einer Regression auf eine archaische präödipale Stufe gewinnen (vgl. 209; 71). Doch ein Ich, das sich so zu verhalten versucht, als ob der Vater kein Teil dieser Welt wäre, ist allein deswegen noch nicht unbedingt auf eine präödipale Stufe regrediert. Wenn Goethes Träume zu jener Zeit bekannt wären, könnte vermutlich eine ständige Beschäftigung mit Konflikten, die den Vater betreffen, gezeigt werden. Seinen Briefen kann man nur einige Mechanismen entnehmen, mit denen er versuchte, den Konflikt zu meistern. Man muß schließen, daß seine Bindung an ein weibliches Liebesobjekt hier hauptsächlich der gigantischen Verleugnung des unterschwelligen Kampfes diente, als wollte er sagen: ›Ich bin nicht davon berührt, ob mein Vater weiterlebt oder stirbt, sondern ich bin ausschließlich mit dir beschäftigt.‹ Da Charlotte von Stein auch und vor allem als Repräsentantin des Überichs fungierte, wurde die Verschiebung von seinem Vater auf sie und die Wirkung der Verleugnung ungeheuer erleichtert.

Bei allen diesen Überlegungen muß der Faktor psychischer Ökonomie beachtet werden, nämlich die Möglichkeit, daß Goethes Persönlichkeit die emotionale Erschütterung nicht verkraften konnte angesichts eines Vaters, der seinen Sohn nicht mehr erkennt, dessen Rede verworren ist und der nur noch dahinvegetiert. Die Bemerkung in seinem Brief von der gleichen Distanz, die ihn von seinem Vater und von der geliebten Frau trennt, gibt trotz aller Kürze für einen Moment einen Einblick in Abgründe von Konflikten, die dennoch hervorragend abgewehrt wurden.

In welchem Ausmaß sein Ich unterschwellig mit dem Vaterkonflikt beschäftigt war, kann aus zwei Konsequenzen erschlossen werden, die der Tod seines Vaters für Goethe hatte: Die Unterbrechung seines Tagebuchs und das Schreiben von *Wilhelm Meisters theatralische Sendung*. Es mag seltsam klingen, diese beiden Dinge in einem Atemzug zu nennen.[5] Das eine Faktum ist sehr persönlich und wurde von Goethe vielleicht gar nicht bemerkt; das andere war ein Roman von größter Schönheit und außerordentlicher psychologischer Tiefe.[6]

Es gibt keine Äußerung Goethes, die uns Einblick in die Gründe verschafft, warum er sein Tagebuch nicht fortsetzte. Er unterbrach es abrupt. Zu seiner Geschichte sind einige Bemerkungen angebracht. Goethe pflegte im allgemeinen sein ganzes Leben hindurch Tagebuch zu führen, wenn er auf Reisen war, und sein frühestes bekanntes Tagebuch, das er auf seiner Schweizerreise im Jahre 1775 schrieb und das ein paar Tage im Juni umfaßt, wurde unter solchen Umständen begonnen. Danach schrieb er ein kurzes Tagebuch im Oktober 1775, gerade an dem Tag, als er Frankfurt verließ ohne zu wissen, ob sein Weg ihn nach Italien oder nach Weimar führen würde. Er nannte es sein Reisetagebuch, und ich habe daraus an anderer Stelle weitgehende Schlüsse gezogen (vgl. oben Seite 271). Dies ist in der Tat der Auftakt des umfangreichen Tagebuchs der Weimarer Jahre bis zum Tod seines Vaters. Nach einer Unterbrechung von vier Jahren setzte eine neue Periode des Tagebuch-Schreibens ein, die mit der berühmten Italienreise begann. Das italienische Tagebuch ist das umfangreichste, das Goethe jemals führte. Geschrieben für die geliebte Frau, wurde es das große Geschenk, das er ihr schickte, um sie mit seiner heimlichen Abreise zu versöhnen. Psychologisch betrachtet war es eine Art Chronik, als Ersatz für seine (oder ihre) Abwesenheit. Von dieser Funktion her stellt sich mir die Frage, ob nicht das Weimarer Tagebuch einem ähnlichen Zweck in Goethes Beziehung zu seinem Vater gedient hat. Ich glaube nicht, daß er dabei an seinen Vater gedacht hat, wie er an Charlotte von Stein dachte, als er das italienische Tagebuch schrieb, aber eine Funktion des Weimarer Tagebuchs mag gewesen sein, einen Bericht seiner Erfolge in Weimar zu geben.[7] Der Vater war im Hinblick auf Goethes Zukunft skeptisch gewesen und hatte für den Bürger in der fürstlichen Umgebung das Schlimmste vorhergesagt. Ein Gefühl der Schuld, der Angst vor der Zukunft, Zweifel an seinen Fähigkeiten mögen eine große Rolle gespielt und ihn angespornt haben, einen Bericht der täglichen Arbeit und einen Nachweis, wie er seine Zeit verbrachte, zu liefern.

Das Tagebuch wurde nicht gleichmäßig geschrieben. Manchmal verstrichen große Zeiträume ohne Eintragungen, zuweilen finden sich nur stichwortartige Anspielungen auf bekannte Themen. Mit Ausnahme von Januar und Februar 1782 werden die Eintragungen von August 1781 an spärlicher. Goethes Tagebuch wäre ein hervorragendes Objekt für eine statistische Untersuchung. Ich habe den Schlüssel für das Gesetz, das der Verteilung der Eintragungen zugrunde liegt, nicht gefunden.[8] Ich habe den Eindruck, daß die Monate Januar und August auf die Beschäftigung mit dem Tagebuch stimulierend wirkten. Gemäß der zwanghaften Züge seiner Persönlichkeit hatte der Monat Januar eine besondere symbolische Bedeutung als erster Monat des Jahres (was jemand am Beginn des Jahres tut, das wird er fortsetzen), und der August als Monat seiner Geburt war herausfordernder Anlaß zur Selbstrechtfertigung und Rechenschaft.

Die beiden letzten Monate seines Tagebuchs verdienen, so glaube ich, besondere Aufmerksamkeit. Im Mai finden sich insgesamt dreizehn Eintragungen (vom 3. bis 19. Mai). Der erste Eintrag (3. Mai) führt einige Titel auf, die sich offenbar auf gelesene Literatur beziehen. Die folgenden 12 Eintragungen bestehen, mit einer Ausnahme, in den Namen der Städte, die Goethe an den jeweiligen Tagen besuchte. Diese Serie endet mit dem Eintrag für Weimar am 19. Mai, dem Tag seiner Rückkehr. Diese Verkümmerung in eine bloße Aufzählung von Orten läßt vermuten, daß Goethe das Tagebuch-Führen vielleicht auch dann irgendwie eingestellt hätte, wenn sein Vater nicht gestorben wäre.

Im Juni wurden an sechs Tagen Eintragungen gemacht. Die wichtigen Notizen möchte ich hier anführen. Goethe zog aus seinem Gartenhaus in die Stadt (2. Juni). Eine Woche später schläft er im Garten (vermutlich des Hauses, aus dem er ausgezogen ist), er beendet Aufräumungsarbeiten im Haus; er nennt diesen Tag »einen schönen Tag«. Am 10. Juni notiert er, daß Kalb, der frühere, dann entlassene und durch Goethe ersetzte Kammerpräsident, ihn »zum 1 Mal nach seiner Entlassung« aus dem Amt besuchte. Am folgenden Tag hält er fest, daß er und Schnauss allein die Staatsratsitzung bestritten, d. h. der Herzog und der Kanzler von Fritsch waren abwesend. Da Schnauss ein ängstlicher Mann von nur geringem Einfluß war, lastete die volle Verantwortung auf Goethe.[9] Die beiden anderen Eintragungen beziehen sich vornehmlich auf ein Gespräch mit dem Fürsten von Dessau und dessen Abreise.

Die Juni-Eintragungen sind deswegen bemerkenswert, weil sie sich hauptsächlich auf Ereignisse beziehen, die für Goethe Vergnügen und Siege, kleine oder große, bedeuteten. Man kann die Eintragungen nicht als prahlerisch bezeichnen; sie sind verhalten, aber ohne jeden Ausdruck von Konflikt. Sie klingen wie eine geheime Lust und Befriedigung angesichts der Vorstellung, wie weit er es in seinem Leben gebracht hat. Bernfeld schreibt über ein junges Mädchen, dessen Tagebuch vorwiegend Liebeserfolge enthielt:

> Es muß zum Glückserleben noch ein Vorgefühl von Gefährdung hinzukommen, soll es nicht in sich genügen, sondern das Bedürfnis nach Festhaltung, nach Materialisierung [im Tagebuch] erwecken. Dies Motto: »es wird dir nicht entrissen« klingt wie Trost bei beträchtlicher Gefahr des Beraubtwerdens. (26, S. 21),

oder wie Abwehr der Angst, daß diese Beraubung eintreten werde. Ich meine, daß Bernfeld recht hat mit seiner Interpretation, der Wunsch nach Schutz vor Verlust oder Beraubtwerden stelle wichtige Motive für das Führen eines Tagebuchs dar, und ich kann mir gut vorstellen, daß dies zuweilen auch bei Goethe einen Teil seiner Motivation ausmachte. Der zarte Hinweis auf seinen Sieg im Abgesang des voritalienischen Tagebuchs war aus dem Gefühl geboren: ›Das alles ist mein geworden und kann mir nicht mehr weggenommen werden.‹ Dies steht sehr im Gegensatz zu unserer Erwartung an einen Sohn, der den Tod seines Vaters betrauert; das Gefühl war ein Abkömmling des Triumphs eines Sohnes im Angesicht des väterlichen Grabes, als ob Goethe fühlte, daß es keinen Grund zur Furcht mehr gab, weil ein Feind gegangen war. Goethe mußte auf das Ableben seines Vaters ambivalent reagieren, und die Worte, mit denen das Tagebuch schließt: »Zu Hause gessen. beschäfftigt mit Rechnungssache«[10] — geschrieben neunzehn Tage nach dem Tod seines Vaters — klingen wie ein Symbol jenes Prozesses, der sich in Goethe damals abspielte. Der letzte Überrest der infantilen Quelle des Überichs war verschwunden, und es war kein geistiger Rechenschaftsbericht mehr nötig.[11]

Ein Tagebuch, so wie es Goethe führte, mußte natürlich einer Vielzahl von Absichten und Zwecken dienen. Sein Tagebuch-Schreiben kann bis zu einem gewissen Grade mit dem Widerstand verglichen werden, den manche Patienten gegen eine psychoanalytische Behandlung entwickeln. Das Tagebuch war vielleicht eine künstliche Schranke gegen freies Verhalten in seiner Beziehung zu Charlotte von Stein, gegen all seine in ihm schlummernden Probleme. Es mag vielleicht ein Eiland gewesen sein, zu dem das Liebesobjekt keinen Zutritt hatte, ein Privatraum, zu dem keine andere Seele zugelassen war, eine Art persönlicher Spiegel.[12] Die Furcht vor einem Eindringling wurde durch die Geheimschrift zum Ausdruck gebracht, in der die Hauptakteure der Weimarer Bühne bezeichnet wurden.

Ob der Inhalt seines Tagebuchs wirklich Material darstellt, das Goethe der geliebten Frau nicht anvertrauen wollte, ist natürlich nicht bekannt. Doch in einem anderen, mehr formalen Aspekt offenbart das Tagebuch seine Bedeutung.[13]

Es gibt Patienten, welche die Zahl der Behandlungsstunden notieren und deren stetiges Anwachsen dem Analytiker als Vorwurf entgegenhalten, wodurch sie ihren Mangel an Gefühl für die Zeitlosigkeit des Unbewußten verraten. Die Zeiterfahrung, die den Hintergrund des Tagebuch-Schreibens bildet, ist der auf die Anerkennung der Zeitlosigkeit des Unbewußten abzielenden Erfahrung gleichsam entgegengesetzt. Das Tagebuch, wenn es sich nicht zur Autobiographie auswächst, zielt auf das Aktuelle, das äußerst Wichtige des besonderen Augenblicks, auf das, was für das Gefühl des Schreibers das Charakteristischste der augenblicklichen oder akuten Situation darstellt, wie es Bernfeld scharfsichtig beschrieben hat (26, S. 29—44). Es ist eine Ansammlung sich kreuzender flüchtiger Teileindrücke, auch wenn dieser Knotenpunkt Bezüge zur Vergangenheit und in die Zukunft enthält. In einer Autobiographie gewinnt der Schreiber Distanz zu seinem Lebenslauf, und die integrierenden, synthetischen Elemente sind vorherrschend. Bernfeld arbeitet schlüssig heraus, in welcher Weise diese integrierenden Funktionen ein Tagebuch tragen können. Ich glaube, daß sie in Goethes Tagebuch von geringer Bedeutung sind, das überwiegend das typische Merkmal eines Tagebuchs im Sinne einer Anhäufung von Impressionen und Querschnitten, wie oben beschrieben, aufweist.

Am 21. Juni 1782, eine Woche nachdem er mit dem Führen des Tagebuchs aufgehört hatte, schrieb er an Charlotte von Stein:

> Meine ersten Capitel von Wilhelm Meister sind nun bald in der Ordnung und dann hoff ich soll die Lust kommen fortzufahren.[14]

Offensichtlich bemerkt Goethe selbst einen mehr oder weniger plötzlichen Wechsel in seiner Einstellung gegenüber diesem Roman. Das Tagebuch hat ihn aus seinem Klammergriff entlassen und ihn freigemacht, um seine Autobiographie in Form eines Romans zu schreiben. Da dieser Roman für den Hauptteil der folgenden Untersuchung die Richtschnur sein wird, ist ein kurzer Abriß der Entstehungsgeschichte notwendig.[15]

Leider ist nicht genau bekannt, bis zu welcher Gestalt das Manuskript beim Tod seines Vaters gediehen war. Buch I war sicher beendet und der größere Teil von Buch II bereits geschrieben. Aber es ist unbekannt, ob Buch I bereits jene Form hatte, in der es uns heute in der frühen Fassung vorliegt. Goethe machte nach dem Tod seines Vaters Änderungen, aber es gibt keine greifbare Information, wie weit diese Umarbeitung ging.

Die unmittelbaren Hinweise in Goethes Tagebuch und Korrespondenz auf die Arbeit am Manuskript verteilen sich vor dem Tod seines Vaters wie folgt:

1777: 4 (plus 1 sehr wahrscheinlich)	1780: 2
1778: 4	1781: 0
1779: 0	1782: 1

Für den Rest des Jahres (Juni bis Dezember) wächst die Zahl der Belege auf einundzwanzig. Daher gibt es keinen Zweifel, daß der Tod seines Vaters einen statistischen Wendepunkt markiert. Von dieser Zeit an arbeitet Goethe beständig und mit großer Selbstdisziplin bis zu seiner Abreise nach Italien; zu diesem Zeitpunkt ist Buch VI vollendet. Der Wandel in der Einstellung zu dem Roman vollzog sich höchst abrupt. Schon am 24. Juni spricht Goethe in einem Brief an Charlotte von Stein vom Wilhelm Meister als »meinem geliebten dramatischen Ebenbilde«.[16] Mit dem Tod seines Vaters und der daraus folgenden Beendigung eines zwanghaften Kontrollierens und Rechenschaft-Ablegens – wie es das Tagebuch widerspiegelt – wurde der Weg frei für die Hinwendung zu aktivem Gestalten und Bilden des projizierten Bildes seiner selbst.

Wir haben es hier mit einem mehr oder weniger plötzlichen Wechsel von einer literarischen Form in die andere zu tun. Das Tagebuch erfüllte offensichtlich nicht mehr seine Funktion. Das tägliche Notieren von Tageseindrücken ließ die Konzentration auf das künstlerische Herausarbeiten der Grundprobleme dieser einen individuellen Lebensform, die in Goethe repräsentiert war, nicht zu.

Ein Satz in Bernfelds Studie deckt eine der in der Tagebuchform liegenden Beschränkungen auf:

> Mir ist kein Tagebuch eines Jugendlichen bekannt geworden, das sich mit den Eltern auch nur annähernd in dem Maße beschäftigte, das der wirklichen Bedeutung der Eltern für die Pubertätskonflikte entspräche. (26, S. 47 f.)

Es würde mich wundern, wenn etwas davon nicht auch auf das Tagebuch von Erwachsenen zuträfe. Wenn man Briefe und Tagebücher auf ihre psychologische Bedeutung hin miteinander vergleicht, stößt man oft auf ein Paradox. Der gesunde Menschenverstand sagt einem, daß ein Tagebuch die wichtigere Informationsquelle ist, da sein Schreiber, frei von Einschränkungen, die sich aus Rücksichten gegenüber dem Empfänger ergeben, seine innersten Geheimnisse, die er im Gespräch mit anderen zurückhält, offenbaren wird.[17] Dennoch scheint der Tagebuchschreiber häufig leicht der Verdrängung und Verleugnung zu unterliegen, wenn er im Augenblick des Schreibens bereit ist, sich dem freien Spiel der in seiner Seele vorherrschenden Kräfte auszuliefern. Dies tritt nicht immer in demselben Maße ein, wenn der Briefschreiber sich an den Empfänger wendet und auf Verständlichkeit und Logik achten muß.[18] Tatsache ist, daß Goethes Briefe an Cornelia und Behrisch (die Bernfeld richtig als heimliches Tagebuch einschätzt) mehr über Goethe offenbaren als seine späteren Tagebücher. Der während der Pubertät vorherrschende stärkere Drang, sich mitzuteilen, reicht zur Erklärung dieses Faktums allein nicht aus. Als ich für das voritalienische Jahrzehnt die Wahl zwischen Goethes Briefen und Goethes Tagebüchern als biographische Quellen treffen mußte, wurde ich auf erstere verwiesen, obwohl seine Tagebücher sich vermutlich vollständig erhalten haben, während vielleicht ein beträchtlicher Teil seiner Briefe verlorengegangen ist. Dies wird besonders deutlich, wenn man beachtet, daß während dieser Jahre seine Gespräche mit der geliebten Frau den Hauptkanal seiner Kommunikation bildeten.

Das Tagebuch ist auch ein Brief, aber ein Brief an sich selbst (26, S. 46). Diese Grundfunktion eines Tagebuchs mag selten oder nie ausgesprochen, kann aber nie ganz ausgeschaltet werden. Der implizierte Empfänger kann ein barscher Aufseher sein, der vollständige Ehrlichkeit fordert; er kann auch ein milder, wohlwollender Despot sein, der zugleich Geständnis und Vergebung erlaubt — aber er kann immer betrogen werden. Auch der Empfänger eines Briefes kann belogen werden, was regelmäßig auch geschieht, aber die Disziplin, die für eine verständliche Kommunikation mit einem *Du* aufgebracht werden muß, verlangt Anstrengungen, auf die der Tagebuchschreiber erlaubtermaßen und nach Belieben verzichten darf. Gerade diese Anstrengungen (vergleichbar der sekundären Bearbeitung in Träumen — vgl. 158, S. 518 f.) erlauben oft weitreichende Interpretationen. Daher sehe ich mich genötigt, das Tagebuch mit einem Traum zu vergleichen. Der manifeste Inhalt eines Traums enthüllt ohne die Assoziationen des Träumers häufig sehr wenig über den Träumenden, doch gelegentlich enthält er einen tief verdrängten Gedanken fast unverstellt. Ich glaube, daß es sich *mutatis mutandis* so mit Tagebüchern überhaupt verhält. Eine weitläufige Korrespondenz wird bei sorgfältigem Nachforschen oft Inhalte vermitteln, die bis zu einem gewissen Grade mit den freien Assoziationen während einer Behandlungsstunde verglichen werden können.[19] Bei der Unterscheidung von Tagebuch und Brief fühlt man sich bemüßigt — wenn solche umfassenden Gattungen überhaupt durch besondere psychologische Darlegungen spezifiziert werden können —, daß das Tagebuch im allgemeinen mehr Es-Abkömmlinge enthält, während der Brief mehr dahin tendiert, die Tätigkeit und Funktionstüchtigkeit des Ich zu offenbaren. Abgesehen davon, daß auch das Umgekehrte vorkommt, darf man von der Untersuchung einer großen Zahl von Beispielen als Resultat erwarten, daß Tagebücher öfter die Rekonstruktion von Es-Prozessen erlauben und Briefe mehr die Rekonstruktion von Ich- und Überich-Prozessen ergeben. Die Klärung der Frage würde die Erforschung einer statistisch signifikanten Zahl erfordern. Da Schlußfolgerungen in bezug auf Es-Inhalte sehr oft aus dem Charakter der Abwehr gezogen werden können, wird die übergeordnete Bedeutung von Briefen als psychologisches Quellenmaterial evident.[20]

Wie dem auch sei, Goethe fühlt den Drang, über die Grenzen des Tagebuchs hinauszugehen und in einem Roman einen Helden zu erschaffen, der er selbst war. Obgleich viele seiner Hauptcharaktere, z. B. Werther, Faust, Tasso, auch eine Projektion eines der vielen Aspekte seiner Persönlichkeit waren, vollzog sich in keiner Figur der Prozeß so direkt wie in *Wilhelm Meisters theatralische Sendung*. Wie groß der autobiographische Wert von Goethes anderen Werken auch sein mag, die autobiographische Absicht ist bei ihnen nicht bemerkenswert. (Ich lasse hier *Dichtung und Wahrheit* beiseite, wo die autobiographische Intention ausdrücklich vorhanden ist.) Im *Wilhelm Meister* wird die autobiographische Funktion nirgends ausgesprochen. Durch Goethes Briefwechsel und durch viele Einzelheiten im Roman kann man aber beweisen, daß Wilhelm Meister für Wolfgang Goethe stand. Doch sind nicht alle Einzelheiten und Ereignisse im Roman realistische Beschreibungen wirklicher Ereignise in Goethes Leben. Um nur einige zu zitieren: Mignon war ein Produkt von Goethes Phantasie; keines seiner Stücke wurde jemals unter solchen Umständen aufgeführt, wie sie der Roman beschreibt; und der Harfner ist vermutlich eine Symbolisierung seiner Denkweise oder eines Aspektes von ihm. Es könnten viele weitere solcher Einzelheiten angeführt werden. Daher stellt sich logischerweise die Frage nach dem autobiographischen Wert der frühen Fassung des *Wilhelm Meister*.

Diese Frage ist besonders wichtig im Hinblick auf die besondere Kindheitsgeschichte des Wilhelm Meister, so wie sie in der ersten Fassung erzählt wird. Ich zweifle, daß man einen Zauberstab finden kann, welcher in *Wilhelm Meisters theatralische Sendung* Wahrheit und Fiktion zu trennen vermag, weil jedes Element beides enthält. Das wichtige Verfahren besteht darin, in jeder besonderen Situation die unterschwellige Wahrheit und das verwendete besondere Mittel des Verheimlichens herauszufinden. Abgesehen von der Unmöglichkeit, dieses Ziel infolge unseres unheilbaren Unwissens zu erreichen, wird die Präsentation des wenigen, das rekonstruiert werden kann, den Horizont dieser Studie stark erweitern. Ich werde mich auf die unterscheidbaren Haupttendenzen beschränken, welche Schlußfolgerungen in bezug auf die charakteristischen Hauptvorgänge dieser fraglichen Periode erlauben.

Die Frage, ob Goethe hier anstrebt, was Bernfeld eine Pseudo-Autobiographie nennt (26, S. 41), kann mit nein beantwortet werden. An vielen Stellen seines Buches konnte Goethe die Dinge nicht beim Namen nennen. Weil er einen Roman schuf, der durchaus zur Veröffentlichung bestimmt war, mußten Umformungen vorgenommen werden. In anderer Hinsicht haben wir hier ein Selbst vor uns, das weniger dem realen Selbst des Autors gleicht, sondern eher seinem virtuellen Selbst (26, S. 40), ein Selbst, das den Wünschen, Träumen, Sehnsüchten und Illusionen des Autors näher steht als der Persönlichkeit, die in der Realität agiert und sich durchsetzt. Dieses virtuelle Selbst, das sich im Roman als wirklich präsentiert, war auch ein realer Teil der wirklichen Persönlichkeit. Diese Bemerkungen beziehen sich in erster Linie auf die ursprüngliche Fassung des Romans. Goethe selbst sprach in seinem Brief an Herder vom Mai 1794 (WA IV, 10, S. 158) von der Endfassung als einer Pseudo-Konfession, und tatsächlich erfüllte das Schreiben dieser beiden Fassungen, wie ich später zu zeigen versuche (Anhang V), ganz unterschiedliche Funktionen in Goethes Leben.[21]

Die Ernsthaftigkeit von Goethes Anstrengung der Selbstpräsentation ist nicht zu bezweifeln. Ich glaube, daß Goethe zu keiner anderen Zeit so stark motiviert und innerhalb des automorphen Prozesses so sehr auf die Selbsterkenntnis gerichtet war.[22] Trotz aller Verwirrungen charakterisiert sich der Roman durch einen überraschenden Realismus, der sich nur selten in Goethes anderen Werken findet, und dieses Streben nach realistischer Darstellung bedeutet meiner Ansicht nach ein Indiz für seinen Entschluß, dasjenige zu erkennen und sich dem zu stellen, was mit ihm in der Vergangenheit vor sich gegangen war.

Psychologisch gesehen gilt es, die Möglichkeit zu beachten, daß der

Hauptteil der Selbstklärungsarbeit in Goethes künstlerische Tätigkeit zurückglitt, weg von seiner Beziehung zu Charlotte von Stein. Die Tatsache, daß dies unmittelbar nach dem Tod seines Vaters geschah, zeigt, wie viel narzißtisch-homosexuelle Libido in Goethes Beziehung zu Charlotte von Stein absorbiert war. Sobald der Vater tot war, wurde dieser Libidobetrag freigesetzt und in den künstlerischen Prozeß investiert. Es scheint so, als ob Goethe das Liebesobjekt als Schutz gegen die Wirkung des schrecklichen Ereignisses benutzt hatte. Der Tod seines Vaters wurde seit mehreren Jahren erwartet, und Goethe war, vielleicht unbewußt, gespannt auf die Wirkung, die er nicht vorausberechnen konnte. Das scheinbare Gleichgewicht muß labil gewesen sein, da er den Tod seines Vaters in keiner unmittelbaren Äußerung, weder in Briefen noch in Gesprächen, über die andere berichtet haben, erwähnte, ausgenommen die vier Verse am Beginn eines Gedichts, das er Charlotte von Stein bei ihrer Abreise aus Weimar gab, das er ihr aber ursprünglich schon nach dem Tod Cornelias geschickt hatte. Die Verse tauchen in Goethes Brief an Charlotte von Stein von Mitte September 1782 auf:

> Von mehr als einer Seite verwaist,
> Klag ich um deinen Abschied hier
> Nicht allein meine Liebe verreist
> Meine Tugend verreist mit dir.[23]

Seine Zuflucht zu Versen aus der Vergangenheit, auf die er zurückgriff und die er wiederholte – ein höchst ungewöhnlicher Vorgang bei Goethes Kreativität –, zeigt, wie akut und schwierig der Konflikt unter der Oberfläche von Gemütsruhe und Gleichgültigkeit gewesen sein muß.

Das zeitweilige Aussetzen dichterischer Intuition haben wir zuvor bei Cornelias Hochzeit und bei ihrem Tod bemerkt. Wir stellen es auch hier wieder fest, wo der Tod seines Vaters keine unmittelbare Darstellung in seinem schöpferischen Werk finden konnte. Wir werden später auf eine ähnliche Hemmung stoßen, als Karl August ein Sohn geboren wird und infolgedessen die Ankunft eines Kronprinzen gefeiert werden soll. Die künstlerische Hemmung bei bestimmten Arten von Problemen bei einem Mann, der mit verblüffender Leichtigkeit auf künstlerische Herausforderungen der Gegenwart (dem Tagesrest sozusagen) reagierte, ist höchst bemerkenswert.

Ich möchte mich hier auf Dr. Ernst Kris' Theorie der künstlerischen

Schöpfung durch die vom Ich kontrollierte oder im Dienst des Ich stehende Regression beziehen (346, passim). Wendet man diese Theorie auf die in Betracht kommenden Beispiele an, gelangt man zu dem Schluß, daß in solchen Fällen die für die künstlerische Schöpfung notwendige Regression außer Kontrolle geraten und das Ich überwältigen würde. Mit anderen Worten: wenn ein akuter Konflikt eine bestimmte optimale Intensität übersteigt, führt Regression, anstatt der Persönlichkeit zu helfen und zur Schöpfung zu führen, zur Destruktion. Daraus ergeben sich mögliche weitreichende Konsequenzen. Diese Erkenntnis warnt uns, bei den Schlußfolgerungen aus dem Inhalt von Kunstwerken auf den Prozeß im kreativen Künstler äußerst vorsichtig zu sein. Alle solche Schlüsse erfordern einen Vorbehalt, der von der Beantwortung der Frage abhängt: Welche intensiv aktivierten Konflikte bleiben außerhalb des Bereichs künstlerischer Bearbeitung, weil sie zu gefährlich wären? Daraus ergibt sich die Konsequenz, daß der Psychologe bei der Aufzählung der Probleme, Konflikte und Erfahrungen, die durch Analyse aus dem Kunstwerk erschlossen werden können, die Resultate ergänzen muß durch eine Liste jener Konflikte, die außerhalb des künstlerischen Bereichs bleiben mußten. Sicherlich wird in vielen Fällen, vielleicht sogar in den meisten, die zweite Liste leer bleiben. Aber solange diese Alternative nicht untersucht worden ist, können wir nicht sicher sein, aus welchem Bezirk ein künstlerischer Prozeß seine Energie erhielt. Es gehört sich für den Psychologen der Kunst, nicht nur die psychischen Inhalte, die das Rohmaterial des vollendeten Kunstwerks ausmachen, schlüssig zu zeigen, sondern auch jene Inhalte, welche nicht die künstlerische Bearbeitung erreicht haben, falls sie zur Zeit der Schöpfung intensiv besetzt waren. Möglicherweise beziehen jene Inhalte, die dem Forscher so zwingend als Würze des Kunstwerks erscheinen, ihre Bedeutung aus der Tatsache, daß sie der Abwehr überwältigender Konflikte dienen, die dadurch sistiert werden können, daß der schöpferische Impuls sich einem Konflikt von zweitrangiger Bedeutung zuwendet. Es kann sein, daß große Kunst nur dann zur Erscheinung kommt, wenn das Kunstwerk eine solche Funktion erfüllt. Wir bewegen uns hier auf einer *terra incognita* und behandeln Probleme, die noch lange Zeit auf ihre Lösung warten werden, da nur selten biographische Daten über die Schöpfer der größten Kunstwerke so reichhaltig fließen, um solche subtilen Schlußfolgerungen zu erlauben. Doch möchte ich wiederholen, daß eine umfassende Untersuchung der psychischen Wurzeln des geschaffenen Kunstwerks sich nicht allein mit der Antwort auf die Frage begnügen darf, welche Inhalte ihren Weg ins Werk fanden, sondern auch die zu jener Zeit hoch besetzten Inhalte erörtern muß, die nicht in das Werk eingegangen sind.

In Goethes vier Versen, die sich offensichtlich mittelbar auf den Tod seines Vaters beziehen, entdecken wir, daß Liebe und Tugend, sozusagen Es und Überich, in derselben Person repräsentiert sind, nämlich im lebendigen Liebesobjekt. Warum hat Goethe diese Identifizierung sowohl nach Cornelias Tod wie nach dem Tod seines Vaters betont?

Erstens haben beide, Cornelia und der Vater, vermutlich tatsächlich solch eine Doppelrolle gespielt, und beraubt von diesen infantilen Liebesobjekten mußte Goethe sich rasch der Existenz eines Ersatzobjekts versichern.

Zweitens hinterläßt der Verlust eines geliebten Objekts für den Beraubten einen Bruch in der äußeren Realität. Solange die Trauerarbeit nicht zur Ruhe gekommen ist, gibt es in den Augen des Trauernden einen Widerspruch in der äußeren Wirklichkeit, da so viele Momente der Realität den Beraubten an das erinnern, was diese Wirklichkeit nicht mehr enthält. Dieser Widerspruch ist natürlich das Ergebnis eines inneren Konflikts, geboren aus der tiefen Kluft zwischen einem Wunsch und der Unmöglichkeit seiner Erfüllung. Dieser Kampf tobt häufig vorwiegend zwischen dem Es und dem Ich (und dem Überich). Das Es kann die permanente Abwesenheit des Liebesobjekts nicht fassen, und insofern das Ich vom Es oder seinen Abkömmlingen beherrscht wird, kämpft es dagegen, die Wahrheit zu akzeptieren, daß das Liebesobjekt für immer verschwunden ist. Doch in den meisten Fällen bestehen das Überich und die mit ihm kooperierenden Teile des Ich darauf, daß die Wirklichkeit in ihrer wahren Gestalt und Verfassung angenommen wird.[24] So dient die Verschmelzung von Es und Überich in einem Repräsentanten, der lebt und Teil der Außenwelt ist (meine Liebe und meine Tugend gingen auf Reisen) dem Zweck, einen Vertrag zu schließen, der nicht nur die Persönlichkeit des Trauernden zweiteilt, sondern auch die Art und Weise, in der sich die Außenwelt diesem vergegenwärtigt.

Die Verse offenbaren also den Versuch des Trauernden, der Trübsal des Trauerns zu entfliehen. Anstatt den Riß in der Realität zu akzeptieren, preist er die Einheit, die ein Produkt seiner eigenen Synthese ist.

Goethe vollzog dies aber nach einem Verlust, als Charlotte (sozusagen das Liebesobjekt der Gegenwart) abwesend war, was mittelbar den Punkt der zugrunde liegenden Situation andeutete. Außerdem beschreibt das Gedicht in der Fassung vom September 1782 eine ruhelose Person, die Lust zu gewinnen sucht, indem sie sich in Abenteuer stürzt, aber ihr Ziel nicht erreicht. Das mag Goethes damalige Art des Verhaltens gewesen sein bei seinem — offensichtlich erfolglosen — Versuch, den Qualen der akuten Trauer auszuweichen.

2. Kapitel

Probleme der frühen Kindheit im 1. Buch von *Wilhelm Meisters theatralische Sendung*

Schlagen wir den Roman auf, jene Schrift, die Goethes schriftstellerisches Leben für die nächsten drei oder vier Jahre ausfüllen sollte, stoßen wir gleich zu Anfang auf den gesamten Aufriß des Vaterkonflikts. Das erste Kapitel beginnt mit dem Zögern von Wilhelms Vater, nach Hause zu gehen, weil seine Frau ihm das Leben vergällt. Statt dessen schaut er bei seiner Mutter herein. Sie bereitet gerade Puppen für ein Weihnachtsspiel vor, womit sie die Enkelkinder, besonders Wilhelm, überraschen will. Dann folgt eine Schilderung der Großmutter mit all ihrem Verständnis für Kinder und mit ihrer Bereitwilligkeit, deren Kinderleben mit Freude zu füllen, ganz im Gegensatz zu den mürrischen Bemerkungen von Wilhelms Vater, der dagegen protestiert, daß sie so viel Mühe auf das Puppenspiel verwendet. Das zweite Kapitel schildert die süße Freude des Christabends, als Wilhelm Zeuge des Puppenschauspiels wird.

Dieses Ereignis spielt in Goethes Leben zweifellos eine große Rolle. Es wurde zum Kristallisationspunkt von Phantasien über Zeugungsvorgänge, worauf ich schon früher hingewiesen habe (vgl. oben, S. 310f.). Im dritten Kapitel wird die ernüchternde Wirkung des nachfolgenden Weihnachtstages beschrieben. Wilhelm bittet seine Mutter um Wiederholung:

> Er bat seine Mutter, sie möchte es ihm doch wieder spielen lassen, von der er eine harte Antwort bekam, weil sie keine Freude an dem Spaße, den die

Großmutter ihren Enkeln machte, haben konnte, da dieses ihr einen Vorwurf ihrer Unmütterlichkeit zu machen schien.[1]

Goethe fährt fort mit einer Darlegung, die man vom Standpunkt der Romanhandlung auch im weiteren Sinn als nicht dazugehörig bezeichnen muß, weil sie sich nicht auf Tatsachen bezieht, die irgendwelche bedeutsamen Konsequenzen hätten:

Es ist mir leid, daß ich es sagen muß, indeß ist es wahr, daß diese Frau, die von ihrem Manne fünf Kinder hatte, zwei Söhne und drei Töchter, wovon Wilhelm der Älteste war, noch in ihren ältern Jahren eine Leidenschaft für einen abgeschmackten Menschen kriegte, die ihr Mann gewahr wurde, nicht ausstehen konnte, und worüber Nachlässigkeit, Verdruß und Hader sich in den Haushalt einschlich; daß, wäre der Mann nicht ein redlicher treuer Bürger und seine Mutter eine gutdenkende billige Frau gewesen, schimpflicher Ehe- und Scheidungsproceß die Familie entehrt hätte.[2]

Dies ist eine höchst erstaunliche Einlassung, wenn man Goethes wiederholte Beteuerungen seiner großen Zuneigung zu seiner Mutter bedenkt. Seine offizielle Beziehung zu ihr ist im Verlauf der Geschichte für die gesamte Nation zu einem Symbol und Ideal für das Verhalten des Kindes zur Mutter geworden. Da Wilhelm Meisters Kindheit deutlich im autobiographischen Stil geschrieben ist, kann man der Schlußfolgerung nicht ausweichen, daß Goethe hier eine reale Erfahrung beschrieb; war es aber ein wirkliches Erlebnis oder ein Produkt seiner Phantasie? In einer Hinsicht scheint Goethe bei der Darstellung seiner Familie im Irrtum gewesen zu sein: Er behauptete, der alte Meister habe zwei Söhne und drei Töchter; in Wirklichkeit hatte Goethes Vater drei Söhne und drei Töchter (es gab noch eine Totgeburt, als Goethe sieben Jahre alt war, die ich hier nicht einrechne). Man weiß nicht, ob sich Goethe an die Zahl seiner Geschwister erinnerte. In *Dichtung und Wahrheit* nimmt die Schwester Cornelia einen herausragenden Platz ein, die anderen Geschwister dagegen sind nur nebenbei erwähnt. Goethe macht über einen drei Jahre jüngeren Bruder eine beiläufige Bemerkung, dann spricht er von verschiedenen nachgeborenen Geschwistern; er erinnert sich

nur eines sehr schönen und angenehmen Mädchens, die aber auch bald verschwand, da wir denn nach Verlauf einiger Jahre, ich und meine Schwester, uns allein übrig sahen, und nur um so inniger und liebevoller verbanden.[3]

Hier wird eine bedeutende Beziehung zwischen Liebe und Tod hergestellt. Wenn man die Jahre notiert, in denen eins der Geschwister geboren wurde oder starb, erhält man folgende Reihe: 1750, 1752, 1754, 1755, 1756, 1757, 1759 (in diesem Jahr starben zwei Geschwister), 1760, 1761. Es war in der Tat ein ständiges Kommen und Gehen von Kindern mit sechs Schwangerschaften bis zu Goethes elftem Lebensjahr. Es ist kaum anzunehmen, daß der erwachsene Goethe sich bewußt an die Zahl und das Geschlecht seiner Geschwister erinnerte. Seine Kindheit zeigt die typischen Züge von Analysepatienten, die erst allmählich und nach einer längeren Phase fortschreitender analytischer Arbeit die richtige Reihenfolge der Geschwister angeben können. Was Goethes Behauptung, daß der alte Meister zwei Söhne und drei Töchter hat, so bemerkenswert macht, ist die Übereinstimmung dieser Beschreibung mit einem Aspekt der historischen Wahrheit in bezug auf Goethes Geschwister: Wahr ist, daß der alte Goethe nicht zwei Söhne und drei Töchter hatte, der Sohn Goethe aber in der Tat zwei Brüder und drei Schwestern. Ich vermute, daß Goethe, als er die Zahl der Kinder im Roman festlegte, nicht eine bestimmte künstlerische Absicht verfolgte, sondern sich von einem Gedankeneinfall leiten ließ. Mit dieser Zahl der Kinder verriet er einen wichtigen unbewußten Gedanken, nämlich die Phantasie oder den unbewußten Wunsch, diese Kinder möchten seine eigenen sein. Wenn man ein Kind nach der Zahl der Kinder seiner Eltern fragt, bekommt man oft die Zahl der Geschwister genannt. Dieser Irrtum ist tief im Narzißmus des Kindes verwurzelt, aber er verrät auch einen Akt der Verleugnung, daß das Kind nur eins unter vielen ist. Indem es sich selbst eine Position außerhalb der Gruppe zuweist, wahrt es teilweise seine hervorgehobene Bedeutung wie in frühen narzißtischen Phasen.

Es ist eindrucksvoll, daß in der Situation des künstlerischen Produzierens eine unbewußte, verdrängte Erinnerung annehmbar war, während sie offenbar unannehmbar wurde, als Goethe später mit voller Absicht seine Autobiographie zu schreiben versuchte. Selbst wenn man den Altersunterschied bei der Abfassung beider Werke berücksichtigt, bleibt festzuhalten, daß Goethe in der Phase der ersten Fassung des *Wilhelm Meister* aktiv und engagiert seine Grundkonflikte bearbeitete und daher das Geschwisterproblem eine andere emotionale Schärfe besaß als später. Wie schon erwähnt, war Goethe während dieser Jahre seiner Kindheit sehr nahe. Zusätzlich mag ein Wandel stattgefunden haben, nicht so sehr in der Fähigkeit des Erinnerns als in der Einstellung, die das Kindheitsmaterial weniger relevant erscheinen ließ. Verschiedene Umstände (einige habe ich schon früher erwähnt) wirkten zusammen, daß in den 80er Jahren frühe Kindheitserinnerungen leichter ins Bewußtsein traten. Einer war der Tod seines Vaters. Eine zeitweilige Regression, ausgelöst durch die Trauer, führt die trauernde Person zurück in die Kindheit. Darüber hinaus setzten die zitierten Passagen aus den ersten Kapiteln des Romans seinen Vater auf Kosten seiner Mutter ins rechte Licht. Sein Vater wurde als strenger Mann beschrieben, der nicht mit Kindern sympathisierte, aber die düstere und gespannte Atmosphäre des Elternhauses wurde nicht ihm zugeschrieben – wie es später in *Dichtung und Wahrheit* geschah – sondern der Untreue, der Leichtfertigkeit und sogar der Rücksichtslosigkeit der Mutter. Es ist bezeichnend, daß Goethe selbst unter dem Druck des frischen Verlustes nicht in Idealisierung und Glorifizierung seines Vaters verfiel, sondern sich im Rahmen der Realität hielt.[4] Der alte Meister ist in realistischen und kritischen Kategorien skizziert, aber der Schwerpunkt der Schuld ist auf Goethes Mutter verschoben – und auf einen ungenannten, »abgeschmackten« Außenstehenden.

Ich vermute, daß dieser Außenstehende Goethe selbst ist. Es ist unwahrscheinlich, daß Goethes Mutter Jahre hindurch, mit stillschweigendem Einverständnis ihres Mannes, eine Affäre gehabt haben könnte, ohne daß dies irgendeine Erwähnung in der umfangreichen Korrespondenz der Familie und ihrer Freunde hinterlassen hätte. Aber es ist sehr wahrscheinlich – wenn nicht vielleicht sicher –, daß sie ihren Mann nicht liebte in der wahren Bedeutung dieses Begriffs, sondern eher Respekt und Ehrfurcht ihm gegenüber empfand, ähnlich einer Vater-Tochter-Beziehung. Sie sorgte für ihren Mann, sie respektierte ihn, und sie ärgerte sich über ihn. Darüber schrieb Bettina von Arnim an Goethe:

> Von Deinem Vater erzählte sie mir auch viel Schönes; er selbst war ein schöner Mann, sie heiratete ihn ohne bestimmte Neigung, sie wußte ihn auf mancherlei Weise zum Vorteil der Kinder zu lenken, denen er mit einer gewissen Strenge im Lernen zusetzte, doch muß er auch sehr freundlich gegen Dich gewesen sein, da er stundenlang mit Dir von zukünftigen Reisen sprach und Dir Deine Zukunft so glanzvoll wie möglich ausmalte.[5]

Die Mutter konzentrierte ihr libidinöses Interesse und ihre Bewunderung auf ihren Sohn.[6] Es gibt anschauliche Beispiele dafür, daß die beiden sich gegen den Vater verbündeten, daß er mit Hilfe der Mutter den Vater zu überreden versuchte, die Wünsche des Sohnes zu erfüllen. Wenn Bettina von Arnims Bericht zu trauen ist, fühlte sich Goethe in jungen Jahren umgekehrt eher als Herr seiner Mutter denn als ihr Sohn. Die Mutter erzählte Bettina mit Nachdruck, wieviel Aufhebens Goethe als junger Bursche mit seiner Kleidung machte. Jeden Tag mußte sie drei Anzüge für ihn bereitlegen. Als sie einmal aus seiner Weste ein paar kleine Kieselsteine herausschüttelte, die er gesammelt hatte, trafen diese sie ins Gesicht. Sie schalt ihn aus und sagte, die Steine hätten ihr leicht ein Auge verletzen können. Seine ganze Antwort war, daß dies nicht geschehen sei und daß sie ihm helfen solle, die Steine aufzulesen, weil er sie brauche (11, 2, S. 168). Wenn die Geschichte glaubhaft ist, sehen wir hier einen Jungen, der sich nicht verantwortlich fühlt, der nicht zögert, die friedliche Atmosphäre des Hauses zu stören und der sich so verhält, daß er die Fürsorge seiner Mutter ständig für sich beansprucht. Die Geschichte würde auch die Reduzierung der Zahl der Kinder des alten Meister um eins erklären – das im selben Atemzug als Liebhaber der Mutter wiederkehrt. Das ist eine verspätete Buße für die ödipale Schuld. Der unbewußte Wunsch nach dem Besitz seiner Mutter fand in Goethes Leben partielle Erfüllung in der Realität, da seine Mutter gänzlich von ihm absorbiert wurde, und Goethe mag ganz richtig gefühlt haben, daß sein Vater vernachlässigt wurde, wenigstens hinsichtlich liebevoller Zuneigung und Zärtlichkeit, zugunsten der unendlichen Ergebenheit und Herzlichkeit der Mutter für ihren einzigen Sohn. Was Goethe ihr (am 11. August 1781; siehe oben S. 636 f.) in bezug auf die Krankheit des Vaters schrieb, muß auch in diesem Licht gelesen werden.

> Möge ich doch immer von Ihnen hören, daß Ihre Munterkeit Sie, bey dem gegenwärtigen Zustande des Vaters, nie verläßt. Fahren Sie fort Sich so viel Veränderung zu verschaffen, als Ihnen das gesellige Leben um Sie herum anbietet.[7]

Wohl selten, so nehme ich an, hat ein Sohn in dieser Art einer Mutter geschrieben, die ihren Mann nach einem Schlaganfall zu pflegen hatte. Seine Worte klingen anmaßend. Sie melden einen leisen Zweifel an, ob seine Mutter durch die fatale Krankheit des Vaters wirklich leide, und sie äußern partielle Abneigung dagegen, die Mutter aus der Verantwortung für seinen Vater entlassen zu sehen. Der Brief schließt mit Erklärungen, warum er sein Kommen aufschieben muß. Goethes beharrliche Anstrengungen, soviel als möglich seiner Heimatstadt fernzubleiben, sind von vielen bemerkt und kommentiert worden. Während der Krankheit seines Vaters muß es besondere Gründe dafür gegeben haben.

Ein ungelöster Ödipus-Konflikt kann zu verschärfter Aggressivität gegen den Vater oder zu übermäßiger Angst vor ihm führen. Der geschwächte, kranke — sozusagen der kastrierte — Vater weckt beim aggressiven und beim ängstlichen Typ unterschiedliche Reaktionen. So weit ich beobachten konnte, ist die Person mit aggressiven Reaktionen geneigt, sich beim Anblick der Schwäche des Vaters auszusöhnen; die Wahrnehmung der väterlichen Minderwertigkeit macht allen aggressiven Aufwand überflüssig. Beim Angst-Typ aber wird die Gefahr eines Aggressionsausbruchs sehr groß, wenn dieser die Schwäche des Vaters bemerkt. Plötzlich wird die Angst unnötig, und die Aggression, die bis dahin unterdrückt war, tritt durch Angsterleichterung an die Oberfläche. Goethes Entsetzen vor dem Mangelhaften und dem Gebrechlichen ist bekannt, und wo würde das Schadhafte am wenigsten toleriert werden können, wenn nicht in der Person, die einmal das Vorbild aller Vollkommenheit war? Daher hätte ein Zusammentreffen mit seinem Vater Goethes ganzen Ambivalenzkonflikt wiederbelebt, der zu jener Zeit auf dem Weg der Heilung schien.

Aber sehen wir uns an, wie Goethe in seinem Bericht von Wilhelm Meisters Kindheit fortfährt.

> Die armen Kinder waren am übelsten dran; denn wie sonst so ein hülfloses Geschöpf, wenn der Vater unfreundlich ist, sich zu der Mutter flüchtet, so kamen sie hier von der andern Seite doppelt übel an, denn die Mutter hatte in ihrer Unbefriedigung meistens auch üble Launen, und wenn sie die nicht hatte, so schimpfte sie doch wenigstens auf den Alten und freute sich eine Gelegenheit zu finden, wo sie seine Härte, seine Rauhigkeit, sein übles Betragen heraussetzen konnte. Wilhelmen schmerzte das etlichemal, er verlangte nur Schutz gegen seinen Vater und Trost, wenn er ihm übel begegnet war;[8] aber daß man ihn verkleinerte, konnte er nicht leiden, daß man seine Klagen als Zeugnisse gegen einen Mann mißdeutete, den er im Grunde des Herzens recht lieb hatte. Er kriegte dadurch eine Entfremdung gegen seine Mutter und war daher recht übel dran, weil sein Vater auch ein harter Mann war; daß ihm also nichts übrig blieb, als sich in sich selbst zu verkriechen, ein Schicksal, das bei Kindern und Alten von großen Folgen ist.[9]

Hier wird eine gut bekannte Art von Erlebnis des Ödipus-Komplexes und seine Abwehr dagegen beschrieben. Auf einfache Formeln reduziert, sagt Goethe: ›Ich liebte beide, Vater und Mutter, aber ich wurde von ihnen nicht geliebt. Die Mutter benutzte mich als Schachfigur in ihrem Kampf gegen den Vater.‹ Das libidinöse Verlangen nach beiden Eltern wird zugegeben, die Erfüllung geleugnet. Die Aggression ist auf eine bloße Reaktion der Enttäuschung reduziert, über die das Kind klagt, es sei in unverantwortlicher Weise damit belastet.[10] Die Resultante der Konfliktkomponenten ist ein narzißtischer Rückzug. Diesen Rückzug aber auf die Türschwelle der Mutter zu legen, ist wie eine verspätete Bitte an den Vater um Vergebung.

In *Dichtung und Wahrheit* wird der Vorgang umgekehrt erzählt, die Rollen von Vater und Mutter sind ausgetauscht. Im 1. Buch beschreibt Goethe eine vergleichbare Rückwendung auf sich selbst, aber in anderer Gruppierung von Umständen. Er schildert den schönen Ausblick über die bezaubernde weite Ebene, den er als Kind aus einem von ihm am meisten bevorzugten Fenster hatte:

> Da ich aber zu gleicher Zeit die Nachbarn in ihren Gärten wandeln [...] sah, [...] [zu den anderen Details siehe später] so erregte dieß frühzeitig in mir ein Gefühl der Einsamkeit und einer daraus entspringenden Sehnsucht, das, dem von der Natur in mich gelegten Ernsten und Ahnungsvollen[11] entsprechend, seinen Einfluß gar bald und in der Folge noch deutlicher zeigte.[12]

Unmittelbar anschließend an diese Erzählung seines frühen Rückzugs auf sich selbst folgt der Bericht der Kinderängste im nächtlichen Dunkel des alten Hauses. Sein Vater bestand darauf, daß die Kinder allein in ihren eigenen Betten schliefen, aber sie versuchten, sich nachts zu der Dienerschaft zu schleichen. Sein Vater aber erschreckte die Kinder in verkleidet erscheinender Gestalt und scheuchte sie in ihren Raum zurück. Goethe bemerkt dazu:

> Die daraus entspringende üble Wirkung denkt sich jedermann. Wie soll derjenige die Furcht los werden, den man zwischen ein doppeltes Furchtbare einklemmt? Meine Mutter, stets heiter und froh, und andern das Gleiche gönnend, erfand eine bessere pädagogische Auskunft. Sie wußte ihren Zweck durch Belohnungen zu erreichen. Es war die Zeit der Pfirschen, deren reichlichen Genuß sie uns jeden Morgen versprach, wenn wir Nachts die Furcht überwunden hätten. Es gelang, und beide Theile waren zufrieden.[13]

Mit dieser Geschichte stellt Goethe seine Eltern in *Dichtung und Wahrheit* vor. Der erste Beleg für das Schreiben an diesem Werk findet sich in Goethes Tagebuch für 1809; Goethes Mutter war Ende 1808 gestorben. Offenbar bestand eines der Motive, die den Sechzigjährigen veranlaßten, eine Autobiographie zu schreiben, in dem Wunsch, das Bild seiner Mutter wiederherzustellen, fast wie siebenundzwanzig Jahre zuvor das Wiedereinsetzen des Vaters in seine Rechte der leitende Impuls gewesen war. In der Zwischenzeit aber war aller Wahrscheinlichkeit nach eine neue Welle der Verdrängung über das ödipale Material hinweggegangen. Cornelia wurde die zentrale inzestuöse Figur in *Dichtung und Wahrheit*, die Erzählung von seiner Beziehung zu seinen Eltern entbehrt der Leidenschaftlichkeit.

Der genauere Vergleich der Episoden des *Wilhelm Meister* und in *Dichtung und Wahrheit* offenbart ein weiteres interessantes Problem. Als ich Goethes Darstellung des Augenblicks aus seinem Fenster zitierte, ließ ich die Einzelheiten, die er beobachtete und die Gefühle von Einsamkeit und Sehnsucht auslösten, weg. Diese sind: (1) Das Spazierengehen der Nachbarn; (2) das Pflegen ihrer Blumen; (3) das Spielen der Kinder; (4) die Feste, auf denen sich die Menschen vergnügen; (5) er sieht die Kegelkugeln rollen; (6) er hört die Kegel fallen. Auf den ersten Blick ist es überraschend und nicht ganz einsichtig, warum solche Beobachtungen in den umliegenden Gärten für Goethe solche weitreichenden Konsequenzen hatten. Genaueres Nachforschen offenbart aber, daß diese sechs Gegenstände als Symbole für die Vorgänge bei der Zeugung gelesen werden können.[14] Goethe bezog sich hier offensichtlich auf die Beobachtung von Sexualverkehr. Deshalb muß die Version in *Dichtung und Wahrheit* als Andeutung folgender Gedanken verstanden werden: ›Ich machte eine Beobachtung bei meinen Eltern. Ich war verwirrt und beschäftigte mich unausgesetzt mit dem Problem der Zeugung. Dies bewirkte, daß ich mich einsam fühlte. Ich wurde nachts ängstlich. Angst machte mich ungehorsam. Der Vater machte alles schlimmer dadurch, daß er mich erschreckte. Doch fühlte ich mich besser, wenn meine Mutter mir mit herzlicher Zuneigung begegnete.‹

In der frühen Fassung des *Wilhelm Meister* ist die Reihenfolge gerade umgekehrt. Zuerst werden der Ärger über seinen Vater und die Enttäuschung über seine Mutter beschrieben. Im 4. Kapitel, das kaum länger als eine Druckseite und dem Kapitel mit der Darstellung des Ödipuskonflikts nur angehängt ist, kehrt Goethe zu seiner Erzählung des zweiten Puppenspiels zurück und berichtet, wie er den Mechanismus der Aufführung entdeckt, die ihn so sehr beeindruckt hatte. Wegen ihrer Wichtigkeit muß ich die Passage hier wiederholen:

> So wie in gewissen Zeiten die Kinder auf den Unterschied der Geschlechter aufmerksam werden und ihre Blicke durch die Hüllen, die diese Geheimnisse verbergen, gar wunderbare Bewegungen in ihrer Natur hervorbringen, so war's Wilhelmen mit dieser Entdeckung [über den Mechanismus des Puppenspiels]; er war ruhiger und unruhiger als vorher,...[15]

In dieser Fassung ist der Zusammenhang zwischen dem Zuschauen beim Puppenspiel und sexueller Neugier noch bewußt, während die Verbindung zwischen der kindlichen sexuellen Neugier und der Angst in *Dichtung und Wahrheit* aus dem Bewußtsein getilgt oder wenigstens nicht zum Ausdruck gebracht ist. Wichtiger scheint mir noch, daß Goethe beim Schreiben des *Wilhelm Meister* die Herkunft der sexuellen Neugier des Kindes aus der ödipalen Situation undeutlich bewußt zu sein schien. Ich gewinne diesen Eindruck aus der Abfolge, in der Goethe das Material präsentiert, nämlich aus der engen Nachbarschaft seines Berichts über die sexuelle Neugier zur Mitteilung seiner Gefühle in bezug auf seine Eltern. Dies muß als ein besonders freier Zugang zum Kindheitsmaterial gewertet werden. Bei den allermeisten Analysen, in denen man Gelegenheit hat, die Beziehung des Kindes zu seinen Eltern zu studieren, wird sexuelle Aktivität aus der Beziehung zu den Eltern strikt ausgeklammert. Dem analytischen Versuch, den Patienten zur Annahme der Interdependenz zwischen beidem zu bewegen, stellen sich größte Widerstände entgegen. Vom *Wilhelm Meister* gewinnt man den Eindruck, daß Goethes Abwehrsystem ausreichend gelockert war, um den Zugang zur eigenen Kindheitsentwicklung, wie sie sich wirklich zugetragen hat, zu erlauben.[16] In der vom alten Goethe geschriebenen Autobiographie sind die Konflikte herabgespannt, kindliche Leidenschaft ist zu Ungezogenheit reduziert, und es wird Charme verbreitet, wo einst heftige Konflikte tobten. Freud vergleicht die Rationalisierungen des Ich in bezug auf dessen eigene Geschichte mit der Geschichtsschreibung großer Nationen, die die eigene Geschichte zu verschönern und auszuschmücken trachtet (vgl. 170, S. 152). Im frühen *Wilhelm Meister* kämpfte die Nation noch um ihren Platz an der Sonne; die Niederlage, obgleich kaum mehr wahrscheinlich, war noch möglich, aber das Wissen der Wahrheit versprach zu jener Zeit die höchste Erfüllung für die Zukunft, während das Verheimlichen Gefahren barg, und die ungestüme junge Nation frönte der Selbstkritik, um die letzte Unze der noch ungeweckten Energie zu mobilisieren. Im Alter von 60 Jahren hatte die Nation ihren Gipfel erreicht. Die grausame Wahrheit der Vergangenheit war jetzt eher eine Beeinträchtigung als ein Anreiz zur Veränderung und zur Neugestaltung. Das Ich hatte seine Spannkraft verloren, und wo die Suche nach Wahrheit aufgehört hatte, konnte sich Mythologie ausbreiten.

Wie Freud so schön gesagt hat: »Nicht das intellektuelle Rätsel und nicht jeder Todesfall, sondern der Gefühlskonflikt beim Tode geliebter und dabei doch auch fremder und gehaßter Personen hat die Forschung der Menschen entbunden. Aus diesem Gefühlskonflikt wurde zunächst die Psychologie geboren.« (182, S. 347 f.). Der Ambivalenzkonflikt gebar in dieser Situation die Vorstellung oder das Bild von der Seele. Es ist von äußerster Wichtigkeit zu betonen, daß eine bestimmte Art von Ambivalenz in einer bestimmten Situation den unerläßlichen Antrieb für den kreativen Prozeß liefert. Wenn der Ambivalenzkonflikt eine lebende Person betrifft, findet das Ich gewöhnlich andere Kanäle zu seiner Lösung. Die Diskrepanz zwischen dem inneren Gefühl, daß eine bestimmte Person noch lebt, oder dem Wunsch, diese Person möge noch leben, und der äußeren Wahrnehmung oder der auf andere Weise gewonnenen Gewißheit, daß sie tot ist — diese Diskrepanz läßt eine befriedigende innere Lösung nicht zu, sondern verlangt das Entwickeln einer Theorie. Die Furcht vor dem eigenen Tod, die zeitweilige Identifizierung mit dem Tod, alle diese Faktoren begünstigen auch in unserer Zeit die Selbstbeobachtung. Jede Autobiographie ist eine Vorbereitung auf den Tod, oder wenigstens ein Versuch, mit der Niederschrift dessen, was vergangen ist, den Autor möglichst weitgehend davon zu entlasten, ihn von der Vergangenheit zu befreien, als ob diese tot sei, und ihn freizugeben für eine Zukunft, die als Zukunft eines neuen Selbst aufgefaßt wird. Daher steht die Arbeit am *Wilhelm Meister* für eine sich lang hinziehende Periode des Trauerns. Das Ich bietet sich symbolisch als heiliges Opfer dar, es kompensiert das Gefühl der Schuld, das beim Tod eines Vaters im Sohn unausweichlich emporsteigt, und weicht ihm aus. Ich habe vermutlich den Bereich, von dem der autobiographische Impuls seine Würde herleitet, zu sehr eingeschränkt; es ist fraglich, ob die Motive für diesen Impuls, wenn sie an einer großen Zahl von Beispielen untersucht werden, einen gemeinsamen Nenner haben. Trotzdem ist es schlagend, bei Freuds Buch über die Traumdeutung eine der Goetheschen ähnliche Konstellation zu finden. Als Freud *Die Traumdeutung* schrieb, gab er nicht nur seinen wissenschaftlichen Interessen nach, sondern auch einem autobiographischen Impuls, vorwiegend um den ödipalen Konflikt zu erledigen.

Ich schulde Mme Marie Bonaparte Dank für die Information (und ihre Erlaubnis, sie zu publizieren), daß Freud die Interpretation seines ersten Traumes vom 23. Juli 1895 (der später als der Traum von Irmas Injektion berühmt wurde; vgl. 158, S. 111 f.) gelang, nachdem ihm berichtet wurde, daß sein achtzigjähriger Vater an einer bösartigen Krankheit litt. Es ist wichtig festzuhalten, daß schon der erste Vorbote des tragischen Ereignisses, das später auf das Genie seine volle Wirkung ausübte, zu kreativer Tätigkeit anspornte. Daher — und in Analogie zu dem auslösenden Ereignis, das in Freuds Fall in der Niederschrift der *Traumdeutung* gipfelte — fühle ich mich sicherer in meiner Annahme, daß Goethes erste plötzliche Anstrengung 1777, den *Wilhelm Meister* zu schreiben, ausgelöst war durch Nachrichten von zu Hause, die Goethe bedeuteten, daß sein Vater ein sterbender Mann sei (vgl. oben S. 319). Die Tatsache, daß der Beginn des *Wilhelm Meister* fünf Jahre vor dem Tod von Goethes Vater liegt, widerlegt daher meine Hauptthese nicht.

Weiterhin machte die gesteigerte Beschäftigung mit dem eigenen Selbst — nicht mehr in der Form der Geschichte eines imaginierten Helden, sondern in unmittelbarer Beziehung zu seinem eigenen Selbst — die tagtäglichen Einzelheiten unwichtig, und das führt uns zum Abbruch des Tagebuchs zurück. Goethes Verhalten erinnert an bestimmte Phasen in der Analyse von Patienten, wenn das Unbewußte nachdrücklich auf den psychoanalytischen Prozeß zu reagieren beginnt. Ein solcher Patient kann nach dem Bericht eines Traumes schnell durch ein paar Tagesreste hindurcheilen und sich auf tiefes unbewußtes Material stürzen. Er ist von den Enthüllungen und Aufschlüssen fasziniert, die er über längst vergangene Zeiten erhält, und es kommt zu einer besonders freien Kommunikation mit den verdrängten Teilen der Persönlichkeit. Freud beschreibt einen solchen Zustand bei einem Patienten, dessen Behandlungsende er auf einen vorherbestimmten Termin festgelegt hat. Als der Patient davon überzeugt ist, daß Freud seine Entscheidung ernst meint, hört sein Widerstand zeitweilig auf, und er legt ein ungewöhnlich hohes Maß an Sensibilität für die Vorgänge seines Unbewußten an den Tag (188). Diese Periode erhöhter

Klarheit vollzog sich offensichtlich unter dem Druck der drohenden Trennung von seinem Analytiker, was den Zusammenhang mit dem Problem der Trennung und damit auch des Todes belegt. Goethe mag in einem Zustand erhöhter Erleuchtung gewesen sein, als er den frühen *Wilhelm Meister* schrieb. Sein Ohr schien die leisesten Botschaften, die es vom Verdrängten erhalten konnte, aufzunehmen. Natürlich zeigten sich der Ödipus-Konflikt und die vorgenitalen Phasen nicht in ihrer rohen Gestalt, aber die Entstellung fand auf einem Niveau statt, auf dem die Abwehr weit milder war als siebenundzwanzig Jahre später. Mit anderen Worten: Wenn jemand nichts vom Ödipus-Komplex wüßte, könnte er dessen Existenz nicht aus der Lektüre von *Dichtung und Wahrheit* erschließen, aber im frühen *Wilhelm Meister* liegt die Schutzhülle so nahe bei dem Verdrängten, daß das Verdrängte wie durch einen dünnen Schleier angeschaut werden kann.[17]

Am 19. Dezember 1781 schrieb Goethe an Charlotte von Stein:

> Ich schliese mit Coocks Todt das Buch und schick es dir. Es ist eine grose Catastrophe eines grosen Lebens, und [es ist] schön, daß er so umkam. Ein Mensch der vergöttert wird, kann nicht länger leben, und soll nicht, um seint und andrer willen.[18]

Goethe spielt auf den Bericht der Reise des James Cook (1728–1779) an, verfaßt von J. G. Forster, der Cook begleitete. Cook wurde auf seiner dritten großen Expedition auf Hawaii durch Eingeborene getötet, die glaubten, er sei ein Gott. Goethe las die deutsche Übersetzung von Forsters Buch (151).

Am folgenden Tag, dem 20. Dezember 1781, schreibt Goethe:

> Coocks Todt kommt mir nicht aus dem Sinne, möge doch das Schicksaal iedem den es liebt einen Todt geben der so analog zu seinem Leben sey wie dieser war. Er ist in allem Betracht schön und auch schön daß die wilde Majestät ihre Rechte der Menschheit auf ihn behauptet hat.[19]

Die Aussage des letzten Satzes ist nicht eindeutig und daher der Interpretation schwer zugänglich. Ich habe ihn nicht wörtlich übersetzt und werde ihn noch diskutieren.

Goethes Anspielung auf Cooks Tod wurde nur wenige Monate vor der Todesstunde seines Vaters geschrieben, zu einer Zeit, als Goethes Gedanken sich mit der Krankheit seines Vaters beschäftigt haben müssen. Daher muß die Bemerkung der Todesart einer Person verstanden werden als Ausdruck seiner Gefühle in bezug auf die Krankheit seines eigenen Vaters.

Die beiden von mir aus den Briefen vom 19. und 20. Dezember zitierten Bemerkungen betrachten, so verstehe ich sie, Cooks Tod aus zwei verschiedenen Perspektiven. Im ersten Brief werden die Vergöttlichung eines Menschen und dessen Weiterleben für unvereinbar erklärt. Offenbar war Goethe durch den Bericht über die Vergöttlichung eines Zeitgenossen tief beeindruckt. Ich kann mir gut vorstellen, daß eine solche Idee seine ehrgeizigen Phantasien entfachte. Im zweiten Brief wird das Verhältnis zwischen der Art des erlittenen Todes und der Form des vorangegangenen Lebens hervorgehoben. Der Tod ist als Fremdkörper aufgefaßt, den eine höhere Macht in das Leben eines Menschen einbringt. Mit der »wilden Majestät« spielte Goethe, wie ich glaube, auf das Schicksal an, als ob möglicherweise der Akt der Vergötterung das Schicksal davon abgehalten hätte, Cook dem eisernen Gesetz einer begrenzten Lebensspanne zu unterwerfen. Es klingt für mich so, als ob Goethe bei dieser Verbindung mit der Idee oder Phantasie gespielt habe, daß unter besonderen Umständen ein menschliches Wesen eine unendliche Lebenszeit erlangen könnte. Weiterhin klingt es wie Überraschung oder Ehrfurcht, daß das Schicksal auch diesen Mann gefällt haben sollte, nachdem er von Sterblichen zum Gott erklärt wurde. Diese wenigen Sätze stehen vermutlich für ein Labyrinth von Phantasien, von denen eine, die mir die wichtigste zu sein scheint, darin besteht, daß die Zukunft eines Menschen von dem abhängen kann, was seine Zeitgenossen von ihm glauben. Diese Phantasie kann der Schlüssel zu Goethes unbezähmbarem Drang sein, berühmt zu werden und nach ewiger Größe zu streben. Aber dieser Gedanke muß auch den Konflikt des drohenden Todes seines Vaters verschärft haben.

Sein Vater war zum Kind geworden, er hatte sein Gedächtnis verloren und starb nicht wie ein Held oder wie ein Gott. Die ganze Ambivalenz des kleinen Jungen gegen den Vater ist ein für allemal in seiner Bemerkung aufgehoben, daß ein vergöttlichter Mensch sterben soll. Auf dem Gipfel der ödipalen Rivalität und kurz danach wird der Vater vom kleinen Jungen vergöttert, aber die hinter der Vergöttlichung lauernde Ambivalenz erreicht ebenfalls ihren Höhepunkt. Es klingt beinahe so, als ob er sagte: ›Ich verehre Vater so sehr, daß ich ihn in den Himmel wünsche und er den Platz Gottes einnimmt.‹ Aber dies war vermutlich nicht Goethes Problem zu jener Zeit, als sein Vater einen schmachvollen Tod in seniler Schwäche starb. Vielleicht war die gedankliche Beschäftigung mit Cooks Tod verbunden mit einem Wunsch folgender Art: ›Wenn mein Vater ein großer Mann gewesen und den Tod eines Helden gestorben wäre, könnte ich sein Sterben leichter ertragen, als wenn ich die unausweichliche Ambivalenz aushalten muß, die die Folge seines erbärmlichen Zurücksinkens zum Kind ist.‹

Es ist bemerkenswert, daß nach dem Tod aus den Briefen von Goethes Mutter alle Erwähnungen des älteren Goethe verschwanden. Sicher: nicht alle Briefe haben sich erhalten (vgl. 340). Aber ich vermute, daß es kein bloßer Zufall ist, daß solche Erwähnungen gerade in den vorhandenen fehlen.[20]

Die beiden einzigen ausführlichen Bemerkungen über den Vater in Goethes Briefen nach dem Tod von Johann Kaspar Goethe sind eindrucksvoll.[21] Am 3. Dezember 1812 schrieb er an seinen Freund Zelter (dessen Stiefsohn[22] sich kurz zuvor erschossen hatte). Nach einleitenden Worten des allgemeinen Trostes fährt Goethe fort:

> Über die That oder Unthat selbst weiß ich nichts zu sagen. Wenn das *taedium vitae* den Menschen ergreift, so ist er nur zu bedauern, nicht zu schelten. Daß alle Symptome dieser wunderlichen, so natürlichen als unnatürlichen Krankheit auch einmal mein Innerstes durchrast haben, daran läßt Werther wohl niemand zweifeln. Ich weiß recht gut, was es mich für Entschlüsse und Anstrengungen kostete, damals den Wellen des Todes zu entkommen, sowie ich mich aus manchem spätern Schiffbruch auch mühsam rettete und mühselig erholte. [...] Wenn man sieht, wie die Welt überhaupt und besonders die junge, nicht allein ihren Lüsten und Leidenschaften hingegeben ist, sondern wie zugleich das Höhere und Bessere an ihnen durch die ernsten Thorheiten der Zeit verschoben und verfratzt wird, so daß ihnen alles, was zur Seligkeit führen sollte, zur Verdammniß wird, unsäglichen äußern Drang nicht gerechnet, so wundert man sich nicht über Unthaten, durch welche der Mensch gegen sich selbst und andere wüthet. Ich getraute mir, einen neuen Werther zu schreiben, über den dem Volke die Haare noch mehr zu Berge stehn sollten als über den ersten. Laß mich noch eine Bemerkung hinzufügen. Die meisten jungen Leute, die ein Verdienst in sich fühlen, fordern mehr von sich als billig. Dazu werden sie aber durch die gigantische Umgebung gedrängt und genöthigt. [...] Niemand bedenkt leicht, daß uns Vernunft und ein tapfe-

res Wollen gegeben sind, damit wir uns nicht allein vom Bösen, sondern auch vom Übermaaß des Guten zurückhalten.[23]

Ich habe aus diesem Brief nicht nur deshalb so ausführlich zitiert, weil er Goethes starke Identifikation mit der jungen Generation zeigt (was Goethe zum Unglück für seinen Sohn August nicht auf seine eigene Nachkommenschaft übertragen konnte), sondern auch deswegen, weil er im selben Gespräch — und das war vielleicht mehr als ein Zufall — ausdrücklich von seiner Beziehung zu seinem Vater spricht. Er hatte Zelter einen Teil des Manuskripts von *Dichtung und Wahrheit* geschickt, worüber Zelter seine Meinung zum Ausdruck gebracht hatte. Goethe fährt fort:

> Ich freue mich, daß die Schilderung meines Vaters eine gute Wirkung auf dich hervorgebracht. Ich will nicht leugnen, daß ich die deutschen Hausväter, diese Lorenz Starke[24], und wie sie heißen mögen, herzlich müde bin, die in humoristischer Trübe ihrem Philisterwesen freyes Spiel lassen, und den Wünschen ihrer Gutmüthigkeit unsicher in den Weg treten, sie und das Glück um sich her zerstören. In den folgenden zwey Bänden bildet sich die Gestalt des Vaters noch völlig aus; und wäre sowohl von seiner Seite als von der Seite des Sohns ein Gran von Bewußtseyn in dieß schätzbare Familienverhältniß getreten, so wäre beyden vieles erspart worden. Das sollte nun aber nicht seyn und scheint überhaupt nicht für diese Welt zu gehören. Der beste Reiseplan wird durch einen albernen Zufall gestört und man geht nie weiter, als wenn man nicht weiß, wohin man geht.[25]

Hier wendet sich Goethe in unmißverständlichen Worten gegen die falsche Auffassung, daß der Konflikt zwischen ihm und seinem Vater als eine Kette von Mißverständnissen zwischen einem wohlgesonnenen Vater mit rauher Schale und einem zügellosen Sohn interpretiert werden könnte. Goethe leitete die Notwendigkeit des Konflikts aus der Natur der Vater-Sohn-Beziehung ab. Es ist mir nicht klar, was Goethe mit »Gran von Bewußtseyn« genau meinte, aber das bleibt von untergeordneter Bedeutung, denn Goethe investierte in jedem Fall nicht viel Kapital in die Verbesserung dieser Familienbeziehung. Er erkannte seinen Teil von Verantwortung an. Bei Zelters Stiefsohn scheint er für die jüngere Generation Partei zu ergreifen gegen die Welt, die infolge ihrer Verrücktheiten das noch nicht voll Entwickelte zermalmt. In der Beurteilung seiner eigenen Erziehung war sein Urteil gemäßigter. War dies nur deshalb möglich, weil er sich im vorangehenden Teil des Briefes so heftig ausgesprochen hatte? Jedenfalls gewinnt man den Eindruck, daß für ihn das ganze Problem mehr zu einer gedanklichen und intellektuellen Arbeit wurde als daß sie wirkliche Leidenschaft und engagierte Parteinahme hervorrief. Die gesamte Frage wurde auf das Niveau von adoleszenten oder postadoleszenten Widersprüchen verlagert, und die im *Wilhelm Meister* so eindrucksvoll dargestellten infantilen Wurzeln waren ausgelassen. Aber man kann in dieser Passage noch das letzte Kräuseln einer emotionalen Welle spüren, die in voller Wucht ihren Ausdruck in einem Brief vom 10. November 1772 an Lottes Verlobten Kestner fand:

> . . . lieber Gott wenn ich einmal alt [wie Vater] werde, soll ich dann auch so werden. Soll meine Seele nicht mehr hängen an dem was liebenswerth und gut ist. Sonderbar, dass da man glauben sollte ie älter der Mensch wird, desto freyer er werden sollte von dem was irrdisch und klein ist. Er [Vater] wird immer irrdischer und kleiner.[26]

Von dieser tiefen Verzweiflung über das Irdische und die Kleinheit des Vaters, die während der Jahre vor dem Tod seines Vaters und unmittelbar danach so schwer auf ihm lastete, ist in seinen Worten über seinen Vater, die er an Zelter schrieb, kaum etwas zu vernehmen, klang aber schrill in den Ohren, als er den Selbstmord des jungen Flöricke zu erklären versuchte.

In der anderen Stelle, die der betagte Goethe über seinen Vater schrieb, ist nichts mehr davon übrig. Es handelt sich um den Entwurf eines Briefes (vom 19. September 1816) an seinen Sohn August (1789—1830), der im Alter von elf Jahren als legitimer Sohn anerkannt wurde. Ich habe nicht herausfinden können, welche Ereignisse zu diesem Brief führten, aber August hatte Goethe offenbar über seine Absicht informiert, für ein Darlehen zu bürgen, das einer seiner Freunde aufnehmen wollte.

> Ohne in den besondern Fall einer zu übernehmenden Bürgschaft, den du mir, mein lieber Sohn [schrieb Goethe], vorlegtest, einzugehen, muß ich dir Nachstehendes zu Herzen geben.
>
> Als mich mein seliger Vater einigermaßen ausstattete, war unter andern guten Lehren, die er mir zugleich ertheilte, eine, die einem Befehl glich, daß ich bey seinem Leben keine Bürgschaft eingehen und auch nach seinem Tode diese Warnung immer bedenken solle.
>
> Denn sagte er: wenn du baares Geld hast, so magst du es einem Freunde auch ohne große Sicherheit leihen. Willst du es verschenken, so ist auch

> nichts dagegen zu sagen, borgst du, so wirst du dich einrichten Interessen zu bezahlen und das Capital abzutragen; verbürgst du dich aber, so versetzest du dich in einen unruhigen Zustand, der desto peinlicher ist, als du dich unthätig ja leidend verhalten mußt. Niemand verbürgt sich leicht, außer wenn er glaubt, er laufe keine Gefahr, ist aber die Verbürgung geschehen, so fühlt er sich gar bald, besonders in sorglichen Augenblicken, von einem in der Ferne sich zeigenden Übel bedroht, welches um so fürchterlicher erscheint, als er fühlt, daß er ihm nicht gewachsen sey, wenn es näher treten sollte.
> Das Leben für einen Freund zu wagen wie für dich selbst, ist löblich, denn der Augenblick entscheidet; aber dir auf unbestimmte Zeit, oder wohl gar auf's ganze Leben Sorge zu bereiten, und deinen sichern Besitz wenigstens in der Einbildungskraft zu untergraben, ist keineswegs räthlich: denn unsere körperlichen Zustände und der Lauf der Dinge bereiten uns manche hypochondrische Stunde, und die Sorge ruft alsdenn alle Gespenster hervor, die ein heiterer Tag verscheucht.
> So war die Gesinnung meines Vaters und so ist auch die meinige geblieben. Ich habe in meinem Leben viel, vielleicht mehr als billig, für andere gethan, und mich und die Meinigen dabey vergessen; dieß kann ich dir ohne Ruhmredigkeit sagen, da du manches weißt; aber ich habe mich nie verbürgt, und unter meinem Nachlaß findest du keinen solchen Act. Habe daher das alte Sprichwort vor Augen und gedenke mein.[27]

Hier erreicht die Stimme von Goethes Vater dessen Enkel aus der Unterwelt. Sie klingt wie die eines Gesetzgebers, über dessen Weisheit nicht diskutiert werden darf, und Goethe hatte sie zu seiner eigenen gemacht, oder vorgegeben, sie sei seine eigene. Dies geschah in einer typischen Situation. Der Großvater wird von Goethe gegen den eigenen Sohn ausgespielt. Die ganze Ambivalenz, die einstmals zu Zeiten gegen den Vater gerichtet war, wird jetzt auf den Sohn übertragen. Was Goethe wirklich sagt, ist die Argumentation, der Grund dafür, warum er dem Sohn etwas abschlagen müsse, sei die Weisung seines eigenen Vaters. Dabei mag die Absicht mit eine Rolle gespielt haben, die Aggression des enttäuschten Sohnes von ihm weg auf den Großvater zu lenken, so als ob der Sohn jetzt dieselbe Aggression gegen seinen Großvater entwickeln sollte, die der Vater einst gegen seinen eigenen Vater empfunden hatte.[28] Der Brief belegt, daß in Goethes Beziehung zu seinem Vater ein bezeichnender innerer Umschwung stattgefunden haben muß. Der Vater hatte trotz allem göttliche Gestalt angenommen, hatte das, was »irdisch und klein« ist, abgestreift, und war zu dem geworden, was er geschichtlich immer gewesen war, der Urquell von Recht und Weisheit.

Aber es wird lange Zeit in Anspruch nehmen und einen harten Kampf kosten, bevor diese innere Vergöttlichung des Vaters vollendet ist, und wir müssen zum Beginn dieses Prozesses zurückkehren — wo wir den Weg verlassen haben —, als Goethe sein poetisches Ebenbild entfaltete. Das erste Buch des Romans fährt fort in der Darstellung des Vaterkonflikts jenseits des Kindesalters. Wilhelms Vater ist ein Kaufmann, und Wilhelm muß in dessen Kontor arbeiten. Das Gute, das der Junge, ohne den »wahren Geist« eines Kaufmanns zu besitzen, für das väterliche Unternehmen bewirkt, wird genauestens aufgeführt. Im Grunde seines Herzens freilich ist der Junge nur vom Theater fasziniert.

Der alte Dissens zwischen Goethe und seinem Vater in bezug auf die Karriere als Jurist ist hier in ein anderes Milieu versetzt. Im Roman tobt die Hauptauseinandersetzung zwischen Vater und Sohn über Wilhelms Verachtung des Geldes.

> Wilhelms Geist war lang über diese niedre Bedürfnisse weg, besonders da ihm in seines Vaters Haus nichts abging, und er war viel zu lebhaft und aufrichtig, als daß nicht manchmal, selbst gegen seinen Vater, die Verachtung des Gewerbes durchgeblickt hätte. Er hielt es für eine drückende Seelenlast, für Pech, das die Flügel seines Geistes verleimte, für Stricke, die den hohen Schwung der Seele fesselten, zu dem er sich von Natur das Wachsthum fühlte. Manchmal gab's über irgend eine solche Äußerung Streit zwischen Vater und Sohn, an dessen Ende der Alte meist erzürnt, der Junge bewegt und die Sache dadurch nichts besser ward, indem jede Partei nur ihrer Meinung gewisser zu werden schien, und Wilhelm, der seinen Vater liebte, auch nicht gerne angefahren war, sich mehr in sich selbst verschloß. Sein Gefühl, das wärmer und stärker ward, seine Einbildung, die sich erhöhte, waren unverrückt gegen das Theater gewendet, und was Wunder?[29]

Dann folgt eine Beschreibung über die Öde und Leere des bürgerlichen Lebens, die bar jedes Heroischen, bar aller Kontakte zur Natur und der Liebe zu ihr ist, dagegen bedrückend in ihrer Monotonie und Einsamkeit.

Hier scheint sich ein Gefühl von Schuld verspätet einzustellen. Das Verlangen, die bürgerliche Gesellschaft zu verlassen und in die Welt des Theaters einzutreten, das zentrale Thema im *Wilhelm Meister,* entspricht Goethes Sprung aus der bürgerlichen Gesellschaft in den Adel. Dieser Sprung wurde mit der Behauptung gerechtfertigt, die bürgerliche Kultur ersticke das Junge, das Romantische, das Leidenschaftliche und Abenteuerliche. Aber die Alternativen des Romans, zwischen denen Wilhelm wählen muß, sind nicht Bürgertum und Adel, sondern ehrbare Bürgerlichkeit und die übel beleumdete Welt des Theaters. Das Merkmal von Selbstsucht, dessen eine Person verdächtigt werden kann, die ihre eigene soziale Gruppe verläßt, war getilgt, und Wilhelm in eine Außenseitergruppe hineingezogen, der es an Sicherheit fehlte, die gering geschätzt und diskriminiert wurde. Zur gleichen Zeit gewinnt das Theater die Bedeutung einer missionarischen Sendung.

> Wo ist ein Sicherplatz gegen die Langeweile wie das Schauspielhaus, wo verbindet sich die Gesellschaft angenehmer, wo müssen die Menschen eher gestehen, daß sie Brüder sind, als wenn sie an der Gestalt, an dem Munde eines Einzigen hangend alle in Einer Empfindung schwebend empor getragen werden? Was sind Gemählde und Statuen gegen das lebendige Fleisch von meinem Fleisch, gegen das andre Ich, das leidet, fröhlich ist und jede gleichgestimmte Nerve in mir unmittelbar berührt? Und wo läßt sich mehr Tugend vermuthen, bei dem gedrückten Bürger, der in ängstlich schmutzigem Gewerb seine Nahrung zusammen schleppt, oder bei dem, dessen Kunst, die ihm Brot gibt, zugleich die edelsten größten Gefühle der Menschheit durchdringt, der Tugend und Laster täglich in seiner Blöße studirt und darstellt und die Schönheit und Häßlichkeit am lebhaftesten fühlen muß, eh' er sie andre so lebhaft empfinden lassen kann.[30]

Das sind die Worte, mit denen Wilhelm die Welt des Theaters preist und idealisiert. Unter denen, welche diesen entzückten Worten lauschen, befindet sich auch Mariane, eine Schauspielerin, in die sich Wilhelm verliebt hat, dessen bürgerliche Schüchternheit aber bislang verhinderte, seine Gefühle zu gestehen.

Bei dem Versuch, die Motive zu rekonstruieren, die Wilhelm so intensiv zum Theater ziehen, müssen drei Gruppen unterschieden werden.

(1) *Das geschichtliche Motiv.* Das Puppenspiel hinterließ in Wilhelm einen unauslöschlichen Eindruck. In frühen Jahren war es ein Ersatz und Ventil für sexuelle Neugier geworden, und daher standen viele Deckerinnerungen archaisch sexueller Erfahrungen nach dem Prinzip des Wiederholungszwangs im Zusammenhang mit dem Puppenspiel.

Wilhelm hat seine erste und einzige sexuelle Beziehung mit der eben erwähnten Mariane. Doch es wäre falsch zu glauben, daß nur glückliche, freudige (oder möglicherweise freudige) Gefühle mit Wilhelms frühen Erfahrungen mit dem Theater verbunden waren. Als er selbst ein Puppenspiel vor einer Gruppe von eingeladenen Kindern aufführte, ging alles bestens,

> außer daß Wilhelm in dem Feuer der Action seinen Jonathan fallen ließ und er genöthigt war, mit der Hand hinunter zu greifen und ihn zu holen, das denn die Illusion sehr unterbrach, ein großes Gelächter verursachte und ihn unsäglich kränkte.[31]

Jonathan war natürlich eine der Puppen in einem biblischen Stück, aber der Ausdruck des Vorgangs spielt deutlich auf eine sexuelle Demütigung an. Jonathan, der reinste der biblischen Helden, das Symbol sublimierter männlicher Freundschaft, getötet in einem Kampf, konnte gut als Penissymbol dienen. Die dargestellte Passage kann dann auf das demütigende Erlebnis der Impotenz beim Erwachsenen hindeuten, das dann rückprojiziert wurde in eine Deckerinnerung aus der Kindheit (vgl. 157), oder zu einem kindlichen Versuch des Sexualverkehrs oder seines Äquivalents.[32] Wieder in Übereinstimmung mit dem Wiederholungszwang ist Mariane Wilhelm untreu. Obwohl sie von ihm schwanger ist (ohne daß er dies weiß) und er sie heiraten will, unterhält sie weiterhin eine Liebesaffäre zu einem wohlhabenden Mann. Wilhelm findet dies zufällig heraus, kurz nachdem er sich entschlossen hat, ihr eine Entführung vorzuschlagen. Der Schock stürzt ihn in eine ernsthafte Krankheit.

(2) *Das Es-Motiv.* Aus dem ersten Buch des frühen *Wilhelm Meister* wird überdeutlich klar, daß, wie in allen Fällen dieser Art, Exhibitionismus und Voyeurismus die hauptsächlichen prägenitalen Strebungen sind, die Wilhelm unerbittlich zum Theater zwingen. Weitere Zitate sind nicht notwendig. Man muß auch daran erinnern, daß sich der erste Kontakt des Jungen mit dem Glanz und der Herrlichkeit des Adels unter Umständen vollzog, die seine exhibitionistischen und voyeuristischen Strebungen bedeutend stimuliert haben müssen, nämlich bei der Kaiserkrönung in Frankfurt. Hier warf eine Volksmenge ihre gierigen Augen auf ein oder zwei Personen, die mit majestätischer Ruhe umherflanierten und ihre Zurschaustellung akzeptierten. Die Tatsache, daß in beiden Welten, in der des Theaters so gut wie im höheren

Adel, dieselben prägenitalen Strebungen Befriedigung finden konnten, muß man im Gedächtnis behalten, wenn man den Hintergrund der Bedeutung des *Wilhelm Meister* begreifen will.

(3) *Das Ich-Motiv.* In Wilhelms weitschweifiger Verteidigung der Schauspieler und des Theaters, die ich oben zitiert habe, offenbart er eine wichtige Hoffnung, der wir in einem entscheidenden kritischen Augenblick wiederbegegnen werden. Er beschreibt eine Situation, in der alle Mitglieder einer Gruppe sich durch dieselbe gleichzeitige Empfindung vereinigen. Die Isolation des individuellen Mitglieds der Gruppe hört auf; Schauspieler und Publikum sind von derselben Empfindung durchdrungen, und obwohl Aktivität und Passivität ungleich verteilt sind, wird die gesamte Gruppe zu einer psychischen Einheit durch das spontane Sich-Ausliefern aller Teilnehmer an das identische emotionale Erlebnis. In Wilhelms Verteidigungsrede war die Erfüllung einer Überichforderung eingeschlossen. Dies würde keine Diskussion erfordern, wenn nicht das seltsame Beharren auffiele, daß die höchsten Tugenden auf dem Theater existierten, wo in Wirklichkeit Laster, Oberflächlichkeit und Eitelkeit vorherrschten, zu Goethes Zeit vielleicht sogar mehr als in modernen Zeiten. Solch naiver Idealismus war Goethe ganz fremd, so weit wir ihn aus den geschriebenen Zeugnissen kennen. Er setzte hier einen Aspekt seines adoleszenten Idealismus fort, für dessen Korrektur er einen höheren Preis zahlen mußte als Wilhelm, der von ihm geschaffene Held.

3. Kapitel

Wilhelm Meister, 2. Buch (bis August 1782)

Das 2. Buch des frühen *Wilhelm Meister* wurde zum Teil schon geschrieben, bevor Goethes Vater starb, aber die Entstehung der Masse des Textes fällt in die ersten Monate danach.[1] Es handelt von Wilhelms Genesung von jener Krankheit, in welche ihn die Erkenntnis von Marianes Untreue gestürzt hat, ferner von dem Einfluß, den sein Schwager Werner auf ihn gewonnen hat, von seinen ersten Bemühungen als Stückeschreiber und von seinem Aufbruch zu einer Geschäftsreise auf Anraten von Werner. Goethes Erzählung von Wilhelm Meisters Krankheit und Genesung ist ein Meisterstück, das fast in einem Lehrbuch der sogenannten psychosomatischen Medizin stehen könnte. In *Dichtung und Wahrheit* berichtet Goethe, daß er auf die große Aufregung seiner ersten Verliebtheit, als die Episode mit dem rätselhaften Gretchen abrupt und mit einer Niederlage endete, mit physischer Krankheit reagierte, und der Leser wird sich der schrecklichen Umstände erinnern, unter denen Goethe aus Leipzig zurückkehrte.[2] Der Bericht von Wilhelms Krankheit erfordert eine genaue Untersuchung. Ich möchte hier nur die starke masochistische Färbung erwähnen, die auch in der Darstellung der frühen Krankheit in *Dichtung und Wahrheit* bemerkenswert ist. Dort schreibt er:

> So verbrachte ich Tag und Nacht in großer Unruhe, in Rasen und Ermattung, so daß ich mich zuletzt glücklich fühlte, als eine körperliche Krankheit mit ziemlicher Heftigkeit eintrat…[3]

Goethe erkennt die positive Wirkung der Krankheit, und er war sich offenbar bewußt, daß als einziger gangbarer Weg zur Lösung eines

Konflikts manchmal die Neuordnung und Reorganisation des biologischen Fundus erforderlich ist. Goethe stellt die physische Wirkung von Wilhelms Krankheit in folgender Weise dar:

> Mit der Weisheit einer verständigen Zuchtmeisterin griff sie [die Krankheit] durch, faßte jedes Übel in der Wurzel, kehrte das Oberste zu unterst, warf aus was zu grob war, verzehrte das Feinere, und unbarmherzig in ihren unaufhaltsamen Wirkungen brachte sie unsern Freund etlichemale an die Pforten des Todes. Aber auch ihre Cur war aus dem Grunde; alles Fremde und Falsche ward vertrieben, und der wohlgebaute Körper zu seinem künftigen Glücke in seinen innersten Verhältnissen wieder hergestellt.[4]

Man weiß nicht, wann Goethe diese Passage geschrieben hat. Es gilt festzuhalten, daß das 2. Buch des *Wilhelm Meister* vorherrschend das Problem der Trennung von einer geliebten Person und die Reaktion darauf behandelt. Mag das nun vor oder nach dem Tod des Vaters geschrieben sein: sicherlich wurde es zu einer Zeit geschrieben, als Goethe wußte, daß eine Trennung von höchster Bedeutung unmittelbar bevorstand oder schon eingetreten war, d. h. zu einer Zeit, als seine Seele bereits mit dem äußeren Druck belastet war, sich mit einer unwiderruflichen Trennung auseinandersetzen zu müssen. Wurde die meisterhafte Darstellung der Krankheit möglicherweise aus dem Streben geboren, das reale Eintreten des Verlustes abzuwenden, als der Abschied in der Phantasie reale Gestalt annahm?

Wilhelms Vater tritt im weiteren Verlauf der Erzählung in den Hintergrund. Wir erfahren, daß er krank wird, und Wilhelms Schwager Werner übernimmt die Rolle eines milden Vaters. Er bringt mehr Verständnis für Wilhelms problematische Persönlichkeit als der Vater auf und versucht ihm beizustehen, ohne auf seinen eigenen Prinzipien zu beharren. Werner trägt einige Züge von Goethes Schwager Schlosser, besonders aus der frühen Zeit ihrer Beziehung, als Schlosser nach Leipzig kam, um nach dem jungen Studenten zu sehen, um den sich die Eltern im fernen Frankfurt sorgten. Eine höchst bemerkenswerte Abweichung von der Realität läßt sich aber in der geringen Bedeutung erkennen, die Wilhelms Schwester Amalia im gesamten Gebäude des Romans spielt: Außer ihrem Interesse an Wilhelms poetischen Produkten und ihren beständigen Ermutigungen bleibt sie eine farblose Figur im Hintergrund.

Die gemäßigte ruhige Zwischenzeit von Wilhelms Genesung gibt

Gelegenheit, literarische Gegenstände zwischen dem verläßlichen und nüchternen Werner und dem idealistischen Wilhelm zu diskutieren, der von der Kunst des Theaters gegenüber allem anderen geradezu absorbiert ist. Eine Reihe von fünf fragmentarischen Essays (WA I, 51, S. 148—152), geschrieben von einem der Freunde Wilhelms über die Frage, warum Menschen Freude und Genuß am Drama, besonders an der Tragödie finden, scheint von großer psychologischer Bedeutung zu sein. Der Gegenstand klingt abstrakt, aber er berührt eines der Nervenzentren des Romans, nämlich das Problem menschlicher Emotionalität. Der Zauber, der für den menschlichen Geist von der Tragödie ausgeht, hat seit der Antike viele Philosophen verwirrt, denn wenn ein Mensch sich eine Tragödie ansieht, setzt er sich freiwillig Erlebnissen und Ereignissen aus, deren Zeuge er in Wirklichkeit unter keinen Umständen sein möchte, viel weniger noch wünscht, daß sie sich wirklich ereignen.

Die Ideen dieser fünf Essays können unter Benutzung moderner psychologischer Begriffe folgendermaßen wiedergegeben werden:

(1) Es wird ein Prinzip der menschlichen Natur beschrieben, das Freud (Fechner folgend) in die Psychoanalyse als das *Konstanzprinzip* eingeführt hat, die Tendenz des psychischen Apparats, die Quantität des psychischen Aufwands auf einem bestmöglichen Minimum zu halten. Dieser Gedanke ist natürlich im Roman in unwissenschaftlicher Sprache ausgedrückt.

(2) Es wird das *Lustprinzip* dargestellt, das die Erfüllung des Konstanzprinzips stört. Goethes Veranschaulichung ist bemerkenswert. Er bezieht sich auf den Masochismus und spricht von einer

> Art Lüsternheit nach dem Übel und eine dunkle Sehnsucht nach dem Genusse des Schmerzens [...] mit andern Gefühlen verwandt, unter andern Symptomen verhüllt ...[5]

Der Zustand der Indifferenz ist für den Menschen der abscheulichste. Die Begierde, in Erregung versetzt zu werden, ist so stark, daß der scheinbar Mäßige

> zwar nicht jeden Tag seines Lebens betrunken schließt, doch aber die ganze Summe seines Daseins früher als es bestimmt war aufzehrt.[6]

(3) Doch auch die Außenwelt dringt ständig herein, regt den Menschen an und auf und läßt ihn nicht zur Ruhe kommen.

> Von jedem was dem Menschen Sonderbares begegnet, wird er innig gerührt. Ein Übel, das vorüber ist, wird ihm zu einem Schatze der Erinnerung für sein ganzes Leben.[7]

Von allen Reizen, die auf den Menschen von außen einwirken, nimmt der visuelle Reiz einen besonderen Platz ein. Was man sieht, verwurzelt sich tiefer als das, wovon wir durch beschreibende Mitteilung Kenntnis erhalten. Goethe fährt fort mit einer Darstellung des Zusammenhangs von Zuschauen und Sadismus:

> Wie viel Tausende werden unwiderstehlich nach einer Execution, die sie verabscheuen, hingerissen, wie ängstet sich die Brust der Menge für den Übelthäter, und wie viele würden unbefriedigt nach Hause gehen, wenn er begnadigt würde und ihm der Kopf sitzen bliebe? Das sprudelnde Blut, das den bleichen Nacken des Schuldigen färbt, besprengt die Einbildungskraft der Zuschauer mit unauslöschlichen Flecken; schaudernd, lüstern blickt die Seele wieder nach Jahren zu dem Gerüste hinauf, läßt alle fürchterliche Umstände wieder vor sich erscheinen und scheut es sich selbst zu gestehen, daß sie sich an dem gräßlichen Schauspiele weidet. Viel willkommner sind jene Executionen, welche der Dichter veranstaltet.[8]

(4) In diesem Essay wird die gespaltene Natur der menschlichen Persönlichkeit angedeutet. Was dem einen Teil entsetzlich vorkommt, erscheint dem anderen als verlockend, und diese Verlockung kann am Ende von der gesamten Persönlichkeit Besitz ergreifen. Goethe schreibt:

> Der gesunde Mensch kann durch nichts gerührt werden, daß nicht zugleich die Saiten seines Wesens erschüttert werden sollten, von denen die entzückenden Harmonien des Vergnügens auf ihn herabströmen. Und selbst grausame zerstörende Begierden, worüber man sich auch bei Kindern entsetzt, die man durch Strafen zu vertreiben sucht, haben geheime Wege und Schlupfwinkel, wodurch sie zu den allersüßesten Vergnügungen hinübergehen. Alle diese innerlichen Gänge und Wege werden durch Schauspiele, besonders durch die Tragödie mit elektrischen Funken durchschüttert, und ein Reiz ergreift den Menschen; je dunkler er ist, je größer wird das Vergnügen.[9]

(5) In diesem Essay legt Goethe dar, daß der Haupteffekt, den das Theater vermutlich habe, in der moralischen Läuterung durch einen Todesschock bestehe. Er vergleicht das Theater mit einem Teich, der nicht nur klares Wasser, sondern auch Schlamm und Insekten enthalten muß, wenn Fische in ihm gedeihen sollen.

In diesen Aufsätzen wird Sadismus als infantile Wurzel des menschlichen Vergnügens der Tragödie entdeckt, ein Schritt vorwärts seit der im ersten Buch des Romans vertretenen Ansicht, wo Voyeurismus und Exhibitionismus hervorgehoben wurden. Sadismus vereinnahmt Zuschauer wie Schauspieldichter von vornherein, aber beide sind gerechtfertigt, denn wohin würde der Sadismus den Menschen führen ohne die Tragödie?

Von Goethe selbst wissen wir, daß er durch die gerechte Bestrafung, die er den bösen Charakteren seiner Schauspiele zumaß, eigene Erlösung zu erlangen suchte. Mit Bemerkungen über die sadistischen Strebungen als Bestandteil des Schreibens großer Tragödien war er sparsamer. Weiterhin behaupten die Aufsätze, die Existenz des Bösen sei in der menschlichen Natur verwurzelt, und die Tragödie, so wird verkündet, gehöre mit der anschaulichen Darstellung des Bösen zu den Errungenschaften der Kultur. Es ist verständlich, daß Goethe nicht Wilhelm diese Aufsätze schreiben läßt, sondern einen ungenannten Außenstehenden, denn sie stehen im Gegensatz zu Wilhelms reiner, naiver, dem Parzifal ähnlichen Natur. Aber die Essays zeigen, wie tief der Autor des *Wilhelm Meister* in Schuldgefühle ganz allgemein wegen seiner literarischen Kreativität verstrickt war, ein zusätzlicher Grund, warum er sich immer und immer wieder zur Malerei hingezogen fühlte, bei der er Landschaften bevorzugte, ein Gebiet, auf dem es sicherlich nur minimale Gelegenheiten zu Schuldgefühlen gab. Aber das Schreiben des *Wilhelm Meister*, oder wenigstens dieses Kapitels, diente dem Bedürfnis, Licht in dieses dunkle, rätselhafte Schuldgefühl zu bringen, das sich vermutlich hemmend auf seine dramatische Kreativität auswirkte. Sollte *Wilhelm Meister* beweisen, daß die große Tragödie in aller Reinheit und Sündelosigkeit der Seele geschrieben werden kann?

Der dritte Essay mit der Darstellung der Gefühle der Volksmenge während einer Hinrichtung gewinnt sogar noch größere Bedeutung, wenn man bedenkt, daß es zwei öffentliche Exekutionen durch Enthauptung in Frankfurt gab, während Goethe dort lebte, von zwei Frauen, die des Kindesmords schuldig gesprochen waren. Die eine wurde enthauptet, als Goethe neun Jahre, die andere, als er dreiundzwanzig Jahre alt war (vgl. 28). Das Vergnügen des Publikums an der Tragödie bedeutete für Goethe die Zulassung der sadistischen Strebungen. Der Mensch kann ohne Ventil für die infantilen sadomasochistischen Triebe nicht leben. Goethes Darstellung nötigt uns zu der Vermutung, daß sadomasochistische Tagträume bei ihm häufig vorkamen und obendrein schwer mit Schuld beladen waren.[10] Goethe entdeckte hier ein Medium, das Befriedigung versprach und außerdem die Umkehrung einer verbotenen Strebung in ein erlaubtes Ziel leistete. Das Schreiben einer Tragödie heißt dann: ›Ich empfinde keine Freude, wenn eine Frau totgeschlagen wird, aber ich dichte ein Stück, das die schlechten Instinkte des Menschen absorbiert und ihn zum Guten leitet.‹

Die große Nähe des Tragödienschreibens zum infantilen Sadomasochismus mag eine wichtige Wurzel für die Hemmung gewesen sein, die er beim Schreiben von Dramen zu überwinden hatte, und sie kann erklären helfen, warum so viele dramatische Pläne unvollendet blieben. Die Themen der Rettung einer Frau, oder das Wiederherstellen ihrer Ehre, oder ihre Erlösung nach ihrem Untergang tauchen häufig in seinen dramatischen Schöpfungen auf, wobei das hervorragende Beispiel Gretchen im *Faust* ist, die dasselbe Schicksal wie die arme hingerichtete Frau erleidet, als Goethe dreiundzwanzig war, und die er dann als alter Mann im Finale des zweiten Teils der Tragödie in göttlicher Schönheit wiederherstellte.

4. Kapitel

Wilhelm Meister, 3. Buch (bis 12. November 1782)

Das 3. Buch des *Wilhelm Meister* wurde zwischen August (?) und dem 12. November 1782 geschrieben. In ihm werden Wilhelm Meisters erste Abenteuer auf seiner Reise geschildert, die er auf Vorschlag seines Schwagers unternimmt, um Schulden für die Firma seines Vaters einzutreiben. Zuerst führt Wilhelm die Aufträge treulich und erfolgreich aus. Doch bald wird er durch die Schuld des Kutschers in eine Stadt geführt, in der er keine Geschäfte zu erledigen hat, wo aber eine Theatertruppe eine Vorstellung gibt. Er trifft ein Paar, Melina und seine Frau, die Goethe im 2. Buch eingeführt hatte. Melina ist ein Schauspieler, den Wilhelm aus der Zeit seiner Bekanntschaft mit Mariane kennt. Melina verliebte sich in die Tochter einer gutsituierten Familie und ging mit ihr durch, aber sie wurden verhaftet und kehrten wie Verbrecher zurück. Wilhelm hatte sie in ihrem demütigenden Reisedomizil getroffen, und da er Mitleid mit ihnen hatte, legte er bei den Eltern des Mädchens Fürsprache ein und erhielt deren Erlaubnis zur Heirat der Tochter, aber unter der Bedingung, daß sie nicht in der Stadt ihrer Eltern leben würden. Melina, der seinen Schauspielerberuf an den Nagel hängen wollte, wird so gezwungen, zur Bühne zurückzukehren, und auch seine Frau wird eine Schauspielerin. Wilhelm macht sich mit der ganzen Gruppe bekannt, von denen zwei Personen wichtig sind: Madame de Retti, die Leiterin der Truppe, eine männliche Frau mit überdurchschnittlichem Talent als Schauspielerin; ihr Liebhaber Bendel, ein Trunkenbold und als Schauspieler gänzlich inkompetent. Hier trifft Wilhelm auch Mignon, die problematischste Figur, die Goethe geschaffen hat. Unter dem Druck, zuerst von Melina, dann der Madame de Retti und dem Rest der Truppe verschiebt Wilhelm unter vielen Ausreden seine Abreise und wird mehr und mehr in die Geschäfte der Theatertruppe verstrickt. Nicht zuletzt wegen der Wirkung, die Mignon auf ihn macht, wird es Wilhelm zunehmend schwerer, sich aus dem Kreis seiner neuen Freunde zu lösen. Als er vor der Gruppe *Belsazar* vorträgt, eine Tragödie, die er wenige Jahre zuvor geschrieben hat,[1] wird entschieden, daß die Gruppe dieses Stück aufführen wird. Wilhelm hatte zuvor schon etwas Geld beigesteuert, um der Truppe finanziell zu helfen. Da es jetzt um sein eigenes Stück geht, schießt er beträchtliche Summen vor. Er studiert das Stück als Regisseur mit dem größten Eifer ein, und die Aufführung verspricht, außerordentlich zu werden, mit Ausnahme von Bendel, der in einer tragenden Rolle miserabel spielt. Am Abend der ersten Vorstellung ist Bendel in einer Verfassung, die sein Auftreten auf der Bühne unmöglich macht. Madame de Retti und Madame Melina flehen Wilhelm an, für ihn einzuspringen. Wilhelm hält dies für gänzlich unmöglich, aber als die Nachricht kommt, daß das Publikum rasend den Beginn der Vorstellung verlange und als Wilhelm fühlt, daß die Erfüllung seines uralten Wunsches vereitelt würde, es sei denn, er beuge sich der Notwendigkeit des Augenblicks, besiegt er diesmal seine Abneigung gegen den Schauspielerberuf und stimmt seinem Auftritt zu. Das Buch endet damit, daß Wilhelm in seinem Kostüm auf der Bühne steht, letzte Anweisungen für die Aufführung gibt und in die Seitenkulisse schreitet, als der Vorhang aufgeht.

Am 10. August 1782 schrieb Goethe an Charlotte von Stein:

> Heute früh habe ich das Capitel im Wilhelm geendigt wovon ich dir den Anfang dicktirte. Es machte mir eine gute Stunde. Eigentlich bin ich zum Schriftsteller gebohren. Es gewährt mir eine reinere Freude als iemals wenn ich etwas nach meinen Gedancken gut geschrieben habe. Lebe wohl. Erhalte mir die Seele meines Lebens, Treibens und Schreibens.[2]

Diese Bemerkung von Goethe, daß er zum Schriftsteller geboren sei, ist in vieler Hinsicht höchst bemerkenswert. Es ist überraschend, daß sie ihn wie eine Erleuchtung überkam, obgleich der Sachverhalt seiner Umgebung schon lange klar war. Auffallend ist auch, wie tief Goethes Zweifel an seiner literarischen Qualität gesessen haben müssen. Das deutsche Wort »eigentlich«, das ich mit »after all« übersetzt habe, zeigt den Widerstand an, gegen den Goethe angehen mußte, um seine

Schlußfolgerung durchzusetzen. Aber seine Beziehung zu Charlotte von Stein hatte ihn schließlich dazu gebracht, sich als jemand mit einer objektiven gesellschaftlichen Funktion zu fühlen, die sozusagen angeboren war (d. h. mehr als erworben wie bei denjenigen, mit denen er sich abgeben mußte) und mit der er sich völlig identifizierte.

Man kann hier die überraschende Beobachtung machen, daß die Entwicklung im Autor parallel zu der des Helden im Roman verlief. Das Liebesobjekt mag nur eine sekundäre Rolle bei dieser Entdeckung gespielt haben, und Goethes Entscheidung, ein Schriftsteller zu sein oder zu werden, fiel mit der Gestaltung jener Szene zusammen, in der Wilhelm Meister mit seiner bürgerlichen Vergangenheit bricht und sich öffentlich als Dichter erklärt und als Schauspieler auf der Bühne auftritt.[3]

Man bemerkt hier eine Art Rückwirkung des Geschöpfes auf den Schöpfer. Zuerst trifft der fiktionale Held, d. h. Goethes Selbstprojektion eine konsequente Entscheidung, und dann erreicht der Autor hinterherhinkend das Niveau, auf dem er seinen eigenen Schatten zurückgelassen hatte. Vielleicht haben wir es hier mit einem Phänomen zu tun, das sich weit häufiger ereignet als bekannt ist. Wie viele Träume mögen zu großen Taten inspiriert haben, weil ihr Träumer sie als Botschaften eines Gottes nahm; wie viele Visionen haben den Menschen dazu gebracht, eine bestimmte Richtung einzuschlagen – und sind nicht Traum und Vision Projektionen des Selbst des Menschen? In Goethes Fall gibt es natürlich zwei Besonderheiten: erstens zweifelte er nicht daran, daß Wilhelm sein eigenes Geschöpf war, und er unterstellte niemals, daß er den Charakter durch göttliche Inspiration geschaffen habe; und zweitens hatte er jetzt durch seine Liebe zu Charlotte von Stein für mehrere Jahre die Hauptkraft seines Handelns erlangt.

Wie sollen wir die Tatsache beurteilen, daß Goethe in diesem wichtigen Augenblick weniger durch das Liebesobjekt als durch die Handlungen eines fiktionalen Helden motiviert wurde, der eine Projektion seines Selbst war? War es der Tod des drohenden Vaters, das aufheiternde Erlebnis, eine Situation zu meistern, trotz des Traumas, das er erlitt, der gleichzeitig sich vollziehende Aufstieg fast bis an die Spitze eines Fürstentums, die Erhebung in den erblichen Adelsstand – statteten alle diese Gefühle das Ich mit einem solchen Gefühl von Sicherheit und Macht aus, daß er fähig wurde, sich aus der Abhängigkeit von einem geliebten Menschen zu lösen und zu einem Zustand heranzureifen, der zuvor verdrängt war? War der Tod seines Vaters notwendig, bevor das Ich sich selbst finden und frei erklären konnte, was es wirklich wollte? Wie viele Ängste und böse Vorahnungen aber müssen mit dem Verlangen, ein Dichter und Autor zu sein, verbunden gewesen sein, wenn so viele Absicherungen benötigt wurden. Um dies zu verstehen, müssen wir uns Wilhelm genauer ansehen. Die Grundzüge seiner Karriere niederzuschreiben empfand Goethe offenbar als einen so tiefen Bruch, als eine so tiefe Tabuverletzung, wie es für Wilhelm einen tiefen Einschnitt bedeutete, Schauspieler zu sein.[4] Was die Schauspielerei anging, so hatte Goethe seine hochwohlgeborenen Genossen dazu gebracht, auf Weimars Amateurbühne aufzutreten, und als das 3. Buch des *Wilhelm Meister* geschrieben wurde, war der üble Leumund des Theaters bereits allmählich im Schwinden begriffen. Und wie der Status eines Autors für Wilhelm waren für Goethe seine literarischen Schöpfungen sein Stolz, und er veröffentlichte seine Meisterwerke fast niemals unter einem Pseudonym. Schriftstellerei war aber offenbar nur als Nebenbeschäftigung annehmbar, einen Beruf daraus zu machen war, glaube ich, nicht üblich. Wieland, Herder, Lessing hatten Berufe, die weit von der Schriftstellerei entfernt waren, wenn auch diese Berufe für sie weniger wichtig gewesen sein mögen. In jenem Brief vom 10. August 1782, den ich schicksalhaft zu nennen geneigt bin, habe ich den Eindruck, daß Goethe sich eine Existenzform vorstellte, bei der alles Materielle und Geistige dieser einen Funktion untergeordnet wurde. Und von dieser Idee mag Goethe gefühlt haben, daß sie ihn über die Grenzen jener Gesellschaftsschicht führen würde, deren größter Repräsentant er werden sollte (vgl. 377).

Bei der Entdeckung seiner wahren gesellschaftlichen Funktion profitierte Goethe wiederum von dem Fortschritt, den er in seiner Beziehung zu Charlotte von Stein gemacht hatte. Während er seine Fortschritte bis dahin als Verbesserungen innerhalb seiner Beziehung erlebt hatte (was sie vermutlich auch waren), nahm er hier einen Standpunkt ein, der aus allen Verstrickungen mit der geliebten Frau deutlich gelöst war und seine Position in der Welt unabhängig von ihr machte. Man würde gern mehr über diesen Prozeß wissen, in dessen Verlauf der Griff der geliebten Frau nach seinem Leben sich zu lockern und Goethe ihr aus den Händen zu gleiten begann, offenbar ohne daß sie oder Goethe es bemerkten. Der gleiche Vorgang kann im psychoanalytischen Prozeß beobachtet werden, wenn die an ein Symptom gebundene Energie sich lockert und in die Welt hinausströmen kann. Im analytischen Prozeß ist der Analytiker das erste Objekt, in das die befreite Libido investiert wird. Wäre dieses Objekt nicht zur Hand, könnte die Libido nicht von dem Symptom abgezogen werden. Der weitere Wechsel der Libido des Patienten vom Analytiker zur Welt im ganzen erfordert weitere therapeutische Schritte. So bemerken wir auch bei Goethe den Fluß der befreiten Libido zum Liebesobjekt, und jetzt beobachten wir den teilweisen Abzug dieser freigewordenen Libido vom Liebesobjekt.

Doch als Goethe – nach Jahren des Kampfes, des Zögerns und Zauderns, nachdem er die größten literarischen Werke geschaffen hatte, sich aber trotzdem unausgesetzt zur Flucht ins Zeichnen, zu anderen Gebieten der Kunst oder zu vielen anderen, der Kunst vollständig fernliegenden Tätigkeiten gezwungen fühlte – diese schicksalhaften Worte über seine wahre Lebensmission schrieb, hatte er diese Entdeckung nicht, wie man erwarten würde, unter der Führung des alles umfassenden Liebesobjekts gemacht, sondern unter der Führung eines selbst geschaffenen Bildes, das sein eigenes Selbst repräsentierte. Dieser Vorgang findet in der psychoanalytischen Behandlung keine Entsprechung. Er erinnert mich an einen rätselhaften Vorfall in der Geschichte einer schizophrenen Patientin. Zu einer Zeit, als sie von Wahnvorstellungen ergriffen wurde, schrieb sie einen Roman, in welchem die Heldin das Opfer von Wahnvorstellungen war. Sie selbst hatte natürlich zu dieser Zeit keine Einsicht in die wahnhafte Natur ihrer eigenen Ideen, aber im Roman erschuf sie einen Menschen, von dem sie wußte, daß er an einer Geisteskrankheit litt. Das geschaffene Bild war ihr Spiegelbild, ohne daß sie sich dieser gefährlichen Beziehung bewußt war. Hier konnte man innerhalb des Bereichs der Psychopathologie beobachten, daß der Mensch im Prozeß des künstlerischen Erschaffens weiser war als außerhalb. Bis zu einem gewissen Grad mag der dem Mythos von Pygmalion zugrunde liegende psychologische Vorgang ähnlich sein. Die Frau, die Pygmalion schuf, ist vermutlich das Bild der eigenen Weiblichkeit des Künstlers. Indem der Bildhauer sich in das geschaffene Bild seiner selbst verliebt, erreicht er etwas, was er auf keinem anderen Weg erreicht hätte. Das ist der entscheidende Unterschied zum Mythos vom Narziß, dessen Liebe zu seinem eigenen Bild sich als fatal erweist. Narziß ist der unkreative Mensch, der von der Schönheit seines eigenen Bildes lediglich aufgesogen wird und das Opfer des Zuwachses an Selbstliebe ist. Die bei Goethes Schreiben des *Wilhelm Meister* und im Pygmalion-Mythos beobachtete therapeutische Wirkung wurzelt letztlich in einem biologischen Gesetz, das Freud in der selbstheilenden Wirkung von Angstträumen bei traumatischen Neurosen beschrieben hat (vgl. auch 83, S. 392 f.).

Es gab andere kleine Anzeichen dafür, daß trotz aller Versicherungen der Liebe die Vorstellung von Charlotte von Steins Ausschließlichkeit der Möglichkeit ihrer Ersetzung zu weichen begann. Es scheint ein ironischer Fingerzeig auf diesen Wandel zu sein, wenn Goethe (am 8. Juli 1782) schreibt, an einem Tag, der ohne Nachricht von ihr begänne, fühle er sich wie ein Kaffeetrinker ohne Frühstück, am 9. August 1782 aber sagt:

> Cervantes hält mich iezo über den Ackten wie ein Korckwamms den Schwimmenden.[5]

Derselbe Vergleich hatte Goethe einstmals dazu gedient, um zu beschreiben, wie sehr er Charlotte von Steins bedürfe und wie sehr er von ihr abhängig sei; jetzt aber wird Cervantes seinen Weg begleiten. Und am 8. September 1782[6] ließ er Charlotte von Stein wissen, daß er sich im Grunde unfähig fühle, seinen Garten vor der Stadt zu verkaufen, obwohl er sich dazu entschlossen hatte.

> Ich hatte dich zwey drey Tage immer gesehn und so glaubt ich mir das übrige nicht nothwendig. Hab ich dich denn immer?[7]

Hier wird der Garten zu einem notwendigen Ersatz für das Liebesobjekt erklärt, wenn dieses nicht da ist. Doch diese Passage läßt auch den Schluß zu, daß Ersatz für das Liebesobjekt möglich geworden ist.

Am folgenden Tag, nachdem er sich dafür entschieden hat, den Garten als sein Eigentum aus emotionalen Gründen zu behalten (denn das Wohnrecht in einer großen Stadt macht den Besitz eines Landhauses aus praktischen Erwägungen heraus überflüssig), schrieb Goethe:

> Ich legte mich zeitig zu Bette, mein gewöhnlich Mittel wenn mir's in der Welt unheimlich wird, und las und schlummerte und dachte an dich.[8]

Goethes schon früher erwähnte Gewohnheit, sich ins Bett zurückzuziehen, wenn die Welt bedrohlich scheint, ist bei vielen ein gängiges Verhalten. Obwohl man annehmen muß, daß die Bedeutung dieses Verhaltens von Person zu Person differiert, fühlt man sich geneigt zu behaupten, es bezeichne fast immer eine kurzzeitige partielle präödipale Regression. Die Welt wird bedrohlich, wenn eine alte Kindheitsangst ihr Haupt erhebt, und der Ort des Rückzugs — Bett oder heißes Bad — ist ein Ersatz für den Ort, wo jeder von uns sich einstmals am sichersten und glücklichsten gefühlt hat, nämlich für den Mutterleib. Der gleichzeitige und gleichförmige Reiz der gesamten Körperoberfläche verringert die unermeßliche Weite des Universums, in der das erwachsene Ich zu leben gezwungen ist, seit es aus der kleinsten möglichen Umgebung erwachte. Die enge warme Muschel und die bequeme Behaglichkeit sind ein undurchdringlicher Panzer gegen die Zudringlichkeit der Welt. Den folgenden Halbtraum träumte Goethe von der geliebten Frau, aber zugleich behielt er eine psychische Position bei, in der es ihm möglich war, auf die reale Gegenwart des wirklichen Objekts zu verzichten. Es gibt eine gewisse psychologische Ähnlichkeit zwischen dem Zuflucht-Suchen im Garten, den er nicht verkaufen wollte, und seinem Rückzug ins Bett. Er akzeptierte den Verlust des Gartens für kurze Zeit, wenn er dem Liebesobjekt nahe war, verwarf aber das Vorhaben sofort wieder, als ihn die Vorstellung selbst einer nur vorübergehenden Trennung traf; der Rückzug ins Bett mag notwendig geworden sein unter der Wirkung der Vorstellung, daß er entweder ohne das Liebesobjekt oder ohne den Garten leben müßte. Ein neuer Ersatz, der den Vorteil der ständigen Verfügbarkeit und deshalb Zuverlässigkeit besaß und vermutlich höchst sicher (wie das Archaischste) schien, tauchte in dem Augenblick auf, als Goethe sich bewußt wurde, daß das Ich der Spannung schwerer Frustrationen ausgesetzt werden könnte. Wiederum beeindruckt die Leichtigkeit, mit der regressive Mechanismen eingeschaltet wurden, ohne das realitätsgerechte Verhalten zu unterbrechen.[9] Das Ich hatte eine Reihe von Mechanismen erworben, welche es wirkungsvoll von dem auf ihm lastenden Druck befreiten, ohne eine destruktive Wirkung zu haben. Diese Mechanismen wurden gegenüber dem Objekt unabhängig und verschafften dem Ich einen weiteren Bereich an Freiheit.

Um die Zeit seines 33. Geburtstages herum schien Goethe einem Rückfall nahe zu sein. Es war sein erster Geburtstag nach dem Tod seines Vaters. Am 26. August 1782 schrieb er an Charlotte von Stein, die sich außerhalb der Stadt aufhielt:

> Wenn ich einen Tag gearbeitet habe, ohne dich Abends zu finden, so weis ich eben nicht wozu alle die Mühseeligkeit soll [...]
>
> Ich bin so gewohnt ausführlich gegen dich zu seyn, dir alles zu sagen

was ich dencke, daß mir es schweer wird dir zu schreiben. Es stellt sich mir alles auf einmal vor und ich mögte dir alles sagen.[10]

Und am folgenden Tag:

Liebe Lotte komm zurück! Ich weis bald nicht mehr warum ich aufstehe.[11]

Der letzte Satz klingt so, als ob Goethe zu einer vollen Objektbindung zurückgekehrt war.[12] Im Brief vom 26. August aber hatte Goethe behauptet, es sei der Überfluß an Material, das er ihr mitteilen wolle, der ihn vom Schreiben abhalte. Das erinnert an den Widerstand mancher Patienten, die zwei Gedanken zugleich haben und deshalb weder den einen noch den anderen aussprechen können.

Der schrittweise Prozeß, sich auf die eigenen Füße zu stellen, zeigte sich sehr stark außerhalb des privaten Bereichs seiner Beziehung zu Charlotte von Stein. Am 27. Juli 1782 schrieb Goethe an seinen Freund Knebel über seine neuen Pflichten auf dem Gebiet der Finanzen des Fürstentums. Er war sich voll bewußt, daß diese neue Ernennung ein Opfer für die nächsten zwei Jahre bedeutete. Er kannte auch das große Risiko, das er auf sich genommen hatte. Doch erklärte er fest, in zwei Jahren werde sich zeigen, ob »ich mit Ehren bleiben oder abdancken kann.« Dennoch erfreute er sich an der Vorstellung, die volle Verantwortung zu haben. Jetzt war der Augenblick gekommen, die Verantwortung allein zu tragen.

Nun hab' ich [...] zwey volle Jahre aufzuopfern, biss die Fäden nur so gesammelt sind daß ich mit Ehren bleiben oder abdancken kann. [...]

Dabey bin ich vergnügter als iemals denn, nun hab ich nicht mehr, wenigstens in diesem Fache das Gute zu wünschen und halb zu thun und das Böse zu verabscheuen und ganz zu leiden. Was nun geschieht muß ich mir selbst zu schreiben, und es würckt nichts dunckel durch den dritten und vierten, sondern hell gleich grade auf mich.[13]

Wenn sich die Staatsfinanzen noch weiter verschlechterten — und vielen Leuten war nicht bewußt, wie schlecht es um sie stand —, würde Goethe zur Verantwortung gezogen. Da seine Ausbildung ihn anscheinend nicht zu einem Finanzexperten gemacht hatte, hätte ihn der Vorwurf persönlichen Ehrgeizes und Intrige unvermeidlich getroffen, und sein Aufenthalt in Weimar hätte in einer Katastrophe geendet. Der Mut, mit dem er einer gefährlichen Zukunft ins Auge sah, und die Erleichterung, die er fühlte, indem er die Verantwortung allein auf seine Schultern lud, verraten das Erwachen einer neuen Haltung, deren starke Männlichkeit auffällt.

Das exhibitionistische Element in seinem Brief an Knebel trägt das Merkmal des phallischen Stolzes. Es gab vielleicht eine wirkliche Rivalität in dieser Sache mit seinem Freund Merck, einer der wenigen, die Goethe in mancher Hinsicht — wie ich glaube — als ihm übergeordnet ansah und den er seinen Mephisto nannte, vermutlich aus falschen Gründen (vgl. 429, S. 210). Der Leser möge sich daran erinnern, daß Goethe ihn im Oktober 1780 — es war ihre letzte Begegnung[14] — getroffen hatte und daß er über ihre Unterhaltung verärgert war. Wenige Monate zuvor (im Juni 1780) gab es ein politisches Ereignis, das in Deutschland großes Aufsehen erregte und bei dem Merck eine führende Rolle gespielt haben mag, jedenfalls erschien es seinen Zeitgenossen so[15] und also auch Goethe. Dieses Ereignis war der sensationelle Sturz des allmächtigen Carl Friedrich Moser (1723—1798), Kanzler am Hof von Darmstadt. Moser war in ganz Deutschland wegen seiner weitreichenden Reformen berühmt, die er schon eingeführt und geplant hatte, als auch wegen der absoluten und unangefochteten Machtstellung, die er am Hofe besaß. Als Ludwig IX. seine Demission nach acht Jahren Kanzlerschaft annahm, war dies eine wahre Sensation. Die folgenden Jahre waren für den ehemaligen Kanzler mit Anschuldigungen, Prozessen und Exil ausgefüllt, bis es unter dem neuen Monarchen, Ludwig X., 1790 zur Versöhnung kam. Welche Rolle Merck bei Mosers Sturz wirklich gespielt hat, ist, soweit ich weiß, nicht genau festgestellt worden, aber aus seinen Briefen (vgl. 262) geht klar hervor, daß er gegen Moser kompromißlos feindselig war, ihn des Schlimmsten beschuldigte und obendrein — wie man jetzt weiß — sein Bild ins Schlechte übertrieb und verfälschte.[16] Die ewigen Schwierigkeiten ergaben sich sowohl in Darmstadt wie in Weimar aus den Staatsschulden, und Moser wurde nachgesagt, er habe das Land von jeder Schuldenlast befreit, was Merck bestritt. Ich habe den Eindruck, daß Goethe von seinem Vorgänger im Finanzressort, Kalb, ein Bild hatte, das Mercks Bild von Moser ähnelte. Die wirkliche Qualität von Kalbs Amtsführung kann nicht objektiv festgestellt werden, da die erforderlichen Dokumente nicht veröffentlicht sind. In dem schon zitierten Brief Goethes an Knebel steht:

> Als Geschäfftsmann hat er sich mittelmäsig, als politischer Mensch schlecht, und als Mensch abscheulich aufgeführt.[17]

Ich glaube, daß Goethe hier eine Identifizierung mit Merck agierte. Wenn er Merck so oft seinen Mephisto nannte, sprach Goethe vermutlich eine tiefe psychologische (obwohl wahrscheinlich nicht objektive) Wahrheit aus.

Goethe war also imstande, mächtige Staatsminister zu stürzen, so wie er es wahrscheinlich von Merck dachte, aber er war mehr als das Werkzeug einer politischen Intrige, denn er war der Kandidat für einen vakanten Posten der Macht. Er faßt sich zwar in seiner Mitteilung an Merck kurz, aber der Drang zu prahlen ist unmißverständlich. In seinem Brief vom 16. Juli 1782 verglich er sich selbst mit Treufreund, der Figur aus einer quasi-Übersetzung von Aristophanes' *Die Vögel*, dem ein Teil des Reichs nach dem anderen verliehen wird (siehe oben S. 499). Obwohl in dem Brief an Knebel die männliche Haltung der Freude über die neue und schwere Verantwortung erfrischend klingt, würde man es dennoch weiser finden, wenn Goethe angesichts des großen Risikos seinem Freund hätte berichten können, er habe einen zuverlässigen Experten gefunden, der ihm bei der Bewältigung des mit seiner Position verbundenen gigantischen Problems beistehe.

Auf diesem Gebiet erinnert Goethes Charakterentwicklung an eine Phase in der Behandlung von Homosexuellen, die Anna Freud in einer unveröffentlichten Schrift beschreibt. Wenn die Patienten ihre heterosexuellen Ängste oder Hemmungen besiegt haben und Geschlechtsverkehr mit Frauen aufnehmen, beginnt eine Phase, deren typisches Merkmal die Überbetonung des Penisstolzes ist. Ähnlich schien Goethe von seinem erworbenen Gefühl der Verantwortung so fasziniert zu sein, daß er nicht genug davon bekommen konnte und sich in höchst riskante Situationen stürzen mußte, um zu zeigen, daß er alles besser konnte als alle seine Freunde. Die Tatsache, daß er in der Bewältigung solcher Situationen Erfolg hatte, widerlegt nicht den pathologischen Zug, der sich hinter der Übernahme von Verantwortung verbarg. Goethe machte während dieser Zeit über den Herzog eine witzige (und vermutlich zutreffende) Bemerkung. Am 27. August 1782 schrieb er an Charlotte von Stein:

> ...der Herzog ist wacker und man könnte ihn recht lieben, wenn er nicht durch seine Unarten das Gesellige Leben gerinnen machte, und seine Freunde durch unaufhaltsame Waghalsigkeit nötigte über sein Wohl und Weh gleichgültig zu werden.

Es ist eine kuriose Empfindung, seines nächsten Freundes und Schicksaals Verwandten Hals und Arm und Beine täglich als halb verlohren anzusehen und sich darüber zu beruhigen ohne gleichgültig zu werden. Vielleicht wird er alt und grau, indeß viele sorgliche abgehn.[18]

Hier scheint Goethe die Abnahme seiner früheren intensiven Gefühle der Freundschaft für seinen fürstlichen Freund zu rationalisieren. Aber die Passage ist deswegen so wichtig, weil Goethe hier einen pathologischen Mechanismus beschreibt, der, obwohl er vom Herzog in einer hohlen und unkonstruktiven Weise genutzt wurde, fast identisch mit der Art war, die Goethes höchst konstruktiven und sozial bedeutenden Tätigkeiten jener Zeit zugrunde lag. Manche Freunde Goethes, die ihn sich willentlich dem höchst waghalsigen Unternehmen ausliefern sahen, mögen über ihn das gedacht haben, was er vom Herzog und dessen Risikofreudigkeit selbst bei Nichtigkeiten sagte. So kam Goethe beim Studium seines Freundes und Meisters nahe an seine eigene Pathologie heran. Und man wird auch an die Schicksale von Wilhelm Meister erinnert, die zu dieser Zeit ihre künstlerische Gestalt annahmen.

In einer Schrift vom Juli 1782 mit dem Titel *Ein Wort über den Verfaßer des Pilatus* (womit Lavater gemeint ist — 225, S. 201 f.) ließ sich Goethe weiter über das Thema einer fehlerhaften Selbstentwicklung aus:

Ich habe öfters an Lebenden mit denen ich umgegangen bin, an Abgeschiedenen, deren Schriften ich gelesen habe, bemerkt, daß der Mensch das, was an ihm das größte und treflichste ist selten kennt, noch auch diesen Vorzügen einen Werth beylegt. Was er hat sieht er an wie ein reichgebohrner seinen Reichthum, als etwas das zu ihm gehört, als etwas das sich von selbst versteht, als eine Sache von der er ausgehet. Aber das wohin seine Wünsche sich sehnen, was ihm abgehet, was er, sein Daseyn zu erweitern und zu ergänzen nöthig glaubt, das ist es was ihn auf's stärkste intereßiret, worüber er alles andere vergißt, worum er alles andere hingäbe; Eine Empfindung die der dritte Zuschauer nicht begreifen kann. Wenn diese Empfindung hoch- und viel begabte Seelen ergreift, dann verlaßen sie den innern weiten Krais ihres Daseyns und schwärmen an denen Gränzen herum, die ihnen so gut wie andern gesezt sind. Sprechen sie alsdann davon, schreiben sie davon, so giebt es meistentheils etwas albernes, etwas das uns über die engen Gränzen der Menschheit nachdenken und trauren läßt, eben in dem Augenblike, da sie glauben das innigste, höchste, treflichste, lezte ihres ganzen Daseyn für sich gefühlet und andern offenbart zu haben.[19]

Auch hier wieder nimmt Goethe, richtig oder falsch, einen Zustand der Dinge wahr, die er in bezug auf sein Verlangen nach Flucht in Malerei und Zeichnen und in die Finanzverwaltung viel besser bei sich selbst hätte studieren können. Goethe fährt wenig später fort:

> Ich mögte ihn [Lavater] einem Manne vergleichen, der Güter, Geld, Besizthümer, Weib, Kinder, Freunde, alles nicht achtete und vernachläßigte um einen unwiderstehlichen Trieb nach mechanischen Künsten zu befriedigen und eine Maschine zum fliegen zu erfinden.[20]

Doch wie sein großer Vorgänger Leonardo da Vinci interessierte sich auch Goethe für fliegende Maschinen. Als alter Mann schrieb er 1827, als er die Entwicklung der Wissenschaft während seiner Lebenszeit und seine Verwicklung darin skizzierte:

> Die Luftballone werden entdeckt.
> Wie nah ich dieser Entdeckung gewesen.
> Einiger Verdruß es nicht selbst entdeckt zu haben.
> Baldige Tröstung.[21]

Es ist historisch möglich, daß Goethes Interesse an fliegenden Maschinen schon geweckt war,[22] als er den obigen Vergleich über Lavater schrieb; sicher aber gewann er später daran tiefes Interesse. Die Worte des zweiundsiebzig Jahre alten Mannes offenbaren noch jene Intensität, mit der er die Verwirklichung dieses alten Menschheitstraums, die Fähigkeit zu fliegen, ersehnt haben muß. Goethes Verlangen basierte nicht auf intellektueller Neugier, sondern entsprang dem alten prometheischen Drang, das Weltall zu besiegen. Es ist rührend, die abschließende Bemerkung in dem Abschnitt zu lesen, in dem er alte Mann die Tatsache beklagt, daß er nicht den Fesselballon erfunden hat:

> Glaube an die Verwandtschaft magnetischer und elektrischer Phänomene.[23]

Wie nahe kam er an die größten Entdeckungen der Grundlagenforschung heran![24]

Goethes Vergleich Lavaters mit einem Mann, der alles aufopfert, um eine Flugmaschine zu erfinden, war also nicht willkürlich oder zufällig, sondern klingt wie eine Warnung, als ob er zu sich selbst sagen wollte: ›Flugmaschinen sind wieder etwas, das dich faszinieren wird und für das du das Beste, das in dir ist, opfern wirst. Schau Lavater an, der nicht weiß, wo seine wirkliche Stärke liegt, und der sich verzettelt.‹

Wieder benutzte Goethe einen Freund als Schutzschirm, auf den er ein Fragment von dem projizierte, was er in sich selbst wahrgenommen haben mochte.

In seinem Briefwechsel mit Lavater ist der Vorgang des Unabhängigwerdens – der Anfangsschritt, von dem in Goethes Beziehung zu Charlotte von Stein schon schwache Töne zu vernehmen waren – klar ersichtlich. In seinem Brief vom 29. Juli 1782 findet man folgende bündige und präzise Feststellung, mit der Goethe seine Stellung in der christlichen Welt umreißt:

> Da ich zwar kein Widerkrist, kein Unkrist aber doch ein dezidirter Nichtkrist binn, ...[25]

Diese kurze Feststellung war vermutlich der Gipfel von dem, was Lavater im Sinn hatte, als er an Goethe am 28. Juli 1782 schrieb:

> Ich sehe einen fremden Geist um dich schweben! [...] Lieber, wenn ich genau noch bin, was ich vor 9 Jahren war – warum bist du es nicht mehr?[26]

Zweifellos fühlte er die ungeheure Veränderung, die sich in seinem Freund während der neun Jahre ihrer Bekanntschaft vollzogen hatte, und er war sich sicherlich nicht bewußt, daß seine Behauptung, er selbst sei noch derselbe wie vor neun Jahren, eine vernichtende Kritik gegen sich selbst bedeutete. Goethe wies Lavaters Buch entschieden zurück.[27] Er versuchte, von allen Unterschieden, die beide auf dem Gebiet der Theologie, der Exegese und was sonst noch trennten, abzusehen und das menschliche Wesen Lavater zu erreichen, abseits aller sektiererischen Züge. Am 29. Juli 1782 schrieb er an ihn:

> Drum laß mich deine Menschen Stimme hören damit wir von der Seite verbunden bleiben, da es von der andern nicht geht.[28]

In den Briefen vom 9. August und 4. Oktober 1782, den letzten von Goethes »großen« Briefen an Lavater, machte er mit aller ihm zu Gebote stehenden Intensität noch einmal einen Versuch zugunsten der Toleranz. Er verwarf die Göttlichkeit des Evangeliums:

> ...mich würde eine vernehmliche Stimme vom Himmel nicht überzeugen, daß das Wasser brennt und das Feuer löscht, daß ein Weib ohne Mann gebiert, und daß ein Todter aufersteht; vielmehr halte ich dieses für Lästerungen gegen den großen Gott und seine Offenbarung in der Natur.[29]

Lavater beurteilt die Bücher des Evangeliums als die schönsten, aber Goethe hält andere Werke für gleich schön und »unentbehrlich«. Er gibt zu, daß er so intolerant wie Lavater ist, wenn seine Gefühle betroffen sind:

> ... daß ich, wenn ich öffentlich zu reden hätte, für die nach meiner Überzeugung von Gott eingesetzte Aristokratie mit eben dem Eifer sprechen und schreiben würde, als du für das Einreich Christi schreibst;

Und weiter:

> Ja ich gestehe dir, wäre ich Lehrer meiner Religion, vielleicht hättest du eher Ursach mich der Toleranz mangelnd zu schelten, als ich jetzo dich.
>
> Hauche mich mit guten Worten an und entferne den fremden Geist. Der fremde weht von allen Enden der Welt her, und der Geist der Liebe und Freundschaft nur von einer.[30]

Verlängerte hier Goethe eine Situation, von der er wußte, daß sie unhaltbar war und daß sie zum Bruch führen mußte? Er machte eine Geste der Toleranz und der Einsicht, indem er zwischen Lavater als Freund und dem Religionslehrer Lavater unterschied. Der eine ist tolerant, zärtlich und geduldig, der andere intolerant. Der Vorwurf der Intoleranz schien zu hart, und deshalb fügte Goethe das Eingeständnis hinzu, daß auch er selbst intolerant sei, wobei aber die Bedingung eingeschlossen war, daß seine Intoleranz wirklich gemeistert und nicht auf die Menschheit losgelassen werde.

Aus dem Bericht geht nicht klar hervor und ist schwierig zu entscheiden, wie weit Goethe ernsthaft die Freundschaft mit Lavater erhalten wollte. Nach dem Bruch wies er entschieden jede sich bietende Gelegenheit zur Versöhnung zurück. Mir scheint, obwohl ich dies nicht beweisen kann, Goethe wußte sehr gut, wie stark und komplex der Mensch Lavater sich mit dem Theologen Lavater verwoben hatte, so daß sein Vorschlag, beide auseinanderzuhalten, gänzlich unmöglich war. Goethes Worte darüber klingen für mich wie eine Anstrengung, es über alle Zweifel erhaben so aussehen zu lassen, daß er alles in seiner Macht Stehende getan habe, um die Freundschaft aufrechtzuerhalten, damit dann, wenn der Bruch käme, die Last der Verantwortung auf der anderen Seite läge. Da Goethe zur selben Zeit, wie wir gleich sehen werden, bestrebt war, eine alte, aber unterbrochene Freundschaft wieder aufleben zu lassen, ziehe ich nicht den Schluß, daß sein Umgang mit Lavater der Ausbruch einer allgemeinen Aversion gegen männliche Freundschaft war. Der besondere Charakter der Freundschaft, gegen die er hier seine Abneigung zum Ausdruck brachte, hatte den Geruch einer Überich-Beziehung. Schließlich war Lavater vor Goethe berühmt geworden; er war eine Autorität und handelte auch so. Mit dem Tod seines Vaters hegte Goethe eine entschiedene Abneigung gegen die Stimme der Autorität (wenigstens in intellektuellen Dingen), d. h. gegen das Geltenlassen intellektueller Autorität, die nicht auf Verdiensten beruhte. Dies war es, denke ich, was die Angelegenheit für Goethe zu einer Frage der Notwendigkeit machte, sich von seinem Freund zu befreien.

Die gleichzeitige Tendenz, die Versöhnung mit einem Freund zu erreichen, ist in dieser Zeit unverkennbar. Als er an F. H. Jacobi am 2. Oktober 1782 schrieb, setzte er einer alten, auf ihm lastenden Feindschaft ein Ende. (Die zur Entzweiung führende Episode habe ich oben, S. 413 f., dargestellt.) Goethe schrieb:

> Lieber Fritz
> Laß mich dich noch einmal und wenn du dann willst zum letzten mal so nennen, damit wir wenigstens in Friede scheiden. [...]
> Wenn man älter und die Welt enger wird denckt man denn freylich manchmal mit Wunden an die Zeiten wo man sich zum Zeitvertreibe Freunde verschertzt, und in leichtsinnigem Übermuth die Wunden die man schlägt nicht fühlen kann, noch zu heilen bemüht ist.[31]

Im selben Brief regelte er eine fast vergessene Schuld, zahlte einen Geldbetrag zurück, den er viele Jahre zuvor von Jacobi erhalten hatte, und gab zu, daß ihre Zwietracht ihn davon abgehalten habe, an ihn zu schreiben. Goethe hatte Erfolg, Jacobi war versöhnt, und ihre frühere Freundschaft lebte wieder auf.

Noch einer anderen Verpflichtung aus der Vergangenheit kam er nach. Ein Brief vom 26. Juli 1782 an Plessing beginnt:

> Mein Betragen gegen Sie will ich nicht für Tugend ausgeben, nothwendig war es. Hätten Sie damals gedacht wie Sie iezt dencken so wären wir näher.[32]

Wieder wird sein eigenes Problem in ein Gegenüber projiziert, wenn er fortfährt:

> Doch der Mensch hat viel Häute abzuwerfen biß er seiner selbst und der weltlichen Dinge nur einigermasen sicher wird.
> Sie haben mehr erfahren, mehr gedacht, mögten Sie einen Ruhepunckt treffen und einen Würckungskreis finden.[33]

Und dann wendet er sich selbst zu, in einer Weise, die auch Plessing klar macht, daß Goethe sein eigenes Problem berührt:

> So viel kann ich Sie versichern daß ich mitten im Glück in einem anhaltenden Entsagen lebe, und täglich bey aller Mühe und Arbeit sehe daß nicht mein Wille, sondern der Wille einer höhern Macht geschieht, deren Gedancken nicht meine Gedancken sind.[34]

Goethe führt hier in ein bedeutendes Problem ein, das mit großer Aufmerksamkeit behandelt werden muß: seine Gefühle von Aktivität und Passivität. Es ist bemerkenswert, daß sein Geständnis, er erfahre sich selbst inmitten des Maximums an Tätigkeit als passiv, nicht nur unerwartet auftaucht, sondern auch an einer Stelle, an der man es kaum vermuten würde. Goethe schrieb hier an einen Menschen, der in Wirklichkeit eine sehr geringe Rolle in seinem Leben spielte und den er sehr lange nicht gesehen hatte; trotzdem entschlüpfte ihm ein Geständnis, das man vergebens an vielen Stellen suchen würde, die angemessen erscheinen. Wurde diese Passage vielleicht aus erzieherischen Gründen vorgebracht? Wie weit handelte es sich um Goethes Wunsch, sich selbst ein Beispiel zu geben, wenn er sich für Plessings Wohlergehen verantwortlich fühlte? Ich möchte die Möglichkeit einer solchen Tendenz in seinem Brief nicht ausschließen, aber auf der anderen Seite ist es auch gut möglich, daß die Besonderheiten dieser Situation ihm das Geständnis von etwas sehr Intimem ermöglichten. Die Beziehung zu Plessing enthielt offenbar an diesem Punkt ein, wenn auch nur leises, Schuldgefühl. Fünf Jahre nach der Mystifikation auf seiten Goethes war Goethe für Plessing noch jemand, den dieser ohne Zögern als überlegen akzeptierte und in dem er einen Ratgeber oder eine Art Mentor suchte, d. h. einen Überich-Ersatz. Mit seinen Freunden war Goethe in keiner solchen Lage, da sie Zeugen seiner Größe waren und seine Schwächen kannten.

Die in Frage stehende Passage in Goethes Brief hat zwei Aspekte. Auf der einen Seite stieg Goethe von seinem Podest als Ideal, auf das Plessing ihn gestellt hatte, herunter mit seiner Warnung vor der Meinung, daß sein Leben in Weimar durch narzißtische Souveränität und Autonomie geprägt sei, während er in Wirklichkeit ein Leben der Entsagung führe und er selbst ein bloßes Instrument einer höheren Macht sei, so daß seine Leistungen nicht seine eigenen seien, sondern aus einer Quelle über ihm stammten. Wer würde aber auf der anderen Seite nicht gern ein auserwähltes Gefäß einer höheren Macht sein? Indem er sich zu einem solchen Instrument erklärt, bringt er sich in eine Lage, die sogar als noch höher angesehen werden konnte, als wenn er behauptet hätte, daß seine Leistungen das Ergebnis seiner eigenen Anstrengungen und Weisheit wären.

Am 17. September 1782 schrieb Goethe an Charlotte von Stein:

> Ich binn recht zu einem Privatmenschen erschaffen und begreiffe nicht wie mich das Schicksal in eine Staatsverwaltung und eine fürstliche Familie hat einflicken mögen.[35]

Auch in diesem Abschnitt stellt sich Goethe als Schachfigur hin, als Spielzeug des Schicksals, genau in dem Zusammenhang, in dem er die größte Anstrengung zeigte, gerade diejenige Position zu erreichen, die er innehatte. War diese Zurückweisung seiner Aktivität ein Kompensationsmechanismus gegen sein Schuldgefühl, daß er so erfolgreich gewesen war? Versuchte er, der Kritik gegen sein vorweggenommenes mögliches Versagen in der Zukunft vorzubeugen? Goethe gewährt uns hier einen flüchtigen Einblick in ein tiefes Problem, das gewöhnlich unausgesprochen bleibt und weit tiefer geht als das von einem Bescheidenen zum Ausdruck gebrachte Schuldgefühl, der über seine Auserwähltheit, so viel Gutes zu empfangen, oder aus anderen Motiven dieser Art verlegen ist. Wir haben es hier nicht mit der verschiedentlich zuvor erwähnten Situation zu tun, in der das Ich die Verantwortung zurückweist, weil es unter der Führung des Unbewußten gehandelt hat (vgl. 346 passim). Goethe geht hier einen Schritt weiter und behauptet fast, daß seine Gedanken im allgemeinen nicht seine eigenen Gedanken sind, und daß selbst das, was er mit der größten Anstrengung getan hat, nicht das Ergebnis seines eigenen Wollens ist. Solche Passagen können leicht als Produkt von Reflexion interpretiert werden und nicht als phänomenologische Beschreibung einer wirklichen Erfahrung. Die wirkliche Bedeutung dieser Passage erlaubt aber beide Interpretationen. Mein persönliches Empfinden sagt mir, daß solche gelegentlichen Bemerkungen — und wir werden später weitere solche Zitate vorstellen — als Beschreibungen einer höchst intimen Art genommen werden müssen, in der ein menschliches Wesen die Welt erlebt. Viele Leute gehen über solche Erlebnisse hinweg und werden sich nicht bewußt, daß sie stattgefunden haben. Sie gehören zu den Erlebnisweisen von Aktivität und Passivität, einem Problemfeld, von dem wir noch sehr wenig wissen.

Das Problem von Aktivität und Passivität machte schon früher eine Erörterung erforderlich. Es gibt aber so viele Facetten, daß es in jeder neuen Phase auch nach erneuter Erörterung verlangt, selbst um das Risiko der Wiederholung. Wie in so vielen anderen Fällen kann uns das Studium der schizophrenen Arten der Welterfahrung den Problemen näherbringen. Aber auch der Schizophrene hat große Schwierigkeiten, offen über dieses Thema zu sprechen, das bei ihm oft durch ein Schuldgefühl wegen seiner angeblichen Heuchelei überschattet ist, der Welt nicht den ganzen und wahren Zustand seiner Persönlichkeit zu zeigen. In gewissen Phasen der Krankheit wird die Diskrepanz zwischen dem, was in den Gefühlen liegt, die der Patient der Welt zeigt, und dem, was er hinter ihnen liegend empfindet, mit außerordentlicher Intensität erlebt. Was der Kranke der Welt präsentiert, ist im Grunde nicht mit seinem wahren Selbst verbunden, wie er oft feststellt, und was er als sein wahres Selbst betrachtet, darf aus eigensten Gründen niemand wissen, wobei die Gründe gewöhnlich irrational gerechtfertigt werden. Jene Verhaltensweisen, die der Patient der Welt anbietet und in die objektiv ein außerordentlicher Energiebetrag investiert wird, sind seltsamerweise genau diejenigen, deren Zugehörigkeit zu ihm er verleugnet und von denen er behauptet, sie seien von der Welt im weitesten Sinne oder von seiner sozialen Umgebung gemacht worden.

Ob Probleme dieses Typs im Leben eines Genies wie Goethe eine Rolle gespielt haben, kann man nicht wissen. Der kurze Brief an Plessing öffnet eine weite Perspektive, aber die Lücke in unserem Wissen kann nur durch Spekulation gefüllt werden. Mit Sicherheit können zwei Tatsachen behauptet werden, nämlich erstens, daß das Genie von einer Schöpfung zur anderen getrieben wird, obgleich dieser Trieb unter dem Druck von Umständen manchmal gehindert sein kann, sich zu realisieren, und zweitens, daß kein großer Künstler den gesamten Inhalt, den er in das Kunstwerk einfließen lassen will, wirklich darin unterbringen kann. Es ist dieser unerfüllt zurückbleibende Rest, der das kreative Genie niemals ruhen läßt, und weiterhin ist es die Diskrepanz zwischen der inneren Wahrheit und der äußeren Form, in welche das Genie erstere zu gießen versucht, was Ähnlichkeiten in der Struktur der Geniepersönlichkeit und derjenigen von Schizophrenen begründet. Dennoch klagen viele kreative Künstler und auch Goethe darüber, daß sie infolge äußerer Umstände nicht fähig gewesen sind, ihr Bestes der Welt zu geben, und diese Klage war und ist noch allzugut in der Wirklichkeit begründet. Goethe sagt zu Eckermann:

> Könnten Geist und höhere Bildung, sagte er, ein Gemeingut werden, so hätte der Dichter ein gutes Spiel; er könnte immer durchaus wahr seyn und brauchte sich nicht zu scheuen, das Beste zu sagen. So aber muß er sich immer in einem gewissen Niveau halten; er hat zu bedenken, daß seine Werke in die Hände einer gemischten Welt kommen und er hat daher Ursache sich in Acht zu nehmen, daß er der Mehrzahl guter Menschen durch eine zu große Offenheit kein Ärgerniß gebe. Und dann ist die Zeit ein wunderlich Ding. Sie ist ein Tyrann, der seine Launen hat, und der zu dem, was einer sagt und thut, in jedem Jahrhundert ein ander Gesicht macht. Was den alten Griechen zu sagen erlaubt war, will uns zu sagen nicht mehr anstehen, und was Shakspear's kräftigen Mitmenschen durchaus anmuthete, kann der Engländer von 1820 nicht mehr ertragen, so daß in der neuesten Zeit ein Family-Shakspeare ein gefühltes Bedürfniß wird.[36]

Die traurige Lage des Genies in seiner Beziehung zur Gesellschaft ist wirklich einer der tragischsten Züge der menschlichen Zivilisation, und wenn ein Künstler in Glück und Frieden leben will, ist es besser für ihn, wenn ihm die Natur nur mittelmäßige Talente mitgibt.

Trotz der Berechtigung der Klagen des Genies möchte man gern wissen, wie weit dies auch auf Goethes Seite eine Rationalisierung war. Obgleich Goethe hier beklagt, daß die Rücksicht auf die Gesellschaft, in der er lebt, seine künstlerische Aktivität hemmt, und daß die Gesellschaft ihn von der Gestaltung der vollen Stärke seiner Gefühle und Gedanken abhält, war er sich manchmal des inneren Drangs bewußt, der ihn zum Verhüllen zwang, wie man aus zwei Abschnitten aus einem Brief an Schiller vom 9. Juli 1796 sehen kann. Dort schreibt er:

> Der Fehler, den Sie mit Recht bemerken, kommt aus meiner innersten Natur, aus einem gewissen realistischen Tic, durch den ich meine Existenz, meine Handlungen, meine Schriften den Menschen aus den Augen zu rücken behaglich finde. So werde ich immer gerne incognito reisen, das geringere Kleid vor dem bessern wählen, und, in der Unterredung mit Fremden oder Halbbekannten, den unbedeutendern Gegenstand oder doch den weniger bedeutenden Ausdruck vorziehen, mich leichtsinniger betragen als ich bin und mich so, ich möchte sagen, zwischen mich selbst und zwischen meine eigne Erscheinung stellen. [...] ich komme mir vor wie einer, der, nachdem er viele und große Zahlen über einander gestellt,

endlich muthwilig selbst Additionsfehler machte, um die letzte Summe aus Gott weiß was für einer Grille zu verringern.[37]

Wenn ein Mensch die schmerzliche Erinnerung an Erlebnisse zu verbergen sucht, die mit verbotenen Befriedigungen verbunden sind, verstehen wir das durch unmittelbare Einfühlung. Weniger klar aber ist, welcher Aspekt des Aktivität-Passivitäts-Problems ernsthafte Bestrebungen nach Verhüllung nach sich zieht. Klinische Beobachtungen beweisen immer wieder, daß starke Widerstände gegen frühe Erinnerungen mobilisiert werden, die mit narzißtischen Allmachtserlebnissen verbunden sind.[38] Tatsächlich haben Patienten die größten Schwierigkeiten, über narzißtische Phantasien zu reden, die als megaloman charakterisiert werden können. Selbst wenn Patienten anstößiges sexuelles Material zugelassen haben, muß man noch einen starken Widerstand besiegen, um an jene Phantasien heranzukommen, welche die nahen Abkömmlinge von frühen Kindheitshaltungen sind, als das Ich noch glaubte, daß die Welt zu seinem Vergnügen und Wohlergehen geschaffen wurde. Ich glaube, daß ein beträchtlicher Teil der sich um Aktivität-Passivität herumrankenden Probleme genetisch mit Konflikten verbunden ist, die in der frühkindlichen Omnipotenz ihre Wurzel haben. Da Plessing, soweit ich weiß, einer der ersten war, der in Goethe einen Führer sah, der ihm durch seine Ratschläge sein eigenes Glück wiedergeben sollte, wird verständlich, daß Goethe in einem Brief an ihn bei seinen Assoziationen nahe an frühkindliches Material herankommen konnte. Diese Bemerkungen gegenüber Plessing deuten ein Problem an, das zu dieser Zeit akut war, aber über das Goethe sich offenbar nicht genauer auszulassen wünschte. Weit präziser war er, als er an Lavater (am 4. Oktober 1782) von der heilenden Kraft der Religion schrieb, also wiederum die Wirksamkeit der eigenen Aktivität des Ich leugnend:

> Großen Dank verdient die Natur daß sie in die Existenz eines ieden lebendigen Wesens auch so viel Heilungskraft gelegt hat, daß es sich, wenn es an dem einen oder dem andern Ende zerrißen wird, selbst wieder zusammenfliken kann; und was sind die tausendfältigen Religionen anders als tausendfache Äußerungen dieser Heilungskraft.[39]

Außer seinem eigenen Gefühl, sich in einem Prozeß der Heilung einer offenen Wunde zu befinden, entdeckte Goethe die synthetische Funktion der Religion, dort Harmonie zu stiften, wo sein Ich schwer an einem Konflikt in bezug auf seinen Vater trug (vgl. 412). Im selben Jahr, als er den Vater verlor, schrieb er an seinem Geburtstag an die geliebte Frau:

> Ungern trete ich aus einem Jahre meines Lebens das mir so viel Glück gegeben hat, und das mir durch die Versicherung deiner Liebe unvergeßlich werden wird. Ich habe für das nächste wenig Wünsche...[40]

Das klingt übertrieben,[41] wie ein Prahlen, daß selbst eine Tragödie in seiner unmittelbaren Umgebung ihn nicht beeindrucken könne — ein wirklicher Triumph der heilenden Kraft, welche die Natur ihm verliehen habe. Doch es war nicht die heilende Kraft der Religion, die hier triumphierte, sondern die heilende Kraft der Liebe, die alle in ihm vorhandene, auf das Objekt gerichtete Energie mobilisierte und ihm so die Gelegenheit verschaffte, von der Katastrophe zur beseligenden und gepriesenen idealen Frau überzuwechseln. Er schloß seinen Geburtstagsbrief so:

> Warum bist du eben abwesend daß ich den Segen nicht von deinen Lippen erhalten kann.[42]

Man muß an das Alte Testament denken, um die Vorstellung zu ergründen, die sich hinter dem Wort »Segen« verbirgt. Der Satz kann leicht einen Gedanken über seinen Vater enthalten haben: ›Warum bist du gerade jetzt nicht da, so daß ich den Segen aus deinen Händen nicht erhalten kann?‹ Es war der erste Geburtstag ohne den Repräsentanten einer in Schranken haltenden Tradition, auf die ein Teil der Verantwortlichkeit abgewälzt werden konnte; jetzt hatte er sie allein zu tragen. Goethe muß an diesem Tage tief bewegt gewesen sein, da er an Charlotte von Stein drei verschiedene Briefe schrieb. Am Abend vermied er Gesellschaft:

> Darauf entschloss ich mich [...] unter mein altes Schindeldach zu kriechen und im Stillen mir und dir zu leben.[43]

Anschließend las er eine von Plutarchs Vitae.[44] Goethe schließt seinen Brief an Charlotte mit dem Ausruf:

> O du beste! was deine Briefe einen Glanz von Liebe und Treue haben, wie ich mir dein Herz so sachte und schön geöffnet sehe![45]

Hier wird der Ursprung einer neuen aktiven Quelle sichtbar. Er wurde der Beobachter und die geliebte Frau das zu beobachtende Objekt. Es war nicht er, der sich ihr offenbarte, sondern Charlotte von Stein war das passive Objekt; er wurde im geistigen Sinn der gebende und sie der empfangende Teil.

Diese Morgenröte einer neuen Aktivität durchdringt nicht die gesamte Beziehung, und am 2. Oktober 1782 schreibt er an sie:

> So lang ich euch beyde [die Mutter und Charlotte] habe kann mir's an nichts fehlen.[46]

Eine solche Bemerkung kann Gefühle von — wenigstens zeitweiliger — Abhängigkeit anzeigen, und es ist bemerkenswert, daß hier die Mutter und das Liebesobjekt getrennt genannt werden, im Gegensatz zu früheren Zeiten, als Goethe bekannte, daß alle anderen Frauen, die er jemals gekannt habe, in den Hintergrund getreten seien. Diese Bemerkung zeigt möglicherweise an, daß der Übertragungscharakter seiner Beziehung zu Charlotte von Stein im Niedergang begriffen war.

Am 7. November 1782, dem siebten Jahrestag seiner Ankunft in Weimar, schrieb er an Charlotte von Stein:

> Heute sind es sieben Jahre daß ich herkam, mögte ich doch auch mit heute eine neue Epoche meines Lebens und Wesens anfangen wodurch ich dir immer gefälliger würde. Tausend Gedancken gehen zu und von dir. O meine Geliebte die Schicksale der Menschen sind wunderlich.
>
> Hier schick ich dir die Weltkarte die du einige Zeit vermissest, es ist kein Pläzgen drauf gezeichnet oder drinn enthalten wo ich nicht dein mit Liebe und Treue gedencken würde. Lebe wohl und sey und bleibe mir was du bist alles und alles.[47]

Und am folgenden Tag:

> Heute hab ich dir schon lange im Stillen für deine Liebe und Treue gedanckt, ich stieg eine Stunde früher auf als gewöhnlich und werde es so fortsetzen. Mein Wilhelm läuft zum Ende seines dritten Buchs. Wenn ich schreibe dencke ich es sey auch dir zur Freude. Lebe wohl fürchte das achte Jahr nicht und keine bestimmte noch unbestimmte Zeit. Lebe wohl und liebe mich wie gestern und immer.[48]

Diese beiden Proben — es könnten noch viele andere zitiert werden — zeigen den breiten Strom der Liebesbeziehung, der ungestört fließt, und trotzdem fühlt man selbst in diesen beiden schönen Versicherungen der zärtlichsten Liebe und Zuneigung eine Veränderung, die eine Untersuchung wert ist.

In der ersten Rede bringt Goethe die Vorstellung zum Ausdruck, daß seine Beziehung zu der geliebten Frau sich auf dem höchsten Niveau der Intensität fortsetzt. »Du bist mein Alles« läßt nichts zu wünschen übrig. Aber auch in dieser bekräftigten Tatsache kann sich ein Nachlassen jenes Gefühls von etwas, das darüber hinausgeht, andeuten, das in der wahren Liebe den Liebenden unablässig antreibt und das den Keim möglichen, wenn nicht aktuellen Leidens in sich enthält. Ich kann auch Goethes ausdrücklichen Wunsch, sich ihr »immer gefälliger« zu machen, nicht als Zeichen von besonderer Dynamik in seiner Liebe werten. Wenn solche Ausdrücke aus einem drängenden Bedürfnis nach Erweiterung der Liebe stammen, um diese vollkommener zu machen, sind sie gewöhnlich von einigen tastenden Versuchen begleitet, diejenigen Punkte genauer zu benennen, in denen sich der Sprecher nach den vermuteten Wünschen seiner Geliebten zu ändern hofft. Dies war in einer früheren Periode bei Goethe tatsächlich der Fall. Hier aber kann man den Ausdruck als *façon de parler* nehmen; Goethe wußte vermutlich ebensowenig wie wir, was er hätte noch mehr tun sollen, als er tat, oder wie er hätte noch ergebener und loyaler sein können. Tatsache ist, daß solche Worte in der Anfangszeit ihrer Beziehung zweifellos bedeutet hatten: ›Zeige mir, wie ich dir gefälliger sein kann, so daß du mich mehr liebst und ich mehrere Wege kenne, um dich zu lieben.‹ In dem jetzigen Zustand kamen die Worte aber etwa folgender verborgenen Bedeutung nahe: ›Ich habe meine Quellen ausgeschöpft. Wenn du weiterhin etwas vorzuschlagen hast, werde ich es tun, aber von mir können keine Initiativen mehr kommen.‹ In der zweiten Rede klingt das »auch dir zur Freude« verdächtig nach Hintergedanken. Der *Wilhelm Meister* wurde in Wirklichkeit aus egoistischen Gründen geschrieben und war nicht mehr in irgendeiner Weise mit den Problemen verbunden, die aus der Beziehung zu Charlotte von Stein entstanden. Offenbar machte sein Gefühl, mit einem Werk beschäftigt zu sein, das von der unmittelbaren Objekt-Beziehung getrennt war, diesen Satz notwendig. Die erneute Versicherung gegenüber Charlotte von Stein, daß sie vom achten Jahr ihrer Freundschaft nichts zu fürchten habe, zeigt, daß sich der Spieß umgedreht hatte. Gewöhnlich war er es, der für die Zukunft fürchten mußte. Auch die Bitte an Charlotte von Stein, in ihrer Liebe zu ihm so wie bisher fortzufahren, zeigt, daß die Beziehung ihren Scheitelpunkt erreicht hatte und nicht mehr länger der Boden unerfüllten Verlangens war, das so wichtig ist, besonders für einen Dichter, um vom Leben jenen Funken zu bekommen, der immer erneut den kreativen Prozeß entzündet. All dies bedeutet aber kein Anzeichen dafür, daß sich die Intensität von Goethes Gefühlen für die geliebte Frau wirklich abgeschwächt hatte. Meine Bemerkungen beziehen sich eher auf das Echo, das diese Gefühle in seiner Persönlichkeit hervorriefen.

Wenige Tage später, am 12. November, geschah etwas, was diesen Tag zu einem Gedächtnistag machte: Goethe beendet das 3. Buch des *Wilhelm Meister.* Durch sein eigenes Werk schuf er einen weiteren Feiertag,[49] der das Ereignis der Geburt oder das historische Ereignis seiner Ankunft in Weimar, d. h. des Zusammentreffens mit Charlotte von Stein, verdrängte, und in den folgenden Jahren nahm dieser Typ von Geburtstag wachsende Bedeutung an. Die sich vergrößernde Bedeutung seines künstlerischen Werkes fand so auch nach außen hin ihren Ausdruck. Diese Schöpfung eines persönlichen Feiertags, der auf dem eigenen Werk basierte, erinnert mich entfernt an ein Problem, auf das ich nur bei schizophrenen Patienten gestoßen bin, nämlich das Bedauern, sich nicht selbst geboren zu haben, oder den Groll über die Vorstellung, daß man die eigene Existenz den Eltern verdankt.[50] Für manche sehr sensible Schizophrene ist dies ein fast unerträglicher Schlag gegen ihren Narzißmus. Ich würde gern wissen, wie weit Goethe hier einen Versuch unternahm, dieses Problem durch Verringerung der Bedeutung seines Geburtstages zu lösen, indem er diesen durch einen selbst geschaffenen Feiertag ersetzt.[51]

5. Kapitel

Wilhelm Meister, 4. Buch (bis 12. November 1783)

Das 4. Buch wurde zwischen dem 12. November 1782 und demselben Datum des Jahres 1783 geschrieben. Da ich einige Episoden wegen ihrer psychologischen Bedeutung in allen Details vorstellen muß, möchte ich zuerst einen Umriß des Handlungsverlaufs in diesem Buch geben.

Die Aufführung von Wilhelms Stück ist in jeder Hinsicht ein voller Erfolg. Aber die Freude des Helden wird am folgenden Tag getrübt durch Melinas Beharren, er solle Madame de Retti drängen, ihre Schulden mit den großen Einnahmen der Eröffnungsvorstellung an ihn zurückzuzahlen. Wilhelm fügt sich widerstrebend, aber er hat nur teilweise Erfolg. Das Gerücht von der glänzenden Aufführung zieht eine große Menge in die zweite Vorstellung, in welcher Bendel anstelle von Wilhelm spielt. Letzterer bleibt an diesem Abend zu Hause. Mignon tritt in das Zimmer und führt, ohne aufgefordert zu sein, einen Tanz auf, der Wilhelms Zuneigung zu ihr noch stärker erregt. Kaum hat sie ihren Tanz beendet, als Bendel wütend und niedergeschlagen zurückkommt. Sein Spiel ist so schlecht gewesen, daß die Menge ihn aufgebracht angriff und das Theater fast gänzlich zerstörte. Die Truppe ist trostlos, denn alle ihre Hoffnungen sind zunichte gemacht. Madame de Retti muß Bendel über Nacht heimlich verbergen, denn sonst würde die Menge ihn von neuem angreifen. Die Gruppe wählt Melina zu ihrem neuen Direktor, und es wird beschlossen, daß alle, die bei der Truppe bleiben wollen, in eine andere Stadt gehen, wo man hofft, daß die Truppe von neuem erfolgreich sein wird. Wilhelms Kapital ist durch diese Mißerfolge arg zusammengeschrumpft. Als sie ihren Entschluß in die Tat umzusetzen beginnen, bricht Krieg aus, und sie sind gezwungen, in einer kleinen Stadt tatenlos herumzusitzen. Ein Graf und eine Gräfin, die auf einer Reise in die Stadt kommen, engagieren sie für eine Vorstellung auf ihr nahegelegenes Schloß zur Unterhaltung eines Prinzen, der ihr Gast sein wird. Am Abend bevor die Truppe sich zu dem Landsitz des Grafen begeben soll, kommt Mignon in Wilhelms Zimmer und hat einen anscheinend hysterischen Anfall. Aus Zuneigung zu dem Kind entscheidet Wilhelm, weiterhin bei den Schauspielern zu bleiben. In diesem 4. Buch werden zwei neue Charaktere eingeführt: Philine, eine Schauspielerin, der Prototyp der impulsiven, charmanten, leichtlebigen, verführerischen, sexuell ungehemmten Frau; und der alte Harfner, ein mythologischer Musiker, der orphische Gesänge komponiert und dessen Kunst eine rührende und beruhigende Kraft auf Wilhelm ausübt.

Es ist interessant, den Inhalt von Wilhelms Stück wiederzugeben, das Goethe, wie schon erwähnt, als Junge tatsächlich verfaßt hat.[1] Darius, der König der Meder (gespielt von Wilhelm), kommt unerkannt an den Hof Belsazars, des Königs von Babylon. Gerade wird ein Komplott geschmiedet, um Belsazar an seinem Geburtstag zu töten. Darius versucht, einen Aufschub der Tat zu erreichen, weil er die Königin von Babylon liebt, aber die Verschwörer lassen sich nicht umstimmen und ermorden den König. Sie möchten eine junge Prinzessin, die Tochter eines von Belsazar besiegten Königs, auf den Thron erheben und sie mit König Darius vermählen. Darius lehnt es ab, die Prinzessin zu heiraten, überläßt ihr jedoch einen Anteil an den Gütern und Reichtümern, die in seinen Besitz gekommen sind. Seine Zuneigung zu der Königin hält an, und er tröstet die Witwe derart, daß der Zuschauer berechtigt annehmen kann, sie werde ihrer Heirat mit ihm zustimmen.

Die Tragödie arbeitet das Ödipalproblem durch. Im Lichte von Goethes Biographie sind die beiden Frauen des Stücks als Mutter- und Schwester-Ersatz zu erkennen. Die beiden Schuld nach sich ziehenden Faktoren der ödipalen Situation werden verleugnet, denn Darius versucht, die Ausführung des Komplotts aufzuschieben, und seine Heirat mit der Königin wird nicht unmittelbar ausgesprochen, sondern der Phantasie des Zuschauers überlassen.

Der narzißtische Gewinn, der sich aus der Gestaltung dieser Episode im Roman ergibt, muß für den Autor besonders groß gewesen sein, da Goethe in Wirklichkeit von seiner Tragödie tief enttäuscht war und sie zusammen mit anderen Frühschriften in Leipzig vernichtete. Im Roman gewann er eine Lust zurück, die das Schicksal ihm vorenthalten hatte. In Goethes wirklichem Leben waren seine ersten dramatischen Versuche Fehlschläge, Wilhelm aber hat Erfolg, sogar mit jenen selben Stücken, obgleich er sie im Roman selbst als jämmerliche Verirrungen seines jugendlichen und unreifen Geistes beurteilt, gerade so wie Goethe über seine eigenen Jugendproduktionen urteilte.[2]

Die weitere Handlung des Romans ist bezeichnend für die Schonung, mit der mit den ödipalen Folgen umgegangen wird. Alle Voraussetzungen des ödipalen Konflikts sind gegeben, aber der Held wird von allen Schmerzen des Konflikts verschont. Sein Gegenspieler, Belsazar, ist als empfindsamer junger Mann gezeichnet, der »das Gute« will und »ein Gefühl für Rechtschaffenheit und Tugend« hat.[3] Das zeigt, daß Goethe selbst in seinen frühen dramatischen Versuchen nicht zu einer Schwarz-Weiß-Malerei Zuflucht nahm. Die Schwarz-Weiß-Technik fand jedoch unter einer klugen Maske ihren Weg in den Roman. Nachdem Wilhelm sich selbst bewiesen hat, daß er, obwohl nur Amateur, ein vollkommener Schauspieler ist, erweist sich der professionelle Schauspieler, der ihn in der zweiten Vorstellung ersetzt, als vollständiger Fehlschlag. Er hat einen Sprachfehler und ist unbeholfen; das Publikum zischt ihn aus und wird durch sein lächerliches Spiel so aufgebracht, daß ein Aufruhr entsteht und das Theater zerstört wird. Da dieser Schauspieler der Liebhaber der Directrice, Madame de Retti, ist, fällt es leicht, in ihm das Bild des erniedrigten Vaters wiederzuerkennen, eine Identifizierung, die durch die Tatsache bestärkt wird, daß Bendel ursprünglich die Rolle zugedacht ist, die Wilhelm in der Eröffnungsveranstaltung spielt. Sein Name ist Bendel, aber – wie Goethe schreibt – man könnte ihn leicht Bengel nennen, wenn das Wortspiel nicht einen zu schlechten Beigeschmack hätte (WA I, 51, S. 250). Wenn ich nicht irre, wird das Wort »Bengel« in einigen Gegenden Deutschlands auch als Ausdruck für Penis benutzt. Also verspottet Goethe in Bendel seinen Vater. All die armseligen und lächerlichen Qualitäten, die Goethe ihm zuschreibt, nehmen kein Ende, und auch der Schaden, den Herr Bendel anrichtet, ist endlos. Im Gegensatz zu der sonstigen Feinheit trägt Goethe hier dick auf und gestattet sich frei eine krasse und fast bizarre Übertreibung.

Im Deutschen gibt es einen vulgären Ausdruck für einen Anfänger, der alles besser machen will als sein Meister: den eigenen Vater das Ficken lehren. Das ist die wahre Situation hinter Goethes Karikatur. Es ist die aufschneiderische, prahlende Freude des kleinen Jungen, der jemandem die Maske abnimmt, der über ihm zu stehen beansprucht, und der junge Mann kann nicht genug in seiner eigenen behaupteten Überlegenheit schwelgen. Das Rettungsmotiv, das in Goethes literarischem Werk eine so große Rolle spielt (vgl. 275), tritt bei dieser Gelegenheit in den Hintergrund. Am Abend bevor Bendels groteske Unfähigkeit Madame de Rettis Theatergruppe zerstörte, als Madame de Retti auf Wilhelm einredete, den Abend zu retten und die Rolle des Darius zu spielen, da war die Rettungsphantasie noch voll in Kraft. Natürlich kann auch das Rettungsmotiv trotz seines altruistischen Ziels zu einem Schuldgefühl führen, und im Roman wird Wilhelms Entscheidung, auf der Bühne zu spielen, als etwas dargestellt, das nicht spontan, sondern unter unwiderstehlichem äußeren Druck zustande kommt. Die Erfüllung von Wilhelms Kindheitswunsch, auf der Bühne zu agieren, wird sogar als Opfer hingestellt, denn sein Verhalten gefährdet seinen Platz in der bürgerlichen Gesellschaft.[4] Doch alle seine guten Taten, die einen so hohen Preis — oder zumindest ein Risiko — erfordern, werden zunichte, denn die Gruppe wird durch den schlechten Bendel zugrunde gerichtet.

Der unterschwellige Konflikt, der in diesem Teil des Romans reflektiert wird, kreist um die Identifizierung mit dem Vater. Wilhelms Lage wird am Tage der Premiere seiner Tragödie, als seine liebsten Wünsche erfüllt werden, wie folgt beschrieben:

> Wie hundertmal ist es bemerkt worden, daß der schönste Wunsch des Menschen, wenn er sich ihm endlich in seinem ganzen Umfange erfüllt, doch meist durch eine irdische Zugabe verdorben und der angenehmste Genuß dadurch oft zur Marter wird. Unser Freund sah nunmehr den Tag erschienen, den er sich als Knabe so manchmal herbei gewünscht hatte. Wir sehen, daß Kinder zuerst durch die äußere Form eines Metiers, das ihr Vater treibt oder das sie sonst zu ergreifen gelockt werden, sich rühren lassen. Sie nehmen Stecken und machen sich Schnurrbärte, um Soldaten [...] zu scheinen: so war es unserm jungen Dichter auch gegangen.[5]

Goethe scheint sich hier der Bedeutung seiner Vateridentifizierung bewußt zu sein, und er fährt fort darzustellen, wie der Junge zu fühlen hoffte, wenn die Knabenwünsche eines Tages erfüllt werden sollten:

> Und wem geht es nicht so, der andere in Reichthum, Rang, Titel, Ämtern und Ehren über sich glänzen sieht? —[6]

Doch in der Art, in welcher der Junge danach trachtet, die beneideten Privilegien des Vaters zu genießen, wird zugleich auch die Ablehnung der Vater-Identifizierung aufgezeigt. Sowohl im Roman als auch im wirklichen Leben war darin eingeschlossen die Wahl der Karriere, die, obgleich mit großem öffentlichen Prestige ausgestattet, gegen die bürgerliche Rechtschaffenheit, gegen die Wünsche seines Vaters und ganz allgemein gegen das, wofür sein Vater stand, verstieß. Im Roman wird die Diskrepanz sogar noch stärker hingestellt, als sie im realen Leben war. Sicher, Goethes Vater wandte sich gegen viele Stationen in Goethes Laufbahn, aber keine davon war so widersetzlich wie die eines Schauspielers in einer Wandertruppe. Die Tatsache, daß Goethe diesen Beruf in seinem Roman auswählt, weist auf einen der Aspekte seiner Vater-Identifizierung hin. Es gab nicht den Schatten eines Zweifels, daß er bei seiner Berufswahl seinen Vater nachahmen und mit ihm wetteifern wollte. Doch die Bendel-Episode beweist in der Negation, daß er es nicht schaffte, sich aus dem geheimen Wettstreit mit seinem Vater zu befreien.

Einige Züge der aufregenden Ereignisse im Zusammenhang mit der zweiten Vorstellung, als Bendel sich öffentlich zu einem Dummkopf macht, lassen vermuten, daß in diese Episode eine sexuelle Szene eingearbeitet wurde. Es sieht so aus, als ob die unterschwellige Phantasie lautet: ›Vater war bei der Mutter impotent und wurde deshalb verspottet, geschlagen und von ihr hinausgeworfen.‹ Da Bendel dabei versagte, was Wilhelm so glänzend und zur allgemeinen Zufriedenheit den Abend zuvor gelang, wird der Versuch, die Furcht und die Erniedrigung durch die Umkehrung der historischen Wahrheit zu besiegen, offenkundig.

Die Lage, in der sich Wilhelm befindet, als er von der Nachricht von Bendels abgrundtiefer Niederlage überrascht wird, mag bezeichnend sein. Er erhält diese Nachricht, kurz nachdem Mignon den Eiertanz für ihn aufgeführt hat. Zuerst muß die Bedeutung von Mignons Charakter diskutiert werden.[7] Mignon ist androgyner Natur. Obwohl der weibliche Charakter vorherrscht, ist sie auch ein Junge. Goethe schreibt wiederholt von ihr als *er*, und dies kann kein Versehen beim Abschreiben des Manuskripts sein.[8] Tatsache ist, daß Wilhelm sich nicht sicher ist, ob er sich einem Jungen oder einem Mädchen gegenüber sieht, als er Mignon zum ersten Mal trifft.

Mignon ist die einzige Frau, der sich Wilhelm mit seiner gesamten Persönlichkeit widmet und die er in ihrer Totalität ohne Einschränkung und Kompromiß anerkennt. Während seine Liebe zu Mariane auf sexueller Anziehung beruht, ohne daß er recht begreift, wer und was Mariane wirklich ist, führt seine Liebe zu Mignon zu einem tiefen einfühlenden Verständnis für ihre rätselhafte Seele. Eros hat auf beiden Seiten Anteil, aber ein Tabu hält Wilhelm davon ab, jemals Mignons Leidenschaft für ihn zu befriedigen. Wilhelm rechtfertigt seine Abneigung gegen Frauen durch die tiefe Enttäuschung, die er durch Marianes Untreue erlitten hat. Aber dies muß als Rationalisierung verstanden werden, ähnlich wie Goethe beklagt, daß seine erste erwachsene Liebe in Leipzig ihn nicht heiratete. Wilhelms Liebe zu Mignon verrät als Wurzel eine Einstellung, die man als Frauenhaß bezeichnen muß. Ein Beispiel für Goethes Schreibweise von Mignon in der männlichen Geschlechtsform erschließt diese Wurzel. Es geschieht am Beginn des 4. Buches, als das berühmte Gedicht »Kennst du das Land, wo die Citronen blühn« rezitiert wird. Dieses Lied beeindruckt Wilhelm am meisten von allen Liedern Mignons, die sie singt. Da das besungene Land Italien ist, wohin Mignon mit ihrem Meister reisen will, ist das Gedicht als Ausdruck von Goethes Sehnsucht nach diesem Land interpretiert worden. Sarasin hat es mit dem Tod des Vaters in Zusammenhang gebracht, der eine unbewußte Schranke beiseite räumte, die ihn von Italien abhielt (464, S. 392). Ohne gegen diese Interpretation Einspruch zu erheben, glaube ich dennoch, daß in der zweiten Strophe ein anderes Problem dargestellt wird, von der ich die ersten vier Verse zitieren möchte:

> Kennst du das Haus, auf Säulen ruht sein Dach,
> Es glänzt der Saal, es schimmert das Gemach,
> Und Marmor-Bilder stehn und sehn mich an:
> Was hat man dir, du armes Kind, gethan?[9]

Im zweiten Satz nach diesem Lied (der ersten Gelegenheit zu einem

Pronomen) bekommt Mignon das »er«: »Er [Wilhelm] verlangte es [das Lied] von ihm [Mignon].«

Ich glaube, daß der psychologische Nabel des Gedichts in der Bedeutung des vierten Verses liegt: »Was hat man dir, du armes Kind, gethan?«, der im Kontext des Gedichts ganz rätselhaft ist. In Anbetracht der wunderbaren Beschreibung der Schönheit, des Friedens und des Glücks der Natur, die in der ersten Strophe zum Ausdruck kommen, und der Schönheit und der stillen Ruhe des Palastes und der Skulpturen in den ersten drei Versen der zweiten Strophe zwingt mich die Kontrastfrage, was mit dem Mädchen geschehen ist, zu dem Schluß, daß sie sich auf Kastration bezieht.[10] Das Gedicht erwuchs aus dem tiefen Mitleid, das Goethe als Junge mit der armen verletzten Schwester Cornelia hatte. Sarasin erklärt Mignons androgyne Natur, indem er sie mit Cornelias pathologischer Ablehnung ihrer Weiblichkeit und mit einer Verschmelzung von Goethes jüngeren Geschwistern (besonders Hermann Jakob) zu der einen Figur der Mignon in Verbindung bringt (464, S. 389 f.). Wenn Sarasin von Mignon sagt, sie sei auf das analsadistische Niveau fixiert und habe niemals die genitale Phase erreicht, möchte ich widersprechen. Wie ich später zeigen werde, glaube ich, daß Mignon die Kennzeichen einer frühen infantilen Leidenschaft aufweist, daß sie nicht prägenital fixiert, sondern ein Mädchen ist, das gegen ihr genitales Verlangen anzukämpfen versucht. Mignons androgyne Erscheinung ist meiner Meinung nach das Ergebnis der Art und Weise, wie Goethe als Junge den Körper seiner Schwester auf einem bestimmten Niveau seiner psychosexuellen Entwicklung erlebte — als einen Jungen, bei dem etwas fehlt. Und Wilhelm ist ständig von dem Gefühl geplagt, daß etwas mit Mignon nicht stimmt, etwas, was er nicht in Worte fassen kann, und das sie nicht zu beschreiben imstande ist.

Das Bild des androgynen Wesens, das weiblich ist, dient aber auch dem Wunsch des Mannes, daß die weibliche Natur eines Menschen nicht ein bleibendes »Stigma« sein kann, sondern sich eines Tages in die männliche Vollständigkeit verwandeln wird. Fast alle weiblichen Charaktere im *Wilhelm Meister* sind bis zu diesem Punkt unzuverlässig, wenn nicht böse: Wilhelms Mutter ist grausam, Melinas Frau oberflächlich, Madame de Retti männlich, Philine psychopathisch, die Gräfin indiskret und Mariane treulos. Nur Mignon ist gut, aber ihr Geschlecht scheint nicht definitiv festzustehen.[11]

Der schnelle Wechsel des Geschlechts bei Mignon nach dem zuvor erwähnten Lied erscheint mir wie ein Schmerzmittel, rasch verabreicht und unbemerkt eingesetzt, um den akuten psychischen Schmerz beim Schreiben jener Verse zu lindern. Weiterhin bleibt im frühen *Wilhelm Meister* der Ursprung Mignons mysteriös und unerklärt. In der Endfassung wird der Leser darüber informiert, daß sie die Frucht einer inzestuösen Beziehung zwischen einem Bruder (dem Harfner) und einer Schwester ist.[12] Meiner Meinung nach ist Mignon jedoch schon in der ersten Fassung zumindest das Produkt von Erinnerungen und Phantasien Goethes über seine Schwester Cornelia.

Wenn man alle Einzelheiten, die im Hinblick auf Cornelia in *Dichtung und Wahrheit* verstreut sind, sammelt und sie mit der Schilderung vergleicht, die Goethe von Mignon gibt, dann tritt die Ähnlichkeit zutage: das Geheimnisvolle in beiden Charakteren; die vollständige Ergebenheit und der Gehorsam gegenüber dem Bruder und entsprechend gegenüber Wilhelm; Mignons Widerspenstigkeit in ihrer Beziehung zu unsympathischen Vorgesetzten und der schwere Konflikt zwischen Cornelia und ihrem Vater, ihr Benutzen des Bruders als Zuflucht und Goethes Versprechen, sie aus der Tyrannei ihres Vaters zu retten, was in *Dichtung und Wahrheit* übertrieben dargestellt wird. Es gibt einen bemerkenswerten Unterschied zwischen Mignon im *Wilhelm Meister* und Cornelia in *Dichtung und Wahrheit.* Im letzteren Werk wird die Beziehung zu Cornelia als Zwillingsbeziehung beschrieben, was sie offensichtlich auch sehr lange Zeit war. Im *Wilhelm Meister* aber gibt es nichts von einem Zwillingsaspekt, obwohl Mignon ein Bild von Cornelia ist. Mignon ist das hilflose, arme, verletzte, vernachlässigte, naive, kindliche, geheimnisvolle Geschöpf, das trotzdem eine starke und selbstbewußte Persönlichkeit ist, zu der Wilhelm unaufhörlich in einer väterlichen, überlegenen Weise hingezogen wird. Der Unterschied zwischen beiden wird stark betont. Ich glaube, daß Goethe in Mignon die sehr frühe Schwesterbeziehung schildert, bevor die Zwillingsbeziehung errichtet wurde.[13]

Es gibt zwei Probleme der frühen Kindheit, die in der Mignon-Figur verarbeitet sind, die man gelegentlich in der Beziehung eines älteren Bruders zu seiner jüngeren Schwester beobachten kann. Infolge der Betrachtung ihres Genitales sieht der Junge das Mädchen als verletzt, verstümmelt an. Das Mitleid, das er empfindet, ist oft eine partielle Kompensation des Neides, den er angesichts ihrer privilegierten

Stellung empfindet, welche ihr Befriedigungen erlaubt, die ihm versagt sind. Der ältere Bruder kann auch die Phantasie entwickeln, daß das jüngere Geschwister sich wegen ihrer allgemeinen Hilflosigkeit und wegen ihrer Abhängigkeit von der Mutter in Gefahr befindet, von der der Junge ein ambivalentes Bild der Unzuverlässigkeit zeichnet. In einer Weise, auf die wir gewöhnlich auch in den Phantasien von Frauen stoßen (vgl. 204, S. 26), entwickelt der Junge auch die vorbewußte und unbewußte Überzeugung, daß die Mutter für die Verletzung der kleinen Schwester verantwortlich ist. Den Schluß, den der Junge dann oft zieht, besteht darin, daß das Baby sicherer gewesen und auch jetzt sicher wäre, wenn er für sie sorgte, ein Thema, das in Goethes Beziehung zu Cornelia eine überragende Rolle spielte.

Der andere Konflikt ist rein sexueller Natur und gründet in dem Unterschied in der sexuellen Entwicklung der männlichen und weiblichen Kinder. Eine beträchtliche Zahl von Patientinnen berichtet von starken, orgasmusähnlichen und wirklich orgastischen Erlebnissen in der frühen Kindheit. Jungen erleben im allgemeinen den vollen Orgasmus erst kurze Zeit bevor die Reifung das Pollutionsstadium erreicht (dies ist aber keine strenge Regel, und von Orgasmen wird gelegentlich, wenn auch selten, vor der Phase der genitalen Reife berichtet.)[14] Da ein Orgasmus durch Klitorisreizung entstehen kann ohne die Voraussetzung eines biologisch reifen genitalen Apparates, ist ein Orgasmuserlebnis im allgemeinen früher bei Mädchen als bei Jungen möglich.[15] Die Klitoris scheint von den frühesten Entwicklungsstadien fähig zu sein, einen Orgasmus zu erreichen, während dem Penis in der Regel diese Fähigkeit fehlt. Man kann daher bei Mädchen oft eine größere Entschiedenheit und Energie in der Verfolgung des Ziels sexueller Befriedigungen beobachten als bei Jungen, die zusätzlich schon früh den Schlag des Kastrationskomplexes fühlen.

Im *Wilhelm Meister* beschreibt Goethe einen plötzlichen Anfall Mignons, den ich im Detail erörtern möchte. Eugen Wolff, dem für seine Interpretation der Mignon nur die Endfassung des Romans zur Verfügung stand, beschreibt diesen Anfall mit »Herzkrämpfen und epileptischen Zuckungen« (555, S. 130). Sarasin sieht diesen Anfall über hysterische Möglichkeiten hinausgehen. Er vermutet, daß Goethes Geschwister an Tuberkulose starben und daß der bösartige Typ dieser Krankheit, mit meningitischer Entzündung einhergehend, zu konvulsivischen Zuckungen geführt haben kann, die der

Junge beobachtete. In Übereinstimmung mit Freud vermutet er, daß die Erinnerung an einen solchen Augenblick in Goethes Beschreibung von Mignons Anfall eingegangen ist (464, S. 389 f.).

Mein Eindruck von dieser Episode geht in eine andere Richtung. Doch zuerst möchte ich die Einzelheiten mitteilen. Der Anfall ereignet sich zu einer Zeit, als Mignon ernsthaft glaubt, daß Wilhelm bald abreisen und sie mit dem Rest der Truppe zurücklassen werde.[16]

Nichts ist rührender, als wenn eine Liebe, die sich im Stillen genährt, eine Treue, die sich im Verborgenen befestiget hat, endlich dem, der ihrer bisher nicht werth gewesen, zur rechten Stunde nahe kömmt und offenbar wird. Die lang und streng verschlossene Knospe war reif, und Wilhelms Herz konnte nicht empfänglicher sein. Sie stand vor ihm und sah seine Unruhe. Herr! rief sie aus, wenn du unglücklich bist, was soll aus Mignon werden? — Liebes Geschöpf, sagte er, indem er ihre Hände nahm, du bist auch mit unter meinen Schmerzen. Sie sah ihm in die Augen, die von verhaltenen Thränen blinkten, und kniete mit Heftigkeit vor ihm nieder; er behielt ihre Hände, sie legte ihr Haupt auf seine Knie und war ganz stille. Er spielte mit ihren Haaren und war freundlich. Sie blieb lange ruhig. Endlich fühlte er eine Art Zucken durch alle Glieder, das ganz sachte anfing und sich stärker verbreitete. Was ist dir, Mignon? rief er aus, was ist dir? Sie richtete ihr Köpfchen auf und sah ihn an, fuhr auf einmal nach dem Herzen, wie mit einer Geberde, die Schmerzen verbeißt. Er hub sie auf, und sie fiel auf seinen Schoß, er druckte sie an sich und küßte sie. Sie antwortete durch keinen Händedruck, durch keine Bewegung. Sie hielt ihr Herz fest, und auf einmal that sie einen Schrei, der mit krampfigen Bewegungen des Körpers begleitet war. Sie fuhr auf und fiel auch sogleich wie an allen Gelenken gebrochen vor ihm nieder. Es war ein gräßlicher Anblick. Mein Kind! rief er aus, indem er sie aufhob und fest umarmte, mein Kind, was ist dir? Die Zuckung dauerte fort, die vom Herzen sich den schlotternden Gliedern mittheilte, sie hing nur in seinen Armen. Er schloß sie an sein Herz und benetzte sie mit seinen Thränen. Auf einmal schien sie wieder angespannt und angespannter, wie eins, das den höchsten körperlichen Schmerz erträgt; und bald, mit einer neuen Heftigkeit, wurden alle ihre Glieder wieder lebendig, und sie warf sich ihm, wie ein Ressort, das zuschlägt, um den Hals, in dem in ihrem Innersten wie ein gewaltiger Riß geschah, und in dem Augenblicke floß ein Strom von Thränen aus ihren geschlossenen Augen in seinen Busen. Er hielt sie fest. Sie weinte und weinte und keine Zunge spricht die Gewalt dieser Thränen aus. Ihre langen Haare waren aufgegangen und hingen von der Weinenden nieder, und ihr ganzes Wesen schien in einen Bach von Thränen unaufhaltsam dahin zu schmelzen. Ihre starren Glieder wurden gelinder, es ergoß sich ihr Innerstes, und in der Verirrung[17] des Augenblickes fürchtete Wilhelm, sie werde in seinen Armen zerschmelzen und er nichts von ihr übrig behalten. Er hielt sie nur fester und fester. Mein Kind! rief er aus, mein Kind! du bist ja mein! wenn dich das Wort trösten kann! du bist mein! ich werde dich behalten! dich nicht verlassen! Ihre Thränen flossen noch immer. Endlich richtete sie sich auf. Eine weiche Heiterkeit glänzte von ihrem Gesichte. Mein Vater! rief sie, du willst mich nicht verlassen! Willst mein Vater sein! Ich bin dein Kind! [...] [Wilhelm], der sein Kind immer fester in den Armen haltend, des reinsten und unbeschreiblichsten Glückes genoß.[18]

Meiner Meinung nach erlaubt diese Episode nur eine einzige Interpretation, nämlich daß es eine meisterhafte Beschreibung eines Mädchens ist, das einen Orgasmus hat, realistisch bis in das kleinste Detail.[19] Da Mignon für Cornelia steht, basierte diese Erzählung vermutlich auf Goethes Beobachtung eines Orgasmus bei seiner Schwester. Wenn wir weiterhin zu bestimmen versuchen, wann dieses Ereignis in Wirklichkeit stattfand, müssen wir Cornelias Frigidität als Erwachsene berücksichtigen und ihre schwere Gemütskrankheit, die einen frühen Beginn gehabt haben muß. Klinische Beobachtung zeigt, daß Patientinnen, die an einer solchen Krankheit wie Cornelia leiden, oft Menschen sind, die das Erlebnis eines frühen Orgasmus mit traumatischer Wirkung hatten. Die Heftigkeit der Empfindung, das Ungewohnte, das Gepackt-Werden des ganzen Körpers erregen äußerste Angst. Sogar die Furcht, daß man im Verlauf des Erlebnisses dem eigenen Körper irreparablen Schaden zugefügt hätte (der innerste Riß in Goethes Beschreibung mit seiner doppeldeutigen Implikation), ist nicht die schwerwiegendste Konsequenz. Es ist eine spezifische Besonderheit dieser Situation, daß das Kind seine Zeitorientierung verliert und dieses erste Gefühl des Orgasmus wirklich so erlebt, als wenn es niemals enden, bis in alle Ewigkeit anhalten würde. Es ist auch fraglich, ob ein Empfinden, das wirklich und wesentlich neu ist, überhaupt als lustvoll erlebt werden kann, und solche Empfindungen nicht eher durch Wiederholung gelernt werden müssen, um potentiell lustvoll zu sein. Alle diese Faktoren zusammengenommen bewirken, daß der erste Orgasmus derart massiv mit Vernichtung assoziiert oder identifiziert wird, daß eine Wiederholung außerhalb jeder Frage steht und selbst eine lange Analyse eine solche Patientin nicht zu dem Risiko bewegen kann, sich ein zweites Mal dieser Situation auszusetzen, die abgrundtief schrecklich erlebt wurde.

Aus dem Vorhergehenden muß man schließen, daß Cornelia das Trauma weder in der Latenzzeit noch in den frühen Pubertät erlitt, sondern in einem früheren Alter. Der kleine Junge interpretierte das ganze Ereignis natürlich als schreckliches Leiden, dem seine arme Schwester ausgesetzt war. Das Erlebnis mußte vom Jungen verdrängt werden[20], kehrte aber mit allen Einzelheiten in einem erwachsenen Zusammenhang unter den günstigen Umständen seiner Reise in das Unbewußte – unter Führung von Charlotte von Stein – und unter dem Druck, den das Unterfangen einer künstlerischen Darstellung seiner Vergangenheit automatisch ausübte, wieder. Die Tatsache, daß Mignons (Cornelias) sexuelles Erlebnis in zwei Phasen entfaltet wird, läßt zwei unterschiedliche Erklärungen zu. Wilhelm spielt mit ihren Haaren, und Mignon hält lange Zeit still, bevor die Zuckungen einsetzen. Ihre Geste des unterdrückten Schmerzes entspricht dem Versuch, das Gefühl, das sich unter Wilhelms zärtlichem Spiel zu entwickeln beginnt, zu unterdrücken. Darauf löst Wilhelm neue Reize aus, indem er sie küßt. Dann kommt es zum Schrei, gefolgt von einem Kollaps. Die nachfolgenden erneuerten konvulsivischen Bewegungen lassen mich vermuten, daß sie an die Schwelle eines zweiten Orgasmus kommt, der entweder nicht bis zur ersten Höhe emporsteigt oder durch ihre Anstrengung abflaut. Es gibt aber auch die Möglichkeit, daß der Autor die Abfolge umgekehrt hat und den Schrei an den Anfang stellte, während er in Wirklichkeit am Ende geschah, vor der Phase der völligen Entspannung, die von unbezähmbaren Tränen begleitet ist. Die Abfolge der Ereignisse muß dem Jungen den Eindruck vermittelt haben, daß seine Schwester jetzt sterben würde und daß ihr schwacher, gelähmter Körper niemals mehr seine lebendige Spannung wiederbekommen würde.[21] Wir wissen allerdings, wie rasch Kinder, sogar wenn sie ein Trauma erleben, das ihr Glück als Erwachsener zerstören wird, aus dem Moment heraus abgelenkt werden können. Die »weiche Heiterkeit«, die auf ihrem Gesicht glänzt und das »unbeschreibliche Glück« des Jungen klingen glaubhaft und wie die Endphase eines solchen Glücks, wie es nur das Kind erleben kann, bei dem die traumatische Wirkung rasch an das Unbewußte abgetreten wird, wie es dieser Lebensperiode gemäß ist.

Immerhin wurde Cornelia damals wieder lebendig, und es war ihr erlaubt, ihren geliebten Bruder zu umarmen.

Bei dem Bericht von Mignons Orgasmus ist der Reichtum an Verweisen auf das motorische System des Mädchens bemerkenswert. Eine Untersuchung dieser Beschreibung zeigt, daß die wichtigsten Eindrücke, die Wilhelm empfängt, nicht durch den Gesichtssinn vermittelt wurden, sondern durch die Wirkung, die die Veränderungen im Muskelapparat des Körpers des Mädchens auf seine eigene kinästhetische Wahrnehmung oder seinen Tastsinn hatte. Da Goethe sowohl im frühen *Wilhelm Meister* als auch in *Dichtung und Wahrheit* von Erlebnissen in den dunklen Ecken des großen Elternhauses berichtet, kann man gut verstehen, daß manche seiner wichtigsten psychosexuellen Erlebnisse fast ohne visuelle Reize waren, sondern hauptsächlich von kinästhetischen Empfindungen abhingen. Wenn meine Hypothese richtig ist, würde sie eine Wurzel von Goethes starker visueller Begabung erklären. Der starke kinästhetische Reiz muß ihn gezwungen haben, die zugehörigen bildlichen Vorstellungen zu formen. In der klinischen Erfahrung findet man gewöhnlich, daß die Urszene der sexuellen Vereinigung der Eltern (des elterlichen Geschlechtsverkehrs)[22] entweder visuell oder im auditiven Bereich erlebt wird, jedoch selten kinästhetisch. Welches Wahrnehmungsorgan bei diesen frühen Beobachtungen erregt wird, hat wichtigen Einfluß auf die Vorliebe der Persönlichkeit für die verschiedenen Sinnesorgane. Ich vermute, es kommt ziemlich selten vor, daß der frühe sexuelle Reiz vom kinästhetischen System übertragen wird. Es ist eine offene Frage, ob dieser Faktor eine allgemein stimulierende Wirkung auf den Drang des Jungen, zu erschaffen, gehabt haben kann. Mit anderen Worten: ich frage, ob diese unterstellte Art der frühen sexuellen Erlebnisse konstruktive Konsequenzen hatte. Eine der niederschmetternden Wirkungen der Urszene liegt in der Hilflosigkeit des Kindes, mit der es der Fremdheit der gesamten Situation gegenübersteht. Es ist von einem enormen Gefühlssturm überwältigt, der in den Zusammenhang seines eigenen Erfahrungshorizontes nicht hineinpaßt. Wenn Goethes frühe psychosexuelle Erfahrungen sich in einer solchen Weise entfalteten, wie ich zu rekonstruieren versucht habe, dann kann man daraus ableiten, daß diese besondere traumatische Wirkung ausgeschlossen war. Trotz des Schreckens, den das Erlebnis hervorgerufen haben mag, lag die Quelle, aus der die Aufregung stammte, innerhalb des Greifbaren und nicht außerhalb der Sphäre seines Muskelapparates, wie es fast immer geschieht, wenn die Urszene ein frühes Trauma schafft.

Die Nähe des Liebesobjekts, der beständige körperliche Kontakt durch Berühren erlaubte wenigstens ein Minimum an Kontrolle, die bei der gewöhnlichen Urszene fehlt. Der Muskelapparat kann so der Hauptweg gewesen sein, auf dem der kleine Junge von einer seltsamen Leidenschaft erfuhr, zu der er selbst nicht fähig war. Nun steht der Muskelapparat dem Bereich des Willens näher als jeder andere Ich-Apparat. Ich würde gern wissen, wie weit dies eine der Wurzeln für die hervorragenden konstruktiven Antworten war, mit denen Goethe vom frühen Alter an auf das reagierte, was bei anderen so leicht Psychopathologie zur Folge hat. Die Tatsache – wenn es eine Tatsache ist –, daß das Erlebnis der Urszene Spuren vorwiegend im kinästhetischen System hinterließ und weiterhin daß sich die Urszene in Verbindung mit einem Menschen ereignete, der dem Jungen durch Einfühlung teilweise erreichbar war, schufen verständlicherweise eine besonders günstige Ausgangslage. Der Leser wird, so hoffe ich, den spekulativen Charakter dieses Kommentars verzeihen, aber im Hinblick auf unser gegenwärtiges Unwissen in bezug auf dieses Thema können Spekulationen willkommen sein.

Ich habe früher den Eiertanz erwähnt, den Mignon vor Wilhelm aufführt, bevor Bendel unter äußerst erniedrigenden Umständen in der Szene erscheint (siehe S. 872). Ich muß ein paar einleitende Umstände skizzieren. Mignon kommt in Wilhelms Zimmer. Es ist still in dem Gebäude. Das Kind bringt ein Licht, obgleich es noch Tag ist, und macht die Fensterläden zu, wodurch es im Zimmer ganz dunkel wird. (Das eben erwähnte Licht wird im weiteren Verlauf der Erzählung vergessen.) Für die nächsten beiden Sätze erhält Mignon wieder das »er«. »Er« bringt ein paar Eier, die auf einem Teppich verteilt werden. Dann beginnt »sie« (wieder weiblich) ihren Tanz wie ein aufgezogenes Uhrwerk (WA I, 52, S. 18 f.). Das Wesentliche bei dem Tanz besteht darin, daß Mignon, obwohl ihre Augen verbundenen sind, nicht ein einziges Ei mit ihren Schritten zertritt.[23]

Diese Phantasie ist bezeichnend: Gefahr und möglicherweise Zerstörung durch Mignons Bewegungen, und trotzdem im Erfolg absolute Zuverlässigkeit. Worin mögen die verdrängten unterschwelligen Erinnerungen bestanden haben? War es eine Phantasie als Kompensation für ein schweres Trauma, das sich auf den Katastrationskomplex bezog, oder war es der Abkömmling einer Situation, in der ein solches Trauma drohte und befürchtet, in der Wirklichkeit aber durch die Geschicklichkeit der Schwester abgewendet wurde? Goethe schildert die folgenden Erlebnisse Wilhelms, während dieser Mignon beobachtet:

> Er empfand, was er alles für Mignon gefühlt, in diesem Augenblicke auf einmal. Er sehnte sich, dieses verlassene Wesen an Kindesstatt seinem Herzen einzuverleiben, es in seine Arme zu nehmen und mit der Liebe eines Vaters Freude des Lebens in ihm zu erwecken.[24]

Die volle psychologische Bedeutung dieser Reaktion Wilhelms wird nur vom Ende des Romans her klar werden. Hier möchte ich nur herausstellen, daß die Episode des Eiertanzes und Wilhelms nachfolgende Sehnsucht nach größtmöglicher Nähe zu dem Mädchen nur einen anderen Aspekt des Kastrationskomplexes wiederzugeben scheinen. Das Mädchen ist kastriert worden, hat aber überlebt; daher kann ihr nichts zustoßen, und sie gewinnt ein Maximum an körperlicher Genauigkeit (d. h. Furchtlosigkeit). Mignon geht wirklich niemals die Treppen hinauf und hinab, sondern sie springt, sie sitzt oft auf den Schränken und man sieht sie öfters auf dem Dachfirst des Hauses entlanggehen. Dankbarkeit und Verpflichtung ihr gegenüber dafür, daß sie die Kastration auf sich genommen und ihn so vor diesem Schicksal gerettet hat, war vermutlich seine unterschwellige Antwort, als sie sich vor Wilhelm zur Schau stellte. Das Erscheinen des bedrohenden Vaters in Gestalt von Bendel, das unmittelbar Mignons Eiertanz folgt, weist in dieselbe Richtung. Da Bendel ein erniedrigter Vater-Ersatz ist, erscheint es bezeichnend, daß er auf den Plan tritt, kurz nachdem Wilhelm sich entschlossen hat, Mignon in sein Herz zu schließen. Man kann sich leicht vorstellen, wie oft der Vater die Kinder mit Erfolg hinderte, wenn sie zu entwischen und vor der elterlichen Überwachung in die Dunkelheit der abgeschiedenen Winkel und Ecken zu fliehen suchten.

Nachdem ich diesen Aspekt von Wilhelm Meisters Objektbeziehung erörtert habe, werde ich mich jetzt einem wichtigen Phänomen der Ich-Psychologie zuwenden. Goethe beschreibt Wilhelms Stimmung während der ersten Vorstellung seines Stückes wie folgt:

> Er [Wilhelm] genoß ganz den köstlichen Eindruck, der Mittelpunct zu

> sein, worauf eine Masse versammelter Menschen ihre Aufmerksamkeit richtet, und wenn wir gleichnißweise reden dürfen, sich als der Schlußstein eines großen Gewölbes zu fühlen, wohin tausend Steine, ohne ihn zu belästigen, drucken, und der sie ohne Arbeit und Gewalt bloß durch seine Lage zusammenhält, da sie sonst schnell in einen verworrenen Schutt zusammenstürzen würden.[25]

Ich möchte mit Goethe dieses Gefühl das »Schlußstein«-Gefühl nennen.[26]

Wenn wir z. B. auf die wunderbaren Statuen der Pharaonen in ihrer Entrücktheit und Ferne von der Menschheit blicken, die außerordentliche Sicherheit, die in ihnen zentriert ist, wenn wir ihre feierliche Ruhe betrachten, die keiner Geste und keines Wortes bedarf, um ihren Willen zur Geltung zu bringen, dann begreifen wir durch Einfühlung das »Schlußstein«-Gefühl. Die Demokratisierung des Lebens hat den westlichen Menschen um das Erlebnis dieses Gefühls in seiner vollen Realität gebracht. Sogar der Präsident einer mächtigen Demokratie muß sich bei den Wählern beliebt machen, wenn er nach dem Ende der Amtsperiode wiedergewählt werden will; der Industriemagnat muß gelegentlich nach dem Börsenmarkt schielen; die überlebenden Monarchen sind durch Konstitutionen in ihrer Macht eingeschränkt, und selbst Diktatoren sind sich allzusehr der Unsicherheit ihrer Position bewußt, als daß sie an die Erblichkeit ihrer Macht denken könnten. Keine moderne Machtposition kann zu einem Gefühl führen, das die Statuen der Pharaonen widerspiegeln. In jedem Menschen gibt es aber den Keim eines solchen Erlebnisses in Form eines infantilen Wunsches. Wilhelm kommt als Autor, Schauspieler und Direktor in einem so nahe an dieses Gefühl heran, wie es in unseren Zeiten nur möglich ist. Es war eine Pharaonenwelt, erschaffen und aufgeführt allein durch seine Anstrengung, und allein durch seine Gegenwart zusammengehalten. Fast wie ein Gott über den Wolken, der keine Mühe aufzuwenden braucht, um das harmonische Zusammenspiel der Naturgesetze aufrechtzuerhalten, so besaß Wilhelm, der Schlußstein, vollständige Macht über die im Theater anwesenden Menschen. Aber das Verlangen nach dieser Art extremen Allmachtgefühls kann der kompensatorische Abkömmling einer gleich starken Kindheitsangst sein, als Kinder um ihn herum geboren wurden und starben und die Machtlosigkeit der geliebten Mutter, die das nicht verhindern konnte, zugleich die Erfüllung der immer vorhandenen Sehnsucht des Kindes erlaubte, das allein geliebte Kind in der Familie zu sein.

Das »Schlußstein«-Gefühl gehört zu einer Gruppe von Empfindungen, von denen eine Freud (einer Anregung Romain Rollands folgend) als ozeanisches Gefühl beschrieben hat, als »die Empfindung der ›Ewigkeit‹«, »ein Gefühl wie von etwas Unbegrenztem«, »ein Gefühl der unauflösbaren Verbundenheit, der Zusammengehörigkeit mit dem Ganzen der Außenwelt« (208, S. 421 f.). Während das Ich im ozeanischen Gefühl sich bis an die äußersten Grenzen der Realität ausdehnt, zieht sich im »Schlußstein«-Gefühl, glaube ich, die Realität im Ich zusammen, und das Ich fühlt sich im vollen Besitz der Wirklichkeit, weil letztere in seine Grenzen stürzt. Ich vermute daher, daß das ozeanische und das »Schlußstein«-Gefühl sich nur in der Richtung unterscheiden. Beim ozeanischen Gefühl erweitert sich das Ich, um die Realität zu umschlingen, und beim »Schlußstein«-Gefühl kann das Ich sogar schrumpfen, aber die Realität wird innerhalb seiner wenn auch engen Grenzen aufgesogen.

Zu welchem Typ dieses Gefühl auch gehören mag, das Goethe mit seiner Schlußstein-Metapher beschreibt, seine große Wirkung durch die bloße Position, zusammenzuhalten, zu harmonisieren und zu integrieren bezieht sich vielleicht auf das Gefühl des Kindes, das sich gesund und geliebt fühlt. Tod und Krankheit und die Schwangerschaften der Mutter sind einige der Katastrophen der Kindheit, die das frühe Gefühl allmächtiger Harmonie tragisch zerstören. Kunst aber ist eines der Medien, durch welches das Ich, wenn auch nur zeitweilig, wieder etwas von jenem Glück der Vergangenheit kosten kann. Zumindest ist die Situation, in der Goethe Wilhelm das »Schlußstein«-Gefühl zuschreibt, in dreierlei Hinsicht außerordentlich narzißtisch gefärbt: alle Ereignisse auf dem Theater sind Ereignisse seiner Tagträume; er selbst steht auf der Bühne, und alle psychischen Vorgänge aller Anwesenden sind auf ihn ausgerichtet, d. h. die Gemüter aller Menschen innerhalb des Bereichs, in dem er der geistige Herr ist, sind vollständig mit der Wirkung seines Tuns beschäftigt; alle Anwesenden vergessen sich selbst und werden von seiner Person durchdrungen. Die Theateraufführung wird zu einer Feier im Dienst von Wilhelms Ich; es vollzieht sich die verdeckte Wiederauferstehung der frühen Kindheit, wo die Welt nichts anderes als ein Ort zu sein scheint, an dem ständig Gottesdienste zur Feier des infantilen Ichs abgehalten werden (vgl. 143).

Wie nahe diese Dinge Goethes Bewußtsein standen, kann man aus einer kurzen Bemerkung ersehen, die er in einem Brief vom 18. September 1782 nach der Aufführung von *Die Fischerin*, einer seiner unbedeutenderen musikalischen Komödien, gegenüber Charlotte von Stein machte:

> Sie haben schlecht gespielt, und hundert Schweinereyen gemacht, am Ende war freylich das Stück vorüber, wie wenn einer nach einem Reh schösse es fehlte und durch ein ohngefähr einen Hasen träfe. So ists mit dem Effeckt! pp Der beste Effeckt ist den zwey gleiche Seelen auf einander machen. Der auch in der Entfernung nicht fehlen kann und der von keinen dritten, Ackteurs oder Instrumentalisten abhängt.[27]

In diesem Abschnitt beklagt sich Goethe darüber, daß er das »Schlußstein«-Gefühl nicht durch die Aufführung seines dramatischen Werkes erlangen konnte, und er behauptet, daß dies nur in einer persönlichen Beziehung zu erreichen sei. Sicher, die Zeit seiner großen dramatischen Schöpfungen war vorbei. Er schrieb keine großen Stücke mehr. Die vorrangige Wirkung der *Fischerin* bestand in Lichteffekten. Das Stück wurde im Freien aufgeführt, und im Verlauf des kurzen Singspiels leuchtete eine große Anzahl von Fackeln entlang des Flusses auf, ein Effekt, auf den stolz zu sein es wenig Grund gab.[28] Schrieb Goethe weniger hervorragende Stücke, weil sich jetzt das »Schlußstein«-Gefühl in seiner Beziehung zu Charlotte von Stein einstellte, oder suchte er es in seiner Beziehung zu ihr, weil er während dieser Periode keine große Kunst hervorbringen konnte?

Hypothetisch muß man, wie schon gesagt, annehmen, daß das »Schlußstein«-Gefühl mit frühen Erfahrungen mit der Mutter zusammenhängt. Genetisch kann es auf eine Periode zurückgehen, als die Mutter nicht als gesondertes Wesen erschien, sondern mit der Welt identisch war. Wenn der schicksalhafte Schritt getan ist und sich eine bestimmte Struktur innerhalb der Welt als Mutter vom Rest unterscheiden läßt, bleibt das »Schlußstein«-Erlebnis, wenn es sich überhaupt bis zu einem gewissen Grade entwickelt, noch mit der Mutter verbunden. Im weiteren Verlauf der Entwicklung verblaßt die bewußte Assoziation zwischen beiden mehr und mehr, und das Gefühl kann eventuell vollständig von seinem ursprünglichen Objekt getrennt werden. Es wird sicher einer Abänderung und Modifikation gemäß der psychosexuellen Entwicklung unterzogen. Goethe machte darüber in späteren Jahren im Hinblick auf die genitale Ebene eine Bemerkung. In der Geschichte *Der Mann von fünfzig Jahren*, die in die *Wanderjahre* eingefügt ist, schreibt er von einem Mann, der zur selben Zeit, als er einer jungen Frau den Hof machen und sich mit ihr wieder verheiraten will, einen Vorderzahn verliert.

> Es ist ihm, als wenn der Schlußstein seines organischen Wesens entfremdet wäre und das übrige Gewölbe nun auch nach und nach zusammenzustürzen drohte.[29]

Hier ist das »Schlußstein«-Gefühl dem guten Funktionieren des Penis zugeschrieben, und Impotenz wird als Beraubung der Gefühlsqualität selbst erlebt. In der Tat schrumpft die Welt während eines richtigen Orgasmus zur Größe der Empfindung zusammen, und die Welt existiert für das Subjekt nur insoweit, als sie in der Orgasmusempfindung enthalten ist. Ohne Konflikt, ohne Bedauern auf seiten des Subjekts verschwindet alles außerhalb davon, und das Subjekt erlebt dieses enge Zusammenschrumpfen der Welt als eine der größten Bereicherungen seiner Existenz.[30]

So wechseln im Verlauf der Entwicklung die Umstände, die geeignet sind, das »Schlußstein«-Gefühl hervorzurufen, in vielerlei Hinsicht und scheinen in Goethes Fall mit bestimmten Gefühlen von Aktivität und Passivität oder deren Kombinationen verbunden gewesen zu sein. Also kehren wir wieder zu diesem immer rätselhaften Problem zurück.

Die von Goethe verwendete Metapher läßt an eine Kombination von Aktivität und Passivität durch die bloße Lage denken. In seiner Beziehung zu Charlotte von Stein bestand eine Technik, die Gewinn versprach, darin, Liebe durch ergebenen Dienst zu erwecken, der wiederum auf der Kombination von beidem beruht, nämlich eine passive Befriedigung durch Aktivität zu erzeugen. Soweit man das rekonstruieren kann, fiel Goethe gegenüber Charlotte von Stein niemals in eine offenkundig passive Haltung, obwohl sich hinter der übertrieben zur Schau gestellten Aktivität viele passive Gefühle verbergen mochten, da Charlotte von Stein lange Zeit als seine Ratgeberin fungierte. Die gesamte Anpassung an die Etikette des Hoflebens war schließlich eine der ersten Forderungen, die sie ihm auferlegte, und man kann nicht bestimmen, bis zu welchem Grade Goethe sich trotz seiner eindrucksvoll gezeigten Aktivität als bloßes Werkzeug fühlte. In dieser besonderen, hier in Betracht gezogenen Periode machte Goethe über seine Passivität wieder eine extreme Bemerkung, wiederum in einem Brief an einen Mann, wie er es vier Monate zuvor gegenüber Plessing getan hatte. Am 17. November 1782 schrieb er an seinen erst kürzlich versöhnten Freund Jacobi:

> Von meiner Lage darf ich nichts melden. Auch hier bleibe ich meinem alten Schicksale geweiht und leide wo andere genießen, genieße wo sie leiden. Ich habe unsäglich ausgestanden, [...] Laß mich ein Gleichniß brauchen. Wenn du eine glühende Masse Eisen auf dem Heerde siehst, so denkst du nicht daß soviel Schlacken drinn stecken als sich erst offenbaren wenn es unter den großen Hammer kommt. Dann scheidet sich der Unrath den das Feuer selbst nicht absonderte [...] und das gediegne Erz bleibt dem Arbeiter in der Zange.
>
> Es scheint als wenn es eines so gewaltigen Hammers bedurft habe um meine Natur von den vielen Schlacken zu befreyen, und mein Herz gediegen zu machen.
>
> Und wieviel, wieviel Unart weis sich auch noch da zu verstecken.[31]

Hier enthält die metaphorische Beschreibung des passiven Erlebnisses besonders starke Begriffe. Sicher, dieser Brief war an einen Freund gerichtet, dem gegenüber Goethe sich schuldig fühlte, ein Faktor, der auch in Goethes Brief an Plessing eine Rolle spielte. Ein Weg, Zorn bei einem anderen Menschen zu besänftigen, besteht darin, sich selbst als leidend hinzustellen. Ungeachtet dieses äußeren Faktors bin ich sicher, daß Goethe in beiden Briefen die Wahrheit sprach. Es war keine Pose, die er annahm, um Eindruck auf einen Freund zu machen. Der äußere Faktor kann vielleicht erklären, warum Goethe diese Bemerkung gerade zu Jacobi machte und nicht gegenüber einem Freund, der ihm näherstand.

Die Ernsthaftigkeit seines Ausdrucks des Leidens kann man aus der Tatsache ersehen, daß er den Brief an Charlotte von Stein schickte, bevor er ihn an seinen Freund auf die Post gab,[32] und diese Tatsache, so glaube ich, bestätigt auch die folgende Vermutung. Das Ausmaß der Entsagung, die er während seines Aufenthaltes in Weimar auf sich nahm, war übermäßig. Man sollte auch nicht vergessen, daß Goethe den Niedergang seiner künstlerischen Produktion vermutlich als einen Akt der Entsagung erlebte — im Dienst sowohl der geliebten Frau als auch des Fürstentums. Zuallererst hatte er aber fast sicher auf jede Art sexueller Befriedigung verzichtet und lebte ohne jede Aussicht auf eine künftige Veränderung in diesem Punkt. Und dieses war in der Tat ein Opfer von unglaublicher Größe, besonders wenn man sein Alter und sein Temperament berücksichtigt. Er hatte deshalb recht mit seiner Behauptung, er leide, wo andere genössen. Die einzigen verbleibenden Quellen der Lust waren der Dienst für andere, die Erfüllung von Pflichten und Selbstverleugnung, und deshalb konnte er zu Recht sagen, er genieße, wo andere leiden. Da Klagen kein Teil seiner Beziehung zu der geliebten Frau mehr war, konnte er ihr dies vermutlich nicht direkt sagen. Indem er sie aber den Brief lesen ließ, wollte er sie offenbar daran erinnern, welchen unaussprechlichen Schmerz er erleiden mußte, um seiner Existenz die jetzige Form zu geben. Und wirklich: wenn man das Gesamtbild sorgfältig überblickt, muß man Achtung — sogar Ehrfurcht — vor Goethes Fähigkeit, Leid auszuhalten, empfinden, der Preis, den fast jedes Genie dafür zahlen muß, vom Schicksal aller anderen Sterblichen ausgenommen zu sein, nämlich im ewigen Vergessen zu enden.

Da die großartige Reorganisation seiner Persönlichkeit im Stadium der Übertragung durchgeführt wurde, ohne klares Bewußtsein, daß das, was da vor sich ging, ausschließlich zu seinem Heil geschah und letztlich zuerst die Wirkung seiner eigenen unbewußten Wünsche und Bedürfnisse war, kam er dazu, den Fortschritt dieser sieben Jahre als etwas ihm Auferlegtes zu erleben. Mit einem Gefühl der vollen Freiheit wäre er wahrscheinlich nicht in der Lage gewesen, das Leid auszuhalten. All dies beweist, daß das »Schlußstein«-Gefühl, das offenbar für ihn so große Bedeutung hatte, in seiner jetzigen Existenz mehr und mehr fehlte. Sicher versuchte Goethe, das »Schlußstein«-Gefühl in seiner Beziehung zu Charlotte von Stein zu erreichen. Er mag von Zeit zu Zeit darin Erfolg gehabt haben, aber die Beziehung war so beschaffen, daß es schnell verflog und von neuem hergestellt werden mußte, wenn es überhaupt gelang.

Die Gefahr in dieser Beziehung bestand vermutlich zu jener Zeit darin, daß sie Goethe zu einer Art Hingabe oder vollständiger Passivität führte, was für die Entwicklung seiner Persönlichkeit höchst gefährlich gewesen wäre. Wie schon früher bemerkt, beanspruchte Goethe Funktionen, die man zu Recht als das Reich der Charlotte von Stein ansehen konnte, offenbar um dieser Gefahr entgegenzuwirken. Er verhielt sich mütterlich und versorgte sie mit Nahrung, er schickte Speisen für ihre Kinder und ermahnte sie, sorgfältig auf sich aufzupassen. In der hier erörterten Periode nun tat er einen Schritt, der so konsequent wie charakteristisch war. Ich glaube, daß dieser Schritt bezeichnende Probleme berührte, die offen oder versteckt über seiner Beziehung zu Charlotte von Stein schwebten, d. h. die mit seinem Vater, seiner Mutter, seiner Schwester und dem ewigen Antagonismus zwischen Aktivität und Passivität zusammenhingen. Ich meine hier seine praktisch volle Übernahme der Verantwortung für Charlotte von Steins jüngsten und liebsten Sohn Fritz, der kurz nach Mitte Mai 1783 in Goethes Haus übersiedelte.

Ich möchte nun in die Geschichte von Goethes Beziehung zu Charlotte von Steins drei Söhnen eintreten, zu Karl (1765—1837), zu Ernst (1767—1787) und zu Friedrich, dem »Fritz« (1771—1844).

Es gibt in einem undatierten Brief (wahrscheinlich vom Januar 1776) an Charlotte von Stein eine Bemerkung, die vielleicht die früheste Erwähnung Goethes über eines der drei Kinder ist. Sie schließt wie folgt:

> Ich komme wahrscheinlich heute noch, denn mir ist's nicht wie Ihrem Friz.[33]

Die Interpretation dieses Satzes ist offensichtlich. Der fünfjährige Junge mag von seiner Mutter weggelaufen sein, oder er wollte nicht bei ihr bleiben, und Goethe sagt, er wolle, im Gegensatz zum Verhalten des kleinen Jungen, sein Bestes versuchen, um sie zu treffen. Das klingt wie eine unschuldige Bemerkung, aber sie ist weitreichend, wenn man sie auf mögliche unbewußte Gedanken hin untersucht. Zuerst vergleicht sich Goethe mit dem kleinen Jungen, so als ob er sagen wollte: ›Sieh mich an, ich liebe dich mehr, als es dein kleines Baby tut.‹ Dies sieht nach Konkurrenz aus und nach einem Versuch, die Zuwendung der Mutter von dem geliebten Kind auf sich selbst zu lenken, was vermutlich nicht nur Eifersucht impliziert, sondern auch eine beginnende Forderung, von der geliebten Frau wie ihr eigenes Kind geliebt zu werden.

Der zweite Hinweis, den man entdeckt, enthält einen indirekten, milden Vorwurf gegen ihren ältesten Sohn, eine Handlung, die unvermeidlich Goethes Spannung erhöhte (Brief vom 27. Januar 1776). Die dritte Bemerkung bezieht sich auf Ernst, dem er ein Buch schickte (Brief vom 12. Februar 1776). In diesen drei Abschnitten zeigen sich Goethes Gefühlsmuster für jedes einzelne Kind. Trotzdem werden die Kinder von ihm vorwiegend als ein Ärgernis erlebt, was Goethe im Spitznamen für sie offenbart, nämlich »Grassaffen«, wörtlich »grass monkeys«, d. h. »junge Narren«. Im Brief vom 5. April 1776 wird das offen ausgesprochen:

> Wie fatal waren mir die Meerkazzen gestern, iust im Augenblick da ich so viel so viel Ihnen zu sagen hatte.[34]

Hier werden die Kinder offen als lästiger Keil zwischen dem Liebhaber und der geliebten Frau empfunden. Dies ist um so überraschender, da Goethe für Kinder sehr viel übrig hatte, und in seiner Beziehung zu der frühen Lotte der *Werther*-Zeit spielten ihre Geschwister, für die sie anstelle ihrer erkrankten Mutter sorgte, eine wesentliche positive Rolle. Goethe wurde rasch ihr ständiges Idol, und als er Wetzlar verließ, mögen sie über seine plötzliche Abreise trauriger gewesen sein als die geliebte Lotte. Man gewinnt den Eindruck, daß die Beziehung zu Charlotte von Steins Kindern mehr Konfliktstoff enthielt als zu den Geschwistern jener anderen Lotte. Charlotte Buff war die jungfräuliche »Mutter« gewesen. Der ödipale Aspekt dieser Situation stürzte Goethe nicht in Konkurrenz oder Rivalität. Die kleinen Geschwister von Werthers Lotte waren Geschöpfe, die – psychologisch gesehen – von nirgendwo hergekommen waren, die Kinder der Weimarer Charlotte aber erinnerten ständig an Charlottes Vergangenheit und waren die nicht wegzudiskutierenden Zeugen für die Tatsache, daß sie einem Freiherrn von Stein etwas gegeben hatte, was sie Goethe nicht gewähren wollte. Die kleinen Kinder in Wetzlar stellten die Möglichkeiten dar, die Lotte als künftige Mutter besaß, und diese Kombination von höchsten Qualitäten als zukünftige Mutter mit dem jungfräulichen Reiz als blühendes Mädchen machte sie so unwiderstehlich. Die Kinder der Weimarer Lotte sagten nichts über Charlotte von Steins künftige Möglichkeiten aus, sondern interessierten mehr als Zeichen von Charlotte von Steins Vergangenheit. Und so waren ihre Kinder eine Zeitlang »Meerkatzen« oder »Grassaffen« oder »die Kleinen«, bis sie die »Kinder« wurden und noch später »die Deinigen«.

Die Tendenz, sich die Funktionen einer Mutter anzumaßen, erscheint früh bei Goethe, aber zunächst halbherzig. Am 16. Juli 1776 schrieb er an Charlotte von Stein:

> Hab den Friz gefüttert. Deine Schwester seh ich nicht. Es ist ein liebes Ge-

schöpf wie ich eins für mich haben mögte, und dann nichts weiter geliebt. ich bin des Herztheilens überdrüssig.[35]

Auf den früher behaupteten Eindruck bauend, daß manche von Goethes Briefsequenzen als freie Assoziationen genommen werden können, betone ich die Bedeutung, daß Goethe sein Füttern des kleinen Jungen erwähnt und sich unmittelbar danach so stark zugunsten eines Mädchens ausspricht, das er nicht mit einem Nebenbuhler teilen muß.

Im ganzen überwiegen allgemeine Erwägungen von Charlotte von Steins Kindern als Einheit, aber allmählich taucht Fritz als bevorzugte Figur auf; in der Beziehung zu ihm agiert Goethe grundlegende ödipale Konflikte. Der älteste, Karl, reagierte anscheinend auf Goethe in Übereinstimmung mit einem positiven Ödipuskomplex. Viel später, als Goethe ihn nach einer langen Trennung wiedersah, schrieb er an Charlotte von Stein (19. August 1784):

Charles est ici, il a grandi. [...] Il resemblera a son pere, i'ai eu beaucoup de joie a le voir.[36]

Ob die Ähnlichkeit mit seinem Vater schon früher bemerkt wurde und Goethe ihm mit größerer Kälte als seinen Brüdern gegenübertrat, oder ob Karl mit Zorn auf den Eindringling reagierte, wie es seinem Alter entsprach (elf Jahre), als Goethe sich erstmals für seine Mutter interessierte, bleibt unbestimmt. Wie dem auch sei, Karl berichtet als alter Mann in seinen Erinnerungen an Goethe den folgenden Vorfall. Nachdem er das große Vergnügen erwähnt hat, das ihm Goethes wertvolle Geschenke machten, fährt er fort:

Mein Wohlwollen gegen diesen Hausfreund verkehrte sich aber plötzlich in einen lange anhaltenden Haß. Die Ursache war folgende. Er stand im Eßsaal und perorierte vor dem Camin und hatte beide Rockschöße aufgenommen, um sie nicht zu verbrennen, oder sich beßer zu wärmen. Da er neben mir etwas seitwärts stand, um die Gesellschafft neben dem Camin beßer anzusehen, und ich dadurch gewißermaßen hinter ihn, so ergriff ich leise den Blasebalg, steckte ihn unvermerkt in die hinten gewöhnlich befindliche Oeffnung unter der Hosenschnalle, und begrüßte ihn mit einem unverhofften Windstos.

Seine Rede wurde dadurch unterbrochen. Dieß machte ihn sehr böse, und er fuhr mich nicht nur gewaltig an, sondern drohte mir sogar mit Schlägen, wenn das wieder geschähe. Ich wär als Junge von etwa 11 Jahren zu schwach gewesen, mich gegen ihn, der wenigstens 27 Jahre alt war, zu wehren, fand mich aber durch diese Drohung entsetzlich beleidigt, und sah es für eine Ehrensache an, die ich nicht ordentlich ausgemacht und bestanden hätte. Unglückseeligerweise wußte ich keine paßende Antwort und glaubte also alles Unrecht auf seiner Seite, hielt ihn für einen Grobian und fürchtete mich doch, es ihm zu sagen.[37]

Diese Erinnerung spiegelt die wechselseitige Ambivalenz in ihrer Beziehung. Karl verließ im Alter von fünfzehn Jahren das Elternhaus, um auswärts zu studieren.

Ernst, der zweite Sohn, war immer ein schwächlicher Junge; er starb im Alter von zwanzig Jahren nach furchtbaren Leiden. Goethe behandelt ihn mit größtem Mitleid. Wie sich später zeigen wird, spielte er, glaube ich, eine bezeichnende Rolle bei Goethes schließlichem Bruch mit Charlotte von Stein.

Wenn Karl ein Sohn war, der mit Aggression reagierte, und Ernst jemand, der, vielleicht infolge seiner Krankheit, mit Passivität antwortete, dann war Fritz eine Art idealer Jüngling. Er war lebhaft, aufgeweckt, an der Welt interessiert und munter; weder rebellierte er, noch ordnete er sich unter, sondern war anscheinend bezaubernd charmant in seinem jungenhaften Narzißmus, der sich beliebt machen und der Freundlichkeit der Erwachsenen anpassen konnte, ohne seine Individualität einzuschränken. Abgesehen von der Auswirkung, die seine Liebe zu der Mutter des Jungen auf seine Gefühle zu dem Jüngling hatten, wurde Goethes Homoerotik durch das Kind stark geweckt. Er betrieb energisch seinen Plan, eine Statue des nackten Fritz zu bekommen, und protestierte, als der Bildhauer Fritz' Körper für ein attraktives Modell zu dünn fand (49, S. 172). In einem frühen Brief (vom 19. März 1776) schrieb Goethe:

Friz war bey uns den hab ich viel geküsst.[38]

Dieser Brief verdient besondere Aufmerksamkeit, denn in der Erregung des Küssens begann er, sich schlecht zu fühlen. Er »flüchtete« zu Wieland, da er nicht allein sein konnte. Der Arzt wurde gerufen, und dieser verbot ihm auszugehen, aber das ganze Ereignis klingt wie eine akute psychogene Erkrankung zu einer Zeit, als seine Beziehung zu Charlotte von Stein noch nicht gefestigt war.[39] Am Tag zuvor hatte er aufgeregt an Fahlmer wegen der Vermögensverhältnisse der Familie geschrieben. In solchen Zeiten instabiler Objektbeziehungen kann die Gefahr homosexueller Versuchungen bedrohlich stark geworden sein.

Dem äußeren Anschein nach entwickelte sich zu Charlotte von Steins Kindern teilweise eine ähnliche Beziehung, wie Goethe sie zu den Kindern in Wetzlar unterhalten hatte. Er ging mit ihnen spazieren, schickte Spielzeug und suchte ihre kleinen Bedürfnisse zu befriedigen. Es mag erwähnenswert sein, wie oft er, wenn er Charlotte von Stein etwas zu essen schickte, schrieb, daß es für sie und für Fritz sei, so als ob er den Jungen durch dessen Mutter ernähren wollte. Gelegentlich verbrachte Fritz eine Nacht in seinem Haus. Am Neujahrstag 1779 schrieb er:

> Fritz hat mich vor vieren geweckt und das neue Jahr herbey gegäckelt.[40]

Etwa von dieser Zeit an taucht ein neues Thema auf: Goethes Dankbarkeit für Charlotte von Stein, daß sie ihren Sohn bei ihm ließ. Mitte Januar desselben Jahres schrieb er:

> Dancke lieber Engel für Frizzen.[41]
> … der Umgang mit Kindern macht mich froh und jung,[42]

schrieb er damals, und dies blieb wahrscheinlich für die meiste Zeit seines Lebens wahr (vgl. 407). Mit einem Kind zusammen zu sein brachte etwas Positives ein, und er kam zu einem narzißtischen Gewinn.[43] Im Herbst 1780 ereignete sich die früher berichtete masochistische Identifizierung mit Fritz (vgl. den Brief vom 2. November 1780, oben S. 509). Während anfänglich die Identifizierung mit dem Kind zu einer mäßigen Prahlerei mit seiner eigenen Überlegenheit geführt hatte, überwog jetzt die Anteilnahme an der Ablehnung, was zu einer Art Trost führte, so als ob Goethe sagen wollte: ›Meine Liebe behandelt mich nicht besser als ihren Lieblingssohn. Warum sollte ich mich dann unglücklich fühlen und klagen?‹, oder, mit anderen Worten: ›Da Fritz die volle Befriedigung seiner Wünsche verweigert wird, warum sollte ich darauf bestehen?‹ Diese masochistische Identifizierung, die vielleicht länger andauerte, als man aus den gegenwärtig verfügbaren Dokumenten beweisen kann, mag als Erleichterung seiner Bitte wirksam gewesen sein, den Gebrauch des vertraulichen *Du* zu erlauben, eine Bitte, die wenige Monate nach der Episode vom 2. November 1780 ausgesprochen wurde. Diese unterschwellige Identifizierung mit dem Jüngsten arbeitete möglicherweise auch als geheime Schranke gegen Versuchungen, die durch die verstärkte persönliche Vertraulichkeit zwangsläufig entstanden.

In dieser Zeit wird eine Funktion von Fritz in Goethes libidinöser Ökonomie offensichtlich: Fritz diente als Ersatz für Charlotte von Stein. Zuvor war es ab und zu geschehen, daß eins der Kinder — besonders aber Fritz — als Bote diente, um eines jener zahllosen Papierschnipsel, die zwischen ihnen wechselten, hin und her zu tragen. Goethe schrieb als Postscriptum am 25. März 1781:

> Ich habe Sie in Frizzen aufs herzlichste umarmt.[44]

Da sein Brief mit dem Ausdruck größter Schuld gegenüber dem Liebesobjekt geschlossen hatte, wurde das Kind in einer Situation von Schuld als Ersatz für seine Mutter akzeptiert. Goethe verfolgte hier vielleicht einen alten Weg zurück — als er einen ödipalen Impuls befriedigte, indem er seine geliebte Cornelia küßte. Dieses Umschalten vom Kind als Boten zum Kind als Ersatz für das Liebesobjekt ist ein Wechsel vom Mittel zum Zweck. Besonders eindrucksvoll ist, daß dieser Wechsel sich innerhalb eines einzigen Tages vollzog. Wenige Stunden zuvor hatte Goethe noch geschrieben:

> Schicken Sie mir Frizen bald durch den sag ich Ihnen mehr.[45]

Hier verlangt er nach Fritz *expressis verbis* als einem Medium, durch das er das Liebesobjekt erreichen kann, spielt aber nicht auf seine Funktion als einen Ersatz an.

Bei der Erörterung dieses entscheidenden Monats März 1781 habe ich manche Gründe dafür vorgebracht, warum meinem Urteil nach die Zeugnisse nicht die Schlußfolgerung erlauben, daß eine sexuelle Beziehung begonnen hatte, obwohl offensichtlich eine Veränderung eingetreten war. Ich füge hier einen anderen Grund an, nämlich die Benutzung von Fritz als Bote. Zunächst aber eine Einschränkung. Es ist äußerst schwer zu ergründen, was in den vergangenen Zeiten als unfein und anstößig angesehen wurde, selbst wenn diese Zeiten uns so relativ nahe stehen wie die von Goethe und Charlotte von Stein. Schwieriger noch und fast unmöglich ist, hierüber ein Urteil im Hinblick auf besondere Persönlichkeiten zu fällen. Tatsächlich ist man im Verlauf der psychoanalytischen Behandlungen betroffen, wie weit sich selbst unter unseren Zeitgenossen die moralischen Urteile von Person zu Person unterscheiden. Leichter ist es, sich darüber zu informieren, was die Gesetze in der Vergangenheit erlaubten und verboten, aber selbst im Fall eines kodifizierten Rechts können wir nur allzu wenig über das Ausmaß erfahren, in dem ein besonderes Gesetz in den Gefühlen und Handlungen von denjenigen verankert war, die dauernd damit leben mußten. Das Problem scheint hoffnungslos zu sein, wenn es Fragen nach der Art des Betragens berührt, die nicht durch Gesetz oder durch Statuten abgedeckt ist, sondern auf individuellem Takt, individueller Meinung und moralischem Empfinden beruht. Trotzdem zögert man anzunehmen, daß Goethe einen Jungen als Boten für Liebesbriefe benutzt haben würde, der der Sohn seiner Geliebten war und das obendrein wenige Tage nach dem Beginn einer körperlichen Beziehung. Ich gebe zu, daß es möglich gewesen wäre, halte es jedoch für ganz unwahrscheinlich.

Der Wechsel vom Boten zu einem Ersatz für das Liebesobjekt paßt aber gut zu einer engen Verbindung, die körperlichen Genuß nicht einschloß. Es gibt einen guten Sinn, daß das Kind (ein Rivale oder ein Untergebener, je nachdem) in einer Situation, in der die Triebforderung zunehmend stark wurde und die Frustration sich deshalb um so schwerer ertragen ließ, zum Liebesobjekt avancieren konnte. Ein solcher Verlauf ist fast allgemein und vollzieht sich, wenn die Geschwisterrivalität sich unter dem Druck einer beständigen Frustration zur Geschwisterliebe verändert (vgl. 193). Die einzige äußere Kompensation, die Goethe verlangte, war die Liebe des Kindes zu ihm, so wie er es liebte. Von hier aus ist verständlich, daß es wenige Tage später, als Goethe auswärts war und die spürbaren Zeichen von Fritz' Liebe entbehrte, zum ersten unmittelbaren Vorwurf gegenüber Fritz kam (am 13. März 1781):

> Frizzen nicht zu vergessen. Er hätte mir wohl einmal schreiben können.[46]

Aber solche Enttäuschungen konnten den breiten Strom nicht stören, der zwischen dem Kind und ihm floß, und als der Junge ihn auf einer Reise nach Leipzig begleitete, war er entzückt. Hier konnten sich natürlich die zuvor erwähnten Mechanismen weitgehend entfalten, und über seine Rückkehr schrieb Goethe an Charlotte von Stein am 1. Oktober 1781 folgendes:

> Meine Liebste ich habe mich [auf der Reise] immer mit dir unterhalten und dir in deinem Knaben gutes und liebes erzeigt. Ich hab ihn gewärmt und weich gelegt, mich an ihm ergötzt und seiner Bildung nachgedacht.[47]

Hier versuchte Goethe außerhalb der Kommunikation mit Charlotte von Stein durch das Kind, sich dieses Kind anzueignen. Väterliche und mütterliche Funktionen verschmolzen.

Ganz in Übereinstimmung mit der narzißtischen Überschätzung des Kindes drängte Goethe Fritz in die Rolle eines Schiedsrichters. So pries er sechs Wochen später, als er an Lavater schrieb (14. November 1781), der wissen wollte, wie ihm das von Tischbein[48] gemalte Bildnis des Bruders des Herzogs gefiel, dieses Porträt in vielen Einzelheiten und fährt dann fort:

> Nur hat es mich wundern müßen daß einige unbefangene Personen und besonders ein sehr wohl organisirtes, und in allen seinen Urtheilen über sinnliche Dinge höchst zuverläßiges Kind, es nicht erkannt haben. Ich machte dadrüber meine Betrachtungen, besonders da der Knabe auf einige verwandte Gesichter rieth...[49]

Es ist interessant, daß Goethe das Urteil des Kindes als Richtschnur für die Bewertung eines Kunstwerkes akzeptierte. Angelegenheiten der Kunst wie Analyse und Würdigung waren Goethe teuer, und man kann zwischen den Zeilen eine leise Stimme der Unterwerfung unter das Urteil des Kindes vernehmen.

In einem Brief an Charlotte von Stein gegen Ende Mai 1782[50] spielt Goethe auf ein Ereignis an, das eine tiefe Wirkung auf seine Gefühle gegenüber dem Jungen gehabt haben muß. Deshalb möchte ich den Brief in voller Länge zitieren:

> Ich hatte heute schon einen sehr schönen Anfang mit Fritzen gemacht. Er ist den ganzen Tag bey mir und fleisig munter und gut. Ich hoffte diesen Abend bey dir zu seyn und kann der Hoffnung nicht entsagen. Gegen fünfe will ich durch den Hof gehen und laut reden. Wenn du mich sehn magst so komm ans Fenster. Sey ruhig es wird sich geben. Thue nur vorerst das Kind drüben weg und laß ihn hüben schlafen wenn Ernst weg ist, denn es schickt sich auf alle Fälle nicht länger. Dann wollen wir es einzuleiten suchen, und ich will ihm alles seyn was ich kann. beruhige dich. Lebe wohl und fürchte nicht. Ich bin immer dein und der deinigen.[51]

Es ist schwierig, die Ereignisse zu rekonstruieren, die zu diesem Brief führten. Fritz' eigene Bemerkungen, die später geschrieben wurden, als er Goethes Briefe kommentierte, sind nicht sehr hilfreich:

> Nachdem mein Lehrer Kästner Pagenhofmeister geworden, ertheilte er mir noch Unterricht, und ich schlief in seiner Wohnung. Mein zweiter

> Bruder Ernst, der Jagdpage des Herzogs war, ging zu dieser Zeit auf das Land zu einem Forstmanne, um das Forstwesen zu lernen. Hierdurch war ich öfter allein unter den Pagen, welches Goethe abzuändern, wie es nothwendig wurde, mir ein Zimmer in seinem Hause gab. Unendlich war die Sorge und Liebe, mit der er mich behandelte und ich verdanke ihm sehr viel in dieser glücklichen Epoche von 1782—86, wo er nach Italien reiste.[52]

Düntzer akzeptiert diese Erklärung und meint, Fritz habe »allerlei Unarten angenommen« und sei bei den Hofpagen »ohne geregelte Thätigkeit« gewesen. Das sei der Grund, warum seine Mutter ihn von dem herzoglichen Schloß (»drüben«) wegholte und ihn zu Hause schlafen ließ (»hüben« in Goethes Brief) (107, 1, S. 176). Fritz' und Düntzers Erklärungen sind unbefriedigend. Ihre Begründungen würden nur eine ruhige und überlegene Entscheidung rechtfertigen, aber keinesfalls Charlotte von Steins plötzlichen und heftigen Aufruhr; sie leisten auch keinen Beitrag zur Erklärung des konspirativen Untertons. Außerdem passen manche Einzelheiten in Goethes Briefen nicht zu den Erklärungen. Doch selbst wenn man weiß oder sogar beweisen kann, daß Fritz von Steins und Düntzers Erklärungen falsch sein müssen und daß Fritz' Gedächtnis ihn täuschte, weiß man noch lange nicht, was wirklich geschah.[53] Die Fakten, die man durch Evidenz als anscheinend gesichert annehmen kann und die auf der Hand liegen, führen uns nicht sehr weit. Meinem Urteil nach kann es über folgendes keinen großen Zweifel geben: Die Mutter war offenbar stark aufgebracht über etwas in Fritz' Verhalten. Goethe schlug eine Maßnahme vor, die sobald als möglich durchgeführt werden sollte; es wurde auch ein Plan für die Zukunft ins Auge gefaßt, nämlich daß Fritz in Goethes Haus leben und seiner Obhut anvertraut werden sollte, was man besonnen einzuführen gedachte, nachdem die Sofortmaßnahmen ergriffen waren. Für den Augenblick würde der Junge die meiste Zeit des Tages bei Goethe verbringen. — Das ist nicht viel, und bei der Erörterung der Frage, welche Örtlichkeiten mit »drüben« und »hüben« gemeint waren, muß die Spekulation zu Hilfe kommen. Unter verschiedenen Ereignisabläufen neige ich zu dem folgenden, wobei ich zugeben muß, daß er sich nicht strikt an Goethes Brief hält. Ich vermute, daß das »drüben« des Briefes sich auf Charlotte von Steins Haus beziehen kann, und es mag um die Frage gegangen sein, ob Fritz weiterhin im Schlafzimmer der Mutter schlafen sollte. Charlotte von Stein war von Fritz sehr eingenommen, und es würde zu ihrem Typ passen, wenn sie ihren Lieblingssohn unverhältnismäßig lange wie ein kleines Kind behandelt hätte. Ich würde gern wissen, ob Charlotte von Stein den Jungen vielleicht beim Masturbieren überraschte oder ob Fritz einen unmittelbaren Beweis einer ödipalen Strebung gab, z. B. Exhibitionismus oder Voyeurismus, wie es seinem Alter, der Vorpubertät, nach angemessen war. Vielleicht hatte Charlotte von Stein, immer zu Schuldgefühlen neigend, Goethe zu verstehen gegeben, daß sie sich hätte mehr um den Jungen kümmern müssen. So mag sich Goethe mittelbar für die Schwierigkeiten des Jungen mitverantwortlich gefühlt haben. Bemerkenswert ist auch, daß der Vater des Jungen in den Briefen überhaupt nicht erwähnt wird. Offensichtlich wurden diese Pläne geschmiedet und die Entscheidungen getroffen, ohne zuerst die Meinung des Jungen zu hören. Sicher, ein Jahr später, kurz bevor Fritz seinen ständigen Aufenthalt in Goethes Haus nahm, drängte Goethe Charlotte von Stein, sich mit ihrem Ehemann zu arrangieren, aber diese Bitte war nicht mehr als eine Geste der Bestätigung dessen, was sie und Goethe schon vor einem Jahr über die Erziehung von Fritz beschlossen hatten.[54]

Der hier diskutierte Brief, der, obwohl undatiert, etwa von Ende Mai 1782 stammt, wurde zu der Zeit geschrieben, als Goethes Vater starb. Es ist wichtig, daß gerade damals in seiner Umgebung ein Junge lebte, der, wie man annehmen muß, in einen Konflikt der frühen Pubertät verwickelt war, mit möglicherweise manifest ödipalem Verhalten. Eine solche Situation muß auf Goethes eigene vergangene sexuelle Konflikte eine stimulierende Wirkung gehabt haben. Das Verhalten, das er gegenüber dem Jungen an den Tag legte, war von Nachsicht und Fürsorge gekennzeichnet; Bestrafen war keineswegs eine Maßnahme, auf die er sich bei der Erziehung eines Kindes verließ. Es war der Spiegel eines eigenen Überich, das begann, sich ihm gegenüber toleranter und gütiger zu verhalten. Indem er sich um den Jungen kümmerte, konnte Goethe Schuldgefühle für Sünden tilgen, die er selbst begangen hatte.

Die Tiefe und die Richtigkeit, die das Vaterproblem nahm, wird in der Ballade *Erlkönig* deutlich, die um diese Zeit herum verfaßt wurde.[55] Diese Ballade ist eines der interessantesten psychologischen Dokumente jener Periode. Das Vaterbild wird in zwei Imagines aufgespalten: in den Vater, der das Kind trägt, und in den König der Elfen, der den Knaben für sich selbst wünscht. Der eine ist der gute Vater, der andere der schlechte; der erste bemüht sich, das Kind zu retten, der letztere versucht ihn durch Schmeicheleien und Verführungskünste und eignet ihn sich zuletzt an — er stiehlt ihn dem guten Vater. Im Akt der Aneignung gibt es eine unmittelbare sexuelle Komponente. Die Strophe lautet:

»Ich liebe dich, mich reizt deine schöne Gestalt;
»Und bist du nicht willig, so brauch' ich Gewalt.«
Mein Vater, mein Vater, jetzt faßt er mich an!
Erlkönig hat mir ein Leids gethan! — [56]

Der interessante Zug an dieser Ballade besteht darin, daß sich hier nicht Vater und Mutter gegenüberstehen, sondern zwei Väter. Der gute Vater wird so gezeichnet, wie man sich gewöhnlich eine Mutter vorstellt: er hält das Kind in seinen Armen, er hält es warm, er gibt ihm Schutz. Bode sieht in der Ballade den Bodensatz von Goethes Erlebnissen mit Fritz (49, S. 178).

Es ist notwendig, hier auf eine Konfiguration zurückzugreifen, der in der psychoanalytischen Literatur selten Beachtung geschenkt wird, nämlich auf die Beziehung des Kindes zu seinem Vater, bevor der Vater in der ödipalen Phase zum Rivalen und Ideal wird. Ich möchte diese Konfiguration den *präödipalen Vater* nennen.[57] Bei manchen Fällen findet man eine Figur, die parallel zur ödipalen Mutter verläuft. So wie die letztere so häufig vom Jungen mit einem Penis ausgestattet wird, so der erstere mit Brüsten.

Aus Bettinas Berichten scheint hervorzugehen, daß Goethes Vater eine wichtige Rolle in der frühesten Lebensphase des Jungen spielte, ihn herumtrug, an seinem Bett stand und ihn tröstete, wenn er mit Schrecken erwachte. Sie erzählt:

> einmal hatte der Vater ihn auf dem Arm und ließ ihn in den Mond sehen, da fiel er plötzlich wie von etwas erschüttert zurück und geriet so außer sich, daß ihm der Vater Luft einblasen mußte, damit er nicht ersticke.[58]

Über die präödipale Mutterbeziehung wissen wir wenigstens, daß sie biologisch notwendig ist und von äußeren Bedingungen abhängt, durch die jedes Kind hindurchgehen muß, wenn ihr Verlauf auch variieren kann. Aber trifft dies auch für die präödipale Vaterbeziehung zu? Oder hängt diese von zufälligen Umständen ab, z. B. vom Willen des Vaters und seiner Einstellung, sich in mütterlich zärtlicher Weise gegenüber dem Kind zu verhalten? Goethe erhielt — wenn man Bettinas Bericht trauen kann — überreiche Eindrücke, aus denen sich eine Vorstellung bilden konnte, die zum präödipalen Vater gehört. Melanie Klein und die sogenannte englische Schule der Psychoanalyse arbeiten mit der Imago der vereinigten Eltern, d. h. mit einer Konfiguration, bei der Vater und Mutter nicht unterschiedene Wesen darstellen. Ich bezweifle, ob ein solches Bild wirklich so häufig ist, wie man annimmt. Ich denke eher, daß es für den Beobachter schwierig ist, das Bild des präödipalen Vaters und das der präödipalen Mutter auseinanderzuhalten. Da das Kleinkind nicht zögert, die primären Geschlechtsmerkmale beider Geschlechter jedem von beiden zuzuordnen, mögen die beiden Elternbilder dem Beobachter als identisch erscheinen; aber sind sie es auch für das Kind? Aus einem literarischen Produkt wie dem *Erlkönig* sollte man schließen, daß sie es nicht sind. In dieser Ballade werden, wie ich glaube, die konfliktträchtigen Wünsche des männlichen Kleinkinds gespiegelt, auf der einen Seite der Wunsch, versorgt und vor verbotenen Impulsen geschützt zu werden, und auf der anderen Seite der Wunsch, daß der Vater diese Impulse libidinös befriedigt; in späteren Jahren entstehen aus diesen Wünschen entsetzliche Ängste und Schuldgefühle, so daß eine Tendenz besteht, sie auf einen Repräsentanten zu projizieren, der vom versorgenden und stillenden Aspekt des präödipalen Vaters geschieden ist.

Zwei Faktoren könnten Goethes Präokkupation mit dieser Vorstellung vorangegangen sein. Zuerst der Tod seines Vaters (oder die Erwartung dieses Ereignisses) und zweitens die wachsende gegenseitige Zuneigung zwischen ihm und Fritz. Der Verlust des Vaters als eines alten Mannes, wie es für den Erwachsenen aussah, löste die Sehnsucht nach dem reizenden Bild des archaischen Vaters aus, des Vaters jener Tage, als der Gegensatz der Geschlechter noch nicht das Leben des Kindes komplizierte. Dieser Vorstellung vom präödipalen Vater liegt die Phantasie zugrunde, daß es der Vater war, der dem Baby Leben und Nahrung gab[59], eine Phantasie, die bei Goethe gerechtfertigt wäre, wenn sich Bettinas Bericht als tatsächlich zutreffend beweisen ließe. Zugleich tauchte der Vorwurf auf: ›Du hast mich nicht genug beschützt‹, ein Vorwurf, der ganz berechtigt scheint, wenn der Vater an Vergreisung stirbt. Der Zorn über den entschwindenden Vater wird verleugnet und in den Vorworf der Verführung umgewandelt, die ihren Vorteil aus der Schwäche der Kindheit zog. Homosexuelle

Befriedigungen werden mit Tod identifiziert, in Übereinstimmung mit gut gefestigten unbewußten Vorstellungen.

Es ist interessant, diese Ballade mit der frühen Ode *Ganymed* (die oben, S. 467, erörtert wurde) zu vergleichen, geschrieben zwischen 1774 und 1781. In diesem Gedicht sind die freudige, sogar selige Hingabe an die Gottheit und ein jugendliches Streben des Knaben aufwärts zur Vereinigung mit dem »alliebenden Vater« die zentralen Themen. Im *Erlkönig* ist der Knabe völlig passiv und das Ergebnis hängt davon ab, ob der schlechte Vater den guten überlisten wird oder umgekehrt. Die Vaterbilder stammen in den beiden Gedichten von zwei verschiedenen Entwicklungsstufen, die des Erlkönigs ist archaischen Ursprungs. Vom Standpunkt der realen Verhältnisse aus gesehen bemerkt man eine Umkehrung, insofern es nicht ein Vaterersatz ist, der stirbt, sondern das Kind. Das klingt fast so, als ob Goethe sich einem Impuls zu widersetzen versuchte, seinem Vater nachzufolgen, als ob der Tod des Vaters erotische Sehnsüchte mobilisiert hätte, sich mit dem Verstorbenen zu vereinigen. Aus diesem Gesichtswinkel enthält die Ballade eine Wahrheit, nämlich den Vorwurf: ›Durch deinen Tod hast du in mir das Verlangen zu sterben erweckt.‹ Wir würden uns bei der Entfaltung dieses Punktes in eine bessere Lage bringen, wenn wir zuverlässige Daten darüber hätten, wann Goethe *Die Fischerin* schrieb, die mit dem *Erlkönig* beginnt. Goethe erwähnt die Arien dieses Singspiels in seinem Tagebuch unter dem 5. August 1781; die zweite Aufführung fand am 21. Juni 1782 statt. Das zentrale Thema dieses Stücks ist die Vorspiegelung des Todes einer Frau durch Ertrinken, die damit ihren Vater und ihren Verlobten erschrecken will. Sie hofft, daß dies beide dazu bringt, ihre Wünsche mehr zu beachten. Als die Wahrheit herauskommt, wird sie schwer gescholten und widerstrebend dazu gebracht, einer frühen Heirat zuzustimmen. Die Implikationen dieser Handlung werden klar, wenn man sie mit dem Tod von Goethes Vater in Verbindung bringt. Doch der historische Anschein spricht nicht zugunsten einer Datierung nach dem Abscheiden des Vaters, außer wir nehmen an, daß neueste Nachrichten aus Frankfurt Goethe alarmiert hätten, so daß ein Zusammenhang eingeräumt werden muß.

Der Tod seines Vaters und die starke Beziehung zu einem Sohn-Ersatz stießen Goethes gesamte Lebenssicherheit um. Solange eine Generation sieht, daß ihre Eltern noch leben, stellt dies einen Schutz vor dem Tod dar: Der Vater muß zuerst sterben, bevor der Tod seinen Arm nach der nächsten Generation ausstrecken kann. Als sein Vater starb, könnte das ganze Problem für Goethe wegen der Existenz einer Sohn-Figur im eigenem Leben verschlimmert worden sein. Nun mußte er die Funktion einer Schutzbarriere gegen den Tod für die neu heraufziehende Generation übernehmen. Also mag der *Erlkönig* auch dem Zweck der Versicherung gedient haben: ›Schließlich können Kinder vor ihren Vätern sterben.‹[60]

Das gesamte konfliktreiche Problem, das sich um die Nachkommenschaft drehte, zeigt sich deutlich in dem Stück *Elpenor,* das Goethe aus einsichtigen Gründen nicht vollenden konnte. Die Geschichte der Entstehung beweist schon an sich den Konflikt, der dem Inhalt zugrunde liegt. Goethe versuchte zweimal, jedesmal während einer Schwangerschaft der Herzogin, als Weimar sich für die Geburtstagsfeier eines Thronfolgers rüstete, diese Tragödie zu schreiben. 1781 wurde ein Mädchen tot geboren, und deshalb war keine Gelegenheit, das Stück für den Wöchnerinnenkirchgang der Herzogin zu vollenden. 1783, als die Herzogin wieder schwanger war, nahm sich Goethe sein Werk wieder vor, aber er wurde nicht zur rechten Zeit damit fertig; als alle in Weimar ihre poetischen Talente überanstrengten, bestand Goethes Beitrag nur in einem Gedicht von vier Strophen, das niemand Goethe zuschreiben würde, wäre dies nicht historisch belegt. In jeder Hinsicht, nach Form wie nach Inhalt, war es mittelmäßig.

Es gibt keinen Zweifel daran, daß Goethe bei der Abfassung von *Elpenor* gehemmt war; er schrieb eineinhalb Akte, kam aber niemals darüber hinaus, obgleich sich in späteren Jahren sein Interesse an diesem dramatischen Gegenstand wieder regte. Den Grund für die Hemmung kann man aus dem Studium des Fragments gewinnen. Die Bausteine, aus denen Goethe seine Handlung baute, sind bekannt: (1) ein antiker griechisch-römischer Mythos und (2) eine chinesische Erzählung.

(1) Antiope, die Tochter des Nykteus, ist von Zeus geschwängert worden; die verläßt ihren Vater und nimmt Zuflucht bei Epopeus. Nykteus stirbt aus Gram und hinterläßt das Königreich seinem Bruder Lykus, womit Antiope bestraft wird. Lykus tötet Epopeus und nimmt Antiope als Gefangene mit nach Hause. Sie gebiert Zwillinge. Sie werden ausgesetzt, aber gefunden und von einem Hirten aufgezo-

gen, der sie Zethus und Amphion nennt. Dirke, die Frau des Lykus, mißhandelt Antiope, die wiederum flieht und dabei ihre Söhne trifft. Zethus, der sie nicht erkennt, verweigert ihr das Asyl. Dirke folgt ihr und versucht, sie zu töten. Als der Hirte den Zwillingen sagt, daß der Flüchtling ihre Mutter ist, retten sie sie. Sie töten Dirke, indem sie diese an das Horn eines Bullen binden. Als die Zwillinge auch Lykus töten wollen, verhindert dies Hermes, befiehlt aber Lykus, das Königreich Amphion zu übergeben (vgl. 559, S. 236 f.).

Dieser Mythos ist ein Konglomerat von verschiedenen Themen, und es ist nicht klar, worin der springende Punkt besteht. Es sieht so aus, daß das Hauptthema die Schlechtigkeit von Frauen ist. Zuerst löst Antiope durch ihren Liebesakt mit Zeus den Tod von zwei Männern aus, und dann stiftet Dirke Ärger durch ihre Gemeinheit gegenüber Antiope. Die Zwillinge sehen nach Auferstehung der beiden gestorbenen Männer, Nykteus und Epopeus aus, die Antiope geliebt haben müssen und jetzt als ihre Rächer wiedererscheinen. Es gibt einen Hinweis darauf, daß der eine Zwilling der gute und der andere der schlechte ist. Nach einer Fassung war Amphion der Sohn von Zeus und Zethus der Sohn von Epopeus. Es ist bemerkenswert, daß Hygins Version, die Goethe benutzte, die tragischen Ereignisse einer friedlichen Lösung zuführt, insofern ein neuer Mord verhindert wird.

(2) Das chinesische Stück *Tschao Schi Ku Öhrl* oder *Die kleine Waise aus dem Hause Tschao*[61] ist in seiner Handlungskonstruktion viel weniger vage. Tu Ngang Ku ist der Führer der Armee von Ling Kong. Er ist auf Tschao eifersüchtig, der im Dienst der Zivilverwaltung steht. Es gelingt Tu Ngang Ku, Tschao Tung und seine Familie niederzumetzeln, ausgenommen den Sohn, Tschao So, der mit der Tochter des Königs verheiratet ist. Mittels eines gefälschten Briefes bringt Tu Ngang Tschao dazu, Selbstmord zu begehen. Die Prinzessin aber ist schwanger und gebiert einen Knaben, den sie Tsching Yng, einem Arzt, anvertraut, der dem Haus Tschao ergeben ist. Anschließend hängt sich die Prinzessin auf. Tu Ngang Ku kann sich seiner Macht nicht sicher fühlen, solange ein Mitglied der Tschao-Familie noch lebt. Da das Baby der Prinzessin gerettet und sein Aufenthalt nicht bekannt ist, entscheidet Tu Ngang, daß alle Kinder unter sechs Monaten getötet werden sollen. Um die Kinder des Landes zu retten und um die Möglichkeit offen zu halten, daß das Haus

Tschao gerächt wird, bezeichnet Tsching Yng seinen eigenen Sohn als die Tschao-Waise und läßt zu, daß er ermordet wird. So erreicht er, daß die Tschao-Waise als sein eigener Sohn angesehen wird. Außer sich vor Dankbarkeit für den Dienst, den ihm Tsching Yng erwiesen hat, nimmt Tu Ngang Ku diesen in seinen Palast auf und verspricht ihm, seinen Sohn zu adoptieren und ihn als Erben einzusetzen, da er selbst keine Kinder hat. Zwanzig Jahre später hat der kleine Tschao, der jetzt Tu Tsching heißt, eine Erziehung unter der Obhut von Tu Ngang Ku abgeschlossen. Er wird von seinem Adoptiv-Vater sehr geliebt und ein vollkommener Fechter. Tu Ngang plant, den König zu entthronen, sich selbst an seine Stelle zu setzen und seinem adoptierten Sohn das Amt, das er selbst jetzt inne hat, zu geben. Tsching Yng unterrichtet die Tschao-Waise über den wahren Stand der Dinge. Erzürnt über die Bosheit seines Stiefvaters tötet er ihn, und das Haus Tschao wird in seinem vormaligen Ansehen wiederhergestellt.[62]

In diesem chinesischen Stück stoßen wir auf Themen, die in unmittelbarer Nachbarschaft zu verschiedenen früher erwähnten Themen stehen, besonders in Verbindung mit *Iphigenie,* aber es tauchen auch neue Themen auf, z. B. der Vater, der das Leben seines eigenen Kindes opfert, um das eines anderen zu retten, und das Kind, das seinen Vater-Ersatz liebt, aber gezwungen ist, ihn zu töten. Der Angelpunkt des Stückes ist die Rettung eines Babys, das später die Pflicht haben wird, alle Missetaten gegen seine Familie zu rächen. Der Schmerz eines Mannes, der ohne Nachkommenschaft stirbt, ist ein weiteres neues Thema.

In Goethes *Elpenor* ist Antiopes Ehemann ein König, der heimtückisch auf seinem Heimweg von einem Sieg erschlagen wurde. Nach seinem Tod geht Antiope mit ihrem kleinen Sohn ihre Mutter besuchen. Man lockt sie aber in einen Hinterhalt, und ihr Sohn wird gestohlen. Als sie den Bruder ihres Ehemannes, Lykus, besucht, fühlen sich Lykus' Sohn Elpenor und sie auf den ersten Blick zueinander hingezogen. Durch das Versprechen, Elpenor zum Erben ihres Reiches einzusetzen, bringt sie Lykus dazu, ihr das Sorgerecht für Elpenor zu überlassen, bis dieser herangewachsen ist. Das Stück beginnt an dem Morgen, als Lykus an den Hof von Antiope kommt, um seinen Sohn abzuholen. An diesem Tag unterrichtet Antiope Elpenor über das, was sich in der Vergangenheit zugetragen hat, und läßt ihn schwören, alles in seiner Macht Stehende zu tun, um das geschehene Verbrechen zu rächen, indem er den Frevler findet und ihn und seine Nachkommen tötet. Elpenor schwört, und Antiope fühlt sich glücklich, denn jetzt ist sie von der Last des Hauses befreit. Sie nimmt Elpenor das Versprechen ab, den Thron mit ihrem Sohn zu teilen, wenn dieser auftauchen sollte. Ihr Sohn kann durch ein Merkmal erkannt werden, das sich an derselben Stelle befindet, wo Elpenor ein Muttermal hat. Im zweiten Akt tritt Polymetis, der Diener von Lykus, auf, und kündigt die frühe Rückkehr seines Herrn an. Auf Polymetis lastet ein schreckliches Geheimnis großer Verbrechen, in die er durch Lykus' Befehl verstrickt wurde. Er ist in dem Dilemma, ob er sein Wissen Elpenor mitteilen soll oder nicht, da es auch ihn betrifft. An dieser Stelle bricht das Fragment ab.

Von der Handlungskonstruktion her ist klar, daß Elpenor Antiopes Sohn ist, ohne daß beide es wissen, und es ist sehr wahrscheinlich, daß es Lykus war, der Antiopes Ehemann getötet hat. Viele Gelehrte haben versucht, den Verlauf der weiteren Handlung herauszuarbeiten, aber niemand hat eine befriedigende Lösung gefunden.[63]

Ein größerer Teil des Fragments wird von Evadne getragen, der Dienerin von Antiope, einer weisen Frau, die Antiope geholfen hat, Elpenor aufzuziehen und der der Junge in tiefster Dankbarkeit und Bewunderung verbunden ist. Die Verbindung zwischen Elpenor und Fritz von Stein ist von vielen bemerkt worden.[64] Der Anlaß für das Schreiben des Stückes war die Aussicht für Goethes Freund und Herrn, einen männlichen Erben zu bekommen, aber aus der Handlung, so fragmentarisch sie auch ist, und aus den Vorlagen, die Goethe benutzte, kann man den außergewöhnlichen Grad von Ambivalenz ersehen, mit dem Goethe auf die Erwartung dieses Ereignisses antwortete. In Fritz hatte er einen Sohn-Ersatz, und diese Adoption war vermutlich gedacht zur Verringerung der Ambivalenz durch den Stolz: ›Auch ich habe einen Sohn.‹ Aber *Elpenor* zeigt, daß diese Quasi-Adoption, wie wertvoll sie für andere Zwecke auch war, nicht ausreichte, Goethes Ambivalenz und die tiefe Frustration zu verringern, die er angesichts seiner Kinderlosigkeit fühlte.

Das für Goethe neue Thema in diesem Fragment, das er den beiden Quellen entnahm, besteht in dem unter bestimmten Umständen vorkommenden Unwissen von Eltern und Kind über ihre Beziehung. Kinder können ausgewechselt oder ersetzt werden, und Eltern werden sich dessen nicht notwendig bewußt, und auch dem Kind muß *expressis verbis* gesagt werden, wer seine Eltern sind. So wird in der Folge davon die emotionale Beziehung zwischen Kind und Elternteil für höher als die biologische gehalten, die zu einer Angelegenheit des Zufalls erklärt wird. Es sieht fast so aus, als ob der Autor zeigen will, wie Umstände leicht dazu führen können, daß sich das Kind feindselig gegen seinen Erzeuger wendet, aber Zuneigung für diejenigen fühlt, die es aufgezogen haben: Elpenor steht Evadne näher als Antiope. Auch wird die schreckliche Erblast, die den Kindern von ihren Vorfahren in Form einer Mission oder Pflicht (ein Thema, das in der *Iphigenie* von keiner geringeren Bedeutung ist) hinterlassen wird, scharf abgesetzt von dem Beistand, den jene freundschaftlich gesinnten Menschen leisten, die, nur durch rein gefühlsmäßige, unbiologische Bande verbunden, der jüngeren Generation helfen, sich von den Fesseln zu befreien — wenn eine Befreiung überhaupt möglich ist.

Die Verbindung dieser Perspektive mit Goethes persönlichem Problem in dieser Zeit spricht für sich selbst. Abseits davon sprach Goethe, auf der Grundlage seiner eigenen Konflikte, eine unleugbare Wahrheit aus, nämlich daß die »Konfliktneigung« (Freud) zwischen denen, die biologisch miteinander verbunden sind, tatsächlich größer ist als zwischen denen, deren emotionale Bindungen aus zufälliger Bekanntschaft oder Freundschaft erwuchsen. Verriet Goethe hier eine tiefe (und vermutlich verdrängte) Furcht vor eigener Nachkommenschaft? Bei Fällen von paranoider Psychose kann man beobachten, daß der wahnhafte Verfolger in der Regel für ein feindliches, äußerst aggressives Kind steht, das diejenige Tat ausführen wird, die sein Vorfahre gegen dessen eigene Eltern erwog, als er selber ein Kind war; d. h. der erwachsene Paranoiker fürchtet, sein eigenes Kind werde ihm das antun, was er selbst, als er noch ein Kind war, seinen eigenen Eltern anzutun wünschte. Die Ambivalenz von Erwachsenen gegen das Kind, die aus diesen tiefsten aller Ängste entsteht, wird in dem Fragment angedeutet. Ich muß dies im Detail beweisen. Interessanterweise scheint Evadne die einzige zu sein, die zu einer nichtambivalenten Liebe zu Elpenor fähig ist. Es sieht so aus, daß Goethes eigenes Problem versehentlich im Inhalt des Stückes so klar zutage trat, daß er davon abließ, das Stück zu Ende zu führen.

Aber dies war nur eine der Wurzeln für seine Hemmung. Als er

Schiller das Manuskript des Fragments am 24. Juni 1798 schickte, schrieb Goethe:

> In das andere beyliegende Manuscript *[Elpenor]* mochte ich gar nicht hineinsehen, es mag ein Beyspiel eines unglaublichen Vergreifens im Stoffe, und weiß Gott für was noch anders ein warnendes Beyspiel seyn.

Sicher, der Gegenstand empfahl sich nicht für die Feier der Ankunft eines Thronfolgers, aber 1798 war Goethe sicher frei davon, um das Stück ohne Beachtung des ursprünglichen Anlasses zu vollenden. Der Stoff war an sich hochdramatisch und enthielt größte Möglichkeiten. Aber wofür sonst konnte er als warnendes Beispiel dienen? Goethe fährt in seinem Brief an Schiller fort:

> Ich bin recht neugierig was Sie diesem unglücklichen Producte für eine Nativität stellen.[65]

Schiller, der Goethes Frage mißverstand, antwortete mit folgenden höchst bemerkenswerten Worten:

> Es [das Drama] erinnert an eine gute Schule, ob es gleich nur ein dilettantisches Produkt ist und kein Kunsturteil zuläßt. Es zeugt von einer sittlich gebildeten Seele, einem schönen und gemäßigten Sinn und von einer Vertrautheit mit guten Mustern. Wenn es nicht von weiblicher Hand ist, so erinnert es doch an eine gewisse Weiblichkeit der Empfindung, auch insofern ein Mann diese haben kann.[66]

Es wäre interessant zu wissen, was Schiller auf eine Autorin schließen ließ. Aus dem Inhalt und den Umständen der Entstehung des Stückes könnte ich schließen, daß Goethes Hemmung bei der Vollendung des Werkes mit seiner Weiblichkeit zusammenhing. Der Drang zu schreiben scheint unmittelbar mit dem Gebärneid verbunden gewesen zu sein. Zu dieser Zeit konnte dieser Neid aber offensichtlich nicht sublimiert und deshalb das Stück nicht geschaffen werden. Es gibt für meine Hypothese einen unterstützenden Hinweis in einem Satz des jungen Tobler über Goethes Schreiben von *Elpenor* aus einem Brief an Lavater:

> Goethe arbeitet in der Hoffnung eines Prinzen am neuen Stücke. (250, 1, S. 110)

Der deutsche Ausdruck »guter Hoffnung sein«, oder einfach »in Hoffnung sein« bedeutet »schwanger sein«. Es ist natürlich sonnenklar, worauf sich Tobler bezieht. Wenn die Herzogin ein Mädchen gebären würde, wäre eine Tragödie mit einem Sohn als zentraler Figur fehl am Platze. Goethe prognostizierte einen männlichen Nachkommen und arbeitete deshalb hart an dem Stück. Die Art und Weise aber, in der Tobler diesen Gedanken zum Ausdruck brachte, läßt daran denken, daß zumindest ein Mensch in Goethes Umgebung für den in Goethe sich abspielenden unbewußten Vorgang unbeabsichtigt den Nagel auf den Kopf getroffen hatte. Ich möchte aber meinen Eindruck nicht auf eine solch fragwürdige Rekonstruktion gründen. 1828 sagte Goethe zu einem Besucher, der sich bewundernd über das Stück aussprach:

> Auch ich habe eine Vorliebe für dieses Fragment; auf diesem Wege hätte ich fortfahren sollen, wenn ich den Deutschen ein Theater hätte schenken wollen. Aber wie der Mensch denn so Vieles anfängt und so Weniges vollendet![67]

Diese Bemerkung ist in der Tat überraschend. Erstens bringt Goethe hier eine Vorliebe für seinen dramatischen Versuch zum Ausdruck, trotz seiner vormaligen Abneigung dagegen; zweitens kann man der Einschätzung, dieser Typ von Theaterstück hätte einen besonderen Beitrag zur Schaffung eines deutschen Theaters bedeutet, nicht zustimmen. Goethe hat zwei Stücke desselben Typs wie *Elpenor* verfaßt, nämlich *Iphigenie* und *Tasso,* aber diese führten nicht zu einem spezifisch deutschen Theater. Es ist aber höchst interessant, daß im Kopf des neunundsiebzigjährigen Goethe noch *Elpenor* mit einem Geschenk, einer wundervollen Gabe an die ganze Nation verbunden ist. Leider aber könne man es nicht vollenden. Ich glaube, daß diese Behauptung über die bloß historische Beziehung hinaus begriffen werden muß; sie enthält den Schlüssel zu *Elpenor*, wenn man das Werk psychologisch interpretiert. Es gibt etwas, was ein Mann immer wieder zu schaffen versucht und niemals vollenden wird. *Elpenor* wurde geboren aus Goethes Verzweiflung darüber, daß er kein Kind hatte,[68] daß er den Sohn eines anderen Mannes als seinen eigenen akzeptieren mußte, um sich der Liebe einer geliebten Frau zu versichern, und aus der Hoffnungslosigkeit heraus, daß seinen archaischen Wünschen nach magischer Allmacht, selbst ein Kind zu gebären, eine biologische Grenze gesetzt war. Infolge der akut erlebten Ambivalenz konnte der Konflikt nicht sublimiert werden. Die gesamte Situation wurde erschwert durch den realen Umstand, welcher das Stück erforderte: die Geburt eines Jungen für einen Freund, das

Erwecken von Eifersucht, der daraus resultierende Impuls, das Kind zu zerstören, und daraus folgend die Wahl eines Themas, welches, von der Verherrlichung des Lebens junger Menschen weit entfernt, seinen düsteren Schatten auf ihre tragische Existenz warf. Unfruchtbarkeit und Monstrosität waren die unvermeidlichen Konsequenzen.

Ich habe einige Äußerungen Goethes, die den Akt des geistigen Erschaffens in einen assoziativen Zusammenhang mit der Geburt eines Kindes stellen, zitiert. Die früher (S. 125) zitierte Bemerkung in seinem Brief an Knebel vom 21. November 1782 über *Werthers* Rückkehr in seinen Mutterleib fällt in die Monate der Schwangerschaft der Herzogin. Diese Bemerkung war besonders krude. Sie läßt an eine starke Reaktion auf eine Schwangerschaft in seiner Umgebung denken und bezieht sich auf einen Vorgang, der alles andere als kreativ war, nämlich auf das Abschreiben eines Originals. Der Plan, die ursprüngliche Fassung zu überprüfen, erforderte keine solche Kreativität, um eine so extreme Metapher zu rechtfertigen.[69] Sie klingt auch wie eine verächtliche Bemerkung über die Geburt, so als ob er sagen wollte: ›Frauen machen von der Niederkunft so viel Aufhebens. Es wäre dasselbe, wenn ich ein Aufsehen über das Abschreiben und das Überarbeiten des *Werther* machen würde.‹ Man darf vermuten, daß der wohlbekannte saure Trauben-Mechanismus seinen Anteil an Goethes Vergleich hatte.

In demselben Brief an Knebel (vom 21. November 1782) machte Goethe eine Bemerkung von weitreichender Bedeutung.

> Und so fange ich an mir selber wieder zu leben, und mich wieder zu erkennen. [...] Wie ich mir in meinem Väterlichen Hause nicht einfallen lies die Erscheinungen der Geister und die iuristische Praxis zu verbinden eben so getrennt laß ich iezt den Geheimderath und mein andres selbst, ohne das ein Geh. R. sehr gut bestehen kann. Nur im innersten meiner Plane und Vorsäze, und Unternehmungen bleib ich mir geheimnißvoll selbst getreu und knüpfe so wieder mein gesellschafftliches, politisches, moralisches und poetisches Leben in einen verborgenen Knoten zusammen. *Sapienti sat.*[70]

Dieser Ankündigung eines neuen Versuchs, isolierte, nur bis zu einem bestimmten Grad synthetisierte Funktionen zu verbinden, ging ein Ausdruck der Desillusionierung voraus:

> Der Wahn, die schönen Körner die in meinem und meiner Freunde daseyn reifen, müssten auf diesen Boden gesät, und iene himmlische Juwelen

könnten in die irdischen Kronen dieser Fürsten gefaßt werden, hat mich ganz verlassen und ich finde mein iugendliches Glück wiederhergestellt.[71]

Goethe bezog sich hier auf das Scheitern seines Versuchs, Weimar zu einem Musenhof zu machen und im Herzog (der mehr und mehr seine kriegerischen Ambitionen entwickelte) das Ideal eines Fürsten zu verwirklichen.

Die Gleichnisse in dieser Passage (die Saat, die gesät werden muß, die himmlischen Juwelen) erinnern stark an das hier erörterte Problem. Goethes intensive homosexuelle Enttäuschung gründete offenbar nicht nur auf dem tatsächlichen Verhalten des Herzogs, sondern bezog sich auch auf die erwartete Ankunft eines Thronfolgers. Die drückende Last von Verwaltungsaufgaben, die er freiwillig auf sich genommen hatte, diente offenbar dem Ziel, die Liebe seines fürstlichen Freundes zu erhalten und zu verstärken. Jetzt aber, im Zustand tiefer Enttäuschung, konnten seine Tätigkeiten nicht mit soviel Libido wie zuvor ausgeführt werden. »Der Herzog«, schrieb er an Knebel,

hat seine Existenz im Hezen und Jagen. Der Schlendrian der Geschäffte geht ordentlich, er nimmt einen willigen und leidlichen Theil dran, und läßt sich hie und da ein Gutes angelegen seyn, pflanzt und reißt aus pp. Die Herzoginn ist stille lebt das Hofleben beyde seh ich selten.[72]

In diesem von einem Hofmann für einen anderen Hofmann geschriebenen Bericht konnte Goethe ganz offen über die Lage in Weimar zu jener Zeit sein. Es ist sehr interessant, daß er seine Tätigkeiten in Weimar mit der Rechtsanwaltpraxis in seiner Geburtsstadt verglich. Letztere war unauslöschlich mit dem Bild seines Vaters assoziiert. Auch in jenen Jahren konnte es eine Isolierung von Funktionen gegeben haben, aber diese Isolierung (wenn Goethe zu jener Zeit dazu überhaupt fähig war) wurde durch den Druck seines Vaters erzwungen, und der junge Goethe hatte sich selbst noch nicht gefunden. Er war für einige Stunden Liebhaber und dann wieder Dichter und dann wieder sehr wenige Stunden Rechtsanwalt, aber alle diese Tätigkeiten wurden miteinander vermischt, hielten seine Existenz beständig in Erregung und Spannung oder wurden durch eine Kluft voneinander geschieden.

Die neue Fähigkeit von Isolieren und Synthetisieren, die Goethe beschreibt, hatte einen doppelten Aspekt. Bis dahin war die psychische Isolierung von Funktionen anscheinend nicht notwendig gewesen, obgleich in Weimar die nichtkünstlerischen Tätigkeiten sogar mehr Zeit und Interesse beanspruchten als in Frankfurt. Diese wurden aber nicht nur im Dienst einer geliebten Frau und eines geliebten Herzogs ausgeführt, denen auch seine künstlerischen Schöpfungen gewidmet waren, sondern auch im Dienst einer ethischen Mission. Zeitweilig wurde eine Vereinigung des männlichen und weiblichen Liebesobjekts (Mutter und Vater) erreicht, d. h. die beiden grundlegenden ödipalen Strebungen waren nicht länger getrennt, sondern wurden harmonisiert. Zum Teil infolge von Realitätsfaktoren, aber zum Teil auch infolge des Todes seines Vaters und der Schwangerschaft der Herzogin wurden alte Konflikte wieder aufgerührt, und die Ambivalenz in seiner Beziehung zu seinem Vater übertrug sich auf seine Beziehung zum Herzog. Unter dem Druck solcher Umstände setzte er Isolation konstruktiv ein.[73] Anstatt zum Konflikt oder zur Spaltung des Ich zu führen, wurde sie durch eine tiefere Synthese integriert, innerhalb derer das Ich mit sich selbst eins war. In diesem Fall ermöglichte die Isolierung die verschiedenen Tätigkeiten des Ich, die sich andernfalls gegenseitig behindert und zu neurotischer Psychopathologie geführt haben würden. Die Isolierung von Tätigkeiten ohne Konflikt, ermöglicht durch die zugrunde liegende Synthese, zeigte das Wachstum und die Stärke an, die Goethe in den vorangegangenen sieben Jahren erreicht hatte.[74] Im selben Brief schrieb Goethe auch:

> Alle Briefe an mich seit 72, und viele Papiere iener Zeiten, lagen bey mir in Päcken ziemlich ordentlich gebunden, ich sondre sie ab und lasse sie heften. Welch ein Anblick! mir wirds doch manchmal heis dabey. Aber ich lasse nicht ab, ich will diese zehn Jahre vor mir liegen sehen wie ein langes durchwandertes Thal vom Hügel gesehn wird.[75]

Hier wird ein anderer Aspekt der konstruktiven Isolierung beschrieben, der sich unmittelbar auf Goethes Hauptziel während dieser Zeit bezieht, nämlich auf das Gewinnen von Selbsterkenntnis. Während bis dahin der Prozeß der Aufarbeitung des Selbst innerhalb der Übertragungsbeziehung vor sich ging und die engste emotionale und geistige Nähe zum Übertragungsobjekt erforderte, kann jetzt eine Distanz hergestellt werden, und wichtige Schritte im Selbsterkenntnisprozeß sind potentiell vom Übertragungsschicksal mit Hilfe des Studiums objektiver Dokumente abtrennbar.

Während er in seinem Brief an Jacobi vier Tage zuvor sein Leiden betont hatte (»Ich habe unsäglich ausgestanden«), schrieb Goethe jetzt an Knebel:

> Du sollst bald die drey ersten Bücher der Theatralischen Sendung haben. Sie werden abgeschrieben.
>
> Meinen Werther hab ich durchgegangen und lasse ihn wieder ins Manuscript schreiben, er kehrt in seiner Mutter Leib zurück du sollst ihn nach seiner Wiedergeburt sehen. Da ich sehr gesammelt bin, so fühle ich mich zu so einer delikaten und gefährlichen Arbeit geschickt.
>
> [...] Ich sehe fast niemand, ausser wer mich in Geschäfften zu sprechen hat, ich habe mein politisches und gesellschafftliches Leben ganz von meinem moralischen und poetischen getrennt (äusserlich versteht sich) und so befinde ich mich am besten. Alle Woche gebe ich einen grosen Thee wovon niemand ausgeschlossen ist, und entledige mich dadurch meiner Pflichten gegen die Sozietät auf's wohlfeilste. [...] Abends bin ich bey der Stein und habe nichts verborgnes vor ihr.[76]

Es ist interessant, wie der innere Vorgang des Isolierens von Funktionen in realen, sozialen Handlungen konkretisiert wurde. Die äußere Erscheinungsform seiner Beziehung zu Charlotte von Stein war anscheinend nicht sehr stark berührt, ausgenommen die Tatsache, daß ein bestimmter Teil des Tages regelmäßig ihrer Gesellschaft zugeteilt war, während früher das Verlangen, mit ihr zusammenzusein, seine Pläne zu jeder Tageszeit ändern konnte.

Es ist wert festzuhalten, daß Goethes beginnende Isolierung vom Hof (der erste entscheidende Keim zur Aufgabe seiner Tätigkeiten) zu einer Zeit eintrat, als der Herzog offenbar ganz davon überzeugt war, daß sein Bestehen vor der Nachwelt nicht allein von seinen eigenen Taten oder denen seiner Nachkommen abhinge, sondern auch und vielleicht in erster Linie von Goethe. Am 17. Februar (zwei Wochen nach der Geburt seines Thronfolgers) schrieb der Herzog an Merck als Antwort auf dessen Gratulationsbrief:

> Sie haben Recht, wenn Sie sich mit mir freuen. Denn wenn je gute Anlagen in meinem Wesen waren, so konnte sich Verhältnisse halber bis jetzt kein sicherer Punkt finden, wo sie zu verbinden waren. Nun ist aber ein fester Haken eingeschlagen, an welchen ich meine Bilder aufhängen kann. *Mit Hülfe Goethens* und des guten Glücks will ich sie so ausmalen, daß womöglich die Nachkommenschaft sagen soll: »ed egli fu pittore«.[77]

Es ist interessant, daß der Herzog hier Vergleiche gebraucht, die auch Goethe verwendet hatte, um seine Beziehung zum Herzog zu beschreiben. Aus diesem Brief könnte man versuchen, jene Vorgänge im Herzog zu rekonstruieren, die mit denen Goethes parallel verliefen.

Es ist vernünftig zu fragen, ob das Glück, das Goethe zu Beginn seines Briefes an Knebel anerkennt, im Gegensatz zum Ausdruck des Leidens steht, den man in seinem Brief an Jacobi vier Tage zuvor findet (siehe oben, S. 887, 912). Verringert dieser rasche Gefühlswechsel im Hinblick auf seine allgemeinen Gefühle die Zuverlässigkeit dieser Dokumente, aus denen ich ständig die weitgehendsten psychologischen Schlußfolgerungen ziehe? Sein Brief an Knebel war die Erwiderung auf einen Brief, in welchem Knebel ihn hatte wissen lassen, wie unglücklich er sei, und es sieht so aus, als ob Goethe im Gegensatz dazu sich selbst als ganz zufrieden beschreiben mußte. Die gleichen sekundären Motive habe ich bei der Erörterung der Briefe an Jacobi und an Plessing erwähnt. Von solchen sekundären Motiven muß man natürlich annehmen, da sie beinahe zu jedem Brief vorhanden sind. Die besondere Beziehung Goethes zum Empfänger verleiht jedem Brief eine spezielle Abweichung von dem, was immer die psychologische Wahrheit zum gegenwärtigen Zeitpunkt gewesen sein mag, so wie die Kompaßnadel durch nahegelegene Ursachen der Anziehung abgelenkt wird. Die scheinbar gegensätzlichen Botschaften an die beiden Freunde erinnern mich stark an die im ersten Teil beschriebene Situation, als Goethe innerhalb von 24 Stunden Cornelia und Behrisch entgegengesetzte Berichte gab (vgl. oben, S. 108). Ich vermute, daß diese Gegensätzlichkeiten jetzt dieselbe Bedeutung hatten wie fünfzehn Jahre zuvor. Goethe befand sich in einer Krise. In der einen Rede wird das Leiden an dieser Krise, in der anderen das Glück über das Meistern oder das Ausarbeiten eines Weges dahin beschrieben.

Ein Jahr später (am 19. November 1783) bat Goethe Charlotte von Stein, ihm die Ode, die im selben Monat im *Tiefurter Journal* veröffentlicht wurde, zurückzuschicken. Das fragliche Gedicht war *Das Göttliche,* das beginnt:

Edel sei der Mensch,
Hülfreich und gut![78]

Die genaue Zeit seiner Entstehung ist nicht bekannt. Einige Gelehrte ordnen es 1780 zu, doch Goethe schreibt über das Gedicht an Charlotte von Stein so, als ob es ein ihr ganz vertrauter Gegenstand sei, was auf ein viel späteres Datum schließen würde. Es gibt einen besonderen Faktor, der dieses Gedicht vom psychologischen Standpunkt aus bemerkenswert macht. Es ist im wesentlichen ein Gedicht über ein abstraktes Überich. In früheren Gedichten, z. B. *Ganymed* und *Die Grenzen der Menschheit,* in denen ebenfalls die Beziehung des Menschen zur Gottheit der Gegenstand ist (beide sind vor 1781 geschrieben), wird diese Beziehung in einer erotischen — und unmißverständlich homoerotischen — Art und Weise ausgemalt. *Das Göttliche* ist von einer solchen erotisierenden Tendenz frei. Das Überich wird als das Göttliche im Menschen geschildert, das ihn von allen anderen Lebewesen unterscheidet. Die Beobachtung des Menschen, fährt Goethe fort, läßt uns vermuten, daß das Göttliche existiert, das Beispiel des Menschen kann uns lehren, an die Götter zu glauben. Die Natur kennt keine ethische Diskriminierung, auch nicht das Schicksal; es kann den Unschuldigen wie den Schuldigen zerstören.

Nur allein der Mensch
Vermag das Unmögliche:
Er unterscheidet,
Wählet und richtet:
Er kann dem Augenblick
Dauer verleihen.[79]

Goethes Göttliches fällt in seinen Funktionen mit dem zusammen, was die Psychoanalyse das Überich nennt. Die vorletzte Strophe bietet eine Vorstellung von Göttern an, die auf eine Projektion des Überichs hinausläuft. Die Ode ist ein Ergebnis jenes Zustandes der inneren Entwicklung, von der ich glaube, daß Goethe sie um die hier diskutierte Zeit herum erreichte. Auch hier wieder ist ein Akt der Isolierung zu bemerken. Innerhalb der Vielzahl subjektiver Erlebnisse wird eine Serie isoliert und einer besonderen Organisation zugewiesen, die sich aus dem Strom von Trieberfahrungen und ihren Abkömmlingen erhebt und entsexualisiert wird (vgl. 197, S. 256—267; 278).

Macht die gänzliche Annahme dieser isolierten Struktur den Menschen glücklich oder unglücklich? Vielleicht beides. Die volle Veranschaulichung und das bewußte Erleben des Überich ist beschwerlich, weil es die gänzliche Vergegenwärtigung des Bereichs von Pflichten und moralischen Anforderungen mit sich bringt. Aber es gewährt auch Befriedigung, weil es Unabhängigkeit vermittelt und zu Selbstverantwortlichkeit führt.[80] Dieser Doppelaspekt seines Gefühlszustandes und das gegenüber den eigenen Empfindungen relativ gleichgültige Resultat wurden in dem zuvor erwähnten Brief an Kestner vom 15. März 1783 zur Sprache gebracht:

> Laßt euch den Ton meines lezten Briefs nicht anfechten. Ich wäre der undanckbarste Mensch wenn ich nicht bekennte daß meine Lage weit glücklicher ist als ich es verdiene. Freylich schont mich auch wieder die Hitze und Mühe des Lebens nicht, und da kann's denn wohl geschehen daß man zu Zeiten müde und matt auch wohl einmal mismutig wird.[81]

Eine Konsequenz einer solchen Stärkung des Überich war die Abnahme der Heftigkeit von Gefühlen, die hauptsächlich vom Es ausgingen. Das Ich kann jetzt von ihnen Notiz nehmen, ohne sie mit seiner Totalität zurückzuwerfen. Nach einer kleinen Pause wendet er sich wieder umfassenden Zielen zu.

Zu einem von Charlotte von Steins Briefen (vom 7. Juli 1783) an Goethes Freund Knebel gibt es eine Bemerkung, welche die Veränderung anzeigt, die inzwischen stattgefunden hat. »Goethe«, schreibt sie, ist

> weise. Erfahrung und Gesundheit könnten ihn noch zum Meister machen. Ich halte mich glücklich, daß mir beschieden ist, seine goldnen Sprüche zu hören.[82]

Am 1. Mai 1784 schreibt sie an Knebel:

> Goethe grübelt jetzt gar denkreich in diesen Dingen [Pflanzen und Tiere], und Jedes, was erst durch seine Vorstellung gegangen ist, wird äußerst interessant.[83]

Eine weitere Episode kann illustrieren, wie sich das Überich in der Beziehung bemerkbar machte. Charlotte von Steins Bruder, der eine Stelle am Hof innehatte, erwartete seit langer Zeit eine Gehaltsaufbesserung, die aber nicht durchkam. Charlotte von Stein sprach Goethe deswegen an:

> aber weil zwischen dem Minister und der Aufrichtigkeit der Freundschaft ein Abgrund gesetzt ist, so bekam ich Antworten, die ich nicht verstand.[84]

Hier beschreibt Charlotte von Stein sehr klug den Vorgang der Isolierung, der sich zu jener Zeit so stark in Goethe vollzog. Goethe, der besonders begierig war, Charlotte von Stein in den Dingen des täglichen Lebens beizustehen, muß den Wunsch zu helfen gehabt haben. Diesen Ruf des Herzens aber in eine offizielle Funktion zu überführen, hätte die Wirkung gehabt, Schuldgefühle hervorzurufen. Die Isolierung kann hier in voller Blüte beobachtet werden. Er mag gerade deswegen starke Skrupel gehabt haben, weil seine Gefühle so stark beteiligt waren. Eine solche Übergenauigkeit findet man oft bei zwanghaften Persönlichkeiten, aber bei Goethe war dieses Verhalten, glaube ich, ohne die zwanghaften Elemente in seinem Charakter verkleinern zu wollen, charakteristischer für diese besondere Phase als für seine Persönlichkeit insgesamt. Als zusätzliches Zeichen kann man die Neuheit dieser Haltung anführen. Das, was noch nicht voll integriert worden ist, wird mit größter Genauigkeit und Skrupelhaftigkeit ausgeführt.[85] Bei diesem Thema wurde die Spannung offenbar so groß, daß Charlotte von Stein es vermied, darüber zu diskutieren. Ihrer Schwägerin schrieb sie:

> ... mündlich ist nicht mit ihm [Goethe] zu sprechen, ohne daß wir uns Beide weh thun. (107, 1, S. 197)

Hier wird das Ausmaß deutlich, in dem Charlotte von Stein gezwungen war, eine Rückzugsposition zu beziehen. Ein Jahr später (am 7. Oktober 1784) schrieb sie ihrer Schwägerin über Goethe:

> Du kennst seine Art; er denkt viel, ohne Etwas zu sagen; man könnte unter sein Bild setzen: El penseroso.[86]

Dieser Abschnitt spiegelt mit besonderer Eindringlichkeit den Grad der Veränderung von Goethes psychophysiognomischer Erscheinung. Man wird an den Wechsel des Erscheinungsbildes erinnert, wenn Kinder die ödipale Phase verlassen und in die Latenzphase eintreten. Die charmante motorische Ruhelosigkeit, die Anmut der Bewegungen und das reizend Verführerische sind weg. Strenge, Ängstlichkeit und Gehorsam treten an die Stelle der vorigen Eigenschaften. Wann immer man Gelegenheit hat, eine Reihe von Bildern von Kindern während dieser Jahre zu sehen, ist man erschrocken über das, was wie eine schrittweise Entwicklung einer Depression aussieht. Ähnlich mag man aus Charlotte von Steins Bemerkung schließen, daß Goethe während dieser Periode unter Depressionen litt. Ich glaube aber, daß diese Vermutung in dem einen wie in dem anderen Fall falsch wäre. Die bloße Tatsache des Anwachsens des Überichs darf man nicht mit der Zunahme von Pathologie verwechseln, wenn auch die sichtbaren Zeichen eine Ähnlichkeit aufweisen mögen. Manchmal kann man nur rückblickend entscheiden, ob der anscheinende oder wirkliche Rückzug des Ichs durch die Vergrößerung des Überichs zustande kommt, das den Forderungen der Gesellschaft und der Stärke des Ichs angepaßt wurde und deshalb integriert werden kann, oder ob es sich um ein pathologisches Aufflackern ohne jeden konstruktiven Nutzen und mit sehr schädlichen Konsequenzen für das Individuum und die Gesellschaft handelt.

Es gibt eine Episode, die vermuten läßt, daß Goethe die Schwelle einer Depression erreicht hatte, aber sie dauert nur kurze Zeit. Die Erörterung dieser Episode erfordert einen etwas längeren Umweg, der aber psychologisch wichtig ist, weil er Gelegenheit gibt, Fäden wieder aufzugreifen, die in einem früheren Kapitel lose hängen geblieben waren.

Das Wochenende vom 17. November 1782 scheint Goethes Gefühle verwirrt zu haben. Er schrieb drei Briefe,[87] einen am Sonntag an Charlotte von Stein und einen an seinen Freund Jacobi, den ich schon zitiert habe (oben S. 887). Am Tag zuvor hatte er an Charlotte von Stein geschrieben, daß seine Seele zur Einsamkeit neige. Am nächsten Morgen machte er eine Wallfahrt zu ihrem Haus und ging weiter in seinen Garten außerhalb der Stadt. Dort gab es einen Stein, den er ihr gewidmet hatte.

> Er [der Stein] ist ietzt der einzige lichte Punckt in meinem Garten. Die schönen Trähnen des Himmels rollten an ihm herunter.[88]

Er hofft, daß dies kein böses Omen ist. Dann streicht er um sein »verlassenes Häusgen«

> wie Melusine[89] um das ihrige wohin sie nicht zurückkehren sollte, und dachte an die Vergangenheit von der ich nichts verstehe, und an die Zukunft von der ich nichts weis. Wie viel hab ich verlohren da ich ienen stillen Aufenthalt verlassen muste! Es war der zweyte Faden der mich hielt, ietzt hänge ich ganz allein an dir, und Gott sey Danck ist dies der stärckste.

Dann spricht er davon, daß er die an ihn gerichteten Briefe des letzten Jahrzehnts lese (vgl. Goethes Brief an Knebel vom 21. November 1782) und fährt fort:

> begreife immer weniger was ich bin und was ich soll.
> Bleibe mir l. Lotte du bist mein Ancker zwischen diesen Klippen.

> Was es auch sey, so fühl ich ein unendliches Bedürfniß einsam zu seyn. Unter einem Vorwande daß ich nicht wohl sey will ich mich vom Hof und Conseil[90] entschuldigen, zu Hause bleiben, alte Schulden abthun und mein Haus bestellen.[91]

Da der Hofarzt selbst krank sei, könne er es desto eher sein.

> Dazu muß ich aber auch deinen Urlaub haben, versage mir ihn nicht.[92]

Nachdem er den Brief beendet hat, erhält er ein kurzes Briefchen von Charlotte von Stein. Er dankt ihr und bittet sie um ein paar weitere Zeilen, wenn er von der Kirche zurückkomme. Er fährt fort:

> Dein Anblick, eine Zeile von dir ist mir so anziehend. Das einzige was mir noch recht anziehend ist. Ich mögte zu dir daß du mir's recht ansehen könntest wie ich dich liebe. Danck für dein Mitleiden. dein mit mir Leiden und verzeih mir und liebe mich.

In einer Nachschrift bittet er sie, Fritz nach dem Essen zu ihm zu schicken.[93]

Und dann folgt die letzte Mitteilung dieses Tages:

> Hier schick ich einen Brief an Jakobi den ich morgen absende und komme nach. Die Einsamkeit ist mir süs, dich nicht zu sehen unerträglich. Unmöglich wenn ich dich so nah fühle. Dein Fritz hat mir sehr wohl gethan. Adieu Geliebte. Wenn du mir nichts sagen lässest nehm' ich's als ein Zeichen daß ich kommen darf und kann.
> [...] zum drittenmal
> dein...[94]

Offenbar war Goethe äußerst ruhelos und konnte keinen Frieden finden. Etwas hielt ihn von der geliebten Frau zurück, zuletzt aber überwand sein Verlangen nach ihr seine Zurückhaltung, und er traf sie. Man kann den Kampf durch verschiedene Ersatzbefriedigungen, die er ausprobierte, verfolgen: Zuerst schaute er nach ihrem Haus und dem Stein, welcher sie symbolisierte, dann las er einen von ihr geschriebenen Brief, und zuletzt verbrachte er einige Zeit mit ihrem Sohn. Dieser Verlauf folgt einem Muster, das man bei manchen Zwangsneurotikern beobachtet, deren Zwänge so ausgewählt werden, daß sie immer näher an die verbotene Befriedigung heranführen;[95] jeder Ersatz brachte auch ihn näher an die Realität der geliebten Frau heran: ihr Haus, ihr Brief, ihr Sohn. Zuletzt langte er bei ihr selbst an.

Was aber war der Grund für Goethes Widerstreben, die geliebte Frau an diesem Tag zu sehen? Ich glaube, daß sie gerade ihre Menstruation hatte, und daß dies der Grund war, warum er versuchte, sich von ihr fernzuhalten, oder weshalb er dachte, sie wolle mit ihm nicht zusammen sein.

Da Charlotte sehr deutlich ein Frauentyp war, der sich diskriminiert und frustriert fühlte, eine Frau zu sein, ist fast sicher, daß sie auf die Menstruation mit Klagen, Unwohlsein und Reizbarkeit reagierte. Von einer solchen klinischen Reaktion darf man natürlich nicht erwarten, daß sie regelmäßig auftrat, aber es ist vernünftig, von einer relativen Häufigkeit auszugehen. Ich werde deshalb untersuchen, was die historischen Quellen über ihre Stimmung an den Tagen vier Wochen vor dem fraglichen Datum (17. November 1782) hergeben, um die Möglichkeit meiner Annahme abzuwägen. Am Sonntag vier Wochen zuvor, am 20. Oktober, hat Goethe sie nicht gesehen, obgleich die Briefe dies nicht vollständig klar belegen. Am folgenden Tag aber schrieb er ihr:

> Ist dein Zahnweh ausgeblieben? Wie steht es sonst mit dir?[96]

Diese Worte sind verdächtig. Das deutsche Wort »ausbleiben« (stay away), das Goethe hier benutzt, wird im Deutschland des 20. Jahrhunderts gewöhnlich in Verbindung mit Menstruation gebraucht. Ob dies auch zu Goethes Zeit der Fall war, weiß ich nicht. Die regionalen Redewendungen sind bei den modernen Sprachen in bezug auf Menstruation stark unterschiedlich, und selbst einzelne Paare entwickeln schnell ihr eigenes Vokabular. Ob Charlotte von Stein dem Muster folgte, bei ihren durch Menstruation bedingten Unpäßlichkeiten chronisch Zahnschmerzen vorzuschützen, wissen wir nicht, aber es ist nicht unwahrscheinlich, daß Goethes Gebrauch des Wortes »ausgeblieben« ein Reflex auf ein zumindest unbewußtes Bemerken ist, daß das »sonst« mit Dingen zu tun hatte, die jeden Monat eintrafen. Die Frage kann nicht weiter zurückverfolgt werden: es hat sich kein Brief vom 22. September erhalten. Goethe traf Charlotte von Stein an jenem Tag nach einer Trennung von ungefähr zwei Wochen, und er verließ sie anscheinend am selben Tag. Um den 25. August herum war Charlotte von Stein fern von Weimar auf ihrem Gut.

Der Beweis wird besser durch eine Untersuchung der vier Wochen-

Zyklen, die auf den 17. November folgen. Am 16. Dezember 1782 schreibt Goethe:

Sage mir vor allen Dingen wie du dich befindest, ob es besser mit dir ist? ich kann dir nicht sagen wie sehr ich um dich besorgt bin.[97]

Wiederum vier Wochen später, am 13. Januar 1783, schreibt Goethe:

Es war mir unmöglich heute wegzugehn, da du nicht wohl bist. Ich brauche Bewegung und will spazieren lauffen und dann bey dir seyn. Sage mir ein Wort wie du dich befindest.[98]

Es gab also einen beweisbaren Vier-Wochen-Zyklus für mehrere Monate vor und nach dem 17. November, wo sich Charlotte von Stein jedesmal schlecht fühlte.

Die Frage, ob Charlotte von Steins Menstruationszyklus aus Goethes Briefen bestimmt werden kann, ist ein herausforderndes Problem. Wie Psychoanalytiker wissen, reagiert das kleine Kind auf den Zyklus der Mutter oft feinfühlig und antwortet darauf, trotz der höchst skrupelhaften Versuche vieler Mütter, die Menstruation zu verbergen. Ein so feinfühliger Mensch wie Goethe war vermutlich von den tiefen biologischen Veränderungen beeinflußt, die in der menstruierenden Frau vor sich gehen. Manchmal kann man bei Goethes Briefschreiben an seine Freunde eine Periodizität wahrnehmen; die Briefe tendieren dazu, stoßweise geschrieben zu werden. Ich will damit nicht sagen, daß Goethe Freunden nicht zwischen solchen Stößen schrieb. Aber es sieht so aus, daß das Verlangen, bestimmten engeren Freunden zu schreiben, plötzlich und periodisch auftauchte. Es ist ganz verständlich, daß zu Zeiten, wenn die Frau periodisch unpäßlich wurde — für Goethe mehr gefühlsmäßig als spezifisch sexuell —, er sich verlangend Männern zuwandte. Es würde allerdings ausgedehnte Untersuchungen erfordern, wollte man aus diesen Vermutungen eine Hypothese formulieren.

Das Material, das sich auf das Wochenende vom 17. November bezieht, enthält zwei Passagen, die eine bestimmte Annahme ermöglichen. Die eine betrifft die Himmelstränen auf dem Stein, der das Liebesobjekt symbolisiert. Die Identität der Namen ist natürlich besonders suggestiv (das deutsche Wort für »stone« lautet »Stein«). Das Bild bezieht sich auf eine Flüssigkeit auf dem Körper der geliebten Frau. Die andere Stelle betrifft Goethes unmißverständliche Identifizierung mit Melusine, als er um sein geliebtes Gartenhaus herumstrich.

Das *tertium comparationis* bezieht sich auf Melusines Verbannung aus ihrem Zuhause und auf ihr Herumstreifen von Zeit zu Zeit um ihr Haus herum, um ihre Kinder zu sehen oder zu stillen. Goethes Selbstvergleich mit Melusine geht meiner Meinung nach weit über die Grenzen dieser wörtlichen Bedeutung hinaus. Goethe war mit dieser Sage schon als Kind bekannt geworden. Daß er sie in seine Vorstellungswelt fest integriert hatte, kann man aus der Tatsache ersehen, daß er sich nicht nur bei verschiedenen Gelegenheiten darauf bezog, sondern auch eine Novelle mit dem Titel *Die neue Melusine* schrieb.[99]

Das Problem, das der Sage von der schönen Melusine zugrunde liegt, ist das der Menstruation,[100] oder allgemeiner, die Sage enthält in verhüllter Form Phantasien über die Verbindung von Weiblichkeit und Blut und den damit verbundenen Gefahren, die den Mann bedrohen. Das zentrale Thema ist Melusines Bedingung, daß ihr Ehemann Raimund an einem Tag jeder Woche sie nicht sehen darf. Jeden Sonnabend muß er sie allein lassen, darf sie nichts fragen, sogar nicht mit ihr sprechen oder sie sehen oder jemand anderen sie sehen lassen, sondern muß sie völlig ohne Kontakt zurücklassen. Melusine will im Gegenzug Raimund alle Zeit treu sein, und sie will besonders an diesem Tag in ihrem Frauengemach »ruhig, keusch und zurückgezogen« verweilen. Als Raimund dieses Verbot übertritt, sieht er sie in einem Becken sitzen. Ihr Gesicht und die obere Hälfte ihres Körpers sind wunderschön, aber ihr unterer Teil ist ein langer, häßlicher, schlangenähnlicher Schwanz. Melusines Wochenendgestalt wird auch ihre unnatürliche Gestalt genannt.

Die Veränderung der Periodizität von dem biologisch monatlichen zu dem wöchentlichen Rhythmus in der Sage ist eine erlaubte Verhüllung, offenbart aber die Natur des Problems. Als Raimund ohne Zögern verspricht, Melusines Befehl zu gehorchen, wird dies eine fröhliche und kecke Handlung genannt. Die Fröhlichkeit und Kühnheit des Versprechens kann man gut als Reflex auf die Ansicht des Erzählers verstehen, wie schwierig es für Raimund sein werde, seine Neugier und sexuelle Leidenschaft während der Tage des weiblichen Blutens zu zügeln, wenn sowohl Neugier wie Leidenschaft auf ihrem Höhepunkt sind (vgl. 189). Wenn das zentrale Thema auch schwach entstellt ist, so bringt doch zumindest ein Detail den verdrängten Inhalt zum Ausdruck, nämlich Melusines Sitzen im Bad. Das zentrale

Thema zeigt sich auch fast unverstellt in der Art und Weise, wie sie ihren Vater bestraft, weil er das Verbot, das ihre Mutter ihm auferlegt hatte, übertrat. Ihre Mutter hatte ihn unter der Bedingung geheiratet, daß ihr Mann sie niemals während ihrer Zurückgezogenheit besuchen und seine Nase nicht in ihre Geheimnisse stecken dürfe. Doch er hielt sein Versprechen so wenig wie Raimund. Im Fall des Vaters wird das Verbot des Geschlechtsverkehrs während der Zeit des Blutens der Frau ausgesprochen. Man kann noch ein anderes Detail anführen. Melusine verläßt ihren Ehemann, kehrt aber sporadisch nachts zurück, um ihre beiden jüngsten Kinder zu stillen. Es gibt einen Volksglauben, der zum Teil auf Tatsachen beruht, daß eine stillende Frau nicht menstruiert. Also ist die Zeit, in der Melusine nach Hause zurückzukehren erlaubt ist, jene, in der sie nicht blutet.

Es ist interessant, daß die Erzählung, die von einem Mann und nicht von einer Frau verfaßt sein muß, in zweierlei Hinsicht den unbewußten Inhalt durch das Verkehren ins Gegenteil verdreht. Erstens als Raimund seiner Neugier nachgibt, sieht er an Stelle des weiblichen Unterleibs einen Schwanz, d. h. er sieht kein Blut, sondern das Organ, das männliche Neugier so gern sehen würde, nämlich den weiblichen Phallus.[101] Das Bad wiederum bezieht sich mittelbar auf den verdrängten Inhalt. Zweitens muß Melusine Raimund verlassen, nachdem ihr Geheimnis entdeckt ist. Hier wird der Ärger des Mannes über die Menstruation, ein Drang, die Frau infolge seiner Enttäuschung an ihr fortzuschicken, darin umgewandelt, daß er von ihr verlassen wird.

Goethe ging einen Schritt weiter, als er Charlotte von Stein eine Woche später (am 23. November 1782) schrieb:

> Laß mich den Athem deiner Liebe aus einem Blättgen ahnden. Heut fand ich einen alten Vers:
>
> Bin so in Lieb zu ihr versuncken
> Als hätt ich von ihrem Blut getruncken.[102]

In diesem kurzen Brief gibt es eine ganze Reihe von Widersprüchen. An welchen Vers denkt er, wenn er von Charlotte von Steins Liebe spricht? Warum trinkt Goethe ihr Blut im Zusammenhang mit dem Atem ihrer Liebe? Der Widerspruch ist das Ergebnis einer Kraft, die mit der Anstrengung verwandt ist, die den männlichen Schrecken vor der Menstruation durch das Verlassen der Frau ersetzt. In dem Verspaar wird die Krise wenige Tage zuvor verleugnet und durch ihr

Gegenteil ersetzt. Die Verse unterstellen: ›Dein Blut führte bei mir nicht zu dem Streben, dich zu verlassen oder wegzulaufen, sondern ließ mich dich um so mehr lieben; ich fühle mich, als ob ich von deinem Blut getrunken hätte.‹ Das am wenigsten Appetitliche wird durch die Dichtung in das am meisten Gewünschte umgewandelt.

Natürlich erhebt sich die Frage, warum Goethes Konflikt in bezug auf Menstruation ihn gerade an diesem Wochenende ergriff. Glücklicherweise kann man als Antwort eine Vermutung anstellen. Goethe hatte das dritte Buch des *Wilhelm Meister* wenige Tage zuvor beendet und war daher vermutlich mit dem nächsten Buch seines Romans beschäftigt. Nun handelt es sich aber um jenes Buch, das mit dem Gedicht beginnt: »Kennst du das Land, wo die Citronen blühn?«, ein Gedicht, das ich früher als Entstehen männlicher Sympathie mit der kastrierten Frau interpretiert habe. Nach meiner Rekonstruktion war das Bedürfnis, ein Gedicht über das Mitleid mit der kastrierten Frau zu schreiben, der Tagesrest, der ihn auf die gleichzeitige Menstruation der geliebten Frau pathologisch reagieren ließ.[103] Oder verhält es sich so, daß die schöne Dichtung geschaffen wird, wenn ein Dichter latent mit einer künstlerischen Aufgabe beschäftigt ist und sein persönliches alltägliches Leben ihm Beistand in Form eines Ereignisses anbietet, an dem sich der latente Inhalt kristallisieren kann?[104]

Der allgemeine Plan des *Wilhelm Meister* mag erfordert haben, das nächste Buch mit einem Gedicht zu beginnen, das Mignons Unglück zum Ausdruck bringt. Darum schuf Charlotte von Steins Menstruation vermutlich den entscheidenden Konflikt, den Goethe benötigte, um den Druck zu erzeugen, der zum Schreiben des Gedichts führte. Wenn dieses Beispiel hier richtig verstanden wird, dann kann man auch die Mischung des höchst Persönlichen und des höchst Allgemeinen besser verstehen, die in so schlagender Weise die Gestalt von Goethes Dichtung ausmacht.

Doch man kann noch mehr über die Wirkung des Melusine-Märchens auf Goethe sagen. In späteren Jahren (1807) schrieb er eine Novelle: *Die neue Melusine*[105], die Goethe als Ich-Erzählung *Wilhelm Meisters Wanderjahren* einverleibte. Eine gedrängte Zusammenfassung folgt.

Auf seiner Reise, die ihn in ziemlich unerfreuliche Umstände gebracht hat, trifft der Held eine junge Frau, die allein reist. Sie scheint recht wohlhabend zu sein und schlägt ihm vor, ihn zur Erledigung einer Aufgabe zu engagieren. Er soll für sie ein Kästchen in eine bestimmte Stadt bringen, dort ein Zimmer nehmen und auf sie warten. Er stimmt bereitwillig zu, fährt dorthin und tut, was ihm aufgetragen wurde. Da er aber verschwenderisch mit dem Geld umgeht, das sie ihm gegeben hat, und spielt, steht er plötzlich mittellos da. Als gerade seine Verzweiflung ihren Höhepunkt erreicht hat, hört er etwas in dem angrenzenden Raum, wo er das Kästchen abgestellt hat. Sie erscheint. Sie vergibt ihm sein fehlerhaftes Verhalten, gibt ihm noch mehr Geld und beauftragt ihn ein weiteres Mal, für das Kästchen zu sorgen. Es wiederholt sich derselbe Ablauf, mit der einen Ausnahme, daß der Held diesmal in einem Duell ernsthaft verwundet wird. Während der Nacht kommt sie in sein Zimmer und heilt seine Wunden. Er macht ihr Vorwürfe wegen ihres häufigen Verlassens, woraus seine Schwierigkeiten entstünden. Diesmal verspricht sie ihm, bei ihm zu bleiben, und sie setzen ihre Reise gemeinsam fort. Er fühlt sich nun sicher, daß sie bei ihm bleiben wird, denn sie ist schwanger geworden, aber trotzdem verschwindet sie eines Tages. Er setzt seine Reise mit dem seiner Obhut anvertrauten Kästchen fort. Eines Nachts entdeckt er ein Licht, das aus einem schmalen Riß in dem trockenen Holz dringt, aus dem das Kästchen angefertigt ist. Er lugt durch die Ritze und erblickt einen reich möblierten Raum, bewohnt von der Frau, die er kennt, verkleinert in winzige Proportionen. Durch diese Entdeckung wenden sich seine Gefühle gegen seine Liebste. Als sie ihn wieder in menschlicher Größe trifft, bemerkt sie, was geschehen ist, und versucht, ihn zu verlassen, aber er erneuert rasch seine frühere Leidenschaft für sie, und sie willigt ein, bei ihm zu bleiben, aber nicht ohne Warnung:

> Prüfe dich genau, sagte sie: ob diese Entdeckung deiner Liebe nicht geschadet habe, ob du vergessen kannst, daß ich in zweierlei Gestalten mich neben dir befinde, ob die Verringerung meines Wesens nicht auch deine Neigung vermindern werde.[106]

Daraufhin fragt sich der Held, ob es wirklich etwas so Schreckliches sei, eine Frau zu haben, die von Zeit zu Zeit eine Zwergin wird, so daß sie in einem Kästchen transportiert werden muß. Wäre es nicht schlimmer, wenn sie eine Riesin würde und ihren Gemahl in ein Kästchen steckte? Sie entscheiden also, zusammen zu bleiben, aber die Frau bittet ihn, ihr zu versprechen, daß er niemals vorwurfsvoll von ihr denke, daß sie eine Zwergin sei. Er verspricht es fröhlich, doch er bemerkt, daß seine Liebe dennoch abgenommen hat, und er wird eifersüchtig, wenn sie auf den häufigen Festen, die sie besuchen, Bewunderer findet. Auf einem dieser Feste kann er sich, nachdem er etwas getrunken hat, nicht mehr unter Kontrolle halten und verflucht sie, indem er sie »Zwerg« und »Nixe« schimpft. In seinem Ärger kippt er das mit Wein gefüllte Glas um.

> Als ich den rothen Wein über das Tischtuch fließen sah, kam ich wieder zu mir selbst.[107]

Der Rest der Geschichte ist im gegenwärtigen Zusammenhang nicht von Interesse. Die Frau muß ihn verlassen; wenn er trotzdem mit ihr zusammen bleiben will, muß er selbst ein Zwerg werden. Sie ist die Tochter eines Zwergenkönigs und wurde unter die Menschenart geschickt. Indem sie von einem menschlichen Wesen schwanger wird, soll sie der schwindenden Größe ihres Volkes ein Ende setzen. Aus der Eingebung des Augenblicks heraus stimmt er zu. Doch nachdem er in einen Zwerg verwandelt ist, kann er sich an seine neue Umgebung nicht gewöhnen und kehrt zum menschlichen Zustand zurück.

Die Spuren des Menstruationsthemas sind in Goethes Geschichte sichtbarer, als Reik herausgestellt hat; er bemerkt natürlich das Thema (vgl. 449, S. 499), aber er war nur an Goethes Furcht vor Impotenz interessiert, die ohne Zweifel auch in der Geschichte enthalten ist. Goethe veränderte Melusines Geheimnis von einer Nixe zu einer Zwergin. Die entstellte Betonung auf dem Fehlen eines Phallus war anscheinend weniger anstößig als die entstellte Betonung der Menstruation, wie sie in der Sage zum Ausdruck gebracht wird. Als weiteres unmittelbares Erinnerungszeichen des ursprünglichen Themas führe ich an, daß die Person, welche die Geschichte erzählt, mit Spitznamen „Rotmantel" heißt.[108]

Wichtiger noch ist Melusines Frage, ob er vergessen könne, »daß ich in zweierlei Gestalten mich neben dir befinde«. Diese zweifache Erscheinung ergibt keinen Sinn, wenn das zentrale Ergebnis der Geschichte im Konflikt des Mannes wegen der Penislosigkeit der Frau besteht, da dies eine beständige Qualität darstellt, sondern die Doppelheit der Erscheinung ist ein entschiedener Bezug zu dem, was dem Mann als die zwei Formen weiblicher Existenz erscheint, nämlich die blutende und die nicht blutende. Man muß auch beachten, daß die neue Melusine mit dem Helden nur für kurze Zeit zusammen bleibt, bevor sie vereinigt werden. Als sie sich aber entschließen, zusammen zu bleiben, ist die neue Melusine schwanger, d. h. sie hat aufgehört zu bluten. Sie lebt also mit dem Erzähler der Geschichte ununterbrochen nur dann zusammen, wenn sie nicht blutet. Weiterhin muß ich an den entscheidenden Vorfall erinnern, der zu dem Vorwurf des Helden führt, Melusine sei ein Zwerg. Als er den roten Wein auf dem (weißen?) Tischtuch sieht, wird er sich seines Fehlers bewußt.

> Ich erkannte den großen Fehler, den ich begangen hatte, und war recht innerlich zerknirscht.[109]

Es gibt keinen eigentlichen Grund, warum der Anblick des verschütteten Weines auf ihn diese Wirkung haben sollte. Die scheinbar unnötige Betonung des roten Weins muß ebenfalls in Erwägung gezogen werden. Es ist ein triviales, belangloses Detail, bloß vermerkt im Fluß der Handlung, die hier einen dramatischen Höhepunkt erreicht, aber es signalisiert die Wiederkehr des Verdrängten in einer fast unverhüllten Form und ist, wie ich glaube, der Schlüssel zum unbewußten Inhalt der Geschichte.[110]

Es stellt sich noch ein weiteres Problem. Reik hat ausführlich die Frage erörtert, wann Goethe sich diese Geschichte ausdachte. Goethe selbst behauptet in *Dichtung und Wahrheit*, daß er das Märchen Friederike in Sesenheim erzählte, aber seine Biographen bestehen darauf, daß die Geschichte zu einem späteren Zeitpunkt entstanden sein muß und daß er sie Friederike nicht erzählt haben kann. Das Märchen wurde wirklich viel später geschrieben (1807) und noch später veröffentlicht (1816). Es fand zuletzt seinen endgültigen Platz in einem von Goethes spätesten Werken, als ein anscheinend unorganischer Teil, eine Art Lückenfüller. Reik versucht zu beweisen, daß Goethe nicht irrte und daß er wenigstens eine ähnliche Geschichte wie *Die neue Melusine* Friederike 1771 erzählte. Reik hat, meine ich, Goethes Hemmung bei dem Bericht seiner ganzen Lebensgeschichte nicht beachtet, als dieser *Dichtung und Wahrheit* schrieb. Goethe hielt es für notwendig, jeden Bericht über die voritalienischen Weimarer Jahre zu vermeiden.[111] Diskretion, Takt und Respekt gegenüber vielen Menschen in Weimar oder deren Nachkommen machten es schwierig, die Jahre zwischen 1775 und 1786 mit aufzunehmen. Aber ich glaube nicht, daß dies der entscheidende Faktor war, denn

Goethe schrieb autobiographische Werke über Lebensperioden nach 1786. Es war besonders Charlotte von Stein, auf die er Rücksicht zu nehmen hatte. Sicher, sie lebte bis 1827, und ihre Söhne wurden ihm niemals so fremd, daß er sie hätte übergehen können, wenn er über die Mutter schrieb, aber trotzdem gab es mehrere und rein persönliche Gründe für die Abneigung, die er offensichtlich dagegen empfand, über ihre Beziehung und deren Beitrag zur Entwicklung seiner Persönlichkeit zu schreiben. Er erwähnte sie auch nicht gegenüber Eckermann, der das dauerhafte Denkmal von dem schreiben sollte, was Goethe über seine Zeitgenossen dachte. Als Goethe aber *Dichtung und Wahrheit* schrieb, kamen ihm viele Ereignisse aus seinem späteren Leben in den Sinn, die in die Biographie aus unwesentlichen Gründen nicht gelangen konnten, und ich kann mir gut vorstellen, daß er einige nicht vorbeiziehen lassen wollte. Die Alternative war, sie zu veröffentlichen, aber nicht so, wie sie sich wirklich ereignet hatten, sondern in frühere Phasen eingearbeitet, über die er freier sprechen konnte.

Meine Behauptung ist, daß man, wenn die Erfindung der Handlung der *neuen Melusine* beträchtlich vordatiert wurde, annehmen muß, das Grundgerüst sei um die Zeit herum geboren worden, die wir hier diskutieren. Es gibt ein Element in der Geschichte, das identisch ist mit einem, das in seinem Briefwechsel mit Charlotte von Stein erscheint. Als er mit Fritz fortreiste, schrieb er an sie am 9. September 1783:

> Erst heute Abend schreib ich meiner Lotte mit der ich mich diese ganze Zeit im Stillen beschäfftigt habe. Ich wünschte du wärest den ganzen Tag um mich unsichtbar, und trätest Abends wenn ich alleine bin wie aus der Mauer hervor, du würdest fühlen, was ich ietzt mit so vieler Freude fühle, daß ich nur alleine dein bin und dein seyn kann. Wie hoffe ich auf den Augenblick dich wiederzusehen, du hast mich mit allen Banden an dich gebunden.[112]

Hier haben wir das in der *neuen Melusine* wiederholt auftauchende Thema der Frau, die einen Reisenden in einem Kästchen begleitet und plötzlich durch die Tür des angrenzenden Raumes eintritt. Die zitierte Passage zwingt zu der Schlußfolgerung, daß Goethe zu dieser Zeit mit der Phantasie beschäftigt war, das Verhältnis zu Charlotte von Stein so einzurichten, daß er ein Maximum an Kontrolle über die geliebte Frau gewinnen würde. Sie sollte immer bei ihm sein, feste

Gestalt aber nur gemäß seinen Bedürfnissen und Wünschen annehmen. Das Märchen von 1807 entfaltet ein weiteres Thema, dessen Keim (oder unbewußte Assoziation) in der Passage des Briefes enthalten sein muß, nämlich den Gedanken: ›Selbst wenn ich deine Gegenwart jederzeit nach Belieben herbeizaubern könnte und du die restliche Zeit unsichtbar bliebest, so weiß ich doch, daß es Tage gäbe, an denen ich dich unsichtbar wünschte, nicht weil meine Sehnsüchte nach dir schweigen, sondern weil dein Zustand verbieten würde, dich zu sehen.‹[113] Die das Selbst betreffende Komponente des ganzen Konflikts tritt hier deutlich hervor. Menstruation macht eine Frau zeitweise untauglich. Der Mann muß dann sein unbefriedigtes Verlangen aushalten und warten. In einem anderen Zusammenhang war dies Goethes Klage, wenn er außerhalb von Weimar war: ›Du bist weg, und ich muß bis zu meiner Rückkehr warten, um dich zu sehen.‹ Seltsamerweise aber wünschte er, daß sie tagsüber zwar da, aber für ihn unsichtbar wäre. Man würde eher den Wunsch erwarten, daß sie immer bei ihm sein solle, d. h. auch während des Tages. In diesem Wunsch zeigt sich wieder der Gedanke, daß es besser sei, wenn ein Mann eine Frau zu bestimmten Zeiten nicht sieht. Oder handelte es sich um einen Trost, so als ob ihm in den Sinn gekommen wäre, das selbst dann, wenn er sie unsichtbar mit sich führen könnte, es Tage gebe, an denen die Natur beide trennen würde? Daraus mag er die Geschichte eines Mannes entwickelt haben, der auf allen seinen Reisen unwissentlich eine Frau mit sich führt und nur zufällig ihre Anwesenheit entdeckt, aber keinen Gebrauch von seiner reizenden Begleitung machen kann.

Goethes Rückdatierung dieser Geschichte zu den verliebten Tagen von Sesenheim kann auch das Ergebnis eines Gedankens gewesen sein, daß er, Goethe, vielleicht in jenen frühen Tagen sich zum ersten Mal seines Schreckens vor der menstruierenden Frau bewußt wurde. Die große Rolle, die Friederikes Krankheit in Goethes Beziehung zu ihr spielte, ist gut bekannt und kann ein weiterer Beweis für seine Gefühle über Menstruation sein. Morris glaubt an eine Verbindung zwischen Christiane, Goethes späterer Frau, und dem Schreiben der *neuen Melusine.*[114] Das ist gut möglich, da in dieser Beziehung das Problem der Menstruation höchst schmerzlich wiederbelebt worden sein muß.

Diese Beschäftigung mit Menstruation setzt nicht eine sexuelle Beziehung zu Charlotte von Stein voraus. Während die »selbstische Komponente«, von der ich gesprochen habe, natürlich auf die Empfindlichkeit des Mannes gegen das Tabu verweist, das die menstruierende Frau für ihn unannehmbar macht, muß man auch vermerken, daß das angesprochene Problem im Leben des Jungen bereits früh eine Rolle zu spielen beginnt, lange bevor die wörtliche sexuelle Bedeutung in Frage kommt. Man muß annehmen, daß das Kind bereits im frühen Alter den biologischen Wechsel bei seiner Mutter bemerkt, obwohl das nicht in jedem Fall klinisch nachzuweisen ist. Geruchsempfindungen sind zweifellos die häufigsten und vorherrschenden Indikatoren der eingetretenen Periode. Die Reizbarkeit der Mutter oder die unvermeidlich verstärkte Beschäftigung mit sich selbst führen beim Kind zu der Erfahrung der mütterlichen Periode als Trennung, und diese Trennung ist um so schmerzlicher und verwirrender, als die Augen des Kindes die körperliche Gegenwart der Mutter bezeugen. Ich weiß aus unzweifelhaften Beispielen von der Reaktion eines Kindes auf die Schwangerschaft seiner Mutter, bevor diese selbst merkte, daß sie schwanger geworden war — so sensibel können Kinder Veränderungen im endokrinen Bereich der Mutter entdecken. Da Menstruation oft mit Zurückweisung gleichgesetzt wird, entwickelt das Kind häufig die Vorstellung, daß diese seltsamen Veränderungen willkürliche Anordnungen der Mutter sind, die das Aufhören ihrer Liebe ausdrücken.

Der Faktor der Willkürlichkeit auf seiten der Frau ist sowohl in der Sage wie auch in Goethes Geschichte präsent. Beide Melusinen weisen Zeichen der Überlegenheit über ihre männlichen Partner auf. Sie sind intelligenter oder von höherem Stand, besitzen größere Willenskraft und Freundlichkeit als die Männer, die sie heiraten. Die Erinnerung an die Gefühle der Mutter zur Zeit ihrer Menstruationszyklen mag von erheblich konfliktträchtiger Stärke gewesen sein (was nicht im Widerspruch zur assoziativen Verbindung von Menstruation und dem Kastrationskomplex steht). Melusines mütterliche Qualität der Überlegenheit, besonders wie sie in der *neuen Melusine* dargestellt wird (Tochter eines Königs, mit besonderer Betonung des Standesunterschieds zwischen ihr und dem Helden), erinnert wieder an Charlotte von Stein.

Ein weiteres Thema, das sich in Goethes Schriften wie auch in der Sage zeigt, berifft die Gefährlichkeit von Melusine für die männlichen Nachkommen. Ich werde hier nicht in die Einzelheiten einsteigen, sondern nur anführen, daß bei Goethe Melusine eine für Mädchen günstige Figur ist, wie man aus einer der Geschichten in den *Unterhaltungen deutscher Ausgewanderten* (WA I, 18, S. 157) sehen kann, während die Szene im *Werther,* als dieser von dem schönen Haus am Rande der Stadt fasziniert ist und wie Melusine mit ihren Schwestern empfindet (WA I, 19, S. 9), natürlich als Vorbote der nachfolgenden Katastrophe gemeint ist. Melusines günstige Wirkung auf Mädchen und ihre ungünstige Wirkung auf Jungen ist in einem Augenblick wichtig, als Goethe dabei ist, Fritz unter seine Fittiche zu nehmen. Anscheinend war bei seinem Vorhaben nicht nur das Bestreben am Werk, Charlotte von Stein zu Diensten zu sein, sondern auch die Furcht, daß Mütter selbst den Söhnen Schaden zufügen können, die sie lieben.

In zwei Fällen, die wir uns angeschaut haben, in den Morgenstunden des 17. November 1782 und in der gerade berichteten Passage im *Werther* setzte sich Goethe an die Stelle von Melusine. In *Werther* stellte er die weibliche Identifizierung gerade an den Beginn des Romans, in Übereinstimmung mit dem schlechten Verlauf, den Werthers Schicksal nehmen wird.

Am 17. November 1782 war Goethe nach meiner Theorie damit beschäftigt, über Mignons Verlangen und Klagen ein Gedicht zu schreiben. Eine zeitweilige Identifizierung mit der kastrierten Frau war für den Dichter vermutlich eine notwendige Voraussetzung, um ein Gedicht von so außerordentlicher Schönheit zu schreiben. Als Goethe eine Woche später Charlotte von Stein das Verspaar mit der Zeile »Als hätt ich von ihrem Blut getruncken« schickte, scheint sich die zeitweilige Melusine-Identifizierung auf ihren physischen Kern reduziert zu haben und nahe an ihr Ende gekommen zu sein. Der Bann war gebrochen, die narzißtische Objektbeziehung wandelte sich in eine eines anderen Typs. Die relative Leichtigkeit des Wechselns von der Identifizierung zu anderen Formen der Objektbeziehung ist bemerkenswert. Solche Freiheit mag eine Voraussetzung für das Schreiben eines Romans wie *Wilhelm Meister* mit seiner großen Zahl von handelnden Personen und seinem Reichtum an Ereignissen gewesen sein. Die Episode vom 17. November 1782 zeigt auch wieder, daß sich Goethe auf dem Weg befand, mehr von künstlerischen Notwendigkeiten als von den Wechselfällen seiner Gefühle für Charlotte von Stein beherrscht zu werden, obwohl sie auch zeigt, wenn ich sie richtig rekonstruiert habe, wie innigst verwoben sie waren. Mein persönliches Empfinden ist, daß Goethe den Punkt erreicht hatte, wo er die Beziehung zu Charlotte von Stein nach seinen künstlerischen Bedürfnissen gestaltete, oder, mit anderen Worten, daß er aus der Beziehung herausholte, was er für seine literarischen Schöpfungen benötigte, während früher das Umgekehrte der Fall war.

Gelegentlich befand sich aber beides noch im Wettstreit, wie der folgende Brief zeigt. Am 1. Dezember 1782 schrieb Goethe:

> Wenn ich soviel an meinen Wilhelm als an dich dächte so wäre der Roman bald fertig. Aber es ist ein andrer Roman der meinem Herzen näher ist.[115]

Gelegentlich scheint Goethe sich bewußt geworden zu sein, daß trotz ihrer Gefühlsnähe die Selbstkontrolle eine allzu große Rolle in ihrer Beziehung spielte.

> Laß uns einander zur Freude leben und nicht zu weise werden,[116]

schrieb er am 25. Dezember 1782. Diese Bemerkung war aber nicht durch etwas hervorgerufen, was sie getan hatte, wie bei einer ähnlichen Klage während der Schweizerreise (siehe oben, S. 480 f.). In diesem Brief hatte er zuerst fröhlich berichtet, wieviel er an diesem Morgen gearbeitet habe. Begann er sich darum zu sorgen, daß die Intensität, mit der er von seiner Arbeit vereinnahmt wurde, für seine Liebe zu der Frau nachteilig sei? Drei Tage später (am 8. Dezember 1782), als der Herzog wieder einmal bat, ihn auf einer Reise zu begleiten, schrieb er an Charlotte von Stein:

> Fast mögt ich wünschen einmal durch fremde Lufft durchzugehen, und kann mich doch nicht von dir getrennt dencken.[117]

Die Reise war kein Vergnügen. Wenn die Stunde nahte, an der er die geliebte Frau zu treffen gewohnt war, wurde er ängstlich, und er entschuldigte sich, sie verlassen zu haben. Es war der Monat, in dem er gewöhnlich unter Depressionen litt. Die Ruhelosigkeit und Unschlüssigkeit scheinen die periphere Verästelung seiner Dezember-Depression gewesen zu sein, die nur dann gelöst wurde, als er kurz danach eine Reise nach Leipzig unternahm. Selbst dann ist offenkundig, daß am Anfang die Anwesenheit des Herzogs die Quelle der Störung war. Nach dem ersten Tag, den Goethe in dessen Gesellschaft verbrachte, schrieb er einen Jammerbrief, in dem er prophezeite, er werde sich in Leipzig schlecht fühlen. Am Heiligen Abend (1782) schrieb er:

> O liebe Lotte wenn ich dich nicht hätte ich ging in die weite Welt.[118]

Er machte sogar den Fehler, Weimar als Absendeort anstatt Leipzig anzugeben. Erst nachdem der Herzog abgereist war, begann Goethe wieder freier zu atmen. Der Anfang des nächsten Briefes, vom 25. Dezember, klingt ganz anders, als wenn eine Last sich plötzlich aufgehoben hätte:

> Ich habe meine Zeit heut recht sehr vergnügt zugebracht nur unterbrochen durch die Nachricht daß du nicht wohl bist. Wie erfreulich war mir der Anblick deines Briefs, wie traurig der Inhalt.[119]

Dann ließ er sich entzückt über seinen früheren Lehrer, Oeser, aus, mit dem er ganz reizende Stunden verbrachte. Und so ging es weiter. Er dehnte seinen Aufenthalt in Leipzig aus, um auf ein Konzert zu warten. Nur wenige Bemerkungen drücken Gefühle über Charlotte von Stein aus, wie z. B. am 29. Dezember 1782:

> Mit unter läufft freylich ein Augenblick langer Weile und offt offt reisst das Verlangen zu dir an meinem Herzen.

Doch er fährt fort:

> Ich wünschte mich ein viertel Jahr hier aufhalten zu können.

Durch einen Kunstgriff schmuggelt er sein Vergnügen in seine Liebe ein:

> ich bin dir mein Glück zu Hause, und mein Vergnügen auswärts schuldig, denn die Stille, der Gleichmuth mit dem ich empfange und gebe ruht auf dem Grunde deiner Liebe.[120]

Er war sich seines untragbaren Verhaltens am Beginn seiner Reise nach Leipzig bewußt — wie er ihr am vorhergehenden Tag geschrieben hatte —, und seine Erklärung dafür ist bemerkenswert:

> Wenn ich nicht immer neue Ideen zu bearbeiten habe werde ich wie kranck.[121]

Seine häufigere Abwesenheit von ihr wird also damit begründet, daß sie um ihretwillen geschehe. Diese Erklärung erlaubt zwei Schlußfolgerungen. Erstens, Charlotte von Stein sorgte nicht für jene Reize, die er während der inneren Stockung oder der drohenden Depression benötigte, und zweitens reichten seine eigenen Fähigkeiten, wenn er mit der Depression kämpfte, nicht aus, um eine ungestörte Beziehung zur Welt im allgemeinen und zur geliebten Frau im besonderen aufrechtzuerhalten. Doch es ist überraschend, wie leicht er sich erholen konnte und wie rasch er in der Gesellschaft des alten Oeser Trost fand. Diesem Vater-Ersatz stahl er eine große Malersammlung (Brief an Oeser vom 30. Januar 1783). Was früher ein Grund für einen ernsthaften Konflikt und für Unruhe gewesen wäre, wurde nun zu einem Versehen, oder einem Streich, oder einem fröhlichen Fehlverhalten auf einer symbolischen Ebene. Dieser Streich ist aber der erste Vorbote eines Charakterzuges, der für den alten Goethe ganz typisch werden sollte, dessen Freunde wußten, mit welcher Unbekümmertheit und Laune er sich Dinge aneignete, die ihn interessierten und die er ihren Besitzern niemals mehr zurückgab.[122]

Das alte Problem, Kinder zu gebären, behält aber seinen ernsthaften Aspekt. In diesem Falle stammt die besondere Ernsthaftigkeit von einem Aspekt, den der Leser von heute, der in einer Demokratie aufgewachsen ist, nur mit besonderer Mühe, durch Einbildungskraft und Einfühlungsvermögen, begreifen kann, nämlich die Bedeutung der Erwartung eines Thronfolgers bei einer königlichen Familie. Es gibt aber überwältigende Beweise, daß das Individuum auf die Hauptereignisse in einer Herrscherfamilie gemäß der Struktur eines Ödipuskomplexes reagiert, was man noch heute bei den Monarchien unserer Tage beobachten kann.

Ebenso ist nur schwer vorstellbar, was es für die dynastischen Gefühle der regierenden Familie von Sachsen-Weimar bedeutete, ob ein Junge oder ein Mädchen geboren wird. Kein Sieg, kein territorialer Erwerb konnten einen Kronprinzen aufwiegen, und viele Herrscher hätten lieber die Bevölkerung ihres Reiches verderben lassen als ohne männlichen Nachkommen zu sterben. Der Hof und die Bevölkerung waren also stark betroffen, als nach einem Eheleben von acht Jahren das herzogliche Paar noch immer keinen Sohn hatte. Der Mangel an Harmonie zwischen dem Herzog und der Herzogin erschwerte die Situation. Die Tatsache, daß es keinen Kronprinzen gab, war ein ständiger Vorwurf gegen die Herzogin. Es hing also unendlich viel von dem Ergebnis ihrer Schwangerschaft ab.

Goethe konnte sich natürlich aus der fieberhaften Furcht, die durch ganz Weimar lief, nicht heraushalten. Seine Ambivalenz gegenüber der ganzen Angelegenheit habe ich schon erwähnt. Es ist bemerkenswert, wie er mit der Situation kämpfte, als die Spannung zwei Tage vor der Geburt eines kräftigen Prinzen ihren Höhepunkt erreichte. »Ich bin nicht ausgegangen«, schrieb er am 1. Februar 1783 an Charlotte von Stein,

> sondern habe mich in alten Ackten und Büchern umgesehen und manches menschliche in einem Wuste von Formalität gefunden,[123] lebe wohl in dem kritischen Augenblicke wo uns Freude oder Sorge bevorsteht. Gute Nacht liebste.[124]

Zuflucht zu Arbeit und Rückzug von anderen waren die Hauptstütze geworden, wenn die Realität bedrohliche Züge annahm. Es ist interessant, wie die Zuflucht zu Arbeit demselben psychischen Ziel dienen konnte wie der Rückzug ins Bett. Am 7. März 1783 schrieb er an Charlotte von Stein:

> ich habe mich wieder herausgeschlafen wie gewöhnlich, und trage nur Leid um dich.[125]

Es ist nicht bekannt, was ihn zu dieser Zeit bedrückte, aber es ist interessant, daß beide Techniken ihm zur Verfügung standen und daß er von der einen auf die andere umschalten konnte. Ich vermute, daß der Rückzug in die Arbeit als Gegenmittel gegen Spannung oder Angst bevorzugt wurde, wenn das Unlustgefühl mit einem bevorstehenden Ereignis in Zusammenhang stand, während überlanges Schlafen als Methode gewählt wurde, wenn die Ursachen der Angst in der Vergangenheit lagen. Die Realität kann die Vergangenheit nicht ungeschehen machen, und eine zeitweilige Regression vermochte, die Grundlage für einen neuen Anfang zu legen. Ereignisse in der Zukunft aber konnte man beeinflussen. Tugendhaftes Verhalten, Arbeit im Dienst des Überich können von dem magischen Glauben begleitet gewesen sein, die Götter in eine günstige Stimmung zu versetzen. Es ist aber bemerkenswert, daß alle weiteren Hinweise auf die Geburt des Prinzen aus dem Briefwechsel mit Charlotte von Stein verbannt wurden, und wenn es nicht die kurze Bemerkung in einem Brief vom 4. Februar 1783 gäbe — »denn es stürmt wieder einmal scharf auf mich zu«[126] — würde man nicht wissen, daß Goethe einen bitteren Konflikt durchmachte. Die Lösung, die er diesmal fand, bestand offenbar darin, sein Mitgefühl und seine Fürsorge für Charlotte von Stein zu verstärken, als ob sie die Mutter wäre, um deren Wohlergehen er wenige Nächte zuvor gezittert hatte. Charlotte von Steins Klagen, die wohl psychische Ursachen haben mochten, erleichterten die Übertragung seiner Besorgnisse von der Herzogin auf die geliebte Frau.[127] Charlotte von Stein war also nicht nur die Person, in der sich seine Liebesneigungen zentrieren konnten, sondern auch ein Mensch, bei dem alle anderen Empfindungen, solche der Sympathie und des Mitleids, was immer deren Ursache sein mochte, zusammenlaufen konnten.

Der Weitschweifigkeit, zu der seine libidinösen Strebungen tendierten, wurde Einhalt geboten, und als ein rivalisierendes Objekt entstand, das seine libidinösen Interessen durch dessen großen Realitätswert ablenken mochte, hielt er die ursprünglichen Kanäle offen, die ihn wieder zu der einen Frau zurückführten, der er dauerhafte Loyalität geschworen hatte. So schrieb er am 3. Februar 1783, wenige Stunden nach der Geburt des Prinzen: »Ich mag nicht leben wenn du nicht wohl bist«,[128] eine Reaktion, die natürlich nur dann einen Sinn ergibt, wenn man das Zittern des kleinen Jungen während der vielen Schwangerschaften seiner Mutter im Auge behält. Weniger überraschend ist, daß ein verdrängter alter Impuls auf eine Person übertragen wird, die im Zentrum des gegenwärtigen emotionalen Interesses steht, wenn die verdrängte Strebung oder das verdrängte Gefühl eine assoziative Verbindung zu diesem Menschen findet oder unmittelbar oder indirekt durch diese Person verursacht ist. Ich habe viele Beispiele dieser Art schon erwähnt, aber in diesem Fall wandte sich das so geweckte archaische Gefühl, obwohl dieser archaische Impuls durch ein aufdringliches Ereignis mit einer anderen Person als dem Liebesobjekt verknüpft war, trotzdem wieder Charlotte von Stein zu.

Solche bemerkenswerten Ergebnisse der Übertragung kamen wahrscheinlich nicht mehr jeden Tag vor, sondern geschahen nur in Zeiten einer Krise. Das Resultat war eine besonders starke Intensivierung der Beziehung. Der nächste Brief vom 7. Februar 1783 beweist dies sogar noch klarer.

> Schon am frühen Morgen muß ich um deine Liebe bitten und fragen. Mein Vorsaz zu hause zu bleiben wird wohl nicht ausgeführt denn schon verlangt mich dich zu sehen. Wenn ich es nur einen Augenblick könnte wollte ich gerne wieder an meine Arbeit gehn.[129]

In der folgenden Nacht hatte er einen erfreulichen Traum über Charlotte von Stein. »Wenn du wüsstest« schrieb er am 8. Februar 1783,

> wie artig du in deiner Gestrigen Gestalt im Traume und vor meiner wachenden Seele vorbeygleitest, du hättest selbst ein Vergnügen das Kleidgen angezogen zu haben.[130]

Dieser Abschnitt muß, glaube ich, als Wiederholung von frühen Kindheitsereignissen verstanden werden. Erstens wiederholte sich die Angst des kleinen Jungen, daß seine Mutter durch den unbegreiflichen, aber höchst gefährlichen Zeugungsvorgang vernichtet werden konnte; ein flüchtiger Blick auf sie würde ihn ihrer fortdauernden Existenz versichern. Dasselbe Zeichen zeigt bei dem Erwachsenen einen zwanghaften Drang an, das Liebesobjekt zu sehen, und wenn auch nur für eine Sekunde. In dem nachfolgenden Traum wird die unverstümmelte anmutige Gestalt — das Dicke des schwangeren mütterlichen Leibes ist verschwunden — höchst lustvoll erlebt, sie wird uns lebhaft vor Augen gestellt durch die »vorbeigleitende« Bewegung und durch die reizende Verkleinerung des Wortes »Kleid« (»Kleidgen«). Ich glaube aber, daß ein solcher Traum nicht nur die Freude zum Ausdruck bringt, daß die geliebte Mutter unbeschädigt alle Gefahren überstanden hat, sondern auch die Tatsache der zurückliegenden Schwangerschaft verleugnet.

Mit dem Abschluß dieser Krise verlor die Beziehung — wenn man den erhaltenen Briefen trauen darf — ihre ungewöhnliche Intensität. Hinter einigen Zeilen kann man eine gewisse Ungeduld, wenn nicht gar einen Vorwurf, spüren, z. B. am Beginn eines Briefes vom 1. März 1783:

> Wenn dir nur dein Wesen selbst so wohlthätig wäre als es mir ist.[131]

In diese Tage fiel auch ein kaum erwähnenswerter Vorfall. In seinem Brief vom 4. Mai 1783 schreibt Goethe in der Mitte seiner Rede, irgendwie abrupt:

> Die Art womit du mir gestern Abend sagtest du habest mir eine Geschichte zu erzählen ängstigte mich einen Augenblick. Ich fürchtete es sey etwas bezüglich auf unsre Liebe, und ich weis nicht warum, seit einiger Zeit bin ich in Sorgen. Wie wundersam wenn des Menschen ganzes schweeres Glück an so einem einzigen Faden hängt.[132]

Solche aufschießende Angst gehört zu vergangenen Zeiten und war sicher früher sehr häufig vorgekommen, sogar über lange Zeitspannen hin. Warum dachte er, daß Charlotte von Stein ihm etwas zu erzählen hatte, das für ihre Beziehung ungünstig wäre? In Wirklichkeit hatte dies mit etwas ganz anderem zu tun, und Goethes angstvolle Erwartung muß ein momentanes Aufwallen aus der Tiefe des Unbewußten gewesen sein, das sich nicht auf die Realität bezog. Die geliebte Frau war schließlich von ihm abhängig geworden, und in Wirklichkeit gab er ihr mehr, als sie ihm geben konnte. Im selben Brief erzählte Goethe Charlotte von Stein, daß er einen Brief von der schwangeren Maitresse des Prinzen Konstantin, dem Bruder des Herzogs, erhalten hatte, in dem sie offenbar um Zuwendungen bat, da sie das Land verlassen mußte. Ich werde später über sie und die Bedeutung, die sie für Goethe gehabt haben mag, mehr sagen (siehe unten, S. 940). Aber ihr Appell an ihn im Namen »de tout ce que j' ai de plus cher« (WA IV, 6, S. 158) brachte ihre Bitte in eine plötzliche assoziative Verbindung mit Charlotte von Stein (wie man später deutlicher sehen wird), und mag ihn leicht dazu gebracht haben, Charlottes Zorn zu erwarten.

In diesem Zusammenhang muß noch eine andere Bemerkung zitiert werden. Auf seinem Ausflug in den Harz (im September 1783) traf er wieder die Gräfin Branconi. Über sie schrieb er an Charlotte von Stein (am 20. September 1783):

> Ich werde dir viel von der schönen Frau erzählen, sie wusste nicht woran sie mit mir war, und gern hätte ich ihr gesagt: ich liebe, ich werde geliebt, und habe auch nicht einmal Freundschafft zu vergeben übrig. Vielleicht seh ich sie noch einmal in Göttingen oder Cassel...[133]

Solche Ausbrüche von Stolz, solche extremen Argumente gegen eine persönliche Beziehung mit einer überwältigend schönen Frau müssen auch etwas über seine Gefühle in bezug auf Charlotte von Stein mitteilen. Warum besuchte er die Gräfin überhaupt, ist man versucht zu fragen, wenn seine Gefühle so gesättigt waren, daß nicht einmal Platz für Freundschaft übrig blieb?

Der plötzliche Anfall von Angst (4. Mai 1783) und die Überbetonung, er sei vollständig in Beschlag genommen (20. September 1783), scheinen mir ein weiteres Fortschreiten in der Intensität seiner unbewußten Ambivalenz gegenüber Charlotte von Stein anzuzeigen. Die Angst war vermutlich der Ausdruck eines verdrängten Wunsches, mit ihr zu brechen, und die Versicherung, er habe nicht das leiseste Gefühl frei, ist das Maximum an Abwehr, das gegen eine starke Versuchung mobilisiert werden kann. In solchen Situationen war offensichtlich ein Konflikt gegenwärtig, und keiner von geringen Ausmaßen, aber ein Angstanfall oder ein Prahlen (ohne zu einer Krise zu führen) war ausreichend, das Gleichgewicht wiederherzustellen.

Zwei Bemerkungen scheinen mir typisch zu sein für das zu dieser Zeit vorherrschende bewußte Gefühl über Charlotte von Stein. Als er sich für einen kurzen Ausflug mit dem Herzog und Fritz vorbereitete, schrieb er (am 14. April 1783):

> Ich werde dir immer eigner und finde um dich mein Glück und meine Bestimmung.[134]

Als er mit Fritz in Jena war, schrieb er (am 28. Mai 1783):

> Liebe mich, denn das ist der Grund worauf mein ganzes Schicksaal gestickt ist.[135]

Diese beiden Bemerkungen zeigen, obwohl sie ostentativ mit zärtlicher Zuneigung im Geist seiner großen Liebe und im Ton früherer Bemerkungen geschrieben wurden, dennoch eine Veränderung in seiner Liebe an, abgesehen von allen denkbaren Gefühlen von Ambivalenz. Das Liebesobjekt ist zu dem Grund geworden, auf dem das Muster von Goethes Schicksal glänzt. Sicher, ein Ornament benötigt einen Hintergrund; beide sind unzertrennlich aneinander gebunden und der eine verliert ohne den anderen seine Existenz. Doch hatte nicht Goethe schon früher gefühlt, daß seine luftigsten Sehnsüchte der Stoff geworden waren, auf dem jeder Wunsch seines Liebesobjekts, ihr ganzes Schicksal wie ein Ornament gestickt wurde? Die Umkehr vom Hintergrund zum Ornament ist ein Zeichen narzißtischer Genesung nach der libidinösen Entleerung des Ich im Prozeß äußerster Auslieferung an das phantastisch geliebte Objekt (vgl. 193, S. 122–128).

Daß diese Umkehrung keinesfalls der verhüllte Ausdruck des Rückzugs vom Objekt war, kann man aus einer Bemerkung in dem zuerst zitierten Brief vom 14. April 1783 ersehen, der einen Ausgleich von Differenzen und ein Anwachsen von Vertrautheit zum Ausdruck bringt. Als er jedoch auf einer kurzen Reise war, kehrte die alte Angst zurück. Ich habe den Eindruck, obgleich die historischen Zeugnisse nicht ganz eindeutig und klar sind, daß Goethe, wie schon früher bemerkt, wenig aushielt, wenn er Charlotte von Stein auf Ersuchen oder in Begleitung des Herzogs verlassen mußte. Bei solchen

Gelegenheiten hört man Aufschreie, die an vergangene Tage von großer Hoffnungslosigkeit erinnern. Am 14. Juni 1783, als er mit dem Herzog zu der höchst unangenehmen Mission des Zusammentreffens mit Prinz Konstantin, dem Bruder des Herzogs, in Gotha weilte, schrieb er:

> Ich kann dir nicht ausdrücken, welche Neigung, welches Verlangen mich zu dir zieht.[136]

Und zwei Tage später (am 16. Juni 1783):

> Ich kann mich keinen Augenblick von dir entfernen, dein Bild ist mir viel lebhaffter als die Gegenstände die mich umgeben, ich bin eingeschränckter als iemals. [...]
>
> Mit Sehnsucht verlang ich wieder bey dir zu seyn, denn ich habe nichts eignes mehr. Manchmal wünsch ich es mögte anders seyn manchmal wünsch ich meinen Gedancken eine andre Richtung zu geben. Es ist und bleibt unmöglich.[137]

Wir werden später ein Motiv finden, das bis zu einem gewissen Grade für eine solche aufgewühlte Stimmung verantwortlich ist. Zuerst aber muß die zwanghafte Natur seiner Gedanken über das Liebesobjekt betont werden. Zwanghafte Züge dieser Art wurden schon früher erwähnt (siehe oben, S. 653 f.), aber niemals zuvor, glaube ich, drückte sich Goethe in einer Weise aus, die so bestimmt den Abwehrcharakter seiner Liebe bewies. Diese zwanghafte Qualität ist der klarste Beweis, daß in diesem Fall das Denken für Goethe die Funktion eines Schutzes gegen ein unbewußtes Gefühl oder andere Gedankeninhalte, vielleicht aggressiver Natur, hatte, mehr als unter den Bedingungen der Realität gerechtfertigt erscheinen mag. Wie zuvor vermutet, herrschte eine bestimmte Disposition zu schlechter Laune vor, wenn er von zu Hause weg, mit dem Herzog allein oder auf einer Dienstreise war wie z. B. jetzt, um den Prinzen zu treffen, der sich auf seinem Rückweg nach Weimar befand, nachdem er zwei Maitressen geschwängert hatte. Es wäre interessant zu erfahren, was auf diesen Reisen vor sich ging. Ich möchte gern wissen, ob der Herzog diese Reisen als Gelegenheiten zu sexuellen Eskapaden benutzte oder ob Goethe andererseits bei solchen Gelegenheiten sexuellen Versuchungen ausgesetzt war und sich deshalb an Charlotte von Stein in dieser hilfesuchenden Weise wandte. Die oben zitierten Passagen klingen so, als ob sie aus Heimweh geschrieben wurden. Warum aber hatte

Goethe dann kein Heimweh, wenn er sich auf einer inoffiziellen Reise fern von Charlotte von Stein befand? Seine Briefe während seiner zweiten Reise durch den Harz kurz nach der einmonatigen (vom 6. September bis 6. Oktober 1783) Trennung von seinem Liebesobjekt waren in einem gänzlich anderen Stil geschrieben.

Die beiden folgenden Bemerkungen können möglicherweise etwas Licht auf diese Dinge werfen. Goethe war in diesen Monaten mit der Überarbeitung und dem teilweise Neuschreiben des *Werther* beschäftigt. Weiterhin wurde seine Aufmerksamkeit durch zwei andere Ereignisse auf Werthers Lotte gelenkt. Das eine bestand darin, daß sein Freund Knebel ihm einen englischen Kupferstich, der Werthers Lotte illustrierte, zusandte. Er war als Geschenk für Charlotte von Stein gedacht, und als Goethe ihn ihr schickte, schrieb er an sie (19. April 1783):

> Hier ist die Englische Lotte. Sie führt den Nahmen wie mancher Holzschnitts Heilige.[138] Eigentlich sieht sie der Mad. Darsainkourt ähnlich nur en beau.[139]

Das zweite Ereignis bestand in seiner Sendung der englischen Übersetzung des *Werther* an Charlotte von Stein, bei welcher Gelegenheit er am 24. Juni 1783 schrieb:

> Hier liebe Lotte endlich den Werther, und die Lotte die auf dich vorgespuckt hat.[140]

Hier haben wir zuletzt eine wichtige unmittelbare Assoziation zwischen Charlotte von Stein, der früheren Lotte in Wetzlar und der schwangeren Maitresse des Prinzen. Diese Assoziation kann uns sehr helfen, die vertrackte Stimmung und die erwähnten zwanghaften Gedanken zu enträtseln.

Ich habe von Zeit zu Zeit von Prinz Konstantin berichtet, dem Bruder des Herzogs, und jetzt ist es an der Zeit, die entsprechenden Einzelheiten vorzulegen. Seine Liebe zu Karoline von Ilten, einem armen Mädchen, wurde kurz gestreift. Der Hof stellte sich mit Härte der Legitimierung ihrer Beziehung entgegen, und Goethe wurde hineingezogen, indem er die Entscheidung ausführen mußte. Karoline blieb lange Zeit bei Charlotte von Stein, und Goethe empfand für das reizende, unglückliche Mädchen Mitleid. Ein sanfter Flirt, wenn nicht eine Verliebtheit, wurde durch entschiedenes Handeln von Charlotte von Stein abgebrochen, und Goethe nahm von weiteren Liebeleien Abstand. Der Prinz wurde ins Ausland geschickt, um seinen Schmerz zu vergessen. Alles schien wie erwünscht gut zu laufen, solange der Prinz in Italien war. In Paris aber verliebte er sich in Mme Darsaintcourt, nahm sie nach London mit, schwängerte sie und schickte sie, als er ihrer überdrüssig wurde, nach Weimar. Wieder mußte Goethe, die ewige Feuerwehr, sie aus Weimar wegbringen und sie dazu veranlassen, nach Paris zurückzukehren. Die Situation schien hoffnungslos geworden zu sein, als die Nachricht eintraf, daß der Prinz in Begleitung einer englischen Maitresse auf dem Weg nach Weimar sei, auch sie schwanger. Auf seiner kurzen Junireise hatte Goethe den Auftrag, den Prinzen zu treffen, eine höchst schwierige Aufgabe für einen Mann, der jahrelang abstinent gelebt hatte. Eine Identifikation mit dem amourösen Prinzen deutete sich schon an, als Goethe Karoline von Ilten in der Rolle des Retters näher kam. Für die beiden unglücklichen schwangeren Maitressen konnte Goethe natürlich nicht die Funktion eines Retters übernehmen, aber seltsamerweise entdeckte er in dem Bild seiner ersten Lotte eine Ähnlichkeit mit der französischen Maitresse, und die erste Lotte deutete auf die Weimarer Lotte voraus.[141]

Wir haben also eine Assoziationskette von Werthers Lotte über Mme Darsaintcourt zu Charlotte von Stein. Die Frau, die das Bindeglied zwischen den beiden Lotten war, beweist besonders schlagend das große Unglück, das eine verbotene Beziehung zu einer Frau bringt. Zugleich aber wurde Goethe — wie ich meine — mit dem Schuldigen aus einem weiteren als dem zuvor angeführten Grund identifiziert. Konstantin war eine Art armer Verwandter, der seinen Weg in den Herrscherkreis erkämpfen mußte. Auch Goethe mußte schließlich um seine Mitgliedschaft in dieser Gruppe kämpfen. Trotz seiner soliden und unangefochtenen Stellung in Weimar war er der Herkunft nach ein Bürgerlicher, d. h. noch ein Außenseiter. So enthielt der Schrecken vor den Konsequenzen einer verbotenen Liebe auch die Versuchung, sich wie der jüngere Bruder des Herzogs zu benehmen, der den Hof offenbar aus Rache für die verweigerte Erfüllung seiner ernsthaften Zuneigung zu seiner ersten Liebe in Verlegenheit brachte, für Goethe genug Konfliktstoff, um sich nur in der unmittelbaren Nähe von Charlotte von Stein sicher zu fühlen. Wir stoßen also bei näherer Untersuchung auf ein Netz von sich wechselseitig ausschließenden Identifizierungen, das mit verbotenen Wünschen und den sie begleitenden Schuldgefühlen beladen ist: auf die Identifizierung mit den Opfern der Verantwortungslosigkeit des Prinzen, auf eine Identifizierung mit dem Frevler und den Wunsch, frei von Hemmungen zu sein und nach einem uneingeschränkten Lustprinzip zu handeln; weiterhin auf Schuldgefühle, den erniedrigten Geliebten nicht beistehen zu können, auf Schuldgefühle wegen seiner Strenge mit dem Angeklagten, wegen seiner Liebe zu einer verheirateten Frau, der er wie der Prinz den beiden Frauen Kummer gemacht haben würde, wenn er nicht durch die Standhaftigkeit Charlottes zurückgewiesen worden wäre. Das zwanghafte Nachdenken über das ideale Liebesobjekt kann man als letzte Zuflucht ansehen, die stark geweckten Leidenschaften unter Kontrolle zu halten.

Goethes erneute Beschäftigung mit der Überarbeitung des *Werther* mag mit eine Rolle gespielt haben. Diese Revision war die Einlösung des Versprechens, Lottes Ehemann Albert zu rehabilitieren, in dem jeder Lottes wirklichen Ehemann sah und der sich bitter über die Entstellung seiner Person in Goethes Roman beklagt hatte. Goethes Bemerkung über Werthers Lotte, sie sei eine Vorausdeutung auf die Lotte in Weimar, zeigt eine Übertragung von der einen auf die andere. Meine Frage lautet: Spielte der Herzog jetzt die dazugehörige Rolle von Albert? Wenn Goethe allein abreiste, hatte er nicht das Gefühl, damit beschwert zu sein, wenn aber der Herzog ihn fortrief, war dies nicht ein Widerhall von Alberts Verhalten, der ihn von seinem ersten Zusammensein mit Lotte abhielt? Vielleicht war es der Widerhall von etwas Schlimmerem, da er vom Herzog abhing, tief in seiner Schuld stand und ihn als Vorgesetzten anerkennen mußte. Gerade wenn er Werthers Albert verschönern wollte,[142] was ihm, da bin ich sicher, nicht leicht ankam, mag er besonders feinfühlig auf den Herzog reagiert und deshalb die Reisen mit oder für ihn im Sinne der ödipalen Situation erlebt haben, nämlich als Verlust einer Mutter, nach der er dann Heimweh empfand.

Bevor ich zu den Einzelheiten einer ausgedehnten Reise komme, die er ohne den Herzog unternahm, möchte ich kurz einen Brief zitieren, der zeigt, daß Goethes Ambivalenz gegenüber seinem Vater noch ein Gebiet war, auf dem sich leicht Konflikte entzünden konnten, eine Empfindlichkeit, die auch das Lächerliche erklären kann, das er auf eine erniedrigte Vaterfigur im *Wilhelm Meister* (siehe oben, S. 870 f.) zusammenhäufte. Dieser Brief entstand aus seiner Beziehung zu J. F. Fritsch, dessen anfängliche Gegnerschaft gegen Goethes Ernennung schon zur Sprache kam (S. 435). Es ist von Fritsch keine spätere Kritik an Goethe bekannt, und ich vermute, daß Fritsch davon überzeugt wurde, daß er hinsichtlich Goethes administrativer Fähigkeiten ein Fehlurteil gefällt hatte. Im Gegenteil, Goethes Verhalten gegenüber Fritsch wurde ehrerbietig, wenn nicht unterwürfig.[143] Bei einer der zahllosen Sitzungen des Regierungsconsiliums spottete Fritsch über eine bestimmte, von Goethe erhobene Behauptung. Goethe antwortete am nächsten Tag (am 6. Mai 1783):

> Ich kann nicht schliessen ohne Ew. Exc. zu entdecken wie empfindlich und schmerzlich, und auch wie unerklärlich mir die Art und Weise gewesen, mit welcher mir Ew. Exc. in dem gestrigen Voto ein unschuldiges Wort unterstrichen haben zurückgeben wollen. Ew. Exc. ist am besten bekannt, wie ich die Erinnerungen und Wincke eines erfahrenen, verständigen und hochachtungswerthen Mannes in Scherz und Ernst aufzunehmen gewohnt bin, Sie wissen daß ein gutes Verhältniß in dem ich mit Ihnen zu stehen das Glück habe, eine meiner größten Beruhigungen, Ermunterungen und Belohnungen ist, …

Dann geht Goethe zu einer längeren Erklärung des Wortes über, das Fritsch' Spott hervorgerufen hat, und fährt fort:

> Verzeihen Ew. Exc. wenn ich diese Sache vielleicht zu ängstlich und ernstlich nehme, allein so lange Sie die Güte haben mich mit Vertrauen wie bisher zu beehren; so kann ich nichts auf dem Herzen behalten was mich drückt.
> Sehen Sie es als einen Beweis an wie bedeutend mir alles ist was von Ihnen kommt, und wie sehr es in Ihrer Gewalt steht mich in jedem Geschäffte, dessen ich mich nach Kräfften gern unterziehe, mit Einem guten Worte aufzumuntern.[144]

Fritsch antwortete am selben Tag, und Goethe dankte ihm.

Dieser Brief klingt seltsam, wenn man Goethes gewöhnliche Unabhängigkeit während dieser Zeit bedenkt. Ein harmloser Spott dieses zweiundfünfzigjährigen Mannes hatte eine erstaunliche Wirkung auf ihn. Eine Betroffenheit außerhalb jedes vernünftigen Maßes zu dem belanglosen Anlaß ergriff von ihm Besitz. Fritsch war offenbar der letzte in Goethes Umgebung, der unmittelbar väterliche Autorität repräsentierte. Aber es war kein kämpferischer Geist, der ihn gegen den Vater-Ersatz rebellieren ließ. Bei dieser letzten Insel der Unterwerfung unter einen Vater wollte er sich Billigung und Konfliktfreiheit erhalten. In welchem Grad er fähig war, die erdrückende Last von Verantwortung zu tragen, nur um die Liebe eines Vater-Ersatzes zu gewinnen, bis zu welchem Ausmaß er vielleicht alle diese ablenkenden kleinen Geschäfte von sich abgeworfen hätte, wäre es nicht um den zwanghaften Kampf mit Fritsch gegangen (der so sicher gewesen war, daß Goethe das Herzogtum ruinieren würde), bis zu welchem Grad er gezwungen war, sich selbst und anderen zu beweisen, daß er es besser machen konnte als Fritsch — all dies ist unbekannt, aber es war vermutlich eines der Motive für Goethes Streben nach Regierungsfunktionen. Der Brief zeigt auch, wie unsicher Goethe sich auf diesem Gebiet fühlte und wie leicht seine Angst geweckt werden konnte. Alles in allem zeigt sich eine bemerkenswerte Veränderung in der Toleranz gegenüber einer Autoritätsperson, wenn man Goethes Intoleranz in den Tagen vor seiner Reise in die Schweiz berücksichtigt (siehe oben, S. 437—439).

Jetzt aber zu Goethes Reise mit Fritz vom 6. September bis 6. Oktober 1783 (zweite Harzreise). Er ließ seine Schlüssel bei Charlotte von Stein zurück und gab ihr für alle seine Angelegenheiten Vollmacht. Er hoffte, es würde keinen Grund geben, die Schlüssel zu gebrauchen, aber er versicherte ihr, daß sie alles angehe. Trotz dieser Vorbereitung, die wie ein Vorgefühl des Todes anmutet, und trotz seiner Sehnsucht nach ihr, die darin zum Ausdruck kommt, klingen seine Briefe, die er während der anschließenden Abwesenheit schrieb, glücklich. »Ich habe dir viel zu erzählen«, schrieb er am 9. September 1783:

> es wird mir gut thun fremde Luft einzuathmen und mein Verhältniß von weitem zu betrachten. Die Existenzen fremder Menschen sind die besten Spiegel worinn wir die unsrige erkennen können. [...][145]
> ... empfange mich wieder wie du mich verabschiedet hast. Es ist in der weiten Welt allerley vergnügliches und wenig trost zu holen, den ich allein in deiner Nähe finde.[146]

Und am 11. September 1783:

> Laß uns ia nie, auch nur vorübergehend verkennen was wir einander sind.[147]

Am 20. September:

> Du wirst dich freuen über eine Menge Ideen die ich mitbringe auch über menschlich Natur und Wesen, und was dich eigentlich angeht, du kannst mich immer noch einige Zeit missen, denn du wirst der entbehrten Tage doppelt geniessen.

Mit Leichtigkeit schlüpfte Goethe in eine Rationalisierung, die seine Abwesenheit als Dienst für Charlotte von Steins Glück erscheinen ließ. Aber es blieb offenbar ein leiser Gewissensbiß, denn er fuhr fort:

> Wie glücklich machst du mich durch das sichre Gefühl daß ich dein sey, ich bin's auch l. Lotte, es ist unmöglich iemanden mehr anzugehören. Die ersten Tage an einem Orte wo soviel neues auf einen zuströmt geht es seinen Gang, aber wenn diese Bewegung abnimmt entsteht eine recht ängstliche Sehnsucht nach dir, die keine Worte ausdrücken.[148]

Diese ängstliche Sehnsucht war zu jener Zeit noch nicht geweckt, denn Goethe ließ das Thema rasch fallen und wechselte zu einem unwichtigeren Thema über. Obgleich er schnell zum Objekt seiner Liebe hätte zurückkehren können, machte er einen Umweg über Kassel, angeblich weil sein kleiner Begleiter Fritz dies so verlangte. »Diese Reise«, schrieb er am 28. September,

> thut mir sehr wohl, sie war eben zur rechten Zeit eingeschlagen. [...] Ich mag mich sogerne in Gedancken bey dir niederlassen, und künftige Winterabende vorausgeniessen.[149]

Hier genügt die Gewißheit der künftigen Wiedervereinigung als Ersatz für die Abwesenheit in der Gegenwart. Die Gegenwart ohne die Gesellschaft der geliebten Frau mag wirklich so lustvoll geworden sein, daß Liebe für einen Augenblick als Gehorsam und Befehl erschien. »Du wirst geliebt wie du es wünschest«,[150] schrieb er am 2. Oktober 1783. Weil er in dieser Stimmung bleiben wollte, enthielt der erste Brief nach seiner Rückkehr (am 7. Oktober) die Mitteilung, er wisse nicht, ob er heute früh kommen könne. Während der folgenden Wochen vermindert sich die Häufigkeit der Briefe auffallend.

So bezeichnend die tiefe Freude und das Gefühl der Selbstsicherheit und Gewißheit trotz der Trennung vom Liebesobjekt gewesen sein mögen, so gibt es doch einen Bericht über einen Vorfall, der möglicherweise von großer psychologischer Bedeutung war. Aus Kassel schrieb er (am 2. Oktober 1783):

> Wir sind nun hier und sehr vergnügt, verzeihe nur l. Lotte daß wir so lange ausbleiben. Wenn es Fritzen nachginge, so müsste ich nach Franckfurt, er plagt mich und thut alles mich zu bereden. Wenn ich ihm sage seine Mutter sey allein; so versichert er mir die meinige würde ein groses Vergnügen haben uns zu sehn. u. s. w.[151]

Fritz berührte hier zufällig ein Problem, das für Goethe zu jener Zeit eine klaffende Wunde gewesen sein muß. Wenn er imstande war, sich für einen ganzen Monat von Arbeit und Pflichten zu befreien, konnte er natürlich auch seine Mutter sehen. In jener historischen Epoche war es noch mehr als heutzutage ein Gebot des Anstands, mit seinem Vater oder seiner Mutter zusammenzusein, wenn einer von ihnen starb, oder wenigstens bei dem überlebenden Teil zum frühest möglichen Zeitpunkt zu erscheinen. Goethes Beharrlichkeit, Frankfurt fern zu bleiben, war ein schwerer Bruch von Sitte und Anstand. Warum der kleine Junge so inständig forderte, daß Goethe seine eigene Mutter besuche, ist nicht bekannt. Hoffte er ganz einfach, dadurch die Reise zu verlängern (denn er liebte Reisen offenbar)? Kinder sind oft einfühlsamer, als Erwachsene zugeben wollen. Spürte er die Sehnsucht, die Goethe empfunden haben muß, seine Mutter wiederzusehen, oder das Entsetzen, das es ihm vielleicht unmöglich machte, das Haus zu betreten, in dem er geboren wurde und aus dem sein Vater für immer verschwunden war? Es ist seltsam, daß sich Goethe damit verteidigte, er könne Charlotte von Stein ihren Sohn nicht so lange vorenthalten, während seine eigene Mutter ihres Sohnes über einen viel längeren Zeitraum ungebührlich beraubt wurde. Obendrein lebte Fritz zu jener Zeit bei Goethe. Fritz vermittelte Goethe, er sei nachlässig, und war dies vielleicht Fritz' Rache für gelegentliche Tadel, die er sich anhören mußte, wenn Goethe ungehalten über ihn war?

Es ist unmöglich, die Ursache für Fritz' Verlangen zu erraten, aber man wird zu dem Schluß gezwungen, daß das Kind hier eine Funktion von Goethes Überich übernahm, ein Schritt von großer Tragweite. Bei einigen Völkern (vgl. 12) wird das Kind mit Worten belegt, die gewöhnlich für die Eltern oder für höhere Wesen gebraucht werden. Die drei Weisen aus dem Morgenland, die das Christkind anbeten, weisen dasselbe Element in der christlichen Mythologie auf. Ich habe schon geschildert, wie Goethe ganz bewußt Fritz Ersatzfunktionen zuwies, aber dieser Ersatz zog ihn näher zu dem Liebesobjekt hin. Das neue Substituieren basierte auf einem unbewußten Vorgang und kann eine entgegengesetzte Wirkung gehabt haben dadurch, daß es bedeutende Mengen narzißtischer Libido von Charlotte von Stein abzog. Indem er für Fritz sorgte, konnte er Schuldgefühle ablegen, noch immer ein wichtiger Bestandteil in seiner Beziehung zu Charlotte von Stein. Der Zweck seiner Mitteilung an sie über seine Entscheidung, nicht in seine

Geburtsstadt zu fahren und somit seine Mutter nicht zu besuchen, kann im Gegenzug Schuldgefühle in ihm erweckt haben, denn er betonte ausdrücklich, daß Fritz' Rückkehr zu ihr ihm wichtiger erschien. Zugleich rationalisierte er erfolgreich seine Hemmung und Furcht vor einem Treffen mit seiner Mutter.

In diese Periode fällt auch Goethes berühmtes Gedicht *Ilmenau*, das zum siebenundzwanzigsten Geburtstag des Herzogs (am 3. September 1783) verfaßt wurde. Dieses Gedicht ist ein gutes Beispiel, an dem man die Veränderung, die Goethes Dichtung durchgemacht hatte, zeigen und erörtern kann. Ich werde es mit dem neun Jahre zuvor entstandenen Gedicht *An Schwager Kronos* vergleichen, das ebenfalls aus Anlaß eines festumrissenen Ereignisses, wenn auch ganz anderen Ranges, geschrieben wurde.

Goethe hatte sich auf dem Rückweg von Darmstadt, wohin er Klopstock, der als der größte deutsche Dichter der damaligen Zeit galt, begleitet hatte, nach Frankfurt befunden. Auf der Rückreise wurde die Kutsche durch kleine Pannen aufgehalten, und diese Pannen waren der Auslöser für die Niederschrift des Gedichtes *An Schwager Kronos.* Die Analyse dieses Gedichts würde offenbaren, daß es unter dem Eindruck seines Treffens mit dem berühmten Dichter verfaßt wurde, der seinem Alter[152] nach und wegen seines Ruhms ein Vater-Ersatz war und in Goethe Gefühle von Neid, Rivalität und Rebellion weckte. Wie dem auch sei, die beeindruckende Tatsache besteht darin, daß der Leser sich der ganzen Schönheit dieses Gedichts erfreuen kann in der völligen Unwissenheit dieses biographischen Materials. Die Raschheit und der Erfolg, mit denen Goethe die trivialen Pannen der Reise in ein symbolisches und universal bedeutendes Beziehungsgefüge umwandeln konnte, sind erstaunlich. Das Gedicht *An Schwager Kronos* vermittelt eine grandiose Leidenschaft. Die verwendeten Symbole sind mit Gefühlen ausgefüllt, und das Gedicht läuft mit überschäumender, unerbittlicher Kraft ab.

In *Ilmenau* stoßen wir auf eine gänzlich andere Situation. Das Gedicht beginnt mit einer besonders reizenden und lieblichen Schilderung eines Tals, geht aber rasch zu Ereignissen und Menschen über, die den Leser, obgleich sie poetisch geschildert werden, mit einem unbefriedigenden Gefühl zurücklassen, wenn er nicht mit den Lebensumständen Goethes zu jener Zeit bewandert ist und nicht weiß, auf welche besonderen Einzelheiten Goethe anspielt. Wenn der Leser diese

Umstände durch einen Begleitkommentar erfährt, wird er auch in diesem Gedicht unendliche Schönheit entdecken. Es ist aber höchst bezeichnend, daß soviel dichterische Kunst und Meisterschaft auf ein Werk verwendet wurden, dessen Sprache nicht mehr alle erreichte. Hier offenbart sich ein gesellschaftlicher Faktor. Die unbezähmbare Kraft des jungen Mannes, für den die Welt zu klein war, hatte natürlich die ganze Menschheit zu ihrem Publikum. Jetzt, da Goethe zu einem Teil des Weimarer Hofes geworden war, war die Zuhörerschaft zusammengeschmolzen. Für diejenigen, für die Goethe *Ilmenau* schrieb, aber nur für sie, war kein Kommentar notwendig, um dieses Gedicht zu verstehen.

Die wohlgeordnete Gesellschaft Weimars setzte strikte Grenzen, es gab keine Menschheit, die darüber hinaus auf Botschaften wartete. Goethes veränderte Umwelt war verbunden mit einer Veränderung seiner Persönlichkeit. *An Schwager Kronos* wurde unter dem Eindruck des Primärvorgangs geschrieben, deshalb die rasche Übersetzung von alltäglichen Vorfällen in universal verständliche Symbole. In *Ilmenau* herrscht der Sekundärvorgang vor.[153] Das Gedicht ist klassisch in seiner Form, doch diese klassische Form hatte zu jener Zeit von Goethe noch nicht voll Besitz ergriffen, denn wenn wir auf die frühe Fassung des *Wilhelm Meister* schauen, stellen wir fest, daß Goethe noch durchaus fähig war, in einer Art zu schreiben, die man kurz als kräftige Sprache bezeichnen kann. Der *Wilhelm Meister* war schließlich auch ein Werk, das die ganze Menschheit zu seinem Publikum hatte.

Wenn man den innersten psychologischen Kern des Gedichts *An Schwager Kronos* sucht, wird man die volle Ambivalenz gegen einen alten Mann und den selbstbegeisterten Stolz der Jugend finden. Das Gedicht an sich zeigt diese Ambivalenz aber nicht. Die ungestüme Triebregung ist erfüllt von der Lust zu leben und von der Zurückweisung alles dessen, was ihr im Weg stehen mag. In *Ilmenau* ist die gesamte Bewegung verlangsamt, und die Ambivalenz liegt offen zutage, obwohl das Gedicht häufig als Verherrlichung von Karl August angesehen wird. Es spielt zuerst, in Form eines Traums, auf die Tage von Goethes Ankunft in Weimar an und wendet sich dann der Gegenwart zu, welche durch die großen seither erreichten Fortschritte charakterisiert wird. Sicher, das Gedicht endet mit einer Eloge auf Karl August, aber in einer Form, die im unklaren läßt, ob das Gedicht die wirklichen Taten Karl Augusts beschreibt oder das, was er tun sollte und tun wird.

Darüber hinaus macht sich Goethe selbst zur Zentralfigur des ganzen Stückes. Er sorgt sich um den Herzog, seine Ängste und seine Fehlschläge werden geschildert, und Ilmenau, ein Gebiet, das der Mittelpunkt von Goethes administrativer Aufmerksamkeit und Tätigkeit war, wird dem Herzog als Modell vorgehalten. Goethes Versuch, seine Ambivalenz zu tarnen, war erfolgreich, insofern als seine Zeitgenossen und die Nachwelt das Gedicht als Eloge und als eine Bereicherung der deutschen Literatur akzeptierten. Eine sorgfältige Lektüre des Gedichts aber offenbart die unzweifelhaft ambivalente Tendenz, die ich schon durch viele Beispiele dokumentiert habe.

Beim Vergleichen der Konstellation der Ambivalenz in beiden Gedichten fühlt man sich geneigt anzunehmen, daß diese Ambivalenz hinter dem früheren Gedicht viel größer als bei dem letzteren war, aber unbewußt blieb; im späteren Gedicht drängt sich einem die Ambivalenz stärker auf, vielleicht weil der Dichter ein Bewußtsein davon hatte. Ein bewußter Konflikt der Gegenwart drang in das Kunstwerk ein.

Es wäre ein Irrtum, die Tatsache, daß *Ilmenau* keine Synthese der Ambivalenz leistete, als Beweis für die Abnahme von Goethes poetischer Kraft zu betrachten. Der gleichzeitige *Wilhelm Meister* beweist, daß die künstlerische Fähigkeit sich während der Jahre der Reorganisation des Ich voll erhalten hatte. Das langsame Voranschreiten auf die klassische Form zu erlaubt wenigstens dem Ich, seine Ambivalenz zu bearbeiten, die er auf die Ebene des Bewußtseins gehoben hat. Gedichte wie *An Schwager Kronos* müssen mit blitzartiger Geschwindigkeit geschrieben worden sein, was die Ambivalenz zu übergehen half, gerade wie selbst tiefe Ambivalenz für die kurze Dauer des Geschlechtsverkehrs beiseite gerückt werden kann, und ein Mann trotz einer Abneigung gegen Frauen das andere Geschlecht in seiner vollen Schönheit und Herrlichkeit im Augenblick des Orgasmus wiederherzustellen vermag.[154]

Das reife Ich hatte gelernt, Dauer zu ertragen, wo zuvor die Schönheit des Augenblicks überwogen hatte. Ein rhapsodisches Gedicht wie *An Schwager Kronos* erreichte meiner Ansicht nach deswegen seine außerordentliche emotionale Höhe, weil es als Abwehr gegen den Durchbruch starker unbewußter Ambivalenz diente. Es mußte wegen des labilen Zustands des Ich in der kürzest möglichen Zeit geschrieben werden. Es ist ein herausforderndes psychologisches Problem, daß das schwächere Ich besser vorbereitet sein soll, bestimmte künstlerische Aufgaben zu erfüllen, als ein stärkeres. Ohne den Druck der aufgestauten, intensiven unbewußten Ambivalenz hat das Ich anscheinend ausreichend Zeit, zu einer geplanten und organisierten Weise des Hervorbringens überzugehen, was das Verfassen bestimmter Formen von Dichtung unmöglich macht. Beim Schreiben von Prosa wie beim *Wilhelm Meister* war das Ich noch fähig, mit Ungestüm zu arbeiten und, obwohl nicht mit derselben Intensität wie im *Werther*, aber doch noch intensiv genug, den Leser zuletzt und wieder an die Sturm-und-Drang-Zeit zu erinnern.

Die Fähigkeit, Spannung auszuhalten, wo zuvor sofortige Abfuhr eintrat, kann man auch aus einem anderen Gedicht ersehen. Im Februar und März 1782 schrieb Goethe ein Gedicht aus Anlaß des Todes von Mieding, dem Bühnenbildner des Weimarer Theaters. Die Ambivalenz kam hier in besonderer Weise zum Vorschein. Goethe benutzte dieses Gedicht, um einige schöne Verse über Corona Schröter zu schreiben, jene Schauspielerin, die einstmals so nahe daran war, Charlotte von Steins Rivalin zu werden. Goethe fühlte sich offenbar schuldig, Corona so rückhaltlos gefeiert zu haben: er schrieb an Charlotte von Stein (am 17. März 1782), er hoffe, sie würde in jedem Sinne mit diesen Versen zufrieden sein. Das Gedicht wurde auch nicht in einem Zug geschrieben, und wieder offenbart es an der Oberfläche Ambivalenz, indem es als Eloge für den toten Künstler beginnt und mit der Verherrlichung einer Frau endet, die Goethe einstmals geliebt hatte.

Die unbewußte Funktion von *Ilmenau* mag aber in etwas anderem als dem Ausdruck von Ambivalenz bestanden haben. Nach der Geburt eines Kronprinzen mag das Verlangen nach persönlicher Unabhängigkeit und persönlichem Ruhm im Herzog neu geweckt worden sein. Das Schicksal spielte Goethe in die Hände, indem es ihm die Möglichkeit eröffnete, Fritz ideell zu adoptieren und so mit einem Sohn-Ersatz versorgt zu sein, der Goethe das Gefühl gegeben haben konnte, den Erfolg seines Freundes auszugleichen. Solche Siege können aber nicht viel zur Befestigung ihrer Freundschaft beigetragen haben, die, wie ich früher berichtet habe, Zeichen der Schwäche aufwies. Daher mag es an der Zeit gewesen sein, den Herzog daran zu erinnern, was dieser ihm verdanke. *Ilmenau* war also weniger eine Verherrlichung des Herzogs als eine Erinnerung daran, daß der Herzog ohne Goethes unaufhörliche Sorge, ohne seine Ratschläge und seine Selbstaufopferung nicht das wäre, was er damals war, wenigstens dem äußeren Anschein nach. Weiterhin klingt das Gedicht wie eine Schlußabrechnung: ›Ich habe dich so weit begleitet, und schau, was ich vollendet habe. Wenn du unabhängig sein willst, so ist es sehr gut, schreite fort, aber ohne meine Verantwortung.‹ Dies gab Goethe die Freiheit seines Handelns zurück. Also muß man das Gedicht fast einen Abgesang nennen.

Mein Versuch, jene Periode in Goethes Leben zu analysieren, in der das 4. Buch des *Wilhelm Meister* geschrieben wurde, hat uns weit weg in die Vergegenwärtigung einer noch ungeordneten Vielzahl von getrennten Fakten geführt, hinter denen wir uns nun nach übergeordneten Aspekten umsehen müssen. Ein solcher Aspekt kann, glaube ich, in diesem 4. Buch gefunden werden, nämlich in der Figur der Mignon und ihrer allmählichen Integration in Wilhelms Leben.[155] Wir wissen, daß zu dieser Zeit in Goethes realem Leben die Aneignung von Fritz als Kind-Ersatz stattfand. Von diesem Gesichtswinkel, der sich aus der Bedeutung dieses Ereignisses ergibt, können auch andere Tendenzen in dem vorgestellten Material unter einem umfassenden Aspekt zusammengefaßt werden.

Diese Tendenzen sind: die Veränderung im Charakter von Goethes Liebe, die ich in dem Gleichnis des Wechsels vom Untergrund zum Muster ausgedrückt habe; das freundliche Lebewohl zum Herzog, ausgelöst durch die Eifersucht bei der Geburt eines männlichen Thronfolgers;[156] eine sporadische Empfindlichkeit gegenüber der Menstruation der geliebten Frau. Wenn wir uns Bettinas Bericht von dem Besitzergreifen des kleinen Jungen von seiner Schwester ins Gedächtnis zurückrufen, sein Beharren darauf, der einzige zu sein, der sie füttern darf, und sein Ärger, wenn jemand anderer dies tun wollte, dann haben wir die infantilen Wurzeln von bedeutenden Ereignissen während dieser Periode. Indem er sich zum Wächter von Cornelia aufspielte (das Adoptieren von Fritz), beseitigte er nicht nur die Mutter, sondern auch den Vater (das Lebewohl zum Herzog), behauptete seine Individualität, die durch die Schwangerschaften seiner Mutter und durch die Geschwisterrivalität (der Wechsel von der Unterlage zum gedruckten Muster) bedroht war, und er wies seine Mutter als wirkungsvolle und wohlwollende Macht zurück (die durch Menstruation ausgelöste Panik).

Obgleich diese Ansicht ihren Wert haben mag, bleibt sie doch irgendwie künstlich, und ich glaube nicht, daß sie wirklich das Kleinholz der verstreuten, von mir vorgestellten Einzelheiten bündelt. Obwohl diese mangelhafte Befriedigung aus der fehlerhaften Analyse und Darstellung des Materials resultieren kann, fasse ich doch auch die Möglichkeit ins Auge, daß sie präzise die vorherrschende relative Orientierungslosigkeit in Goethes Leben zu jener Zeit spiegeln kann und die damit verbundenen inneren Zweifel und die Unbeständigkeit. Meiner Meinung nach findet dieser Aspekt seinen bündigen Ausdruck im letzten Kapitel des 4. Buches des *Wilhelm Meister*. Dort stoßen wir auf folgende Passage, die Wilhelms Geistesverfassung beschreibt, als er erwägt, was er als nächstes tun soll, nachdem die Truppe eingeladen wurde, den Grafen und die Gräfin auf ihrem Schloß zu besuchen:

> er schwankte zwischen Zweifel und Nothwendigkeit. Er konnte voraus sehen, daß er mit auf das Schloß des Grafen werde gehen müssen, und hatte tausend Ursachen, es nicht zu thun. Wenn sich der Mensch in Umständen befindet, die zu dem Raume, den sein Geist einnehmen sollte, in keinem Verhältnisse stehen, wenn er eingeengt, umwunden und verstrickt ist und er lange dagegen gearbeitet hat, gewöhnt er sich endlich zu einer dunkeln gutmüthigen Geduld und folgt gelassen den trüben Pfaden seines Schicksales. Wenn dann manchmal ein Blitz aus einer höheren Sphäre ihn umleuchtet, schaut er freudig auf, die Seele erhebt sich, er fühlt sich wieder, doch bald, von der Schwere seines Zustandes niedergezogen, gibt er das wieder geahndete Glück mit gelindem Murren wieder auf und überläßt sich nach geringem Widerstreben der Gewalt, die den Stärkern wie den Schwachen dahin reißt. Und doch kann man einen solchen Menschen glücklich nennen in Vergleich mit andern, die sich in Umständen befinden, in denen sich unser Freund befand.[157]

Nach dem Bericht über seine seligen Gefühle während der Aufführung seines Stückes und sein Verlangen nach Wiederholung geht Wilhelm dazu über, sich über Mignon Gedanken zu machen:

> Die Anhänglichkeit des Kindes, dieser geheimnißvollen Creatur, gab seinem Wesen eine gewisse Consistenz, mehr Stärke und Gewicht, welches immer geschieht, wenn zwei gute Seelen sich mit einander vereinigen oder auch nur sich einander nähern.[158]

Als weiteren positiven Faktor seines gegenwärtigen Lebens betrachtet Wilhelm seine flüchtige Neigung zu Philine und die erhabenen Gefühle, welche die Lieder des Harfners in ihm auslösen. Diese Erlebnisse lassen Wilhelm daran denken, daß er

> in Augenblicken mehr würkliche und würdigere Glückseligkeit [genoß], als er sich von seinem ganzen Leben erinnerte.[159]

»Dagegen«, fährt Goethe fort

> legten sich alle leidige irdische Lasten auf die andere Schale: die Gesellschaft, in der er sich befand und die man beinahe schlecht nennen durfte, ihre Unfähigkeit als Schauspieler und die Einbildung auf ihre Fähigkeiten, die unerträgliche Ansprüche Philinens,[160] die enge Politik Melina's,[161] die Forderungen seiner Frau,[162] die Nothwendigkeit, das theure Kind früher oder später seinem Schicksale zu überlassen, der Mangel an Gelde und an irgend einem schicklichen Mittel ihm abzuhelfen. So schwankte die Schale herüber und hinüber, oder vielmehr, aus so widersprechend gefärbten Faden war das Gewebe gewebt, daß es wie ein übel schielender Taft zugleich angenehme und widrige Farben aus Einer Falte dem Auge entgegen warf,[163] und wenn mir Gleichnisse zu häufen erlaubt ist, wie aus Seide und grobem Hanfe war diese Flechte gezwirnt, geflochten und verknotet darzu, daß es unmöglich war, eins von dem andern zu sondern, und unserm Helden nichts übrig blieb, als sich in diese Bande zu ergeben oder alles mit einander durchzuschneiden. Solche Umstände sind es, in denen sich ein guter, auch entschloss'ner Mensch jahrelang hinschleppt und weder Hand noch Fuß zu rühren wagt, in einem immer leidenden Zustande bleibt, wenn ihn die größte Noth nicht zu wählen und zu handeln treibt. Aber auch alsdann ist ihm nicht geholfen. Selten, daß der Mensch fähig ist und daß es ihm das Schicksal zuläßt, nach einer Reihe von Leiden, nach einer Folge von Verbindungen mit sich selbst und andern ganz reine Wirthschaft zu machen; man entschließt sich so ungern zum Bankerotte wie zum Tode und sucht sich mit Borgen und Zahlen und Vertrösten, mit Pactiren und Flicken so lange hinzuhalten als möglich. Der Geist beschäftigt sich, arbeitet immer, wie er zu einem freien, ganzen, reinen Zustande gelangen könne, und der Augenblick nöthigt ihn immer in der Enge halb, vielleicht gar schief zu handeln, ein Übel für das andre zu ergreifen und, wenn das Glück groß ist, aus dem Regen in die Traufe zu schwanken; dieß ist es, was oft wiederholt, Herr über den besten Kopf wird, was heftige leidenschaftliche Menschen in eine Art von Wahnsinn versetzt, der in der Folge ganz und gar unheilbar werden muß.
>
> Wie sehr fühlte Wilhelm die Beschwerden dieses Zustandes, und wie vergebens arbeitete er, um sich daraus zu versetzen! Sein altes bürgerliches Verhältniß war schon wie durch eine Kluft von ihm getrennt und er in ei-

nen neuen Stand aufgenommen und eingeweiht, da er noch als Fremdling in dessen Vorhöfen zu verweilen glaubte. Sein Geist ward vom Hin- und Widersinnen müde.[164]

Diese psychologische Schilderung von Wilhelms Zustand des Zauderns und der Passivität ist höchst lebhaft, wenn auch etwas umständlich. Es scheint, als ob Goethe nach Worten und Vergleichen tastete, um die Unentschlossenheit des Helden und seine Unschuld (die durch seine Leiden bezeugt werden) über alle Zweifel erhaben klar zu machen.[165] Wenn wir *Wilhelm Meister* als einen autobiographischen Bericht ansehen, der uns von der Kindheit des Helden zu dessen Reife führt, können wir in der eben dargestellten Phase von Wilhelms Schwanken, ob er in näheren Kontakt mit dem Adel treten soll, das Äquivalent seiner Tage entdecken, als Goethe in Frankfurt darum kämpfte, ob er nach Weimar gehen sollte. Ich glaube, daß dieser Teil des Romans auch — oder vielleicht sogar vorrangig — die Stimmung schildert, in der sich Goethe zur Zeit der Niederschrift der Passage befand. Die Frankfurter Tage hatten, obwohl auch sie ihre Zweifel bargen, nicht diesen nagenden, innerlich verzehrenden, unentschiedenen Charakter, den Wilhelm jetzt mit sich herumträgt, ohne die Gelegenheit, das Problem mit jemandem frei zu bereden. Man muß daran erinnern, daß Goethe, während er das 4. Buch schrieb, mit dem Problem der Passivität beschäftigt war, oder, um genauer zu sein, er erlebte seine Existenz als im wesentlichen passiv, mehr als Wilhelm in diesem Abschnitt.

Es gibt noch andere Parallelen (sowohl in bezug auf das Gute als auch im Hinblick auf das Schlechte an Wilhelms Lage), die meine Ansicht bestätigen. Die dunkel geheimnisvolle, gutartige Geduld, das Wonnegefühl während der Vorstellung des eigenen Stückes, das Sich-Widmen einem Kind, was Stärke und Kraft verleiht; die gelegentlichen Liebeleien mit einer Schauspielerin (die aber zu dieser Zeit fast ganz aus Goethes Leben verschwand); die erhabensten Erlebnisse der Kunst. Goethe hätte 1784 wohl auch zugestimmt, daß er »in Augenblicken mehr würkliche und würdigere Glückseligkeit, als er sich von seinem ganzen Leben erinnerte«, erlebte. Ob er aber damit übereingestimmt hätte, daß seine Umstände, wie die von Wilhelm, ungünstig seien, weiß ich nicht. Es mag sich leicht um etwas gehandelt haben, was er verborgen halten wollte, als es bei Tageslicht zu diskutieren. Aber der Vergleich mit »Umständen [...], die zu dem Raume, den sein Geist einnehmen sollte in keinem Verhältnisse stehen«; der Zustand, in dem er eingeschlossen ist; die Unmöglichkeit, die gegenwärtige Lage zu verändern, ohne alle Bande durchzuschneiden; die Aussicht, in derselben Weise fortfahren zu müssen, usw. — all dies traf auch für Goethes tatsächliche Situation zu jener Zeit zu, mit einer Ausnahme: Goethe blieb ein standhaftes Vorbild der Pflichterfüllung, eine Position, die Wilhelm nicht erreicht hatte. Zweifel heften sich an Wilhelms relative gesellschaftliche Tatenlosigkeit; bei Goethe jedoch war dieser Zweifel aller Wahrscheinlichkeit nach nur im Gefühl begründet, wirkte sich aber nicht auf sein Handeln aus. Also kann man versuchsweise sagen, daß der Wilhelm des 4. Buches der Goethe von 1784 ist minus des Zuwachses an Ich-Stärke, erworben während der acht Jahre der Liebe zu Charlotte von Stein. Wir suchen in dem Roman vergeblich nach einer Entsprechung für Charlotte von Stein. Mittelbar kann dies ihre Verherrlichung bedeuten, denn der Roman schildert möglicherweise jenes Schicksal, das der Autor für sich befürchtete, wenn er ohne ihren wohltätigen Einfluß in Weimar hätte weiterleben müssen. Zugleich kann ihr auffälliges Fehlen im Roman durch die vorbewußte Beschäftigung mit der Frage begründet sein, ob er ohne ihre Vormundschaft existieren könnte oder nicht. Wenn wir das 4. Buch als Bericht von Tag zu Tag über Goethes geheime Stimmungen lesen, können wir annehmen, daß er intensiv mit dem Problem kämpfte, das seine Reserven beinahe überforderte. Der Zustand der relativen Ruhe und Harmonie, den er in seiner Beziehung zu Charlotte von Stein aufrechterhielt, war anscheinend nicht die vollständige Summe seiner Gefühlswelt. Es muß in der aktuellen Realität ein beständig verunsicherndes Problem gegeben haben, das an seinem Mark nagte. Was mag das für ein Problem gewesen sein?

Es ist notwendig, hier einen Gegenstand einzuführen, der meiner Meinung nach für den frühen *Wilhelm Meister* grundlegend ist und der uns später in anderer Form näher beschäftigen wird. Dies ist das Problem der »Lauterkeit oder Reinheit des Gefühls«. Im *Wilhelm Meister* wird indirekt die Frage gestellt, ob die Gefühlswelt durch den Druck der Gesellschaft Schaden erleiden kann. Ein direkter Hinweis findet sich im 3. Buch, als Goethe einen Offizier beschreibt:

> Der Officier war eine von den guten Seelen, die an dem, was andern widerfährt und was andere leisten, einen herzlichen Antheil zu nehmen von der Natur bestimmt sind. Sein Stand, der ihn zu einem harten trotzigen

Geschäfte verdammte, hatte ihn, indem er ihn mit einer rauhen Schale umzog, in sich noch weicher gemacht. In einem strengen Dienste, wo alles seit Jahren in der bestimmtesten Ordnung ging, wo alles abgemessen, die eherne Nothwendigkeit allein die Göttin war, der man opferte, wo die Gerechtigkeit zur Härte und Grausamkeit ward und der Begriff von Mensch und Menschheit gänzlich verschwand, war seine gute Seele, die in einem freien und willkürlichen Leben ihre Schönheit würde gezeigt und ihre Existenz würde gefunden haben, gänzlich verdruckt, seine Gefühle abgestumpft und fast zu Grunde gerichtet worden.[166]

Die Auflagen von Goethes neuer Umgebung waren nicht so hart wie die hier beschriebenen, aber streng genug, um in ihm die Frage aufkeimen zu lassen, ob auch seine Gefühle »verdruckt«, »abgestumpft und fast zu Grunde gerichtet« wurden. Im Kampf um die Bewahrung des reinen, unbefleckten Gefühls mußte Goethe das Einströmen der gesellschaftlichen Umgebung von seinem System fernhalten, und dies konnte ihm durch die Objektivierung dieses bösen Einflusses gelingen. Die Gefahr des Augenblicks bestand in der inneren Auslieferung an den ihn umgebenden Adel oder dem Eingesperrtwerden von außen. Wie schon herausgestellt, stand die Welt des Theaters teilweise für den Adel, aber im 4. Buch beginnend und im 5. Buch zunehmend schritt Goethe beim Thema Adel, seinen Einrichtungen und seiner Wirkung auf den Menschen bis zu einer scharfen Kritik fort. Das Problem hatte also einen eher persönlichen Aspekt. Goethe hatte zweifellos eine geheime Sehnsucht nach dem Adel schon von früheren Jahren an, was sich in seiner Phantasie zeigt, einen Adeligen in seine näheren Vorfahren einzureihen. Auf der anderen Seite blickte er voller Stolz auf seine Zugehörigkeit zur wohlhabenden unabhängigen bürgerlichen Klasse Frankfurts.[167] Seine eigene Erhebung in den Adelsstand veränderte die Lage allem äußeren Anschein nach, kann aber neue Konflikte mehr innerer Natur hervorgerufen haben.

Ein Brief aus der hier erörterten Periode bezeugt, wie lebendig dieser Konflikt war. Als Herder der Titel »Geheimer Kirchenrat« verliehen wurde, wollte der Empfänger, der sich ständig unbefriedigt und diskriminiert fühlte, den Titel ablehnen, weil eine andere Person mit geringeren Verdiensten in derselben Weise ausgezeichnet worden war. Goethe gab Karoline Herder (im Brief vom 11. Mai 1784) den Rat, ihr Ehemann solle den Titel »weder als Ehre noch als Schande« ansehen, »denn welcher Fürst kann s e i n e m Namen Ehre oder Schande anhängen!« (Hervorhebung von Goethe). Doch wenn, fährt Goethe fort, Herder den Titel nicht annehmen würde, bedeutete dies für sie das Ende des Aufenthalts in Weimar.

> So viel sag ich als Freund. Habt Ihr Lust, Aussicht, Hoffnung, von hier wegzukommen, nun so laßt es dabei bewenden, laßt Titel haben, wer will, und wartet, bis Ihr erlöst werdet. Wollt Ihr aber, müßt Ihr aber bleiben, so überwindet das Unangenehme des Momentes und Herder nehme das Decret, wie ich meinen Adelsbrief.[168]

In diesem Brief an die Herders spürt man die narzißtische Wurzel von Goethes Empfindlichkeit gegenüber seiner Nobilitierung. Wenn er die Erhebung in den Adelsstand als etwas ihm Ebenbürtiges angesehen hätte, was keine wesentliche Veränderung in seinem hierarchischen Status bewirkte, hätte er sich so fühlen müssen, als wenn er gemäß seinem wirklichen Wert behandelt worden wäre. Dies muß wenigstens sein deutliches Empfinden über diese Angelegenheit gewesen sein. Der darin eingeschlossene Anteil der Kindheit (das Übergewicht an Prestige auf seiten des aristokratischen Patriziats, die Krönungsfeierlichkeiten, die Bedrohung seines Vaters durch einen französischen Grafen) hatten Neid, der sich durch die Nobilitierung aufgelöst haben mochte, und Rache hervorgerufen, welche die Form eines Spiels annahmen, die Herablassung des Adels durch verächtliches Ablehnen ihres Angebots des Adelsranges aus der vorteilhaften Stellung seiner, des Bürgers, überlegenen Bildung heraus zu vergelten.

Weiterhin war nach jetzt fast genau acht Jahren seit seiner Ankunft vieles, was er am Anfang an der Welt des Adels verlockend gefunden hatte, zur Routine geworden, und viele der schrecklichen Mängel und Mißstände waren Goethe stark und peinlich zum Bewußtsein gekommen. Der ungeheure Elan, mit dem er den Staat zu reorganisieren gedachte, und alle idealistischen Utopien, die in diesem Elan eingeschlossen waren, hatten sich verbraucht, und Zweifel an der gottgewollten Natur der Aristokratie – der Goethe gelegentlich Ausdruck verlieh – mögen ihn zu jener Zeit stark erfaßt haben.

Im 4. Buch des *Wilhelm Meister* legt Goethe schon beim ersten Auftreten des Grafen und der Gräfin im Roman deren Mangel an Urteilsvermögen bloß. Als der Graf die Schauspielerin zum ersten Mal besucht, bezeugt er dem schlechtesten Schauspieler seine Gunst, so wie die Gräfin Philine lobt, die sich einzuschmeicheln versteht. Diese anfängliche herabsetzende Bewertung des Grafen und der Gräfin wurde vermutlich unmittelbar der Wirklichkeit entnommen. Ich kann mir gut vorstellen, wie sich Goethe unausgesetzt verwirrt fühlte bei den wiederholten Fehlurteilen von Herrschern über ihre Untergebenen. »Dieser vornehme Herr«, schrieb Goethe über den Grafen,

> dieser erfahrne Weltmann, ein großer Kenner, wendet, wahrscheinlich durch einen launigen Irrthum des Augenblickes, seinen Beifall dem Elendesten und Abgeschmacktesten der ganzen Gesellschaft zu, und eine witzige, kluge, fürtreffliche Dame schenkt ihre Gunst einer liederlichen Creatur, die sich die Verachtung jeder wohldenkenden Seele recht mit Fleiß zuzuziehen bemüht scheint.[169]

Was Goethe hier zum Ausdruck bringt, scheint paradox zu sein, leicht gemildert durch den Hinweis auf den »launigen Irrthum des Augenblickes«. Seiner Meinung nach sind der Graf und die Gräfin Menschen, von denen man nur das Beste sagen würde; sie besitzen höhere Qualitäten — aber sie machen einen Fehler nach dem anderen. Der Irrtum des Augenblicks war nur eine Entschuldigung, denn Goethe berichtet im Verlauf seiner Erzählung, daß beide glauben, ihr Sekretär sei hoch qualifiziert und ein guter Schreiber, obgleich sie während der langen Bekanntschaft ausreichend Gelegenheit hatten, ihren großen Irrtum herauszufinden. Diese Diskrepanz zwischen der Zuschreibung aller guten Qualitäten und dem Nichts-als-Fehler-Machen hatte Goethe, wie ich glaube, lange Zeit irritiert. Trotz seines Festhaltens an der Theorie von der Überlegenheit des Adels, einer Theorie, die offensichtlich falsch war und aus Goethes ambivalenten Gefühlen für den Adel stammte, hatte sie eine große psychologische Wirkung, insofern als sie ihn zwang, das Individuum unter Absehung seiner Tätigkeit zu betrachten. Der Mensch ist allzu leicht geneigt, jede Handlung eines Menschen als ein Gefäß zu nehmen, in das die ganze Persönlichkeit hineingegossen ist, während die Handlung von einer Persönlichkeit kommen kann, die in ihrem Kern gerade das Gegenteil dessen ist, was die Handlung an sich vermuten läßt. So kann ein Mensch, der für seine Mildtätigkeit bekannt ist, neidisch und geizig sein; ein Soldat, der Auszeichnungen für seine Tapferkeit trägt, kann im Wesen ein Feigling sein. Kurz, Goethes Hang zugunsten des Adels enthielt eine Dichotomie, die höchst eindringlich in der christlichen These ausgedrückt ist, daß Gott ein reuiger Sünder willkommener ist als jemand, der nie vom Pfad der Tugend abgewichen ist.

Die Dichotomie, die Goethe hier zum Ausdruck bringt, hatte nicht die Tiefe dessen, was das Leitthema des *Faust* werden sollte, nämlich daß ein Mann, trotz all seines Irrens, seiner Fehler und sogar seiner Verbrechen trotzdem irgendwo und irgendwie sich des rechten Wegs und des Guten bewußt bleibt. Die These, die Goethe im *Wilhelm Meister* verfolgt, klingt ziemlich wie eine für das Geschworenengericht zurecht gezimmerte Konstruktion, um einen momentanen Zweck zu erreichen, nämlich den Zwiespalt zu überbrücken, der zwischen ihm und dem Adel klaffte und der sich zu einer Kluft zu erweitern drohte. Doch man darf nicht vergessen, daß dieses Problem nicht nur die Menschen seiner unmittelbaren Umgebung berührte, sondern auch die gesamte Struktur der Gesellschaft, in der er lebte. Er hatte die Gelegenheit, die Nervenzentren des Weimarer Herzogtums zu studieren, und er war mit allen Regierungsabteilungen vertraut. Sein Streben nach Kenntnissen war in alle Geheimnisse des politischen, administrativen und ökonomischen Lebens eingedrungen. Er hatte die Stärken und Schwächen jener studiert, welche die Macht innehatten, und von denen, welche die Gesandten der Mächtigen waren und unmittelbar mit diesen Dingen zu tun hatten, sowie von jenen, deren Wohl und Wehe von den ersteren abhingen. Aller Wahrscheinlichkeit nach begann Goethe in dem Glauben, daß das Wohlergehen der Gesellschaft von der guten Gesinnung der Inhaber der Macht und der Ämter abhing. Wenn ein freundlicher Geist Güte in das Gemeinwesen einbliese, dann wären alle Mitglieder zu Wohltaten und zum Gedeihen verpflichtet. Goethe muß vielen politischen Diskussionen in seiner Heimatstadt zugehört haben, besonders im Haus seines Großvaters, und wahrscheinlich hatte er manchen Schaden der schwerfälligen demokratischen Verwaltungsmaschinerie mitbekommen. Man spürt einen schwachen Widerhall des ganzen Problems, das einstmals sehr akut gewesen sein muß, in einem Brief an seine Frau Christiane. Als sie in Frankfurt war, um sich um den Haushalt der kurz zuvor verstorbenen Mutter Goethes zu kümmern, wollte Goethe für Christiane und ihren Sohn das Bürgerrecht der Stadt Frankfurt erwerben. Mancher Amtsschimmel — und obendrein Verlegenheiten wegen der illegitimen Geburt des Sohnes — mußten überwunden werden, um das Dokument zu erhalten. Goethe schrieb an Christiane am 25. Oktober 1808:

> Ich dachte da Franckfurt jetzt einen Souverain[170] hat; so könnte man über verschiedne Umständlichkeiten hinauskommen, wenigstens bey uns wä-

> re alles mit Einem Federstrich des Herzogs abgethan, so aber setzt man dort die alten Reichsstädtischen Förmlichkeiten fort, die uns diesmal inkommodiren.[171]

Und am folgenden Tag ließ er sich über dasselbe Thema in einem Brief an I. F. H. Schlosser aus:

> Aufrichtig zu seyn, so sind wir in unsern Verhältnissen gewöhnt, oder verwöhnt,[172] daß in Fällen, wo etwas versäumtes nachzuhohlen, etwas verfehltes zu verbessern ist, der Souverain, mit Beseitigung üblicher Formen, den Mantel der Gnade überzieht und das Vergangne der Vergessenheit widmet. Ich glaube wohl daß dorten [in Frankfurt], bey kaum veränderter Verfassung dergleichen nicht so ganz leicht sey.[173]

Goethe ließ für diesmal seinen Plan fallen.

Der Federstrich des Herrschers gegen die Formalitäten einer freien Reichsstadt: das waren die Symbole von Goethes Hoffnungen und Ängsten, als er in Weimar ankam. Wenn der Geist des Idealisten, die Kraft der inspirierten Worte des Dichters der Feder des Herzogs die richtige Richtung gäben, dessen Geist noch nicht mit Vorurteilen, Intrigen, Routine und sogar kaum von ungesunden Traditionen belastet ist, dann würde ein Modell eines Staates entstehen, das von ganz Deutschland bewundert und nachgeahmt werden sollte. Aber die Tage solchen Glaubens waren vergangen, und der Dichter arbeitete sich durch langweilige Aktenstöße hindurch, um das Herzogtum vor dem Bankrott zu retten. Wenn das Herzogtum überhaupt überlebte, würde Goethe glücklich sein. Die ganze Adelskaste hatte in Goethes Augen ihren Glanz verloren, und wenn er später der Unterwürfigkeit gegenüber dem Adel angeklagt wurde, dann auf Grund einer äußeren, zur Schau gestellten Haltung, die als das Wesentliche seiner Einstellung genommen wurde.

6. Kapitel

Wilhelm Meister, 5. Buch (bis 16. Oktober 1784)

Während die Lösung, die Goethe für das Problem seiner Beziehung zum Adel in späteren Jahren fand, uns hier nicht beschäftigt, verdient die durch dieses Problem 1784 ausgelöste Krise unsere Aufmerksamkeit. Der Inhalt des fünften Buches des Romans läßt auf das Vorhandensein einer starken Gefühlskrise und Verzweiflung darüber schließen, daß diese Klasse sich fähig erweisen könnte, das Ziel zu erreichen, zu dem Gott sie anscheinend bestimmt hatte.

Das 5. Buch des *Wilhelm Meister* wurde zwischen dem 12. November 1783 und dem 16. Oktober 1784 geschrieben. Darin erzählt Goethe die Abenteuer der Truppe auf dem Schloß des Grafen. Eine neue Figur wird eingeführt: Jarno, ein ungewöhnlicher Mensch in der Umgebung des Prinzen. Wilhelm fühlt sich zu ihm hingezogen. Auf seinen Ratschlag hin beginnt Wilhelm, Shakespeare zu lesen, und ist von dieser neuen Welt entzückt. Er drückt Jarno seinen Dank aus, der ihn aber durch eine verunglimpfende Bemerkung über Mignon und den Harfner tief verletzt. Als des Grafen fürstlicher Gast in den Krieg gehen muß, wird die Truppe bald gebeten, den Dienst des Grafen zu verlassen. Auf ihrem Weg in die nächste Stadt lauern ihnen Räuber in einem Hinterhalt auf. Wilhelm wird ernstlich verletzt. Er wird bewußtlos. Als er wieder zu sich kommt, liegt er auf dem Boden. Philine und Mignon behandeln ihn; alle anderen sind geflohen. Die Truppe hat all ihre Habe verloren, ausgenommen Philine.

Die berichteten Ereignisse stellen den Adel als egoistisch, geschmacklos und unzuverlässig dar. Adelige versprechen leicht, halten aber bei denen, die ihnen vertrauen, die Versprechen und die geweckten Erwartungen nicht ein. Sie lassen sich schnell auf Intrigen ein, und obgleich sie glauben, alles im Griff zu haben, können sie leicht hintergangen werden. Ihre Entscheidungen fallen schnell, sind aber nicht stabil; sie können ihre Meinung durch schmeichelhafte Argumente ändern. Sie sind zu dauerhafter Anstrengung unfähig, ausgenommen bei Vergnügung und Unterhaltung. Obgleich sie die Kunst unterstützen, ist ihr künstlerischer Geschmack unzuverlässig und flüchtig. Nur scheinbar wollen sie es anderen behaglich machen:

> Auch wurde die Gesellschaft manchmal samt und sonders nach Tafel vor die hohen Herrschaften gefordert. Sie schätzten sich es zur größten Ehre und bemerkten nicht, daß man zu ebenderselben Zeit durch Jäger und Bediente eine Anzahl Hunde herein bringen und Pferde im Schloßhofe vorführen ließ.[1]

Wilhelms folgende Bemerkungen enthalten eine starke Anklage gegen die Unmöglichkeit von Freundschaft, eine der höchsten Tugenden, mit ihnen:

> Welche rührende Beispiele treuer Diener, die sich für ihre Herren aufopferten! [...] Ich sehe die Treue in diesem Falle als ein Bestreben einer edlen Seele an, einem Größern gleich zu werden. Durch fortdauernde Anhänglichkeit und Liebe wird der Diener seinem Herrn gleich, der ihn sonst nur für einen bezahlten verachteten Sklaven anzusehen berechtigt ist. Und so sind die Tugenden nur für den geringen Stand. Die Bequemlichkeit, sich leichte loskaufen zu können, ist zu groß, als daß der Mensch ihr nicht unterliegen sollte. Ja, in diesem Sinne glaube ich behaupten zu können, daß ein Großer wohl Freunde haben, aber nicht Freund sein könne.[2]

Bis zu einem gewissen Grade versucht hier Goethe, den Adel zu verteidigen. Dessen Unfähigkeit zur Freundschaft sei das unvermeidliche Ergebnis zwingender äußerer Umstände. Der treue Dienst für den Adeligen wird als eine Tat der höchsten Tugend hingestellt. Also wird vom Adel enthüllt, er sei unfähig, einen Wert zu besitzen, den Goethe und seine Zeit als erstrangig und einzigartig ansahen, vielleicht als die höchste Form der Liebe bewerteten. Wenige Abschnitt zuvor hatte Goethe geschrieben:

> Von jenem Glücke, das wir für das höchste erkennen müssen, weil es aus den inneren Reichthümern der Natur genommen wird, haben sie [die

Adeligen] selten eine erhöhte Empfindung. Nur uns Armen, die wir wenig oder nichts besitzen, ist es gegönnt, das Glück der Freundschaft in reichem Maße zu genießen. Wir können unsere Geliebten weder durch Gnade erheben, noch durch Gunst befördern, noch durch Geschenke beglücken; wir haben nichts als uns selbst. Dieses ganze Selbst müssen wir hingeben und, wenn es einigen Werth haben soll, dem Freunde dieses Gut auf ewig versichern. Welch ein Glück! welch ein Genuß, für den Geber und Empfänger! welche überirdische Glückseligkeit gewährt uns die Treue! Sie gibt dem vorübergehenden Zustande des Menschen gleichsam eine himmlische Gewißheit.[3]

Indem Goethe den inneren Reichtum und den inneren Adel, den er im Überfluß besaß, weltlichem Reichtum, Rang und Titel entgegenhielt, konnte er Kritik und die Beseitigung von Minderwertigkeitsgefühlen zu einer Idee verdichten. Zugleich war es eine Saat, aus der ein Prinzip hervorgehen konnte, das eine konfliktfreie Verinnerlichung des Dienstes für den Adel erlaubte.

Diese Verinnerlichung hatte Goethe sicher zu jener Zeit noch nicht erreicht. Vom 5. Buch gewinnt man aber den Eindruck, daß dieses Problem eine realistische Bearbeitung erfuhr, oder wenigstens, daß Goethe, obgleich er noch keine Lösung besaß, das Problem von den darin liegenden Gefühlen zu befreien begann. Es ist vielleicht notwendig, hier eine Episode zu berichten, die in der Endfassung des *Wilhelm Meister* steht, in der frühen Fassung aber keinen Platz fand. Ein Freund der Gräfin überredet Wilhelm, um der Gräfin einen Streich zu spielen, die Kleider des Grafen anzulegen. Er wird dazu gebracht, sich kurze Zeit wie ein Graf zu benehmen, während dieser auf einer Jagdpartie ist. Wilhelm spielt mit, aber plötzlich kehrt der Graf unangemeldet zurück. Als er in das Zimmer kommt, wo Wilhelm auf die Gräfin wartet, hält er Wilhelm für eine Erscheinung seiner selbst und glaubt an eine Vorausdeutung auf seinen eigenen bevorstehenden nahen Tod. Unter dem Eindruck dieser Warnung ändert er sein Leben und wird nachdenklich. Wer die Verbindung zwischen diesen beiden Vorfällen kennt, verspottet ihn heimlich. Wenn man hinzunimmt, daß die Gräfin sich in Wilhelm verliebt und daß sich zwischen beiden eine leidenschaftliche Liebesszene abspielt, hat man die Elemente der ödipalen Situation. Es ist bemerkenswert, daß dieser Teil des Romans, der eine starke Gesellschaftskritik am Adel enthält, in der Endfassung erotisiert wurde. Das besondere Thema des Kampfes gegen einen Vater-Ersatz, indem er diesen durch ein scheinbares Spiegelbild erschreckt, verdient eine gründliche Analyse. Hier genügt es festzuhalten, daß Goethe dieses Mittel, mit der ödipalen Tat fertig zu werden, nicht zur Verfügung stand, als er an der ersten Fassung des Romans arbeitete.

In welchem Ausmaß kann diese Krise in Goethes Gefühlen für den Adel aus seinem Briefwechsel bestätigt werden? Es gibt Bemerkungen, die den schon zitierten aus früheren Zeiten nicht unähnlich sind. Eine dieser Bemerkungen, die die Lage allgemein charakterisiert, erinnert an Talleyrands berühmten Ausspruch nach der Rückkehr der Bourbonen auf den Thron: »Sie haben nichts gelernt und nichts vergessen.« Als Knebel nach Weimar zurückkehren wollte, hoffte Goethe, seinem Freund würde der Aufenthalt gefallen, bezweifelte aber, daß dies der Fall wäre, und er schrieb am 24. April 1784:

> Denn du findest zu viel verändert um dein altes Leben anzuknüpfen und zu wenig verändert um von vorne anfangen zu können.[4]

Diese Bemerkung sagt mittelbar, daß das, was bis dahin erreicht wurde, nur mittelmäßig sei. Es klingt so, als ob er es zu jener Zeit vorgezogen hätte, wenn die alte Tradition unberührt von jeder Reform fortgesetzt worden wäre. Denn dann hätte eine klare Situation bestanden, gegen die sich die Kritik richten konnte; so aber, wie die Dinge standen, waren viel Mühe aufgewendet und viele Kompromisse geschlossen worden, aber nicht genug, um nahe an die Verwirklichung eines Staates heranzukommen, auf den man stolz sein konnte. Mittelmäßigkeit aber war Gift für einen Mann wie Goethe, für den Extreme der Atem seines Lebens waren.

Im Spätfrühling und Frühsommer war Goethe für mehrere Wochen von Weimar abwesend, weil der Provinziallandtag in Eisenach tagte. Als Repräsentant des Hofes muß sein Konflikt dort besonders akut gewesen sein. Er hatte mit den Vertretern der Stände zu verhandeln, darunter auch mit denen der Bourgeosie, aus der er selbst stammte, und er mußte versuchen, aus ihnen finanzielle Unterstützung für die Adelsklasse herauszupressen. Er kam natürlich in besonders engen Kontakt mit all den Leiden derjenigen, die sich für die Mächtigen abschufteten. Seine eigene Not wird in einem Brief an die Herders vom 20. Juni 1784 in Worte gefaßt:

> Bey unsern Geschäfften interessirt mich ein einziger Punckt und der ist abgethan. Übrigens ist da keine Freude zu pflücken. Das arme Volck muß

immer den Sack tragen und es ist ziemlich einerley ob er ihm auf der rechten oder lincken Seite zu schweer wird.[5]

Solche tiefen Seufzer sind in Goethes Briefen ziemlich selten. Nicht nur Rücksicht auf die Menschen in seiner Umgebung, sondern auch Selbstschutz gegen einen Konflikt, der leicht seine ganze Existenz untergraben konnte, mochten ihn vieles unterdrücken lassen, was er zu sagen hatte. Bis zu welchem Grad er sich innerlich von jener Gruppe entfernt hatte, deren Teil er objektiv geworden war, und damit auch vom Herzog, kann man aus einem Satz in einem Brief an Charlotte von Stein über seine Ankunft in Eisenach am 7. Juni 1784 ersehen:

> Ich bin mit der grösten Gelassenheit angelangt und werde alles eben so gleichmütig abwarten.[6]

Goethe behielt diese Haltung bei und lebte zur Überraschung aller anderen trotz der Anwesenheit des Herzogs in fast vollständiger Isolierung. Er fährt in seinem Brief an Charlotte von Stein fort:

> Wie unterschieden von dem Törigen danckeln Streben und Suchen vor vier Jahren, ob ich gleich manche anmuthige Empfindung voriger Zeiten vermisse.[7]

Das bedeutet, daß er große Stärke besaß, um Isolierung zu ertragen, selbst im Hinblick auf das unausgesetzte Angebot von Gesellschaft und die lebhaftige Erinnerung an die Schönheit tiefer Gefühle, die ihn früher mitgerissen hatten und die jetzt ziemlich selten geworden waren. Ihn ergriff wieder ein Verlangen nach der früheren emotionalen Intensität.

In Eisenach wurde Goethe mit Voltaires *La vie privée du roi de Prusse* bekannt. Diese Memoiren waren ein Angriff gegen Friedrich den Großen, voll von Indiskretion und Ranküne. Goethes Freude über dieses Pamphlet war unmißverständlich. Welchen Grund es auch immer aus den Kindheitserinnerungen gab, über den König günstig zu denken, Goethe hatte aktuellen Anlaß, sich ihm übelgesonnen zu fühlen, nämlich wegen der Veröffentlichung seiner Meinung über die deutsche Literatur.[8] Doch trotz dieses Anlasses und möglicherweise weiterer persönlicher Gründe ist man dennoch erstaunt, folgende Feststellung in einem Brief an Charlotte von Stein vom 5. Juni 1784 zu lesen:

> Er schreibt vom König in Preusen wie Sueton die Scandala der Weltherrscher, und wenn der Welt über Könige und Fürsten die Augen aufgehen

> könnten und sollten so wären diese Blätter wieder eine köstliche Salbe. Allein man wird sie lesen, wie eine Satyre auf die Weiber, sie bey Seite legen und ihnen wieder zu Füssen fallen.[9]

Diese Bemerkung, die Friedrich den Weibern, über die Satiren geschrieben werden, gleichstellt, ist ein bedeutendes Zeichen von Goethes latenter Homosexualität. Wichtiger noch ist, daß wir hier Goethe stark Partei ergreifen sehen für einen ungestümen Angriff auf einen absoluten, wenn auch aufgeklärten Herrscher. Es gab sicher einen großen Unterschied zwischen dem Herzog und Friedrich, aber Goethe nahm einen ziemlich festen Standpunkt gegen Könige und Fürsten allgemein ein, und eine solche Feststellung schloß notwendigerweise auch seinen Freund Karl August ein. Wie eng das Schreiben des *Wilhelm Meister* an diesem Punkt mit Goethes realer Situation verbunden war, kann man aus der Tatsache ersehen, daß die gesamte Episode im Roman von Eindrücken stammte, die Goethe in Eisenach gewann, als der preußische Thronfolger eintraf (vgl. 113, S. 210).

Alle diese Konflikte drangen nicht in die manifeste Beziehung zu Charlotte von Stein ein, deren Standpunkt erzaristokratisch war. Als aber Goethe im August 1784 den Herzog auf einer geheimen diplomatischen Reise nach Braunschweig begleiten mußte, ereignete sich ein anscheinend belangloser Vorfall, der, wie ich glaube, ernste Vorahnungen in ihm geweckt haben muß. Als er in Braunschweig ankam, fand er einen Brief von Charlotte von Stein in Französisch vor. Man nimmt an, daß sie übereingekommen waren, sich in französischer Sprache zu schreiben, weil dies die Sprache des Hofes war (vgl. 254, 2, S. 652). Diese Annahme hat ihren Wert, aber Goethes erster Brief (vom 18. August 1784) scheint dies nicht zu bestätigen:

> Voiant ces caracteres barbares etrangers a mon coeur ce fut un tout nouveau sentiment pour moi, ces V o u s[10] me faisoit trembler et ie tournai vite la feuille pour Voir s'il ny avoit pas un mȯt de la langue cherie qui m'est devenue tous les jours plus chere par les expressions du veritable sentiment d'ont tu l'enrichis. O ma chere il m'est presque impossible de poursuivre ce jeu, ma plume n'obeit qu'a regret, et ce n'est qu'avec peine que je traduis, que je travestis les sentiments originaux de mon coeur.[11]

Worin immer das frühere Übereinkommen bestanden haben mag — ob die Verabredung, die der möglichen französischen Korrespondenz zugrunde lag, ernsthaft bedeutend oder eher spielerisch war —, Charlotte von Steins Schreiben an ihn in Französisch und der Gebrauch der förmlichen Anrede hatten eine ungünstige Wirkung auf Goethe. Sie berührte hier das innerste Nervenzentrum seiner gegenwärtigen Existenz, nämlich seine geliebte Sprache. Zu all den Opfern, die sie verlangt hatte und die Goethe — freudig oder widerstrebend — brachte, fügte sie jetzt ein neues hinzu, das nicht notwendig war und das in ihre Beziehung ein Element von Künstlichkeit und Zeremonie gerade zu einer Zeit einführte, als Goethe dem Hofleben entfremdet wurde. Der Schritt auf sie zu war der einzige verbliebene Kanal, in dem Goethe seine Gefühle fließen lassen konnte. Im selben Brief stimmte er dem von ihm Verlangten zu, aber die Schnelligkeit, mit der er bereit war, sich dieser Forderung zu fügen, hätte sie auch warnen sollen. Es fragt sich, warum diese so hervorragend kluge und einfühlsame Frau einen solchen Fehler beging. Fühlte sie den wachsenden Abstand zwischen Goethe und dem Hof, und fürchtete sie, daß dies zu einem offenen Bruch führen könnte? Setzte sie ihn deshalb unter wachsenden Druck, um zu versuchen, so die Flamme des stummen Aufruhrs auszutreten? Wie dem auch sei, dieser kleine Vorfall kann vielleicht darauf hinweisen, daß egoistische Momente ein fester Bestandteil von Charlotte von Steins Motivation wurden und daß ihre intuitive Kenntnis von dem, was Goethe brauchte und was zu seinem Wohlergehen und zu seiner Entwicklung notwendig war, ihre Grenzen erreicht hatte und im Niedergang begriffen war.

Goethe gewöhnte sich rasch an die Notwendigkeit, in Französisch zu schreiben, und bald flossen die Versicherungen der Liebe reichlich aus seiner neuen Feder. Die Briefe klingen aber trotzdem ein wenig steif. Welche Gedanken und Gefühle durch den Wechsel des Ausdrucksmediums hervorgerufen wurden, weiß man nicht. Zwei Faktoren mögen erwähnt werden. Erstens, daß er als Jüngling Briefe an seine Schwester zu sprachlichen Übungszwecken in einer fremden Sprache schrieb.[12] Charlotte von Steins Vorschlag kann ihn schmerzlich an seine damalige Leipziger Zeit erinnert haben. Eine Regression trat auch in anderer Hinsicht ein. Als er seine Briefe in Französisch verfaßte, schrieb er anfangs einen ausgezeichneten Stil, um Fritz, der ihn begleitete, ein gutes Beispiel zu geben. Möglicherweise war dies wieder ein Zeichen einer Identifizierung mit dem Jungen zu einer Zeit, als er über Charlotte von Stein ärgerlich war, wie man schon früher beobachten konnte. Zweitens folgt aus der Notwendigkeit, ein Kommunikationsmedium wie die Muttersprache zu wechseln — wie ich aus anderen Beispielen weiß —, eine stärker analysierende Haltung, insofern das neue Medium eine präzisere logische Analyse des Inhalts erfordert als das gewohnte, das beinahe automatisches Reden erlaubt. Das kann man leicht selbst erfahren, wenn man versucht, aus seiner Muttersprache in eine fremde Sprache zu übersetzen. Indem Charlotte von Stein in ihrem Briefwechsel das Französische einführte, brachte sie ein Werkzeug in Gebrauch, das sich leicht gegen sie selbst wenden konnte, weil es Objektivierung erheischte, wo die Hingabe an Gefühle erfolgreicher gewesen wäre.

Goethe hungerte nach Gefühlen. Da seine eigenen Gefühle mehr und mehr der Aufsicht und Herrschaft seines Ichs unterstellt wurden, nahmen die Gefühle von anderen für Goethe eine wachsende Bedeutung an. Einmal, in einem Brief vom 14. Juni 1784, verglich er sich mit Carlin (1741—1783), einem französischen Komödianten, der berühmt war, weil er die Rolle des Harlekin dann zum größten Vergnügen des Publikums spielte, wenn er selbst von Melancholie befallen war. Dieser Vergleich kam ihm bei folgender Szene in den Sinn:

> Ich habe den Prinzen in der Antichambre so laut lachen gemacht daß alles sich verwunderte. Es war nicht so wohl ein bon mot, als es ward ein's und es lässt sich nicht wieder erzählen. Mich freute es herzlich ihn so lachen zu sehn.

Sicher, Goethe setzt hier mittelbar Lachen und Depression in den Gegensatz, aber wenige Sätze später schreibt er:

> Wie beneid ich dich daß du mich so sehr, und so viel ruhiger und glücklicher lieben kannst.[13]

Sein Neid auf Gefühle erstreckte sich also, trotz der darin enthaltenen (beinahe ironischen) Kritik, sogar auf Charlotte von Stein. Die Künstlichkeit des Hoflebens (die Tage der frühen Zügellosigkeit waren vorbei), die zwangsläufig starke und warme Gefühle erschwerte, war nicht der Hauptgrund. Es klingt wie eine wahre Erleichterung, wenn Goethe seinen Brief vom 28. September 1784 beginnt:

> Und nun auch kein Wort Französch mehr.[14]

Ich erinnere daran, daß einzelne Klagen über Gefühle oder deren Mangel zur Zeit von Goethes zweiter Schweizerreise laut wurden und daß die Analyse dieser Klagen zur Erörterung von Goethes zeitweiliger Depersonalisierung führten. Diesmal liefen Goethes Klagen, denke ich, in eine gänzlich andere Richtung, wie der folgende Brief anzeigt. Er wurde am 6. oder 7. Mai 1784 geschrieben, nachdem Charlotte von Stein ihm eine Haarlocke geschickt hatte — wie es damals üblich war:

> Recht feyerlich liebe Lotte mögt ich dich bitten vermehre nicht durch dein süses Betragen täglich meine Liebe zu dir. Ach meine Beste warum muß ich dir das sagen! Du weist doch wohl wie voll Dancks mein Herz für dich ist.
> Seit Dejanirens Zeiten ist wohl kein gefährlicher Gewand einem Geliebten gegeben worden, ich habe es in meine Brieftasche geschlossen, es hätte mich aufgezehrt.[15]

Indem Goethe hier auf das von Deianira in Nessus' Blut getränkte Gewand anspielt, das Herkules so unaussprechliche Qualen bereitete,[16] gab er der geliebten Frau einen Hinweis, sie solle sich zurückhalten, um nicht seine sexuelle Leidenschaft zu erregen, ein Problem, das zunehmend ernster wird. Es ist verständlich, daß im Verlauf seiner allgemeinen Fortschritte, der Abnahme von Angst und anderer Psychopathologie sein Verlangen nach einer geeigneten Sexualbefreiung sich stärker bemerkbar machte. Indem sie ihm ein Amulett in der Form einer Haarlocke schickte, brachte sie ihn nahe an den Scheitelpunkt, wo die Selbstkontrolle ungewiß wurde. Beim Versuch, strikte Enthaltsamkeit aufrechtzuerhalten — worauf ihre Beziehung basierte —, mußte er natürlich starke Gefühle unterdrücken, da jede Art von starkem Gefühl den sexuellen Drang vergrößern kann, besonders während Perioden von Abstinenz. Trotzdem (oder vielleicht deswegen) bemerkt man eine Intensivierung, eine Art Verjüngung seiner Gefühle für Charlotte von Stein, so als ob das, was beinahe zur Routine geworden war, jetzt einen neuen Glanz gewann.

Auf der Suche nach weiteren Gründen für dieses Wiederaufleben in Goethes Liebe zu Charlotte von Stein sollte man folgenden Abschnitt in seinem Brief an sie vom 3. Juni 1784 beachten, der kurz vor seiner Abreise nach Eisenach geschrieben wurde in dem Bewußtsein, daß er dort mehrere Wochen würde bleiben müssen:

> Alles ist eingepackt und ich habe nur noch von dir Abschied zu nehmen, wie sehr fühle ich daß du der Ancker bist an dem mein Schifflein an dieser Rhede festhält! Du innig Geliebte! Möge dir in deiner Ruhe recht wohl seyn [Charlotte von Stein war in Kochberg], wo du recht zeit hast an den deinigen [das ist Goethe] zu dencken.
> Herdern verlaß ich ungern er ist gar gut lieb und herzlich.[17]

Da es sich hier um einen Abschiedsbrief handelt, ist man überrascht, daß er sich nicht gänzlich Charlotte von Stein widmet, sondern sich abrupt Herder zuwendet, den Goethe nur widerstrebend verlassen möchte. Im nächsten Abschnitt tritt dieser Aspekt seiner Stimmung noch klarer hervor:

> Die Stolbergs[18] haben uns noch einen fröhligen verjüngten Tag gemacht, es ist gar hübsch daß ich vor der Abreise noch einmal in ienen Seen der Jugend[19] durch die Erinnerung gebadet worden. Lebe wohl. Von Eisenach mehr. Ich lebe dir ganz.[20]

In Goethes Abschiedsbrief gibt es also zwei Hinweise auf Männer, mit denen Goethe eine zielgehemmte, aber starke homosexuelle Strebung verband. Der Hinweis auf die Stolbergs ist ein Ausdruck der Sehnsucht nach jenen Jugendjahren, als er sich wie jetzt auf eine Reise vorbereitete, aber in Begleitung von geliebten attraktiven jungen Männern. Zufällig traf er auf dieser Reise in die Schweiz das erste Mal den späteren Herzog Karl August. Diesmal würde er wieder eine Männergruppe treffen, aber er war inzwischen desillusioniert, und es standen keine erfreulichen Erlebnisse in Aussicht.

Die Beziehung zu Herder habe ich früher beschrieben. Nach einer Periode eifersüchtigen Rückzugs war Herder später Goethe nähergekommen. Nach den Aufzeichnungen scheint es fast sicher zu sein, daß Goethe immer bereit war, eine enge Freundschaft zu ihm aufrechtzuerhalten. Wenn man aber bemerkt, daß der Niedergang in Goethes Beziehung zu Karl August seine Freundschaft mit Herder verbesserte, würde man gern wissen, bis zu welchem Grad das Auf und Ab dieser Freundschaft von Goethes unbewußten Wünschen gesteuert wurde. Die Alternative — daß Herders Eifersüchteleien die Reaktion auf die Wechselfälle in Goethes Beziehung zum Herzog waren — ist aber auch möglich. Wie so oft bei anscheinenden Alternativen waren vermutlich beide Faktoren beteiligt (sich wechselseitig bedingend). Ich glaube sogar, daß die erneuerte Stärke seiner Gefühle für Herder einer der Faktoren war, der seine Gefühle für Charlotte von Stein stimulierte. Wie im früher beschriebenen Fall diente auch diesmal die heterosexuelle Zuneigung als Schutz vor homosexueller Versuchung. Die Freundschaft mit einem geliebten Mann war sozusagen der Katalysator einer Liebe, die ihn näher zu dem weiblichen Liebesobjekt zog. Es wäre ein Fehler, das eine in das andere aufzulösen oder in dem einen nur eine

Abwehr gegen das andere zu sehen, aber es ist bemerkenswert, wie das Anwachsen der Liebe zu diesem Mann neue Kraft in seine Beziehung zu Charlotte von Stein einfließen ließ. An einem Punkt sieht es so aus, als ob seine Zuneigung zu Herder seine Liebe zu ihr übertreffen könnte.

Am 27. März 1784 machte Goethe während eines Aufenthaltes in Jena eine weitreichende Entdeckung. Er bestimmte den Zwischenkieferknochen im menschlichen Schädel.[21] Lange Zeit glaubte man, daß dieser Knochen nur bei Tieren vorkomme, und aus der gesicherten Tatsache, daß diese Struktur bei der menschlichen Gattung fehlte, wurden wichtige Schlußfolgerungen im Hinblick auf die Wahrheit der Bibel gezogen. Am Tag seiner Entdeckung schrieb Goethe zwei Briefe. Der Kontext legt nahe, daß er zuerst an Herder schrieb.

> Nach Anleitung des Evangelii muß ich dich auf das eiligste mit einem Glücke bekannt machen, das mir zugestoßen ist. Ich habe gefunden — weder Gold noch Silber, aber was mir eine unsägliche Freude macht —
>
> das os intermaxillare am Menschen!
>
> Ich verglich mit Lodern[22] Menschen- und Thierschädel, kam auf die Spur und siehe da ist es. Nur bitt' ich dich, laß dich nichts merken, denn es muß geheim behandelt werden. Es soll dich auch recht herzlich freuen, denn es ist wie der Schlußstein zum Menschen, fehlt nicht, ist auch da! Aber wie! Ich habe mirs auch in Verbindung mit deinem Ganzen gedacht,[23] wie schön es da wird. Lebe wohl! Sonntag Abend bin ich bei dir. Antworte mir nicht hierauf, der Bote findet mich nicht mehr.
>
> Sonnabend Nachts.[24]

Die ungeheure Spannung der ersten Sätze ist bemerkenswert. Wie stark dieses Gefühl gewesen sein muß, kann man aus dem einführenden Hinweis auf das »Evangelium« ersehen, das aus dem griechischen Wort euangelos abgeleitet ist und »freudige Nachricht bringen« bedeutet. Ich möchte gern wissen, ob es noch irgend ein anderes Dokument in Goethes ganzem Leben gibt, das ein gleich starkes Triumphgefühl über eine Leistung so unmittelbar ausdrückt. Sich wie bei der Verkündung der frohen Botschaft der Evangelien fühlen heißt in der Tat, die größte Freude und den größten Triumph empfinden.

Sehen wir nun, was er darüber Charlotte von Stein zu sagen hatte.

> Zum guten Morgen meiner Lotte ein Paar Zeilen, da ich ihr leider nicht einmal werde guten Abend sagen können.
>
> Es ist mir ein köstliches Vergnügen geworden, ich habe eine anatomische

Entdeckung gemacht die wichtig und schön ist. Du sollst auch dein Theil dran haben. Sage aber niemand ein Wort. Herdern kündigets auch ein Brief unter dem Siegel der Verschwiegenheit an. Ich habe eine solche Freude, daß sich mir alle Eingeweide bewegen.
Lebe wohl. Wie sehr lieb ich dich! Wie sehr fühl ichs in fröhlichen und traurigen Augenblicken. Antworte mir nicht, Aber laß mich in meinem Hause ein Wort von dir finden. Lebe wohl meine Lotte. Es geht mir nur so wohl weil du mich liebst. Sonnabend.[25]

In diesem besonderen Zusammenhang mag Goethe meinen, sein Glück beziehe sich auf Charlotte von Steins Liebe.

Der Unterschied zwischen diesen beiden Briefen ist schlagend: In der Rede an Charlotte von Stein erscheint die Ankündigung mitten unter anderen Ausführungen, und der Brief beginnt mit einem Satz der Liebe (obgleich man auch die Möglichkeit erwägen muß, daß der erste Satz früher geschrieben wurde),[26] während die Entdeckung des Knochens der Mittelpunkt des ganzen Briefes an Herder ist. An Charlotte von Stein wird seine Ankündigung in allgemeine Worte gefaßt; an Herder ist Goethe viel genauer. Herders Arbeit wird sofort in Goethes Gedanken einbezogen, da Herder die Verwandtschaft zwischen dem Menschen und dem Tierreich behauptet, wobei der Mensch eine höhere Form der Schöpfung darstellt. Charlotte von Stein wird fast künstlich ein Versprechen gegeben: »Du sollst auch dein Theil dran haben.« An Herder ging Goethe so weit, zu verstehen zu geben, daß die Entdeckung in ihrer besonderen Schönheit nur im Zusammenhang von Herders Theorien gesehen werden könne. Es sieht so aus, als ob Goethe Herder mit einzubeziehen versuchte, um näher an ihn heranzukommen und daß er fast den Eindruck erwecken wollte, er habe die Entdeckung zum Wohl seines Freundes gemacht.

Beim Vergleich der beiden Briefe spürt man etwas von der traditionellen Geringschätzung, die Männer so leicht gegenüber Frauen entwickeln. Hier war ein Feld, wo sein Freund ihm näher stand als Charlotte von Stein, obgleich er sie gewöhnlich an seiner wissenschaftlichen Arbeit teilnehmen ließ und sie ein ausgezeichnetes Verständnis für Naturwissenschaften zeigte, trotz ihrer Neigung zum Aberglauben (41; 49, S. 208—212). Die beiden Briefe aber scheinen zu implizieren, daß Goethe Charlotte von Stein nicht für ausreichend fähig hielt, die volle Bedeutung seiner Entdeckung sofort zu begreifen, was ganz im Gegensatz zu seinem unerschütterlichen Glauben an Herder steht. Charlotte von Stein wurde eher zur Vertrauten der psychologischen Wirkung gemacht, der Empfindungen, die in diesem Augenblick in ihm entstanden.

Es ist auch wichtig festzustellen, ob der Brief an Herder dem an Charlotte von Stein voranging, wie gemeinhin angenommen, oder nicht. Der Satz: »Herdern kündigets auch ein Brief« an, läßt daran denken, daß der Brief an Herder schon fertig war, als er ihr schrieb; Goethe kann aber auch seine Worte an Herder so lebhaft vorweggenommen haben, daß der Brief ihm schon auf dem Tisch zu liegen schien. Der erste Satz im Brief an Charlotte von Stein scheint in den Morgenstunden geschrieben zu sein; der Brief an Herder mit Sicherheit abends. Man spürt noch, daß der Brief an Charlotte von Stein nicht auf einmal verfaßt wurde. Ein Detail läßt mich dennoch glauben, daß der Brief an Herder zuerst entstand — seine Erklärung, daß er seinen Freund »auf das eiligste« informiere. Dieses Betonen der Schnelligkeit, im Gegensatz zu der gemächlicheren Gangart seines Briefes an Charlotte von Stein, läßt vielleicht an die Priorität seines Briefes an Herder denken und an die nachfolgende Entspannung, als er an sie schrieb. Man sollte vielleicht eine weitere Vermutung riskieren. Die Formulierung, die Goethe in diesem Satz gebraucht (»Herdern kündigets« usw.) klingt seltsam und wurde sicherlich nicht von einem feststehenden oder einem ihm gebräuchlicheren Ausdruck diktiert. Goethe hätte viel leichter die Formulierung »ich werde auch an Herder schreiben« oder »ich habe auch an Herder geschrieben« wählen können — und sollen —, so daß man spekulieren kann, warum er es nicht tat. Ich vermute, er fürchtete vielleicht, es würde sie verletztzen, daß er zuerst an Herder geschrieben hatte, aber er wollte die offenkundige Unwahrheit »ich werde schreiben« vermeiden. Der Satz, den er herausbrachte, ist eine befriedigend gefällige Entsprechung dessen, was er beabsichtigte.

All dies würde sehr klar darauf hinweisen, daß Goethe in diesem Augenblick stark zu seinem männlichen Freund hingezogen wurde. Goethe hatte hier endlich eine Gebiet erreicht, wo er relative Unabhängigkeit wahrte, anscheinend fast ohne ein Schuldgefühl und ohne Offenbarung von Feindschaft gegen Charlotte von Stein.

Hinsichtlich der wichtigeren Frage der genauen Datierung dieser beiden Briefe sind weitere Kommentare notwendig. Beide Briefe sind undatiert, der Brief an Herder wird markiert durch Sonnabendnacht, der andere schlicht durch Sonnabend, und es ist nicht ganz sicher, an welchem Datum sie geschrieben wurden. Alle Herausgeber der Briefe vermuten den 27. März 1784 als das richtige Datum. Der Brief an Charlotte von Stein ist im Original vorhanden; der an Herder hat sich als mutmaßlich exakte Abschrift erhalten, die sich im literarischen Nachlaß des Kanzlers Müller fand. Er trägt das Datum vom 27. März 1790. Diese Jahreszahl ist aus vielen Gründen ganz unmöglich und zweifellos ein Irrtum. Es gibt den unzweifelhaften Beweis, daß die Entdeckung 1784 gemacht wurde (vgl. WA II, 8, S. 280, 317), und die Gelehrten haben den Rest der Datumsangabe in der Abschrift für richtig befunden. Es gibt aber einen dokumentarischen Beweis, daß Goethe die Morgenstunden dieses Tages in Weimar verbrachte: Es hat sich ein Brief an Charlotte von Stein erhalten, der von Goethe auf den 27. März 1784 datiert ist und wie folgt beginnt:

> Ungern wie immer entfern ich mich von dir, wie sehr wünscht ich du könntest die Spazierfahrt mit machen…[27]

Wenn man das Datum dieses Briefes als richtig annimmt – und es gibt keinen Grund, daran zu zweifeln –, dann war Goethe am Morgen des 27. März mit Sicherheit in Weimar. Ich weiß nicht, wie lange es dauerte, die etwa 27 Kilometer nach Jena zu fahren, aber er kann gut früh genug angekommen sein, um ein paar Stunden mit Loder zu verbringen und seine ersten Beobachtungen anzustellen, die ihn davon überzeugten, daß der Zwischenkieferknochen auch im menschlichen Schädel vorhanden ist. Aber es klingt nicht glaubhaft, daß Goethe, nachdem er Charlotte von Stein eine Botschaft vor seiner Abreise nach Jena geschickt hatte, ihr einen zweiten *Morgengruß* aus Jena gesandt haben soll (vgl. den ersten Satz in seinem Brief an Charlotte von Stein, in dem er seine Entdeckung ankündigt), ohne den Ritt nach Jena zu erwähnen, sondern so zu tun, als ob es der erste Gruß des Tages sei.

Können wir ein über jeden Zweifel erhabenes Datum vor dem Tag, an dem Goethe seine Entdeckung machte, ermitteln? Am 23. April 1784 schrieb er einen Brief an seinen Freund Merck. In diesem Brief erwähnt er seine Entdeckung nicht, zweifellos deswegen nicht, weil er fürchtete, daß ein anderer vor ihm sie veröffentlichen könnte.[28] Merck, der zurückgezogen lebte und mit dem er längere Zeit keinen persönlichen Kontakt hatte, war an osteologischen Forschungen durchaus interessiert und stand mit Anatomen in Verbindung. Goethe war sich offenbar nicht sicher, ob er sich auf Mercks Diskretion verlassen konnte. In seinem Brief schrieb Goethe aber:

Ich habe die Zeit über auch verschiedenes in anatomicis, [...] gepfuscht,...[29]

Er wollte wissen, wie das Horn des Rhinozeros auf dem Nasenknochen sitze. Er bat um eine Zeichnung des unmittelbar darunterliegenden Gaumenknochens, um so ein volles Bild von der Nahtstelle zu erhalten. Obgleich sich all dies auch auf vorbereitende Studien für seine Entdeckung beziehen kann, gibt seine Ankündigung, daß er vielleicht etwas auf diesem Gebiet veröffentlichen würde, in diesem Punkt den entscheidenden Hinweis. Zweifellos war er damit beschäftigt, das notwendige Material für eine vergleichende Studie des *os intermaxillare* zu sammeln,[30] wollte aber von seinem Freund Informationen erhalten, ohne die Katze aus dem Sack zu lassen. Das beweist, daß die anatomische Entdeckung vor dem 23. April erfolgt sein muß.

Die Gelehrten glauben, daß Sonnabend, der 27. März, allen Anforderungen genügt, aber es ist nicht ganz klar, warum ihre Wahl auf dieses Datum fiel, es sei denn man akzeptiert ohne zweifelnde Frage die Angaben von Tag und Monat auf der Abschrift von Kanzler Müller. Wenn wir uns von dieser nicht allzu zuverlässigen Angabe freimachen und uns umsehen, welches andere Wochenende vor dem 23. April Goethe in Jena verbracht haben könnte, können wir zunächst die Wochenenden vom 3. und vom 17. April ausschließen, da zu diesem Datum Briefe vorhanden sind, deren Daten zeigen, daß es sich nicht um das gesuchte Wochenende handelt. Es gibt aber keinen Beweis für das Wochenende vom 10. April. In den erhaltenen datierten Briefen gibt es zwischen dem 6. und dem 12. April eine Lücke, und Goethe kann also dieses Wochenende des 10. April in Jena verbracht haben.[31]

Ich habe diese Möglichkeiten deswegen so sorgfältig untersucht, weil manche möglicherweise weitreichenden Schlußfolgerungen hinsichtlich der Psychologie wissenschaftlicher Erkenntnisse, wie sie bei Goethe eintraten, gezogen werden könnten, wenn die bisherige Tradition der Zuordnung der anatomischen Entdeckung vom 27. März korrekt ist. Wegen der Möglichkeit, daß das Entdeckungsdatum willkürlich bestimmt sein kann, wird die folgende hypothetische Rekonstruktion unter Vorbehalt vorgebracht.

Am frühen Morgen des 24. März 1784 starb die fünf Jahre alte Prinzessin, die älteste und erstgeborene Tochter des herzoglichen Paares, nach einer sechs Stunden andauernden Krankheit (vgl. 243, 2, S. 580). Die Krankheit wurde auf deutsch »Stickfluß« genannt, ein veralteter

Begriff für einen Erstickungskatarrh, und dies war zweifellos die Bezeichnung, unter der die Krankheit, die ihren Tod herbeiführte, Goethe mitgeteilt wurde.[32] Aus Goethes Briefen geht nicht hervor, in welchem Grade er in die Tragödie verwickelt war, ob er an den Hof gerufen und Zeuge des tragischen Endes des Kindes wurde. In einem Brief an Charlotte von Stein von diesem Tag schrieb er:

> Zum guten Morgen schicke ich dir hier Aurora die ein Kind wegträgt, besser wäre es sie brächte es.
> Gegen eilfe besuche ich dich und sage dir wie sehr ich mich des Tags freue der mir zu dir wieder erschienen ist. Adieu. Empfange mich wie immer.[33]

Wußte Goethe von dem schmerzlichen Verlust, als er diese Zeilen schrieb? Die Anspielung auf Aurora, die ein Kind wegträgt, läßt dies vermuten. Ein Autor glaubt, daß er mit dem Brief eine Zeichnung schickte, die Aurora zeigt, wie sie ein Kind fortträgt. Wie aber paßt der Rest des Briefes mit dem Ereignis des Morgens zusammen, das jeden erschüttert haben muß, ob er davon Zeuge wurde oder nicht? In Goethes Briefen dieser Tage kann man keinen unmittelbaren Hinweis auf das tragische Ereignis finden. Am folgenden Abend las er der Herzogin aus einem unveröffentlichten Buch von Herder vor, um ihr in ihrer Trauer zu helfen. Wieland schrieb über den Herzog:

> Er ward bei dieser Gelegenheit an Geberde als ein Mensch erfunden so gut wie unser einer, welches ihm zum Ruhme nachgesagt sei. (113, S. 204).

Nur am 31. März 1784 erwähnt Goethe dieses traurige Ereignis, in einem Brief an Jacobi, der seine Frau verloren hatte, und am 24. April schrieb er Knebel einen langen Brief, in dessen Mitte er einen Satz der Tragödie widmete:

> Der Tod des Prinzeßchens hat viele Hoffnungen zerstört und Sorgen vermehrt.[34]

Da ich jetzt theoretische Schlußfolgerungen darüber anstellen will, welche vermutliche Wirkung der Tod der Prinzessin auf Goethe hatte, muß ich noch einen Bericht der historischen Umstände hinzufügen, so weit ich sie sicher feststellen konnte. Charlotte von Stein schrieb am 26. März 1784 (zwei Tage nach dem Tod der Prinzessin) an Knebel:

> sie [die Waldner] ist aber sehr traurig, weil Dienstag früh nach drei Uhr unser Prinzeßchen, ohne vorher krank zu sein, plötzlich gestorben ist. Selbst der Medikus, da er um Mitternacht geholt wurde, fand nichts Ge-

fährliches an ihr. Sie ist spielend und sanft ausgelöscht, denn kurz vorher nötigte sie noch den Doktor, ihrer Puppe den Puls zu fühlen. (43, S. 172)

Der andere Bericht, irgendwie ähnlich, aber dennoch wert zitiert zu werden, stammt von Charlotte von Steins Schwägerin.[36] Sie schrieb:

Freitag den 25. März 1784. Abends.[37]

Ich komme eben von einem Anblick zurück, der mich tief doch sanft gerührt hat. Von dem Sarge eines Kindes — unsere liebe kleine Prinzeß, [...] liegt izt todt, [...] Ihr Gesicht sieht fast lieblicher wie im Wachen, [...] In ihren Händchen hielt sie eine frische blühende Rose, die sie noch mit der Waldner [ihrer Gouvernante] gezogen hatte.

Die arme Waldner — für die blutet mein Herz, eine Mutter, die ihr einziges Kind verliert, kann nicht mehr leiden, nicht tieferen Schmerz fühlen. Mittwoch den 24. früh um 3 Uhr starb Sie, ohne weitre Krankheit als etwas Schnupfen, wobey an gar keine Gefahr gedacht wurd, nicht einmal an Krankheit. Weil sie die Nacht etwas unruhig war, stand die Waldner auf, sie athmete etwas schwer, sagte aber es thue ihr nichts weh — doch ließ die Waldner den Doktor kommen, und da wollte das Kind, daß er ihrer Puppe den Puls fühlen sollte, und spielte und ließ sich verziehen, das war eine halbe Stunde vor ihrem Tode. Nur ging der junge Hufeland[38] wieder fort, ganz ruhig — kömmt Engelhard[39] bald drauf und spricht so bald er sie sieht: »Das Kind ist sterbend.« Der Herzog wurd gerufen, die Waldner nahm es auf den Schooß — und es verschied! Sie [die Waldner] mußte man leblos forttragen; und noch ist sie krank — sie wird es sobald nicht verwinden. Gott gebe ihr Ruhe, und allen Leidenden.

Die arme Mutter — und die Großmutter auch ist untröstlich. Die Herzogin Louise ist stiller, doch tief betrübt.

Was soll man sagen?

Heute Nacht wird sie bey der kleinen Schwester in die Erde gelegt. Ruhet sanft![40]

Düntzer (113, S. 205) berichtet, daß der Körper der Prinzessin am 26. März aufgebahrt wurde, daß am siebenundzwanzigsten um 3 Uhr morgens das Begräbnis stattfand und daß Goethe das meiste der Zeremonie arrangieren und sogar mit Herder den Platz für ihr Grab in der Kirche aussuchen mußte.[41]

Wenn die Briefe an Charlotte von Stein und Herder über seine bedeutsame Entdeckung richtig datiert sind, dann stößt man hier auf eine außergewöhnliche psychologische Situation. Ich habe früher gezeigt, daß Ereignisse im Zusammenhang mit Tod, von denen man zurecht erwarten kann, daß sie Goethe stark berührten, kaum eine unmittelbare Erwähnung in seinen Tagebüchern oder Briefen finden, obgleich es keinen Zweifel daran gibt, daß sie auf Goethe die tiefste Wirkung hatten. Dies war bei Cornelias Tod so und auch beim Tod seines Vaters. Im Fall des Hinscheidens der Prinzessin, das von Sophie von Schardt so bewegend beschrieben wird, macht sich dieses Schweigen — das dem Beobachter leicht gefühllos erscheinen kann — wieder schmerzlich bemerkbar. Wenige Stunden nach dem Begräbnis des Kindes aber erreicht er eine seelische Haltung von beeindruckender Ausgeglichenheit. Das Maximum an Einfühlung und Beobachtung wurde in einer kurzen Zeitspanne verdichtet, und das erschütterte und erschreckte Ich verwandelte Bestürzung und Schrecken in einen Fest- und Feiertag.[42]

Es gibt eine unheimliche, seltsame Verbindung zwischen dem Tod des Kindes und der Entdeckung. Das Organ, dessen Pathologie das Kind tötete, war nach der offiziellen Diagnose die Kehle, und die Entdeckung betrifft eine Struktur in nächster Nähe zu dem fatalen Bereich, nämlich den oberen Kieferknochen. Goethes Aufmerksamkeit und Intuition muß sich mit größter Intensität auf dieses Gebiet gerichtet haben, und sein Genie verzeichnete einen geschickten Erfolg, indem es aus dem Destruktiven eine Großtat der Liebe und des Friedens machte. Wie der erste Satz im Brief an Herder zeigt, war die wissenschaftliche Entdeckung für Goethe ein religiöser Akt. Ob der menschliche Schädel eine spezielle Knochenstruktur aufwies, um die Schneidezähne zu tragen, oder nicht, war im Grunde eine Frage, wenn man sie isoliert betrachtet, ohne Bedeutung und ohne Belang für Goethe. In dem Zusammenhang aber, in dem sie gestellt wurde, bedeutete die Frage für Goethes grundlegende Naturanschauung des Universums Leben oder Tod. Wenn es keinen solchen Knochen gab, dann bedeutete dies eine Lücke in der unendlichen Reihe der Lebensgestaltungen, welche die Natur geschaffen hatte. Der Mensch stand dann isoliert vom übrigen organischen Leben, und die Natur war als unregelmäßig, willkürlich und launenhaft bloßgestellt. Wenn aber der Knochen existierte — und sein damals vermutetes Fehlen war zu jener Zeit eine starke Bastion in der Argumentation gegen die Verwandtschaft des Menschen mit dem Tierreich —, dann war die Harmonie zwischen Mensch und Natur wiederhergestellt, und der Mensch wurde wieder ein Teil der Natur, worauf Goethe mit der größten Freude blickte. Deshalb hatte Goethe von seinem Zielpunkt aus recht, wenn er zu verstehen gab, daß er ein neues Evangelium ankündige, als er Herder von seinem glücklichen Fund wissen ließ.

Die kleine Prinzessin war seinem Herzen lieb. Als sie nach vier ergebnislosen Jahren Eheleben geboren wurde, war der Herzog tief enttäuscht, daß seine Erstgeborene ein Mädchen war. In einem Brief vom 8. März 1779 gab Goethe dem Herzog einen Rat, wie er seiner Enttäuschung Herr werden könne (vgl. oben, S. 394). In seinem Brief vom 10. Oktober 1780 an Charlotte von Stein nannte er das Kind »allerliebst« [WA IV, 4, S. 305]. Im Brief vom 3. Februar 1782 an Knebel schrieb er den unübersetzbaren Satz:

> das Prinzessgen wächst in seiner Prinzessheit. [WA IV, 5, S. 258],

der den Stolz und die Bewunderung atmet, die er über das Kind empfand, und als der Herzog auswärts war, berichtet Goethe ihm den kleinen Vorfall, der den Charme des kindlichen Narzißmus verdeutlicht (16. Juni 1782). Und an seinen Vorgesetzten Fritsch schrieb er (am 5. August 1782):

> Unser Prinzesschen [...] wird täglich artiger und zeigt einen sehr lebhafften Geist.[43]

Ich denke, daß dieses kleine Kind das erste war, dessen Entwicklung Goethe als Erwachsener von Geburt an jahrelang beobachten konnte. Wie nicht anders zu erwarten, hegte er elterliche Gefühle für sie, und seine Worte zeigen eine Mischung von Empathie, Liebe, Bewunderung und Neugierde, die ein charmantes kleines Mädchen in einem Erwachsenen, der für seine große Vorliebe für Kinder bekannt war, hervorrufen konnte. Und jetzt war das Kind über Nacht verschwunden. Die Natur hatte eine wirkliche Lücke gerissen. Der Schlag muß für Goethe äußerst schwer gewesen sein, was man aus dem Fehlen einer manifesten Reaktion ersehen kann. In solchen Situationen kann ein Ich leicht in den Strom der Destruktion gezogen werden und Schaden durch masochistische Identifizierung mit dem Opfer der Destruktion erleiden.[44] Bis zu einem gewissen Grade verhalten wir uns vielleicht alle ohne schädigende Wirkung so, indem wir trauern. Goethes volle Wendung zur Realität aber, wie sie sich in seiner großen Entdeckung offenbarte, ist das genaue Gegenteil einer solchen Reaktion. Ungestüm wand er der Natur einen Teil aus ihren Händen, eignete ihn sich an und bildete daraus eine Theorie des Lebens, wodurch er die Welt unserem Verständnis näher brachte und also auch schöner machte. Zugleich war dies ein Vorgang der Substitution: der leere Platz des verschwundenen Kindes wurde durch das unerwartete Ereignis einer neuen Einsicht gefüllt. Und es war ein besonderer Zug an dieser Einsicht, daß sie zugleich eine teilweise Verleugnung der Grausamkeit der Natur war, insofern sie die Existenz einer Grundharmonie in den Gesetzen des organischen Seins bewies. So wie das Trauern ein narzißtischer Vorgang ist, so trägt auch diese bedeutsame Entdeckung die Zeichen des Narzißmus.

In welchem Ausmaß diese angenommene Verbindung zwischen dem Tod eines Kindes und der großen Entdeckung durch Goethe ihren Schatten auf ein Muster wirft, das Goethes wissenschaftliche Arbeit allgemein zugrunde lag, kann hier jetzt nicht erörtert werden. Ein Ereignis aber, das durchaus in diesem Zusammenhang besprochen werden muß, ist eine besondere Verwirrung, an der er während einer Rede aus Anlaß der Eröffnung eines neuen Stollens in Ilmenau am 24. Februar 1784 litt, d. h. genau vier Wochen, bevor das kleine Kind starb. Als Einleitung zu einem Versuch, wenigstens ein hypothetisches Verständnis dieser Verwirrung zu gewinnen, sind ein paar Worte hinsichtlich Goethes Rolle bei diesem Unternehmen notwendig.

In seinen frühen Weimarer Jahren hatte Goethe noch vor dem definitiven Auftrag großes Interesse an dem Silberbergwerk von Ilmenau gezeigt, das seit 1739 stillgelegt war, als es durch Wassereinbruch überflutet wurde.[45] Mit großer politischer Umsicht und Vorsorge erreichte Goethe die Einsetzung einer Regierungskommission, die Gelder sammelte und Experten für zuverlässige Beratung gewann. Die Größe der Arbeit, die geleistet werden mußte — zu einer Zeit, als der Kapitalismus gerade dämmerte —, kann man vielleicht ermessen, wenn man bedenkt, daß das Ausführungsgremium der neuen Bergwerksgesellschaft 1777 berufen wurde und der erste Spatenstich für einen neuen Stollen erst sieben Jahre später getan werden konnte. Wie stark Goethe mit diesem Unternehmen beschäftigt war, geht aus den offiziellen Dokumenten hervor. Die Summe der Arbeit, die aufgebracht werden, das Ausmaß des Wissens, das Goethe sich aneignen mußte, die Masse der Daten, die gesammelt, und die Größe der Hindernisse, die beiseite geräumt werden mußten, kann man in zwei ausführlichen Berichten studieren, die Goethe selbst verfaßt hat (237; 238).

Um den Gefühlshintergrund von Goethes Seelenzustand am Tag seiner Rede zu rekonstruieren, muß man berücksichtigen, daß Ilmenau für ihn nicht nur ein Ort war, wo er eine Tat von großer sozialer Bedeutung verwirklichen wollte, indem er Wohlstand und Arbeit einer Gemeinde verschaffte, die durch eine Reihe von schweren Unfällen hilflos geworden und verlassen war, sondern auch Zeuge der frühen Exzesse war, in die Goethe kurz nach seiner Ankunft in Weimar hineingezogen wurde, als der Herzog sich noch seiner jugendlichen Zügellosigkeit und Verantwortungslosigkeit hingab (vgl. 512). Ilmenau war also ein Symbol jener im *Faust* dargestellten zwiefachen Natur.

Goethes Rede ist hier, wie schon gesagt, von Interesse wegen einer ungewöhnlichen Verirrung während des Vortrags. Es wird versichert, daß Goethe seine Rede für zehn Minuten unterbrechen mußte, weil er die Reihenfolge seiner Gedanken, die er vorbringen wollte, vergaß. Dieser Vorfall wird in Eckermanns Gespräch vom 14. April 1831 berichtet (119, S. 602). Dieser Bericht wurde ursprünglich von Soret geschrieben und von Eckermann seinem berühmten Buch einverleibt. Soret berichtet, daß auf einer Soirée »einer der älteren anwesenden Herren, der sich noch mancher Dinge aus den ersten Jahren von Goethes Hiersein erinnerte«, diesen Vorfall schilderte. Einige Gelehrte zweifeln an der Authentizität dieser Geschichte und sehen sie sogar als erfunden an, wobei sie sich auf einen Brief von G. R. Voigt, einen engen Mitarbeiter von Goethe, berufen, der schrieb:

> Sie ist mit Fleiß sehr populär gehalten, wurde von Goethe aber ganz vortrefflich gehalten.[46]

Houben, der Sorets Manuskript heranzog, sagt, daß der Abschnitt ursprünglich von einer Pause von zwanzig Minuten sprach und daß Eckermann »das Unwahrscheinliche« auf zehn Minuten reduzierte. Houben setzt hinzu, daß selbst diese Dauer fraglich sei, und fährt fort: »20 Sekunden wären besser gewesen« (306, 2, S. 734). Es kann von Wert sein, den Vorfall in Sorets Fassung zu zitieren:

> In einer Gesellschaft, die einigen Beamten im Namen des Prinzen gegeben wurde, erzählte Herr Ackermann, der Vater, daß Goethe bei Eröffnung eines neuen Stollens in Ilmenau [1784] die Honoratioren und die an dem Unternehmen Beteiligten zusammenbitten ließ, um ihnen eine Rede zu halten; er hatte sie auswendig gelernt, aber plötzlich, mitten in einem Satz, versagte sein Gedächtnis. Das Manuskript hatte er in der Tasche, aber er wollte nun einmal den Faden seiner Rede von selbst wiederfinden; so sah er wohl etwa zwanzig Minuten lang seine Zuhörer mit unverwand-

ten Augen an, ohne sich auf Verlegenheitsgestammel einzulassen; sein würdig-ernstes Wesen hielt sie in Bann, es herrschte lautloses Schweigen; dann fand er sich wieder zurecht und beendete seine Rede, als ob nicht das geringste vorgefallen sei.[47]

Goethes überragende Fähigkeit in freier Rede, seine Rezitierkunst, die Schlagfertigkeit seines geistreichen Kopfes beim Improvisieren sind bekannt. Er war ein wirklich vollkommener Meister nicht nur des geschriebenen, sondern auch des gesprochenen Wortes. Doch hier handelt es sich um einen Fall von ernsthaftem Versagen beim Vortrag einer gut ausgearbeiteten und sorgfältig vorbereiteten Rede. Die Frage der Dauer dieses Zwischenfalls ist nebensächlich. Zwanzig Minuten Schweigen vor einer zusammengerufenen Menge, um eine kurze Ansprache zu hören, ist kaum vorstellbar, und Houben hat recht, wenn er zu bedenken gibt, daß auch zehn Minuten eine zu lange Zeitspanne sind. Auf der anderen Seite kann die Behauptung von zwanzig Minuten, wie Houben betont, gut eine zutreffende Beschreibung des Eindrucks des Informanten sein, d. h. selbst wenige Sekunden mögen einem mitfühlenden Zuhörer wie eine Ewigkeit erschienen sein. Der Bericht klingt nicht übelwollend und folgt nicht typischen Mustern unverantwortlicher Klatscherei, sondern geht zu einer höflichen Bemerkung über Goethes Größe und der Achtung über, die ihm seine Umgebung entgegenbrachte.

Ich kann natürlich weder bestätigen noch verneinen, ob sich dieser Vorfall wirklich ereignete, aber man kann auf der Grundlage des Berichts an sich nicht annehmen, daß er eine Erfindung ist. Goethe war mehr als einmal das Opfer von plötzlichen, unkontrollierten Gefühlen. Ich möchte ein Beispiel aus späteren Jahren zitieren, das Goethe von einer wenig bekannten Seite zeigt, obwohl es sich um eine andere Stimmung handelt.

D. G. Kieser (1779—1862), Professor der Medizin in Jena, schrieb in einem Brief vom 12. Dezember 1813:

Um 6 Uhr ging ich zu Goethe. Ich fand ihn allein, wunderbar aufgeregt, [...]

Ich war zwei Stunden bei ihm, und ich habe ihn zum ersten Male nicht ganz verstanden. Mit dem engsten konfidentiellen Zutrauen teilte er mir große Plane mit und forderte mich zur Mitwirkung auf. Ich glaubte, es sei die Zeit nach Tische, aber es gab kein Tröpfchen, und dennoch wurde er immer lebendiger. Ich war zu müde, um mich in dieselbe Stimmung zu

> versetzen; so habe ich mich endlich ordentlich losgerissen. Ich fürchtete mich beinah' vor ihm; [...] Ich sah ihn nie so furchtbar heftig, gewaltig, grollend; sein Auge glühte, oft mangelten die Worte, und dann schwoll sein Gesicht und die Augen glühten, und die ganze Gestikulation mußte dann das fehlende Wort ersetzen. Ich habe seine Worte und Plane, aber ihn selbst nicht verstanden. [...] Er sprach über sein Leben, seine Taten, seinen Wert, mit einer Offenheit und Bestimmtheit, die ich nicht begriff.[48]

In diesem Bericht werden Goethe ein Verhalten und Eigenarten zugeschrieben wie von keinem anderen vorher oder nachher, und trotzdem kann man die Wahrheit dieses Berichtes nicht einfach deswegen in Frage stellen, weil sein Inhalt einzigartig ist.

Wenn man annimmt, daß Goethe in Ilmenau wirklich von einer Art Paralyse oder Hemmung befallen wurde, stellt sich die Frage, was für eine Art Verwirrung es gewesen sein mag. Wenn man sich nicht mit der Klassifizierung einer einfachen Fehlhandlung begnügt, kann man an eine kurzzeitige hysterische Absenz oder einen epileptoiden Zwischenfall denken. Wie immer die richtige Diagnose lauten mag, es ist bekannt, daß solche Gedächtnislücken einzutreten pflegen, wenn der Wille mit besonderer Stärke auf sein Ziel losgeht (vgl. 156). Das ganze Drumherum, das Goethe für seine Rede penibel vorbereitete, war ungewöhnlich. Alle angesehenen Einwohner von Ilmenau wurden zusammengetrommelt, und seine Rede wurde auch unter den Bergleuten verbreitet, die außerhalb der Halle warteten. Welch großes Gewicht Goethe auf seine Rede und den Zeitpunkt ihrer Bekanntgabe legte, kann man aus einem Brief an Charlotte von Stein vom 21. Februar 1784 ersehen, wo er sie darum bittet, die beigelegte Kopie seiner Rede Herder am Dienstag um 10 Uhr vormittags zu schicken und ihm zu sagen, daß sie in diesem Augenblick gehalten werde.

> Innliegendes Exemplar der Rede schicke Dienstags früh um 10 Uhr an Herdern und schreibe ihm dazu daß sie in diesem Augenblick sey gehalten worden, er soll sie aber niemanden sehn lassen bis ich wiederkomme.[49]

Wenn es sich um eine Fehlleistung handelte, was mag wohl der Grund gewesen sein?

Es ist bemerkenswert, daß die Rede in einem für Goethe ungewöhnlichen Stil geschrieben ist: ihre Sprache ist rauh und ungeglättet. Wie Voigt schreibt, war sie mit Absicht volkstümlich gehalten, aber das Ergebnis war der Verlust an Schönheit, obgleich Goethe in reichem Maße die Gabe besaß, die einfachste Sprache mit dem höchsten künstlerischen Anspruch zu verbinden, oder besser das höchste Niveau in der Einfachheit der Sprache zu erreichen. Man spürt im Stil seiner Rede einen Kampf gegen inneren Widerstand. Gleich zu Beginn gibt es ein kleines Zeichen von Ambivalenz. Der Augenblick sei gekommen, sagt er, auf den diese Stadt fast ein halbes Jahrhundert gewartet und auf den er vorausgeschaut habe, seit er ein Teil dieses Landes geworden sei. Erst nach dieser Einleitung beginnt er über den Herzog und seine Verdienste im Hinblick auf die Eröffnung des Bergwerks zu sprechen, was ich als Vorwurf gegen seinen Herrn werte. W. Neumann (409, 2, S. 65) vertritt den entgegengesetzten Standpunkt. Er sagt sogar, daß Goethe mit der Schmeichelei des Höflings alle Verdienste dem Herzog zugeschrieben und seinen eigenen Beitrag nur nebenbei erwähnt habe. Die Abfolge der Gedanken drückt aber Goethes wahre Gefühle über seinen Herrn sehr klar aus. Die Eröffnung des neuen Stollens muß er als allein sein eigenes Verdienst angesehen haben. Er wird natürlich in dem Glauben gewesen sein – was, nebenbei gesagt, irrig war –, daß hier ein Unternehmen gestartet wurde, welches die übliche Zerstörung, der alle menschlichen Dinge mit der Zeit entgegengehen, überleben und unlösbar mit seinem Namen verbunden sein würde. Dichter haben oft eine falsche Meinung von der Vergänglichkeit ihres eigenen Werkes im Vergleich zu der behaupteten Dauerhaftigkeit äußerer Zeugnisse von Macht; Horaz ist ein berühmtes Beispiel dafür. War sich Goethe wirklich zu dieser Zeit des ewigen Wertes von *Faust* und *Werther* sicher, und dachte er nicht vielleicht, daß das Bergwerk in Ilmenau noch seinen Reichtum über das ganze Herzogtum ausbreiten würde, wenn niemand mehr wüßte, daß ein Mann namens Goethe Dichtungen verfaßt hatte? Seine veröffentlichten Werke hatten zahlenmäßig abgenommen, der Kreis seiner Leser war auf persönliche Bekannte geschrumpft, doch hier handelte es sich um eine Tat, die weder die Anwesenden noch ihre Nachfahren jemals würden vergessen können. Es sieht so aus, als ob Goethe einer Gruppe den unauslöschlichen Eindruck vermitteln wollte, dies sei sein Werk und nur sein Werk allein, während er im allgemeinen seine offiziellen Funktionen mit der Tendenz zur Unauffälligkeit ausführte. Goethes Streben nach dem Guten und Sozialen und nach der Verbesserung des Staates fand hier eine bewegende konkrete gesellschaftliche Manifestation, die sich mit keinem früheren Ereignis in seinem Leben vergleichen konnte. Könnte es sein, daß dieses implizite Gelüst nach Selbstverherrlichung, selbst auf Kosten künstlerischer Produktion, ein Schuldgefühl in ihm zurückließ, das ihn schweigen machte? Das ist nicht wahrscheinlich, denn der Augenblick war zu schön, um durch eine Selbstbeweihräucherung zerstört zu werden.

Wenn man die Rede auf der Suche nach Themen durchliest, die möglicherweise die Fehlleistung provoziert haben könnten, heftet sich die Aufmerksamkeit besonders auf eines, das wegen seiner möglichen symbolischen Folgen auffällt. In der Mitte seiner Rede sagt Goethe:

> Lassen Sie uns also die geringe Öffnung, die wir heute in die Oberfläche der Erde machen werden, nicht mit gleichgiltigen Augen ansehen: lassen Sie uns die ersten Hiebe der Keilhaue nicht als eine unbedeutende Ceremonie betrachten! Nein, wir wollen vielmehr die Wichtigkeit dieser Handlung lebhaft empfinden, uns herzlich freuen, daß wir bestimmt waren, sie zu begehen und Zeugen derselben zu sein.[50]

Dieser Abschnitt ist reich an symbolischen Implikationen. Die kleine Öffnung mit der Hacke, die Person, welcher der erste Hieb erlaubt wird, die Betonung des Zuschauens und des Betrachtet-Werdens, alle diese Faktoren legen nahe, daß die unbewußte Bedeutung der Zeremonie eine Defloration war,[51] möglicherweise inzestuöser Natur, da sie die Erde betrifft, die mit der Mutter assoziiert wird. Das Herausstreichen seiner eigenen Person und die Verweisung des Herzogs auf den zweiten Rang würden an eine ähnliche Situation denken lassen. Da nach meiner Theorie Goethe während dieser Jahre keinen Geschlechtsverkehr hatte, vermute ich, daß diese Zeremonie ein Ersatz wurde. Das Element des Eindringens ist im gesamten Bergbau stark repräsentiert und in Goethes Vorstellung davon reich vorhanden. Es ist möglich, daß die Zeremonie von Goethe stark libidinös angereichert wurde. Die große Öffentlichkeit, die damit verbunden war, schuf eine Gelegenheit zu Exhibitionismus größeren Ausmaßes.

Die psychologische Situation erinnert aber sehr stark an eine Szene im zweiten Teil des *Faust*, die meinem Empfinden nach helfen kann, an eine Verbindung zwischen beiden Vorgängen zu denken. Die Szene, um die es sich handelt, ereignet sich gegen Ende der Tragödie. Mephisto hat in Erfüllung seines Teils des Vertrages Faust alles angeboten und ihn mit allem versorgt, was der menschliche Kosmos benötigt, damit Faust den Augenblick erreichen kann, von dem er sagen könnte: »Verweile doch! du bist so schön!«.[52] Doch keine von Mephistos Künsten hat für Faust einen solchen Augenblick geschaffen. Nun steht der alte Mann mächtig, siegreich, geehrt, beladen mit Schuld und auch mit den Erinnerungen der erhabensten Freuden, die vor ihm kein Mensch je genossen hat, allein in seinem Palast. Der Herrscher, dessen Macht er gegen einen gefährlichen Feind bewahrte, hat ihm die Küste als Lehen gegeben. Faust hat dem neidischen Ozean Land entrissen; er ist reich. Er hört das Geklirr der Spaten — es stammt von den Lemuren, die sein Grab schaufeln, aber er kennt die Bedeutung dieses Lärms nicht; er ist blind — die Sorge, die ewige Begleiterin des Menschen, hat ihm sein Augenlicht genommen. Er glaubt, daß Arbeiter seinen Plan ausführen, indem sie Sumpf in fruchtbaren Boden verwandeln. Faust wird von der Vision der Schaffung eines paradiesischen Landes überwältigt, das vor dem Ansturm der destruktiven Wellen geschützt wird.

Und so verbringt, umrungen von Gefahr,
Hier Kindheit, Mann und Greis sein tüchtig Jahr.
Solch ein Gewimmel möcht' ich sehn,
Auf freiem Grund mit freiem Volke stehn.
Zum Augenblicke dürft' ich sagen:
Verweile doch, du bist so schön!
Es kann die Spur von meinen Erdetagen
Nicht in Äonen untergehn. —
Im Vorgefühl von solchem hohen Glück
Genieß' ich jetzt den höchsten Augenblick.[53]

Und dies beendet den Vertrag mit Mephisto, während dieser Faust verlacht:

Den letzten, schlechten, leeren Augenblick
Der Arme wünscht ihn fest zu halten.
Der mir so kräftig widerstand,[54]

Es ist klar, daß Fausts letzter Augenblick ein fast genaues Echo auf den Augenblick ist, als Goethe unter den Menschen von Ilmenau stand und das Bergwerk einweihte. Ich möchte die in der Rede enthaltenen Gedanken, die man als Parallelen zu Fausts letzten Worten ansehen kann, nicht aufzählen, aber die schlagende Ähnlichkeit zwischen der allgemeinen Bedeutung und der Stimmung beider Situationen betonen.

Obgleich die Abfassungsfolge der verschiedenen Szenen des *Faust* halbwegs bekannt ist, kann man keinen historischen Beweis hinsichtlich der Reihenfolge der verschiedenen Schritte gewinnen, die zur Schaffung des allgemeinen Plans des Stückes führten. Der Schluß der Handlung ist äußerst bemerkenswert: diese endet mit Fausts Vergebung und seinem Eintritt in den Himmel. Der Schlüssel zu dieser Verkündigung ist der Sieg des Guten über das Böse in Faust. Seine Seligkeit findet Faust in der Schaffung des gesellschaftlich Guten und nicht in den sinnlichen Freuden, die ihm Mephisto überreichlich angeboten hat, und dies macht die Lösung angemessen und logisch. Es war ein wirkliches Meisterstück, der Tragödie diese Wendung zu geben und sie in einer vollkommenen gültigen Form von der historischen Tradition seiner Vorläufer abzuheben. Wann erdachte Goethe diese Idee? Überkam sie ihn, während er die Rede in Ilmenau hielt? Erlebte er diesen Teil der Tragödie in sich selbst in jenem Augenblick? Hatte er das Gefühl, daß dies der Gipfel an Lust war und daß keine noch kommende Freude würde damit konkurrieren können, als er mitten in der Menge stand und sich selbst über mehrere Generationen in eine entfernte Zukunft projizierte, wo das Leben der glücklichen Nachfahren der jetzigen Generation sich noch um das Bergwerk drehte und damit noch in der Ferne von seinen guten Taten profitierte? Wenn es aber der Gipfel seines Lebens und seine größte Seligkeit war, dann kann ihm auch das Gefühl des drohenden Todes in den Sinn gekommen sein und sich daraus das lange Schweigen ergeben haben. Die Fehlleistung kann also das agierte Symbol des Todes gewesen sein.[55] Das berichtete Fehlen von Verwirrung und Beunruhigung während der Zeit von Goethes Hemmung würde diese Hypothese stützen, denn hier stand die Gedächtnislücke für Tod, ersetzte den Tod und rettete vor dem Tod. Die Erinnerungslücke brachte die Zeit wortwörtlich zum Stillstand, denn Goethes Publikum wurde, wie es uns die Informanten erzählen, von Ehrfurcht ergriffen und verharrte in tiefem Schweigen. Sollten wir dies eine Fehlhandlung nennen? Es handelte sich um eine Wunscherfüllung, und das Ich war nicht gespalten, wie es im Fall einer Fehlleistung gewesen wäre. Ich kann mir gut vorstellen, daß Goethe sich gar nicht bewußt wurde, den Fluß seiner Rede unterbrochen zu haben, und daß die Zuhörerschaft darauf so reagierte, als ob sie spürte, dies sei kein Zustand der Verwirrung, sondern Goethe werde von der Schönheit und

Größe des Augenblicks übermannt, der in der Tat den Wunsch wert war, »doch zu verweilen«.

Wenn es das Problem des Todes war, das die Gedächtnislücke verursachte, dann würde uns dies zum Tod der Prinzessin zurückführen, der ihn schmerzlich daran erinnert haben mag, was sich vier Wochen zuvor in Ilmenau zugetragen hatte. In diesem Zusammenhang traf Goethe in diesem oder im vorangegangenen Jahr[56] eine Feststellung von nicht geringerer Bedeutung. Während eines Ausflugs in das Felsgebirge wollte er eine bestimmte Stelle, die mineralogisch interessant war, erreichen. Sein Freund Trebra[57] warnte ihn vor der Gefahr, da herumzuklettern, aber Goethe erwiderte:

> wir müssen erst noch berühmt werden, ehe wir den Hals brechen, darum hat es jetzt keine Gefahr,[58]

und er ging weiter, ohne daß ihm ein Unfall zustieß. Hier hatte seltsamerweise die Ruhmlosigkeit die Funktion eines Schutzes gegen den Tod. Er, Goethe, kann nur sterben, nachdem er berühmt geworden ist. Das klingt wie eine Sekundärbearbeitung durch Verkehrung der häufigen Angst, daß Erfolg und Ruhm den Zorn der Götter erregen und zum Untergang des vom Schicksal Begünstigten führen. Wenn dies so ist, dann scheint der Gedanke zu lauten, die von einem geheimen Schicksal geleitete Person könne versichert sein, daß sie den Tod nicht zu fürchten brauche. Fühlte sich Goethe aber wirklich so sicher, wie aus seiner Rede in Ilmenau zu schließen ist, und spornte das schreckliche *memento mori* vom 24. März — was im Grunde bedeutete, daß auch die unbedeutende, nicht berühmte Person, das Kind, sterben kann — seine höchsten kreativen Möglichkeiten an mit dem Ergebnis seiner großen wissenschaftlichen Entdeckung drei Tage später? Wenn auf der anderen Seite Goethes halb scherzende Herausforderung zu Trebra der plötzliche Ausbruch einer unbewußten Phantasie war, dann wurde die große Entdeckung im Grunde durch eine masochistische Identifizierung mit der sterbenden Prinzessin ausgelöst. Schöpferische Tätigkeit, die auf der sozialen Ebene dem Berühmtwerden gleichgesetzt werden muß, war in Goethes Unbewußtem möglicherweise mit Sterben verbunden. Dann hätte der Tod des Kindes masochistische Phantasien verstärkt, die auf der anderen Seite selbstzerstörerische Tendenzen aktivierte, die wiederum in einer intuitiven Leistung von überragender Größe resultierten.

Es kann das Privileg des Genies sein, daß selbstzerstörerische Umstände unter bestimmten Voraussetzungen zu kreativen Prozessen führen. Die deprimierte Stimmung des Genies, wenn der kreative Vorgang durch eine innere oder äußere Störung gehemmt wird, bestätigt diese Ansicht.[59] Wo der neurotische oder psychotische Mensch ein Symptom entwickelt, läuft bei einem Genie ein kreativer Prozeß ab. Natürlich ist diese Bestimmung nicht so sicher. Auch das Genie entwickelt Symptome, aber diese Symptome konvergieren zum kreativen Vorgang. Auch neurotische und psychotische Symptome sind Erscheinungen der Abfuhr, und trotz der Klagen des Patienten darüber entsteht schreckliche Unlust, wenn die Symptome unterdrückt werden. Dies wird bekanntlich sehr deutlich bei Zwangsneurotikern, wo unerträgliche Ängste ausbrechen, sobald der Patient versucht, von seinem Ritual Abstand zu nehmen. Die starke Verzweiflung des Künstlers, wenn die künstlerische Produktion gehemmt wird, ist eine analoge Erscheinung. Weiterhin ist bekannt, daß psychische Symptomatologie ein Vorgang zumindest nach zwei Seiten ist: Aggressionsabfuhr gegen äußere Realität und zugleich Aggression gegen sich selbst. Diese Formulierung umfaßt natürlich nur einen Teilaspekt der Symptombildung, aber er ist in verschiedenen Stärkegraden in fast jedem Symptom enthalten. Ich führe das nur an, um zu zeigen, daß innere Aggression innerhalb eines kreativen Vorgangs nicht ohne Parallelen auf anderen Gebieten des psychischen Lebens ist.

Kaum mehr als fünf Wochen vor seiner Rede in Ilmenau finden wir Goethe beim Diktat seines Aufsatzes *Über den Granit* (WA II, 9, S. 169—177). Dieser Aufsatz war das Ergebnis einer scharfsichtigen Beobachtung über einen langen Zeitraum bei seinen vielen Reisen durch Thüringen. Es war, soweit ich weiß, die erste Schrift, in der Goethe versuchte, eine Masse von Einzelbeobachtungen systematisch zusammenzufassen. Sie ist in schöner Sprache geschrieben, ganz im Unterschied zu der Rede in Ilmenau, Dichtung und Wissenschaft durchdringen sich wechselseitig frei, und das Ergebnis ist ein Kunstwerk von beachtlichem Wert, worin immer seine wissenschaftliche Bedeutung bestehen mag.[60] Wie fast immer bei Goethes Schriften ist auch ein Stück Selbstbekenntnis eingeschlossen. Da jene Teile, die das Produkt der wissenschaftlichen Haltung sind, in diesem Zusammenhang keine Bedeutung haben, wähle ich aus und stelle nur die Passagen zusammen, die eine psychologische Interpretation der unbewußten Gedanken erlauben, aus denen meiner Meinung nach der Aufsatz entstand.

Für Goethe war der Granit offensichtlich nichts Totes. Die Bedeutungen des Granit für ihn übersteigen den Rahmen objektiver Feststellungen. Sein Aufsatz hat weniger den Charakter einer wissenschaftlichen Abhandlung im heutigen Sinne, sondern besitzt etwas von dem, was später als »Naturphilosophie« bekannt wurde. Wir stoßen also auf Feststellungen wie die folgende:

> Denn man wird mir gerne zugeben, daß alle natürlichen Dinge in einem genauen Zusammenhange stehen, daß der forschende Geist sich nicht gerne von etwas Erreichbarem ausschließen läßt.[61]

Ohne in die Fallgruben einer primitiven animistischen Philosophie zu stürzen, schreibt Goethe von seinem Standpunkt aus ganz richtig:

> der Menschengeist alles belebt, ...[62]

Der Granit vermittelt Goethe Eindrücke, die, obwohl im tiefsten Innern des menschlichen Gefühls verwurzelt, etwas enthalten, das über die menschliche Welt hinausgeht und wonach er eine tiefe Sehnsucht empfunden haben muß. Er spricht von der Würde des Gesteins und nennt es den ältesten Sohn der Natur. Wenn er über

> die alte Erfahrung, daß das Höchste und das Tieffste Granit sei,[63]

schreibt, meint er das vielleicht nicht nur im Sinne einer geologischen Beobachtung, sondern berührt auch Bedeutungen, die aus der Welt der menschlichen Gefühle stammen. Granit ist die »Grundveste unserer Erde«, auf dem alle Gebirge aufruhen.

> In den innersten Eingeweiden der Erde ruht sie [die Grundveste] unerschüttert, ihre hohe Rücken steigen empor, deren Gipfel nie das alles umgebende Wasser erreichte.[64]

Er bewundert die große Vielzahl verschiedener Farben und Farbmischungen, in denen der Granit erscheint. Dessen Ursprung liegt im dunkeln. Man kann ihn nicht aus Feuer oder Wasser ableiten. Es gibt ein Zeichen von Verteidigung gegen den vorweggenommenen Vorwurf, daß er, der Dichter, seinen Geist mit Gegenständen beschäftigt, die für die Dichtung keinen Wert haben, wenn er schreibt:

> Und so wird jeder, der den Reiz kennt, den natürliche Geheimnisse für den Menschen haben, sich nicht wundern, daß ich den Kreis der Beobach-

> tungen, den ich sonst betreten, verlassen und mich mit einer recht leidenschaftlichen Neigung in diesen [Kreis der Mineralien] gewandt habe. Ich fürchte den Vorwurf nicht, daß es ein Geist des Widerspruches sein müsse, der mich von Betrachtung und Schilderung des menschlichen Herzens, des jüngsten, mannichfaltigsten, beweglichsten, veränderlichsten, erschütterlichsten Theiles der Schöpfung zu der Beobachtung des ältesten, festesten, tiefsten, unerschütterlichsten Sohnes der Natur geführt hat.[65]

Goethe gibt zu, daß die Unbeständigkeit der menschlichen Welt, die er bei anderen und bei sich selbst bemerkt, ihn hat leiden lassen und den Grund für sein wachsendes Interesse an den Wissenschaften enthält.

> Ja man gönne mir, der ich durch die Abwechselungen der menschlichen Gesinnungen, durch die schnellen Bewegungen derselben in mir selbst und in andern manches gelitten habe und leide, die erhabene Ruhe, die jene einsame stumme Nähe der großen, leise sprechenden Natur gewährt.[66]

Und dann fährt er fort zu schildern, was ihn bewegt, wenn er auf dem unfruchtbaren Gipfel eines Granits ausruht und den Blick über die weite Landschaft schweifen läßt.

> Hier ruhst du unmittelbar auf einem Grunde, der bis zu den tiefsten Orten der Erde hinreicht, keine neuere Schicht, [...] haben sich zwischen dich und den festen Boden der Urwelt gelegt, du gehst nicht wie in jenen fruchtbaren schönen Thälern über ein anhaltendes Grab, diese Gipfel haben nichts Lebendiges erzeugt und nichts Lebendiges verschlungen, sie sind vor allem Leben und über alles Leben.[67]

Man wird hier durch den Gegensatz an die herzzerreißende Passage im *Werther* erinnert, die genau zehn Jahre zuvor geschrieben wurde, in der Werther sich mit Schrecken von der Natur abwendet. Sie beginnt:

> Mußte denn das so sein, daß das, was des Menschen Glückseligkeit macht, wieder die Quelle seines Elendes würde?[68]

Und dann folgt die grandiose Schilderung einer Landschaft, ebenfalls von einem Gipfel aus gesehen, die überraschend dem Ausblick ähnelt, der in der Schrift *Über den Granit* geschildert wird. Werther bricht zuerst in eine Hymne darüber aus, was ein solch großartiger Anblick ihm in den glücklichen vergangenen Tagen bedeutet hat. Jetzt aber, ach, ist es anders.

> Es hat sich vor meiner Seele wie ein Vorhang weggezogen, und der Schauplatz des unendlichen Lebens verwandelt sich vor mir in den Abgrund des

> ewig offnen Grabs. Kannst du sagen: D a s i s t! da alles vorüber geht? [...] Da ist kein Augenblick, der nicht dich verzehrte und die Deinigen um dich her, kein Augenblick, da du nicht ein Zerstörer bist, sein mußt; der harmloseste Spaziergang kostet tausend armen Würmchen das Leben, [...] mir untergräbt das Herz die verzehrende Kraft, die in dem All der Natur verborgen liegt; die nichts gebildet hat, das nicht seinen Nachbar, nicht sich selbst zerstörte. [...] Ich sehe nichts, als ein ewig verschlingendes, ewig wiederkäuendes Ungeheuer.[69]

Es gibt eine bezeichnende und tiefe Verbindung zwischen diesen beiden Abschnitten, die zehn Jahre auseinanderliegen. In der Passage von 1784 gibt es noch einen Unterton von Werthers trauriger Nachdenklichkeit, besonders wenn Goethe die fruchtbaren schönen Täler als »ein anhaltendes Grab« bezeichnet. Andererseits aber welch ein unermeßlicher Unterschied! Ein Gestein ist gefunden, das der Urgrund ist, auf dem alles organische Leben aufruht, das kein Leben erzeugt und keins zerstört, ein Haltepunkt außerhalb von Leben und Tod, aber nicht vom Rest der Natur getrennt, da er die Grundlage ist, auf der die stürmischen und niederdrückenden Akte der Natur Gestalt annehmen. Mit einem weiten Schwung der Gedanken umfaßt Goethe die beunruhigenden Probleme vergangener Tage, die Grausamkeit der Natur und die Unbeständigkeit des menschlichen Herzens und der menschlichen Dinge im allgemeinen, und er findet Frieden in der Entdeckung und Betrachtung eines Materials, das auch ein Produkt der Natur ist, aber trotzdem eine Existenzform besitzt, die eine höhere oder geringere Form der Synthese von allem anderen darstellt, auf das wir im Universum des Menschen stoßen. Der archaische, uranfängliche Ursprung des Materials allein macht dieses Gestein zum Nährboden, aus dem sich die entgegengesetzten Kräfte von Leben und Tod entfalten. Goethe dachte also, daß er in der wissenschaftlichen Betrachtung der Natur ein Symbol gefunden habe (nicht eingebildet oder vom menschlichen Geist willkürlich gesetzt, um seinen Bedürfnissen zu dienen, sondern wirklich vorhanden und durch die Sinne beobachtbar und deshalb von allem Streit gereinigt, welcher der Symbolik, die menschlichen Ursprungs ist, anhängt), das den Bereich des ständigen Konflikts transzendiert, der in allem und jedem vorhanden ist, was vom Leben und von menschlichen Gefühlen berührt wird.

Nachdem er die Struktur beschrieben hat, die vor allem Leben liegt und über alles Leben hinausreicht, wendet sich Goethe der menschlichen Natur zu. In diesem Augenblick, wenn er in unmittelbarer Berührung mit den Kräften der Erde steht, kann er den Folgen der Betrachtung für sich selbst nicht entrinnen, und er erschafft eine Analogie,

> ein Gleichniß [...], dessen Erhabenheit ich nicht widerstehen kann. So einsam sage ich zu mir selber, indem ich diesen ganz nackten Gipfel hinab sehe, und kaum in der Ferne am Fuße ein geringwachsendes Moos erblicke, so einsam sage ich, wird es dem Menschen zu Muthe, der nur den ältsten, ersten, tiefsten Gefühlen der Wahrheit seine Seele eröffnen will.[70]

Hier, auf diesem ältesten Altar, will er dem Wesen aller Wesen opfern. Dann folgt eine Beschreibung des kosmischen Standpunkts, der die Entwicklung der Erde von ihrem Beginn bis zur Gegenwart umfaßt.

Bevor Goethe den Aufsatz mit einer wissenschaftlichen Ermahnung schließt, das Gestein richtig zu bestimmen und es nicht mit anderen zu verwechseln, trägt Goethe die plutonische Theorie der Bildung der Erdkruste vor, aber er läßt unentschieden, ob er diese Theorie akzeptiert oder nicht. Später, als er ein überzeugter Neptunist geworden war, bekämpfte er eine lange Zeit diese Theorie. Offenbar weigerte er sich zu glauben, daß der Planet seine Gestalt in einer Art und Weise angenommen habe, die ihm als ein zerstörerischer Akt erschienen sein muß. Mit dem Hinweis von 1784 auf die plutonische Theorie gibt Goethe einmal mehr einen Fingerzeig, daß das Problem der Destruktion eine der leitenden unbewußten Gedanken in diesem Aufsatz ist.

In seinem psychologischen Aspekt ist der hervorstechende Gesichtszug dieses Stückes der bemerkenswerte Wechsel von Werthers Naturbegriff zu dem des Wissenschaftlers Goethe von 1784. Destruktion erhält einen neuen Platz. Ihre Existenz wird anerkannt, aber die Grundlage des organischen Universums (der Granit) liegt außerhalb von Liebe und Zerstörung, ist etwas Erhabenes, Geheimnisvolles, Ewiges und Unwandelbares, das zu größerem Trost und Schutz gegen Pessimismus und Hoffnungslosigkeit führt, die aus der Bedrohung der Tragödie resultieren, welche alle Formen des Lebens durchdringen. Obgleich diese neu entwickelte, umfassende Anschauung des Universums, des Organischen und des Anorganischen, so vorgestellt wurde, als sei sie aus der äußeren Realität abgeleitet, muß sie ihren psychologischen Gegenspieler gehabt haben, von dem sie die Spiegelung und Projektion war. Ich bin mir bewußt, daß der Vergleich, an den ich gerade denke, weit hergeholt erscheinen kann, aber ich möchte ihn trotzdem vorstellen, wofür auch immer er wertvoll sein mag. Ich glaube, daß die meisten der in diesem Aufsatz vorgestellten Züge, die Goethe von seinen Assoziationen über den Granit zeichnete, später zu den mythologischen Figuren zusammengefügt wurden, die Goethe »die Mütter« im zweiten Teil des *Faust* nannte (V. 6216–6306, 6427–6438). Bei der Erörterung ihres Ursprungs beziehen sich die meisten Kommentatoren des *Faust* auf Plato und Plutarch, indem sie Eckermanns Gespräch vom 10. Januar 1830 (119, S. 306 f.) folgen, aber es besteht anscheinend allgemeine Übereinstimmung darin, daß die Mütter hauptsächlich mythologische Figuren sind, die Goethe selbst geschaffen hat. Ich glaube, daß Goethes mythologische Kreativität nirgendwo so mächtig wie hier erscheint. Faust wird von Mephisto gesagt, daß er zu den Müttern hinabsteigen müsse, um die Kraft zu erwerben, damit Helena vor dem Kaiser erscheinen kann. Die Mütter sind außerhalb von Raum und Zeit. Kein Weg führt zu ihnen; kein Schloß ist aufzusperren, kein Riegel wegzuschieben, um zu ihnen zu gelangen; Öde und Einsamkeit herrschen dort. Sie sind von den Bildern aller Geschöpfe umgeben; sie sehen die wirklichen Dinge nicht, sondern nur die Schemen der Dinge. Was existiert hat, ist dort aufgehoben. Das Instrument, das Faust zu den Müttern führen wird, ist ein Schlüssel (er »wird die rechte Stelle wittern«).[71] Der Schlüssel ist klein, wächst aber und leuchtet und blitzt in Fausts Hand.

Es ist schwer, das Mysteriöse und die Größe zu beschreiben, die diese mythologischen Figuren umgeben, aber hier handelt es sich nicht darum, die dichterischen Werte auszumessen. Die Mütter symbolisieren den uranfänglichen Beginn des Lebens, und alles Lebendige kehrt zu ihnen zurück. Auch sie stehen, wie der Granit, außerhalb von Leben und Tod; sie sind jenseits aller Konflikte; alles, was existiert, findet seinen Platz in ihrer Umgebung. Daß sie nicht jenseits der erotischen Sphäre stehen, wird durch die Symbolik des Schlüssels angedeutet, der in Fausts Hand wächst und zu ihnen führt. Ich glaube, daß sie nicht nur »die Mütter« genannt werden, sondern die Mütter *sind*, die Mütter einer frühen Zeit, die auch in der Entwicklung des Individuums uranfänglich genannt werden können. Freud hat diese Phase die präödipale genannt. Nur die Mutter existierte zu jener Zeit für das Kind, der Vater, wenn er überhaupt als getrenntes Wesen wahrgenommen wurde, war nichts als ein Eindringling. Ich glaube, daß Goethes Begriff des Granits und seine Schöpfung der Mütter auf Erfahrungen zurückgehen, die der präödipalen Phase angehören, was in beiden Fällen als konfliktfreies Ruhen in der Mutter anzusehen ist.[72] Es hängt mit Phantasien über diese frühe Phase und mit frühen Erlebnisweisen zusammen, daß beide Symbole zeitlos und unwandelbar gezeichnet sind.

Die präödipale Phase ist von größter Bedeutung in der Entwicklung der beiden Geschlechter. Angst vor der präödipalen Mutter kann zu schwersten Formen von Psychopathologie führen. Die in Goethes Aufsatz zum Ausdruck gebrachte Harmonie, deren »Würde« er errichten hilft, ist, so glaube ich, der Ausdruck einer unglaublichen Befriedung und Beseitigung von Konflikten, die während der zehn Jahre seit der Abfassung des *Werther* abgelaufen waren und die an dieser Stelle als Bild der verschlingenden und zerstörenden präödipalen Mutter interpretiert werden muß. Das Bild der Mütter im *Faust* zeigt, daß der psychologische Gewinn sich bis ins späte Alter erhalten hatte. Diese außergewöhnlichen mythologischen Figuren wurden von Goethe nicht vor seinem zweiundsiebzigsten Lebensjahr erdacht, vermutlich aber noch später (vgl. 425, S. 642). Wir können also sagen, daß die Mütter schon im Schatten des Todes standen, der ihnen in Goethes Augen weniger Erhabenheit verlieh als dem Granit, dafür aber um so mehr Gefährlichkeit, sie aber doch von jedem Makel der Grausamkeit unberührt ließ, die so deutlich in Werthers Art der Naturerfahrung hervortritt.

Wenn man die Hypothese akzeptiert, daß zu jener Zeit für Goethe der Granit eine symbolische Vergegenwärtigung der präödipalen Mutter war, erscheint auch Goethes Ilmenauer Rede in einem anderen Licht. Ich war aber nicht imstande, zwischen verschiedenen Alternativen zu entscheiden. Betraf die Phantasie über den Bergbau mit dem Spatenstich in den Boden eine Strebung nach größerer Nähe zur uranfänglichen Mutter, oder symbolisierte die Vorstellung einen unmittelbaren Angriff gegen die Urmutter? Oder bezog sich die Phantasie auf die spätere Mutter (die ödipale Mutter, die der Gesteinsbildung jüngeren Datums entspricht), die im Gegensatz zur präödipalen Mutter verwundbar war? Auf der Grundlage reiner Spekulation würde man an folgende Vorstellungsreihe denken: Die Unverletzbarkeit und Neutralität der präödipalen Mutter steht fest, wie im Aufsatz *Über den Granit* zum Ausdruck kommt; dann folgt ein wirklicher Angriff gegen die ödipale und verwundbare Mutter durch das symbolische Eindringen in die Erdoberfläche; als der Tod der kleinen Prinzessin den Konflikt in Bewegung zu setzen droht, erreicht die Aktivität ihren Höhepunkt und treibt das Genie an, wodurch Goethe der Natur ein Geheimnis entriß und die Sehnsucht des Mannes zur Mutter Natur wiederherstellte, indem er die strukturelle Einheit des Organischen und Anorganischen nachwies.

Um herauszufinden, was diese Reihe von Reaktionen verursachte, muß man noch einmal einen Schritt zurückgehen. Im Dezember 1783 befand sich Goethe, wie so oft im Dezember, in einer depressionsähnlichen Verfassung, die diesmal aber weniger schwer als ein Jahr zuvor war. Am 6. Dezember widerrief er ein angesetzes Abendfest und schrieb an Charlotte von Stein:

> Denn wenn ich nicht mit dir seyn kann will ich allein seyn.[73]

Am folgenden Tag — es wäre Cornelias dreiunddreißigster Geburtstag gewesen — schrieb er einen langen Brief an seine Mutter. Dieser Brief war eine Erwiderung auf einen alarmierten Brief von ihr (der nicht erhalten ist), der durch Nachrichten einer gemeinsamen Bekannten ausgelöst war. Aus einem früheren Brief an Goethe (vom 17. Juni 1781, 340, 1, S. 96) geht hervor, daß sie sich schuldig fühlte, wenn sie Neuigkeiten über ihren Sohn erreichten, die nicht völlig günstig klangen. Da sie glaubte, daß Goethe Frankfurt verlassen hatte, weil er in seinem Elternhaus unzufrieden war, fühlte sie sich anscheinend für jeden Kummer verantwortlich, den er in Weimar erleiden mochte, und sie bot ihm ihr Heim als Zufluchtsort an. Aus Goethes Erwiderung kann man rekonstruieren, welche Art von Klatsch seiner Mutter vermutlich zu jener Zeit zu Ohren gekommen war. Er schrieb:

> Sie haben mich nie mit dickem Kopf und Bauche gekannt, und daß man von ernsthafften Sachen ernsthafft wird, ist auch natürlich, besonders wenn man von Natur nachdencklich ist, und das Gute und Rechte in der Welt will.[74]

Dann erinnert er sie an den schlimmen Winter 1769, als sie die Hoffnung aufgegeben hatte, ihren Sohn je wieder genesen zu sehen und sich wegen eines Orakels an die Bibel wandte. Hätte sie gewußt, wie es 1783 mit ihm stände, wäre sie erfreut gewesen.

> Lassen Sie uns hübsch diese Jahre daher als Geschenck annehmen, wie wir überhaupt unser ganzes Leben anzusehen haben und iedes Jahr das zugelegt wird mit Danck erkennen.[75]

Goethe fährt mit dem Aufzählen aller günstigen Punkte seines Lebens in Weimar fort. Stark bestimmend geht er zu Ratschlägen an sie über:

> Sie an Ihrer Seite genügen Sie Sich an meinem Daseyn ietzt und wenn ich auch vor Ihnen aus der Welt gehen sollte. Ich habe Ihnen nicht zur Schande gelebt, hinterlasse gute Freunde und einen guten Nahmen, und so kann es Ihnen der beste Trost seyn daß ich nicht ganz sterbe.
> Indessen leben Sie ruhig, vielleicht giebt uns das Schicksal noch ein anmutiges Alter zusammen das wir denn auch mit Danck ausleben wollen[76]

Diese Worte klingen seltsam nach der vorangegangenen Lobrede auf sein Leben in Weimar. Obwohl man sich im achtzehnten Jahrhundert nicht so gut gegen Krankheiten geschützt fühlte wie heutzutage, bezweifle ich, daß diese Zeilen aus einer realistischen Abwägung der statistischen Überlebenschancen heraus geschrieben wurden. Es wäre interessant zu wissen, wie Goethe seine durchschnittliche Lebenserwartung zu dieser Zeit einschätzte. Wie dem auch sei, er muß unter einem zeitweiligen Eindruck einer Todesahnung gestanden haben, denn er spricht zuerst hypothetisch von seinem Tod, dann aber so, als ob er sicher sei, daß er vor seiner Mutter sterbe. Der Hinweis auf das, was er hinterlassen wird, führt zu der Frage der Nachkommenschaft. Deshalb ist es überraschend, daß er seine Mutter bei dieser Gelegenheit von seinem Zusammenleben mit Fritz informierte.

> Ich weis nicht ob Ihnen schon geschrieben ist[77] daß ich den Sohn der Oberstallmeister von Stein, meiner werthesten Freundin, bey mir habe, ein gar gutes schönes Kind von 10 Jahren, der mir viel gute Stunden macht und meine Stille und Ernst erheitert.[78]

Goethe bezieht sich in diesem Brief auf ein Ereignis im Winter 1768/69, aber ich bin mir nicht sicher, ob er sich bewußt war, daß der Tag, an dem er darüber an seine Mutter schrieb, genau der fünfzehnte Jahrestag dieses Ereignisses war. Es geschah am 7. Dezember 1768, als Goethes Krankheit nach seiner Rückkehr aus Leipzig ihren Höhepunkt in Form einer schweren Kolik erreichte und seine Familie dachte, er würde sterben. Seine Mutter zog in ihrer Verzweiflung die Bibel zu Rate, und das Ergebnis ihres Bibelstudiums war das günstige Vorzeichen in Jeremia, Vers 31, 5:

> »Du sollst wiederum Weinberge pflanzen an den Bergen Samarias; pflanzen wird man sie und ihre Früchte genießen.«

Dieses Bibelzitat stellte nicht nur die Zuversicht und das Vertrauen einer verzweifelnden Mutter wieder her, sondern gab ihr auch die Gewißheit einer himmlischen Verkündigung, daß ihr Sohn zu großen Dingen in der Zukunft auserwählt sei. Aber nicht nur die Mutter, die das Orakel befragte, war tief beeindruckt, sondern auch der Sohn, der das Objekt der Prophezeiung war. Am 9. Dezember 1777 schrieb er an Charlotte von Stein während einer Reise, die ihn zu Plessing führte, zu einer Zeit, als der kürzliche Tod seiner Schwester sein Gemüt noch akut belastete:

> Es ist eben um die Zeit, wenig Tage auf ab, dass ich vor neun Jahren kranck zum Todte war, meine Mutter schlug damals in der äusersten Noth ihres Herzens ihre Bibel auf und fand, wie sie mir nachher erzählt hat: »Man wird wiederum Weinberge pflanzen an den Bergen Samariä, pflanzen wird man und dazu pfeifen.« Sie fand für den Augenblick Trost, und in der Folge manche Freude an dem Spruche.
> Sie sehn was für Zeug mir durcheinander einfällt.[79]

1777 erinnerte sich Goethe anscheinend in mehr Einzelheiten an das Ereignis, obwohl er auch damals die Heilige Schrift falsch zitierte wie 1783, als er seiner Mutter schrieb. 1777 wurde er, wie der ganze Ton des Briefes zeigt, von einem tiefen Gefühlserlebnis ergriffen (vgl. S. 347), das er nur schwer meistern konnte, während er jetzt, 1783, die Erinnerung an dasselbe Ereignis als Mittel benutzte, um seine Mutter zu trösten. Um die folgenden Ereignisse zu verstehen, ist es notwendig zu wissen, welcher Natur Goethes Krankheit vom 7. Dezember 1768 war. In Wirklichkeit kam er keineswegs dem Tod nahe. Als sein Arzt ihm ein geheimnisvolles Mittel verabreichte, das vermutlich nichts anderes als ein Abführmittel war, genas er. Die plötzliche Besserung seines Zustandes am Geburtstag seiner Schwester und das rasche Abflauen nach einem Darmkollern machen die Interpretation von Schwangerschafts- und Geburtsphantasien unausweichlich.[80] Zu jener Zeit wurde ein dreifaches Problem stark aktiviert und in einer Vielzahl verschiedener körperlicher Symptome ausgedrückt: Tod, Geburt und Eifersucht. Diesmal, 1784, gingen die Symptome nicht über die üblichen Unpäßlichkeiten hinaus, die ihn veranlaßten, zu Hause zu bleiben, jedoch Arbeit nicht unmöglich machten. Die Menschen in seiner Umgebung müssen seine Depression bemerkt haben. So schrieb Wieland an Merck (am 5. Januar 1784), daß Goethe sich allem gut anpasse, aber:

> Goethe [...], leidet aber nur allzu sichtlich an Seel' und Leib unter der drückenden Last, die er sich zu unserm Besten aufgeladen hat. Mir tut's zuweilen im Herzen weh, zu sehen, wie er bei Dem allen contenance hält und den Gram gleich einem verborgnen Wurm an seinem Inwendigen nagen läßt. Seine Gesundheit schont er soviel möglich; auch hat sie es sehr vonnöten.[81]

Die Tatsache einer Depression bei Goethe, ohne daß er sich dessen ganz bewußt ist und ohne volle Reaktion des Ich darauf, ist wichtig. Aus seinem Brief an seine Mutter kann man schließen, daß Goethe den Gedanken hegte, daß er wie sein Vater und Cornelia vor seiner Mutter sterben würde; er schrieb an seine Mutter mehr wie ein Ehemann als ein Sohn. 1768 vollzog er eine Identifizierung, zumindest körperlich, mit der schwangeren Mutter, wie sich in der Verstopfung offenbarte. Als seine Mutter 1783 schrieb, sie habe gehört, er habe einen »dicken Bauch« (was immer sie damit gemeint haben mag), setzte dies vermutlich eine ganze Reihe von Assoziationen in Bewegung. Das Ergebnis war diesmal die Behauptung, daß sich viel angehäuft habe, was er der Nachwelt hinterlassen werde, und daß er und seine Mutter die Jahre des Alters glücklich zusammen verbringen mögen. Goethes Brief an seine Mutter kann leicht in eine bedeutungsvolle Verbindung zu den folgenden Schritten gebracht werden, die schon erörtert wurden, nämlich die Schrift über den Granit, die Parapraxie in Ilmenau und die Entdeckung des Zwischenkieferknochens.

Vom Januar 1784 an entwickelte sich ein Briefwechsel zwischen Goethes Mutter und Fritz. Fritz' erster Brief wurde vermutlich auf Goethes Veranlassung geschrieben. Goethes Mutter nutzte diese Gelegenheit weise und bat den Jungen, ein Tagebuch zu führen, in dem die wichtigsten Ereignisse in Goethes Leben berichtet werden sollten. Der Junge antwortete zuverlässig und schickte ihr ein monatliches Tagebuch. Anscheinend verstand sie die unbewußte Bedeutung von Goethes Geste. Der Junge sollte tatsächlich als Kind dienen, zu dessen Eltern Goethes Mutter und Goethe bestimmt wurden. Da Goethe seine Mutter plötzlich mit einem halbwüchsigen Knaben überraschte, der in seinem Haus lebte, sieht es so aus, als ob Goethe unterstellte, er habe den gebärenden Teil in diese Verbindung eingebracht. Also wurde zuletzt der infantile Wunsch in einem menschlichen Symbol erfüllt, und die Mutter paßte sich intuitiv in Goethes unbewußte Gedanken ein.

Während dieser Phase, mit der wir es in diesem Teil zu tun haben, kam es wieder zu Versicherungen der höchsten Liebe und der völligen Ergebenheit gegenüber Charlotte von Stein, zu Versicherungen, daß er unfähig sei, ohne sie zu leben. Im Juni und zum Teil im Juli noch mußte er ohne sie auskommen, da ihn Regierungspflichten aus Weimar wegführten. Am 24. Juni 1784 schrieb er ihr:

> Nur noch eh ich zu Bette gehe ein Wort für tausend. Es wird mir so ein unüberwindlich Bedürfniß dich zu sehen daß mir wieder einmal für meinen Kopf bange wird. Ich weis nicht was aus mir werden soll. Gute Nacht. Wie sehr fühle ich die Glückseeligkeit des Schlafs.[82]

Und am nächsten Tag:

> Heute hab ich recht im Ernste überlegt ob ich nicht auf einen Augenblick zu dir eilen soll. Es geht nicht und geht nicht, ich muß [all] meine Geduld zusammen nehmen.[83]

Und am 28. Juni 1784:

> Ja liebe Lotte ietzt wird es mir erst deutlich wie du meine eigne Hälfte bist und bleibst. Ich bin kein einzelnes kein selbstständiges Wesen. Alle meine Schwächen habe ich an dich angelehnt, meine weichen Seiten durch dich beschützt, meine Lücken durch dich ausgefüllt. Wenn ich nun entfernt von dir bin so wird mein Zustand höchst seltsam. Auf einer Seite bin ich gewaffnet und gestählt, auf der andern wie ein rohes Ey, weil ich da versäumt habe mich zu Harnischen wo du mir Schild und Schirm bist. Wie freue ich mich dir ganz anzugehören. Und dich nächstens wieder zu sehen.
> Alles lieb' ich an dir und alles macht mich dich mehr lieben.[84]

Dann preist er die geliebte Frau wegen ihres Eifers bei der Verwaltung ihres Landgutes, wovon ihm ihr Ehemann erzählt hat. Das läßt ihn ihre »thätige [...] Seele« sehen.

> Lotte bleibe mir und was dich auch interessiren mag, liebe mich über alles.[85]

Goethe sieht sich hier einem Dilemma gegenüber. Er bemerkt sein Bedürfnis, mit Charlotte von Stein zusammen zu sein, um in bestimmten Bereichen zu funktionieren, fühlt aber zugleich seine Schwäche, die aus seiner Abhängigkeit von ihr folgt, aus ihrer Hilfe, die sie ihm gibt. Was er als Quelle von Stärke verkündet, wird zugleich als mögliche Quelle von Schwäche beklagt. Das Ich sei in einen unverwundbaren und in einen Teil, der schnell Kummer ausgesetzt ist, wenn er nicht von ihrer Gegenwart beschützt wird, gespalten. Diese doppelte Wirkung seines Liebesobjekts für die Entwicklung seiner Persönlichkeit hing nicht mit zufälligen Umständen zusammen, und Goethe fühlte, daß die eine Wirkung wechselseitig die andere bedinge. Er befand sich hier in einer Lage, die mit der Situation vieler Patienten vergleichbar ist, die sich einer psychoanalytischen Behandlung unterziehen. Diese Patienten können Erfolg darin haben, schwierige Bereiche ihres Umgangs mit der Realität zu bewältigen und sich stark und fest in diesen Realitätszielen verankert fühlen, aber sie empfinden auch, teilweise schmerzlich, zum Teil aber auch mit Freude, daß ein Teil ihrer Existenz vollständig an die Wechselfälle des psychoanalytischen Prozesses gebunden ist, oder genauer, an den Psychoanalytiker. Manchmal ist der Patient fähig, beträchtliche Leistungen in seiner sozialen Wirklichkeit zu erbringen, wenn in einer psychoanalytischen Behandlung auf dem Höhepunkt der äußersten und intensivsten Gefühlsbeziehung zu dem Analytiker alles Neue, all das Verlangen und Vertrauen des frühen Hungers des Kindes nach Zuneigung und Objektliebe ungehemmt, wie sie vor den späteren Enttäuschungen und Frustrationen waren, wiederauftauchen. Unnötig zu sagen, daß die Analyse der Übertragung der Lösung dieses Dilemmas zuarbeitet. Der Analytiker, der ausschließlich das Wohlergehen des Patienten und kein anderes Ziel im Auge hat, befördert in Gestalt von Interpretationen die Einsicht des Patienten, deren dieser bedarf, um sich aus der Übertragungsbeziehung zu befreien. Charlotte von Stein aber konnte diese Einsicht nicht vermitteln, nicht nur deswegen nicht, weil weder sie noch sonst jemand zu dieser Zeit das Wissen besaß, sondern auch weil sie natürlich Goethe als festen Bestandteil ihres eigenen Lebens nahm und zwangsläufig egoistische Befriedigungen von ihm erwartete. Viele Patienten würden freudig auf die meisten ihrer Leistungen in der Wirklichkeit verzichten im Austausch für Befriedigungen, die sie in der Behandlungssituation zu erlangen wünschen. Es ist höchst schwierig darüber zu spekulieren, ob dies auch auf Goethe in seiner vergleichbaren Situation zutreffen würde, und wie er reagiert hätte, wenn eine Heirat mit Charlotte von Stein möglich geworden wäre oder wenn in seiner Beziehung zu der geliebten Frau es zu sexuellen Befriedigungen gekommen wäre.

Obwohl das sexuelle Verlangen Goethe anscheinend wirklich in wachsendem Maße beunruhigte, lag die Betonung bei Goethes Aufforderung an das Liebesobjekt auf dem »mach mich stark«. Obwohl viele solcher Bemerkungen sich aus früheren Jahren zu wiederholen scheinen, spürt man einen anderen Geist dahinter. Früher bestand bei dem Bewußtsein, daß das Ich trotz aller Veränderungen in jenem Bereich, der sich unmittelbar auf das Liebesobjekt bezog, verletzbar sei, die Hoffnung, daß auch diese Schwäche sich mit der Zeit in Stärke verwandeln werde; jetzt dämmerte ihm die Idee, daß dieser Vorgang durch keine Einwirkung des Liebesobjekts auf das geliebte Subjekt erreicht werden konnte. Diese Einsicht muß notwendigerweise zu der Vorstellung geführt haben, daß ein Handeln erforderlich war, das aus dem Subjekt ohne unmittelbare Beziehung zum Liebesobjekt heraus geboren wurde. Goethe bedurfte in dieser besonderen Situation einer Identifizierung mit einer anderen Figur, wenn er jemals fähig sein sollte, jene Energie zu mobilisieren, die für eine Umwandlung des verletzlichen Teils seiner Persönlichkeit in einen geschützten erforderlich wäre. (In analytischer Terminologie: er kämpfte jetzt darum, ein Mittel zur Bewältigung seiner Übertragung zu finden.)

Tatsächlich gibt es eine Passage, die anzeigt, daß solche zweifellos in früheren Jahren gebildeten Identifizierungen wiederbelebt wurden. Am 24. Juni 1784, an jenem Tag, an dem er seine große Sorge um sein Gleichgewicht zum Ausdruck brachte, schrieb er an seinen Freund, den Komponisten Kayser,[86] der sich in Italien aufhielt:

> Ihre Briefe und Bemerckungen machen mir viel Vergnügen und ich finde Ursache Sie zu beneiden daß Sie das Land betreten und durchwandern das ich wie ein sündiger Prophete nur in dämmernder Ferne vor mir liegen sehe.[87]

Das bezieht sich auf Moses, der das Land Kanaan nur sehen, aber keinen Fuß auf dessen Boden setzen durfte. Was bedeutete nun dieser plötzliche Selbstvergleich mit Moses?[88] Worin bestand die Sünde, die ihn davon abhielt, seinen Fuß auf italienischen Boden zu setzen? Moses' erhabenstes Ziel, die wirkliche Mission seines Lebens, war es, Kanaan mit seinem Volk zu erreichen. Hatte Goethe eine lang gehegte, gleich leidenschaftliche, ihn verpflichtende Bestimmung auf der persönlichen Ebene, zuletzt nach Italien zu kommen, wie sie Moses auf der gesellschaftlichen Ebene besaß, das Land Kanaan zu erreichen? Warum tauchte dies, fragt man sich, nicht öfter in seinen Briefen an Charlotte von Stein auf? Bis dahin wußte Charlotte von Stein nur – wenn die Briefe einen zutreffenden Eindruck von den Hauptthemen des Gedankenaustauschs zwischen ihnen vermitteln –, daß er sie schriftlich um eine Landkarte von Italien gebeten hatte (am 26. November 1783).[89] Wenig später (am 14. Dezember 1783) machte er eine spielerische Bemerkung:

> Diesen Abend komme ich zu dir, wir wollen zusammen in ferne Länder gehn; und zusammen überall glücklich seyn.[90]

Das war als spielerisches Vergnügen gemeint, da sie damals Reisebeschreibungen zusammen lasen (vgl. 107, 1, S. 205). Hätte sie von der Psychoanalyse gewußt, wäre ihr Argwohn vielleicht durch eine übertriebene Bemerkung in seinem Brief vom 7. November 1782 erregt worden, daß es auf der Karte der ganzen Welt keinen Platz gäbe, an dem er nicht in Liebe und Treue an sie denken würde.

Im Hinblick auf die späteren Ereignisse kann man die Frage stellen, wann die Idee einer Italienreise bei Goethe zuerst konkrete Gestalt annahm. Überkam sie ihn, als er um eine Landkarte von Italien bat, oder war der lustige Scherz vom 14. Dezember vielleicht der dunkle Ausdruck der Phantasie, mit Charlotte von Stein Weimar zu verlassen und den Rest seines Lebens mit ihr und Fritz in der Fremde zu verbringen? Solche Ideen kamen gelegentlich schon früher vor, aber mehr in folgender Gestalt: ›Wie schön wäre es, wenn…, aber ich weiß, es ist unmöglich.‹ Um diese Zeit herum (den 8. Dezember 1783?) schrieb er wahrscheinlich die Bemerkung:

> Was doch gut ist daß der Mensch nichts voraus weis. Dich zwey ganzer Tage nicht zu sehen, wäre mir gestern früh unerträglich gewesen.[91]

Auch diese Bemerkung versetzt einen im Licht der späteren Ereignisse in Erstaunen.

Ein anderer Zug, der sich auf die allgemeine Psychologie der Liebe bezieht, wird in dieser Zeit bemerkbar. Charlotte von Stein war für ihn nicht mehr nur eine Lebensgegenwart, sondern wurde auch ein Teil der Vergangenheit, d. h. ihre Beziehung erhielt historische Strukturen. So schrieb er an sie am 6. September 1784 von einer Reise:

> Wie deine Liebe mir nah ist mag ich nicht sagen. Vor sieben Jahren schrieb ich dir auch von hier. Nach und nach komm ich immer wieder dahin wo ich schon deiner gedacht mich mit dir unterhalten hatte.[92]

In einer solchen »historischen« Erinnerung liegt ein Vorwurf. Als Goethe in Ilmenau war, erinnerte er sich an eine kleine Szene, die sich vor acht Jahren ereignet hatte. Er erwähnte sie in seinem Brief vom 23. Februar 1784 und verleibte sie später seiner überarbeiteten Fassung des *Werther* (vgl. 44) in folgender Weise ein. Lotte gibt sich verführerisch, indem sie einem Kanarienvogel erst ihre, dann Werthers Lippen hinhält, der folgendermaßen reagiert:

> Sie sollte es nicht thun! sollte nicht meine Einbildungskraft mit diesen Bildern himmlischer Unschuld und Seligkeit reizen und mein Herz aus dem Schlafe, in den es manchmal die Gleichgültigkeit des Lebens wiegt, nicht wecken! – Und warum nicht? – Sie traut mir so! sie weiß, wie ich sie liebe![93]

Die Meinungsverschiedenheit zwischen Goethe und Charlotte von Stein über die Leidenschaftlichkeit seines Betragens war anscheinend aus ihrer Beziehung seit langem verschwunden, und Goethe hatte die Kontrolle über seine Leidenschaft in Gegenwart der geliebten Frau gewonnen. Als er aber in jenem Saal in Ilmenau saß, erinnerte er sich, wie reizvoll sie zu jener Zeit gewesen war. Daß Goethe aus den vielen möglichen Alternativen diese kleine Episode für die Umarbeitung seines *Werther* auswählte, läßt an viele Implikationen denken, zuerst an einen Vorwurf. Da Charlotte von Stein nicht wie die erste Lotte unschuldig war, bedeutete dies fast: ›Lotte zerstörte Werther aus Versehen; du aber solltest weiser sein und nicht riskieren, daß die Phantasie Wirklichkeit wird, indem du mich mehr als notwendig aufreizst.‹ Ich erinnere daran, daß Goethe sich kurz danach (im Brief vom 6. Mai 1784; siehe oben, S. 969) darüber beschwerte, Charlotte von Stein reize ihn unnötig.

Seine Beziehung zu Charlotte von Stein erhielt vermutlich eine geschichtliche Struktur, welche, da sie einen Anfang und eine Entwicklung implizierte, auch ein Ende einschloß. Das Gefühl wirklicher und erhabener Liebe übersteigt, denke ich, die gewöhnlichen Grenzen der Zeit, durch die das Erleben von Ereignissen beständig strukturiert wird. Im Zustand äußerster Liebe wird die Gegenwart immer wieder als so überwältigend neu und überraschend erlebt und kann daher mit nichts, was sich in der Vergangenheit zugetragen hat oder von dem man erwarten kann, daß es in der Zukunft erlebt wird, verglichen werden; Vergangenheit und Zukunft werden von der Gegenwart überschattet und gerinnen deshalb zu vernachlässigbaren Anhängseln der Dimension der Gegenwart. Ich denke, daß man ähnliche Beobachtungen bei der Art der Zeiterfahrung bei einem religiösen Menschen machen kann, wenn dieser Gott anbetet. Die absolute Umwandelbarkeit Gottes, seine Existenz außerhalb von Vergangenheit und Zukunft, seine immerwährende Gegenwart, wie sie vom religiösen Menschen vorgestellt wird, begründet einen der Faktoren, die den Glauben an das Bild Gottes berühren. Die Tatsache, daß Goethe in seiner Beziehung zu dem Liebesobjekt etwas als geschichtlich ansehen konnte, kann zeigen, daß er eine wachsende Distanz zu ihr gewonnen hatte, daß er sich selbst genug befreien konnte, um eine Position eines Quasi-Außenstehenden einzunehmen, der Rückschau halten und sehen kann, wovon er sich früher vollständig eingeschlossen fühlte.

Dies war ein weiterer Schritt in der Entwicklung, die mit seiner Entschuldigung für sein Sich-Wiederholen im Ausdruck seiner Liebe begann. Wir finden eine noch stärkere Feststellung auch in einem Brief dieser Phase. Er stammt aus der Zeit, als er in Eisenach war, wo er, wie schon erwähnt, besonders stark unter der Trennung von ihr litt. Er schrieb:

> Noch habe ich keine fröhliche Empfindung gehabt seit ich hier bin und sie wird mir auch erst bey deinem Anblick wieder werden du lieber Innbegriff meines Schicksals.
> Wenn ich mir auch vornehme dich nicht mit meiner monotonen Leidenschaft zu unterhalten; so fliest es mir widerwillen aus der Feder.[94]

Hier nennt er seine Liebe monoton, als ob sie ein Zwang geworden sei und ihr jene glühenden, immer wechselnden Farben fehlten, die das ›ich liebe dich‹ von gestern schal, aber das ›ich liebe dich‹ von heute zum süßesten und originellsten Wort, das überhaupt ausgesprochen werden kann, macht. Nebenbei gesagt war es der Tag, an dem Goethe so entzückt war, den Prinzen herzlich zum Lachen gebracht zu haben, wie schon erwähnt (siehe Seite 968). Der Brief schloß mit:

> Fritz hat an meine Mutter geschrieben, und er räth mir gar sehr an sie zu besuchen er kann nicht begreifen daß ich so viel zu thun habe.[95]

Ich behaupte aber, daß es nicht nur der Junge war, der das nicht verstehen konnte; es gab noch viele andere, Goethe eingeschlossen. Wußte er nicht von seiner Mutter, daß zwischen ihnen niemals Monotonie bestehen würde? Wurde Charlotte von Stein zum Inbegriff seines Schicksals als einer notwendigen Schranke gegen die Versuchung zur Regression auf eine enge Beziehung zu seiner Mutter, die zu überwinden für ihn absolut notwendig war? Ließ er Fritz eine Lust genießen, die er sich selbst versagen mußte, und bat er indirekt Charlotte von Stein, sich in diesen Wechsel zu fügen?

Das dichterische Werk dieser Periode, von dem man weiß, daß es aus Goethes Beziehung zu Charlotte von Stein entstand, waren *Die Geheimnisse*, die in dieser Zeit begonnen wurden und von denen Goethe den größeren Teil schrieb, das Gedicht aber nie vollendete. Goethes lyrische, Charlotte von Stein gewidmete Eingebung war anscheinend für eine ganze Zeit ausgetrocknet. Seine kreative Hauptkraft war auf den *Wilhelm Meister* konzentriert, einen Roman. Einige höchst bewegende Gedichte wurden in Verbindung mit dem Roman geschrieben, und obgleich sie sich vielleicht noch mittelbar auf Charlotte von Stein beziehen, ist es wichtig festzuhalten, daß seine Gefühle für sie nicht mehr zu jenen erhabenen spontanen lyrischen Ausbrüchen größter Dichtkunst führten. Das zeigt vielleicht am stärksten an, in welchem Ausmaß sich die gesamte Beziehung vom Niveau des Primärvorgangs zum Sekundärvorgang hin verschoben hatte. In der Konsequenz davon erlaubte sich das Unbewußte keine Einbrüche mehr, denen das Ich mit wilden und schönen Versen zu begegnen versuchte.

Im Hinblick auf *Die Geheimnisse* zeigt sich eine gewisse Anstrengung, ein Bedürfnis, sich selbst zu zwingen, schon im frühesten Hinweis auf das ganze Unternehmen in einem Brief an Charlotte von Stein, der erst kürzlich aufgefunden wurde (vgl. 545). Dort lesen wir (24. Juli 1784):

> Wenn ich das Gedicht anfange so geschieht es nur um deinetwillen; so sehr ich dir bekannt bin und an meinem ganzen Wesen dir nichts neues ist; so hoffe ich doch, es sollen Stellen dir unerwartet seyn.[96]

Verständlich, daß die Produktion eines umfangreichen Gedichts auf der Grundlage einer solchen Motivation eine Plackerei werden mußte.

Im März 1785 hatte Goethe die Absicht, zwei Strophen täglich zu schreiben, um mit der Arbeit voranzukommen, aber er konnte diesen Plan lange Zeit nicht einhalten (vgl. 261, Teil 1, 1, S. 55, Anmerkung 1). Das Werk besteht in seiner jetzigen Form aus zwei ursprünglich vereinten Teilen: Der erste, genannt *Zueignung*, hat vierzehn Strophen, dient von 1815 an als Einleitung zu Goethes gesammelten Werken und hat sich so einen prominenten Platz erobert; der zweite Teil, *Die Geheimnisse*, besteht in der jetzigen unvollendeten Form für sich aus fünfundzwanzig Strophen. Drei ursprünglich für *Die Geheimnisse* geschriebene Strophen wurden später fallengelassen.

Bevor ich das Hintergrundmaterial vorstelle, aus dem ich Schlußfolgerungen hinsichtlich der unbewußten Bedeutung des epischen Gedichts ziehen will, möchte ich kurz einen Umriß des Inhalts geben.

Als der Dichter an einem strahlenden Morgen einen Berg hinaufeilt, kommt plötzlich Nebel auf, aus dem eine gottähnliche Frau auf ihn zutritt. Er erkennt in ihr die eine einzige Frau, nach der er sich schon als Knabe gesehnt hat und die in seine Wunden, mit denen das Leben ihn heimgesucht hat, Balsam goß. Sie gab ihm Ruhe, wenn er von Leidenschaften geschüttelt wurde, und durch sie allein will er Glück genießen. Es gibt viele, die glauben, sie zu besitzen. Aber sie irren, so wie er selbst, als er viele Freunde hatte. Jetzt kennt er sie wirklich, aber er ist allein und muß sein Glück in Einsamkeit genießen. Die Frau tadelt ihn nachsichtig. Sie hatte recht, sich ihm nicht zu offenbaren, denn er selbst glaubte, ein Übermensch zu sein, sobald er aus den Kinderschuhen herausgewachsen war. Warum hat er seine männlichen Pflichten vernachlässigt? Wie viel, denkt er, unterscheidet er sich von anderen? Er sollte sich selbst kennen und mit der Welt in Frieden leben. Der Dichter bittet um Vergebung; von nun an wird er den vollen Wert ihrer Gaben anerkennen, und er will auf dem Weg mit seinen Mitbrüdern voranschreiten. Die göttliche Frau vergibt ihm, und der Dichter fühlt neue Freuden aufkommen. Die Nebel verschwinden, und er sieht wieder Tal und Himmel. Jetzt gibt ihm die Frau einen Schleier, der für ihn schon seit langem bestimmt war. Der glückliche Mensch, der dieses Geschenk mit stiller Seele annimmt, wird an nichts Mangel leiden. Es ist der Schleier der Dichtung aus der Hand der Wahrheit. Mit ihm kann er die Angst einflößende Ungewißheit des Lebens bannen, das Grab wird ein Wolkenbett, und die Lebenskrisen werden befriedet. Das Gedicht schließt mit dem Appell des Dichters an seine Mitmenschen. Sie gehen gemeinsam dem nächsten Tag entgegen, wenn die Bürde des Lebens drückend wird:

> So leben wir, so wandeln wir beglückt.
> Und dann auch soll, wenn Enkel um uns trauern,
> Zu ihrer Lust noch unsre Liebe dauern.[97]

Die göttergleiche Frau, die der Dichter, wie er sagt, nicht beim Namen nennen will, ist offenbar seine Muse, d. h. Charlotte von Stein. Wieder projiziert er ihren Einfluß, diesmal als eine Art Schutzengel, in die Vergangenheit. In diese einfache Handlung verflicht Goethe Gedanken über seine eigene Entwicklung und vergleicht die Sturm-und-Drang-Periode mit der Gegenwart, wo die Dichtung nicht nur dem Ausdruck innerer Vorgänge dient, sondern die Wahrheit enthalten muß, d. h. die korrekte Repräsentation der Realität in der Dichtung wird ein fester Teil seiner Kunst.

An der Oberfläche scheint die *Zueignung* ein unambivalenter Ausdruck der Verherrlichung von Charlotte von Stein zu sein. Wie konnte er sie mehr preisen als durch ein Gleichsetzen mit seiner Muse? Indirekt kam Goethe hier auf früher zum Ausdruck gebrachte Gedanken zurück, nämlich daß er sie schon in seiner Kindheit gekannt und sie ihn durch das ganze Leben begleitet habe. Dieser Gedanke wird darin neu ausgedrückt, daß er alles, was er ist, ihr verdankt. Die Tatsache seiner Isolierung aber, die Bewältigung dessen, was er in dem Gedicht als eine von der Muse auferlegte Aufgabe beschreibt, erscheint biographisch in einem anderen Licht. Indem er die Muse so sprechen läßt, gibt er dadurch nicht Charlotte von Stein zu verstehen, sie möge ihm Freiheit gewähren, die Isolierung sei für ihn untragbar geworden und er erwarte von ihr, sie möge seinen Kampf um wirkliche Unabhängigkeit erleichtern?

Versäumst die Pflicht des Mannes zu erfüllen![98]

Das klingt in diesem Kontext besonders doppelsinnig und kann sich unbewußt auf seinen Junggesellenstand bezogen haben.

Bewußt aber beklagte sich Goethe zu jener Zeit über eine andere Art der Isolierung. Am 13. August 1784 schrieb er an Charlotte von Stein:

> Ich kann dir versichern daß ausser dir Herders und Knebeln ich iezt gar kein Publikum habe.[99]

Am 22. August 1784 schrieb er im künstlichen Medium der französischen Sprache an sie:

> Tu m'as isolé dans le monde je n'ai absolument rien a dire a qui que ce soit, je parle pour ne pas me taire et c'est tout.[100]

Interessanterweise fügt er dies einem anderweitig abgeschlossenen Brief an, damit er diesen nicht, wie er erklärte, mit einer leeren Seite abschicke, denn dies wäre dem Reichtum seiner Liebe nicht angemessen. Ich habe schon den konstruktiven Aspekt von Isolierung in dieser Phase dargelegt; jetzt stellt Goethe die schmerzlichen Folgen in den

Vordergrund. Das Gedicht, das scheinbar das Liebesobjekt verherrlicht, bringt mittelbar eine schwere Anschuldigung zum Ausdruck. Goethe scheint gefühlt zu haben, daß er die Isolierung nicht durchbrechen konnte, solange er seinem Liebesobjekt nahe war.

Wieder in Französisch schrieb er am 30. August 1784:

> Non mon amour pour toi n'est plus une passion c'est une maladie, une maladie qui m'est plus chere que la santé la plus parfaite, et dont je ne veux pas guerir.[101]

Und dann schreibt er von seinem großen Gedicht, das ihm in ihrer Abwesenheit eine so große Hilfe ist. Er hatte recht. Seine Liebe zu ihr war eine Krankheit. Sie war fast identisch mit der Übertragungsneurose, die sich in der Beziehung eines Patienten zu seiner Analytikerin entwickelt. Seine Symptome hatten eine Wendung zum besseren genommen. Die Depressionen waren milder geworden; die Fähigkeit zu arbeiten war unauslöschlich, er verfolgte sein literarisches Werk, das Schreiben seines Romans, die Jahre hindurch beständig, und jedes Jahr fügte er dem Manuskript ein neues Buch hinzu. Dieses Sich-Widmen einer literarischen Aufgabe über viele Jahre hin war sicherlich eine neue Leistung in Goethes Leben. Aber wie ein Patient sich nicht aus der Reichweite seiner Übertragungsbeziehung heraus bequemen will, so wollte auch Goethe seiner Krankheit, die mit Charlotte von Stein identisch war, kein Ende machen. Seine Angst vor der Ungewißheit, ob er fähig sein würde, seinen neuen Lebensstil ohne den Schutz des Liebesobjekts fortzusetzen, war noch zu groß. Das Entsetzen vor dem Schmerz infolge seiner Trennung von der geliebten Frau schien ihm noch unerträglich zu sein, ganz abgesehen von den Schuldgefühlen und Selbstvorwürfen bei dem Gedanken, die Einzige zu verlassen, der er so viel verdankte. Das Gedicht muß deshalb als mittelbare Bitte verstanden werden, seine große und verständnisvolle Freundin möge weise genug sein, wie eine wahre Muse zu handeln, der nur das Wohlergehen des Dichters, d. h. sein kreatives Potential, am Herzen liege und die ihn aus der Isolierung entlassen möge, die sich um ihn herum gebildet hatte.

Der manifeste Inhalt des Gedichts ist wirklich das größte Lob, das ein Dichter seiner Liebe schenken kann. Und Charlotte von Stein konnte wirklich stolz sein. Trotz der Moderiertheit seiner Sprache — alle Wildheit und ungestümen Ausbrüche waren getilgt — wurde die

Unterwerfung unter die Form, die jedem Vers seine Schönheit verleiht, nicht in einer Weise vollzogen, welche andere dichterische Werte vernachlässigte, und ausgenommen eine Ausgabe seiner Werke im Jahr 1808 (aus einem lange aufgestauten Groll gegen Charlotte von Stein?) leitete dieses Gedicht die verschiedenen Ausgaben von Goethes Gesamtwerk ein. Es ließ sie also mittelbar wissen, was er ihr für immer verdankte.

Wenn man nun hinter diesem manifesten Inhalt den vorausgeworfenen Schatten eines Versuches, dieses Band aufzulösen, entdeckt, sollte man diesen Versuch als Ausdruck von Ambivalenz bewerten? Ich bezweifle es, wenigstens bei diesem Stand der Dinge. Hier wurde die Forderung im Dienst des Überich erhoben, deren Ratio war, die künstlerische Integrität zu bewahren. Anscheinend hätte das Lustprinzip wenigstens teilweise bei der Aufrechterhaltung des jetzigen Zustandes gute Dienste geleistet. Hier bestand der Wunsch, in Liebe und Dankbarkeit auf Verlangen der geliebten Frau zu scheiden. Auch sie sollte dieselbe erhabene Entsagung aufbringen, die er in qualvollem Kampf von ihr gelernt und so stark verinnerlicht hatte, daß sie ihn niemals mehr verlassen würde. Man kann in der Tatsache, daß er den Anfang des Gedichts, anscheinend die *Zueignung*[102] – oder so viel davon, wie er im ersten Anlauf hervorgebracht hatte – den Herders schickte mit der Bitte, sie Charlotte von Stein zu senden, einen Zug von Ambivalenz entdecken. Die Zusendung des Gedichts an die Herders kann man aber auch als eine Art Veröffentlichung lesen, als einen Akt, der das Stück erstmals zu dem *Poem* machte, was mehr war als ein Gespräch und mehr als ein bloßes Gedicht für sie. So gesehen handelt es sich um eine lebhafte und entschiedene, wenn auch geringe Behauptung des Vorrangs seines kreativen Lebens vor seiner Liebesbeziehung. Da das Gedicht dazu bestimmt war, Charlotte von Stein zu verherrlichen, hätte es natürlich zuerst an sie geschickt werden sollen. Wie es wahrscheinlich mit den Briefen geschah, welche die Entdeckung des Zwischenkieferknochens ankündigten, so wurde wieder der erste der beiden Briefe, der das Entstehen eines neuen Gedichts anzeigt, an Herder geschrieben. Diesmal gibt es keinen Zweifel, da der Brief an die Herders den Vermerk »Sonntag d. 8. Aug. 84 Abends halb 10 Uhr.« trägt [WA IV, 6, S. 333] und der Brief an Charlotte von Stein »Abends 10 Uhr« verzeichnet. Der erste Satz an Charlotte von Stein zeigt auch, in welchem Maße die homosexuelle Konkurrenz angewachsen war:

Anstatt dir so offt zu wiederhohlen daß ich dich liebe schicke ich dir durch Herders etwas das ich heute für euch gearbeitet habe.[103]

Im selben Brief schrieb er weiter:

Um mich zu beschäfftigen und meine unruhigen Gedancken von dir abzuwenden habe ich den Anfang des versprochnen Gedichtes gemacht, ich schicke es an Herders von denen erhälst du es.[104]

Das Gedicht zu schreiben wurde durch den Bruch seines Wagens ausgelöst, als er auf einer Reise war. Das Nutzen des ungewollten Aufenthalts als Gelegenheit zum Verfassen von Dichtung ist vergleichbar jener früher erwähnten Situation, als er bei seiner Rückkehr von der Reise, auf der er Klopstock begleitet hatte, aufgehalten wurde. Auch da führte das Verfassen einer Dichtung die durch die aufgehaltene Bewegung aufgestaute Energie ab. Im Fall von Klopstock war die Befreiung von einem Vaterersatz darin eingeschlossen. Diese Parallele kann meine Interpretation begünstigen, daß die *Zueignung* auch ein Verlangen nach Freiheit war.

Das Hauptgedicht, *Die Geheimnisse*, widerspricht meinem Eindruck nach meiner Interpretation der *Zueignung* nicht. In den *Geheimnissen* (WA I, 16, S. 169–183) gibt es viele symbolische Passagen, die noch nicht ausreichend erklärt worden sind (vgl. 13), die uns aber in diesem Zusammenhang nichts anzugehen brauchen.

Der Inhalt ist folgender: Bruder Markus kommt auf seiner Wanderung durch schwieriges Gelände unverhofft an ein großartiges Gebäude. Er wird gastfreundlich aufgenommen und sagt seinem Gastgeber, daß er »auf die Befehle höhrer Wesen« geschickt sei. Zwölf Ritter wohnen dort unter der Führung eines dreizehnten, genannt Humanus:

Humanus heißt der Heilige, der Weise,
Der beste Mann, den ich mit Augen sah:[105]

Es gibt eine Verbindung zwischen der Ankunft von Markus und der bevorstehenden Abreise des Führers. Markus erfährt das Ziel dieser Gemeinschaft und die Geschichte des Humanus. Das unvollendete Gedicht bricht ab mit der Erzählung einer nächtlichen Vision von drei fackeltragenden Jünglingen. Die zugrundeliegende Idee[106] bestand anscheinend darin, verschiedene Religionen oder religiöse Aspekte, die durch die zwölf Mönchsritter repräsentiert werden, zu erörtern und zu zeigen, daß jeder von ihnen ein individuelles Ideal verkörpert, das seinen Wert in sich selbst hat. Jeder der Ritter sollte also seine eigenen Erlebnisse mit Humanus berichten. Der Grund für die Abreise des Humanus ist nicht ersichtlich, weder aus dem Fragment noch aus Goethes Kommentar. Offensichtlich ist nur, daß der allgemeine Plan des Gedichts vorsah, Markus den Platz von Humanus einnehmen zu lassen.

Wenn wir jetzt zu dem biographischen Zusammenhang zurückkehren, innerhalb dessen das Gedicht geplant und geschrieben wurde, sollte ich das Thema der Ankunft eines Mannes in einer gut geordneten, straff organisierten Gruppe und die Abreise eines anderen hervorheben. Ich vermute, daß die beiden Ereignisse, die unter dem Aspekt von Goethes Biographie zehn Jahre auseinander liegen, in dem Gedicht zu einem zusammengezogen und auf zwei verschiedene Personen verteilt wurden. Markus und Humanus können beide als idealisierte Bilder von Goethe selbst angesehen werden, das eine, wie er war, als er in Weimar ankam, und das andere, von dem er dachte, wie er bei seiner vorweggenommenen Abreise sein würde, und beide mögen die enorme Strecke umreißen, die er während dieser Zeitspanne in der Entwicklung seiner Persönlichkeit zurückgelegt hatte. Natürlich war er nicht ganz so naiv bei seiner Ankunft in Weimar wie Markus und bei der Vorstellung seiner künftigen Abreise nicht ganz so abgeklärt wie Humanus, aber die beiden Arten von Goethes Auftreten mögen ungefähr denen von Markus und Humanus geähnelt haben.[107]

Einige Strophen des Gedichts sind der Biographie des Humanus gewidmet, und der ihm zugewiesene Typ von Lebensgeschichte ist bemerkenswert. Einige Elemente stammen aus der christlichen oder einer anderen antiken Mythologie: ein Geist kündigt ihn seiner Mutter an; bei seiner Taufe scheint ein Stern heller; ein Geier, der sich friedlich unter die Tauben mischt; als Kind erwürgt er eine »Otter«, die seine Schwester bedroht, als die Amme mit Entsetzen davonrennt; auf Befehl seines Schwertes springt eine Quelle aus dem trockenen Felsen, die zu einem Bach anschwillt.[108] Wenn ein Mensch von der Natur bevorzugt ist, vollbringt er natürlich vieles. Was aber Humanus zum Objekt solchen Rühmens macht, ist sein Sieg über sich selbst, der ihn von allen Mächten befreit, welche die Freiheit des Menschen einengen. Er befolgte seines Vaters barsche Befehle so treu, wie es eine Waise getan hätte, die einer Belohnung bedarf. Er leistete Knechtsarbeit und gehorchte den Anordnungen aller älteren Leute, als er beim Militär diente. Er versorgte die Verwundeten, und jeder liebte ihn wegen seiner unerschütterlichen Heiterkeit:

Und nur der Vater schien nicht sein zu achten.[109]

Doch Humanus ertrug die Last der elterlichen Disziplin mit Leichtigkeit, Gehorsam war das A und O seines Lebens. Wie andere Jungen durch Lust motiviert werden oder der Jüngling durch Ehre, so wurde er nur durch den Willen anderer angetrieben.[110] Vergeblich erfand sein Vater neue Prüfungen; immer mußte er den Jungen loben. Zuletzt aber gestand auch der Vater die Vortrefflichkeit des Sohnes ein und erkannte dessen Rechte als Erwachsener an.

Es ist überraschend, daß Goethe den Vaterkonflikt und Humanus' Verhalten darin in den Mittelpunkt der Lebensgeschichte stellt, als ob vollständige und kompromißlose Unterwerfung unter die väterlichen Forderungen eine besondere Bestimmung zu späterer Heiligkeit begründen. Das ist um so beeindruckender, weil Goethes Persönlichkeit sich von diesem Typ so sehr unterschied, denn er unterwarf sich sehr selten den Befehlen seines Vaters. Im Hinblick auf diesen Unterschied können wir annehmen, daß Goethes jüngste Unterwerfung unter die höchst anstrengende Arbeit der Aktenstöße, Rechtssachen und Rechnungen auch als später Gehorsam gegenüber seinem Vater gemeint war, so als ob er einen früheren Ungehorsam ungeschehen machen wollte. Diesen späten Gehorsam (vgl. 167, S. 271) stellte Goethe in Humanus als ein tatsächlich wirkliches Verhaltensmuster der Vergangenheit dar. Oder mit anderen Worten, Goethe bot eine Lebensgeschichte an, von der er wünschte, daß sie seine eigene wäre. So wurden unter dieser Hauptidee viele Gründe für Schuldgefühle ausgeräumt; Gefühle der Bitterkeit und Rebellion, die in seiner Beziehung zu seinem Vater vorgeherrscht hatten, waren zu geduldiger und liebender Unterwerfung herabgemildert. Meine Schlußfolgerung lautet, daß die Friedfertigkeit[111] zwischen Vater und Sohn, so wie sie in *Die Geheimnisse* geschildert wird, die freundlicheren Gefühle zeigt, die Goethe durch das Durcharbeiten des Ödipuskomplexes erworben hatte. Da er selbst über seinen Vater wirklich weniger bitter empfand oder es wenigstens versuchte, konnte er den idealen Helden des Epos als ehemals unterwürfigen Jüngling darstellen.

Man möchte ferner gern wissen, ob Goethe die mythologischen Züge, mit denen er Humanus' Säuglingszeit und die frühe Kindheit ausstattete, Elemente sind, die man, obwohl sie offenbar aus verschiedenen Mythologien stammen, als ausgeschmückte Kindheitsphantasien Goethes über seine eigene Vergangenheit betrachten kann. Es gibt auch einen seltsamen Gegensatz zwischen Markus, einer Figur ohne Geschichte, und Humanus, dessen Schicksal historisch gestaltet ist, bevor er geboren wird. Markus ist bloß ein Werkzeug in den Händen der Vorsehung und kommt und geht nach dem geoffenbarten Willen einer höchsten Macht; Humanus erfüllt den Willen des Schicksals, indem er ihn verinnerlicht und zu seinem eigenen macht. Markus stolpert sozusagen in seine erhöhte Position; Humanus hat die seine durch eigene Anstrengung und Verdienste erworben. Markus' Heiligkeit ist eine negative: er bewahrt seine unschuldige Naivität nicht in der Konfrontation mit weltlichen Versuchungen; er ist naiv geboren und wird naiv sterben. Das kann man von Humanus nicht sagen.[112] Diese beiden entgegengesetzten biographischen Typen sind, denke ich, zwei Aspekte, die Goethe hinsichtlich seiner eigenen Lebensgeschichte dämmerten. Er begann anscheinend, sich selbst auf der einen Seite als Ausführenden einer höheren Entscheidung zu sehen und auf der anderen Seite als jemand, der sein eigenes Schicksal handelnd gestaltet hat gemäß einer übergeordneten moralischen Kraft, deren Willen und Absicht zu ergreifen er glücklich genug war.

Goethe war an diesem Punkt offenbar fähig, aus dem Zusammenhang seines eigenen Lebens herauszutreten und ihn unter verschiedenen Aspekten sich vor Augen zu stellen. Gleichzeitig wurde das Verlangen geweckt, einen Mythos über sich selbst zu schaffen oder von sich selbst als Gegenstand eines Mythos zu denken. Diese Fähigkeit ist eine der stärksten Ausdrücke seiner Veränderung vom Zustand eines getriebenen Wesens zu dem eines handelnd gestaltenden. Goethes Gedanken über das, was der Mensch über sich selbst wirklich weiß und nicht weiß und wo die Fallen für die Befriedigung der biographischen Strebungen aufgestellt sind, reichen bis ins Jahr 1782 zurück. Am 4. Oktober dieses Jahres schrieb er an Lavater in unmittelbarer Anspielung auf dessen Geständnisse:

> Es ist immer sehr intereßant dergleichen zu lesen, ob ich gleich wieder dabey die Bemerkung gemacht habe, daß wenn ich so sagen darf, der Leser eine eigene psychologische Rechnungsoperation zu machen hat um aus solchen Datis ein wahres Facit heraus zu ziehen. Ich kann meine Idee iezo nicht auseinander legen, nur so viel davon: Das was der Mensch an sich

bemerkt und fühlt, scheint mir der geringste Theil seines Daseyns. Es fällt ihm mehr auf was ihm fehlt, als das was er besizt, er bemerkt mehr was ihn ängstiget, als das was ihn ergözt und seine Seele erweitert; denn in allen angenehmen und guten Zuständen verliert die Seele das Bewußtseyn ihrer Selbst, wie der Körper auch, und wird nur durch unangenehme Empfindungen wieder an sich erinnert; und so wird meistentheils, der über sich selbst und seinen vergangenen Zustand schreibt, das enge und schmerzliche aufzeichnen, dadurch denn eine Person, wenn ich so sagen darf, zusammenschrumpft. Hierzu muß erst wieder das, was wir von seinen Handlungen gesehen, was wir von seinen Schriften gelesen haben chymisch hinzugethan werden und alsdenn entsteht erst wieder ein Bild des Menschen, wie er etwa mag seyn oder gewesen seyn. Dies von vielen tausend Betrachtungen Eine.[113]

In *Die Geheimnisse* kann man, soweit es sich um ein autobiographisches Gedicht handelt, sehen, daß Goethe kein Opfer dieses Schrumpfungsprozesses zu werden brauchte, auf den er in seinem Brief an Lavater anspielt. Indem er sein eigenes Leben zwischen den beiden entgegengesetzten Polen (Humanus und Markus) unentschieden ließ, steckte er ein weites Gebiet der menschlichen Welt ab und überschritt die relative Enge von Wilhelm Meister, der letztlich innerhalb der engen Grenze der Mittelklasse blieb, wenigstens soweit die ursprüngliche Fassung gedieh. Goethes Leichtigkeit, sich selbst jetzt auf der Ebene und durch das Medium des Symbols zu erfahren, muß man ebenfalls — wenn meine Annahme über die biographische Grundkraft des Gedichts korrekt ist — als Beginn einer neuen Phase in seiner Fähigkeit, mit dem Problem von Aktivität und Passivität umzugehen, ansehen. In Humanus und Markus konnte sich Goethe offenbar selbst als ein zugleich aktives und passives Wesen sehen. Zumindest können wir das Gedicht als Beginn eines Versuches lesen, eine Lösung in Gestalt einer Versöhnung von zwei anscheinend unversöhnlichen Funktionen zu sehen, von denen jede im menschlichen Leben unverzichtbar ist. Die Verteilung dieser beiden Funktionen auf zwei verschiedene Charaktere zeigt aber die Distanz an, die überbrückt werden mußte. Diese Freiheit wird im Text als bevorstehende Abreise veranschaulicht, eine Abreise, auf deren Motivation es keinen Hinweis gibt. Einige Interpreten haben gemeint, Humanus handle unter einer Warnung des Todes. Es ist aber möglich, daß der Grund für Humanus' Abreise in dem Gedicht deswegen noch keine genaue Gestalt annimmt, weil der Autor unbewußt selbst noch mit derselben Entscheidung in seinem eigenen Leben kämpfte. Das ausdrückliche Nennen von Humanus' Beweggründen kann durch dieselbe Kraft verhindert worden sein, die Goethes Plan, nach Italien zu reisen, unentschieden ließ, d. h. von seinem Bewußtsein fernhielt.

Wie dem auch sei, die Möglichkeit, daß Goethe zu jener Zeit begann, sich sein Leben unter dem Aspekt von allgemeinen Prinzipien und nicht in einzelnen Situationen (wie es im *Wilhelm Meister* geschieht) vor Augen zu halten, ist ein biographisches Datum von nicht geringerer Bedeutung. Ich glaube, daß das Auftauchen solcher neuer Elemente in einer Lebensgeschichte davon abhängt, mit welchem Zustand der Vateridentifizierung man es zu tun hat. Der Vater ist eine der ersten Gestalten im Leben des Knaben, um die herum dieser einen Mythos bildet. In der Phantasie des Kindes ist alles im Leben des Vaters das Erzeugnis des Willens, und kein zufälliges Ereignis kann sich dem durch höhere Entscheidung des Vaters vorbestimmten Weg widersetzen. Es ist deshalb nicht zufällig, daß die zentrale Situation in *Die Geheimnisse* einen jungen Mann betrifft, der sozusagen noch nicht ein Schicksal gefunden hat, sondern auf den Zustand eines Mannes zugeht, dessen ganze Lebensgeschichte eine bestimmte Form erhalten hat. Beim Vergleich der Lebensgeschichte von Humanus und Markus wird man an den Unterschied erinnert, den der kleine Junge empfindet, wenn er auf das Leben seines Vaters blickt. Besonders während der Latenzperiode mag er auf das Leben des Vaters mit Neid blicken, da im Vergleich dazu sein eigenes Leben leer, bedeutungslos und ohne Gestalt erscheint angesichts der aufregenden Erzählung des Vaters über seine vergangenen und gegenwärtigen Leistungen und sogar angesichts des väterlichen Berichts über dessen eigene Kindheit. Dieser Schritt auf den Erwerb einer »Vaterbiographie« für sich selbst zu – symbolisiert durch Markus' Schritte in die Rolle des Humanus – kann gut mit Goethes Gefühl zusammengefallen sein, daß er den Gipfel der Selbstbeherrschung erreicht hatte, den Charlotte von Stein von ihm forderte. Weiterhin hat Humanus durch Knechtsdienste zuletzt die Bestätigung des Erwachsenseins erworben, so daß Goethe vielleicht fühlte, daß seine Zeit niederer Dienste geendet hatte.

Wie so oft kann man den Schlüssel eines wirklichen menschlichen Problems in einer Bemerkung entdecken, die Goethe um diese Zeit herum über die Beziehung eines anderen Menschen machte. Goethe stand mit dem Herzog von Gotha wegen eines Stipendiums für den Maler Tischbein im Briefwechsel. Der Herzog war mit Tischbeins Bildern offenbar nicht zufrieden, und Goethe versuchte den Wohltäter zu überreden, die Unterstützung fortzusetzen, obgleich er teilweise der Kritik des Herzogs zustimmen mußte. Er schrieb (am 19. April 1784):

> Das Bild mit den beiden Figuren hat wirklich viel Gutes, ob ich gleich gerne gestehe, daß es auch für mich wenig Reiz hat. Darf ich aber Ew. Durchl. etwas in's Ohr sagen, so finde ich in diesen Gestalten die Unschuld der Sitten unsres Künstlers. Hätte er die Reize des weiblichen Körpers mit Leib und Seele genossen, würde er nach diesem schönen Theile der Schöpfung mit unwiderstehlichen Trieben hingerissen, gewiß seine Gemälde würden mehr Leben und Wollust athmen, und er würde keinen räthselhaften Zwitter produciren.[114]

Ich bin mir keines anderen unmittelbaren Hinweises auf Sexualität in Goethes Briefwechsel jener Zeit bewußt. Diese eine Stelle sagt unumwunden, daß ein Künstler kein großer Maler sein kann, wenn er sexuelle Lust nicht aus eigener Erfahrung kennt. Unschuld des Herzens wird mit großer Kunst für unvereinbar gehalten. Sexuelle Leidenschaft und sexuelle Befriedigung erscheinen mehr oder weniger plötzlich und unangekündigt als Eckpfeiler künstlerischer Schöpfung. Traf dies aber nur auf Tischbein zu und auf einen Künstler, der sich des visuellen Mediums bedient, oder enthielt diese Enthüllung ein Prinzip, das für Kunst, für Schöpfung allgemein zutraf? Schadet ethische Rigorosität der künstlerischen Produktion? Ist es nicht so, daß große Kunst nur dann entsteht, wenn der ethische Anspruch auch einen Konflikt schafft? Wenn die ethische Forderung zu höchster Selbstbeherrschung führt und so die Saat von Konflikten austritt, woher sollte dann künstlerische Schöpfung ihre Kraft beziehen?

Dieses Problem kann uns vielleicht zu Humanus zurückführen. Mußte Humanus das Kloster verlassen, weil er zuletzt die vollständige Verinnerlichung eines ethischen Prinzips höchster Art erreicht und sich so außerhalb des Bereichs von Konflikten begeben hatte und nicht mehr richtig geeignet war, der Führer einer Gemeinschaft zu sein? Antworten auf diese Fragen müßten spekulativer Natur sein. Man kann nur feststellen, daß Goethe an dem Punkt, als er die höchst schwierige Entsagung des Mannes, nämlich das Opfer seiner männlich biologischen Rolle, bis zu einem Grad erreicht zu haben scheint, wo sie möglicherweise nicht mehr als Opfer erfahren, d. h. als der Schmerz der Entsagung auf ein Minimum reduziert und eine Art konfliktfreie Sphäre *scheinbar* errichtet wurde, daß Goethe sich an diesem Punkt mit Nachdruck der Forderung nach sexueller Befriedigung zuwandte. Sicher, die Forderung steht noch auf theoretischem Boden: sie wird um der künstlerischen Integrität willen erhoben. In einem anderen Zusammenhang in Goethes Briefwechsel, z. B. in dem auf Französisch geschriebenen Brief aus Weimar vom 20. September 1784 an Charlotte von Stein, findet man jedoch ebenfalls Empfindungen, die anscheinend mittelbar mit diesem Problem zu tun haben. Goethe wurde von seinem Freund Jacobi besucht, und er wünschte heftig, daß Charlotte von Stein, die sich zu jener Zeit auf ihrem Landgut aufhielt, mit ihnen beiden zusammenträfe. Er schrieb:

> Nous faisons si bien notre devoir ma chere Lotte qu'a la fin on pourroit douter de notre amour. Les affaires et l'amitié me fixent, l'oeconomie te retient, il m'est impossible d'aller te voir, je trouve tes raisons asses valables qui t'empechent de venir, et cependant je suis mecontent de toi et de moi que nous sommes si raisonnables.
> La presence de Jacobi me seroit doublement chere si tu etois avec nous. Il m'est impossible de parler de toi a qui que ce soit, je sais que je dirois toujours trop peu, et je crains en meme tems de trop dire. Je voudrois que tout le monde te connut pour sentir mon bonheur que je n'ose prononcer. Vraiment c'est un crime de lese amitié que j'existe avec un homme comme Jacobi avec un ami si vrai si tendre sans lui faire voir le fond de mon ame, sans lui faire connoitre le tresor dont je me nourris. J'espere que la Herder lui parlera de toi et lui dira ce que je n'ose lui dire.[115]

Zu vernünftig für die Liebe sein? Das ist ein neues Thema. Goethe verspürte offenbar den Drang, mit seiner Liebe zu Charlotte von Stein und ihrer Liebe zu ihm zu prahlen. Die Gründe für ihre Trennung zu dieser Zeit waren vom Standpunkt der Wirklichkeit aus tatsächlich wichtig, und trotzdem hatte Goethe recht, überrascht zu sein, daß sie beide zu solcher Vernunft fähig waren. Von Bedeutung ist auch zu bemerken, daß dieses Thema in einer Situation homosexueller Reize aufkam. Jacobis Frau war kurz zuvor gestorben, und er reiste in Begleitung seiner Schwester, eine Situation, die natürlich einen empfindlichen Punkt in Goethes Leben berührte. Wahrscheinlich benötigte er Charlotte von Stein als Schutz gegen homosexuelle Aktivierung, gerade so wie sie dieselbe Funktion in seiner Beziehung zu Herder erfüllte (siehe oben, S. 969). Warum aber fühlte Goethe sich gehemmt, mit Jacobi über Charlotte von Stein zu sprechen? Er hatte über sie mit Merck geredet, wurde aber für seine Aufrichtigkeit nicht belohnt, wie man sich erinnern wird (siehe oben, S. 684). Fürchtete er eine ähnliche Reaktion bei Jacobi? Das ist nicht wahrscheinlich, denn Jacobi war ein gänzlich anderer Typ als Merck. Ich erinnere aber daran, daß ich früher (S. 415) vermutet habe, daß Goethe gefühlt haben mag, er sei in einer Passage von Jacobis Roman *Woldemar* das Objekt von Spott. Wie dem auch sei, Goethe machte im Gespräch mit Jacobi bei ihrem Treffen in Weimar im September 1784 eine interessante Bemerkung. Jacobi berichtet:

> Ich erinnere mich, daß ich [...] einmal die Frage aufwerfen hörte: wie das menschliche Geschlecht wohl möchte fortgepflanzt worden sein, wenn der Sündenfall nicht eingetreten wäre? Goethe antwortete schnell: Ohne Zweifel durch einen vernünftigen Diskurs.[116]

Diese Bemerkung war natürlich sarkastisch gemeint.[117] Später (1797) veröffentlichte Goethe das folgende Distichon unter der Überschrift »Vergebliches Geschwätz«:

> Fortzupflanzen die Welt sind alle vernünft'gen Discurse
> Unvermögend; durch sie kommt auch kein Kunstwerk hervor.[118]

Unverhofft finden wir hier so etwas wie einen Beweis, daß Goethes früher zitierte Bemerkung zum Herzog von Gotha sich wirklich auf ihn selbst bezog. Wenn man die sarkastische Bemerkung zu Jacobi, das satirische Distichon und die Passage in dem Brief an Charlotte von Stein vom 20. September 1784[119] zusammennimmt, haben wir eine gut gesicherte Gedankenfolge: Geschlechtsverkehr wird durch Vernunft ersetzt → Gefahr von Unfruchtbarkeit → Vorwurf gegen Charlotte von Stein, die seine Kreativität nicht mehr wachsen läßt, sondern eher das Nervenzentrum seiner Existenz als Künstler zerstört.

Die Bemerkung zu Jacobi wurde nicht nur aus Sarkasmus gegen Charlotte von Stein geboren, sondern war auch unmittelbar gegen sich selbst gerichtet, als ob er sagen wollte: ›Menschen, die behaupten, daß Reden die Art fortpflanzt, so wie ich es tue, verhalten sich so, als ob Geschlechtsverkehr eine Rolle in meinem Leben spielte.‹ Wenn aber Verlaß auf Jacobis Erzählung ist, dann gingen Goethes Prophezeiungen über das Problem des Geschlechts hinaus, denn Jacobi berichtet auch, daß Goethe bei seinem Besuch sagte:

> Ich weiß wohl, sagte Goethe, daß man, um die dehors zu salvieren, das dedans zugrunde richten soll; aber ich kann mich denn doch nicht wohl dazu verstehen.[120]

Goethe bewegte also zu jener Zeit die Frage nach dem Nutzen und der guten Wirkung hoher moralischer Anforderungen. Diese Bereitschaft zu zweifeln verrät einen Mann, der nicht länger in Gefahr war, von einem Leidenschaftsausbruch überwältigt zu werden. Er war imstande, Leidenschaft zu meistern. Er sah sich Alternativen gegenüber und nicht mehr Notwendigkeiten. Während früher das ethische Prinzip ein unausweichliches Muß war, für dessen Erfüllung kein Opfer zu groß schien, wurde nun die moralische Verpflichtung etwas Relatives, was zwar tunlich zu befolgen war, aber keine eiserne Notwendigkeit mehr darstellte. In dem geplanten Epos *Die Geheimnisse* verfolgte Goethe einen religiösen Relativismus. Er stellte nicht nur das höchste Gut jeder Religion vor, das in seiner Eigenart vollkommen, wenn auch jeweils ganz verschieden sei, sondern die zwölf Mönchsritter sollten auch aus der subjektiven Perspektive des Humanus geschildert werden. Da alle zwölf Humanus als ihren Vorsteher akzeptiert hatten, wurde damit gesagt, ideales Verhalten sei ein relativer Begriff, der von seinen eigenen sozialen Folgen abhänge und von dem Glauben derjenigen, die über diese Folgen urteilten. Moralischer Relativismus ist oft eine Ausrede für Zügellosigkeit. Es gibt bei Goethe zu jener Zeit aber keine Anzeichen dafür. Es sieht eher so aus, daß die Verinnerlichung von Werten Zwang in Wahlfreiheit umgewandelt hatte.

Teil III

Lösungen und neue Probleme

Teil III
A

Die Italienreise
(3. September 1786–18. Juni 1788)

1. Kapitel

Vorläufige Lösungen

Wir treten jetzt in die Endphase jener Periode von Goethes Leben ein, die zu erforschen die vorliegende Studie sich vorgenommen hat. Sie führt uns zum Tag des 3. September 1786, als Goethe ohne Wissen von Charlotte von Stein und wahrscheinlich auch ohne daß es irgend jemand sonst, den Diener ausgenommen, wußte, sich von Karlsbad auf seine Reise nach Italien begab. Es war der wichtigste Tag seines Lebens, wenn ich so sagen darf, und hinter diesem Ereignis verbirgt sich eine psychologische Tatsache von höchster Bedeutung. In dieser Hinsicht hatte sie Goethe nach zehn Jahren in genau dieselbe Lage gebracht wie damals, als der Bote des Herzogs ihn am 3. November 1775 erreichte, um ihn nach Weimar mitzunehmen. Auch damals war er auf dem Weg nach Italien gewesen.

Ich sollte das für diese Phase signifikante Material nach Themen ordnen. Zuerst möchte ich in Betracht ziehen, was der Roman *Wilhelm Meister* berichtet, und dann übergehen zu einem Versuch, den Einfluß von Shakespeares *Hamlet* und Spinozas *Ethik* auf das letzte Entwicklungsstadium zu verstehen, das ihn aus Weimar und von seiner geliebten Charlotte von Stein wegführte.

Wilhelm Meister, 6. Buch, und der Fetisch

Das sechste Buch des *Wilhelm Meister* wurde zwischen dem 16. Oktober 1784 und dem 11. November 1785 geschrieben. Es war das letzte, das Goethe vor seiner Abreise schrieb. Trotz seiner Bemühungen kam er nicht weit darüber hinaus. Eine Übersicht über die Handlung folgt.

Wilhelms Schicksale nehmen eine zeitweilige Wendung zum Besseren. Als er verwundet auf dem Schlachtfeld liegt, erscheint eine neue Gruppe von Reisenden auf der Szene. Es sind wohlhabende Leute, die ihr Bestes tun, um ihm zu helfen. Er wird in die Stadt gebracht, wo der Rest der Theatertruppe eine dürftige Bleibe gefunden hat. Wilhelms Schauspielerfreunde machen ihn für ihre traurige Lage verantwortlich, und Wilhelm verspricht, den Schaden wiedergutzumachen, den sie erlitten haben, obwohl er keine Schuld hatte. Als die anderen in eine andere Stadt ziehen, um bei Serlo, einem bekannten Theaterdirektor, Beschäftigung zu suchen, bleibt er mit Mignon und dem Harfner zusammen. Nach einer Weile wird Wilhelm von Melina berichtet, daß Serlo ihren Vorschlag zurückgewiesen hat. Wilhelm folgt ihnen, hat aber keinen Erfolg mit seinem Versuch, Serlo umzustimmen. Er macht die Bekanntschaft von Aurelia, Serlos Schwester, einer Schauspielerin, deren Lebensgeschichte in allen Einzelheiten ausgebreitet wird. Wilhelm erläutert seine Ansichten über *Hamlet*, und als Serlo hört, daß er schon auf der Bühne gespielt hat, will er ihn für seine eigene Truppe engagieren, aber Wilhelm empfindet eine starke Abneigung dagegen, das Schauspielen zu seinem Beruf zu machen. Ihn erreicht die Nachricht, daß sein Vater gestorben ist und seine Mutter beabsichtigt, bald wieder zu heiraten. Als Serlo verspricht, auch seine Schauspielerfreunde zu engagieren, wenn Wilhelm das Angebot annimmt, willigt er ein und tritt in Serlos Truppe als Schauspieler ein.

Der Anfang dieses Buches enthält den Schlüssel zum Verständnis dieser Periode von Goethes Leben, und es ist deshalb angebracht, in die Einzelheiten einzusteigen. Wie wir sehen werden, beschreibt Goethe hier die psychologische Geschichte einer Fetischbildung.

Wilhelm wird auf dem Kampfplatz allein gelassen mit Mignon, die mit ihren Haaren das Bluten der Wunden zu stillen versucht, und mit Philine, in deren Schoß sein Kopf ruht. Sie hören Lärm und fürchten einen neuen Angriff, aber zu ihrer großen Freude erscheinen Retter in Gestalt einer anderen Reisegruppe. Eine schöne Frau nähert sich ihnen; sie reitet auf einem Schimmel und wird von einem älteren Mann und mehreren Kavalieren und Dienern begleitet. Wilhelm

> hatte seine Augen auf die sanften, stillen, theilnehmenden Gesichtszüge der Ankommenden geheftet, er glaubte nie etwas Liebenswürdigeres gesehen zu haben. Ein weiter Mannsüberrock, der ihr nicht paßte, verbarg

ihm ihre Gestalt. Sie hatte, wie es schien, gegen die Einflüsse der kühlen Abendluft, dieses Kleid von einem ihrer Gesellschafter geborgt.[1]

Ein Arzt wird gerufen, um die Verletzten zu untersuchen und zu behandeln. Die Frau scheint über Wilhelms Unglück ganz entsetzt zu sein und kümmert sich sehr um ihn. Zu seiner Überraschung hört er, wie sie zu einem ihrer Begleiter sagt:

Und er leidet doch um unsertwillen![2]

(Wie später bekannt wird, galt der Hinterhalt dieser Gesellschaft, und die Schauspieler wurden versehentlich anstelle der wohlhabenden Reisenden angegriffen.) Der Arzt beginnt, Wilhelm auszuziehen, um seine Wunden zu behandeln. Die junge Dame kann ihren Blick von dem Verwundeten nicht losreißen, fürchtet aber, den Anstand zu verletzen, wenn sie bliebe.

Sie wendet sich dem älteren Mann zu und sagt:

Mein lieber Oheim, darf ich auf Ihre Kosten freigebig sein? Sie zog sogleich den Überrock aus und man sah, daß es in der Absicht geschah, um ihn dem Verwundeten und Unbekleideten hinzugeben. Wilhelm, den der heilsame Anblick ihrer Augen bisher festgehalten hatte, war erst, als der Überrock fiel, von ihrer schönen Gestalt überrascht. Sie trat näher zu ihm und reichte ihm den Rock, indem sie ihn sanft über ihn legte. In diesem Augenblicke, da er den Mund öffnen und einige Worte des Dankes hervorbringen wollte, würkte der lebhafte Eindruck ihrer Gegenwart so sonderbar auf seine schon angegriffenen Sinnen, daß es ihm auf einmal vorkam, als sei ihr Haupt mit Strahlen umgeben, die sich nach und nach über ihr ganzes Bild ausbreiteten.[3]

Die Wundversorgung des Arztes ist sehr schmerzhaft.

Die Heilige verschwand vor den Augen des Hinsinkenden, er verlor die Kenntniß sein selbst, und als er wieder zu sich kam, waren Reuter und Wagen, die Schöne sammt ihrer Begleitung verschwunden.[4]

Der Mantel wird Wilhelms gehüteter Schatz. Vergebens versucht er herauszufinden, wer die reizende Wohltäterin ist; sie verschwindet aus seinem Leben so plötzlich, wie sie gekommen ist, aber der Mantel behält seine magische Wirkung:

Eine elektrische Wärme schien aus der feinen Wolle in seinen Körper überzugehen, ja sogar ihn in die behaglichste Empfindung zu versetzen.

> Von seiner ersten Jugend an erinnerte er sich keines so angenehmen Eindrucks, als den die schöne Besitzerin des Kleids auf ihn gemacht hatte, er sah noch den Rock von ihren Schultern fallen, die edelste Gestalt mit Strahlen umgeben vor sich stehen, und seine Seele eilte der Verschwundenen in alle Weltgegenden nach.[5]

Das Wiederholen des ganzen Ereignisses in der Phantasie wird für Wilhelm zu einem zwanghaften Denken.

> Unaufhörlich rief er sich jene Begebenheit zurück, welche einen unauslöschlichen Eindruck auf sein Gemüthe gemacht hatte. Er sah die schöne Amazone reitend aus den Büschen hervorkommen, sich ihm nähern, absteigen, sich bemühen, hin und wieder gehen, er sah das umhüllende Kleid von ihren Schultern fallen, ihr Gesicht, ihre Gestalt glänzen und verschwinden. Tausendmal wiederholte seine Einbildungskraft die Scene, tausendmal rief er sich den Klang ihrer süßen Stimme zurück, eben so oft beneidete er Philine, die ihre Hand geküßt hatte, und eben so oft würde er diese Geschichte für einen Traum, für ein Märchen gehalten haben, wenn nicht das Kleid zurückgeblieben wäre, welches ihm die Gewißheit der Erscheinung versicherte.
> Mit der größten Sorgfalt für dieses Gewand war das lebhafteste Verlangen verbunden, sich damit zu bekleiden. Des Morgens, sobald er aufstand, warf er es über und war den ganzen Tag in Sorgen, es möchte ein Flecken oder sonst ein Schade durch den Gebrauch daran kommen.[6]

Die frühe Fassung des *Wilhelm Meister* endet mit einer erneuten inneren Vergegenwärtigung der geliebten Amazone. Unmittelbar nachdem Wilhelm seinen Freunden versprochen hat, mit ihnen zusammenzubleiben und Schauspieler von Beruf zu werden, sagt der Roman:

> Seine Gedanken schweiften hin und wieder, und auf einmal erfüllte der Waldplatz wieder seine Einbildungskraft. Auf einem Schimmel kam die liebenswürdige Amazone aus den Büschen, nahte sich ihm, stieg ab, ihr menschenfreundliches Bemühen hieß sie gehen und kommen, sie stand, das Kleid fiel von ihren Schultern und deckte den Verwundeten, ihr Gesicht, ihre Gestalt glänzte wieder auf und verschwand.[7]

Ich habe hier absichtlich die vollständige Kette der geschilderten Ereignisse vorgeführt. Das ursprüngliche Thema wird fast ohne jede Veränderung wiederholt. Dieses monotone Wiederholen ist für starke sexuelle Tagträume charakteristisch. In diesem Fall war es ein Fetisch-Tagtraum. Wie Goethe mit klinischer Korrektheit berichtet, durchlebt Wilhelm Tausende von Malen die gleichen Phantasien, in denen der Fetisch immer wieder dieselbe Rolle spielt. Goethes Erzählung von der Bildung von Wilhelms Fetisch klingt wie ein Beispiel aus einem psychoanalytischen Lehrbuch.[8]

Gehen wir nun zur Betrachtung der Elemente im einzelnen über. Eine schöne Frau gibt einem niedergestreckten Mann ein männliches Kleidungsstück. Diese Szene kann in psychoanalytischen Kategorien leicht dahingehend entziffert werden, daß der Fetischist im Fetisch einen weiblichen Penis sieht, d. h. den Penis der Mutter. Die schöne Amazone läßt sich als Muttterersatz wiedererkennen. Wilhelm befindet sich im Zustand äußerster Verletzung, als ihm der wundervolle Gegenstand gegeben wird, der lustvolle Empfindungen in ihm erregt. Wilhelm wird in einer unmännlich abhängigen Situation geschildert; in der Sprache der Psychoanalyse: er ist kastriert, und in der Situation des Kastriertseins gibt ein reizender liebender Muttterersatz Wilhelm einen Penis und stellt damit seine Männlichkeit wieder her. Da der Mantel von dem alten Onkel der Frau entliehen wird, erhält man einen Hinweis auf den Ursprung des Penis. Die Mutter nimmt dem Vater den Penis weg und gibt ihn dem kastrierten (impotenten) Jungen. Dies ist eine der Bedeutungen von Wilhelms Tagtraum.

Der männliche Mantel wird als weit beschrieben, und Wilhelm bleibt die Lieblichkeit der Gestalt der Amazone verborgen, solange sie den Mantel trägt. Dieses Element bezieht sich auf Schwangerschaft. Es erlaubt eine Interpretation in drei Richtungen.

(1) Kinder rationalisieren manchmal die Schwangerschaft der Mutter als Ausbuchtung, die von einem Kleidungsstück herrührt. Diese Phantasie enthält eine wichtige Wunscherfüllung. Sie lautet: ›Die Mutter ist nicht schwanger; sie hat noch ihre geliebte jungfräuliche Gestalt.‹ Der Mantel dient also als Mittel der Verleugnung. Zugleich aber symbolisiert er die Schwangerschaft. Wenn sie beendet ist, erscheint die Mutter wieder schlank und attraktiv.[9]

(2) Als Kommentar zum Umkreis der Vorstellung von der Amazone möchte ich eine Beobachtung von Dr. Phyllis Greenacre (264) zitieren. Sie schreibt: »Meiner klinischen Erfahrung nach gibt es in der Kindheit zwei Ereignisse, die sehr häufig visuelle Überreizung hervorrufen, erstens der Anblick der Genitalien eines Erwachsenen des anderen Geschlechts; zweitens ein flüchtiger Blick auf den Vorgang der Geburt.« Unter dem Eindruck eines Schockerlebnisses wird nach Dr. Greenacre die Erinnerung oder die Deckerinnerung mit einer beson-

ders klaren Deutlichkeit ausgestattet, wie sie Goethe in diesem Fall beschreibt. Der Bezug dieser Vorstellungen zur Geburt wird überzeugender, wenn man bedenkt, daß im Roman kurz nach dem Verschwinden der Erscheinung der Amazone eine wirkliche Geburt beschrieben wird. Als Wilhelm in die Stadt mitgenommen wird, muß er einen überfüllten Raum mit der Theatertruppe teilen. Melinas Frau liegt im Nachbarraum in den Wehen und gebiert ein totes Kind. Wilhelms frühere Freunde wollen ihn vertreiben. Sie betrachten ihn als Eindringling und machen ihn für ihr Unglück verantwortlich. Es kommt zu einem offenen Gespräch über Eindringlinge. Ein Mann droht mit mächtigen Flüchen, jeden hinauszuwerfen, wenn sie nicht für Wilhelm, den angeblichen Störenfried, Platz machen. Wieder finden sich Züge der Verkehrung: ›Nicht ich war über das Eindringen eines jüngeren Geschwister ärgerlich, und nicht mich drohte der Vater zu strafen, wenn ich nicht freundlich zu dem Baby wäre, sondern andere wollten mich ausstoßen.‹[10]

(3) Da der Mantel von einem Mann stammt, kann man hier auch die Gleichsetzung von Penis und neugeborenem Baby entdecken. Man darf annehmen, daß Goethe hier seine eigenen persönlichen Sexualphantasien darstellte, die aus der Kindheitserinnerung eines Typs stammen, über den ich mich oben ausgelassen habe. Die Gedankenfolge ist typisch: Die Frau, das fallende Kleidungsstück, das Ausziehen, die Idealisierung der Frau, um eine erschütternde Beobachtung zu ersetzen. Ich habe von Zeit zu Zeit voyeuristische und fetischistische Züge in Goethes Schriften erwähnt. Der Fetisch weist in diesem Beispiel aber spezifische Merkmale auf, die besonders wichtig und weitreichend sind. Wilhelm befindet sich im Zustand der Kastration, als die Frau erscheint. Das Kleidungsstück, in das sich Wilhelm einhüllt und das er rein und fleckenlos hält, gewährt ihm reizende Freuden und dient ihm fortan als ständiger Begleiter; d. h. es tilgt den Schaden, den er durch die Kastration erlitten hat. Es stellt seine körperliche Unversehrtheit wieder her und läßt die körperliche Lust jetzt sogar größer werden.[11] Zugleich aber, als das Gewand von den Schultern der Frau fällt, verwandelt diese sich in eine schlanke Frau. Die Entstellung der Figur durch Schwangerschaft und die Bedrohung der körperlichen Unversehrtheit der Mutter durch die Geburt sind ebenfalls in diesem Augenblick ausgelöscht. Das Kleidungsstück stellt also die körperliche Ganzheit sowohl des Knaben als auch der Mutter wieder her.

Ich wüßte gern, inwieweit es die doppelte Funktion des im *Wilhelm Meister* beschriebenen Fetisch war, die diesen so unverzichtbar machte.[12] Wie Freud gezeigt hat, gibt es bei der Bildung eines Fetischs natürlich alle Arten von Doppelfunktionen und Doppelaspekten. Diese Doppelaspekte sind nicht immer im selben Grad ausgebildet, und klinisch stößt man auf eine Vielzahl von Kombinationen. Beeindruckend ist in Goethes Erzählung der harmonische Ausgleich zwischen zwei Funktionen und ihre Synthese, die den ganzen Körper des Menschen einschließen, der den Fetisch enthält, und den ganzen Körper derjenigen Person, die den Fetisch gibt. Dies wird auch stark durch die Art des Kleidungsstückes repräsentiert, der als Fetisch gewählt wird, nämlich ein Mantel, der den ganzen Körper umhüllt. Auch sind alle aggressiven Züge aus dem manifesten Inhalt ausgemerzt, was einen zwingt, Wilhelms Fetisch als besonders glückliche Lösung von Problemen aufzufassen, die eigentlich durch starke Ambivalenz charakterisiert sind. Der letzte Schatten von Schuld ist verschwunden, als sich herausstellt, daß Wilhelms Kastration die Dame und ihre Gesellschaft vor demselben Schicksal bewahrt hat. Der Hinterhalt galt, wie erinnerlich, in Wirklichkeit der Person, von der Wilhelm das Gewand erhält. Also lautet der unbewußte Gedanke: ›Ich ließ mich kastrieren, nicht weil ich Strafe verdient habe, sondern weil ich *dich* retten will: wenn ich mich nicht der Verwundung ausgesetzt hätte, hätte *dich* schreckliches Mißgeschick getroffen.‹ Also wird der Fetisch eine Belohnung, und das Gewand ersetzt, was Wilhelm zugunsten der reizenden Dame freiwillig geopfert hat. Die Tatsache, daß die Dame wiederum das Kleidungsstück von ihrem alten Onkel erhalten hat, bewirkt weitere Befreiung von Schuld und gewährt eine schuldfreie aggressive Strebung gegen den Vater. So braucht sich der Empfänger nicht schuldig zu fühlen, daß er den Fetisch von einer Frau erhalten (d. h. genommen) hat, denn die Frau erhielt ihn von einem Vaterersatz. Also erreicht der Sohn die schließliche Kastration des Vaters und die Aneignung seines Penis ohne den leisesten Zug von Selbstvorwurf und ohne Beeinträchtigung des schönen Mutterbildes. Die Mutter bleibt während des ganzen Verlaufs der Ereignisse schuldlos, unwissend und selbstlos, und das Bild ihres Körpers erhält sich ungeschädigt, denn was sie weggibt, ist nicht wirklich ein Teil ihres eigenen Körpers, sondern der eines anderen. Dr. Greenacre nimmt in ihrer Studie über Fetischismus (265) eine frühe Störung in der Bildung der Körpervorstellung als notwendigen Schritt für die Entwicklung eines Fetischs an. Obgleich ich gern wüßte, ob dies im besonderen für die Bildung eines Fetischs zutrifft oder für fast alle Perversionen im allgemeinen gilt, ist es beeindruckend, im Roman einen Hinweis zu finden, der als Widerspiegelung eines solchen Vorkommnisses interpretiert werden kann. Wie schon erwähnt, schließt die Episode mit der lieblichen Amazone[13] damit, daß Wilhelm das Bewußtsein verliert. Der genaue Wortlaut ist im ersten Entwurf seltsam:

»Er verlor die Kenntniß sein selbst« [vgl. Anm. 4].

In der Endfassung schreibt Goethe:

»er verlor alles Bewußtsein« (WA I, 22, S. 46),

eine sprachlich annehmbarere Wendung, vom psychologischen Standpunkt aus aber möglicherweise ein stark abgeschwächter Ausdruck.[14] Ich möchte die Frage aufwerfen, inwieweit das Seltsame des Ausdrucks im ersten Entwurf eine entfernte Spiegelung des Vorgangs ist, der von Dr. Greenacre unterstellt wird. Die Bildung eines Körperschemas, das von der realen biologischen Form abweicht, kann dem Verlust der Kenntnis des Selbst gleichgesetzt werden. Mir scheint dies der Kern einer Psychose zu sein, die man in fast allen Fällen von gut integrierten Perversionen finden kann. Weiterhin gibt es in der ersten Fassung des *Wilhelm Meister* eine Episode, die ein wichtiger Schlüssel sein kann, um zu erhellen, wie eine solche Störung des Körperschemas sich bei Goethe entwickelt haben mag. Ich erinnere daran, daß ich bei der Darstellung von Mignons hysterisch-epileptischem Anfall vermutet habe, dies sei der Überrest des kinästhetisch wahrgenommenen Orgasmus-Erlebnisses seiner kleinen Schwester. In einem solchen Augenblick kann natürlich teilweise oder vollständige Identifizierung vorkommen und eine dauerhafte Spur oder eine permanente Verwirrung in der Zusammensetzung des männlichen Körperschemas hinterlassen. Wilhelms Perversion des Sich-Einhüllens in den Mantel läßt ebenfalls eine vollständige Identifizierung vermuten.

Die zur Bildung eines gütigen, beschützenden, Lust spendenden Fetischs, der Wunden heilt und Niedergeschlagenheit in Mut und Hoffnung umwandelt, führende Episode erhält ein Gegengewicht durch etwas, was man einen Anti-Fetisch nennen könnte, dessen Erörterung den weiteren Bericht der Handlung erfordert.

Als Wilhelm zu Serlo, dem Direktor einer berühmten Theatertruppe, kommt, wird er auch mit Serlos Schwester Aurelia, einer Schauspielerin, bekannt. Sie ist von Wilhelm beeindruckt, und diese Anziehung scheint die Grenze zur Liebe zu überschreiten. Sie macht ihn zu ihrem Vertrauten und erzählt ihm ihre Lebensgeschichte. Aufgewachsen bei einer Tante, die sich hemmungslos ihren Neigungen hingab und sich der Promiskuität überließ, wurde sie selbst ein Mensch voll von Konflikten und neigte zu wildem Betragen. Serlo und Aurelia sind intensiv aneinander gebunden in einer hochgradig ambivalenten Beziehung. Aus der ersten Fassung des Romans geht nicht klar hervor, ob auch Aurelia selbst eine Phase von Promiskuität durchgemacht hat. Auf Verlangen von Serlo hat sie einen Mann geheiratet, den sie nicht liebte und der fast ganz ohne Verdienste war. Er wurde krank, und während seiner Krankheit machte sie die Bekanntschaft von Lothario. In der Beziehung zu ihm wurde ihr Leben wieder sinnvoll. Ihr Mann starb. Sie wurde leidenschaftlich zu Lothario hingezogen, aber er verließ sie. Als Wilhelm sie trifft, ist sie deprimiert. Sie schüttet ihm ihr Herz aus, und er versucht vergebens, ihr zu helfen. Während eines ihrer Gespräche tritt Serlo ein und versucht, aus ihrem Nachttisch einen Dolch wegzunehmen, den sie dort verwahrt. Aurelia greift ihn »mit unglaublicher Leidenschaft« an. Sie kämpfen ernsthaft miteinander, bis Aurelia siegt. Sie beendet diesen Kampf mit dem blanken Dolch in der Hand, während Serlo mit der leeren Scheide zurückbleibt,[15] die er auf den Boden wirft. Er bittet Wilhelm, der von dieser seltsamen Szene höchst überrascht ist, Schiedsrichter zwischen ihnen zu sein.

> Was hat sie mit dem scharfen Stahle zu thun? Lassen Sie sich ihn zeigen. Dieser Dolch geziemt keiner Schauspielerin. Spitz und scharf wie Messer und Nadeln, zu was die Posse? Heftig wie sie ist, thut sie sich einmal von ohngefähr ein Leid. Ich habe einen innerlichen Haß gegen solche Sonderbarkeiten. Ein ernstlicher Gedanke dieser Art ist toll und ein so gefährliches Spielwerk ist abgeschmackt. — Ich hab' ihn wieder! rief Aurelie, indem sie die blanke Klinge in die Höhe hielt. Ich will meinen treuen Freund nun besser verwahren. Verzeihe mir! rief sie aus, indem sie den Stahl küßte, daß ich dich so vernachlässigt!
> Serlo schien im Ernste böse zu werden. Nimm es wie du willst, Bruder, fuhr sie fort; ich finde dich ungerecht; weißt du denn, ob nicht etwa unter dieser Form mir ein köstlicher Talisman bescheert ist; was für Hülfe und Rath ich zur schlimmen Zeit bei ihm finde; muß denn eben alles schädlich sein, was gefährlich aussieht?[16]

Der Dolch spielt im Verlauf des Romans noch einmal eine wichtige Rolle, als Wilhelm Aurelia schwört, niemals mehr mit Frauen zu spielen und keiner Frau mehr seine Liebe zu gestehen, es sei denn, er könne ihr sein ganzes Leben widmen. Als Wilhelm seine Hand ausstreckt, um das Versprechen zu besiegeln, greift Aurelia ihren Dolch und zieht die Schneide über seine Hand.

> Man muß euch Männer scharf zeichnen, wenn ihr merken sollt, rief sie mit einer Zufriedenheit aus, die aber bald in emsige Hastigkeit überging.[17]

In der Endfassung des Romans stellt sich heraus, daß die Amazone Lotharios Schwester ist und Wilhelm sie später heiratet. Diese Verbindung zwischen den verschiedenen Bruder-Schwester-Paaren machen den Vergleich zu einer besonderen Herausforderung. Wir haben Lothario-Amazone gegen Serlo-Aurelia. Das Gewand entspricht dem Dolch. Die innere Harmonie der Amazone steht im Gegensatz zu Aurelias Persönlichkeit, die in sich selbst gespalten ist. Auch Aurelia besitzt eine Art Fetisch; er ist gefährlich; sie trennt sich nicht von ihm; seine Funktion besteht darin, Männer zu zerstören, die sie zerstört haben. Der phallische Bezug zum Fetisch wird stark betont. Der Fetisch hat sich hier nicht zu einem Schutz des ganzen Körpers entwickelt.

Ich möchte aber die Frage aufwerfen, ob man den Dolch wirklich einen Fetisch nennen sollte. Aurelia nennt ihn einen Talisman. Ich halte ihn für einen Anti-Fetisch. Er enthält einige Möglichkeiten, ein Fetisch zu werden, in einem gewissen Grad aber ist er das Gegenteil eines Fetischs. Er ist ein möglicher Zerstörer seiner Trägerin, was durch Aurelias Andeutungen von Selbstmord angezeigt wird, und er macht die Nähe zu einem geliebten Objekt möglich. Bezeichnenderweise bleibt er im Besitz einer Frau, und Fetischismus kommt bekanntlich bei Frauen eher selten vor (vgl. 265). Es wäre interessant zu wissen, ob man bei klinischen Fällen eines gut entwickelten und gut integrierten Fetischs, wie ihn Goethe in Wilhelm Meisters Beziehung zu der Amazone beschreibt, auch die offenen oder verborgenen Wirkungen eines Anti-Fetischs finden kann. Es mag bemerkenswert sein, daß Charlotte von Stein, die natürlich den Entwurf des Romans gelesen hatte, die Bedeutung des Mantels der Amazone zu spät verstanden zu haben scheint. In einem Brief an Herder vom 20. September 1787 erzählt sie folgenden Traum:

> Die Nacht träumte ich Sie hohlten mich in die Kirche zum Abendmahl

> und da ich zögerte und meinen Mantel nicht finden konte, kam der Kirchner auch noch hinter drein und versicherte uns beyden die übrigen Comunicanten wolten gar nicht mehr warten, und in der Angst daß ich meinen Mantel nicht finden konte wachte ich auf.[18]

Es ist nicht schwer, diesen Traum zu interpretieren. Charlotte von Stein sehnte sich nach Goethe, der im Traum durch Herder ersetzt wird.[19] Daher bestand der vorbewußte Wunsch darin, daß Goethe kommen und sie in die Kirche führen sollte. Das Abendmahl scheint für eine Hochzeit zu stehen. Die Menschen erwarten eine Hochzeit und werden unruhig, als die Braut und der Bräutigam nicht erscheinen. Aber sie kann nicht zur Kirche gehen und will nicht mit Goethe verheiratet werden, weil sie keinen Mantel hat. Hier steht, so glaube ich, der Mantel für den Penis. Im Roman liebt Wilhelm die Amazone und heiratet sie später, weil sie ihm das Gewand gab, und Wilhelm versucht sie wiederzufinden und reist herum, um Ausschau nach ihr zu halten. Auch Goethe reiste, aber fort von Charlotte von Stein, um sie nicht zu sehen, wie sie gefürchtet haben muß. Sie hatte keinen Mantel, den sie Goethe geben konnte. Wie stark der dem Traum zugrunde liegende Wunsch war, mit Goethe zusammen zu sein, geht aus dem Schlußsatz ihres Briefes an Herder hervor:

> laßen Sie mir den Traum aus gehen und besuchen mich bis Sie der Kirchner wieder rufft.[20]

Hier antwortet Charlotte von Stein auf den Traum, als sei der Küster der Grund für ihre Angst und nicht das Fehlen des Mantels.[21]

Zu der Zeit, als Goethe die Fetisch-Episode im *Wilhelm Meister* schrieb, muß er schon die Idee zu seiner Italienreise im Kopf gehabt haben. Welche konkrete Form dieser Plan angenommen hatte, weiß man nicht: befand er sich noch im Stadium des Tagtraums, oder wurde er als unbestimmte Ruhelosigkeit empfunden, die auf Handeln abzielte, ohne schon klar bestimmt zu sein? Wahrscheinlich verspürte Goethe den Wunsch und das Bedürfnis, nach Italien zu gehen, hatte aber noch keinen bestimmten Plan, wie er dies anstellen sollte. Goethes Wunsch zu reisen ist gut belegt, aber man spürt trotzdem eine bestimmte phobische Befürchtung, wenn die damit verbundenen Reisen ihn von seiner gewohnten Umgebung wegführten. Ich habe schon die relativ zahlreichen Vorfälle von Aberglauben erwähnt, die in Verbindung mit seinen Reisen vorkamen. Auch in späteren Jahren spürt man ihn: z. B. 1816, als sich auf seiner Straße ein Unfall ereignete und er die ganze Reise aufgab, worüber er an Zelter schrieb (am 22. Juli 1816):

> Was der Mensch denkt wird anders gelenkt, es sey nun daß sich die obern oder untern Dämonen darein mischen.[22]

So erhält Wilhelms Weg durch Hinterhalt, Rettung und Erwerb eines Lust spendenden Fetischs besondere Bedeutung, denn Wilhelms Reise ist auch eine Suche nach Lösungen als Grundlage seiner Existenz. Die Episode kann daher auch dem Ziel dienen, Angst in der Phantasie abzuwehren. Der Anti-Fetisch scheint dann wie eine Warnung, nicht zu sehr einer illusionären Lösung zu vertrauen.

Wenn aber die Mantelepisode bei Goethe im Grunde mit einer möglichen Angst vor einer Reise in ein entferntes Land verbunden ist, können wir dem nur zweitrangige Bedeutung zumessen, vergleichbar der Rolle des Tagesrestes bei der Traumbildung. Die Episode ist natürlich weit interessanter als Zeichen dafür, daß Goethe früheste und archaischste Phantasien hinsichtlich der Beziehung der Geschlechter bearbeitete. Das unbewußte Material wird klar und deutlich vorgebracht. Als Vergleich könnte ich anführen, daß man bei einem erwachsenen Patienten, der im Verlauf der Analyse Phantasien hervorbringt, deren Bedeutung so durchsichtig wie diese ist, eine Interpretation unmittelbar vornehmen kann, es sei denn, die Phantasien ständen vollständig isoliert da. Man kann schließen, daß der Patient den Punkt erreicht hat, an dem das Symptom zu verschwinden bereit und der Hauptwiderstand überwunden ist. Hier geht es nicht nur um die Frage, welche wirkliche Einsicht Goethe in seine archaischen Phantasien gehabt haben mag, sondern auch darum, wie sein gesamtes Ich reagierte. Es mögen Vorbehalte gegen das Übersetzen dichterischer Phantasien in Daten der Selbsterkenntnis erhoben werden. Die Klarheit der Phantasie war aber begleitet von Veränderungen der Persönlichkeit, die anzeigen, daß er fähig geworden war, die entsprechenden Triebregungen zu meistern und, wie ich später zu beweisen versuche, letztlich in der Überwindung eines ernsthaften und beinahe zerstörerischen Symptoms resultierten.

Die Amazonenepisode zeigt meiner Meinung nach, daß die archaischen, furchterregenden Phantasien zur Bildung einer Ich-gerechten, umfassenden Struktur führten, die besonders geeignet war, die Ambivalenz zu mildern. Die Tatsache, daß er seinen Helden an dieser Stelle seiner Entwicklung diese Lösung finden ließ, ist bezeichnend. Der Leser mag sich daran erinnern, daß ich früher von einer gut bezeugten Episode in Goethes Leben berichtet habe, als er vor Publikum den Pelzmantel seiner Mutter anzog. Zu jener Zeit war die Handlung als Scherz mit dem Ziel der Verspottung seiner Mutter gemeint. Was 1774 ein Scherz war, wurde jetzt, zehn Jahre später, eine konfliktlösende, versöhnende Lösung, welche die innere Entfernung von Frauen verringerte und Vorwürfe, Feindseligkeit und Schuldgefühle tilgte. Der Wandel von der Aneignung eines weiblichen Kleidungsstückes in der Wirklichkeit zum Erlangen eines männlichen Gewandes von einer Frau in der Phantasie, der Wechsel von Verspottung zu Dankbarkeit können auch anzeigen, wie weit das Ich des Dichters mit der Auflösung seiner Angst vor Frauen gekommen war. Aus Goethes Fehlhandlung, als er die Feder, die Charlotte von Stein ihm gegeben hatte, in eine brennende Kerze eintauchte (siehe oben, S. 547), kann man nun sehen, daß sie die Grundelemente der Amazonenepisode in anderer Anordnung enthält.

Wir können jetzt auch zurückblicken und uns den Brief des fast sechzehn Jahre alten Jungen an seine Schwester (siehe oben, S. 75 f.) ins Gedächtnis zurückrufen, als er — wahrscheinlich mit einem Augenzwinkern — schrieb, er und seine Freunde hätten sich verlaufen und die ganze Nacht umherirren müssen, wenn nicht eine wohltätige Fee Papageienschwänze an die Bäume gebunden, um ihnen den rechten Weg zu zeigen, und die Jungen sie nicht für Strohwische gehalten hätten. In dieser Adoleszenzphantasie kann man alle Elemente der Amazonen-Mantel-Fetisch-Episode wiederfinden: die Reise, die rettende Frau, die Penissymbole, die als Folge von wohlwollenden weiblichen Handlungen erscheinen.[23] Wir können also sagen, daß nicht nur das neurotische Symptom das Ergebnis einer Regression ist, sondern auch, daß die Lösung eines schrecklichen Konflikts durch den Rückgriff des Ich auf die unendliche Fülle von Kindheitserlebnissen erreicht werden kann, durch das Herauspicken von dem, was zu den Erfordernissen der Gegenwart paßt. Oder ist dies nur das Privileg des unerschrockenen Genies? Wie dem auch sei, wir haben einen Aspekt gefunden, der uns erlaubt, die seltsame Phantasie des pubertären Jungen, den Streich des Jugendlichen, die Fehlhandlung des unbehausten Kämpfers während der Jahre der Prüfungen und des Irrtums und das schließliche, konfliktlösende Kunstwerk des reifen Mannes unter ein und dasselbe Prinzip zu subsumieren.

Obgleich allgemeine psychoanalytische Erkenntnisse zu der Vermutung berechtigen, daß die Gestalt der Amazone ein Abkömmling des Mutterbildes ist, kann man weiteres Material anfügen, um die Besonderheiten der Verbindung zwischen beiden herauszuarbeiten. Es mag charakteristisch sein, daß dieses Mutterbild in der frühen Fassung fehlt und daß die assoziativen Verknüpfungen zwischen der Amazone und einer Mutterrepräsentantin erst während der nachitalienischen Periode vorgenommen wurden. Da dieser weitere Fortschritt sich nach der italienischen Periode vollzog, brauchen wir die Einzelheiten dieses Vorgangs nicht genau zu verfolgen, sondern nur das Ergebnis mitzuteilen.

An drei Stellen in *Wilhelm Meisters Lehrjahre* verweist Goethe auf Antiochos, den Prinzen von Syrien. Die Geschichte dieses Prinzen ist wichtig wegen der freundlichen Lösung des Ödipuskomplexes, die sie leistet.[24] Antiochos, der Sohn des Königs Selenkos, verliebt sich heimlich und leidenschaftlich in Stratonike, seine Stiefmutter, »die Seleukos schon zum Vater eines Sohns« gemacht hatte. Aus Angst vor dem Geständnis seiner Liebe schützt er Krankheit vor und versucht, sein Leben durch Nahrungsverweigerung auszulöschen. Erasistratos, der Hofarzt, anscheinend der erste Experimentierende in Sachen Psychosomatik, prüft den Puls des Patienten immer dann, wenn eine Frau den Prinzen besucht. Er findet bald heraus, wer das Objekt der heimlichen Liebe des Prinzen ist. Er ersinnt einen genialen Plan, um den Beistand von Seleukos zu gewinnen, damit der Prinz gerettet wird. Er erzählt dem König, der Prinz sei infolge seiner Liebe zu seiner (Erasistratos') Frau krank. Der König ist erstaunt, daß Erasistratos seine Frau nicht dem Prinzen übergeben will, um diesen zu retten. »›Du‹, antwortet Erasistratos, ›der du sein Vater bist, würdest nicht so handeln, wenn er Stratonike lieben würde.‹« Der König protestiert und versichert dem Arzt, daß für ihn kein Opfer zu groß wäre, um seinen Sohn zu retten. Nachdem der König die Wahrheit erfahren hat, läßt er deshalb eine allgemeine Versammlung einberufen, macht Antiochos zum König einiger Provinzen und Stratonike zu dessen Königin, indem er sie durch Heirat verbindet. Er denke, fügt er hinzu, er habe noch genug Macht über seinen Sohn, »daß er in ihm keinen Widerstand gegen die Befolgung seiner Befehle finden werde«, und er hoffe, alle seine Freunde würden ihren Einfluß auf Stratonike geltend machen, um die Entscheidungen des Königs auszuführen.

Diese Geschichte zeigt wirklich eine psychologische Tendenz, die der Amazonenepisode im frühen *Wilhelm Meister* ähnelt, insofern der Sohn vor Schuldgefühlen und der Notwendigkeit, aggressiv zu sein, geschützt wird. Der Takt des Königs ist überraschend. Niemand am Hof weiß von der verbotenen Leidenschaft des Prinzen, und die Wünsche des Prinzen werden erfüllt in Form eines Befehls, wie ein Kind zu gehorchen. Die ödipale Natur der Leidenschaft des Prinzen wird aber in der historischen Anekdote klar zum Ausdruck gebracht, während in der Amazonenepisode nur darauf angespielt wird. Indem Goethe das Stratonike-Thema an drei Stellen der Endfassung einfügt, vermittelt er den Eindruck, daß er nach seiner Rückkehr aus Italien zumindest vorbewußt den Ursprung von Wilhelms Liebe kannte. Diese drei Stellen sind:

(1) Als Wilhelm an dem Tag, als er mit Mariane fliehen will und kurz bevor er ihre Untreue entdeckt, von ihr zurückkommt, wird er in ein Gespräch mit einem Mann verwickelt, den er nicht kennt, der ihn aber als Kind im Haus seines Großvaters kennengelernt hat. Es erweist sich, daß Wilhelms Lieblingsbild in der Sammlung seines Großvaters jenes war, das den kranken Sohn des Königs darstellt,

> wie der kranke Königssohn sich über die Braut seines Vaters in Liebe verzehrt.[25]

Wilhelm sagt, daß das Bild auf ihn einen »unauslöschlichen Eindruck« gemacht habe. Interessanterweise erwähnt Wilhelm den glücklichen Ausgang der Situation nicht, sondern bringt nur sein Mitleid mit dem Jüngling zum Ausdruck, der seine Leidenschaft verheimlichen muß, aber auch mit Stratonike,

> die sich einem andern widmen soll, wenn ihr Herz schon den würdigen Gegenstand eines wahren und reinen Verlangens gefunden hat![26]

Angesichts der Stelle, an der Goethe dieses Thema einführt, ist deutlich, daß er den Leser etwas über die unbewußte Bedeutung von Wilhelms Liebe wissen lassen will.

(2) Als Wilhelms Wunden geheilt sind und er die Amazonenszene immer wieder im Geiste wiederholt, setzt Goethe hinzu:

> Alle seine Jugendträume knüpften sich an dieses Bild.[...] ihm fiel der

kranke Königssohn wieder ein, an dessen Lager die schöne theilnehmende Prinzessin mit stiller Bescheidenheit herantritt.[27]

Der ödipale Charakter der Amazonenepisode offenbart sich hier darin, daß sie als eine Fortsetzung der Stratonike-Geschichte angesehen wird.

(3) Wilhelm trifft die Amazone später im Roman zufällig wieder und möchte sie heiraten, fühlt sich aber aus verschiedenen Gründen daran gehindert. Er hat zu einer wichtigen Reise den Abfahrtstermin festgesetzt, aber seine Liebe hält ihn zurück. Aus dieser unangenehmen Lage hilft ihm ein befreundeter Arzt heraus, indem er ihn für krank erklärt, wodurch seine Abreise unmöglich wird. Der Bruder der Amazone aber durchschaut die List und hänselt Wilhelm durch seine Feststellung, er leide an der Krankheit des Antiochos (WA I, 23, S. 303).

In Verbindung mit der Einführung des unmittelbar ödipalen Themas wandelt sich in der Endfassung des Romans das Bild von Wilhelms Mutter. Während sie in der frühen Fassung mit beständig anklagenden und herabsetzenden Worten beschrieben wird, ist dies in der Endfassung getilgt, und ihr wird annähernd jene Erscheinung gegeben, die man auch als das offizielle Bild der Mutter Goethes kennt: die verständnisvolle Frau, die zwischen Vater und Sohn vermittelt.

Aus Goethes Briefen an seine Mutter — von denen sich allzu wenige erhalten haben und aus denen ich zitierte — kann man ersehen, daß er ihr gegenüber eine ziemlich kühle, reservierte Haltung einnahm. Es fehlte nicht an Respekt, aber als Ermutigung für sie nahm er eine überlegene Haltung ein, indem er ihr erzählte, wie er lebte. Echte, zärtliche Herzlichkeit fehlt, wenn ich nicht falsch urteile, und ich würde vermuten, daß in dem haßerfüllten Bild von Wilhelms Mutter in der Frühfassung mehr von Goethes Gefühl enthalten ist, als man im Lichte anderer Quellen erwarten würde. Sein beharrliches Fernbleiben von Frankfurt würde zumindest dieser Ansicht nicht widersprechen, wenn nicht sie bestätigen. Seine wirkliche Haltung, wenigstens so weit sie in den Briefen zum Ausdruck kommt, könnte als gemäßigtes Mißtrauen charakterisiert werden, so als ob er versucht, aber nie Erfolg gehabt habe, den Haß, dem er in der Erstfassung die Zügel frei schießen läßt, zu überwinden.

In der Amazone aber gelingt Wilhelm die großartige Versöhnung mit dem weiblichen Geschlecht.[28] Es ist interessant, daß diese Versöhnung mit dem anderen Geschlecht unabhängig von Wilhelms Beziehung zu seiner Mutter dargestellt wird. Die Aversion gegen die Mutter setzt sich im Roman parallel zu der anscheinend nicht ambivalenten Beziehung fort, die Wilhelm zu der Amazone aufnimmt. Aus Wilhelms Erlebnis mit der Amazone kann man vielleicht erfahren, was seine Mutter zu einem Bild des Verdrusses gemacht hat. Die Amazonenepisode sagt, daß die Frau einen Penis hat, den sie aber freiwillig und freudig dem Mann übergibt. Bei dieser Phantasie wird das Fehlen eines Penis bei der Frau als Folge einer wohltätigen Handlung betrachtet und setzt Wilhelm so in den Stand, seine Abscheu zu besiegen.[29]

Der Mantelfetisch ist also eine erfolgreiche Sekundärbildung zur Abwehr von ursprünglicher Abscheu vor dem weiblichen Genitale. Ich möchte aus dem, was ich an verschiedenen Stellen hypothetisch über den Ursprung dieser Abscheu vorgebracht habe, hier die Summe ziehen. Aus den Versen der Titania (siehe oben, S. 352) scheint offenbar hervorzugehen, daß eine frühe Beobachtung bei der Mutter oder einem Muttersatz hinsichtlich des anatomischen Unterschieds zwischen den Geschlechtern den Jungen schockiert haben muß und eine dauerhafte Abwertung der Mutter verursachte.[30] Wir werden uns auch daran erinnern, daß Wilhelms Kindheitsgeschichte, wie sie in der ersten Fassung dargestellt wird, bei der Vorstellung des Puppenspiels vermuten läßt, daß eine solche Beobachtung stattgefunden hat. Ich verweise auf die Passage, als Wilhelm den Vorhang hebt und zwischen den Tischbeinen hindurchblickt (vgl. oben, S. 309). Goethe vergleicht die Wirkung auf das von Wilhelm Gesehene mit den Folgen, die das Dämmern der Kenntnis des Geschlechtsunterschieds auf Kinder hat. Da Wilhelms Mutter grausam zu seinem Vater ist, eine Affäre mit einem anderen Mann beginnt, sich unfreundlich zu Wilhelm verhält — sie ist eifersüchtig und versagt daher dem Jungen die Gelegenheit, das Puppenspiel nochmal zu sehen —, ist sie die Repräsentantin des kastrierenden Typs der Frau, die neidisch auf den Vorzug des Mannes ist und deshalb sich sein Organ aneignet, während die Amazone es ihm übergibt.

Die dauerhaften Folgen, welche diese Kindheitserlebnisse auf Goethe gehabt haben, kann man Bemerkungen entnehmen, die er im vorgerückten Alter machte. So sagte er, wie erzählt wird, am 20. November 1805 zu Riemer:

> Der Streit, ob die männliche Schönheit in ihrer Vollkommenheit, oder die weibliche in ihrer Art höher stehe, kann nur aus der größern oder ge-

ringern Annäherung der männlichen oder der weiblichen Form an die Idee geschlichtet werden. Nun reicht die männliche aber mehr an die Idee, denn in ihr hört das Reale auf; des Mannes Bildung geht offenbar über die des Weibes hinaus und ist keineswegs die vorletzte Stufe.[31]

Kanzler Müller berichtet über sein Treffen mit Goethe am 7. April 1830:

Nun fiel das Gespräch auf griechische Liebe [...]

Er entwickelte, wie diese Verirrung eigentlich daher komme, daß nach rein ästhetischem Maßstabe der Mann immerhin weit schöner, vorzüglicher, vollendeter wie die Frau sei. Ein solches einmal entstandenes Gefühl schwenke dann leicht ins Tierische, grob Materielle hinüber. Die Knabenliebe sei so alt wie die Menschheit, und man könne daher sagen, sie liege in der Natur, ob sie gleich gegen die Natur sei.

Was die Kultur der Natur abgewonnen habe, dürfe man nicht wieder fahren lassen, es um keinen Preis aufgeben. So sei auch der Begriff der Heiligkeit der Ehe eine solche Kultur-Errungenschaft des Christentums und von unschätzbarem Wert, obgleich die Ehe eigentlich unnatürlich sei. [...] überall hat man vor ungeregelten, ehelosen Liebesverhältnissen eine gewisse unbezwingliche Scheu, und das ist recht gut.[32]

Auch hier wieder wird der ästhetische Maßstab – wie allgemein bei manifest Homosexuellen – zur Erklärung von Homosexualität benutzt. Goethe erkennt das Verbot von Homosexualität an. Er wendet sich gegen ihre Praktizierung, weil sie eine der Zivilisation schädliche Regression sei. Heterosexualität dagegen steht im Dienst der Zivilisation. Es ist bemerkenswert, daß sich Goethe nicht auf die Sanktionen irgendeines moralischen oder ethischen Begriffs berief. Er sagt hier fast, daß die natürliche Begabung und Neigung des Mannes diesen selbstverständlich zu einem Körper des eigenen Geschlechts hinziehen würde, aber daß es seine Pflicht sei, sich sexuell an Frauen zu binden.

Die ganze Aversion gegen den körperlichen Aspekt von Liebe kommt in einer Bemerkung zu Riemer am 12. November 1813 heraus:

Die Begattung zerstört die Schönheit, und nichts ist schöner [sic!] als bis zu diesem Moment.[33]

In der antiken Kunst allein ist die ewige Jugend festgehalten und dargestellt. Und was heißt ewige Jugend anders als keinen Mann, keine Frau erkannt zu haben.

Hier wäre also die Unschuld. Eine Madonna, die Mutter und Jungfrau zugleich ist, ist nichts.[34]

Auf die Gesamtheit der Folgerungen aus diesen Bemerkungen kann ich hier nicht eingehen. Ihr Ausmaß kann man kurz so umreißen: Die Aversion gegen Liebesvereinigung; die Zerstörbarkeit der Schönheit der Frauen beim Geschlechtsverkehr; die Sündhaftigkeit der Fortpflanzung unter allen Umständen; die Nähe zwischen sexueller Lust und Tod. Wies Goethe hier verspätet auf einen Grundwiderspruch in Charlotte von Stein hin, nämlich daß sie wünschte, von ihm als Madonna angesehen zu werden, obgleich sie Mutter war?[35] Versuchte er, in Mignon ein ideales menschliches Wesen zu zeichnen, nicht ein androgynes Geschöpf, wie man glauben möchte, sondern ein Wesen ohne Sexualorgan?

In seinem *Versuch über die Metamorphose der Pflanzen* berichtet Goethe auch über viele menschliche Erlebnisse und ihre Folgen für ihn, sofern sie mit dem Gegenstand der Botanik verbunden sind. Daher kommt er auch auf eine Reaktion zu sprechen, als Schelver[36] ihm mitteilte, er habe lange Zeit an »der Lehre, welche den Pflanzen wie den Thieren zwei Geschlechter zuschreibt«, gezweifelt und sei nun von deren Unhaltbarkeit überzeugt. Goethe fährt fort:

> Ich hatte das Dogma der Sexualität bei meinen Naturstudien gläubig angenommen und war deßhalb jetzt betroffen, gerade das meiner Ansicht Entgegengesetzte zu vernehmen; [...]
> Nun traten mir die gegen das Geschlechtssystem von Zeit zu Zeit erregten Zweifel sogleich vor die Seele und, was ich selbst über diese Angelegenheit gedacht hatte, ward wieder lebendig: manche Anschauung der Natur, die mir nun heiterer und folgereicher entgegen trat, begünstigte die neue Vorstellungsart,[37]...

Im Zusammenhang mit Goethes Reaktion auf eine wissenschaftliche Theorie, welche die Universalität der Geschlechtertrennung verleugnet, stoßen wir auf eine Haltung, die wieder die oben in den zitierten Gesprächen beobachtete bestätigt. Er schien zu empfinden: ›Das ist es, was ich immer gedacht habe‹, und: ›Dies macht die Welt zu einem heiteren Platz, wo man leben kann‹; sein Entsetzen bei der Vorstellung von menschlichen Wesen, die sich von der Natur wesentlich und klar erkennbar unterscheiden, wobei dieser Unterschied nicht eine Offenbarung der überreichlichen gestaltschaffenden Fülle von Variationen ist, sondern ein grundsätzlicher, unveränderbarer, wird hier unmißverständlich.

Wilhelm Meister, 6. Buch, und Hamlet

Wir müssen uns nun einem anderen Thema von biographischer Bedeutung zuwenden, das sich durch das 6. Buch des frühen *Wilhelm Meister* hindurchzieht. Das ist Shakespeares *Hamlet.* Wir werden jetzt zu untersuchen haben, worin Goethes eigene Ansichten über *Hamlet* bestanden, die er durch das Medium des *Wilhelm Meister* zum Ausdruck brachte. Wir müssen uns aber auch unsere eigene Meinung über die Bedeutung der Tragödie bilden, wenn wir verstehen sollen, warum sich Goethe während der Zeit vor seiner Abreise nach Italien mit tiefstem Interesse diesem Gegenstand zuwandte.

In diesem letzten Buch des Romans ist Wilhelm mehr oder weniger unausgesetzt mit *Hamlet* beschäftigt, und diese Beschäftigung verbindet sich mittelbar mit der geliebten Frau, die verschwunden ist. Nichts war, wie Goethe schreibt, mehr geeignet, Wilhelms Geist von seiner Sehnsucht abzulenken, als das Studium des *Hamlet.* Wilhelm war von Hamlets Persönlichkeit verwirrt, bis er auf den Gedanken kam zu rekonstruieren, welche Persönlichkeit Hamlet vor dem Tod seines Vaters besessen haben muß. Indem Wilhelm die wenigen relevanten Hinweise, die das Stück enthält, zusammensetzt, rekonstruiert er einen Charakter eines fast idealen Prinzen.

> ... er war ein Fürst, ein geborner Fürst, und wünschte zu regieren, nur damit der Gute ungehindert gut sein möchte.[38]

Wilhelm malt das Bild eines Mannes, der alle moralisch guten Eigenschaften besitzt, dem aber die Aggressivität und Fähigkeit fehlt, hart zu bleiben, wenn es erforderlich ist, Eigenschaften, die für die Aufgabe eines wahren Herrschers unerläßlich sind. Als der Vater des Prinzen plötzlich stirbt, fühlt sich der Prinz verarmt, weil er zwischen sich und anderen Adeligen keinen Unterschied mehr entdecken kann.

> Ehrgeiz und Sucht zu gebieten sind nicht die Leidenschaften, die ihn beleben.[39]

Hier weist Goethe anscheinend darauf hin, daß der Prinz solange ein idealer Prinz war, wie er den Platz eines Kronprinzen einnehmen konnte. Wer aber das Ideal eines Kronprinzen verkörpert, hat nicht zwangsläufig das notwendige Zeug zu einem idealen Herrscher. Daher fühlte er sich allein und verlassen, als er durch den Tod seines Vaters seines Rückhalts beraubt wurde, der für das Ausfüllen einer angemessenen Rolle unverzichtbar war.

Man kann an diesem Punkt mit Goethe nicht ganz übereinstimmen. Hamlets Stand und Rolle als Kronprinz werden durch den Tod seines Vaters nicht zerstört. Claudius zögert nicht, ihn als Thronerben anzuerkennen. Es ist aber wichtig, im Gedächtnis zu behalten, daß Goethe zu dieser Zeit die bloße Tatsache des Todes von Hamlets Vater als ausreichende Erklärung für Hamlets Traurigkeit ansah, da die einzige Rolle, auf die er vorbereitet war, die des Sohnes war. Die unzulässige Heirat der Königin war nach Goethe nur der zweite Schlag, der die depressiven Gefühle, die unvermeidliche Folge des erlittenen Verlusts, nur vertiefte.

> Das zuverlässige Bild, das sich ein wohlgerathnes Kind so gern von seinen Eltern macht, verschwindet. Bei dem Todten [dem Vater] ist keine Hülfe und an der Lebendigen [der Mutter] kein Halt.[40]

Als Hamlet erfährt, wie der Tod seines Vaters zustande gekommen ist, könne man nicht erwarten, den jungen Helden nach Rache dürsten zu sehen:

> Einen gebornen Fürsten, der sich glücklich fühlt, gegen den Usurpator seiner Krone doppelt und dreifach aufgefordert zu werden?[41]

In dem berühmten Ausruf: »Die Zeit ist aus den Fugen«, usw. sah Goethe den Schlüssel zu Hamlets Verhalten:

> eine große That auf eine Seele gelegt, die der That nicht gewachsen ist.[42]

Goethe sieht also den Angelpunkt der Tragödie in der Diskrepanz zwischen der Stärke, die Hamlet benötigen würde, um sich den Forderungen der Situation zu stellen, und der tatsächlichen Stärke, die ihm zur Verfügung steht. In dichterischen und bewegenden Worten gibt Goethe diesem Gedanken Ausdruck:

> Hier wird ein Eichbaum in ein köstliches Gefäße gepflanzt, das nur liebliche Blumen in seinem Schoß hätte aufnehmen sollen; die Wurzeln dehnen sich aus und das Gefäß wird zernichtet.
>
> Ein schönes, reines, edles, höchst moralisches Wesen, ohne die sinnliche Stärke, die den Helden macht, geht unter einer Last zu Grunde, die es weder tragen noch abwerfen kann. Jede Pflicht ist ihm heilig, [aber] diese zu schwer. Das Unmögliche wird von ihm gefordert, nicht das Menschen

> Unmögliche, nein, das [nur] ihm Unmögliche! Wie er sich windet, dreht, ängstigt, vor- und zurücktritt, immer erinnert wird, sich immer erinnert und zuletzt fast seinen Zweck aus dem Sinne verliert, ohne jedoch jemals wieder froh zu werden.[43]

War dies auch Goethes Stimmung zu jener Zeit? Aus Rom wird er später die Wahrheit über seine Gefühle in diesen Tagen sagen. »An dir«, schreibt er am 21. Februar 1787 an Charlotte von Stein,

> häng ich mit allen Fasern meines Wesens. Es ist entsetzlich was mich oft Erinnerungen zerreisen. Ach liebe Lotte du weist nicht welche Gewalt ich mir angethan habe und anthue und daß der Gedancke dich nicht zu besitzen mich doch im Grunde, ich mags nehmen und stellen und legen wie ich will aufreibt und aufzehrt. Ich mag meiner Liebe zu dir Formen geben welche ich will, immer immer — Verzeih mir daß ich dir wieder einmal sage was so lange stockt und verstummt. Wenn ich dir meine Gesinnungen meine Gedancken der Tage, der einsamsten Stunden sagen könnte. Leb wohl. Ich bin heute konfus und fast schwach.[44]

Dieser Brief beweist fast aus sich selbst, daß Goethe in einer Hamletstimmung war, bevor er nach Italien abreiste.

Im Roman sagt Goethe von Wilhelm, daß er und Hamlet begannen, eine Person zu werden, und es gab, da bin ich sicher, viele Gründe, warum Goethe in Hamlet einen Teil von sich selbst fand, wenn nicht sogar alles. Ein Grund für diese Identität kann auch darin bestanden haben — und das mag auch der Grund gewesen sein, warum er dachte, dies sei das Hauptergebnis im *Hamlet* —, daß sich Goethe einer Aufgabe gegenüber sah, »nicht das Menschen Unmögliche, nein, das ihm Unmögliche« zu erfüllen, nämlich die Aufgabe der sexuellen Enthaltsamkeit, die ihm von Charlotte von Stein auferlegt war. Aber vielleicht — wer weiß — sind beide Aufgaben für einen Mann unmöglich: für einen Sohn, den Tod seines Vaters mit reinem Herzen zu rächen, und für einen Mann, lebenslang in sexueller Enthaltsamkeit zu leben.

Wie stark Goethe die geistige Verwandtschaft zwischen Wilhelm (Goethe)[45] und Hamlet betonen wollte, kann man aus der Tatsache ersehen, daß im selben Teil des Romans Wilhelm die Nachricht vom Tod seines Vaters erhält und daß seine Mutter wahrscheinlich kein Jahr warten werde, bevor sie wieder heiratet, diesmal »einen lang und viel geliebten Freund«;[46] das ist der »abgeschmackte Mensch«, von dem wir schon zu Beginn des Romans hören. Doch bevor wir zum Grund für Goethes Identifizierung mit Hamlet kommen, ist eine Erörterung der Tragödie notwendig.

In meinem *Discourse on Hamlet*[47] versuche ich, bestimmte Züge von Hamlets Entwicklung im Verlauf der Tragödie darzulegen. Meiner Meinung nach besteht der springende Punkt bei dieser Entwicklung in der schrittweisen Verinnerlichung einer Aufgabe. Als er zuerst den Befehl seines Vaters erhält, fühlt sich Hamlet aus vielen Gründen unfähig, die Aufgabe sofort auszuführen, von denen einer das Fehlen vollständiger Ichbeteiligung ist. Sein Weg zu innerer Freiheit, die er erlangt, sobald sein Ich gänzlich zur Ausführung der Tat bereit ist, wird durch bestimmte Wegzeichen markiert, die ich in dem *Discourse* zu lokalisieren und zu definieren versuche. Im *Hamlet* ist die Beziehung des Ich des Helden zu den Gefühlen ein zentrales Thema, ebenso im *Wilhelm Meister.* Weiterhin befand sich auch Goethe in einer Situation des Aufschubs und mußte sich heimlich auf eine Tat vorbereiten, nämlich die Abreise nach Italien, und auch bei ihm hatte dies einen Kampf zur Folge, die Tat mit voller Ichbeteiligung auszuführen. Auf den ersten Blick mag es lächerlich erscheinen, Hamlets und Goethes Tat Seite an Seite zu stellen, aber weitere Untersuchungen werden überraschende Parallelen zutage fördern.

Die Bedeutung, der symbolische Wert, der Grad der emotionalen Intensität und die Konsequenzen von Goethes Reise nach Italien können nicht überschätzt werden.[48] Man muß historische Studien über das Fluidum und die Atmosphäre der für immer vergangenen Zeiten anstellen und sich damit identifizieren, und man muß sich weiterhin auf wiederholtes sympathetisches Lesen von Dokumenten einlassen, um den unendlichen Reiz zu spüren und die Erregung zu begreifen, für die Italien stand, wenn man verstehen will, wie die bloße Tatsache einer Reise dorthin eine solche gefühlsmäßige Bedeutung annehmen konnte, die den schauerlichen Ereignissen im *Hamlet* vergleichbar ist. Einem Jahrhundert, dem Charme und homogenere Bildung fehlen, muß es lächerlich erscheinen, daß eine Reise nach Italien für einen siebenunddreißig Jahre alten, weltberühmten Autor, den höchsten Hofbeamten eines Fürstentums, ein erschütterndes Ereignis sein soll. Die bloße Tatsache, daß zehn Jahre Arbeit, Selbstdisziplin, Selbstverleugnung und Selbstbeherrschung als Voraussetzung zu diesem Schritt nötig gewesen sein sollten, muß in unserer Zeit ein abschätziges Achselzucken hervorrufen, etwa wie gegenüber den alten Römern, die es für notwendig erachteten, vor einer schwerwiegenden Entscheidung für den Staat die Eingeweide von Tieren zu konsultieren.

Den Beweis für die subjektive Bedeutung von Goethes Reise werde ich erst später vollständig vorlegen. Hier genügen wenige Tatsachen. Bei Goethes Vater, Johann Kaspar Goethe (1710—1782) war dessen eigene Italienreise (1740—1741) das Gipfelereignis seines Lebens. Er führte ein Tagebuch über diese Reise und widmete seine besten Jahre dem Schreiben seiner *Italienischen Reise* (236)[49] in italienischer Sprache. Die Kunstwerke, die er von Italien mit nach Hause brachte, waren gehegte Schätze in seinem Haus, und der Junge erhielt frühe und wichtige Eindrücke durch sie. Die Reise des Vaters nach Italien war ein zentrales Thema, das sich durch Goethes Jugend hindurchzog, wie man aus *Dichtung und Wahrheit* erfahren kann.

In der Vergangenheit war Goethe dreimal nahe daran, nach Italien zu gehen, und dreimal mußte er davon Abstand nehmen. Etwas hemmte ihn. Auf seiner ersten Schweizerreise im Jahre 1775, als er tastende Versuche zur Klärung seiner Beziehung zu Lili unternahm, stand er auf dem St. Gotthard und skizzierte den »Scheideblick nach Italien«. Als er zurückkam, war sein Vater stark enttäuscht, denn er hatte gehofft zu hören, sein Sohn sei in Mailand angekommen. Goethes Beschreibung der Schweiz machte keinen Eindruck auf ihn, denn »wer Neapel nicht gesehen, habe nicht gelebt«.[50] Vier Jahre später stand er am selben Ort, diesmal aber glaubte er zu wissen, warum er zurückgehalten wurde. »Ich komme mir sehr wunderbar hier oben vor«, schrieb er,

> wo ich mich vor vier Jahren mit ganz andern Sorgen, Gesinnungen, Planen und Hoffnungen, in einer andern Jahrszeit, einige Tage aufhielt, und mein künftiges Schicksal unvorahnend durch ein ich weiß nicht was bewegt Italien den Rücken zukehrte und meiner jetzigen Bestimmung unwissend entgegen ging.[51]

So schrieb er 1779 an Charlotte von Stein, womit er sagen wollte, ein guter Stern habe ihn 1775 davon abgehalten, in das Tal hinabzusteigen, das ihn nach Süden geführt hätte, weg von Weimar und weg von seiner Charlotte. 1779 bestand anscheinend keine Gefahr, daß er das Opfer der italienischen Versuchung werden würde. 1775 gab es noch eine weitere Gelegenheit, bei der er leicht hätte nach Italien reisen können. Ich wiederhole diesen Vorfall wegen einiger noch nicht erwähnter Einzelheiten. Er war von Karl August eingeladen worden, nach Weimar zu kommen. Der Herzog bot ihm an, einen seiner Höflinge mit einem neu fertiggestellten Landauer zu schicken, und Goethe stimmte zu, an einem bestimmten Tag nach Weimar zu fahren. Er verabschiedete sich von allen in seiner Heimatstadt und hielt sich für die Abreise bereit. Der herzogliche Gesandte aber ließ sich nicht blicken. Um Verlegenheiten zu entgehen, hielt Goethe sich in seinem Haus verborgen. Die Zurückgezogenheit war günstig, da er nicht von außen abgelenkt wurde und sich auf sein Stück *Egmont* konzentrieren konnte, ein Drama, das er früher zu schreiben begonnen hatte, als die Kluft zwischen ihm und Lili seine Seele schmerzlich belastete. Sein Vater hatte für den Plan der Tragödie einen spontanen Einfall, und als Goethe jetzt Tage der Abgeschiedenheit zu Hause verbrachte, gab es zwischen beiden mehrmals Gelegenheit zum Gespräch über das Stück, mit dem es gut voranging. Er las seinem Vater die Tragödie vor und versuchte, die Aufmerksamkeit des Vaters von der Verzögerung seiner Abreise nach Weimar abzulenken, da der verabredete Tag längst verstrichen war.

Der Vater, der ein überzeugter Bürger war und niemals die Vorliebe seines Sohnes für den Adel billigte, wurde bei Goethes vergeblichem Warten sarkastisch und fand seine Überzeugung bestätigt, daß sein Sohn in Wirklichkeit Opfer eines adeligen Scherzes wurde. Mehr als eine Woche verstrich, und nicht einmal ein Brief kam an, um das mysteriöse Ausbleiben zu erklären. Die Vermutung seines Vaters gewann an Glaubwürdigkeit. Goethe wurde verstört, und das Scheitern seiner Pläne verdarb seine Fähigkeit zu schreiben. *Egmont* kam zum Stillstand. Diese schlimme Lage wurde von seinem Vater klug ausgenutzt, der auf ihn Druck ausübte, die Situation so zu lassen, wie sie war, und sofort nach Italien abzureisen. Er versprach »Geld und Credit«, wenn Goethe sich auf der Stelle entscheiden würde. Es war schwer für diesen, weiterhin auszuhalten. Er versprach, daß er nach Italien fahren würde, wenn bis zu einem bestimmten Datum kein Bote oder erklärender Brief ihn erreichte.

> Wunderbare Dinge müssen freilich entstehen, wenn eine planlose Jugend, die sich selbst so leicht mißleitet, noch durch einen leidenschaftlichen Irrthum des Alters auf einen falschen Weg getrieben wird. Doch darum ist es Jugend und Leben überhaupt, daß wir die Strategie gewöhnlich erst einsehen lernen, wenn der Feldzug vorbei ist.[52]

Goethe reiste ab in dem Glauben, daß das Schicksal ihn nach Italien führen werde. Der Feldadjutant kam in Frankfurt kurz danach an und war erschrocken zu hören, daß der Günstling seines Herrn abgereist war. Ein Eilbote wurde Goethe nachgeschickt mit der dringenden Bitte, den säumigen Höfling nicht zu beschämen. Wieder hatte Goethe Zweifel. Sollte er nach Italien gehen oder sich nach Weimar wenden? Der Zweifel dauerte nicht lange, und er entschied sich zugunsten Weimars.

> . . . nicht weiter! Wie von unsichtbaren Geistern gepeitscht, gehen die Sonnenpferde der Zeit mit unsers Schicksals leichtem Wagen durch, und uns bleibt nichts als, muthig gefaßt, die Zügel festzuhalten, und bald rechts, bald links, vom Steine hier, vom Sturz da, die Räder wegzulenken. Wohin es geht, wer weiß es? Erinnert er sich doch kaum, woher er kam.[53]

Dies waren die Worte, die er aus *Egmont* zitierte und die er einem Menschen zurief, der ihn warnte und ihn zur Wahl Italiens bewegen wollte. Dies waren auch die Worte, mit denen er seinen autobiographischen Roman *Dichtung und Wahrheit* beendete. Waren es aber wirklich die Worte, die ihm in den Sinn kamen, als er die schicksalhafte Entscheidung traf? Egmont, dessen Tragödie er viele Jahre später in Italien vollendete, war ein Held, der von den Spaniern hingerichtet wurde; der glaubte, er könne mit Ausländern und mit Menschen außerhalb seiner eigenen Klasse umgehen; der gewarnt war, jenen nicht zu trauen, die nicht wie er waren, der ihnen aber vertraute und fiel. Man könnte viel über ihn sagen; man könnte in ihm einen schwachen Schatten von Hamlet sehen. Auch im *Egmont* begeht ein Mädchen Selbstmord aus Liebe zum Helden, aber auch aus Verzweiflung über die drohende Hinrichtung.

Aber dies ist nicht der springende Punkt. Goethes Vater plante die Karriere seines Sohnes als eine Art Ergänzung seiner eigenen. Er bemerkte früh dessen hervorragende Begabung, ärgerte sich aber, daß dieser sie zu verschwenden schien. Die Erziehung des Sohnes sollte sich im großen und ganzen nach seiner eigenen richten, wenn möglich unter günstigeren Bedingungen. Die Anfangsschritte, die sein Sohn in die Welt der Erwachsenen machte, schienen seine Hoffnungen trotz zahlreicher Enttäuschungen zu rechtfertigen. Das Hauptereignis des eigenen Lebens war eine Reise nach Italien gewesen. Sie durfte im Leben eines Sohnes nicht fehlen. Er erlebte vermutlich seine eigene Hochstimmung wieder neu und wurde wieder jung bei dem Gedanken, daß sein Sohn denselben Weg nehmen würde wie er im Jahre 1740. Wenn man seine tiefe Abneigung gegen die Absicht des Sohnes, ein Höfling, ein Diener eines Prinzen zu werden, hinzunimmt, kann man sich leicht vorstellen, welch großen Druck er mit Leidenschaft auf Goethe ausübte, um ihn zum Entschluß zu bringen, nach Italien zu gehen. Goethe berichtet, daß sein Vater eine genaue Reiseroute für ihn ausgearbeitet hatte, und er verließ Frankfurt mit einer kleinen Bücherei, die sein Vater zu dem Zweck zusammengestellt hatte, ihn auf seiner Reise zu führen. Man fühlt sich fast geneigt zu sagen, daß es mehr die Reise von Goethes Vater gewesen wäre als die von Goethe selbst, wenn dieser 1775 nach Italien gelangt wäre. Goethe fühlte sich dem Projekt nicht abgeneigt. Die glühenden Berichte seines Vaters von Italien waren bedeutsame Erinnerungen seiner Kindheit, und er war begierig, mit seinen eigenen Augen zu sehen, was er nur in Kupferstichen oder in seiner Phantasie betrachtet hatte. Auch in dieser Hinsicht befand er sich in einer ähnlichen Situation wie Hamlet. Der Wunsch fiel mit dem Befehl des Vaters zusammen. Und in beiden Fällen wäre die Wunscherfüllung – bei der ersten sich wirklich bietenden Gelegenheit – nicht ursprünglich, sondern die Folge des Gehorsams gegenüber der väterlichen Autorität gewesen.

Man kann nicht vorhersagen, wie Goethes Leben verlaufen wäre, wenn der Bote ihn nicht erreicht und die Reise nach Italien damals stattgefunden hätte. Die zehn Jahre in Weimar vor seinem Besuch Italiens werden von vielen bedauert.[54] Ich bin anderer Meinung. Jene zehn Jahre waren ebenso notwendig wie Hamlets vier Akte des Zögerns. Hätte Hamlet unmittelbar und sofort auf den Befehl seines Vaters reagiert, wäre er ein unreifer, ungenießbarer Mensch geblieben. Ob Goethes Reifung sich verzögert oder beschleunigt hätte, wäre das wichtigste Ereignis zu einer Zeit eingetreten, als sein Ich noch nicht bereit dazu war, ist eine Sache der Spekulation. Es bleibt eine Tatsache, daß er bis 1786 drei Gelegenheiten zurückwies, und ich neige dazu, der Weisheit dieses Handelns zuzustimmen. Sein Aufschub war kein neurotisches Symptom, sondern erwuchs aus einem tiefen Verständnis des Selbst, ebenso wie seine Entscheidung, jetzt nach Italien zu gehen, keine Flucht war, wie viele und manchmal Goethe selbst behauptet haben, sondern eine Erfüllung und eine Vollendung. Jetzt war er bereit, diesen Schritt aus seiner eigenen Persönlichkeit heraus zu tun. Seine Identifizierung mit seinem Vater war kein Fremdkörper mehr und ein

Handeln im Sinne der Wünsche seines Vaters nicht mehr bloß Gehorsam; das Introjekt war verinnerlicht und stellte nun einen Teil des Ichs dar.

Das Akzeptieren und die Integration einer frühen Vater-Identifizierung, die damals ihren Anfang nahm und während der Jahre in Italien ausgeführt wurde, muß man im Auge behalten, um Goethes Interesse am *Hamlet*-Problem zu begreifen. Wie weitreichend dieser Identifizierungsprozeß war, kann man am Unterschied von Goethes körperlicher Erscheinung vor und nach Italien erkennen. Charlotte von Stein, die allerdings nach dem Bruch keine ganz zuverlässige Informantin über Goethe ist, berichtet Fritz (am 25. Februar 1796) über Goethes Erscheinung einige Jahre nach seiner Rückkehr nach Weimar, was durch andere Quellen völlig bestätigt wird.

> Ich hatte ihn [Goethe] seit ein paar Monaten nicht gesehen. Er war entsetzlich dick, mit kurzen Armen, die er ganz gestreckt in beiden Hosentaschen hielt. [...] Ich möchte nur wissen, ob ich dem Goethe auch so physiognomisch verändert vorkomme, als er mir. Er ist recht zur Erde worden, von der wir genommen sind. Der arme Goethe, der uns sonst so lieb hatte![55]

Tiefgehende Umgestaltungen der Persönlichkeit hinterlassen ihre deutlichen Spuren in der biologischen Sphäre des Körpers.[56]

Wie tief Goethes Interesse am *Hamlet* mit seinem eigenen Vaterproblem zu tun hatte, kann man an der Endfassung des *Wilhelm Meister* ersehen. Wilhelm führt zuletzt *Hamlet* auf – wie es Goethe nach seiner Rückkehr aus Italien tat –, und der Geist von Hamlets Vater wird so geheimnisvoll gespielt, daß er dem Leser wie der Geist von Wilhelm Meisters Vater erscheint. Die Verwandtschaft zwischen Wilhelm Meister (Goethe) und Hamlet scheint so eng zu sein, daß man sich zu der Behauptung gedrängt fühlt, Wilhelm betrachte nicht Hamlet als sein Spiegelbild oder sich selbst als Spiegel von Hamlet, sondern beide werden so innig vermischt, daß die Grenze zwischen ihnen verfließt und letztlich das, was Wilhelm über Hamlet sagt, als Bekenntnis seiner selbst zu rechnen ist – d. h. von Goethe. Wenn folglich Wilhelm uns einen Bericht über das Hauptthema des *Hamlet* gibt, das er, wie ich glaube, irrigerweise dafür hält, muß die Ursache davon im Bedürfnis Goethes gesehen werden, etwas zu verbergen, was die Wahrheit über ihn enthielt:

> das Fegefeuer sendet seinen Geist und fordert Rache, aber vergebens. Alle Umstände kommen zusammen und treiben die Rache, vergebens! weder Irdischen noch Unterirdischen gelingt es, das auszurichten, was sich das Schicksal allein vorbehalten hat. Die Gerichtsstunde kommt. Der Böse fällt mit dem Guten! Ein Geschlecht wird weggemäht und das andre tritt ein.[57]

Wenn diese Schlußfolgerung richtig wäre, dann würde die Tragödie Hamlets, wie Shakespeare sie erdacht hat, eine Schicksalstragödie sein, was sie in Wirklichkeit nicht ist. Wenn Loening diese Meinung Goethes mit dem Einfluß seiner Studien der klassischen Antike verbindet (372, S. 18), hat er recht, aber es war überdies auch das Ergebnis eines persönlichen Konflikts. Als er einundzwanzig war, hatte Goethe eine andere Ansicht. Damals (1771) sagte er von Shakespeares Stücken:

> seine Stücke [...] drehen sich alle um den geheimen Punckt, :den noch kein Philosoph gesehen und bestimmt hat: in dem das Eigenthümliche unsres Ich's, die prätendirte Freyheit unsres Willens, mit dem nothwendigen Gang des Ganzen zusammenstösst. [...] Und ich rufe Natur! Natur! nichts so [viel] Natur als Shakespeares Menschen. [...] Er wetteiferte mit dem Prometheus, bildete ihm Zug vor Zug seine Menschen nach, nur in Colossalischer Grösse;[58]

Hier wird die Individualität in ihrem ganzen Rang und in ihrer vollen Reichweite anerkannt und hingenommen; es wird auch begriffen, daß Individuum und Welt zusammenstoßen müssen. Damals, 1771, war ein vom Schicksal determinierter Ablauf keineswegs ein Teil von Goethes Shakespeare-Interpretation. Die spätere Interpretation (von 1785) läßt kein Schlupfloch. Der Mensch kann kämpfen, er kann sogar seine Angst zugeben und zu fliehen versuchen, aber die vom Schicksal geleitete Wirklichkeit muß ihn einholen, und das Vorherbestimmte siegt.

Neben dem Einfluß der Antike gab es einen sehr persönlichen Grund, sich dem Schicksal so auszuliefern. Da Goethe dabei war, sein Leben in äußerst aktiver Weise zu gestalten und die Zügel seiner »Bestimmung« wieder selbst zu übernehmen, wurde das Schuldgefühl stark verringert durch die Erklärung, das Schicksal sei der wirkliche Herr über unser Leben. Ich habe schon Material herangezogen, um Goethes Tendenz zu zeigen, sich selbst als passiven Lehm zu erleben, aus dem eine höhere Macht die Form seines Lebens bildet. Doch jetzt war Goethe aktiv damit beschäftigt, einer Identifizierung reale Gestalt zu verleihen, die ein fester Teil seiner Persönlichkeit zu werden begann, und es lag keine Notwendigkeit mehr vor, sie zu unterdrücken. Der Dämon ist nicht nur eine Symbolisierung einer starken Wunschbildung des Es, sondern manchmal auch ein Symbol für List und Ehrgeiz des Ich.

In der Italienreise trafen beide zusammen: das Verlangen nach der Schönheit des Landes, das sein Vater besucht hatte, die Verlockung der Erzählungen, denen er seit seiner Kindheit gelauscht hatte; und auch die Forderung des Ich in Konkurrenz zu seinem Vater, sein unbezähmbares Trachten, die Welt in einer Weise zu besiegen, die ihn seinem Vater überlegen machen würde. Zugleich wird auch das Schuldgefühl durch die Tatsache besänftigt, daß sein Vater wünschte, er solle nach Italien gehen. Aber hinter dem Schein des sowieso verspäteten Gehorsams — wieder eine bezeichnende Ähnlichkeit mit Hamlet —, konnte sich jetzt das Ich entfalten und seiner neu gewonnenen Überlegenheit erfreuen.[59]

Die Beschäftigung mit *Hamlet* diente also einem notwendigen Prozeß der Vorbereitung, einen die Identifizierung mit dem Vater betreffenden Konflikt auszutragen und zu einem vorläufigen Ende zu führen, während die Beschäftigung mit dem Fetisch und der Amazone das Ziel hatte, einen Konflikt in bezug auf die Mutter zum Ausgleich zu bringen.[60] Die beiden Vorgänge waren voneinander isoliert. Es wird lange Zeit dauern, bevor sie verschmolzen werden und bevor Bedingungen eintreten, unter denen er Mutter und Vater zu einer Handlung verbinden kann.

Spinoza

Der letzte der drei großen Gegenstände, die Goethe zu jener Zeit im Kopf hatte, war Spinozas *Ethik*.

Es ist nicht immer ganz leicht zu bestimmen, was Goethe aus der Lektüre des Werkes dieses großen Mannes für sich gewann. Es ist z. B. höchst überraschend, in einem Brief an Zelter vom 7. November 1816 zu lesen:

Diese Tage hab ich wieder Linné[61] gelesen und bin über diesen außerordentlichen Mann erschrocken. Ich habe unendlich viel von ihm gelernt, nur nicht Botanik.

Wir müssen erstaunt sein zu hören, daß jemand »unendlich viel« von Linnaeus gelernt hat, das sich nicht auf die Botanik bezieht. Unsere Befremdung wird sogar noch stärker, wenn Goethe fortfährt:

Außer Shakespeare und Spinoza wüßt ich nicht, daß irgend ein Abgeschiedener eine solche Wirkung auf mich gethan.[62]

Worin bestand dann die Wirkung dieser Männer auf Goethe?

In einem Entwurf zu seiner *Geschichte meines botanischen Studiums* legt Goethe — nach einer erneuten Betonung der ungeheuren Wirkung dieser drei Männer auf ihn — den Sinn dar, in dem er bezüglich Linnaeus verstanden werden will. Er schreibt, die Wirkung von Linnaeus auf ihn sei begründet

durch den Widerstreit zu welchem er mich aufforderte. Denn indem ich ein scharfes, geistreiches Absondern, seine treffenden, zweckmäßigen, oft aber willkührlichen Gesetze in mich aufzunehmen versuchte, ging in meinem Innern ein Zwiespalt vor: das was er mit Gewalt auseinander zu halten suchte, mußte, nach dem innersten Bedürfniß meines Wesens, zur Vereinigung anstreben.[63]

Ich meine, daß Goethe hier, ungeachtet der Relevanz und Richtigkeit dieser Ansicht, etwas von seiner grundlegenden Ambivalenz gegen einen seiner geistigen Mentoren offenbart. Bis zu einem gewissen Grade kann man dies auch an Goethes Beziehung zu Shakespeare zeigen. Nach einer Periode des äußersten Enthusiasmus — und einer unzweifelhaften Anwendung des Gelernten in der Tragödie *Götz von Berlichingen* — kann man trotz der Bereitschaft zu uneingeschränktem Lob eine unshakespearesche, wenn nicht anti-shakespearesche Tendenz in Goethes Stücken finden. Diese Tendenz erreichte ihren Höhepunkt in Goethes Artikel *Shakespeare und kein Ende!* (WA I, 41, S. 52—71), wo Shakespeares Bedeutung als Autor in Frage gestellt wird. Seine Bewunderung und das Lob Shakespeares bleiben, aber man wundert sich, in welchem Ausmaß Shakespeare, wie Linnaeus, heimlich als Quelle benutzt wird, aus der man lernen könne, wie man es *nicht* machen solle.

Solche Züge von Ambivalenz können, glaube ich, in Goethes Beziehung zu Spinoza nicht gefunden werden.[64] Diese Beziehung war auch eine mehr persönliche. Der Mann wurde nicht nur wegen seiner Leistungen bewundert, sondern er wurde als reiner Mensch verehrt, als Heiliger, wie ihn Goethe einmal nannte.

Dilthey und andere (vgl. 103; 517) haben den Einfluß Spinozas als Philosoph auf Goethe untersucht. In diesem Zusammenhang sind Fragen der Geistesgeschichte, die von Dilthey so brillant erörtert werden, weniger wichtig. Dilthey versucht, die Bedeutung, die Spinozas Schriften auf Goethe hatten, zugunsten von Shakespeare zu verringern. Doch Goethe hat wiederholt die Aufklärung betont, die er von dem holländischen Philosophen erhielt. Wenn Dilthey recht hat — und seine Argumente sind schlagend —, würde dies mittelbar mein Gefühl bestätigen, daß Goethes Enthusiasmus für Spinoza sich weniger auf den Metaphysiker Spinoza als auf den Psychologen Spinoza bezog. Eine Passage in einem Brief an Jacobi (vom 9. Juni 1785) läßt dies ebenfalls vermuten.

> Ich kann nicht sagen daß ich iemals die Schrifften dieses trefflichen Mannes in einer Folge gelesen habe, daß mir iemals das ganze Gebäude seiner Gedancken völlig überschaulich vor der Seele gestanden hätte. Meine Vorstellungs und Lebensart erlauben's nicht. Aber wenn ich hinein [in seine Schriften] sehe glaub ich ihn zu verstehen, das heist: er ist mir nie mit sich selbst in Widerspruch und ich kann für meine Sinnes und Handelns Weise sehr heilsame Einflüsse daher [aus seinen Schriften] nehmen.[65]

Dies ist das Problem, das uns im vorliegenden Zusammenhang beschäftigt. Worin bestanden diese »heilsamen Einflüsse«, oder aus welchem Grund hatte Spinozas *Ethik* eine heilsame Wirkung auf ihn? Die innere Verwandtschaft zwischen bestimmten metaphysischen Positionen von Spinoza und Goethes Grundanschauungen über Kunst, Natur und Göttlichkeit sind von den Gelehrten, die sich um eine Antwort auf diese Frage bemüht haben, betont worden. Dilthey aber hat gezeigt, daß diese Grundvorstellungen in Goethes Schriften vor seiner näheren Bekanntschaft mit Spinoza auftauchen. Es ist also falsch zu behaupten, daß es Spinozas Metaphysik war, worauf Goethe reagierte, als wäre es eine Offenbarung. Um dieses Problem zu begreifen, mag es das beste sein, Goethes autobiographischen Roman heranzuziehen und festzustellen, in welchen Zusammenhängen Spinoza dort erscheint. Dafür kann man, wie für so viele andere Zwecke, *Dichtung und Wahrheit* nicht zur Sicherung der genauen Zeitverhältnisse benutzen. In Wirklichkeit und im Gegensatz zu Goethes Behauptung entfaltete Spinoza seinen Einfluß auf ihn während der letzten eineinhalb Jahre vor seiner Abreise nach Italien, wie Suphan bewiesen hat (517). Zudem waren für Goethe Spinoza und Charlotte von Stein eng benachbart. Es hat sich ein Artikel über Spinoza in Charlotte von Steins Handschrift erhalten, der offensichtlich von Goethe diktiert war, und sie teilte seine Lektüre von Spinoza mit gleicher Leidenschaft. Charlotte von Stein aber erscheint in Goethes autobiographischen Schriften nicht, und deshalb mußte das ganze Spinoza-Erlebnis zurückdatiert und den Jahren seiner frühen Freundschaft mit Jacobi zugeordnet werden, der ihm in Wirklichkeit erst ab 1783 Spinoza nahebrachte.

Goethe erwähnt Spinoza in zwei verschiedenen Büchern des Romans, das erste Mal im 3. Teil, dem 14. Buch, und das zweite Mal im 16. Buch, d. h. im 4. Teil. Der spätere Hinweis, der den letzten Teil des Werkes einleitet, steht an logischer Stelle insofern, als das vorherrschende Thema dieses Teils die Rolle des dämonischen Elements in Goethes Leben behandelt. Der erste Hinweis aber scheint auf den ersten Blick irgendwie unorganisch plaziert zu sein. Im 16. Buch beschreibt Goethe im einzelnen seine Beziehungen zu verschiedenen Freunden während der Sturm-und-Drang-Periode. Seine frühen Schriften haben ihn über Nacht berühmt gemacht, und alle Arten von Leuten suchten seine Bekanntschaft und Freundschaft. Da waren die Dichter jener Periode: Lenz, Wagner,[66] Klinger; und die Philosophen und Propheten: Basedow,[67] Lavater, die Brüder Jacobi. Es war eine Zeit leidenschaftlicher Männerfreundschaft, gegenseitiger Selbstoffenbarungen, Ausbrüchen des Entzückens, des Sich-Findens in anderen und des Wiederfindens des Partners in einem selbst. Kurz, es war eine Zeit erhöhter Homosexualität, sublimiert oder wenigstens zielgehemmt, wie sie war, trotz der Hingabe in Umarmungen. Goethe kam Friedrich Jacobi besonders nahe, der sich in schmerzlichen Konflikten befand, die Goethes eigenen ähnelten. In jener Zeit trennten sie weder religiöse Meinungsverschiedenheiten noch ideologische Disharmonien; sie lebten zusammen in seligem Austausch der Gefühle und Empfindungen. An dieser Stelle der Erzählung bringt Goethe seine Befriedigung darüber zum Ausdruck, daß er die Art eines außergewöhnlichen Mannes, zu denken, in sich aufgenommen hatte, wenn auch noch unvollkommen. Er fährt fort:

> Dieser Geist, der so entschieden auf mich wirkte, und der auf meine ganze Denkweise so großen Einfluß haben sollte, war Spinoza. Nachdem ich

> mich nämlich in aller Welt um ein Bildungsmittel meines wunderlichen Wesens vergebens umgesehn hatte, gerieth ich endlich an die Ethik dieses Mannes. Was ich mir aus dem Werke mag herausgelesen, was ich in dasselbe mag hineingelesen haben, davon wüßte ich keine Rechenschaft zu geben, genug ich fand hier eine Beruhigung meiner Leidenschaften, es schien sich mir eine große und freie Aussicht über die sinnliche und sittliche Welt aufzuthun. Was mich aber besonders an ihn fesselte, war die gränzenlose Uneigennützigkeit, die aus jedem Satze hervorleuchtete. Jenes wunderliche Wort: Wer Gott recht liebt, muß nicht verlangen, daß Gott ihn wieder liebe, mit allen den Vordersätzen worauf es ruht, mit allen den Folgen die daraus entspringen, erfüllte mein ganzes Nachdenken. Uneigennützig zu sein in allem, am uneigennützigsten in Liebe und Freundschaft, war meine höchste Lust, meine Maxime, meine Ausübung, so daß jenes freche spätere Wort: Wenn ich dich liebe, was geht's dich an? mir recht aus dem Herzen gesprochen ist.[68]

Dies ist eine höchst überraschende Wende, da die letzten Worte genau dieselben sind, die Goethe Philine gegenüber Wilhelm Meister gebrauchen läßt, als dieser sich über ihren Versuch beklagt, ihn zu verführen. Wer hätte eine tiefe Verbindung zwischen Philines fast zynischer Hol's-der-Teufel-Haltung und Spinozas heiliger Reinheit des Denkens, des Fühlens und seiner Lebensführung zu behaupten gewagt? Trotz Philines Anmut und Charme kann man kaum den Geist Spinozas in ihr entdecken, obwohl sie eine von Goethes humansten Schöpfungen ist. Wie soll man dies erklären? Es mutet seltsam an, Philines Stimme inmitten eines autobiographischen Kapitels einer Phase intensiver, quasi homosexueller Beziehungen zu vernehmen. Stand Goethe in Spinozas Schuld, weil er diesen überaus weiblichen Charakter erschaffen konnte? Philine ist eine Befreierin von Homosexualität, und im letzten Entwurf von *Wilhelm Meister* gelingt ihr durch List und Betrug, sogar Wilhelm, diesen Schüchternsten der Schüchternen, für eine Nacht in ihr Bett zu bekommen. Als Goethe als alter Mann über die frühen Männerfreundschaften schrieb, mag er negative Spätfolgen über die dunklen Möglichkeiten jener Epoche empfunden haben. Er kann mit Dankbarkeit an die reizende Philine gedacht haben, die ganz ohne ethische Grundsätze eine Frau sein will und sich an ihrer Weiblichkeit erfreut, ohne daran zu leiden oder diese zu bedauern.[69]

Wie kam Spinoza dazu, die Brücke zur Lösung des Konflikts abzugeben? Nach Goethe lehrte Spinoza die vollkommen selbstlose Liebe zu Gott. Man sollte nichts als Belohnung für seine eigene Liebe zu Gott erwarten. Die Liebe zu Gott ist schon von sich aus eine solche Freude und Erfüllung, daß jede Erwartung einer Belohnung die Echtheit dieser Liebe in Frage stellt. Werden wir aber für das Hören von Musik oder den Genuß von Kunst belohnt? Der Gebrauch dieser Funktionen bringt so viel Freude mit sich, daß dies schon von sich aus Belohnung ist. Man kann die Frage stellen: Gibt es eine Verbindung zwischen Spinozas selbstloser Liebe zu Gott und Philines Liebe? Ich meine, daß es vom psychoanalytischen Standpunkt aus eine äußerst wichtige Verbindung gibt. Wie viele Konflikte löst nicht diese Ansicht für den Gläubigen? All die Ungerechtigkeiten und Qualen, denen auf den ersten Blick die guten und gehorsamen Kinder Gottes gemeinhin ausgesetzt sind, haben eine ziemlich verwirrende Wirkung auf den Gläubigen, und die Seltenheit, mit der gutes Verhalten und der Grund zur Freude zusammenfallen, werden für ihn die Ursache von Zweifel und Verwirrung. Spinozas Trennen von beiden beseitigte ein tiefsitzendes Unbehagen, das auch Goethe nicht fremd war. Dieses besondere Unbehagen aber kann man auch in den Vorstellungen beobachten, die viele Männer über die körperliche Seite der Beziehung der Geschlechter bilden, genauer einen Zweifel, ob Frauen vor Geschlechtsverkehr nicht Ekel empfinden. Eine Antwort, die der Mann auf seiner Suche für die Erklärung vorbringen mag, warum die Frau sich dann dem Geschlechtsverkehr unterzieht, lautet: sie tut es als Opfer für den Mann, um ihm zu gefallen. Worin besteht aber die Gegenleistung, die sie erhält? In Übereinstimmung mit Kindheitstheorien darüber und mit dem Narzißmus der Kindheit wundert sich der kleine Junge, wie die von der Natur bestimmte Ausführung bei der Partnerin etwas anderes als Ekel erregen könnte. Die verschiedenen anderen Alternativen, auf die er kommen mag, sind hier nicht von Interesse; es ist nur wichtig herauszustellen, daß die von Spinoza als Balsam für die Zweifel des Gläubigen angebotene Lösung sich *mutatis mutandis* auch als geeignet für die Besänftigung der eben beschriebenen Zweifel des Mannes erweisen, der sich in seiner biologischen Rolle unsicher fühlt. Als Goethe auf Spinozas Lehre stößt, daß Gutsein und die Liebe zu Gott schön an sich sind und keine Belohnung nötig haben, kann diese neue Erkenntnis sofort auf die körperliche Situation übertragen werden, und es wird jetzt die Phantasie gebildet: einem Mann zu dienen, ihn zu lieben ist ein Akt, der in sich selbst eine Quelle der Lust darstellt. Tatsächlich ist Philine eine Frau, die Geschlechtsverkehr selbst zu genießen fähig ist, unabhängig davon, was ihr ein Mann sonst noch geben mag. Sie versteht Geschlechtsverkehr nicht als ein Opfer, das den Mann in ihre Schuld gibt, im Gegensatz zu Aurelia, die sich beständig darüber beklagt, wie gemein Männer sich ihr gegenüber verhalten und wie viel sie durch diese zu leiden habe. Es wird nicht überflüssig sein anzumerken, daß auch Cornelia und Charlotte von Stein zu diesem letzteren Typ von Frau gehörten.

Wenn diese Rekonstruktion richtig ist, dann kann man einen wichtigen Schritt in Goethes sexueller Reifung bestimmen, nämlich die Projektion seiner eigenen Homosexualität auf eine Frau, was zu dem Schluß führt: ›Die Frau liebt den Mann so, wie ich mich vollständig und ohne jeden Vorbehalt Gott (einem männlichen Ideal) hingeben sollte‹, oder mit anderen Worten: ›So wie ich Lust aus der selbstverständlichen passiven Unterwerfung unter Gott gewinne, so auch die Frau in ihrer sexuellen Unterwerfung unter den Mann.‹ Dies würde dann in Umrissen erklären, wie Goethes Bekanntschaft mit Spinoza eine persönliche Wirkung auf ihn hatte, indem sie ihm half, einen Konflikt zu bewältigen, dessen manifester Inhalt auf den ersten Blick weit von dem von Spinoza bearbeiteten Problem entfernt zu sein scheint, und dies würde auch Goethes Hinweis auf Spinoza im Zusammenhang seiner Beschreibung einer Epoche intensiver männlicher Freundschaften erklären.

Bei der zweiten Stelle, an der Goethe Spinoza in *Dichtung und Wahrheit* erwähnt (4. Teil, 16. Buch), wird das Gegenstück zu diesem Problem vorgestellt. In diesem Fall ist es schwieriger als im ersteren, das allgemeine Problem zu umreißen, das Goethe beschäftigte, denn er geht es nicht geradewegs an, sondern nähert sich ihm auf Umwegen, bis er den Hauptpunkt erreicht, den er im Sinn hat. Zu einem bestimmten Zeitpunkt, den er aber nicht genau nennt, erreichte Goethe inneren Frieden, indem er Spinoza wieder las.

> Ich ergab mich dieser Lecture und glaubte, indem ich in mich selbst schaute, die Welt niemals so deutlich erblickt zu haben.[70]

Da Spinozas Philosophie, fährt Goethe fort, von anderen angegriffen und verurteilt worden ist, werde er sie erläutern.

> Unser physisches sowohl als geselliges Leben, Sitten, Gewohnheiten, Weltklugheit, Philosophie, Religion, ja so manches zufällige Ereigniß, alles ruft uns zu: daß wir entsagen sollen. So manches was uns innerlich ei-

> genst angehört, sollen wir nicht nach außen hervorbilden; was wir von außen zu Ergänzung unsres Wesens bedürfen, wird uns entzogen, dagegen aber so vieles aufgedrungen, das uns so fremd als lästig ist. Man beraubt uns des mühsam Erworbenen, des freundlich Gestatteten, und ehe wir hierüber recht in's Klare sind, finden wir uns genöthigt, unsere Persönlichkeit erst stückweis und dann völlig aufzugeben. Dabei ist es aber hergebracht, daß man denjenigen nicht achtet, der sich deßhalb ungebärdig stellt; vielmehr soll man, je bittrer der Kelch ist, eine desto süßere Miene machen, damit ja der gelassene Zuschauer nicht durch irgend eine Grimasse beleidigt werde.[71]

Die Natur habe den Menschen »mit reichlicher Kraft, Thätigkeit und Zähigkeit ausgestattet«, um seine Aufgaben zu erfüllen. Der Mensch wird in seiner Fähigkeit, zu verzichten und das Ichfremde anzunehmen, durch den »Leichtsinn« unterstützt, »der ihm unzerstörlich verliehen ist«.[72] Der Mensch kann in jedem Augenblick entsagen, wenn er damit etwas Neues zu erlangen und so seine frühere Lage wettzumachen vermag. »Wir setzen eine Leidenschaft an die Stelle der andern«[73] und probieren in dieser Weise alle Arten von Tätigkeiten durch, um zuletzt auszurufen, »daß alles eitel sei«. Goethe nennt einen solchen Grundsatz gotteslästerlich. Es gibt, wie er sagt, nur wenige, die ein für allemal im Ganzen resignieren und so einer langen Reihe von partiellen Resignationen aus dem Wege gehen.

Goethe spricht hier eines der verwirrendsten Probleme der Ichpsychologie an, nämlich die Mittel und Techniken, durch die das Ich das Lustprinzip besiegen, oder mit anderen Worten einen tiefen und starken Wunsch aufgeben kann. In seiner Antwort führt er einen in der Psychoanalyse bekannten Mechanismus vor, nämlich die Verschiebung. Zugleich erkennt er an, daß Verschiebung niemals die wirkliche Aufgabe eines Wunsches zu leisten vermag. Verschiebungen führen zu dem Versuch, einen Wunsch unter der Maske eines anderen zu erfüllen. Da die Ersatzbefriedigung nicht die volle gewünschte Lust gewährt, bleibt ein Lustdefizit zurück, das wiederum eine neue Verschiebung erfordert. Wer die Verschiebung vornimmt, glaubt fälschlich, er habe sich wirklich mit dem Verzicht auf Lust abgefunden, und deshalb beklagt er sich bei der erneut auftauchenden Notwendigkeit der Verschiebung, daß ein neuer Verzicht von ihm gefordert werde. Solchen Menschen muß ihr Leben als eine Kette von Prüfungen erscheinen, und all ihre Anstrengungen machen auf sie den Eindruck der Vergeblichkeit. Goethe beschreibt hier sehr klar und präzise seinen eigenen Weg, mit der Weimarer Welt umzugehen, bis er den Punkt erreichte, mit dem Muster des wiederholten Aufschubs von Endbefriedigung zu brechen.

Goethe fährt dann mit der Beschreibung der Technik von Menschen fort, die zu einem gänzlichen, tatsächlichen Verzicht fähig sind. Sie überzeugen sich selbst von dem Ewigen, dem Notwendigen und den wahren Gesetzen. Ihre Begriffe können durch das Vergängliche nicht schwanken. In ihrer Fähigkeit, dies zu erreichen, liegt etwas Übermenschliches, und deshalb werden solche Menschen für gottlos und inhuman gehalten. Goethe hielt sich selbst nicht für einen Spinozisten, denn er wußte nicht, ob er Spinozas Philosophie richtig begriffen hatte. Da es ihm trotz seiner Absicht nicht gelungen war, der Wirkung Spinozas auf ihn dichterischen Ausdruck zu verleihen, wollte er jetzt für die vergangene Unterlassung einen Ausgleich schaffen.[74]

Die Natur wirkt nach Gesetzen, fährt Goethe in seinem Spinoza-Bericht fort, die sogar von der Gottheit nicht veränderbar sind, und wenn eine solche Veränderung einträte, wäre der Mensch starr vor Entsetzen. Dasselbe Gefühl ergreift den Menschen, wenn er jemanden gegen allgemein anerkannte sittliche Gesetze oder unvernünftig gegen seinen eigenen Vorteil oder den von anderen handeln sieht. Wir versuchen dann, uns von einem solchen Menschen zu befreien.

Deshalb beginnt Goethe seine Erzählung mit seinem ihm innewohnenden dichterischen Talent. Ich habe die Textstelle auf Seite 126 f. wörtlich zitiert, die mit dem Satz beginnt:

> Ich war dazu gelangt das mir innewohnende dichterische Talent ganz als Natur zu betrachten,...

Wenn wir diesen Abschnitt jetzt im Licht des Kontextes betrachten und besonderes Augenmerk auf den Einleitungssatz legen, sind wir genötigt zu folgern, daß Goethe anfangs von seinem verschwenderisch reichen Genie entsetzt war und daß es lange Zeit dauerte, bevor er es als Teil der Natur annehmen konnte und nicht mehr als Bedrohung. Der Grund für diese anfängliche Furcht ist fast offensichtlich. Ein feinfühliger und gewissenhafter Mensch muß empfinden, daß etwas Gespenstisches vor sich geht, wenn ihm automatisch und ohne Anstrengung die schönsten poetischen Schöpfungen einfallen. Er muß das Gefühl haben, als ob das Übernatürliche in das Reich des Selbst eingetreten ist. Also wurden jene unwandelbaren Naturgesetze, von denen Goethe kurz zuvor gesprochen hatte, in ihm selbst verändert. Diese Manifestation einer höheren Macht führte dann zu alarmierenden Konsequenzen, wie man aus dem Text schließen kann, in dem Goethe nicht so direkt und plump vorgeht, wie ich es bei meiner Darstellung hier tue.

(1) Der Dichter fühlte Abneigung dagegen, aus diesen göttlichen Gaben Geldgewinn zu erzielen. Da es aber zu jener Zeit keine Urhebergesetze gab, eigneten sich andere seine Schriften widerrechtlich an, zogen Profit aus diesen Produktionen — und verstümmelten sie obendrein.[75] Goethe konnte sich also inmitten von poetischen Schätzen selbst nicht helfen.

(2) Da die dichterische Produktion automatisch vor sich ging, waren Anstrengung und Willenskraft auch während der Pausen, wenn das Genie schwieg, nicht von Nutzen. Angesichts dieser Umstände schien es ratsam (wenn nicht zwingend geboten), daß er

> das was menschlich, vernünftig und verständig an mir sei, [...] den Weltgeschäften widmen und dergestalt nichts von meinen Kräften ungebraucht lassen sollte.[76]

Dann wechselt Goethe zu einem anderen Thema über. Er beschreibt die Jugend, die sorglos sei und die Welt als Ort ansehe, um die eigenen Wünsche auszuleben, seien diese nun gut oder zügellos. Jedenfalls sei die Folge »ein gelegentliches Handeln ohne Bedenken«.[77] Dann schildert er zwei solcher Vorfälle aus seinem eigenen Leben — einen als Feuer im Judenviertel ausbrach und er die Menschen in ihrem Kampf gegen die Flammen zweckmäßig einteilte, wobei er seine höchst elegante Kleidung durchnäßte und Lachen bei den Umstehenden hervorrief; den anderen, den ich schon früher erörtert habe (vgl. oben, S. 147 f.), als er in einem ziemlich auffallenden Kleidungsstück, das seiner Mutter gehörte, Schlittschuh lief.

Eine individuelle Persönlichkeit wie Goethe konnte sich natürlich nicht glatt und problemlos entwickeln, sondern mußte notwendig Umwege machen, bis sie einen Lebensstil gefunden hatte, auf dem sie aufbauen konnte und der ihr die so sehr benötigte Stabilität gab.

Es muß eine große Zahl solcher Geschichten wie die beiden geschilderten gegeben haben. Warum wählte Goethe gerade diese beiden ausgerechnet in diesem Zusammenhang aus? Dürfen wir vermuten, daß die Frage von Spinozas Einfluß ihn noch immer beschäftigte? Ich bin geneigt, das zu bejahen.[78]

Untersucht man die beiden Beispiele, findet man leicht einen gemeinsamen Faktor. Beide handeln von Kleidung, d. h. in beiden wird auf einen exhibitionistischen Faktor angespielt. Das zweite Beispiel ist in dieser Hinsicht offener. Es offenbart den Wunsch des jungen Mannes, sich so schön zu machen, wie es Frauen erlaubt ist, und dies führt uns zum Problem der Homosexualität zurück, die ebenfalls Schrecken erregt, von den ewig gültigen Moralgesetzen abzuweichen.

Die vollständige Untersuchung der Bedeutung der Feuergeschichte im Judenviertel würde eine breite Erörterung von Goethes Haltung gegenüber Juden erfordern. Das aber würde uns zu weit wegführen. Es genügt zu sagen, daß Goethes Äußerungen über zeitgenössische Juden nicht immer freundlich waren und daß er nicht für ihre völlige Emanzipation eintrat. Sein tiefes Empfinden für die biblischen Juden, sein Wunsch, den ewigen Juden zum Gegenstand einer epischen Dichtung zu machen, seine Bewunderung Spinozas, seine Vernarrtheit in den jungen Mendelssohn zeigen seine tiefe Beziehung zur jüdischen Tradition und Kultur und seine Wertschätzung jüdischer Begabung; doch dies alles führte nicht zu einer liberalen Haltung in der Judenfrage seiner Zeit (vgl. 522). Goethes Geschichte über das Feuer kann man als Hinweis auf eine Identifizierung mit den Juden interpretieren. Darin verhält er sich so, als ob er einer von ihnen wäre, und setzt sich dem Spott aus, der sich gewöhnlich gegen die Frankfurter Juden richtete. Goethe hatte seine Idenfizierung mit dem erniedrigten (beschnittenen?) Juden schon angedeutet, als er sich über die Raubdrucker beklagte. Er erzählt uns, daß der erste,[79] der ihn durch Raubdruck schädigte, ihm als Ausgleich Berliner Porzellan anbot. »Bei dieser Gelegenheit«, fährt Goethe fort,

> mußte mir einfallen, daß die Berliner Juden, wenn sie sich verheiratheten, eine gewisse Partie Porzellan zu nehmen verpflichtet waren, damit die königliche Fabrik einen sichern Absatz hätte.[80]

Hier berichtet Goethe ganz offen, daß er gezwungen wurde, wie ein Jude zu fühlen, indem er sich hilflos der Ausbeutung beugen mußte.

Wir haben also folgende Elemente, die in assoziativer Verbindung zu Spinoza stehen: ausgesetzt zu sein Entsetzen erregenden, übernatürlichen Impulsen (dem inneren Genie), ungezügelter Aggression (den

Raubdruckern), dem Spott infolge der Zugehörigkeit zu einer unterdrückten Minderheit (das Feuer im Judenviertel), dem Drang, weibliche Kleidung zu tragen (die Eislaufepisode). Kurz, man findet in Verbindung mit Spinoza eine Mixtur jener Situationen, die im allgemeinen unveränderlich sind, wie das Geschlecht, zu dem wir gehören, oder unsere gesellschaftliche Gruppe, deren Mitglied wir sind, oder wie die innere Kraft der Triebe, Leidenschaften und Begierden. Anscheinend hatte Goethe von Spinoza gelernt, ohne Auflehnung jenen Teil der Natur und der Gesellschaft hinzunehmen, der unabänderlich ist.

Natürlich erhebt sich sofort die Frage, wieso Spinozas *Ethik* diese Wirkung auf Goethe gehabt haben könnte. Der psychologische Inhalt von Spinozas *Ethik* ist mit Freuds psychoanalytischer Lehre verglichen worden (vgl. 4), und manche haben gemeint, sie sei in ihrer psychologischen Korrektheit Freuds spätesten Ansichten überlegen.[81] In diesem Zusammenhang ist natürlich unwichtig, ob Spinozas Psychologie mit der von Freud übereinstimmt oder nicht, wichtig ist nur, daß beide vergleichbar sind und eine Affinität aufweisen (wie unter Analytikern A. A. Brill [69, S. 97] am meisten betont hat). Wie ein Mensch bei psychischem Leiden Aufschluß und Hilfe durch die Lektüre von Freuds Werk erhalten kann, bezog Goethe Kenntnisse, die unmittelbar auf sein höchst persönliches Problem anwendbar waren, aus der *Ethik*. Ich glaube, daß für eine solche Hilfe, die allein aus der Lektüre gewonnen wird, Spinozas *Ethik* besser taugte als es Freuds Werke getan hätten. Da Freud nach einer strikt wissenschaftlichen Methode vorgeht, werden seine Entdeckungen ausgesprochen und können Widerstand auslösen, während Spinozas psychologische Thesen immer mit ausdrücklichen oder impliziten ethischen Ansichten durchtränkt sind und einen Menschen viel tiefer beeindrucken können, ohne Schuldgefühle oder Angst aufkommen zu lassen.

Im folgenden möchte ich daher nicht etwas über Spinozas Werk an sich sagen, sondern untersuchen, ob Teile davon – wir dürfen nicht vergessen, daß Goethe die *Ethik* nicht systematisch studierte, sondern nur sporadisch darin blätterte und las – eine unmittelbare Wirkung auf den Verlauf, den Goethes Konflikte nahmen, haben konnten. Wir sollten noch einmal ins Auge fassen, worin sein psychologisches Problem bestand, bevor er nach Italien abreiste.

(1) Im Verlauf des voritalienischen Jahrzehnts hatte Goethe völlige

Kontrolle über seinen Sexualtrieb gewonnen. Er hatte Jahre in einer hoch sublimierten Liebesbeziehung zu einer idealisierten und stark verehrten Frau verbracht. Der Augenblick näherte sich, wo die Selbstkontrolle zur Belohnung führen sollte.

(2) Emotionale Ausbrüche waren immer seltener geworden, und die Unbändigkeit seiner Gefühle hatte einer ungeheuren Fähigkeit zu regelmäßiger und oft langweiliger praktischer Arbeit ohne jeden künstlerischen Wert Platz gemacht. In seinem Versuch, Kontrolle über seine Gefühle zu gewinnen, war er über die Grenzen des Heilsamen hinausgegangen. In seinem harten Kampf gegen das Irrationale entwickelte er eine Feindschaft gegen Gefühle überhaupt. Die Aufgabe in diesem Bereich war identisch mit jener, die ich im Hinblick auf den heterosexuellen Trieb erwähnt habe. Nachdem das Ich die Herrschaft über starke Empfindungen erlangt hatte, mußte es lernen, ihre Wiedereinführung zu tolerieren, ohne sie aus der Hand zu lassen.

Ob es logisch zu rechtfertigen ist oder nicht, ein Mensch, der im Spinoza liest, kann gut dazu gebracht werden, eine freundliche Einstellung zu seinen Gefühlen anzunehmen. Die bloße Tatsache, daß Spinoza die Begründbarkeit aller psychologischen Phänomene einschließlich der irrationalen betont, macht Emotionen zu einem Gegenstand, der eher mit Interesse zu betrachten als mißbilligend abzulehnen sei. So lesen wir im Vorwort zum dritten Teil »Über den Ursprung und die Natur der Effekte«:

> Es geschieht in der Natur nichts, was ihr als Fehler angerechnet werden könnte. [...] Es folgen daher die Affekte des Hasses, des Zorns, Neids, an sich betrachtet, aus derselben Notwendigkeit und Kraft der Natur wie alles andere. Demnach lassen sie bestimmte Ursachen gelten, durch die sie erkannt werden, und haben bestimmte Eigenschaften, die unserer Erkenntnis ebenso würdig sind wie die Eigenschaften eines jeden anderen Dinges, an dessen bloßer Betrachtung wir uns erfreuen. (272, S. 253)

Sich an der Betrachtung eines Affekts erfreuen — das ist eine Haltung, die einer sofortigen Hemmung oder Unterdrückung des Gefühls vorbeugt, aber auch dessen Anwachsen zu unbeherrschbaren Proportionen steuert. Das läßt die Verlegung des Ichzentrums in die Selbstbeobachtung vermuten, so daß die Gefühle vor jener Instanz unserer Persönlichkeit, die den Bewußtseinsstrom registriert und betrachtet, vorbeiziehen. Hier wird die Erhaltung der ungeschmälerten Emotion bei gleichzeitiger Vorherrschaft des Sekundärprozesses angedeutet. Da die

Natur nichts Fehlerhaftes hervorbringen kann, wird die Existenz bestimmter Rechte beim Menschen durch das Wirken der Natur die unausweichliche Konsequenz.

> Jeder existiert nach dem höchsten Recht der Natur, und folglich tut jeder nach dem höchsten Recht der Natur das, was aus der Notwendigkeit seiner Natur folgt. Nach dem höchsten Recht der Natur bildet sich daher jeder sein eigenes Urteil über gut und schlecht, sorgt jeder für seinen Nutzen nach seinem Sinn,... (272, S. 517 f., Teil IV, Lehrsatz 37, Anm. 2)

Das Gefühl ist also nicht ein Produkt der Natur, das erduldet werden muß, weil es die Natur auferlegt, sondern etwas, was der Mensch erlebt, was ihn erfreut und worauf er ein unveräußerliches Recht hat.

Spinozas These, daß Körper und Geist Manifestationen desselben einen Wesens sind, er infolgedessen die »Leitung des Geistes« und die »Begierden des Körpers« (272, S. 265, Teil III, Lehrs. 2, Anm.) in enge Nachbarschaft stellt und von ihnen behauptet, ihnen müßten die gleichen Rechte zustehen, das muß mit besonderer Stärke gegen die Trennung von Seele und Körper gearbeitet haben, den Hauptlehrsatz jedes Puritanismus und deshalb auch ein Grundsatz Charlotte von Steins.

Da die Natur niemals unmoralisch sein kann, hat auch die Sünde keinen Platz innerhalb ihres Bereichs.

> Im natürlichen Zustand kann daher keine Sünde begriffen werden, wohl aber im bürgerlichen Zustand, wo durch allgemeine Übereinstimmung entschieden wird, was gut und was schlecht ist, [...] *Schuld* ist somit nichts anderes als Ungehorsam, der nur nach dem Staatsgesetz strafbar ist, ... (272, S. 521, Teil IV, Lehrs. 37, Anm. 2)

Wenn aber Schuld von Menschen gemacht wird und die Natur jenseits und über der Sünde steht, dann muß der Begriff der Sünde und Schuld keine bindende Kraft als Abschreckungsmittel haben. Er ist auf den Stand eines schicklichen Instruments reduziert, um ein für eine Gruppe anstößiges Verhalten zu verhindern.[82] Eine solche Ansicht geriet wiederum mit Grundvorstellungen des protestantischen Puritanismus in Konflikt. Aber auch innerhalb des Bereichs reiner Werte ist alles relativ.

> Ein Gut, das uns hindert, ein größeres Gut zu genießen, ist in Wahrheit ein Übel. Denn schlecht und gut heißen die Dinge [...], insofern wir sie miteinander vergleichen... (272, S. 577, Teil IV, Lehrs. 65, Beweis)

Konsequent kann ein Übel unter bestimmten Umständen zu einem Guten werden,[83] was jede Möglichkeit leugnet, jede einzelne Handlung mit einem absoluten moralischen Wertmaßstab zu messen. Aus Goethes Briefen an Charlotte von Stein wird klar, daß eine solche moralische Wertbestimmung seiner Person ständig vorgenommen wurde, und Goethe mußte sich manchmal harte Worte für eine Tat anhören, die wahrscheinlich außerhalb seiner Kontrolle lag, im Fall ihrer Unterdrückung zu »größerem Übel« geführt hätte und deshalb in Wirklichkeit gut war.

Spinoza beschäftigt sich aber auch mit dem Bereich der Motivation und verdammt Furcht als völlig inakzeptables Motiv für Handeln.

> Wer von der Furcht geleitet wird und das Gute tut, um das Schlechte zu meiden, der wird nicht von der Vernunft geleitet. (272, S. 573, Teil IV, Lehrs. 63)
>
> Alle Affekte [...], die sich auf die Vernunft beziehen, sind keine anderen als Affekte der Lust und der Begierde [...]. Die Abergläubischen, die es besser verstehen, Laster zu tadeln als Tugenden zu lehren, und die Menschen nicht durch die Vernunft leiten, sondern durch die Furcht im Zaum halten wollen, [...] bezwecken nichts anderes, als daß die anderen ein ebenso klägliches Leben führen wie sie selbst. Kein Wunder daher, wenn sie den Menschen meist lästig und verhaßt sind. (272, S. 573 f., Teil IV, Lehrs. 63, Beweis und Anm.)

Furcht (vor Geschlechtskrankheit) spielte, wie wir später sehen werden, bei Goethes Sexualhemmung eine bedeutende Rolle, aber Furcht vor Tadel von Charlotte von Stein war ebenfalls eine starke Kraft, um ihn an die eiserne Disziplin zu gewöhnen, der er sich jetzt auf Jahre hinaus unterworfen hatte. So muß die Verdammung bestimmter Gefühle und die überraschende Assoziation bestimmter anderer Gefühle mit bestimmten Werten Goethe zur Veränderung seiner Bewertung von Verhaltensmustern geführt haben, die für ihn zur Gewohnheit geworden waren.

> Unter Lust verstehe ich daher im nachstehenden ein Leiden, durch das der Geist zu größerer Vollkommenheit übergeht; unter Unlust dagegen ein Leiden, durch das der Geist zu geringerer Vollkommenheit übergeht. (272, S. 281, Teil III, Lehrs. 11, Anm.)

Und sogar noch radikaler:

> Lust ist der Übergang des Menschen von geringerer zu größerer Voll-

kommenheit. (272, S. 397, Teil III, Definition 2, in: »Definitionen der Affekte«)

Wenn Spinoza weiterhin erklärt, Gewissensbisse seien »ein Unvermögen des Geistes« (272, S. 541, Teil IV, Lehrs. 47, Anm.) oder Reue sei keine Tugend:

> Reue ist keine Tugend oder entspringt nicht aus der Vernunft; vielmehr ist der, welcher eine Tat bereut, doppelt elend oder unvermögend (272, S. 551, Teil IV, Lehrs. 54),

und weiterhin behauptet, daß Niedergeschlagenheit niemals aus der Vernunft des Menschen entspringt, sondern ein Zeichen dafür ist, »daß sein Tätigkeitsvermögen gehemmt wird« (272, S. 551, Teil IV, Lehrs. 53, Beweis), dann müssen diese Ideen Goethes Denken über sich selbst revolutioniert haben. Gewissen, Reue und Leid, die im Prozeß der Reorganisation und Umbildung seiner Persönlichkeit eine so große Rolle gespielt hatten, wurden plötzlich auf die Seite des Übels geschoben. Lust, die zu erleben Charlotte von Stein so wenig fähig war, wurde als Zeichen von Vollkommenheit genannt. Goethe stieß hier auf eine psychologische Theorie, die in ihm jene Gefühle zu entfalten vermochte, die seiner wachsenden Abwendung vom Christentum und Hinwendung zum aufgeklärten »Heidentum« entsprachen. Lust, die so stark mit dem Bild verbunden ist, das sich das moderne Europa von dem antiken Griechentum gebildet hatte, wurde hier zum Maßstab ethischer Vollkommenheit gemacht. So lesen wir in der *Ethik:*

> Zwischen Spott [...] und Lachen nehme ich einen großen Unterschied an. Denn das Lachen, wie auch der Scherz, ist reine Lust und daher [...] an und für sich gut. Fürwahr, nur ein finsterer und trübseliger Aberglaube verbietet sich zu freuen. Keine Gottheit und kein Mensch, außer ein mißgünstiger, freut sich über mein Unvermögen und Unbehagen und rechnet uns Tränen, Schluchzen, Furcht und andere solche Merkmale von Schwäche des Gemüts zur Tugend an. Im Gegenteil, je mehr wir von Lust affiziert werden, zu desto höherer Vollkommenheit gehen wir über, [...] Die Dinge zu genießen und sich an ihnen soviel wie möglich zu erfreuen [...] ist darum eines weisen Mannes durchaus würdig. (272, S. 535 f., Teil IV, Lehrs. 45, Zusatz 2, Anm.)

Hier ist jeder Rest des mittelalterlichen Geistes, jede Tendenz, wie sie z. B. der Sturm und Drang wiederbelebte, tiefen und zerreißenden

Konflikten einen moralischen Wert beizumessen, verschwunden, und es wird in eindrucksvollen logischen Begriffen eine Philosophie zum Ausdruck gebracht, die sich nachdrücklich und mit Freude der Welt zuwendet und trotzdem unannehmbar ist für jemanden, der in der christlichen Gesellschaft aufgewachsen ist.

> Des weisen Mannes, sage ich, ist es durchaus würdig, an angenehmen Speisen und Getränken sich mäßig zu erquicken und zu stärken, wie nicht minder an Wohlgerüchen, an der Schönheit der grünenden Pflanzenwelt, an Schmuck, Musik [...] und anderen Dingen dieser Art, was jeder, ohne irgendeinen Nachteil für einen anderen, genießen kann. (272, S. 537, Teil IV, Lehrs. 45, Zusatz 2, Anm.)

Charlotte von Stein war natürlich in der Lage, die meisten dieser Dinge zu genießen; doch ihr Genuß war nicht von jener frei strömenden Art, die aus diesen Zitaten spricht. Das Zitat fährt sogar noch fort, eine Lehre aufzustellen, die sie nicht als gültigen Teil des Naturplans für die Menschheit akzeptieren konnte:

> Denn der menschliche Körper ist aus vielen Teilen von verschiedener Natur zusammengesetzt, die fortwährend neuer und abwechslungsreicher Nahrung bedürfen, damit der ganze Körper zu allem, was aus seiner Natur folgen kann, gleich geschickt sei. (272, S. 537)

Wenn Gott und Welt zusammenfallen, dann ist der höchste Gottesdienst die Lust an der Welt. Charlotte von Stein, die aus einer puritanischen Umgebung stammte, sah in der Welt zweifellos ein Mittel, um zu Gott zu gelangen, und deshalb konnte für sie der Begriff von Pflicht niemals aus dem Leben getilgt werden. Wie groß das Verdienst war, das Goethe der Verinnerlichung dieser Lebensweise verdankte, habe ich früher gezeigt und werde es später weiter erörtern, aber jetzt war für Goethe die Zeit gekommen, der Reorganisation, die abgeschlossen war, zu entwachsen. Stand der Schatz, den Goethe erhalten hatte und der ihm weiterhin zur Verfügung stand, nur in symbiotischer Beziehung zu seiner Spenderin, oder gelang es ihm, ihn in völliger Freiheit und Unabhängigkeit zu nutzen? Diese Phase muß mit der Auflösung der Übertragung auf die Analytikerin verglichen werden, wenn die Symptome des Patienten verschwunden sind. Die Notwendigkeit dieses Vorgangs war beiden unbekannt. Charlotte von Stein dachte, daß ihre Mission im höchsten Grade erfüllt wäre, solange Goethe dem Idealismus diente, der Teil ihrer Existenz geworden war.

Am 23. November 1783 schrieb Goethe an Charlotte von Stein:

> Mein Hals ist noch nicht ganz gut mein übriges Wesen aber durch den Schlaf wieder in's Gleichgewicht gebracht. Nur meine Liebe zu dir kann in kein Gleichgewicht kommen, sie hängt immer ganz ganz allein zu dir.[84]

Und sechzehn Monate später, am 15. März 1785, schrieb er:

> Ich habe nur zwey Götter dich und den Schlaf. Ihr heilet alles an mir was zu heilen ist und seyd die wechselsweisen Mittel gegen die böse Geister.[85]

In der Differenz zwischen diesen beiden Briefen spürt man das Morgenrot der Unabhängigkeit. Indem er das Liebesobjekt auf dieselbe Stufe mit Schlafen stellt, wird unausgesprochen der Gedanke impliziert, daß Schlafen auch seine Liebe heilen könnte, die er eine Krankheit genannt hatte.

In Spinozas *Ethik* finden sich Passagen, die unmittelbar auf die Struktur von Goethes Übertragungsbeziehung zu seinem Liebesobjekt verweisen. So lesen wir:

> Die Affekte der Überschätzung und Unterschätzung sind immer schlecht. (272, S. 541, Teil IV, Lehrs. 48)

Überschätzung wurde definiert als »von jemandem aus Liebe eine höhere Meinung zu haben, als recht ist« (272, S. 409, Teil III, Definitionen der Affekte, Nr. 21). Hätte Goethe diese Zeilen wenige Jahre zuvor gelesen, würde er sie vielleicht kritisiert haben, denn damals mochte er denken, daß Liebe ohne Überschätzung des Objekts unmöglich sei. Es ist im Grunde diese Überschätzung, die den Unterschied zwischen Verehrung und Liebe ausmacht. Wie dem auch sei, Goethe überschätzte Charlotte von Stein bei weitem. Sie war das A und O seiner Existenz geworden, und er wies manchmal alle Anzeichen eines Menschen auf, der sich zugunsten eines erhöhten Objekts aufbraucht. Goethe war auf diese Selbstaufgabe stolz. Man gewinnt den Eindruck, daß er dies manchmal als Zeremonie oder Ritual erlebte. Er hatte sich natürlich auch früher anderen Frauen hingegeben, dann aber war es Leidenschaft gewesen, spontan aus dem Augenblick heraus geschehen, ausgelöst durch den momentanen Eindruck, das Objekt sei exquisit. In der Beziehung zu Charlotte von Stein aber herrschte Dauer. Er hatte zuletzt eine dauerhafte Objektbeziehung erreicht, die nicht nach den Zufällen im Verhalten des Objekts schwankte, was so leicht Ambivalenz hervorruft, wenn die Bindung an das Objekt schwach ist. Alle Opfer, die mit der Selbstverleugnung verbunden sind, waren nur durch die Überschätzung des Objekts möglich. Jetzt, als es notwendig wurde, die Überschätzung zu beseitigen, erhielt Goethe in diesem schmerzlichen Prozeß Unterstützung, indem er las – in den Werken eines Philosophen, den er wiederum vielleicht überschätzte –, daß Überschätzung ein Übel sei. Spinozas Standpunkt gegen die Überschätzung eines Objekts fand seine Parallele in einem Zweifel an Altruismus.

> Niemand strebt, sein eigenes Sein um eines anderen Dinges willen zu erhalten,

schreibt Spinoza (272, S. 489, Teil IV, Lehrs. 25), und fährt fort:

> Denn wenn der Mensch sein Sein um eines anderen Dinges willen zu erhalten strebte, würde jenes Ding die erste Grundlage der Tugend sein [...], was [...] absurd ist. (272, S. 489, Teil IV, Lehrs. 25, Beweis)

Aber dies war genau das, was Goethe behauptete, wenn er Charlotte von Stein schrieb, daß mit ihrer Abwesenheit seine Tugend mit ihr fortgegangen sei.

Dieser Verlust an Tugend, wenn Charlotte von Stein abwesend war, stand in eklatantem Widerspruch zu Spinozas Definition von Tugend.

> Also wissen wir nur von dem gewiß, daß es gut ist, was in Wahrheit zum Erkennen führt, und umgekehrt wissen wir nur von dem, was uns am Erkennen hindert, daß es schlecht ist. (272, S. 493, Teil IV, Lehrs. 27, Beweis)

Im Lichte solcher Ansichten wurde das, von dem Goethe gedacht hatte, es sei tugendhaft, ein Übel, denn Charlotte von Steins Abwesenheit verhinderte das Erkennen oder machte es in der Situation des Dichters sogar unmöglich.

Spinozas *Ethik* beschränkt sich nicht auf die Betrachtung des menschlichen Geistes, sondern erteilt auch Ratschläge, wie der Mensch leben sollte, wie man z. B. einem unangenehmen Gefühl ein Ende macht.

> Wenn wir eine Gemütsbewegung oder einen Affekt von dem Gedanken der äußeren Ursache trennen und mit anderen Gedanken verbinden, so werden die Liebe oder der Haß gegen die äußere Ursache, wie auch die

Schwankungen des Gemüts, die aus diesen Affekten entspringen, vernichtet werden. (272, S. 629, Teil V, Lehrs. 2)

Bis zu einem gewissen Grad wird in diesem Lehrsatz wahre Objektliebe geleugnet. Dem Menschen wird die Fähigkeit zugeschrieben, seine Objektbeziehungen in Übereinstimmung mit seinem bewußten Wollen zu ordnen. Jede Zuneigung oder Aversion gegenüber einem Objekt kann verändert werden. Die Einwirkung der Welt als Urheberin unserer Gefühle wird geleugnet. Die Zurüstung oder Manipulation von Vorstellungen wird zum Schlüssel aller Objektbeziehungen gemacht.

Aus der Psychopathologie ist bekannt, daß manche Menschen ihre Objektbeziehungen auf diese Art unwillkürlich manipulieren. Besonders mit Hilfe von Depersonalisierung können »die Schwankungen des Geistes«, die aus Gefühlen entstehen, mit relativer Leichtigkeit von jenen abgefangen werden, die sich dieses Mechanismus bedienen können. Ich wüßte gern, wie weit Goethe hier theoretische Unterstützung erhielt, einen Mechanismus zu benutzen, der, obwohl er im wesentlichen zur Psychopathologie gehört, dennoch dem Verwirrten in einer Gefühlskrise gut zustatten kommt. Man kann zumindest sagen, daß jeder, der nach Spinozas zweitem Lehrsatz zu leben versucht, sehr gut dahin tendieren kann, eine Depersonalisierung zu entwickeln.

Ob Goethe dieser Mechanismus wirklich zu seiner Verfügung stand, weiß ich nicht. Näheres Studium seines Gesamtwerks mag feststellen, ob dies zutrifft oder nicht. Depersonalisierung ist ein Symptom, das in milder Form gelegentlich bei jedem Menschen auftreten kann und auch oft vorkommt. Mitunter ist es das erste Symptom, das den Patienten dazu bringt, in eine Behandlung zu gehen. Weniger aber ist über Menschen bekannt, die oft depersonalisiert sind und dies im Grunde nicht als ein Symptom empfinden. Manchmal, obgleich selten, stößt man auch auf einen Patienten, der im Zustand der Depersonalisierung eine milde Freude empfindet. Weniger selten sind jene, denen die Depersonalisierung durch Abmildern der Schärfe des seelischen Schmerzes Kompensierung verschafft.

Spinoza setzt diese Gedankenlinie fort, wenn er schreibt:

Insofern der Geist alle Dinge als notwendig erkennt, hat er eine größere Macht über die Affekte oder leidet er weniger von ihnen. (272, S. 635, Teil V, Lehrsatz 6)

Spinoza versucht, diesen Lehrsatz durch zwei Beispiele zu beweisen. Das Leiden wird vermindert, wenn der Verlust eines Gutes als unvermeidlich anerkannt wird, und niemand bedauert ein Kind wegen seiner Schwäche und seines Mangels an Bewußtsein, weil alle Menschen als Kinder geboren werden. Ein Appell an die Vernunft sollte die Kraft des Ich zur Verleugnung erleichtern. In psychoanalytischen Kategorien würde man vermutlich in dieser Haltung einen Akt der Intellektualisierung sehen, der große Helfer im Kampf des Ich gegen Unlust. Der Mechanismus hat aber auch einen anderen Aspekt. Einsicht in die Gesetzmäßigkeit der Dinge und Empfindungen kann dazu führen, daß die Gefühle als notwendige und unvermeidliche Konsequenzen erscheinen, was eine tolerantere Haltung ihnen gegenüber bewirkt. Wenn Empfindungen bei sexueller Leidenschaft als notwendige Konsequenzen der Natur anerkannt werden, dann kann sich das Ich um Verinnerlichung bemühen und geneigter werden, sie zu befriedigen, als wenn körperliche Begierden als fremdartig und mit der Würde des Menschen unvereinbar angesehen werden.

Die Tendenz zur Intellektualisierung wird besonders deutlich in Spinozas Lehrsatz, daß der Mensch weniger verletzt wird und weniger an einem Gefühl leidet, wenn er zum Zeitpunkt des Erlebens bedenkt, daß die Empfindung viele und verschiedene Gründe hat. Nach Spinoza steht die Zahl der in Betracht gezogenen Gründe im umgekehrten Verhältnis zur Stärke des Schmerzes (272, S. 641, Teil V, Lehrs. 9, Beweis). Spinozas Beweis dieses Lehrsatzes ist besonders interessant. Ein Affekt ist schädlich insoweit, als er den Geist am Denken hindert. Wenn ein Affekt den Geist zur Betrachtung der großen Zahl von Objekten bestimmt, ist er weniger schädlich, als wenn er dies mit einer kleinen Zahl täte. Daraus folgt notwendig:

> Solange wir nicht von Affekten bestürmt werden, die unserer Natur entgegengesetzt sind, haben wir die Macht, die Affektionen des Körpers gemäß der Ordnung, die dem Verstand entspricht, zu ordnen und zu verketten. (272, S. 641 f., Teil V, Lehrs. 10)

Wenn der sexuelle Drang nicht gut verdrängt ist, hemmt der permanente Zustand sexuellen Unbefriedigtseins die Kraft, sich auf Dinge zu konzentrieren und ihnen Aufmerksamkeit zu schenken, die nicht mit diesem Drang assoziiert sind. Das schmerzliche Gefühl, das aus der unerbittlichen und niemals besänftigten Forderung resultiert, und die

Energie, die in dem Kampf gegen diesen Trieb verausgabt werden muß, schränken die intellektuelle Kraft notwendig ein, es sei denn, der Sexualtrieb ist *in toto* sublimiert. Dies erreichte Goethe nicht, da sein Gefühl für Charlotte von Stein seine sexuellen Wünsche beständig erneuerte. Ich erinnere an seine gelegentlichen Klagen über Charlotte von Steins verführerisches Betragen, das Enthaltsamkeit für ihn um so schwieriger machte. Wie dem auch sei, wenn Spinoza sagt:

> Wer einen Körper hat, der zu sehr vielen Dingen befähigt ist, der hat einen Geist, dessen größter Teil ewig ist (272, S. 689, Teil V, Lehrs. 39),

kann dies wieder in der zuvor erwähnten Weise interpretiert werden, besonders im Hinblick auf den Beweis, der behauptet, daß ein solcher Mensch »am wenigsten von Affekten bestürmt [wird], die schlecht sind«, d. h. von Empfindungen, die der Natur entgegengesetzt sind. Im selben Beweis vergleicht Spinoza den Gegentyp dazu mit einem Kleinkind:

> Und wirklich, wer, wie ein Kleinkind oder ein Knabe, einen zu sehr wenigem befähigten und meistens von äußeren Ursachen abhängigen Körper hat, der hat einen Geist, welcher, für sich allein betrachtet, fast gar kein Bewußtsein von sich, von Gott oder von den Dingen hat. (272, S. 691 f., Teil V, Lehrs. 39, Anm.)

Aber das Kleinkind unterscheidet sich so sehr von dem Erwachsenen, auch im Punkt der sexuellen Unreife, und Goethe war in diesem einen Bereich wirklich inaktiv. Wenn Goethe las:

> Je mehr Vollkommenheit ein Ding hat, desto mehr tätig und desto weniger leidend ist es, und umgekehrt, je mehr ein Ding tätig ist, desto vollkommener ist es. (272, S. 693, Teil V, Lehrs. 40),

muß ihn das wie ein Blitzstrahl getroffen haben. Ich habe früher gezeigt, daß Goethe seine Existenz manchmal als einen passiven Vorgang des Geformtwerdens erlebte, und die Passivitätsgefühle in seiner Beziehung zu Charlotte von Stein waren bewußt und manchmal beängstigend.

In seinem früher zitierten Brief vom 30. August 1784 nannte Goethe seine Liebe zu Charlotte von Stein eine Krankheit, die er dennoch der vollkommenen Gesundheit vorzog. Jetzt mußte er lesen, daß »Liebe und Begierde ein Übermaß haben können«.

> Denn wir sehen, daß Menschen manchmal von einem Gegenstand so affiziert werden, daß sie diesen vor sich zu haben meinen, obgleich er nicht

> gegenwärtig ist; wenn dies einem Menschen im wachen Zustand begegnet, sagen wir, er sei irrsinnig oder verrückt. Nicht minder werden diejenigen für verrückt gehalten, welche in Liebe entbrannt sind und Tag und Nacht nur von der Geliebten oder der Dirne träumen, weil sie gewöhnlich Lachen erregen. (272, S. 531 f., Teil IV, Lehrs. 44, und Anm.)

Durch Spinoza wurde Goethe auf den Boden der Tatsachen geholt, mancher Glaube, den Goethe zu jener Zeit hegte, seines illusionären Glanzes beraubt und ein realistisches Element in sein Denken darüber, wie das Gefühlsleben des Menschen sein sollte, eingeführt.

Also kann man sagen, daß Goethe in Spinozas *Ethik* ein Dokument fand, das sich vor ihm wie eine Landkarte der menschlichen Persönlichkeit auszubreiten schien, unter besonderer Berücksichtigung der Darstellung der Affekte. Ich meine natürlich nicht, daß meine Interpretation eine ausreichend korrekte Lesart von Spinozas Lehrsätzen, Beweisen und Anmerkungen sind. Ich wollte nur eine Erklärung für die Wirkung anbieten, die Spinoza zu jener Zeit auf Goethe gehabt hat. Wir kennen drei Faktoren: (1) Den Text, den Goethe um diese Zeit herum las; (2) die Konflikte, an denen er litt; und (3) die wenigen Kontexte, in denen er sich in *Dichtung und Wahrheit* unmittelbar auf Spinoza bezog. Setze ich diese drei Elemente zueinander in Beziehung, dann schließe ich, daß Spinozas *Ethik* Goethe zur Verbalisierung von bestimmten Dingen zwang, die andernfalls auf der vorbewußten Ebene verblieben wären. Gleichzeitig mit der Verbalisierung lief natürlich ein Prozeß von Begriffsbildung, und was im anderen Fall vage und dunkel geblieben wäre, wurde nun in klare und präzise Gedankenketten gezwungen, die dem Ich Handlungsentwürfe für die Zukunft gaben. Daß ein Ergebnis davon in größerer Toleranz gegenüber Gefühlen bestand, die aus dem Sexualtrieb stammen, war — wenigstens im Denken — eine unausweichliche Schlußfolgerung.

All dies muß in Goethe jene Tendenzen bestärkt haben, die sich auf die Trennung von Charlotte von Stein richteten. Wie weit dieser Trennungsprozeß auch ein bewußter Vorgang war, darüber läßt sich streiten. Wahrscheinlich hatte Goethe damals noch nicht den Punkt erreicht, wo er sich selbst die Notwendigkeit einer dauernden Trennung von Charlotte von Stein eingestehen konnte. Spinozas Einfluß auf Goethes Persönlichkeitsentwicklung darf man aber nicht einen allzu bevorzugten Platz einräumen. Dasselbe Buch wäre zwei oder drei Jahre früher vermutlich beiseite gelegt worden. Es konnte seine große

Wirkung jetzt entfalten, weil Goethe ein Stadium erreicht hatte, wo er gerade diese Philosophie benötigte. Spinozas *Ethik* funktionierte als Katalysator, um bei der Umwandlung unbewußter Inhalte in bewußte zu helfen. In seiner Beziehung zu Charlotte von Stein war die Hauptarbeit geleistet, und Goethe hatte einen Reifegrad erworben, der niemals bloß durch die Lektüre der Schriften eines Philosophen erworben werden kann. Wahrscheinlich hatte das Buch aber beträchtliche Bedeutung als Korrektiv zu dem Schaden, den Charlotte von Stein durch ihr Festhalten an ihrer Rolle in Goethes Leben verursacht hätte, die außerhalb der Grenzen des quasi therapeutischen Bereichs lag, für den das Schicksal ihr eine heilsame Wirkung zugeteilt hatte. Sie war sich nicht bewußt, worin ihre objektive Mission bestand. So sensibel sie in der Phase der Errichtung der Übertragungsbeziehung und bei bestimmten strukturellen Veränderungen reagierte, die Goethe vollziehen mußte, so abgeneigt war sie, als passendes Werkzeug im Prozeß der Trennung zu funktionieren. Sie konnte natürlich ihre objektive Funktion nur in einer personalisierten Weise erfüllen, und dieser subjektive Faktor stand ihr bei der Ausführung des letzten Schrittes im Wege, Goethe die höchste Wohltat aus dem Schatz, den sie ihm so großzügig gegeben hatte, zu erweisen. Doch tat sie sogar, wie ich gleich zeigen werde — unbeabsichtigt, da bin ich sicher —, jenen Schritt, der Goethe das Lösen der Liebesbande zu ihr sehr erleichterte und so ohne Absicht den Schmerz verringerte, der unausweichlich die Unterbrechung einer Beziehung begleitet, in der so große Mengen von Libido investiert sind.

Zuerst aber möchte ich Goethes psychologische Haupterwerbungen während dieser Phase zusammenfassen: (1) Er fand zuletzt eine Formel, die ihm half, seine Angst vor Frauen zu besiegen. Diese Formel folgte der Struktur einer fetischistischen Phantasie. Man kann vereinfachend sagen, daß für das Problem der Loslösung von seiner Mutter und für das Akzeptieren seines sexuellen genitalen Drangs eine zeitweilige Lösung gefunden wurde, d. h. dieser Prozeß hatte mit der Beziehung des Ich zum Es zu tun. (2) Er fand in *Hamlet* ein Modell für das Durcharbeiten des Ödipuskomplexes, soweit dieser mit dem Vater zusammenhing. Zuletzt wurde eine Integration der Identifizierung mit seinem Vater möglich. Vereinfachend läßt sich sagen, daß dieser Prozeß hauptsächlich mit der Beziehung des Ich zum Überich zu tun hat. (3) Goethe erwarb durch die Lektüre von Spinozas *Ethik* ein Ruder und einen Kompaß, mit denen er sich sicher zwischen der Skylla seiner eigenen Emotionalität und der Charybdis der Forderungen seiner Umgebung hindurchsteuern konnte. Vereinfachend darf man sagen, daß die *Ethik* ihn mit Kenntnissen der Ichmechanismen ausstattete.

2. *Kapitel*

Hic Rhodus, hic salta

Es wäre interessant, genau zu wissen, ob Goethes Beziehung zu Charlotte von Stein an sich dazu bestimmt war, abgebrochen zu werden — wie ich glaube —, oder ob es etwas Besonderes im Wesen von Charlotte von Stein oder vielleicht etwas Zufälliges in ihrem Verhalten gab, das Goethe ermöglichte, sich von ihr zu lösen. Wäre die letzte Alternative wahrscheinlicher, wüßte man gern, ob viele Faktoren zusammenwirken mußten, um die Loslösung zu ermöglichen, oder ob ein Fehler entscheidend war. Welche der vielen Alternativen auch richtig sein mag, der folgende Vorfall muß seine Wirkung auf Goethes zunehmende Entfremdung gehabt haben.

Charlotte von Steins Fehler

Um diese Zeit herum machte Charlotte von Stein einen schicksalhaften Fehler. Ob man ihn objektiv als Fehler bezeichnen kann, ist fraglich — er war deutlich eine Manifestation einer tiefen Störung in ihrer Persönlichkeit; in seiner Wirkung auf ihre Chancen, Goethes Zuneigung zu erhalten, war er ein Fehler. Von Goethes Interessen aus gesehen — der totalen Entwicklung des Dichters — muß man ihn als heilsam betrachten. Das fragliche Ereignis betraf Charlotte von Steins Rolle als Mutter. Sie besaß eine tiefe Zuneigung zu ihrem jüngsten Sohn Fritz, hatte aber eine bemerkenswert ambivalente Beziehung zu ihren beiden älteren Kindern Karl und Ernst. Weihnachten 1785 kehrte der letztere als kranker Junge heim. Seine Füße und Beine waren befallen. Es entwickelte sich Knochentuberkulose. Er war vom Tod gezeichnet.

Wie reagierte seine Mutter? Sie schrieb (am 10. Mai 1786) an ihren und Goethes Freund Knebel:

> Heute werden dem Ernst Krücken angemessen. Dem sind die Übel hübsch bei Zeiten auf den Hals gerückt! Den Vorteil hat er, daß er nicht braucht vom Wahn der Jugend zurückzukommen, da ihn die Natur frühzeitig, wie es scheint, hinausweist.[1]

Und in einem anderen Brief, an Lotte Lengfeld, die später Schillers Frau wurde:

> Der Tod wäre das Erträglichste für ihn, aber ich fürchte, er wird noch lange mit Schmerzen zu kämpfen haben.[2]

Als ich das Verhalten von Goethes Mutter beschrieb, als Susanne von Klettenberg im Sterben lag (vgl. oben S. 524), lenkte ich die Aufmerksamkeit darauf, wie sehr sich die Einstellung des achtzehnten Jahrhunderts zum Tod von unserer unterscheidet. Doch selbst wenn man diesen unterschiedlichen Zeitgeist berücksichtigt, bleibt genug, worüber man sich wundern kann. Die schreckliche, anscheinend ohne jedes Mitleid geäußerte Bemerkung, wie früh ihr Sohn mit dem tragischen Aspekt des Lebens bekannt geworden sei, kann eine Abwehr gegen Schmerz gewesen sein. Es ist hart, die Äußerung nur als das anzusehen, wie sie aussagt — zu unterstellen, daß dahinter kein Mitleid stand. Im zweiten Brief werden wir mit demselben Problem konfrontiert, in der Ergebenheit kommt ein überraschendes Maß an Vernünftigkeit zum Ausdruck, und man vermißt den Schrei der Verzweiflung, den die Natur erzeugt, wenn eine Mutter das schlimmste Schicksal erleidet, zu wissen, daß ihr eigenes Kind dem Tod geweiht ist. Unglücklicherweise können wir nur spekulieren, welchen Eindruck ihr Verhalten auf ihre Zeitgenossen machte — ob es als Kälte oder als verborgenes herzzerreißendes Mitleid gewertet wurde. Unser Hauptzeuge ist Goethe, und der scheint die ganze Episode eindeutig abstoßend empfunden zu haben. Goethe »ergab« sich nicht so leicht, er nahm den Kampf gegen den Tod auf. Er konsultierte renommierte Ärzte; er schmiedete mit Herder Pläne, um den Patienten zu beschäftigen, und er gab Charlotte von Stein den dringenden Rat, ihren Sohn mit nach Karlsbad zu nehmen, um ihm die medizinischen Einrichtungen dort zugute kommen zu lassen. Sie wies diesen Rat zurück, reiste allein ab, den Jungen unter der Obhut von anderen zurücklassend. Obwohl Goethe später Zweifel hatte, vermutlich zu Recht, ob sein Rat gut gewesen war, stieß ihn ihr offensichtlicher Mangel an mütterlichem Gefühl ab. Am 9. Juli 1786 schrieb er an sie nach Karlsbad:

> [...] und da mein Wunsch ihn im Carlsbad zu wissen nicht erfüllt worden; so habe ich für den armen Jungen keinen mehr zu thun. Seine Leidenskrafft geht über alle Begriffe.[3]

Aus diesen Worten spricht unmißverständlich seine tiefe Unzufriedenheit. Goethe vermied damals ein offen kritisches Wort über Charlotte von Stein. Sein Ärger und sein Widerwille müssen groß gewesen sein, daß er sich diese kurze Bemerkung gestattete. Sein Groll, den ihre Abwesenheit nach sich zog, ergab sich aus der jetzt eintretenden Situation. Das andere Bein wies Zeichen von Krankheit auf, und die Ärzte hielten es für ratsam, es zu öffnen, doch sie zögerten aus Angst vor Vorwürfen. »Ich verstehe nichts davon«,[4] schrieb Goethe und fügte dann die oben zitierte scharfe Bemerkung an. Natürlich wäre es Aufgabe der Mutter gewesen, da zu sein, um die Prozedur zu veranlassen und ihrem Sohn beizustehen. Bei Goethe vollzog sich eine Identifizierung mit dem leidenden Jungen. Sein Brief wurde geschrieben, als der ganze Hof ungeduldig auf das Ergebnis der Schwangerschaft der Herzogin wartete. Man wartete schon eine ganze Zeit auf das Baby, und Goethe konnte nicht in Urlaub fahren, bevor dieses Ereignis stattfand. Deshalb begann er seinen Brief vom 9. Juli:

> Ich bin nun fast so überreif wie die fürstliche Frucht, und harre eben so meiner Erlösung; meine Geschäffte sind geschlossen und wenn ich nicht wieder von vorne anfangen will muß ich gehen;[5]

Das kann als Fingerzeig dienen für die Richtung von Goethes Identifizierung. Der Brief wurde kurz vor seiner Abreise nach Karlsbad geschrieben, von wo er heimlich nach Italien aufbrach.

Der Eindruck einer Wiedergeburt drängt sich auf (vgl. 298, S. 59). Hier ein sterbender, von seiner Mutter verlassener Sohn, dort ein Baby, das den Mutterleib nicht verlassen will, Goethe verzweifelt kämpfend, um den dem Tode geweihten Jungen zu retten, und auf die Ankunft des Babys wartend. Auch er brachte eine Periode seines Lebens zum Abschluß und war begierig, in die neue einzutreten. Er war beides in einem, der Sterbende und der zu Gebärende. Aber die eine Mutter verschuldete (natürlich nur in seiner Vorstellung) durch ihre kalte Unmütterlichkeit den Tod ihres Kindes, und die andere zögerte, ihr Baby abzugeben, so als wollte sie es für immer behalten. Im Vergleich zu der ersteren muß er sich in mütterlichem Gefühl überlegen gefühlt haben. Obwohl Fritz seinem Herzen näher stand als die beiden anderen Kinder, zögerte er nicht, sich dem armen Ernst mit Mitleid, Freundlichkeit und Fürsorge zuzuwenden.

In einem solchen Augenblick muß in Goethe gegenüber seiner Mutter jene Ambivalenz hochgekommen sein, der er in der ersten Fassung des *Wilhelm Meister* so eindrucksvollen Ausdruck verlieh, und er konnte nicht widerstehen, sich selbst als bessere Mutter als Charlotte von Stein hinzustellen. Und in diesem Augenblick muß eins der wichtigsten Bande zwischen ihm und dem Liebesobjekt zerbrochen sein. Charlotte von Stein hatte ihm sexuelle Entspannung mit ihr verweigert. Sicher diente sie ihm aufs beste, indem sie auf der konstanten Forderung nach maximaler Sublimierung bestand und Goethe zwang, ein Höchstmaß an Spannung auszuhalten. Das Auferlegen eines so großen Opfers brachte sie aber notwendig in eine zunehmend exaltierte Position. Wenn Goethe wie ein Heiliger handeln und fühlen sollte, dann mußte auch sie das Leben einer Heiligen führen. In den *Vier Jahreszeiten*[6] gibt es folgendes Distichon:

> Das ist die wahre Liebe, die immer und immer sich gleich bleibt,
> Wenn man ihr alles gewährt, wenn man ihr alles versagt.[7]

Ob eine solche Liebe noch menschlich wäre, ist fraglich. Als Ideal ist sie zweifellos wertvoll; ein Ideal könnte auch kaum anders sein. Goethe war diesem Idealtyp von Liebe auf dem Höhepunkt seiner Liebe zu Charlotte von Stein vielleicht nahe gekommen, zu jener Zeit aber, als er sich zur Italienreise entschied, hatte die Liebe einen anderen Charakter. Allein die Tatsache, daß er imstande war, sich auf diese Reise vorzubereiten und sie sich vorzunehmen, ohne ihr etwas von dieser Absicht zu erzählen, zeigt den Grad, in dem er sich von ihr entfernt hatte. Sie scheint sich bewußt gewesen zu sein, daß sich etwas verändert hatte. In dem zuvor erwähnten Brief an Knebel (vom 10. Mai 1786) schrieb sie:

> Goethe lebt in seinen Betrachtungen, aber er teilt sie nicht mit, Dies [Mitteilen] ist eine Tugend, die Sie nur besitzen! Aber ich bedauere den armen Goethe: Wem wohl ist, Der spricht! Mir versagt leider manchmal die Sprache aus doppelten Ursachen, weil ich Nichts weiß und weil ich leide.[8]

Hier irrte sich diese kluge Frau. Goethes Schweigen verdiente kein Mitleid. Es war nicht das Schweigen eines Rückzugs oder eines lähmenden Konflikts, sondern das Schweigen eines Mannes, der Energien für eine weitreichende Handlung sammelt und in voller Unabhängigkeit handeln möchte.

Goethes Briefe dieser Periode stellen uns vor besonders herausfordernde Probleme. Zuerst erhebt sich die Frage, ob Charlotte von Stein Goethes Briefen hätte entnehmen können, daß seine für sie katastrophale Abreise drohte. Hier fühlt man sich in einer besonders mißlichen Lage, da wir nicht wissen, ob der vorliegende Briefwechsel vollständig ist. Sollen wir davon ausgehen, daß von Goethes Briefen an Charlotte von Stein alles oder fast alles überliefert ist?[9] Der durch Zufälle in der Vergangenheit so oft getäuschte Gelehrte muß sich der Realität beugen und dankbar annehmen, was ihn von den entfernten Küsten einer vergangenen Generation erreicht hat. Ich bin gezwungen, so zu verfahren, als ob wir in dem Erhaltenen die vollständige oder fast vollständige Reihe der Briefe vor uns haben.

Mit dieser Voraussetzung muß ich zugeben, daß ich, wenn mir die Tatsache von Goethes Reise nach Italien nicht bekannt wäre, nicht den Eindruck gewinnen würde, der Schreiber dieser Briefe bereite sich während dieser Zeit heimlich auf eine Reise in entfernte Länder vor. Man würde eher vermuten, daß Goethe aus einer plötzlichen Eingebung handelte und daß er bis zum letzten Augenblick selbst nicht wußte, was er tun würde. Wir lassen oft unseren Dämon, die Projektion unserer unbewußten Wünsche, aus einem augenblicklichen Antrieb heraus für die wichtigsten Entscheidungen und Handlungen Sorge tragen. Und doch gibt es den unwiderlegbaren Beweis, daß Goethe während des Schreibens seiner verliebtesten Briefe wußte, er würde bald für lange von Weimar fern sein. In seinem Entwurf zu seiner Autobiographie findet man als Eintrag für 1785: »Reise nach Italien Vorgesetzt.«[10] Sicher, das wurde viele Jahre später geschrieben, und ich habe schon Goethes Tendenz zur Vordatierung erwähnt. Ich habe früher (vgl. oben, S. 1003) Goethes undatierten Brief an Charlotte von Stein zitiert, den Forscher dem 27. November 1783 zuordnen, und vermutet, daß Goethes Bitte um Landkarten von Italien eine Absicht zu einem Besuch dieses Landes andeuten kann. Wenn die Datierung dieses Briefes und meine Vermutung richtig sind, würde dies auf einen überraschend frühen Beginn dieses Vorhabens hinweisen. Auf sicherem und unanfechtbarem Boden steht man, wenn man einen viel späteren Brief, vom 12. Juli 1786 an Jacobi, zitiert, der damals in England war:

> wenn du wiederkommst werde ich nach einer andern Weltseite geruckt seyn, schreibe mir nicht eher bis du wieder einen Brief von mir hast der dir den Ort meines Aufenthaltes anzeigt.[11]

Dieser Abschnitt zerstreut jeden Zweifel an der Möglichkeit einer spontanen, improvisierten Reise, die plötzlich aus einer akuten Krise unternommen wird. Ebenso beweisen die genauen Instruktionen, die er seinem treuen Diener hinterließ, wie besonnen und gut organisiert der Plan zu dieser Reise war. Während dieser Periode, als er am 6. Buch des *Wilhelm Meister* arbeitete und nach Karlsbad reiste, wo er Charlotte von Stein vor seiner Abreise nach Italien traf, schrieb er aber einige seiner charmantesten Liebesbriefe.

Ich werde jetzt einen Bericht der Ereignisse in Goethes persönlichem Leben vor seiner Abreise geben. Im Dezember 1784 packte ihn wieder eine ernsthafte Depression. Unglücklicherweise lud ihn der Herzog ein, ihn nach Frankfurt zu begleiten. Goethe fühlte sich dazu außerstande. Er erwähnt dies in seinem Brief an Charlotte von Stein vom 5. Dezember 1784 und spricht von »bösen Erinnerungen« an 1779, als er auf der Rückreise aus der Schweiz in Begleitung des Herzogs mehrere Höfe besuchen mußte.[12] Diesmal aber bat der Herzog nur um ein Treffen in Goethes Geburtsstadt und um die gemeinsame Rückreise von dort nach Weimar, so daß der Hinweis auf jene Besuche von Fürstenhöfen offensichtlich eine Rationalisierung war. Auf welche schlechte Erinnerung bezog er sich aber dann? Auf jener Reise von 1779 hatte Goethe seinen Vater zum letzten Mal gesehen, dessen geistiger Zustand sich verschlechterte, was sich damals schon bemerkbar machte. Wie ich früher zu beweisen versucht habe, befand sich Goethe in dem Prozeß der Integration einer Vater-Identifizierung. So wie Hamlet der Identifizierung mit Polonius ausweicht, so konnte für Goethe jede lebhafte Erinnerung an den geschwächten Vater (verstärkt durch die eindrücklichen Schilderungen der Mutter) diesen Prozeß gefährden. Darüber hinaus nahte der Geburtstag von Goethes Schwester, als ihn die Einladung des Herzogs erreichte. Also teilte er am 6. Dezember (einen Tag vor Cornelias Geburtstag) dem Herzog seine widerstrebende Entscheidung mit, dessen Einladung nicht anzunehmen.

> Soviele innre sowie äußere Ursachen halten mich ab, daß ich Ihrem Rufe

nicht folgen kann. [...] ich [...] fürchte mich vor neuen Ideen die ausser dem Kreise meiner Bestimmung liegen. Ich habe deren so genug und zu viel, der Haushalt ist eng und die Seele ist unersättlich.
Ich habe so oft bemerckt daß wenn man wieder nach Hause kommt die Seele statt sich nach dem Zustand den man findet einzuengen, lieber den Zustand zu der Weite aus der man kömmt ausdehnen möchte, und wenn das nicht geht so sucht man doch so viel als möglich von neuen Ideen hereinzubringen und zu pfropfen, ohne gleich zu bemercken ob sie auch hereingehen und passen oder nicht. Selbst in den letzten Zeiten, da ich doch jetzt selbst in der Fremde nur zu Hause bin, hab ich mich vor diesem Übel, oder wenn Sie wollen vor dieser natürlichen Folge nicht ganz sichern können.[13]

Goethe macht sich hier des Drumherumredens schuldig. Er wollte offenkundig nicht über den persönlichen Grund sprechen, der es ihm unmöglich machte, seine Mutter und den Aufenthaltsort seiner Jugend zu sehen. Sein Hinweis auf die Verwirrung, die neue »Ideen« hervorrufen würden, muß als Furcht vor einem emotionalen Aufruhr verstanden werden. Frankfurt war mit frühen Erniedrigungen assoziiert, mit Niederlage, mit einem senilen Vater und mit einer toten Schwester, aber auch mit dem Erwerb von Weltruhm; Weimar dagegen mit Ehre, Arbeit und Verantwortung und mit beständigem, freundlichem Liebesdienst gegenüber einer idealisierten Frau, aber auch mit dem Schrumpfen seines Publikums auf zwei oder drei Personen. Beide Existenzen standen zueinander in dichotomischer Spannung.

Nur am Ende des Briefes gibt Goethe einen Hinweis auf das wirkliche Problem:

Es kostet mich mehr mich zusammen zu halten als es scheint, und nur die Überzeugung der Nothwendigkeit und des unfehlbaren Nutzens hat mich zu der passiven Diät bringen können an der ich jetzo so fest hange.[14]

Die äußere Anpassung offenbart den damit verbundenen inneren Konflikt nicht. Die »passive Diät« stimmte nicht mit der inneren Forderung überein, sondern wurde nur durch den Zwang der Notwendigkeit akzeptiert. Hätte Goethe sein gegenwärtiges Leben als zufriedenstellend angesehen, wäre dies auf eine Niederlage hinausgelaufen; es war nur als Übergangsphase, als Schulung für zukünftige Aufgaben annehmbar.

Darüber hinaus wurde Goethes Befinden durch die sich fast regelmäßig um die Zeit von Cornelias Geburtstag einstellende Depression belastet. Am 12. Dezember 1784 schrieb er an Charlotte von Stein:

> Liebe Lotte es scheint doch als wenn der Monat sein Recht behaupten wollte ich will nur hübsch still seyn und des heiligen Christs harren. Das schlimmste dabey ist daß mir auch in solchen Stunden das Gefühl deiner Liebe verdunckelt wird.[15]

Auf dem Höhepunkt seiner Depression konnte er weder Liebe empfinden noch ein Gefühl des Geliebtwerdens. Ich glaube, dies war das erste Mal, daß Goethe direkt und mit einfachen Worten die Belastung seiner Liebe durch eine Depression eingestand. Es gibt die entfernte Möglichkeit, daß die Depression in früheren Jahren seine Zuneigung nicht auslöschte, wie sie es jetzt tat, als die ersten Zeichen der Trennung offenbar wurden.

Wie dem auch sei, drei Tage später, am 15. Dezember 1784, schrieb Goethe an Knebel: »Mich hat der Dezember diesmal weniger als sonst geplagt.« [WA IV, 6, S. 408] War dies Unwahrheit, Nachlässigkeit oder sprach er wirklich die Wahrheit? Andere Motive waren wohl kaum im Spiel. Der zuletzt erwähnte Brief an Charlotte von Stein hatte eine Nachschrift.

> Soviel hatte ich geschrieben als dein allerbestes liebstes Zettelgen kommt. Wie danck ich dir süse Lotte für deine Liebe und für ihre Gewissheit.[16]

Anscheinend konnte das Gefühl der Verlassenheit durch den Anblick der geliebten Handschrift zerstreut werden. Beide Behauptungen — daß ihn depressive Empfindungen von momentaner Stärke quälten und daß dieser Dezember ihn »weniger als sonst geplagt« habe — können schließlich wahr gewesen sein. Das Ich war anscheinend elastisch genug, eine Zeitlang in tiefe Depression gestürzt zu werden und darauf rasch wieder ans Tageslicht aufzutauchen.

Für Goethes künstlerische Produktion war dieser Zustand natürlich schädlich. So schrieb er in demselben Brief vom 15. Dezember 1784 an Knebel:

> Doch hab ich nichts als Geschäffte bey Seite gebracht. Eine Operette in Zwischenstunden das ist alles.[17]

Nach der Vollendung des 6. Buches des *Wilhelm Meister* trat eine Stagnation ein. Es gibt nur wenige Hinweise darauf, z. B. an Charlotte von Stein am 21. Mai 1786:

An Wilhelm hab ich geschrieben und bey ieder Seite hoffe ich auf die Freude sie dir vorzulesen. Einige Sorge hab ich doch für dieses Buch.[18]

Und zwei Tage später (am 23. Mai 1786):

Ich habe an Wilhelm geschrieben und dencke nun bald auch dieses Buch soll glücken, wenn es nur nicht mit allen diesen Dingen so eine gar wunderliche Sache wäre, es lässt sich daran nicht viel sinnen und dichten, was freywillig kommt ist das beste.[19]

Der intuitive, kreative Strom war zum Stillstand gekommen, und dichterische Produktion war Arbeit und Mühe. Die »passive Diät« weitete sich auf das Feld künstlerischer Kreativität aus.

Fortschreitende Lösung vom Liebesobjekt

Der Beschränkungen auferlegende Prozeß, der die Folge des Vorherrschens eines Ablösungsvorgangs war, wurde gelegentlich auf die Umwelt projiziert, und Goethe schrieb so, als ob das Problem in der kleinen Zahl von Personen läge, mit denen er befriedigenden Kontakt aufrechterhalten konnte. So schrieb er in dem schon angeführten Brief vom 15. Dezember 1784 an Knebel:

Die Stein und Herder sind mir vom grösten Werth und sind beynahe meine einzigen hiesigen Capitale von denen ich Zinsen ziehe.

Goethe nahm dazu eine ambivalente Haltung ein. Im selben Brief schrieb er:

Ich [...] wünschte zu Zeiten deine Abgeschiedenheit theilen zu können, ob ich gleich ausser Geschäfften fast eben so einsam lebe.[20]

So schwankte er unschlüssig zwischen dem Verlangen nach völliger Abgeschiedenheit und nach mehr Gesellschaft hin und her, was anscheinend die unmittelbare Folge davon war, eine Frau zu lieben, von der er sich, wenigstens innerlich, trennen mußte, wenn er sein volles künstlerisches Genie wiedergewinnen wollte.

Der Prozeß der Loslösung schloß – wie ich schon festgestellt habe – Beteuerungen größter Liebe nicht aus. Die Dezember-Depression von 1784 dauerte nur kurz,[21] und in den folgenden Monaten wurden Briefe, manchmal sogar täglich, mit den charmantesten Worten der

Liebe gesandt. Diese Periode begann mit einer betonten Geste der Verleugnung, daß er irgend einen Gedanken an Abschied hege, was im Lichte seiner schon mehr als unbewußten Kenntnisse nach Heuchelei schmeckt. In seinem Brief vom 11. Januar 1785, in dem Goethe von einem Stück spricht, das die Freiheit verherrlicht, lesen wir:

> Ich bin so weit verdorben daß ich gar nicht begreifen kann was diesem guten Mann und Freunde Freyheit heist. [...] Jeder sucht seinen Himmel ausserwärts, wie glücklich bin ich daß ich meinen so nah habe.[22]

Die Verleugnung wirkte, und am 19. Februar 1785 schreibt er einen Brief, der sehr glücklich klingt:

> Ich bin so fleisig und dabey so vergnügt, es geht mir so gut von statten daß ich meine ich sey gegen sonst im Himmel. In diesem Paradiese fehlt mir nichts als daß mein kleines Cabinet dich nicht beherbergt, und mein Windöfgen dich nicht wärmt.[23]

Kurz danach ging er nach Jena, um mit Knebel einige Zeit zu verbringen, ein Verhaltensmuster, das in späteren Jahren im Zusammenleben mit Christiane zur Gewohnheit wurde, als die Freundschaft mit Schiller ihn ebenfalls nach Jena zog. Diesmal trieb ihn anscheinend die Geburt eines Prinzen, der nach wenigen Stunden starb, aus Weimar fort. Bemerkte Charlotte von Stein, daß diese durch einen Konflikt ausgelöste Reise in keiner Hinsicht durch Pflichten erforderlich war? Sobald er in Jena ankam, beteuerte er ihr natürlich, wie sehr er sie vermisse. So schrieb er am 7. März 1785:

> Du fehlst allein sonst wäre ein Vorhof des Himmels hier.

Am nächsten Tag folgte ein enthusiastischer Bericht, wie schön es mit Knebel in Jena sei. Gegen Ende des Briefes schreibt Goethe:

> Wenn ich Hoffnung hätte dich hier zu sehen wäre alles trefflich und gut. Auch unterbricht meine Ruhe der Gedancke daß du leidest.[24]

Hier sind die Gefühle für Charlotte von Stein, wenn sie nicht überhaupt eingebildet waren, dem Schluß des Briefes wie ein Nachgedanke angeheftet. Am folgenden Tag aber (9. März 1785) klingt es ganz anders:

> Meiner Arbeit nach könnte ich noch lange hier bleiben, meinem Gefühl nach müsste ich balde wieder zu dir. Kaum sind einige Tage herum; so fehlst du mir schon sehr mercklich. [...] Lebe wohl. Geliebteste, unentbehrliche. Mich freut nichts als was ich mit dir theilen kann.[25]

Und am folgenden Tag, dem 10. März, lautet sein ganzer Brief:

> Ich kann dich versichern l. L. [liebe Lotte] daß es mit mir hier nicht recht fort will, ich hätte zu Hause mehr gethan. Die Einsamkeit mercke ich wohl ist nicht das ruhigste. Da ich von dir entfernt bin, fühle ich einen Mangel den ich mit nichts überwinden kann. Lebe wohl, ich komme bald.[26]

Dies sieht wie eine typische Abfolge aus: zu Beginn Freude, zum Liebesobjekt auf Distanz zu sein, wenig an sie denkend, dann Ärger aufkommend, Unfähigkeit, von ihr getrennt zu sein, und am Ende das zwanghafte Zurückeilen zu ihr.

Bei früheren Trennungen unterschied sich die zu beobachtende Abfolge, wie ich meine, darin, daß der Trennungsschmerz sofort nach der Abreise am größten war, um dann der Freude an der neuen Umgebung Platz zu machen, bis die Sehnsucht nach dem Liebesobjekt wieder einsetzte. Wenn meine Beobachtung einer Rhythmusveränderung korrekt ist, würde ich den Schluß ziehen, daß Goethe sich jetzt davon zu überzeugen versuchte, daß Charlotte von Stein für ihn unverzichtbar sei.

Wie könnte man diese Zeichen von Ambivalenz bewerten? Man kann darüber streiten, daß Goethe in seiner Beziehung zu Charlotte von Stein jemals ganz frei von Ambivalenz war. Von Ambivalenz wirklich freie Beziehungen sind offenbar so selten, daß man vermuten kann, auch Goethes Liebe zu Charlotte von Stein sei niemals frei davon gewesen. Es genügt zu sagen, daß sie weit weniger ambivalent war, als die Liebe zu jeder anderen Frau. Doch darf man die narzißtische Beimischung nicht übersehen. Außerdem muß man das Fehlen von sexueller Befriedigung in Betracht ziehen. Sexuelle Befriedigung befreit das Ich zeitweilig von seiner Bindung an das Objekt. Sie kann natürlich auch das Objekt erhöhen, aber sie bringt den Objekthunger für eine Zeit auf Null. Das Verweigern sexueller Befriedigung kann ein Objekt in gewisser Hinsicht nutzlos machen, aber ein starkes, aufgeschobenes sexuelles Verlangen kann, verbunden mit einer starken Verliebtheit, in einer Objektbeziehung resultieren, die anscheinend frei von Ambivalenz ist. Goethe hatte offenbar die Hoffnung einer sexuellen Beziehung zu Charlotte von Stein aufgegeben. Ich stelle mir vor, daß die Beziehung, hätte Charlotte von Stein damals sexuelle Befriedigung gewährt, entweder zerbrochen oder unauflöslich geworden wäre

– Alternativen, die meiner Ansicht nach beide Goethe geschadet hätten. Wie wir aus dem einen Brief aus Italien wissen, hatte er gegen sexuelle Versuchungen anzukämpfen, aber dies beweist durchaus nicht, daß er damals ernsthaft sexuelle Befriedigung von ihr erwartete oder daß diese Befriedigung das Hauptproblem des voritalienischen Jahrzehnts wirklich gelöst hätte. Anscheinend wollte er in erster Linie jede wirkliche Versuchung vermeiden. Am 22. November 1784 schrieb er an Charlotte von Stein:

> Lebe wohl und wenn Eine Bitte bey dir statt findet so wecke den Amor nicht wenn der unruhige Knabe ein Küssen gefunden hat und schlummert.[27]

Wahrscheinlich testete eine Frau vom Typ der Charlotte von Stein trotz ihrer Abneigung gegen den Sexualtrieb von Zeit zu Zeit, ob Goethe noch leidenschaftliche Gefühle für sie hegte. Sie war schließlich kein Stock. Zu unterstellen, daß ihre Gradlinigkeit in sexueller Führung das Ergebnis eines Mangels an Leidenschaft war, hieße verleugnen, was wir über den hysterischen Persönlichkeitstyp, zu dem sie gewiß gehörte, sicher wissen. Ich vermute, daß sie Keuschheit in Verbindung mit periodischen Beteuerungen wünschte, ihr weiblicher Charme halte das Feuer noch am Brennen. Goethe aber wollte, nachdem die Enthaltsamkeit ein integraler Bestandteil ihrer Beziehung geworden war, jede sexuelle Konsequenz radikal vermeiden.

Die Ambivalenz in Verbindung mit Goethes kurzer Reise nach Jena betraf jedoch ein anderes Problem. Obwohl er sich aus inneren Gründen von ihr trennen mußte, schien immer dann, wenn er von ihr getrennt war und sein relatives Wohlbefinden bemerkte, eine Gegenbewegung einzusetzen mit dem Ziel der Selbstversicherung, daß eine Trennung überhaupt nicht in Frage komme. Hier muß ich ein ständiges Argument von Wilhelm Bode, einem der Goethebiographen, zitieren (48, S. 101 f.). Bode behauptet, daß in der einmaligen und niemals wiederholten Liebesbeteuerung von einem Mann, der Wiederholungen als unnötig betrachtet, mehr Aufrichtigkeit liege, als in solchen endlosen Liebesschwüren wie Goethes, die aus der Einsicht in das, was Frauen gerne hören, stammen können. Nach dieser Ansicht müßte man die meisten von Goethes Liebesbriefen an Charlotte von Stein vornehmlich als Ergebnis von Goethes geschickter Einfühlung in weibliche Psychologie betrachten oder als Zeugnis seiner Sensibilität gegenüber dem, was Frauen von ihren Bewunderern hören möchten. Diese Bewertung von Goethes Briefen ist realistisch und beruht auf empirisch begründeten Verallgemeinerungen, die frei von jeder Idealisierung dieses Mannes sind. Ich glaube aber, daß eine Persönlichkeit wie Goethe über einen Zeitraum von zehn Jahren nicht in vorgetäuschter Freundlichkeit und Güte in ein und derselben Beziehung zu einer Frau hätte verharren können. Ich bezweifle nicht, daß Güte für Goethe charakteristisch war, aber ebenso Grausamkeit. Bei der Erörterung seines Charakters hat eine Gruppe von Biographen Fälle von Güte aufgezählt, eine andere, feindlich gesinnte, Fälle von Grausamkeit. Beide Züge gehören jedoch zu ihm und sind gleich typisch für ihn. Der Typ von Genie, zu dem Goethe gehört, weist notwendig beide Züge auf, die beide für seine Art von Kreativität unverzichtbar sind. Sicher, Güte hätte einen gelegentlichen Besuch in Frankfurt verlangt, und es gab keine Frau, die sich mehr über Goethes Anwesenheit gefreut hätte, als seine Mutter; dennoch blieb er diamanthart dabei, jahrelang von Frankfurt fernzubleiben, obwohl es auf die Länge gesehen mehr Anstrengung erforderte, nicht nach Frankfurt zu gehen. Daß Goethe ein Jahrzehnt so viel für eine Frau geopfert, so viel ihr gegeben und soviel von ihr genommen haben könnte ohne die Güte des Herzens, würde meiner Meinung nach eine Veränderung der Grundvorstellung der Psychologie des kreativen Genies erfordern. Aus diesen und anderen Gründen fühle ich mich geneigt, Georg Simmel zuzustimmen, der — im Gegensatz zu Bodes Argumentation — behauptet:

> Daß Goethe den Frauen gegenüber, die er in der Wirklichkeit vor sich hatte, ein Kenner im Sinne praktischer Psychologie war, scheint mir keineswegs sicher. (497, S. 193 f.)

Bode macht aber auf ein Element aufmerksam, das man sicherlich zwischen den Zeilen von Goethes Briefen an Charlotte von Stein spürt. Sie klingen gelegentlich unaufrichtig. Ich erkläre diese Unaufrichtigkeit als Reflex der Differenz zwischen dem, was Goethe für Charlotte von Stein wirklich fühlte, und dem, was er über das Liebesobjekt empfinden wollte, oder von dem er dachte, daß er es fühlen sollte. In früheren Beziehungen war Goethe von seiner Ambivalenz überwältigt worden und hatte dies freimütig zugegeben. In seiner Beziehung zu Charlotte von Stein folgte er einem Idealmodell. Seine menschliche Unzulänglichkeit konnte diesem Ideal nicht so vollständig entsprechen, wie er so sehr wünschen mochte. Als seine wirkliche Liebe dahinter zurückblieb, durchlebte er eine Phase nichtambivalenter Beziehung. Natürlich ist der Wunsch, das Liebesobjekt nicht zu verletzen, Bestandteil einer solchen Beziehung, so daß Bodes Glaube, Goethe sei in dieser Hinsicht »ein grundgütiger Mensch« gewesen (48, S. 100), in diesem Sinne gerechtfertigt ist. Die Grundkraft seiner »Herzensgüte« in Momenten von Unaufrichtigkeit leitete sich aus dem egoistischen Wunsch her, dem Ideal einer Beziehung gerecht zu werden. Wenn dieser Faktor wegfiel, war er grausam genug, auch die Beziehung aufzugeben.

Wenn Bode behauptet, Goethe habe mit den meisten Frauen gespielt und sie wie »Puppen und Spielzeug« genommen (48, S. 67), dann trifft das meiner Überzeugung nach in nichts auf die Briefe zu, die er an Charlotte von Stein schrieb.[28] Wiederholung nur um der Höflichkeit willen oder als bloßes psychologisches Manöver, motiviert durch Sekundärabsichten, um die Situation zu manipulieren, kann man nicht als treibende Kraft annehmen, obwohl solche Sekundärmotivationen auch mitspielten. Er muß aktiv etwas tun, um Charlotte von Steins Liebe zu behalten, Sekundärmotive entstanden aber nur aus umfassender Primärmotivation, die tief in das Unbewußte eingebettet war. Was unseren tauben Ohren wie Wiederholung klingt, war mehr als Wiederholung. Es entstand aus dem beständig erneuerten Versuch, Konflikte zu lösen. Unsere Ignoranz ist noch nicht imstande, die Bedeutung jedes einzelnen Beispiels zu entziffern; unsere psychologischen Werkzeuge sind nicht empfindlich genug, um ausreichend differenziert zu antworten, aber es ist erwiesen, daß die Flamme von Goethes Liebe, als dieser von Charlotte von Stein getrennt war, 1785 eine andere Färbung als in früheren Jahren hatte.

Was bedeutete es, als Goethe bei seiner Rückkehr aus Jena an Charlotte von Stein, wie schon zitiert, schrieb (am 15. März 1785): »Ich habe nur zwey Götter dich und den Schlaf«?[29] Heißt das Lob oder Tadel? Probierte er mit Charlotte von Stein aus, was er im Schlaf fand? Schlaf wird gewöhnlich als physiologische Erscheinung angesehen, deren Ursache physiologische Notwendigkeiten sind, aber es ist auch ein ausgezeichnetes psychologisches Phänomen, und keine zwei Individuen schlafen, psychologisch gesehen, in derselben Weise; bei differenzierten Persönlichkeiten sind die psychologischen Prozesse während des Schlafs individuell unterschiedlich. Mit dieser Behauptung meine ich nicht nur, daß der Inhalt von psychischen Prozessen von Individuum zu Individuum variiert, wie die relative Bewahrung der Individualität in Träumen belegt, sondern auch, daß meiner Meinung nach die metapsychologischen Besetzungen im Schlaf individuell unterschiedlich sind. Es gibt Menschen, die das Maximum ihrer Objektbeziehung im Schlaf erreichen. Für sie ist Schlafen keine Abwendung von der Welt und ein Zurückkriechen in sich selbst, sondern ein Maximum an Vereinigung mit einem Objekt. Hier ist nicht der Ort, das schwierige Problem der Psychologie und Psychopathologie des Schlafs zu verfolgen, aber Goethes Behauptung über Charlotte von Stein und den Schlaf – die wirklich nicht höflich ist – kann ein wichtiges Streiflicht auf den Zustand werfen, den diese Beziehung erreicht hatte. Wenn der Schlaf für Goethe sozusagen zu einem Verschmelzungsprozeß mit einem Objekt geworden war, dann war Schlaf ein Ersatz für die körperliche Vereinigung, die von der Natur biologisch und psychisch im Geschlechtsverkehr erzwungen wird. Die Tatsache aber, daß Schlaf mit Charlotte von Stein überhaupt verglichen werden konnte, zeigt den Grad der Regression und das Überwiegen sporadischer Passivität, die für einen Aspekt der Beziehung charakteristisch wurde und auch anzeigen kann, wie weit Goethe früheren Formen seiner großen Liebe entwachsen war.

Das Ende des April führte ihn wieder nach Jena, um Knebel zu treffen. Diesmal scheint seine äußerste Verzweiflung über die wachsende Kriegslust und militärischen Ambitionen des Herzogs der vorherrschende Anlaß gewesen zu sein. Nach seiner Rückkehr dankte er Knebel (am 30. April 1785):

> Wie gut es ist vertraulich über seinen Zustand mit Freunden hin und wiederreden! ich ging mit viel freyerem Muthe von dir weg und habe meine Arbeiten wieder angegriffen als wenn es für ewig seyn sollte.
>
> Ich dancke dir daß du mich hast fühlen lassen daß ich so nah in dein Daseyn verwebt bin, fern sey es von mir solche Bande vorsetzlich zu trennen.[30]

Diesen Brief sollte man vergleichen mit dem, den er zehn Tage zuvor an Charlotte von Stein schrieb (am 20. April 1785):

> Ich befinde mich wohl mein lieber Schutzgeist und freue mich deines Wohlseyns. Wir wollen immer zusammen bleiben meine Liebe. Darüber sey ohne Sorge. Gegen Abend komm ich zu dir und wir schwäzen uns recht aus.[31]

Der Brief an Knebel klingt viel aufrichtiger und herzlicher, und man wüßte gern, ob Charlotte von Stein die Kraft hatte, Goethe zu solchen Energieausbrüchen anzuregen, wie es Knebel offensichtlich konnte. Ich betone diesen Faktor, weil er auch eine Abnahme ihres Einflusses als Repräsentantin des Überichs anzeigen mag. Wenn er jetzt einen Rat brauchte, ging er zu einem Mann und fühlte sich in dessen Gesellschaft zu Hause. Zugleich wuchs seine Bewunderung für Herder. Charlotte von Stein war, so meine ich, zu einem alltäglichen Teil seines Lebens geworden, den er angenommen hatte. Aus dem zuletzt zitierten Brief an sie scheint hervorzugehen, daß sie über ihn ärgerlich war, weil er sie allein ließ.

So wie seine Beziehung zu Charlotte von Stein sich wesentlich von allen vorhergehenden und folgenden unterschied, so verschieden war auch der Prozeß der Loslösung. In früheren Liebesbeziehungen überwogen akute Krisen und plötzliche dramatische Entscheidungen. Er wurde getrieben, und es gab kaum irgendwelche Freiheit in seinem Verhalten. Der Prozeß der Trennung von Charlotte von Stein war eine langsame, mühselige Angelegenheit mit vielem Auf und Ab. Ich bin mir sogar sicher, Goethe war sich nicht bewußt, daß er nahe daran war, mit ihr zu brechen. Während es eine mächtige Kraft gab, die ihn von früheren Geliebten wegtrieb, etwa Krankheit, Furcht, Ambivalenz, Eifersucht oder Aufhören von Verlangen, bemerkt man in seinem Umgang mit Charlotte von Stein während dieser Zeit nichts davon.

Als er auf dem Weg nach Karlsbad war, um sie zu treffen, wurde er einige Tage durch Zahnschmerzen aufgehalten. Er war verzweifelt über den Verlust an Zeit, die er mit ihr zu verbringen gehofft hatte. Sein Brief vom 27. Juni 1785 endet:

> Lebe wohl du liebes a und o du Innbegriff meiner Freuden und Schmerzen, da ich dich nicht habe was kann ich besitzen, da du mein bist was kann mir fehlen.[32]

Dies hielt ihn aber nicht ab, in Begleitung von Knebel in die Berge zu wandern oder mineralogische Studien zu treiben, bevor er nach Karlsbad ging.

Als Charlotte von Stein Karlsbad verließ, blieb Goethe noch dort, begann aber sofort, sich zu beklagen. Als er aber aus Karlsbad abreiste, schrieb er sechs Stunden später in der Vorwegnahme ihres Wiedersehens (18. August 1785):

> Endlich hier sechs Stunden von Carlsbad, wieder auf dem Weege zu dir meine Geliebte, meine Freundinn, einzige Sicherheit meines Lebens. Was ist alles andre, was iedes andre menschliche Geschöpf. Je mehr ich ihrer kennen lerne, ie mehr seh ich daß mir in der Welt nichts mehr zu suchen übrig bleibt, daß ich in dir alles gefunden habe.[33]

Und als sie abwesend war, auf ihrem Gut in Kochberg weilte, schrieb er in den frühen Morgenstunden des 8. September 1785:

> Liebe mich du bestes aller weiblichen Wesen das ich ie kennen gelernt behalte mich recht, recht einzig lieb und glaube daß ich dein bin und dein bleiben will und muß. Der Gedancke den Winter mit dir zu seyn kann alle trübe Tage heiter machen,[34]

Und am 17. September 1785:

> Wenn du doch balde wieder kommen könntest! da mir auch Fritz fehlt[35] möcht ich kranck werden für Sehnsucht. Ich kann dir nicht beschreiben wie mir zu Muthe ist.
>
> Was ich thue verschwindet mir und was ich schreibe scheint mir nichts. O komme wieder damit ich wieder mein Daseyn fühle. Gute Nacht beste. Wann werd ich dir es wieder mündlich sagen können.[36]

Am 11. September 1785 schrieb er ihr:

> Deine Entfernung ist mir ein rechter Probstein meiner Selbst. Ich sehe wie wenig ich für mich bestehe und wie nothwendig mir dein Daseyn bleibt daß aus dem meinigen ein Ganzes werde.[37]

Dies erinnert an frühere Worte der Liebe, aber man muß den Satz, mit dem dieser Brief beginnt, lesen, wenn man die richtige Interpretation finden will:

> Wüsstest du liebste Seele wie sehr du mir fehlst du würdest wenig Ruhe in deiner Einsamkeit haben, du würdest iede Stunde wünschen zu mir herüber zu fliegen und ein Leben mit mir zu theilen das mir ohne dich ganz und gar abgeschmackt und unerträglich wird.[38]

Der Eröffnungssatz birgt einen deutlichen Vorwurf. Er enthält nicht nur die Bitte um Liebe oder Mitleid und bedeutet kein Beteuern der Kraft seiner Liebe gegenüber der geliebten Frau, sondern tadelt diese wegen ihrer Unwissenheit über sein Befinden, daß sie fröhliche Einsamkeit bevorzuge, um eine Funktion zu erfüllen, für die er sie offensichtlich verantwortlich hielt. Sein Vorwurf, daß sie die Einsamkeit vorziehe, ist ein Maßstab für seine eigene Angst davor.

Wenn man dies mit dem Hinweis im ersteren Zitat dieses Briefes, dem »Probstein«, einmal zusammennimmt, läßt sich an eine Abwehr gegen Versuchungen zu Masturbation denken, die besonders im Hinblick auf Fritz' Abwesenheit unerträglich geworden sein mögen. Wie wir aber später sehen werden, hatte Goethe den Punkt erreicht, wo er heterosexuelle Beziehungen eingehen konnte, und dies verändert die Bedeutung einer Versuchung zu Masturbation. Am Anfang bedeutete Masturbation wahrscheinlich eine Niederlage des Ich. Jetzt aber, nach Erreichen der Reifephase, hätte Masturbation einen Vorwurf gegen Charlotte von Stein begründet. Wenn es jetzt zu Masturbation kam, würde dies bedeuten, daß sie ihn in eine unhaltbare Situation gebracht hatte, denn sie war für seinen Schutz gegen diese Art der Versuchung verantwortlich, nicht notwendig dadurch, daß sie ihm körperliche Befriedigung gewährte, sondern weil sie ihm eine Art emotionaler Befriedigung gab, die das Ich stark genug machte, um Enthaltsamkeit zu ertragen. Die Bitte um die Gegenwart des Liebesobjekts als Ergänzung seiner Existenz — eine in seinen Briefen so oft ausgesprochene Bitte — kann man entweder als Ausdruck der Schwäche verstehen oder als gerechtfertigte Forderung eines Erwachsenen, der um einer vollständigen Existenz willen die Ergänzung benötigt. Ich meine, daß man einen Wandel vom ersteren zum letzteren wahrnehmen kann, obgleich Angst vor dem Neuen, vor der Unsicherheit, was wohl geschehen würde, wenn er eine neue Beziehung aufnähme, wahrscheinlich auch eine mächtige Kraft war, die ihn zwang, sich immer wieder von Charlotte von Steins Unverzichtbarkeit zu überzeugen. Auch in der Vergangenheit war die Zeit unmittelbar nach einem Bruch, als kein direkter Kontakt mehr zu der geliebten, verlassenen Frau bestand, die schmerzlichste gewesen.

Es kamen anscheinend gelegentliche Bemerkungen des Vorwurfs und der Kritik vor, sogar Drohungen. Sein Brief vom 1. Oktober 1785 ist ein gutes Beispiel dafür, wie viele gegensätzlichen Impulse und Tendenzen zugleich am Werke waren, und wie oft er im Kreis herumlaufen mußte, um sie zur Synthese zu bringen. Um vier Uhr morgens schrieb er ihr, daß ihn Feueralarm geweckt habe. Er gab den Ort des Feuers an und beschrieb die ergriffenen Maßnahmen. Es wehte kein Wind, und das Feuer war bald gelöscht. Goethe war stolz darauf, daß das System der Brandbekämpfung, das er bei jener Gelegenheit in Aktion beobachten konnte, seinen Wert erwies. Er nahm es als einen Akt des Schicksals, daß er in dieser Nacht in Weimar war, denn er war gegen seinen Willen dort. Jetzt begann er von »einer Art Verzweiflung« zu sprechen, in der er den Abend zuvor aus Jena gekommen war. Dort mußte er einige Zeit mit der Fürstin Gallitzin[39] verbringen. Goethe wollte seine Reise nach Kochberg fortsetzen, konnte aber kein Pferd auftreiben, und als er sich gerade zu Fuß aufmachen wollte, begann es zu regnen, Wind blies, und er mußte aufgeben. Der Brief schließt:

> Schlafe ruhig und träume von mir.
> Mögte doch das Gefühl wie nötig du mir bist recht lebendig in dir werden und dich bald zu mir führen.[40]

Warum empfand Goethe diese Verzweiflung, als er Jena verließ? Ich meine, daß der Grund in seinem Treffen mit der Fürstin Gallitzin gesucht werden muß. Sie war eine wirklich außergewöhnliche, bemerkenswerte Frau. Obgleich sie ein Mitglied des Hochadels war, zog sie sich vom Hofleben zurück und widmete sich ausschließlich ihren Studien und der Erziehung ihrer Kinder. Schon diese kurze Vorstellung läßt daran denken, daß sie in großem Maße Qualitäten besaß, die Goethe in Charlotte von Stein gesucht haben mag, die diese aber in geringerem Maße als die Fürstin besaß. In Jena traf Goethe auch den berühmten Philosophen Hemsterhuis,[41] der der Prinzessin nahestand und sie auf ihren Reisen begleitete. Möglicherweise stand der Philosoph zur Fürstin in einer ähnlichen Beziehung, wie Goethe sie zu Charlotte von Stein unterhielt oder zu haben wünschte. Zu allem Ärger behauptete die Fürstin in späteren Jahren, daß Goethe ihr einmal geschrieben habe, sie allein habe den Schlüssel zu seinem Herzen gefunden, das so lange verschlossen gewesen sei (254, 2, S. 672, Anmerkung zu Brief Nr. 1456). Einige Gelehrte bezweifeln die Richtigkeit dieser Behauptung, und sie mag wirklich übertrieben sein, aber noch Goethes »Art der Verzweiflung«, als er von Jena zurückkehrte, das Nachlassen seiner Anstrengung, Kochberg zu erreichen, mögen anzeigen, daß der spätere Bericht der Fürstin nicht aus der Luft gegriffen war. Es hatte schließlich Zeiten gegeben, wo weder Regen noch Sturm ihn von seinem Weg zu Charlotte von Stein abgehalten hätten.

Versuchsweise vermute ich, daß Goethe in der Fürstin eine Frau fand, die Charlotte von Stein als Ideal übertraf, und daß es das Bewußtsein davon war, was ihn im Grunde zur Kritik an der geliebten Frau veranlaßte, dessen Ergebnis seelische Verstimmung war. Goethes Brief verläuft in einer höchst angespannten Weise. Er beginnt mit dem Brand und benutzt ihn als Rationalisierung, warum er nicht nach Kochberg gegangen war. Das Treffen mit der Fürstin, die er in einem Brief an Jacobi (vom 21. Oktober 1785) inmitten anderer lobender Worte »diese herrliche Seele« nannte, wird ziemlich kursorisch abgehandelt. Wie schlecht sein Gewissen war, kann man aus seinem Anrufen des Schicksals sehen, um seine Abwesenheit von Kochberg zu rechtfertigen.

Auch Fritz wurde jetzt für neue Zwecke benutzt. Als seine Rückkehr aus Frankfurt nahte, Charlotte von Stein in Kochberg war und ihre Rückkehr nach Weimar aufschob, drohte Goethe, er ließe Fritz nicht nach Kochberg, da sie dies zur Verlängerung ihres Aufenthaltes dort ermutigen würde. Der Junge schien eine sehr zufriedenstellende Entwicklung durchgemacht zu haben. Nachdem er ihn nach Frankfurt zum Besuch seiner Mutter geschickt hatte – wahrscheinlich als Ersatz für sich selbst – spielte er jetzt seine eigene Mutter gegen Charlotte von Stein aus. »Er«, Fritz, »hat«, schrieb er ihr am 6. Oktober 1785,

> in Franckfurt erst recht Freyheit kennen lernen, und meine Mutter hat ihn die Philosophie des lustigen Lebens erst noch recht ausführlich kennen gelehrt.[42]

Die Philosophie des lustigen Lebens war kein Teil von Charlotte von Steins Inventar. Es war gerade das Fehlen einer solchen Philosophie, das sie für Goethe zu einem unschätzbaren Ideal machte. Seine Zuneigung zu ihr, die so stabil war, diente als Gegengift gegen Überreste der Identifizierung mit der beweglichen, lebhaft munteren, fröhlichen Mutter. Nachdem er jetzt aber einen beträchtlichen Grad an innerer Sicherheit gewonnen hatte, war die Philosophie des lustigen Lebens keine Gefahr mehr, und es bestand vermutlich eine Sehnsucht nach den Fleischtöpfen Ägyptens. Wir wissen, daß er sich fast herausfordernd von ihnen entfernt hielt, aber seine Betonung der großen Wohltat, die Fritz durch die Philosophie des lustigen Lebens erhielt, muß als Hinweis auf den Groll gegenüber Charlotte von Steins strenger puritanischer Gesinnung verstanden werden. Ich möchte den Leser an die beiden früher zitierten Passagen aus ihren Briefen erinnern, die ihren Charakter beschreiben (vgl. oben S. 186). Dort gibt sie ihre Unfähigkeit zu sexueller Liebe zu und gesteht, daß Liebe der Rechtfertigung durch wechselseitigen moralischen Fortschritt bedarf, der sich bei denjenigen einstellt, die sich lieben. An diesem Punkt muß aber nochmals betont werden, daß eine der Voraussetzungen für Goethes Errichtung einer idealisierten »Übertragungs«-Beziehung zu Charlotte von Stein gerade die Tatsache war, daß sie der Antityp seiner Mutter war. Was sich als günstiger Initialfaktor erwies — und ihre Ähnlichkeit mit Cornelia bezüglich Frigidität und Sexualunterdrückung war keine geringe Erleichterung der Übertragung —, wurde jetzt ein Hindernis.

Goethes Mutter war gerade das Gegenteil. Ihr erstes Verlangen war das nach Vergnügen. Die Verbindung von Freude oder Liebe mit einer Forderung des Überichs war ihrer Persönlichkeitsstruktur fremd. Indem wir Goethes Mutter und Charlotte von Stein so scharf als möglich miteinander kontrastieren, können wir den früher beschriebenen Prozeß jetzt als Reorganisierung von Goethes Überich einstufen. Seine relative Verantwortungslosigkeit war ein Zug seines Überichs gewesen — der letztlich von einer durch konstitutionell biologische Kräfte begünstigten Identifizierung mit einer Mutter stammte, die selbst nicht sehr fähig war, ihre nach Lustgewinn strebenden Impulse unter Kontrolle zu halten. Das Ziel bestand hier darin, dies durch eine Art Überich zu ersetzen, das zuverlässiger als Hemmungsinstanz funktionierte und dadurch besseren Schutz vor den furchtbaren Angriffen von Trieben, Leidenschaften und Affekten bot, denen Goethe in früheren Jahren fast beständig ausgesetzt war.[43] Dieser Schutz war nachhaltig angeeignet worden, und deshalb konnte sich Goethe ohne Gefahr seiner Sehnsucht nach der emotional gewährenden mütterlichen Atmosphäre überlassen, aber er konnte sich noch nicht ihrem unmittelbaren Zugriff aussetzen.

Aus Charlotte von Steins beiden Behauptungen erfahren wir, daß ihr hemmendes und gehemmtes Verhalten nicht nur die Wirkung eines unbewußten, neurotischen Konflikts war, sondern auch auf einem bewußten, freien, gut organisierten System beruhte, sicherlich durchtränkt mit all den starken Gefühlen, mit denen ein starkes ethisches System in einer Persönlichkeit verwurzelt ist.

Man muß daran erinnern, daß Fritz ein Verhalten oder Symptome zeigte, die Charlotte von Stein alarmierten und zu Goethes Übernahme der Vaterrolle führten. Charlotte von Stein dachte wahrscheinlich, dadurch Goethe stärker an sich zu binden, und hatte darin vermutlich Erfolg. Seine väterlichen Wünsche, seine Eifersucht auf alle, die Nachkommen hervorbrachten, wurden teilweise befriedigt, zugleich aber wurden Charlotte von Steins Mängel als Mutter aufgedeckt. Als Fritz Goethe übergeben wurde, nahm Goethe dies als ein Zeichen von Charlottes Liebe, als erneute Beteuerung, daß sie ihn nicht verlassen würde, aber es verschaffte ihm auch eine überlegene Position und machte sie von ihm abhängig. Die Seiten waren jetzt vertauscht, und Goethe gab mehr, als er erhielt. Sein Tolerieren der Enthaltsamkeit, die bei seinem Heilungsprozeß, dem er sich während des Weimarer Jahrzehnts unterzog, ein notwendiges Opfer gewesen war, wurde schrittweise zu einer Gunst, die er der Frau gewährte, der er so viel verdankte. Aber Dank und Gunst sind keine guten Fundamente für eine Liebe, die anhalten soll. Seine Sehnsucht nach der Lust gewährenden Mutter regte sich und wurde jetzt akzeptiert, weil sie nun keine Gefahr mehr darstellte, wie sie es Jahre zuvor gewesen sein mochte. Wenn er bei Charlotte von Stein betonte (am 3. Oktober 1785), die Reise nach Frankfurt sei für Fritz »von unsäglichem Werthe« [WA IV, 6, S. 104 f.], und am selben Tag seiner Mutter gegenüber hervorhob, daß alles, was sie für den Jungen tun würde, ihm (Goethe) »Freude« machen würde »als etwas das ganz eigens mir zu Liebe geschieht«,[44] können wir dies dann als Zeichen einer Phantasie nehmen, daß Fritz jetzt durch Goethes eigene Mutter neu geboren wurde? Eine Passage verrät unmittelbare Aggression gegen Charlotte von Stein. Seinem Brief vom 6. Oktober 1785 legte er einen Brief von Fritz an einen von Charlottes Gästen bei und fügte hinzu:

> [Fritz] entschuldigt sich daß er nicht auch dir schreibt. Komme ja bald und gesund zurück mein Gemüthe gewöhnt sich nach und nach an's alleine seyn.[45]

Als Goethe im November auf dem Rückweg nach Weimar von einer Dienstreise einen anscheinend unnötigen Umweg machte, scheint Charlotte von Stein gegen diese Verzögerung protestiert zu haben. Zumindest läßt dies ein Satz in seinem Brief vom 13. November 1785 vermuten:

> Lass dich die paar Tage längerer Abwesenheit nicht reuen, ich komme und eile wo möglich mit vollerer Seele zu dir zurück.
>
> Wie glücklich werde ich seyn dir ausdrucken zu können wie sehr ich deinen Werth fühle und wie allein du vor allen Wesen der Welt mich glücklich machen kannst.

Die Schicksale meiner Wanderschafft werden dich, wenn ich sie dir erzähle, mehr davon überzeugen als die wärmsten Versicherungen kaum thun können. Ich bin dein und muß dein seyn. Alles leitet, treibt, drängt mich wieder zu dir. Ich mag nichts weiter sagen.

Dienstag Abend bin ich wieder bey dir wenn nichts sonderliches vorkommt Ich bin schon bey dir, mein Herz verzehrt sich für dich.[46]

In diesem Brief ist die Ambivalenz ganz unverhohlen. Die ganze Liebesbeteuerung wird vorgeschoben, um sein schlechtes Gewissen darüber zu erleichtern, daß er seine Abwesenheit von Weimar ausgedehnt hatte.

Sind wir berechtigt, in einem solchen Brief ein taktisches Manöver zu sehen, von dem Bode vermutet (siehe oben S. 1090 f.), daß es in den meisten von Goethes Briefen an Charlotte von Stein am Werk war? Dieser spezielle Brief klingt, als ob er absichtlich so geschrieben sei, als ob er überlegt eine Liebesbeteuerung auf die andere häufen wollte, um Charlotte von Steins vermutlichen Ärger zu besänftigen und damit auch sein jetziges schlechtes Gewissen. Man kann diese Möglichkeit nicht ausschließen, aber eine Alternative lautet, daß der Wunsch nach Entfernung von Charlotte von Stein den Zustand des Vorbewußten erreicht hatte und daß die starke Liebesbeteuerung als Abwehr gegen einen zunehmenden Impuls benötigt wurde, den eine bewußte Strebung nachdrücklich zurückwies. Bis zu einem gewissen Grade kann man aus dieser Abwehr sehen, wie sehr Goethe sie wirklich liebte. Das klingt paradox, aber man kann beweisen, daß während der Zeit, als Kräfte in ihm den schließlichen Bruch forderten, der bewußte Teil seiner Persönlichkeit an der ehemals geliebten Frau als dem einzigen und ausschließlichen Liebesobjekt festhielt, und weiterhin, ausgenommen gelegentlich kaum bemerkbare Störungen an der Oberfläche, loyal und ergeben jenem einen Menschen diente, der für ihn zu einem Symbol für alles geworden war, das in dieser Welt geliebt werden konnte.

Und wie steht es mit der Frau, die er so kompromißlos geliebt hatte, mit so unaussprechlicher Intensität, daß er sich nicht eingestehen wollte, daß sich die Zeit der Liebe dem Ende zuneigte, mit ihr, die ihm so oft Vorwürfe gemacht und ihm so viele bittere Stunden bereitet hatte? Sie scheint ihn in seiner Einzigartigkeit und Größe voll anerkannt zu haben. Einfachste, aber rührendste Worte kann man in ihrem Brief an Knebel vom 20. April 1785 finden:

Es ist sonderbar, daß eben, da ich Ihren Brief erhalte, ich still-traurig über denselben Gegenstand nachdachte, davon Sie mir schreiben. Aber leider ist's da auf der einen Seite, wo unser Freund [Goethe] die Hoffnung aufgegeben, Nichts zu ändern, weil Nichts zu hoffen ist und moralisch-unrichtiger Takt und Töne in unserm System herrschen.[47] Aber als ein weiser Mann wird er sich's wohl mit der Zeit zurechtlegen.

Überdies geht unser Freund seinen ihm gehörigen Weg. Sie andere Philosophen wissen ja, daß gewisse notwendige Gesetze in der moralischen Natur so gut als in der physischen mit denen Dingen verknüpft sind. So kann ein Verständiger, Edler, Großmütiger, Wohltätiger, Uneigennütziger keinen vergnüglichen Teil mit dieser Welt haben; oder wenn er ihn genießen will, so muß er seinen Himmel verlassen.

Diese Menschen bleiben nun einmal Die, welche man wie den einigen Gott im Geist und in der Wahrheit verehrt. Keine irdischen Altäre werden ihnen nicht gebaut.

Nur ist es notwendig, daß, wenn einmal diese himmlischen Seelen durch Ämter mit den Menschenkindern gebunden sind, sie sich Dieses recht deutlich machen und immer in ihrem Herzen wiederholen: Vater, vergibt ihnen, denn sie wissen nicht, was sie tun!

Auf diesem Weg müssen wir unserm Freund beistehen. –

Sie werden mich wohl über die trockene Ergebung auslachen. Wer in sich viel Lebenskraft-Wirksamkeit fühlt, Dem mag's vielleicht anders vorkommen.[48]

Die Kreativität des künstlerischen Genies ist meiner Meinung nach immer als Manifestation göttlicher Kräfte angesehen worden, und Charlotte von Stein, die ihren Freund in seiner größten Schwäche und Unzulänglichkeit, in seiner höchst ungöttlichen Not und Trübsal gesehen hatte, akzeptierte ihn zuletzt so, wie er war, und verlangte von der Welt, in ihm den gottähnlichen Geist zu verehren, setzte sich aber auch bei ihm dafür ein, Mitleid mit der Menschheit zu haben, die immer das Böse und Verächtliche ehrt, aber unbarmherzig die wenigen niedertrampelt, die eines Tages Zeugnis davon ablegen werden, daß ein Mensch geboren wurde, der besser war als das Zeugnis der Geschichte vorgibt. In diesen wenigen Zeilen, die man zu Recht als naiv bezeichnen kann, zeigt sich Charlotte von Stein von ihrer besten Seite, und obwohl sie in den folgenden Jahren oft das Opfer ihrer Eifersucht und moralischen Engstirnigkeit wurde, beweisen diese Worte in ihrer Schlichtheit, wie groß sie war und wie tief sie in Goethes Größe eingedrungen war, eine Größe, die auch sie zu einem größeren Menschen gemacht hatte, als sie zuvor gewesen war. Die Tage waren vorbei, als sie auf die Rückseite eines Briefes von Goethe vom 7. Oktober 1776 schrieb:

Obs unrecht ist was ich empfinde — —
und ob ich büßen muß die mir so liebe Sünde
will mein Gewißen mir nicht sagen;
vernicht' es Himmel du! wenn michs je könt anklagen.[49]

1776 finden wir ein kokettes Liebäugeln mit Schuldgefühlen, die spezielle Mischung protestantischer Entsagung mit der Sinnlichkeit des Rokoko; im Brief von 1785 aber gibt es keine Intimität von Schuldgefühlen und keine leichte Sinnlichkeit, aber einen rührenden Ernst über die unausweichliche Tragödie eines großen Mannes und einen standhaften Willen, sich für ihn zu opfern.

Man weiß nicht, ob diese Frau, die von Träumen abergläubisch dachte, die Schrift an der Wand lesen konnte, als Goethe eine Fehlleistung unterlief. Am 26. Dezember 1785 schrieb er ihr:

Ich wusste wohl am heiligen Abend daß ich dir noch etwas zu bescheeren hatte, konnte mich's aber nicht besinnen. Hier schick ich's nach.[50]

Wieder setzte die Abwehr ein, verrät aber noch den Impuls, der abgewehrt werden mußte. Er schrieb am folgenden Tag:

Ich mögte dir immer etwas schicken und etwas sagen damit du meines Andenckens gewiß bliebest.[51]

So kämpfte Goethe gegen die volle Anerkennung der Bedeutung, die diese Periode seiner Beziehung zu dem Liebesobjekt hatte.

Männerfreundschaften und der Hof

In Goethes Umgang mit Männern gab es ganz unterschiedliche Tendenzen. Er kam zur vollen Erkenntnis des Abgrunds, der ihn vom Herzog trennte. In einem Brief an Knebel vom 2. April 1785 wird dieses Dilemma genauer als jemals beschrieben:

Die Kriegslust die wie eine Art von Krätze unsern Prinzen unter der Haut sizt, fatigirt mich wie ein böser Traum, in dem man fort will und

> soll und einen die Füse versagen. Sie kommen mir wie solche Träumende vor und mir ists als wenn ich mit ihnen träumte.
>
> Laß ihnen den glücklichen Selbstbetrug.[51]

In einem Anfall von Verzweiflung erklärte er, er sei am Ende seiner Geduld und Hoffnung, und er bat ihn, das gleiche Schicksal auf sich zu nehmen. Was Goethe dazu brachte, sich so zu ärgern, war des Herzogs beharrliches und erfolgreiches Verfolgen des Ziels, Preußen durch die Bildung einer Allianz der kleineren Fürstenstaaten zu stärken. Goethe sah wahrscheinlich voraus, daß dies die Ballance der Mächte verändern und zum Krieg führen würde. Sein Gemütszustand wurde in einem Brief von Knebel an Herder vom 7. Mai 1785 beschrieben:

> Goethe hat sich hier wieder etwas Mut geholt. [...] sein Herz hat einen tiefen Ton der Freundschaft. Sein reifendes Gefühl für Das, was menschlich im Leben ist, nimmt ihm nachgerade alle Freude seines politischen Zustandes. Dies ist nicht trostvoll, weder für seine Freunde, noch für das armselige Land.[53]

Goethe sieht sich hier einer herzzerreißenden Situation gegenüber. Er war dem Herzog aufrichtig zugeneigt. Viel von der Selbstdisziplin, die er sich selbst auferlegte, war auch als Beispiel für den Fürsten gemeint. Jetzt arbeitete er daran, die Finanzen des erschöpften Landes zu ordnen, und er schien das Debakel abwenden zu können. Der Herzog akzeptierte Goethe als Führer und hatte tatsächlich einige Veränderungen zu seinem Vorteil vollzogen. Er nahm an Goethes Begeisterung teil und interessierte sich sogar für Wissenschaft. Das Reich der hohen Politik sah er aber anscheinend als seine private Domäne an, und trotz langer Diskussionen bestand er auf seinem Entschluß, auf diesem Feld seine Ambitionen zu verwirklichen. Dem Herzog fehlte es an Interesse an der Regierung des eigentlichen Staates, und er konzentrierte sich auf eine gefährliche Außenpolitik, was für Goethe bedeutete, daß dieser Teil seiner Mission gescheitert war. Das hatte aber kein Abwenden und keinen Rückzug von seinem Herrn zur Folge, der ihn so äußerst frustrierte. Der Brief vom 26. Dezember 1784 ist in dieser Hinsicht ein bedeutendes Dokument. Goethe setzt sich hier mit der Frage des Unterhalts einer Herde von Ebern und Säuen für das Jagdvergnügen des Herzogs auseinander. Die Tiere richteten immensen Schaden an und erregten den Zorn des Volkes. Goethe sah es als seine Pflicht an, den Herzog davon zu überzeugen, diese Quelle seines Vergnügens aufzugeben. Der Brief ist ein wahres Meisterwerk an Diplomatie und Takt, sprühend von humoristischen Anspielungen und überfließend von warmer Zuneigung (siehe Anhang M).

Die ganze Angelegenheit erscheint uns heute lächerlich, obwohl vor noch nicht langer Zeit und mehr als vielen bewußt ist das Wohlergehen der Armen wirklich dem Vergnügen der Reichen geopfert wurde. Man kann sich leicht vorstellen, mit welchen Gefühlen Goethe an einem solchen Brief arbeitete. Er wußte, es würde für den Herzog eine bittere Pille sein, einen Teil dieser Zier eingebildeter Männlichkeit zurückzunehmen. Wenn man den Brief liest, wird der Grad an Mitempfinden durch Identifizierung mit einem ihm fremden Typus in einer so verhaßten Sache schlagend deutlich. Die Fähigkeit, sich zu identifizieren und zu verstehen und trotzdem dagegen zu sein und zu verdammen, ist nicht vielen gegeben. Hier sehen wir Goethe in voller Meisterschaft seiner zielgehemmten homosexuellen Gefühle. Weder Liebe noch Haß konnten mit der sanften Sorge konkurrieren, die er seinem einstmals so sehr geliebten Freund zu geben sich entschlossen hatte.

Bevor er sich auf eine jener diplomatischen Reisen begab, die Goethe haßte und verfluchte, erhöhte der Herzog Goethes Gehalt und gab ihm eine Extragratifikation für seinen Urlaub. Goethe sagte bei dieser Gelegenheit vom Herzog, er sei »ein groser Freund von Gewissensreinigungen« (in einem Brief vom 24. Mai 1785 an Charlotte von Stein [WA IV, 7, S. 55]). Trotzdem schrieb er am folgenden Tag einen unterwürfigen Brief an Fritsch, in dem er dem Herzog und dem Geheimen Consilium für diese nützliche Ehrung dankte. Der Brief an Fritsch war entsprechend der devoten Etikette des fürstlichen Hofes abgefaßt und im Ton unpersönlich, und natürlich würde der Leser keinesfalls vermuten, daß der Schreiber seine Theorie über die fürstliche Großmut hatte, eine Theorie, die — ob korrekt oder zu Unrecht — zeigt, wie wenig der Empfänger der herzoglichen Gunst in seinem Urteil bestochen werden konnte. Goethe hatte eine bemerkenswerte Unabhängigkeit in seinen Ansichten und in seinem Urteil erworben, ohne daß seine Gefühle Schaden nahmen, d. h. ohne daß eine neue Welle von Bedrückung auf ihn zukam. Die neuen Wege seiner sublimierten homosexuellen Gefühle werden in den Anhängen N und R in näheren Einzelheiten erörtert.

Ich zitiere jetzt einen Brief, der das harmonische Gleichgewicht zeigt, das Goethe in seiner Freundschaft mit Männern erreicht hatte und wieder die gerade zitierte Fähigkeit aufweist, sich zu identifizieren und zu verstehen und trotzdem zu kritisieren. Diesmal hatte es mit seinem Freund Jacobi zu tun, der in einem literarischen Konflikt mit dem Philosophen Mendelssohn über Spinozismus verwickelt war. Jacobi hatte Goethe durch eine nicht autorisierte Veröffentlichung und die Offenbarung von Goethes Autorschaft bei einem von Goethes Gedichten in Verlegenheit gebracht. Doch auch Goethe hatte sich einer Taktlosigkeit gegenüber Jacobi schuldig gemacht, wie früher berichtet (siehe oben, S. 412 ff.), und vielleicht deshalb reagierte er nicht sehr streng auf Jacobis Verletzung, wie ein Brief vom 11. September 1785 zeigt. Hier ist aber Goethes gegenwärtige Tendenz, einem Freund zu vergeben, von geringerem Interesse als sein Takt im Umgang mit brenzlichen Situationen. So schrieb er Jacobi, nachdem er dessen Polemik gegen Mendelssohn (311) erhalten hatte (am 5. Mai 1786):

> Dein Büchlein habe ich mit Anteil gelesen, nicht mit Freude. Es ist und bleibt eine Streitschrifft, eine Philosophische und ich habe eine solche Abneigung von allen litterarischen Händeln, [...] Du musstest diese Bogen schreiben, das seh ich und erwartete sie, nur hätte ich gewünscht die Species fackti wäre simpler vorgetragen, alles Leidenschafftliche dabey kann ich nicht billigen [...] Je knapper ie besser. Du wirst sagen es ist meine Manier, ieder hat die seine! Gut ich muß es geschehen lassen. [...]
>
> Wenn Selbstgefühl sich in Verachtung andrer, auch der geringsten auslässt, muß es widrig auffallen. Ein leichtsinniger Mensch darf andre zum besten haben, erniedrigen, wegwerfen, weil er sich selbst einmal Preis giebt. Wer auf sich etwas hält scheint dem Rechte entsagt zu haben andre gering zu schätzen. Und was sind wir denn alle daß wir uns viel erheben dürfen.[54]

Und dann zählt er Jacobi auf, worum er ihn beneidet: Kinder, Freunde, Wohlstand, Haus, Vermögen, usw.

> Dagegen hat dich aber auch Gott mit der Metaphisick gestraft [...] mich dagegen mit der Phisick geseegnet, damit mir es im Anschauen seiner Wercke wohl werde, deren er mir nur wenige zu eigen hat geben wollen.
>
> Übrigens bist du ein guter Mensch, daß man dein Freund seyn kann ohne deiner Meynung zu seyn, denn wie wir von einander abstehn hab ich erst recht wieder aus dem Büchlein selbst gesehn. [...] Vergieb daß ich so hingeschrieben habe wie mirs eben um's Herz war, ich bin hier so allein und schriebe wohl noch viel mehr wenn ich mich nicht scheute ein neu Blat zu nehmen.[55]

Wieder, besonders in einem wegen seiner Metaphern ausgelassenen Abschnitt, sparte Goethe nicht mit Kritik und verteidigte höhere Ziele, wie er es beim Herzog getan hatte. Bei Jacobi konnte er natürlich aufrichtiger sein, und um seinem Freund Kränkungen zu ersparen, fügte er Lobesworte hinzu. Interessant ist auch die Passage über die vielen Werke Gottes, die er nicht als Eigentum erhalten habe, womit er meiner Meinung nach im besonderen Kinder meinte. Obgleich hinter diesem Eingeständnis die taktische Absicht gestanden haben mag, durch Demut die mögliche Reaktion auf die freimütige Kritik zu besänftigen, klingt es dennoch wie eine eigenständige Klage, daß Wesentliches in seinem Leben fehle. Das ist um so bemerkenswerter, da man bezweifeln muß, daß dieser Gedanke jemals gegenüber Charlotte von Stein geäußert wurde. Dort behauptete er, das Zusammensein mit ihr gäbe seinem Herzen alles, was er wünschen könnte. Die Äußerung jenes Eingeständnisses würde einen Vorwurf gegen sie impliziert haben und war deshalb für eine Diskussion zwischen beiden nicht geeignet. Meiner Meinung nach gibt es noch einen tieferen Grund, warum diese Selbstbeurteilung vielleicht nur gegenüber einem Mann geäußert wurde: Sie mag einen Wunsch enthalten haben, der aus unbefriedigter homosexueller Libido stammte; das würde erklären, warum das Eingeständnis in einem Brief an einen Freund vorgebracht wurde, der weit weg war.

Diese Briefe an Jacobi und den Herzog dürfen nicht falsch interpretiert werden als Ergebnis einer glatten moralischen Haltung. Er hatte keineswegs die Fähigkeit verloren, hart gegen jemanden zu sein, den er nicht schätzte. Wegen seiner Abneigung gegen Lavater wollte er Weimar verlassen, als dieser zu Besuch kam. Er hatte aber so lange gewartet, bis die Herzogin von einem Baby entbunden war, und so konnte er einer Begegnung nicht ausweichen. Er schrieb darüber an Charlotte von Stein am 21. Juli 1786:

> Die Götter wissen besser was uns gut ist, als wir es wissen, drum haben sie mich gezwungen ihn [Lavater] zu sehen. [...] Er hat bey mir gewohnt. Kein herzlich, vertraulich Wort ist unter uns gewechselt worden und ich bin Haß und Liebe auf ewig los. Er hat sich in den wenigen Stunden mit seinen Vollkommenheiten und Eigenheiten so vor mir gezeigt, und meine Seele war wie ein Glas rein Wasser. Ich habe auch unter seine Existenz einen grosen Strich gemacht und weis nun was mir per Saldo von ihm übrig bleibt.[56]

Die erste Frage, die einem in den Sinn kommt, lautet, unter welche *andere* Existenz er »einen großen Strich« gemacht hatte. Ich habe zu dieser Frage in der Literatur keinen Kommentar gefunden. Soweit ich weiß, änderte er seine Haltung zu jener Zeit gegenüber niemandem, doch da er zumindest vorbewußt dabei war, unter seine Beziehung zu Charlotte von Stein »einen dicken Strich« zu ziehen, wüßte ich gern, wie weit er unbewußt verriet, was er selbst nicht wahr haben wollte. Seltsamerweise geschah dies, wenn es ein unbeabsichtigtes Geständnis war, in Verbindung mit der Schilderung einer unerfreulichen Beziehung zu einem Mann.

Am 5. Mai 1785 beendet Goethe einen kurzen Brief an Knebel wie folgt:

> Ich flicke an dem Bettlermantel der mir von den Schultern fallen will.[57]

Der Satz platzt abrupt in einen Kontext, der seine Bedeutung nicht erklärt. Er ist ein Bekenntnis der Verzweiflung. Aller Wahrscheinlichkeit nach bezieht er sich bewußt auf die Schwierigkeiten, mit denen Goethe bei einem Menschen zu kämpfen hatte, der auf der politischen Bühne agierte. Obgleich keine Katastrophe in Sicht war, muß er sich gefühlt haben, als ob er einem politischen Bankrott zusteuere. Die Reorganisation, die Re-Formation des Staates hatten keinen Erfolg. Alles, was er tun konnte, war Flickwerk. Hier und da Reformen einzuführen, wie z. B. die Aufhebung des Privilegs der Höflinge, am Hof ihre täglichen Mahlzeiten einzunehmen,[58] um Geld zu sparen — das war alles, was seine Anstrengungen einbringen konnten, aber die Umwandlung dieses feudalen Fürstentums in einen blühenden Staat lag außerhalb sowohl von Goethes Finanzgenie als auch der Möglichkeiten der bestehenden Realität.[59] Die soziale Gruppe aber, die sich widersetzte und ihr parasitäres Mästen auf Kosten des mageren Landes nicht aufgeben wollte, war genau jene, die Charlotte von Stein unfehlbar und vollkommen repräsentierte. Er hatte sich auf ihre Seite gestellt und war ein vollkommener Diener jener aristokratischen Gesellschaft geworden, die er nach Charlotte von Stein durch sein wildes Sturm-und-Drang-Verhalten bedroht hatte. Er verwandte seine besten Kräfte auf die Rettung dieser Gesellschaft, die in Gefahr war, auseinanderzufallen, und jetzt notdürftig zusammengeflickt war, um in ihrem lethargischen Gang einem schmachvollen Ende entgegenzuwanken. Im Verlauf dieser Arbeit hatte Goethe die persönliche und gesellschaftliche Schwäche des Adels kennengelernt, und es mag ihm gedämmert haben, daß eine wirkliche Reform hätte so weit gehen müssen, Grundprinzipien anzutasten, die ihm selbst heilig waren, etwa die privilegierte Stellung des Adels an sich.

Als Beispiel für die Probleme, mit denen Goethe belastet war, werde ich Goethes Reaktion auf die Halsbandaffäre berichten, in der Königin Marie Antoinette schwer kompromittiert erschien. Goethe schrieb später:

> Schon im Jahr 1785 hatte die Halsbandgeschichte einen unaussprechlichen Eindruck auf mich gemacht. In dem unsittlichen Stadt-, Hof- und Staats-Abgrunde, der sich hier eröffnete, erschienen mir die greulichsten Folgen gespensterhaft, deren Erscheinung ich geraume Zeit nicht los werden konnte; wobei ich mich so seltsam benahm, daß Freunde [...] mir nur spät [...] gestanden, daß ich ihnen damals wie wahnsinnig vorgekommen sei.[60]

Goethes Überreaktion war charakteristisch. Er sah richtig voraus, daß der politische Boden des ganzen Staates untergraben würde, wenn eine auf einem Platz von hoher Autorität stehende Person sich der Verachtung preisgibt. Ich kann mir aber kaum vorstellen, daß sich hinter Goethes ungewöhnlich starker Reaktion auf dieses historische Ereignis kein persönlicher Faktor verbergen sollte. Schließlich war das, worauf er reagierte, eine Selbstkompromittierung einer Frau, obendrein einer Königin, die gut als Muttterersatz dienen konnte. Die Tatsache aber, daß die angebliche Übeltat einer Königin einen solchen Wiederhall bei ihm hervorrief und man ihn zeitweilig für wahnsinnig hielt, beweist, daß damit ein Problem verbunden war, bei dem durch einen Funken explosive Reaktionen ausgelöst werden konnten. Historische Ereignisse, die tiefe Gefühle in uns auslösen — besonders wenn die Ereignisse sich nicht unmittelbar auf unser Alltagsleben auswirken —, beziehen ihre Kraft aus unseren Projektionen. Das kann man im Verlauf einer psychoanalytischen Ausforschung immer wieder beobachten, und es stellt keine große Übertreibung dar zu sagen, daß ein Mensch, der mit seinen unbewußten Konflikten gut bekannt geworden ist, mit Selbstbeherrschung und Objektivität selbst schweren historischen Ereignissen entgegensieht.[61]

Obwohl die Halsbandaffäre in erster Linie ein Gegenstand des politischen Tagesgeschehens war, ist es angesichts ihres Effekts auf Goethes Unbewußtes nicht wahrscheinlich, daß seine Vorstellungen von Charlotte von Stein davon isoliert bleiben und keine assoziative Verbindung zu Phantasien über die Schlechtigkeit der Frauen haben sollten. Hier muß ich ein Erlebnis erwähnen, das alle Wärme und säkularisierte Religiosität (wie ich es nennen möchte) ausstrahlt, die Goethe so rührend charakterisiert, bevor er aristokratische Lebensformen verinnerlichte. Am 11. November 1785 fügte er, in Ilmenau weilend, einem fertigen Brief an Charlotte von Stein folgende Mitteilung an:

> Ich habe noch eine köstliche Scene gehabt die ich wünschte dir wiedergeben zu können. Ich lies einen Buchbinder rufen um mir das Buch Wilhelms in meiner Gegenwart zu heften, er erinnerte eine Bitte die er bey der Steuerkommission angebracht und unter der Arbeit erzählte er mir seine Geschichte und sprach über sein Leben. Jedes Wort das er sagte war so schweer wie Gold und ich verweise dich auf ein Dutzend Lavaterische Pleonasmen um dir die Ehrfurcht auszudrücken die ich für den Menschen empfand.[62]

Goethe war offensichtlich tief bewegt von der Schlichtheit und Realistik der Erzählung des Handwerkers, und man könnte viele Werke Goethes mit dieser Episode in Verbindung bringen, die an mittelalterliche Erdnähe erinnert. Meines Wissens blieb Charlotte von Stein bei ihrer Bewunderung Lavaters, und Goethe mag die naive, ungebildete, aber unsagbar menschliche Religiosität dieses einfachen Mannes als Waffe gegen die Verunsicherung durch die verhaßten endlosen scheinheiligen Ergüsse seines einstigen Freundes benutzt haben. Aber war es nicht auch eine Waffe — und eine um so gewichtigere — gegen Charlotte von Stein und die Gesellschaft, für die sie stand, gegen ihren dogmatischen, kalten Puritanismus, der schwer wie Blei war und nicht wie Gold? Hier, in dieser kleinen Stadt Ilmenau, an einem Novembertag, abseits von allem Glanz einer gebildeten Gesellschaft, wurde er tief von einer Botschaft berührt, deren Stimme er lange Zeit nicht mehr gehört hatte, und ich kann mir gut vorstellen, daß er sich fühlte, als ob er einer der mythischen Figuren des Alten Testaments zuhörte, die immer eine so große Bedeutung für ihn gehabt hatten.

Ich meine, daß es einen besonderen Faktor gab, der ihn ansprach. Ich habe früher durch die Gegenüberstellung von Primärprozeß und Sekundärprozeß den Wandel charakterisiert, der sich in ihm während des Weimarer Jahrzehnts vollzogen hatte. Jetzt stand hier ein Mann, der frei über all seine Leiden redete — und ich bin sicher, es waren viele —, aber dennoch nicht verwirrt wurde und über sein Leben in schlichter Religiosität sprach. Auch hier begegnete Goethe einer Meisterschaft, einer Beherrschung von weit größerer Not als sie die meisten Mitglieder der Elite zu tragen hatten, und trotzdem konnte er die volle Bewegung eines tiefen Gefühls hinter jedem Wort hören; einer Meisterschaft trotz der ungehemmten Fülle der Empfindung; ohne einen Ersatz in Form einer Theorie, Philosophie, eines Zynismus oder einer Geistreichelei. Hier traf er offenbar den Mann, dessen Ideal Spinoza beschrieb, der Mann, der Gott liebte und glaubte, seine Liebe sei genug belohnt, und der deshalb weiterhin liebte trotz aller Not. Ein Mitglied der Elite kann Gott auf diese Weise nicht lieben — selbst wenn es der eigenen Not keine Beachtung schenkt —, weil es mit narzißtischen Befriedigungen versorgt wird, die wirklicher Demut entgegenstehen. Kann man sich den ersten Minister des Fürstentums, den Romancier und Dramatiker vorstellen, daß er die Liebe Gottes als Belohnung seiner Liebe zu Gott annimmt? Goethe war hier plötzlich von einer Welt überwältigt, die von jener Geistigkeit erfüllt war, die er immer gesucht und die er unter der Führung von Charlotte von Stein zu verinnerlichen sich gewünscht hatte. Aber hier, in dieser Welt des demütigen Handwerkers, war sie verwirklicht; sie war nicht kultiviert, sie wuchs aus dem Boden der Natur; war nicht gefärbt von der Idee des Opfers, des Verzichts oder des Martyriums. Wahrscheinlich war sie die bewegendste Synthese der höchsten christlichen Grundsätze und des Geistes der klassischen Antike (wie Goethe sie mit Winckelmann sah): edle Einfalt und stille Größe.

Hypomanisches Zwischenspiel und die Entthronung der Psychologie

Diese Erfahrung mag, obwohl sie eine Quelle der Stärke für Goethe war, seine Gegnerschaft gegen Weimar und gegen die vielen dort, denen er noch tief verbunden war, verstärkt haben. In diesem Kampf — und wie groß der Kampf gewesen sein muß, werde ich später erörtern — wurde er kurz vor seiner Abreise aus Weimar und anscheinend bei einem äußersten Versuch, den Konflikt zu besiegen, der mit seiner Entscheidung zur Abreise verbunden war, von einer Ergriffenheit befallen, die vielleicht mit einer Hypomanie zu vergleichen ist. Am 9. Juli 1786 schrieb er an Charlotte von Stein:

Diesmal sitz ich am Kamine und trotze der Kälte und Nässe. Ich bin von tausend Vorstellungen getrieben, beglückt und gepeinigt. Das Pflanzenreich rafst einmal wieder in meinem Gemüthe, ich kann es nicht einen Augenblick loswerden, mache aber auch schöne Fortschritte. Da ich meine alte Schrifften[63] durchgehe, werden auch viel alte Übel rege. Es ist eine wunderbare Epoche für mich, in der du mir eben fehlst. Heut über acht Tage hoff ich nicht weit von dir zu seyn.

[...] Am meisten freut mich ietzo das Pflanzenwesen, das mich verfolgt; und das ists recht wie einem eine Sache zu eigen wird. Es zwingt sich mir alles auf, ich sinne nicht mehr drüber, es kommt mir alles entgegen und das ungeheure Reich simplificirt sich mir in der Seele, daß ich bald die schwerste Aufgabe gleich weglesen kann.

Wenn ich nur jemanden den Blick und die Freude mittheilen könnte, es ist aber nicht möglich. Und es ist kein Traum keine Phantasie; es ist ein Gewahrwerden der wesentlichen Form, mit der die Natur gleichsam nur immer spielt und spielend das manigfaltige Leben hervorbringt. Hätt ich Zeit in dem kurzem Lebensraum; so getraut ich mich es auf alle Reiche der Natur — auf ihr ganzes Reich — auszudehnen.[64]

In diesem Brief preist Goethe die Natur wieder wegen ihrer unendlichen Folgerichtigkeit; die gesamte Natur wird visionär als unendliche Zahl von Variationen eines ursprünglichen Musters aufgefaßt. Goethe verlieh in Hochstimmung und entzückt einem Gedanken Ausdruck, der sich in seinem Aufsatz *Über den Granit* (vgl. oben S. 989) und in seinem Brief an Knebel vom 2. April 1785 befindet, wenn er schreibt:

Die Consequenz der Natur tröstet schön über die Inconsequenz der Menschen.[65]

Wuchs diese Vision der Beständigkeit, die sich auf das ganze Reich der Natur erstreckt, aus einem akuten Bewußtsein großer innerer Widersprüchlichkeit der menschlichen Welt oder seiner selbst? Wie wir später sehen werden, war die Entscheidung, nach Italien zu gehen, das Ergebnis einer eisernen Konsequenz, die mit unbarmherzigem Nachdruck darauf bestand, die Gesetze der eigenen Existenz auf den Punkt zu bringen, wie hoch der Preis an Schmerz für ihn auch sein würde. Das Bewußtsein des Menschen befindet sich aber selten in Harmonie mit der tiefsten Schicht seiner Persönlichkeit. Oft, wenn er die Hauptaufgabe seiner Existenz erfüllt, fühlt er sich zerrissen und gespalten, weil das Ziel dieser wesentlichen Anstrengung in Konflikt steht zu dem, was Vernunft und der jetzige Augenblick verlangen. So würde ein Teil des Menschen der Verführung und der Verheißung des Augenblicks gern folgen, ist aber gezwungen, sich anderen starken Kräften aus der archaischen, dämonischen Welt zu beugen.

Der Begriff der Natur, den Goethe in seinem Brief an Charlotte von Stein entwickelt, wurde das Leitmotiv seiner Philosophie. In der Natur wird das Grundmuster immer wieder variiert; die verwirrende und unendliche Reihe von Formen ist nur Variation eines einzigen Musters. Darin besteht die Konsistenz der Natur, die Goethe im Menschen nicht finden kann. Der Mensch ist widersprüchlich, und Gesetze der Harmonie kann man in seiner Welt nicht entdecken. Goethes Verzweiflung über die Inkonsequenz des Menschen war der Reflex seiner eigenen Widersprüchlichkeit. In dem Aufsatz *Über den Granit* gestand er ein, daß er vor dem, was er im eigenen Herzen und in seiner Lebensführung gefunden hatte, Zuflucht zur Natur nahm.

Erst fast anderthalb Jahrhunderte später wurde die Grundharmonie des Menschen von Freud entdeckt, nämlich im Wiederholungszwang. Alle Unendlichkeit von Mustern, von scheinbar gegensätzlichen Handlungen können als Variationen, als Wiederholungen einer ursprünglichen Konstellation angesehen werden, die tief in das Unbewußte des Menschen eingebettet ist. Was nach großer Uneinheitlichkeit im menschlichen Leben aussieht, kann die Wissenschaft als Widerspiegelung von etwas im Kern Identischem enträtseln. So würde die moderne Wissenschaft eher sagen, »die Konsequenz des menschlichen Lebens tröstet über die Inkonsequenz der Natur hinweg.«[66]

An jenem neunten Juli scheint die Stärke von Goethes Konflikt ungewöhnlich groß gewesen zu sein. Zwei Aspekte waren berührt. Goethe war gerade dabei, den Wiederholungszwang zu akzeptieren, denn seine Reise nach Italien setzte das Archaischste in ihm in Gang. Ein Teil seiner Persönlichkeit rebelliert aber gegen diese Annahme des Wiederholungszwangs, sehnt sich nach Fortsetzung der Gegenwart und fürchtet die Forderung des Unbewußten. In dieser zerreißenden Lage mobilisierte Goethe Naturvorstellungen, von denen er wünschte, daß sie auf ihn zuträfen. Seine harmonische Gesamtansicht der Natur fiel mit dem gewünschten Bild seines inneren Weltalls zusammen. Seine überschwenglichen Ansichten über die Natur waren eine Projektion eines erwünschten, aber fehlenden Zustands seiner eigenen

Psyche. Wir verstehen, wie seine Vision Goethe tröstend erfreute und warum er sich außerstande fühlte, seine Freude anderen mitzuteilen.

Wer zeitweise zweifelt, wohin er gehen und welche Richtung er einschlagen soll, kann an einer Schwäche seines Identitätsgefühls leiden. Goethes hypomanische Ergriffenheit, die die Realität zu einem offenen und wohlgeordneten Buch machte, hatte seine Rückwirkung und resultierte in einem gestärkten Gefühl des Selbst, das Beistand in der Wahrnehmung der Natur fand. So schrieb er am Beginn dieser Phase an Charlotte von Stein (am 15. Juni 1786):

> Wie lesbar mir das Buch der Natur wird kann ich dir nicht ausdrücken, mein langes Buchstabiren hat mir geholfen, ietz ruckts auf einmal, und meine stille Freude ist unaussprechlich. So viel neues ich finde, find ich doch nichts unerwartetes es passt alles und schliest sich an, weil ich kein System habe und nichts will als die Wahrheit um ihrer selbst willen.
>
> Wie sich das nun vermehren wird daran denck ich mit Freuden.[67]

Das Ich stellt die Behauptung auf, es sei gegen Überraschungen gefeit, das Neue entspräche dem Erwarteten — eine Konstellation, die, falls sie wirklich so bestände, ein Maximum an Stärke beweisen würde. Wir wissen aber, daß sich sein Ich damals in einer Phase äußerster Spannung und Unsicherheit befand. Es ist nützlich, in die Vergangenheit zurückzugehen und zu sehen, was zehn Jahre zuvor geschah, als Goethe vor seiner Abreise aus Frankfurt nach Weimar in einer vergleichbaren Lage war.

Wenige Monate vor jenem entscheidenden Schritt gibt es Zeichen von Depression und Demut. An Jacobi schrieb er am 21. März 1775:

> mein Herz und Sinn ist ietzt so ganz wo anders hingewandt, daß mein eigen Fleisch und Blut mir fast gleichgültig ist. Sagen kann ich dir nichts — denn was läßt sich sagen. Will auch nicht an morgen und übermorgen dencken drum Ade!
>
> […] mir ist als wenn ich auf Schrittschuen zum erstenmal allein liefe und dummelte auf dem Pfade des Lebens und sollte schon um die Wette laufen und das wohin all meine Seele strebt.[68]

Wo Stärke und Festigkeit hätten sein sollen, finden wir den Ausdruck eines Gefühls der Schwäche. Dann aber entwickelt sich schrittweise ein Zustand, der ebenfalls an eine Hypomanie erinnert, obwohl die klinischen Züge sich von denen des Sommers 1786 stark unterscheiden. Ich verweise auf die zerrissene Stimmung, die seine Briefe an die Gräfin

Stolberg widerspiegeln (siehe oben, S. 163 f.), mit ihren raschen Wechseln, den kaum zu Ende geführten Sätzen und mit Seiten, die mehrere Tage umfassen, mit kleinen, nach einer langen Zeit angefügten Absätzen. Auch damals gewann er schließlich einen Punkt von Stabilität. Ein gutes Beispiel ist der an den Bruder der Gräfin, Friedrich Leopold, in der Nacht zum 26. Oktober 1775 geschriebene Brief:

> Ich fühl einen Drang Bruder dir zu schreiben in diesem Augenblick, dass ich so weit von dir [...] entfernt binn; schwebend im herrlich unendlich heiligen Ocean unsers Vaters des ungreifflichen aber des berührlichen. O Bruder! Nennbaare aber unendliche Gefühle durchwühlen mich — und wie ich dich liebe fühlst du da ich unter alten Linden in dem Augenblick dein Gedencke.
>
> Das Erbärmliche liegen am Staube Friz! und das winden der Würmer ich schwöre dir bey meinem Herzen! wenn das nicht Kindergelall und Gerassel ist der Werther und all das Gezeug? Gegen das innre Zeugniss meiner Seele! —[69]

So brach er den Brief abrupt ab.[70] In diesem Brief findet man das plötzliche Aufleuchten eines Versuchs, im Bild eines Vaters aufzugehen, den man greifen, aber nicht begreifen kann. Doch war dieser Versuch der Identifizierung von fragwürdiger Wirkung, und Goethe blieb lange auf dem Niveau, das er eine Woche zuvor (am 18. Oktober 1775) mit folgenden Worten an Bürger beschrieben hatte:

> Was die menschliche Natur nur von Wiedersprüchen sammeln kann, hat mir die Fee Hold oder Unhold, wie soll ich sie nennen? zum Neujahrsgeschenck von [17]75 gereicht, zwar war die treffliche Anlage schon mit dem Pathengeschenck gemacht.[71]

Diese beiden Beispiele mögen den großen Unterschied zwischen 1775 und 1786 illustrieren. In zwei gleichen äußeren Situationen setzen gleiche Gemütsschwankungen ein, die man annähernd als hypomanisch einstufen kann. Doch in einem Fall ist der Riß in der Persönlichkeit ganz offensichtlich, und es werden vergeblich Versuche unternommen, ein wenigstens zeitweiliges Gleichgewicht in einer vagen Auflösung in einer Vaterimago zu finden; im anderen Fall wird die hypomanische Stimmung nur in einem zufälligen Abschnitt eines Briefes als gesteigerte geistige Aktivität deutlich. Der Brief wird jetzt weit weniger als 1775 als Weg für die unmittelbare Abfuhr erhöhter Spannung benutzt; er legt eher indirekt, durch die Raschheit und Fülle der Gedanken, Zeugnis von der hypomanischen Stimmung ab. Die Kraft des

Ich zur Synthese war auch stark genug, gegen die zentrifugalen Kräfte ein konsistentes, visionäres Bild der Natur zu verdichten, d. h. der Hauptweg bestand in einer gesteigerten Weise des Naturerlebens, ohne von dem inneren Aufruhr der Gefühle überwältigt zu werden. Besonders durch das Einbeziehen der Wissenschaft wurde die Realität zum Gegenstand eines so starken Interesses, daß Goethe sogar auf dem Gipfel der Krise sich diesem Thema so gründlich zuwenden konnte, daß die Krise darin unterging. Man kann weiter gehen und sagen, daß die Krise ein Signal für ein Anwachsen des Interesses an der Realität wurde. Die hypomanische Stimmung führte nicht zu einer Reihe von großen Wunscherfüllungen, sondern eher zu einem Fließen von Vorstellungen, welche die Realität in einer anscheinend konsequenten logischen Gestalt abbildeten. Die Tatsache, daß man hinter dem logischen Kontext Wunscherfüllungen wahrnehmen kann, bedeutet nicht das Entthronen des Realitätsprinzips durch das Lustprinzip, sondern beweist in diesem Fall eher die harmonische Anteilnahme der gesamten Persönlichkeit an der Bildung einer visionären Theorie. Interessant ist, daß man in beiden Episoden eine Hinwendung zur Realität bemerkt, aber in der früheren führte dies zu nicht mehr als einem vagen phantastischen Gefühl des Aufgehens in einer Vaterimago.

Ich habe früher von der Abnahme von Goethes Streben nach folgerichtiger, rationaler Selbsterkenntnis während der nachitalienischen Ära berichtet (vgl. oben, S. 626 f.), als das Interesse an der Naturwissenschaft blühte, aber man kann kein Anzeichen des Interesses an einer wissenschaftlichen Psychologie entdecken. Gerade jetzt, vor seiner Abreise nach Karlsbad, können wir bei ihm ein starkes Interesse an der Naturwissenschaft feststellen, das sich während der vorangegangenen Jahre entwickelt hatte; zugleich kann man schon um diese Zeit herum eine Abnahme seines Interesses an Psychologie spüren. Am 5. September 1785 schrieb Goethe an Charlotte von Stein:

> Gestern Abend habe ich ein recht Psychologisches Kunststück gemacht. Die Herder war immer noch auf das hypochondrischte gespannt über alles was ihr in Carlsbad unangenehmes begegnet war. Besonders von ihrer Hausgenossin. Ich lies mir alles erzählen und beichten, fremde Unarten und eigne Fehler, mit den kleinsten Umständen und Folgen und zuletzt a b s o l v i r t e ich sie und machte ihr scherzhafft unter dieser Formel begreifflich, daß diese Dinge nun abgethan und in die Tiefe des Meeres geworfen seyen. Sie ward selbst lustig drüber und ist würcklich kurirt.[72]

Freud nannte diesen Vorfall ein »Beispiel einer psychotherapeutischen Beeinflussung« (207, S. 548). Es ist wirklich amüsant zu sehen, wie Goethe hier für einen Augenblick einen Kunstgriff anwendet, der Freuds kathartischer Methode nahekommt, wenn er nicht sogar mit ihr identisch ist. Wenigstens das Grundprinzip war bei beiden identisch, (1) alles bis ins kleinste Detail zu sagen, einschließlich des anscheinend Trivialen, und (2) die Absicht, die Seele durch Gestehen und detailliertes Beschreiben von ihren Qualen zu befreien.

Es ist überraschend, daß Goethe das Wesentliche zur Entwicklung der Psychoanalyse in der Hand gehabt haben soll, es aber fahren ließ und als Belustigung und Scherz ansah, obwohl er sich der Wirkung auf Menschen bewußt war. Man wird an die so glänzend von Sachs (461) beschriebene historische Situation erinnert, als die alten Römer für das Theater und den Zirkus hervorragende Maschinen erfanden, aber unfähig waren, denselben Erfindergeist auf ernsthafte Ziele zu lenken, wo er vielleicht das Überleben ihrer Zivilisation ermöglicht hätte. Es mag ein allgemeines Prinzip in der Geschichte von großen Entdeckungen sein, daß der Mensch erst nachlässig mit leichter Hand erschafft, was implizit das Ernsthafteste und Folgenreichste enthält. Das kreative Unbewußte kann sich vielleicht erstmalig zeigen, wenn der suchende und vorstellende Geist nicht mit ernsthaften Zielen beschäftigt ist. Vielleicht wird jede Wahrheit zuerst als Scherz formuliert.

Was bedeutet aber diese kleine Episode neben ihrem historischen Wert für Goethes Leben? Diese Episode, die er in einem Brief an Charlotte von Stein beschrieb und die seine Kenntnis zur Befreiung eines Menschen von unangenehmen Beängstigungen beweist, geschah in einer Zeit, als der Wunsch nach Einsicht in die eigenen Motivationen geschwächt war und nicht mehr das leidenschaftliche Interesse aufwies, das wir während des früheren Teils seines Weimarer Aufenthaltes beobachteten. Schließlich war er stark genug geworden, nicht zu spüren, daß seine Existenz von unkontrollierten Ausbrüchen irrationaler Kräfte bedroht war, und so geriet er allmählich unter den Einfluß eines Widerstands. Den Grad, in dem psychologisches Verstehen in ihm gewachsen war, kann man aus der Leichtigkeit ersehen, mit der er seine Technik entwickelte – spielerisch wie ein Taschenspielerkunststück. Das Spielerische aber, der Mangel an Erstaunen über die Beobachtung und die Abneigung, daraus Schlußfolgerungen zu ziehen, zeigen, wie weit Goethe sich von der Psychologie zurückgezogen hatte.

Trotzdem blieb Goethe natürlich, nachdem die Wissenschaft des Menschen und die Kenntnis des Selbst Teil seines geistigen Lebens geworden waren, der große Beobachter des Menschen bis in die spätesten Jahre, und der Mensch war der Mittelpunkt seiner Betrachtung sein ganzes Leben lang. Welch kluger Beobachter er blieb, kann man — um ein beliebiges Beispiel anzuführen — aus einer Bemerkung zu Eckermann vom 17. März 1830 ersehen, wo Goethe von Kindern sagt:

> ...so können sie uns als die trefflichsten Barometer dienen, um an ihnen den Grad unserer Gunst oder Ungunst bei den Ihrigen wahrzunehmen.[73]

Obgleich es zweifelhaft ist, ob Goethe sich auf die unbewußte Interaktion zwischen Eltern und Kindern im Sinne der modernen Tiefenpsychologie bezieht, zeigt die Bemerkung doch auch für sich, wie genau und realistisch im Detail Goethe menschliches Verhalten beobachtete. Er machte aber von psychologischen Beobachtungen niemals Gebrauch, um eine Wissenschaft der Psychologie in dem Sinne zu entwickeln, in dem seine Naturbeobachtung das Ziel einer systematischen, rationalen Erkenntnis hatte, d. h. einer Theorie der Natur. Vielleicht gab es eine automatische Zurückhaltung, damit sich nicht eine wissenschaftliche Psychologie in das künstlerische Schaffen einmischte. Bei der Frage, ob ein solcher Faktor beteiligt war oder nicht, würde ich eher annehmen, daß Goethes zunehmende Abwendung von der Psychologie von Beweggründen verursacht wurde, die tiefer in der Struktur seiner Persönlichkeit lagen. Man muß festhalten, daß sein Experiment mit Herders Frau aus der Ambivalenz heraus entstand. Er machte sich wirklich über sie lustig. Sie war eine lästige Person, mit der Goethe in späteren Jahren ernsthafte Schwierigkeiten hatte. Die Art, wie er über sie an Charlotte von Stein schrieb, läßt daran denken, daß er ihre Probleme nicht ernst nahm. Goethe folgte hier einer Tendenz — die es in gewissem Maße auch heute noch gibt —, neurotische Leiden als unwürdige Nichtigkeiten abzutun. Deshalb wunderte er sich nicht über die Wirkung seines Experiments, obgleich der erste Satz seines Berichts so klingt, als ob ihn für einen Augenblick der Gedanke durchblitzte, daß etwas Ernsthaftes darin lag. Es ist aber wichtig, im Gedächtnis zu behalten, daß das Experiment aus der Ambivalenz gegen einen Menschen heraus entstand und durch die Absicht motiviert war, eine triviale, aber unerfreuliche Erscheinung der Seele auszutreiben.

Die Idee, daß die innersten Gesetze der Seele durch das Studium der Psychopathologie aufgedeckt werden können, war zu Goethes Zeit noch nicht reif. Erfüllt vom klassischen Ideal der Schönheit war Goethe zugleich besessen von der Furcht vor Krankheit, vor Gebrechen und vor allem vor Geisteskrankheit. Wahnsinn wurde, wie in der Tragödie *Iphigenie* gezeigt, als Zustand im Prozeß der Reinigung aufgefaßt, als Schritt auf dem Weg zur Gesundheit,[74] oder, wie in der letzten Fassung des *Wilhelm Meister*, als Ergebnis eines Verrats, verbunden mit Inzest und deshalb tödliche Bestrafung erheischend. Goethe stand hier unter der Herrschaft des Kastrationskomplexes, der die Anerkennung von etwas Fehlerhaftem als etwas Liebenswertes verhinderte. Doch beginnt der Weg zur Entwicklung einer gültigen Psychologie mit dem Studium der Psychopathologie.[75]

Es mag widersprüchlich erscheinen, daß Goethe so intensiv Anatomie studierte und sogar vor Sezieren nicht zurückschreckte. Doch wenn man sich Goethes Grundprinzip der Konsequenz der Natur und der Inkonsequenz des Menschen vor Augen hält, löst sich der Widerspruch auf. Das Studium der Anatomie führte zur Erkenntnis der Harmonie des Körpers. »Die Anatomie«, schreibt er in *Dichtung und Wahrheit*,

> war mir auch deßhalb doppelt werth, weil sie mich den widerwärtigsten Anblick ertragen lehrte, indem sie meine Wißbegierde befriedigte.[76]

Sezieren offenbart das Geheimnis der Schönheit und Einheitlichkeit der Natur, so wie Orests psychotischer Anfall ein Schritt ist, der ihn zur Wiederherstellung seines Gleichgewichts führt. Da der Mensch inkonsequent und widersprüchlich erscheint, mußte das wissenschaftliche Studium des Menschen notwendig zuerst die Widersprüchlichkeit des Menschen beilegen. So waren bei Goethe psychologisches Experiment und ambivalente Reaktion eng miteinander verknüpft, wie sein spielerischer Umgang mit Karoline Herder beweist. Die Widerspruchsfreiheit des Menschen war ein Zustand, den man nur in einem Kunstwerk erreichen konnte. Faust befindet sich in einem permanenten Konfliktzustand – der, gemessen am klassischen Ideal, inkonsequent ist –, erreicht aber Einheitlichkeit im Augenblick des Todes, d. h. im Himmel. In einem fiktiven Gespräch zwischen Goethe und Eckermann (300) läßt Multaretuli Goethe eine positive Haltung gegenüber der Psychoanalyse einnehmen (vgl. auch 207, S. 547); dies kann man nur unter der Annahme rechtfertigen, daß Goethe in der Psychoanalyse eine Wissenschaft entdeckt hätte, die das durchgehende Prinzip der Konflikthaftigkeit und die Logik von Konflikten beweist und so die scheinbare Inkonsequenz in Konsequenz umwandelt. Dann hätte der Mensch seinen passenden Platz in der Natur gefunden, deren Konsequenz der Gegenstand von Goethes unendlicher Bewunderung war.

Die wissenschaftliche Erforschung der Natur brachte Goethe der Natur näher. Je mehr er sie studierte, desto mehr wurde sie eine Einheit, eine Totalität. Wie er das erreichte, braucht uns hier nicht zu beschäftigen. Aber es kann uns verstehen helfen, daß er in jener Phase, in der er unmittelbar auf seine italienische Reise zuging, tief in das Studium der Infusorien versenkt war. Er verwahrte Exemplare in Lösungen, beobachtete sie durch ein Mikroskop, setzte sie der Sonne aus, goß Urin in die Lösungen und machte sich sorgfältige Aufzeichnungen über seine Beobachtungen. All das zu einer Zeit, als er durch die Geburtswehen eines schweren Ambivalenzkampfes ging, d. h. durch eine Phase von Inkonsequenz, wie er es auffaßte. Hier, im Schlamm der Natur, gab es keine Ambivalenz; kleine Zellen bewegten sich schneller oder langsamer, pflanzten sich fort oder verschwanden, und der Mensch konnte nur starren und staunen und auf die Inspiration warten, um die Prinzipientreue Gottes *oder* der Natur in der Mannigfaltigkeit der Formen und Prozesse anzuerkennen, die auf den ersten Blick so verwirrend sind.

3. Kapitel

Italien

Die letzten Tage in Karlsbad

Ich möchte jetzt zu Goethes Aufenthalt in Karlsbad zurückkommen, wo er infolge der verzögerten Geburt der Prinzessin verspätet ankam. Seine Ankunft war vermutlich nicht vor dem 27. Juli. Er verbrachte zwei Wochen mit der geliebten Frau und begleitete sie auf ihrer Rückreise bis Schneeberg, wo er das Bergwerk besichtigte. Dann kehrte er für zwei weitere Wochen nach Karlsbad zurück und reiste von dort am 3. September nach Italien ab.

In seinen Briefen nach seiner Trennung von Charlotte von Stein in Schneeberg fällt sein wiederholtes Reden von ihrer beider Zusammenleben auf. So schrieb er am 16. August 1786:

> Nun lebe wohl und liebe mich, eh ich von Carlsbad gehe schreib ich dir, ich bin dir herzlich nah. Du solltest immer mit mir seyn wir wollten gut leben.[1]

Und am 23. August 1786:

> Auf alle Fälle muß ich noch eine Woche bleiben, dann wird aber auch alles so sanfte endigen und die Früchte reif abfallen.
>
> Und dann werde ich in der freyen Welt mit dir leben, und in glücklicher Einsamkeit, ohne Nahmen und Stand, der Erde näher kommen aus der wir genommen sind.[2]

Goethe stellt hier eine Phantasie dar, einen Tagtraum, der eine Wunscherfüllung enthält, nämlich allein mit der geliebten Frau zu leben, ohne daß jemad weiß, wo oder was sie wären. Es scheint verwirrend, daß zu einer Zeit, als Goethe dabei war, diesen Schritt nur für sich allein zu tun, der Wunsch so stark wurde, mit der geliebten Frau irgendwo zusammenzuleben. Warum sollte er ein beinahe festes Versprechen abgeben, mit ihr in einer Welt nur für sie beide zu leben, wenn er wußte, daß er sich für lange Zeit von ihr trennen würde? Eine Schlußfolgerung mag lauten, er habe Angst vor dem gehabt, was er gerade tun wollte, zugleich aber den Wunsch gehegt, alles aufzugeben, was er in den vorangegangenen zehn Jahren erreicht hatte und sich abzuwenden von Ruhm, von künstlerischer Produktion, um den Rest seines Lebens sich ausschließlich der geliebten Frau zu widmen, in ihrem Dienst und ihrer Verehrung zu leben.[3] Warum ging er dann aber trotzdem nach Italien, und warum hatte er vor dieser Reise Angst?

In einem Augenblick der Verzagtheit schrieb Goethe neun Wochen vor seiner Abreise nach Italien, am 25. Juni 1786, an Charlotte von Stein:

> Ich korrigire am Werther und finde immer daß der Verfasser übel gethan hat sich nicht nach geendigter Schrifft zu erschiesen.[4]

Diese Äußerung muß man als Meinung einer momentanen Konstellation auffassen. Erstens geriet er, als er den *Werther* wiederlas, um Veränderungen vorzunehmen, die für die anstehende Veröffentlichung seiner gesammelten Werke notwendig waren, wieder in eine »Wertherstimmung", wenn auch nur weil sich unweigerlich das Gefühl einstellte, niemals mehr imstande zu sein, ein so schönes Werk hervorzubringen. Zweitens schien sich Charlotte von Stein über ihn zu ärgern. Zumindest schrieb Goethe in der Passage kurz vor der eben zitierten:

> Behalte mich nur lieb und lass uns ein Gut, das wir nie wiederfinden werden, wenigstens bewahren, wenn auch Augenblicke sind wo wir dessen nicht geniessen können.[5]

Das Bedauern, das er in diesem Augenblick empfand, nicht in die Fußstapfen seines geistigen Kindes getreten zu sein, war aber mehr als ein Ausdruck nur augenblicklicher Mutlosigkeit. Er hatte wieder ein Ende erreicht, so wie 1775 die Abreise aus Frankfurt notwendig war. Am 9. Juli 1786, als er ungeduldig auf die Geburt des fürstlichen Babys wartete, eine Verzögerung, die ihn von ihr fernhielt, schrieb er an Charlotte von Stein in Karlsbad den oben zitierten Satz (vgl. S. 1081):

> . . . meine Geschäffte sind geschlossen und wenn ich nicht wieder von vorne anfangen will muß ich gehen;[6]

Dies war offensichtlich als Charakteristik seiner augenblicklichen Lage in Weimar gemeint, als äußere Umstände die Verzögerung seiner Abreise erzwangen, aber er wußte zu dieser Zeit, daß er für lange nicht nach Weimar zurückkehren würde, und ich glaube, daß man diese bündige Feststellung in weiterer Beziehung auf seine allgemeine Situation in Weimar lesen kann. Weimar hat nichts Neues mehr zu bieten, sondern nur relative Behaglichkeit und Wiederholung.

> Es lässt sich in dieser Werckeltags Welt nichts auserordentliches zu Stande bringen,[7]

schrieb er an Charlotte von Stein im selben Brief. Obgleich das Ereignis, auf das Goethe anspielte, noch weit von ihm entfernt war, gehörte es dennoch zu der Welt, in der er lebte. Es war tatsächlich eins der fröhlichsten und bizarrsten Vorkommnisse, die sich jemals am Hof von Weimar zutrugen, an dem kein Mangel an extravaganten Leuten herrschte. Die Gräfin von Werthern (nicht die frühere Geliebte des Herzogs) ließ sich für tot erklären und an ihrer Stelle eine Puppe begraben, während sie mit ihrem Geliebten nach Afrika entfloh. Nach etwa einem Jahr kehrte das Paar zurück, und ihr Bruder versprach, sie als seine rechtmäßige Schwester anzuerkennen, wenn sie »richtig« geschieden und ihren Liebhber »richtig« heiraten würde. Die Aussicht auf ein solch klägliches Ende einer Affäre, die so vielversprechend begonnen hatte, löste Goethes Bemerkung über die Werkeltagswelt aus. Goethes abenteuerliche »Flucht« nach Weimar war auch nahe daran, als Rückzug vom Parnaß zu enden, und die Wendung, die die romantische Passion für die attraktive Gräfin nahm, mag für ihn eine zusätzliche Warnung gewesen sein — wenn er deren überhaupt bedurfte.

Was hätte er wirklich gemacht, wenn er von seinem Urlaub in Karlsbad 1786 zurückgekehrt wäre und sein gewöhnliches Leben wieder aufgenommen hätte? Er hatte all seine Möglichkeiten erschöpft, die ihm die Weimarer Situation bei seiner Ankunft 1775 eröffnet hatte. Er hatte eine Philosophie harter Arbeit angenommen und versank in monotoner Plackerei, d. h. er hatte das Realitätsprinzip in einem Ausmaß verinnerlicht, dessen ihn kein Beobachter für fähig gehalten hatte; ferner hielt er während eines Jahrzehnts eine loyale, ergebene Beziehung zu einem einzigen Menschen aufrecht; er hatte gelernt, die von der Ambivalenz ausgelösten plötzlichen Neigungen zu beherrschen, und die Kraft gewonnen, Opfer ohne Vorbehalt für das geliebte Objekt zu bringen, ohne einen Lustgewinn als Belohnung zu erhalten. Er hatte trotz zweier schwerer Verluste — seiner Schwester und seines Vaters — sein Gleichgewicht behalten. Er hatte sich ausgebildet, den naturwissenschaftlichen Aspekt zu integrieren, und bis zu einem gewissen Grad war er von seinem Weg als Künstler abgewichen — so weit ein Künstler dies überhaupt kann —, ohne aber seinen kreativen Drang zu verlieren. Obgleich er sich selbst als Wissenschaftler entdeckte, erkannte er auch, daß seine Bestimmung in der Schriftstellerexistenz lag und daß die Kunst der Literatur die Mission seines Lebens war. Er lebte in materieller Sicherheit. Er hatte ein hohes Einkommen, war der Günstling eines mächtigen Herzogs und in einer fest umrissenen Gruppe tief verwurzelt. Darüber hinaus war er der Mittelpunkt einer kleinen Gruppe von Freunden, die beständig, gut situiert und von hohem Rang waren, ganz anders als der Typ, den er in der Zeit kurz nach seiner Ankunft in Weimar bewunderte. In der Terminologie der allgemeinen Psychologie kann man sagen, daß Goethe alle Anzeichen der Reife und positiven Anpassung aufwies. Er war ein gemachter Mann. Als er im Alter von siebenunddreißig Jahren und einer Woche Karlsbad verließ, um nach Italien zu gehen, anstatt nach Weimar zurückzukehren, wo alle, die ihn kannten, ihn erwarteten, ausgenommen sein Diener Seidel, hatte er eine Entwicklungsphase erreicht, in der für die meisten Menschen Abenteuer und Neubeginn aufhören, wo der berechtigte Wunsch auftaucht, die Ernte der Mühe und Plackerei einzubringen, mit anderen Worten eine Phase, wo die Kurve des *élan vital* abflacht, ohne weitere Spitzen aufzuweisen. Vernunft und Behaglichkeit diktierten Rückkehr und Fortsetzen der von ihm zehn Jahre lang so gut organisierten und so vielversprechend ausgeführten Arbeit. Hätte er sich aber an Vernunft und Behaglichkeit orientiert, d. h. hätte er fortgesetzt gemäß der »guten Situierung« gelebt, auf die heute so viel Wert gelegt wird —, das Leben wäre eine Wiederholung geworden, da wie gesagt die Möglichkeiten der anfänglichen Weimarer Situation vollkommen verwirklicht waren.

Wiederholung auf diesem Niveau war aber mit der Dynamik einer ewig kreativen Existenz unvereinbar.

> Wenn der Mensch nicht von Natur zu seinem Talent verdammt wäre, so müßte man sich als thörig schelten, daß man sich in einem langen Leben immer neue Pein und wiederholtes Mühsal auflastet.[8]

So schrieb er an seinen Freund Zelter am 22. April 1828, d. h. vier Jahre vor seinem Tod. Goethe wies hier die Verantwortlichkeit für den lebenslangen kreativen Drang von sich, der ihn dazu trieb, gegen Vernunft, Bequemlichkeit und den so viel gepriesenen gesunden Menschenverstand des Erwachsenen zu handeln. »Von der Natur zum Talent verdammt« — d. h. zum Genie — erlebt das Ich sich selbst als machtloses Anhängsel des kreativen Drangs, der unerbittlich das Genie antreibt, das auf einem Gebiet mehr am Leben teilhat als der gewöhnliche Mensch. Es gibt eine Idee über die Beziehung zwischen Individualität und sozialer Funktion, die Georg Simmel (49, S. 37) so eindrucksvoll erklärt hat und die man auch auf das Genie anwenden kann. So wie bestimmte öffentliche Persönlichkeiten, etwa Könige und Minister, in gewisser Hinsicht weite Bereiche ihrer Individualität aufgeben müssen, wenn sie die ideale Erfüllung ihrer sozial vorgegebenen Funktionen erreichen wollen, so trägt das Genie mehr als der gewöhnliche Mensch eine Verantwortung, nämlich seiner künstlerischen Bestimmung zu folgen. Während mancher Perioden können künstlerische Bestimmung und individuelle Strebungen parallel laufen und in Harmonie bleiben, manchmal aber trennen sie sich, und dann besteht eine erste Reaktion des Individuums in Angst, so wie Goethe sie in seinem Bedauern ausdrückt, nicht Selbstmord begangen zu haben. Diese Bemerkungen über künstlerisches Schicksal mögen metaphysisch scheinen, aber ich meine, sie sollten im Hinblick auf eine psychologische Dimension gesehen werden, die zur Besonderheit eines Genies gerechnet werden muß. Diese Dimension kann, obwohl sie alle Lebensbereiche des Individuums durchdringt, im Zustand des Konflikts subjektiv als isolierte Instanz erlebt werden, außerhalb und unabhängig von der Persönlichkeit, ohne Verbindung zu irgendwelchen anderen Interessen.

Ein weiterer, gleich mächtiger — vermutlich vorbewußter — Faktor trieb Goethe aus Weimar fort: das aufgestaute, unbefriedigte sexuelle Verlangen, das bis dahin keine Befriedigung erlangt hatte. Im Hinblick auf die späteren Ereignisse gab es damals sehr wahrscheinlich zwei Phantasien bezüglich der sexuellen Abenteuer im Land der lateinischen und griechischen Zivilisation, und möglicherweise hat der furchterregende Aspekt dieser Phantasien Goethe zu der trostlosen Bemerkung über den *Werther* veranlaßt.

Es ist wichtig festzustellen, wie viele Faktoren Goethe wohl attraktiv genug schienen, die Routine fortzusetzen, die so fest in ihm errichtet war, und wieviel an bedeutender narzißtischer und erotischer Lust ihn in Weimar erwartete, wenn er zurückkehren würde. So diente die lustvoll illusorische Aussicht auf ein Leben mit Charlotte von Stein in einer nur ihnen gehörenden Welt dem Ziel der Abwehr der realistischen Möglichkeit ihres Verlustes.

In vielen Biographien über Goethe stößt man auf die Interpretation der Reise nach Italien als Flucht — besonders als Flucht vor Charlotte von Stein —, aber das ist eine irrige Interpretation, trotz einiger Bemerkungen, die Goethe selbst in späteren Jahren zwischen den Zeilen gemacht hat.[9] Die Motive für diese Bemerkungen werden später diskutiert; sie sind dieselben wie jene, die ihn später dazu veranlaßten, die ganze Beziehung zu Charlotte von Stein in Schweigen zu hüllen.

Bei dem Versuch, uns ein Bild der Gründe für Goethes Reise nach Italien zu machen, haben wir bis jetzt eine Vielzahl von Motiven und Anlässen gefunden, wie die militärischen Ambitionen des Herzogs, Unzufriedenheit mit seiner übermäßigen Regierungsarbeit, Ambivalenz gegenüber Charlotte von Stein, eine Kindheitssehnsucht, das Land zu sehen, von dem sein Vater ihm so viel erzählt hatte, sexuelle Wünsche, die innere Notwendigkeit, eine Identifizierung mit seinem Vater zu agieren, die Erschöpfung der Potenzen innerer Entwicklung unter den bestehenden Bedingungen. In diese Vielfalt sollte man etwas Ordnung bringen.

Ich möchte einmal mehr zeigen, daß es nicht in erster Linie die Unzufriedenheit mit Weimar war, die ihn forttrieb, wie Lukács sehr radikal vorschlägt, indem er Goethes Verdruß über die sozialen Bedingungen in Weimar betont (375, S. 14). Es gab keinen schmerzlicheren Stachel in seinem Fleisch als die Kriegslust des Herzogs, und trotzdem schrieb Goethe am 24. Juli 1786, auf seinem Weg fort von Weimar, folgendes an ihn:

> Die Hoffnung den heutigen Tag noch mit Ihnen zuzubringen hat mich nicht allein getäuscht, sondern auch um ein Lebe wohl gebracht. [...] Ich dancke Ihnen daß Sie mich noch mit einem freundlichen Worte beurlauben wollen.
>
> Behalten Sie mich lieb, empfehlen Sie mich Ihrer Frau Gemahlinn, die ich mit herzlichen Freuden wohl verlassen habe,[10] und leben selbst gesund und froh.

Ich gehe allerley Mängel zu verbessern und allerley Lücken auszufüllen, stehe mir der gesunde Geist der Welt bey![11]

Und am 2. September, dem Tag, bevor er Karlsbad verließ, um nach Italien zu gehen:

Verzeihen Sie daß ich beym Abschiede von meinem Reisen und Außenbleiben nur unbestimmt sprach, selbst ietzt weiß ich noch nicht was aus mir werden soll.

Sie sind glücklich, Sie gehen einer gewünschten und gewählten Bestimmung entgegen, Ihre häusliche Angelegenheiten sind in guter Ordnung, auf gutem Weege, und ich weis Sie erlauben mir auch daß ich nun an mich dencke, ja Sie haben mich selbst oft dazu aufgefordert. Im Allgemeinen bin ich in diesem Augenblicke gewiß entbehrlich, und was die besondern Geschäffte betrifft die mir aufgetragen sind, diese hab ich so gestellt, daß sie eine Zeitlang bequem ohne mich fortgehen können; ja ich dürfte sterben und es würde keinen Ruck thun. Noch viele Zusammenstimmungen dieser Constellation übergehe ich, und bitte Sie nur um einen unbestimmten Urlaub. Durch den zweyjährigen Gebrauch des Bades hat meine Gesundheit viel gewonnen und ich hoffe auch für die Elasticität meines Geistes das Beste, wenn er eine Zeitlang, sich selbst gelassen, der freyen Welt genießen kann.

[...] Leben Sie wohl das wünsch ich herzlich, behalten Sie mich lieb und glauben Sie: daß, wenn ich wünsche meine Existenz ganzer zu machen, ich dabey nur hoffe sie mit Ihnen und in dem Ihrigen, besser als bisher, zu genießen.

Mögten Sie in allem was Sie unternehmen Glück haben und Sich eines guten Ausganges erfreuen. Wenn ich meiner Feder den Lauf ließe mögte sie wohl noch viel sagen, nur noch ein Lebe wohl und eine Bitte mich Ihrer Frau Gemahlinn angelegentlich zu empfehlen.[12]

Bei der Einschätzung dieses Briefes muß man im Gedächtnis behalten, daß der Herzog Goethes Chef war und Goethe nicht ganz sicher sein konnte, wie die Aussicht auf eine lange Abwesenheit würde aufgenommen werden. Worin auch die praktischen Motive bestanden, der Brief atmet ursprüngliche Zuneigung. Trotz ernsthafter Meinungsverschiedenheiten und einiger Entfremdung blieb ein starkes Band der Zuneigung, und man gewinnt den Eindruck, daß es nicht leicht für Goethe war, sich von seinem Freund zu trennen, und daß er versuchte, ein Lebewohl an das andere zu reihen, um den Augenblick des endgültigen Abschieds hinauszuzögern.

So wichtig der Brief durch den Beweis ist, daß selbst in der Beziehung zum Herzog positive Gefühle vorherrschten, er ist wichtiger noch als Schlüssel, den die Passage enthält, wo Goethe behauptet, selbst sein Tod würde zu keiner großen Veränderung führen. Der offenkundige Sinn ist, daß seine Regierungsgeschäfte gut geordnet seien und daß sein Verlassen keine Pflichtverletzung darstelle, aber die Passage läßt auch daran denken, daß seine Abreise die Bedeutung seines eigenen Todes gehabt haben mag.[13] In dieser Hinsicht würden sein Aufenthalt in Italien und die Rückkehr nach Weimar den Sinn einer Wiedergeburt annehmen.[14]

Wie manipulierte Goethe die Situation, um seine Phantasie zu agieren? Er bestand auf einem vollständigen Inkognito während des größten Teils seiner Reise, und lange Zeit durfte außer seinem Diener niemand seinen Aufenthaltsort wissen. Man könnte viele Passagen zitieren, um den Eifer und die Umsicht zu zeigen, mit denen Goethe seinen Aufenthaltsort vor seinen engsten Freunden, sogar vor Charlotte von Stein, geheimhielt. Für die Freunde konnte er ebensogut tot sein, so wenig erfuhren sie von ihm. Lange Zeit ließ er in seinen Briefen an sie den Ort aus, und erst als er im November Rom erreicht hatte, offenbarte er seinen Weimarer Freunden, wo er sich befand. Er war sich bewußt, wie ungewöhnlich sein Vorgehen war. In seinem letzten, früher zitierten Brief an den Herzog schrieb er (am 2. September 1786):

> Umstände [...] zwingen mich in Gegenden der Welt mich zu verlieren, wo ich ganz unbekannt bin, ich gehe ganz allein unter einem fremden Nahmen und hoffe von dieser etwas sonderbaar scheinenden Unternehmung das beste.[15]

Sich in Gegenden zu verlieren, wo man unbekannt ist, zeigt meiner Meinung nach einen Zustand tiefer Regression an, bei der die persönliche Identität und das Gefühl davon zeitweilig aufgehoben sind. Mit Geschick ließ er andere längere Zeit im Zustand gespannter Erwartung, den er selbst vor der Geburt der Prinzessin durchmachen mußte, indem er seine Untergebenen von einer Woche zur anderen seine Rückkehr erwarten ließ. Dieses Vorgehen betraf fast jeden in Weimar, Charlotte von Stein eingeschlossen. Er schrieb dem Herzog im selben Brief:

> es ist gut daß [...] ich auch abwesend, als ein immer erwarteter, würcke.[16]

Wie Goethe in dem Tagebuch schrieb, das er am ersten Tag seiner Reise begann, wollte er diese an seinem Geburtstag antreten, wurde aber durch die Herausgabe seiner gesammelten Werke aufgehalten. Es ist aber deutlich, daß die Verzögerung von einer Woche — praktisch bedeutungslos — eine Phantasie störte, die er sich gebildet hatte und an der er stark festhielt. Als er sich am 11. September 1786 in Bozen aufhielt, schrieb er in sein Tagebuch, er fühle sich, als ob er dort geboren und aufgewachsen sei und aus einem nördlichen Land zurückkehre. Später am Tag vermerkte er kurz:

> Mir ists wie einem Kinde, das erst wieder leben lernen muß.[17]

Das Verlangen, die Vergangenheit abzutrennen, zwischen den voritalienischen und den nachitalienischen Aufenthalt in Weimar eine lange Zeitspanne einzuschieben, war offensichtlich. Goethe wollte anscheinend in diese Zwischenphase kein küntlerisches Problem der Vergangenheit eindringen lassen. Aus praktischen Erwägungen war dies nicht möglich. Zu viele unvollendete und skizzierte Werke pflasterten den Weg der vorausgegangenen zehn Jahre, und er mußte sich mit vielen Manuskripten auf seine Reise begeben. Zu den ausgeführten Arbeiten gehört die Neufassung von bedeutenden Tragödien in Versform; so fand wörtlich ein Prozeß künstlerischer Wiedergeburt statt.[18]

Wie weit er in seinem Bemühen nach Einsamkeit ging, kann man aus seiner Bitte an den Diener und Sekretär Seidel ersehen, ihm keine Briefe nach Rom nachzuschicken, bevor er dort angekommen wäre. Die Art, wie sich dieser Gedanke entwickelte, kann man in seinem Brief an Seidel gut studieren. Aus Karlsbad schrieb er am 13. August 1786:

> Noch hat sich nichts zugetragen, das mich an Ausführung meines Plans hindern könnte. Gegen Ende des Monats werde ich die Reise antreten. Mit der Post welche Freytag den 18. von Weimar abgeht schicke mir das letzte von Briefen [...], alsdann sammle und schicke nicht eher bis du von mir hörst.[19]

Und kurz vor seiner Abreise am 2. September:

> Wenn ich alles überlege, so kann ich dir keine frühere Adresse als nach Rom geben und zwar: [...] du schreibst mir aber nicht dorthin als bis du wieder einen Brief von mir hast, es müsste denn ein Nothfall sein.[20]

Auf seiner Reise schrieb er an Seidel am 18. September 1786 aus Verona:

> Du schickst mir nichts nach, es wäre denn höchst nötig, denn ich will Rom ohne Erwartung nordischer Nachrichten betreten. Von Rom schreib ich gleich und dann ist es Zeit.[21]

Rom, Sizilien und die Vateridentifikation

Am sechsten Tag nach seiner Ankunft in Rom, d. h. am 4. November 1786, schrieb Goethe an Seidel:

> Ich bin hier glücklich angelangt, schicke mir nun alles, was du gesammelt hast.[22]

Das Ziel der Isolierung war erreicht; endlich kam er in seinem geliebten Rom an, ohne daß die Vergangenheit diesen Gipfelpunkt seines Lebens störte. Die Einzelheiten der Art und Weise, in der er seine Reise nach Rom organisierte, waren Teil der symbolischen Bedeutung. Zum Herzog (im Brief vom 3. November aus Rom) nannte er sie »die gleichsam unterirdische Reise hierher«.[23]

Es gibt im Deutschen einen metaphorischen Ausdruck für den Begriff des Geborenwerdens, nämlich »das Licht der Welt erblicken«. Das umschreibt Goethes Stimmung bei seiner Ankunft in Rom. Sein Brief an Seidel endet so:

> Das Gesetz und die Propheten sind nun erfüllt, und ich habe Ruhe vor den Römischen Gespenstern auf Zeitlebens.[24]

Die Erfüllung des Gesetzes und der Propheten – das muß sich auf Geburt und Kreuzigung Christi beziehen, und es drückt den unerbittlichen Antrieb aus, der Goethe zwang, Rom zu erreichen. Die Vorstellung von Geburt und Wiedergeburt hatte an diesem Impuls ihren Anteil. Diese Vorstellung war aber zumindest vorbewußt, wenn nicht bewußt, und es muß ein anderer, tief unbewußter Faktor am Werk gewesen sein, um zu so ungestümer Eile zu drängen.

Es ist nicht deutlich, was ihn antrieb, durch Italien im Sturmschritt zu eilen, immer in Sorge, es könnte in der letzten Minute etwas dazwischenkommen und ihn vom Erreichen der Zitadelle der westlichen Kultur abhalten. Am 3. November 1786 schrieb er an Karl August:

> Kaum wagte ich mir selbst zu sagen wohin ich ging, selbst unterwegs fürchtete ich noch und nur unter der Porta del Popolo war ich mir gewiß Rom zu haben.[25]

In diesem Brief beschrieb er auch die zwanghafte Natur seines Verlangens, Rom zu »haben«.

> Ja die letzten Jahre wurd es eine Art von Kranckheit, von der mich nur der Anblick und die Gegenwart heilen konnte. Jetzt darf ich es gestehen

Zuletzt durft ich kein Lateinisch Buch mehr ansehn, keine Zeichnung einer italiänischen Gegend. Die Begierde dieses Land zu sehn war überreif.[26]

In seinem ersten Brief aus Rom an die Freunde in Weimar, in dem er seinen Aufenthaltsort offenbarte, schrieb er am 1. November 1786:

Die Begierde nach Rom zu kommen war so groß, wuchs so sehr mit jedem Augenblicke, daß kein Bleibens mehr war, und ich mich nur drey Stunden in Florenz aufhielt.

Nun bin ich hier und ruhig und wie es scheint auf mein ganzes Leben beruhigt.

Denn es geht, man darf wohl sagen, ein neues Leben an, wenn man das Ganze mit Augen sieht, das man Theilweise in und auswendig kennt. Alle Träume meiner Jugend seh ich nun lebendig, die ersten Kupferbilder deren ich mich erinnre (mein Vater hatte die Prospeckte von Rom auf einem Vorsaale aufgehängt) seh ich nun in Wahrheit, und alles was ich in Gemählden und Zeichnungen, Kupfern und Holzschnitten in Gyps und Korck schon lange gekannt steht nun beysammen vor mir, wohin ich gehe find ich eine Bekanntschaft in einer neuen Welt, es ist alles wie ich mir's dachte und alles neu.

Eben so kann ich von meinen Beobachtungen von meinen Ideen sagen. Ich habe keinen ganz neuen Gedancken gehabt, nichts ganz fremd gefunden, aber die alten sind so bestimmt, so lebendig, so zusammenhängend geworden, daß sie für neu gelten können.

Da Pygmalions Elise, die er sich ganz nach seinen Wünschen geformt, und ihr soviel Wahrheit und Daseyn gegeben hatte, als der Künstler vermag, endlich auf ihn zukam und sagte: ich bins! wie anders war die Lebendige, als der gebildete Stein.[27]

Goethe schildert hier eine bezeichnende Art subjektiven Erlebens, nämlich die Erfahrung des beinahe durch und durch Vertrauten als etwas Neues. Seine ersten Tage in Rom waren offensichtlich mit Eindrücken, Beobachtungen, Wahrnehmungen ausgefüllt, die alle das grelle Zeichen der Neuheit trugen. Zugleich aber waren sie alle tief mit frühesten Kindheitserinnerungen verbunden. Die Spannung und Diskrepanz zwischen dem Neuen und dem Vertrauten, beides nicht nur ineinander verschachtelt, sondern sogar fast innerlich miteinander verschmolzen, resultierte in einer unvergleichlichen und einzigartigen Wirkung, die Goethe in einer beständig lustvollen Erregung hielt. Es war eine doppelte Rückkehr in die Kindheit. Die Kindheit ist eine Zeit, in der die Erfahrung des Neuen alltäglich ist, da das Kind fast alles als neu erlebt. So muß das Einstürmen so vieler neuer Eindrücke in Rom eine Qualität ins Leben zurückgerufen haben, die typisch für Kindheitserfahrungen ist. Da aber diese Neuheit eng mit vertrautesten Bildern aus der Kindheit verbunden war, bewirkte das Neue an sich auch die Wiedererweckung von Kindheitserinnerungen.

Goethe durchlebte eine leichte Veränderung im Ichgefühl als Resultat der Interaktion von Gefühlsqualitäten wie das Neue/Vertraute und das Gegenwärtige/Vergangene, und man wird an die Ichveränderung Freuds erinnert, die dieser bei seinem ersten Anblick der Akropolis empfand (212). Es gibt aber einen großen Unterschied. Es fehlt bei Goethe das Schuldgefühl Freuds, der erreicht hatte, was der Vater nicht erreichte, weshalb bei Freud eine Depersonalisierung eintrat.[28] Goethes Vater war jedoch in Rom gewesen und hatte seinen Kindern in entzückten Worten von den Wundern der Stadt erzählt. Als Goethe in Rom ankam, übertraf er den Vater nicht, sondern eignete sich an, was sein Vater zuvor schon besessen hatte. Seinem Vater war aber das Privileg des Rombesuches in einem sieben Jahre jüngeren Alter zuteil geworden. Es gibt zwei Abschnitte, in denen man eine kleine Empfindlichkeit deswegen und ein rasches Kompensieren spürt. Zu Beginn des oben zitierten Briefs an seine Freunde vom 1. November 1786 schrieb er:

> Endlich bin ich in dieser Hauptstadt der alten Welt angelangt! Wenn ich sie in guter Begleitung, angeführt von einem recht verständigen Manne, vor fünfzehn Jahren gesehn hätte, wollte ich mich glücklich preisen. Sollte ich sie aber allein, mit eignen Augen sehen und besuchen; so ist es gut daß mir diese Freude so spät zu Theil ward.[29]

Daß der Zeitfaktor das erste Thema in dieser ersten Botschaft Goethes an seine Freunde nach langem Schweigen war, ist ein wichtiger Schlüssel für die folgenden Schlußfolgerungen. Warum begann er in einer rechtfertigenden Position mit der Behauptung, es sei schließlich besser für ihn, Rom in diesem Alter und nicht früher gesehen zu haben? Die Verbindung zu seinem Vater wird noch deutlicher in seinem ersten Brief aus Rom (vom 4. November 1786) ausgesprochen. Nachdem er die Ankunft mitgeteilt und seine Reiseroute angegeben hat, schreibt er, wie wundervoll es sei,

> daß ich nun die Gegenstände in der Natur sehe [...] von denen ich den Vater so oft erzählen hörte, [...] Alle diese Dinge seh ich freylich ein wenig späte, doch mit desto mehr Nutzen und viel in kurzer Zeit.[30]

Die verborgene Rivalität mit dem Vater ist hier fast manifest, so als ob er sagen wollte: ›Obgleich du Rom in einem jüngeren Alter sahst als ich (obgleich du früher reif warst als ich?), habe ich mehr Freude daran als du und bin dir überlegen.‹ Ein verborgener Hinweis auf Konkurrenz zu einem Vaterersatz kann man schon in seinem Reisetagebuch am 8. September 1786 finden, in dem er von der »Martins Wand«, einem aus einer Sage bekannten Berg, spricht, wo dem Volksmärchen nach der in der Wildnis verirrte Kaiser Maximilian von einem Engel gerettet wurde. Goethe merkt an, er würde bis zu dem Punkt zu gehen wagen, wohin der Kaiser gelangte, und ohne Hilfe eines Engels zurückkehren.[31]

Ich will versuchen, die Äußerungen über Rom unter einen einheitlichen psychologischen Aspekt zu stellen. Rom meint den Ort, wo sein Vater war, von dem sein Vater mit Stolz sprach, deren Schönheit er pries, eine Stelle, die Goethe zwanghaft besuchen mußte. Seit er dort war, bedeutete Rom das Gefühl, den Rest seines Lebens gestillt zu sein, etwas aus der Kindheit sehr Vertrautes, das dem Erwachsenen aber neu erschien, etwas das man aus Bildern und Zeichnungen kannte und das trotzdem in natura ganz anders aussah, etwa wie Pygmalions Statue sich gleichblieb und veränderte, als sie lebendig wurde, und etwas, das man *haben* kann — ein äußerst ungewöhnlicher Ausdruck für eine Stadt. Alles dies nötigt mich anzunehmen, daß Rom für Goethe die symbolische Bedeutung des weiblichen Genitales hatte, oder allgemeiner des weiblichen Körpers, oder noch spezieller der Mutter. Die Hast und die Dringlichkeit, nach Rom zu eilen, wurde durch die vom Unbewußten freigesetzte Energie gespeist, weil der Einzug in Rom für Goethe die Bedeutung der Inbesitznahme seiner Mutter hatte. Das wiederholte Zögern in der Vergangenheit, Italien zu betreten und nach Rom zu gehen, war in der unbewußten Identität von Rom und der Mutter begründet. Früher war er nicht stark genug gewesen, die Tat in ihrer symbolischen Gestalt auszuführen. Die zehn Jahre in Weimar aber und die Umformung, der er sich in seiner Beziehung zu Charlotte von Stein unterzogen hatte, verschafften ihm die Reife, die für diesen Stoß notwendig ist, und er akzeptierte, daß weibliche Genitalität im Unbewußten des Mannes unlösbar mit dem Bild der Mutter verknüpft ist.

Von diesem Gesichtspunkt aus kann man verstehen, warum Goethes Ängste sich zu so gefährlichen, beinahe pathologischen Dimensionen auswuchsen, daß er Rom nicht erreichen könnte. Diese Furcht kann man in einem Tagebucheintrag vom 27. Oktober 1786 spüren, d.h. zwei Tage bevor er dort ankam:

> Rom! Rom! – Ich ziehe mich gar nicht mehr aus um früh gleich bey der Hand zu seyn. Noch zwey Nächte! und wenn uns der Engel des Herrn nicht auf dem Wege schlägt; sind wir da.[32]

Eine psychologische Untersuchung führt unweigerlich zu der Behauptung, daß Goethe sich nicht auf einer Flucht befand, als er Rom betrat, sondern daß das vorangegangene Jahrzehnt die unerläßliche Voraussetzung für diesen triumphalen Einzug war. Tatsächlich hielt kein römischer Imperator seinen Einzug in solcher Hochstimmung und Überschwenglichkeit wie Goethe. Und mit welcher Geringschätzung auch Goethe später von dem voritalienischen Jahrzehnt dachte, er verdankte ihm so unbeschreiblich schöne Gefühle, wie sie vermutlich von keinem anderen Menschen erlebt werden. Es ist verständlich, daß Goethe sich dieser Verbindung nicht bewußt war, sondern die Gegenwart von der Vergangenheit fernhielt. Subjektiv schien er der Schönheit Italiens zu erliegen, und das Bewußtsein, jetzt die Ernte von Mühe und Resignation eines Jahrzehnts einzusammeln, hätte die Überschwenglichkeit des Augenblicks gestört. So schrieb er am 11. September 1786 in sein Tagebuch, jetzt sei der Moment gekommen,

> ob die Falten, die sich in mein Gemüth geschlagen und gedruckt haben, wieder auszutilgen sind.[33]

An dieser Stelle dachte er an alle Spuren, die das Leiden und die Traurigkeit der letzten Jahre in ihm hinterlassen hatten, in Wirklichkeit aber war er dabei, Konflikte zu lösen, die bis in die frühe Kindheit zurückgingen und die für die integrierenden Kräfte des Ich schrittweise annehmbar geworden waren. Ich erwähnte schon Freuds subjektives Erlebnis, als er vor der Akropolis stand. Wenn man Goethes verschiedene Berichte über seine Reise überliest, findet man eine erstaunliche Parallele zwischen einem Teil seiner Reise und Freuds Reise nach Athen. Freud hat lebhaft seine Reaktion beschrieben, als sich ihm die Aussicht der Reise nach Athen eröffnete. Er beschäftigte sich damit, zögerte, zweifelte und fiel in schlechte Laune. Dies war eine rätselhafte, scheinbar paradoxe Reaktion, da er fraglos das Verlangen hatte, gerade diese Stadt zu besuchen. Als er viele Jahre nach der Reise seine Reaktion analysierte, entdeckte er die Wurzel. Die Reaktion war das Ergebnis eines Konflikts bei der Verwirklichung eines Wunsches, dessen Erfüllung ihn seinem Vater überlegen machte.[34] Die Tatsache, die mich nach der Lektüre von Freuds klinisch biographischem Aufsatz in Goethes Verhalten so sehr beeindruckt, ist die absolute Sicherheit des Ziels, mit der Goethe nach Rom und Neapel eilte, im Gegensatz zu den schweren Zweifeln und zu seinem Zögern, mit denen seine Reise nach Sizilien besetzt war. Den Vater hatte die Reise nicht weiter südlich als bis nach Neapel geführt, und sobald Goethe den Drang zum Besuch von Gegenden spürte, von denen er wußte, daß sein Vater niemals einen Fuß darauf gesetzt hatte, zeigte er eine fast identische Reaktion, von der Freud bei der Aussicht auf den Griechenlandbesuch berichtet. Goethes erste Erwähnung Siziliens findet sich in einem Brief vom 29. Dezember 1786 an Charlotte von Stein:

> Nach Sicilien geh ich nicht; ich bin nicht vorbereitet genug, habe weder Geld noch Zeit genug.[35]

Am 6. Januar 1787, in einem Brief an seine Freunde in Weimar, erklärte Goethe wieder ganz bestimmt, seine Pläne würden ihn nach Neapel und dann zurück nach Rom führen, aber er fügt hinzu:

> Nun aber liegt Sicilien noch daunten. Dahin wäre eine Reise nur mehr vorbereitet und im Herbste zu thun, auch nicht eine blose Durch und Umreise, die bald gemacht ist, wo von man aber nur das: ich habs gesehen! für seine Mühe und Geld mitbringt. Man müßte in Palermo nachher in Catanea sich erst festsetzen um sichre und nützliche Exkursionen zu machen...[36]

Im selben Brief erklärt Goethe, er sei zu sehr allein, um eine Entscheidung zu fällen, und seine Freunde sollten sich zusammentun, um »über mein Schicksal zu entscheiden«.[37] Sie sollten aber, wie er ihnen versichern könne, davon ausgehen, daß er mehr zurückzukehren geneigt sei als in Italien zu bleiben. Das war zweifellos eine scheinheilige Behauptung, wahrscheinlich nicht in der Absicht, andere zu täuschen, sondern aus Selbstbetrug. In seinem Brief vom 17. Januar 1787 an Charlotte von Stein will er begierig hören, was sie über seine verschiedenen Pläne denke, erwähnt aber Sizilien nicht. Am 2. Februar 1787 an Charlotte von Stein ging er einen Schritt weiter und sagte, er müsse Rom verlassen und eine Pause machen, er blicke auf Neapel und Sizilien, »wenn ihr mich länger entbehren wollt«.[38] Am folgenden Tag legte er seinen Freunden deutlicher nahe, ihm den Rat zur Sizilienreise zu geben. So schrieb er an die Herders (am 3. Februar 1787), er würde seine Reise vorbereiten,

> wie mir Eure Stimmen zurufen und wie der Geist treibt. Ich könnte nach Ostern gleich nach Sicilien gehn, denn das Land ist im April und May noch bereisbar, obschon heis genug, und sehn müßt ich's denn doch.[39]

Hier war die Katze endlich aus dem Sack, und man sieht deutlich, daß Goethe von Anfang an nach Sizilien zu gehen beabsichtigte. Das »ich könnte gehn« enthält in diesem Satz den Sinn von: »Ich sollte nach Sizilien gehen.«[40] Am 19. Februar 1787 schrieb er an Knebel:

> Wegen Sicilien laß ich das Schicksal walten. Vorbereitet bin ich, wenn das Glück mich lockt, geh ich.[41]

Wie so oft hatte das Schicksal in Übereinstimmung mit seinen eigenen Wünschen und Ängsten zu entscheiden. Am 18. April 1787, über zwei Wochen nach seiner Landung in Sizilien, schrieb er an Charlotte von Stein:

> Ich kann dir nur wiederhohlen daß ich wohl und vergnügt bin und daß nun meine Reise eine Gestalt nimmt. In Neapel hätte sie zu stumpf aufgehört.[42]

Ich meine, diese Passage ist ein erneuter Beweis, wie wichtig es für Goethe war, seinen Vater durch die Ausführung dieser letzten Etappe seiner Reise zu übertreffen, die ihn am weitesten von der geliebten Frau wegführte und zusammenfiel mit »dem Wendepunct des ganzen Abentheuers«,[43] wie er einunddreißig Jahre später behauptete. Die Reise hätte »zu stumpf« aufgehört und die Krönung gefehlt ohne diesen Teil seiner Reise. Am Tag zuvor, d. h. nachdem er sechzehn Tage in Sizilien war, schrieb er an Fritz:

> Ich befinde mich wohl und bin vielleicht in meinem Leben nicht 16 Tage hinter einander so heiter und vergnügt gewesen als hier.[44]

Man kann sich leicht vorstellen, was dies bedeutet, wenn man berücksichtigt, daß es Goethe war, der schrieb:

> Alles in der Welt läßt sich ertragen,
> Nur nicht eine Reihe von schönen Tagen.[45]

Was das Ertragen von Glück so schwierig machte, wird hier nicht untersucht. Es genügt zu wissen, daß Goethe nicht die Art von Temperament besaß, um leicht Lust zu erleben. Deshalb wurde er sich der Außergewöhnlichkeit bewußt, sich über eine so große Zeitspanne glücklich zu fühlen. Da er sich in Rom viel länger aufgehalten hatte, dort aber jenes besondere Vergnügen nicht so ausgedehnt finden konnte wie in Sizilien, führt dies unvermeidlich zu der Schlußfolgerung, daß es zwischen den beiden Erlebnissen einen besonderen psychologischen Unterschied gegeben haben muß. Es wäre falsch, diese lange Dauer der Freude ausschließlich Realitätsfaktoren zuzuschreiben, etwa der unendlichen Schönheit Siziliens. Diese Schönheit zu preisen hörte Goethe zwar nicht auf, aber der Rest Italiens war sicherlich schön genug, um sechzehn glückliche Tage zu verleben, wenn alle anderen psychologischen Faktoren identisch gewesen wären. Nach der symbolischen Inbesitznahme seiner Mutter durch seinen Einzug in Rom war Goethe jetzt fähig, dort zu sein, wo sein Vater niemals gewesen war, und er konnte sich gestatten, Landschaften anzuschauen und sich an ihnen zu erfreuen, deren Schönheit sich sein Vater nicht einmal vorstellen konnte. Sein Vater hatte von der Schönheit Neapels geschwärmt (siehe oben S. 1048), jetzt konnte der Sohn von etwas schwärmen, das der Vater nicht gekannt hatte. In einer dem Ich annehmbaren Weise konnte die Niederlage des Vaters gefeiert werden, ohne daß daraus Schuldgefühle erwuchsen, und ohne Hemmung, sondern in fast ununterbrochenem Glück.

Jetzt ist der Punkt gekommen, wo der entscheidende psychologische Prozeß während der italienischen Reise dargestellt werden kann. Ein Aspekt dieses Prozesses kann als vollständige Vateridentifizierung beschrieben werden, die so weit ging, daß sie eine charakteristische Änderung der körperlichen Erscheinung zur Folge hatte, wie ich auf Seite 1052 herausgestellt habe. Darin lag aber mehr als eine Identifizierung. Goethes Umzug nach Weimar umfaßte neben der offensichtlichen Rebellion gegen den Vater einen Versuch, sich mit seinem Vater zu identifizieren. Die italienische Reise scheint aber zu einer bezeichnenden Verminderung der Angst vor dem Vater geführt zu haben — was man meiner Meinung nach durch Evidenz beweisen kann, wobei ich gleich anfüge, daß in Italien ein bedeutendes neurotisches Symptom schwächer wurde. Ich nehme deshalb an, daß eine schon bestehende Vateridentifizierung verinnerlicht wurde. Die schon bestehende Identifizierung war, so wichtig sie als Anreiz zum Handeln gewesen sein mag, vom Ich nicht akzeptiert worden und führte deshalb zu neurotischer Angst oder deren Äquivalenten. Fachterminologisch kann man sagen, daß die Identifizierung im Überich stattgefunden hatte, während im Verlauf der Reise dieser Teil des Überichs vom Ich übernommen wurde. Das Ich bedurfte dessen nicht länger, daß das Überich nach dem Vater gebildet wäre, sondern konnte sich jetzt sicher fühlen in der Überzeugung, selbst stark, potent und unbesiegbar wie der Vater zu sein. Die Lösung der hohen Spannung zwischen Ich und Überich muß ein Gefühl des Triumphes bewirkt haben, das leicht zu einem Überlegenheitsgefühl gegenüber dem Vater führte. Tatsächlich muß die Schlußfolgerung aus der völligen Integration des Vaterbildes lauten: ›Ich habe vor dem Vater keine Angst mehr‹, was wiederum dem Ich das Gefühl geben mußte, stärker als der Vater zu sein.

Bevor ich weiteres klinisches Material zur Unterstützung meiner metapsychologischen Schlußfolgerung vorstelle, möchte ich die Aufmerksamkeit auf eine seltsame Erscheinung im Gruppenverhalten lenken. Unter den vielen Deutschen, die sich als Repräsentanten der Nation anbieten, gibt es nicht einen, der mit Goethe rivalisieren könnte. Das Leben keines anderen Deutschen ist so sorgfältig erforscht und untersucht worden, und die Goetheliteratur ist so umfangreich, daß niemand mit Recht von sich behaupten könnte, er hätte alles, was über Goethe gedruckt worden ist, gelesen, selbst wenn er sein ganzes Leben der Lektüre widmen würde. Nicht der kleinste Vorfall ist von der Sonde der Gelehrten unberührt geblieben, und ich frage mich, ob es irgendeine andere Person gibt — mit der möglichen Ausnahme Napoleon —, deren Leben so reich dokumentiert ist wie Goethes. Um so erstaunlicher ist dann, daß zwei Veröffentlichungen, die für das Verständnis von Goethes Leben als höchst wichtig einzustufen sind, nicht ins Deutsche übersetzt sind, sondern nur in der Sprache, in der sie ursprünglich geschrieben wurden, zur Verfügung stehen, nämlich in Italienisch. Die eine Schrift ist der Bericht von Johann Kaspar Goethe, dem Vater des Dichters, von seiner italienischen Reise,[46] und das andere ist das kleine Buch von Carletta (84), das nachweist — wie ich glaube schlüssig —, daß das sexuelle Abenteuer, das Goethe in seinen *Römischen Elegien* beschreibt, der Wahrheit entspricht, und nicht, wie so viele behauptet haben, eine poetische Umformung von Erlebnissen mit seiner Geliebten und späteren Frau Christiane Vulpius ist, mit der er kurz nach einer Rückkehr aus Italien eine Beziehung begann. Anscheinend wollte die Nation die volle Wirkung des Vaters des Dichters auf seinen Sohn nicht zur Kenntnis nehmen und muß sich ferner verletzt und desillusioniert gefühlt haben durch die Beziehung, die Goethe zu einer jungen italienischen Witwe unterhielt. Die ganz offensichtliche, unleugbare Tatsache einer achtzehnjährigen Lebensgemeinschaft mit Christiane wurde der Nation irgendwie schmackhaft gemacht durch die späte Legitimierung, aber eine vorherrschend sexuelle Liebe zu Faustina, frei von Konflikten und charakterisiert durch frei sich entfaltende Sinnlichkeit und Lust, war anscheinend mit dem Bild, das die Nation sich von ihrem größten Sohn gebildet hatte, unvereinbar.

Kehren wir jetzt zum Bericht des Vaters von *seiner* italienischen Reise zurück, die wie gesagt niemals in deutscher Sprache veröffentlicht wurde und die die meisten Biographen vernachlässigen. Aus den wenigen veröffentlichten Auszügen gewinnt man den Eindruck, daß dieser Reisebericht mit ungewöhnlicher Wärme, mit starkem Interesse und mit großer Umsicht geschrieben wurde. Hier versuchte ein Mann, der eine Reise durch Italien als Genuß des Besten, was die Welt bieten kann, ansah, über fast alles zu berichten, was ein begeisterter Reisender erleben und beobachten konnte. Die große Zahl der Gegenstände, die sein Interesse erregen, der Realismus seiner Einstellung gegenüber allem Neuen, auf das er aufmerksam wird, die sehr persönlichen Ansichten, die er gewinnt, überraschen den Leser. Ich möchte dies durch einige Beispiele illustrieren. In Ferrara folgt er den Pfaden des Dichters Torquato Tasso, da er besonders dessen Epos *Das befreite Jerusalem* verehrte. Er vergleicht den einst blühenden Zustand dieses Fürstentums mit dessen gegenwärtiger Armut und schreibt:

> Diese Stadt ist eine der bedeutendsten des Kirchenstaates, gut gebaut, mit breiten Straßen und großen Palästen, aber nicht bevölkert genug. Die Einwohner sind größtenteils arm, denn die Mächtigen, und besonders der Heiligste Vater, lassen ihnen selten das Nötige. Deshalb erstaunte es mich, die Umgebung und besonders die Weinberge in einem besseren Zustand zu sehen, als man angesichts der elenden Verfassung der Winzer und anderer Leute erwarten dürfte.
>
> Unter diesem traurigen Eindruck stehend, möchte ich nicht einmal, daß das Volk für meine Seele bete, wenn ich dort als Fürst gestorben wäre. Sicher würde es sich rächen und mir das Gegenteil einer himmlischen Glückseligkeit wünschen. Es ist hier nämlich Brauch, daß, wenn einer der Großen das Zeitliche gesegnet hat, befohlen wird, daß alle Einwohner ihre Gebete für sein Seelenheil vereinigen. Ich erlebte dies für einen jüngst verstorbenen Bischof während meines Aufenthaltes. Alles lief in die Kir-

chen, die so besucht waren, wie an den großen Festen. Das hatte für mich das Gute, daß alle Tempel offen standen, und ich meinen Rundgang durch sie ohne jede Behinderung machen konnte. (232, S. 63 f.)

Am Strand barfuß entlangwandernd, sammelt er Seesterne und Seepferdchen für seine Sammlung der Kuriositäten der Natur, und er schreibt:

Was die Seesterne betrifft, so habe ich sie immer für eine Pflanze gehalten von wechselndem Aussehen. Man erkennt nur bei großer Aufmerksamkeit das Tierleben. Sie haben auch ihre dementsprechenden Organe, aber sie leben, glaube ich, außerhalb des Wassers nicht lange. – An diesem Beispiel offenbart sich, wie die modernen Physiker mit vielem Scharfsinn gezeigt haben, die Wahrheit der engen Verknüpfung der drei Naturzustände des Tier-, Pflanzen- und Mineralreiches. Das bringt mir in Erinnerung, daß die Koralle sich rückwärts in Stein verwandelt, die doch zweifellos zu den Pflanzen gerechnet werden muß.

In der Tat sieht man in der Schöpfung aller Dinge vom Erzengel bis zu dem kleinsten Körnchen Staub eine auffallende Verwandtschaft von Stufe zu Stufe bis hinauf zum höchsten Schöpfer, und zwar in der Weise, daß selbst die erlauchtesten Geister nicht erkennen, wo die eine Art anfängt und die andere aufhört. Ich erinnere mich gelesen zu haben, daß es im Königreich Borneo einen Baum geben soll, dessen Blätter sich schließlich beleben und dann auf dem Stiele, wie auf einem Fuße, solange Zeit sich herumbewegen, bis sie abfallen. So soll es auch Körner in Sizilien geben, die sich in wirkliche Tiere zu verwandeln wissen. Aber wenn man diesen Erzählungen Glauben schenkt, so scheint es mir, daß viele verständige Gründe für die beiden Beobachtungen sich finden lassen, ohne die Natur beim Übergang vom pflanzlichen zum tierischen Zustand eines Wunders zu zeihen. Die Natur gleicht einer Kette, deren Ringe die geschaffenen Dinge sind. (232, S. 69 f.)

Besonders dieses letzte Zitat gibt einen flüchtigen Einblick in die enge Verbindung zwischen Goethes Vorstellungswelt und der seines Vaters. Die Offensichtlichkeit dieser Übereinstimmung könnte durch viele andere Beispiele selbst aus den in deutschen Veröffentlichungen verfügbaren Auszügen gezeigt werden. Man kann nicht vorhersagen, welche bezeichnenden Verbindungen geschulte Gelehrte mit dem Blick für solche Auffälligkeiten durch angemessenes Studium des Originals entdecken können.

Darüber hinaus sind die Parallelen zwischen den Reisen des Vaters und des Sohnes manchmal unheimlich. Als Goethe 1788 Italien verließ, war er sozusagen seinem Vater noch insofern unterlegen, als letzterer Venedig zweimal besucht hatte —, das zweite Mal auf seiner Rückkehr nach Mitteleuropa —, Goethe aber nur einmal, obgleich er sich sehr genau an die Route seines Vaters gehalten hatte. Prompt — fühlt man sich versucht zu sagen — spielte das Schicksal Goethe in die Hände, und 1790 wurde er gebeten, nach Venedig zu reisen, um die Herzoginwitwe zu ihrer Rückreise aus Italien abzuholen. Daher sah auch er Venedig zweimal und zog mit seinem Vater gleich, und wieder hatte er Erlebnisse, die bis ins Detail an den Aufenthalt seines Vaters in Venedig erinnern. Als ich den Begriff »unheimlich« benutzte, hatte ich einen Vorfall im Kopf, der nicht auf Goethes unabsichtlicher Auswahl beruhen kann; es gibt keinen Grund zu der Unterstellung, er habe Erlebnisse fabriziert, um Parallelen herzustellen. Die analogen Vorfälle, die ich meine, sind folgende: Als Goethes Vater auf seinem Weg nach Venedig durch die österreichische Provinz Steiermark reiste, erhielt er die Nachricht vom Tod Christian Wolffs, eines berühmten deutschen Philosophen der damaligen Zeit. Er erfuhr aber später, daß diese Meldung falsch war, daß es sich bei dem Verstorbenen um einen unbedeutenden Philosophen handelte, der denselben Namen trug (232, S. 38—40). Als Goethe während seiner zweiten italienischen Reise auf seiner Rückreise von Venedig nach Innsbruck, der Hauptstadt Tirols, kam, ebenfalls einer österreichischen Provinz, erreichte ihn die Nachricht, sein Freund Herder sei gestorben. Am selben Abend noch erwies sich die Meldung als falsch; Herders Name war mit dem von Heinicke[47] verwechselt worden. Die beiden Vorfälle sind bis in die kleinsten Details so ähnlich, daß man nicht zögert, an eine Übereinstimmung zu denken, besonders im Hinblick auf viele andere Parallelen. Ich möchte nicht darüber spekulieren, ob Goethe die Geschichte erfand oder das Opfer seiner Phantasie wurde. Der Vorfall wird in seinem Brief an Herder vom 9. Juni 1790 erwähnt, und soweit ich weiß, ist er nicht durch andere belegt. Goethe schreibt, daß ein Fremder sie mit dieser Nachricht begrüßte, usw. Es ist vielleicht schade, daß dieser Fremde nicht identifiziert wurde, und man wüßte gern, ob Goethe selbst zu diesem Fehler beitrug. Wenn Goethe irgendwie der Erfinder dieser Episode wäre, würde dies natürlich das Unheimliche verringern, andererseits aber die Identifizierung in einem fast unerträglich hohen Maße bestätigen.

Wie dem auch sei, man muß den Schluß ziehen, daß Goethe mit allen Einzelheiten des Reisetagebuchs seines Vaters innigst vertraut war. Er spürte wahrscheinlich auch die starke Leidenschaft, die Sehnsucht und den Stolz, von dem die Schriften seines Vaters erfüllt waren. Man kann sich gut den Neid des Jungen vorstellen, daß sein Vater dieses Journal schrieb, und den Eifer des Vaters, es bei seinem Unterricht des Jungen zu benutzen.[48] Goethes Vater litt aber auch an Minderwertigkeitsgefühlen. Er betont in seiner Einleitung, daß er seine Eindrücke nicht in der Absicht niederschreibe, um damit an die Öffentlichkeit zu gehen (vgl. 56, S. 7). Auch Goethe spürte natürlich die Hemmung seines Vaters. Seine eigene spätere Schrift, die *Italienische Reise*, ein wirkliches Schmuckstück an literarischer Schönheit, mag nicht nur den Kindheitswunsch befriedigt haben, auch ein Buch über Italien zu schreiben wie sein Vater, sondern darüber hinaus ein besseres, und anders als sein Vater keine Furcht zu haben, sich der Welt, den Lesern auszusetzen.

Tatsächlich wird man zu interessanten Schlußfolgerungen geführt, wenn man der Frage nachgeht, warum Johann Kaspar trotz der offenkundigen Verdienste seines Tagebuchs so lange — und in gewissem Grade noch heute — so gering geachtet, als ziemlich mittelmäßiger, beschränkter Geist angesehen wurde. Eine Gelegenheit, über ihn zu lachen — unter anderem ermöglicht durch Goethes Freund Merck —, war ein Brief, den er an den Sekretär des Grafen von Seckendorf, Johann Philipp Strecker, schrieb, als er auf seinem Rückweg nach Frankfurt Venedig zum zweitenmal besuchte. Johann Kaspar beklagte sich bitter über die Unbequemlichkeiten, denen Reisende in Italien ausgesetzt waren. So schrieb er zum Beispiel:

> Und ich wundere mich, da es doch allen Reisenden gleich wie mir ergangen und noch ergehet, daß man denen Italienern ihre alten Mauern, worauf sie sich so viel einbilden, nicht lässet, und davor Frankreich, England, Holland und Niedersachsen alleine besuchet. Genau gesagt ist es, daß man in ganz Europa vor sein Geldt nicht unbequemer und verdriesslicher reiset, als in besagtem Italien. Man bringt nichts mehr mit nach Hause als einen Kopf voller Curiosideten, vor welche man insgesammt, wenn man sie in seiner Vatterstadt auf den Markt tragen sollte, nicht zwey baare Heller bekäme.[49]

Als Goethe zum zweitenmal nach Italien ging, ließ er ein paar kritische Bemerkungen über Italien fallen, die ganz anders als sein früheres entzücktes Lob klangen und eher dem Brief seines Vaters nahekommen. Er schrieb am 3. April 1790 aus Venedig an Karl August:

> Übrigens muß ich im Vertrauen gestehen, daß meiner Liebe für Italien durch diese Reise ein tödtlicher Stos versetzt wird.[50]

Und an Herder am selben Tag:

> Ein wenig intoleranter gegen das Sauleben dieser Nation als das vorigemal.[51]

So wenig diese Bemerkungen Goethes Haltung gegenüber Italien richtig wiedergeben, so wenig wird Johann Kaspars Brief ihm in seinem Verständnis Italiens gerecht, das seinen wahren Ausdruck in seinem Buch findet. Er machte in dem Brief anscheinend einigen akuten ärgerlichen Gefühlen Luft, die ihn aber nicht von der größten Bewunderung für Italien abhielten.

Es ist mir unerfindlich, wie dieser Brief von Johann Kaspar überhaupt in Mercks Besitz gelangen konnte, und ich stelle — ganz hypothetisch — die Frage, ob Goethe selbst ihn Merck zukommen ließ.[52] Der Brief entspricht irgendwie dem Eindruck, den Goethe von seinem Vater in *Dichtung und Wahrheit* vermittelt. Wir stoßen hier auf ein besonders herausforderndes Problem biographischer Schriften. Wenn man *Dichtung und Wahrheit* genau und in allen Einzelheiten durchliest, findet man viele positive Äußerungen über Goethes Vater. Sicher, es gibt auch einige wenige negativer Natur. Jedenfalls gibt es nichts, aus dem der Leser schließen könnte, daß Goethes Vater während der Universitätsjahre des Sohnes fast die Hälfte seines jährlichen Einkommens für das Studium des Sohnes ausgab (vgl. 428, S. 8). So kann man bei Goethe bis zu einem gewissen Grade selbst in späteren Jahren die Ambivalenz gegenüber seinem Vater entdecken. Das Bild von Goethes Vater, das die Leser der Autobiographie des Dichters gewannen, ist schlechter ausgefallen, als es der wörtlichen Bedeutung der Textstellen entspricht. Trotzdem glaube ich, daß man Goethe selbst für diesen Eindruck verantwortlich machen muß. Wer die Autobiographie liest, nimmt nicht so sehr die wörtliche Bedeutung auf, sondern das, was zwischen den Zeilen steht. Goethe legte sozusagen das Fundament für seine eigene Legende. Dieser Mann, der Vorrechte für sich beanspruchte, die anderen Sterblichen verwehrt sind, nahm für sich auch das Privileg in Anspruch, der Nachwelt die Meinungen über sich nach seinen eigenen Wünschen aufzuzwingen. Und dies erreichte er nicht durch die groben und gewöhnlichen Mittel von Lüge und Täuschung,[53] sondern eher durch hohe künstlerische und formale Mittel, die die Vorstellungen des Lesers in bestimmte Richtungen lenken, ohne daß dieser bemerkt, wie sehr er das Opfer der verlockenden Stimme des Dichters ist.

Hier eröffnet sich ein Problem von allgemeinem psychologischem Interesse. Es betrifft die Wirkung, die eine Identifizierung im Ich hinterläßt. Identifizierungen können in einer großen Vielzahl von Erscheinungsformen auftreten. Darüber hinaus kann fast jedes psychologische Phänomen eine Manifestation einer Identifizierung sein, von trivialen Handlungen wie der Wahl einer Krawatte bis zu tief verwurzelten persönlichen Zügen wie Gang oder Stimme. Umgekehrt mag eine Identifizierung nicht zu einer von außen beobachtbaren Manifestation führen, sondern sich in Phantasien und Tagträumen erschöpfen (vgl. 153 passim). Außer den Variationen der Erscheinungsform gibt es die Variationen des Inhalts. Es gibt Menschen, die sich gewöhnlich nur mit oberflächlichen Eigenschaften des Objekts identifizieren, etwa einer Geste, und andere, deren Identifizierungen den Kern der Persönlichkeitsstruktur des Objekts übernehmen (vgl. 444; 445). Weiterhin muß man den Bereich der Wirkung einer Identifizierung auf das Ich berücksichtigen. Sie kann sich fast auf das gesamte Ich erstrecken oder nur auf die Art und Weise des Umgangs mit der äußeren Realität, oder auf die Beziehung zum Ichideal und dem Überich. Das ganze Problem wird natürlich komplexer, wenn ein Mensch, der wirklich eine strukturelle Identifizierung vollzogen hat, dagegen ankämpft und sich nur Manifestationen in Form von oberflächlichen Zügen gestattet. So können wir beim Studium von Identifizierungen eines bestimmten Individuums drei Variablen berücksichtigen, äußere Erscheinung, Inhalt und Strukturveränderung.

So unzureichend dieser kurze Kommentar für ein so weites Feld wie Identifizierung ist, kann er doch die Einsicht in den Charakter von Goethes Identifizierung mit seinem Vater erleichtern. Es scheint vernünftig zu fragen, wieso Goethe unbedingt nach Italien gehen mußte, um eine Identifizierung mit seinem Vater durchzuführen. Es ist das Privileg des Dichters, sich an sehr weitgehenden Identifizierungen erfreuen zu können, ohne sich der Mühe und Arbeit zu unterziehen, die sie so oft auferlegen. Indem sie Charaktere erschaffen, die aus Identifizierungen stammen, und diese Charaktere nach ihren Wünschen handeln lassen, haben viele Dichter, wenn nicht alle, ein wirksames Mittel zum Agieren ihrer Identifizierungen gefunden.[54] Goethe stand dieses Medium natürlich zur Verfügung, und mit dem Schreiben seiner Tragödie *Tasso* brachte er wahrscheinlich besonders frühe Identifizierungen zum Ausdruck, die aus den Erzählungen seines Vaters über Italien stammen. Daher ist es sinnvoll zu fragen, warum Goethe tatsächlich nach Italien gehen mußte, anstatt das Problem vielleicht durch eine allein innere Veränderung oder etwa durch künstlerische Schöpfung zu verarbeiten. Sicher, hinter dieser Reise standen noch viele andere Motive, wie ich schon gezeigt habe, aber die Rolle der Identifizierung muß die mächtigste Kraft gewesen sein, und deshalb muß man die Frage behandeln, warum diese Identifizierung sich in Form von realen Handlungen manifestieren mußte.

4. *Kapitel*

Goethes Sexualleben

Erste Kohabitation

Ich möchte hier auf die Tatsache hinweisen, daß für Goethe charakteristisch war, sich nicht mit einer bescheidenen Rolle in weltlichen Dingen zufriedenzugeben, wie sie Schicksal und Gesellschaft so oft dem Dichter zuweisen, sondern er mußte Maler, Schauspieldirektor, Wissenschaftler, Minister, Architekt sein – kurz, er mußte in der gesellschaftlichen Wirklichkeit all die Rollen spielen, die der Dichter gewöhnlich nur auf der Bühne der Vorstellungen spielt. Glücklicherweise kann ich in diesem Fall über allgemeine Feststellungen hinausgehen und genauere Einzelheiten vorlegen. Goethe mußte jetzt durch die Bewegungen der Vateridentifizierung hindurchgehen und sie wegen der engen Verbindung zu einer Wende in seiner Beziehung zum anderen Geschlecht durch reales Handeln ausleben. Er mußte diese Identifikation konkretisieren, weil dies der einzige Weg zum Geschlechtsverkehr war. Da das unbewußte Ziel der italienischen Reise auch in der Aufnahme genitaler heterosexueller Befriedigung bestand, mußte er die Identifizierung agieren, denn dieses Ziel ging über eine innere Veränderung, die auch gefordert war, hinaus und schloß zwangsläufig das dem Willen zugängliche kinästhetische System ein.

Wie ich schon dargelegt habe, scheint Goethe während seines zweiten Aufenthalts in Rom, nach seiner Rückkehr aus Sizilien, zum erstenmal in seinem Leben Geschlechtsverkehr gehabt zu haben. Daß er in Rom Geschlechtsverkehr hatte, läßt sich beweisen; daß es das erste Mal war, steht natürlich außerhalb der Beweisbarkeit; die Vermutung hat aber so hohen Wahrscheinlichkeitsgrad, daß ich sie als sicher annehme. Ich wende mich jetzt dem ersten Teil der Behauptung zu.

In den *Römischen Elegien* beschreibt Goethe in klassischen Hexametern ein erotisches Abenteuer von unzweifelhaft sexuellem Charakter, ausgezeichnet durch eine körperliche, sinnliche Freude, die Goethe mit den unchristlichen, antiken, plötzlich eintretenden und oft nur kurz andauernden Leidenschaften der griechischen Götter verglich. Nach den *Elegien* verliebte er sich in Faustina, eine junge Witwe, die als Kellnerin in einer römischen *Osteria* arbeitete, die ihrer Familie gehörte. Es gibt Hinweise auf einen Onkel, eine Mutter und ihr eigenes Kind. Das sind im ganzen die einzigen realistischen Einzelheiten, die erwähnt werden, und das könnte als dokumentarischer Beleg suspekt sein. 1899 veröffentlichte Carletta sein kleines Buch *Goethe a Roma*, in dem er dokumentarische Beweise vorbrachte, daß eine Person, auf die in jeder Hinsicht die erwähnten Besonderheiten in den *Römischen Elegien* zutreffen, tatsächlich in der Nachbarschaft von Goethes Logis wohnte, von dem man sagt, daß er dort längere Zeit seines Aufenthaltes gewohnt habe. Dies war Faustina, die 1764 geborene dritte Tochter des Wirts Agostino di Giovanni, 1784 verheiratet und verwitwet, Mutter eines kleinen Jungen, Nachkommenschaft ihrer kurzen Ehe. Dieser Beweis war um so erstaunlicher, da der Name Faustina nach Carletta ein äußerst seltener Name bei armen Leuten war, und deshalb ist sehr wahrscheinlich, daß sogar der Name der Liebsten nicht aus rein dichterischen Gründen gewählt war, sondern sogar der historischen Wahrheit entsprach. Trotz dieses eindrucksvollen historischen Fundes haben viele deutsche Gelehrte darauf bestanden, daß die von Goethe maßlos gepriesene Faustina in Wirklichkeit seine deutsche Geliebte Christiane war.[1] Zusätzlichen Beweis für die Geschichtlichkeit von Faustinas Existenz kann man in einer der vielen Goetheerinnerungen finden, die nach seinem Tod veröffentlicht wurden. 1880 erschienen die Erinnerungen von J. K. W. Zahn[2] über seinen Aufenthalt in Weimar, als er 1827 Goethe besuchte. Er war gerade von einer Reise aus Italien zurückgekehrt, und Goethe zeigte sofort Interesse an ihm, besonders weil er der Besitzer von Kopien einiger Fresken Pompejis war. Goethes Tendenz, von künstlerischen Eindrücken gefesselt zu werden, die ihn ansprachen, ist bekannt, und er erfreute sich am Betrachten von Bildern. Zahns Bericht über die verschiedenen Vorfälle, seine Charakterisierungen von Leuten, die er bei Goethe traf, und seine

Hinweise auf bestimmte Gewohnheiten und Manierismen des Dichters klingen glaubhaft und scheinen authentisch zu sein, da viele andere Beobachter dasselbe berichten.[3] Goethe wurde ganz enthusiastisch, und italienische Erinnerungen tauchten auf. An einer Stelle seiner Erinnerungen berichtet Zahn folgendes Gespräch:

> Kennen Sie auch die Osteria alla Campana? fragte er [Goethe] weiter. — Die Weinschenke zur Glocke? Gewiß. Wir deutschen Künstler haben noch im vorigen Jahre Ihren Geburtstag dortselbst gefeiert. — Ist der Falerner [Wein] noch immer gut? — Vortrefflich! — Und was liefert die Küche? — Ah, man erhält Stuffato, eine Art Schmorbraten, Maccaroni und ein Gebackenes, das sie Fritti nennen. — Es ist noch alles, wie zu meiner Zeit! sagte Goethe und schmunzelte behaglich. Dann fuhr er fort: In dieser Osteria hatte ich meinen gewöhnlichen Verkehr. Hier traf ich die Römerin, die mich zu den Elegien begeisterte. In Begleitung ihres Oheims kam sie hierher, und unter den Augen des guten Mannes verabredeten wir unsere Zusammenkünfte, indem wir den Finger in den verschütteten Wein tauchten und die Stunde auf den Tisch schrieben.[4]

Ferner fand man in Goethes literarischem Nachlaß eine Anmerkung, die von seinem Sekretär geschrieben ist:

> Eine Tradition unter den deutschen Malern hat den Namen der Osterie aufbewahrt, in welcher Goethe das anmuthige Abentheuer erlebte, das er in der funfzehnten römischen Elegie beschrieben hat...[5]

Weiterhin gibt es in Goethes Briefwechsel mit Herzog Karl August Abschnitte, die zusätzlich beweisen, daß Goethe sich damals sexuelle Beziehungen erlaubte, obwohl er keinen Hinweis auf eine bestimmte Frau gab. Ich werde diese Abschnitte später in einem anderen Zusammenhang zitieren.

Der Leser muß die Umständlichkeit und Detailliertheit entschuldigen, mit der ich zu beweisen begonnen habe, daß Goethe in Rom Geschlechtsverkehr gehabt haben muß. Ich habe dies als notwendig angesehen, um zu zeigen, daß Goethes Briefwechsel und seine literarischen Werke unmittelbare und unverkennbare Beweise wenigstens in diesem Fall enthalten, und ich vermute, daß Geschlechtsverkehr für Goethe ein Ereignis von solcher Wichtigkeit, Größe und Ungewöhnlichkeit war, daß er veranlaßt wurde, der Nachwelt davon Zeugnis zu geben. Dasselbe trifft für seine Beziehung zu Christiane zu. Selbst wenn kein Kind aus dieser Beziehung entstanden wäre, selbst wenn er

Christiane nicht geheiratet und das Verhältnis nach wenigen Jahren abgebrochen hätte, hätte die Nachwelt davon aus seinen Briefen und literarischen Werken erfahren, und — in diesem Fall — auch aus den Briefen seiner Zeitgenossen. Keine Beziehung Goethes zu irgendeiner anderen Frau trägt solche Merkmale. Selbst die intimsten Briefe an Behrisch aus seinen Studentenjahren in Leipzig enthalten keinen Beweis für Geschlechtsverkehr. Sie wurden in der größten sexuellen Erregung geschrieben; sie beweisen zur Genüge Konflikt und Kampf; sie enthalten aber nicht nur kein offenes Wort über Sexualverkehr, sondern sind auch bar jeder Seligkeit und zeitweiligen Zufriedenheit, die charakteristisch für einen jungen Mann in der Adoleszenz ist, der vorübergehende Erleichterung in einer biologisch angemessenen Vereinigung mit einer Person des anderen Geschlechts gefunden hat.

Der andere Teil der Behauptung, daß Goethe in Rom zum erstenmal Sexualverkehr hatte, ist schwieriger zu beweisen. Der Beweis dafür kann nur indirekt sein. Doch wenn auch kein unmittelbarer Beweis für Goethes sexuelle Enthaltsamkeit in den ersten vier Jahrzehnten seines Lebens zur Verfügung steht, so enthält doch sein Briefwechsel mit dem Herzog während des zweiten Aufenthalts in Rom Passagen, aus denen man, wenn man dokumentarische Beweise überhaupt als zuverlässig ansieht, schließen muß, daß sie von einem Mann geschrieben wurden, für den Geschlechtsverkehr etwas Neues war. Ich möchte diese Abschnitte zitieren, zuerst den Leser aber an die tiefgreifende Veränderung erinnern, die in Goethes Beziehung zum Herzog während seines Aufenthaltes in Italien stattgefunden hatte, wie schon nach seinen warmen Abschiedsbriefen aus Karlsbad vorherzusehen war.

Am 28. September 1787 schrieb Goethe an Karl August:

> Ich bin an der friedlichen Seite der Welt, Sie am kriegrischen Ende und alles berechnet man könnte keine antipodischere Existenz haben.[6]

Dieser Abschnitt drückt auf seiten Goethes die Bereitschaft zur Anerkennung des diametralen Unterschieds ihrer Existenzen aus, ohne den Drang zu verspüren, sich einzumischen. Er betrachtete ihre beiden Existenzformen als gleichwertig. Dieser Schritt zur Anerkennung Karl Augusts als Repräsentanten eines anderen Typs durch entschiedenes Fallenlassen jeder Tendenz, den Mentor des Herzogs zu spielen, ermöglicht es Goethe, den Herzog um einen Rat in intimer Sache anzugehen, wie wir gleich sehen werden.[7] Der erste dieser Annäherungsversuche findet sich in einem Brief vom 29. Dezember 1787.

Karl August hatte bei seiner Teilnahme am Kriegszug Erfolg und befand sich mit der preußischen Armee in den Niederlanden, als Goethe ihm diesen Brief schickte. Gemäß dem zuvor erwähnten Wandel tadelte oder kritisierte Goethe den Herzog wegen dessen kriegerischer Ambitionen nicht, sondern bemerkte – meiner Meinung nach ziemlich scherzhaft –, den Herzog habe sein Glück bei den Frauen auch in Holland vermutlich nicht verlassen. Dann fährt er fort:

> Mich hat der süße kleine Gott in einen bösen Weltwinckel relegirt. Die öffentlichen Mädchen der Lust sind unsicher wie überall. Die Zitellen (unverheurathete Mädchen) sind keuscher als irgendwo, sie lassen sich nicht anrühren und fragen gleich, wenn man artig mit ihnen thut: e che concluderemo? [wozu führt das]. Denn entweder man soll sie heurathen oder sie verheurathen und wenn sie einen Mann haben, dann ist die Messe gesungen.[8] Ja man kann fast sagen, daß alle verheurathete Weiber dem zu Gebote stehn, der die Familie erhalten will. Das sind denn alles böse Bedingungen und zu naschen[9] ist nur bey denen, die so unsicher sind als öffentliche Creaturen. Was das Herz betrifft; so gehört es gar nicht in die Terminologie der hiesigen Liebeskanzley.[10]

Und dann erwähnt er die Männerliebe:

> ein sonderbar Phenomen [...], das ich nirgends so starck als hier gesehen habe, es ist die Liebe der Männer untereinander.[11]

Was er als direkte Konsequenz der Haltung italienischer Frauen beurteilt. Die Liebe unter Männern erreiche selten den höchsten Grad der Sinnlichkeit und verbleibe meistens in gemäßigten Formen, berichtet er.

Hier geht Goethe das Sexualproblem unmittelbar und realistisch an. Seine einführende Bemerkung über den gewöhnlichen Erfolg des Herzogs bei Frauen erscheint jetzt in einem anderen Licht. Er klingt wie ein Vorwand, über solche Dinge überhaupt zu schreiben, wobei Goethe voraussetzt, daß den Herzog als bekannten Experten in Liebesdingen interessieren dürfte, was auf diesem Gebiet in Italien üblich war. Goethe enthüllt sich in dem Bericht aber auch als Anfänger. Seine Überlegungen führen zu dem Schluß, man könne ohne die Bereitschaft zu heiraten in Italien keinen Geschlechtsverkehr haben, oder man müsse eine Geschlechtskrankheit riskieren oder die ganze Familie aushalten. Goethes Angst vor Geschlechtskrankheiten war außerordentlich groß.[12] So weit verbreitet Geschlechtskrankheiten damals auch waren (alle historischen Berichte stimmen darin überein, daß europäische Städte Brutstätten von Geschlechtskrankheiten waren), Goethes Entsetzen ging weit über das hinaus, was man Realangst nennen kann und ergibt nur einen Sinn, wenn man den neurotischen Bodensatz unerträglicher Kastrationsangst berücksichtigt. Bode sagt zu Recht, daß Goethe dieser Gefahr nicht mehr als andere Männer ausgesetzt war und daher »ängstlicher und bedenklicher als sie gewesen sein« muß (54, S. 38).[13]

Wir verstehen jetzt Goethes Brief vom 29. Dezember 1787 besser und erraten, was sich wirklich hinter dem scherzhaften Eindruck verbarg, den er in seinem Brief zu erzeugen versuchte, indem er ihn einen »Beytrag zur statistischen Kenntniß« nannte.[14] Der Gedanke über Homosexualität impliziert, daß die meisten Männer Homosexuelle werden müssen, wenn Frauen sich so wie die Italienerinnen verhalten. Das klingt, als ob er dem Herzog folgende Frage stellen wollte: ›Was soll ich tun? Das sind die Bedingungen hier; ich kann kein Mädchen finden; wie gehst du erfolgreich mit Frauen um, wohin du auch kommst?‹ Weiter teilte er dem Herzog mit, daß sich die Notwendigkeit homosexueller Beziehungen ergäbe, wenn heterosexuelle Befriedigung nicht zur Verfügung stünde. Die schönen Beispiele von Männerfreundschaft, auf die er in Italien stieß, erinnerten Goethe an die antike klassische Tradition. Nun waren Goethe und Karl August durch eine Freundschaft vereint, die ebenfalls an klassische Beispiele erinnerte. Sie hatten auf der Bühne als Orest und Pylades gestanden, um nur die äußere Manifestation zu zitieren. Deshalb machte sich Goethe, abgesehen von der Bitte um Rat, anscheinend Sorgen, ob eine sexuelle Affäre nicht ihre Freundschaft verletzen könnte. Mit anderen Worten, er wollte wissen, ob sein fürstlicher Freund eifersüchtig oder verstimmt sein würde, wenn er sich sexuelle Liebe und Befriedigung gestattete. Natürlich schloß dies auch ein, daß Goethe in der Gefahr sei, sich in Homosexualität zu verlieren, es sei denn, er finde einen Weg, seinen Drang in einer heterosexuellen Beziehung zu befriedigen. So warnte er mittelbar den Herzog vor einer möglichen Untreue ihm gegenüber (ob durch eine manifeste Beziehung oder durch eine starke Freundschaft, wurde offengelassen), wenn der Herzog ihm nicht bei der Verwirklichung einer heterosexuellen Liebe helfen würde.

Wie wir gleich sehen werden, scheint der Herzog — vermutlich unbewußt — verstanden zu haben, was in Goethe vorging.

Goethe hatte sich seit seiner Ankunft in Italien dauernd mit der Möglichkeit sexueller Abenteuer beschäftigt: Schon in Vicenza schrieb er in das Tagebuch, das er für Charlotte von Stein führte, am 25. September 1786:

> Ich habe sie alle [Frauen in Vicenza] recht scharf angesehn und in denen acht Tagen nicht mehr als Eine gesehen, von der ich gewiß sagen mögte daß ihre Reitze feil sind.[15]

Dieser Eintrag läßt an eine Art zwanghaftes Überprüfen von Frauen denken, um die Möglichkeit oder Unmöglichkeit sexueller Befriedigung auszuloten. Und am 1. Oktober 1786 schrieb er in Venedig, wieder in sein Tagebuch:

> Heut hat mich zum erstenmal ein feiler Schatz bey hellem Tage in einem Gäßgen beym Rialto angeredet.[16]

Mit seiner Ankunft in Rom tat Goethe in seinen Annäherungsversuchen bei Frauen anscheinend einen neuen Schritt. So schrieb er dem Herzog am 3. Februar 1787:

> Mit dem schönen Geschlechte kann man sich hier, wie überall, nicht ohne Zeitverlust einlaßen.
> Die Mädgen oder vielmehr die jungen Frauen, die als Modelle sich bey den Mahlern einfinden, sind allerliebst mit unter und gefällig sich beschauen und genießen zu laßen. Es wäre auf diese Weise eine sehr bequeme Lust, wenn die französchen Einflüße [d. h. Geschlechtskrankheiten] nicht auch dieses Paradies unsicher machten. Ich bringe das Portrait von so einem Geschöpfe mit, man kann nichts zierlichers sehn.[17]

Aus dieser Passage läßt sich ermessen, wie stark Goethes sexuelle Erregung beim Anblick von nackten Frauen in unmittelbarer Nähe gewesen sein muß. Aber selbst in dieser Situation ließ ihn die Angst vor Ansteckung von der so leicht zu gewinnenden Befriedigung zurückschrecken.

Jetzt aber, im Dezember 1787, während seines zweiten Romaufenthaltes, schien er zu größerer Aktivität entschlossen zu sein, und sein Brief an den Herzog verrät einen realistischeren Annäherungsversuch. Goethes nächster Brief an ihn, am 25. Januar 1788 geschrieben, bezieht sich nicht unmittelbar auf die sexuelle Frage. Er beginnt mit überschwenglichem Dank an Karl August für dessen Brief. Er hätte den Tag, an dem er Karl Augusts Brief erhalten habe, für »den fröhlichsten« gehalten, den er in Rom erlebt habe, wenn der Herzog nicht von seiner angegriffenen Gesundheit berichtet hätte. Bezog sich der Brief auf eine Antwort des Herzogs auf Goethes letzten Brief vom 29. Dezember?[18] Ich nehme es an, denn im Dezember schrieb Goethe dem Herzog, dieser könne ohne Sorge über »etwas bedeutenderes«, d. h. über Politik schreiben — da keiner von seinen Briefen Spuren des Öffnens aufweise,[19] und Karl August gab in dem Brief, auf den Goethe im Januar antwortete, einen Überblick über die politische Lage. Bezog sich Goethes große Freude über Karl Augusts Brief auch auf Bemerkungen über das Sexualproblem? Goethes nächste Bemerkung klingt wie eine sexuelle Anspielung:

> Ich lief gleich nach erhaltnem Brief ins Weite, denn wie Tristram die horizontale Lage für diejenige hält, in welcher man Freude und Schmerz am besten genießt und trägt; so ist es bey mir das Wandeln in freyer Luft.[20]

Goethes Anspielung bezieht sich auf eine Passage im *Tristram Shandy*, wo Tristram vor seinem Rückzug in sein Zimmer, um sich dem Schmerz zu überlassen, sagt:

> ... ich bin so sehr als möglich davon überzeugt, Madame, daß Mann wie Frau Schmerzen und Kummer (und soviel ich weiß auch ein Vergnügen) nirgends besser ertragen als in einer horizontalen Lage. [3. Buch, 29. Kapitel. Deutsche Übersetzung von A. Seubert].

Gab Goethe hier zu verstehen, daß er für sein Problem noch keine Lösung gefunden habe, da er noch immer die vertikale Lage bevorzuge?

In seiner Schulung als Künstler machte er praktische Fortschritte, wie er seinem Herrn treulich versicherte.

> Gegen Ende Oktobers kam ich wieder in die Stadt[21] und da ging eine neue Epoche an. Die Menschengestalt zog nunmehr meine Blicke auf sich und wie ich vorher, gleichsam wie von dem Glanz der Sonne, meine Augen von ihr weggewendet, so konnte ich nun mit Entzücken sie betrachten und auf ihr verweilen. Ich begab mich in die Schule, lernte den Kopf mit seinen Theilen zeichnen [...] Damit brachte ich November und December hin [...] Mit dem ersten Januar stieg ich vom Angesicht aufs Schlüsselbein, verbreitete mich auf die Brust und so weiter, [...] dann die Antiken Formen betrachtet, mit der Natur verglichen und das karackteristische sich wohl eingeprägt.[22]

Goethe beschreibt hier eine visuelle Hemmung, nachdem er sie besiegt hatte. Er war nicht in der Lage gewesen, den nackten Körper zu betrachten, der ihn blendete wie die Sonne.[23] Aus Goethes Brief an Seidel vom 29. Dezember 1787 kann man ziemlich genau bestimmen, wann diese Hemmung verschwand:

> Ich bin jetzt mit der Form des menschlichen Körpers beschäftigt, davon man ausser Rom nur einen unvollkommnen Begriff haben kann.[24]

Man erinnert sich wieder, was er dem Herzog von Gotha über den Maler Tischbein ins Ohr »geflüstert« hatte, mit dem er in Italien so viel Zeit verbrachte (vgl. oben, S. 1017). Goethes visuelle Hemmung gibt Zeugnis von seiner exzessiven Ablehnung der Sexualität, d. h. seiner voyeuristischen Wünsche und der Schuldgefühle deswegen. Daß er den weiblichen Körper jetzt frei betrachten konnte, beweist zumindest, daß ein neurotisches Symptom verschwunden war.

Wir sind jetzt vorbereitet für Goethes entscheidenden Brief vom 16. Februar 1788, der in einer Stimmung der Leichtigkeit auf Kosten des Herzogs beginnt:

> Ich war gutmüthig genug, bey Lesung Ihres Briefs, den mir der Curier brachte, an Hämorroiden zu dencken und sehe nun freylich daß die Nachbarschaft gelitten hat.[25] Wenn nur durch diese verdrüßliche Inoculation alles Böse aufeinmal aus dem Körper getrieben worden ist. Ich werde nicht verfehlen mit dem geheimnißvollen Sigillo [es folgen die Zeichen für Merkur, Waage, Widder, Löwe und Skorpion][26] den bösen Geistern zu trutzen. Sie schreiben so überzeugend, daß man ein cervello tosto [zerstreuter Mensch] sein müßte, um nicht in den süßen Blumen Garten gelockt zu werden. Es scheint daß Ihre gute Gedancken unterm 22. Jan. unmittelbar nach Rom gewürckt haben, denn ich könnte schon von einigen anmutigen Spazirgängen erzählen. So viel ist gewiß und haben Sie, als ein Doctor longe experientissimus [Gelehrter mit langer und großer Erfahrung], vollkommen recht, daß eine dergleichen mäßige Bewegung, das Gemüth erfrischt und den Körper in ein köstliches Gleichgewicht bringt. Wie ich solches in meinem Leben mehr als einmal erfahren, dagegen auch die Unbequemlichkeit gespürt habe, wenn ich mich von dem breiten Wege, auf dem engen Pfad der Enthaltsamkeit und Sicherheit einleiten wollte.[27]

Hier haben wir den dokumentarischen Beweis, daß Goethe Geschlechtsverkehr hatte, und wir müssen dankbar sein, daß er eine Beschreibung der Wirkung hinzufügte, wie wir gleich sehen werden. Der

Herzog reagierte auf Goethes Briefe anscheinend wie gewünscht. Goethe hatte aber — zumindest wenn man die Erwiderung wörtlich nimmt — schon vor dem ermutigenden Brief des Herzogs sexuelle Erlebnisse. Goethe fügte Worte der Übereinstimmung mit dem Herzog bezüglich der Wirkung des Geschlechtsverkehrs an, dieser erfrische das Gemüt und stelle das Gleichgewicht des Körpers wieder her — eine in der Tat seltsame Beschreibung, die mehr das Verschwinden von Unlust ausdrückt als das wirkliche Gefühl der Lust, die man beim Orgasmus empfinden sollte. Goethe schrieb hier wie ein Mann, für den Geschlechtsverkehr etwas Neues war. Warum hätte er andererseits eine allgemeine Bemerkung über das Gefühl beim Orgasmus oder seiner Wirkung machen müssen? Das ist der entscheidende Punkt, den es jetzt zu erörtern gilt. Zuerst muß man diese Passage angesichts der allgemeinen Kargheit unmittelbarer Anspielungen auf genitale Sexualität in seinen Briefen (nicht nur an den Herzog, sondern auch an alle anderen, selbst an seine intimsten Freunde), und dies auch während der ungehemmten wilden Jahre des Sturm und Drang, als höchst ungewöhnlich für Goethe bezeichnen. Da er nicht die Gabe hatte, in seinen Briefen schon einmal mitgeteilte Informationen zu wiederholen, sondern all seine längeren Briefe den Glanz der »Neuheit« haben, kann man kaum annehmen, daß er etwas wiederholte, was er dem Herzog schon früher erzählt hatte. Da sich Goethe hier auf die nacktesten Tatsachen des sexuellen Lebens bezieht, nämlich daß er schon früher Geschlechtsverkehr gehabt habe, muß man unweigerlich den Schluß ziehen, daß er dem Herzog noch niemals gestanden hatte, jemals Geschlechtsverkehr gehabt zu haben.[28] Warum hielt Goethe es aber für nötig, dem Herzog zu erzählen, daß er sexuelle Befriedigung »mehr als einmal« genossen habe? Dies war etwas, was man bei einem Mann von fast vierzig als selbstverständlich annehmen würde. Goethe aber betrachtete dies dennoch als so unklar, daß er es besonders betonte.

Sicher, diese Passage scheint meine frühere Behauptung zu widerlegen, daß er in Rom zum erstenmal Geschlechtsverkehr hatte, da er schreibt, er habe die Wirkung der »mäßigen Bewegung« »mehr als einmal« in seinem Leben erlebt.[29] Die beabsichtigte Implikation war aller Wahrscheinlichkeit nach, daß sexuelle Befriedigung in der Vergangenheit mehrmals vorgekommen war. Doch bevor wir diese beiläufige Bemerkung Goethes wörtlich nehmen, müssen wir zwei Fragen berücksichtigen. Erstens: Wäre Goethe damals bereit gewesen, dem Herzog zu gestehen, daß er niemals zuvor Geschlechtsverkehr hatte? Hätte er sich nicht erniedrigt gefühlt, daß der große Autor, der Günstling der Frauen, der mächtige Staatsminister praktische Kenntnisse des anderen Geschlechts bis ins neununddreißigste Lebensjahr noch nicht erworben hatte? Die Tatsache, die er in seine kleine Bemerkung legte — deren Bedeutung jeder als selbstverständlich nehmen würde — läßt, wie ich meine, gerade das Gegenteil des ostentativ Mitgeteilten vermuten.[30] Besonders im Hinblick auf den phänomenalen Erfolg des Herzogs bei Frauen — und dessen vermutliches Prahlen damit — muß Goethe sein eigener gänzlicher Mangel an Erfahrung sehr peinlich gewesen sein, und es ist verständlich, daß er bei seinem unbeholfenen Hinweis zu dem »mehr als einmal« hinüberglitt.

Während dies als Erklärung genügen mag, was Goethe zu der Betonung veranlaßte, er habe Sexualverkehr gehabt, muß man berücksichtigen, daß es selbst unter dem Druck solch starker Motive nicht Goethes Art gewesen wäre, zu einer gänzlichen Lüge Zuflucht zu nehmen — um so weniger, als sie grundlos war: Er hätte das Thema überhaupt nicht anzuschneiden brauchen. Meiner Meinung nach kann das Problem geklärt werden, wenn man die zweite Frage stellt, nämlich: Worin besteht die genaue Bedeutung der von Goethe gewählten Worte, und warum drückte er sich gerade so aus? Es ist ziemlich deutlich, daß Goethe eine metaphorische — man könnte auch sagen: eine euphemistische — Redewendung benutzt: »eine dergleichen mäßige Bewegung«. Goethe war im allgemeinen in seiner Wortwahl nicht zimperlich, und der Herzog war gewiß nicht jemand, bei dem er fürchten mußte, ihn durch deutliche Worte zu schockieren. Sicher, im ersten Kontext bezeichnet die Redewendung: »mäßige Bewegung erfrischt das Gemüt« unmißverständlich Geschlechtsverkehr. Bei der zweiten Anspielung aber mit dem bezeichnenden »mehr als einmal« wird das Thema nur indirekt in dem Wort »solches« angesprochen. Für einen, der so sensibel für Worte und ihre Stellung im Satz war wie Goethe, kann dies kaum Zufall sein. Ich werde unausweichlich zu der Schlußfolgerung geführt, daß Goethe diese Worte und ihre Anordnung wählte, weil es so aussehen konnte, als wollte er dem Herzog sagen: ›Ich habe Geschlechtsverkehr schon »mehr als einmal« gehabt‹, während Goethe sich zugleich den Vorwurf einer gänzlichen Lüge ersparte, denn wörtlich genommen konnte auch nur gemeint sein: ›Ich hatte schon die Erfahrung einer *solchen Bewegung* [d. h. einer *ähnlichen*, aber nicht *identischen* Bewegung].‹

Meine These lautet nicht, daß Goethe niemals zuvor Ejakulationen hatte, sondern nur, daß er sich des Geschlechtsverkehrs enthielt.[31] Sicher, ich bin entschieden der Meinung, daß für Goethe nach seiner Ankunft in Weimar unter dem Einfluß von Charlotte von Stein eine lange Periode vollständiger sexueller Enthaltsamkeit begann. Versuchsweise kann man Goethes Sexualentwicklung, so weit sie den körperlichen Aspekt betrifft, in der Annahme der folgenden fünf Phasen zusammenfassen: (1) In der Kindheit die bekannten sexuellen Kontakte zu der jüngeren Schwester (in Goethes Fall hinsichtlich ihrer spezifischen Natur unbestimmt) und Masturbation (sporadisch oder durchgehend?); (2) Masturbation in der Pubertät – möglicherweise von (1) getrennt durch das häufige Absinken sexueller Aktivitäten während der Latenzperiode – und Petting mit einem leidenschaftlich geliebten Mädchen (in Leipzig); (3) vermutlich bis in die Mannesjahre fortgesetzte Masturbation, bis (4) nach seiner Ankunft in Weimar eine Periode vollständiger Abstinenz einsetzt; (5) erster Geschlechtsverkehr im neununddreißigsten Lebensjahr und sporadisch wiederholter Geschlechtsverkehr bis zu einem unbekannten Datum, das vor dem Tod seiner Frau 1816 liegt. (Zu Goethes Beziehung zu Christiane siehe Anhang Q.)

Wie weit man den vorgetragenen Beweis als ausreichend betrachtet, daß Goethe bis zu seinem zweiten Romaufenthalt keinen Geschlechtsverkehr hatte, weiß ich nicht. Bode, der alle historischen Dokumente einschließlich Goethes autobiographischer Darlegungen in allen Einzelheiten geprüft hat, fand keinen Beweis für das Gegenteil.[32] Und wenn man Charlotte von Stein als indirekte Zeugin anrufen will, muß man eine Behauptung anführen, die sie angeblich nach ihrer Entdeckung von Goethes Beziehung zu Christiane machte:

> Da er ein so vorzüglicher Mensch ist, auch schon vierzig Jahr alt ist, so sollte er nichts tun, wodurch er sich zu den Andern so herabwürdigt.[33]

Diese Bemerkung läßt, wenn sie korrekt überliefert ist, entschieden vermuten, daß Charlotte von Stein nichts über eine frühere sexuelle Beziehung Goethes wußte, was angesichts ihrer intimen Kenntnis seiner Vergangenheit erneut meine hier angenommene These bestätigen würde. Diese Hypothese, die, so weit ich weiß, unter den modernen

Gelehrten zuerst von Bode vorgeschlagen wurde,[34] ist nicht nur wegen ihrer Unwahrscheinlichkeit so überraschend, sondern auch deswegen, weil Goethe von vielen Biographen als Mann beschrieben wird, dessen Leben von Liebesabenteuern durchzogen ist und der eher gelöst und ungehemmt in seinem Umgang mit dem schönen Geschlecht war.

Studiert man jedoch Goethes Briefwechsel, gewinnt man den Eindruck, daß sich der Vorhang lüftet und man hinter jene Kulissen sehen kann, die Goethe so eindrucksvoll vor die Ereignisse von *Dichtung und Wahrheit* gebaut hat, die im Grunde die Hauptquelle von Goethes Ruf als Don Juan ist. Niemand würde nach der Lektüre von *Dichtung und Wahrheit* vermuten, daß ihr Autor im neununddreißigsten Lebensjahr seinem Freund über Geschlechtsverkehr schrieb, so wie Goethe es in seinem Februarbrief an den Herzog tat. Dort sehen wir einen Mann, der seinen Freund mit Sarkasmus, scheinbar beiläufig und mit verhohlener Verlegenheit unter der Macht des Geständniszwangs davon in Kenntnis setzt, daß auch er endlich Kohabitation gehabt habe. Wenn Goethe in späteren Jahren absichtlich oder unabsichtlich den Mythos seiner ausgiebigen genitalen Erfahrung kultivierte, muß er über etwas in seinem Sexualleben tief beschämt gewesen sein. War es ein Gefühl der Beschämung, daß er sein Erwachsensein so spät manifestierte? Ich bezweifle es, denn er hätte sich dem Leser als Mann von überlegener Willenskraft präsentieren können, der mit dem Entschluß, Sünde zu vermeiden, durchs Leben ging. Doch zeigte er an keiner Stelle auch nur die leiseste Neigung, ein solches Bild seiner selbst zu schaffen.

Die Verzögerung von Goethes sexueller Reifung

Es gibt, wie gesagt, eine relativ umfangreiche Literatur, in der versichert wird, Goethe habe viele Freundschaften sexueller Natur gehabt. So gibt es viele, die behauptet haben, Goethe habe mit Friederike Brion Geschlechtsverkehr gehabt und sie infolge einer Schwangerschaft verlassen, oder er sei Charlotte von Steins Liebhaber gewesen, sogar Fritz' Vater.

Manche dieser Behauptungen wurden zweifellos in herabsetzender und verkleinernder Absicht getan, um Goethe von der erhöhten Position, die er innehatte, zu entthronen, aber wie so oft sind Feinde ambivalent, und in gewissem Grade kann man ihre Angriffe trotz ihrer feindlichen Motive als Freundschaftsdienst ansehen. Es ist sehr wahrscheinlich, daß Goethe die — vielleicht unbewußte — Absicht hatte, den Eindruck zu erwecken, daß sein Leben viele Liebesabenteuer begleitet haben. Bode (54, S. 57—59) bemerkt sehr klug, daß die meisten Anklagen, die auf Goethes Moral im Umgang mit Frauen abzielen, auf Goethes eigenen biographischen Schriften beruhen — ausgenommen bei seiner Lebensgemeinschaft mit seiner Frau. Wäre er vor seiner Rückkehr aus Italien gestorben, wüßten wir — so weist Bode nach — nichts über sein erotisches Leben. Bode behauptet auch, daß selbst eine genaue Kenntnis Goethes, als er fünfundzwanzig oder dreißig Jahre alt war, nichts Sensationelles, oder doch nicht sehr viel, über Goethes Liebesleben zutage fördern würde. Ich stimme Bode zu, daß Goethes Absicht verantwortlich ist für den Verdacht aller Arten von sexuellen Unregelmäßigkeiten, die er als junger Mann begangen haben soll, und daß seine Beziehung zu Charlotte von Stein eine Ausnahme gewesen wäre. Erst nach der Veröffentlichung seiner Briefe an sie im Jahre 1848, d. h. lange nach seinem Tod, wurde behauptet, er habe eine illegitime Beziehung zu ihr gehabt, und die aufkommende Entrüstung bezog sich auf ihr Verheiratetsein. Goethe bewahrte in seinen Schriften und Gesprächen über diese besondere Beziehung Stillschweigen, im Gegensatz zu Beziehungen zu vielen anderen, über die er die Welt vielleicht mehr wissen ließ, als er in Wahrheit berichten konnte.

Bevor ich in die genaue Erörterung von Goethes sexueller Hemmung eintrete, möchte ich zwei biographische Bemerkungen machen. Die physische, emotionale und geistige Atmosphäre Italiens hatte für Goethe natürlich eine erotisierende Wirkung. Sein Tagebuch zeigt, daß er von der südlichen Freiheit in allen körperlichen Dingen überrascht war. Er konnte keine Worte finden, um das Klima und dessen Einfluß auf sein Wohlbefinden zu preisen. Die Öffentlichkeit des italienischen Privatlebens, die offenen Fenster, die offenen Türen, das damit verbundene Erregen von Voyeurismus und Exhibitionismus, die Freiheit der Italiener im Ausdruck ihrer Gefühle, die Ferne seiner Weimarer Freunde und Charlotte von Steins, neue Freundschaften mit Künstlern — alle diese Faktoren müssen zusammengewirkt haben, um zu einem beträchtlichen Ansteigen von sexuellen Wünschen und Absichten zu führen und zu einer entsprechenden Verringerung von Angst und Hemmung.

Diese Faktoren, die man als gegeben annehmen kann, sind von zweitrangiger Bedeutung. Eine wahrhaft bemerkenswerte Schlußfolgerung wird uns aber aufgenötigt, wenn man das genaue Datum des Beginns der Faustina-Episode bestimmt. Dies ist nicht so leicht festzulegen, als es zunächst aussieht. Sein Briefwechsel mit dem Herzog scheint keinen Zweifel daran zu lassen, daß es in den Monat Januar oder in den Februar 1788 fiel. Es ist wünschenswert, sich mit einem früheren Ereignis auseinanderzusetzen, das mich eine Zeitlang glauben ließ, daß die Episode wenige Monate früher begann. Suphan (518, S. 500 f.) veröffentlichte einen Brief von Charlotte von Stein an Herder vom 31. August 1787, der offenbart, daß Goethe um diese Zeit herum einen aufschlußreichen Fehler beging. Er hatte versehentlich einen Brief an Charlotte von Stein an Herder adressiert und so plötzlich Herder von dem verdächtigen *Du* zwischen Charlotte von Stein und ihm in Kenntnis gesetzt, das vor der Welt bisher geheimgehalten wurde. Charlotte von Stein war dies offensichtlich peinlich. Die Bedeutung von Goethes Fehlleistung kann man nur vermuten. Er mag unbewußt versucht haben, Charlotte von Stein bloßzustellen und so zu einer Trennung zu zwingen. Sie scheint den Fehler auch so verstanden zu haben, denn sie schrieb in dem betreffenden Brief Herder von ihrer Angst, sie würde Goethe nie wiedersehen, eine Angst, »die sich mir heute schrecklich erneuert«.[35] Diese würde daran denken lassen, daß er die geliebte Frau davon unterrichten wollte, daß in Italien eine Veränderung eingetreten war, was wiederum den Gedanken an den Beginn der Faustina-Episode aufkommen läßt. Goethes Briefe an Karl August machen diese Annahme aber zunichte, und deshalb muß man Goethes Fehlleistung, wenn sie die Bedeutung der Untreue hat, als unwillentliche Enthüllung einer Absicht, weniger die einer vollzogenen Tat ansehen.

Ein anderes Detail, das den Januar als Beginn der Faustina-Episode nahelegt, kann man im zweiten Band von Goethes *Italienischer Reise* lesen. In dem »Bericht« über den Monat Januar 1788 gibt es ein reizendes Gedicht: »Cupido, loser, eigensinniger Knabe«[36], in dem Goethe sich über das Mißgeschick beklagt, das Cupido in seinem Zimmer angerichtet habe, wo er vorgab, nur ein paar Stunden zu bleiben, jetzt aber schon Tage und Nächte geblieben sei. Obgleich Goethe als alter

Mann verlangte, man solle in diesem Gedicht von Cupido nicht als »Dämon«[37] denken, sondern eher an »eine Versammlung thätiger Geister«[38], die eine verwirrende Wirkung auf einen Mann hat, der ernsthaft nach Wissenschaft strebt, kann man trotzdem vermuten, daß dieses erotische Gedicht den Beginn von Goethes Liebesabenteuer mit Faustina signalisiert.

Ich habe viel Mühe auf das möglichst genaue Datieren der Faustina-Episode verwandt, weil es einen tiefen, quasi biologischen Faktor zu entdecken erlaubt, der die alleruntersten Schichten von Goethes Persönlichkeit berührt, ein Faktor, der erklären helfen kann, warum der erste Geschlechtsverkehr gerade zu dieser Zeit stattfand. Es ist überraschend, daß Goethe in jenen Wochen das Alter erreichte, in dem sein Vater geheiratet hatte. Johann Kaspar Goethe wurde am 27. Juli 1710 getauft und heiratete am 20. August 1748. Er war damals achtunddreißig Jahre und vierundzwanzig Tage alt.[39] Goethe erreichte das gleiche Alter am 21. September 1787. Die Zeit von Goethes erstem Sexualverkehr mit Faustina weicht um drei Monate ab, eine Differenz, die ich später erörtern werde. Ich unterstelle natürlich nicht, daß sich Goethe dieser Zeitgleichheit bewußt war. Ich meine eher, daß wir es hier mit rätselhaften Verbindungen zu tun haben – die in tiefen archaischen Identifizierungen errichtet sind –, mit Verbindungen zwischen Generationen, deren wir uns gelegentlich schwach bewußt werden, die wir aber noch nicht verstehen können. Man wird an Freuds Theorie des Wiederholungszwangs erinnert, der vielleicht nicht nur das Leben von Individuen bestimmt, sondern auch eine Generation an die andere bindet in einer Weise, die vergleichbar ist mit dem antiken Glauben, wonach die Wirkung eines Ereignisses sich auf viele Generationen erstrecken kann, zum Beispiel im Schicksal der Tantaliden oder in der angedrohten Bestrafung des Dekalogs. Nicht weniger interessant wäre zu wissen, ob Goethes Vater vorehelichen Geschlechtsverkehr hatte oder nicht. Außer einem Werben um eine Dame in Mailand während der italienischen Reise ist über J. K. Goethes Umgang mit Frauen vor seiner Heirat nichts bekannt, es sei denn, man kann aus seinen Bemerkungen über Frauen in seinem italienischen Tagebuch Schlüsse ziehen. Ich denke, es ist ganz unmöglich, mit diesem Material in der Hand über den Zustand seiner sexuellen Entwicklung zu spekulieren. Für Goethes Vorstellung von seinem Vater aber kann die Zeit der Hochzeit des Vaters als Zeit des ersten Geschlechtsverkehrs fungiert haben.

Das annähernde Zusammenfallen von Goethes Alter bei seinem ersten Geschlechtsverkehr mit dem Alter seines Vaters zur Zeit von dessen Heirat berührt schwierige Probleme der Psychologie. Es ist kaum möglich, daß ein bewußtes Motiv im Spiel war, und selbst wenn ein bewußtes Motiv denkbar wäre, müßten wir in ihm den Reflex einer viel tieferen Kraft sehen, einer Kraft außerhalb des Bereichs des bewußten Willens. Es ist noch nicht bekannt, welche Inhalte wirklich durch Intuition oder Beobachtung oder, so weit wir wissen, allein durch die bloße Tatsache der Identifizierung von einer Person auf die andere übertragen werden. Tatsächlich ist das Wissen des Menschen (und der Begriff wird hier in seiner weitesten Bedeutung gebraucht) von seinen Mitmenschen viel größer als es scheint, solange man nur das bewußte Wissen in Betracht zieht. Das kann man leicht durch das überraschende Reagieren eines Kleinkinds und Kindes auf selbst geringe Veränderungen in der Stimmung und Haltung der Eltern beweisen und auch durch die fruchtlosen Versuche von Eltern, Geheimnisse vor ihren Kindern zu bewahren. Wir wissen auch nicht, welche Merkmale der Persönlichkeit mit dem biologischen Bild verbunden sind, das ein Mensch seiner Umgebung präsentiert. Wir begeben uns hier in das Reich der Spekulation. Wenn Goethes Vater eine Persönlichkeit war, die sich imstande fand, den Genuß der sexuellen Fähigkeiten bis zur Hochzeit aufzuschieben, dann ist es denkbar, daß der Sohn einen ähnlichen oder identischen Rhythmus sexueller Entwicklung übernahm, ein Gedanke, der durch ihre konstitutionelle Ähnlichkeit unterstützt wird.[40]

Hier entsteht ein Problem, das Kinsey ausgiebig beschäftigt hat (329, S. 394—447). Wechseln sexuelle Muster im Verlauf von Generationen oder verhalten sich Kinder sexuell in der Art ihrer Eltern? Wenn ich Kinsey richtig verstehe, erlauben seine statistischen Daten den Schluß, daß Söhne, die die Gruppenzugehörigkeit ihrer Väter fortsetzen (hinsichtlich Beruf und Erziehungsniveau), als Erwachsene die sexuellen Verhaltensmuster ihrer Väter wiederholen. Viele von denen aber, die später die ursprüngliche Gruppenzugehörigkeit mit einem anderen Niveau vertauschen, erwerben in jungen Jahren die sexuellen Gewohnheiten der Gruppe, in der sie als Erwachsene landen werden. Diese Entdeckung ist meinem Urteil nach sehr überraschend und bietet viel Stoff zum Nachdenken und zu weiterem Forschen.

Es ist schwierig, den Fund auf Goethes Leben anzuwenden. Er erreichte wirklich, Mitglied einer im sozialen Status und Prestige höher stehenden Gruppe als der seines Vaters zu werden. Sozialer Aufstieg äußerte sich in damaliger Zeit nicht unbedingt in einer höheren Ausbildung oder der Anhäufung größeren Reichtums. Soweit ich weiß, unterschieden sich die vorherrschenden sexuellen Verhaltensmuster innerhalb des regierenden Adels stark von denen des Bürgertums. Es gab, glaube ich, keine gleitenden Übergänge, wie Kinsey sie bei seinem Aufriß unserer Gesellschaft vom niedrigsten sozialen Niveau bis zum höchsten beschreibt. Die z. B. in der Familie Karl Augusts vorherrschenden sexuellen Verhaltensmuster sind mit bürgerlichen Mustern unvereinbar. Der Herzog hatte eine ganze Reihe Mätressen, konnte sie verheiraten, sie in den Adelsstand erheben, usw. Es war schließlich eine Ehre, die Mätresse eines Adligen zu sein, und dies hatte natürlich in der bürgerlichen Gesellschaft keine Parallele.

Es ist interessant, daß Goethes väterliche Familie seit mehreren Generationen stetig in höhere soziale Schichten aufgestiegen war. Das Bild kann kurz folgendermaßen umrissen werden. Hans Goethe der Jüngere (gestorben 1686), Goethes Ururgroßvater, war in seinem letzten Beruf Schnapsbrenner; er wechselte seinen Wohnsitz dreimal. Hans Christian Goethe (1633–1694), der Urgroßvater, war Meister in der Hufschmiedzunft, auch Deputierter des Rats. Sein ältester Sohn, Georg Friedrich Goethe (1657–1730), Goethes Großvater, ließ sich nach zwölf Jahren Wanderschaft in Frankfurt nieder. Er wurde Schneider, und 1704 hatte er ein Vermögen von 15 000 Gulden angehäuft. Durch eine zweite Heirat erwarb er einen Gasthof und hinterließ ein Vermögen von über 90 000 Gulden. Johann Kaspar, Goethes Vater, besuchte mit Erfolg die beste höhere Schule in Deutschland, erwarb den Doktorgrad der Rechte und später den Rang eines »Kaiserlichen Rates«.[41] Goethe selbst konnte dann den Aufstieg der Familie nur durch den Eintritt in die höhere Klasse des Adels fortsetzen, da sein Vater in gewissem Sinn fast die Spitze der bürgerlichen Klasse erreicht hatte.[42] Es ist wichtig, im Gedächtnis zu behalten, daß sich diese Familie seit fünf Generationen oder noch länger mit großer Kraft auf die Spitze der gesellschaftlichen Hierarchie zubewegt hatte.

Kinseys Daten umfassen unglücklicherweise meistens nur zwei Generationen. Wenn wir mehr über die Variationen von sexuellen Mustern in aufeinanderfolgenden Generationen wüßten, die aufsteigen, absteigen oder hinsichtlich ihrer Position in der sozialen Hierarchie stabil bleiben, könnten wir vielleicht erfolgreicher über einen soziologischen Faktor spekulieren, der möglicherweise große Wirkung auf ein Phänomen wie die Verzögerung von Goethes heterosexuellen Beziehungen hat.[43]

Die frühesten Identifizierungen mit dem Bild des Vaters, die den Kern des Ich bilden, sich aber auch tief in das Reich der Triebe (des Es) erstrecken, sind der Brennpunkt, wo sich die biologische Ausstattung eines Menschen und die Geschichte der vorangegangenen Generationen kreuzen. In den Augenblicken früher Identifizierung wird vielleicht das weitere Schicksal des Individuums entschieden. Ich meine, es ist falsch zu glauben, daß Goethes Mutter ein maximaler Anteil am Schicksal des Dichters zugeteilt war; eher spürt man bei der Entfaltung des Lebens des Sohnes dunkel einen Sieg von Goethes Vater; ein Sieg, der auch in der letzten literarischen Schöpfung seines Sohnes manifeste Formen gewann, wie man gleich sehen wird.

Auf seiner italienischen Reise kam Johann Kaspar durch Rovigo, eine kleine arme Stadt in der Nähe von Padua. Dort fand er in der Kirche der Madonna del Socorro die folgende Inschrift, die dem Bild der Madonna gewidmet ist:

Der Du nach oben wölbst, o Pilger, Deine Brauen,
Weil im Erschauen
Dich Staunen vor Mariens Herrlichkeiten trifft,
Die von dem Bild Du liest, wie in des Buches Schrift,
Vernimm: Kein Pinsel mag gerecht zu malen
Die Wunder, die von ihrem Antlitz strahlen.
In höchster Kunst, begrenzt von Raum und Zeit,
Erschimmert nur Mariens Seligkeit.[44]

Johann Kaspar Goethe war von diesen Versen tief bewegt, und Goethe muß sie als Junge mehr als einmal von ihm gehört haben. Die verblüffende Koinzidenz besteht darin, daß diese Verse den Geist und die emotionale Atmosphäre der Schlußszene des zweiten Teils des *Faust* zum Ausdruck bringen, besonders mit den acht Versen des Chorus Mysticus übereinstimmen, mit denen das Drama endet und die Goethes letzte Botschaft an die Welt enthalten:

Alles Vergängliche
Ist nur ein Gleichniß;
Das Unzulängliche
Hier wird's Ereigniß;

Das Unbeschreibliche
Hier ist's gethan;
Das Ewig-Weibliche
Zieht uns hinan.[45]

Aus dem Wortlaut würde niemand vermuten, daß sich in dieser Schlußszene, in der Goethe in ekstatischer Weise – unübertroffen von allen jemals geschriebenen Versen – der Mutter Gottes huldigt, eine vollständige und endgültige Identifizierung mit seinem Vater verbirgt, insofern in diesen Versen der Geist von seines Vaters liebstem Gedicht aufersteht. In der Schlußphase seines schönen Lebens hatte Goethe anscheinend bei der Errichtung einer Synthese Erfolg, die, so nahe er ihr früher manchmal auch gekommen sein mag, wesentlich außerhalb seiner Reichweite gelegen hatte. In diesem Augenblick fiel die Liebe und Verehrung der Mutter mit der Annahme des Vaters als Ideal zusammen. Der Vater wird nicht erwähnt, weil das Ich und das Ideal eine ideelle harmonische Einheit geworden sind. Mit anderen Worten, der Ödipuskonflikt war gelöst, ohne verleugnet zu werden, und die Kluft zwischen Ich und Überich war geschlossen. Der Friede und die Harmonie des infantilen Ich[46] wird bei voller Anerkennung der Realität auf dem höchsten Niveau wiederhergestellt, das in der Entwicklung des Menschen erreicht werden kann.

Ich habe hier aber einen Blick voraus auf die letzte Periode von Goethes Leben geworfen, die außerhalb dieser Untersuchung liegt und von der Goethe 1788 noch weit entfernt war.

Ich habe schon herausgestellt, daß Goethe im September 1787 das Alter seines Vaters erreichte, als dieser heiratete. Ich glaube, daß man die Bedeutung dieser Koinzidenz nicht überschätzen kann. Sie hilft erklären, warum Goethe unwiderstehlich nach Italien gezogen wurde, warum ihn nichts auf seinem Weg aufhalten konnte;[47] es hilft die starke Spannung verstehen, die er vor und während der Reise empfand. Vielleicht überschätze ich den Einfluß der Übereinstimmung des Alters für den ersten Geschlechtsverkehr. Die Altersidentität wurde schließlich im September 1787 erreicht, und das Abenteuer mit Faustina begann anscheinend erst dreieinhalb Monate später. Es wäre nicht überraschend – oder man könnte es im Hinblick auf das gegenwärtige Wissen vom Es und dem Unbewußten erwarten –, wenn das Unbewußte nicht zuverlässig und exakt in bezug auf Zeitrelationen vorgehen würde.

Es kann dennoch wertvoll sein, einige Ereignisse im September 1787 zu erforschen. Ein sehr bedeutendes Ereignis — vom literarischen Standpunkt aus — war die späte Vollendung des *Egmont*, den ich zuvor verschiedentlich erwähnt habe (siehe oben, S. 633, S. 1049). Goethe hatte an diesem Stück mit großen Unterbrechungen über fünfzehn Jahre gearbeitet und wiederholt versucht, es zu vollenden, vor seinem zweiten Romaufenthalt aber keinen Erfolg gehabt.[48] Goethe wunderte sich darüber. Beim zweiten Romaufenthalt schrieb er unter dem Datum des 6. Juli 1787 in der *Italienischen Reise:*

> Es ist recht sonderbar, daß ich so oft bin abgehalten worden das Stück zu endigen, und daß es nun in Rom fertig werden soll.[49]

Unter dem 1. September 1787 findet man den Eintrag:

> Heute kann ich sagen ist Egmont fertig geworden;[50]

Und am 5. September:

> Ich muß an einem Morgen schreiben, der ein festlicher Morgen für mich wird. Denn heute ist Egmont eigentlich recht völlig fertig geworden.[51]

Und am 15. September 1787 wurde das Manuskript an Herder abgeschickt.[52]

Wir kommen hier nahe an das zuvor erwähnte Datum des 21. September 1787 heran. Dies wird wichtig und bedeutend, wenn man drei Aspekte berücksichtigt:

(1) *Egmont* vollendet zu sehen, war der größte Wunsch seines Vaters,

> ... der eine ganz eigne Neigung zu diesem Stück gewann, und nichts mehr wünschte, als es fertig und gedruckt zu sehen, ...[53]

Die besondere Nähe zwischen *Egmont* und diesen Erinnerungen an seinen Vater kann leicht der Grund für Goethes Zögern bei der Vollendung des Stückes und auch für das Abschließen an diesem besonderen Tag gewesen sein.[54]

(2) In der Art, wie Goethe die Hauptfigur charakterisiert, kommt eine biographische Verbindung zwischen Egmont und Goethes Vater fast offen zum Vorschein. Egmont ist unter Goethes Helden der am meisten narzißtische Typ: Lustig, sorglos für die Zukunft, eitel, schwelgend in Kraft, Prestige und Erfolg, hoch begabt zum Erleben von Lust[55] und absolut liebenswert.[56] Anscheinend zeichnete Goethe hier das Bild einer Vaterimago, die für eine bestimmte Entwicklungsphase in seiner Beziehung zu seinem Vater charakteristisch war. Es ist

nicht nötig zu zeigen, daß Egmont der Charakter des Stückes ist, mit dem sich Goethe identifizierte.[57] Natürlich erscheint auch hier der schlechte Vater, der Rache nimmt. Das ist Alba, der Egmont in den Ruin treibt und seinen Tod verursacht, aber dennoch trägt Egmont Züge einer väterlichen Figur; er ist schließlich der Führer einer Nation.

(3) Weiterhin ist ein inhaltlicher Aspekt des *Egmont* zu beachten. In diesem Stück präsentiert Goethe zuerst eine sinnliche, manchmal sogar frivole, leichtfertige sexuelle Beziehung — die Liebe zwischen dem großen Grafen Egmont und Klärchen, dem Mädchen aus niederem Stand, das ihn liebt und vor seinem Fall und tragischen Ende Selbstmord begeht. Seltsamerweise nahm Goethe hier eine Art von Beziehung vorweg, die er später zu seiner Liebsten Christiane unterhielt, allerdings ohne die tragischen Konsequenzen. Aus kritischen Äußerungen Charlotte von Steins über die Klärchen-Szenen nach Goethes Rückkehr aus Italien schließe ich, daß diese Szenen dort geschrieben wurden. Charlotte von Stein war mit dem Stück vertraut, soweit es vor Goethes Abreise nach Italien gediehen war, und bis dahin ist keine Kritik von ihr am *Egmont* bekannt. Natürlich empörte Charlotte von Stein Egmonts freie Hinwendung zu Klärchen ohne einen Zug von Schuld und seine Freude an der offenen und ergebenen Liebe des Mädchens, da dies ein Zeichen für die Richtung von Goethes Sehnsüchten war. Da diese Kritik, wie gesagt, später vorgebracht wurde, ist der Schluß berechtigt, daß das erotische Zwischenspiel innerhalb der politischen Handlung in Italien entstand.

Die Schöpfung der Klärchen-Episode beweist, daß Goethe zum Erleben einer solchen Beziehung innerlich bereit war. Die erotisch ungehemmte Philine war von Wilhelm zurückgewiesen worden, obwohl er alle seine Kräfte aufbieten mußte, um ihrer Verführung zu entfliehen. Zwischen Klärchen und Egmont entwickelt sich eine aufrichtige gegenseitige Liebe über den sozialen Abgrund hinweg, der sie trennt. Das Schreiben der Liebesszenen zwischen Egmont und Klärchen war sozusagen ein inneres Probehandeln einer vorweggenommenen heterosexuellen Beziehung und zugleich der Ausdruck ihres Akzeptierens. Wenn ich früher gesagt habe, daß Goethe bis dahin das Alter erreicht hatte, in dem sein Vater heiratete, so mag die Klärchen-Episode mehr dazu beigetragen haben, die letzte Hemmung zu seinem Eintritt in eine heterosexuelle Beziehung zu beseitigen.

Wenn meine Argumentation angenommen wird, könnte dies heißen, daß der Tag mit jener entscheidenden unbewußten Bedeutung, an dem auch der *Egmont* vollendet wurde, zugleich der Tag war, an dem Goethes Unbewußtes ihn sozusagen von seiner Hemmung freisprach, und daß er jetzt vollen Gebrauch von der nächsten sich bietenden Gelegenheit machen könnte. Eine solche Bewertung der Ereignisse wäre statisch und mechanisch. Das Unbewußte wäre natürlich mächtig genug, um Motive — und Bedeutungen — so zu fördern, daß das Ich die Realitätssituation schon vorher entsprechend vorbereitet und manipuliert hätte, so daß das entscheidende Datum mit der körperlichen Erfüllung zusammengefallen wäre. Noch am 28. September 1787 schrieb er an den Herzog:

> Noch halte ich mich immer in der Stille und sogar (ich weiß nicht, ob es lobens oder scheltenswerth ist) die Frauen haben keinen Theil an mir.[58]

Das »noch« zeigt Goethes Bewußtsein an, daß er bereit war, einem anderen Lebensstil freie Bahn zu geben. So wären die Liebesszenen im *Egmont* das Ergebnis des inneren Probehandelns und der Antizipation, und die *Römischen Elegien* wären dann das Resultat seiner Erlebnisse in der Realität.

Über die Verzögerung von dreieinhalb Monaten, die Goethes Alter beim ersten Geschlechtsverkehr und das Alter seines Vaters bei dessen Hochzeit trennt, habe ich eine Theorie, die ich nur zögernd niederschreibe, weil sie zwangsläufig phantastisch klingt, worin ihre Verdienste auch liegen mögen.

Wir haben gesehen, daß Goethes Beziehung zu Rom durch eine zweiphasige Organisation charakterisiert war. Er nahm erst Besitz von der Stadt, mußte sie dann verlassen, aber nur um wieder zurückzukehren. Der erste Besuch muß, wie ich glaube, wörtlich als Akt der Penetration verstanden werden. Goethe hatte meiner Meinung nach diesen Akt kurz vor seiner Abreise aus Weimar in der Phantasie durchgespielt. Am 16. August 1786 schrieb er über den Besuch des Bergwerks in Schneeberg an Charlotte von Stein:

> Heute früh lies ich beym Einfahren in die Grube deinen Ring vom Finger, es fehlte mir immer etwas, so ist mir's auch da mir deine Gesellschafft fehlt und ich dir immer etwas zu sagen habe.[59]

Wir sehen also Goethe ein Symbol von seinem Finger abziehen, das ihn an die geliebte Frau band. Als er in Mutter Erde eindrang, trennte er sich von der Frau, die sein Übergangsobjekt geworden war. Jetzt, bei der Vorwegnahme der Penetration von Rom, wollte er die gleiche Handlung ohne Bindung an irgendeine andere Frau vollziehen.[60] Ich sehe in Goethes symptomatischem Akt ein fast gewolltes, überlegtes symbolisches Ritual des endgültigen Abschieds von der geliebten Frau. Nach seiner Penetration Roms mußte er nach Sizilien gehen. Ich habe diesen Teil seiner Reise als Schritt erklärt, die Überlegenheit über seinen Vater zu gewinnen. Nach seiner Rückkehr nach Rom (der zweiten Penetration) sehen wir Goethe – wenn meine Rekonstruktion korrekt ist – wieder eine zweiphasige Folge arrangieren: (1) die Vollendung von *Egmont* und die Feier deswegen; und (2) der Beginn der Faustina-Episode dreieinhalb Monate später.

Das zweiphasige Arrangement läßt mich die Frage stellen, inwieweit Goethes Geschlechtsverkehr mit Faustina ein Wiederholen seiner eigenen Empfängnis war. Da Goethe am 28. August 1749 geboren wurde, wäre das Datum der letzten Menstruation seiner Mutter um den 21. November 1748 gewesen, d. h. etwa drei Monate nach der Hochzeit der Eltern am 20. August 1748. Wenn wir diese Möglichkeit berücksichtigen und jetzt dasselbe Zeitmuster des vermutlichen Datums seiner Empfängnis wiederholen, wie wir es früher mit dem Datum seiner Geburt getan haben, kommen wir wirklich fast zu dem Zeitpunkt, an dem er aller Wahrscheinlichkeit nach seine Beziehung mit Faustina begann.

So gewann Goethe möglicherweise unbewußt durch kluges Agieren die grandioseste narzißtische Wunscherfüllung, die ein Mann erlangen kann, nämlich sein eigener Erzeuger zu werden (vgl. 171, S. 66).

Wenn man diese Vorstellung beweisen könnte, würde sie darauf hindeuten, daß Goethe im Grunde nicht eine Vateridentifizierung agierte, sondern sich eher in diesem Augenblick weit über seinen Erzeuger erhob und ihn sogar symbolisch beseitigte, indem er eine Phantasie der Selbstempfängnis agierte.

Wie fraglich auch immer der Wert dieser Theorie sein mag, will ich jetzt, nachdem ich sie vorgelegt habe, zu meiner ersten These zurückkehren, daß die Verzögerung von drei Monaten ein zu vernachlässigender Faktor sein kann und daß die Faustina-Episode aus einer tiefen Vateridentifizierung erwuchs.

Nach Freud schenkt das Unbewußte Zeitverhältnissen keine Beachtung, und die Analyse von Träumen offenbart die Gleichgültigkeit des

Unbewußten gegenüber Zeitrelationen, die ein Eckpfeiler des bewußten Denkens sind. Doch trotz der zweifellosen Amoralität des Unbewußten hinsichtlich der Zeit — und das Kind teilt diese Amoralität auch im bewußten Leben, bis das Überich errichtet ist — wüßte man gern, ob dies vielleicht nur auf einen bestimmten Typ oder eine bestimmte Art von Zeit zutrifft. Das Es, das Verdrängte, das Archaische kennt und beachtet keine Zeit insofern, als es ein Ordnungsprinzip ist, besonders im Sinne der Newtonschen Zeit. Zeit als Ansammlung von Zeitpunkten, von denen einer den ewigen Wechsel des *Jetzt* und die anderen als kommende und als vergangene Zeitpunkte repräsentiert — diese Art von Zeit ist dem Ich erst zugänglich, nachdem zwischen dem Ich und dem Es eine Hemmschwelle errichtet ist.[61]

Die Newtonsche Zeit ist jedoch ein verfeinerter Begriff, und es gibt viele andere Arten von Zeiterfahrung. Es gibt klinische Untersuchungen, die, wie ich meine, zuverlässig beweisen, daß das Es unter bestimmten Umständen ebenfalls der Zeitkategorie verpflichtet ist.[62] Man beobachtet häufig, daß Patienten in jährlichen Intervallen ihre Psychopathologie entwickeln, etwa eine Depression, z. B. um den Geburtstag eines jüngeren Geschwisters herum (wie bei Goethe) oder an irgendeinem anderen Tag von biographischer Bedeutung. Das Ich wird sich dieser Verbindung nicht bewußt, und der Beobachter wird zu der Annahme gezwungen, daß die Zeitrelation zwischen dem Jahrestag und dem ursprünglichen Ereignis tief verdrängt ist. Selbst nachdem die Einsicht des Patienten den Punkt erreicht hat, wo er den Zeitpunkt der Depression nicht mehr als bloß zufälliges Zusammentreffen mit dem Datum des vergangenen Ereignisses ansieht, sondern die ursächliche Beziehung zwischen beiden begreift, wird er oft noch in eine Depression wieder um die Zeit des in Frage stehenden Jahrestages herum verfallen. Tatsächlich ist die Verbindung zwischen einer bestimmten Jahreszeit und einem traumatischen Ereignis manchmal so fest und wurde in einer so frühen Entwicklungsperiode entwickelt, daß selbst eine lange und intensive psychoanalytische Behandlung beide nicht trennen kann und der Patient unweigerlich in eine Depression zur vorbestimmten Zeit fällt. Hier liegt, so glaube ich, ein Beweis vor, daß bestimmte Prozesse im Es eine entschiedene Zeitmarkierung aufweisen, die unlösbar mit bestimmten Bildern verbunden ist. Weiterhin setzt der Rhythmus, dem Triebvorgänge folgen, die Herrschaft von Zeit auch in dieser Provinz der Persönlichkeit voraus. Diese Zeit ist aber eine vollständig andere als die des Ich im Umgang mit der äußeren Realität. Archaische Zeit vernachlässigt die äußere Realität vollständig und kann darauf bestehen, daß das Gestern das Heute oder das Heute das Vergangene oder das Vergangene die Zukunft ist, aber es hält sich noch innerhalb der Zeitkategorie und geht nicht darüber hinaus. Die archaische Struktur offenbart sich gerade in solchen Depressionen, von denen ich berichtet habe. Wenn Eifersucht auf ein jüngeres Geschwister vorliegt oder ein Schuldgefühl wegen Todeswünschen, warum sollte dann der Konflikt um die Zeit des Jahrestages aktiviert und akut werden? In der Realität des Erwachsenen ist die Schuld immer da, wenn sie überhaupt realistisch ist. Man könnte vielleicht die Stärke des Konflikts mit Veränderungen in der Beziehung zu dem Geschwister in Verbindung bringen, aber der Jahrestag an sich ist ein wesentlich oberflächlicher Faktor, ein zufälliger Umstand. Trotzdem handelt das Es, als ob der Konflikt an eine bestimmte und begrenzte Zeit gebunden wäre. Durch solches Festhalten an der Zeitmarke beweist das Es seine tief konservative Natur.

Diese Erörterung der archaischen Zeit ist natürlich unvollständig. Ich wollte hier nur herausstellen, daß trotz der Machtlosigkeit der logischen Zeitrelationen das Es doch von Zeitverhältnissen regiert wird, wenn diese auch anderer Art sind. Deshalb steht meine Behauptung, daß die Altersidentität in Goethes sexueller Entwicklung einer der mächtigsten Faktoren war, nicht unbedingt im Gegensatz zur gegenwärtigen Theorie des Es. Unter den zahlreichen Einwänden, die sich gegen meine Behauptung erheben, wird der Zweifel sein, ob das Es so präzise sei. Meine These würde die Annahme erfordern, daß mancher Bereich in Goethes Persönlichkeit von dem einundzwanzigsten September als entscheidendem Tag *wußte.* Das Absenden des *Egmont* am 15. September und Goethes Zweifel (am 28. September), ob es für ihn gut sei, sich von Frauen fernzuhalten, zeigt meiner Meinung nach, daß um diesen von mir aus der Biographie des Vaters kalkulierten Tag herum etwas Entscheidendes in Bewegung gesetzt wurde.

Die gelegentlichen klinischen Eindrücke, die ich vom Wirken unbewußter Zeitrelationen bekommen konnte, tendieren zur Bestätigung solcher Präzision. Das Unbewußte ist in dieser Hinsicht auch ganz widersprüchlich. Man beobachtet manchmal, daß das verdrängte Bild, das das Unbewußte von einem Menschen bewahrt hat, erstaunlich korrekt und realitätsgerecht ist, weit präziser als die Meinung, die auf dem bewußten Urteil beruht; in anderen Fällen ist das Unbewußte sozusagen dumm, und die Bilder der vergangenen Realität sind falsch, unangemessen und arm. Ich glaube, daß einer der Faktoren, die darüber entscheiden, welches Muster entwickelt wird, der Grad und die Ambivalenz gegenüber dem in Frage stehenden Bild ist. Man würde vermuten, daß der kleine Junge anfänglich eine starke, intensive, fast unambivalente Liebe zu seinem Vater hegte, die durch die Zuneigung des Vaters zu dem Kleinen gefördert wurde. Wenn Bettinas Berichte korrekt sind, dann darf man beim Vater starke, zärtliche, sogar mütterliche Gefühle gegenüber seinem ältesten Sohn annehmen (vgl. oben, S. 229, S. 899 f.). Denkt man an das Alter von neununddreißig Jahren bei Goethes Geburt und wie ausschließlich er sich, unbeeinträchtigt durch ein Berufsleben, dem Sohn widmete, dann ist dies sehr wahrscheinlich. Aber bevor wir mehr über die zugrunde liegende unambivalente Beziehung sagen, ist näher auf die ambivalente einzugehen.

Natürlich stößt man später auf das Bild des besiegten, schwachen Vaters, wie es sich in der Realität bei der Episode mit dem französischen Grafen Thoranc zeigte (eines wichtigen Kindheitserlebnisses im Hinblick auf Goethes spätere Bindungen an den Adel und seine große Bewunderung für Napoleon) — und dies bewahrte Goethe vor einem Rückzug in passive Homosexualität. Die psychologische Wirkung dieser Episode kann man noch in einem Streit mit seinem Vater bemerken, den Goethe nach seiner Rückkehr aus Leipzig und kurz vor seiner Abreise nach Straßburg am 1. April 1770 vom Zaun brach. Wohl wissend, wie stolz sein Vater auf sein Haus war, das er nach seinen eigenen Plänen umgebaut hatte, begann Goethe an der Einrichtung Kritik zu üben. Das schluckte sein Vater, ohne Ärger zu zeigen. Kurz danach versucht der Sohn aber, ihn davon zu überzeugen, daß er das Treppenhaus auf eine Seite des Gebäudes verlegen sollte, um den Stockwerken den Charakter größerer Privatheit zu geben. Als Argument zugunsten dieses Vorschlags führte Goethe an, »jene ängstliche Scene« mit dem Grafen Thoranc — damals elf Jahre zurückliegend — wäre nicht vorgefallen, wenn das Treppenhaus nach Art der Treppenhäuser in Leipzig gebaut worden wäre. Der Vater verlor seine Kontrolle und geriet »in einen unglaublichen Zorn«[63], eine Szene, die Goethes Abreise beschleunigte. Hier erzählte Goethe seinem Vater in Wirklichkeit, daß er sich viel Ärger erspart hätte, wenn er so schlau wie die Einwohner von Leipzig gewesen wäre — d. h. so klug wie sein Sohn, der in Leipzig fast zu einem Einwohner dieser Stadt geworden war. Interessant ist, daß Goethe noch im Alter von einundzwanzig seinem Vater die vormalige Niederlage vorhielt und ihn damit ärgerte.[64]

Das Auftreten des Grafen Thoranc im Haus der Goethes hatte die väterliche Autorität erschüttert, und es gibt Anzeichen dafür, daß im Zusammenhang damit der Junge in eine Phase geringer Delinquenz eintrat. Er wurde vom Vater weniger überwacht, besuchte französische Schauspiele und kam in Kontakt mit Schauspielern und Schauspielerinnen.[65]

Die vielen nachfolgenden Streitereien mit seinem Vater und die Akte der Rebellion gegen ihn sind von den Biographen so oft betont worden, daß ich mir ihre Aufzählung hier schenke. Doch trotz der ungünstigen Schilderung seines Vaters in *Dichtung und Wahrheit* spürt man zwischen den Zeilen einen überraschenden Grad von Zuneigung. Es ist erforderlich, hier eine Episode zu erwähnen, die Goethe im zweiten Teil seiner *Italienischen Reise* erzählt und die sich auf den zweiten Romaufenthalt bezieht. Diese Episode ist von Literaturwissenschaftlern unter dem Namen »Die schöne Mailänderin«[66] abgehandelt worden. Goethe traf sie auf einem Ausflug zum Kastell Gandolfo im Oktober 1787. Es ist die einzige Liebesepisode, die Goethe in der *Italienischen Reise* erzählt. Sie ist mit besonderer Einfachheit und Vorzüglichkeit geschrieben. Alles in allem erwähnt Goethe die Mailänderin fünfmal. Obwohl die Episode sporadisch ist, hinterläßt die Konzentration auf diese Frau den Eindruck, daß sie die einzige Frau war, auf die sich seine Zuneigung während dieser sieben Monate richtete. Es ist schwierig zu beschreiben, worin der Reiz dieser relativ kurzen und sehr einfachen Geschichte liegt. Das erstemal erwähnt Goethe die Mailänderin beiläufig und zufällig in einem Brief vom 8. Oktober 1787, wo er nur erzählt, daß er sich für eine Mailänderin interessiere, die sich vorteilhaft von den römischen Frauen unterscheide. Wenige Seiten später kommt er in einem Bericht desselben Monats auf sie zurück und schildert sie sehr positiv im Detail. Er saß zwischen ihr und einem römischen Mädchen und wurde von der Mutter der letzteren gescholten, mit so großem Interesse nach der ersteren zu schauen. Er versuchte sich zu entschuldigen, gab aber zu, sein Herz sei von ihr besiegt worden.

> Übersieht man doch in solchem Augenblicke die Gefahr nicht, die uns unter diesen schmeichelhaften Zügen bedroht.[67]

Am nächsten Morgen trifft er sie wieder. Sie spricht beiläufig von dem Mangel an Erziehung, unter dem Frauen litten, und bedauert ihre Unkenntnis der englischen Sprache. Goethe erteilt ihr sofort Unterricht, wobei er zu diesem Zweck einen englischen Zeitungsartikel benutzt, in dem berichtet wird, daß Frauen ins Wasser gefallen seien und glücklich gerettet wurden. Sie erweist sich als ausgezeichnete Schülerin und gibt ihrer Freude über den raschen Fortschritt Ausdruck, den sie in dieser einen Stunde gemacht habe. Goethe wird vor Verliebtheit in diese Frau ganz aufgeregt, und seine Gefühle bleiben von anderen nicht unbemerkt. Am Abend hört er, während er einen schönen Sonnenuntergang beobachtet, zufällig ein Gespräch, das sich um eine Mitgift dreht. Am Ende fragt er, wer die Braut sei, und erfährt zu seiner Bestürzung, es sei die schöne Mailänderin. Goethe findet es seltsam, daß eine wechselseitige Zuneigung so abrupt zerstört werden sollte, wie sie begonnen habe.

> Ich hatte Jahre und Erfahrungen hinreichend, um mich, obwohl schmerzhaft, doch auf der Stelle zusammen zu nehmen. Es wäre wunderbar genug, rief ich aus, wenn ein wertherähnliches Schicksal dich in Rom aufgesucht hätte, um dir so bedeutende, bisher wohlbewahrte Zustände zu verderben.[68]

Goethe hält sich von der schönen Frau fern, und jeder ist mit seinem Betragen zufrieden, ausgenommen bei dem Vorfall, der die unvermeidliche Vermischung von Liebe und Oralität zeigt. Von einem seiner Ausflüge bringt er Pilze mit, die er dem Koch seines Wirtes zur Zubereitung für eine Mahlzeit übergibt. Als der Wirt erfährt, daß man diese seltene Speise einem Gast verdanke, wird er ärgerlich.

> Dieses culinarische Abenteuer gab mir Anlaß, in stillem Humor zu bedenken, daß ich selbst, von einem ganz eignen Gifte angesteckt, in Verdacht gekommen sei, durch gleiche Unvorsichtigkeit eine ganze Gesellschaft zu vergiften.[69]

Goethe gewann sein Gleichgewicht schnell zurück, indem er die Frau als Braut und zukünftige Ehefrau betrachtete.

Beim drittenmal erfährt der Leser über die schöne Mailänderin, daß ihr Verlobter die Verlobung aufgelöst habe und daß die junge Frau von diesem Schock ernsthaft krank geworden sei. Goethe ist sehr begierig, über den Verlauf ihrer Krankheit auf dem laufenden gehalten zu werden, von der sie bald genest. Der vierte Hinweis (Bericht vom Februar

1788) handelt von einem zufälligen Zusammentreffen mit der Mailänderin, die Goethe dankt und ihm versichert, die Sympathie ihrer Freunde und besonders seine Anteilnahme hätten ihre Genesung herbeigeführt. Als Goethe von seinen Abschiedsbesuchen in Rom berichtet, hören wir von der Mailänderin zum letztenmal. Es besteht die Aussicht, daß ein anderer junger Mann, dem ihre Armut nichts ausmacht, sie bald heiraten werde. Das abschließende Gespräch zwischen beiden, die sich für einen Augenblick durch gegenseitige Liebe nahegekommen waren, werde ich nicht wiedergeben. Es genügt zu sagen, daß das Wiedererscheinen der schönen Mailänderin zwei Seiten vor Ende der *Italienischen Reise* ihr ein besonderes Gewicht verleiht.

Worin besteht die psychologische Bedeutung der ganzen Erzählung? Der objektive Inhalt ist trivial. Ein Mann verliebt sich eines Tages in ein Mädchen, erfährt von ihrer Verlobung, zieht sich zurück, wird alarmiert, als er hört, sie sei krank, weil ihr Verlobter sie verlassen habe, informiert sich jeden Tag über ihr Befinden, sie dankt ihm freundlich, und er sagt ihr vor seiner Abreise Lebewohl. Was die konkreten Fakten angeht, ist nicht leicht festzustellen, warum Goethe diese Episode in seinen römischen Bericht aufnahm. Aber man kann es nicht dabei belassen. Der Stil, in dem diese Episode geschrieben ist, mutet höchst poetisch an, und manche Teile vermitteln den unvergeßlichen Eindruck von starken Gefühlen unter der Oberfläche ruhiger Präsentation.

Verschiedene Züge sind bemerkenswert. Goethes Rolle ist hier das Gegenteil von der, die er im Friederike-Abenteuer spielte. Es ist ein Mädchen, das von einem Mann sitzengelassen ist und ernsthaft krank wird, und diesmal ist Goethe nicht der Verderber, sondern der Retter. Ich erinnere daran, daß Goethe gegenüber Friederike Buße tat, indem Weislingen im *Götz von Berlichingen* vergiftet wird. Auch in dieser Hinsicht stoßen wir auf eine Umkehrung, insofern er in der Pilzepisode die Gesellschaft mit einer köstlichen — obwohl »zweideutigen« (wie Goethe es nennt) — Speise versorgt, aber verdächtigt wird, die anderen durch Gift zu gefährden. Das Rettungsthema taucht schon im Zeitungsartikel auf, den er zum Unterricht des jungen Mädchens benutzt.[70] Goethes Eifer, die junge Dame zu unterrichten, erinnert an seine Ambitionen bei der Erziehung Cornelias. Goethe korrespondierte mit ihr aus Leipzig über genau dieses Thema, die Frauenerziehung. Er war Zeuge des Sprachunterrichts seines Vaters, den dieser

Cornelia erteilte, und in Rom erwies er sich — gewiß — als besserer Lehrer als sein Vater, gegen dessen didaktische Besonderheiten Cornelia rebelliert hatte. Höchst bezeichnend aber ist der Hinweis auf Werther, wenn Goethe sagt, wie seltsam es wäre, wenn ihn in Rom ein Schicksal wie das von Werther ereilen würde. Einmal mehr gab es eine mit einem anderen Mann verlobte und von Goethe geliebte Frau. Diesmal aber ist er Herr der Situation und wird nicht mehr von ihr überwältigt. Er kann sich zurückziehen, und prompt ist es die Frau, die Werthers Leiden ausgesetzt ist. Aber sie begeht, obwohl von ihrem Liebhaber verlassen, keinen Selbstmord. Sie wird ernsthaft krank und von Goethe gerettet. Hier betont Goethe sehr mitfühlend, daß er zu Werthers Gefühlen noch fähig war, aber entschieden immun gegen die Versuchung des Selbstmords. Es hätte keinen besseren Weg geben können, den tiefgreifenden Wandel zu demonstrieren, der zwischen seiner Ankunft in Weimar und diesem Augenblick stattgefunden hatte.

Die reizende Episode von Goethes Liebe zu der schönen Mailänderin gewinnt aber äußerst wichtige psychologische Bedeutung, wenn man in Betracht zieht, daß Goethes Vater in Mailand, gegen Ende seiner italienischen Reise, eine romantische und höchst ehrenvolle Beziehung zu einer jungen Frau unterhielt. Daß Goethes Beziehung zu der schönen Mailänderin und die Beziehung seines Vaters zu einer jungen Frau in Mailand mehr als Zufall ist, wird meiner Meinung nach durch die Tatsache bewiesen, daß beide Episoden sich über einen Zeitraum von genau sieben Monaten erstrecken. Es ist kaum glaublich, daß all diese Parallelen auf Zufall beruhen sollen, besonders wenn wir feststellen, daß beide, Vater und Sohn, ihre Bücher über ihre italienische Reise mit einer Huldigung ihrer Mailänder Liebsten schließen.

Johann Kaspars Liebschaft beschränkt sich auf Briefe. Er war sehr begierig, die italienische Frau zu treffen, die er von seinem Fenster aus beobachtet hatte. Ihre Korrespondenz fand zuerst von Fenster zu Fenster statt, jede Partei las durch ein Fernrohr, was die andere geschrieben hatte. Als die Dame ihre Erlaubnis gegeben hatte, begann ein Austausch von Briefen; jeder schrieb zwischen Juli 1740 und dem 6. Februar 1741 acht Briefe.[71] In diesen Briefen versucht Johann Kaspar, die Frau zu einer Zusammenkunft zu überreden, die sie aber trotz ihrer Liebe zu ihm zurückweist. Ich könnte manche Ähnlichkeiten zwischen diesen Briefen und Goethes Erzählung seiner Bekanntschaft mit der schönen Mailänderin aufzählen. Wichtiger aber als dies ist Goethes unbewußte Übernahme des genauen Zeitraums (sieben Monate in beiden Fällen)[72] aus dem fast romanhaften Reisebericht seines Vaters, was wieder das rätselhafte Element der Zeiteinteilung im Verdrängten beweist. Wiederum zeigt sich die tiefe Identifizierung mit dem Vater. Da Goethe nicht nur der Mailänderin den Hof machte, sondern zusätzlich in Rom Geschlechtsverkehr hatte, agierte er zur selben Zeit zwei Ereignisse, die acht Jahre auseinanderlagen — die Romanze seines Vaters mit der jungen Frau in Mailand und die Hochzeit seines Vaters —, was auch illustriert, wie sorglos das Unbewußte im Hinblick auf Zeitverhältnisse sein kann, wieviel Rücksicht es aber dennoch auf das nimmt, was man den »Zeitstatus« nennen könnte.

Im Licht dieser Episode können wir jetzt auch einen anderen Aspekt im *Werther* aufdecken. Da das Kapitel mit der Mailänderin und Goethes Verhalten in Verbindung mit ihr bewußt als Kontrast zum Schicksal des Werther erlebt wurde, und da Goethe im römischen Abenteuer auch das erleben wollte, was sein Vater in Mailand erlebt hatte, können wir schließen, daß die Werther-Episode schon die Bedeutung der Errichtung eines Gegensatzes zu seinem Vater hatte. Werther, der nicht wagt, die geliebte Frau ihrem Verlobten zu entführen, sondern Selbstmord begeht, offenbart den passiven Aspekt des Ödipuskomplexes. Er erreicht anscheinend den höchsten Grad der Unterwerfung mehr durch Selbstzerstörung als durch Ausleben der positiven ödipalen Strebungen gegenüber seiner Mutter. Jetzt erfahren wir aber, daß sein Vater sich als junger Mann verliebt und ewige Liebe geschworen, ohne sich aber groß daran zu halten, und acht Jahre später friedlich irgendeine andere geheiratet hatte. Erteilte Werther nicht Goethes Vater eine Lektion, wie ein junger Mann lieben und sterben sollte, und finden wir nicht auf dem Grund des Romans eine Satire auf seines Vaters bedächtige, bürgerliche, unromantische Art zu lieben?[73] Doch dann bedeutet auf der anderen Seite die Faustina-Episode: ›der Vater kehrte aus Italien als Jungfrau zurück und wartete acht Jahre auf Geschlechtsverkehr; ich aber fahre besser‹. Eine gewisse Unersättlichkeit in der Beziehung zu seinem Vater, das absolute Bedürfnis, immer und von allem mehr zu erhalten, als sein Vater bekommen hatte, ist unmißverständlich. Werthers Rebellion aber kostete diesen das Leben, während in Goethes Leben die späteren Zeichen des Konkurrenzkampfes mit seinem Vater unendlich viel weniger Selbstzerstörung enthielten, hingegen zu Vorteil, Vergnügen und erneutem Ruhm führten.

Also konnte Goethe, wie alle anderen männlichen Bewohner dieses Planeten, der tiefen Ambivalenz gegenüber seinem Vater nicht entfliehen. Dieser Punkt, den man im Prinzip als selbstverständlich annehmen könnte, wird in diesem Zusammenhang nochmals erörtert, weil die Entwicklung von Ereignissen während des zweiten Romaufenthaltes zu beweisen scheint, daß diese Ambivalenz nicht die einzige und nicht einmal die entscheidendste Beziehung zu seinem Vater war. Irgendwie macht es auf mich den Eindruck der Manifestation einer rührenden Loyalität, wenn ein Mann seine Männlichkeit für eine exakte Zeitspanne opfert, von der er glaubt, daß sein Vater ebenso lange seiner sexuellen Lust beraubt war. Die Ängste und die Pathologie, die mit einem solchen Aufschub verbunden sind, treten klar zutage, aber ich möchte hier — da diese Haltung vielleicht nicht durch bewußte Motivation aufrechterhalten werden könnte — gerade den Faktor unbewußter (und vermutlich daher auch unerschütterlicher) Loyalität und Liebe zu seinem Vater betonen, die trotz und über der Angst vorhanden gewesen sein muß. Ich vermute, daß die frühe starke Beziehung zu seinem Vater, in der aktive und passive Haltungen ebenso wie Objektliebe und Identifizierung nicht streng getrennt waren, stärker und entscheidender war als die nachfolgende stark ambivalente Beziehung. Ich vermute ferner, daß diese frühe und alles umfassende Vaterbeziehung ihn vor den verheerenden Wirkungen schützte, die der Konflikt aus der Ambivalenz zum Vater im Leben von so vielen Männern verursachte, wenn sie ihre von der Natur verliehenen großen Gaben nicht nutzten.

Wir haben die Wege des Dichters in seinem Umgang mit einem Problem auf der symbolischen Ebene (Einzug in Rom, Einfahren ins Bergwerk) und auf der Ebene der Realität (Faustina-Episode) verfolgt. Wir haben Aufzeichnungen studiert, um seine Reaktionen bei beiden zu beobachten. Ohne Zweifel trägt die Reaktion auf der symbolischen Ebene größeres Gewicht. Sein Ich war auf dem Weg nach Rom viel aufgeregter als auf dem Weg zu Faustina, wie ich nicht nur nach Goethes Brief an den Herzog, sondern auch nach den *Römischen Elegien* urteile. Trotz der gelegentlichen Wärme, trotz der manchmal sehr sinnlichen und erotischen Bildlichkeit liegt über dem ganzen Werk etwas, das ich eine sublime Kälte nennen sollte, geschaffen durch die poetische Struktur der Nachahmung antiker Dichtung (wenn nicht auch durch anderes). Daß das Abenteuer mit Faustina Goethe von Spannung befreite, daß es ihm ein Gefühl der Sicherheit und Gewißheit verschaffte, bezweifle ich nicht; daß aber Goethe das, was man einen normalen Orgasmus nennt, mit vollem Widerhall des gesamten psychobiologischen Organismus, mit einer tiefen Regression des Ich erreichte, ist äußerst fraglich. Er empfand tiefen Dank für das, was er erhielt, denn er hatte wahrscheinlich gezweifelt, daß er es überhaupt jemals erreichen würde. Als unmittelbare Folge bemerkt man, daß seine Rivalität mit Männern zeitweilig fast vollständig verschwand, wie man aus seinen Briefen an den Herzog und an Herder sehen kann.

Der ursprüngliche Titel der *Italienischen Reise* lautete: »Aus meinem Leben... Auch ich in Arcadien«. Panofsky (418, S. 319) hat in einem bewundernswürdigen und wichtigen Aufsatz die literarische und künstlerische Geschichte dieses Denkspruchs vorgestellt. Geschaffen als ein betrübliches *memento mori*, um den Menschen daran zu erinnern, daß der Tod auch in Arkadien herrscht, dem Land der Schönheit, Musik und Kunst, verlor er seine elegische Bedeutung und bedeutete in Goethes Fall: ›Auch ich war in dem Land der Freude und Schönheit.‹ Goethe war siebenundsechzig, als er die *Italienische Reise* veröffentlichte, und obwohl der alternde Dichter berichtet, zur Zeit des Gipfels seines Lebens habe es die schönsten Erlebnisse gegeben, glaube ich, daß man die Janusbedeutung dieser Aussage noch spüren kann. In dem kurzen Motto *Et in Arcadia ego* sehe ich die exhibitionistische phallische Haltung ebenso wie die Idee des Zusammenfallens von Orgasmus und Tod. Auf der einen Seite schließt es Stolz und Prahlen mit ein (›Auch ich hatte Geschlechtsverkehr, vollendete, was der Vater vollendete, und die Welt sollte mich deswegen bewundern‹); auf der anderen bezieht es sich auf das Gefühl einer todähnlichen Niedergeschlagenheit, das mit der postkoitalen Periode beginnt, dem *post coitum omne animal triste*, das dem phallischen Typ der Persönlichkeit unerträglich ist.[74]

Goethes Sexualstörung und seine Einstellung zum Gefühl

Ich kann die Erörterung der schwierigen Frage nicht länger aufschieben, worin genau Goethes Sexualhemmung vor 1788 bestanden hat. Die historischen Zeugnisse lassen an frühen sexuellen Kontakt in der einen oder anderen Art mit seiner jüngeren Schwester denken; an intensive, manchmal extrem leidenschaftliche Beziehungen verschiedener Dauer mit Frauen während der Adoleszenz oder frühen Mannesjahre; an eine platonische Beziehung zu einer verheirateten, sieben Jahre älteren Frau, die zehn Jahre anhält; an den ersten Geschlechtsverkehr im neununddreißigsten Lebensjahr mit einer dreiundzwanzig Jahre alten Frau.

Die Verzögerung des Geschlechtsverkehrs beruhte nicht auf einem Mangel an Verlangen oder Interesse am anderen Geschlecht, nicht auf einem phlegmatischen Temperament oder einem Mangel an Gelegenheit. Die Stärke der Triebe ist nach der Lektüre der Briefe aus Leipzig, des *Werther* oder bestimmter Gedichte von Goethe nicht zu bestreiten. Wenn Bode (54, S. 39) argumentiert, Goethes sexuelle Wünsche müßten schwach gewesen sein, da er seine Lebensgefährtin manchmal mehr als ein halbes Jahr lang allein ließ, zieht er einen Schluß, der durch psychoanalytische Entdeckungen nicht gestützt wird (ich erörtere diese Frage ausführlich im Anhang T). Die sexuellen Wünsche eines Menschen können natürlich außergewöhnlich stark sein ohne eine zwangsläufig entsprechende Häufigkeit des Geschlechtsverkehrs, selbst wenn dieser Befriedigung kein äußeres Hindernis im Wege steht. So widerspricht die geringe Zahl von sexuellen Kontakten allein nicht dem, was anderswo offensichtlich ist: daß Goethe starke und fast unbändige Triebe besaß. Wie es bei einer besonders kreativen Persönlichkeit leicht geschieht, werden diese Triebe in einen unendlichen Strom höchster Produktivität umgeleitet. Wir haben Goethe oft in einem Zustand größter Unrast gesehen, aktiv gegen seine erregten Triebe kämpfend. Neben dem Abfließen von Triebenergien in den kreativen Prozeß gab es einen persönlichen, dem Willen unterworfenen Faktor, der als Schranke zwischen ihm und dem Geschlechtsverkehr wirkte. Reik (449, S. 504 f. und passim) hat diese Schranke als Störung zu erklären versucht, vergleichbar mit einer Zwangsneurose, die auf Kastrationsangst, unbewußter Aggression, Angst vor Vergeltung und Identifizieren mit einem überstrengen Vater beruht. Bode (54, S. 39 f.) akzeptiert die Theorie eines Arztfreundes, Wilhelm Meyer in Weimar, daß Goethe an psychischer Impotenz litt.

Bevor ich diese beiden Theorien erörtere, müssen ein paar allgemeine Bemerkungen über Neurose und Gefühle bei Goethe gemacht werden. Es gibt keinen Zweifel daran, daß Goethe — nach seinem eigenen Zeugnis — eine Reihe von Phänomenen aufweist, die zum Reich der Psychopathologie gehören. Wenn diese Phänomene aus dem Zusammenhang gerissen und für sich betrachtet werden, muß man sie neurotische Symptome nennen. Sie schließen ein Angst vor Höhe, Angst vor Dunkelheit, Entsetzen vor rohem Fleisch auf dem Markt, Selbstmordimpulse, Halluzinationen, Hypochondrie, Zwänge — um nur einige zu nennen. Wenn die Hinweise aller dieser Phänomene in Goethes Werk, in biographischen Zeugnissen und Berichten von anderen gesammelt würden, würde man eine dicke Sammlung unmittelbar psychopathologischer Daten erhalten, d. h. man hätte eine Kollektion von fast allen Symptomen, die in Lehrbüchern der Psychopathologie aufgelistet sind, mit Ausnahme manifester Perversionen.

Trotz der Tatsache, daß Goethes Leben zweifellos mit einer großen Mannigfaltigkeit von neurotischen Symptomen ausgefüllt ist, ist es sehr fraglich, welche Schlüsse aus einer solchen Liste zu ziehen wären. Eine Schlußfolgerung ist klar: ohne diese Phänomene wäre er niemals der große Künstler und Mensch geworden, der er war. Sie waren zumindest mit der Totalität seiner Persönlichkeit verbunden. Sie stellten für die Entfaltung seiner Kreativität kein Hindernis dar, sondern waren, wenn überhaupt etwas, Voraussetzungen und Anreize. Es ist äußerst fraglich, ob man sie überhaupt neurotische Symptome nennen sollte, da ihre dynamische Stellung sich wesentlich von der beim Neurotiker oder Psychotiker zu unterscheiden scheint (vgl. Anhang T). Diese Schlußfolgerung ist meiner Meinung nach zwingend, es sei denn, man unterteilt die Persönlichkeit eines Genies wie Goethe in einen neurotischen und einen kreativen Teil, eine Tendenz, die vom Standpunkt jüngerer Auffassungen von der Persönlichkeit unannehmbar ist und die man durch klinische Beweise widerlegen kann, wie ich gleich zu beweisen versuche.[75] Man kann den Einwand erheben, daß dieser Vorschlag auch auf den klinisch neurotischen Patienten zutrifft. Phobische Soldaten, fand man z. B. heraus, können Taten von Heroismus begehen. Ohne die Phobie hätten sie sich vielleicht wie der Durchschnitt der Soldaten verhalten, d. h. sie hätten nicht unbedingt über alle Pflicht hinaus gehandelt. Dies ist völlig richtig und sollte nicht in Frage gestellt werden. Es gibt keinen Zweifel daran, daß neurotische Symptome durch Kompensation oder Verleugnung zu sozial wertvollen, konstruktiven Handlungen führen können (vgl. 138). Das aber ist kein brauchbarer psychologischer Gesichtspunkt, von dem aus man behaupten kann, daß Phobien die notwendige Voraussetzung für Heroismus sind. Derselbe Soldat, der ein Held wurde, um seine Phobie zu kompensieren, könnte in einer noch heroischeren Weise gehandelt haben, wenn er eine frühe Identifizierung mit einem starken Vaterbild vollzogen und verinnerlicht hätte.

Mit Goethes Kreativität verhält es sich anders. Es ist undenkbar, daß sein *Werther* jemals geschrieben worden wäre, wenn Goethe sich nicht selbst mit Selbstmordgedanken geplagt und durch die Geburtswehen einer Depression gegangen wäre. Das trifft im wesentlichen auch auf die anderen psychopathologischen Phänomene zu. Beinahe alles, was mit der Psychologie des Genies zu tun hat, ist ein Rätsel, und so ist auch dieser Unterschied zwischen einem fraglos neurotischen Symptom und der sogenannten neurotischen Symptomatologie bei einem Genie rätselhaft und mysteriös. Weiterhin kann man beweisen, daß in Goethes Fall zumindest die meisten neurotischen Symptome seiner Entscheidungsfreiheit nicht in die Quere kamen. Man spürt sogar, daß die Bedrohung des Ich durch Beschneiden der Freiheit infolge neurotischer Angst oder Hemmung zur Herausforderung wurde und durch besonders intensive Anstrengung kompensiert werden mußte. Ich möchte eines der bemerkenswertesten Beispiele zitieren, nämlich Goethes Versuch, Angst zu bekämpfen, an der, wie man weiß, jeder Soldat leidet, wenn er zum erstenmal dem Kugelhagel ausgesetzt wird. Als Goethe den Herzog auf seinem Feldzug gegen französische Revolutionsarmeen begleitete (1792), hatte er Gelegenheit, dieses Phänomen zu beobachten, über das er folgendes in seiner *Campagne in Frankreich 1792* berichtet:

> Ich hatte so viel vom Kanonenfieber gehört und wünschte zu wissen wie es eigentlich damit beschaffen sei. Lange Weile und ein Geist den jede Gefahr zur Kühnheit, ja zur Verwegenheit aufruft, verleitete mich ganz gelassen nach dem Vorwerk la Lune hinaufzureiten. Dieses war wieder von den Unsrigen besetzt, gewährte jedoch einen gar wilden Anblick. Die zer-

schossenen Dächer, die herumgestreuten Weizenbündel, die darauf hie und da ausgestreckten tödtlich Verwundeten und dazwischen noch manchmal eine Kanonenkugel, die sich herüberverirrend in den Überresten der Ziegeldächer klapperte.

Ganz allein, mir selbst gelassen, ritt ich links auf den Höhen weg und konnte deutlich die glückliche Stellung der Franzosen überschauen.

[...] Mir begegnete gute Gesellschaft, es waren bekannte Officiere vom Generalstabe und vom Regimente, höchst verwundert mich hier zu finden. Sie wollten mich wieder mit sich zurücknehmen, ich sprach ihnen aber von besondern Absichten und sie überließen mich ohne weiteres meinem bekannten wunderlichen Eigensinn.

Ich war nun vollkommen in die Region gelangt wo die Kugeln herüber spielten; der Ton ist wundersam genug, als wär' er zusammengesetzt aus dem Brummen des Kreisels, dem Butteln des Wassers und dem Pfeifen eines Vogels. Sie waren weniger gefährlich wegen des feuchten Erdbodens; wo eine hinschlug blieb sie stecken, und so ward mein thörichter Versuchsritt wenigstens vor der Gefahr des Ricochetirens gesichert.

Unter diesen Umständen konnt' ich jedoch bald bemerken daß etwas Ungewöhnliches in mir vorgehe; ich achtete genau darauf und doch würde sich die Empfindung nur gleichnißweise mittheilen lassen. Es schien als wäre man an einem sehr heißen Orte, und zugleich von derselben Hitze völlig durchdrungen, so daß man sich mit demselben Element, in welchem man sich befindet, vollkommen gleich fühlt. Die Augen verlieren nichts an ihrer Stärke, noch Deutlichkeit: aber es ist doch als wenn die Welt einen gewissen braunröthlichen Ton hätte,[76] der den Zustand so wie die Gegenstände noch apprehensiver macht. Von Bewegung des Blutes habe ich nichts bemerken können, sondern mir schien vielmehr alles in jener Gluth verschlungen zu sein. Hieraus erhellet nun in welchem Sinne man diesen Zustand ein Fieber nennen könne. Bemerkenswerth bleibt es indessen, daß jenes gräßlich Bängliche nur durch die Ohren zu uns gebracht wird; denn der Kanonendonner, das Heulen, Pfeifen, Schmettern der Kugeln durch die Luft ist doch eigentlich Ursache an diesen Empfindungen.

Als ich zurückgeritten und völlig in Sicherheit war, fand ich bemerkenswerth, daß alle jene Gluth sogleich erloschen und nicht das Mindeste von einer fieberhaften Bewegung übrig geblieben sei. Es gehört übrigens dieser Zustand unter die am wenigsten wünschenswerthen; wie ich denn auch unter meinen lieben und edlen Kriegskameraden kaum einen gefunden habe der einen eigentlich leidenschaftlichen Trieb hiernach geäußert hätte.[77]

Hier ist nicht der Punkt, die Techniken zu erörtern, die das Ich wie in dem gerade zitierten Beispiel zum Zweck des Erlangens oder Bewahrens relativer Handlungsfreiheit benutzt.[78] Goethes Biographie zeigt selbst, daß seine quasi neurotischen Symptome, was immer sie gewesen sein mögen, weder zu Einschränkungen des Hauptziels des Ich, der Produktivität und Kreativität, führten noch zu einer Hemmung von Funktionen, die das Ich für andere Tätigkeiten benötigte.[79]

Im selben Abenteuer haben wir ein Beispiel dafür, daß Goethe gereizt wurde, genau das zu tun, wovor er Angst hatte. Im Lichte dieses wirklich typischen Verhaltens wird man unwillig gegenüber einem Erklärungsversuch, wie ihn Reik unternommen hat, der Goethes sexuelle Abstinenz aus der Angst vor Geschlechtsverkehr zu erklären versucht. Reiks ausführliches Studium aller Gründe für diese Furcht läßt die Frage unberührt, warum dieser Mann, der sich aus Furcht fast niemals von einer Tat abschrecken ließ — selbst nicht aus Todesangst —, sich aus Furcht vor Geschlechtsverkehr von dessen Ausübung sollte abhalten lassen. Von ihm würde man vielmehr erwarten, daß er sich desto eher zu einer Handlung gezwungen gefühlt hätte, als er sich davor fürchtete. Wenigstens wäre es vernünftig anzunehmen, daß er sexuelle Lust gesucht hätte, und sei es aus keinem anderen Grund als aus Neugierde. Und diese Neugier war grenzenlos. Er fühlte sich gezwungen zu wissen und zu forschen, zu sehen und zu beobachten. Weiterhin kann man zu Recht sagen, daß Goethes kontraphobischer Mechanismus stark genug war, ihn durch alle Ängste zu tragen; warum sollte dieser Schutz beim Geschlechtsverkehr versagt haben? Sicher, man beobachtet klinisch häufig, daß Mechanismen, die in komplizierten und furchterregenden Lebenslagen erfolgreich wirken, in der unmittelbaren sexuellen Situation versagen. Aber dieser Typ Mann ist auch dafür bekannt, daß er sogar zwanghaft häufigen Geschlechtsverkehr ausübt, um sich selbst und andere von seiner Furchtlosigkeit vor Frauen zu überzeugen. Natürlich kann man keine von beiden Alternativen beweisen: weder daß Goethes kontraphobische Haltung stark genug gewesen wäre, ihn ohne Angst durch den Geschlechtsverkehr zu bringen, noch die Möglichkeit, daß die Grenze seines Schutzes beim Geschlechtsverkehr überschritten worden wäre. Im Hinblick auf das Gesamtbild würde ich eher zu dem Schluß kommen, daß Goethe sich, falls er zum Geschlechtsverkehr fähig gewesen wäre, wie die meisten jungen Männer verhalten und Geschlechtsverkehr trotz seiner Ängste ausgeübt hätte. Das geschah im Grunde in Rom. Wie die *Römischen Elegien* beweisen, war die Angst vor Geschlechtskrankheiten in ihm noch stark, trotzdem aber hatte er Geschlechtsverkehr mit Faustina, der er — ungefragt — erklärt, er sei frei von Krankheit. Viele Faustinas hatten zuvor seinen Weg gekreuzt, aber erst in Rom war Goethe bereit, trotz seiner Angst seine Chance zu ergreifen.

Nach meiner Theorie litt Goethe an einer Sexualhemmung, die Geschlechtsverkehr unmöglich machte. Ich glaube, man kann die Natur dieser Schwierigkeiten sehr genau erraten, wenn man den biographischen Bericht studiert — wobei Goethe natürlich jede Darstellung davon ausließ, dessen er sich schämte.

Goethe litt anscheinend an vorzeitiger Ejakulation, ausgelöst durch das sexuelle Vorspiel, besonders durch Küssen, oder vielleicht sogar nur durch Küssen. Dies würde in das allgemeine Bild seiner Überemotionalität passen, gegen die er sich später oft durch zeremonielles Verhalten schützte und die trotz aller Vorsicht selbst dann noch häufig von Perioden intensiver Gefühlsströme unterbrochen wurde. Fälle von Überwältigtwerden durch Emotion kann man aus den Berichten über sein Weinen ersehen, wenn er über die Schicksale seines Charakters nachdachte. Seine große Schauspielkunst mit ihrer perfekten Präsentation von Empfindungen muß man nicht als Zeichen von Gefühlsbeherrschung interpretieren, sondern als eine unmittelbare Äußerung beim Eintreffen des entsprechenden Signals. Seine unglaubliche dichterische Kreativität, das rasche Bewußtwerden von vollendet gestalteten Gedichten und Liedern, der mehr oder weniger beständige Vorrat an Geschichten, Phantasien und dichterischer Gestaltung dessen, was er hörte und beobachtete — all dies zeigt, daß er beständig eine Tendenz zu sofortiger Abfuhr besaß, wenn nicht durch Handeln und körperliche Befriedigung, dann wenigstens durch künstlerische Schöpfungen oder Phantasien.

Wenn es noch irgendeinen Zweifel darüber geben sollte, in welcher Gefahr Goethe wirklich schwebte, von einem plötzlichen Gefühl überwältigt zu werden, möchte ich ein weiteres Beispiel aus einem Lebensabschnitt anfügen, als solche Vorfälle selten geworden waren. Ein Informant berichtet mit Respekt von einer Beobachtung aus dem Jahr 1807:

> Es ist mir erzählt worden, wie er in jenen Jahren Kinder durch den Tod verloren hat, und wie ihn der Vaterschmerz dabei so überwältigte, daß er

sich in ungemäßigten Äußerungen desselben an die Erde warf. [...] Einst, an einem schönen Sommertage, saß der große Dichter dort in Karlsbad im Freien mit weimarischen Bekannten an einem Tisch mit Holzbänken an beiden Seiten. [...] Da sah man, in das Gespräch vertieft, Goethes Sohn von einer Anhöhe herabkommen. Der junge Mann studierte zu dieser Zeit in Heidelberg und hatte eine unternommene Fußreise auch nach Karlsbad geleitet, um den Vater dort mit seinem Besuche zu überraschen. Als er sich nun der Gesellschaft an jenem Tisch so näherte, daß ihn der Vater im Rücken hatte und seine Annäherung nicht bemerken konnte, winkte er den Gegenübersitzenden eifrig zu, sich still zu verhalten und den Vater nicht auf seine Ankunft aufmerksam zu machen. So schlich er endlich leise bis an den Rücken des Vaters heran und hielt ihm plötzlich nach dem gebräuchlichen weimarischen Scherze die Hände vor die Augen. Wie nun Goethe sich loswindet und umkehrt und so höchst unerwartet den Sohn erblickt, da ergreift ihn das freudige väterliche Gefühl auf eine Weise, die in den anderen gegenwärtigen Personen eine tiefe Erschütterung hervorbrachte. Die maßlosen Äußerungen der Gefühlsüberwältigung, mit welcher der erhabene Mann hier erschien, waren von solcher Stärke, daß die Zeugen dieser Szene wirklich dabei erschraken und in Besorgnis für seinen Geist die Beruhigung herbeiwünschten.[80]

Trotz der fraglosen Präsenz von Zügen, die für den Zwangscharakter bezeichnend sind, glaube ich trotz allem, daß Goethes Grundstruktur — d. h. die grundlegende Beziehung zwischen Ich und Gefühl — die einer hysterischen Persönlichkeit war, und es könnten viele körperliche Konversionssymptome zur Unterstützung dieser Ansicht angeführt werden.

Angesichts all dieser Faktoren ist es nicht unwahrscheinlich, daß die psychologische Basisverfassung seiner Persönlichkeit zur vollen emotionalen Abfuhr bei minimalem Reiz tendierte. Das ist nicht als Schwäche des sexuellen Impulses oder Verlangens zu denken, sondern als Tendenz des Triebes selbst — gebildet in Übereinstimmung mit der Art seiner Gefühlsentfaltung —, sich sofort mit all seiner Stärke zur Geltung zu bringen. Aus seinen Briefen als junger Mann kann man sehen, wie das Gefühl, einmal erregt, mit überraschender Schnelligkeit sich zu einem fast unerträglichen Höhepunkt steigert. Dies hatte natürlich ein widersprüchliches Verhalten zur Folge. Es verschaffte ihm auch manchmal den Anschein der Unberechenbarkeit, da seine Emotionen dazu neigten, sich bei Zwischenfällen zum Maximum zu steigern, was dem Beobachter den Eindruck der Inkonsequenz vermittelte.

Ich möchte jetzt meine Hypothese rechtfertigen, Küssen habe Goethe in solchem Grad erregt, daß es mit voller Abfuhr einherging. Reik (449) erörtert bei seinem Bemühen, Goethes Flucht vor seiner Liebsten Friederike Brion in Sesenheim 1771 zu erklären, ausführlich eine Episode, die in Goethes Beziehung zu ihr eine große Rolle spielte. Bevor er Friederike traf — so berichtet Goethe in *Dichtung und Wahrheit* —, hatte er in Straßburg ein seltsames Erlebnis mit einem Mädchen namens Lucinde. Sie hatte sich in ihn verliebt, glaubte aber, ihre Schwester Emilie habe ihn für sich gewonnen. Um Emilie die Freude an ihrem Sieg zu vergällen, sprach die besiegte Lucinde über Goethe einen Fluch aus, der jenem Mädchen Unheil weissagte, das als nächste Goethes Lippen küssen würde. Die Episode ist wert, ausführlich zitiert zu werden:

> Sie [Lucinde] stand vor mir und schien auf etwas zu sinnen. Drauf sagte sie: Ich weiß, daß ich Sie verloren habe; ich mache keine weitern Ansprüche auf Sie. Aber du sollst ihn auch nicht haben, Schwester! Sie faßte mich mit diesen Worten ganz eigentlich bei'm Kopf, indem sie mir mit beiden Händen in die Locken fuhr, mein Gesicht an das ihre drückte und mich zu wiederholten Malen auf den Mund küßte. Nun, rief sie aus, fürchte meine Verwünschung. Unglück über Unglück für immer und immer auf diejenige, die zum ersten Male nach mir diese Lippen küßt! Wage es nun wieder mit ihm anzubinden; ich weiß, der Himmel erhört mich dießmal. Und Sie, mein Herr, eilen Sie nun, eilen Sie was Sie können![81]

Danach fühlte sich Goethe gehemmt, Friederike zu küssen, weil er fürchtete, daß Lucindes Fluch an seiner neuen Liebsten in Erfüllung gehen würde. Reik hat recht, wenn er sagt (449, S. 454 f.), daß dieser Furcht die Angst zugrunde lag, daß ihm (Goethe) ein Unglück geschähe. Wenn man aber den oben zitierten Abschnitt, die Erzählung von Lucindes Fluch, sorgfältig liest, kann man schließen, daß das Unglück Goethe schon befallen hatte, als er von Lucinde geküßt wurde. Aus diesem Bericht würde ich folgende Szene rekonstruieren, wie sie sich in Wirklichkeit abgespielt haben muß. Ein Mädchen, das Goethe leidenschaftlich küßt, bemerkt, daß er sie durch vorzeitige Ejakulation um die von ihr so begierig gewünschte Lust betrogen hat. Wie Frauen oft sind, erlebt sie dies als Aggression gegen sich, als Zeichen, daß Goethe keinen Geschlechtsverkehr mit ihr haben will. Deshalb belegt sie das nächste — oder alle nachfolgenden — Mädchen mit einem Fluch, damit sie dasselbe Schicksal erlitten. Natürlich war der Fluch gegen

Goethe gerichtet. Ihr Wunsch war, er solle dasselbe Mißgeschick für den Rest seines Lebens erleiden, und sie identifizierte sich, da sie vermutlich Goethes vorzeitige Ejakulation als Aggression gegen sich selbst erlebte, mit den Frauen, von denen sie vorweg annahm, daß Goethe bei ihnen Geschlechtsverkehr suchte, und verwünschte sie, dieselbe Wirkung auszulösen, die sie bei ihrem Liebhaber ausgelöst hatte.

Ich stimme mit Reik überein, daß es unwesentlich ist, ob die Lucinde-Episode oder eine ähnliche in Wirklichkeit überhaupt oder in dieser Weise stattgefunden hat, wie der alternde Goethe sie berichtet. Ich meine aber, daß Goethe in der Lucinde-Episode am ehesten anvertraute, worin seine sexuelle Schwierigkeit seiner Erwachsenenjahre bestand. Als er diese Episode schrieb, blickte er auf Jahre erfolgreichen Geschlechtsverkehrs mit Christiane zurück, und das Gefühl der Scham hatte sich so sehr verringert, daß er in der Geschichte von Lucindes Fluch einen Wink auf die Wahrheit geben konnte. Die Erdichtung, die er benutzte — wenn es eine Erdichtung war —, ist nicht sehr weit von der Erklärung entfernt, die Männer seit Jahrhunderten als Begründung für Fälle von Impotenz anbieten. In früheren Zeiten wurden Hexen verbrannt, weil sie angeblich Männer ihrer Zeugungsfähigkeit beraubt hatten (vgl. 502, I, S. 127—136, II, S. 75—87). Goethes Geschichte klingt, als ob er bei der Erinnerung an seine sexuelle Schwäche daran dachte, sie verspätet durch die Theorie zu erklären, daß eine Frau einen Zauberspruch über ihn geworfen haben müsse.

Es kann sich aber auch ein ähnliches Ereignis in der Realität abgespielt haben. Eine Zeitlang mag Goethe seinen Defekt ganz bereitwillig als Mittel akzeptiert haben, zeitweilige Befreiung von sexueller Spannung zu erhalten, und auch als Mittel zum Schutz des Mädchens vor den negativen Folgen, die seiner Meinung nach mit Geschlechtsverkehr verbunden waren. Wieviel muß er dann aber gelitten haben, als er entdeckte, daß Frauen seinen Glauben an seine Beschützerrolle nicht teilten und ihm bewußt machten, daß sie seine sexuelle Besonderheit als Aggression gegen sich empfanden. Oder Goethe mag, nachdem er durch das Mittel seines Defekts das Sexualproblem lange Zeit zu seiner Zufriedenheit gelöst hatte, gewünscht haben, Zuflucht zu reiferen Zielen zu nehmen, nur um zu entdecken, daß das, was er als Segen angesehen hatte und worauf er jetzt verzichtete, eine Reaktion war, die er nicht kontrollieren konnte.

Es würde uns bei der Überprüfung dieser Annahme helfen, wenn wir rekonstruieren könnten, wer die Person war, in deren Kontakt Veränderungen dieser Art vorkamen. Ich glaube nicht, daß Reik wirklich angemessen erklärt hat, warum Goethe Friederike verlassen mußte. Seine Erklärung würde zu einem Menschen passen, der klinisch an einer wirklichen Zwangsneurose leidet und der sich deshalb durch Handlungen des Vermeidens schützen muß. Reiks Annahme der Inhalte von Goethes unbewußtem Denken mag korrekt sein. Wenn Goethe aber nur mit diesen Ergebnissen (Kastrationsängste, Todeswünsche, Angst vor Vergeltung) zu kämpfen gehabt hätte, wäre sein Ich, wie ich meine, trotz der furchterregenden Wirkung dieser Drohungen stark genug gewesen, sie anzugehen und sie durch Handeln zu meistern. Mit anderen Worten, meine Argumentation bestreitet nicht die Annahme, daß solche Inhalte Teil von Goethes Unbewußtem waren — man findet sie nur allzu oft in männlichen Vorstellungen über den Geschlechtsakt, als daß man an ihrer Existenz bei Goethe zweifeln könnte —, aber ich muß mich gegen die Schlußfolgerung wenden, die Reik bezüglich der Wirkung solcher Vorstellungen auf die Ichstruktur des Dichters zieht.

Viel wahrscheinlicher ist, daß die unbewußten Ängste, verbunden mit der Tendenz des Ich zu maximaler Gefühlserregung, einmal erregt, zu vorzeitiger Ejakulation führten, hervorgerufen durch Küssen. Hier war Goethes Ich in einer Falle. Keine Anstrengung, kein Entschluß, keine gegenphobische Haltung konnte helfen. Je mehr sich das Ich der Gefahr aussetzte, desto weniger konnte es Erfolg haben, denn das Fragliche geschah automatisch, bestand in Reflexhandlungen, gegen die unmittelbar zu kämpfen zwecklos war. Es gab nur eine Methode, das befürchtete Ereignis zu verhindern, und das war, nicht zu küssen. Wie aber konnte ein Mädchen leidenschaftlich geliebt werden, wenn man es nicht küßte?

Ich weiß von keinem Fall in Goethes Leben, der beweisen könnte, daß sich ein Zwangssymptom einem wesentlichen oder wichtigen Ziel, das er entschieden verfolgte, in den Weg gestellt hätte. Er war abergläubisch wie alle Menschen, die sich eine lebhafte Kommunikation mit ihrem Unbewußten bewahrt haben. Aber er steuerte seine abergläubischen Ideen so gut, daß sie ihn zu erfolgreichen Leistungen führten. Wenn er, wie im Fall des Küssens, zum Vermeiden Zuflucht nehmen mußte, sollten wir dies nicht als Phobieentwicklung interpretieren, sondern als brauchbares Mittel, das zur Verfügung stand, um ein Symptom loszuwerden, das vielleicht nicht durch Willenskraft oder kontraphobische Techniken besiegt werden konnte. Wenn Kugeln um ihn herum sausten, konnte sich Goethe trotz Zittern weiter bewegen, aber ein Reflex des vegetativen Nervensystems lag außerhalb der Reichweite seiner Anstrengung. Bei der Überprüfung von Goethes eigenen Berichten, wie er es vermied, küssen zu müssen, finde ich nicht viel, was gegen meine Annahme spricht. Er schreibt:

> Seitdem jenes leidenschaftliche Mädchen meine Lippen verwünscht und geheiligt (denn jede Weihe enthält ja beides), hatte ich mich, abergläubisch genug, in Acht genommen, irgend ein Mädchen zu küssen, weil ich solches auf eine unerhörte geistige Weise zu beschädigen fürchtete. Ich überwand daher jede Lüsternheit, durch die sich der Jüngling gedrungen fühlt, diese viel oder wenig sagende Gunst einem reizenden Mädchen abzugewinnen. Aber selbst in der sittigsten Gesellschaft erwartete mich eine lästige Prüfung. Eben jene, mehr oder minder geistreichen, sogenannten kleinen Spiele, durch welche ein munterer jugendlicher Kreis gesammelt und vereinigt wird, sind großentheils auf Pfänder gegründet, bei deren Einforderung die Küsse keinen unbedeutenden Lösewerth haben. Ich hatte mir nun ein- für allemal vorgenommen, nicht zu küssen, und wie uns irgend ein Mangel oder Hinderniß zu Thätigkeiten aufregt, zu denen man sich sonst nicht hingeneigt hätte, so bot ich alles auf, was an mir von Talent und Humor war, mich durchzuwinden und dabei vor der Gesellschaft und für die Gesellschaft eher zu gewinnen als zu verlieren.[82]

Goethe sagt ausdrücklich, daß er gegen seine Begierde ankämpfen mußte. Der zwanghafte oder phobische Patient berichtet nie von einem Kampf gegen Lüsternheit. Es braucht eine lange Analyse, bevor er entdeckt, daß seine Symptome eine Abwehr von Trieben sind. Goethe läßt uns wissen, daß er gegen eine Befriedigung kämpfte, die er durch Küssen des Mädchens leicht hätte erreichen können. Die Furcht vor dem »geistigen« Schaden, den er einem Mädchen durch Küssen antun konnte, war in der Wirklichkeit nur allzusehr begründet. Nach Lucindes Fluch (»Unglück über Unglück«) würde man bei Goethe eher eine Angst vor konkretem Schaden erwarten als wir mit geistigem Schaden verbinden. Im Hinblick auf die Reaktion aber, die er bei Gelegenheit bei einem Mädchen gespürt haben mag, als er seiner sexuellen Besonderheit folgte, kann er leicht angefangen haben zu fürchten, seine sexuelle Schwäche vergifte den Geist des Mädchens. Aus der großen

Wirkung, die die Friederike-Episode für Goethe hatte, und aus der Tatsache seiner Flucht vor ihr würde ich vermuten, daß Goethe in der Beziehung zu ihr gezwungen war, zur Kenntnis zu nehmen, daß seine vorzeitigen Ejakulationen Symptome waren und daß er an einem wirklichen Defekt litt. Friederike erlag in ihrer lieblichsten Unschuld — wie man sich gut vorstellen kann — seinem Charme. Während Goethe eine Zeitlang Befriedigung durch Tanzen und Küssen erlangte, kam die Situation zuletzt heraus, als das Mädchen sich ihm hingeben wollte und auch Goethe selbst, jetzt zweiundzwanzig Jahre alt, danach drängte, den Akt durchzuführen, zu seinem Entsetzen und seiner Erniedrigung aber entdeckte, daß er durch vorzeitige Ejakulation daran gehindert wurde. Deshalb ergriff er die Flucht.

Als er Jahre zuvor in Leipzig sich heftig in Käthchen Schönkopf verliebte, war die Situation wesentlich anders. Dort sehen wir ihn inmitten wilder Stürme der Adoleszenz. Die Art, in der er von seinen Freunden damals beschrieben wird, erweckt ebenfalls den Eindruck des juvenilen Elements, des Anspruchs und der Anstrengung, wie ein Mann zu posieren. Bis zu einem gewissen Grad kann man das mit einer Experimentalphase vergleichen. Er benötigte noch einen Mentor, der in Gestalt von Behrisch auftauchte. Wilde und leidenschaftliche Wünsche findet man Seite an Seite mit übermoralischen Tendenzen. Der sexuelle Defekt erschreckte ihn zu dieser Zeit nicht, denn er verschaffte ihm Erleichterung, ohne Gefahr damit zu verbinden. Was ich als eine Erzählung des Defekts und als Ichreaktion darauf ansehe, entdecke ich in einem Brief des siebzehn Jahre alten Jungen an Behrisch vom 12. Oktober 1766. Ich habe dieses Gedicht schon früher zitiert (vgl. oben, S. 96 f.), möchte es aber wegen seiner großen Bedeutung in diesem Zusammenhang wiederholen. Das Gedicht wurde in englisch nach seiner Rückkehr von einem Stelldichein geschrieben, bei dem er fähig war, mit dem Mädchen vier Stunden allein zu sein, eine Gelegenheit, die sich selten bietet. Die ersten Verse lauten:

> What pleasure, God! of like a flame to born,
> A virteous fire, that ne'er to vice kan turn.

Goethe stellt hier dar, was ich als unmißverständlichen Hinweis auf den verläßlichen Schutz gegen Sünde durch seinen Defekt ansehe. Dann folgt die Beschreibung des sexuellen Vorspiels:

What volupty! when trembling in my arms,
The bosom of my maid my bosom warmeth!
Perpetual kisses of her lips o'erflow,
In holy embrace mighty virtue show.

Nach der Versicherung der Tugend — d. h. in Übereinstimmung mit der Forderung während der Leipziger Zeit, Geschlechtsverkehr zu vermeiden — schreitet Goethe zur Beschreibung des Orgasmus voran:

When I then, rapt, in never felt extase,
My maid! I say, and she, my dearest! says.
When then, my heart, of love and virtue hot,
Cries: come ye angels! Come! Se and envy me not.
[WA IV, 1, S. 64]

»Come ye angels! Come! See and envy me not« ist eine typische Antwort auf den Orgasmus des Jugendlichen, nämlich der Ausdruck eines Gefühls, der einzige zu sein, der solche Wonne erlebt, so daß selbst die seligsten Wesen, die Engel, Grund haben, ihn zu beneiden. Die Integration des Defekts wird mit besonderer Klarheit beschrieben. Orgasmus kann mit Tugend verbunden werden, und das Ich schwelgt im Triumph, die größte Lust ohne jede negative Konsequenz erlangt zu haben. Man gewinnt auch den Eindruck, daß Käthchen unreif genug war, die juvenile Natur des Liebeslebens ihres Liebhabers nicht zu bemerken. Die Tatsache, daß Käthchen bald nach Goethes Abreise heiratete, spiegelt auch die allgemeine Gefühlsatmosphäre dieser Beziehung wider.

Der fast psychotische Charakter von Goethes Reaktion auf Frustrationen, die ich früher dargestellt habe, sollte nicht zu der Annahme einer unbedingt tiefen Objektbeziehung verleiten. Der zweimalige Blutsturz, der ihn zwang, nach Hause zurückzukehren — ob er nun tuberkulös oder psychogener Natur war, darüber läßt sich streiten —, kann mit der Vorherrschaft der genitalen Sexualität beim ganzen Körper verglichen werden. Der Blutsturz würde dann für eine Ejakulation stehen, und die Wahl des Mundes als der führenden pathologischen Zone würde die Natur der zugrunde liegenden Sexualstörung bestätigen.

In der Zeit, in der er Friederike den Hof machte, beschreibt Goethe ein körperliches Symptom, das fraglos psychogener Natur war. Nach einer Mahlzeit fühlte er »die Kehle wie zugeschnürt,[83] ein Symptom, das in Sesenheim fehlte und das er in Straßburg erfolgreich bekämpfen konnte, indem er einen bestimmten roten Wein nicht trank, der in dem Speisehaus serviert wurde und den er sehr gern mochte. Ich würde das Symptom als Verschiebung von unten nach oben erklären und als einen Versuch, die Ejakulation durch Kontraktion zu verhindern.[84]

Als Goethe in Straßburg ankam, war er gegenüber seiner Leipziger Zeit gereift. Was früher befriedigend gewesen sein mochte, reichte jetzt nicht mehr aus. Der Fortschritt offenbart sich auch in seiner Liebesdichtung, die in reizender Weise männlich wurde. Wenn er jetzt unter seinem Defekt litt, besonders wenn sich ihm ein Mädchen ungehemmt zuwandte und genitale Befriedigung erwartete, dann hatte dies bei ihm eine verwirrende Wirkung zur Folge. Was in Leipzig willkommene Erleichterung gewesen war, wurde in Sesenheim ein Fluch. Das Schamgefühl muß sehr stark gewesen sein. Ich glaube, daß der bejahrte Goethe durch die Verschiebung des Akzents von Scham auf Schuld in *Dichtung und Wahrheit* die Wiederherstellung seiner Selbstachtung erreichte. Da hinter der vorzeitigen Ejakulation Aggression lauerte, war ein Schuldgefühl vermutlich schon zum Zeitpunkt seiner Flucht aus Sesenheim vorhanden. Die unmittelbare, erste Reaktion aber war wahrscheinlich Scham, die man hinter vielen Einzelheiten spürt, die in *Dichtung und Wahrheit* berichtet werden. Dort bemerkt man eine Verschiebung der Scham auf Einzelheiten (die er vermutlich erfinden mußte, um an ihnen die Erniedrigung festzumachen) und eine beträchtliche Bereitschaft, sich selbst anzuklagen, um seine Scham zu verbergen.[85] Es war für ihn leichter, sich als schuldbeladenen Don Juan zu präsentieren, denn als jungen Mann mit einer körperlichen Behinderung.

Ich werde einige Beispiele Scham hervorrufender oder peinlicher Ereignisse geben, die Goethe in *Dichtung und Wahrheit* im Zusammenhang mit der Sesenheim-Episode beschreibt. Solche Züge tauchen schon im Zusammenhang mit der Schilderung der ersten Kontaktaufnahme mit der Sesenheimer Familie auf. Es gibt zwei Verkleidungsszenen, auf die Reik (449, S.420–429) viele Gedanken gewendet hat. Auf seinem Weg nach Sesenheim versuchte Goethe durch Verhalten, Kleidung und Haartracht sich das Ansehen eines armen Theologiestudenten zu geben. Dies war angeblich sein Aufzug, als er Friederike zum erstenmal sah. Am nächsten Morgen fühlte er sich wegen der Ärmlichkeit seiner Kleidung so beschämt, daß er rasch nach Straßburg zurückkehren, seine Kleider wechseln und zurückkommen wollte. Nicht weit vom Hof der Familie Brion traf er den Sohn eines Gastwirts, der ihm ähnlich sah. Er lieh sich die Kleider des Jungen aus, kehrte nach Sesenheim zurück und foppte so die ganze Familie, die auf den ersten Blick dachte, er sei Georg, der Sohn des Gastwirts.

Es ist nicht nötig, sich in die Details der Maskerade zu vertiefen. Sie klingt irgendwie gezwungen und bemüht, und viele Autoren haben behauptet — aus guten Gründen, wie ich meine —, daß diese beiden Verkleidungsszenen überhaupt nicht stattgefunden haben.[86] Wie dem auch sei — und in unserem Zusammenhang ist die historische Wahrheit weniger wichtig als die psychologische Bedeutung —, diese zwei Eröffnungsepisoden enthielten intensive Peinlichkeit und Scham, und Goethe mußte sich seiner Erzählung nach bei einer ganzen Reihe von Leuten entschuldigen und eine Menge erklären. Nach Reiks Interpretation (449, S. 426) waren die beiden Verkleidungen der Ausdruck von Ambivalenz und eines Gefühls der Überlegenheit, wobei die erste ausdrückte: ›Wenn ich ein Student der Theologie wäre, würdest du froh sein, mich willkommen zu heißen‹, und der zweite sagen wollte: ›Der Sohn des Gastwirts ist der geeignete Bursche für dich, ich passe nicht zu dir‹, aber auch: ›Ich wünschte, ich wäre Georg, dann könnte ich dich heiraten.‹ Ich kann Reik folgen, wenn er die Ambivalenz herausstellt, meine Hauptinterpretation aber geht in eine andere Richtung. Goethe sagt bei der ersten Verkleidung, er hätte Menschen nachgeahmt, die man »lateinische Reiter« nennt. Zu meiner Überraschung habe ich diesen Ausdruck in einer Weise erklärt gefunden, der genau zu meiner Interpretation zu passen scheint, die ich zuvor psychoanalytisch gewonnen hatte. Karl Heinemann, der Herausgeber der Edition von Goethes Werken im Bibliographischen Institut, nimmt an, daß der Ausdruck nach einer bekannten italienischen Redensart »fare il latino a cavallo« gebildet sei, deren übliche Bedeutung sei, »eine Sache gewaltsam ausführen, man mag können und wollen oder nicht«.[87]

Dies ist meiner Meinung nach der Schlüssel zur ersten Verkleidung. Sie ist der Ausdruck eines Versuchs oder Wunsches, sich mit einem Mann zu identifizieren, der unter allen Umständen sexuell etwas leisten und darin Erfolg haben will. Bei der zweiten Verkleidung drückt Goethe, so meine ich, einen Wunsch aus, sich von der Heuchelei seiner eigenen sozialen Gruppe zu distanzieren. Als Junge bekam er genug mit, wie man sich im Mittelstand der Stadtbevölkerung zu bewegen hatte, und er bemerkte sicherlich den Unterschied zwischen den Sexualgewohnheiten der Unterschichten und denen seiner eigenen Klasse. Georg war unter dem sozialen Stand von Friederike, deren Platz zwischen der Gesellschaftsschicht von Georg und der Goethes lag. Ich glaube nicht, daß der Versuch zur Identifizierung mit Georg, dem Gastwirtssohn, bei Goethe durch einen Wunsch nach Heirat motiviert war, sondern allein durch das Verlangen, zum Geschlechtsverkehr fähig zu sein, so als ob er sagen wollte: ›Wenn ich die Männlichkeit eines Gastwirtssohns hätte, könnte ich mit meiner Liebsten schlafen, selbst wenn mein sozialer Stand unter ihrem läge.‹ Die beiden Verkleidungsepisoden, aller Wahrscheinlichkeit nach vom Dichter frei erfunden, gaben Gelegenheit zur Beschreibung eines Peinlichkeitsgefühls, das unauslöschlich mit seiner Sesenheimer Erinnerung verbunden war, und also ist zu erwarten, daß diese Produkte der dichterischen Einbildungskraft den Vorfall genau so widerspiegeln, wie die historisch wirkliche, ursprüngliche Peinlichkeit beschaffen war, an die er sich gut erinnern konnte.

In Goethes Schilderung seines Gefühls nach dem verbotenen Kuß mit Friederike findet man auch die Bestätigung seiner sexuellen Schwäche. Er schreibt:

> Was aber noch Schmerzlicheres für mich im Hintergrunde lag, will ich nicht verhehlen. Ein gewisser Dünkel unterhielt bei mir jenen Aberglauben: meine Lippen – geweiht oder verwünscht – kamen mir bedeutender vor als sonst, und mit nicht geringer Selbstgefälligkeit war ich mir meines enthaltsamen Betragens bewußt, indem ich mir manche unschuldige Freude versagte, theils um jenen magischen Vorzug zu bewahren, theils um ein harmloses Wesen nicht zu verletzen, wenn ich ihn aufgäbe.
>
> Nunmehr aber [nachdem ich Friederike geküßt hatte] war alles verloren und unwiederbringlich: ich war in einen gemeinen Zustand zurückgekehrt, ich glaubte das liebste Wesen verletzt, ihr unwiederbringlich geschadet zu haben; und so war jene Verwünschung, anstatt daß ich sie hätte los werden sollen, von meinen Lippen in mein eigenes Herz zurückgeschlagen.[88]

Diese Passage beschreibt die Überbesetzung der oralen Zone, die bei der Art sexueller Störung, von der ich vermutet habe, daß Goethe vor seiner Italienreise unter ihr zu leiden hatte, nie fehlt. Sie vermittelt auch die Nutzlosigkeit von Willensanstrengungen bei der Bekämpfung dieses Symptoms.

Bemerkenswert ist, daß Goethe seit Friederike bei der Auswahl seiner Liebsten auf Frauen verfiel, bei denen durch äußere Umstände Geschlechtsverkehr äußerst schwierig, wenn nicht unmöglich war. Lotte in Wetzlar war verlobt, zumindest heimlich; Lili gehörte einer höheren Gesellschaftsschicht an, und seine Verlobung mit ihr tendierte zum Aufschub des Sexualakts. Von Lili selbst stammt der Bericht, der einige meiner Vermutungen über Friederike unmittelbar bestätigt. Viele Jahre nach ihrer Verlobung mit Goethe nannte Lili, die v. Türckheim geheiratet hatte, Goethe »den Schöpfer ihrer moralischen Existenz«. Sie gestand auch, daß ihre Leidenschaft für Goethe stärker war als ihr Sinn für Pflicht und Tugend, und

> wenn seine Großmut die Opfer, welche sie ihm bringen wollte, nicht standhaft zurückgewiesen hätte, so würde sie späterhin ihrer Selbstachtung und der bürgerlichen Ehre beraubt auf die Vergangenheit zurückgeschaut haben.[89]

Diese Worte sind nicht unmittelbar von Lili selbst überliefert, sondern in einem Bericht von Henriette Beaulieu-Marconnay enthalten, die sie traf und die später das Gespräch veröffentlichte. Aus diesem Bericht scheint klar zu sein, daß Lili während ihrer Verlobung einer sexuellen Beziehung nicht abgeneigt war. Andere haben dies bestritten und behauptet, diese Worte bedeuteten ihren Willen, sich entführen zu lassen (vgl. 453, S. 29). Da Goethe und Lili verlobt waren, sehe ich nicht, wie eine Einführung an so schlimme Konsequenzen für die Zukunft der Braut denken lassen konnte. Wenn sich Lili wirklich in solchen Worten ausließ, wie Mme Beaulieu-Marconnay sie berichtet, muß man, glaube ich, schließen, daß trotz seiner Sehnsucht und seiner Leidenschaft nicht Goethe um genitale Befriedigung bat, sondern daß es seine Liebste war, die ihren Trieben nachgeben wollte, und daß es Goethe war, der diese Idee zurückwies.

Ich habe diese Episode genauer erörtert, weil es unwahrscheinlich klingen mag, daß Friederike, die Tochter eines Pfarrers, überhaupt bereit gewesen sein soll, von den vorgeschriebenen Verhaltensregeln so weit abzuweichen. Goethe beschreibt Friederike als naive, aufrichtige Person, die ihm absolut ergeben war. Vom Standpunkt des jungen Mannes ist es eher ein Zeichen von Tugend, wenn ein tugendhaftes und unerfahrenes Mädchen bereit ist, sich in vollem Vertrauen auf seine Ehrenhaftigkeit und Aufrichtigkeit hinzugeben. Nach seiner ersten Begegnung mit Friederike fragt Goethe seinen Begleiter, der ihn nach Sesenheim mitgenommen hatte, ob das Mädchen jemals geliebt habe, ob sie jetzt liebe und ob sie verlobt sei. Als der Begleiter dies verneint, kann Goethe es nicht glauben. »Hätte sie geliebt und verloren und sich wieder gefaßt, oder wäre sie Braut«, könnte er ihre »Heiterkeit« besser verstehen.[90] Ich bin geneigt, diese Bemerkung als Ausdruck des Bedauerns des bejahrten Goethe zu interpretieren — unabhängig von ihrer Bedeutung im buchstäblichen Kontext der Geschichte —, daß sich das erfolglose Sesenheimer Abenteuer mit einem Mädchen ereignete, das zum erstenmal liebte. Unter diesen Umständen muß eine sexuelle Defizienz für ihn besonders peinlich gewesen sein und zu einem größeren Schuldgefühl geführt haben, als es im Fall eines liebeserfahrenen Mädchens gewesen wäre. Tatsache ist, daß Friederike unverheiratet blieb, wie wenn sie durch ihre Bekanntschaft mit Goethe ein schweres Trauma erlitten hätte.[91]

In seiner Beziehung zu Lili, einem Mädchen von hoher Bildung und Klugheit, verhielt sich Goethe anders und wies offenbar ein sexuelles Abenteuer zurück. Man muß aber berücksichtigen, daß während der Zeit der heftigen Liebe zu Lili Goethes Besuche bei dem Mädchen in Offenbach stattfanden. Die Identität dieses Mädchens ist ganz rätselhaft, aber fast alle jungen Freunde und Bekannten, die zum Kreis der Stürmer und Dränger gehörten, besuchten sie und verbrachten Nächte in ihrem Haus (vgl. 388). In Weimar verband er sich mit einer Frau, mit der die Wahrscheinlichkeit zum Geschlechtsverkehr minimal war. Aber, wie ich zu zeigen versucht habe, war Geschlechtsverkehr als Möglichkeit zu sexueller Entspannung kein gangbarer Weg für ihn.

Es erhebt sich die Frage, ob Goethe mit Charlotte von Stein seine gewöhnliche Technik, Befriedigung zu erlangen, fortzusetzen versuchte. Und hier, glaube ich, gibt es wieder einen Punkt von biographischer Evidenz, der meine Hypothese unterstützt. Charlotte von Stein beklagte sich offenbar über Goethes Verhalten. Welche Art von Verhalten meinte sie aber? Ist es denkbar, daß eine Frau wie sie sich mit ihm wieder versöhnt hätte, nachdem sie Goethes Versuch einer sexuellen Beziehung zurückgewiesen hatte? Ist es nicht wahrscheinlicher, daß er sie leidenschaftlich zu umarmen versuchte, wobei er wie gewöhnlich eine Ejakulation hatte, und daß sie, die natürlich spürte, daß diese Umarmung zur genitalen Abfuhr führte oder sie zum Ziel hatte, ihm verbot, jemals ein solches Manöver mit ihr zu versuchen? Ob er jemals wagte, so weit zu gehen, kann man natürlich nicht besser als Goethe selbst wissen, aber es ist wichtig festzustellen, daß die Zurückhaltung, die sie ihm auferlegte, aller Wahrscheinlichkeit nach leidenschaftliches Küssen einschloß. Wie viele Passagen in Goethes Briefen zeigen, wurden zwischen ihm und Charlotte von Stein Küsse ausgetauscht. Wenn meine Vermutung korrekt ist, verhinderte sie leidenschaftliches Küssen, denn damit leistete sie einen weiteren Beitrag zu Goethes Genesung. Er lernte sozusagen die Kunst des leidenschaftslosen, bloß zärtlichen Küssens, wissend, daß das Überschreiten einer bestimmten Schwelle den sofortigen Verlust des Liebesobjekts zur Folge haben würde.

Wir besitzen eine kurze Anmerkung von Goethe, die ein interessantes Licht auf sein Sexualleben während der frühen Weimarer Jahre wirft. Ich erinnere daran, daß er viele Stunden ununterbrochen mit wildem Tanzen mit den Mädchen der ländlichen Umgebung verbrachte. »Das Rad der Unterröcke«, vermerkte er,

> Die rothen Strümpfe Wenn einem der Wind der schwingenden Unterröcke unter die Nase geht. Das mäulgen ziehen, rümpfen (?) Augen niederschlagen der Mägdlein die den Schwanz spüren. Hosenknopf. Auf Wollsack reiten Stampfen daß die Dielen donnern.[92]

Die Herausgeber der Sophienausgabe glauben, daß diese Notizen 1777 geschrieben wurden und sich auf Goethes Beobachtungen bei einem ländlichen Tanzvergnügen beziehen. Ich betrachte sie als Reflex eigener Erlebnisse. Hier sehen wir, wie der sexuelle Drang in das motorische System überführt wird, wie das leidenschaftliche Tanzen zur Erregung ohne Abfuhr führt. Wichtig ist, daß selbst in so intimen Skizzen Geschlechtsverkehr nicht erwähnt wird, obwohl diese Jahre des ständigen Zusammenlebens mit dem Herzog, der sich angeblich uneingeschränkt sexuelle Eskapaden gestattete, vielfach Gelegenheit zum Geschlechtsverkehr mit Mädchen niederen Standes gaben.

Wir werden jetzt die volle Bedeutung von Goethes Eintrag in sein Tagebuch vom 7. August 1779 verstehen:

> Möge die Idee des reinen die sich bis auf den Bissen erstreckt den ich in Mund nehme, immer lichter in mir werden.[93]

Der Mund war das Organ der Sünde, denn dessen Reizung führte zur Ejakulation. Unter dem Einfluß von Charlotte von Stein wurde Goethe dazu gebracht, dieses Symptom zu beseitigen. Der beste Weg zur Erreichung dieses Ziels war die Ausdehnung des Bedeutungsbereichs. Wenn alle vom Mund ausgehende Lust verboten wird, dann kann man sicher sein, unmittelbare sexuelle Folgen auszuschließen. Man muß auch bedenken, daß bei der Unterdrückung einer solchen Perversion die libidinöse Besetzung des Essens infolge Verschiebung größer wird. Also stimmte Goethes Einbeziehen jedes gegessenen Bissens in den Begriff der Reinheit mit dem vordringlichen Ziel zu jener Zeit überein. Goethes Eintrag über die Reinheit des Bissens kann als Indizienbeweis für die Richtigkeit meiner Rekonstruktion gelten. Mit dem Verschwinden des Symptoms in Italien wurde Goethe auch freier in seinen Eßgewohnheiten, was anderen auffiel.

Es ist interessant, den beständigen Anstieg des sozialen Status von Goethes Liebsten zu beobachten, der mit Gretchen beginnt und in Charlotte von Stein, der kultivierten Adligen, seinen Höhepunkt findet. Als er endlich genitale Beziehungen begann, kehrte Goethe zu seinem Ausgangspunkt zurück und wählte eine Geliebte aus niederem Stand. Ich erinnere daran, daß Gretchen als Kellnerin arbeitete, als Goethe sie sah und sich in sie verliebte. Christiane hatte einen höheren sozialen Status als die Kellnerin Faustina, aber Goethe ging darüber nicht hinaus und blieb bei ihr. Er wiederholte also in seinem genitalen Leben die gesellschaftliche Reihe nicht, die er während der Zeit seines Liebeslebens durchlaufen hatte, als er unter dem sexuellen Defekt litt. Das Problem der Verzögerung in seiner psychosexuellen Entwicklung ist von nicht geringerer Bedeutung. Offensichlich gelang es ihm niemals, eine genitale Beziehung zu einer Partnerin aufzunehmen, die in Bildung und Kultur ihm gleichgestellt war. Möglicherweise blieb infolge des verzögerten Beginns des Geschlechtsverkehrs keine Zeit mehr, jene Entwicklung zu ergänzen, durch die andere gewöhnlich in einem viel früheren Alter gehen. Möglich ist auch, daß der Künstler, wenn ihm eine Synthese von sexueller Befriedigung und angemessener Objektbeziehung gelingt, wenn er das Körperliche und das Geistige — ohne ein Schuldgefühl — zu einem glücklichen, beseligenden Erlebnis verschmilzt, die Kraft und den Drang zu weiterer künstlerischer Produktivität verliert (vgl. Anhang T). Im 2. Teil des *Faust* läßt Goethe den Augenblick des Todes mit dem Augenblick höchster Seligkeit zusammenfallen. Eine solche sexuelle Besonderheit, wie ich sie zu rekonstruieren versucht habe, muß trotz der damit verbundenen Gefühle von Peinlichkeit, Erniedrigung und Minderwertigkeit höchst vorteilhaft und äußerst notwendig für Goethes Entwicklung als Künstler gewesen sein. Die Behinderung war nicht so strukturiert, daß sie genitale

Abfuhr unmöglich machte. Hätte Goethe an einer Zwangsneurose solcher Stärke gelitten, daß genitale Befriedigung vollständig blockiert gewesen wäre, weiß ich nicht, ob sein psychischer Apparat der entsetzlichen Anspannung der Vor-Weimarer Jahre hätte widerstehen können oder ob er nicht ein Opfer von Selbstmord oder Psychose geworden wäre.

Weiterhin ist wichtig, daß der Defekt Goethe nicht isolierte. Er erforderte das Suchen und Finden einer Partnerin. Masturbation hätte zu einem größeren Schuldgefühl geführt, als es bei seiner Perversion vermutlich der Fall war. Sie hätte auch seine Bemühungen um die Objektwelt überschattet. Durch die Technik der Befriedigung, die ich dargelegt habe, war Goethe gezwungen, sich immer wieder den Objekten zuzuwenden, ohne jemals volle Befriedigung zu erhalten. Ich glaube, daß dies ein besonders wichtiger Punkt ist. Wenn seine Perversion ihn mit einer tiefreichenden und wirklich befriedigenden Abfuhr versorgt hätte, wäre künstlerische Schöpfung wahrscheinlich nicht länger der Hauptkanal geblieben, durch den seine Libido der Welt zufloß. Man braucht bloß die *Römischen Elegien* mit den für Marianne Willemer, eine Frau, die Goethe niemals sexuell besessen hat, geschriebenen Gedichten zu vergleichen. Die *Elegien* sind schön, aber diese Art von Dichtung hätte Goethe niemals zu dem Dichter gemacht, der er war. Das beständige Streben nach dem Objekt, jenes Beinahe-Erreichen des Objekts, ohne es jemals ganz zu besitzen, die Lust beim Erkennen der Schönheit des Liebesobjekts, die Freude beim Vorgeschmack höchster Seligkeit, ohne jemals völlig zur Ruhe zu kommen — alle diese und viele andere Faktoren wirkten zusammen, um Goethes Dichtung zu einer der schönsten Schöpfungen zu machen. Die psychologischen Voraussetzungen solcher Schöpfungen können nicht auf wiederholter gänzlicher Befriedigung des Sexualtriebs beruhen. Nur wenn tief im Herzen einer Persönlichkeit noch Bedürfnisse über die Befriedigung hinaus bestehen und auf den kreativen Prozeß gelenkt werden müssen, können höchste Kunstwerke hervorgebracht werden. Vielleicht war es gerade dieser Faktor, der die Perversion zu einem unverzichtbaren Teil der Arbeitsfähigkeit des Ichs machte. Die durch die Perversion gewährte Lust gab einen Vorgeschmack auf die Wonne, die erreicht werden könnte, aber niemals in Reichweite kam, weil sie jedesmal trügerisch entglitt. Diese Perversion hatte eine äußerst stimulierende Wirkung auf die Sehnsucht des Ich, in Worte zu fassen, was zu gewähren der Körper sich beständig weigerte, sondern nur in leeren Versprechungen verhieß.

Wichtig war auch, daß die Perversion das Ich zugleich gegen die schädliche Überlastung mit unbefriedigter Libido schützte. Die psychologische Struktur von Goethes sexuellem Defekt läßt die Identifizierung mit Moses besonders verständlich erscheinen. Auch Goethe war dazu verdammt, das verheißene Land von weitem zu sehen, ohne das ihm viele Jahre lang erlaubt war, seinen Fuß darauf zu setzen. Eine solche wesentlich günstige Identifizierung wie die mit Moses konnte leicht durch eine Gleichsetzung mit Tantalus ersetzt werden, der mit ewigem Durst inmitten von Wasser bestraft ist, das zurückweicht, sobald er sich bückt, um zu trinken. Tantalus ist der Prototyp der masochistischen Persönlichkeit, ganz anders als Moses, der, obwohl ihm die letzte Befriedigung versagt war, das Urbild des grandiosen, die Nation gründenden Vaters ist.

An dieser Stelle müssen ein paar Bemerkungen über Goethes Oralität angefügt werden. Die orale Zone war — immer vorausgesetzt, daß meine Hypothese korrekt ist — die führende Zone, die den Mechanismus der Ejakulation in Gang setzte, und deshalb darf man Zeichen von intensiver Oralität bei Goethe auch in anderen Hinsichten erwarten. Ich will mich nicht bei seiner starken Vorliebe für Alkohol aufhalten oder bei der großen Rolle, die Speisen in seinem Leben spielten, oder bei der Bedeutung, die Reden, Sprechen oder Vortragen für ihn hatte, möchte aber kurz die Aufmerksamkeit auf die Tatsache lenken, daß Goethes Sprache sehr oral war und daß die gewählten Metaphern sich häufig im oralen Bereich bewegten. Ich will ein Beispiel, das für viele steht, zitieren. Am 6. Januar 1787 schreibt er seinen Freunden aus Italien von seiner Absicht, nach Ostern nach Hause zurückzukehren, und fährt dann fort:

> Ich werde bis dahin noch einige Schaalen aus dem grosen Ocean geschlürft[94] haben und mein dringendes Bedürfniß wird befriedigt seyn. Ich bin von einer ungeheuren Leidenschafft und Kranckheit geheilt, wieder zum Lebensgenuß, zum Genuß der Geschichte, der Dichtkunst der Alterthümer geneßen...[95]

Hier stoßen wir auf orale Bildlichkeit als Symbol all der guten Dinge, die ihm das Leben vor seiner Rückkehr nach Hause bieten kann. Die orale Bildlichkeit ist zunächst allgemein gehalten, nennt dann aber die spezifischen Besonderheiten dieser guten Dinge. Die Beziehung zwischen Oralität, Speise und Liebeserwartungen wird in folgender Passage aus Goethes Brief an Jacobi vom 11. September 1785 deutlich, in dem er über Fritz schreibt:

> Weist du was! ich will ihn deinem Mädgen erziehen, einen hübschern und bessern Mann kriegt sie doch nicht, da ich doch einmal dein Schwiegersohn nicht werden kann. Aber gieb ihr nicht Punsch zu trincken und des andern Quarcks, halte sie unverdorben wie ich den Buben, der an die reinste Diät gewöhnt ist.[96]

Hier ist der Glaube an die Moral und die ethische Wirkung der richtigen Speise sehr bündig (wenn auch vielleicht scherzhaft) ausgedrückt. In einem Brief an Charlotte von Stein vom 3. Januar 1780, in dem er ihr von einer neuen Idee zu einem Stück erzählt, bittet er sie, diese Mitteilung als Geheimnis zu bewahren, denn sonst könne ihm ein anderer »den Braten vorm Maul wegnehmen«.[97] Hier wird die gesamte, noch nicht vollständig gestaltete künstlerische Idee mit einem verlockenden Gericht verglichen (wenn nicht gleichgesetzt), das in der Phantasie vorgestellt, aber nur dort genossen wird.

Man kann natürlich auch anale Bezüge finden, aber diese sind, glaube ich, viel seltener. Den starken oralen Unterton in Goethes Sprache kann man jedoch nicht überhören. Die Feststellung des oralen Untertons in vielen Briefen und die durch solche Beispiele illustrierte Bedeutung der oralen Zone führt uns aber nicht sehr weit. Ich habe früher unterstellt, daß die Oralzone der Auslöser für den genitalen Prozeß war. Wir finden diese Pathologie bei oralabhängigen Patienten, aber auch bei Menschen, bei denen genitale Strebungen zwar stark entwickelt sind, diese aber nicht zu entsprechenden Manifestationen führen, d. h. dieselbe orale Perversion kann auf ganz unterschiedlichen Fixierungen der libidinösen Entwicklung beruhen und sich auf ganz verschiedene Ichstrukturen beziehen. Bei dem einen Patienten wird das orale Ziel zum Hauptzweck des Ich gemacht; diese Patienten wollen saugen, und sie saugen tatsächlich und sind parasitär, bei dem anderen ist das orale Ziel nur die Fassade starker phallischer Tendenzen, die infolge der Kastrationsangst nicht hervortreten. In Goethes Beziehung zu Charlotte von Stein sahen wir ihn während der Initiationsphase, als seine Briefe häufige Anspielungen auf Speisen enthielten, sehr nachdrücklich mit oralen Tätigkeiten beschäftigt. Es machte ihm Freude, die geliebte Frau und ihre Kinder mit Delikatessen zu verwöhnen, und er stürzte sich mit großer Energie auf die Regierungsgeschäfte des Fürstentums — indem er sozusagen allen Einwohnern von Weimar Nahrung gab. Die phallische Tendenz findet nur in Passagen wie der folgenden Ausdruck, geschrieben am Schluß eines Briefes vom 6. September 1777:

> Liebste! Ich habe Sie doch ganz allein lieb, das spür ich an der Wirthschafft mit den übrigen Frauen.
> Eifersüchtig auf mich sind Sie nicht, sonst wollt ich Ihnen ein Mittel sagen. das Futteral zum Souvenir hab ich nicht, aber Ihr Halstuch hab ich um...[98]

Vom psychoanalytischen Standpunkt aus ist die Abfolge der Gedanken ziemlich klar. (1) Ich liebe dich — das steht fest, weil ich mich nicht in andere Frauen verlieben kann; (2) wie schön wäre es, wenn du eifersüchtig wärst — denn dann könnte ich vorschlagen, was du tun solltest, um die Eifersucht zu bekämpfen; (3) ich habe das Futteral zum Souvenir nicht. Diese »freie« Assoziation offenbart, wenn darüber noch Zweifel bestanden haben, die Natur des Heilmittels gegen Eifersucht, d. h. gegen Geschlechtsverkehr. Interessant ist, daß Goethe trotz seiner großen Intimität mit Charlotte von Stein über Geschlechtsverkehr mit solchen Umschweifen schrieb. Er schlüpft in eine Vertraulichkeit und offenbart die Wahrheit in einem Symbol, das der Vertraulichkeit abrupt folgt. Ich schließe daraus, daß die unmittelbare genitale Forderung auch verhüllt blieb, wenn er mit ihr zusammen war. Also wurde die Speise der Ersatz für die körperliche Befriedigung, die Charlotte von Stein verweigerte, wie man aus dem Anfang seines Briefes vom 8. Februar 1781 sehen kann, wo er von dem angeblich durch Übertreten einer Diät ausgelösten Nasenbluten berichtet.[99]

Dieses Material mag die Wahrscheinlichkeit meiner Hypothese über den spezifischen Charakter von Goethes sexueller Störung bekräftigen. Ich muß aber nochmals betonen — besonders im Hinblick auf die Bereitwilligkeit, mit der echte orale Abhängigkeit bei einem Patienten angenommen wird, wie man bei der Durchsicht zeitgenössischer psychoanalytischer Literatur sehen kann —, daß die große Rolle, welche die orale erogene Zone gespielt haben muß, nicht zur Schlußfolgerung führt, daß das klinische Bild die Bestimmung Goethes als oralen Charakter zuläßt. Der Mund fungierte als Auslöser, um den genitalen Mechanismus zu aktivieren, und in der Situation aufgestauter Frustration auch als Ersatzorgan für das Genitale. In einer solchen Fusion von Mund und Genitale besteht der springende Punkt in dem Grad, in dem das Genitale das Ausführungsorgan des Mundes wird oder in welchem Maße es seine Unabhängigkeit bewahrt und nur sekundär den Mund für seine eigenen Zwecke nutzt.

Wie dem auch sei, in Rom finden wir Goethe in vollem Besitz seiner genitalen Funktion. So deutlich dies ist, es erlaubt nicht die Schlußfolgerung, daß das volle psychische Erlebnis des Orgasmus erreicht war — und vielleicht wurde es niemals erreicht —, aber das physiologische Funktionieren als genitaler Mechanismus war nicht länger behindert, d. h. sexuelle Erregung konnte ohne sofortige Abfuhr ertragen werden; das Vorspiel führte nicht zur Ejakulation, und die Kastrationsangst milderte sich so sehr, daß Goethe sich den mit dem Geschlechtsverkehr, besonders dem unehelichen, unvermeidlich verbundenen Risiken aussetzen konnte.

Genesung

Es wäre natürlich äußerst interessant zu wissen, welche Faktoren die erfolgreiche Heilung von Goethes sexuellem Defekt bewirkten. Auf der Grundlage der Evidenz dessen, was ich in bezug auf die Vateridentifizierung herausgebracht habe, kann man versucht sein, die Genesung als spontan zu bewerten: jetzt, nach Erreichen des Alters, in dem sein Vater geheiratet hat, fühlt er sich nicht länger »unwert«, Schuldgefühle, Neid und Kastrationsängste, die ihn früher vom Geschlechtsverkehr abgehalten haben, flauen ab. Spontanes Genesen von sexuellen Defekten kommt natürlich vor, aber selten in einem so fortgeschrittenen Alter. Besonders im Hinblick auf das Ausmaß, in dem jedes Ereignis in Goethes Leben unter ein psychologisch sehr bedeutendes Verhaltensmuster fällt, wäre die Vermutung ein schwerer Fehler, daß die Kombination von zufälligen (unbedeutenden) Faktoren — was im Grunde der lockere Begriff »spontan« umfaßt — am Werk war, als ein Ereignis von so großer Bedeutung in Goethes Leben eintrat. Mit neununddreißig oder vierzig liegen die sexuellen Gewohnheiten eines Mannes im allgemeinen fest, und ein spontanes Verschwinden eines Symptoms, wie Goethe es meinen Darlegungen nach aufwies, wäre höchst ungewöhnlich. Sicher, man könnte einwenden, daß man von Goethe nicht sagen kann, er sei wirklich impotent gewesen, selbst wenn meine Hypothese der Ejakulation infolge Küssens korrekt ist. Es ist möglich, daß Goethe diesen Ausweg zur sexuellen Entspannung benutzte, weil er sich Geschlechtsverkehr nicht gestatten wollte, worin die Gründe für diese Abneigung auch bestanden haben mögen.

Aber — so könnte man in der Argumentation fortfahren — wenn er Geschlechtsverkehr versucht hätte, hätten seine Sexualorgane richtig funktioniert. So würde die Diskussion zur Betrachtung ausschließlich der Gründe wechseln, die Goethe vom Geschlechtsverkehr abhielten, und das halbe Problem wäre auf einen Schlag erledigt. Die Friederike-Episode läßt aber stark an ein erniedrigendes Erlebnis denken, und es ist nicht wahrscheinlich, daß ein junger Mann von Goethes Temperament, Neugier und Wißbegierde niemals ernsthaft versucht haben sollte, Geschlechtsverkehr zu vollziehen. Wenn weiterhin ein Mann bis ins neununddreißigste Lebensjahr niemals mit einer Frau Geschlechtsverkehr hat, obwohl sich ihm viele Gelegenheiten dazu bieten und obwohl er nicht durch den Glauben an eine darin rigorose Religion oder an ein moralisches System abgehalten wird, muß er klinisch als impotent betrachtet werden.

Worin liegen dann aber die verantwortlichen Faktoren für Goethes Genesung? Den biologischen Faktor des Alters beiseite gelassen, der den sexuellen Drang des frühen Mannesalters vermindert und das Beherrschen unverzüglicher Abfuhr begünstigt,[100] glaube ich, daß seine Beziehung zu Charlotte von Stein eine therapeutische Wirkung auf ihn hatte, wie ich schon angedeutet habe. Sein Ich hatte die Fähigkeit erworben, Erregung ohne sofortige Abfuhr auszuhalten, und dies war — wie ich meine — die Wirkung bestimmter Züge seiner Erfahrung mit ihr. Natürlich können die Faktoren, die hauptsächlich zu Charlotte von Stein gehören, nicht sauber von Goethes eigenem Genie und seinem Streben nach Genesung abgetrennt werden. Ich räume die künstliche Natur der folgenden Analyse bereitwillig ein, doch diese Künstlichkeit widerlegt deren mögliche Richtigkeit nicht. Goethes Zusammentreffen mit Charlotte von Stein war ein Ereignis, aus dem ein neuer Goethe entstand. Die Totalität dieser Erfahrung ist nicht zu leugnen, und die zu prüfenden Faktoren mögen wesentlich oder unwesentlich gewesen sein, aber sie waren am Werk.

Bei der Erforschung der Mittel, die Charlotte von Stein zur Verfügung standen, mag man zuerst an die Deutungen denken, die in der psychoanalytischen Therapie eine überragende und exklusive Rolle spielen. Mit Deutungen in diesem Sinne konnte sie nicht dienen, aber eine Passage in einem der vielen Briefe zeigt, daß sie zumindest in einem Fall so etwas wie eine psychoanalytische Deutung gab. Am 19. März 1776, d. h. zu einem sehr frühen Zeitpunkt ihrer Beziehung, schrieb Goethe einen Brief an sie (aus dem ich oben, S. 892, zitiert habe), anscheinend spät nachts in einer jener wilden Stimmungen, die irgendwie an die Jahre der Pubertät erinnern, obwohl sie nicht ganz so stark wie in dieser Zeit waren:

> Ich muss Ihnen noch ein Wort sagen liebe Frau. ich bin heute Nacht kranck worden und zwar toll, habe mich wieder zusammen genommen. Muss aber noch hier bleiben. bin zu Wielanden geflüchtet weil ich ganz allein zu Hause wär. Wollte heut zu Ihnen. Hufeland [der Hofarzt] verbietet mir auszugehn. Ade. Nur eine Zeile von Ihrer Hand.[101]

Der Beginn des Briefes vom nächsten Tag lautet so:

> Sie irrten sich Engel. Unter allem was mir auf Erden schädlich und tödlich seyn könnte ist Ärgerniss das lezte. An Stoff dazu fehlts freylich niemals, nur verarbeit ich ihn nicht. Wie befinden Sie Sich beste Frau, heute wär ich schon weit von Ihnen ohne den Zufall, und der ist mir auch lieb in dem Augenblick weil ich Ihnen noch nah bin — Lassen Sie's gut seyn, weil ich doch nun einmal die Schwachheit für die Weiber haben muss, will ich sie lieber für Sie haben als für eine andre. Adieu Engel.[102]

Der Hintergrund dieser Briefe ist folgender. Goethe sollte nach Leipzig fahren, mußte aber die Reise ein paar Tage infolge seiner Krankheit aufschieben. Charlotte von Stein gab in der Antwort auf den ersten Brief offenbar ihre Meinung kund, seine Krankheit sei durch Ärger verursacht. Goethe wies diese »Deutung« zurück und widerlegte sie mit der Behauptung, er arbeite Ärgernisse nicht auf, selbst wenn sich die Gelegenheit dazu biete. Der Rest des Briefes scheint diesen Punkt zu beweisen, da er unterstellt, er wünsche seine Abreise zu verschieben, um der geliebten Frau nahe zu sein. Am Tag zuvor hatte er jedoch einen Brandbrief an Johanna Fahlmer über seine finanzielle Situation geschrieben, die höchst bedrückend geworden war. Er bat sie, niemandem von seiner bevorstehenden Reise nach Leipzig etwas zu sagen. Vielleicht fürchtete er den Zorn seines Vaters, der die Reise als neue Verschwendung von Geld und Mühe interpretieren konnte. Die bevorstehende Reise war also mit Schuldgefühlen beladen. Es wäre auch das erste Mal, daß er in die Stadt zurückkehren würde, wo er während seiner Studentenjahre so folgenschwere Eindrücke erhalten hatte, und er mag sich vor der Tiefe der Gefühle gefürchtet haben, denen er dort ausgesetzt sein würde.[103]

Versuchsweise kann man sagen, daß Charlotte von Steins Interpretation, nämlich die Verbindung seiner Krankheit mit Ärger, wahrscheinlich richtig war, besonders wenn man Goethes sofortige Verleugnung bedenkt.[104] Da ihr Brief nicht erhalten ist, wissen wir nicht, ob ihre Interpretation die Anforderungen einer psychoanalytischen Deutung erfüllte. Vermutlich tat sie es nicht. Trotzdem ist historisch wichtig, den Beweis dafür zu haben, daß überhaupt Fälle vorkamen, die psychoanalytischen Deutungen vergleichbar sind, selbst wenn diese Interpretationen oberflächlich waren, so wie sie heute sogenannte dynamische Psychiater geben. Eine der überraschendsten Tatsachen der menschlichen Psychologie besteht darin, daß sogar mittelmäßige Beobachter unbedingt mehr über einen Menschen wissen, als der Betreffende über sich selbst wissen kann, auch wenn wir annehmen, daß er über gute Selbstbeobachtung verfügt. Manieriertheit, Redegewohnheiten, Gesten, Körperhaltung, Gesichtsausdruck müssen dem Handelnden in weitem Maße unbemerkt bleiben, finden aber schnell die Aufmerksamkeit der Mitmenschen. Das heißt natürlich nicht, daß diese Mitmenschen imstande wären, ihre vorbewußten oder unbewußten Beobachtungen in Worte zu fassen. Die Eindrücke, die wir voneinander erhalten, bleiben gewöhnlich unterhalb der Bewußtseinsschwelle. Man kann mit Sicherheit sagen, daß wir weit mehr voneinander wissen, als wir zu wissen glauben. Wenn wir uns wirklich nur auf unser bewußtes Wissen von anderen stützen würden, könnten wir wahrscheinlich sozial nicht sehr aktiv sein. Unwissentlich benutzen wir einen Schatz von Eindrücken und unbewußten Erfahrungen, um uns den Weg durch den komplizierten Irrgarten gesellschaftlicher Zusammenhänge zu bahnen.

Allein schon durch ihre überlegene Position als Beobachterin wäre Charlotte von Stein in der Lage gewesen, Goethe eine Fülle von Daten über sich zu verschaffen, die ihm unbekannt waren. In ihrem Fall können wir davon ausgehen, daß das angesammelte Wissen über Goethe nicht hauptsächlich im Vorbewußten oder Unbewußten blieb, da sie auf Beobachtung angewiesen war und bewußt soviel als möglich von dieser rätselhaften Persönlichkeit begreifen wollte. Selbst wenn sie ihm nicht mehr vermittelt hätte als das, was ein Mitmensch gewöhnlich bei seinem Nachbarn beobachtet und was dieser von sich selbst nicht weiß, würde sie dies für Goethe zu einer unverzichtbaren Quelle der Selbstaufklärung gemacht haben. Dies wird durch einen Brief bestätigt, den er ihr am 25. Mai 1787 von Neapel aus schrieb, nachdem sich ihr anfänglicher Ärger und ihre Schelte über seine heimliche Abreise nach Italien gelegt hatten, zu einer Zeit aber, als ihre Briefe noch Trauer über seine Treulosigkeit und seinen Mangel an Rücksicht ausdrückten:

> Alles was mir ein Zeugniß deiner Liebe giebt, ist mir unendlich werth, auch sind es mir jetzt, da du wieder gefaßt bist, deine traurigen Zettelchen. Möge ich dir künftig nur Freude bringen. Du hast mir goldne Sachen über mich selbst und über meine nächsten Verhältniße gesagt, ich horche ganz still auf das Lispeln meines Schutzgeistes…[105]

Charlotte von Stein hat ihre Briefe an ihn vernichtet, und so gibt es kein Dokument aus den Jahren ihres Briefwechsels, so daß wir keine Vorstellung haben, was diese goldenen Sachen gewesen sein mögen, und wir können nur vermuten, daß wir einige davon als Äquivalente psychoanalytischer Deutungen oder genau als Deutungen ansehen müßten. Das von mir zitierte eine Beispiel zeigt, daß ihre Bemerkungen wahrscheinlich über das geringe Niveau von Common-sense-Urteilen hinausgingen. Wie dem auch sei, sie brachte Goethe zum Zuhören. Gewöhnlich erheben wir gegen die Mitteilungen unserer Mitmenschen Einspruch, wenn uns etwas von uns unbemerkt geblieben ist, aber Charlotte von Stein hielt Goethe in einer »Übertragung«, die ihn vom Abbruch der Beziehung abhielt, wenn sie seine Aufmerksamkeit auf etwas Peinliches lenken mußte oder auf etwas, das die Eitelkeit und den Stolz eines äußerst sensiblen Mannes, der er war, verletzte.

Worin auch die Rolle der Interpretationen in dieser Beziehung bestanden haben mag, ich vermute, daß sie der wichtigste Faktor bei seiner Genesung von seiner sexuellen Störung war, die ich dargestellt habe. Ich denke, daß das wiederholte Hervorrufen sexueller Erregung ohne Abfuhr das Ich die Fähigkeit erwerben ließ, Spannung auszuhalten. Unglücklicherweise gibt es nicht das leiseste Anzeichen für die Entwicklungsstationen von Goethes Masturbation, außer dem einen Hinweis im *Triumph der Empfindsamkeit,* wo er eine ironische, aber ziemlich tolerante Haltung dazu einnahm. Ich vermute aber, daß er sich während der meisten Jahre seiner Verbindung mit Charlotte von Stein von gewollter sexueller Befriedigung vollständig fernhielt und daß es dieser besondere Umstand war, der ihn so große Dankbarkeit darüber empfinden ließ, was sie für ihn getan hatte. Denn Goethe muß sich ohne Charlotte von Steins Hilfe und Einfluß unfähig gefühlt haben, die extreme Einschränkung durch vollständige Enthaltsamkeit auszuhalten.[106] Seine Versicherungen der Dankbarkeit und seine glücklichen Worte über seinen Zustand sind zahlreich, und es ist deshalb ganz erstaunlich, in seinem Brief an sie vom 8. Juni 1787 aus Rom zu lesen:

> Ich bin mir selbst wiedergegeben und nur umsomehr dein. Wie das Leben der letzten Jahre wollt ich mir eher den Todt gewünscht haben und selbst in der Entfernung bin ich dir mehr als ich dir damals war.[107]

Offensichtlich hatte Goethe seine Ansicht über das letzte Jahrzehnt vollständig geändert. In demselben Brief behauptete er, einen neuen Standpunkt entdeckt zu haben:

> Übrigens habe ich glückliche Menschen kennen lernen, die es nur sind weil sie g a n z sind, auch der Geringste wenn er ganz ist kann glücklich und in seiner Art vollkommen seyn, das will und muß ich nun auch erlangen, und ich kanns, wenigstens weiß ich wo es liegt und wie es steht, ich habe mich auf dieser Reise unsäglich kennen lernen.[108]

Das Neue war die Betonung des Ganzseins. Dies war der neue Maßstab für Vollkommenheit und hing nicht von Beherrschung, Arbeit oder Ergebenheit ab, denn der Geringste, zumindest der Geringste der Menschen, konnte es erreichen. Könnte es vielleicht sein, daß nur der Geringe oder Niedere es erreicht? Ja, er griff die gesamte Atmosphäre und Ideologie des letzten Jahrzehnts an, wenn er ebenfalls in dem letzten Brief — zwar in einem anderen Zusammenhang, nämlich im Hinblick auf die Zeremonien der katholischen Kirche — das folgende schrieb:

> ... auch eine schädliche Wahrheit ist nützlich, weil sie nur Augenblicke schädlich seyn kann und alsdann zu andern Wahrheiten führt, die immer nützlich und sehr nützlich werden müßen und umgekehrt ist ein nützlicher Irrthum schädlich, weil er es nur augenblicklich seyn kann und in andre Irrthümer verleitet die immer schädlicher werden.[109]

Eine solche Argumentation, die vielleicht nur zu dem aufwendigen Kirchenritual paßt, mag auch bei Charlotte von Steins puritanischen

Lehren geholfen haben, welche die gesellschaftliche Nützlichkeit zur obersten Pflicht des Menschen erhoben.

Goethe hatte den neuen Standpunkt der ungeteilten Existenz schon während seines ersten Romaufenthaltes in seinen Briefwechsel eingeführt, aber zu dieser Zeit war er sich noch nicht ganz sicher, ob er dieses neue Wagnis unverletzt überstehen würde. Als er anscheinend vorwurfsvolle Briefe von Charlotte von Stein erhielt, antwortete er am 20. Januar 1787:

> Dein Brief vom 1. Jan. ist mir gekommen und hat mir Freude und Schmertzen gebracht. Dazu kann ich nichts weiter sagen als: ich habe nur Eine Existenz, diese hab ich diesmal ganz gespielt und spiele sie noch. Komm ich leiblich und geistlich davon, überwältigt meine Natur, mein Geist, mein Glück, diese Krise, so ersetz ich dir tausendfältig was zu ersetzen ist. — Komm ich um, so komm ich um, ich war ohne dies zu nichts mehr nütze.[110]

Was war es, das ihn wenige Monate zuvor über sein großes Glück und über den Tod schreiben ließ? War er vorher nicht ganz gewesen? Und wenn er gespalten war, warum hatte ihn dies nicht eher verwirrt? Hatte Goethe all die Jahre hindurch gelogen, wenn er von seiner Existenz in begeisterten Worten sprach? Die Antwort lautet, daß das, was ihn in den voritalienischen Jahren glücklich gemacht hatte, das Gefühl einer Lebensführung nach höchsten ethischen Geboten durch sexuelle Abstinenz gewesen war. Er hatte richtig empfunden, daß sein Erfolg, den Zustand der Enthaltsamkeit durchzuhalten, durch seine Beziehung zu Charlotte von Stein möglich geworden war, daß sie die erste Frau war, deren Einfluß diese Wirkung auf ihn hatte, deshalb liebte er sie und glaubte sich unvergleichlich glücklich mit ihr. Im Juni 1787 aber, wenige Monate vor der Aufnahme sexueller Beziehungen und zu einer Zeit, als er sich potent fühlte, sah der Rückblick auf die Jahre der Enthaltsamkeit nur den Schmerz der Frustration. Abstinenz war jetzt ein unnötiger Ballast geworden, den Goethe fürchtete und haßte, während er in früheren Jahren die Hauptstütze seiner Existenz gewesen war, ein Zustand, den er ohne die Unterstützung und den Schutz durch seine Gefühle für ein idealisiertes Liebesobjekt nicht hätte aushalten können. Goethe vernichtete später die meisten seiner Briefe, die er an Charlotte von Stein aus Neapel und Sizilien schrieb. Er hob absichtlich einen auf, den er später mit folgenden Worten seinem am meisten geliebten Freund Zelter schickte (am 16. Februar 1818), der so viele seiner Gedichte vertont hatte:

> Da ich so manches Liebe von deiner eignen Hand empfange und dagegen wenig erwidere, so sende ich dir ein uralt Blättchen, das ich nicht verbrennen konnte, als ich alle Papiere, auf Neapel und Sicilien bezüglich, dem Feuer widmete. Es ist ein so hübsches Wort auf dem Wendepunct des ganzen Abentheuers, und giebt einen Dämmerschein rückwärts und vorwärts. Ich gönne es dir! Bewahre es fromm. Was man doch artig ist wenn wir jung sind!
> und sofort und ewig[111]

Dies war Goethes Reaktion im Alter von 68 Jahren auf einen Brief, den er vor einunddreißig Jahren geschrieben hatte (am 18. April 1787):

> Meine Liebe noch ein Wort des Abschieds aus Palermo. Ich kann dir nur wiederhohlen daß ich wohl und vergnügt bin und daß nun meine Reise eine Gestalt nimmt. In Neapel hätte sie zu stumpf aufgehört. Aus meinen Blättern siehst du nur einiges im Detail, vom Ganzen, von meinem Innersten und den glücklichen Folgen die ich fühle kann und mag ich nichts sagen. Dies ist ein unsäglich schönes Land, ob ich gleich nur ein Stückchen Küste davon kenne. Wie viel Freude macht mir mit jedem Tage mein bischen Wissen der natürlichen Dinge und wie viel mehr müßte ich wissen wenn meine Freude vollkommen seyn sollte. Was ich Euch [allen?] bereite, geräth mir glücklich, ich habe schon Freudenthränen vergoßen daß ich Euch [allen?] Freude machen werde.[112] Leb wohl Geliebteste mein Herz ist bey dir und jetzt da die Weite Ferne, die Abwesenheit alles gleichsam weggeläutert hat was die letzte Zeit über zwischen uns stockte so brennt und leuchtet die schöne Flamme der Liebe der Treue, des Andenckens wieder fröhlich in meinem Herzen. Grüse Herders und alle. und gedencke mein.[113]

Ich muß zugeben, daß mir die psychologische Bedeutung dieses Briefes entgangen wäre, wenn Goethe nicht an Zelter geschrieben hätte, dieser Brief sei ein Kommentar »auf dem Wendepunct des ganzen Abentheuers«. Der wirkliche Wendepunkt war natürlich Goethes Abreise nach Italien, aber zu jener Zeit überblickte Goethe anscheinend nicht alle Konsequenzen, so unwahrscheinlich das auch klingen mag. Auf der einen Seite müssen wir annehmen, daß sich Goethe genügend Naivität bewahrt hatte zu glauben, Charlotte von Stein würde über seine Reise so erfreut sein wie er selbst. Er hatte sie in eine so hohe Position gehoben, daß er das Bewußtsein von ihr als schwaches menschliches Wesen vollständig verloren hatte oder es übersah, um ohne Angst vor den unvermeidlichen Konsequenzen voranschreiten zu können. Als er jetzt aber seinen Brief schrieb, wußte er, daß sich etwas veränderte, denn der Wendepunkt war gekommen, und noch nahm er an, daß die geliebte Frau auch diese neue Wende akzeptieren würde. In Sizilien schien ihm der wahre Grund seines Unglücks zu dämmern und was in der Gegenwart der geliebten Frau dem vollen Glück im Wege gestanden hatte. Dies würde auch mit seiner zweimaligen Anrede »Euch« anstatt »Dir« übereinstimmen. Hier erst traf er anscheinend die Entscheidung, den körperlichen Aspekt der Liebe von ihr zu trennen, und dies mag ihm sogar als ein Opfer erschienen sein. Jetzt würde er fähig sein, in ihrer Gegenwart immer vergnüglich und fröhlich zu sein und ihr ohne inneren Groll zu dienen. Wir verstehen also, wie der alte Goethe seinen Kopf schüttelte, daß er in seiner Jugend so schrecklich artig gewesen sei (obwohl er in Sizilien nicht so jung war, wie es dem alten Mann scheinen wollte). Goethe muß also um diese Zeit herum zu einem neuen Entschluß gekommen sein. Dieser bestand anscheinend darin, sein Liebesleben zwischen einer reinen, nicht sexuellen Liebe zu Charlotte von Stein und einer sexuellen, triebhaften Beziehung zu einer anderen Frau zu teilen. Sein Hinweis auf die schöne Flamme der Liebe, der Treue und des Andenkens läßt dies vermuten. Bis dahin wollte er in Charlotte von Stein beides finden, und dies hielt ihn in Konflikt. Die anvisierte Teilung seines Liebeslebens diente der Errichtung einer konfliktfreien Harmonie.

Wir finden demnach in Goethes Beziehung zu Charlotte von Stein folgende Phasen: Zu Beginn näherte er sich ihr, wie er zu jener Zeit mit jeder anderen Frau, die er gern mochte, umgegangen wäre, d. h. in seiner wilden und herablassend frischen Art. Sie antwortete auf dieses vergleichsweise Fehlen von Manieren und drückte sogar Bedauern aus.[114] Nach einem kurzen Versuch, die Beziehung abzubrechen, näherte er sich ihr wieder, obwohl sie ihn auf Distanz hielt und ihm immer wieder Verzicht auferlegte. Dann kam die Periode, als sie das »Du« erlaubte und ihn nicht darüber in Zweifel ließ, daß er der wichtigste Mensch in ihrem Leben sei, ihm sogar ihr Lieblingskind überließ, sich aber niemals in ihren ethischen und moralischen Forderungen erweichen ließ. Sie wurde mehr und mehr das ausschließliche Objekt seiner Zuneigung, Bewunderung und auch seiner sexuellen Wünsche. In Sizilien dann entschloß er sich, den sexuellen Teil seiner Liebe von ihr abzuziehen, und er dachte, er könne für immer fortsetzen, was übrigblieb, d. h. eine sublimierte, zärtliche, herzliche Beziehung, beruhend auf Achtung, Bewunderung und Freundschaft, eine platonische Beziehung, frei von sexuellen Wünschen, denn diese würden in der Beziehung zu einer anderen Frau befriedigt. Da er nicht erkennen wollte, daß Charlotte von Stein nicht wirklich die Person war, die er sich vorstellte — und um die Enthaltsamkeit auszuhalten, mußte er sich einreden, sie sei eine Frau über und außerhalb sexueller Wünsche —, konnte er auch in Sizilien davon überzeugt sein, daß sie über alle Eifersucht erhaben war. Die unbewußte Rache, die er gerade nehmen wollte, will ich nicht abstreiten, aber dies war anscheinend ein stark verdrängter Prozeß, wenn er überhaupt vorhanden war. Offensichtlich hing er noch an der bewußten Vorstellung, daß ein Leben ohne die Nähe zu Charlotte von Stein unmöglich sei.[115]

Nach dieser Abschweifung müssen wir zu unserer Hauptfrage zurückkehren, welche Faktoren in Goethes Beziehung zu Charlotte von Stein für seine Genesung von seinem sexuellen Defekt verantwortlich sind. Bisher sind erst zwei genannt worden: Deutung und wiederholtes Hervorrufen einer Spannung, besonders einer sexuellen Spannung, ohne damit verbundene Abfuhr. Von den vielen verschiedenen klinischen Situationen, bei denen sexuelle Erregung ohne nachfolgende Abfuhr vorkommt, möchte ich nur zwei erwähnen. Es gibt Frauen, denen es ein sadistisches Vergnügen bereitet, sexuell aufzureizen und zugleich die Befriedigung zu verweigern, und es gibt Patienten, die sich zu dem Zweck zu erregen versuchen, sich Befriedigung zu versagen, ein Vorgang, der ihnen masochistische Lust verschafft. Dies nimmt manchmal folgende Gestalt an: ein Patient kann masturbieren, nach kurzer Ejakulation plötzlich anhalten und die ganze Prozedur unbestimmt oft wiederholen. Diese Selbstquälerei ist immer ein Zeichen prägenitaler Fixierungen. Vermutlich war in Goethes Beziehung zu Charlotte von Stein eine prägenitale Komponente wie etwa Masochismus am Werk. Ich habe schon früher Beispiele von Masochismus erörtert. Hier aber denke ich nicht an jene offensichtlichen masochistischen Episoden, sondern eher an die Wahrscheinlichkeit, daß die ständige sexuelle Frustration, der Goethe ausgesetzt war, wenigstens ein Minimum an masochistischer Befriedigung voraussetzt. Es ist wichtig festzuhalten, daß Goethe die ihm vom Liebesobjekt auferlegte Frustration nicht zu Selbstmitleid oder Anklagen gegen die Verursacherin benutzt, wie es klinisch gewöhnlich bei Patienten geschieht, die an Masochismus leiden. Goethe erreichte unter dem Regime von Charlotte von Stein einen hohen Grad an Selbstdisziplin, und er klagte sie erst später vehement an, als die von ihr ausgehende Frustration durch die Befriedigung bei Christiane ersetzt war. Verhielt sich Charlotte von Stein sadistisch, als sie Goethe sexuelle Befriedigung verweigerte? Um diese Frage zu beantworten, müssen wir wieder zu ihrer Persönlichkeit zurückkehren. Sie wies zweifellos zahlreiche Zeichen von Konversionshysterie auf. Sie war frigide, vermutlich auf hysterischer Basis (vgl. oben S. 186 zu ihrer Unfähigkeit, körperlich zu lieben). Ihre Einstellung gegenüber Gefühlen kann man aus den folgenden Worten ersehen, die sie Jahre nach ihrem Bruch mit Goethe äußerte:

> Wenn ich mich recht zur Statue machen kann, ist mir am wohlsten; ich darf mir weder Freude noch Leid erlauben.[116]

Hier kommt der zwanghaft schizoide Faktor zum Vorschein. Man stößt bei solchen Frauen tatsächlich auf starke sadistische Impulse, die sowohl in ihrer hysterischen als auch in ihrer zwanghaften Symptomatologie zum Ausdruck kommen. Ihr großer Idealismus und die idealistischen Forderungen, die sie an ihre Umgebung stellte, waren teilweise das Resultat eines inhärenten Sadismus. Das Verführerische, über das sich Goethe gelegentlich beklagte, war der Ausdruck eines starken Triebimpulses, der von der Frigidität abgewehrt wurde. Als Goethe dachte, daß eine idealistische Beziehung zu ihr mit dem gleichzeitigen Unterhalten einer sinnlich sexuellen Beziehung zu einer anderen Frau vereinbar sei, wollte er nicht anerkennen, daß Charlotte von Steins Idealismus auf Frigidität und sexueller Aversion aufgebaut war, was immer das Fehlen wirklicher Beherrschung des Sexualimpulses verrät. Das gelegentlich Verführerische an ihr — das Goethe offenbar als Zeichen von unschuldiger Naivität interpretierte — zielte auf die Beruhigung, daß er sie noch sexuell liebte. Das unbewußte Ziel ihres bewußten Beharrens auf Reinheit und Asexualität war ein Schutz gegen leidenschaftliche sexuelle Verwicklung, nach der sie unbewußt verlangte; das unbewußte Ziel ihrer verführerischen Ausstrahlung war die Zusicherung, daß ihre Weiblichkeit eine erregende Wirkung auf den geliebten Partner habe. Vermutlich war es dieser innere Widerspruch, der ihre Beziehung so lange dauern ließ. Goethe muß ihre unbewußten lebhaften sexuellen Wünsche unbewußt gespürt haben. Zugleich aber war er sicher, daß sie dem Drang ihrer Leidenschaften niemals nachgeben würde. Nach meinem Eindruck wäre Goethes Konflikt bei dem leisesten Anzeichen ihrer Bereitschaft, ihren sexuellen Wünschen nachzugeben, vehement ausgebrochen und hätte ihn seiner sexuellen Defizienz ausgesetzt. Die Geschichte seines Sexuallebens zeigt sehr eindringlich, daß selbst nach seiner Genesung, wie das Faustina-Erlebnis anzeigt, Goethe nur eine Frau von geringem sozialem Stand mit geringer Bildung und niederen Umgangsformen mit offener Sexualität lieben konnte. Wieviel an sexueller Leidenschaft in seinen Beziehungen zu anderen Frauen auch vorhanden gewesen sein mag, sie führte niemals zu einer genitalen Vereinigung. Wenn Charlotte von Stein ihre ethische Ideologie gänzlich verinnerlicht hätte und das sexuelle Verlangen nach Goethe nicht verdrängt worden wäre, sondern gefehlt hätte, hätte Goethes Beziehung zu ihr vermutlich einen ähnlichen Verlauf genommen wie die zu Susanna von Klettenberg, deren Einfluß keine so dauerhafte Prägung bei ihm hinterließ, obwohl er während einer kurzen Zeitspanne so stark war wie der von Charlotte von Stein.

Dennoch entzieht sich Charlotte von Stein einfacher Klassifizierung. Sie ist in allen Arten und Weisen beschrieben worden. Es gibt viele Hinweise, die eine Beschreibung als sadistischen Charakter erlauben. Ihren Mangel an Mütterlichkeit gegenüber Ernst habe ich erwähnt. Ihr Ehemann war in späteren Jahren ernstlich behindert und von ihrer Pflege abhängig, die sie ihm pflichtschuldig gewährte. Als sie aber einmal ein dumpfes Geräusch auf der Treppe hinter sich hörte, wohl wissend, daß ihr Mann gefallen war, wendete sie sich nicht um, sondern zeigte nach rückwärts, während sie dem Diener zurief: »Heb' er mal da auf!« (49, S. 368)

An was sollen wir bei Charlotte von Stein denken? An die Frau mit dem sündelosen Betragen? An die gelehrte Frau, die im hohen Alter noch wissenschaftliche Bücher studierte und sich unerschrocken in das Wissen ihrer Zeit vertiefte? Oder an die strenge und beherrschende Frau? Hier geht es nur darum zu bestimmen, was bei ihr für die Beziehung zu Goethe relevant ist, warum es relevant wurde und welche Wirkung es auf ihn hatte. Wenn ich deshalb bei einigen von Charlotte von Steins Verhaltensweisen gegenüber Goethe eine sadistische Wurzel vermute, bedarf dies näherer Erläuterung. Der Sadismus stand im Dienst einer idealistischen Ideologie, und das Verlangen nach erotisch sexueller Befriedigung gehörte gänzlich dem Unbewußten an. Von sieben Schwangerschaften erschöpft, angewidert von ihrer Rolle als Frau, hegte Charlotte bei Goethes Auftreten am Hof von Weimar keine Hoffnung und keinen Wunsch nach einem Liebesabenteuer. Sie begriff aber sofort, daß es für sie hier eine Aufgabe gab, eine Rolle, die sie im Leben des Dichters erfüllen konnte. Daß der Drang, sich dieser Aufgabe zu stellen, von einem starken unbewußten Verlangen oder Impuls nach sexueller Vereinigung unterstützt wurde, war für Goethe ein Glück, obwohl es sie später sehr unglücklich machte. Der Drang verstärkte ihre Anstrengungen und ihr Interesse und ließ sie Kompromisse zurückweisen. Er hielt Goethe, vermutlich sehr beständig, in Spannung und erzwang so eine Veränderung in seinem Ich, die ihn zuletzt zum Ertragen sexueller Spannung befähigte. Obwohl diese Prozesse entfernte Ähnlichkeit mit Quälen und Selbstquälerei haben, die das Ich aufzehren und schwächen und die die Fähigkeit des Ich schmälern, Spannungen zu ertragen — unterschieden sie sich wesentlich davon, da sie im Dienst des Überich standen. Im Verlauf unausgesetzter Wiederholung statteten diese Prozesse das Ich mit jener Widerstandsfähigkeit aus, die für die männliche Sexualität unerläßlich ist.

Weiterhin saugte das Bild der Charlotte von Stein — was Goethe schon zu einem frühen Zeitpunkt ihrer Beziehung bemerkte — alle verschiedenen Bilder auf, die bis dahin ihren Beitrag zu seinem Begriff von »Frau« geleistet hatten, d. h. vorwiegend die Bilder der Mutter und der Schwester. Die Vereinigung dieser Objekte kann nicht zu hoch veranschlagt werden. Obwohl Goethe gegen eine volle Übertragung kämpfte und wahrscheinlich Angst davor hatte, alle Objekte zugunsten des einen aufzugeben, konnte er diesem Prozeß, der in seinem Unbewußten vor sich ging, nicht widerstehen oder ihn abwehren. Er wurde unfähig, seiner Schwester zu schreiben, und er begrenzte die Beziehung zu seiner Mutter auf ein Minimum.[117] Er fühlte sich wiederholt versucht, sie wiederzusehen, nahm aber Abstand davon und schickte statt dessen Fritz, den er adoptieren wollte. Es ist schwer zu entscheiden, wann Goethe eine Schwesterübertragung und wann eine Mutterübertragung vollzog. Die Ähnlichkeit zwischen Charlotte von Stein und Cornelia ist schon lange aufgefallen, klinische Erfahrung zeigt jedoch, daß sich im Zentrum einer Geschwisterbeziehung häufig eine wichtige Einstellung gegenüber einem Elternteil findet. Wie stark die Schwesterübertragung war und wie lange sie bestand, kann man aus einem Brief aus Rom (vom 7. Januar 1787) sehen, nachdem Charlotte von Stein ihm Vorwürfe wegen seines langen Schweigens über seinen Aufenthaltsort gemacht hatte:

> Seit dem Todte meiner Schwester hat mich nichts so betrübt, als die Schmerzen die ich dir durch mein Scheiden und Schweigen verursacht.[118]

Dies ist einer der wenigen unmittelbaren Hinweise auf den Tod seiner Schwester, und es ist bezeichnend, daß er im Zusammenhang mit der Verletzung von Charlotte von Stein erfolgt, so als ob er sagen wollte: ›Ich werde dich vernichten, wie ich meine Schwester zerstörte, und du wirst mich aus Rache verlassen, wie es meine Schwester tat.‹

Charlotte von Stein und Goethes Mutter waren bis zu einem gewissen Grad Antipoden, aber Charlotte von Steins Funktion als ethische und moralische Autorität hatte die Rolle der verbietenden und führenden Mutter zur Folge — und auch die des Vaters, wie ich wiederholt zu zeigen versucht habe. Es ist aber daran zu erinnern, daß Cornelia auf die frühen Schöpfungen des Dichters größeren Einfluß hatte als seine Mutter. Goethes erstes großes Drama wurde um Cornelias willen geschrieben. Cornelia aber scheint ihren Einfluß nicht durch Autorität ausgeübt zu haben, sondern eher durch Bitten und leidenschaftliches Drängen. Goethe strengt sich an in dem bewußten Glauben, nur zwischen Schwestern könne eine reine Beziehung bestehen; das bezeugt ein Gespräch mit Eckermann am 28. März 1827. Beide diskutierten Sophokles' Glauben, nur eine Schwester könne einen Bruder rein, ohne sexuelle Beimischung, lieben. Goethe antwortete:

> Ich dächte, erwiederte Goethe, daß die Liebe von Schwester zur Schwester noch reiner und geschlechtsloser wäre![119]

Ob Goethe dies auch für Brüder hätte gelten lassen, weiß ich nicht. Ich denke, der unterschwellige Gedanke bestand teils darin, daß Frauen bei ihrer wechselseitigen sexuellen Befriedigung sowieso nicht sehr weit gehen könnten, weil sie keinen Penis hätten — eine Vorstellung, die in der phallischen Phase des Jungen häufig vorkommt. Ich kann mir aber gut vorstellen, daß für Goethe die Sublimierung in einer homosexuellen Übertragung leichter war als in einer heterosexuellen. Auch aus diesem Grund und nicht nur infolge der relativen Strenge von Charlotte von Stein ist es wahrscheinlich, daß sie für Goethe zuweilen ein homosexuelles Objekt bedeutete.

Wir sehen also, daß alle objektgerichteten Kräfte Goethes sich dem einen Liebesobjekt zuneigten und in dieser Beziehung absorbiert wurden. Die Verschmelzung einer Reihe von ähnlichen und verschiedenen Objekten zu einem macht auf mich den Eindruck eines äußerst wichtigen Vorgangs für Goethes Genesung. Der Zersplitterung der Libido als Mittel zur Vermeidung eines hohen Spannungsniveaus wurde so erfolgreich begegnet. Diese Tendenz zur Zersplitterung zeigte sich — woran ich den Leser erinnern möchte — schlagend, als Goethe eine nur in der Vorstellung sich bewegende Briefbeziehung zu der Gräfin Stolberg heraufbeschwor, nachdem er sich in Lili verliebt hatte (vgl. oben, S. 162). Wenn diese Aufsplitterung in einer Beziehung nicht möglich war, wurde Flucht notwendig. Mit anderen Worten, in der Beziehung zu Charlotte fand vermutlich innerhalb der Repräsentanzen der Objektwelt ein Prozeß der Organisierung statt (vgl. 277, S. 386 [dt S. 352]), und das Ich lernte das Objekt in seiner Totalität und Integrität akzeptieren.

Bei genitalen Störungen der Art, wie ich sie bei Goethe vermute, findet man häufig eine pathologische Objektrepräsentanz im Unbewußten, das an einem wesentlichen Defekt leidend vorgestellt wird; das Fehlen des Penis hat die Bedeutung einer Verstümmelung, und deshalb wird die Frau als verwundbar, zerbrechlich und verletzlich angesehen. Diese Vorstellung von der Frau, die sich zu Recht über ihre Verletzung beklagt, findet zugleich ihre Gegenspielerin in dem Bild der Frau, die sich für die erlittene schwere Verletzung grausam zu rächen versucht. Die unbewußte Objektrepräsentanz enthält also schon an sich Züge, die in doppelter Hinsicht Angst beim Mann erregen. Er hat unbewußt Angst, daß er der Frau noch größere Verletzungen zufügen könnte, und er hat Angst, daß er Schaden durch sie erleidet. Die augenscheinliche Widersprüchlichkeit dieser beiden Gruppen von Vorstellungen schließt deren gleichzeitige Existenz im Unbewußten und ihre Doppelwirkung als Quellen der Angst nicht aus. Die enge Nachbarschaft dieser beiden Quellen kann man bei Goethe an einem Beispiel zeigen, auf das ich schon früher verwiesen habe. Die Unvollständigkeit des Objekts wurde in der Friederike-Episode betont. In der Verbindung mit demselben Objekt wurde auch dessen Grausamkeit deutlich. Mit der Schöpfung von Weislingen, dem willensschwachen Bösewicht im *Götz von Berlichingen*, der seine Liebste Maria, ein unschuldiges Mädchen, sitzenläßt und der später von seiner Frau, Adelheid, vergiftet wird, wollte Goethe für seinen Egoismus gegenüber Friederike Buße tun. In dem Stück wird Weislingen aber das Opfer von Adelheid, einer ruchlosen, ehrgeizigen und lasterhaften Frau. In dieser Verbindung zwischen Maria (Friederike), Weislingen und Adelheid wird die Dreieinigkeit von verstümmeltem Objekt, Kastration und grausamem Objekt eindrucksvoll illustriert. Für einen Menschen wie Goethe war die Beeinträchtigung des Objekts so unerträglich, daß sie vermutlich zu seiner Furcht schon vor dem Anblick der kastrierten Frau führte.[120]

Worin genau bestanden die Wege, auf denen Goethe die spezifischen Ängste vor seiner Abreise nach Italien bewältigte? In seiner Beziehung zu Charlotte von Stein hatte er schrittweise Angst durch wohltätiges Handeln ersetzt. Für Goethes Genesung war dabei günstig, daß Charlotte eine Frau war, die an ihrer Weiblichkeit litt. Ich erinnere den Leser an meine früheren Ausführungen zu Charlotte von Steins Klagen über die Ungerechtigkeit, Kinder gebären zu müssen, und zu ihrem starken Gefühl, daß Frauen von der Natur benachteiligt seien (vgl. S. 186). Goethe ließ sich also mit einer Frau vertraulich ein, die genau daran litt, was seine Ängste vor Frauen erregte. Aber er lernte, den Schaden ungeschehen zu machen. Gerade unter seinen Augen fand die schon fast zerstörte Frau ein neues Ziel für ihr Leben, und die Lust am Leben kehrte zurück. Die Aufmerksamkeiten, mit denen er sie bedachte, waren unendlich: ihre neue Wohnung, Nahrung, die Sorge um ihre Kinder, um ihre Gesundheit usw., um alles kümmerte sich Goethe. Hier konnte er sich auch von Schuldgefühlen gegen seine Mutter, seine Schwester und seinen Vater befreien. Die kastrierte Frau wurde dem Leben wiedergegeben, und er erfuhr hautnah, daß Kindergebären nicht den letztlichen Niedergang des schönen Geschlechts bedeutete. Folglich bestand eine Schicht seiner Beziehung zu Charlotte von Stein in einer beständigen und unaufhörlichen Kette von Wohltaten, die vermutlich ihre Wirkung auf die unbewußte Objektrepräsentanz hatte. Die Realitätserfahrung, eine verzweifelnde Frau wieder in Freundschaft der Welt zuzuführen, korrigierte das Bild der Verstümmelung, indem es zumindest bis zu einem gewissen Grad seiner furchterregenden Qualität beraubt wurde. Klinisch kann man beobachten, daß Patienten, die an einer so hochgradigen Überempfindlichkeit wie Goethe leiden, unvermeidlich Frustrationen erleben, selbst bei geringerem Anlaß als einer ernsthaften Bedrohung, wie sie die Kastration darstellt. Die Stärke solcher Erlebnisse kann man in Goethes Gebrauch des folgenden geistreichen Vergleichs in seinem Brief an Charlotte von Stein am 13. September 1778 sehen, als er sich über Kummer beklagt:

> Offt schüttl ich den Kopf und härte mich wieder, und endlich kom ich mir vor, wie ienes Ferckel dem der Franzos die knupperig gebratne Haut abgefressen hatte, und es wieder in die Küche schickte, um ihm die zweite anbraten zu lassen.[121]

Hier spricht Goethe klar aus, wie er Prüfungen, die ihm die Realität auferlegte, empfand. In einem bestimmten Ereignistyp, der in ihrer Beziehung wiederholt vorkommt, sehe ich ein spezifisches Antiserum gegen diesen Typ von Angst. Wie wir gesehen haben, zog sich Charlotte von Stein oft von Goethe zurück, reiste nach Kochberg oder machte sich sonstwie unerreichbar. Diesem Verlust des Objekts — in Wirklichkeit nur zeitweilig, vom Unbewußten aber als ewig erlebt — mit all seinen Schmerzen und Ängsten folgte regelmäßig das Wiedererscheinen des Objekts. Das Ich erlebte also wiederholt, daß mit dem Verlassenwerden durch das Objekt kein Schaden verbunden war; weiter daß das Wiedererscheinen des Objekts kein Akt der Aggression war und — äußerst wichtig — daß das Objekt unbeschädigt zurückkehrte. Das Ich erhielt also in einer Situation äußersten Mangels ein Maximum an Versicherung seiner eigenen Integrität und der des geliebten Objekts. Wir können sagen, daß Goethe unzählige Male einen Prozeß durchmachte, der an eine Kastration erinnerte oder diese symbolisierte, daß er unbeschädigt daraus emportauchte und daß diese Wiederholung offenbar seine Kastrationsängste sehr stark verringerte.

Durch die Tatsache, daß sie alle vergangenen Liebesobjekte (eischließlich der infantilen Phase) repräsentierte, gewann Charlotte von Stein eine einzigartige und exklusive Position, die mit der einer Analytikerin vergleichbar ist. Sie konnte sie aber nicht wie eine Analytikerin nutzen. Der Patient ist infolge der Übertragungsbindung fähig, die aus den Deutungen der Analytikerin entstehende Unlust zu ertragen, und deshalb kann die Analytikerin ihren Pfad schrittweise zu den frühesten Konflikten schlagen. Dieser Gebrauch der Übertragung stand Charlotte von Stein nicht zur Verfügung. Alles in allem aber kann man sagen, daß Charlotte von Stein für jene dienlichen Faktoren sorgte, die Goethes Defekt in spezifischer Weise entsprachen, so daß solche Situationen infantile Angstquellen verringerten und Goethes Ich stärkten, indem sie das Ich auf ein höheres Niveau der Objektbeziehung hoben. Das Spezifische der Korrelation variierte. In einem Fall gab es ein Wiederholen einer gefährlichen Situation, bis das Ich an diese gewöhnt war und sie nicht länger als Gefahr betrachtete. In einem anderen war es der Einfluß auf das Unbewußte, der die Aufsplitterung der Besetzung verhinderte und die Konzentration auf das eine einzige Bild erreichte. In einem weiteren Fall war es der Zwang auf das Ich, die Spannung bis zu einem Maximum ansteigen zu lassen, ohne diese durch die gewöhnliche Abfuhr — vermutlich auf einem niedrigen Niveau — zu reduzieren.

Wie sah Goethes Erlebnis seiner Beziehung zu Charlotte von Stein in seinem Bewußtsein aus? Einmal (am 9. November 1784) nannte er sie seine »liebe Seelenführerinn«, ein Ausdruck, der genau zu meinen Vermutungen über ihre Beziehung passen würde.[122] »Seelenführerin« war aber nur ein Aspekt und mag zu bloßen Rationalisierungen geführt haben. Die »Führerinrolle« wurde durch einen gleich starken emotionalen Hintergrund ergänzt. Erst die Synthese dieser beiden machte die Beziehung zu dem, was sie war. Wie gut er den ganzen Vorgang begriff, offenbart ein undatierter, offenbar in der Anfangsphase ihrer Bekanntschaft geschriebener Brief, in dem er das Schreiben seiner Lebensgeschichte nur für Charlotte von Stein ins Auge faßt:

> Denn es ist mehr als Beichte wenn man auch das bekennt worüber man nicht Absolution bedarf.[123]

Goethe hatte recht. Bei der Beichte wird nur Material vorgebracht, das Schuldgefühlen entspricht. Bei der Analyse werden alle Schranken der Kommunikation niedergerissen, und der Strom der Mitteilungen muß sich auf die Totalität des Lebens erstrecken. Goethe wollte in seiner Kommunikation mit Charlotte von Stein diese Totalität erfassen. Sie sollte auch das scheinbar Triviale einschließen. Nach Goethes eigenen Worten kann man diese Beziehung zu Charlotte von Stein nicht als einfache Beichte des jüngeren Mannes gegenüber einer älteren und erfahreneren Frau abtun. Ein Teil Geständnis war sicher vorhanden, nahm aber einen untergeordneten Platz ein. Nur die Ausdehnung auf seine gesamte Existenz machte diese Kommunikation zu dem, was sie war. Am 14. Juni 1780 schrieb er ihr:

> Sie sehen ich erzähle immer vom ich.[124]

Und wieder hatte er recht. Alles in ihrer Beziehung diente in erster Linie — wenn nicht ausschließlich — dem Zweck des Ich, und dies in anderem Sinn als dem, was gewöhnlich bei Liebesbeziehungen gilt. Es gibt auf dem Grund der Liebe immer etwas Egoismus – zur Verzweiflung mancher Moralisten und Theologen –, sonst wäre es Selbstzerstörung, aber keine Liebe. In Goethes Liebe zu Charlotte von Stein gab es aber – wenn es überhaupt wirkliche Liebe war – ein zusätzliches Element von Selbstsucht, nämlich das Ziel der Genesung von einer Krankheit. Bis zu einem gewissen Grad darf man behaupten, daß es Goethe war, der Charlotte von Stein zu dem egoistischen Zweck der Genesung von seiner Psychopathologie benutzte, für etwas, das seine Zukunft bedrohte. Freud hat Prozesse beschrieben, die vom Ich arrangiert und mit der Funktion der Genesung ausgestattet werden. Freud glaubte, daß die den Patienten nach einem im Verlauf einer traumatischen Neurose erlittenen Trauma regelmäßig oder sporadisch überwältigende Angst dem Zweck dient, die Wirkung des Traumas zu verringern oder auszulöschen, obwohl der Patient über diese Angst als vordringlichstes Symptom klagt. Es ist denkbar, daß das Ich noch viel größeres Leid auf sich nehmen könnte, um die Genesung von einem chronischen Symptom zu ermöglichen. Ja, man kann bis zu einem gewissen Grad sagen, daß Charlotte von Stein in dem ganzen Stück eine Puppe war, die sich der Rolle nicht bewußt war, die Goethes hypnotisierende Persönlichkeit ihr aufgezwungen hatte.

Daß Charlotte von Stein diese Beziehung natürlich in ganz anderen Begriffen erlebte, bedarf keines weiteren Kommentars.

Trotz der Ähnlichkeit oder Vergleichbarkeit dieser Beziehung mit einer Psychoanalyse – was ich ungebührlich betont habe – weist sie zugleich große Unähnlichkeit auf. Die psychoanalytische Situation, wie sie sich in den einhundertfünfzig Jahren herausgebildet hat, seit Charlotte von Stein so herzzerreißend von Goethe verlassen wurde, ermöglicht es einem Menschen, sich ohne die leiseste Forderung nach Dankbarkeit oder persönlicher Verpflichtung gänzlich in den Dienst eines anderen zu stellen. Es gibt im Leben vielleicht keine andere Situation, in der ein Mensch seine Freiheit so vollständig verliert wie in der psychoanalytischen Behandlung, und sicherlich wird dem Betreffenden in keiner anderen Lage seine Freiheit so vollständig zurückgegeben. Eine von Freuds größten ethischen Leistungen bestand vielleicht darin, daß er der Welt ein Instrument in die Hand gab, mit dem der Verzweiflung über eine Situation ein Ende gesetzt werden kann, die Lord Acton treffend so beschreibt: »Macht tendiert zu Korruption; absolute Macht korrumpiert absolut.« Charlotte von Stein agierte während der letzten Phase ihrer Beziehung aus Selbstinteresse heraus, und sie vermochte nicht, sich in die Grenzen einer Beziehung zu begeben, die es einer Analytikerin leicht machen, den aus der Übertragung durch die Patienten entstehenden Versuchungen zu entkommen. Außer der psychoanalytischen gibt es keine andere Situation, in der es für den Empfänger der Wohltaten außer Frage steht, daß er das Empfangen durch keine Gegengeschenke ausgleichen muß.

Es gibt aber wesentliche Unterschiede zwischen der Psychoanalyse und Goethes Beziehung zu Charlotte von Stein, die außerhalb der Sphäre des Unterschieds zwischen ihrer Haltung und der einer Psychoanalytikerin liegen. Was Charlotte von Stein im Vergleich zu einer modernen psychoanalytischen Behandlung für Goethe tat, mutet wie ein von Ochsen gezogener Karren im Vergleich zu einem modernen Flugzeug an. Ihre Wirkung auf ihn führte natürlich nicht zu einer Kur, wie dieser Begriff heute verstanden wird, sondern nur zu einer klinischen Beseitigung von Goethes Sexualdefekt, die heute wahrscheinlich mit den Mitteln der Therapie in einer nur wenige Monate dauernden Behandlung ereicht werden könnte. Als Goethe Charlotte von Stein verließ, war er auf das phallische Niveau fixiert und litt noch unter beträchtlicher Psychopathologie. Sicher waren einige seiner Kindheitsängste verschwunden. In seinem Brief vom 4. Januar 1787 an Fritz beschreibt Goethe die ekelhaften Szenen beim öffentlichen Schweineschlachten. Ich habe früher seine phobische Flucht vor den Fleischerbuden in seiner Geburtsstadt erwähnt. Ob er während seiner Verbindung mit Charlotte von Stein diese Angst verlor, ist nicht bekannt. Das spontane Verschwinden von Kindheitsphobien ist aber ein allgemeines Phänomen. Deshalb ist nicht klar, ob seine Gespräche mit Charlotte von Stein die Kindheitsneurose wirklich durchdrangen. In den frühen Kapiteln des *Wilhelm Meister* aber werden entscheidende Kindheitsereignisse behandelt, und es ist denkbar, daß im Umgang mit Charlotte von Stein manche Kindheitsamnesien aufgehoben wurden. Welche Interpretationen Charlotte Goethe auch gegeben haben mag, sie können nicht die Präzision und die umfassende Natur analytischer Interpretationen gehabt haben. Darüber hinaus beschränkt sich eine Bona-fide-Analyse nicht auf das Ausgraben von Kindheitserinnerungen — wie manche »Neofreudianer« zu glauben scheinen —, sondern erfordert eine Rekonstruktion der unbewußten Prozesse, die diesen Kindheitserinnerungen zugrunde liegen; d. h. Kindheitserinnerungen müssen nicht nur bewußt, sondern auch begriffen werden. Es ist nicht wahrscheinlich, daß Goethe unter der Wirkung seiner Beziehung zu Charlotte von Stein in solche Tiefen eindrang. Daß er aber Kindheitserinnerungen, die sehr wahrscheinlich aus dem Bewußtsein verschwunden waren, wiederentdeckt hat, ist eine bemerkenswerte Tatsache. Die für Goethe notwendige Synthese dieser Erinnerungen zu einem Kunstwerk mag eine Wirkung gehabt haben, die dem Prozeß des Durcharbeitens in einer psychoanalytischen Behandlung gleichkommt.

5. Kapitel

Allgemeine Bemerkungen

Historische Überlegungen

Für Goethe als Künstler war die Gefahr eines dauernden Schadens, die von seiner heiklen Genesung ausgehen konnte, äußerst groß. Man darf nicht vergessen, daß es nicht nur um seine Genesung an sich ging, sondern um eine Genesung ohne Verringerung des künstlerischen Vermögens, ein unsagbar schwieriges Unterfangen im Hinblick auf die innige Verbindung zwischen Psychopathologie und künstlerischer Kreativität bei Goethe (und wahrscheinlich bei allen Genies).[1] Wir müssen zur Kenntnis nehmen, daß in Goethes therapeutischer Beziehung zu Charlotte von Stein, verglichen mit einer modernen psychoanalytischen Behandlung, Verbalisierungen bestimmter Inhalte und Prozesse fehlten. Wenn der Prozeß der Reorganisierung, der sich während der voritalienischen Weimarer Jahre in Goethe vollzog, keine negative Wirkung auf seine Fähigkeit zu künstlerischer Schöpfung hatte, dann können wir vielleicht vermuten, daß die Begrenzung der Verbalisierung, die vom modernen Standpunkt aus als Mangel angesehen würde, aus der Perspektive von Goethes künstlerischem Vermögen ein Vorteil war. Die psychoanalytische Behandlung des Genies ist immer noch ein Feld der Unwissenheit.

Nach dem Stocken seiner Kreativität in Weimar reiste Goethe nach Italien im Vollbesitz seines kreativen Vermögens, das für den Rest seines Lebens maximal blieb; er schuf noch mehr als vor seiner Begegnung mit Charlotte von Stein. Ich würde sagen, daß sein künstlerisches Potential gegen Null ging, als er nach Weimar kam. Er hatte das Äußerste hervorgebracht, das aus dem Sturm und Drang entstehen konnte. Wenn er damals gestorben wäre, würden wir in ihm den größten deutschen Dichter sehen und hinzufügen, sein früher Tod sei kein sehr großer Schaden für die deutsche Literatur gewesen, da er sein Bestes gegeben habe und keine neuen Kunstgebilde mehr hätte hervorbringen können, die dem vergleichbar wären, was er der Welt im *Werther* und in seiner Lyrik gegeben habe.[2] Niemand konnte vorhersagen oder auch nur ahnen, daß in diesem Dichter noch die Saat zu zwei gänzlich neuen Stilrichtungen lag, die zu neuen Höhen wachsen würde, und daß die Kapazität von Goethes Genie mehr als die Möglichkeiten des Sturm und Drang umfassen könnte. Das Anwachsen von Goethes künstlerischem Potential zu jener Höhe, die es zum Zeitpunkt seiner Abreise nach Italien erreichte, wurde durch die vielen Veränderungen bewirkt, die sich während seiner Abhängigkeit von Charlotte von Stein vollzogen. Kurz und vereinfachend kann man sie als Wechsel bei der künstlerischen Produktion von der Zuversicht in Primärprozesse zur zunehmenden Nutzung von Sekundärprozessen beschreiben. Da Selbstbeherrschung das Schlüsselwort in der Zeit des überwältigenden Einflusses von Charlotte von Stein war, wird verständlich, daß Sekundärprozesse eine neue Macht über Goethes Künstlertum gewannen. Ob in einem Genie solche Veränderungen durch Verbalisieren und Einsicht zustande gebracht werden können oder ob sie dem Zufall und der Willkür des unregulierten Lebens überlassen werden müssen, ist strittig.

Der andere große Dienst, den Goethe Charlotte von Steins Hilfe zur Erlangung seiner Potenz verdankte, war der Schutz vor Psychose. Nach meinem Eindruck genügte die sexuelle Entspannung, die er von Christiane erhielt – so wenig er davon Gebrauch gemacht haben mag –, um sein Ich bis zu dem Grad zu entlasten, daß es nicht überanstrengt wurde. Wie wir später sehen werden, liegt aber in einer Nische seines gigantischen Werks der unzweifelhafte Beweis einer gutartigen partiellen Psychose vor, gut integriert und überlagert von großem Zierat an sekundären Bearbeitungen, die ihn vor einem ernstlichen Bruch mit der Welt bewahrten. Diese Psychose betraf nur einen Bereich seines wissenschaftlichen Werks und kämpfte nicht gegen seine künstlerischen Schöpfungen.

Die Gefahr des Ausbruchs einer Psychose sollte bei einem Genie, besonders bei einem künstlerischen Genie, nicht gering veranschlagt werden. Ich glaube, daß jedes Genie ein potentieller Psychotiker ist, weil die Produktion großer Kunst in den weiten Umkreis der Psychosen gehört. Ein Blockieren oder Beeinträchtigen dieser Ablenkung auf das Kreative führt deshalb zwangsläufig zu einer manifesten Psychose. Kunst und Psychose sind eng benachbart. Wenn Goethe über das Schicksal seiner fiktiven Helden weinte, d. h. wenn die Produkte seiner Einbildungskraft zeitweilig größere Macht über ihn gewannen als die Realität, verhielt er sich bis zu einem gewissen Grad wie ein Psychotiker.[3] Der Traum ist eine Psychose von kurzer Dauer, wie Freud sagt (217, S. 97). Die Verbindung zwischen Traum und Kunst habe ich nur nebenbei erwähnt, um auf die Grundlagen hinweisen zu können, von denen aus ich postuliere, daß Schöpfung großer Kunst die Umwandlung psychoseähnlicher Strukturen durch Mechanismen einschließt, die der Sublimierung ähneln. Wenn Goethe seinen Sexualdefekt nicht besiegt hätte, wäre es fraglich, ob sein Ich die innere Spannung auszuhalten in der Lage gewesen wäre. Dies steht meiner Meinung nach nicht im Widerspruch zu meiner früheren Hypothese, daß er vor seiner Italienreise jahrelang sexuell vollständig enthaltsam gelebt hat. Die Übertragung auf ein erhöhtes, geliebtes, idealisiertes Objekt machte es natürlich möglich, diese Periode des Aufschubs und der Frustration ohne Schaden zu überstehen. Eine Fortsetzung der Beziehung wäre für Goethes weitere künstlerische Entwicklung nicht günstig gewesen, aber es war die Frage, ob Goethe imstande sein würde, die Unterbrechung der Übertragungsbeziehung zu verkraften. Da Charlotte von Stein nicht bereit war, ihn freizugeben – das Äquivalent zur Auflösung der Übertragung, die in der Psychoanalyse duch die Analyse der Übertragung geschieht –, mußte Goethe mit ihr gewaltsam brechen, worin eine der vielen Bedeutungen der Italienreise lag. Die Fähigkeit zu Geschlechtsverkehr erleichterte den Prozeß der Ablösung von dem erhöhten idealèn Objekt. Von da an verlor die schicksalhafte Auslieferung an eine über alles geliebte Frau ihre gefährliche Qualität, und Goethe ging danach sporadisch durch solche Episoden nicht nur ohne Schaden, sondern sogar zum größten Vorteil einer künstlerischen Inspiration.

Das Studium von Goethes Beziehung zu Charlotte von Stein verschafft Einsichten, die zu überraschenden Folgerungen führen. Wir wissen genau oder fast genau, wie die Menschheit den Kampf mit Problemen der äußeren Realität vor der Hilfe der modernen Technologie führte. Der Gebrauch der Wissenschaften ist so rasch in unser Leben integriert worden, daß wir Schwierigkeiten haben, uns vorzustellen, wie eine Gesellschaft ohne Antibiotika und ohne Radio überleben sollte. Die Psychiatrie und die Psychoanalyse sind auf dem Weg, in gleicher Weise vereinnahmt zu werden, wenigstens in diesem Land [den USA]. Eine amerikanische Armee z. B. ist ohne den Beistand von Psychiatern so undenkbar wie ohne Sulfonamide und Penizillin. Wenn wir uns Probleme der psychischen Hygiene in den Epochen vor der Entwicklung moderner psychotherapeutischer Methoden ansehen, wird unsere Aufmerksamkeit gewöhnlich auf die Wirkung von Institutionen gelenkt. Das übliche Beispiel ist die Institution der Beichte in der katholischen Kirche. Mythologie, die Katharsis beim griechischen Drama, Religion, Kirche usw. sind andere Einrichtungen, die unter diesem Aspekt studiert werden. Die Beziehung zwischen Goethe und Charlotte von Stein aber lehrt uns, daß nicht institutionalisierte, rein zwischenmenschliche Konfigurationen unter besonderen Umständen eine Funktion haben, die sie zu einem groben Äquivalent der auf wissenschaftlichen Erkenntnissen basierenden Psychotherapie machen, so wie der Ochsenkarren das Äquivalent einer modernen Eisenbahn in einer Gesellschaft ist, die auf einer primitiven Technologie beruht. Es wäre eine wichtige Aufgabe für die Geschichte der Psychologie und der Sozialwissenschaften, andere Formen zwischenmenschlicher Beziehungen zu finden und zu untersuchen, die dieselbe Funktion gehabt haben. Wahrscheinlich hat sich die Struktur der Muster parallel zum Wandel der Geschichte verändert. Trotz ihrer individuellen Einzigartigkeit paßt die Goethe-Charlotte-von-Stein-Episode nur ins achtzehnte Jahrhundert (vgl. 354). Beginn, Verlauf und Ende, die Art der Wirkung und die Weise, in der das vorherbestimmte Ziel erreicht wurde, all dies ist vom Geist dieser Ära durchtränkt, und man kann in den typischen zwischenmenschlichen Beziehungen von Jahrhundert zu Jahrhundert wesentliche Veränderungen erwarten. Es hat zu allen Zeiten junge Männer mit Sexualdefekten gegeben, und der Prozentsatz jener, die ihren Defekt besiegt haben, muß beträchtlich gewesen sein. Mit anderen Worten, die Frage muß lauten: Wie wurden die Menschen in früheren Zeiten mit ihren Neurosen fertig? Als Eckermann eine Zeit von schwerer Hypochondrie durchmachte, meinte sein Arzt, sein »Hautsystem« sei »verdorben«. Er sagte ihm, wenn er zwei Wochen später gekommen wäre, wäre er verloren gewesen; er verschrieb warme Bäder und Unterwäsche aus Flanell, die unmittelbar auf der Haut zu tragen sei. Die Wirkung war ausgezeichnet, und der Patient erholte sich rasch (vgl. 306, 1, S. 26). Wir wissen heute, daß der Arzt mit seiner Diagnose irrte, aber seine Verordnungen waren offensichtlich hervorragend, denn hier ging es um die schnellstmögliche Genesung. Die beschriebene Behandlung diente vermutlich als Ersatz für eine Wunscherfüllung der Rückkehr in den Mutterleib und mag auf einem intuitiven, unbewußten Verständnis des Arztes beruht haben. Natürlich war Eckermann nicht von seiner Hypochondrie geheilt und litt später noch häufig unter dieser Krankheit.

Wie dem auch sei, ich denke, man sollte über den engen Horizont des professionellen Umgangs mit Psychopathologie – der auch den Priester, den Zauberer, den Medizinmann einschließt – hinausgehen. Das von mir untersuchte historische Beispiel betrifft die intimen Vorgänge zwischen Menschen, die sich ihrer objektiven Funktionen, die sie wechselseitig in ihrer beider Beziehung spielen, nur undeutlich bewußt sind. Wie ich durch Zitate zu beweisen versucht habe, wußte Goethe, daß diese Beziehung mehr als Liebe war. Zumindest gab er einen Hinweis darauf, wenn er Charlotte von Stein seine »Seelenführerin« nannte. Ich bin mir sicher, Charlotte von Stein war sich nicht bewußt, daß ihre Funktion in der Heilung Goethes von einem Sexualdefekt bestand. Anscheinend dachte sie das Gegenteil, nämlich daß er sich für den Rest seines Lebens von anderen Männern unterscheiden und sich keine sexuellen Aktivitäten gönnen würde, die ihr so verhaßt waren (vgl. oben, S. 1157). Das zeigt, daß sie den großen Dienst, den sie Goethe geleistet hatte, mißverstand. Es gibt aber zahllose analoge Situationen beim Versuch des Menschen, die Realität zu bewältigen. Da werden Entdeckungen durch Irrtümer gemacht, und der Mensch kann blind gegenüber der Bedeutung seines Fundes ein. Goethes Genesung und die dahin führenden Umstände müssen also historisch als Vorboten kommender Ereignisse angesehen werden. Was Freud hundert Jahre später wissenschaftlich und systematisch entwickelte, kann man hier als Keim entdecken. Mit anderen Worten, die Vorläufer jenes historischen Klimas, das ein Jahrhundert später die Entdeckung der Psychoanalyse begünstigte, kann man in dieser Episode beobachten. Es muß aber in den Beziehungen zwischen zwei Menschen noch zahllose andere Voraussetzungen gegeben haben, die demselben Zweck dienten. Es wäre eine herausfordernde Aufgabe, die Art der Modifizierungen zu verfolgen, die sich unter dem Druck dieser Funktion bei den zwischenmenschlichen Beziehungen vollzogen.[4]

Die Josephsidentifikation

Wir haben das Ende unserer Untersuchung erreicht, und es könnte keinen besseren Schluß geben als den Hinweis auf einen Aspekt in Goethes Lebensgeschichte, der mit einer umfassenden und weitreichenden kulturellen Konfiguration verbunden ist, die im Leben und in der Geschichte der westlichen Intelligenz eine Rolle gespielt hat und noch nicht gänzlich begriffen wird. Ich meine die Bedeutung von Goethes Identifizierung mit der alttestamentarischen Figur des Joseph.[5]

Über diese Identifizierung müssen ein paar Bemerkungen gemacht werden. Die Ichentwicklung eines Menschen wird gefördert durch dessen Identifizierung nicht nur mit Menschen, die in seiner Umgebung wichtig sind, sondern auch mit historischen Persönlichkeiten, deren Schicksal in den Annalen der Geschichte, in der Mythologie, in der Religion und in der Kunst aufgehoben ist. Die Wahl einer historischen Persönlichkeit, mit der sich der heranwachsende Mensch identifizieren wird, hängt von verschiedenen Faktoren ab. Zuerst von bestimmten subjektiven Faktoren, etwa den Bedürfnissen der sich identifizierenden Person, ihren Ängsten und besonders der Geschichte ihres eigenen Ödipalkonflikts. Man kann aber auch beobachten, daß das Interesse an historischen Gestalten, die Bereitschaft, sich mit ihnen zu identifizieren, im Verlauf der Geschichte variiert. Der Aspekt, der die Identifizierung mit einer historischen Figur auslöst, wechselt. Ein Detail, das für eine Generation Bedeutung hat, kann von einer anderen unbeachtet bleiben; so wird auch die Interpretation eines Mythos, der Lebensgeschichte eines Heiligen wechseln (vgl. 271). Ein Element von Zufall kann bei der Bestimmung, welche historische Persönlichkeit für die Entwicklung eines Menschen entscheidend wird, nicht geleugnet werden. Die Umstände, unter denen jemand mit dem Identifikationsobjekt bekannt wird, die Person (oft ein Lehrer), unter deren Führung jemand mit der historischen Figur vertraut wird, und schließlich, ebenso wichtig, das Alter dessen, der sich identifiziert, der Zeitpunkt der Bekanntschaft mit jener Figur — all dies spielt eine große Rolle.

Die unübertroffen größte historische Figur als Identifikationsobjekt ist in der westlichen Gesellschaft Christus, und jeder wird in seiner Entwicklung einmal dem Interesse einer Identifizierung mit Christus ausgesetzt. Die meisten werden sogar darauf verpflichtet, sich mit bestimmten Aspekten der Erlöserpersönlichkeit zu identifizieren, wie sie in der Tradition repräsentiert wird. Die Christusidentifizierung ist, so wertvoll sie für die Gesellschaft sein mag — für die Entwicklung der westlichen Zivilisation mag sie oder etwas Ähnliches sogar unverzichtbar gewesen sein —, gefährlich für das Individuum, weil die damit verbundenen persönlichen Opfer groß sind und die gegen das eigene Selbst gerichtete, zur Verwirklichung der Identifizierung notwendige destruktive Energie äußerst beträchtlich sein muß.

Im Alten Testament gibt es aber die Gestalt des Joseph, zweifellos ein Vorläufer von Christus, aber für diejenigen, die sich mit ihm identifizieren, weniger gefährlich. In der Tat kann Joseph bei einem ehrgeizigen Jüngling größeres Interesse erregen als Christus mit seinem sicheren, wenn auch ruhmreichen Untergang. Der Josephsmythos ist zu gut bekannt, als daß ich ihn zitieren müßte, aber ich sollte entscheidende Züge aufzählen. Joseph ist der älteste Sohn der zweiten Frau seines Vaters. Er ist der Sohn der Frau, die sein Vater am meisten geliebt hat. Sein Leben verläuft in Zyklen. Der Niederlage folgt ein Sieg. Sieg und Niederlage stehen in ursächlicher Beziehung zueinander. Seine Mühsal führt ihn in eine Situation, die die Saat zu fabelhaftem Erfolg birgt; wenn seine Brüder nicht versucht hätten, ihn loszuwerden, wäre er nicht in das Haus von Potiphar gekommen; wenn Potiphars Frau ihn nicht falsch beschuldigt hätte, wäre er nicht ins Gefängnis gekommen; wenn man ihn nicht ins Gefängnis gesteckt hätte, wäre Pharao niemals auf seine Kunst des Traumdeutens aufmerksam geworden.

Er bringt den Vaterersatzgestalten Glück: Potiphars Wohlstand vervielfacht sich unter Josephs Anleitung; Joseph bringt fast den gesamten Grund und Boden des Landes in den Besitz von Pharao.

Er ist der Lieblingssohn, dem der Vater oder sein Ersatz rückhaltlos vertraut. Potiphar und Pharao übertragen ihm die gesamte Staatsverwaltung, ohne für Kontrolle zu sorgen.

Er ist nicht aggressiv und rebelliert niemals gegen seinen Vater oder einen Vaterersatz, aber dennoch gewinnt er die größte Macht. Diese Macht ist aber nicht angemaßt, sondern wird ihm von einem Vaterersatz friedlich übergeben. Obgleich er in allem der Befehlshaber ist und der Vaterersatz in seinen Machtgebrauch nicht interveniert, bleibt es noch Machtbeteiligung, die zum Wohl der übergeordneten Autorität arbeitet, diese aber niemals voll ersetzt.

Er widersteht der Versuchung, das ödipale Verbrechen auszuführen. Der Josephsmythos ist vielleicht einer der ältesten Versuche, das Bild eines Mannes zu schaffen, der anscheinend über dem Ödipuskomplex steht. Er nennt seinen ersten Sohn Manasse, d. h. der Vergessende, weil, wie er sagt, Gott ihn all die Mühsal im Haus seines Vaters habe vergessen lassen.[6] Er weist also darauf hin, daß ödipale Wünsche und Verärgerungen vollständig verdrängt sind. Er folgt dem exogamen Ehetyp; Pharao gibt ihm die Tochter des Priesters von On zur Frau. Dieser Priester aber trägt den Namen Potiphera, ein Name, der verdächtig an Potiphar erinnert, für den er so hervorragend seine kindliche Pflicht erfüllt hat. Die Herleitungen der Philologen ignorierend würde ich versuchsweise vermuten, daß trotz aller Abwehr hier die ödipale Grundkonstellation zum Vorschein kommt. Vom analytischen Standpunkt aus sind die Überreste der ödipalen Situation auch durch die Notwendigkeit angedeutet, exogam zu heiraten. Es könnten natürlich viele andere Züge dieses schönen Mythos herausgestellt werden, aber es genügt, einmal seine säkulare Natur gegenüber der geistlichen des Christusmythos zu betonen und die Perfektion der Lösung des ödipalen Konflikts herauszustellen. Das Schauerliche des körperlichen Martyriums ist durch Freude und Heiterkeit ersetzt. Klugheit und Umsicht führen, obwohl sie tragische Verwicklungen nicht verhüten, zum Erfolg, zur Rettung des ganzen Landes und zur Wiedervereinigung der Familie. Ohne Blutvergießen, bloß durch die Macht eines überlegenen Geistes erklimmt der Lieblingssohn die oberste Sprosse auf der Leiter des Glücks. Ein ganzes Land – d. h. die gesamte bekannte Welt – versammelt sich um seinen Stuhl, hört auf seinen Ratschlag und verneigt sich vor ihm in Ergebenheit.

Bis zu einem gewissen Grade spiegelt der Verlauf von Goethes Leben die Josephsgeschichte wider: seine Ankunft in einem fremden Land, sein fabelhafter Aufstieg zur Macht, das damit verbundene Vertrauen von Weimars Pharao, das Sich-Versammeln der gesamten bekannten Welt um seinen Stuhl, um seinen Worten zu lauschen. Wenn wir berücksichtigen, daß Josephs Mutter jung und sein Vater alt ist, finden wir eine weitere Parallele zwischen den beiden Geschichten, abgesehen davon, daß beide in ihrer Jugend sehr arrogant waren. In beiden

Lebensgeschichten haben wir auch den exogamen Heiratstyp, in Goethes Leben nicht als ethnische, sondern als soziale Exogamie. In seiner Beziehung zu Charlotte von Stein können wir — wenn die in dieser Studie verfolgte Interpretation korrekt ist — einen entstellten Widerhall der Episode mit Potiphars Frau sehen.

Seltsam genug scheint es sogar starke historische Beweise zu geben, daß auch äußere Faktoren Goethes Identifizierung mit Joseph begünstigten — und wahrscheinlich erreichten.[7] Während Graf Thoranc im Haus der Goethes residierte, engagierte er mehrere Künstler, die für ihn malen sollten. Der Junge schrieb einen Aufsatz, in dem er einen Zyklus von zwölf Bildern beschreibt, die die Josephsgeschichte erzählen; ein paar von ihnen wurden ausgeführt, wie Goethe in *Dichtung und Wahrheit* [3. Buch] schreibt, und es ist möglich, daß er für einige dieser Josephsbilder Modell stand. Goethes erste größere dichterische Anstrengung war also einem Josephsepos gewidmet.

Bevor ich Goethes eigene Worte über Joseph und das Josephsepos erörtere, möchte ich ein biographisches Detail aus Goethes Jugend zitieren, das die schwerwiegendsten Konsequenzen für seine Charakterbildung gehabt haben muß, über das man aber nur spekulieren kann, da Goethe es nur sehr beiläufig behandelt.

Goethes Vater war der Vormund von Balthasar Johann David Clauer (1732—1796; siehe oben, S. 145). Dieser anscheinend begabte Mann hatte 1735 seinen Vater und 1750 seine Mutter verloren. Johann Kaspar Goethe hatte der Mutter des Jungen versprochen, daß er ihren Sohn nicht im Stich lassen werde. Clauer hatte mit seinem Jurastudium Erfolg und promovierte 1753 zum Doktor der Rechte, 1755 aber erschien er mit seinem Diener in Goethes Haus und lebte dort fortan mit wenigen Unterbrechungen bis 1783. Der junge Mann litt offenbar an einer schrittweise sich verschlimmernden schizophrenen Psychose, möglicherweise des hebephrenen Typs. Goethe lebte also als Junge viele Jahre Seite an Seite mit einer Art älterem Bruder. Zumindest scheint es nicht zu weit hergeholt, daß ein Kind das Mündel seines Vaters, das im selben Haus lebt und in jeder praktischen Hinsicht Teil der Familie war, als Geschwister ansah. Bildeten sich bei dem Jungen vielleicht auch Phantasien, daß sein Vater schon einmal verheiratet war und daß Clauer das Resultat dieser früheren Heirat sei? Falls das zuträfe, würde dies Goethes Familienkonstellation näher an die Josephsgeschichte heranrücken. Wie dem auch sei, die Anwesenheit eines schizophrenen

Erwachsenen im Haus muß eine Wirkung auf das heranwachsende Kind gehabt haben.[8]

Goethe war der Lieblingssohn wie Joseph, er war dem behinderten Clauer geistig überlegen und machte vollen Gebrauch von dieser Überlegenheit, indem er sich ihm gegenüber wieder wie Joseph gegenüber seinen Brüdern verhielt. Goethe erwähnt diesen kranken Hausgenossen sogar genau in Verbindung mit dem Josephsepos.

> Was mir diese Arbeit sehr erleichterte, war ein Umstand, der dieses Werk und überhaupt meine Autorschaft höchst voluminos zu machen drohte. Ein junger Mann von vielen Fähigkeiten, der aber durch Anstrengung und Dünkel blödsinnig geworden war, wohnte als Mündel in meines Vaters Hause, lebte ruhig mit der Familie und war sehr still und in sich gekehrt, und wenn man ihn auf seine gewohnte Weise verfahren ließ, zufrieden und gefällig. Dieser hatte seine akademischen Hefte mit großer Sorgfalt geschrieben, und sich eine flüchtige leserliche Hand erworben. Er beschäftigte sich am liebsten mit Schreiben, und sah es gern, wenn man ihm etwas zu copiren gab; noch lieber aber, wenn man ihm dictirte, weil er sich alsdann in seine glücklichen akademischen Jahre versetzt fühlte. Meinem Vater, der keine expedite Hand schrieb, [...] konnte nichts erwünschter sein, und er pflegte daher, [...] diesem jungen Manne gewöhnlich einige Stunden des Tags zu dictiren. Ich fand es nicht minder bequem, in der Zwischenzeit alles was mir flüchtig durch den Kopf ging, von einer fremden Hand auf dem Papier fixirt zu sehen, und meine Erfindungs- und Nachahmungsgabe wuchs mit der Leichtigkeit des Auffassens und Aufbewahrens.[9]

Hier wird der ältere Bruder sozusagen zum Sekretär des Jungen gemacht, der wiederum den Vater nachahmt.[10] Ich habe früher die narzißtische Lust erwähnt, die der kleine Junge erlebt haben muß, als seine Mutter die Märchen genauso weitererzählte, wie er sich den Vorgang gedacht und ihn seiner Großmutter mitgeteilt hatte. Jetzt stoßen wir in der Latenzzeit und in der Adoleszenz auf ein vergleichbares Erlebnis, auf eins, das ungewöhnliche narzißtische Befriedigung und Stimulierung verschaffte.[11] Die fast automatische Umwandlung flüchtiger Gedanken in eine sichtbare und bleibende Form muß zu einer Überbesetzung von Gedanken, Phantasien und Tagträumen geführt haben.

Um aber die volle Bedeutung von Goethes kurzem Bericht über Clauers Aufenthalt in seinem Haus zu erfassen, muß man ihn mit dem lebhaften Interesse am Josephsmythos vergleichen, das Goethe in den vorhergehenden Abschnitten zum Ausdruck bringt.[12]

Aus der Perspektive der Josephsidentifizierung können wir dann spekulieren, daß Goethes Italienreise einen Bruch mit dem Bild des keuschen Joseph darstellte, der vor Potiphars Frau floh. Goethe verhielt sich in Italien weniger keusch und entwuchs wahrscheinlich der Josephsidentifizierung. Ich habe schon Goethes Identifizierung mit seinem Vater in Italien erörtert; dies führt uns zu Jakob, Josephs Vater, der zwei Schwestern den Hof machte. Goethe kam Charlotte von Steins jüngerer Schwester nahe, und als er Christiane zu sich in sein Haus nahm, kam sie mit ihrer Schwester. Dennoch kann man nicht eindeutig feststellen, inwieweit sich die Josephsidentifizierung in eine Jakobsidentifizierung verwandelte. Letztere scheint keine größere Rolle gespielt zu haben; man kann sie nur schemenhaft im Hintergrund wahrnehmen.[13]

Wir können also das Jahrzehnt 1776—1786 in Goethes Leben dunkel vor einem noch umfassenderen Hintergrund sehen, als ihn individuelle Schicksale ausprägen können; aber selbst wenn das individuelle Leben unter dem Aspekt der langen Geschichte menschlicher Zivilisation an Statur und Bedeutung verliert, sind wir beim Anblick des täglichen Kampfes, Opfers und der Freude dieser beiden Geister tief bewegt, deren Zusammentreffen so rätselhaft und herausfordernd verschlungen bleiben wird, wie zwei Menschenseelen es jemals erlebt haben.

Teil III
B

Goethe und die Wissenschaft

1. Kapitel

Die Geschichte einer partiellen Psychose

Wir beschäftigen uns im folgenden mit einem Problem, das im Verlauf dieses Buches von Zeit zu Zeit aufgetaucht ist, dessen Erörterung ich aber für eine gesonderte Behandlung aufgeschoben habe, damit nicht dringlichere Dinge die Betrachtung behinderten. Ich meine Goethes Beziehung zur Wissenschaft.

Wir haben Goethe einen halbwissenschaftlichen Aufsatz *Über den Granit* schreiben sehen, bei anderer Gelegenheit platzte die Entdeckung des *os intermaxillare* mehr oder weniger plötzlich herein, aber es war nicht klar, warum eine wissenschaftliche Entdeckung an dieser Gelenkstelle auftauchte und nicht ein Gedicht oder ein neues Kapitel eines Romans. Tatsache ist, daß Goethes sofortige Hochstimmung über seine anatomische Entdeckung größer war als über irgend etwas anderes, über das er während des voritalienischen Jahrzehnts stolz sein konnte. Ob die Richtung von Goethes Kreativität in einem bestimmten Augenblick durch besondere Umstände bestimmt wurde, ist bis zu einem gewissen Grade erörtert worden, aber man muß die volle Aufmerksamkeit auf die Tatsache lenken, daß sein Geist mit zunehmendem Alter für immer längere Perioden mit Problemen beschäftigt, wenn nicht gar absorbiert war, die entschieden andere als die der Kunst sind und die sich präzise auf die Wissenschaft beziehen. Das ist so überraschend und unüblich, daß ein Versuch unternommen werden sollte, sich den darin enthaltenen Problemen zu nähern trotz des Risikos, daß die Spekulation gelegentlich über die gut fundierte Interpretation siegen könnte.

In Goethebiographien wird stets die Tatsache erwähnt und sogar betont, daß sein Interesse an den Naturwissenschaften früh erwacht war und daß er während seiner Universitätsjahre Kurse in Medizin und anderen Wissenschaftszweigen besuchte. Wir können aber dennoch vermuten, daß Goethes wissenschaftliche Strebungen in Weimar eine andere psychologische Bedeutung hatten als in den frühen Jahren, obwohl beides natürlich nicht vollständig ohne Verbindung sein kann. Goethes Besuch naturwissenschaftlicher Vorlesungen kann, obwohl er in einer Zeit der erst am Horizont aufziehenden Wissenschaften nicht so selbstverständlich war wie heute, gut der Ausdruck seines allgemeinen Interesses gewesen sein. Ein Feuerkopf wie Goethe mußte sich natürlich über den Fortschritt der Menschheit im Reich der Wissenschaften orientieren. Soweit ich weiß, gibt es aber in jenen Jahren noch kein Zeugnis, das andeutet, daß er jemals an eine Karriere als Wissenschaftler dachte oder daß sein Interesse über das hinausging, was er gewöhnlich neuen Bereichen des Geistes entgegenbrachte. Sein ungeheurer Wissensdrang ist nicht unser Thema, sondern wird in diesem Zusammenhang als gegebene Tatsache schlicht hingenommen.

Während der Weimarer Jahre aber bemerkt man, daß die Wissenschaften und wissenschaftliche Strebungen ein fester Bestandteil seines Lebens werden, etwas, das ihm vermutlich so notwendig war wie das Schreiben von Gedichten und Tragödien. Tatsächlich gab es in seinen späteren Jahren bei seinen wissenschaftlichen Interessen vielleicht mehr Beständigkeit, vielleicht sogar mehr Loyalität und Hingabe als bei künstlerischen Vorhaben.

Die Merkwürdigkeit dieses Phänomens, nämlich daß ein Künstlergenie von so großartigem Zuschnitt soviel Zeit, Gedanken und Energie den Wissenschaften widmet, ist natürlich bei vielen auf Interesse gestoßen, und die Literatur darüber ist sehr umfangreich (vgl. 473). Ein brauchbarer Weg, um in die Untersuchung dieses Phänomens einzusteigen, mag die Präsentation eines Beispiels sein, wie Goethe sich den Wissenschaften näherte, oder besser, wie er sich in einer akuten wissenschaftlichen Forschungssituation verhielt. Am 2. Juli 1792 schrieb er an Sömmering:[1]

> Ich muß Ihnen bei dieser Gelegenheit einen Versuch mitteilen, der mir sehr wichtig scheint und der auf manches hindeutet. Ich warf auf die gewöhnliche Weise das farbige sogenannte Spectrum solis an die Wand und brachte einen in Bologna zubereiteten Leuchtstein[2] in den gelben und gelbrothen Theil des Farbenbildes, und fand zu meiner Verwunderung,

daß er darauf im Dunkeln nicht das mindeste Licht von sich gab. Darauf brachte ich ihn in den grünen und blauen Theil, auch alsdann gab er im Dunkeln kein Licht von sich, endlich nachdem ich ihn in den violetten Theil legte, zog er in dem Augenblicke Licht an und leuchtete sehr lebhaft im Finstern. Ich habe diesen Versuch sehr oft in Gegenwart mehrerer Freunde wiederholt, und er ist immer gelungen. Am schönsten macht er sich, wenn die Sonne hoch steht, da man denn das farbige Bild auf den Fußboden der dunkeln Kammer werfen kann. Man legt zwei Stücke Leuchtstein, das eine in die gelbrothe, das andere in die blaurothe Farbe, und schließt im Augenblick die Öffnung im Fensterladen. Es wird alsdann nur ein Leuchtstein glühend erscheinen, und zwar, wie oben gesagt, derjenige, der auf der blaurothen Seite gelegen.
Ich habe diesen Versuch schon sehr vermannichfaltigt und werde ihn sobald als möglich wiederholen und ihn weiter durcharbeiten. Ich wage nichts daraus weiter zu folgern, als was er gleichsam selbst ausspricht: daß nämlich die beiden einander gegenüberstehenden Farbenränder eine ganz verschiedene Wirkung, ja eine entgegengesetzte äußern, und da sie beide nur für Erscheinung gehalten werden, einen solchen reellen und ziemlich lange daurenden Einfluß auf einen Körper zeigen.[3]

Scheumann (469, S. 136) ist sich sicher, daß Goethe der erste war, der dieses Phänomen beobachtete, daß nämlich, wie wir heute sagen würden, das Fluoreszieren einer Substanz von der Wellenlänge des Lichts abhängt, dem man die Substanz aussetzt. Diese kleine Episode, über die Goethe in einer vielleicht beiläufigen Art spricht, gibt zu verschiedenen Schlußfolgerungen Anlaß. Sie zeigt, daß Goethe ein scharfer Beobachter war. In Übereinstimmung mit der Tatsache, daß die Zeiten vorbei waren, als man sich auf Aristoteles oder auf die Autorität der Kirche berief, erhielten Wahrnehmung und Beobachtung einen alles überragenden Platz in der wissenschaftlichen Auffassung. Für Goethe basierte Wissen nicht in erster Linie auf Tradition, sondern statt dessen gab es einen unersättlichen Wunsch nach Beobachtungen aus erster Hand. Diese Tatsache festzuhalten ist sehr wichtig. Trotz seiner Leidenschaften, trotz seines künstlerischen Genies verhielt er sich in dieser Hinsicht wie ein moderner Wissenschaftler. Diese Leidenschaft nach direkter Beobachtung war sogar größer, als heute üblich ist. Moderne Wissenschaften verlassen sich mehr und mehr auf Maschinen oder technische Einrichtungen – und überlassen diesen die Aufgabe der Beobachtung, wobei dem menschlichen Geist die Funktion der Wahl reserviert ist, welchen Gebrauch er von den Beobachtungen der technischen Instrumente machen wird. Der Vergleich eines modernen Arztes mit einem vor fünfzig oder fünfundsiebzig Jahren wird diesen Wandel in der direkten Beobachtung demonstrieren. In den Lehrbüchern früherer Zeiten wird man Beschreibungen von Hunderten kleiner Merkmale finden als Hinweis darauf, ob der Patient an dieser oder an jener Krankheit leidet. Ob man beim Klopfen einen dumpfen Ton schwach mehr auf der rechten oder auf der linken Seite hörte, war eine hochbedeutende Beobachtung. Die moderne Medizin hat das unzuverlässige Sinnesorgan durch präzise und verläßliche Registrierinstrumente ersetzt. Die Arbeit des hochtrainierten Sinnesorgans wird jetzt vom Laboratorium und von Röntgenstrahlen verrichtet.[4] Der alte Arzt hatte eine Leidenschaft, den Patienten immer wieder auszufragen; er konnte seinen Kopf mit dem Sammeln von Beobachtungsdaten kaum sättigen. Ein ähnlicher Drang nach Beobachten von Erscheinungen, wie sie die Natur präsentierte, spielte in Goethes Leben eine überragende Rolle. Sein Wahrnehmungssystem wurde beständig in Gang gehalten, alltägliche oder seltene Erscheinungen aufzuarbeiten, die gewöhnlich nicht Gegenstand von Forschungen waren. Ich meine, daß das Thema Goethe als Wissenschaftler sich gänzlich um die Frage von Wahrnehmung und Beobachtung dreht. Goethes oben zitierter Brief an Sömmering enthält aber mehr als den Ausdruck der Bereitschaft, eine ungewöhnliche Erscheinung zu registrieren, der Klarheit und Präzision beim Beschreiben des Phänomens und der Umstände, unter denen es beobachtet werden kann. Im zweiten Teil wendet sich Goethe der Bedeutung seiner Beobachtung zu, d. h. den daraus zu ziehenden Schlußfolgerungen. Hier zeigt er einen Mangel an Mut, der seiner Kühnheit ganz unähnlich ist, als er glaubte, das *os intermaxillare* entdeckt zu haben (vgl. oben, S. 971). Es ist fraglich, ob seine angefügte Schlußfolgerung überhaupt so genannt werden kann oder ob sie nicht bloß eine Wiederholung der Beobachtung in Verbindung mit der früheren Feststellung ist, daß die beiden Farbränder »*nur* für Erscheinung gehalten werden«, was mit der Beobachtung an sich nichts zu tun hat. Man mag von dieser Zurückhaltung, die fast an einen Mangel an Vorstellungskraft grenzt, überrascht sein. Die Beobachtung an sich klingt sehr zugreifend, und die Phantasie selbst eines mittelmäßigen Geistes würde durch eine so merkwürdige Erscheinung stark angeregt — um so mehr, als Goethe allen Grund zu der vermutlich richtigen Annahme hatte, daß sie niemals zuvor beobachtet worden war.

Die große Rolle, die Wahrnehmung und Beobachtung in Goethes Leben spielten, muß mit dem Stellenwert verglichen werden, den das Experiment (und die Mathematik?) für ihn hatte. Auf beides antwortete er mit einem leise gesprochenen Ja, gefolgt von einem sehr lauten Nein. Seine Einstellung zum Experiment kann man vielleicht, wenn auch sehr vereinfacht, folgendermaßen formulieren: Ein Experiment ist konstruktiv, wenn es gemächlich wiederholt, was in der Natur beobachtet worden ist. Das reine Experiment aber, abgelöst vom breiten Strom des Lebens und der kreativen Natur, ist destruktiv und muß den Beobachter in die Irre führen. Deshalb begriff Goethe die Beobachtung von Newtons klassischen Experimenten auf dem Gebiet der Farbphysik niemals und versuchte beständig, sie in Begriffen seiner eigenen — erstaunlich akkuraten — Beobachtung in natürlicher Anordnung zu erklären.

Goethe hatte zweifellos einen Horror vor der Vorstellung, Faktoren, Elemente oder Situationen zu isolieren. Dieser Horror war einer der Gründe, der ihn lange Zeit von Schiller fernhielt.[5] Schon in einer frühen Schrift (1793) über dieses Thema, *Der Versuch als Vermittler von Object und Subject* (WA II, 11, S. 21—37), kommt Goethes Grundhaltung zum Vorschein. Nach dieser Schrift scheint ziemlich klar, daß das, worum es ging, weniger eine intellektuelle Schwierigkeit als eine psychologische war. Zu Beginn der Schrift legt Goethe brillant und tiefschürfend das Ziel der Wissenschaften dar und die Schwierigkeiten, auf die man bei der Verfolgung dieses Ziels stößt. Die Notwendigkeit, den subjektiven Faktor zu eliminieren, wird deutlich anerkannt. Auch die große Bedeutung, die das Experiment bei wissenschaftlichen Prozeduren hat, wird zugestanden. Nach sechs Druckseiten aber, die meiner Meinung nach sogar heute noch mehr oder weniger Zustimmung finden werden, erhebt Goethe Einwände gegen Experimente. Er verwirft sie nicht gänzlich — wie könnte er auch? —, aber man spürt das Verlangen, dies zu tun.[6]

Zuerst warnt er vor Schlußfolgerungen aus einem einzigen Experiment. Wenn aber zwei Experimente miteinander kombiniert werden, besteht die Gefahr, daß der Bedeutung ihrer Beziehung durch ihre Nähe übertriebene Aufmerksamkeit geschenkt wird. Es kann dann scheinen, daß eins aus dem anderen folgt, doch eine lange Versuchsreihe kann dazu führen, sie »in eine recht natürliche Verbindung zu bringen«. Selbst eine Serie von Versuchen beweise nichts.

> . . . daß nichts gefährlicher sei als irgend einen Satz unmittelbar durch Versuche bestätigen zu wollen, und daß die größten Irrthümer eben dadurch entstanden sind, daß man die Gefahr und die Unzulänglichkeit dieser Methode nicht eingesehen.[7]

Ich möchte nicht alle Schritte Goethes wiederholen, sondern nur von seinem Aufruhr berichten bei der Diskrepanz zwischen den mit einer wirklichen Versuchsanordnung verbundenen Daten der Beobachtung und der Tendenz, manchmal weitreichende Schlüsse in Form von Hypothesen und Theorien auf der Grundlage eines einzigen Versuches zu ziehen.

In der lebendigen Natur geschieht nichts in Isolation. Praktische Erfahrungen erscheinen uns in isolierter Form, und wenn wir in Experimenten isolierte Fakten betrachten, beweisen wir nicht, daß sie die Fakten sind.[8] Goethes Gegengift gegen solche Gefahren waren empirische Erfahrungen höheren Ranges. Er zitiert seine eigenen Beiträge zur Optik als Beispiele dafür, daß man solche Erfahrungen höheren Ranges machen kann. Die von ihm in diesem Gebiet angeführten Versuche bilden, wie er denkt, eine Reihe, von denen jede die nachfolgende berührt, so daß alle zusammen in Wirklichkeit nur einen Versuch ausmachen. In einem Aphorismus wurde Goethes Aversion gegen Versuche besonders kategorisch.

> Der Mensch an sich selbst, insofern er sich seiner gesunden Sinne bedient, ist der größte und genauste physikalische Apparat, den es geben kann; und das ist eben das größte Unheil der neuern Physik, daß man die Experimente gleichsam vom Menschen abgesondert hat, und bloß in dem, was künstliche Instrumente zeigen, die Natur erkennen, ja was sie leisten kann dadurch beschränken und beweisen will.[9]

Hier wird klar ausgesprochen, daß die isolierende Wirkung von Experimenten, die Tatsache, daß Versuche einen Keil zwischen die Natur und den Menschen treiben, Goethes Mißfallen erregte. Es ist bemerkenswert, daß Freud glaubte, Leonardos Mangel an künstlerischer Produktion sei seiner Unfähigkeit zu verdanken, Erscheinungen zu isolieren (170, S. 144), denn überraschenderweise stoßen wir hier, bei Goethes wissenschaftlichem Werk, auf eine ähnliche Unfähigkeit, obwohl der Isolationsmechanismus, wie ich zu zeigen versucht habe, eine sehr konstruktive und während seiner Weimarer Jahre, bevor er nach Italien ging, vielleicht lebensrettende Rolle spielte.[10]

Was mag dann die Ursache für Goethes Verwirrung gewesen sein? Ich denke, einer der Gründe war, daß Isolierung für ihn Destruktion bedeutete. Goethe hatte bezüglich dieser dem Versuch innewohnenden Eigenschaft recht. Isolierung ist immer ein Mechanismus, der von destruktiver Energie in Gang gehalten wird, oder von einer Energie, die ursprünglich aus dem Destruktiven stammt. »Die Natur verstummt auf der Folter«, schrieb Goethe,

> ihre treue Antwort auf redliche Frage ist: Ja! Ja! Nein! Nein! Alles Übrige ist vom Übel.[11]

Die Natur auf der Folter aber ist genau die Natur unter dem isolierenden Experiment,[12] die nicht wie im Evangelium mit einfachem Ja und Nein antwortet, sondern Hypothesen und Theorien benötigt. Solche Feststellungen zeigen an, daß zumindest in dieser Situation für Goethe Isolieren eine wahrhaft destruktive Funktion einnahm, die deshalb nicht flexibel gehandhabt werden konnte. Diese Pathologie im Umkreis des Mechanismus der Isolierung hatte die schlechteste Wirkung auf Goethe, indem sie Newtons Theorie für ihn von vornherein unannehmbar machte, unabhängig von jeder Versuchsanordnung:

> denn alle Personen, so gebildet sie auch waren, hatten das gespaltene Licht eingelernt und wollten leider das lebendige, woran sie sich erfreuten, auf jene todte Hypothese zurückgeführt wissen.[13]

Aber ganz abgesehen von der Bedeutung der Destruktion gewinnt man den Eindruck, daß man den Stellenwert, den die Wahrnehmung, besonders die visuelle Wahrnehmung, für Goethe hatte, hier in Betracht ziehen muß. Wahrnehmung und Beobachtung erfüllten für Goethe weit mehr als nur das, wozu sie sozusagen bestimmt sind, nämlich Daten in einer Form zu liefern, mit der sich das Ich in der äußeren Welt zurechtfinden kann. Durch Wahrnehmung und Beobachtung muß die Welt wieder erschaffen — oder vielleicht sogar erschaffen — werden, wie Goethe glaubte. Wenn er behauptet: »in unserm Auge liegt das Gesetz«[14] und so Newton zu bekämpfen versucht, hat er teilweise recht, da es ohne die Wahrnehmungsorgane keine Farbtöne gäbe; aber Goethe geht noch weiter. In seinen Papieren, die nach seinem Tod gefunden wurden, steht folgendes:

> Die Sinne triegen nicht, das Urtheil triegt.[15]

Und 1815 schrieb er die Verse:

Allah braucht nicht mehr zu schaffen,
Wir erschaffen seine Welt.[16]

Und eine der *Xenien* (ebenfalls erst nach seinem Tod veröffentlicht) lautet:

Was ist das Schwerste von allem? Was dir das Leichteste dünket,
Mit den Augen zu sehn, was vor den Augen dir liegt.[17]

Hier haben wir drei Schritte. Das einzig zuverlässige Werkzeug, um sich mit der Außenwelt zu verbinden, sind für den Menschen die Sinnesorgane; die Welt wird von Menschen ständig wiedererschaffen; der schwierigste Akt liegt im Wahrnehmen des Wahrnehmbaren. Eine Synthese dieser drei Schritte liegt in Goethes Idee des *Aperçus*, von der ich glaube, daß sie sein Grundinstrument wissenschaftlicher Untersuchung war. Es gibt ein praktisches Beispiel, wie er sich das Wirken eines *Aperçus* denkt. Galileo, schreibt er,

> führte die Naturlehre wieder in den Menschen zurück und zeigte schon in früher Jugend, daß dem Genie Ein Fall für tausend gelte, indem er sich aus schwingenden Kirchenlampen die Lehre des Pendels und des Falles der Körper entwickelte. Alles kommt in der Wissenschaft auf das an, was man ein Aperçu nennt, auf ein Gewahrwerden dessen, was eigentlich den Erscheinungen zum Grunde liegt. Und ein solches Gewahrwerden ist bis in's Unendliche fruchtbar.[18]

An dieser Stelle vergleicht er das entschiedene *Aperçu* mit einer »inoculierten Krankheit«: »man wird sie nicht los bis durchgekämpft ist«.[19] Goethe nannte seine Entdeckung des Zwischenkieferknochens ein *Aperçu.*[20] Und als er mit Eckermann am 11. März 1828 die Natur der Produktivität erörtert, sagt er:

> Jede Productivität höchster Art, jedes bedeutende Aperçü, jede Erfindung, jeder große Gedanke der Früchte bringt und Folge hat, steht in niemandes Gewalt und ist über aller irdischen Macht erhaben.[21]

Ich denke, Goethe dachte hier an die Augenblicke, wenn Wahrnehmungen und Gedankeninhalte zusammenfallen, zu einer Einheit verschmolzen oder zu einer Synthese gebracht werden, deren Teile das Selbst nicht diskriminieren können, so daß der Gedankeninhalt die Klarheit, Schärfe und Eindeutigkeit besitzt, die man sonst nur von der Wahrnehmung erwartet. Der Inhalt der Wahrnehmungen erlaubt aber im Grunde keinen Zweifel. Jeder empfindet Freude, wenn eine gewünschte Schlußfolgerung, eine narzißtisch besetzte Neigung jenen Grad von Unwiderlegbarkeit erreicht, der den Wahrnehmungen eigen ist. Kurz, ein *Aperçu* ist ein Gedanke, der zur Wahrnehmung geworden ist. Darin eingeschlossen ist ein Erlebnis, das nahe an religiöse Offenbarung grenzt, bei der der Glaube für die Wahrnehmungsorgane annehmbar wird. Wenn Goethe seine Entdeckung des Zwischenkieferknochens ein *Aperçu* nannte, hatte er recht. Wenn er die *sutura incisira* bemerkte, die vom *foramen incisivum* auf der unteren Gaumenebene ausging (vgl. 273, S. 12), nahm er nicht nur einen neuen Knochen wahr, sondern begriff zugleich die Stellung des Menschen als Teil der Natur. In solchen Situationen ist sich der Beobachter nicht bewußt, wie viele Annahmen, Theorien und Schlußfolgerungen von ihm als Wahrnehmungen registriert werden, und er realisiert nicht, daß das, was er als den Inhalt seiner Wahrnehmungen glaubt, in Wirklichkeit über alle Sinnesdaten hinausgeht.[22] Goethe hatte deswegen Schwierigkeiten mit Newtons Experimenten, weil sie ihm keine solche Wahrnehmungssituation verschafften. Nur nach einer langen Analyse aller Faktoren hätte er die Schlußfolgerung ziehen können, die Newton zog. Goethe tendierte aber dazu, nur das anzuerkennen, was er als Sinnesdaten erfahren konnte.[23] In pathologischen Fällen führt gerade diese Situation zu fixen Ideen und Wahnvorstellungen. Die Wahrnehmungssysteme des Schizophrenen sind aktiver als die des Nichtschizophrenen. Sein Wahrnehmungssystem hat sich nicht jenem Grad von »Zähmung« unterzogen, wie es ein nicht wahnhaftes getan hat.

Der Künstler aber behält diese Dimension der Wahrnehmung. Jeder hat sie wahrscheinlich einmal besessen, und sie mag in jedem von uns schlummern, wird aber gewöhnlich beherrscht, unterdrückt oder gehemmt und nur im Traumvorgang freigelassen. Der Künstler hat das Privileg, diese Dimension intakt zu halten, ohne das Opfer einer Psychose zu werden.

Wenn wir Goethes Standort als Wissenschaftler entwickeln wollen, müssen wir zuerst einen generellen Gedanken ins Auge fassen.

Muschg (406) erforscht die verschiedenen Dimensionen literarischer Kunst. Er schließt in seine Studie zu Recht fast alle Worterzeugnisse ein, ausgenommen wissenschaftliche Arbeiten. Er unterscheidet dann vier Typen: den Magier, den Seher, den Priester und den Sänger (Dichter). Vereinfachend könnte ich dies in vier soziologische Funktionen übersetzen: (1) Der Künstler erschafft eine neue Welt in der Gegenwart; (2) er kündigt das Kommen einer neuen Gesellschaft an und hat Teil an deren Erschaffung; (3) er bewahrt die bestehende Gesellschaft; und (4) er ist die Quelle von Lust. Man könnte über jede der vier Funktionen viel sagen, ich möchte mich hier aber auf wenige Worte über Goethes Einstellung zu diesen vier Funktionen beschränken. Sein Künstlerleben dehnte sich in allen vier Dimensionen voll aus. Das ans Wunderbare Grenzende seines Lebens bestand darin, daß alle vier Dimensionen sowohl in der Realität als auch in rein künstlerischen Medien manifeste Gestalt annahmen.

In der Funktion des Sängers, d. h. des Unterhalters, ist er Theaterdirektor und Schauspieler, Organisator von Maskenaufzügen, Planer von Schlittschuhpartien, Arrangeur von Festen; in der Funktion des Priesters, d. h. des Bewahrers der gegenwärtigen Gesellschaft, ist er der loyale Diener des Herzogs, Schatzmeister der Staatsfinanzen, Reformer, Straßenbauer, Ratgeber bei Stellenbesetzungen, Politiker, Unterhändler beim Reichstag, Kämpfer gegen Revolution; als Prophet, d. h. als Erbauer der zukünftigen Gesellschaft, gründet er Gelehrteninstitutionen, predigt Humanismus und Toleranz, bekämpft die Religion der Kirche, propagiert den Naturkult als Manifestation einer Gottheit, eröffnet den Wissenschaften neue Felder und arbeitet in seinem literarischen Werk eine neue Philosophie aus.

Die magische Funktion ist natürlich eine allumfassende. Das Wort, Wissen, Handeln, Vorstellen — alle psychischen Funktionen — können zu diesem Zweck benutzt werden. Er war Dichter, Maler, Architekt und Wissenschaftler. Er baute Bergwerksstollen, organisierte meteorologische Stationen und machte Wettervorhersagen.

Ein Künstler kann etwas davon oder alles erreichen, aber er kann es gewöhnlich nur innerhalb der Grenzen seines besonderen Mediums. Shakespeare war König und Königin und Heiliger und Sünder, Hamlet und King Lear, wieviel davon konnte er aber in der Realität agieren? Michelangelo war Moses und Sklave und Lorenzo de Medici, aber auch ihm muß dieselbe Frage gestellt werden. Goethe jedoch besaß das Privileg, durch sein künstlerisches Medium eine Welt zu erschaffen und auch eine Vielzahl von Lebensformen in der Wirklichkeit zu agieren. Es ist kein Zufall, daß der *Wilhelm Meister* als Hauptfigur einen Mann hat, der das starke Verlangen besitzt, Schauspieler zu werden.

Der Schauspieler ist im Grunde der Künstler, der wenigstens für eine begrenzte Zeitspanne in der Realität das sein kann, was der Autor nur in der Phantasie zu genießen vermag. Wenn man Goethes Leben in dieser weiten Perspektive sieht, wird die Frage, ob seine wissenschaftlichen Theorien richtig waren oder nicht, ganz unwichtig. Nur seine Tätigkeit als Wissenschaftler verdient dann überhaupt Interesse und ist nur als psychologische Gegebenheit überraschend. Wenn Gebhardt schreibt: »...immer blieb er unbewußt Dichter, wenn er bewußt Physiker sein wollte« (228, S. 151), kann er recht haben. Er hat aber nur insoweit recht, als der Mensch Goethe mit dem Dichter Goethe gleichgesetzt und identifiziert wird; es bleibt die Frage, ob der Künstler Goethe das Wesen des Menschen Goethe wirklich repräsentiert. Wahr ist, daß wir Goethe nicht als Genie ansehen würden, wie wir es tun, wenn wir nur von Goethe dem Maler, dem Physiker, dem Staatsmann, dem Bühnendirektor oder sonstwem wüßten, den Dichter ausgenommen.

Wie das Urteil über Goethe in einem solchen Fall aussehen würde, ist im Grunde eine müßige Frage, denn seine literarischen Leistungen sind ohne die anderen nicht literarischen Tätigkeiten und Leistungen nicht denkbar. Der größere Teil seines literarischen Werks war vielleicht eine Serie von *Aperçus*, und zwar deswegen, weil ein großer Teil der Welt durch seine Wahrnehmungen gegangen war, so daß er die ganze Welt in seinen literarischen Produktionen wiederzuerschaffen vermochte.

Eine psychologische Analyse, die den Anspruch der Wissenschaftlichkeit erhebt, kann sich nicht mit der Feststellung zufriedengeben, daß Goethe unbewußt ein Dichter war, wenn er sich zum Ziel setzte, ein Physiker zu sein, obwohl eine solche Feststellung unleugbar richtig sein mag. Goethe selbst hätte sehr heftig gegen seine »Reduzierung« auf einen Dichter protestiert. Wiederholt sagte er zu Eckermann:

> Auf Alles was ich als Poet geleistet habe, pflegte er wiederholt zu sagen, bilde ich mir gar nichts ein. Es haben treffliche Dichter mit mir gelebt, es lebten noch Trefflichere vor mir, und es werden ihrer nach mir seyn. Daß ich aber in meinem Jahrhundert in der schwierigen Wissenschaft der Farbenlehre der Einzige bin, der das Rechte weiß, darauf thue ich mir etwas zu gute, und ich habe daher ein Bewußtseyn der Superiorität über Viele.[24]

Dieser Satz ist von außerordentlicher Bedeutung. Die Selbsteinschätzung des Genies ist oft — wenn nicht regelmäßig — falsch.[25] Aber der

Irrtum in der Selbsteinschätzung ist ein wichtiger Schlüssel. Wir müssen schließen, daß für Goethe die *Farbenlehre* das Werk war, das ihm am nächsten stand. Ich sollte dies mit folgendem vergleichen: Das höchste Gefühl der Überlegenheit, der wirklichen Leistung erlebt man manchmal im Traum. Man wacht auf mit dem Gefühl, eine ungeheure Entdeckung gemacht oder eine hervorragende Rede gehalten zu haben. Wenn man sich aber an die im Traum wirklich gesprochenen Worte erinnert, entdeckt man zur eigenen Überraschung, daß sie Unsinnsworte sind. Wie kann das Ich das Gefühl der Überlegenheit aus bloßen Nonsensworten gewinnen? Bei der Erklärung lautet ein Gesichtspunkt: die Worte im Traum sind mit großen Quanten narzißtischer Energie besetzt.[26] Das ist es, was die Worte für den Träumer so äußerst wertvoll macht. Er kann nicht dem Gefühl entgehen, etwas Ungeheures geleistet zu haben, weil er mit seinem eigenen ungebundenen Ich konfrontiert wird. Wir stoßen beim Studium der Haltung von Wahnpatienten gegenüber ihren eigenen Wahnproduktionen auf eine ähnliche Situation. Sie können sich sowenig von ihren Wahnvorstellungen losmachen, wie ein normaler Mensch seine eigene Identität verleugnen kann. Ein Teil der Identität des Patienten steckt in seiner Wahnvorstellung, und deshalb muß er diese überschätzen. Deshalb ist es so wichtig, Goethes Fehlurteil über seine *Farbenlehre* zu studieren, weil sein endgültiges Urteil mit Wahrscheinlichkeit anzeigt, daß er hier Gedanken über sich von besonders großer Geschlossenheit und Bedeutung niedergelegt hat.

Wie sehen die Vorläufer dieser endgültigen umfassenden Vorstellung Goethes über sich selbst aus? Uns liegen darüber einige Informationen vor, weil Goethe in seiner etwa tausend Seiten umfassenden *Farbenlehre* achtundzwanzig der »Confession des Verfassers« widmet (WA II, 4, S. 283–311). Diese »Confession« enthält viele bemerkenswerte Züge, von denen aber hier nur einige erörtert werden. Ich schlage vor, Goethes Interesse an Farben hinzunehmen und sich nur die Umstände anzusehen, unter denen er auf die Idee kam, Newton sei bei seinem Beweis, daß weißes Licht die Farben des Spektrums enthalte, im Irrtum. Goethe hatte als Student von Newtons Theorie gehört und sie akzeptiert.

> Wie alle Welt war ich überzeugt, daß die sämmtlichen Farben im Licht enthalten seien; nie war es mir anders gesagt worden, und niemals hatte

ich die geringste Ursache gefunden, daran zu zweifeln, weil ich bei der Sache nicht weiter interessirt war.[27]

Als Goethe nach der Italienreise begann, mit dem Problem der Farben zu ringen, wollte er Newtons Experimente originalgetreu wiederholen. Die Gelegenheit dazu bot sich, als Hofrat Büttner[28] nach Jena zog, denn dieser Wissenschaftler besaß die notwendigen Prismen für die Strahlenbrechung.

Goethe lieh sich die Kiste aus, die die optischen Instrumente enthielt, verschob aber die Durchführung des Experiments. Zuerst hatte er kein geeignetes Quartier, wo er es einrichten konnte, daß ein schmaler Strahl Sonnenlicht in einen abgedunkelten Raum eindrang. Als er dann in ein Haus umgezogen war, wo diese Bedingungen erfüllbar waren, hielten ihn andere Dinge ab. Hofrat Büttner wurde unruhig und verlangte mit wachsendem Nachdruck, seine Prismen zurückzuerhalten. Goethe entschuldigte sich, versprach, schob aber das Experiment noch auf. Zuletzt scheint Büttner ernstlich ungehalten gewesen zu sein; er schickte einen Boten, der die Kiste abholen sollte. Goethe konnte nicht länger zögern, wenn er nicht die Prismen fahren lassen wollte, ohne sie überhaupt benutzt zu haben; er nahm eins aus der Kiste und sah hindurch in der Erwartung, alles weiße Licht in vielfarbiges Licht aufgelöst zu sehen, so wie er gedacht hatte, daß es nach Newton geschehen müsse. Zu seinem Erstaunen beobachtete er aber, daß die weiße Wand noch weiß erschien und daß nur da, wo das weiße Licht an die Dunkelheit grenzte, Farben zu sehen waren.

> Es bedurfte keiner langen Überlegung, so erkannte ich, daß eine Gränze nothwendig sei, um Farben hervorzubringen, und ich sprach wie durch einen Instinct sogleich vor mich laut aus, daß die Newtonische Lehre falsch sei.[29]

Von diesem Augenblick an konnten kein Argument, kein Versuch, keine Überredung und kein Einwand gegen seine Theorien[30] Goethe von seiner Überzeugung abbringen, die mit meteorhafter Plötzlichkeit am Horizont aufgetaucht war, niemals mehr den Griff lockern, der seinen Geist umklammerte. Jahre harter Arbeit, Hunderte von Seiten, Gedichte, Artikel, fast jedes Medium, das ihm zur Verfügung stand, verwandte er auf Beweisen, Überzeugen, Überreden, daß das weiße Licht rein sei und keine Farben enthalte. Ein Wort gegen seine Theorien konnte eine gefestigte und aufrichtige Freundschaft bedrohen; die

Anerkennung seiner Theorie wurde mit Zuneigung vergolten. Der einzige Mißklang, der, soweit ich weiß, jemals zwischen Goethe und Eckermann, seinem loyalsten Bewunderer, entstand, geschah, als letzterer darauf hinwies, eine von Goethes Theorien könne nicht richtig sein, sondern bedürfe der Revision. Eine so extreme Empfindlichkeit war bei Goethe ganz ungewöhnlich und führt zu einer Diskussion des möglichen Problems. Die altehrwürdige Eitelkeit und der Stolz eines Autors können die Abweichung vom gewöhnlichen Verhalten nicht erklären. Sogar Eckermann notiert, daß Goethe auf diesem Gebiet ganz anders reagierte als auf einem anderen Feld. So schrieb er, daß

> Goethe in seiner Farbenlehre nicht gut Widersprüche vertragen konnte, während er bey seinen poetischen Werken sich immer durchaus läßlich erwies und jede gegründete Einwendung mit Dank aufnahm.[31]

Eckermann versucht, diesen Unterschied durch den Kontrast zwischen Goethes literarischen Arbeiten und der Schmähung und Mißbilligung zu erklären, auf die seine *Farbenlehre* ein halbes Jahrhundert lang stieß. Das scheint kaum eine befriedigende Erklärung zu sein.

Goethes Reizbarkeit bei allem, was Newton betraf, entwickelte sich schrittweise. Ein früher Hinweis auf diese neue Idee klingt nicht sehr aggressiv, obwohl der Hinweis auf eine »Revolution« einen schwelenden Angriff auf eine Vaterfigur anzeigt. So schrieb er in einem Brief an J. F. Reichardt vom 30. Mai 1791:

> Unter den Arbeiten die mich jetzt am meisten interessiren, ist eine neue Theorie des Lichts, des Schattens und der Farben. [...] Wenn ich mich nicht betrüge, so muß sie mancherlei Revolutionen sowohl in der Naturlehre als in der Kunst hervorbringen.[32]

Johann Friedrich Reichardt (1752–1814), Dirigent und Komponist, wurde damals von Goethe stark bewundert. Reichardt vertonte viele Gedichte Goethes. Später kam es zwischen ihnen zu ernsten Meinungsverschiedenheiten.

Newton taucht, glaube ich, zuerst in Goethes Brief an Knebel vom 8. Oktober 1791 auf:

> An einem Jesuiten Grimaldi[33] welcher ohngefähr zu eben der Zeit mit Neuton sich um das Licht und die Farben bekümmerte, habe ich sehr große Freude und Trost. Sein Buch *de Lumine Coloribus et Iride* ist fünf Jahre früher gedruckt als Neuton seine Optische Vorlesungen hielt und viel früher als er seine *Optik* herausgab. Grimaldi ist ein weit schärferer Beob-

achter als Neuton und ganz dünckt mich auf dem rechten Wege von dem uns dieser Kirchenvater [Newton] abgebracht hat.[34]

Goethe versucht hier, Newton klein zu machen, indem er die Frage nach der Priorität stellt, trotz der Tatsache, daß er Grimaldis Werk offenbar nicht als früher, sondern nur als anders einstuft. Was es mit diesem Unterschied auf sich hat, der Goethe friedlich stimmte, wird später zitiert werden.

Wie ernst Goethes Vergleich von Newton mit einem Kirchenvater gemeint war, kann man aus einem Brief an Zelter vom 13. März 1822 ersehen:

Meine Gegner irren mich nicht, wer müßte dieß nicht in der Welt, besonders aber in Deutschland gewohnt werden! Die edlen physischen Widersacher [gemeint sind seine Gegner unter den Physikern] besonders kommen mir vor wie katholische Pfaffen, die einen Protestanten aus dem tridentinischen Concilium widerlegen wollten.[35]

Es ist interessant, hier Goethes Unterredung mit Eckermann aus Anlaß einer Meinungsverschiedenheit zwischen ihnen über die Farbentheorie vom 10. Februar 1829 zu zitieren:

Es geht mir mit meiner Farbenlehre, fuhr er darauf etwas heiterer und milder fort, gerade wie mit der christlichen Religion. Man glaubt eine Weile treue Schüler zu haben, und ehe man es sich versieht, weichen sie ab und bilden eine Sekte. Sie sind ein Ketzer wie die anderen auch, denn Sie sind der erste nicht, der von mir abgewichen ist.[36]

Wenn man dieses Zitat mit dem Brief an Zelter vergleicht, entdeckt man einen typischen Fall von Projektion.

Seine Reizbarkeit bei diesem Thema nahm bedenkliche Formen an, und es wurden geradezu Beschimpfungen gegen Newton und sein Werk geschleudert, etwa wie:

Schlimme Advokatenstreiche; Sophistische Entstellung der Natur; Unser Ehrenmann; Der Autor benimmt sich schändlich; Ob wohl in der Geschichte der Wissenschaften etwas ähnlich Närrisches und Lächerliches von Erklärungsart zu finden sein möchte?; Barer Unsinn;[37]

Diese Haltung ging bis zur direkten Anklage bewußter Unredlichkeit, wenn Goethe folgenden Vers aus seinem eigenen Werk zitierte:

Aber ich sehe wohl, Lügen bedarf's, und über die Maßen![38]

Unredlichkeit, Bösartigkeit und Dummheit, die Newton zur Last gelegt wurden, hatten ihren Gegenspieler in Goethes Überzeugung, daß ihm die schuldige Anerkennung infolge einer Verschwörung eines Teils seiner Zeitgenossen, motiviert durch Eitelkeit, versagt bliebe. Er war sich ganz sicher, daß seine Enthüllung über Newton eine sensationelle Wirkung haben würde und daß er wesentlich dazu bestimmt sei, einem Irrtum den Todesstoß zu versetzen, der die Menschheit in Knechtschaft gehalten habe. Als sich die Anerkennung nicht einstellte, entwickelte er die Theorie, er sei das Opfer des Zunftgeistes einer Clique, der sich gegen ihn, den Außenseiter und Laien, richte.[39] In späteren Jahren bevorzugte er eine andere Version. Als z. B. J. B. Wilbrand,[40] den Goethe im ganzen als Wissenschaftler schätzte, ein Buch veröffentlichte, in dem er sich in Übereinstimmung mit Newtons Theorie des Spektrums aussprach, schrieb Goethe ihm am 5. August 1820:

> ... bedauerte ich, daß ein Mann, der sich schon von so vielen Vorurtheilen losgesagt [...] hatte, sich noch nicht von der schmählichsten aller Taschenspielereyen, dem Newtonischen Spectrum, habe retten können, [...] Nun find ich [in Ihrem Buch] [...] aber von meiner Farbenlehre selbst, [...] auch nicht die mindeste Notiz, worüber ich in ein Erstaunen gerieth, das der Verzweiflung nah war;[41]

Zu Beginn gab es sichtbare Reste der Christusidentifizierung, die ich von Zeit zu Zeit erwähnt habe. So schrieb er in einem Entwurf, nachdem er die Newtonschule mit der Römischen Kirche verglichen hat:

> Und so ist mir recht wohl bekannt, was mich erwartet, indem ich gegenwärtig auftrete, um zu zeigen...[42]

Später aber schrieb er über das Jahr 1810, in dem die *Farbenlehre* beendet und vollständig veröffentlicht war:

> Um die Wirkung war ich wenig bekümmert, [...] Einer so vollkommenen Untheilnahme und abweisenden Unfreundlichkeit war ich aber doch nicht gewärtig;[43]

In seinen Gesprächen mit Eckermann gibt es mehrere Passagen über seine Vorstellungen von den Gelehrten auf diesem Gebiet: sie sind eitel, ehrgeizig, unbedeutend und stoßen jeden Außenseiter zurück.

Ein weiteres, vielleicht sogar noch eindrucksvolleres Beispiel als die schon zitierten kann man in Sorets Bemerkungen (vom 30. Dezember

1823) finden. Goethe beklagte sich über einen jungen Mann, der eine Arbeit über die Optik veröffentlicht hatte, die ganz ähnliche Ansichten wie Goethe äußerte, der aber vermied, sich auf Goethe namentlich zu berufen, um angesichts von Goethes geringem Ansehen als Physiker seine Reputation nicht zu gefährden.[44] Später besuchte der Autor Goethe und entschuldigte sich bei ihm. Soret glaubte, daß Goethes Kampf nicht allein gegen Newton gerichtet war, sondern daß in den allgemein akzeptierten Ansichten ein tiefgreifender Wandel notwendig sei, »und hätten Sie tausendmal recht, so müssen Sie zunächst geraume Zeit unrecht haben«.[45] Darauf erwiderte Goethe:

> »Und mir wird es um so schlimmer ergehen, weil ich, stolz auf meine Entdeckung, mir voller Hochmut einredete: dieser Newton, den die ganze Welt bewundert, diese unerbittlichen Mathematiker, diese Rechengenies, diese scharfsinnigen Beobachter, sie alle sind im Irrtum, ich allein bin gegen sie im Recht, ich allein habe den Stein der Weisen in der Hand, den sie doch so leicht finden könnten, der sonnenklar für sie am Tage läge, wenn sie nur die Augen öffnen und ordentlich sehen wollten. Mit dieser Überzeugung habe ich alle überkommenen Meinungen, und tüchtig, vor den Kopf gestoßen; man hat mich bekämpft, oder noch mehr: man hat meine Ideen lächerlich gemacht, aber ich bin an meinem Werk nicht irre geworden, sei es auch nur, um das Vergnügen gehabt zu haben, die Schwäche der Menschheit besser zu durchschauen.«
> Während seine Worte unerschöpflich hervorsprudelten mit einer Kraft des Ausdrucks, die ich nicht wiederzugeben vermag, funkelten seine Augen in ungewöhnlichem Feuer, Siegesfreude leuchtete aus ihnen, während um seine Lippen ein ironisches Lächeln spielte, sein schöner Kopf war imposanter denn je.[46]

Soret war hinsichtlich des Inhalts der Unterredung ein zuverlässiger Berichterstatter, und im Hinblick auf seine Ehrfurcht und Bewunderung für Goethe ist seine Interpretation von Goethes Gesichtsausdruck ganz verständlich; in einer psychoanalytischen Interpretation aber wird man gegenüber dieser Interpretation einen Vorbehalt anmelden. Es ist vernünftig, den von Soret verzeichneten Affekt und den Gesichtsausdruck, beides offenbar bei Goethe ungewöhnlich, mit der Psychopathologie in Verbindung zu bringen, die ich als den Grund von Goethes Störung postuliert habe.

Der bemerkenswerte Zug in dieser ganzen Episode von Goethes Leben, die man kurz mit dem Begriff *Farbenlehre* etikettieren kann, besteht darin, daß sie den Charakter einer paranoiden Psychose aufweist. Wir wissen jetzt sicher, daß Goethe an einer Psychose nicht in dem Sinn litt, in dem dieses Wort gewöhnlich gebraucht wird, d. h. bezogen auf einem Menschen, dessen Ich von einer Psychose überwältigt ist. Goethes Psychose muß eine partielle Psychose gewesen sein.[47]

Die Episode beginnt mit einem Erlebnis, das die typisch klinischen Bedingungen einer schweren Krankheit erfüllt. Es ist charakteristisch für den Beginn einer schizophrenen Krankheit, die zum erstenmal manifest wird. Ich möchte aber die Frage, ob Goethe an einer schizophrenen Krankheit litt oder nicht, hier nicht aufgreifen, sondern mich auf das Studium der Struktur und der Geschichte der Krankheit beschränken.

Als Goethe in das Prisma blickte, während Büttners Bote wartete, gab es einen plötzlichen Geistesblitz, der innerhalb eines ziemlich gut umschriebenen Bereichs seiner Persönlichkeit eine bleibende Wirkung hatte. Er löste Gedanken und Gefühle über ein Genie aus, dessen Persönlichkeit und Grundsätze ihm plötzlich in einem anderen Licht als zuvor erschienen.

Aus der klinischen Erfahrung sind wir mit der Bedeutung solcher plötzlichen Blitze vertraut. Sie sind für das »primäre Wahnerlebnis« charakteristisch.[48] Sie werden manchmal als innere Erleuchtung erlebt. Die Welt erscheint plötzlich verwandelt, tot oder entfernt oder unnatürlich eng, oder der Patient erkennt plötzlich eine umfassende Wahrheit, die ihm zuvor gedämmert hatte. Es ist notwendig, die ganze Phänomenologie dieses höchst interessanten Phänomens durchzugehen. Goethe berichtet bei anderen Gelegenheiten von ähnlichen Erlebnissen. Die Entdeckung des *os intermaxillare* und seine Gedanken beim Betrachten eines Schafsschädels auf dem jüdischen Friedhof in Venedig scheinen von ähnlichen Gefühlen begleitet gewesen zu sein. Aber in diesen beiden Fällen war ein Prozeß inbegriffen, bei dem etwas schon latent Vorhandenes konkrete Gestalt annahm, oder wo, mit anderen Worten, plötzlich ein wahrnehmbares Gebilde entdeckt wurde, dem ein zuvor schon bestehender Gedanke harmonisch zugeordnet oder zu einer Synthese verschmolzen werden konnte.

Die Erleuchtung über Newton war anders strukturiert. Wie Goethe behauptete, enthielt sie einen Gedanken, auf den er in keiner Weise vorbereitet war, und der Akzent lag auf dem negativen Inhalt —

›Newton hat unrecht‹ –, während die anderen beiden Erlebnisse betonten, daß bestimmte Beziehungen existierten.

Beim Studium von Goethes Beziehung zu Newton entdeckt man, daß Goethe ihn in jüngeren Jahren geradezu verehrte. Als er mit Lavater bei dessen berühmten physiognomischen Studien zusammenarbeitete, schrieb Goethe für Lavater einige Charakteranalysen, die scheinbar auf der Erforschung der menschlichen Gesichtszüge und Schädelformen beruhten. Eine davon war Newton gewidmet. Goethes Analyse ist in typischer Sturm-und-Drang-Sprache geschrieben (was die Übersetzung äußerst schwierig macht). Er schrieb folgendes:

1.

> ...Voll innerer Kraft die Augen, den Gegenstand zu fassen; ihn zu ergreifen, nicht bloß zu beleuchten; nicht ihn ins Gedächtniß aufzuhäufen; sondern ihn zu verschlingen, und in das große All, das im Haupte ist, immanieren zu lassen. – Augen voll Schöpfungskraft – und Augenbrauen voll der lichtvollsten, solidesten Fruchtbarkeit.
>
> ...Mehr hohes, gewaltiges Denken, als abstraktes scheint sie [die Stirn] auszudrücken. Mächtiger Drang, Drang der Zuversicht und der Gewißheit schwebt drauf.
>
> ....Auffallend ist die Reinheit, die Ruhe des Ganzen, bey der sichtbaren innern Anstrengung...

2.

> ...Ein Republikaner ist's, der, ohne zu befehlen, herrscht, immer widerstehen muß, viele Geschäfte geordnet, eingerichtet, gebaut hat. Wie fest ergreift er sinnlichen Eindruck, – macht prüfenden Entwurf, nicht ohne Zutrauen zu sich und seiner übermannenden Kraft...

4.

> ...Die Stirn, wie gedrängt in Erinnerung von Würkungen! Ahndung künftiger Seelennoth in gegenwärtiger Kraft!
>
> ...Die Lippe Widerhalt – innerer Kraft..[49]

Die Analyse von Newton ist ersichtlich mit besonderer Leidenschaft geschrieben, in den stärksten, positivsten Ausdrücken, in einem Stil, in dem ein moderner Physiognom über Albert Einstein schreiben würde, der die öffentliche Phantasie wie Newton im achtzehnten Jahrhundert beflügelte und einen berühmten Platz einnimmt. Von besonderem Interesse ist, welch starkes Gewicht Goethe auf Newtons Augen legte (ganz im Unterschied zu seinen anderen Analysen), was in bedeutsame Verbindung zu dem späteren Konflikt gebracht werden kann. Überraschend ist auch, wie viele Personen Goethe für die physiognomische

Analyse auswählte, die in der einen oder anderen Weise idealisierte Vaterersatzfiguren waren oder die ihn selbst in idealisierter Gestalt (Ichideal) repräsentierten: Klopstock, Homer, Rameau, Scipio, Titus, Brutus. In dem primären Wahnerlebnis wechselte also das Bild eines erlauchten und geliebten Vaters in das eines bösartigen, schlechten und gehaßten Vaters. Der Vollständigkeit halber muß gesagt werden, daß Goethes Psychogramm von Newton Charakteristika enthält, die weiblich klingen. Eigenschaften wie Reinheit, Ruhe, innere Anstrengung, Fruchtbarkeit, Schöpfungskraft können ein Indiz dafür sein, daß Goethe schon bei dieser ersten Begegnung auf Newton die Vorstellung einer Urmutter projizierte, oder wir haben es hier mit einem Vaterbild der archaischen Periode zu tun, wie früher dargelegt (vgl. oben, S. 899).

Das primäre Wahnerlebnis war der Ausgangspunkt seiner Störung, wie aber sah der weitere Verlauf aus? Wenn man annimmt, daß Goethes paranoide Behauptungen über Newtons Persönlichkeit das Resultat seiner eigenen Projektionen waren, können wir einen Teil der zugrunde liegenden Prozesse rekonstruieren. Da er ausführlich über das schrieb, was er für die psychologischen Voraussetzungen für Newtons angeblichen Irrtum hielt, können diese Auslassungen eine wichtige Informationsquelle werden.

Hat man aber recht mit der Annahme, daß dieses Material der Niederschlag von Projektionen ist? Meiner Meinung nach kann man Belege anführen, die zu einer solchen Annahme nötigen. Im Schlußparagraph seiner Erörterung von Newtons *Optik* lesen wir folgende Meinung Goethes über Newton:

> Und bemerken wir nicht im Leben, in manchen andern Fällen: wenn wir ein falsches Aperçu, ein eigenes oder fremdes, mit Lebhaftigkeit ergreifen, so kann es nach und nach zur fixen Idee werden, und zuletzt in einen völligen partiellen Wahnsinn ausarten, der sich hauptsächlich dadurch manifestirt, daß man nicht allein alles einer solchen Vorstellungsart Günstige mit Leidenschaft festhält, alles zart Widersprechende ohne weiteres beseitigt, sondern auch das auffallend Entgegengesetzte zu seinen Gunsten auslegt.[50]

Heute wissen wir, daß dies Wort für Wort auf Goethe selbst anwendbar ist, und deshalb schließe ich, daß der bei seinem Gegner angenommene psychische Prozeß aus Projektionen von Prozessen bestand, die in Wirklichkeit in ihm selbst vor sich gingen.

Merkwürdigerweise ist Goethes Bericht über das Versagen, mit dem er seinen illustren Gegner belegt, das aber in Wirklichkeit sein eigenes ist, erstaunlich genau. Die zitierte Passage bestätigt auch unsere Behauptung, daß Goethe wirklich von einer partiellen Psychose ergriffen war. Selbst wenn er mit all seinen Theorien und Schlüssen über die Natur des Lichts recht gehabt hätte, hätte er keinen berechtigten Grund zu der Annahme gehabt, daß Newton von partiellem Wahnsinn befallen war. Deshalb erscheint die Zuschreibung partiellen Wahnsinns wie die Folgerung unbewußten Gewahrwerdens ernster Psychopathologie bei ihm selbst.

Ich möchte zwei weitere Passagen zitieren, die die projektive Natur von Goethes Auslassungen über Newtons Persönlichkeit wohl noch deutlicher zeigen. An einer Stelle vermutet Goethe,

> daß vielleicht Newton an seiner Theorie soviel Gefallen gefunden, weil sie ihm, bei jedem Erfahrungsschritte, neue Schwierigkeiten darbot.[51]

Das wäre eine wirklich ungewöhnliche Quelle, aus der man Lust gewänne, aber es war Goethe, der zu einer Skizze seiner Biographie schrieb:

> Mein Leben ein einzig Abentheuer.
> Keine Abentheuer durch Streben nach Ausbildung dessen was die Natur in mich gelegt hatte.
> Streben nach Erwerb dessen was sie nicht in mich gelegt hat.
> Eben soviel wahre als falsche Tendenz.
> Deßhalb ewige Mar[ter] ohne eigentl. Genuß.[52]

(Ich erinnere an ein früheres Zitat — siehe oben, S. 715 f. —, das die große Anziehungskraft zeigt, die eine solche Situation auf Goethe ausübte). In dem Buch, in dem er Newton so stark attackierte, schrieb er unter der Überschrift »Confession des Verfassers« über seine Bemühungen als Maler — die ihn im Grunde zur Farbenlehre geführt hätten:

> ja ich fühlte hiezu [zum Malen] wozu ich eigentlich keine Anlage hatte, einen weit größern Trieb als zu demjenigen was mir von Natur leicht und bequem war. So gewiß ist es, daß die falschen Tendenzen den Menschen öfters mit größerer Leidenschaft entzünden, als die wahrhaften, und daß er demjenigen weit eifriger nachstrebt was ihm mißlingen muß, als was ihm gelingen könnte.[53]

In einem anderen Teil seiner *Farbenlehre* trifft Goethe bei seinem Angriff auf den Wert von Newtons Experiment folgende merkwürdige Feststellung:

> Wie es dagegen um die Newtonische Beobachtungsgabe und um die Genauigkeit seiner Experimente stehe, wird jeder, der Augen und Sinn hat, mit Verwunderung gewahr werden; ja man darf dreist sagen, wer hätte einen Mann von so außerordentlichen Gaben, wie Newton war, durch ein solches Hocuspocus betrügen können, wenn er sich nicht selbst betrogen hätte? *Nur derjenige, der die Gewalt des Selbstbetruges kennt,* und weiß, daß er ganz nahe an die Unredlichkeit gränzt, *wird allein das Verfahren Newtons* und seiner Schule *sich erklären können.*[54]

Goethe behauptet, er besitze die Kraft zur Erklärung, und räumt so indirekt ein, daß er »die Gewalt des Selbstbetruges kennt, [...] daß er ganz nahe an die Unredlichkeit gränzt.« Hier verrät Goethe unwissentlich selbst den projektiven Ursprung seines Newtonporträts.

Wenn man Goethes zornige Angriffe gegen Newton liest, seine sich wiederholenden Argumente und seine Beteuerungen, wie bedauerlich Newtons Halsstarrigkeit sei, gewinnt man den Eindruck, daß Goethe von einem lebenden Menschen spricht,[55] der trotz vieler überzeugender Argumente, die Goethe anzuhäufen wähnte, nachzugeben sich boshaft weigerte. Goethe machte Newton auch verantwortlich für das gleiche halsstarrige Beharren nahezu aller nachfolgenden Physiker und für deren prinzipielle Zustimmung zu dessen Lichttheorie. Die Unklarheit in bezug auf Objekte seines Zorns, der Mangel an Bewußtsein, daß er mit einem schon vor langer Zeit verstorbenen Menschen wie mit einem Zeitgenossen umging, der noch von einem Irrtum überzeugt werden könnte, macht die Diagnose noch wahrscheinlicher, ganz abgesehen von der Tendenz zur Verdinglichung des Denkens, deren sich Goethe in seiner Farbentheorie selbst schuldig machte (vgl. 288, S. 15 und passim).

Goethes Schärfe bei der Beschreibung seiner eigenen, Newton zugeschriebenen Psychopathologie stellt eine unschätzbare Quelle von psychologischen Daten hinsichtlich Goethes eigener Konflikte dar. Bei der Erörterung von Newtons Charakter gab Goethe folgende psychologische Analyse:

> Jedes Wesen das sich als eine Einheit fühlt, will sich in seinem eigenen Zustand ungetrennt und unverrückt erhalten. Dieß ist eine ewige nothwendige Gabe der Natur, und so kann man sagen, jedes Einzelne habe Charakter [...]. In diesem Sinne dürfen wir dem Schwachen, ja dem Feigen

> selbst Charakter zuschreiben: denn er gibt auf, was andere Menschen über alles schätzen, was aber nicht zu seiner Natur gehört: die Ehre, den Ruhm, nur damit er seine Persönlichkeit erhalte.
> […] Einen starken Charakter nennt man, wenn er sich allen äußerlichen Hindernissen mächtig entgegensetzt und seine Eigenthümlichkeit, selbst mit Gefahr seine Persönlichkeit zu verlieren, durchzusetzen sucht. Einen großen Charakter nennt man, wenn die Stärke desselben zugleich mit großen, unübersehlichen, unendlichen Eigenschaften, Fähigkeiten, verbunden ist und durch ihn ganz originelle unerwartete Absichten, Plane und Thaten zum Vorschein kommen.[56]

Goethe fährt dann fort zu zeigen, daß dies von jedem ethischen Wert einer Handlung ganz unabhängig ist. Das Sittliche beruht auf dem Streben nach dem Guten. Charakterstärke liegt außerhalb von Gut oder Böse, und Newton wies einen starken Charakter auf, indem er mit großer Beharrlichkeit einem Irrtum anhing trotz aller Warnungen, die er von außen und innen erhielt.

> Und hier tritt nun ein ethisches Hauptträthsel ein, das aber demjenigen, der in die Abgründe der menschlichen Natur zu blicken wagte, nicht unauflösbar bleibt.[57]

Und dann erklärt er die Psychologie des Irrtums:

> Der Mensch ist dem Irren unterworfen, und wie er in einer Folge, wie er anhaltend irrt, so wird er sogleich falsch gegen sich und gegen andere; […] Man widme einer Person mehr Liebe, mehr Achtung als sie verdient, sogleich muß man falsch gegen sich und andre werden:
> […] Dagegen lassen Vernunft und Gewissen sich ihre Rechte nicht nehmen. Man kann sie belügen aber nicht täuschen. Ja wir thun nicht zu viel, wenn wir sagen: je moralischer, je vernünftiger der Mensch ist, desto lügenhafter wird er, sobald er irrt, desto ungeheurer muß der Irrthum werden, sobald er darin verharrt;[58]

Es sei ängstlich anzusehen, fährt Goethe fort, wenn ein starker Charakter, um sich selbst treu zu bleiben, untreu gegen die Welt werde.

> Allein hiermit ist noch nicht das ganze Räthsel aufgelös't; noch ein Geheimnißvolleres liegt dahinter. Es kann sich nämlich im Menschen ein höheres Bewußtsein finden, so daß er über die nothwendige ihm einwohnende Natur, an der er durch alle Freiheit nichts zu verändern vermag, eine gewisse Übersicht erhält. Hierüber völlig in's Klare zu kommen ist beinahe unmöglich; sich in einzelnen Augenblicken zu schelten, geht wohl an, aber niemanden ist gegeben, sich fortwährend zu tadeln.[59]

Ich bedaure, an dieser Stelle mit dem Zitieren aufhören zu müssen. Wo sonst ist jemals so klar und bündig über die Dynamik einer Psychose geschrieben worden? Goethe beginnt mit dem Streben des Menschen nach Identität und endet mit der Last von Schuldgefühlen. Hätte er stärkeres Gewicht auf den Drang verbotener Es-Wünsche gelegt, wäre sein Bild vollständig. Eine Psychose ermöglicht einem Menschen tatsächlich, gewöhnlich auf Kosten von seelischem Schmerz, gegen die schmerzhaftere Störung des Identitätsgefühls zu kämpfen und um den erdrückenden Schuldgefühlen zu entgehen. Entnahm er all dies wirklich dem Studium von Newtons Leben? Es ist nicht vernünftig, das anzunehmen, sondern man sollte eher davon ausgehen, daß Goethe sich hier in allgemeinen Worten auf die emotionalen Konflikte bezog, die ihm Newtons Lichttheorie unannehmbar machten und ihn dazu brachten, seine eigene aufzustellen. Wenn er behauptet, daß Newtons Farbentheorie als »ein erstarrtes Aperçu [WA II, 4, S. 100] anzusehen sei, beschreibt er die beschädigte Struktur eines Teils seines eigenen psychischen Apparates, der in diesem Bereich seine Elastizität verloren hat. Hier konnte Goethe weder vor- noch rückwärts gehen, sondern mußte starr in der Stellung verharren, die ihm aufgezwungen war, und ich bezweifle nicht, daß er recht hat, wenn er sagt, durch seine Untersuchung der Optik sei ihm

> eine Entwickelungskrankheit eingeimpft, die auf Leben und Thätigkeit den größten Einfluß haben sollte.[60]

Eine vollständige Aufklärung eines primären Wahnerlebnisses klärt gewöhnlich fast die gesamte Psychopathologie. Obgleich keine Möglichkeit besteht, Goethes primäres Wahnerlebnis gänzlich aufzuklären, nämlich die Offenbarung, die er hatte, als er durch die Prismen sah, so ist es doch wichtig, dieses Erlebnis so weit als möglich zu erforschen.

Die erste Frage betrifft das genaue Datum des Ereignisses. Bedauerlicherweise kann dies, soweit ich damit vertraut bin, auf der Grundlage der veröffentlichten Zeugnisse nicht festgestellt werden. Man kann aber zwei Daten sicher festmachen, die den Zeitraum eingrenzen, in dem das Ereignis stattgefunden haben muß. Das erste Datum wird bestimmt durch eine Bemerkung Goethes in der »Confession des Verfassers«, daß er Gelegenheit zur Wiederholung von Newtons Versuchen erhielt, als er in ein neues Haus zog, in dem die Versuchsbedingungen erfüllt werden konnten. Da es sich bei diesem Haus um dasjenige handeln muß, in dem er vom November 1789 bis Juni 1792 wohnte, kann das Erlebnis nicht vor November 1789 stattgefunden haben. Das spätestmögliche Datum des primären Wahnerlebnisses wird mit der frühesten Erwähnung seiner Farbenstudien in seinen Briefen gesetzt. In einem Brief an den Herzog vom 17. Mai 1791 bezieht er sich auf seine Farbenarbeit, was darauf hinweist, daß dieser Brief nach dem primären Wahnerlebnis geschrieben wurde: »Die Theorie der blauen Farbe«, schrieb er, »habe ich auch in diesen Tagen geschrieben.« Und am folgenden Tag:

> Noch kann ich mit lebhafter Freude melden, daß ich seit gestern die Phänomene der Farben wie sie das Prisma, der Regenbogen, die Vergrößerungsgläser pp zeigen auf das einfachste Principium reducirt habe. Vorzüglich bin ich durch einen Widerspruch Herders dazu animirt worden der diesen Funcken herausschlug.[61]

Dies ist, glaube ich, das früheste bekannte Zeugnis für Goethes Arbeit über die Farben. Danach werden die dokumentarischen Beweise zahlreicher. Meiner Meinung nach muß man den Schluß ziehen, daß das primäre Wahnerlebnis sich zwischen November 1789 und dem 17. Mai 1791 ereignete.[62] Goethe selbst behauptete, das Erlebnis habe 1790 stattgefunden. In den *Tag- und Jahres-Heften* schrieb er für das Jahr 1790:

> entdeckte ich zu meinem großen Erstaunen: die Newtonische Hypothese sei falsch und nicht zu halten.[63]

Weiterhin gibt es in den Notizen zur Vorbereitung von *Dichtung und Wahrheit* eine kurze Zusammenfassung der Ereignisse von 1790. Gegen Ende dieser Zusammenfassung schreibt er:

> Veränderung der Wohnung. Aperçu der prismatischen Farbenerscheinung.[64]

Doch ist Goethes Zeugnis nicht ganz zuverlässig, da beide Bemerkungen viele Jahre später geschrieben wurden und in der zweiten offensichtlich ein Fehler steckt, da Goethes Umzug in seine neue Behausung 1789 erfolgte.

Wenn man wüßte, ob Goethe auf das primäre Wahnerlebnis sofort reagierte oder ob es in ihm eine Zeit lang gärte, bevor er es aktiv in Arbeit umsetzte, würde uns dies helfen, das Datum in der fraglichen Periode zeitlich genauer zu lokalisieren. Das aber ist der Spekulation überlassen.

Konkretere Beweise kann man bei der nächsten Frage vorlegen: Worin bestand für Goethe die unbewußte Bedeutung des Lichts? Licht bedeutete bei ihm etwas Reines und besaß eine weibliche Qualität. Bei der Erörterung von Newtons sechstem Versuch, dem entscheidenden, bei dem ein Lichtstrahl durch ein Prisma abgelenkt und in seine Bestandteile zerlegt wird, beschuldigt Goethe Newton, dieser habe die Natur auf die Folter gespannt, um sie zum Geständnis dessen zu nötigen, was Newton zuvor festgesetzt habe. Dann fährt er fort:

> Allein die Natur gleicht einer standhaften und edelmüthigen Person, welche selbst unter allen Qualen bei der Wahrheit verharrt. Steht es anders im Protocoll, so hat der Inquisitor falsch gehört, der Schreiber falsch niedergeschrieben. Sollte darauf eine solche untergeschobene Aussage für eine kleine Zeit gelten, so findet sich doch wohl in der Folge noch jemand, welcher sich der gekränkten Unschuld annehmen mag; wie wir uns denn gegenwärtig gerüstet haben, für unsere Freundin diesen Ritterdienst zu wagen. Wir wollen nun zuerst vernehmen, wie Newton zu Werke geht.[65]

Die vorherrschend weibliche Bedeutung des Lichts für Goethes Unbewußtes ist in dieser Passage offensichtlich. Die Idee ist, daß Newton einen feigen Angriff auf die weibliche Reinheit begehe. Goethe muß die weibliche Unschuld gegen diesen Angriff verteidigen, damit die Frau weiter in ihrem wahren und unschuldigen Licht erscheinen kann. Goethe muß wirklich Empfindungen körperlichen Ekels in Verbindung mit Newtons Begriff des Lichts gehabt haben. Zumindest an einer Stelle nennt er Newtons Weiß »ekelhaft«.[66] Noch stärker ist folgende Behauptung:

> *Das Widerwärtigste* aber, was mir jemals vor Augen gekommen, war Biots[67] Capitel über die entoptischen Farben, dort Polarisation des Lichts genannt. So hatte man denn, nach falscher Analogie eines Magnetstabs, das Licht auch in zwei Pole verzerrt und also, nicht weniger wie vorher, die Farben aus einer Differenzirung des Unveränderlichsten und Unantastbarsten erklären wollen.[68]

Das Unveränderlichste und das Unantastbarste werden das Widerwärtigste, sobald jemand versucht, es zu verändern und zu berühren – das scheint zur Annahme zu zwingen, daß der ganze Komplex Licht mit der unbewußten Vorstellung von der jungfräulichen Mutter assoziiert wurde. Von diesem Gesichtspunkt aus wird verständlich, warum Goethe in so anerkennenden Worten über den Physiker Grimaldi schrieb (vgl. oben, S. 1019). Obgleich Grimaldi zum Teil Newtons Lichttheorie vorwegnahm, konnte Goethe die »Vorsicht und Zartheit«[69] preisen, mit der Grimaldi den Gegenstand untersuchte, und man spürt bei Goethe eine gewisse Freude, wenn er berichtet, daß für Grimaldi Licht

> eine Flüssigkeit, die er jedoch auf's äußerste zu verfeinern sucht,[70]

darstellte. Einen ähnlich lobenden Ton schlägt Goethe an, wenn er sagt, Grimaldi wolle den Leser

> von der Zartheit eines so subtilen materiellen Wesens, das gleichsam nur wie ein geistiger Aushauch wirkt, überzeugen.[71]

Der Vergleich der Analogien, die Goethe beim Bericht über Newtons Theorie benutzt, mit denen, die er bei Grimaldi verwendet, zeigt, daß Goethe auf die Theorien von beiden nicht nach den Kriterien von Echtheit oder Falschheit reagierte, sondern nach seinen Gefühlen, die die Theorien in ihm hervorriefen, so als ob er subjektive Eindrücke und Ansichten über eine lebende Person, die seinem Herzen nahesteht, lesen würde.

Wir haben jetzt zwei wichtige Komponenten des unbewußten Komplexes aufgegriffen, mit dem Goethe bei seinen Farbenstudien kämpfte. Eine Vaterfigur (Newton) versuchte einer unberührbaren, reinen, unveränderlichen, jungfräulichen Mutter (Licht) Gewalt anzutun. Er mochte mit ihrer Verleumdung vorübergehend Erfolg haben, und seine Autorität konnte groß genug sein, die Welt seine verdammenswerten Anklagen glauben zu machen. Goethe aber würde die Unschuld der erniedrigten Mutter wiederherstellen. Ein Punkt bleibt vage. Hatte der Vater selbst die Mutter befleckt, oder hatte er nur lügnerisch vorgegeben, die Mutter sei unrein, und würde Goethe (der Sohn) beweisen, daß die Reinheit der Mutter trotz der Übeltaten des Vaters niemals beeinträchtigt worden sei, oder war es seine Aufgabe, die Schändung, die der Vater wirklich an ihr begangen hatte, ungeschehen zu machen? Der körperliche Ekel, den Goethe wirklich empfand, als er plötzlich auf die zusammengesetzte Natur des Lichts stieß, kann anzeigen, welche Version vorherrschend war.

Wenn wir jetzt zu dem primären Wahnerlebnis zurückkehren, sind wir in der Lage, die Bedeutung eines Elementes zu sehen, dem wir bis jetzt noch keine Aufmerksamkeit geschenkt haben, nämlich die Bedeutung von Goethes Aufschieben der Benutzung von Hofrat Büttners Prismen. Wie schon berichtet, ließ Goethe sie viele Monate unbenutzt liegen. Trotz seiner vielfältigen Verpflichtungen und Tätigkeiten ist überraschend, daß er, und sei es nur aus Neugierde, nicht einen flüchtigen Blick durch die Instrumente warf. Dieses Zögern, denke ich, ist bei Goethe höchst ungewöhnlich, und ich bewerte es als Prodromalsymptom seiner Krankheit. Die manifesten Inhalte können sich nicht aus dem Augenblick heraus gebildet haben, sondern müssen schlafend in ihm gelegen haben, wahrscheinlich von Kindheit an. Deshalb wäre es wichtig zu wissen, was Goethe in dem Augenblick im Kopf hatte, bevor er von dem primären Wahnerlebnis gepackt wurde. Von diesem Augenblick, in Gegenwart von Büttners wartendem Boten, erzählt er uns, daß er einen raschen Blick durch das Instrument werfen wollte,

> was ich seit meiner frühsten Jugend nicht gethan hatte. Ich erinnerte mich wohl, daß alles bunt erschien, auf welche Weise jedoch, war mir nicht mehr gegenwärtig.[72]

Wir haben also folgende Sequenz: Goethe sah in seiner frühesten Jugend durch ein Prisma. Er hatte eine undeutliche Erinnerung, was er dabei gesehen hatte. Wir wissen, daß diese Erinnerung falsch war, weil in einem Prisma nicht alles Licht vielfarbig erscheint. Als Erwachsener wollte Goethe seit langem wieder durch das Prisma schauen. Selbst nach seinem Umzug in ein neues Haus, wo die notwendigen Bedingungen leicht eingerichtet werden konnten, hatte er es wieder aufgeschoben. In einem Augenblick der Hast, als er das Prisma seinem Besitzer zurückgeben mußte, erinnerte er sich des vagen Eindrucks aus seiner frühesten Jugend. Deshalb schaute er durch das Prisma. Die folgende Wahrnehmung bestätigte den Inhalt der Kindheitserinnerung nicht. In diesem Augenblick ergriff ihn das primäre Wahnerlebnis.

Aus dieser Sequenz schließe ich, daß Goethes Aufschub, durch die Prismen zu sehen, das Ergebnis einer inneren Hemmung war. Er hatte Angst vor dem, was er sehen würde. Von seiner späteren Erinnerung aus ist es um so bemerkenswerter, daß er eine falsche Erinnerung aus der Kindheit besaß, was man sieht, wenn man durch ein Prisma schaut. Zu seinem Erstaunen nahm er nichts Ärgerliches wahr, wie er in Übereinstimmung mit der Behauptung einer Vaterfigur (Newton) gedacht hatte. In diesem Augenblick wurde er zu der Vorstellung gedrängt, daß eine Vaterfigur gänzlich unrecht habe und bösartig sei, und weiterhin kam ihm blitzartig die Grundlage einer neuen Theorie in den Sinn, die die Existenz einer ärgerlichen, von einer Vaterfigur behaupteten Erscheinung widerlegen würde.

Das ganze Rätsel kann eine rasche Lösung finden, wenn man berücksichtigt, daß Goethes erstes Kind, ein Sohn, am 25. Dezember 1789 geboren wurde, vermutlich in dem Haus, in dem Goethe dem primären Wahnerlebnis ausgesetzt war. Ein paar Schlußfolgerungen schließen sich an. Der Gegenstand von Goethes voyeuristischem Drang als Kind war vermutlich die Schwangerschaft seiner Mutter. Hatte er den Wunsch, von der Schwangerschaft keine Notiz zu nehmen, die Existenz des hervortretenden Bauches zu verleugnen? Goethe sprach von Newtons Wunsch, das Licht zu »zerspalten«. Hatte er als Kind Angst davor, seine Mutter würde platzen? Wie dem auch sei, wahrscheinlich wurde er von dem Problem verwirrt, ob seine Mutter ohne Unreinheit schwanger geworden sein könnte. Der Vater schien es zu behaupten oder zu verleugnen, daß er der Mutter etwas angetan hatte, oder andere behaupteten, daß der Vater die Ursache sei. War das aber wahr? Kann ein Baby nicht geboren werden, ohne daß die Mutter befleckt wird? Jetzt war Goethes Sohn geboren, am fünfundzwanzigsten Dezember wie das Christkind, und keine zwei Monate vor der Geburt des Kindes war Goethe aus seinem Haus am Frauenplan in das entferntere Haus am Rande der Stadt in der *Marien*straße umgezogen (vgl. 260, S. 53). Das Kind stammte von Christiane, die von niederem sozialem Stand war und die zu heiraten Goethe nicht über sich bringen konnte. Aller Wahrscheinlichkeit nach ließen die Umstände in seinem Haus am Frauenplan es bequemer erscheinen, aus dem Zentrum der Stadt, wo er in großer Nähe zu Charlotte von Stein lebte, in die Außenbezirke der Stadt wegzuziehen, wo er sich weniger beobachtet fühlte. Wie die Heilige Familie floh seine Familie nach Ägypten.

Meinem Gefühl nach fand das primäre Wahnerlebnis nach der Geburt des Kindes statt. Goethes Gefühlszustand während dieser Monate kann rekonstruiert werden. Christianes leichte Art, die schlichte Wärme ihrer jugendlichen Zuneigung, unbelastet von Konflikten, Problemen oder Vorwürfen, machte sein Heim zu einem reizenden Vergnügen, wie er es niemals zuvor erlebt hatte. Trotzdem hatten sich einige seiner tiefsten Ängste bewahrheitet. Ein Verbrechen war begangen worden. Ein unschuldiges Mädchen, das ihn immer liebte, war öffentlich der Erniedrigung ausgesetzt. Bode berichtet über den Aspekt der Legalität in Goethes Situation:

> Im nächsten Frühjahr war das Mädchen guter Hoffnung. Uneheliche Geburten wurden im weimarischen Gebiete seit kurzem nicht mehr mit polizeilichen oder Kirchenstrafen belegt; dagegen stand harte Strafe auf die Verheimlichung solcher Schwangerschaften. Auch hatte der Erzeuger des Kindes noch einige Strafgelder zu entrichten; anderthalb Taler an den Kirchner, ebensoviel an den Kantor der Heimatsgemeinde und fünf Taler an die Entbindungs-Anstalt in Jena. Seine Unterhaltspflichten wurden je nach der besonderen Beschaffenheit des Falles bemessen. Diese Bestimmungen galten also jetzt für Christiane und Goethe. Ob sie erfüllt oder durch landesherrliche Gnade erlassen wurden, ist uns nicht überliefert;[73]

Das Erscheinen des Sohns am Tage der Geburt von Christus muß für Goethe die Situation noch unheimlicher gemacht haben. Christianes unerschütterliche Ergebenheit ihm gegenüber und das absolute Fehlen von Gegenbeschuldigungen muß Goethes Schuldgefühle in kaum erträgliche Höhen getrieben haben. Die allgemeine Ansicht ist, daß Goethe seine Geliebte damals nicht heiraten konnte, weil ihre Einführung bei Hofe unmöglich gewesen wäre. Goethes Stellung war aber sicher und fest genug, so daß ihm die Heirat, wenn er sie nicht öffentlich ausposaunt hätte, vergeben worden wäre. Die gesamte Stadt klatschte über sein Zusammenleben mit Christiane, und niemandem war ihr Mangel an Manieren und Bildung unbekannt. Wenn Goethe sie damals nicht heiratete, geschah dies aus innerer Hemmung. Dies vergrößerte sein Schuldgefühl natürlich noch mehr.

Unter solchen, für sein inneres Gleichgewicht wirklich gefährlichen Umständen bildete er bei der ersten sich bietenden Gelegenheit ein primäres Wahnerlebnis aus, dessen unbewußte Bedeutung lautete: Es ist nicht wahr, daß Frauen durch Befruchtung schwanger werden; jungfräuliche Geburt ist möglich; der Vater tat der Mutter böse Dinge an; die Mission meines Lebens besteht darin, die Ehre der Mutter wiederherzustellen und sie von den bösartigen Verleumdungen zu reinigen, die auf sie zusammengehäuft sind!

Es ist nicht erforderlich, bei dieser Interpretation zwischen denjenigen Faktoren zu unterscheiden, die zu der aktuellen auslösenden Situation der Gegenwart gehören, und denen, die sich auf die infantile Situation der Vergangenheit beziehen, aber es ist wertvoll, den Leser noch einmal an einige Analogien zu erinnern, die Goethe in diesem Zusammenhang benutzt: die Inquisition, das Quälen einer unschuldigen Frau, die Verfälschung ihrer Behauptungen, um die Verdammung zu ermöglichen. Hätte sich Christianes illegitime Schwangerschaft in früheren Zeiten ereignet, wäre sie vielleicht einer Behandlung wie dieser ausgesetzt gewesen. Tatsächlich hatte Goethes eigenes Verhalten zum Ergebnis, daß er Christiane derselben Situation auslieferte, insofern er wußte, daß sie Verleumdungen würde zu ertragen haben. Also bedeutet das primäre Wahnerlebnis auch die Verleugnung einer Missetat in der Gegenwart und ihre Projektion auf den Vater. Der unbewußte Kern des Wahns aber war vermutlich die so sehr benötigte Überzeugung, er habe an der Erzeugung des Kindes keine Schuld.[75]

Die Beziehung zu Christiane hielt ungestört an; er arbeitete fleißig und handelte wie der Gesündeste der Gesunden. Wenn Morris behauptet, daß die Anerkennung seines Irrtums in der Farbenlehre »diese mächtige Natur in ihren Grundlagen unheilbar erschüttert« hätte,[76] offenbart er die tiefste Bedeutung und Zweckbestimmung von Goethes *Farbenlehre.* Anscheinend konnte Goethe sein inneres Gleichgewicht und seine Stabilität nur unter der Voraussetzung aufrechterhalten, daß Licht rein und eingestaltig, unveränderlich und ungetrübt ist. Ein Wahn hilft dem Ich, einen Riß in seiner Struktur zu überbrücken (vgl. 412).

Goethes Autorität und Ruf auf der einen Seite und die relative soziale Unauffälligkeit seines Wahnsystems und dessen Begrenzung auf einen genau definierten Bereich auf der anderen Seite machten es für Goethe möglich, dieses Wahnsystem auszuleben und bis zu seinem letzten Tag ungestört aufrechtzuerhalten. Zu den vielen Privilegien, die er genießen durfte, muß man auch das hinzufügen, daß er eine Psychose integrieren konnte, ohne die Bestrafungen zu erleiden, welche die meisten Sterblichen für einen solch kühnen und gefährlichen Schritt auf sich nehmen müssen. Die Unannehmlichkeit seines schlechten Rufs bei Gelehrten wegen seiner falschen physikalischen Theorien darf man tatsächlich als nur leichte Strafe einschätzen. Vom Schicksal begünstigt wie er es war, wird seine *Farbenlehre* noch heute lobend von Physiologen und Psychologen zitiert, da der subjektive Teil seiner Arbeit so wertvoll ist, wie er es zur Zeit ihrer Abfassung war, und er war der erste, der richtig und akkurat Nachbilder, Kontrast und verwandte Erscheinungen systematisch beschrieb (vgl. 285).

Bemerkenswert ist, wie frei seine Fähigkeit zur Beobachtung subjektiver Farbphänomene von Beeinträchtigung durch irgendeine Psychopathologie blieb und wie produktiv er bei der Beobachtung der Natur bei ungewöhlichen Farberscheinungen war. Immer bereit, das Unbekannte aufzulesen, bewahrte er ein kluges Auge für das Seltene und berichtete treulich, was notierenswert war. Sobald er seinen Geist aber auf die logische Analyse von Newtons Versuchsanordnung lenkte, stellte ihm sein Unbewußtes ein Bein, und der tapfere Kampf des Ich zur Aufrechterhaltung der Verleugnung furchtbarer Schuld beraubte die Vernunft ihrer höchsten Funktionen.

Die Frage, wie er es schaffte, diese pathologische Weise des Kampfes gegen einen unbewußten Konflikt auf diese eine genau definierte Situation zu beschränkten, ist rätselhaft. Vom rein psychologischen, oder besser klinischen Standpunkt aus kann man nur feststellen, daß die große Bedeutung, die die Naturwissenschaften für Goethe hatten, in der sich bietenden Möglichkeit eines Rahmens lag, in den er seine Psychose stellen konnte, ohne weiteren Schaden für das Funktionieren seiner Persönlichkeit in der Gesellschaft. Darf man vielleicht vermuten, daß in der Wissenschaft objektiv Eigenschaften vorhanden waren, die Goethe nahelegten, seine Psychose damit zu verbinden? Mit anderen Worten, gab es eine spezifische Beziehung zwischen beiden oder führten nur zufällige Umstände dazu, daß seine Psychose sich auf dem Gebiet der Wissenschaften entwickelte? Hätte sie sich ebensogut auf dem Gebiet der Kunst entwickeln können? Es mag wie eine müßige Frage klingen zu fragen, warum Goethe nicht eher Shakespeare als Newton als Zielscheibe seiner paranoiden Reaktion wählte. Die Spekulation über eine solche Frage kann dennoch einige Punkte klären. Zuallererst: als Goethes große Bewunderung für Shakespeare oder sogar Sehnsucht nach ihm begann, war sein Verlangen nach einem erhöhten Vaterersatz in ihm noch stark; er hatte seine eigene volle Identität noch nicht gefunden; seine Persönlichkeit war noch im Fluß und bedurfte eines Ideals als Muster für ihn selbst; das Schuldgefühl hatte noch nicht jene Intensität erreicht, als er sich in unheilbare Schuld verstrickt hatte. Zweitens hatte er in Shakespeare das Bild eines Vaters vor sich, mit dem er glaubte erfolgreich konkurrieren zu können. Shakespeares Größe stand zur Zeit des primären Wahnerlebnisses in guter Synthese sicher und fest; der Vaterersatz, gegen den die Aggression gerichtet war, mußte jemand sein, dessen Bild sich verändern konnte.

Hier möchte ich einen allgemeinen Faktor einführen, der über die zufälligen Schicksale im menschlichen Leben hinausgeht. Ich glaube, daß Goethe zur Zeit des Beginns seiner Psychose, als er vierzig oder einundvierzig Jahre alt war, seinen absoluten Lebenshöhepunkt erreicht hatte.[77] Wie schon zuvor bemerkt, wurde Goethes Identifizierung mit dem pedantischen Vater zunehmend deutlicher (vgl. 216, S. 234). Die psychobiologischen Wirkungen dieser Identifizierung gingen bis ins frühe Alter zurück. Die wirklichen Manifestationen dieser Identifizierung werden jedoch, besonders von individualistischen und rebellischen Persönlichkeiten, in der Schwebe gehalten. Das Alter schält die Haut ab, die solche alten und verdrängten Identifizierungen verbirgt, und meine Vermutung lautet, daß der Zeitpunkt des Beginns der Reaktivierung einer solchen alten Identifizierung, den bloß der Beobachter bemerkt — oder daß der Zeitpunkt, wenn die Gegenkräfte erlahmen, die die Identifizierungen niederhielten —, zusammenfällt mit dem Erreichen des Höhepunkts der psychobiologischen Existenz.

Man kann in Goethes partieller Psychose einen Versuch sehen, gegen die Wiederauferstehung einer alten Identifizierung anzukämpfen, die widerwärtige Züge für ihn hatte. Alle Prozesse dieser Art haben vielfache Bedeutungen und Funktionen, ich möchte aber nur herausstellen, daß in dieser Psychose ein Versuch lag, den Kampfplatz nach außen zu verlagern. Da diese psychobiologischen Prozesse trotz großen Widerwillens vom Ich nicht in Schach gehalten werden können und das Ich sie erdulden muß, kann das Ich leicht jemanden als Sündenbock auswählen, gegen den es aktiv und uneingeschränkt vorgehen kann, damit es innerhalb seines eigenen Gebiets weniger unter dem leidet, dessen unerbittlichen Verlauf sein Ich nicht abschwächen kann. Mit anderen Worten bestand eine der Funktionen von Goethes Psychose, wenn meine Hypothese korrekt ist, im Kampf gegen das Altern, ausgeführt von einem Prozeß des Nach-außen-Wendens einer inneren Gefahr. Natürlich erinnerte sein eigenes Kind Goethe ständig daran, daß er älter wurde. Daß er das Kind zumindest damals in der Illegitimität beließ — ein so offen feindseliger Akt, daß seine Bedeutung evident ist —, gehörte auch zur Verleugnung, daß er einen Sohn hatte.[78] Weiterhin ist klar, daß die Ausdehnung eines psychopathologischen Prozesses solcher Größe und Schwere auf das Feld seiner künstlerischen Kreativität eine weit größere Umwälzung in Goethe bewirkt hätte, als es bei der Beschränkung auf das Gebiet der Farbenlehre der

Fall war. Es ist auffällig, daß dieser Prozeß seine Macht gerade auf die eine kreative Tätigkeit ausübte, die — unter all den vielen Tätigkeiten Goethes — durch ihre konstante Beziehung zu der Kategorie von wahr oder falsch typisiert war. In diesem Zusammenhang kommt mir in den Sinn, daß die wenigen Menschen mit außergewöhnlicher mathematischer Begabung, die ich kennengelernt habe, besonders bizarre Persönlichkeitsmerkmale aufwiesen. Die Mathematik ist der exakteste Zweig der Wissenschaften, und es ist mir immer rätselhaft gewesen, wie Persönlichkeiten, die so tief unter der Macht irrationaler Kräfte standen, die Disziplin und Kontrolle aufbringen konnten, die auf dem Gebiet des mathematischen Denkens so intensiv erforderlich sind.

Zu Goethe zurückkehrend muß man berücksichtigen, daß seine Schöpfungen auf dem Gebiet der Kunst nicht in einem konstanten Strom flossen, sondern in plötzlichen Anstrengungen produziert wurden.[79] Um etwas Außergewöhnliches zu schaffen, mußte er unter hoher emotionaler Spannung stehen. Diese konzentrierte sich gewöhnlich auf eine Frau, in die er sich leidenschaftlich und fast zwanghaft verliebte — ohne sexuelle Abfuhr. Wie Möbius überzeugend zeigt, hing dies — trotz allem Anschein — nicht von äußeren Umständen ab: wenn die emotionale Krise eintrat, fand er eine Frau, die ihn zu inspirieren schien (395, 1, S. 205—227).

Unsere gegenwärtige Art des Denkens läßt uns glauben, daß solchen Anfällen von Anstrengung biologische Faktoren entsprechen. Die künstlerischen Schöpfungen waren dann die schönen Gefäße, in die die sporadischen Ausbrüche von Leidenschaft und Emotionen gegossen wurden. Der gesunde Menschenverstand würde annehmen, daß solche Anfälle von außergewöhnlicher emotionaler Spannung besonders geeignet sind, Psychopathologie, d. h. die partielle Psychose, entstehen zu lassen. Man kann aber beobachten, daß die Wissenschaft — und damit auch die Farbenlehre — seinen Geist eher dann okkupierte, wenn seine Psyche den Forderungen großer emotionaler Anstrengungen nicht standhalten mußte. Dieser scheinbare Widerspruch geht möglicherweise auf das Konto unserer relativen Unwissenheit über die Gesetze emotionaler Vorgänge. Was zur Zeit mit biologischen Rhythmen verbunden scheint, mag später als Wirkung früher Traumen erkannt werden. Perioden, die heute durch relative emotionale Ruhe charakterisiert zu sein scheinen, können später als Zeiträume großer emotionaler Spannung erkannt werden, in denen jene Spannung durch die Abwehr des Ich erfolgreich bekämpft wurde. Was jetzt wie der Höhepunkt emotionaler Spannung aussieht, kann in Wirklichkeit eine Periode geschwächter Abwehr sein. Weiterhin ist möglich, daß das Ich bei der Einhaltung des Realitätsprinzips manchmal weniger sorgsam ist, wenn es sich durch die völlige Kontrolle seiner Realitätsprüfung gut beschützt glaubt. Etwas Ähnliches kann man bei einem Versprecher oder einer anderen Fehlleistung beobachten. Gerade wenn das Ich besondere Aufmerksamkeit legt auf das, was es tut, oder wenn es sich aus anderen Gründen sicher fühlt, kann seine Wachsamkeit fehlgeleitet werden, und die Fehlleistung tritt ein. Auch künstlerische Schöpfung kann dem Unbewußten unmittelbar Luft machen und ihm Abfuhr verschaffen, während die Notwendigkeit, die strengen Regeln wissenschaftlicher Untersuchung einzuhalten — besonders für eine Persönlichkeit wie Goethe —, eine unerträgliche Last bedeuten und das gefesselte Ich durch Konzentrierung dazu führen kann, dem am meisten Verdrängten vollen Raum zu geben.[80] Der Inhalt findet dann seinen Ausdruck in einem Zusammenhang und unter Bedingungen, bei denen das Ich völlig davon überzeugt ist, gewiß nicht das Opfer irrationaler Kräfte zu werden.

Im Fall der zuvor erwähnten Mathematiker muß der Vorgang umgekehrt verlaufen sein. Sie waren beständig vom Bruch mit der Realität bedroht, und die Mathematik war die einzige Insel, wo das Ich innerhalb der sicheren Mauern unumstößlicher Regeln ausschreiten konnte.

Die Wissenschaften boten Goethes Kreativität also ein Feld an zu Zeiten, wo, aus welchen Gründen auch immer, die künstlerische Kreativität ihren niedrigsten Stand erreichte. War Goethe aber in der Wissenschaft wirklich kreativ? Die Frage ist lang und breit erörtert worden, und ich möchte nur einen Aspekt betonen, der durch seine Ernsthaftigkeit auf mich Eindruck gemacht hat.

Ein großer Teil derjenigen, die sich über Goethes Beitrag zur Wissenschaft ausgelassen haben, hat die wissenschaftliche Literatur der Goethezeit und ihre Vorläufer nicht gut zur Kenntnis genommen. Kohlbrugge zitiert in einer äußerst gedankenreichen und gut dokumentierten Studie (335) auf der Grundlage weitgehender Kenntnis der wissenschaftlichen Literatur des achtzehnten und neunzehnten Jahrhunderts viele Beispiele folgender Art.

In einem Brief an Merck vom 27. Oktober 1782 sagte Goethe voraus, daß Versteinerungen bald mit den Epochen der Weltgeschichte verbunden würden. Bielschowsky, einer der populärsten Goethebiographen, zögert nicht, nach dem Augenschein dieses Briefes zu behaupten, Goethe sei der erste gewesen, der die Bedeutung »dieser steinernen Zeugnisse« für die Geologie erkannt habe (vgl. 335, S. 147). Kohlbrugge hingegen weist leicht nach, daß Goethe dieser Gedanke nach der Lektüre von Buffon[81] und anderen Zeitgenossen kam. Kohlbrugge untersucht die meisten von Goethes Entdeckungen und Theorien, die Goethe zugeschrieben worden sind, und wird zu dem Schluß gezwungen, daß in fast allen Fällen entweder Goethe im Irrtum war oder dem folgte, was andere vor ihm gesagt hatten.[82] Kohlbrugge erkennt auch an, daß dies Goethes Größe überhaupt keinen Abbruch tut:

> Wieviel würden wir entbehren, wenn Goethe wirklich ein moderner, exakter, fast möchte ich sagen »langweiliger« Naturforscher gewesen wäre. Wir sollten uns freuen, daß er es nicht gewesen ist, daß unter den wenigen Dingen, die ihm versagt waren, diese Gabe gehörte.[83]

Goethes Kampf und Abneigung gegen Mathematiker ist gut bekannt.[84] Man könnte viele psychologischen Faktoren ausgraben, die für diese Aversion in Frage kommen. Wolfram von den Steinen betont in seinem ausgezeichneten Buch *Das Zeitalter Goethes* (506) jene Sektoren des kulturellen Lebens in Goethes Umgebung, deren Bedeutung Goethe nicht begriff. Der bedeutsamste scheint mir die Entstehung des Maschinenzeitalters zu sein, die zu Goethes Lebzeiten vor sich ging und die von ihm unbemerkt blieb.[85] Ich möchte gern wissen, in welchem Ausmaß Goethe genau das zurückwies, was im Verlauf der Geschichte seine Gesellschaft und Kultur wirklich zerstörte und das letztlich jene Probleme schuf, denen wir uns heute gegenüber sehen und die über unseren Scharfsinn und unser Beherrschungsvermögen hinauszugehen scheinen. Ich würde gerne wissen, wie weit sich unsere Technologie ohne den Zuwachs auf dem Gebiet der Mathematik seit Leibniz entwickelt hätte, d. h. über die Differentialrechnung hinaus. Wenn ich meine Meinung äußern darf, obgleich ich bei diesem Thema von jedem Wissen gänzlich unbelastet bin, würde ich die liebenswerte Illusion wagen, daß technisches Wissen sich nicht über jene Grenze hinaus entwickelt hätte, jenseits derer es die Menschheit beschädigt. Goethe stand gerade an dieser Grenze. Er warnte vor dem Kommenden, drückte sich aber irgendwie phantastisch aus. Zu Eckermann sagte er (am 23. Oktober 1828), die Zeit werde kommen, wo Gott seine Freude an der Menschheit verlieren und alles »zu einer verjüngten Schöpfung«[86] zerstört werden würde. Goethe dachte, dies würde sich in tausend Jahren ereignen. Diese seltsame Prophezeihung muß aus einem tiefen Zweifel und in einem vagen Gefühl von unheimlichen Vorgängen entstanden sein, in die der westliche Mensch verwickelt werden würde. Goethe schrieb am 28. Februr 1811 an Zelter:

> Die Mathematiker sind närrische Kerls, und sind so weit entfernt auch nur zu ahnden, worauf es ankommt, daß man ihnen ihren Dünkel nachsehen muß. Ich bin sehr neugierig auf den ersten, der die Sache einsieht und sich redlich dabey benimmt: denn sie haben doch nicht alle ein Brett vor dem Kopfe, und nicht alle haben bösen Willen. Übrigens wird mir denn doch bey dieser Gelegenheit immer deutlicher, was ich schon lange im Stillen weiß, daß diejenige Cultur, welche die Mathematik dem Geiste giebt, äußerst einseitig und beschränkt ist.[87]

Attackiert Goethe bei seinem so heftigen Angriff auf »diejenige Cultur, welche die Mathematik dem Geiste giebt«, nicht auch jenen Aspekt unserer Zivilisation, der ihm das größte Unbehagen bereiten würde, wenn er heute lebte, nämlich die Nutzung der technischen Wissenschaften zur Verleumdung von Kunst und Religion, auf die weitgehend verzichtet wird? Und wie ich, glaube ich, bei allen paranoiden Psychosen bemerkt habe, bei denen Kulturleistungen unserer Zeit eine große Rolle spielen, hatte auch Goethes Psychose einen wesentlich konservativen Inhalt. Sie umfaßte jenen Bereich, wo das Individuum sich bedroht fühlt und wo es sich mit all seiner zur Verfügung stehenden Macht gegen die Flut zu stemmen versucht. Aber vergebens! Wußte Goethe, daß er einen verlorenen Kampf kämpfte? Eine Passage in einem anderen Brief an Zelter, vom 18. März 1811, scheint dies zu verraten. Über den Physiker Weiß,[88] einen Gegner, schrieb Goethe:

> ein ohnmächtiger Haß ist die schrecklichste Empfindung; denn eigentlich sollte man Niemand hassen, als den man vernichten könnte.[89]

Auch hier treffen wir wieder eine Projektion in schönster Blüte an, denn Goethes Haß war ein ohnmächtiger. Er richtete sich nicht nur gegen die Manen seines Vaters und, da es ein paranoider Haß war, im Grunde gegen ein Objekt der Vergangenheit, das fast niemals satisfaktionsfähig ist, sondern er zielte auch auf die Einbrüche einer neuen Kultur, die zu verhindern er nicht mächtig genug war, so unvereinbar sie mit dem sein mochte, was er liebte. Diese beiden Faktoren machten Goethes Haß zu einem sich selbst perpetuierenden, den das Selbst nicht auslöschen konnte. Ein solcher Haß ist nur möglich, wenn das Ich wenigstens unbewußt weiß, daß seine Sache niemals zu einem Sieg geführt werden kann.

Goethe ist der erste moderne Europäer genannt worden. Seine enzyklopädische Statur erinnert an Aristoteles. Man kann aber nicht übersehen, daß er vieles an sich hatte, was aus dem Mittelalter stammte. Das Mittelalter ist hier nicht im Sinne des finsteren Zeitalters gemeint, sondern einer Periode, die an die Alchemie glaubte und Werke Gottes so klar sehen konnte, wie der moderne Mensch die Welt der Objekte sieht. So wie Goethe eine unglaubliche Breite an Identifizierungen mit allem Menschlichen besaß, so haben auch viele Zivilisationen und Kulturen ihren Niederschlag in ihm hinterlassen. Er kann ein großer Vermittler der Vergangenheit genannt werden. Die Züge in den modernen Wissenschaften aber, die am Ende dazu bestimmt waren, den Bruch mit der Gottesvorstellung unausweichlich zu machen, konnte er nicht integrieren. Sie blieben ihm fremd. Ich denke, daß es Goethes Religiosität war, die ihn ein von Anthropomorphismen bis auf den letzten Rest gereinigtes System verwerfen ließ, und man darf nicht vergessen, daß Goethe noch von der letzten Welle mittelalterlicher Tradition erfaßt wurde.[90]

Daß aber Wissenschaft eine so große Rolle in seinem Leben spielte, daß er wissenschaftlichen Problemen soviel Zeit und Anstrengung widmete, zeigt, wie sehr er den Geist des Zeitalters begriffen hatte, in dem er lebte. Ich habe hier nur deswegen einen historischen Faktor vermutet, der eine große Bedeutung für ihn gehabt haben kann, weil bestimmte Aspekte der Wissenschaft für ihn niemals relevant wurden. Dieser Faktor steht nicht im Gegensatz zum psychologischen. Wir sahen, daß er um die moderne Physik herum ein System paranoider Ideen entfaltete, die archaischen Problemen der Kindheit angehörten. So hatte das Archaische und Infantile in seiner Persönlichkeit Erfolg bei der Untergrabung dessen, was in seiner Persönlichkeit am wenigsten integriert war, und das war die moderne Wissenschaft; aber es konnte nicht gefährden, was ein gut organisierter Teil seiner Persönlichkeit geworden war, nämlich seine künstlerische Kreativität. So focht er einen Kampf gegen eine Realität, deren Umrisse er dunkel am Horizont wahrnahm, die zu integrieren für sein Ich aber zu schmerzlich gewesen wäre.

An dieser Stelle möchte ich nochmals die diagnostische Frage stellen. Sie kann nur angemessen diskutiert werden, wenn man Goethes partielle Psychose nicht isoliert betrachtet, sondern sie in den genetischen Zusammenhang mit der psychotischen Episode oder den psychotischen Episoden stellt, die er in seinen Studentenjahren in Leipzig erlebte. Die verschiedenen Episoden können dann als Phasen derselben Krankheit erscheinen. Als äußeren Beweis füge ich an, daß die Leipziger Episode durch Augenbewegung seiner Liebsten ausgelöst wurde (Brief an Behrisch vom Beginn Oktober 1767). Obwohl die Besonderheit dieses auslösenden Elements nur eine oberflächliche Ähnlichkeit zu der späteren Phase begründet, bei der das Auge die führende Funktion hatte, kann die scheinbare Übereinstimmung doch der Schlüssel zu einer tieferen Verbindung sein. Die voyeuristischen und homosexuellen Elemente waren in beiden Phasen besonders betont. Es wäre eine herausfordernde Aufgabe, beide Phasen nebeneinander zu analysieren. Sie sind vergleichbar mit dem Verlauf, den eine Tuberkulose nehmen kann: einer akuten Phase in der Adoleszenz mit spontaner Genesung folgt eine Phase in den mittleren Jahren mit Bildung einer Kaverne, die nur ein Minimum an klinischen Symptomen macht. So können wir annehmen, daß Goethes psychische Krankheit, die während seiner Adoleszenz kurze Zeit akut gewesen war, unterirdisch wurde, um in jenem unglücklichen Augenblick, als Goethe durch das Prisma schaute, wieder manifest zu werden und ihn nicht wieder zu verlassen. So gesehen wird die Diagnose Schizophrenie, so unwahrscheinlich und überraschend sie sein mag, denkbar. Unnötig zu sagen, wie sehr man zögert, einen solchen Schluß im Angesicht der ausgezeichneten Wirksamkeit einer beträchtlichen Reihe von Ichfunktionen, eines ungewöhnlichen Grades an Flexibilität und starker Objektbeziehungen zu ziehen. *Non nostrum tantas componere lites.*[91]

2. Kapitel

Das Finale eines Liebesexperimentes

Das schwierige diagnostische Problem verlassend, habe ich jetzt Goethes Abschied von Charlotte von Stein anzufügen, denn seine Trennung von ihr enthielt eine Konsequenz, die für das Hauptthema relevant ist. Ich möchte zuerst Goethes Brief vom 8. Juni 1789 erörtern. Ich bezeichne diesen Brief als seinen letzten an sie, obwohl ihr Briefwechsel nach einem Zeitraum von sieben Jahren erneut begann, denn die 130 — in der Mehrzahl kurzen — Briefe, die bis zu Charlotte von Steins Tod 1826 folgten, haben nichts mit jener Charlotte von Stein zu tun, die er so unsäglich geliebt hatte. Sie war anscheinend an die Peripherie seines Lebens gerückt.

Es war der zwölfte Jahrestag von Cornelias Tod, als er diesen »letzten« Brief schrieb. Es gibt kein Anzeichen dafür, da er sich der Bedeutung dieses Tages bewußt war, aber man kann sich kaum vorstellen, daß auch sein Unbewußtes keine Notiz davon nahm. Es war vermutlich der Tag, an dem er den letzten und entscheidenden Schritt zur Unterbrechung seiner Beziehung zu der einstmals über alle Maßen geliebten Frau tat. Es hatte sich erwiesen, daß ihre Beziehung unhaltbar geworden war. Am 1. Juni 1789 schrieb er einen langen Rechtfertigungsbrief, in dem er ein Argument an das andere reihte, um zu beweisen, daß er sich seit seiner Rückkehr aus Italien nicht verändert habe, daß er noch immer ein Mann sei, der für seine Freunde sorge und ihnen beistehe; in dem er seine Liebe zu Christiane[1] mit den bekannten Worten rechtfertigte:

Und welch ein Verhältniß ist es? Wer wird dadurch verkürzt? wer macht

> Anspruch an die Empfindungen die ich dem armen Geschöpf gönne? Wer an die Stunden die ich mit ihr zubringe?[2]

Er ruft ihren Sohn Fritz als Zeugen für sein unverändertes Interesse an.

> Und es müßte durch ein Wunder geschehen, wenn ich allein zu dir, das beste, innigste Verhältniß verlohren haben sollte.[3]

Er macht ihr Vorwürfe wegen ihres unerträglichen Verhaltens zu ihm, indem sie ständig einen Fehler finde,

> eh von einem Verhältniß die Rede seyn konnte das dich so sehr zu kräncken scheint.[4]

Er greift sie an, indem er sein Bedauern äußert, daß sie ihre Kaffeetrinkerei wiederaufgenommen habe, und erinnert sie daran, daß sie aus Liebe zu ihm diese Gewohnheit aufgegeben hatte. So ließ er sie mittelbar wissen, daß er nicht der einzige sei, der sich des Nachgebens gegenüber den Trieben schuldig gemacht habe, sondern daß auch sie durch ihre Rückkehr zu verbotenen oralen Befriedigungen ihre beiderseitige Abmachung hoher Moralität verraten habe. Aber welch ein unglaublicher Kurzschluß, was für ein kindisches Argument angesichts des tiefen Seelenschmerzes und der tiefen Erniedrigung, der sich die Frau durch sein Verhalten ausgesetzt sah! Es ist bemerkenswert, daß Goethe dieser Ausrutscher passierte, und es war vermutlich der Ausdruck des geheimen Eingeständnisses, sie verletzt zu haben, daß er ein so unangebrachtes Argument benutzte.

Der letzte Brief vom 8. Juni zeigt dies noch klarer. Goethe beginnt mit der Beteuerung, wie hart es für ihn gewesen sei, den vorigen Brief zu schreiben, und er vermutet, daß es für sie gleich unerfreulich gewesen sei, ihn zu lesen. Doch sei »wenigstens die Lippe eröfnet«[5], und er wünsche, daß sie beide sie niemals mehr schließen würden. Sein Vertrauen in sie sei sein größtes Glück gewesen, und wenn es zerbrechen sollte, müßte er ein anderer Mensch werden. Er wolle sich nicht über seine Lage in Weimar beklagen, aber diese sei unangenehm, und er zählt alle ungünstigen Umstände auf: den kalten, feuchten Sommer, den strengen Winter, den Herzog, die vielen Unbeständigkeiten, die Nutzlosigkeit der Arbeit, die allgemeine Unzufriedenheit von jedermann am Hofe. Wenn außerdem auch noch zu den nächsten Freunden ein übles Verhältnis entstehe, würde die Situation unerträglich. So drohte er durch die Blume, Weimar zu verlassen. Er fügt rasch hinzu, all dies habe er zu ihrem und zu seinem Wohl gesagt, und er drückt sein tiefstes Bedauern aus, wenn er ihr Anlaß zu Kummer in all diesen Umständen geben würde. Und dann nimmt der Brief eine unerwartete Wende:

> Zu meiner Entschuldigung will ich nichts sagen. Nur mag ich dich gern bitten: Hilf mir selbst, daß das Verhältniß das dir zuwider ist, nicht ausarte, sondern stehen bleibe wie es steht.
>
> Schencke mir dein Vertrauen wieder, sieh die Sache aus einem natürlichen Gesichtspunckte an, erlaube mir dir ein gelaßnes wahres Wort darüber zu sagen und ich kann hoffen es soll sich alles zwischen uns rein und gut herstellen.[6]

Anschließend wechselt er zur Plauderei über alltägliche Dinge über.

Die Antwort auf diesen Brief – wenn es eine gab – ist nicht bekannt, aber es trat ein Schweigen von sieben Jahren ein, unterbrochen nur durch zwei kurze verlorengegangene Briefe (vgl. 254, 2, S. 717).

Der erste Brief, der nach diesem Zwischenraum geschrieben wurde (am 7. September 1796), betrifft den Beistand, den Charlotte von Stein für Fritz benötigte. Er beginnt:

> Sie erhalten, liebe Freundinn, ein ostensibles Blatt um es allenfalls der Herzoginn zu zeigen

und er endet:

> Erlauben Sie auch ferner meinem armen Jungen, daß er sich Ihrer Gegenwart erfreuen und sich an Ihrem Anblick bilden dürfe. Ich kann nicht ohne Rührung daran dencken daß Sie ihm so wohl wollen.[7]

Das bezieht sich auf Charlotte von Steins Verhalten gegenüber August, den sie von Zeit zu Zeit als Besucher in ihr Haus nahm.

Der verzweifelte und plötzliche Ruf nach Hilfe im Brief vom 8. Juni 1789 und das tiefe Gefühl, wenn er daran dachte, wie freundlich Charlotte von Stein zu seinem »armen Jungen« war, mögen zusammengehören. Die Frage ist: Wußte Goethe, als er Charlotte von Stein am 8. Juni schrieb, daß Christiane schwanger war? Sie war im dritten Monat, und es ist nicht wahrscheinlich, daß sie diese Tatsache vor ihrem Liebhaber zu verbergen suchte. An was dachte Goethe, als er in seinem Brief an Charlotte von Stein seine Furcht zum Ausdruck brachte, seine Beziehung zu Christiane könne ausarten?[8] Dachte er an Heirat oder Trennung? Benötigte er Charlotte von Steins moralische Unterstützung für das eine oder das andere — da er anscheinend an der Fortsetzung der Verhältnisse, so wie sie waren, verzweifelte?

Ich würde annehmen, daß seine erste Reaktion Verzweiflung und Angst war, aber auch im Wunsch bestand, wieder mit der Frau zusammenzusein, die ihn so sehr dabei unterstützt hatte, ihn so viele Jahre lang von Schuldgefühlen freizuhalten. Der Wunsch nach Geständnis und Absolution war vermutlich sehr stark, und Charlotte konnte ihn wahrscheinlich in jenem Augenblick zurückbekommen, wenigstens für eine Weile.[9] Aber er stellte eine Bedingung, nämlich daß seine Beziehung zu Christiane andauere. Das aber war genau der Punkt, wo Charlotte von Stein keinen Kompromiß eingehen konnte, da dort die Grenze verlief, über die hinaus sie sich nicht zum Instrument seiner Rettung machen konnte. Wenn sie fähig gewesen wäre, ganz im Dienst dieses großen Mannes zu leben, hätte sie freudig die ihr entgegengestreckte Hand ergriffen. Für Goethe war es wahrscheinlich besser, daß sie egoistisch handelte. Hier lebte die Cornelia-Situation wieder auf. Auch Cornelia war eifersüchtig gewesen und hatte den bewunderten Bruder nicht mit einer Rivalin teilen wollen. Doch Cornelia war zweimal fortgegangen — als sie heiratete und als sie starb —, und er hatte dies überlebt. Und überleben würde er auch diesmal. Es mag einen geheimen Grund gehabt haben, daß er den Brief am Jahrestag des Todes seiner Schwester schrieb. Der Brief war in einem Stil geschrieben, der Charlotte von Stein zwang, mit ihm zu brechen. Die Bitte um Versöhnung — die auf die Reinigung seines Gewissens zielte —, verbunden mit der Bitte um Einwilligung in sein Zusammenleben mit Christiane, kann man auch als Abschiedsbrief ansehen, als eine Art Ultimatum, von dem Goethe schon im voraus überzeugt war, daß es unannehmbar sein werde.

Jetzt sind wir imstande, den schon verschiedentlich erwähnten Widerspruch zwischen Goethes Gefühlen — wie sie in seinen Briefen kurz vor und während der Italienreise zum Ausdruck kommen — und seinen Handlungen zu verstehen. Offenbar war das Bild der geliebten Frau so tief in seiner Existenz verwurzelt, daß ein bewußter Gedanke oder eine bewußte Absicht der Trennung für ihn gar nicht in Frage kam. In seinem Bewußtsein klammerte er sich offensichtlich bis zu diesem letzten Augenblick an die Illusion, daß sein »Seelenbund« dauerhaft sein würde. Ich kann mir gut vorstellen, daß er nicht hätte nach Italien gehen können, wenn ihm ein Zweifel gekommen wäre, daß diese Sicherheit bedroht sei. Deshalb waren die wiederholten Beteuerungen und Ausdrücke der Liebe aus Italien ganz logisch; der Schmerz der drohenden Trennung hätte anderenfalls die Handlungsenergie gelähmt. Seine Handlungen befanden sich in Übereinstimmung mit der eisernen Notwendigkeit weiterer Entwicklung und weiteren Wachstums, doch die Gefühle waren noch auf die Freuden einer vergangenen Entwicklungsphase gerichtet, eine Konstellation, die man bei klinischer Psychopathologie selten antrifft.

Welche Kritik Goethe gegenüber Charlotte von Stein auch geäußert haben mag, das auffallende Fehlen späterer Hinweise auf sie in Goethes Aufzeichnungen beweist, daß er sich später auch der unvergleichlichen, einzigartigen Rolle bewußt geblieben sein muß, die diese Frau in seinem Leben gespielt hat. Bestimmte Erlebnisse sind von einem Heiligenschein umgeben und bleiben deshalb in der Erinnerung sicher verschlossen. In Goethes Zeilen an Charlotte von Stein, die er einem Gedicht anfügte, das für seine Freunde aus Anlaß seines siebenundsiebzigsten Geburtstages geschrieben wurde und wovon er ihr eine Abschrift schickte (am 29. August 1826), kann man einen flüchtigen Blick auf jene Einzigartigkeit werfen:

> Beyliegendes Gedicht, meine Theuerste, sollte eigentlich schließen:
> »Neigung aber und Liebe unmittelbar nachbarlich-angeschlossen lebender, durch so viele Zeiten sich erhalten zu sehen, ist das allerhöchste was dem Menschen gewährt seyn kann«.
> Und so für und für![10]

Dies waren Goethes letzte Worte an Charlotte von Stein, die vier Monate später starb.

Und was Goethe für Charlotte von Stein bis zur letzten Minute ihres Lebens bedeutete trotz der heftigen Angriffe, die sie eine Zeitlang gegen ihn und seine Geliebte geschleudert hatte, kann man aus ihrem letzten Willen ersehen, in dem sie anordnete, daß der Leichenzug nicht an Goethes Haus vorbeiziehen sollte, weil sie ihm einen Anblick ersparen wollte, von dem sie wußte, daß er ihn unglücklich machen würde. Der Protokollchef aber bestand darauf, daß der Leichenzug einer so edlen Frau durch die Stadt führen müsse, und so wurde auch dieser Wunsch, wie so viele andere in ihrem Leben, zunichte.

3. Kapitel

Das Ende der Selbsterkenntnis

Wie ihre Gefühle füreinander in den siebenunddreißig Jahren, die auf Goethes schicksalhaften Brief vom 8. Juni 1789 folgten, auch gewesen sein mögen, es bleibt unbestreitbar, daß Goethe in den vierzehn Jahren seiner Verbindung mit Charlotte von Stein leidenschaftlich nach Selbsterkenntnis strebte. Immer wieder wurden Gefühle, Impulse und Wünsche gestanden und mit strenger Disziplin der Beherrschung unterworfen. An dem Tag, an dem Goethe Charlotte von Stein verließ, gab er auch seine selbstanalytische Haltung auf. Ich möchte einige Passagen zitieren, die Goethes Ansichten über Selbsterkenntnis in späteren Jahren zeigen können (vgl. 293). Über ein Gespräch am 8. März 1824 berichtet Kanzler Müller, Goethe habe gesagt:

> Ich behaupte, der Mensch kann sich nie selbst kennen lernen, sich nie rein als Object betrachten. Andere kennen mich viel besser als ich mich selbst. Nur meine Bezüge zur Außenwelt kann ich kennen und richtig würdigen lernen; darauf sollte Man sich beschränken. Mit allem Streben nach Selbstkenntniß, das die Priester, das die Moral uns predigen, kommen wir nicht weiter im Leben, gelangen weder zu Resultaten noch zu wahrer innerer Besserung.

Offenbar als Nachsatz fügt Goethe hinzu:

> Doch will ich dieße Ansicht nicht eben für ein Evangelium ausgeben.[1]

Eckermann berichtet von einem Gespräch vom 10. April 1829, in dem verschiedene Ansichten geäußert werden. Goethe sagte:

> Man hat zu allen Zeiten gesagt und wiederholt, man solle trachten sich selber zu kennen. Dieß ist eine seltsame Forderung, der bis jetzt niemand genüget hat und der eigentlich auch niemand genügen soll. Der Mensch

> ist mit allem seinem Sinnen und Trachten aufs Äußere angewiesen, auf die Welt um ihn her, und er hat zu thun, diese insoweit zu kennen und sich insoweit dienstbar zu machen, als er es zu seinen Zwecken bedarf. Von sich selber weiß er bloß wenn er genießt oder leidet, und so wird er auch bloß durch Leiden und Freuden über sich belehrt, was er zu suchen oder zu meiden hat. Übrigens aber ist der Mensch ein dunkeles Wesen, er weiß nicht woher er kommt, noch wohin er geht, er weiß wenig von der Welt und am wenigsten von sich selber. Ich kenne mich auch nicht und Gott soll mich auch davor behüten.[2]

Diese starken Worte gegen Selbsterkenntnis können auch durch Goethes Schriften bestätigt werden. In einem kurzen Aufsatz über die wissenschaftliche Haltung gegenüber der Natur taucht folgende Passage auf:

> Hiebei bekenn' ich, daß mir von jeher die große und so bedeutend klingende Aufgabe: e r k e n n e d i c h s e l b s t, immer verdächtig vorkam, als eine List geheim verbündeter Priester, die den Menschen durch unerreichbare Forderungen verwirren und von der Thätigkeit gegen die Außenwelt zu einer innern falschen Beschaulichkeit verleiten wollten. Der Mensch kennt nur sich selbst, in sofern er die Welt kennt, die er nur in sich und sich nur in ihr gewahr wird. Jeder neue Gegenstand, wohl beschaut, schließt ein neues Organ in uns auf. [...]
> Ich habe daher in reiferen Jahren große Aufmerksamkeit gehegt, in wiefern andere mich wohl erkennen möchten, damit ich in und an ihnen, wie an so viel Spiegeln, über mich selbst und über mein Inneres deutlicher werden könnte.[3]

Hier, in einem theoretischen Kontext, wird die Selbstbeobachtung als nutzlos hingestellt und durch die Beobachtung der Außenwelt ersetzt. Durch das Studium der Spiegelung seiner selbst in anderen gewinne man ein Wissen über sich selbst. Die Selbstbeobachtung wird hier mittelbar auf die soziale Wirkung begrenzt und das Unbewußte, über das sich Goethe in früheren Jahren, als er im Kontakt zu Charlotte von Stein stand, so im klaren war, in dieser letzten Analyse verleugnet. In einer bezeichnenden Passage läßt Goethe Antonio, Tassos Antagonist, ähnliche Ansichten äußern:

> Es ist wohl angenehm, sich mit sich selbst
> Beschäft'gen, wenn es nur so nützlich wäre.
> Inwendig lernt kein Mensch sein Innerstes
> Erkennen; denn er mißt nach eignem Maß

> Sich bald zu klein und leider oft zu groß.
> Der Mensch erkennt sich nur im Menschen, nur
> Das Leben lehret jedem was er sei.[4]

Auch hier unterstützt Goethe nicht das Gegenargument, sondern läßt Tasso Antonio zustimmen, obgleich die Worte gegen ihn selbst gerichtet sind.

In einem anderen Zusammenhang unterscheidet Goethe zwischen zwei Arten von Selbsterkenntnis:

> Nehmen wir sodann das bedeutende Wort vor: Erkenne dich selbst, so müssen wir es nicht im ascetischen Sinne auslegen. Es ist keineswegs die Heautognosie [Selbsterkenntnis] unserer modernen Hypochondristen, Humoristen und Heautontimorumenen [Selbstverwirrer] damit gemeint; sondern es heißt ganz einfach: Gib einigermaßen Acht auf dich selbst, nimm Notiz von dir selbst, damit du gewahr werdest, wie du zu deines Gleichen und der Welt zu stehen kommst. Hiezu bedarf es keiner psychologischen Quälereien; jeder tüchtige Mensch weiß und erfährt, was es heißen soll; es ist ein guter Rath, der einem jeden praktisch zum größten Vortheil gedeiht.[5]

Auf der Grundlage solcher Behauptungen sagt Richard M. Meyer, Goethe habe

> das berühmte »Erkenne dich selbst« [...] zwar wiederholt als eine gefährliche Mahnung abgewiesen, doch nur soweit es in ein lähmendes Grübeln über die Grundlagen unserer Individualität hineintreibt; eine praktische Selbsterkenntnis schien ihm unentbehrlich.[6]

Meiner Meinung nach ist diese Interpretation falsch. Richtig ist, daß Goethe zwischen gesunder und ungesunder Selbsterkenntnis unterschied. Was er aber unter praktischer Selbsterkenntnis verstand, ist nicht das, was wirklich mit Selbsterkenntnis gemeint ist, und sicherlich nicht das, was die Inschrift am Tempel von Delphi in Wahrheit bedeutete. Goethes Begriff beschränkte sich auf das, was heutzutage »zwischenmenschliche Beziehungen« genannt wird. ›Sei dir bewußt, was zwischen dir und deinem Nächsten vor sich geht; mach' dir keine falschen Vorstellungen über deinen Platz in der Welt.‹ Das ist etwas ganz anderes als introspektive Prozesse, bei denen die Erkenntnis ausschließlich durch die Funktion der Selbstbeobachtung gewonnen wird. Goethes Begriff läßt das Selbst nur als sozial wirkendes zu und insofern es in seiner funktionalen Relation zu der Gruppe beobachtet werden kann.

In einer seiner *Xenien* gab Goethe die Erklärung für diese Haltung:

> Niemand wird sich selber kennen,
> Sich von seinem Selbst-Ich trennen;
> Doch probir' er jeden Tag,
> Was nach außen endlich, klar,
> Was er ist und was er war,
> Was er kann und was er mag.[7]

Hier wird die Möglichkeit der Selbsterkenntnis geleugnet, weil sie die Abspaltung von einem Teil seiner selbst bedeutet. Abermals wiederholt er den Rat, ein Auge auf die Oberflächengestalt zu werfen. Interessanterweise wird Selbsterkenntnis als Verlust angesehen, als Abspaltung eines Teils des Ich. Die Argumentation scheint zu lauten, daß niemand den Schmerz ertragen würde, einen Teil seines wertvollsten Besitzes zu verlieren. Der Erwerb von Selbsterkenntnis ist in der Tat schmerzlich und zieht ebenso einen Verlust wie eine Zunahme an Wissen nach sich. Er bedeutet die Einschränkung des Dämonischen, das Goethe als treibende Kraft seines Lebens verehrte. Dennoch war er sich der Gefahren bewußt, die ein Genie, das sich selbst nicht kennt, umlauern. So schrieb er über Byron:

> Große Talente sind selten, und selten ist es, daß sie sich selbst erkennen; nun aber hat kräftiges unbewußtes Handeln und Sinnen so höchst erfreuliche als unerfreuliche Folgen, und in solchem Conflict schwindet ein bedeutendes Leben vorüber.[8]

Goethe fühlte sich Byron verwandt, und er muß gespürt haben, daß Byrons Schicksal leicht sein eigenes hätte werden können. Was er in der obigen Passage andeutet, ist genau der Gedanke, daß Selbsterkenntnis Byrons Leben vor dem bösen Schicksal bewahrt hätte. War sich Goethe unbewußt klar, daß er seinen eigenen Dämon gut manipuliert und daß die Selbsterkenntnis diesen seinen Dämonen auf einen Weg gezwungen hatte, der von dem drohenden Abgrund wegführte? Der an latenter Hypochondrie leidende Goethe fürchtet, was er bei einem Blick in sich selbst entdecken könnte:

> Wenn der Mensch über sein Physisches oder Moralisches nachdenkt, findet er sich gewöhnlich krank.[9]

Hier folgt er irgendwie Hamlets Worten: »So macht Gewissen Feige aus uns allen«, aber bei anderer Gelegenheit, bei den Motiven, die zu einer Abkehr von der Selbstbeobachtung führen, verriet er überraschende Einsichten:

> Man läßt sich seine Mängel vorhalten, man läßt sich strafen, man leidet manches um ihrer willen mit Geduld; aber ungeduldig wird man, wenn man sie ablegen soll.[10]

Selbstbeobachtung führt immer zu einem Impuls der Selbstveränderung. Dieser Impuls kann vollständig unterdrückt oder auf viele Arten abgewehrt werden. Ein von mir beobachteter Mensch war der Meinung, er habe es nicht nötig, sich zu ändern, weil er so viel über sich wisse. Das bloße Wissen von Defekten wurde als moralischer Wert ausgegeben, der ihn berechtige, von anderen gelobt zu werden. Das aber gehört zur Psychopathologie der Selbstbeobachtung. Die Funktion der Selbstbeobachtung und die Funktion der Selbstkritik sind voneinander getrennt, es läßt sich aber kaum vermeiden, daß eins das andere aktiviert, es sei denn, das Ich errichtet gegensätzliche Maßstäbe. In Goethes Fall, wo Wahrnehmung und Handeln sehr nahe beieinanderlagen, kann man davon ausgehen, daß die Abwehr gegen den Impuls der Selbstveränderung ziemlich schwach war und Selbstbeobachtung zu einer möglichen Quelle beständiger Verunsicherung werden konnte. Im Hinblick auf seinen starken Narzißmus wurde die Notwendigkeit der Veränderung in den meisten Fällen als schmerzhaft erlebt. Handeln in der äußeren Welt macht aber eigentlich viel mehr Spaß:

> Wie kann man sich selbst kennen lernen? Durch Betrachten niemals, wohl aber durch Handeln. Versuche, deine Pflicht zu thun, und du weißt gleich, was an dir ist.[11]

Selbstbeobachtung wird durch Pflichterfüllung in der Welt ersetzt! Auch hier wieder nahm Goethe Freuds Theorie vorweg, daß Selbstbeobachtung eine Funktion des Überichs ist. Pflichterfüllung kann aber dem Menschen natürlich nicht das Wissen vermitteln, das man durch Introspektion gewinnt.

Manchmal klingt es so, als ob Goethe den Grund der Selbsterkenntnis erreicht, sich aber frustriert fühlte.

> Ihrer viele wissen viel,
> Von der Weisheit sind sie weit entfernt.
> Andre Leute sind euch ein Spiel;
> Sich selbst hat niemand ausgelernt.[12]

In derselben Veröffentlichung gibt Goethe auch den Grund für seine Gereiztheit beim Thema Selbsterkenntnis an.

Erkenne dich! – Was soll das heißen?
Es heißt: sei nur! und sei auch nicht!
Es ist eben ein Spruch der lieben Weisen,
Der sich in der Kürze widerspricht.[13]

Indem er in seinem ständigen Kampf gegen die Selbsterkenntnis zu einer Rationalisierung Zuflucht nimmt, spricht Goethe zugleich eine tiefe Wahrheit aus. Ein Mensch, der sich beobachtet, verändert dadurch den Gegenstand seiner Untersuchung. Das Problem, auf das wir in diesem Zusammenhang stoßen, ist ähnlich dem, mit welchem sich die moderne Physik bei der Erforschung der Struktur der Materie herumschlagen muß. Eine Untersuchung verändert wesentlich schon an sich das, was untersucht werden soll, und beim Menschen hört der Beobachter im Akt der Einnahme der Beobachterhaltung auf, derselbe wie vorher zu sein. Bis zu einem gewissen Grade kann man sagen, daß Selbstbeobachtung unmöglich ist, da in dem, was Selbstbeobachtung genannt ist, nur ein System unter der Bedingung der Selbstbeobachtung betrachtet werden kann, d. h. die einzig mögliche Selbstbeobachtung ist die einer sich selbst beobachtenden Person.

Selbstbeobachtung, d. h. diejenige Fähigkeit, die den bedeutendsten Unterschied zwischen Mensch und Tier ausmacht, hinterläßt im Ich eine Lücke. Deshalb muß dieser Erwerb durch die Art zu einigen Antinomien führen, von denen Goethe einige in allgemeinen Formulierungen zur Synthese gebracht hat. Wenn Goethe fortfuhr:

Erkenne dich! – Was hab' ich da für Lohn?
Erkenn' ich mich, so muß ich gleich davon.[14]

bezog er sich auf etwas, was man nicht mehr als typisch bezeichnen kann, zumindest nicht im Sinne der Zugehörigkeit zur Funktion der Selbstbeobachtung.[15] Der Mensch sollte wirklich die Kraft haben, selbst angesichts eines in sich gespaltenen Ichs einen sicheren Stand zu bewahren. Goethe beschreibt hier den Drang, die durch die Aktivierung der Selbstbeobachtungsfunktion unausweichlich entstandene Lücke sofort nach ihrem Bewußtwerden zu schließen.

Diese Empfindlichkeit Goethes gegenüber der Teilung des Ich ist meiner Meinung nach mit dem Problem der Freiheit verbunden. So wie Goethe anscheinend früher besonders empfindlich bei der Reduzierung oder sogar bei zeitweiligem Ausfall des Ich durch den Orgasmus war, scheint sich diese Empfindlichkeit in der Situation der Selbstbeobachtung wiederholt zu haben. Wenn er sagt:

> Es darf sich einer nur für frei erklären, so fühlt er sich den Augenblick als bedingt. Wagt er es, sich für bedingt zu erklären, so fühlt er sich frei,[16]

beschreibt Goethe den Grundwiderspruch zwischen dem Gefühl der Unabhängigkeit (Freiheit) und Abhängigkeit (Bedingtheit) hinsichtlich seines Standorts im Universum. Der Widerspruch entsteht aus der Fähigkeit des Menschen zur Selbstbeobachtung. Die Verkündigung der Freiheit provoziert innere Kräfte, welche die Freiheit des Ich einschränken; die Kenntnis dieser inneren Kräfte schafft eine Lage, in der sich das Ich wieder über seine Schranken erheben kann. Goethe erläutert dieses Problem in einem Brief an Rochlitz vom 23. November 1829:

> Handle besonnen, ist die praktische Seite von: Erkenne dich selbst. Beides darf weder als Gesetz noch als Forderung betrachtet werden;
>
> [...] Die Menschen würden verständiger und glücklicher seyn wenn sie zwischen dem unendlichen Ziel und dem bedingten Zweck den Unterschied zu finden wüßten und sich nach und nach ablauerten, wie weit ihre Mittel denn eigentlich reichen.[17]

Es scheint jedoch, daß Goethe bei der Herstellung einer Harmonie zwischen dem unendlichen Ziel (dem Wissen von sich) und dem zufälligen Zweck (der klugen Handlung) keinen Erfolg hatte.

In seiner Autobiographie (3. Teil, 13. Buch) findet Goethe klare Worte über seine Ansichten zur Selbsterkenntnis. Da diese Ausführungen mit einer tiefen Einsicht in das Unbewußte verbunden sind, möchte ich die Passage ausführlich zitieren; sie zeigt auch, daß Goethes Abneigung sein Verständnis vom Menschen unangetastet ließ.

> Was aber den fühlenden Jüngling am meisten ängstigt, ist die unaufhaltsame Wiederkehr unserer Fehler: denn wie spät lernen wir einsehen, daß wir, indem wir unsere Tugenden ausbilden, unsere Fehler zugleich mit anbauen. Jene ruhen auf diesen wie auf ihrer Wurzel, und diese verzweigen sich insgeheim eben so stark und so mannichfaltig als jene im offenbaren Lichte. Weil wir nun unsere Tugenden meist mit Willen und Bewußtsein ausüben, von unseren Fehlern aber unbewußt überrascht werden, so machen uns jene selten einige Freude, diese hingegen beständig Noth und Qual. Hier liegt der schwerste Punct der Selbsterkenntniß, der sie beinah unmöglich macht.[18]

Es ist eindrucksvoll zu beobachten, daß das Genie die Behauptung der Unmöglichkeit der Selbsterkenntnis und eine entscheidende Erkenntnis durch genau diese Funktion Seite an Seite stellt. Offensichtlich trainierte er diese Funktion überreichlich (wie könnte er anders?), ließ diese aber ihr unverzichtbares Werk unterschwellig tun, wodurch er unerfreuliche Beeinträchtigungen im Bereich des Bewußten vermied.

Wie dem auch sei, die hier zitierten Passagen beweisen in der Tendenz, daß es hinsichtlich Selbstbeobachtung und Selbsteinsicht einen latenten Konflikt gab. Mit anderen Worten, er war ständig in der Gefahr, durch die manifeste Aktivierung der Selbsterkenntnis in akute Konflikte zu stürzen — oder diese häufig wirklich zu erleiden. Seine Hauptabwehr bestand meiner Meinung nach in der grandiosen Verschiebung der Selbstbeobachtung zur Beobachtung der Natur. Die »zarte Empirie«[19], die er für das Studium der Natur empfahl — indem er den Ratschlag gab, mit dem Gegenstand identisch zu werden —, ist etwas, was im wesentlichen auf die Selbstbeobachtung angewendet werden sollte, bei der der Beobachter sich zeitweilig mit all den Inhalten identifizieren muß, die er wahrnehmen kann. Hauptsächlich wegen seiner Aversion gegen diesen Prozeß mußte er die Beobachtung auf die Erforschung des Universums verschieben und die Vorstellung entwickeln, daß ein physikalischer Inhalt wie ein subjektiver behandelt werden sollte. Wenn Goethe schrieb:

> Wir gestehen lieber unsre moralischen Irrthümer, Fehler und Gebrechen als unsre wissenschaftlichen,[20]

beschrieb er sicherlich nicht ein allgemein gültiges Phänomen. Sicher, der Wissenschaftler besetzt seine Forschungen, Theorien, Entdeckungen mit großem Narzißmus, im allgemeinen aber stehen seine moralischen Werte seinem Ich näher als seine Arbeit. Goethe meinte den Aphorismus als einen seiner vielen Angriffe gegen den professionellen Wissenschaftler. Selbst wenn er recht gehabt hätte, müßten wir seine Worte in erster Linie als Eingeständnis dafür nehmen, was wissenschaftliche Arbeit für ihn bedeutete, d. h. als einen Ersatz für die beständige aktive Arbeit an seiner eigenen Persönlichkeit. Man kann also behaupten, daß die Wurzel seiner wissenschaftlichen Arbeit im Widerstand gegen Selbsteinsicht bestand, oder, mit anderen Worten, gegen die Fortsetzung eines Prozesses, der ihn während seiner Jahre mit Charlotte von Stein in erster Linie in Anspruch genommen hatte. Sein systematisches Interesse an der Naturwissenschaft begann kurz nach seiner Bekanntschaft mit ihr; es führte zu der triumphalen Entdeckung des *os intermaxillare*, die er erst Herder und dann ihr mitteilte; und es nahm ihn mehr und mehr in Anspruch, je mehr sich seine Beziehung zu ihr abkühlte, um ihm schließlich Gelegenheit zu geben, eine partielle Psychose zu rationalisieren.

Das »Erkenne dich selbst«, der Angelpunkt und das Zentrum seiner Beziehung zu Charlotte von Stein, wurde ein drohendes Memento an eine Zeit, die seinem Gefühl nach teilweise eine Periode der Erniedrigung gewesen war. Es mag seinen Narzißmus tief verletzt haben, daß Charlotte von Stein während dieser zehn Jahre ihm so überlegen wie niemand in seiner Erwachsenenzeit gewesen und daß er hauptsächlich der empfangende Teil war. Das folgende Epigramm kann als Revolte gegen diese unmännliche Abhängigkeit geschrieben sein:

> Immer glaubt ich gut[müthig?] von anderen etwas zu lernen,
> Vierzig Jahr war ich alt, da mich der Irrthum verließ.
> Thöricht war ich immer daß andre zu lehren ich glaubte
> Lehre jeden du selbst, Schicksal, wie er es bedarf.[21]

1789 war Goethe vierzig Jahre alt, als er definitiv mit Charlotte von Stein brach und als er Vater wurde. Seine Beziehung zu ihr war ein beständiges Lernen, aber im Alter von vierzig setzte er, nach diesem Epigramm, das Schicksal als Lehrer für jemanden ein, der ungenannt blieb. Die bekannten Umstände in Goethes damaligem Leben lassen an Charlotte von Stein denken.[22]

Ich habe die massiven Worte Goethes gegen die Selbsterkenntnis ausführlich zitiert, die seltsam bei einem Mann anmuten, der die letztliche Vollendung und Erfüllung im antiken Griechentum fand, das Selbsterkenntnis als Inbegriff aller Werte betrachtete. Seltsamerweise wurde das Lustprinzip, das Goethe in den voritalienischen Jahren so erfolgreich bekämpfte, auf Kosten des Schmerzes angenommen, den das Orakel von Delphi empfahl, und die Hoffnungslosigkeit aller Psychologie wurde als unumstößliches Schicksal des Menschen ausgegeben. Doch man darf seine häufigen Bemerkungen in seinen Briefen an Charlotte von Stein über das »Abwerfen von Häuten« nicht vergessen, Symbol seiner Fortschritte in der Selbsterkenntnis durch Einsicht und eines jubelnden Triumphes über seine Fähigkeit, nach den Forderungen der Vernunft zu leben. Unbestreitbar, daß der Höhepunkt in dieser Beziehung mit ihren großen Fortschritten in der Selbsterkenntnis mit einem alarmierenden Defizit an künstlerischer Produktion zusammenfiel. Möglicherweise hatte er in Erinnerung, daß er zur Zeit der stärksten Wirkung des Prozesses der Selbsterkenntnis künstlerisch unproduktiv gewesen war, und dies ließ ihn Jahrzehnte später in so harten Worten vor der Selbsterkenntnis warnen.

Sein Genie bewahrte ihn aber vor einer tatsächlichen Flucht vor der Psychologie. Sein bewußtes Beiseiteschieben der Introspektion veränderte nicht seine Auffassung vom Menschen. Wenn er an seinen Freund Knebel schrieb (am 8. April 1812), wir könnten letztlich nur deshalb das Gute tun, »insofern wir mit uns selbst bekannt sind«[23], und wenn er weiter 1813 über Shakespeare urteilte, daß »das Erkennen seiner Selbst« ihn zum Erkennen von anderen befähige,[24] gestand er ein, die ganze Zeit gewußt zu haben, woher sein künstlerisches Genie das Lebensblut seiner Schöpfungen bezog. Sicher, seine Figuren erzitterten niemals wieder mit jener Lebensglut, die so typisch für die Vor-Weimarer Jahre war. Der frühe *Wilhelm Meister* war die letzte Schöpfung, die bis zu einem gewissen Grad in diese Kategorie fällt.

Wir wissen jedoch aus früheren Worten Goethes (siehe oben, S. 310), daß die Lebhaftigkeit seiner Kindheitserinnerungen in den nachitalienischen Jahren verblaßte. Das heißt, er machte eine Phase der sekundären Verdrängung nach dem Auftauchen des Verdrängten während des voritalienischen Jahrzehnts durch. Diese zweite Welle der Verdrängung fand wirklichen und symbolischen Ausdruck in der Ausarbeitung des größten Teils von Wilhelm Meisters Kindheitsgeschichte in der Endfassung des Romans. Ich glaube, daß diese zweite Welle der Verdrängung notwendig war, um das volle künstlerische Potential zu verwirklichen.

Das Erschaffen großer Kunst erfordert das Wechselspiel von Ich und Verdrängtem, das Ich ergibt sich manchmal letzterem, wehrt es zuweilen ab, bezieht sich manchmal darauf oder verleugnet es. Ich vermute, daß zur Wiederherstellung des Wechselspiels einer fast unendlichen Skala von Mechanismen, durch die das Ich mit dem Verdrängten umgehen konnte (und ich schließe hier auch jene Mechanismen ein, die außerhalb des Bereichs der Abwehr liegen) und die für das Maximum an künstlerischer Produktion unverzichtbar waren, diese sekundäre Verdrängung notwendig war. Daß wir in ihrem Kielwasser die Spuren einer Psychose entdecken, sollte uns nicht verwirren, denn sie ließ Goethes Genie ohne Makel.

Teil IV

Anhang

Anhang A

Bemerkungen zum Problem des Zusammenhanges zwischen Psychose und künstlerischer Kreativität

1

Die abschreckende Komplexität dieses Problems hält mich zurück, mehr als wenige Überlegungen versuchsweise niederzuschreiben. Es ist einiges bekannt über den negativen Aspekt in der Beziehung zwischen psychischen Störungen und künstlerischer Kreativität. Die Frage wurde nach zwei Richtungen hin gestellt: Was bedeuten die kreativen Produkte von Patienten, die an solchen Störungen leiden, und worin bestehen die Wirkungen psychischer Störungen beim kreativen Genie? Gut bekannte Beispiele für das letztere sind Hölderlin, van Gogh, Nietzsche, Maupassant. Daß eine Geistesstörung jede Funktion, und damit logischerweise auch die künstlerisch kreative, verringern kann, versteht sich mehr oder weniger von selbst. Daß es auf der anderen Seite eine Beziehung zwischen psychischer Labilität und künstlerischer Kreativität gibt, ist schon immer vermutet oder stillschweigend angenommen worden. Das Unheimliche in bezug auf das Genie lag im Mittelalter in dem Glauben, dieses habe einen Pakt mit dem Teufel geschlossen. Solcher Aberglaube und ähnliche Vorstellungen können zuweilen entstanden sein aus dem Gefühl, daß die Schöpfungen des Genies aus einem Reich stammen, das der gewöhnliche Mensch nicht betreten darf.

Goethes Leipziger Zeit, welche mich zu diesen Bemerkungen veranlaßt, ist charakteristisch für die Tatsache, daß hier eine psychotische Episode und das Erblühen einer neuen Meisterschaft in der literarischen Ausdrucksweise Seite an Seite stehen.

Drei Gruppen von Fragen lassen sich denken: 1. Wodurch wurde Goethe vorwärts getrieben? Was ist wirklich original bei ihm? 2. Worin bestand die akute Psychopathologie, an der er litt? 3. Wo liegen die Verbindungen, wenn es welche gibt, zwischen beiden?

Viele haben behauptet, die neue deutsche Literatur sei durch den Leipziger Goethe vorangetrieben worden, und vielleicht hat niemand mehr diese These vertreten als Friedrich Gundolf. Ich möchte ein paar Anmerkungen machen zu seinem Kommentar von sechs Gedichten,[1] welche Goethe in Leipzig verfaßte und die nach Gundolfs Eindruck wesentliche neue Elemente in der deutschen Lyrik enthalten:

> Mit dem Leipziger Liederbuch [...] beginnt die Reihe von Liebesliedern, die in der neuhochdeutschen Sprache zum erstenmal nicht nur über die Liebe reden, sondern selber klanggewordene Liebe sind. [...] Es werden hier nicht nur Begriffe, Motive, Vorstellungen aus dem Bereich der Liebe gegeben, nicht nur auf die Liebe hingedeutet, nicht nur gesagt »ich liebe« — sondern im Ton, im Rhythmus, in der Magie, nicht in der Begrifflichkeit der Sprache liegt der Bann. Das Ich stellt hier seine Erregung nicht vor, sondern die Erregung des Ich selbst stellt sich dar in Sprache, als melodisch rhythmisches Sprachgebild. (Hervorhebung von Gundolf, 270, S. 59)

Die hier von Gundolf geäußerte Behauptung aufzustellen ist nicht schwer, aber es ist schwierig, sie zu beweisen, wenn dies überhaupt möglich ist. Ich werde gleich versuchen, die neue Qualität, die Goethe erklärtermaßen in die deutsche Literatur einführte, zu erläutern, aber zuerst will ich präziser fassen, worauf man achten muß, wenn die Behauptung erhärtet werden soll. Zunächst können wir rasch darin übereinkommen, daß die in Frage stehende Qualität von Goethes Dichtung zuvor nicht aufgetreten ist. Jeder, der Goethes Gedichte in chronologischer Folge liest, wird beeindruckt sein von den qualitativen Unterschieden zwischen bestimmten Versen seiner Leipziger Gedichte und früher geschriebenen. Es ist nicht so einfach zu beantworten, ob diese Elemente original von Goethe stammen und wirklich neu in der deutschen Literatur waren. Ich schlage als erstes vor, daß die Diskussion begrenzt wird auf die Dichtung in hochdeutscher Sprache. Sicher müssen die Grenzen der Sprache auch die Grenzen der Literatur sein, und ob die neuen Elemente zum Beispiel schon bei Walther von der Vogelweide (ca. 1170—1230, dem größten der Minnesänger) anzutreffen sind oder nicht, hieße verlangen, Unvereinbares zu vergleichen, um die Frage zu klären. Aus demselben Grund wird die lyrische Dichtung des Mittelalters beiseite gelassen.

In der hochdeutschen Literatur kommen nur zwei Dichter vor Goethe nahe an die spezifischen, anscheinend neuen Elemente heran, von denen wir einen Schimmer in einigen von Goethes Leipziger lyrischen Versen verspüren. Diese beiden sind Johann Christian Günther[2] und Klopstock. Obgleich beide — besonders Klopstock — nahe daran gewesen sind, so hat doch keiner von ihnen, soweit ich sehe, jemals jene Synthese mit dem künstlerischen Medium erreicht, die uns in Goethes Versen entgegentritt. Bei Klopstock fließt spürbar auch rationale Überlegung ein, Distanz zu anstatt Versenkung in den Gehalt von Dichtung. Ich beziehe mich mit dieser Kritik nicht auf die subjektive Distanz des Dichters, sondern nur auf die Wirkung seiner Dichtkunst auf den Leser.

Ich wähle sechs Verse eines Gedichtes von Goethe aus, in denen ich das neue Element ganz unverkennbar ausgedrückt finde. Die »wortwörtliche« Übersetzung lasse ich dem deutschen Original folgen, da die Übersetzung in diesem Zusammenhang nur die anschaulichen Begriffe des Gedichts übertragen, aber unmöglich jene Elemente wiedergeben kann, die hier als wesentlich neue Elemente der deutschen Literatur angesehen werden.

Und durchstreich mit leisem Tritte,
Diesen ausgestorbnen Wald.
Luna bricht die Nacht der Eichen
Zephirs melden ihren Lauf,
Und die Bircken streun mit Neigen
Ihr den süßsten Weyrauch auf.

Dies ist wahrscheinlich die ursprüngliche Fassung des Gedichts.[3] Es wurde mit anderen Gedichten im Mai 1768 an Behrisch geschickt und »Die Nacht« genannt. 1770 ist es in der Sammlung *Neue Lieder* veröffentlicht worden. In den ersten beiden Versen stellt Goethe dar, wie er die Hütte seiner Liebsten verläßt. Dann folgen die sechs zitierten Verse. Die zweite Strophe endet im typischen Stil des Rokoko. Der Dichter freut sich an der Kühle der Sommernacht, und obwohl er seine Wonne kaum fassen kann, möchte er freudig auf tausend solcher Nächte verzichten, wenn sein Mädchen ihm eine gewähren würde.

Ich sollte vielleicht an dieser Stelle betonen, daß keins der sechs Gedichte ganz in dem neuen Geist geschrieben ist. In jedem Beispiel tragen, wenigstens nach meinem Urteil, nur Teile den Stempel des neuen lyrischen Ausdrucks. Ich muß ferner betonen, daß eine psychologische Bewertung des Gedichts im Hinblick auf die fraglichen Punkte fast gänzlich von der Sprache abhängt, aber nicht von der Sprache allein, denn auch seine Bildlichkeit ist wesentlich. Selbst wenn dieselben Bilder in der Sprache schon vorhanden gewesen wären — obwohl sie meiner Meinung nach neu in der deutschen Literatur waren —, so hätten sie keinesfalls das besondere innere Erlebnis hervorgerufen, welches das Gedicht in seiner vorliegenden Form leistet. Das innere Erlebnis kann nur annähernd beschrieben werden. Der Beschreibung muß unvermeidlich jene Besonderheit fehlen, die für die Demonstration, worin diese neuen Elemente wirklich bestehen, unerläßlich ist.

Sehen wir uns zuerst die Bildlichkeit an. Wenn ich sage, daß sie durch Reichtum, Geschmeidigkeit, Originalität und Schönheit gekennzeichnet ist, dann würde ich nur etwas sagen, was auf eine große Zahl von Gedichten zutrifft. Offenbar liegt die Besonderheit in einem subtileren Aspekt. Ein auffallender Punkt besteht darin, daß die Spannung zuweilen erzeugt wird durch die Synthese von ursprünglich gegensätzlichen Bildern, etwa wie »ausgestorbner Wald« (das wäre, wenn es ihn gäbe, ein Un-Wald), oder »leiser Tritt« (das ist ein »stummer Ton«, das deutsche Wort »Tritt« bezeichnet Bewegung, die etwas Schall einschließt). In der späteren Fassung wird Spannung erzeugt durch geringfügig gegensätzliche Bedeutungen: »leiser Tritt« wird zu »verhülltem Schritte«, worin Begriffe aus verschiedenen Sinnesbereichen zusammengefügt sind, die in der Realität nicht verbunden werden können (Tritte können nicht verhüllt werden, außer durch leises Auftreten, ein Verweisen auf den Bereich des Hörens, wohingegen in dem Akt des Verhüllens eine visuelle Wahrnehmung liegt). Das Bild des »Brechens der Nacht« folgt einem einfachen Modus: der Gebrauch eines Verbs, das in erster Linie nur auf konkrete Dinge anwendbar ist, konkretisiert die Vorstellung von Nacht, so daß diese Präsenz und Realität gewinnt.

Eine überraschende und hochkünstlerische Wendung liegt in der Rede des Dichters von der »Nacht der Eichen«, als wenn der Natur nicht an sich die Nacht zugehörte, sondern nur insofern, als die Eichen darin eingeschlossen sind. Mit dieser Wendung zwingt Goethe den Leser, für einen Moment sich in die Eichen zu versetzen und sich dann von der Dunkelheit der Eichen umgeben zu lassen. Diese Vorstellung wird darüber hinaus dem Leser aufgedrängt in dem Augenblick, wo die ganze Erscheinung sich an der Grenze der Auflösung befindet oder schon verblaßt, weil Luna jene wirkliche Nacht gebrochen hat. Natürlich ist die Natur — wie fast immer in der Dichtung — im Gedicht vermenschlicht. Die Lüfte, welche Bewegung in den »ausgestorbnen Wald« bringen, sind die Boten des Mondes, und da sie selbst die eigentlichen Symbole leichter und schneller Bewegung sind, begaben auch sie den Mond mit Bewegung, den wir sonst, infolge der subjektiv nicht wahrgenommenen Veränderung der Position, als feststehende Lichtquelle erfahren. Weiterhin wird Spannung erzeugt dadurch, daß der Dichter es unserer Vorstellung überläßt, ob Lunas Gang in dem Gang ihrer Boten begründet ist oder umgekehrt. Das letzte Bild der sich neigenden Birken, die Luna Weihrauch streuen, ist besonders reizvoll, da die natürliche Form dieser Bäume und die gewöhnlich schwache Bewegung ihrer Blätter, sogar ohne wahrnehmbare Bewegung der Luft, diese Allegorie verständlich machen. Aber diese angenehm leichten Bilder mit der Qualität sich lösender

Spannung sind noch angereichert mit dem »süßsten Weyrauch«, der einen neuen Sinnesbereich erschließt, welcher sehr intensiv teilhat an dem Erlebnis einer schönen Sommernacht. Und dieser Wohlgeruch, dargeboten und zubereitet von den Bäumen bei der Mondfeier, saugt eine Vielfalt von vorangehenden Elementen in sich auf. Das Entfaltete wird am Ende wieder zusammengefügt zu einer einzigen Einheit.[4]

Was den hier verwendeten poetischen Maßstab angeht, möchte ich eine wichtige Bemerkung von Gundolf über den Unterschied zwischen Metrum und Rhythmik zitieren:

> Das Metrum verhält sich zum Rhythmus wie ein Seismogramm zum Erdbeben, wie das Thermometer zur Temperatur, [...] kurz, wie die begrifflichen Mittel, zur Feststellung eines Zustandes oder einer Bewegung zu diesem Zustand oder dieser Bewegung selbst. (270, S. 61)

Metrum ist ein quantitatives Maß, Rhythmus ein dynamisches. Wenn ein Dichter versucht, den Forderungen des Metrums zu entsprechen, füllt er eine Form mit Worten; Form und Inhalt verschmelzen nicht zu einer Einheit. Rhythmus, ein organisches Prinzip, zerbricht das Metrum, gerade wenn es alle seine Regeln erfüllt, wie es in Goethes sechs Versen geschieht. Wenn man die Verse hört, hört man sie nicht als Verse, deren Form von einem metrischen Prinzip diktiert wurde; sie scheinen vielmehr, so wie Prosa, ihre rhythmische Prägung von der Gestalt des Gedankens und des ausgedrückten Gefühls erhalten zu haben. Sicher kam Klopstock nahe an dieselbe Vollendung heran, aber es ist bezeichnend, daß bei vielen seiner Oden[5] das metrische Schema des folgenden Gedichts mit abgedruckt war; mit Goethes Dichtkunst wäre das völlig unvereinbar. Diese sechs Verse sind darin charakteristisch, daß Goethe zu jener Zeit noch nicht die Freiheit erreicht hatte, die er später im Gebrauch eines freien Metrums erwarb, aber obwohl er sich den Regeln strikt unterwirft, kann er doch das Metrum scheinbar verschwinden lassen, so daß die Worte in vollständiger Freiheit fließen, ihren eigenen inneren Gesetzen und denen der mit den Worten verbundenen Bilder folgend. Derselbe Gedanke kann allgemein formuliert werden. Das dichterische Medium hat, soweit wir das beurteilen können, eine Eigenschaft verloren, die ihm wesentlich als ihm eigen zugehört. Ich möchte jenes Medium mit der Luft zwischen den Augen des Betrachters und dem betrachteten Objekt vergleichen. Sie ist für den Betrachter nicht wahrnehmbar und deswegen ohne jede Relevanz. Die Qualitäten des Mediums für die Wahrnehmung verschwinden zu lassen, ist natürlich die Kunst des wirklichen Meisters. Solange wir im Klang einer Geige wahrnehmen, daß er durch das Streichen einer Saite mit einem Bogen erzeugt ist, solange ist die größte Meisterschaft noch nicht erreicht. Schon in diesen sechs Versen gelang

Goethe genau dies. Die Worte fließen mit solcher Leichtigkeit, das Metrum ist so vollständig in Rhythmus verwandelt, daß der besondere Charakter des Mediums wahrnehmungslos wird.

Um die psychologische Wirkung dieser Verse zu untersuchen, muß man die Aufmerksamkeit noch auf eine andere Besonderheit richten: Worte und Bilder, will mir scheinen, strömen so, daß ihnen die Entfaltung zur vollen Blüte verwehrt ist, obwohl die Keime visueller Vorstellung bis zu einem gewissen Grade hervorgelockt werden. Dieses Resultat wird nicht nur durch die Schnelligkeit und den Reichtum der Sequenzen erreicht, sondern auch weil einige Vorstellungen der völligen Verbildlichung trotzen. Gerade am Beginn kann der »leise Tritt« nicht gänzlich bildlich vorgestellt werden; eine weitere Schwierigkeit entsteht beim Wald ohne Leben. Ist es ein stummer Wald, oder wörtlich ein toter Wald, oder ein lebendiger Wald, entleert von Moos und Blumen und Tieren? Das »Brechen der Nacht« verlangt hingegen einen weitergehenden Schritt, wenn die Metapher in bildliche Vorstellung übertragen wird, als bei einem Ausdruck wie »Aufhellen der Nacht« erforderlich wäre. Die Ankündigung von Luna durch die sanfte Brise ist ebenfalls eine Metapher mit starker Aufforderung zu bildlicher Vorstellung, aber keinesfalls führt sie unmittelbar zum reinen visuellen Bild.

Nur die Bildlichkeit des Schlusses mit den Birken erlaubt zuletzt leicht und rasch bildliches Vorstellen. Vielleicht besteht einer der Faktoren, welche die besondere Wirkung im Leser hervorbringen, darin, daß der Fluß der stimuli so strukturiert ist, gleichzeitig das Aufblühen der vollen möglichen Reaktion zu verhindern, bis die gesamte aufgestaute Spannung auf das Schlußbild konzentriert ist und sich dort verstärkt.

Natürlich hängt es vom subjektiven künstlerischen Erleben des Individuums selbst ab, ob sich dies wirklich ereignet. Keine Summe von Analyse kann davon überzeugen, daß es diese charakteristischen Merkmale gibt; tatsächlich wird für viele die Möglichkeit der anfangs begriffenen spezifischen Einzigartigkeit desto mehr zunichte, je weiter die Analyse voranschreitet. Ja, es ist sogar richtig, daß dieselben Begriffe, die ich zur Interpretation dieser Verse verwendet habe, mit wenigstens scheinbarer Berechtigung zu bestimmten Charakterisierungen anderer Dichtungen verwendet werden können, ohne daß aber diese Dichtung imstande wäre, eine vergleichbare Reaktion im Leser hervorzurufen. Ich wage sogar zu sagen, daß der von mir angesteuerte Punkt widerlegt wäre, wenn die Wirkung dieser Verse einer befriedigenden Analyse zugänglich wären. In diesen sechs Versen evoziert Goethe den Eindruck, daß jene sonderbare Nacht in keiner anderen Weise poetisch vermittelt werden kann, wenn sie adäquat zum Ausdruck kommen soll. Das Gedicht teilt tatsächlich mehr mit, als der Leser hätte erleben können, wenn er in der fraglichen Nacht anwesend gewesen wäre. Die

Dichtung vermittelt das Äußerste, das über eine solche Sommernacht überhaupt ausgesagt werden kann. Kurz, der Schlüssel zu dieser Vollendung liegt darin, daß Goethe den Weg gefunden hat, ein Gedicht zu schaffen, welches dem Leser als mit dem Gegenstand identisch erscheinen soll.

Ob diese Reaktion im Leser eintritt, ist sicher nicht experimentell überprüft worden. Ich bin mir auch bewußt, daß keine Eigenschaft des literarischen Werks mit jener Präzision beschrieben wurde, die für den Forscher als Grundlage für den Vergleich mit der einzigartigen Wirkung im Leser nötig wäre. Sollte aber die Untersuchung über die Voraussetzungen einer solchen Wirkung unterbleiben, weil man nicht beweisen kann, wie man eine Halluzination nachweist, daß die Identität zwischen dem Gedicht und seinem Gegenstand stattgefunden hat? Ich meine, wir sollten so verfahren, als ob das Phänomen selbst außer Frage steht, und zu erklären versuchen, welches die Voraussetzungen bei Goethe waren, daß dieser – mehr oder weniger plötzlich – als der erste deutsche Dichter auf den Plan trat, der diese Art von Dichtung schrieb.

Diese neue Art zu studieren verschafft uns den Beleg für den genauen Zeitpunkt, zu dem ein neues kulturelles Element in die Kategorie Sprache eingeführt wurde. Dieses neue Element hat in eigener Weise historische Vorläufer, und man muß logischerweise annehmen, daß Goethe es nicht hätte entfalten können, wenn er mit der deutschen Dichtung bei Null hätte beginnen müssen. Aber wie zahlreich diese Vorläufer gewesen sind, bedeuten sie nicht das gleiche wie das besondere Element, das in Goethes Lyrik auftaucht. Dieses Element gehört original und persönlich Goethe zu. In welchem Ausmaß es später bei anderen deutschen Dichtern zu finden ist oder in welchem Grade man es auch in anderen Literaturen antrifft, ist nicht Gegenstand dieser Untersuchung.

Da der Ursprung oder die Einführung jedes neuen kulturellen Elements eine Angelegenheit der umfassendsten Erörterung in Geschichte und Anthropologie ist, geht die Bedeutung von Goethes Leipziger Zeit über den Bereich von Psychologie oder Literaturgeschichte hinaus.

Als weiteren Versuch, die Besonderheiten des fraglichen Phänomens in allgemeineren Begriffen zu fassen, möchte ich darlegen, daß der sprachliche Aspekt charakterisiert wird durch die Integration von zwei Gegensätzen. Es erfüllt die ganz primitive Funktion der Sprache und zugleich die sublimste. Die archaischste Funktion der Sprache, die man sogar an Tieren beobachten kann, besteht im Hervorrufen bestimmter Emotionen oder Reaktionen beim Empfänger der Mitteilung. Diese Funktion setzt nicht die Bildung von Worten voraus, ist aber unter bestimmten Umständen schon verbunden mit der Äußerung von Lauten. Ein Schmerzens- oder Schreckensschrei oder ein anderer Reflexlaut, hervorgerufen durch starken Affekt, wird im

Empfänger ein ähnliches Gefühl hervorrufen, mitunter in der Stärke der Empfindung, die der Reiz ausgelöst hat. Hier haben wir die am meisten archaische Situation, die aus der Triebsphäre entsteht, in welcher der hörbare Reiz das Objekt ersetzt, d. h. der Hörreiz ruft im Empfänger Gefühle von gleicher oder größerer Stärke hervor als durch die Gegenwart des Objekts selbst erzeugt werden. Der sublimste Aspekt der Sprache hat mit den rein formalen Eigenschaften zu tun, die in das Reich der Ästhetik gehören (was immer dieser Begriff enthalten mag). Der formale Aspekt verlangt die Erfüllung bestimmter, stillschweigend anerkannter Muster, deren Herkunft und Sinn niemals befriedigend erhellt wurde und die nicht nur von Epoche zu Epoche, sondern auch in gewissem Grade in den Händen jedes Dichters sich ändern. Das neue Element in Goethes Lyrik besteht in der Integration des Triebhaften und der Form (des Sublimierten) in einer vollkommenen sprachlichen Einheit, in der zwei Schichten von Existenz, von Beginn an gegensätzlich und sich anscheinend wechselseitig ausschließend, so kompliziert miteinander vermischt sind, daß der Zuhörer beide zugleich und ohne Gelegenheit, sie zu differenzieren, aufnimmt. Diese Formulierung, obwohl für sich gültig, bleibt noch zu allgemein, um den besonderen Fall zu erfassen.

Dieser neuen Synthese von Trieb und Sprache ging Goethes anakreontische Dichtkunst voraus, geboren aus dem zeitgenössischen Rokoko, und überschnitt sich mit ihr. In Goethes anakreontischer Dichtung spielt der Triebgehalt eine wichtige Rolle. Wie Gundolf sagt, sang Goethes Lyrik in dieser Phase von Liebe und Sex, wohingegen in der neuen Dichtkunst die besondere Kombination von Gegenstand und Schreibweise den unmittelbaren Ausdruck der Gefühle hervorbringt. Der tiefgreifende Wandel führt unausweichlich zu der Vermutung, daß bei Goethe eine neue Beziehung zu den Hauptgegenständen der Dichtkunst entstanden war. Aus den literarischen Zeugnissen muß man folgern, daß Goethe sich mit der Natur, mit anderen Menschen oder was immer Thema der Dichtungen wurde, identifizieren, genauer: stärker identifizieren konnte, als er es während seiner Rokokoperiode vermochte. Während Goethe bis dahin Gedichte geschrieben hatte über das in der Natur Wahrgenommene und über die Empfindungen, welche diesen Wahrnehmungen folgten, scheinen jetzt die Grenzen der Unterscheidung zwischen oder Absonderung von Objekt, emotionaler Erwiderung und künstlerischem Medium verwischt, so daß dieses alles eine Einheit bildet. Man kann denselben Gedanken ausdrücken, indem man wiederholt, daß Goethes Verse nicht mehr ein Medium darstellen, durch das der Dichter Inhalte vermittelt, die sich außerhalb befinden, oder ein Medium, durch das der Zuhörer mit solchen Inhalten bekannt gemacht wird; die Verse verlieren ihren Mitteilungscharakter und sind so gestaltet, daß jene Inhalte in der Struktur der Verse selbst liegen.

Solch tiefgreifender Wandel im literarischen Produkt verlangt weiter die Annahme, daß das Wechselspiel zwischen den Mechanismen, die für die künstlerische Schöpfung unerläßlich sind, sich gleichermaßen verändert haben muß. Im Hinblick auf das zentrale Interesse, das gegenwärtig der Ich-Psychologie entgegengebracht wird, ist man besonders begierig, mehr über diesen Aspekt des Problems zu wissen. Unglücklicherweise muß die klinische Beobachtung sich an diesem Punkt der bloßen Spekulation ausliefern. Gehört die Veränderung im Bereich der Ich-Mechanismen zur Projektion, zur Identifizierung (vgl. 331, S. 300 f.) oder zu ihrem harmonischen Wechselspiel? In einigen Gedichten scheint eine weibliche Identifizierung erfolgreich agiert zu sein, aber Identifizierung mit einem Schmetterling oder einem Baum kann ebenso zutreffen. Wir werden gleich zu dieser Frage zurückkehren.[6]

2

Die Diagnose von Goethes Psychopathologie in Leipzig ist keine leichte Angelegenheit. Es gab zwei Anfälle von kurzer Dauer, die ich zusammen nehme, wenn ich von Goethes psychotischer Episode spreche, obwohl sie durch einen Zeitraum von 28 Tagen voneinander getrennt sind.[7] Es begann damit, daß Goethe einer Geste seiner Liebsten eine wahnhafte Bedeutung beimaß. Dem folgte ein Alptraum, auf den er für kurze Zeit reagierte, als ob sich der Inhalt in der Wirklichkeit ereignet hätte. Zeitweilige Verwirrung, Panik, Wut, akute Anfälle von Eifersucht, eine Vielzahl somatischer Sensationen und Schlaflosigkeit waren die anderen auffallenden Symptome. Ich glaube, die meisten Psychiater werden übereinstimmen, daß all dies die Diagnose einer kurzzeitigen Psychose erlaubt. Diese Übereinstimmung wird schwerer zu erreichen sein bei der Frage nach dem Typ der Psychose. Einige Experten, denen ich die entsprechenden Briefe vorlas, zweifelten nicht daran, daß die Psychopathologie, die sie entdeckten, zu einem häufig beobachteten, bestimmten Adoleszenztypus gehört, der reich an Konflikten ist und sich lange hinzieht. Sie waren sicher, daß seine Psychopathologie nichts so Bösartiges wie etwa Schizophrenie bewiese. Sie bezeichneten den Grad von Goethes, wenn auch oft reduzierter, Einsicht in und Distanz zu seinen inneren Vorgängen als ausreichend, um solch eine Diagnose auszuschließen.

Hinausgezögerte Adoleszenz jenes Typs, der sich bei Goethe zeigte, ist tatsächlich voll der seltsamsten und bizarrsten psychopathologischen Züge, die hinreichend erklärt werden können durch die schwere Erschütterung und die Forderungen, welche die Pubertät an den psychischen Apparat stellt. Die Annahme derartiger Komplikationen des Jugendalters als Beweis für die Diagnose Schizophrenie ergibt sich leicht aus der gegenwärtigen Tendenz, den Begriff Schizophrenie so weit abzuschwächen (und dadurch gänzlich bedeutungslos zu machen), daß jede Art von Psychopathologie — wenn sie nur intensiv, ungewöhnlich und bizarr genug ist — ihren Platz in dieser Klassifizierung findet. Tatsächlich: Wäre nichts anderes bekannt über Goethes Psychopathologie als das, was die Leipziger Dokumente enthalten, müßte ich vielleicht meine Vermutung der Diagnose Schizophrenie fallenlassen, wenn es da nicht zwei besondere Umstände gäbe. Die unheimliche Stimmung, die sich durch den Brief an Behrisch von Anfang Oktober 1767 zieht, ebenso die Intensität des Leidens und die Verzweiflung, die man spürt, gehen vielleicht über das hinaus, was wir mit dem vagen Begriff der »normalen Psychopathologie der Adoleszenz« fassen.

In diesem Zusammenhang ist es auch angebracht, auf einen Zug in einigen Briefen Goethes aus Leipzig zu achten, der sich auch in seinem Verhalten zeigte und der von seinen Freunden mit großer Sorge registriert wurde:[8] eine Tendenz zu Affektiertheit, Manieriertheit und Anmaßung. Gundolf sagt ganz richtig, daß die Dichtungen von Goethes Vorreitern wie Günther und Klopstock auf viel stärkeren Gefühlswallungen und Stimmungen zu basieren scheinen als Goethes Leipziger Gedichte und daß die Empfindungen (Reize), die den Leipziger Gedichten zugrunde liegen, »leicht und flach« sind. Auch diese Umstände können die Ansicht begünstigen, daß hier ein junger Mann eine schizophrene Episode durchlebte, obwohl sich dies natürlich nicht zweifelsfrei beweisen läßt.[8a]

Wie dem auch sei und wie ich im dritten Abschnitt dieses Anhangs im Detail weiter erörtern werde: Goethe errichtete im Alter von 41 Jahren, also 23 Jahre nach Leipzig, ein Wahnsystem, das anscheinend bis zum Ende seines Lebens bestand. Es wurde abgespalten und verzweigte sich nicht. Da sein Inhalt eine periphere Sache betraf und Goethe durch sein außerordentliches Ansehen geschützt war, hatte es keine sozialen Konsequenzen. Es wurde von einigen seiner Vertrauten bemerkt, die seine krankhafte Empfindlichkeit respektierten und nicht die weitreichenden Schlüsse zogen, die diese verdienten.

Trotzdem erscheint die frühe Episode im Hinblick auf die spätere Psychopathologie in einem anderen Licht, denn beide sind in ihrem Inhalt nicht voneinander zu trennen. Wir beobachten also eine akute psychotische Episode mit paranoiden Vorstellungen im Alter von 18 Jahren, die unterdrückt wurde und 23 Jahre später in Form eines chronisch paranoiden Systems wieder auftaucht, eine klinische Situation, die vielleicht die Diagnose Schizophrenie zuläßt.

Trotzdem mag es höchst unwahrscheinlich klingen, die Diagnose einer Krankheit, die so häufig zur Desintegration führt, bei einer Persönlichkeit von so einzigartiger Größe wie Goethe zu stellen, in dem ausgerechnet die höchsten Ich-Funktionen unbehindert von jeder Krankheit arbeiteten. Ich möchte zwei Argumente, was immer sie wert sein mögen, hierzu anfügen.

Das erste ist die Analogie zur somatischen Pathologie. Eine Tuberkulose zum Beispiel, die nicht behandelt wird, führt bekanntlich in den meisten Fällen zur völligen Zerstörung des Organismus. In der Vergangenheit, als es viele solcher Fälle gab, waren Beispiele keineswegs selten, bei denen eine blühende Tuberkulose in der Adoleszenz durch spontane Genesung abflaute. In späteren Jahren, etwa zwischen 50 und 60, kann sich eine kleine Kaverne bilden, die nur zeitweilig zu geringeren klinischen Symptomen führt, dann eingekapselt und nur zufällig bei Autopsie gefunden wird. Beide Verlaufsformen, die bösartige so gut wie die gutartige, gehören zur selben inneren Erkrankung Tuberkulose.

Zweitens spricht die Tatsache, daß die höchsten psychischen Funktionen in Goethes Fall nicht beeinträchtigt waren, nicht per se gegen meine Diagnose, wie ich im folgenden kurz beweisen will. Ich hatte Gelegenheit, über einen Zeitraum von mehreren Jahren hindurch einen jungen Schizophrenen zu beobachten, dessen Pathologie ausgedehnt war und alle Bereiche seiner zwischenmenschlichen Beziehungen ergriffen hatte. Er war unfähig zu positiven Objektbeziehungen, quälte seine Angehörigen mit Vorwürfen, die von Nebensächlichkeiten bis zu Wichtigem und Bizarrem reichten, entwickelte ein paranoides System über eine bestimmte körperliche Funktion und halluzinierte möglicherweise zeitweilig. Dennoch war es höchst eindrucksvoll, durch all die Jahre seiner Psychose hindurch zu beobachten, daß die Fähigkeit zu einer bestimmten Art intellektueller Arbeit unvermindert fortbestand. Er war ein Mensch mit außerordentlicher Begabung für abstraktes Denken, und während der Zeit der Psychose publizierte er einen Aufsatz nach dem anderen auf seinem speziellen Gebiet. Sein hochspezialisiertes und diffiziles Werk war seine einzige Berührung mit der Außenwelt, und man kann sagen, daß alle anderen Funktionen dem einen großen Talent, das er besaß, aufgeopfert waren.

Auf der Grundlage unseres heutigen Wissens können meiner Ansicht nach die Merkmale, die sein Fall zeigt, noch nicht erklärt werden. Was er berichtete, war manchmal sehr verwirrend. So reagierte er, wenn er zeitweilig von seiner Arbeit aufsah, auf seine Wahrnehmungen für einige Sekunden mit Wahnvorstellungen, aber im nächsten Augenblick, wenn er seine Arbeit wiederaufnahm, fuhr er in seinen äußerst abstrakten Denkvorgängen präzise und korrekt fort.[9]

Im Fall dieses Patienten bestimmen die Verwüstungen einer malignen Krankheit das klinische Bild sehr deutlich, während in Goethes Leben die Wirkung der Krankheit nur mit Schwierigkeit entdeckt werden kann. Aber die Konstellation wäre, wenn meine Hypothese richtig ist, doch in beiden Fällen dieselbe: eine bösartige Psychose trotz ausgezeichnetem Funktionieren der höheren Ich-Funktionen. Wenn man das Problem auf einen rein klinischen Aspekt reduziert, kann der Unterschied als quantitativer beurteilt werden; in einem Fall ist der betroffene Bereich des Ich weit umfangreicher als in dem anderen.

3

Wenn Goethe an einer schizophrenen Krankheit litt, ist bemerkenswert, daß seine Produktivität nur in der späteren Phase Schaden nahm durch zeitweiliges Abziehen beträchtlicher Energien vom künstlerischen Bereich, während die Anfangsphase nach meiner Beurteilung der klinischen Situation einen unverzichtbaren Beitrag zum Erwachen seines Genies leistete. Über diese mögliche Verbindung möchte ich einige Bemerkungen versuchsweise vortragen.

Bei Schizophrenie ist die Ich-Struktur aufgelöst. Wie weit der Prozeß sich ausdehnt und in welchem Bereich er wirkt, davon werden Verlauf und Ergebnis der Krankheit abhängen. Bei der Beschreibung von Goethes künstlerischer Leistung in der Dichtkunst (die fast genau nach dieser Episode begann) habe ich auf die Synthese von Trieb und sprachlicher Form aufmerksam gemacht. Die Voraussetzung dieser Synthese bestand in der größeren Nähe des Ich zum Trieb. Dem Trieb wurde ein Eingriff in das Ich und die Verschmelzung mit der Ich-Struktur erlaubt. Wir haben es hier anscheinend mit einer Regression zu tun, zu der Goethe offenbar vor dieser Episode nicht fähig war, wenn man von seiner vorhergehenden anakreontischen Dichtung aus urteilt. Nach meiner Einschätzung zeigt der klinische Bericht an, daß während der psychotischen Episode die tätige Ich-Struktur aufgelöst war. Die darauf folgende Freisetzung von Triebenergie führte trotzdem nicht zu physischer Abfuhr, sondern die Energie wurde aufgesogen von unbeschädigten Ich-Funktionen und für die Schöpfung von Dichtungen verwendet.

In Wirklichkeit sind solche Prozesse natürlich unendlich komplizierter. Ich habe versucht, ein vereinfachtes hypothetisches Modell dessen zu entwerfen, was der klinischen Beobachtung zugrunde liegen könnte.

Die Komplizierung stammt aus verschiedenen Bereichen. Die Auflösung von Ich-Struktur ist nicht an sich ein psychopathologischer Prozeß, denn — wie ich glaube — Gesundheit ist nur möglich bei einem angemessenen Gleichgewicht zwischen Bilden und Auflösen von Ich-Struktur. Dieser Gesichtspunkt wurde meines Wissens noch nie diskutiert,[10] und die Einzelheiten darüber kann ich hier nicht ausbreiten. Doch wenn die Auflösung von Ich-Struktur während des schizophrenen Schubes der entscheidende Punkt ist, würde man diese Feststellung gern näher bestimmen, indem man die Differenz zwischen diesem Prozeß und dem vergleichbaren gesunden Verlauf hinzufügt. Vielleicht sollte die Zeit der Ich-Auflösungen mit dem Beginn der Pubertät ein Ende haben, und später folgende Auflösungsprozesse sind dann pathologisch. Ich weiß es nicht und kann nichts zum Thema Gehöriges hinzufügen.

Weiterhin bleibt unklar, welche besonderen Ich-Mechanismen in der neuen Dichtkunst beteiligt sind. Es scheint so, als ob Goethe nach der Episode in die Objekte hineingezogen wurde, während er zuvor an der Natur teilhatte dadurch, daß er die Objekte in sich hineinnahm, mit denen er sich identifizierte. Der gewöhnliche Mechanismus der Identifizierung besteht im Grunde in der Einverleibung eines Teils der Welt. Der umgekehrte Mechanismus, das Einströmen-Lassen des Ich in die Objekte, ist ein exquisit schizophrener Mechanismus, der großes Leid — wie ich denke: immer — im Ich auslöst, das sich seiner Identität beraubt fühlt und mit Angst auf den Zustand äußerster Verarmung reagiert. Das besondere Merkmal im Fall Goethe bestand darin, wenn meine Theorie richtig ist, daß das Selbst sich freiwillig verließ, um von den äußeren Objekten aufgesogen zu werden, und doch bei diesem Vorgang nicht wirklich verarmte, sondern wie Jona im Bauch des Ungeheuers seine Identität bewahrte samt genügender Gelassenheit, um alle Erlebnisse dieser gefährlichen Reise niederschreiben zu können. Ein Ich, das von Objekten aufgesogen ist, die sein Interesse erregen, ist durch die Auflösung seiner Struktur geschwächt, aber ein Ich, das unter widrigen Umständen seine Stärke behauptet und eine Niederlage in einen Sieg des Erschaffens verwandelt, beweist, daß ein Urquell, reich an Hilfsmitteln, bewahrt wurde. Der Unterschied im Ergebnis zwischen Goethes und der üblichen schizophrenen Psychose mag auch mit vom Grad der erreichten Libido-Entwicklung abhängig gewesen sein. Wie ich später vorschlagen werde, kann eines der bezeichnendsten Merkmale in der Struktur des Genies darin bestehen, daß es die genitale Stufe erreicht hat, was, wie wir wissen, dem schizophrenen Patienten gewöhnlich nicht gelingt.

Da ich mich an diesem Punkt auf Goethes Libido-Entwicklung beziehe, mache ich indirekt die Beziehung von Libido und Aggression zum entscheidenden Faktor, was mich wieder in Einklang mit wohletablierten Theorien bringt.

Man fühlt sich versucht zu fragen, ob Schizophrenie nicht weit öfter in Beziehung steht zur Schaffung von etwas Neuem und Originalem, als allgemein bekannt ist.[11] Beim Studium schizophrener Patienten ist man häufig erstaunt von der Originalität ihrer Einstellung zur Welt. Sie sind gegenüber der Tradition freier als andere Patienten. Trotz der Beimischung von Archaischem kann man von fast jedem Schizophrenen einen neuen Aspekt der Welt lernen. Aus vielen Gründen, von denen einer das Ausmaß des Befallenseins höherer Ich-Funktionen betrifft, führt seine Krankheit selten zu einem konstruktiven Resultat. Ich bin geneigt, versuchsweise folgendes vorzuschlagen. Wir fühlen uns gewöhnlich niedergedrückt von der Vielzahl früherer Genies, deren Werke wir lieben und bewundern konnten — denn die Lebensspanne eines Individuums erlaubt lediglich, die gründliche Bekanntschaft mit einer kleinen Zahl von Werken zu machen. Aber wenn man die ungeheure Zahl von menschlichen Lebewesen bedenkt, die diesen Planeten im Lauf der Generationen bevölkert haben, dann wird klar, daß es angemessener ist, von einer geringen Menge als von einer großen zu sprechen, besonders wenn wir nicht vergessen, daß mehr Personen von höchster Begabung existiert haben, als zu Genies reiften. Könnte der Mangel an Genie teilweise erklärt werden durch die geringe Wahrscheinlichkeit, daß die fragliche Krankheit eine hochbegabte Person befällt und nur einen so kleinen Bereich der Ich-Struktur auflöst, um ein Freiwerden zu bewirken, ohnen einen bösen Zauber auf die höheren Ich-Funktionen zu werfen?

Die möglicherweise produktive Rolle, welche diese Geistesstörung in der Geschichte gespielt hat, soll hier nicht weiter erörtert werden. Das ist ein umfassendes Thema, welches ich hier nur angeschnitten habe, um das Gewicht meiner ursprünglich diagnostischen Vermutung zu verstärken. Sie mag jetzt nicht mehr ganz so unwahrscheinlich klingen wie auf den ersten Blick. Daher können wir jetzt auch besser verstehen, warum so viele menschliche Wesen offensichtlich in ihrer Kreativität gehemmt sind. Ich habe früher (auf Seite 114 f.) die durch Rebellion hervorgerufenen Schuldgefühle erwähnt, die man, wenn sie nicht ständig im Werk präsent sind, doch sehr häufig antrifft. Im Hinblick auf die große Rolle, die nicht sublimierte Triebenergie beim Prozeß der Schöpfung spielt, können wir, Anna Freud folgend, die von der Angst durch Triebstärke spricht (153, S. 47 f.), auch von der Angst sprechen, die schon an sich durch den Impuls zu schöpferischer Tätigkeit entsteht. Wenn Wälder sagt, »daß das Ich jedes übermäßige Anschwellen der Triebe auch ganz unabhängig von den drohenden Folgen von draußen an und für sich als Gefahr erlebt, als Gefahr, in seiner Organisation zerstört, überflutet zu werden« (538, S. 287 f.), kann dieser Gesichtspunkt *mutatis mutandis* auf die tiefsten Ängste übertragen werden, durch die das Ich abgehalten wird, das höchste kreative Potential zu nutzen. Im

Prozeß des kreativen Schaffens fühlt sich das Ich Gefahren ausgesetzt. Es ist nicht schwer zu rekonstruieren, worin diese Ängste bestehen. Während des kreativen Schubes fühlt sich das Ich nicht imstande, dessen Folgen zu kontrollieren, und alte Kastrationsängste können an die Oberfläche gelangen. Ich möchte eine Hypothese vorschlagen, nach der diese Angst nicht ganz als irrational angesehen werden kann. Wahrscheinlich aber steht seine Angst primitiveren Ängsten näher. Das Ich wird von einem einzigen Zweck in Anspruch genommen zum Nachteil anderer Funktionen, und so kann eine tiefe Angst entstehen, vom kreativen Prozeß oder vom geschaffenen Werk, je nachdem, verschlungen zu werden. Im Zusammenhang mit dem Hervorbringen eines Meisterwerks wird ein Teil des Ich oder der Persönlichkeit vom Rest der Ich-Organisation zeitweise abgespalten und in das Kunstwerk abgesenkt (vgl. 462, S. 49; 350). Wird das Ich jemals zurückgewinnen, was es in diesem Prozeß aufgibt? Das Genie mit seinem unerschöpflichen Fundus von Hilfsquellen verharrt nicht lange — wenn überhaupt — in einem entleerten Zustand, aber ein begabter Mensch mag diesen Prozeß als ungeheure Aufblähung des Ich ansehen (die beinahe zum Platzen führt), gefolgt von einer Phase der Lähmung und Vernichtung, welche den alten Satz bestätigt: *post coitum omne animal triste.* Daher findet man im kreativen Prozeß eine Mischung von zwei Gruppen von Gedanken; die eine besteht in Abkömmlingen von männlicher genitaler Sexualtät (worüber ich im Anhang T mehr sagen will), die andere von weiblicher Genitalität unter besonderer Betonung von Schwangerschaft und Geburt. Ich glaube, daß die Möglichkeit, zugleich in die Aktivität zweier verschiedenartiger Funktionen verstrickt zu werden, verantwortlich ist für das Entstehen von tiefsten Ängsten in einem Geist, der mit der Aussicht konfrontiert ist, sich im kreativen Prozeß zu verlieren.

In Anbetracht dieser Ängste wird verständlich, daß der gewöhnliche Mensch, im Gegensatz zum Genie, vor dem Ratschlag zurückschreckt, den Freud indirekt gab, als er schrieb (178, S. 152):

> Ein starker Egoismus schützt vor Erkrankung, aber endlich muß man beginnen zu lieben, um nicht krank zu werden, und muß erkranken, wenn man infolge von Versagung nicht lieben kann. Etwa nach dem Vorbild, wie sich H. Heine die Psychogenese der Weltschöpfung vorstellt:
>
> »Krankheit ist wohl der letzte Grund
> Des ganzen Schöpfungsdrangs gewesen;
> Erschaffend konnte ich genesen,
> Erschaffend wurde ich gesund.«

Vielleicht verursachen viele Fälle von Neurose und Psychose weniger Leid als die Schöpfung einzigartiger Schönheit.

Anhang B

Bibliographische Bemerkungen zu Goethes Korrespondenz mit Charlotte von Stein

Da Goethes Briefe an Charlotte von Stein die wichtigste Grundlage dieser Untersuchung darstellen, mag es angemessen erscheinen, einige bibliographische Bemerkungen hinzuzufügen. Aufgrund einer freundlichen Mitteilung von Dr. Vulpius vom Goethe-Schiller-Archiv in Weimar sind alle von Goethe an Charlotte von Stein geschriebenen Briefe veröffentlicht, und es gibt keine unveröffentlichte Korrespondenz in den Archiven. Bei der ersten Veröffentlichung dieser Briefe im Jahre 1848 (242) erregten sie großes Erstaunen. Denn im Gegensatz zu anderen Frauen, die einen nachhaltigen Einfluß auf Goethe hatten, wurde Charlotte von Stein nicht zu den von ihm glühend verehrten Frauen gerechnet. Nach Bekanntwerden des Materials erschien natürlich sofort eine große Anzahl Veröffentlichungen über sie. Dennoch muß von allen Beziehungen Goethes die zu Charlotte von Stein immer noch als die rätselhafteste bezeichnet werden.

Den Leser interessiert vielleicht die Häufigkeitsverteilung der Briefe Goethes an Charlotte von Stein. Erwartungsgemäß entziehen sich einige Briefe allen Versuchen, sie in eine chronologische Folge einzupassen, und einige werden von verschiedenen Verfassern unterschiedlich datiert. In der beigefügten Tabelle folge ich wieder der Datierung der *Sophienausgabe*. Falls sich ein Brief über einen längeren Zeitraum erstreckt, habe ich jeden Abschnitt gesondert gezählt, wenn Goethe offensichtlich seinem Brief einen weiteren Teil hinzufügte. Wenn ein Brief des gleichen Datums Teile enthält, die zu einem anderen Zeitpunkt geschrieben sind, habe ich ebenfalls solche Teile einzeln aufgeführt. Ich habe nicht versucht, in diese Tabelle solche Briefe einzugliedern, die nicht im Original erhalten sind, darunter solche, die Goethe als Hilfsmaterial zum Schreiben eines Buches erbat (wie z. B. seine Berichte über Reisen in die Schweiz oder nach Italien); ich habe lediglich jene mit einbezogen, die in der IV. Abt. der *Sophienausgabe* enthalten sind. (Da Goethe an Charlotte von Stein sein Tagebuch sandte, das er für sie anstelle von Briefen in Italien schrieb, und da viele der dort verfaßten Briefe ihren Niederschlag in Goethes *Italienische Reise* fanden und nicht an ihren Empfänger zurückgingen, ist die Tabelle besonders für Goethes Zeit in Italien [September 1786 bis Juni 1788] recht irreführend.) Die in Zahlen ausgedrückten Häufigkeitsschwankungen spiegeln nicht notwendigerweise Veränderungen in der Intensität der Beziehung wider, denn unabhängig vom Verlust einiger Briefe hing ihre monatliche Anzahl von zahlreichen äußeren Gegebenheiten ab, wie z. B. seiner oder ihrer Abwesenheit von Weimar, obschon sich der Leser bewußt sein sollte, daß Goethe auch viele Briefe an sie schrieb, wenn sie am gleichen Ort waren. Die Tabelle will darum nicht mehr bieten als eine vogelperspektivische Übersicht über die materielle Verteilung der erhaltenen Briefe Goethes über die Jahre hin; weitere Rückschlüsse sind nicht möglich.

Um das vorhandene historische Beweismaterial zu bewerten und um den Zahlenwert dieser Briefe (1944 nach meiner Zählweise) zu beurteilen, sollte der Leser mit dem Ausmaß von Goethes Korrespondenz vertraut sein. In den 50 Bänden der *Sophienausgabe* (IV. Abt. *Briefe*, 1887—1912 veröffentlicht) sind 13 683 Briefe (einschließlich Entwürfe und Teile von Briefen, die in Briefen anderer zitiert werden) veröffentlicht. Seit dieser Veröffentlichung erschienen weitere Briefe, und natürlich ist eine unbekannte, leider sehr erhebliche Anzahl von ihnen nicht auf uns überkommen. Zum Vergleich ist es auch wichtig zu wissen, daß weniger als 400 Briefe erhalten sind, die Goethe an seine Frau richtete, die hinsichtlich der Anzahl der an sie gerichteten und noch erhaltenen Briefe gleich neben Charlotte von Stein steht. Aber selbst wenn wir die Zahl der erhaltenen Briefe übergehen und die mögliche Anzahl der von Goethe an diese oder jene Person gerichteten Briefe berücksichtigen, muß die gesicherte Zahl der Briefe an Charlotte von Stein absolut wie auch relativ als groß angesehen werden.

Goethes Briefe an Charlotte von Stein wurden von dieser noch zu Lebzeiten ihrem Sohn Fritz (1772—1844) übergeben. Fritz schrieb einen Kommentar dazu, der nicht über das Jahr 1789 hinausreicht. Augenscheinlich war er nicht zur Veröffentlichung gedacht und soll voller Fehler gewesen sein. Bedauerlicherweise wurde er nie vollständig veröffentlicht. Der Neffe von Fritz, Karl von Stein, und seine Frau Luise klebten die Briefe in sieben Folianten, nicht ohne sie manchmal zuvor zu stutzen, damit sie hineinpaßten (vgl. 254, 1, S. 551 und für das Folgende S. 552). Fritz von Stein hatte seine Anordnung vermutlich von seiner Mutter übernommen. Da er die Briefe lose in Umschlägen verwahrte, können sie durch seine Verwandten leicht durcheinandergebracht worden sein, als diese sie in Folianten klebten. Die

Reihenfolge der Briefe in den sieben Folianten, die sich jetzt in den Weimarer Archiven befinden, wird als ganz unzuverlässig angesehen und daher von modernen Autoren nicht anerkannt.

Häufigkeit von Goethes Briefen an Charlotte von Stein

Jahr	Monat												Insgesamt
	Jan.	Febr.	März	April	Mai	Juni	Juli	Aug.	Sept.	Okt.	Nov.	Dez.	
1776	13	3	15	7	17	16	11	11	11	1	5	7	117
1777	5	8	20	6	13	7	9	7	7	5	8	14	109
1778	10	7	5	5	13	14	5	8	8	4	4	9	92
1779	6	5	11	6	7	4	3	5	13	17	12	3	92
1780	5	5	10	13	20	12	4	13	23	10	19	20	154
1781	18	30	34	29	18	13	14	13	11	9	16	24	229
1782	20	19	23	19	21	21	30	34	18	21	29	22	277
1783	15	7	9	19	9	12	12	13	10	10	14	19	149
1784	17	13	18	10	11	25	12	21	9	12	15	11	174
1785	6	8	18	19	7	10	1	5	14	12	18	23	141
1786	22	13	14	10	8	9	9	6	4	1	5	11	112
1787	10	10	0	1	1	3	1	2	0	0	0	1	29
1788	2	0	0	0	0	0	2	3	0	0	0	0	7
1789	0	3	0	0	0	2	0	0	0	0	0	0	5
1796	0	0	0	0	0	0	0	0	1	1	0	0	2
1800	0	0	0	1	0	0	0	0	0	0	0	0	1
1801	0	0	0	0	1	0	0	0	0	0	0	0	1
1802	0	1	0	0	0	0	0	0	0	0	0	0	1
1804	1	0	1	4	1	2	1	2	0	0	1	1	14
1805	3	1	0	0	0	1	0	1	0	0	0	0	6
1806	0	1	2	0	0	0	1	0	0	0	0	0	4
1807	0	0	1	2	1	2	0	2	0	1	2	3	14
1808	2	4	4	3	1	1	1	1	0	0	0	0	17
1809	2	0	0	1	2	1	0	0	1	1	2	2	12
1810	0	0	1	0	1	0	0	0	0	0	1	0	3
1811	0	0	0	1	0	0	0	1	1	2	0	0	5
1812	0	0	2	0	0	0	1	1	0	1	0	1	6
1813	1	0	1	0	0	0	0	0	0	0	2	1	5
1814	2	0	2	0	0	0	0	0	0	0	0	0	4
1815	0	0	0	0	0	0	0	0	0	0	0	1	1
1816	0	1	0	0	0	0	0	0	0	0	1	0	2
1817	0	0	1	0	0	0	0	0	0	0	0	0	1
1819	0	0	0	0	0	2	0	0	0	0	0	0	2
1821	0	0	0	0	0	0	1	0	0	0	0	0	1
1825	0	0	0	0	0	0	0	0	1	0	0	0	1
1826	0	0	0	0	0	1	0	1	0	0	0	0	2
												Datierte Briefe	1944
												Undatierte Briefe	151

Die sieben Folianten enthalten die Mehrzahl der Goetheschen Briefe an Charlotte von Stein. Einige der italienischen Briefe, außer dem einen, den Goethe 1818 einem Freund schenkte, wurden in Goethes literarischem Nachlaß gefunden. Ein Brief, am 23., 24. und 25. Juli 1784 geschrieben, tauchte 1942 (vgl. 545) auf.

Es erübrigt sich fast festzustellen, daß die große Zahl der Mitteilungen an Charlotte von Stein einige von großer Länge, mehrere Druckseiten umfassend, und einige von nur einigen Zeilen enthält. Mit Ausnahme von zwei Briefen sind alle unbeschädigt und gut lesbar. Nach ihrem Bruch bat Charlotte Goethe, ihre Briefe zurückzugeben, und sie vernichtete sie. Siebenundachtzig von Charlotte von Stein an Goethe zwischen 1794 und 1826 gerichtete Briefe sind von Petersen (254, 3, S. 601—633) veröffentlicht. Soweit mir bekannt ist, gibt es keine Übersetzung der Goetheschen Korrespondenz mit Charlotte von Stein ins Englische.

Anhang C

Weitere Bemerkungen über Goethes Einstellung zur Arbeit

Bei einer Untersuchung von Goethes Psychologie der Arbeit muß man berücksichtigen, daß Goethes künstlerische Leistung auf zwei unterschiedlichen Techniken von Produzieren beruhte: einerseits auf einem automatischen, grundsätzlich intuitiven und offenbar anstrengungslosen Hervorbringen (das kaum mit Arbeit in Verbindung gebracht werden kann), andererseits auf einer mühseligen Gewissenhaftigkeit und Übergenauigkeit (die alle Merkmale enthält, die wir gemeinhin mit Arbeit verbinden). Obgleich aus einsichtigen Gründen beide Techniken in den tatsächlichen kreativen Akten sich immer mischen, fühlt sich das Ich sehr unterschiedlich, je nachdem die eine oder die andere Technik vorherrscht, und dieser Unterschied im subjektiven Erleben allein rechtfertigt ihre getrennte Erörterung. Die Geschichte dieser beiden Techniken, ihrer Bedeutungen, die Art und Weise ihrer wechselseitigen Ergänzung, die besonderen Probleme, die sich bei jeder von ihnen ergeben, dies wären zweifellos die wichtigsten Themen in einer Studie über diesen Gegenstand. Über diese Punkte kann zur Zeit nur wenig Gesichertes gesagt werden.

Ich möchte zunächst beide Techniken einander kontrastierend gegenüberstellen, indem ich einige relevante Bemerkungen Goethes zitiere.

Am 6. April 1829 äußerte er zu Eckermann über eins seiner Gedichte, er wäre unfähig, ein solches Gedicht ein zweites Mal hervorzubringen, und er sei nicht imstande zu sagen, wie er dazu gekommen sei, »wie uns denn dieses sehr oft geschieht«.[1] In seinem Gespräch vom 2. Januar 1824 behauptete Goethe sogar, das Große könne nur auf dem Wege ungestörten nachtwandlerischen Schaffens gedeihen. Am 11. März 1828 ging er weiter und vermutete, daß keine Produktivität höchster Art, kein bedeutendes Aperçu, kein großer Gedanke in der Gewalt von irgend jemandem stünde und über alle irdische Macht erhaben sei.

> Dergleichen hat der Mensch als unverhofte Geschenke von oben, als reine Kinder Gottes zu betrachten, die er mit freudigem Dank zu empfangen und zu verehren hat.[2]

Am 24. Februar 1824 machte Goethe eine Bemerkung über die Ineffizienz des Denkvorgangs:

> »Das Schlimme aber ist, [...] daß alles Denken zum Denken nichts hilft; man muß von Natur richtig seyn, so daß die guten Einfälle immer wie freye Kinder Gottes vor uns dastehen und uns zurufen: da sind wir!«[3]

Die folgende Passage vom 16. Dezember 1828 belehrt uns über eine andere Art von Produktivität:

> Ich habe die Ballade[4] lange mit mir herumgetragen, sagte Goethe, ehe ich sie niederschrieb; es stecken Jahre von Nachdenken darin, und ich habe sie drey bis vier Mal versucht, ehe sie mir so gelingen wollte wie sie jetzt ist.[5]

Hier haben wir ein Beispiel für Goethes Fähigkeit, hart zu arbeiten, um einen Text so lange zu verändern, bis er ihm gefällt. Nur ein Teil seines literarischen Schaffens war also das Produkt intuitiver, vom Willen unbeeinflußter Schöpfung.

Die erstgenannte literarische Technik — das automatische, intuitive Schaffen — war höchstwahrscheinlich der Abkömmling der unbewußten Strebung, Kinder zu gebären, was nicht zuletzt an dem Vergleich von »Einfällen« mit Kindern abzulesen ist. Aber wo liegt die unbewußte Wurzel der zweiten Technik? Eckermanns Bericht seines Gesprächs mit Goethe am 14. März 1830 kann uns in die richtige Richtung weisen. Im Zusammenhang mit seinen Balladen sagt Goethe:

> Ich verdanke sie größtentheils Schillern, sagte er, der mich dazu trieb [sie zu schreiben], weil er immer etwas Neues für seine Horen[6] brauchte. Ich hatte sie alle schon seit vielen Jahren im Kopf, sie beschäftigten meinen Geist als anmuthige Bilder, als schöne Träume die kamen und gingen und womit die Phantasie mich spielend beglückte. Ich entschloß mich ungern dazu, diesen mir seit so lange befreundeten glänzenden Erscheinungen ein Lebewohl zu sagen, indem ich ihnen durch das ungenügende dürftige Wort einen Körper verlieh. Als sie auf dem Papiere standen betrachtete ich sie mit einem Gemisch von Wehmut; es war mir als sollte ich mich auf immer von einem geliebten Freunde trennen.
>
> Zu anderen Zeiten [...] ging es mir mit meinen Gedichten gänzlich anders. Ich hatte davon vorher durchaus keine Eindrücke und keine Ahnung, sondern sie kamen plötzlich über mich und wollten augenblicklich

gemacht seyn, so daß ich sie auf der Stelle instinktmäßig und traumartig nieder zu schreiben mich getrieben fühlte.[7]

Hier sind die beiden Arten des Produzierens klar und präzise einander gegenübergestellt, und an dieser Stelle sagt Goethe mehr über das arbeitsreiche und anstrengende Verfahren. Das Resultat war immer geringer als der investierte Aufwand, während das Ergebnis der intuitiven Schöpfung mit einem Glücksfall zu vergleichen ist. Ohne jeden Aufwand wurde der größte Reichtum geerntet. Die mit Anstrengung verbundene Niederschrift dagegen vergleicht Goethe mit der Trennung von einem Freund.

Letztere Bemerkung führt zwangsläufig zum Vergleich dieser beiden Techniken des Produzierens mit zwei Phasen weiblich biologischer Produktion: auf der einen Seite Empfängnis und auf der anderen Schwangerschaft und Geburt, wobei letzteres häufig als Trennung und Verlust erlebt wird. Trotzdem neige ich zu der Auffassung, in den beiden Arten des Hervorbringens den Reflex zweier allgemeiner Aspekte von Weiblichkeit zu sehen. Der eine betont die weibliche Passivität und legt den Nachdruck auf die weibliche Unterordnung unter die Aktivität des Mannes. In dieser Hinsicht sind Frauen nur Gefäße, in welche der Mann seine kreativen Energien hineingenießt, damit daraus neues Leben entsteht. Dieser Gesichtspunkt verallgemeinert natürlich das Stadium der Empfängnis. Das Ich fühlt sich gleichsam passiv, wie ein bloßer Körper, der mit kreativen Ideen befruchtet wird, die von unbekanntem oder wenigstens Ich-fremdem Gebiet zu stammen scheinen. Die anderen Gesichtspunkte betonen die weibliche Aktivität, als ob es die Mutter wäre, welche allein durch ihre Kraft den Fötus hervorbringt und infolge geplanter und zielgerichteter Tätigkeit wachsen läßt, d. h. die Welt aktiv mit einem neuen Leben bereichert. Dieser Gesichtspunkt von Weiblichkeit (vgl. 99, I, S. 249 f.) entspräche dann Goethes zweiter Technik der Produktion.

Wie hochgradig weiblich diese Art und Weise war trotz des Gefühls von Aktivität, enthüllt die Tatsache, daß solches Hervorbringen gewöhnlich für andere Personen geschah. Das erste Hauptwerk, *Götz von Berlichingen*, wurde auf Cornelias dringende Bitte hin vollendet, d. h. um ihr zu gefallen. Lange Zeit hielt Charlotte von Stein diesen Platz, und später – wie im Fall der Ballade oben dargestellt – Schiller. Das Bedürfnis nach einem solchen Gegenspieler, um den Verdruß der Plackerei und Trennung (Schwangerschaft und Geburt) auszuhalten, verrät darüber hinaus die weibliche Komponente und offenbart die Intensität des Konflikts in bezug auf das Werk.

Intuitive Schöpfung enthält diesen Konflikt nicht. Gottes Kinder sprangen aus Goethes Kopf wie Pallas Athene aus dem Haupt des Zeus. Diese Art schöpferischer Produktion ließ das Ich bereichert und gestärkt zurück. Es war manchmal ein sublimes Spiel trotz der ihm eigenen Passivität des Ich. Der Prozeß mühelosen Schaffens enthielt andererseits besondere Konflikte, die ich hier nicht erörtere (siehe oben, Seite 148). Das durch Anstrengung hervorgebrachte Werk läßt das Ich verarmen und entzieht ihm Kraft; es kann nur vollendet werden, wenn eine geliebte Person darum bittet. Es mag sogar zweifelhaft sein, ob der zweite Teil des *Faust* vollendet worden wäre, wenn Eckermann nicht die Reihe seiner illustren Vorgänger fortgesetzt hätte. Die Notwendigkeit, um jemandes anderen willen zu arbeiten, wenn das Werk überhaupt vollendet werden soll, zeigt, daß bei Goethe Arbeit niemals jenen Grad von Autonomie erreichte, der gewöhnlich von einem Erwachsenen erwartet wird. Die Arbeit eines Kindes hängt meist gänzlich von der guten Beziehung zum Lehrer oder Mentor oder sonst jemandem ab. Die Ausführung seiner Arbeit ist eng verbunden mit der Existenz starker emotionaler Bindungen, und wir gewähren dem Kind dieses Privileg in Übereinstimmung mit der Schwäche, welche dem Realitätsprinzip zwangsläufig im zarten Alter anhaftet.

Doch der sich offensichtlich einstellende Schmerz, wenn ein Kunstwerk, mit dessen Plan der Dichter lange schwanger ging, schrittweise konkrete Form annimmt und sich so von dem Autor ablöst, scheint bei der Ausführung eines solchen Werks nicht die heftigste Abwehr hervorzurufen. Hinter dem Kampf, den Goethe durchstehen mußte, um zu arbeiten, verbirgt sich ein tieferes Problem. Ein Hinweis darauf, worin Goethes Problem bestand, das seiner offenbar neurotischen Arbeitsstörung zugrunde lag, läßt sich aus Eckermanns Bericht über ein Gespräch am 4. Februar 1829 ersehen. Goethe sagt dort:

> Die Überzeugung unserer Fortdauer entspringt mir aus dem Begriff der Thätigkeit; denn wenn ich bis an mein Ende rastlos wirke, so ist die Natur verpflichtet, mir eine andere Form des Daseyns anzuweisen, wenn die jetzige meinem Geist nicht ferner auszuhalten vermag.[8]

Hier sind Tätigkeit, Tod und Unsterblichkeit in einen bedeutungsvollen Zusammenhang gebracht. Man kann schwerlich etwas Bestimmtes über den Zusammenhang zwischen diesen drei Gedanken in Goethes Unbewußtem sagen. Goethes Darlegungen scheinen nur eine Meinung über das Verhältnis von Tätigkeit und Anspruch auf Unsterblichkeit zu äußern, für den Menschen jedoch besteht die Bedingung für die Unsterblichkeit im Tod. Aber für alle, die daran glauben, ist die Unsterblichkeit eine Eigenschaft jeder menschlichen Seele und nicht nur ein Privileg des tätigen Menschen. Ich würde deshalb gern wissen, ob Goethe — trotz des zunächst gegenteiligen Anscheins — den unbewußten Gedanken hegte, daß jeder Mensch gemäß seinen Fähigkeiten ein bestimmtes Maß an Tätigkeit zu erbringen habe, bevor er für den Tod gerüstet ist. Das heißt: jeder psychische Prozeß, der die Qualität der Tätigkeit in sich einschließt, scheint Goethe glauben zu lassen, daß er dem Tod einen Schritt näher kommt. In diesem Licht wird besser verständlich, worin sich Goethe gehemmt fühlte, aktives Arbeiten zum konstanten Teil seines Lebens zu machen, und warum er ein ihn entschädigendes Geschenk in Gestalt von Liebe brauchte, wenn er den aktiven, willentlichen Drang verspürte, mit Anstrengung zu produzieren.

Zwei weitere Beispiele sollen zitiert werden, um zu zeigen, daß diese Hypothese ihren Wert hat. Als Faust am Ende Arbeit für die Gemeinschaft als integralen Bestandteil des Lebens anerkennt, als beinahe einzige Quelle des zugelassenen Vergnügens, an dem er selbst aber nicht teilhaben möchte, in diesem Augenblick gewinnt der Tod Macht über ihn, und er unterliegt. Als Goethe sieben Monate vor seinem Tod das Stück vollendete, war er in einer Stimmung, die am besten in folgender Erklärung charakterisiert ist, die er gegenüber Eckermann abgab:

> Mein ferneres Leben, sagte er, kann ich nunmehr als ein reines Geschenk ansehen, und es ist jetzt im Grunde ganz einerley, ob und was ich noch etwa thue.[9]

Beide Beispiele können zeigen, wie rasch Anerkennen und Integration des Gedankens der Arbeit oder Vollendung des Werks zur Idee des Todes führen.

Die Beziehung zwischen der Angst vor Tätigkeit und der Todesfurcht muß in einer tiefsitzenden Störung des Ich gründen. Solche Psychopathologie bezieht sich auf eine Schicht der Persönlichkeit, die der Erforschung gewöhnlich nur im Verlauf der psychoanalytischen Prozedur zugänglich ist. Wenn trotzdem eine Behauptung auf der Grundlage klinischer Erfahrung gewagt werden darf, würde ich vermuten, daß das Entsetzen vor Arbeit mit einer Störung im Zeitgefühl zu tun hat. Ich möchte folgendes klinische Beispiel anführen: Ein Patient versuchte immer, die Situation zu vermeiden, in der er mit großer Freude an ein zukünftiges Ereignis denken würde. Seine Rechtfertigung bestand darin, daß die Zeit schneller verginge, wenn er auf das Eintreffen eines hoffnungsvoll freudigen Ereignisses blickte, als wenn er im Zustand der Gelassenheit verharrte; denn dieses rasche Fließen der Zeit empfand er als entsprechend schnelleres Herannahen des Todes. Diese Schlußfolgerung gründete auf dem Glauben, daß die Lebensspanne eines Menschen festgelegt und das Fließen der subjektiv empfundenen Zeit etwas Konkretes sei und daß sich beides unausweichlich miteinander verbinde. Mehr noch, das entscheidende Merkmal der objektiven Zeit wurde ausschließlich nach dem subjektiven Zeitgefühl gemessen. Die tiefe Aversion gegen eine starke freudige Empfindung offenbarte klinisch eine starke Abwehr sexueller Erfahrungen in jeder Form. Es ist bezeichnend, daß dieser Patient seine Lebensspanne mit Wetten zu verlängern trachtete. Die Stunden, die dem Ereignis vorausgingen, das darüber entschied, ob er gewonnen oder verloren hatte, dehnten sich ihm zu qualvollen Ewigkeiten aus.[10]

Im Leben dieses Patienten beschleunigte ein Gefühl der Freude den Verbrauch von Zeit; in Goethes Leben war es meiner Meinung nach das Gefühl der Tätigkeit. Dennoch muß man sich in diesem Zusammenhang Goethes seltsame Feststellung ins Gedächtnis rufen: »Alles in der Welt läßt sich ertragen, / Nur nicht eine Reihe von schönen Tagen« (siehe oben, S. 1136).

Ich möchte jetzt eine andere Quelle von Goethes Arbeitshemmung anführen, indem ich eine Bemerkung zitiere, die uns scheinbar weit weg vom Gegenstand der Erörterung führt. Am 26. Februar 1824 bemerkte Goethe, als er mit Eckermann Radierungen von Roos,[11] die Schafe sehr realistisch abbildeten, betrachtete:

> Mir wird immer bange, sagte Goethe, wenn ich diese Thiere ansehe. Das Beschränkte, Dumpfe, Träumende, Gähnende ihres Zustandes zieht mich in das Mitgefühl desselben hinein; man fürchtet zum Thier zu werden, und möchte fast glauben, der Künstler sey selber eins gewesen.[12]

In dieser kurzen Anmerkung ist ein bedeutendes Gefühl über die Beziehung des Schöpfers eines Kunstwerks zum Prozeß der Erschaffung zum Ausdruck gebracht. Die unterschwellige Phantasie besteht in der Identität von beidem. Es gibt auch einen Hinweis auf den Ursprung jener Phantasie: Sie gründet in einer archaischen Furcht, sich in das zu verwandeln, was man erblickt, wenn starke visuelle Eindrücke hervortreten. Goethe fühlte offensichtlich eine primitive Scheu, unter dem Eindruck der ihn anziehenden Malerei das zu werden, was auf dem Bild dargestellt war, und er unterstellte, daß diese Wechselbeziehung zwischen dem Maler und dem Bild bestanden haben müsse. Daher verstand er das Bild so, daß es seinen Charakter als Teil der Natur des Schöpfers erworben habe, und vielleicht beschlich Goethe auch das Gefühl, das geschaffene Werk habe eine Rückwirkung auf seinen Schöpfer.

Ängste aus einer solchen Wechselwirkung oder einer Rückwirkung können auch in einer Feststellung entdeckt werden, die Goethe über sein eigenes Zeichnen machte. Dort versucht er, die Realität auf Distanz zu halten. Einmal sagte er zu Eckermann (am 10. April 1829):

> ... ich hatte eine gewisse Furcht die Gegenstände auf mich eindringend zu machen, vielmehr war das Schwächere, das Mäßige in meinem Sinn. Machte ich eine Landschaft und kam ich aus den schwachen Fernen durch die Mittelgründe heran, so fürchtete ich immer dem Vordergrund die gehörige Kraft zu geben ...[13]

Goethes Aversion gegen das Wiederlesen der meisten seiner Werke ist bekannt. Am 2. Januar 1824 sprach er mit Eckermann über den *Werther:*

> Das ist auch so ein Geschöpf, [...] das ich gleich dem Pelikan mit dem Blut meines eigenen Herzens gefüttert habe. [...] Übringes habe ich das Buch seit seinem Erscheinen nur ein einziges Mal wieder gelesen, und mich gehüthet es abermals zu thun. Es sind lauter Brandraketen! — Es wird mir unheimlich dabei und ich fürchte, den pathologischen Zustand wieder durch zu empfinden aus dem es hervorging.[14]

Wie intensiv solche Ängste waren und wie groß ihre Wirkung, erfahren wir aus einem Brief an Schiller vom 9. Dezember 1797, in dem er schreibt:

> Ich kenne mich zwar nicht selbst genug um zu wissen, ob ich eine wahre Tragödie schreiben könnte, ich erschrecke aber blos vor dem Unternehmen und bin beynahe überzeugt daß ich mich durch den bloßen Versuch zerstören könnte.[15]

Es gibt anscheinend sogar ein Element der Abwehr bei der Frage, ob das Pathos der griechischen Tragödie den Alten vielleicht »nur ein ästhetisches Spiel« war, im Gegensatz zur Situation des modernen Schriftstellers, für den »die Naturwahrheit mitwirken muß; um ein solches Werk hervorzubringen«.[16] So erklärt er seine Ängste gegenüber den zerstörerischen Wirkungen, welche das Erschaffen eines solchen Werks auf den Schöpfer haben kann.

Goethe bemerkte selbst, daß ihm sein eigenes Werk oft fremd wurde. Man gewinnt den Eindruck, daß er sich gleichsam so schnell als möglich von dem soeben geschaffenen Werk wegbringen mußte.[17] Zweimal berichtet Goethe in seinen Gesprächen mit Eckermann von Vorfällen, bei denen er seine eigenen Werke nicht wiedererkannte. Er behauptete sogar, es dauere nicht lange, und er betrachte eine Produktion als etwas durch und durch Fremdes, und einmal verglich er eines seiner Werke mit einer abgestreiften Schlangenhaut (14. Januar 1827).

Es wäre falsch zu glauben, daß alle diese Hemmungen und Befürchtungen in bezug auf seine eigenen schriftstellerischen Arbeiten auf Selbstzweifel, Erniedrigung und Verlegenheit beruhten. Wie sicher er sich seines Genies war, wird in einer Bemerkung gegenüber Eckermann vom 2. Januar 1824 ersichtlich:

> Und meine Idee vom Vortrefflichen war auf jeder meiner Lebens- und Entwicklungsstufen nie viel größer als was ich auch auf jeder Stufe zu machen im Stande war.[18]

Schöpfung (die abgestreifte Schlangenhaut) war ein Versuch, etwas loszuwerden. Der Blick darauf, die Wiederbelebung der Gefühle, bedeutet das Wiederaufleben einer gefährlichen Vergangenheit, eine Einladung oder ein Antrieb zu regredieren.[19]

Ein geplantes, gewolltes, bewußtes Werk schließt wirklich oder in der Vorstellung wiederholtes Anschauen eines Produkts als einer Arbeit von jemandem ein. Unbewußtes, intuitives Schaffen erspart diese notwendige Phase und dient so als erfolgreiche Abwehr eines Angstanfalls. Traumwandlerisches Hervorbringen vermeidet das Schuldgefühl, das sich bei dem kühnen Erschaffen von Kindern einstellt; bewußte Arbeit verlangt eine weitgehend »konfliktfreie Sphäre« (276) infolge der unvermeidlich engen Berührung mit einem Objekt, dessen Vorhandensein und Wirken vom arbeitenden Ich nicht geleugnet werden kann. Daher leistet die somnambule Art des Schaffens die Verleugnung, daß dieses Kunstwerk überhaupt von seinem Schöpfer erschaffen wurde, und schützt infolgedessen davor, vom eigenen Werk verschlungen zu werden.[20]

Ein klinisches Symptom wie Arbeitsstörung muß auch auf die Gesellschaft bezogen werden, zu der der Patient mit seinem Symptom gehört. Die Unfähigkeit zu arbeiten müßte bei einem mitteleuropäischen Patienten z. B. nicht notwendig eine schlechte Prognose anzeigen, wenigstens in der Periode zwischen den beiden Weltkriegen nicht, wohingegen dasselbe Symptom bei einem Amerikaner nahezu regelmäßig eine ernsthafte Störung anzeigt. Arbeit spielt offensichtlich in der amerikanischen und in der mitteleuropäischen Gesellschaft eine unterschiedliche Rolle. Arbeit scheint die allerletzte Tätigkeit zu sein, die ein an Neurose leidender Patient unseres Landes aufgibt, während sie bei seinem europäischen Gegenpart vielleicht als erstes zum Opfer fällt. Im Hinblick auf diesen kulturellen Tatbestand muß man Goethes Einstellung gegenüber Arbeit anders bewerten, als man es heute tun würde.

In der letzten Fassung des halb autobiographischen *Wilhelm Meister* gibt es eine Passage, die, da bin ich sicher, nicht nur die Überzeugung von Wilhelm zum Ausdruck bringt, sondern, zumindest teilweise, die des Autors. Dies ist ein Brief, in dem Wilhelm gegenüber seinem Schwager seine gänzliche Zurückweisung der bürgerlichen Lebensweise rechtfertigt, deren erklärter Vertreter sein Schwager ist.

> Was hilft es mir, gutes Eisen zu fabriciren, wenn mein eigenes Inneres voller Schlacken ist? und was, ein Landgut in Ordnung zu bringen, wenn ich mit mir selber uneins bins?
>
> Daß ich dir's mit Einem Worte sage, mich selbst, ganz wie ich da bin, auszubilden, das war dunkel von Jugend auf mein Wunsch und meine Ab-

sicht. Noch hege ich eben diese Gesinnungen, nur daß mir die Mittel, die mir es möglich machen werden, etwas deutlicher sind. [...]
Wäre ich ein Edelmann, so wäre unser Streit bald abgethan; da ich aber nur ein Bürger bin, so muß ich einen eigenen Weg nehmen, und ich wünsche, daß du mich verstehen mögest. Ich weiß nicht wie es in fremden Ländern ist, aber in Deutschland ist nur dem Edelmann eine gewisse allgemeine, wenn ich sagen darf personelle, Ausbildung möglich. Ein Bürger kann sich Verdienst erwerben und zur höchsten Noth seinen Geist ausbilden; seine Persönlichkeit geht aber verloren, er mag sich stellen wie er will. [...] Er [der Edelmann] ist eine öffentliche Person, und je ausgebildeter seine Bewegungen, je sonorer seine Stimme, je gehaltner und gemessener sein ganzes Wesen ist, desto vollkommener ist er. Wenn er gegen Hohe und Niedre, gegen Freunde und Verwandte immer eben derselbe bleibt, so ist nichts an ihm auszusetzen, man darf ihn nicht anders wünschen. [...] Wenn er sich äußerlich in jedem Momente seines Lebens zu beherrschen weiß, so hat niemand eine weitere Forderung an ihn zu machen, und alles Übrige, was er an und um sich hat, Fähigkeit, Talent, Reichthum, alles scheinen nur Zugaben zu sein.
Nun denke dir irgend einen Bürger, der an jene Vorzüge nur einigen Anspruch zu machen gedächte; durchaus muß es ihm mißlingen, und er müßte desto unglücklicher werden, je mehr sein Naturell ihm zu jener Art zu sein Fähigkeit und Trieb gegeben hätte.
Wenn der Edelmann im gemeinen Leben gar keine Gränzen kennt, wenn man aus ihm Könige oder königähnliche Figuren erschaffen kann; so darf er überall mit einem stillen Bewußtsein vor Seinesgleichen treten; er darf überall vorwärts dringen, anstatt daß dem Bürger nichts besser ansteht, als das reine stille Gefühl der Gränzlinie, die ihm gezogen ist. Er darf nicht fragen: was bist du? sondern nur: was hast du? welche Einsicht, welche Kenntniß, welche Fähigkeit, wie viel Vermögen? Wenn der Edelmann durch die Darstellung seiner Person alles gibt, so gibt der Bürger durch seine Persönlichkeit nichts und soll nichts geben. Jener darf und soll scheinen; dieser soll nur sein, und was er scheinen will, ist lächerlich und abgeschmackt. Jener soll thun und wirken, dieser soll leisten und schaffen; er soll einzelne Fähigkeiten ausbilden, um brauchbar zu werden, und es wird schon vorausgesetzt, daß in seinem Wesen keine Harmonie sei, noch sein dürfe, weil er, um sich auf eine Weise brauchbar zu machen, alles Übrige vernachlässigen muß.
An diesem Unterschiede ist nicht etwa die Anmaßung der Edelleute und die Nachgiebigkeit der Bürger, sondern die Verfassung der Gesellschaft selbst Schuld; ob sich daran einmal etwas ändern wird und was sich ändern wird, bekümmert mich wenig; [...] Ich habe nun einmal gerade zu

> jener harmonischen Ausbildung meiner Natur, die mir meine Geburt versagt, eine unwiderstehliche Neigung. [...] Nun läugne ich dir nicht, daß mein Trieb täglich unüberwindlicher wird, eine öffentliche Person zu sein, und in einem weitern Kreise zu gefallen und zu wirken. Dazu kömmt meine Neigung zur Dichtkunst und zu allem, was mit ihr in Verbindung steht, und das Bedürfniß, meinen Geist und Geschmack auszubilden, damit ich nach und nach auch bei dem Genuß, den ich nicht entbehren kann, nur das Gute wirklich für gut und das Schöne für schön halte.[21]

Hier zeigt sich der gesellschaftliche Hintergrund von Goethes Einstellung gegenüber Arbeit. Für den Adeligen bedeutete Arbeiten Degradierung, nur für den Bürger Zweck und Ziel. Aus diesem realistischen, historisch gesellschaftlichen Tatbestand machte Goethe eine geistige Antinomie. Arbeit beschränkt die Entfaltung der Persönlichkeit; sie verausgabt alle Energie in einer Funktion, die in letzter Konsequenz immer zur Produktion von etwas Materiellem führt.

Durch Arbeiten stumpft der Mensch eine Facette seiner Persönlichkeit ab. Während der Adelige in seinem Leben bestrebt ist, immer mehr von seiner individuellen Persönlichkeitsstruktur zu entfalten, muß der Bürger diesen Teil seiner menschlichen Existenz aufgeben, weil der Entfaltung der Individualität die Unterwerfung unter den engen Bereich des Realitätsprinzips entgegensteht, womit das Handeln des Menschen in seiner gegenständlichen Umwelt gemeint ist. Die Entwicklung und der Gebrauch der Werkzeuge, mit denen die unmittelbare gegenständliche Wirklichkeit bearbeitet wird, absorbiert alle Energien der bürgerlichen Existenz. Goethe wendet sich energisch gegen solche Beschränkung und akzeptiert Arbeit nur unter der Bedingung, daß sie die Entfaltung der Persönlichkeit nicht behindert. Was er im Sinn hatte, war der Adel des Geistes, eine Geistesaristokratie, deren königlicher Prinz er selbst war und die sich mit der Ethik und der Ideologie des Bürgertums jener Zeit wahrlich nicht vereinbaren ließ. Natürlich lag ihm die Nachahmung des Lebensstils des Geburtsadels absolut fern, und Goethe ist, wie Thomas Mann (377) richtig herausgestellt hat, der größte Repräsentant der bürgerlichen Klasse, aber er benutzte einen wirklich bestehenden Klassengegensatz, um seine eigene ideale Lebensform zu begründen, indem er materiellen Besitz in geistigen verwandelt. Dieser gesellschaftliche Faktor widerspricht, glaube ich, meinen vorherigen psychologischen Folgerungen, z. B. Goethes Abneigung gegen bestimmte Formen von Weiblichkeit und seiner Furcht, verschlungen zu werden, nicht. Der Bürger, dessen Leben nützliche Tätigkeit ausfüllt, ist an eine physische Existenz angebunden wie eine gebärende Frau, und die Verfolgung seiner Ziele verschlingt ihn, die nicht vom Wechselspiel der Kräfte seiner Persönlichkeit stammen, sondern ihm durch die Enge ungeistiger Realität aufgezwungen werden, so wie die Mutter veranlaßt wird — so mag es für den Sohn ausgesehen haben — sich für den Säugling aufzugeben.

Wenn man all dies zusammen nimmt, werte ich Goethes Einstellung zur Arbeit nicht als ein Zeichen von Neurose. Hätte er die Art zu leben, die wir in dem Begriff Arbeit zusammenfassen, integriert, wäre die höchste Qualität seiner ungeheuren Produktivität verloren gewesen. Paradoxerweise kann eine relativ freie Persönlichkeit wie Goethe in einem Produktionsschub mehr vollbringen als jemand, der arbeiten muß, um etwas zu leisten und zu schaffen. Wir haben es hier mittelbar mit der Flexibilität und Schnelligkeit des Primärvorgangs zu tun, die, wenn sie für den Sekundärvorgang genutzt werden, größer als die des Sekundärvorgangs allein sind.

Auch in jenem schweren voritalienischen Jahrzehnt, als Goethes Persönlichkeit neue Strukturen gewann und die Fähigkeit zu Selbstkontrolle und Selbstaufopferung, in jenen Jahren, die mit übermäßiger Arbeit ausgefüllt waren, wurde seine Nähe zu seinem eigenen Unbewußten nicht geringer, mit dem er als Resultat seiner Beziehung zu Charlotte von Stein weiser umzugehen lernte, als er es ohne sie hätte tun können.

An dieser Stelle möchte ich kurz erörtern, wie die moderne Psychotherapie sich einem Problem wie Goethes Einstellung zur Arbeit nähern würde.

(1) Nach einer modischen Schule wäre es gefährlich, mit einem solchen Patienten seine Kindheitskonflikte oder die Konflikte seiner Jugend zu besprechen; es wird vielmehr geraten, den Patienten mit dem vollen Ausmaß seiner Konflikte zu konfrontieren und ihm möglichst viel Mut zuzusprechen, die Aufgaben der Realität anzupacken. In dieser Technik steckt viel von dem, was Alfred Adler für die wirkungsvollste Methode im Umgang mit Neurotikern hielt. Alle Möglichkeiten erfolgreicher Arbeit, die das Umfeld anbietet, würden besprochen. Die gegenwärtigen und vergangenen Versuche, der Verantwortung auszuweichen, würden einen wichtigen Teil dieser Gespräche ausmachen. Nach dem Sprichwort: »Nichts ist so erfolgreich wie der Erfolg«[22] würde ein Höchstmaß an Druck ausgeübt, um den Patienten zum Arbeiten zu bringen. Seine starke Neigung zur Abhängigkeit würde betont werden. Der Therapeut würde strikt vermeiden, daß der Patient von ihm abhängig wird, und er würde bei einem Fall wie Goethe wahrscheinlich beweisen, daß der Patient wünsche, vom Herzog gefüttert zu werden, gerade wie er vom Vater gefüttert, d. h. ausgehalten wurde, ohne seinen Lebensunterhalt mit unangenehmer Arbeit verdienen zu müssen.

Ein Prinzip dieser Technik besteht darin, den Patienten mit einem Betragen zu konfrontieren, das er von seinen Eltern nicht gewohnt war. Da Goethes Mutter immer freundlich und nachsichtig war und eher dazu neigte, ihren Sohn zu verzärteln und zu bewundern, wäre es logisch, daß eine Therapeutin dieser Schulrichtung Forderungen an den Patienten stellen und seinen Ehrgeiz ansporнen würde.

Charlotte von Steins Vertrauen auf diese Methode des gesunden Menschenverstandes war von Erfolg gekrönt, und Goethe entledigte sich der Abhängigkeit vom Herzog unverzüglich und wurde ein hart arbeitender Mann. Aber wir müssen uns bewußt bleiben, daß Goethe andererseits gänzlich von Charlotte von Stein abhängig wurde.

(2) Ein anderes Verfahren bestünde darin, unzweideutige Neutralität in allen Fragen von Arbeit zu bewahren und sich jedes Ratschlags und jeder Ermutigung zu enthalten, aber dem Patienten konsequent den wirklichen genetischen und dynamischen Hintergrund seiner Arbeitsunfähigkeit zu zeigen.

Mit einer solchen Technik würden wahrscheinlich einige seiner Identifizierungen schrittweise sichtbar werden: zuerst natürlich die näher zurückliegenden, etwa Goethes Identifizierung mit seinem Schwager Schlosser, und weiter zurück mit seinem Vater, um so den Patienten wie den Analytiker tief in die Kindheit des Patienten zu führen. Erst nach einer beträchtlichen Phase intensiver Therapie würden die anderen Konflikte in bezug auf Tod und die magische Verwandlung des Ich dem Patienten bewußt werden. Im Hinblick auf diesen Patienten und seine dringende Begierde, ein angemessenes Betätigungsfeld zu finden, und angesichts der großen Breite seiner Fähigkeiten würde er jedoch wahrscheinlich zu arbeiten anfangen, lange bevor die tiefsten Wurzeln seiner Arbeitsstörung aufgedeckt wären. Das Bewußtsein von seinen Konflikten mit seiner Schwester, seinem Schwager und seinem Vater würde ausreichen, ihn so weit von Angst zu befreien, daß er Arbeit als integralen Bestandteil seines Lebens akzeptieren könnte.

Der Patient würde die Entdeckung seiner Identifizierung nicht vollziehen, ohne gegen den Therapeuten zu rebellieren, eine Rebellion, die Goethes heftigem Protest gegenüber Charlotte von Stein zu Beginn ihrer Bekanntschaft vergleichbar wäre, als sie ihn wegen seines vergnügungssüchtigen Betragens schalt. Während der Analytiker den Widerstand des Patienten nutzt und ihn als im Zweck der Therapie begründet interpretiert, konnte Charlotte von Stein nur warten und hoffen, daß Goethe den Weg zu ihr zurückfinden würde, wenn er sie in schlechter Laune verlassen hatte.

Hier ist der Punkt, wo sich der Unterschied zwischen der wissenschaftlichen Methode der Therapie und einem Verfahren, das auf gesundem Menschenverstand und Intuition beruht, offenbart. Die Analyse des Widerstandes ist einer der Dreh- und Angelpunkte psychoanalytischer Therapie. Charlotte von Stein konnte mit all ihrer Intuition und all ihrem Scharfsinn bei diesem Problem, wenn Goethe sich gegen sie wandte und sich unvernünftig verhielt, den Kampf nicht aufnehmen.

(3) Die dritte mögliche Technik mag in folgendem bestehen. Da es eine schwierige Aufgabe ist, einen Patienten in einem sozialen Vakuum zu analysieren, und ein erwachsener Mensch lebt in der westlichen Gesellschaft in einem sozialen Vakuum, wenn er keine Arbeit hat, kann ein probeweises Übereinkommen zwischen dem Analytiker und dem Patienten vor Beginn der Behandlung oder in ihrer Anfangsphase getroffen werden, daß der Patient unter Aufbietung von Willenskraft an etwas arbeitet, das er noch relativ gern tut, obwohl er sich innerlich stark dagegen sträubt. Das Vernünftige einer solchen Abmachung besteht darin, daß sie dem Patienten Gelegenheit bietet, seine Abneigung gegen Arbeit zu testen. Die Vereinbarung darf nur zeitlich begrenzt gelten, und die vom Patienten unter quasi experimentellen Bedingungen ausgewählte Arbeit darf von ihm nicht als endgültige Wahl verstanden werden. Diese Technik würde Freuds Ratschlag in bezug auf die Behandlung von Phobien entsprechen (169).

Die Wahrscheinlichkeit ist groß, daß der Patient unter diesen Umständen einen Tätigkeitsbereich wählt, der ihm ein Agieren dessen erlaubt, was im Verlauf der Psychoanalyse als Inhalt seiner Gedanken herauskommen wird. Voraussichtlich wird er seine vorläufige Wahl für etwas nutzen, was Freud »Agieren« genannt hat. In der Tat bestand ein Teil von Goethes Berufsleben in dem ersten Weimarer Jahrzehnt in einem grandiosen und dramatischen Agieren. Auf der Bühne des Weimarer Hofes versuchte er, sich und der Welt zu zeigen, daß er nicht nur ein besserer Prinzenerzieher als sein Schwager war, sondern auch ein besserer Verwaltungsbeamter als dieser und sein Vater zusammen. Hätte er sich in einer sogenannten orthodoxen Analyse befunden, wäre ihm rechtzeitig aufgegangen, daß er hier einen Kindheitskonflikt mit falschen Mitteln zu lösen versuchte, nämlich indem er eine Rolle spielte, um seine Lieblingsidee zu beweisen, daß er seinem Vater überlegen war. Sicher, nichts geschah in Goethes Leben gänzlich umsonst, und die harte Disziplin, der er sich unterwarf, trug Früchte, aber es dauerte zehn wertvolle Jahre, bevor er entdeckte, daß die Existenz eines hohen Staatsdieners in einem Fürstentum unmöglich die Mission seines Lebens sein konnte.

Charlotte von Steins zeitweiliger Sieg über Goethe in der Domestizierung seiner Unabhängigkeit und die Kultivierung seiner poetischen Rasereien wurden von ihr aus selbstsüchtigen Motiven vorangetrieben, die man mitunter auch in der späteren Geschichte ihrer Beziehung antrifft. Der Verlauf, den eine Analyse nimmt, hängt nicht allein von dem Fachwissen ab, das dem Therapeuten zur Verfügung steht, sondern auch von dem Ausmaß, in welchem er seine eigenen Konflikte und Neurosen bewältigt hat. In dieser

Hinsicht war Charlotte von Stein schwer behindert. Sie handelte oft nach Motiven, die ihr und anderen als selbstlos erschienen, aber sehr wahrscheinlich einen egoistischen Ursprung hatten. Inwieweit sie geglaubt haben mag, durch ihren Einfluß auf Goethe mittelbar den Hof von Weimar zu bestimmen, und daher Goethes Bedürfnisse zwangsläufig mißachtete, muß unbestimmt bleiben.

Ich habe früher gesagt, daß Goethe in einer erfolgreichen Analyse spezielle Gedanken hervorgebracht hätte, Bilder und Gefühle, aus denen er etwas über seine Identifizierungen mit Männern erfahren hätte, die in seinem frühen und späteren Leben eine ambivalente Rolle spielten, z. B. sein Vater und sein Schwager. Statt dessen nahm er ihre Rollen an, wenn auch in verzerrter Form, und spielte sie auf der historischen Bühne des Landes seiner Wahl. Ich habe weiterhin festgestellt, daß dieses Agieren für Problemlösungen ziemlich untauglich war. Daraus erwächst die schwer zu beantwortende Frage, welche Identifizierungen eines Patienten beseitigt oder verändert werden und welche erhalten bleiben sollen. Das Gefüge eines menschlichen Ich besteht zu einem großen Teil aus Identifizierungen, und Identifizierung ist an sich ein unerläßlicher Mechanismus für die Entwicklung des Ich und dadurch für das soziale Verhalten (vgl. 193; 304). Einige dieser Identifizierungen wirken sich positiv und hilfreich aus, andere sind belastend, und das Ich könnte ohne sie wirksamer handeln als mit ihnen.

Die Psychopathologie der Identifizierung ist ein weites Feld, und nur ein Aspekt mag hier kurz erörtert werden. Die Wirkung einer Identifizierung für den generellen Haushalt des Ich mag abhängen von der Menge der Schuldgefühle, die aus ihr entstehen. Goethes Arbeit im Dienst des Staates schloß Leid und Opfer ein und umfaßte einen größeren Bereich, als es für ihn notwendig gewesen wäre. Als Deutschlands größter Dichter hätte er sich mit einem Posten zufriedengeben können, der irgendwie in Verbindung mit seinen literarischen Interessen stand. Das selbstzerstörerische Übermaß seiner Arbeit als Beamter offenbart ein großes Verlangen nach Selbstbestrafung. Doch nur mit der verfeinerten Technik der Psychoanalyse kann die Rolle einer besonderen Identifizierung im Gesamthaushalt des Ich ermessen werden. Eine Psychotherapie, die auf dem Erfolgsprinzip basiert, wird den Wert einer Identifizierung an ihrer sozialen Nützlichkeit messen, ein Maß, das unvereinbar ist mit einer soliden Psychologie. In dem Ausmaß, in dem Charlotte von Stein ihren Patienten mit seinem und ihrem Staat identifizierte, konnten ihr die schädlichen Nebenwirkungen der ständigen Bekundungen einer alten Identifikation nicht bewußt werden. Entsprechend ihrem ausschließlichen Interesse war ihr nur die günstige Wirkung bewußt, die diese Identifizierung für den Staat und das Ansehen ihres Günstlings hatte.

Aber ihr Festhalten am Realitätsprinzip, das Goethe mit der sozialen Wirklichkeit konfrontierte und diese von Produkten seiner Einbildung oder Reizbarkeit unterschied, hieß, daß sie teilweise eine Funktion erfüllte, welche die Psychoanalyse konsequent zu vollziehen trachtet. Dieses beharrliche Festhalten am Realitätsprinzip und ihre Selbststilisierung als Repräsentantin dieses Realitätsprinzips stellten eine einzigartige und ungewöhnliche Besonderheit in der Beziehung zwischen Goethe und ihr dar. In westlichen Vorstellungen wird die Frau sehr oft als große Kraft geschildert, die danach strebt, den Mann vom Realitätsprinzip abzuziehen und ihn auf den Weg des Lustprinzips zu locken. Aber in dieser Anfangsphase ihrer Beziehung, wo man von Charlotte von Stein den Versuch erwartet hätte, den großen Helden mit Schmeicheleien zu kapern, zwang sie ihn unbeirrbar, von der Wirklichkeit Kenntnis zu nehmen, wobei sie den Verlust seiner Liebe zu ihr riskierte. Sie erzwang auch dann realitätsgerechtes Verhalten bei ihm, wenn dies auf die Einschränkung seiner Freiheit künstlerischer Produktion hinauslief.

Bei der Erörterung dieses Aspekts des Realitätsprinzips, der offenbar zu einem Konflikt in Goethes Lebensgefühl führte, dürfen wir einen sehr kritischen und von jenen vielen Analytikern, die — vergebens — Freuds Haupttheorien und Technik zu verbessern versucht haben, vernachlässigten Gesichtspunkt nicht außer acht lassen. Es besteht Einigkeit darin, daß nach einer erfolgreichen Analyse das Ich fähig sein sollte, in Übereinstimmung mit dem Realitätsprinzip zu handeln. Das Annehmen des Realitätsprinzips heißt natürlich nicht Unterwerfung unter die Forderungen der gesellschaftlichen Umgebung oder Nachgeben gegenüber gesellschaftlichen Pressionen, sondern besagt vielmehr, daß das Ich zum höchsten Vorteil der eigenen Persönlichkeit wie dem der Gesellschaft handelt. Die Metapsychologie der Integration des Realitätsprinzips ist ein schwieriges Kapitel und wird hier nicht weiter verfolgt, aber ich möchte betonen, daß der Prüfstein der gesunden Integration des Realitätsprinzips nicht darin besteht, ob ein der Realität angepaßtes *Verhalten* vorliegt. Die offen sichtbaren Handlungen eines Menschen brauchen, obwohl sie der Realität gut angepaßt sind, keine zuverlässigen Anzeichen der Reife aufzuweisen, und viele Menschen versuchen, mit ostentativ realitätsgerechtem Verhalten einen schrecklichen Mangel an Persönlichkeitsreife zu verdecken. Die Tatsache, daß ein Patient sich rasch in einem sozialen Umfeld einrichtet, betrachten heutzutage viele Therapeuten als Berechtigung, von einem therapeutischen Erfolg zu sprechen. Eine andere Einstellung findet sich in Freuds Bericht über die Analyse eines Patienten, der an den Folgen einer schweren infantilen Neurose litt (188). Nach diesem Bericht ist es sehr wahrscheinlich, wenn auch nicht ganz sicher, daß das Arbeitsproblem des Patienten eines der letzten war, die im Verlauf der

Behandlung gelöst werden mußten, und daß der Patient während der ganzen Zeit nicht das geringste arbeitete. Wenn der Therapeut den Zwang zu arbeiten auferlegt, kann er unbeabsichtigt wichtige Zugänge blockieren, durch die der Patient unerläßliche Kenntnisse über sich selbst erlangen könnte. Besonders in Angelegenheiten von Arbeit und sozialem Verhalten ist die Gefahr groß, daß der Patient in ein Verhaltensmuster fällt, das keineswegs integriert ist, sondern bloß seinen Stolz und seinen Ehrgeiz befriedigt — und den des Therapeuten. Es scheint dann eher angezeigt, »Erfolg« zu verschieben und so lange zu warten, bis das Ich stark genug ist, als Ganzes an den schwierigen Aufgabenbewältigungen teilzunehmen, die zur Realität gehören.

Diese Ansicht läßt sich nicht auf Goethes Leben anwenden, denn obgleich er während des voritalienischen Jahrzehnts die Fähigkeit zu arbeiten integrierte, fand er sich danach privilegiert, so wie es einem Genie zusteht, Arbeit je nach Laune in Grenzen zu halten oder aufzugeben, sobald er sein Ziel erreicht hatte, für das er in seinem Leben bestimmt war.

Diese ergänzenden Bemerkungen sollten nicht beschlossen werden, ohne erneut den Tätigkeitsbericht von Goethes Vater zu zitieren. Johann Kaspar wurde durch die Ernennung zum *Kaiserlichen Rat* von der Ausübung seines Juristenberufs ferngehalten. Eine politische Karriere in seiner Geburtsstadt wurde durch sein Temperament, durch seine Ansichten und vielleicht durch seinen Starrsinn blockiert.[23] Er war ein Mann, der sich ständig beschäftigte, aber er hatte weder ein Landgut noch ein Geschäft oder einen Beruf. Die Idee der Arbeit, sozusagen das Ethos der Arbeit, war bei ihm deutlich repräsentiert, wie aus Goethes Bemerkungen in *Dichtung und Wahrheit* ersichtlich ist, aber Arbeit an sich, im Sinn regelmäßiger täglicher Beschäftigung, die er als zu erfüllende Pflicht betrachtet hätte, hatte in seinem Leben keinen Platz. So zwingend die Umstände gewesen sein mögen, die ihn von dem Engagement an solcher Arbeit fernhielten, es ist kaum möglich, sich mit der Betrachtung dieses Mangels als Folge äußerer Umstände aufzuhalten. Er muß auch Ausdruck innerer Umstände seiner Persönlichkeit gewesen sein. Wenn man die historischen Zeugnisse studiert, gewinnt man den Eindruck einer begabten, zwanghaften Persönlichkeit, sozial eingestellt und rechtschaffen, ehrgeizig und naiv, mit vielseitigen Interessen, die in seiner Kindheit und Jugend vermutlich verdorben wurden. Wahrscheinlich litt er am Stigma des Emporkömmlings, das in gewissem Grade mit seinem Stand verbunden war.[24] Man kann viele Konflikte anführen, um das Fehlen einer Geschichte beruflicher Leistungen in Johann Kaspars Leben zu erklären, aber hier ist nur die Wirkung auf Goethe von Interesse. Ich habe die Bedeutung der Tatsache betont, daß sein Vater von der völligen Konzentration auf die Erziehung seiner Kinder nicht durch einen Beruf abgelenkt war. Ich möchte jetzt die Bedeutung seiner Persönlichkeit ergänzen durch das Faktum, daß die Idee der Arbeit stark in ihm lebte, obwohl sie nicht zu wirklicher Arbeit führte. Auch Goethe war eine Persönlichkeit, die sich ständig, mit einer beinahe unglaublichen Intensität, beschäftigte, aber er bewahrte immer die Freiheit, seine Tätigkeit über das beschränkte Gebiet der Arbeit hinaus einzurichten. Meiner Meinung nach wäre Goethe nicht fähig gewesen, seine vielfältigen Tätigkeiten so großartig zu ordnen, so daß er niemals von ihnen beherrscht wurde, wie es oft mit Arbeit geschieht, wenn er sich als Knabe mit einem Vater identifiziert hätte, für den tägliche einträgliche Beschäftigung von Bedeutung ist. Wäre sein Vater ein Landstreicher oder ein fauler Mensch gewesen, für den Arbeit an sich keinen Wert darstellt, dann hätte die große Gefahr bestanden, daß Goethe eine parasitäre Existenz unter der Einwirkung der Versuchungen, die am Hof von Weimar keineswegs gering waren, angenommen hätte.

Anhang D

Eine Deckerinnerung des alten Goethe (Bespötteln der Kastrationsangst)

Die folgende reizende Kindheitsepisode, die Goethe am Ende des zweiten Buches von *Dichtung und Wahrheit* berichtet, bedarf einer kurzen Einführung. Rat J. K. Goethe, stark interessiert an der Erziehung seiner Kinder, hatte die berühmten literarischen Werke deutscher Sprache in seiner Bibliothek stehen und unterstützte aktiv deren eifrige Lektüre durch seine Kinder. Er hielt den Reim für ein so unverzichtbares Merkmal von Poesie, daß er Klopstocks[1] *Messias*, der in ungereimten Hexametern geschrieben ist, nicht in seine Regale stellen wollte. Er war einem Wutanfall nahe, als ein alter Freund der Familie die Schönheit von Klopstocks Dichtung pries, so daß der Freund von weiteren lobenden Bemerkungen Abstand nahm.

Doch »Proselyten zu machen ist der natürlichste Wunsch eines jeden Menschen«[2], setzt Goethe hinzu, und der Freund schmuggelte den verbotenen Band in den Familienkreis ein, wo er vom Rest der Familie mit Entzücken begrüßt wurde. Goethe fährt in seinem Bericht fort:

> Die Mutter hielt es heimlich, und wir Geschwister bemächtigten uns desselben wann wir konnten, um in Freistunden, in irgend einem Winkel verborgen, die auffallendsten Stellen auswendig zu lernen, und besonders die zartesten und heftigsten so geschwind als möglich in's Gedächtniß zu fassen.
>
> Portia's Traum[3] recitirten wir um die Wette, und in das wilde verzweifelnde Gespräch zwischen Satan und Adramelech,[4] welche in's todte Meer gestürzt worden, hatten wir uns getheilt. Die erste Rolle, als die gewaltsamste, war auf mein Theil gekommen, die andere, um ein wenig kläglicher, übernahm meine Schwester. Die wechselseitigen, zwar gräßlichen aber doch wohlklingenden Verwünschungen flossen nur so vom Munde, und wir ergriffen jede Gelegenheit, uns mit diesen höllischen Redensarten zu begrüßen.

Es war ein Samstagabend im Winter — der Vater ließ sich immer bei [künstlichem] Licht rasiren, um Sonntags früh sich zur Kirche bequemlich anziehen zu können — wir saßen auf einem Schemel hinter dem Ofen und murmelten, während der Barbier einseifte, unsere herkömmlichen Flüche ziemlich leise. Nun hatte aber Adramelech den Satan mit eisernen Händen zu fassen; meine Schwester packte mich gewaltig an, und recitirte, zwar leise genug aber doch mit steigender Leidenschaft:

Hilf mir! ich flehe dich an, ich bete, wenn du es forderst,
Ungeheuer, dich an! Verworfner, schwarzer Verbrecher,
Hilf mir! ich leide die Pein des rächenden ewigen Todes!...
Vormals konnt' ich mit heißem, mit grimmigem Hasse dich hassen!
Jetzt vermag ich's nicht mehr! Auch dieß ist stechender Jammer![5]

Bisher war alles leidlich gegangen; aber laut, mit fürchterlicher Stimme rief sie die folgenden Worte:

O wie bin ich zermalmt!...

Der gute Chirurgus [das ist der Barbier] erschrak und goß dem Vater das Seifenbecken in die Brust. Da gab es einen großen Aufstand, und eine strenge Untersuchung ward gehalten, besonders in Betracht des Unglücks das hätte entstehen können, wenn man schon im Rasiren begriffen gewesen wäre. Um allen Verdacht des Muthwillens von uns abzulehnen, bekannten wir uns zu unsern teuflischen Rollen, und das Unglück, das die Hexameter angerichtet hatten, war zu offenbar, als daß man sie nicht auf's neue hätte verrufen und verbannen sollen.
So pflegen Kinder und Volk das Große, das Erhabene in ein Spiel, ja in eine Posse zu verwandeln; und wie sollten sie auch sonst im Stande sein es auszuhalten und zu ertragen![6]

Diese Kindheitserinnerung — ob sie nun wahr berichtet ist oder nicht — muß als Deckerinnerung interpretiert werden. Sie verweist unter der Hülle von Klopstocks schönen Versen auf einen vertrauten Aspekt in der Beziehung der Geschwister. Wenn man die Interpretation allein auf dieser Schilderung aufbaut, ist man versucht zu vermuten, daß — wie so häufig bei Deckerinnerungen — wesentliche Dinge in ihr Gegenteil verwandelt werden: es war nicht das kleine Mädchen, das den Bruder gewaltig anpackte, sondern eher umgekehrt. Dann besteht die historische Wahrheit der Erzählung des alten Dichters in einem leidenschaftlichen Angriff des sexuell erregten Jungen gegen seine schwächere Schwester, die sich an ihn wendet mit der Bitte um Gnade. Gelang es ihr, sein Mitleid zu erregen? Die Deckerinnerung sagt darüber nichts aus. Sie gibt nur zu verstehen, daß die Schwester schrie und dadurch den Vater in die Szenerie des geplanten Verbrechens brachte. Was mit dem Jungen geschah, erfahren wir wieder nicht.

Obgleich klinische Beobachtung an anderen Beispielen die von mir hier vorgetragene Interpretation des literarischen Zeugnisses bestätigt, hat meine Erörterung einer Episode in Wilhelm Meisters Beziehung zu Mignon (siehe oben, S. 876 f.) gezeigt, daß die Haltung des Jungen gegenüber seiner Schwester tatsächlich eine etwas passivere gewesen sein kann. Dennoch ist es möglich, daß aktive Phasen sich mit passiven abwechselten oder zwischendurch von diesen ersetzt oder mit ihnen vermischt wurden. Eine ausreichend detailgenaue Rekonstruktion, um die exakte Verteilung von sexueller Aktivität und Passivität festzustellen, scheint aus dem literarischen Bericht nicht möglich.

Wie immer die richtige Antwort für dieses schwierige Problem lauten mag, in Goethes Schilderung kann der Mechanismus der Verleugnung mit Sicherheit in voller Stärke und Wirkung beobachtet werden. Kastration als mögliche Folge des männlichen Überschreitens der Inzestschranke wird in der stärksten möglichen Weise zurückgewiesen, wenn der Dichter uns glauben lassen will, daß das sexuelle Verlangen des Bruders nach seiner Schwester die Sicherheit des Vaters gefährdet, indem es ihn an den Rand der Verletzung durch ein Messer bringt. »So pflegen Kinder und Volk das Große [...] in eine Posse zu verwandeln; und wie sollten sie auch sonst...« Wie perfekt konnte Goethe ein ihn bedrohendes Trauma verwandeln in eins, das ausgerechnet die Person gefährdete, von der er jenes Leid befürchtete! Wie charmant bekennt der Dichter den Abwehrcharakter der Deckerinnerung, indem er zugibt, daß ohne sie das Leben nicht zu ertragen wäre! Die Höherstellung von Spiel und Posse über das Große und Erhabene kann nur ein Ausdruck für die unbewußte Einsicht sein, daß er, der große Goethe, aus den tragischen Ereignissen der Kindheit Scherz und Lachen machte.

Wie weit entfernt klingt dies von der Abneigung des alten Goethe gegen das Wort Tod (vgl. 500, S. 308–310). Die Auflösung des Ich hatte also nicht aufgehört, ihren fortwährenden Schrecken für ihn zu behalten.[7]

Anhang E

Weitere psychoanalytische Bemerkungen zu *Ein Sommernachtstraum*

Shakespeares *Ein Sommernachtstraum* kann von verschiedenen Gesichtspunkten aus auf die tiefenpsychologischen Faktoren hin abgeklopft werden. Daß manche Gesichtspunkte sich wechselseitig ausschließen, beweist nicht, daß sie nicht nebeneinander bestehen können innerhalb der Synthese, welche sie zu einem künstlerischen Ganzen zusammenfügt. Es gibt einen entscheidenden Gegensatz zwischen dem Theseus-Hippolyta- und dem Oberon-Titania-Paar auf der einen Seite und den Paaren Lysander-Hermia und Demetrius-Helena auf der anderen. Die zwischen Theseus und Hippolyta und zwischen Oberon und Titania entstehenden Schwierigkeiten sind typisch für Menschen, die die Geheimnisse der Liebe und des Sexus kennen und ihre Ehehälften dementsprechend behandeln. Lysander-Hermia und Demetrius-Helena verhalten sich wie junge unerfahrene Leute, wie Jugendliche, ist man versucht zu sagen. Sie lieben sich ungestüm, und sie gehen in ihrem Streben nach Liebe den direkten, handfesten, unpsychologischen Weg; sie sind nicht mit Ängsten und Zweifeln belastet infolge ihrer Unkenntnis des Rätsels, das in der Tatsache liegt, daß Menschen sexuelle Wesen sind. Auch Pyramus und Thisbe gehören zu dieser Gruppe, aber sie werden von der traumatischen Wirkung der kruden Wirklichkeit des Sexuellen überwältigt. Daher kann man eine Reihe aufstellen: Pyramus, der den Anblick der Menstruation nicht ertragen kann und sich tötet; Theseus, der sich unter Kontrolle hat und warten kann, bis der Neumond das unerfreuliche Ereignis abwendet; Oberon, der die Frau (die im Gegenzug die Tatsache der Menstruation zu verleugnen sucht) zum Geschlechtsverkehr zu zwingen versucht.

Eine tiefere Analyse erlaubt noch eine weitere Interpretation. Theseus ist schließlich der Held, der die Amazonen besiegt, was ihn in den Besitz der geliebten Hippolyta bringt. Er sagt:

Hippolyta! ich habe mit dem Schwert
Um dich gebuhlt, durch angetanes Leid
Dein Herz gewonnen; doch ich stimme nun
Aus einem andern Ton, mit Pomp, Triumph,
Banket und Spielen die Vermählung an.

Die Beziehung der Geschlechter ist hier stets als vorwiegend aggressive gedacht, und die Frau wird noch als kastriertes Wesen betrachtet. Als sie jedoch gezähmt ist, will er ihr jede weitere Demütigung ersparen. Die Hochzeitsnacht kann vor Neumond nicht stattfinden, d. h. Hippolyta darf nicht bluten. Der hier zugrunde liegende unbewußte Gedanke lautet, daß die Menstruation durch den ersten Geschlechtsverkehr ausgelöst wird. Das Bild der nicht menstruierenden Jungfrau wird in bezug auf eine Amazone gebildet, die immer zum Kampf bereit sein muß. Theseus möchte die Amazone deflorieren, ohne sie bluten zu lassen, und sie (wahrscheinlich) zu einer Frau machen, die nicht menstruieren muß.

Oberons Beziehung zu Titania ist weit komplizierter.[1] Titania ist boshaft, sie benimmt sich wie ein Mann, verleugnet ihre Abhängigkeit oder Schwäche — was in diesem Zusammenhang Menstruation heißt. Sie handelt, als ob nur der Besitz eines Penis den Menschen wertvoll macht — was ihr Beharren auf dem Besitz des Jungen beweist. Die Traumepisode, in der sie sich in Bottom verliebt, kann dann für Oberons Versuch stehen, sie die Konsequenzen ihrer Verweigerung der Weiblichkeit zu lehren. Die ausschließliche Liebe zum Penis, die Überbewertung dieses männlichen Organs ist gleichbedeutend mit der Liebe zu einem Esel, dem gewaltigen Penis einer hirnlosen Person. Wirklich trifft man klinisch bei Frauen, bei denen der Männlichkeitskomplex eine Hauptrolle spielt, auf eine verachtende Haltung Männern gegenüber. Diese Frauen sind in der Gefahr, in sexuelle Hörigkeit zu geringer gestellten Männern zu geraten, so wie es bei Titania geschieht. Die Ursache, Oberons Absicht, Titania von einem Esel betören zu lassen, wäre dann nicht das Resultat des Wunsches, sie zu strafen oder zu erniedrigen, sondern eher, sie zu stützen und durch Vor-Augen-Führen der gefährlichen Konsequenzen zu warnen, in der Weiblichkeit nur einen Zustand der Kastration zu sehen. Nach dieser Interpretation ist Oberon der Mann, der sich der Frau als einer Person mit eigenen Rechten zuwendet, und er sieht in ihr nicht ein kastriertes Wesen. Er repräsentiert wahre Männlichkeit, welche den Kastrationskomplex überwunden hat.

Man nimmt noch einen anderen Vorstellungsbereich wahr, den der phallischen Frau. Titanias Beharren darauf, den Jungen zu behalten, bedeutet ihren Unwillen, den Phallus aufzugeben. Das in Goethes Versen gezeichnete Bild von Bottom in Titanias Armen wäre ein Lächerlichmachen der Wertlosigkeit des weiblichen Phallus. Die rote Maus, die aus dem Mund der Hexe springt, ein Bild, das Goethe in der *Walpurgisnacht* verwendet (siehe oben, S. 358), wäre eine kluge Verdichtung der Vorstellungen von Menstruation und des kleinen weiblichen Phallus. Das Symbol stände für die Idee, die man tatsächlich häufig bei Männern findet, daß die Frau den Penis verliert, wenn sie menstruiert. Auf den weiblichen Phallus bezogene Vorstellungen kann man an vielen Stellen von Goethes Schriften finden. Von den vielen möglichen Interpretationen von Aspekten des *Sommernachtstraums* sind es die auf Menstruation und weiblichen Phallus bezogenen, die in wichtige Beziehung zu Goethes Unbewußtem traten.

Anhang F

Weitere Beispiele für den Blutmythos in der *Iphigenie*

Ein weiteres Beispiel für den Blutmythos ist die Lösung des tragischen Knotens, welche Orest seiner Schwester vorschlägt. Er setzt sich bei ihr dafür ein, sie solle mit Pylades von diesen ungastlichen Gestaden fliehen und ein neues Leben im schönen Griechenland beginnen:

> Laß meinen vor dem Altar der Göttin entseelten Körper vom Fels in's Meer gestürzt, mein drüber rauchend Blut Fluch auf das Ufer der Barbaren bringen, ...[1]

Diese von Orest hier vorgeschlagene Lösung geht auf die Ebene der frühen ödipalen Vorstellung zurück. Nur Blut kann Blut rächen. Für eine Göttin (einen Muttterersatz) geopfertes Blut wird die Mutter versöhnen und zugleich Rache üben an Thoas, einem Vaterersatz. So wird Orests Blut zu Agamemnon zurückfließen, dessen Schuld Orest in die schlimme Lage gebracht hat. Rache, Wunscherfüllung und Bestrafung werden hier zu einem Akt verschmolzen — darin der Struktur des neurotischen Symptoms folgend —, und Magie stellt das Gleichgewicht wieder her, das durch die Untaten der Vorfahren gestört wurde.

Ein merkwürdiger Ausdruck in Beziehung zum Blutopfer findet sich in Thoas' Monolog, als er gegenüber Iphigenie argwöhnisch wird (letzter Akt, zweite Szene). Er denkt darüber nach, wie sich Iphigenie gefühlt hat, als sie an dieses Gestade kam, als sein Vorgänger noch auf den grausamen Sitten bestand, auf die er unter ihrem Einfluß verzichtete. Er folgert, daß sie so glücklich gewesen sei zu überleben und daß sie »sich gar gern mit fremden Blut zum Leben jährlich wieder aufgewaschen« hätte.[2] Die entsprechende Passage lautet in der letzten Fassung:

> »Sie [...] hätte [...] fremdes Blut vor dem Altar / Vergossen.«[3]

Der ursprüngliche Satz von 1779 ist seltsam formuliert.[4] Der Bezug zur Periodizität (»jährlich«) ist hier besonders interessant. Der Zusammenhang scheint darin zu bestehen, daß Iphigenie durch das Opfern von Menschen als Gehorsam gegenüber ihren Herren jedesmal eine neue Lebensspanne gewinnen würde. Auf dem grausamen Grund des Unbewußten mag dieser Gedanke die Phantasie zum Ausdruck bringen, daß die Priesterin bei der Opferung Blut aus jungen Männern saugt, das sie für ihre eigene Verjüngung braucht, sozusagen das weibliche Menstruationsblut den Männern entzogen werden soll, die für das Wohlergehen der Frau sterben müssen.

Diese typisch männliche Vorstellung findet in gewisser Weise ihr Gegenstück in einem Dialog zwischen Iphigenie und Thoas kurz danach. Von Thoas der Unehrlichkeit bezichtigt, entschließt sich Iphigenie, die Wahrheit zu sagen. Aber bevor sie das tut, versucht sie einen Schritt zu rechtfertigen, den man als dumm bezeichnen muß und der zum Untergang von allen dreien führen könnte. Sie fragt, ob der Mann allein das Recht hat, unerhörte Taten auszuführen, die, nebenbei gesagt, in der Regel Taten der Aggression sind:

> Ist uns [Frauen] nichts übrig, und muß ein Weib wie eure Amazonen ihr Geschlecht verläugnen, das Recht des Schwerts euch rauben und in eurem Blut die Unterdrückung [unter der wir von der Hand der Männer leiden] rächen?[5]

Mit besonderer Finesse schiebt der Ausdruck »eure Amazonen« die Verantwortung für den unweiblichen Typ der Frau dem Dominieren des Mannes zu. Das ganze Problem des Blutes wird hier als Bürde der Frau durch die Aggression des Mannes gewertet. Mit anderen Worten, die Frau, welche ihr Geschlecht verleugnet (Menstruation zurückweist), ist gezwungen, das den Männern anzutun, was sie bei sich selbst verleugnet.

Anhang G

Anna Amalias Brief an Fritsch vom 13. Mai 1776

Obschon dieser Brief keine direkte Beziehung zu irgendeinem besonderen psychologischen Problem im Zusammenhang mit Goethe hat, bringe ich ihn in voller Länge, weil er eindrucksvoller als jeder allgemeine Bericht die Atmosphäre vermittelt, die in Weimar zur Zeit der ersten Jahre von Goethes Aufenthalt herrschte. Der besondere Augenblick, in dem die Intervention der Herzogin aus einer offensichtlichen Sackgasse herausführte, war sehr dramatisch. Nach seiner Thronbesteigung hatte der Herzog darin versagt, Fritsch, den Präsidenten des Geheimen Rats seit 1722, dazu zu bringen, Goethe als Mitglied des Rates zu akzeptieren. Er hatte ihm schmeichelhafte, überredende Briefe voll guter Gründe geschrieben. Goethe handelte offensichtlich als Ratgeber in dieser Korrespondenz, was garantierte, daß jede Zugangsmöglichkeit ausgeschöpft wurde. Jedoch waren alle diese Bemühungen umsonst. Fritsch rührte sich nicht in seinem Entschluß, und der Herzog schien vor der Alternative zu stehen, entweder ohne Goethe zu regieren oder Fritsch zu entlassen. Beide Alternativen waren ihm gleichermaßen zuwider, und tatsächlich wären für Goethe die Folgen, gleich bei welcher Entscheidung, unberechenbar gewesen. Entweder hätte es bedeutet, ein Dichterleben zu führen in Übereinstimmung mit der üblichen Vorstellung, wie ein Dichter leben sollte, d. h. weit entfernt von gesellschaftlicher Realität, nach der er sehr verlangte, oder aber er hätte eine Verantwortung übernehmen müssen, die zu tragen er nie fähig gewesen wäre und die, einmal übernommen, sicherlich zu seinem eigenen Sturz geführt hätte. Ich vermute, daß durch Goethes Einfluß der Herzog sich um Hilfe an seine Mutter, die Herzogin-Mutter Anna Amalia, wandte. Der folgende Brief, den sie an Fritsch, ihren früheren Premierminister, sandte, ließ diesen seinen Entschluß von neuem überdenken, und für Goethe war die Schlacht gewonnen.

> Sie kennen die Gesinnungen, die ich für Sie hege, und eben diese sind es, die mir die Feder in die Hand drücken, um Sie zu beschwören, einer

Freundin Gehör zu schenken, die nur das Beste will. Mein Sohn, der Herzog, hat mir das Vertrauen bewiesen, mir die Korrespondenz zu zeigen, die zwischen ihm und Ihnen stattgefunden hat in betreff der neuen Einrichtungen, die gemacht werden müssen; ich ersehe daraus mit Schmerz, daß Sie die Absicht haben, meinen Sohn zu verlassen und dies in einem Augenblicke, wo er ihrer am notwendigsten bedarf; die Gründe, welche Sie anführen, haben mich tief bekümmert, sie sind eines geistreichen Mannes wie Sie, der die Welt kennt, nicht würdig; Sie sind eingenommen gegen Goethe, den Sie vielleicht nur aus unwahren Berichten kennen oder den Sie von einem falschen Gesichtspunkte aus beurteilen. Sie wissen, wie sehr mir der Ruhm meines Sohnes am Herzen liegt, und wie sehr ich darauf hingearbeitet habe und noch täglich arbeite, daß er von Ehrenmännern umgeben sei; wäre ich überzeugt, daß Goethe zu diesen kriechenden Geschöpfen gehörte, denen kein anderes Interesse heilig ist, als ihr eigenes und die nur aus Ehrgeiz thätig sind, so würde ich die Erste sein, gegen ihn aufzutreten. Ich will Ihnen nicht von seinen Talenten, von seinem Genie sprechen; ich rede nur von seiner Moral, seine Religion ist die eines wahren und guten Christen, die ihn lehrt, seinen Nächsten zu lieben und zu versuchen ihn glücklich zu machen; das ist doch der erste, hauptsächlichste Wille unseres Schöpfers. Aber lassen wir jetzt Goethe und reden wir von Ihnen.

Gehen Sie in sich mein Freund, Sie, der Sie so religiös, so gewissenhaft sind, können Sie einen jungen Regenten verlassen, der Vertrauen zeigt in Ihre Talente und in Ihre Herzensgüte, noch dazu in einem Augenblicke, wo Sie ihm so notwendig sind und das (erlauben Sie daß ich es Ihnen sage) nur einer unrichtigen Idee wegen, die Sie sich in den Kopf gesetzt haben. Sie sagen, man würde meinen Sohn überall tadeln, wenn er Goethe in das Conseil setze; aber wird man Sie nicht auch tadeln, Sie, der Sie den Dienst meines Sohnes einer so geringfügigen Ursache wegen verlassen? Machen Sie Goethes Bekanntschaft, suchen Sie ihn kennen zu lernen; Sie wissen, daß ich meine Leute erst gehörig prüfe bevor ich über sie urteile, daß die Erfahrung mich in solcher Bekanntschaft vielfach belehrt hat und daß ich dann ohne Vorurteil richte; glauben Sie einer Freundin, die Ihnen wahrhaft zugethan ist sowohl aus Dankbarkeit wie aus Anhänglichkeit. Selbst wenn der Herzog, mein Sohn, einen übereilten Schritt gethan hätte, haben Sie dann nicht hinlänglich Ihre Pflicht gethan, wenn Sie darauf aufmerksam machten, — und wenn er darauf besteht, ist das dann Ihr Fehler? Mich dünkt, die Welt würde es Ihnen verargen, wenn Sie einen Fürsten verlassen, der Ihrer Einsicht, Ihrer Rechtschaffenheit bedarf; urteilen Sie selbst, ob sich das mit der Religion, die Sie bekennen, verträgt. Noch einmal, gehen Sie in sich; ich kenne Sie als dankbar; ich bitte Sie aus Liebe für mich, verlassen Sie unter diesen Umständen meinen Sohn nicht; ich rate es Ihnen und bitte Sie eben so sehr aus Liebe zu meinem Sohne und aus Liebe für Sie selbst.

Ich bin mit aller möglichen Freundschaft

mein Herr
Ihre sehr wohlgeneigte Freundin
Amelie.

(61, S. 115—117)

Anhang H

Nachtrag zu Goethes zweiter Schweizerreise
Ein unbewußter Faktor in Goethes Reiselust

Um dem Verständnis von Goethes Angstanfall am 11. November 1779 näherzukommen, muß man auch die Wirkung der Natur für Goethe, besonders in Verbindung mit Reisen, ins Auge fassen. Im Brief vom 11. November 1779, in dem er Charlotte von Stein den tiefen Eindruck schildert, den die Geschichte des heiligen Alexius auf ihn gemacht hatte (vgl. oben, S. 449), legt er seinen Plan für die nächste Reiseetappe dar. Diese enthält eine schwierige und gefährliche Strecke, vor der viele Einheimische gewarnt hatten. Hier stoßen wir bei Goethe auf eine Haltung, die schon zwei Jahre zuvor aufgetreten war, als er darauf bestand, den Brocken zu einer Jahreszeit zu besteigen, in der dies als unmöglich galt (siehe oben, S. 450).[1] Ein hoher Berg war für ihn eine Herausforderung. Je mehr ihm eingeredet wurde, daß eine Besteigung unmöglich sei, desto mehr fühlte er sich getrieben, dies zu tun, und er war bereit, ein hohes Risiko einzugehen. Über seine beabsichtigte Expedition schrieb er:

> Der Ausgang wird entscheiden, ob unser Muth und Zutrauen, daß es gehen müsse, oder die Klugheit einiger Personen, die uns diesen Weg mit Gewalt widerrathen wollen, Recht behalten wird. So viel ist gewiß, daß beide, Klugheit und Muth, das Glück über sich erkennen müssen.[2]

Hier kommt die Haltung des Spielers zum Vorschein. Etwa zwanzig Jahre später, auf der dritten Schweizerreise, machte Goethe die Bemerkung, daß ihn der Drang zum Spielen zu unbestimmten Zeiten ergriff, wenn die Zukunft entweder großes Glück oder großes Unglück bereitzuhalten schien. Er schrieb in dieser Zeit an Schiller (14. Oktober 1797):

> Die Reise gleicht einem Spiel, es ist immer Gewinn und Verlust dabey, und meist von der unerwarteten Seite, man empfängt mehr oder weniger

> als man hofft. [...] Für Naturen wie die meine, die sich gerne festsetzen und die Dinge festhalten, ist eine Reise unschätzbar, sie belebt, berichtigt, belehrt und bildet.[3]

Einige psychoanalytische Entdeckungen haben trotz ihres Widerspruchs zum gesunden Menschenverstand ihren Weg in das öffentliche Bewußtsein gefunden, so z. B. die Erkenntnis, daß viele Spieler an intensivem Masochismus leiden. Der geheime Drang zu verlieren ist eine erstaunliche Entdeckung bei einem Spieler, aber er findet sich bei Spielsüchtigen oder bei denen, die das Spielen zwanghaft betreiben. Diese Ansicht ist so verbreitet, daß ein Zeitungskolumnist (W. C. Heinz) einen Artikel über Pferdewetten in der New Yorker *World Telegram & Sun* mit der Erklärung eines Psychiaters begann, daß »die Leute nicht wetten, um zu gewinnen, sondern um zu verlieren«, und der mit einer Verbeugung vor dem Heroismus, verlieren zu können, schloß: »Für den Preis einer Wette kauft der Pferdewetter einen Sockel für sich selbst.« Das masochistische Element kann man in Goethes Art, mit der Natur zu spielen, wiederfinden, aber mit dem Zusatz, daß dies bei ihm zu einem Gefühl des Triumphes führte, wie er es tief erlebte, als er den Brocken bezwang.

Der Masochismus eines Spielers mag von den Psychiatern so herausgestellt worden sein, weil sie es im allgemeinen mit erfolglosen Spielern zu tun haben. Viele Spiele sind in der heutigen Gesellschaft institutionalisiert und in der gesellschaftlichen Wirklichkeit so strukturiert, daß der einzelne Spieler nicht gewinnen kann. Heinz mag recht haben, wenn er Spielen als Treffpunkt von Masochisten bezeichnet. In Goethes Fall tendierte Spielen offensichtlich dazu, ihm Gelegenheit zur Überwindung von Masochismus zu geben. Wie Goethe zuweilen bemerkte, fühlte er eine Abneigung gegen formalisiertes Spielen, zum Beispiel gegen Kartenspielen. Es kann an der Institutionalisierung gelegen haben, die ihm den Geschmack verdarb. Sein Kampf mit den sich darbietenden Herausforderungen der Natur erlaubte mehr Freiheit und Aktivität, als instrumentalisiertes Spielen ermöglicht. In Goethes Reiselust kann man entdecken, was Fenichel als kontraphobische Haltung beschrieben hat (vgl. 138). Doch wenn Goethe ein schlechtes Omen erschreckte, nahm er von der Reise Abstand. So kehrte er am 20. Juli 1816, nachdem er mit seinem Freund Johann Heinrich Meyer Weimar verlassen hatte, nach Weimar zurück, als der Reisewagen umstürzte, und er strich die ganze Reise. Natürlich gab es realistische Gründe für diese Sinnesänderung,[4] aber man spürt ein abergläubisches Verhalten hinter solchen Entscheidungen. In einem Brief an Zelter vom 22. Juli 1816 schreibt er über die Beeinträchtigung von »obern und untern Dämonen«[5] im Zusammenhang mit einem solchen Vorfall (siehe oben, S. 1036).

Das vorbewußte Motiv, das Schicksal zu überlisten, indem man gegen das Verhängnis mit Überlegenheit und Stärke Vorsorge trifft, war nicht immer stark genug, um die masochistische Versuchung in Schranken zu halten. Die Angstattacke am 11. November 1779 verdeutlicht einen solchen Fall.

Goethes Akrophobie

Goethes phobischer Anfall in den Savoyer Alpen wurde von mir als Klaustrophobie klassifiziert. Ich brauche die aus den Schriften gewonnene Interpretation nicht zu wiederholen. Ich möchte hier Goethes Schilderung eines anderen Typs von Phobie anfügen, an dem er litt[6] und von dem er sich in Straßburg 1770—71 selbst heilte.

In *Dichtung und Wahrheit* schreibt Goethe:

> Besonders aber ängstigte mich ein Schwindel, der mich jedesmal befiel, wenn ich von einer Höhe herunter blickte. Allen diesen Mängeln suchte ich abzuhelfen, und zwar, weil ich keine Zeit verlieren wollte, auf eine etwas heftige Weise. [...] Ich erstieg ganz allein den höchsten Gipfel des Münsterthurms, und saß in dem sogenannten Hals, unter dem Knopf oder der Krone, wie man's nennt, wohl eine Viertelstunde lang, bis ich es wagte wieder heraus in die freie Luft zu treten, wo man auf einer Platte, die kaum eine Elle in's Gevierte haben wird, ohne sich sonderlich anhalten zu können, stehend das unendliche Land vor sich sieht, indessen die nächsten Umgebungen und Zierrathen die Kirche und alles, worauf und worüber man steht, verbergen. Es ist völlig als wenn man sich auf einer Mongolfiere in die Luft erhoben sähe. Dergleichen Angst und Qual wiederholte ich so oft, bis der Eindruck mir ganz gleichgültig ward, und ich habe nachher bei Bergreisen und geologischen Studien, bei großen Bauten, wo ich mit den Zimmerleuten um die Wette über die freiliegenden [d. h. losen] Balken und über die Gesimse des Gebäudes herlief, ja in Rom, wo man eben dergleichen Wagstücke ausüben muß, um bedeutende Kunstwerke näher zu sehen, von jenen Vorübungen großen Vortheil gezogen.[7]

Leider berichtet Goethe nicht, warum er sich in den engen Winkel unter dem Knopf zwängte, bevor er auf die Plattform hinaustrat mit jenem Ausblick, der Schwindel erregte. Setzte die Angst schon ein, wenn er sich in den engen Raum zurückzog, oder fing die Angst erst auf der Plattform an, nach der vorangehenden Abgeschlossenheit in dem engen Raum? Seine Art, über die Phobie Herr zu werden, macht auf mich den Eindruck einer ritualisierten Wiederholung der Geburt. Zuerst sperrt er sich in den engen Raum ein, möglicherweise wohlbehütet und frei von Angst, wie mit den Worten angedeutet wird: »bis ich es wagte wieder heraus in die freie Luft zu treten«; dann ist der Zustand der Sicherheit aufgehoben, und Goethe setzt sich einer Erfahrung aus, die das genaue Gegenteil der gerade verlassenen Situation ist. Das vollständig von Wänden Umgebensein wird ersetzt durch das geradezu Schweben im freien Raum. Ich kann mir keine bessere Symbolisierung des Gegensatzes zwischen pränatalem und postnatalem Zustand denken.[8]

Jery und Bätely

Ein kurzes Stück, das Goethe auf seiner zweiten Schweizerreise schrieb, muß hier erwähnt werden. Es handelt sich um eine einaktige musikalische Komödie, die er von seinem Freund Philipp Christoph Kayser (1775—1823), über den später mehr gesagt wird,[9] in Musik setzen lassen wollte.

Was Goethe wirklich bei diesem Stück empfand, ist schwer zu sagen. Es mag bezeichnend sein, daß er die Rolle von Bätelys Mutter in die des Vaters umwandelte, als sich keine Altstimme für die Aufführung auf dem Amateur-Theater in Weimar fand, ohne jegliche weitere Änderung außer der der Pronomina und der entsprechenden Substantive.[10]

Das Stück spielt in der Schweiz in ländlicher Umgebung. Alle vier Personen gehören der bäuerlichen Bevölkerungsschicht an, aber Goethes Ziel lag nicht in der Schilderung des Schweizer Lebens. Die Charaktere stammen »aus meiner Fabrick«, wie er am 3. Januar 1780 an Charlotte von Stein schrieb [WA IV, 4, S. 160]; mit diesen Worten umriß er den sozialen Hintergrund der Handlung. Jery liebt Bätely, die aber alle ihre Freier ablehnt. Doch Jery gibt die Hoffnung nicht auf, trotz Bätelys beharrlicher Abweisung. Jery trifft Thomas, einen früheren Freund von ihm, der schnell herausfindet, warum Jery so traurig ist. Thomas bietet sich als Unterhändler an, um Bätelys Herz für Jery zu gewinnen. Aber er kommt mit ihr nicht weit voran. Wenn er versucht, ihre Gunst zu erlangen, wird sie böse auf ihn und zieht sich in ihr Haus zurück. Thomas gerät in Wut und beschließt, ihr eine Lektion zu erteilen. Er treibt sein Vieh auf Bätelys Weide und richtet dadurch großen Schaden an ihrem und ihres Vaters Besitz an. Bätely fühlt sich hilflos. Ihr Vater bittet die Nachbarn um Hilfe. Sie lehnen ab, weil Bätely das Unglück so vieler junger Männer verursacht hat. Als Jery von Thomas' Gewalttat erfährt, weigert er sich, dessen Erklärungen anzuhören und greift ihn an. Sie ringen miteinander, aber Thomas ist stärker als Jery, und er verletzt und besiegt ihn. Bätely fühlt jetzt Mitleid und Dankbarkeit für Jery. Sie verbindet seine Wunden und versucht, ihn über seine Niederlage hinwegzutrösten. Sie ist bereit, ihn zu heiraten. Jery vergibt Thomas.

Das Stück ist einfach und anspruchslos und hat, abgesehen von einigen reizenden Arien, keinen großen literarischen Wert. Vom biographischen Gesichtspunkt aus wirft es aber ein interessantes Licht auf früher erörterte Probleme. Pniower (248, 8, S. 332) hat meiner Meinung nach recht, wenn er den Ringkampf zwischen Jery und Thomas in Verbindung bringt mit einer Tagebucheintragung vom 13. Oktober 1779, die Goethes Diener Seidel unter dessen Aufsicht aufzeichnete. Dort lesen wir:

> »Vor dem Wirtshaus mußten zwei Bursche nach Schweizermanier in dem Gras mit einander ringen.«[11]

Trotz des großen künstlerischen Abstands ist man geneigt, im Hinblick auf den Inhalt der Handlung das Stück mit der *Iphigenie* zu vergleichen. In der *Iphigenie* wird das Schwergewicht auf die große Freundschaft zwischen zwei Männern gelegt, die beide versuchen, weibliche Aggression zu bekämpfen. In der kleinen musikalischen Komödie versucht der eine Mann, ein widerspenstiges Mädchen zur Freundin zu gewinnen, und beide Männer werden Feinde bei diesem Versuch. Daß das Thema der Gefährdung männlicher Freundschaft durch eine Frau in der Luft lag, kann man aus Goethes Eintragungen in sein Tagebuch über sich selbst, den Herzog und Corona Schröter ersehen. In der *Iphigenie* bestand eines der Hauptthemen in dem Wunsch der Frau, den Mann bluten zu lassen; in der Komödie heilt die Frau die Wunden ihres Freiers, welche mittelbar durch sie geschlagen wurden, wenn auch der unmittelbare Anlaß in der Rivalität der Männer bestand.[12] Das Thema der Kastration ist noch lebendig. Bätely verliebt sich, sobald Jery sich besiegt fühlt. Der ihr den Hof machende Mann wird von ihr als Aggressor empfunden. Als Jery sich zurückziehen will, weil er in seinen Anstrengungen, Bätely zu beschützen, unterlegen ist – sozusagen sobald er seine Schwäche zugibt – ist der Weg offen, und Bätely kann ihn lieben.

Auf der anderen Seite hebt das Stück die Schwäche der Frauen hervor. Ursprünglich waren es Bätely und ihre Mutter, die unfähig waren, ihren Besitz zu schützen, und Jerys Beistand benötigten. Auch in der letzten Fassung gibt es zahlreiche Hinweise auf die Notwendigkeit von Bätelys Heirat, weil ihr Vater alt ist und sie allein die Wirtschaft nicht führen kann, wenn ihr Vater stirbt. Man fühlt sich zu der Vermutung gedrängt, daß das von Goethe in diesem Stück behandelte Problem mit der Frage zu tun hat, ob die Liebe eines Mannes zu einer Frau nicht notwendig zur Zwietracht unter Männern führen muß. Die ironische Haltung gegenüber Frauen ist ziemlich deutlich. Aber das Stück verspottet auch das großtuerische, unreife Verhalten der Männer, die meinen, jede Frau müsse ihre Wünsche erfüllen. Das

Stück bereitet Spaß wegen des aggressiven Verhaltens sowohl der Männer wie der Frauen, und es ergreift Partei für das stille Leiden Jerys, so als ob Goethe versucht habe, sich selbst mit der tröstlichen Versicherung zu schützen, daß sowohl Passivität als auch aggressive Beharrlichkeit letztlich zur Erfüllung der Wünsche führt. Wenn man den manifesten Inhalt der Komödie in die Gedanken des Unbewußten übersetzen würde, käme vermutlich dabei heraus, daß der zugrunde liegende unbewußte Gedanke eher ein Zweifel an der Richtigkeit der Güte und Sanftheit Jerys war.

Ein telepathisches Erlebnis des alten Goethe

Zur Vervollständigung möchte ich kurz ein Erlebnis erwähnen, das Goethe im 11. Buch von *Dichtung und Wahrheit* berichtet. Nach seinem Abschied von Friederike ritt er mit krankem Herzen nach Drusenheim:

> ... da überfiel mich eine der sonderbarsten Ahnungen. Ich sah nämlich, nicht mit den Augen des Leibes, sondern des Geistes, mich mir selbst, denselben Weg, zu Pferde wieder entgegen kommen, und zwar in einem Kleide, [so] wie ich es nie getragen: es war hechtgrau mit etwas Gold.[13]

Als Goethe acht Jahre später wieder zu Pferde ritt, um bei Gelegenheit seiner zweiten Schweizerreise Friederike zu besuchen, wie ich im Haupttext berichtet habe, trug er ein genau gleiches Kleidungsstück, »nicht aus Wahl, sondern aus Zufall«.[14]

Dieser Bericht stellt für den Psychologen eine Herausforderung dar. Reik wendet viel Scharfsinn auf, um ihn zu interpretieren (449, S. 519–532); Rank erörtert ihn im Zusammenhang mit dem Problem des Doppelgängers und zitiert Freuds Ansicht, daß die Erscheinung eine »rechtfertigende Entschuldigung« für sein treuloses Fortjagen zu neuen Zielen sei (437, S. 56). Es sind Zweifel an der Wahrheit von Goethes Schilderung aufgetaucht. Tatsächlich kann man in seiner Korrespondenz jener Zeit mit Charlotte von Stein nicht den leisesten Hinweis entdecken. Man kann sich nur schwer vorstellen, daß Goethe ein solches Ereignis von so außerordentlicher Besonderheit in seinen Briefen an sie verschwiegen haben könnte, obwohl es denkbar ist, daß sein Aberglaube ihn davon abhielt. Wie dem auch sei, meiner Vermutung nach muß diese Schilderung im Hinblick auf Umstände des alten Goethe erklärt werden. Sehr wahrscheinlich verdankt der ganze Bericht seinen Ursprung, wenn es sich nicht gänzlich um poetische Erfindung handelt, den besonderen Problemen, die Goethe im Kopf hatte, als er dieses Kapitel von *Dichtung und Wahrheit* schrieb. In diesem Fall bezieht sich das Ereignis nicht auf den Gegenstand meiner Darstellung. Trotzdem möchte ich darauf hinweisen, daß Goethe in *Wilhelm Meisters Lehrjahre* von dem weitverbreiteten Aberglauben berichtet, ein Mensch, der seine eigene Erscheinung sieht, werde bald sterben. Dieser Aberglaube spielt in dem Roman eine wichtige Rolle als charakteristisches Bindeglied zu dem, was ich auf Seite 963 behandle. Als Goethe seine Sesenheimer Erlebnisse erzählte, mag er von dem Gedanken verwirrt gewesen sein, daß er eigentlich als Strafe für sein irreparables Verhalten gegenüber seiner Liebsten hätte sterben müssen; daß er sich gegenüber dem Mädchen sehr schuldig fühlte, ist gut bezeugt. Seine falsche Erinnerung an die Erscheinung, welche besagt: ›Ich war zum Tode bestimmt‹, wäre dann das Resultat der Freude darüber, daß das gütige Schicksal ihm den vorzeitigen, wohlverdienten Tod erspart hatte.

So mag die vorbewußte oder unbewußte Schlußfolgerung des alten Goethe gelautet haben: ›Ich war dazu bestimmt, als junger Mann zu sterben, denn ich sah meine eigene Erscheinung, aber ich habe überlebt und brauche daher jetzt den Tod nicht zu fürchten.‹

Anhang I

Kommentar zur Psychologie des Zeichnens bei Goethe

Jedes Problem im Zusammenhang mit Goethe als bildendem Künstler scheint von besonderer Schwierigkeit zu sein. Die von Hermann vorgeschlagene Theorie in bezug auf Goethes Zeichnen (294) ist trotz ihres Reizes nicht befriedigend. Auf der Grundlage von Goethes Bericht, er habe mit dem Zeichnen nach seiner Trennung von Gretchen, seiner ersten Liebsten, begonnen, folgert Hermann, das Zeichnen beruhe bei dem Jüngling auf einer Regression zur Handerotik, welche der Verlust des Liebesobjekts auslöste. In demselben Aufsatz bringt er Goethes poetische Neigung mit oraler Erotik in Verbindung.

Hatte Goethes Zeichnen tatsächlich eine regressive Funktion? Als Erwachsener zeichnete Goethe gewiß auch dann, wenn eine Beziehung zu einem Liebesobjekt sich auf ihrem Höhepunkt befand. Sicher zeichnete er sehr häufig, wenn er nicht bei seinem Liebesobjekt war, aber das trifft ebenso auf sein dichterisches Schreiben zu. Bei den drei Schweinestall-Skizzen — denen in den letzten beiden Fällen Gedichte von beachtlicher Schönheit beigefügt waren — möchte man das Zeichnen den aggressiven, die Gabe des Dichtens den libidinösen Tendenzen zuordnen. Die Möglichkeit, daß die Gedichte umgekehrt Ambivalenz einschließen, würde nicht unbedingt gegen diese Annahme sprechen, da die Zeichnungen offen Inhalte zeigen, die der Ambivalenz zuzuschreiben sind, während es Goethe in seinen poetischen Strebungen gelang, das Negative in schönen Formen zu gestalten, die als solche frei von Ambivalenz scheinen.

Wenn dieses Beispiel typisch ist, darf man vielleicht allgemein feststellen, daß die Schöpfung literarischer Werke in Goethes Fall hauptsächlich mit libidinösen Vorgängen in Beziehung steht, während die in die Malerei investierte Energie hauptsächlich von aggressiv destruktiven Trieben herrührt. Der Erkenntniswert dieser Theorie liegt auf der Hand. Wenn sie richtig ist, wird auch verständlich, warum Goethe von Zweifeln geplagt wurde, auf welchem Gebiet seine besten Talente lagen, und warum es so lange dauerte, bis er sich in der literarischen Kunst als der ihm eigenen Domäne festsetzte. Nach dieser Theorie ließ der große Wert der bildenden Künste als Medium für das Entbinden negativer, aggressiver Gefühle jene Künste unverzichtbar werden, und deshalb war es für Goethe so schwierig, sich vom Zeichnen wegzubringen, einem Gebiet, auf dem er niemals mehr als Durchschnittliches leisten konnte.

Dennoch zeigt sich, daß die Theorie in dieser Form viel zu simpel ist, um die klinischen Daten kompetent zu erklären. Selbst wenn die Schweineställe zu aggressiven Zwecken benutzt wurden, würde dies nicht im geringsten beweisen, daß die in den Vorgang des Zeichnens investierte Energie auch einen entsprechend aggressiven Ursprung hatte. Das Wechselspiel zwischen libidinösen und destruktiven Energien ist viel zu kompliziert, als daß es möglich wäre, beiden sauber getrennte Funktionen zuzuteilen.

Auch literarische Produkte dienten, wie im Text gezeigt, häufig aggressiven Zwecken, und ich habe ein Beispiel für Zeichnen angeführt (oben Seite 521), das eindeutig libidinöse, freundliche, unaggressive Tendenzen aufwies.

Worte hatten in Goethes Fall natürlich auch eine magische Funktion und entbanden daher häufig feindliche Gefühle. In einer frühen Kindheitsepisode, die im 3. Buch von *Dichtung und Wahrheit* erzählt wird, kann man dies mit besonderer Klarheit sehen. In einem Disput mit der Mutter eines Artistenjungen benutzt er versehentlich in Beziehung auf den Jungen das bekannte deutsche Sprichwort: »Heute rot, morgen tot«, das die unabänderliche Vergänglichkeit der menschlichen Dinge zum Ausdruck bringt. Als der Junge ernsthaft krank wurde und wahrscheinlich sterben mußte, erinnerte sich Goethe an seine Worte. Doch anstatt ein Gefühl der Schuld zu äußern, wie man erwarten würde, fährt er fort:

> Dergleichen Vordeutungen durch ein unzeitig, ja unschicklich ausgesprochenes Wort standen bei den Alten schon in Ansehen, und es bleibt höchst merkwürdig, daß die Formen des Glaubens und Aberglaubens bei allen Völkern und zu allen Zeiten immer dieselben geblieben sind.[1]

Aus Goethes Erzählung geht unzweideutig hervor, daß er auf den Jungen eifersüchtig war und homosexuelle Zuneigung zu ihm empfand.

Eine vergleichbare Episode – nur daß diesmal Goethe Opfer der magischen Worte war – ereignete sich Jahre später, als ein Mädchen ihn verfluchte mit dem Resultat, daß er an einer ziemlich lange andauernden zwanghaften Hemmung zu küssen litt.

Beide Beispiele illustrieren, daß für Goethe, wie für jeden anderen auch, Worte mit unmittelbarer, archaisch magischer Kraft ausgestattet waren, die sich auch aus starken aggressiven Strebungen speiste. Es ist eindrucksvoll, die langanhaltende Wirkung, welche die Magie der Worte des den Fluch aussprechenden Mädchens auf ihn hatte, mit der Leichtigkeit zu vergleichen, mit der er die unheilvolle Wirkung aufhob, die er seinen eigenen Worten gegen den ambivalent geliebten männlichen Rivalen innewohnen ließ. Man sollte den Leser in diesem Zusammenhang an den Alptraum in Leipzig erinnern, der u. a. durch das Zitieren von Shakespeare-Versen durch den Träumer ausgelöst wurde (siehe oben, Seite 105). Die Beispiele demonstrieren hinreichend den relativen Mangel von Schuldgefühlen in bezug auf das verbale Medium auf der einen Seite, auf der anderen den ausgezeichneten synthetisierenden und defensiven Wert, den dieses Medium für Goethe besaß. Die bildenden Künste gewannen, wie ich glaube, niemals diese Funktionen, zumindest nicht so intensiv wie die literarische Kunst. Die Vernunft liegt möglicherweise in der Verschiebung von Schuldgefühlen von der verbalen zur bildenden Kunst. Die erhabensten Höhen, zu denen Goethe die Kunst der Worte steigern konnte, können u. a. dadurch möglich geworden sein, daß er in der bildenden Kunst einen Kanal besaß, in dem er die negativen Impulse wegschwemmen konnte. Wir müssen uns erinnern, daß Goethe selbst einmal sein Zeichnen mit dem Saugen eines Kindes verglich.[2] Wenn wir Goethes Bemerkung ernst nehmen, müssen wir sie als Argument gegen Hermann gebrauchen. Auch diesmal sollten wir vereinfachten Theorien mißtrauen. Nach allgemeinem psychoanalytischen Verständnis mögen die vielfältigen Schöpfungen der Kunst mit libidinösen Prozessen im entsprechenden Ausführungsorgan verglichen werden, und solche gemeinverständlichen Schlußfolgerungen können gelegentlich durch klinische Beobachtungen bestätigt werden. Aber im allgemeinen ist davon auszugehen, daß common sense sich in der Psychoanalyse so wenig zuverlässig erweist wie in anderen Gebieten der Wissenschaft.

Ein bestimmtes Organ kann zum Träger von Libidobeträgen werden, die von anderen Organen herrühren. So hatte Goethe recht, wenn er beobachtete, daß Zeichnen für ihn eine – wie man in der Fachsprache der Psychoanalyse sagen würde – orale Handlung war. Was beim Durchblättern einer Sammlung von Goethes Zeichnungen auffällt, ist das Fehlen jeglicher Anzeichen von Raserei oder Ekstase. Die Leidenschaften, aus denen die ersten großen literarischen Werke erwuchsen, fehlen in den Zeichnungen durchaus. Öffnen sich die bildenden Künste der somnambulen Kreativität so wie die literarischen? Ich weiß es nicht. Für Goethe blieb Zeichnen, so meine ich, eine Plackerei, und er konnte diese Fähigkeit nicht integrieren in einen leidenschaftlichen, triebhaften, kreativen Prozeß. Diese Unfähigkeit spricht möglicherweise für die Vermutung, daß die Tätigkeit des Zeichnens schon an sich mit zu vieler destruktiver Energie besetzt war, die ihrerseits solche sich verselbständigenden kreativen Prozesse verhinderte, die eine enorme Rolle sowohl bei Goethes literarischer Produktivität als auch Kreativität gespielt haben.

Ein Vergleich von Goethes Vorstellung von Prometheus, dem Ahnherrn der Menschheit, mit der Fähigkeit, Kinder zu gebären, wird andere Gründe für Goethes relatives Versagen in der bildenden Kunst offenbaren. Ich widme mich oben, auf Seite 529, Goethes dramatischem Fragment *Prometheus* (1773), das zugrunde liegende Konflikte in sehr offener Form zeigt. Hier möchte ich nur erwähnen, daß Prometheus in diesem Fragment menschliche Gestalten aus Ton formt, gegen den Willen Jupiters. Aber er kann den Formen kein Leben einhauchen, und daher überlegt er einen Augenblick, ob er mit Jupiter nicht Frieden schließen solle, um Leben für seine leblosen Statuen zu erlangen. Da führt ihn seine Schwester Minerva aus Liebe zu ihm zum »Quell des Lebens« (WA I, 39, S. 203) und beseelt die Tonfiguren, indem sie Jupiters Gebot übertritt.

Ich halte das *Prometheus*-Fragment für ein äußerst persönliches Werk Goethes. Es ist im dithyrambischen Stil geschrieben, und wenn man es liest, spürt man das Mitreißende, das den Verfasser beflügelte. Aus diesen und anderen Gründen bin ich so kühn, daraus unmittelbare Schlüsse auf die Struktur eines bestimmten unbewußten Konflikts Goethes zu ziehen. Die beiden Elemente, die ich aus der Handlung abgesondert habe, sind (1) das Bilden der Tonfiguren als ein Akt der Rebellion gegen den Vater; (2) die männliche Unfähigkeit, Leben hervorzubringen, wie es die Natur der Frau als Privileg gab. Diese beiden Elemente können auf die Tätigkeit des Zeichnens übertragen werden. Beim Zeichnen ist der Künstler in jener Situation, in der sich Prometheus befand, als er menschliche Lebewesen erschaffen wollte. Hatte Zeichnen für Goethe die unbewußte Bedeutung der Rebellion gegen seinen Vater? Wenn wir weiterhin – was später genauer interpretiert wird – von der überraschenden Tatsache lesen, daß sich Goethe gehemmt fühlte, die menschliche Gestalt zu zeichnen (eine Hemmung, die er erst in Italien zu überwinden lernte, als er in den späten dreißiger Jahren war), dann müssen wir fragen: Warf die männliche Unfähigkeit, biologisches Leben hervorzubringen, ihren Schatten auf die Produkte seines Malerehrgeizes?

Man gewinnt den Eindruck, daß Goethe in der bildenden Kunst über die Grenzen seines Wunsches, die Natur nachzuahmen, nicht hinauskam. Er war sich seiner Beschränkung wenigstens an einer Stelle seiner Autobiographie bewußt, als er seinen Ehrgeiz schildert, die Einzelheiten der Natur malerisch einzufangen, aber, wie er sagt, »so wenig mich die Natur zu einem descriptiven Dichter bestimmt hatte«[3], so wenig erfolgreich war er, dieses andere Ziel zu erreichen.

Warum sollte Goethe aber in den bildenden Künsten zuerst auf die Einzelheiten der Natur gestarrt haben und nicht fähig gewesen sein, sich vom

Detail freizumachen und sich dem Gegenstand in seiner Totalität zuzuwenden? Wir stehen hier vor dem Unterschied von Reproduktion und Schöpfung oder Neuschöpfung. Beim Zeichnen versuchte Goethe offenbar, an der Welt zu saugen (infantile Oralität) und sie in derjenigen Form zu reproduzieren (auszuspucken), in der er sie sich angeeignet hatte.[4] Bei der literarischen Produktion diente die Stimulierung durch die Welt nur als Anreiz, um die kreativen Prozesse in Gang zu setzen, was zur Erschaffung eines originalen Produkts führte, welches durch und durch getränkt war von der Individualität seines Schöpfers, obwohl es noch Züge der Realität trug, aus der es stammte.

Ein Mangel an Freiheit in der bildenden Kunst, die er in der literarischen voll besaß, mag einer der Gründe gewesen sein, warum Goethe dort als Künstler versagen mußte. Der Mangel an Freiheit kann vielleicht in die bedeutungsvolle Nachbarschaft mit Problemen der Bisexualität gerückt werden. Die Natur bildlich zu reproduzieren kann für Goethe mit der Fähigkeit, Kinder zu gebären, identisch geworden sein und infolge dieser buchstäblichen Identität Angst, Schuldgefühle und auch das Gefühl der Minderwertigkeit ausgelöst haben. In der Welt der Worte fand Goethe eine Welt der Bedeutungen, während die Welt der Bilder eine Welt der Ähnlichkeiten blieb. Für den Dichter tauchte keine Schranke auf, wenn er einem sinnreichen Wort Leben einzuhauchen suchte, während dieser Vorgang bei der Erschaffung von konkreten visuellen Bildern offenbar gehemmt war.

Ich erinnere den Leser an Hoffers Studie über die genetische Wichtigkeit der Mund-Hand-Beziehung (301; 302) und stelle die Frage, ob es bei Goethe in der Bildung dieser Beziehung eine frühe Störung gegeben hat, die seine Entwicklung als Kunstmaler behinderte. Das Ausgießen von Leben in Worte — frei vom Umweg über die Hand, welcher beim Zeichnen erforderlich ist — erinnert mich an das alte Bild göttlicher Kraft, welche dem menschlichen Körper Leben einhaucht.[5]

Obgleich Worte vom Erwachsenen aufgeschrieben werden, sind sie, besonders für das Kind, die unsichtbaren Produkte des Atems, und Atmen wurde das bevorzugte Medium, durch welches Goethe die Welt befruchtete, ohne durch Gefühle der Schuld oder der Angst behindert zu sein.

Ich habe mehrere Wege vorgeschlagen, auf denen Goethes relatives Versagen als bildender Künstler begriffen werden kann. Aber diese Wege sind voneinander isoliert. Es ist nicht sichtbar, was sie gemeinsam haben, und wir wissen nicht, wohin wir uns wenden sollen, um den wesentlichen Faktor, den gemeinsamen Nenner in dieser Streitfrage zu finden.

Ich bin mir hier mit besonderer Deutlichkeit meiner Unzulänglichkeit bewußt, und ich kann mich nur mit dem Hinweis auf die Tatsache entschuldigen, daß alle Dinge in bezug auf Talent und individuelle Begabung noch immer dunkle Flecken auf der psychoanalytischen Landkarte der menschlichen Persönlichkeit sind. Trotzdem ziehe ich diesen unzulänglichen Versuch einer Feststellung vor, die Natur habe Goethe zum Genie der Dichtkunst bestimmt, während er eben nicht das Zeug zu einem großen Maler hatte.

Anhang J

Verteilung von *Du* und *Sie* in Goethes Briefen an Charlotte von Stein im Frühjahr 1781

Goethe redete Charlotte von Stein bei zwei Gelegenheiten mit *Du* an, als er ihr aus Neunheiligen schrieb. Der letzte Brief von dort (vgl. oben S. 569) nahm das übliche *Sie* wieder auf, bei dem es nach seiner Rückkehr nach Weimar blieb. Am 22. März schrieb er plötzlich einen Brief, in welchem das *Du* durchgängig benutzt wurde (vergl. S. 898), und das wiederholte sich am Tage darauf. Am gleichen Tag folgte eine andere Mitteilung, in der er das *Sie* benutzte, die aber mit dem rätselhaften »meine *neue*« schloß (siehe oben S. 571).

Ich füge eine Aufstellung mit allen Daten der Korrespondenz zwischen Goethe und Charlotte von Stein zwischen dem 23. März und Ende Mai 1781 hinzu. Hinter jedem Datum folgt ein Symbol, das anzeigt, ob *Du* (+) oder *Sie* (—) im Brief benutzt wurde. Die Briefe, in denen er beides verwandte, sind mit ± gekennzeichnet. Ich habe nur solche Briefe angeführt, deren Daten zweifelsfrei sind.

Von diesem Zeitpunkt an wurde das *Du* mit folgenden vereinzelten Ausnahmen benutzt. Am 5. Juni schickte er zwei Briefe ab. Im zweiten Satz der zweiten Mitteilung erscheint das *Sie* einmal. Es scheint mir ein Versehen zu sein. Am 20. Juni gibt es einen kurzen Brief, in dem Goethe Frau von Stein mit *Sie* anredet. Bei diesem Brief vermute ich, daß er durch eine nicht ganz zuverlässige Person übermittelt wurde und Goethe darum das *Sie* gezwungenermaßen zur Tarnung benutzte. Aber selbst am 22. September 1781 noch kann man ein vereinzeltes *Sie* finden. Interessanterweise geschah dies, als Goethe ein Gefühl von dunkler Vorahnung hatte.

Aus der Tabelle kann man entnehmen, daß es einen Zeitraum gab, in dem Goethe in der Form der Anrede schwankte. Es dauerte fast 9 Wochen, bevor das *Du* integrierter und dauerhafter Bestandteil seiner Beziehung zu Charlotte von Stein wurde. Aber in dieser Zeit des Schwankens sind die Anredearten nicht regelmäßig verteilt, sondern periodisch. So findet sich nach dem Brief, der mit »meine *neue*« endete (23. März), kein weiterer, in dem das *Sie* durchgängig benutzt wird, bis zum 5. April, als Goethe den ersten Brief mit dieser Anrede schrieb. Die *Sie*-Briefe werden häufiger vom 12. April an, bis am 20. April ein neuer Zeitraum der *Du*-Anrede beginnt.

Der fragliche Brief, im Haupttext auf S. 571 f. wiedergegeben, der das *Sie* durchgängig benutzt und den die Herausgeber der *Sophienausgabe* dem 25. März zuweisen, wäre also ein Fremdkörper, und dieses Datum ist schon allein aus statistischen Gründen ziemlich unwahrscheinlich. (Da die Datierung dieses Briefes fragwürdig ist, erscheint er nicht in der Tabelle).

Die Unsicherheit im Gebrauch von *Du* und *Sie* während dieses Zeitraums weist auf die große emotionale Bedeutung hin, die diese formale Angelegenheit für Goethe hatte.

Während man in der Anfangsphase von Goethes Aufenthalt in Weimar, als *Du* und *Sie* nicht durchgängig benutzt wurden, den Eindruck gewinnt, daß die Art der Anrede auf Intensität und Qualität von Gefühlen beruhte, ist mir der Schlüssel für die Unterschiedlichkeit der Anrede im Jahre 1781 nicht bekannt. Sicherlich hatten Gefühle ihre Wirkung, aber ich vermute, daß andere Faktoren (wahrscheinlich in Korrelation zu einer unbekannten strukturellen Komponente) vorherrschenden Einfluß hatten. Die Wahl der Anrede 1781 muß darum bedeutenderen Vorgängen zugeschrieben werden als im Jahre 1776.

März	April		Mai
25±	1+	17+	1±
26±	2+	18—	3+
26±	3+	18—	6—
27+	5—	19—	7+
28±	6+	20+	9—
28+	7—	22+	10+
30+	8+	23+	12±
31±	9+	24+	14+
	10+	25+	21+
	11+	27±	23+
	12+	27+	25+
	13—	28+	27±
	14—		28+
	15—		30+
	16*		31+

+ = *Du*
— = *Sie*
± = beides

* In diesem Brief benutzt er die 3. Person.

Anhang K

Weitere Bemerkungen zur Gretchen-Episode

Goethes Bericht über die Gretchen-Episode im 5. und 6. Buch von *Dichtung und Wahrheit* ist ein Dokument von herausragender psychologischer Bedeutung, da es eine Schilderung des ersten Liebeserlebnisses des pubertären Jungen enthält. Zugegeben, die Darstellung ist aus einer Vielzahl von Gründen einer angemessenen Interpretation nicht zugänglich. Doch man findet in Goethes umfangreichen Schriften — die im Grunde alle als autobiographisch gelten müssen — kaum eine andere Episode, von der der Psychologe mit ähnlicher Neugier wissen möchte, ob Goethes Bericht ein Körnchen historischer Wahrheit enthält oder nicht.

Gewöhnlich nimmt der Biograph eine Schilderung als Wegzeichen, das in eine bestimmte Richtung weist, und die Frage nach der historischen Wahrheit sinkt zur zweitrangigen Bedeutung herab. In diesem Fall aber wäre die Feststellung der Realität dieser Schilderung von größter Hilfe für das Verstehen der schrittweisen Entwicklung von Goethes Liebesleben. Basierte das, was Goethe darstellte, überhaupt auf historischer Wahrheit, oder handelt es sich ausschließlich um dichterische Erfindung? Düntzer (112) versucht aus nicht ganz überzeugenden Gründen, die historische Authentizität der Gretchen-Episode zu beweisen. Nach Bettina von Arnim[1] bezieht sich Goethes Mutter auf ein Gretchen, aber ihre Berichte erwecken nicht immer Vertrauen. Nach der Überlieferung erzählte Goethe 1828 Stieler[2], Gretchen sei eine rein poetische Erfindung (112, S. 32), aber dieser Bericht stammt aus zweiter Hand und ist seinerseits zweifelhaft. Spätere historische Untersuchungen mögen Material ausgraben, das Licht auf diese Episode wirft. Da seine Liebesaffäre, wie Goethe meinte, ausgedehnter Untersuchung durch eine große Gruppe von Leuten mit allen Arten unredlicher Praktiken ausgesetzt war, würde man erwarten, einen Reichtum an dokumentarischer Evidenz vorzufinden. Kriegk berichtet, er habe Akten gefunden, die sich auf einen Prozeß von zwei Hofangestellten beziehen, der fünfeinhalb Wochen nach dem Auffliegen der Gretchen-Affäre stattfand, wenn Goethes Darstellung richtig ist.[3] Aber dieser Beweis ist ziemlich unzulänglich, wenn man ihn mit dem Ausmaß der Übeltaten vergleicht, die Goethe von der Gruppe berichtet, in der er nach seinen eigenen Worten zu jener Zeit verkehrte. Die Gretchen-Episode wird im folgenden mit den näheren Einzelheiten wiedergegeben.

Einer von Goethes frühen Freunden, den er »Pylades« nannte, prahlte gegenüber einem Bekannten mit Goethes poetischen Fähigkeiten. Dieser Bekannte glaubte ihm nicht, und als Pylades in Begleitung des Dichterjungen den Skeptiker zufällig traf, brachte Goethe auf der Stelle das Kunststück zustande, das der Mann als Beweis von Goethes Talent gefordert hatte.

Der Test bestand darin, ob Goethe einen Brief in Versen aufsetzen könne, in welchem ein junges verschämtes Mädchen einem jungen Mann ihre Liebe offenbart. Erst später erfuhr Goethe, daß dieser Brief in Versen zu einem wirklichen Scherz mit einem anderen Mann verwendet wurde. Diese Person wünschte ihrerseits in Versen zu antworten, und Goethe wurde von der ganzen Gruppe aufgefordert, ihr nochmals mit der Abfassung eines Briefes auszuhelfen. Bei dieser Versammlung traf er Gretchen zum erstenmal, eine Begegnung, von der er später schrieb:

> es war der erste bleibende Eindruck, den ein weibliches Wesen auf mich gemacht hatte;[4]

Goethe schrieb die erbetene Antwort, und nach einer Weile wurde er wieder mit der Bitte um einen Brief angegangen, mit dem das fiktive Mädchen antworten würde. Durch die Lektüre dieses Briefes begriff Gretchen, daß Goethe sie liebte. Sobald sie allein waren, flehte sie ihn an, das Schreiben fiktiver Briefe sein zu lassen, da sie sicher sei, daß nur Böses daraus erwachsen könne. Goethe versprach, daß er den Brief an den Mann, der ihm den Auftrag gegeben hatte, nicht abschicken würde, sondern er brachte das Mädchen im Verlauf des Gesprächs dazu, den von ihm verfaßten Brief zu unterschreiben, wodurch der Eindruck geschaffen wurde, sie habe den Liebesbrief an ihn, Goethe, geschrieben.

> Ich kannte mich nicht vor Entzücken, sprang auf und wollte sie umarmen. — »Nicht küssen! sagte sie: das ist so was Gemeines; aber lieben wenn's möglich ist.«[5]

In seiner Erzählung versichert Goethe ihr, daß sie ihn durch ihre Warnung gerettet habe, und er fährt fort:

> Die ersten Liebesneigungen einer unverdorbenen Jugend nehmen durchaus eine geistige Wendung. Die Natur scheint zu wollen, daß ein Ge-

schlecht in dem andern das Gute und Schöne sinnlich gewahr werde. Und so war auch mir durch den Anblick dieses Mädchens, durch meine Neigung zu ihr, eine neue Welt des Schönen und Vortrefflichen aufgegangen.[6]

Ausgedehnte und intensive Beschäftigung mit einem speziellen Thema führt unvermeidlich zu Vorurteilen. Daher bin ich mir nicht sicher, ob ich objektiv urteile, wenn mir auffällt, daß wichtige Teile von Goethes Erzählung, wenigstens bis zu diesem Punkt, durchaus Parallelen zu bedeutenden Aspekten und Ereignissen in der Beziehung zu Charlotte von Stein zu haben scheinen. Ich kann mir nicht helfen, aber Goethes Bitte an Gretchen, den Brief zu unterzeichnen, und seine folgende Hochstimmung, so als ob sie wirklich selbst den Brief geschrieben hätte, erinnert mich stark an das »Korrigieren« der Briefe der Charlotte von Stein mit der nachfolgenden Beruhigung, so als ob sie niemals seine Gefühle verletzt hätte (siehe oben, Seite 590—593). Ferner die Art, wie er Gretchen beschreibt — ihre Abneigung gegen jede Art physischer Berührung, ihre Ablehnung des Küssens und ihre nachdrückliche Betonung der Liebe, »wenn's möglich ist«, so als ob Liebe eine zu erfüllende Aufgabe wäre — alles das läßt Gretchen mit Charlotte von Stein und ihrer Ansicht über dieses Thema nahezu identisch werden. Charlotte von Steins Funktion als Vermittlerin in der Wahrnehmung der Welt des Schönen und Hervorragenden hat sich an so vielen Beispielen gezeigt, daß keine weitere Demonstration nötig ist, um die Parallele zu belegen.

Die Gretchen-Episode endete in einer Katastrophe. Eines Tages wurde entdeckt, daß die Gruppe, zu der Gretchen gehörte, in zahlreiche kriminelle Handlungen verstrickt war. Der Verdacht fiel auch auf den Jungen, und Goethe wurde scharf verhört. Seine Unschuld stellte sich heraus, aber er wurde von seiner Liebsten abrupt getrennt. Man sagte ihm, man habe sie zwar nicht eines Verbrechens beschuldigt, aber sie habe es vorgezogen, die Stadt zu verlassen. Er sah sie niemals wieder. Die plötzliche Wende der Ereignisse — die Trennung von dem Mädchen, das Verhör, die Furcht, er könne dem Mädchen und ihren Freunden durch sein Geständnis und seine Verteidigung Schaden zugefügt haben — all das zusammen führt zu dem, was wir heute einen Nervenzusammenbruch nennen würden. Goethe verschmähte Nahrung, schrie, wurde depressiv, raste und wurde zuletzt körperlich krank. Es dauerte lange Zeit, bis er wieder hergestellt war. Seine Eltern stellten einen jungen Mann an, der ihm als täglicher Gefährte dienen sollte. Man befürchtete, Goethe würde sich etwas antun. Wie bei Goethe zu erwarten, hörte seine Krankheit urplötzlich auf, als sein neuer Genosse ihm erzählte, Gretchen habe bei ihrem Verhör ausgesagt, Goethe habe auf sie immer nur wie ein Kind gewirkt und ihre Neigung zu ihm sei immer schwesterlicher Natur gewesen.

> ... ich versicherte hastig meinen Freund, daß nun alles abgethan sei! Auch sprach ich nicht mehr von ihr, nannte ihren Namen nicht mehr; doch konnte ich die böse Gewohnheit nicht lassen, an sie zu denken, mir ihre Gestalt, ihr Wesen, ihr Betragen zu vergegenwärtigen, das mir denn nun freilich jetzt in einem ganz anderen Lichte erschien. Ich fand es unerträglich, daß ein Mädchen höchstens ein paar Jahre älter als ich, mich für ein Kind halten sollte, der ich doch für einen ganz gescheidten und geschickten Jungen zu gelten glaubte. Nun kam mir ihr kaltes abstoßendes Wesen, das mich sonst so angereizt hatte, ganz widerlich vor; die Familiaritäten, die sie sich gegen mich erlaubte, mir aber zu erwidern nicht gestattete, waren mir ganz verhaßt.[7]

Es ist seltsam, daß Elemente dieses Resümees über Gretchen wiederum manchmal in Goethes Beziehung zu Charlotte von Stein anzutreffen sind. Das folgende Beispiel scheint mir aus verschiedenen Gründen charakteristisch zu sein. Als er einmal nach getaner Arbeit zu ihr eilte, sah er Licht hinter den Scheiben des Casinos, wo Weimars Adel sich wöchentlich versammelte. Er hoffte, er würde sie dennoch zu Hause finden, und er beeilte sich, aber sie war schon fortgegangen. Er maulte und versuchte sich zu trösten, und er beendet seinen Brief an sie sogar so:

> Wenn du gewusst hättest wie ich eines Blickes von dir bedarf, du wärst zu Hause geblieben. Ich will kein Kind seyn. Adieu.[8]

Die letzte Erklärung erfolgt abrupt. Sie kann nicht als kindischer Wunsch angesehen werden, mit ihr den Abend zu verbringen, wie er von ihr gewünscht hatte. Die Erklärung mag sich auf Vorwürfe beziehen, die sie ihm bei anderer Gelegenheit gemacht hatte, wenn er von ihrer Abwesenheit enttäuscht war.

Ein interessanter weiterer paralleler Punkt besteht darin, daß auch Gretchen zu einer Gruppe gehörte, in der er durch Stand und soziales Milieu ein Fremder war. Der eben zitierte Brief wurde an einem Dienstag geschrieben, als Weimars Aristokratie sich zur gleichen Zeit im Casino versammelte. So war er buchstäblich als auch symbolisch von Charlotte von Stein getrennt, wie er es von Gretchen gewesen war. Von einer Gruppe durch eine unübersteigbare Barriere ausgeschlossen zu werden, zieht besonders schweres Leid nach sich. Dies ist einer der großen Unglücksfälle, an denen viele Kinder, wenn nicht alle, leiden.

Goethes Vorwurf gegenüber Gretchen, sich unerlaubte Freiheiten herausgenommen zu haben, hat in seiner Beziehung zu Charlotte von Stein ebenfalls eine Entsprechung. Um die Parallele zu vervollständigen, muß ich hinzufügen, daß Goethes Erzählung der gesamten Gretchen-Episode mit einem politischen Ereignis verflochten ist, das 1764 in Frankfurt stattfand und das sich tief in die Phantasie des Knaben eingeprägt hat, nämlich die Krönung von Kaiser Joseph. Wie überreichlich gezeigt, kann auch Goethes Liebe zu Charlotte von Stein schwerlich von seiner politischen Tätigkeit getrennt werden.

Nach Goethes Darstellung in *Dichtung und Wahrheit* beruhte sein Interesse an dem historischen Ereignis hauptsächlich in dem Wunsch, Gretchen all die Einzelheiten einer solchen extensiven Zeremonie zu erklären. Er schreibt:

> Überhaupt und im Ganzen genommen machte diese unendlich mannichfaltige Welt, die mich umgab, auf mich nur sehr einfachen Eindruck. [...] Ich hatte keine Neigung als zu Gretchen, und keine andere Absicht als nur alles recht gut zu sehen und zu fassen, um es mit ihr wiederholen und ihr erklären zu können.[9]

Derselbe Gesichtspunkt spielt, wie erinnerlich, in seiner Beziehung zu Charlotte von Stein eine große Rolle. Manchmal klingen seine Briefe an sie so, als ob sein ganzes Interesse an administrativer und politischer Tätigkeit nur als Hintergrund seiner Liebe zu ihr diente. Am 29. Oktober 1781 schrieb er:

> Meine Seele ist an dich fest gebunden, deine Liebe ist das schöne Licht aller meiner Tage, dein Beyfall ist mein bester Ruhm, und wenn ich einen guten Nahmen von aussen recht schäze, so ists um deintwillen daß ich dir keine Schande mache.[10]

In beiden Fällen – bei der Regierung des Herzogtums so gut wie bei der Krönung von 1764 – werden wichtige Aspekte der gesellschaftlichen Realität erklärtermaßen bedeutungsvoll für ihn nur insoweit, als sie seiner Liebe zu einer Frau dienen. Bei diesen Beispielen sieht es so aus, als ob bestimmte Tätigkeiten einer von Haus aus nicht erotischen Natur nur dann aktiviert werden könnten, wenn sie in eine erotische Beziehung eingebettet sind. Tatsächlich verringerte sich Goethes ausschließliche Hingabe an die Regierungspflichten, sobald der Bruch mit Charlotte von Stein psychisch vorbereitet war, wie ich im Haupttext gezeigt habe.

Die verborgenen Ähnlichkeiten zwischen der Gretchen-Episode und einigen historisch belegten biographischen Tatsachen, die Goethes Beziehung zu Charlotte von Stein angehen, stürzen den Biographen in große Verlegenheit, der sich nichts mehr als die klare Unterscheidung von Tatsache und Fiktion wünscht. Zweifellos besteht die Möglichkeit, daß die Gretchen-Episode vollständig erfunden ist, wie einige Biographen angenommen haben. Es braucht hier nicht über dieses oder jenes Detail entschieden zu werden. Wenn man vermutet, daß die Gretchen-Episode um das wirkliche Ereignis herumgebaut werden mußte, kann man annehmen, daß Goethe Tatsachen neu anordnete oder hinzufügte und Details tilgte, um das Ereignis in die dramatische Geschichte zu integrieren. Es ist nicht wahrscheinlich (obgleich nicht unmöglich), daß die Untaten der Bande gerade zu dem Zeitpunkt aufgedeckt wurden, als die Krönungsfeierlichkeiten ihren Höhepunkt erreicht hatten – ein Detail, das Goethes Erzählung dramatische Größe verleiht, aber leicht die Wahrheit der wirklichen Ereignisse überdehnt. Es würde aber helfen, wenn wir sicher wüßten, ob Goethe in jenem Alter stark in ein älteres Mädchen verliebt war und ob die frühe Romanze in einer Katastrophe endete, die seine gesellschaftliche Stellung in seiner Geburtsstadt bedrohte. Auf der anderen Seite mag Goethe – wie ich früher erwähnt habe – im Hinblick auf die große Bedeutung, die Charlotte von Stein in seinem Leben eingenommen hat, manchmal das Bedürfnis verspürt haben, ihr einen besonderen Platz in seiner Autobiographie einzuräumen, war aber so wenig dazu imstande, wie er nicht frei über den Herzog und seine Geliebte schreiben konnte. Es würde Goethe nicht unähnlich sehen, einige Aspekte ihrer Beziehung an einem Ort aufgezeichnet zu haben, wo er vor Entdeckung sicher sein konnte. Möglich ist auch, daß manche wesentlichen Merkmale seiner Liebe zu Frau von Stein in die Vergangenheit – in Form einer Deckerinnerung – projiziert wurden, wahrscheinlich sogar ohne sich bewußt zu sein, daß das Ausschmücken eines vielleicht trivialen Vorfalls von dramatischen Ereignissen sehr viel späteren Datums herrührte.

Die dritte Möglichkeit besteht sicherlich darin, daß seine Erwachsenen-Beziehung zu der geliebten Frau als Wiederholung die Kennzeichen eines Ereignisses in der frühen Pubertät trug.

Welche von diesen Alternativen ist die richtige? Der Analytiker fühlt sich geneigt zu vermuten, daß die Gretchen-Episode – real oder erfunden – ihrer Herkunft nach mit Kindheitserlebnissen verbunden war und daß die Elemente der Wiederholung in Goethes Beziehung zu Charlotte von Stein durch den Wiederholungszwang zur Geltung kamen, was im Leben von neurotischen oder anderen Individuen wie auch Gruppen eine so große Rolle spielt.

Ein anderes, häufig interpretiertes Detail kommt einem dabei wieder in den Sinn. Goethes Mutter behauptete, nur einen einzigen Mann geliebt zu haben, einen Kaiser, dessen Krönung sie als Kind miterlebte. So zweifelhaft es sein mag, ob diese Behauptung wahr ist, die Möglichkeit kann nicht ausgeschlossen werden, daß der Junge seine Mutter von dieser Phantasie erzählen hörte, oder daß er auf ein Gefühl oder ein Verhaltensmuster von ihr reagierte, das bei ihr mit Krönungen verbunden war. Dann würde die Gretchen-Episode das Agieren einer Beschuldigung und/oder der Rache gegenüber seiner Mutter für ihre Untreue bedeuten. Die Verliebtheit der Mutter betraf einen Kaiser, der eine unglückliche und tragische Rolle in der Geschichte gespielt hat und nicht den Glanz besaß, wie ihn die Einbildung gewöhnlich Kaisern zuschreibt. Auch unser junger Liebhaber spielte seine glänzende Rolle nicht lange, als ob er gedacht hätte, daß nur Unglück und Mißerfolg aus der anhaltenden Neigung der Mutter entstehen würden.

Bevor ich diese psychologischen Ausführungen der Gretchen-Episode verlasse, muß ich noch ein Detail vorbringen. Ursprünglich beabsichtigte Goethe, die Schilderung seiner ersten Liebesaffäre mit einer Zusammenfassung von Prévosts berühmtem Roman *Manon Lescaut* zu beschließen. Er ließ den Gedanken fallen und beendete das Kapitel mit den folgenden Zeilen, in denen er von der Zeit nach dem Bruch mit Gretchen sagt:

> ... ich hatte Zeit genug mir den seltsamsten Roman von traurigen Ereignissen und einer unvermeidlich tragischen Katastrophe selbstquälerisch auszumahlen.[11]

In dem ursprünglich beabsichtigten Schluß dieses Kapitels heißt es, solange seine Beziehung zu Gretchen andauerte, diente Prévosts Roman dazu, die Wonne zu steigern, aber als ihre Beziehung zerbrochen war, machte *Manon Lescaut* ihn mehr und mehr unglücklich (vgl. WA I, 26, S. 381). Diese Formulierung scheint auf einen längeren Zeitraum hinzudeuten, in welchem Goethe *Manon Lescaut* gelesen haben könnte, was aus der endgültigen Fassung nicht hervorgeht. Nach dem Wortlaut dieser Version hat er das Buch nicht gelesen, bevor alles zwischen ihnen aus war. Der Unterschied ist freilich nicht sehr groß, denn es folgt für Goethe — und daher auch für uns — schlicht nichts daraus, wann er den Roman las, da seine frühere Aneignung den Charakter eines Spiels mehr mit seinen eigenen Phantasien als mit denen des Abbé Prévost hatte. Auf diesen Gedanken spielt der Schlußabschnitt der letzten Fassung an, wenn Goethe sagt: »ich hatte Zeit genug mir... auszumahlen...«. Wie tief die Wirkung dieses Romans ging, kann man aus einer Bemerkung der ursprünglichen, nicht veröffentlichten Fassung entnehmen. Der alte Goethe rühmt die große Kunst des Autors der *Manon Lescaut* und fügt hinzu, seine eigene Jugendlichkeit habe ihn diesen Aspekt nicht bewußt werden lassen, sondern er sei nur von dem Inhalt innerlich bewegt gewesen. Als Jüngling bildete er sich ein, zu einer Liebe und Treue wie der des Des Grieux fähig zu sein, und er hielt Gretchen für unendlich viel besser als Manon. Nachdem er von der Wirkung des Romans auf ihn während und nach seiner Liebesaffäre erzählt hat, macht er die verwirrende Bemerkung:

Damit an mir erfüllt würde, was geschrieben steht.[12]

Diese Interpretation läßt nur eine Christus-Identifizierung zu, auf die ich mich mehrmals im Haupttext bezogen habe. Die Bereitschaft, mit der Goethe in seinem Alter die Christus-Identifizierung seinem jungen Selbst zuschreibt, mag an einen frühen Beginn dieser Identifizierung denken lassen. In jedem Fall tritt die erotisch-sexuelle Entstehungsgeschichte mit besonderer Klarheit hervor.

Man darf folgern, daß *Manon Lescaut* den künstlerisch gefaßten Inhalt seiner eigenen Tagträume darstellt, wodurch es notwendig wird, dem Roman etwas mehr Aufmerksamkeit zu widmen.

In diesem Roman wird die westliche Literatur durch die Schöpfung eines neuen Frauentyps bereichert. Wenn alles, was darunter zu verstehen ist, in dem schönen, sinnlichen, verführerischen und vergnügungssüchtigen Typ von Frau bestanden hätte, wäre *Manon Lescaut* meiner Meinung nach nicht so berühmt geworden. Prévost fügt mit großer psychologischer Finesse dem in der Literatur wohlbekannten Typ einen Charakterzug an, der Manon weit interessanter macht als alle ihre Vorgängerinnen und zugleich die Phantasie der Männer stark reizt. Manon ist nicht allein ein selbstsüchtiges Mädchen, das seine Fahne in den Wind hängt, wo immer sie Wege zur Befriedigung ihrer Sinnlichkeit, ihres Verlangens nach Luxus und Überfluß findet. Sie ist fähig zu lieben, und sie liebt wirklich. Diese Zusammensetzung von Selbstsucht und Liebe macht sie zu dem, was sie ist, denn ihre Liebe ist nicht ein ständig wechselndes Verlangen nach vielen Männern; in Wirklichkeit ist sie in ihrer Liebe sehr beständig, und wenn sie Des Grieux versichert, daß sie ihn allein liebt, lügt sie nicht — wenigstens nicht bewußt —, sondern sie bringt darin eine Wahrheit zum Ausdruck, die viel weiter reicht, als sie vielleicht weiß. Aber sie ist ein Opfer der Verhältnisse. Aus dem Impuls des Augenblicks heraus kann sie der Versuchung des Vergnügens nicht widerstehen. Ihre Rechtfertigung für ihre erwiesene Untreue besteht in der Reue und in der Beteuerung, daß alles wegen ihres Liebsten geschehen sei.

Mit der Erschaffung dieser Figur nahm Prévost einen Typ von psychopathischer Persönlichkeit vorweg, der in unseren psychiatrischen Lehrbüchern beschrieben wird. Prévosts Darstellung scheint mir aber richtiger zu sein, denn in unseren Lehrbüchern wird die sogenannte psychopathische Persönlichkeit gewöhnlich als oberflächlich charakterisiert, was sie im allgemeinen nicht ist. Manon ist nicht seicht. Sie besitzt Leidenschaft, Seelenstärke und Tiefe.

Aus klinischer Beobachtung kann man schließen, daß es Manons Leidenschaft ist, die einen Mann ewig an sie binden kann, so wie es mit Des Grieux geschieht. Klinisch findet man oft, daß zwanghafte, narzißtische, gebildete und zur Sublimierung fähige Männer sich mit diesem Typ von Frau verbinden oder daß ihre Phantasie sich mit einer solchen Frau beschäftigt. Es sind immer Männer, die ihre Gefühle und Affekte nicht frei ausdrücken können und zur Triebbefriedigung gehemmt sind, die man so verstrickt findet. Ihr Ehrgeiz führt sie weit weg von angemessener Triebbefriedigung. Die unbegrenzte Fähigkeit der Manon, sich dem Primärvorgang auszuliefern, übt eine faszinierende Wirkung auf jene aus, die diesbezüglich starke Hemmungen haben. Des Grieux gehört zu diesem Typ von Mann. Immer wenn er sich von Manon loslösen kann, verhält er sich vollkommen realitätsgerecht und weist alle Merkmale eines begabten Mannes auf, der die Fähigkeit zur Sublimierung in vollem Umfang besitzt. Manons Gegenwart aber zerrüttet seine Sublimierungen: er muß sich ihr ausliefern und vollzieht selbstzerstörerische Handlungen. Die Tatsache, daß diese Frauen den Platz des Ich-Ideals des Mannes einnehmen, abgesehen von ihrer reichen Fähigkeit, Lust zu gewähren, verschafft ihnen zwangsläufig Macht über Männer.[13]

Beim Lesen von Prévosts Roman wird man an sexuelle Tagträume und romanhafte Erzählungen erinnert, die man in Psychoanalysen häufig zu hören bekommt. Das masochistische Element dabei ist unbestreitbar. Des Grieux weiß, daß Manons Pläne ihn zugrunde richten müssen, aber er muß sich ihrem Verlangen trotzdem fügen. In dem Roman ist ein Rhythmus zu bemerken, der an das Auf und Ab der manisch depressiven Persönlichkeit erinnert. An einer Stelle sagte Des Grieux:

> »Ich habe in meinem Leben festgestellt, daß der Himmel immer die Zeit gewählt hat, wo mein Glück am allerfestesten gegründet schien, um mich mit seinen härtesten Schlägen zu strafen.« [Deutsche Übersetzung von Walter Widmer, S. 154.]

Das klingt wie masochistische Träumereien über Orgasmus, und in Prévosts Roman ist männlich masochistisches Träumen auf die Spitze getrieben. Es vermittelt offenbar eine tiefere masochistische Befriedigung, von einer Frau, von der man geliebt wird, ruiniert zu werden, als von einer Frau, die einen abweist. Diese Phantasie dient auch — oder vielleicht in erster Linie — dem besseren Schutz gegen Aggressionen.

Der Inhalt der beiden Entwürfe zu *Dichtung und Wahrheit* über *Manon Lescaut* kann als Beweis angesehen werden, in welchem Grade Goethe während seiner Jünglingszeit mit entstellten masochistischen Phantasien beschäftigt war, und es ist wahrscheinlich einleuchtend, daß in seiner Vorstellung sich der Engel Gretchen in so etwas wie eine psychopathische Persönlichkeit verwandelte — eine Konstellation, die sich später an einem entscheidenden Punkt in der Realität seines Lebens findet.[14] Beim Schreiben seiner

Autobiographie kann oder mag nicht von Bedeutung gewesen sein, daß Goethe Charlotte von Stein um ein Exemplar der *Manon Lescaut* bat (am 30. August 1811) im Austausch gegen das dichterische Werk von Karoline von Günderode[15], das er ihr schickte, weil sie ihn darum gebeten hatte. Die Frau, welche Männer ruiniert, und die Frau, die von einem Mann zugrunde gerichtet wird, wurden durch diesen Tausch unvermeidlich in denselben Kontext gestellt, scheinbar ohne bedeutungsvolle Verbindung, nur zufällig. Goethe hat aber die Zusammenfassung der *Manon Lescaut*, die er für seine Autobiographie brauchte, am 16. Mai 1811 geschrieben (vgl. WA III, 4, S. 206), und wir wissen nicht, warum er erst danach diejenige Frau um ein Exemplar bat, die er in früheren Jahren so heiß geliebt hatte.[16]

Das kleine Detail des Einflechtens von Prévosts Roman klingt wie eine lebensechte Erinnerung. Vom künstlerischen Standpunkt aus wäre es ein Mißgriff gewesen, eine Zusammenfassung der *Manon Lescaut* einzufügen, und wie schon gesagt ließ Goethe den Plan fallen. Dennoch las er den Roman erneut, anscheinend, weil er ihn nicht mehr gut im Kopf hatte. Goethe mag sich daran erinnert haben, daß der Roman zu jener Zeit eine Rolle in seinen Phantasien gespielt hat.

In der Übersicht, von der ich zuvor gesprochen habe, findet man folgende Eintragung für das Jahr 1763:

> Hubertsburger Friede 15 Febr. Krönung Ungeheures Zurück in die Dichtk.[17]

Worin dieses »Ungeheure« bestand, das den Jungen so beunruhigte, wissen wir nicht. War es wirklich die Gretchen-Episode? Es muß etwas Sexuelles gewesen sein. Vielleicht hängt es mit dem Beginn der Selbstbefriedigung zusammen, irgendeinem demütigenden Erlebnis, entdeckt zu sein, was in stark entstellter Form Eingang in die veröffentlichte Autobiographie fand.

Einige Details der Gretchen-Episode weisen wirklich in diese Richtung: das Verhör, das Geständnis unter großem Druck; die folgende Isolierung, die Beaufsichtigung durch einen allein zu diesem Zweck eingestellten Lehrer. Da in der Gretchen-Episode verdorbene junge Männer vorkommen, der unschuldige Junge zu bösen Zwecken unwissentlich mißbraucht wird, kann man an homosexuellen Mißbrauch oder gemeinsame Selbstbefriedigung denken.

So wie die Gretchen-Episode in *Dichtung und Wahrheit* erzählt wird, wäre sie dann in erster Linie das Endprodukt von zwei Gedankenreihen:

(1) Der Dichter kann versucht haben, sich über seinen verletzten Stolz hinwegzutrösten, indem er sagt: Wenn ich verbotene sexuelle Regungen unterdrückt hätte, wäre ich weit mehr in Schwierigkeiten geraten, nämlich in-

dem ich von einer verantwortungslosen Bande ausgebeutet und öffentlich gedemütigt worden wäre.

(2) Der Dichter kann ferner eine Entschuldigung angeboten haben, indem er sagt, daß das Glück auch dann nicht auf seiner Seite gewesen wäre, wenn er dem Drang nach Selbstbefriedigung — Homosexualität — widerstanden und sich auf der Suche nach sexueller Befriedigung einem Mädchen zugewendet hätte, denn Jungen im Alter von vierzehn Jahren werden von älteren Mädchen wie Kinder behandelt und nicht wie Erwachsene.

Die Möglichkeit, daß sexuelle Übertretungen der historische Kern der Gretchen-Episode gewesen sind, mag das Fehlen von faßbaren Dokumenten erklären, was ausgeschlossen wäre, wenn jenes »Ungeheure« von 1763 wirklich in dem bestanden hätte, was Goethe die Nachwelt glauben ließ.

Anhang L

Bemerkungen zu J. J. Engels Roman *Herr Lorenz Stark*

Goethes geringschätzige Bemerkung über J. J. Engels Roman *Herr Lorenz Stark* (125) (vgl. oben Seite 831), der eine Art Bestseller seiner Zeit war, läßt ein paar hypothetische Anmerkungen zu. Der gut geschriebene Roman ist dennoch nur mittelmäßig. Die Hauptperson ist Lorenz Starks Vater, ein schlauer, gutmütiger Self-made-man, der die schlechte Angewohnheit zu häufigem Sarkasmus hat, mit dem er seiner Umgebung auf die Nerven geht. Der Autor charakterisiert ihn wie folgt:

> Die Fehler, deren dieser vortreffliche Mann nicht wenige hatte, und die denen, welche mit ihm leben mußten, oft sehr zur Last fielen, waren so innig mit den besten seiner Eigenschaften verwebt, daß die einen ohne die andern kaum bestehen zu können schienen. Weil er in der That klüger war, als fast Alle mit denen er zu thun hatte, so war er sehr eigenwillig und rechthaberisch. (S. 4 f.)

Der Hauptkonflikt, um den sich der Roman dreht, besteht zwischen Vater und Sohn, welcher von seiner Schwester und von seinem Schwager, einem prominenten Arzt, unterstützt wird. Die ganze Konstellation erinnert an Goethes Umstände in Frankfurt. Man ist geneigt zu sagen, Goethes Leben hätte leicht den in Engels Roman dargestellten Verlauf nehmen können, wenn Cornelia mit Schlosser in ihrer Geburtsstadt geblieben und Goethe eine mittelmäßige Person gewesen wäre. Der im Geschäft des Vaters arbeitende Sohn wird wegen seiner Vorliebe für schöne Kleidung, seiner Partysucht und seiner Spielleidenschaft vom Vater verachtet. Er scheint einen schwachen Charakter zu haben und sträubt sich gegen das Heiraten.

Vom Vater unbemerkt hat der Sohn plötzlich seine leichte Lebensart aufgegeben, verbringt aber meist seine freie Zeit mit einer jungen Witwe, Mutter von zwei Kindern, die ihr frivoler Ehemann in einer schlechten Lage zurückgelassen hat. Der Sohn liebt diese Frau, aber nicht stark genug, um sie zu heiraten, und liegt in ständigem Streit mit seinem Vater. Daher entschließt er sich, aus seinem Elternhaus in eine fremde Stadt fortzuziehen. Seine Mutter, seine Schwester und sein Schwager reden ihm diesen Schritt schnell aus, denn die Vorstellung des harten Lebens in der Fremde reicht aus, um ihn das Fürchten zu lehren. Der Ausgang ist leicht zu erraten. Man unterrichtet den Vater schrittweise von den guten Taten seines Sohnes, dieser wird durch den Wunsch seines Sohnes, die Witwe zu heiraten, versöhnt. Durch das beharrliche Geschick und den Beistand von Bruder und Schwager, dem der Vater geneigt ist und vor dem er Respekt hat, endet alles gut.

Man neigt in der Tat zu der Vermutung, daß ein solch rückgratloses, sich selbst gegenüber nachsichtiges, abhängiges Geschöpf in Goethe schlummerte oder daß er Furcht davor hatte, solchen Neigungen zu erliegen. Er hatte tatsächlich recht, sich gegen einen Typ von Vater, wie ihn Lorenz Stark verkörperte, wegen der verweichlichenden Wirkung zu wenden. Goethe war gegen diese Wirkung durch die Schärfe seines Ödipalkonflikts geschützt, der als Dreh- und Angelpunkt wirkte und zu Tätigkeit anspornte. Die unerfreulichen Eigenschaften seines Vaters waren gerade ausreichend ausgeprägt, um eine passive Unterwerfung zu verhindern, und seine Neigung zu dominieren war nicht intensiv genug, die Begabungen des Sohnes zu unterdrücken. Soviel zu einigen Faktoren in Goethes ödipaler Situation, die in Verbindung mit Engels Werk gebracht werden kann.

Wenn man sich die inneren Faktoren des Vaterkonflikts ansieht, dann fehlt Engels Roman das dämonische Element völlig, das in Goethes Leben so ausgeprägt ist und das man in jeder Lebensgeschichte finden kann, wenn man die unbewußten Elemente aufdeckt. Wenn Engels Porträt der Vater-Sohn-Beziehung wirklich typisch wäre, verliefe die Beziehung von Anfang an konfliktfrei, und alle auftauchenden Konflikte wären die Schuld der Schwächen oder Unzulänglichkeiten des Sohnes. Gehorsam und guter Wille würden für ein harmonisches Zusammenleben ausreichen.

Wenn die Beziehungen zwischen den Generationen sich wirklich in dieser Weise ordneten, wäre der Ödipuskomplex nichts als eine Konstruktion des Psychoanalytikers, wie so viele Kritiker behaupten. Goethes Bemerkung gegen *Lorenz Stark* entsprang nicht nur seiner künstlerischen Mißbilligung, sondern seinem lebhaften Gefühl für die Tragödie, die in der Vater-Sohn-Beziehung liegt, ein tragischer Aspekt, der in Engels Roman verkleinert und leichtfertig behandelt war.

Anhang M

Goethes Brief an Karl August vom 26. Dezember 1784

Der folgende Brief mag als Beweis dafür gelten, welche Meisterschaft Goethe erworben hatte, mit komplizierten menschlichen Situationen umzugehen. Da er auf gesellschaftlicher Ebene die Position eines Hofmanns innehatte, war die Gefahr manchmal groß, die Würde zu verlieren. Das folgende Dokument zeigt aber, daß sein Charakter fest und stolz genug war und sein Verständnis menschlicher Schwächen und Eitelkeiten ausreichte, sozialpolitische Notwendigkeiten mit Freundschaft und Pflicht zu verbinden, ohne sich selbst zu demütigen und ohne Schmeicheleien oder Widerwillen gegenüber dem Herzog zu zeigen. So schrieb er:

> Ihr gütiger Brief hat mich ausser Sorgen gesetzt und ich freue mich sehr daß Sie meine Weigerung nicht übel aufgenommen haben, denn ich konnte nach meiner Überzeugung aus mehr als einer Ursache den Ort nicht verlassen. Ich wünsche daß alles was Sie auf der Reise thun und was Ihnen begegnet zu Nutzen und Frommen gereichen möge.
>
> Auch die Jagdlust gönn ich Ihnen von Herzen und nähre die Hoffnung daß Sie dagegen nach Ihrer Rückkunft die Ihrigen von der Sorge eines drohenden Übels befreyen werden. Ich meine die wühlenden Bewohner des Ettersbergs. Ungern erwähne ich dieser Thiere weil ich gleich Anfangs gegen deren Einquartirung protestirt und es einer Rechthaberey ähnlich sehn könnte daß ich nun wieder gegen sie zu Felde ziehe. Nur die allgemeine Aufforderung kann mich bewegen ein fast gelobtes Stillschweigen zu brechen und ich schreibe lieber, denn es wird eine der ersten Sachen seyn die Ihnen bey Ihrer Rückkunft vorgebracht werden. Von dem Schaden selbst und dem Verhältniß einer solchen Heerde zu unsrer Gegend sag ich nichts, ich rede nur von dem Eindrucke den es auf die Menschen macht. Noch habe ich nichts so allgemein mißbilligen sehn, es ist darüber nur Eine Stimme. Gutsbesitzer, Pächter, [Ihre] Unterthanen, Diener-

schafft, die Jägerey selbst alles vereinigt sich in dem Wunsche diese Gäste vertilgt zu sehn. Von der Regierung zu Erfurt[1] ist ein Communicat deswegen an die unsrige ergangen.
Was mir dabey aufgefallen ist und was ich Ihnen gern sage, sind die Gesinnungen der Menschen gegen Sie die sich dabey offenbaaren. Die meisten sind nur wie erstaunt als wenn die Thiere wie Hagel vom Himmel fielen, die Menge schreibt Ihnen nicht das Übel zu, andre gleichsam nur ungern und Alle vereinigen sich darinne daß die Schuld an denen liege die statt Vorstellungen dagegen zu machen, Sie durch gefälliges Vorspiegeln verhinderten das Unheil das dadurch angerichtet werde einzusehn. Niemand kann sich dencken daß Sie durch eine Leidenschafft in einen solchen Irrthum geführt werden könnten um etwas zu beschliesen und vorzunehmen was Ihrer übrigen Denckens und Handelns Art, Ihren bekannten Absichten und Wünschen geradezu widerspricht.
Der Landkommissair[2] hat mir gerade in's Gesicht gesagt daß es unmöglich sey, und ich glaube er hätte mir die Existenz dieser Creaturen völlig geläugnet wenn sie ihm nicht bey Lützendorf eine Reihe frisch gesetzter Bäume gleich die Nacht drauf zusammt den Pfälen ausgehoben und umgelegt hätten.
Könnten meine Wünsche erfüllt werden; so würden diese Erbfeinde der Cultur, ohne Jagdgeräusch, in der Stille nach und nach der Tafel aufgeopfert, daß mit der zurückkehrenden Frühlingssonne die Umwohner des Ettersberges wieder mit frohem Gemüth ihre Felder ansehen könnten.
Man beschreibt den Zustand des Landmanns kläglich und er ist's gewiß, mit welchen Übeln hat er zu kämpfen — Ich mag nichts hinzusetzen was Sie selbst wissen. Ich habe Sie so manchem entsagen sehn und hoffe Sie werden mit dieser Leidenschaft den Ihrigen ein Neujahrsgeschenck machen, und halte mir [als Gegenleistung] für die Beunruhigung des Gemüths, die mir die Colonie seit ihrer Entstehung verursacht, nur den Schädel der gemeinsamen Mutter des verhassten Geschlechts aus, um ihn in meinem Cabinete mit doppelter Freude aufzustellen.
Möge das Blat was ich eben endige Ihnen zur guten Stunde in die Hand kommen.
Vor vier Wochen hätte ich es nicht geschrieben, es ist nur die Folge einer Gemüthslage in die ich mich durch einen im Anfange scherzhafften Einfall versetzt habe.
Ich überdachte die neun Jahre Zeit die ich hier zugebracht habe und die mancherley Epochen meiner Gedenckensart, ich suchte mir das Vergangne recht deutlich zu machen, um einen klaren Begriff vom gegenwärtigen zu fassen und nach allerley Betrachtungen nahm ich mir vor mir einzubilden als wenn ich erst ietzt an diesen Ort käme, erst ietzt in einen Dienst

träte wo mir Personen und Sachen zwar bekannt, die Krafft aber und der Wunsch zu würcken noch neu seyen. Ich betrachtete nun alles aus diesem Gesichtspunckte, die Idee heiterte mich auf unterhielt mich und war nicht ohne Nutzen, und ich konnte es um so eher da ich von keinem widrigen Verhältniß etwas leide, und würcklich in eine reine Zukunft trete.[3]

Anhang N

Notizen über einen Aspekt von Goethes Beziehung zur Musik

Von 1784 an, d. h. gegen Ende seines voritalienischen Aufenthalts in Weimar, trat in Goethes Leben immer deutlicher ein Phänomen zutage, das ein sorgfältiges Studium verdient, obwohl es unwahrscheinlich ist, daß seine Bedeutung mit den psychologischen Hilfsmitteln, die dem heutigen Psychologen zur Verfügung stehen, zu unserer Zufriedenheit entziffert werden kann. Dieses Phänomen war in eine eher leicht verständliche Erscheinung von Goethes Beziehung zur Musik eingebettet. Die Psychologie der Musik ist ein schwer zu fassendes Thema, und ich beuge mich nur widerstrebend der Notwendigkeit, es zu behandeln, selbst in der weniger schwierigen Form, nämlich im Zusammenhang mit Goethes zuweilen unglaublich intensivem Verlangen, Libretti zu schreiben und diese in Musik gesetzt zu sehen.

Auf den ersten Blick mutet uns dieser Wunsch sehr seltsam an. Wenn ein Mann durch einen Roman Weltruhm erlangt und ein Gedicht nach dem anderen nur so herausgeschleudert hat, von denen die meisten, auch ohne daß sie in Musik gesetzt sind, wie Musik klingen — warum sollte ein solcher Mann Zeit und Mühe auf das Schreiben von Texten für Musik verwenden, besonders da er den größten Teil seiner Zeit auf die Reorganisation der Finanzen eines Fürstentums verwenden muß, er weiterhin mit mineralogischen Untersuchungen und mit der Erforschung des Lebens der Amöben beschäftigt ist und kaum Zeit finden kann, einen Roman zu beenden, in welchem er den tiefsten Problemen des eigenen Daseins künstlerische Gestalt zu geben sucht?

Goethes Gedichte wurden von vielen seiner Zeitgenossen vertont, aber er pflegte nur die Bekanntschaft mit drei Komponisten zu dem deutlichen Zweck, sie für ein länger anhaltendes Interesse an dieser Aufgabe zur Verfügung zu haben. Es handelt sich um Philipp Christoph Kayser (1755—1823),

Johann Friedrich Reichardt (1752—1814) und Karl Friedrich Zelter (1758—1832). In unserem Zusammenhang soll nur Goethes Beziehung zum ersten der drei genauer erörtert werden, denn die anderen beiden traten erst nach seiner Rückkehr aus Italien in sein Leben. Seine Beziehung zu dem zweiten war stark ambivalent, und es kam zu viel Disput und Mißstimmung. Zelter wurde ein gehegter und geliebter Freund des alten Dichters.

Goethe nahm schon in Frankfurt großes Interesse an Kayser. Kayser[1] war der Sohn des Organisten der St.-Katharinen-Kirche in Frankfurt. Im Alter von sieben Jahren fand man sein Klavierspiel bemerkenswert, und später wurde er auch als Dichter und Denker bewundert; er gehörte zu der Gruppe von Jugendlichen, in der auch Goethe verkehrte, bevor er nach Weimar ging. In diesem Kreis galt er als musikalisches Genie. Er war eine Art Werther, d. h. in eine hoffnungslose Liebe verstrickt. Er lebte mit seiner Familie in großem Unglück, und Goethe versuchte offenbar, ihm von 1771 an, nach seiner Rückkehr aus Straßburg, zu helfen. Da sich Kayser in Frankfurt so unglücklich fühlte, schlug Goethe ihm vor, nach Zürich zu gehen, wo er in Lavater einen liebenden und bewundernden Freund hatte. Kayser willigte ein und verließ Frankfurt 1775, kurz vor Goethes Abreise.

Kayser hatte in Zürich Erfolg, und zu Beginn schien er glücklich zu sein, vermutlich das erste Mal in seinem Leben. Als Goethe später *Jery und Bätely* schrieb, wollte er das Stück ausdrücklich von seinem Freund in Musik gesetzt sehen. Doch Kayser war zu langsam, und ein Mitglied des Weimarer Hofes vertonte es. 1781 machte Goethe erneut den Versuch, dem Komponisten zu helfen, indem er ihn nach Weimar einlud. Goethe wollte ihn am Hof von Weimar einführen, vermutlich in der Hoffnung, ihn nahe bei sich unterzubringen. Doch Kaysers Können war nicht so groß, daß dies ernsthaft in Betracht kam. Goethe entschied sich, seinen Freund von dem ersten musikalischen Genie seiner Zeit, Gluck, unterrichten zu lassen. Er arrangierte für Kayser eine Reise nach Wien und wollte sie auch bezahlen, aber der Komponist war zu unbeweglich, um sich bereitwillig in die Pläne seines Wohltäters zu schicken. Später, 1784, ging Kayser nach Italien mit dem Plan, die Musik der Alten auszugraben, und wieder half Goethe durch die Finanzierung der Reise. Goethes Briefwechsel mit dem Komponisten, dem er eine große Zukunft vorhersagte, war lebhaft, und um 1784 herum dachte sich Goethe die Handlung für eine komische Oper, ganz in Versen, mit dem Titel *Scherz, List und Rache* aus (WA I, 12, S. 117—180), während er die ganze Zeit Kayser als voraussichtlichen Komponisten im Kopf hatte. Das Manuskript wurde diesem pünktlich zugesandt, und Kayser schickte die Noten Akt für Akt an den ungeduldig wartenden Autor. Der Text war absichtlich so geschrieben, daß er das ganze Stück hindurch in Musik gesetzt werden konnte, im Gegensatz zu Goethes früheren Libretti, in denen Gesangspartien mit Sprechdialogen abwechselten.

In Goethes Entwurf gibt es nur drei Personen: den Doktor, Scapin und Scapine. Die Handlung lautet wie folgt:

Scapin und Scapine wollen sich an dem Doktor rächen, der ihnen ihre Tante entfremdet hat und nun deren Erbe geworden ist. Scapin schafft es, Diener im Haus des Arztes zu werden. Scapine dringt als Patientin ins Haus ein, heuchelt eine Krankheit und sucht beim Doktor Hilfe. Der Arzt braut eine Medizin. Scapin lockt ihn aus dem Zimmer fort unter dem Vorwand, ein Feuer sei ausgebrochen. Rasch schüttet Scapine die Medizin aus dem Fenster und stellt an Stelle der harmlosen Arznei, die der Doktor verwendet hatte, eine Büchse mit »Arsenik« auf den Tisch. Bei der Rückkehr des Arztes stellt sie sich tot, und der Doktor glaubt, sie durch das versehentliche Verabreichen von Arsen getötet zu haben. Scapin zwingt ihn, eine große Geldsumme zu zahlen; dafür darf der Arzt über den Körper von Scapine verfügen. Nachts weckt Scapine den Doktor durch ihr Schreien im Keller und erpreßt ihn erneut. Als sie alles Geld erhalten haben, treiben Scapin und Scapine noch weiter ihren Scherz mit dem Doktor, der zu spät bemerkt, daß er von zwei Betrügern hereingelegt worden ist.

Obgleich Kayser diesmal Goethes Erwartungen erfüllte und die Kompositionen wunschgemäß schickte, zeigte sich nach Vollendung der Partitur, daß keine Oper entstanden war, die sich zur Aufführung eignete. Zu dem Libretto werde ich später mehr sagen. Goethe war durch diesen Fehlschlag nicht entmutigt. Noch bevor Kayser seine Komposition beendet hatte, begann Goethe mit der Arbeit an einem neuen Libretto. Als er in Italien war, ließ er Kayser dorthin kommen und verbrachte mehrere glückliche Monate mit ihm. Kayser wurde sein Führer in Sachen Musik wie Tischbein in der Malerei und in der Zeichenkunst. Ihre Beziehung wurde sehr eng, und Goethe reiste sogar in Kaysers Begleitung nach Weimar zurück. Es bestand offenbar der Plan, daß Kayser sich für dauernd in Weimar niederlassen sollte. Einige Wochen später mußte Kayser die Herzogin-Witwe auf ihrer Reise nach Italien begleiten. Anscheinend konnte sich Kayser nicht lange in den zeremoniellen Lebensstil des Hofes einfügen, und bald bestand er darauf, die Gesellschaft der Herzogin zu verlassen. Diese Verletzung der Etikette machte seine Anstellung bei Hof unmöglich. Kayser kehrte nach Zürich zurück und lebte dort ein ruhiges, zurückgezogenes Leben, stark bewundert von einigen, die vertraut mit ihm waren, dagegen als bizarrer und melancholischer Misanthrop von jenen beurteilt, die ihn nur oberflächlich kannten.

Goethe verlor alles Interesse an ihm. Der Hauptgrund für Goethes Rückzug von diesem Mann, für den er mehrere Jahre eine intensive Zuneigung empfand, ist mit Sicherheit nicht festzustellen. Als Kayser später um eine Empfehlung für eine Anstellung in Frankfurt bat, blieb sein Brief unbeantwortet, und als Goethe auf seiner dritten Schweizerreise nach Zürich kam, vermied er nicht nur die Begegnung mit Lavater, sondern auch mit Kayser. In der *Italienischen Reise* äußerte sich Goethe dennoch gerecht und mit Wärme über seinen Freund.

Über das Libretto sollte ich einige Bemerkungen anfügen.

Nach meinem Urteil ist es hervorragend geschrieben, soweit es sich um einen leichten Ton bemüht. Goethe versuchte aber, dramatische Elemente einzuflechten, die nicht in eine komische Oper passen. Bevor Scapine z. B. sich totstellt, läßt Goethe sie durch die Gefühle einer offenbar halluzinierten Begegnung mit Figuren der griechischen Mythologie gehen. Im letzten Akt, als Scapine den Doktor in den Keller lockt, agiert sie dramatisch wie ein Geist, und der Text ist nicht komisch, sondern pathetisch. Abgesehen von der literarischen Schwäche ist dies der Punkt, der den Komponisten vor eine unlösbare Aufgabe stellt. Kayser war sicher nur ein mittelmäßiger Musiker und besaß nicht genug Talent, eine Oper von einiger Nachwirkung zu schreiben, aber selbst ein wirkliches musikalisches Talent wäre nicht imstande gewesen, aus Goethes Libretto eine gute Oper zu machen. Tatsächlich ist keins von Goethes Libretti jemals von einem renommierten Komponisten vertont worden.

Es gibt hervorragende Libretti, in denen das Tragische und das Komische miteinander abwechseln; da Pontes Libretto zum *Don Giovanni* ist ein sehr gutes Beispiel.[2] Ein Vergleich mit Goethes Libretto wird, glaube ich, meine These beweisen. Da Pontes Libretto macht auf mich den Eindruck eines Meisterstücks. Komik und Tragik sind ständig ineinander verwoben und in Übereinstimmung mit den Charakteren verteilt. Wenn Leporello unter der Maske der Ernsthaftigkeit Spaß macht, wird dies dem Hörer immer bewußt, während es in Goethes Libretto lange Passagen gibt, die der Leser niemals als komisch auffassen würde, wenn er nicht mit den früheren Situationen vertraut wäre. Ich erinnere daran, daß etwas Ähnliches geschah, als Goethe das Stück *Der Triumph der Empfindsamkeit* schrieb und mit dem *Proserpina*-Stück verband. Goethe tadelte sich in späteren Jahren sehr, Komödie und Tragödie miteinander verbunden zu haben, aber das Mißlingen kann als typisch bezeichnet werden.

Es ist kurios, daß dem größten Dichter seiner Zeit die Fähigkeit fehlte, ein Libretto zu schreiben, das sich mit dem von da Ponte messen kann. Ich will keine Spekulationen darüber anstellen, was da Pontes Libretto so großen Rang verleiht, aber dies muß gesagt werden: da Pontes Technik konnte Goethe nicht fremd sein; er selbst bediente sich ihrer manchmal in meisterlicher Weise. Goethes Scheitern als Opernlibrettist beruhte also nicht auf einem Mangel an Fähigkeit, sondern auf einer Hemmung, sein Talent bei dieser besonderen Aufgabe zur Geltung zu bringen. Wir müssen mit anderen Worten annehmen, daß Goethes Muse ihn verließ, wenn er ein Stück schrieb, das einem Komponisten als Textgrundlage dienen sollte. Daraus können wir schließen, daß diese Hemmung eine tiefe Ambivalenz gegenüber der Musik zum Vorschein bringt. In seinen Gesprächen mit Eckermann sagt Goethe am 9. Dezember 1824:

> »Nun will ich Sie gleich noch vor etwas warnen. Es werden die Componisten kommen und eine Oper [d. h. ein Libretto] haben wollen; aber da seyn Sie gleichfalls nur standhaft und lehnen Sie ab, denn das ist auch eine Sache, die zu nichts führt und womit man seine Zeit verdirbt.«[3]

Diese Warnung klingt seltsam, da Goethe nach Komponisten Ausschau hielt und manchmal so rasch Texte produzierte, die vertont werden sollten, daß man mit seiner Produktion nicht Schritt halten konnte. Die späte Klage über die lästigen Komponisten klingt fast nach sauren Trauben, ein Motiv, das – wenn auch sekundär – beachtet werden muß. Ohne Zweifel spielt der Ehrgeiz in Goethes Leben eine große Rolle. Er mußte ein Hans Dampf in allen Gassen sein, der auf beinahe alle Felder der Kunst ausschwärmte und sich in fast allen menschlichen Dingen engagierte. Musik aber war vermutlich ein Gebiet, auf dem Goethe trotz der vielen treffenden Bemerkungen darüber (vgl. 296) Laie blieb. Mit »Laie« meine ich hier jemanden, der keine Melodie aufzeichnen kann. Der Grad von Goethes Musikalität läßt sich aus einem Brief an Herder von Mitte Juli 1772 ersehen, in welchem er vielleicht halb scherzend schreibt:

> Ich kann schreiben, aber keine Federn schneiden, [...] das Violoncell spielen, aber nicht stimmen etc.[4]

Es ist bekannt, wie wichtig es für Goethe war, Dinge zu *tun*, nicht nur sie zu verstehen. Dies war auch einer der Gründe, warum er trotz der relativen Mittelmäßigkeit seines Talents zeichnen und malen mußte. An anderer Stelle spreche ich über Goethes Reaktion auf seinen Mangel an mathematischer Begabung. Jedes Bewußtwerden einer Begrenzung vergrößert sich zu einer tiefen narzißtischen Verletzung. Mit analytischen Begriffen würde man sagen, daß die Unvollkommenheit mit Kastration gleichgesetzt wurde. Wenigstens antwortete das Ich auf die Tatsache, daß bestimmte Bereiche des geistigen Lebens ihm nicht direkt zugänglich wurden, mit bemerkenswerten Abwehrreaktionen. Je nach Individualität und Bildung kann eine große Vielzahl von Inhalten und Arten eine feindselige Bedeutung annehmen. Häufig wird das Ausländische oder Fremdartige mit dem Feindseligen gleichgesetzt. Bei Goethe war dies, wie ich glaube, der Fall bei allem, was von ihm nicht mit Produktion oder Aktivität gemeistert werden konnte. Daher muß die Musik — das weite Land des zutiefst menschlichen Reichs, humaner noch als alle Künste, die sich um die verbalen Funktionen herumranken, unmittelbarer in die Gefühle des Menschen eindringen, ein Mysterium und ein Wunder für den suchenden Geist, der nur Musik hören, aber nicht erschaffen kann — die Musik muß für Goethe eine Herausforderung gewesen sein, insofern er auf diesem Gebiet von anderen abhängig war, andere schöpferisch tätig sah und immer ein Außenseiter blieb.

Im Hinblick auf den Einfluß äußerer Faktoren auf Goethe in der Bildung von Interessen und Talenten ist es angebracht, in eine kurze Erörterung dieser Faktoren in ihrer Beziehung zur Musik einzutreten. Hier bemerken wir gleich zu Beginn von Goethes musikalischer Erziehung ein Trauma, das er unter besonderen Umständen erlitt. In *Dichtung und Wahrheit* erzählt Goethe, daß zu der Zeit, als seine Eltern nach einem fähigen Klavierlehrer Ausschau hielten, dem der kleine Junge und seine Schwester anvertraut werden sollten, Goethe Zeuge einer Klavierstunde eines seiner Freunde wurde. Er war sehr entzückt von der fröhlichen Art, in welcher der Lehrer seines Freundes die Fertigkeit des Klavierspielens lehrte. Jeder Finger, jeder Notenschlüssel und jede Note hatten die lustigsten Namen, und der Junge fühlte sich während der gesamten Stunde höchst amüsant unterhalten. Er bestand darauf, daß dieser Lehrer engagiert wurde, aber er war arg enttäuscht, als die Lektionen einen eintönigen und langweiligen Verlauf nahmen und nichts von der Fröhlichkeit und Freude zu bemerken war. Seine Schwester klagte ihn heftig an, sie getäuscht zu haben, und war davon überzeugt, daß er ihr eine Lüge erzählt hatte. Der Junge aber fand eine plötzliche Lösung des Rätsels, als einer seiner Freunde einmal bei einer Klavierstunde hospitierte. Der Lehrer nahm sofort seine engagierte Manier des Unterrichtens an, und Goethes Freund verließ ihn so begierig, wie Goethe damals gewesen war, bei einem so unterhaltsamen Lehrer Stunden zu nehmen. Da begriff der Junge, daß die kurzweilige Art des Unterrichtens nur ein Köder war, um Schüler zu ergattern.

Obgleich der geschichtliche Anschein zugunsten von Goethes Behauptung spricht, mit 14 Jahren mit Klavierstunden begonnen zu haben,[5] habe ich den Eindruck, daß die berichtete Episode in einem früheren Alter stattfand. Ich vermute, daß ein 14jähriger Junge nicht so stark auf diese Possen eines Lehrers angesprochen hätte. Mag sein wie es will, wir sehen hier Goethe von einem älteren Mann betrogen und genasführt, dem er mit Bewunderung und Zuneigung entgegengetreten war. Und die Musik, die als Brücke zur Erfüllung freudiger Erwartungen dienen sollte, welche sich auf den Lehrer konzentriert hatten, wurde zum Schuldigen, als derselbe Lehrer sich später in einer Weise verhielt, welche den jungen Burschen in den Augen seiner Schwester erniedrigte und ihn als dummen Jungen dastehen ließ.

Etwa ein Jahr später erlebte Goethe eine ähnliche Enttäuschung, wieder in Verbindung mit Musik. Er bewunderte glühend einen gewissen Johann André,[6] einen acht Jahre älteren Mann, den Komponisten einer Operette. Diese Operette wurde in einer quasi esoterischen literarischen Gesellschaft aufgeführt, in die als Mitglied aufgenommen zu werden sich Goethe im Alter von 15 Jahren bemüht hatte. Er pries das Musikstück gegenüber dem Autor offenbar in arroganter Weise und rief dadurch einen ungünstigen Eindruck hervor, den André nicht verhehlte. Goethe wurde als Mitglied nicht akzeptiert.[7] André sagte in einem Brief von Goethe, er sei eher eine Plaudertasche als eine ernst zu nehmende Person.[8] Doch einige Jahre später komponierte André die Arien für Goethes erstes Singspiel, eine Oper mit Gesangspartien und gesprochenen Versen, mit dem Titel *Erwin und Elmire*, das in Berlin zwischen 1775 und 1782 einundzwanzigmal aufgeführt wurde und damit die größte Zahl von Aufführungen aller Singspiele Goethes erreichte (vgl. 46, 1, S. 49).

Ich habe Goethes Beziehung zu André angeführt, weil sie eine Funktion von Goethes Singspielen demonstriert. Sie beabsichtigen meiner Meinung nach, einen männlichen Freund zu gewinnen. In der André-Episode sehen wir einen bewunderten Mann, von dem Goethe früher zurückgewiesen wurde, nun seine Talente engagiert für die Bewunderung einer von Goethes Schöpfungen einsetzen.

Um aber einen fundamentaleren Aspekt der Bedeutung, welche die Musik für Goethe gehabt haben kann, herauszuarbeiten, müssen wir weiter in seine Lebensgeschichte zurückgehen. Wie er im 1. Buch von *Dichtung und Wahrheit* beschreibt, spielte Musik im Familienleben der Goethes eine wichtige Rolle. Goethes erste Erwähnung der Musik in diesem autobiographischen Roman ist bedeutend. Im Zusammenhang mit dem Italienischlehrer seines Vaters, Domenico Giovinazzi,[9] der dem Vater bei der Abfassung seines Berichts über dessen italienische Reise half und später Lehrer des kleinen Jungen und dessen Schwester wurde, berichtet Goethe:

> Auch sang der Alte nicht übel, und meine Mutter mußte sich bequemen, ihn und sich selbst mit dem Claviere täglich zu accompagniren.[10]

Dies war vielleicht eine der frühesten Kindheitserinnerungen Goethes an die Musik.

Der Abschnitt verdient besondere Aufmerksamkeit. Er erscheint in einem Kontext, der dem Vater gewidmet ist. Dreißig Druckzeilen zuvor findet sich Goethes erste Erwähnung seines Vaters in seiner Autobiographie, nämlich in jener Szene, wo der als Geist verkleidete Vater die Kinder erschreckt und in ihr Schlafzimmer zurückscheucht. Ich erinnere daran, daß Goethe solch unkluges Verhalten seines Vaters kritisierte. Wenige Zeilen später erwähnt Goethe die Radierungen von Rom, welche den Flur schmückten und die auf ihn als kleinen Jungen einen unauslöschlichen Eindruck machten. Bei dieser Gelegenheit erinnert sich Goethe an seinen Vater in einem freundlichen Ton, wenn auch möglicherweise in mildem ironischen Licht. Er schreibt:

> der sonst sehr lakonische Vater hatte wohl manchmal die Gefälligkeit, eine Beschreibung des Gegenstandes [der Radierungen] vernehmen zu lassen.[11]

Die Radierungen gaben Gelegenheit, die Vorliebe des Vaters für Italien und das Italienische, die aus Italien mitgebrachte naturhistorische Sammlung seines Vaters und dessen italienisches Reisetagebuch, auf das dieser soviel Zeit verwandte, zu erwähnen. Danach folgt die Einführung von Giovinazzi und die oben zitierte Musik-Episode.

Wir finden also den Vater in folgender Sequenz beschrieben, welche zur Schilderung des musikalischen Familienlebens führt: (1) der *erschreckende* Vater (maskiert als Geist); (2) der *freundliche* Vater, der den Sohn unterrichtet; (3) der *bewunderte* Vater, der Wissen anhäuft und ein Buch schreibt.[12] Nach meiner Überzeugung ist der Giovinazzi-Bericht eine Deckerinnerung für das vierte Glied in dieser Sequenz, nämlich für den *beschuldigten* und *gehaßten* Vater, welcher der Mutter Böses antut. Einen Anhaltspunkt für die Möglichkeit, daß der Gedankenstrom, welcher der Giovinazzi-Episode zugrunde lag, ganz anders aussah als das, was auf der Oberfläche erschien, kann man in der Tatsache finden, daß in der Erzählung jener Episode ein Wort offensichtlich historisch nicht korrekt war – Goethes Behauptung, daß seine Mutter Giovinazzi *täglich* am Klavier begleiten mußte.

Wir sind über die Geldausgaben des Rat Goethe genaustens informiert (vgl. 458). Von 1753 bis 1755 erhielt Giovinazzi ein jährliches Gehalt von zehn Gulden (vgl. 389, S. 57), welches sein tägliches Erscheinen im Hause Goethe höchst unwahrscheinlich macht. Dies paßt zu meiner Hypothese, daß Giovinazzi, der alte Mann,[13] wohl für den Vater stand, der die Mutter täglich zwang, etwas zu tun, was sie nicht mochte (»Mutter mußte sich bequemen«), das heißt, der die Mutter zum Geschlechtsverkehr zwang. Musik war eine Art Symbol für den aggressiven männlichen Aspekt in der Beziehung zwischen den beiden Geschlechtern. Goethes Mutter spielte gern Klavier, wenigstens in späteren Jahren (vgl. 283, S. 192 f.), aber als sie heiratete, war ihre Bildung ziemlich gering, und Rat Goethe verwandte viel Eifer auf ihren Unterricht. Da der Vater sie ermutigte, auch ihr Klavierspiel zu verbessern, mag der kleine Junge recht gehabt haben in seinem Empfinden, daß sich seine Mutter nur widerstrebend den Forderungen ihres pedantischen Ehemannes fügte, der viel älter war als sie und der in ihrem Leben den Platz eines Vaters einnahm.[14]

Musik war eine der vielen Beschäftigungen, mit denen Goethe als Junge in seinem Vaterhaus in Kontakt kam. In früheren Jahren versuchte er wenigstens, ein Instrument spielen zu lernen. Er spielte eine Zeitlang Klavier und Cello, aber es sieht nicht so aus, daß er es weit gebracht hat. Der Vater spielte Flöte und Laute, und die Geschicklichkeit des Vaters mag der Grund dafür gewesen sein, daß der Sohn in der Beherrschung eines Instruments niemals Erfolg zeigte. Im 1. Buch sagt Goethe von seinem Vater:

> Er schätzte meine angebornen Gaben um so mehr als sie ihm mangelten: denn er hatte alles nur durch unsäglichen Fleiß, Anhaltsamkeit und Wiederholung erworben.[15]

Daß der Sohn wahrscheinlich recht hatte, kann man sich leicht vorstellen. Aber diese Behauptung kann auch umgedreht werden, und wir können schließen, daß Goethe von jedem der Talente seines Vaters tief beeindruckt war. Immer und immer wieder kann man zeigen, daß Goethe in allem mehr erreichen mußte als sein Vater. Es mag lächerlich klingen, beide überhaupt zu vergleichen und Goethes Produktion im Verhältnis zu den deutlichen Grenzen seines Vaters zu beurteilen. Es wäre ganz unangemessen, beide unter objektiven Bedingungen zu messen. In diesem Fall kann man nur das, was im Kopf des Erwachsenen als schwache Kindheitserinnerungen, jedoch beladen mit enormen Gefühlsbeträgen, vorhanden ist, vergleichen mit dem Gefühl der erwachsenen Selbstbeurteilung des eigenen Könnens. So ist es leicht möglich, daß ein objektiv geringer Faktor mit infantilen Gefühlen überladen wird und das erwachsene Ich dadurch zwingt, seine größte Anstrengung in eine Richtung zu lenken, die ein anscheinend triviales Kindheitsereignis bestimmt. So können die musikalischen Fertigkeiten von Goethes Vater, so mäßig sie auch waren, größere Wirkung auf Goethe gehabt haben, als man bei der Betrachtung der Fakten seines Lebens annehmen möchte. Man gewinnt einen flüchtigen Einblick in den still unterdrückten Ärger über die Beschäftigung seines Vaters mit Musik, wenn der alte Dichter keine Gelegenheit ausläßt, seinen Vorfahren zu tadeln und sich über ihn lustig zu machen. Als Goethe über die Art und Weise spricht, in der sein Vater während einer bestimmten Lebensperiode seine Tage verbrachte, schreibt er:

> mein Vater [...] stimmte seine Laute länger als er darauf spielte.[16]

Der trockene Humor dieses Berichts über eine vielleicht richtige Beobachtung verrät den unterschwelligen Haß, den solche Erinnerungen offenbar in Goethe hervorriefen.

Ich möchte ein weiteres Detail hinzufügen, das mir wichtig zu sein scheint. Als Goethe uns von Giovinazzi und seiner Mutter erzählt, erwähnt er die Arie »Solitario bosco ambroso«,[17] die er durch bloßes Hören innerlich begriffen hatte, bevor er die Bedeutung des Textes verstand. Das folgende ist eine wörtliche Übersetzung der Arie [das bezieht sich auf die englische Übersetzung, gilt aber auch für die deutsche. Vgl. Anmerkung 17. D. Hg. R. Sch.].

Einsamer schattiger Hain,
Zu dir kommt das bedrängte Herz,
Um Ruhe zu finden
In der Stille und Schrecknis.

Was anderen gefällt,
Freut mich nicht mehr:
Ich habe meinen Frieden verloren,
Ich bin mir selber verhaßt.

Meine Phyllis, mein schönes Feuer,
Sagt, o Pflanzen, ist sie vielleicht hier?
Ach, ich suche sie überall
Und weiß doch, daß sie mich verlassen hat.

Wieviele Male, o geliebte Zweige,
Hat euer Schatten uns bedeckt!
Selige Stunden,
Wie schnell sind sie entflohen!

Sagt mir wenigstens, freundliche Zweige,
Ob ich meine Geliebte je wiedersehen werde?
Ach, das Echo antwortet mir,
Und mir scheint, es sage, Nein.

Ich höre ein süßes Murmeln,
Vielleicht ist es ein Seufzer.
Ein Seufzer meines Idols,
Der mir sagt, Sie wird zurückkehren.

Ach, es ist das Rauschen des Flusses,
Welcher zwischen diesen Felsen das frische Naß zerbricht,
Und er murmelt nicht, sondern weint
Aus Mitleid mit meinem Schmerz.

Aber wenn sie zurückkehrt, sind zu spät
Rückkehr und Mitleid;
Denn umsonst wird ihr mitleidsvoller Blick
Über meiner Asche weinen.

Diese Arie gewinnt besonderes Interesse, wenn man bedenkt, daß sie das erste Stück Literatur war, in welchem Goethe mit dem Wertherthema in Berührung kam, und man fühlt sich genötigt, zwischen dem Gedicht und der folgenden Passage aus einem Brief Werthers an Lotte, den sie nach dessen Tod erhält, eine unmittelbare Verbindung anzunehmen:

> Wenn du hinauf steigst auf den Berg, an einem schönen Sommerabende, dann erinnere dich meiner, wie ich so oft das Thal herauf kam, und dann blicke nach dem Kirchhofe hinüber nach meinem Grabe, wie der Wind das hohe Gras im Scheine der sinkenden Sonne hin- und herwiegt.[18]

Diese Passage hat mich immer tief beeindruckt. Man kann sie fast als Gipfel des Romans betrachten. An dieser Stelle wird der Leser zum ersten Mal von Werthers Entscheidung, Selbstmord zu begehen, unterrichtet. Selten wird man einen Satz finden, in welchem ohne Ausgriff auf allgemeine Symbole so viele Bilder verdichtet sind. Die Bilder sind präzise, deutlich und durchdringend klar. Durch die Gestaltung der Zeitdimensionen wird ein Maximum an Wirkung erreicht: Werther schreibt in der Gegenwart, was Lotte denken wird, wenn sie Jahre nach seinem Tod sich an ihn erinnert, wie er in der Vergangenheit gewesen ist. Die räumlichen Relationen sind ähnlich gestaltet: Lotte steigt den Hügel hinauf, schaut in das Tal zurück, wo Werther und sie spazieren gegangen sind, auf das Grab im Tal im Licht der sinkenden Sonne, wozu noch das Bild des sich wiegenden Grases kommt, welches die räumliche Dimension unendlicher Ausdehnung durch die Schilderung eines ganz begrenzten räumlichen Geschehens hervorruft, da in unserer Vorstellung der Wind nicht an einem bestimmten Punkt beginnt und aufhört. In dieser kurzen Passage sind fünf Raumdimensionen und vier Zeiträume verdichtet. All dies wird erreicht, ohne die geringste Ungewißheit im Leser aufkommen zu lassen. Gerade das Gegenteil: mit einem Minimum an Worten wird eine unglaubliche Weite an Bildern in der Einbildung des Lesers hervorgerufen, ohne einen Ruhepunkt zu gewähren, und innerhalb von Sekunden muß dieser die Richtung des Zeitflusses wie die der Räume mehrere Male wechseln.

Im Hinblick auf solche intensiven und fruchtbaren Bilder ist es interessant, die Möglichkeit ins Auge zu fassen, daß diese Passage in genetischer Verbindung mit der frühen Vorstellung, die in die Seele des Kindes durch die Musik gelangte, steht. Goethe behauptet, daß er die Bedeutung der Worte jener Arie nicht verstand, wie er später im Roman auch behauptet, daß er als Junge von zehn oder elf Jahren die Stücke nicht verstand, wenn er täglich in die französischen Vorstellungen während der Besatzungszeit Frankfurts ging. Ich bezweifle, daß beide Behauptungen zutreffend sind. Ein Junge, der mit einem solchen blühenden Phantasieleben, mit solcher Sensitivität und solchem Einfühlungsvermögen begabt ist, wie Goethe es besaß, muß schnell begriffen haben. Goethe — so scheint mir — gab Unwissenheit vor, wo keine bestand, wie das Kind Naivität heuchelt, um seine Kenntnisse, seinen Verdacht und seine Ängste in sexuellen Dingen zu verheimlichen. Sicher kann die Phantasie oft in die Irre gegangen sein und sich von der wirklichen Bedeutung der Worte entfernt haben, aber die allgemeine Richtung der literarischen Kunstwerke können ihm nicht lange verborgen geblieben sein. Sein Verleugnen des Verstehens erscheint mir fast wie der Ausdruck der Verleugnung von verbotenen Phantasien, die in diesem Alter nur allzu häufig vorhanden gewesen sein müssen. Hier haben wir es mit einem offensichtlichen Widerspruch zu tun. Ich habe die Giovinazzi-Mutter-Erinnerung als Deckerinnerung elterlichen Sexualverkehrs interpretiert, wobei der Vater eine sadistische Rolle spielte. Jetzt führt uns der Inhalt der Arie auf den Pfad von Werther, dessen Schicksal unmännlich ist, indem er ein Opfer brutaler und überlegener Mächte wird. In der Tat ist die Szene der Klavierbegleitung des Italienischlehrers durch die Mutter eine Figur in der Dreieckssituation, wenn wir den Vater hinzunehmen, der, obwohl im Hintergrund stehend, doch die treibende Kraft war, die sie zu den behaupteten täglichen musikalischen Übungen zwang.

Giovinazzi selbst war eine farbenreiche Persönlichkeit. Er war Dominikanermönch, rebellierte gegen die Kirche, verließ das Kloster und floh aus Italien. Er wurde in Zürich Protestant und hatte hart zu kämpfen, bevor es ihm legal erlaubt war, seinen Lebensunterhalt in Frankfurt zu verdienen. 1735 starb seine erste Frau, und bald darauf heiratete er eine Frau über dreißig, die körperlich so kränklich und schwach war, daß beide nicht in der Kirche heiraten konnten und eine besondere Erlaubnis für eine private Hochzeit brauchten (vgl. 389, S. 65).

In einem Brief an seine Schwester vom 27. September 1766 aus Leipzig beklagt sich Goethe über seine Fehler im Italienischen, wobei er Klagen über seinen früheren Italienischunterricht einschließt. Dennoch läßt er uns wissen, daß er eine Oper geschrieben hat, nämlich »l'Opera Comique La Sposa rapida et bien d'autre choses [WA IV, 1, S. 68] — »die komische Oper *Die entführte Braut* und manches andere«, die er verbrannte, weil sich sein Vater über seine Sprachfehler lustig machte. Schon hier, in den relativ frühen Leipziger Tagen, stoßen wir auf den Ehrgeiz, ein Libretto zu schreiben, diesmal in Italienisch, obendrein mit einem anzüglichen Titel und im Zusammenhang mit Verdruß über seinen Vater. Wieder sind wir im Zentrum der ödipalen Situation.

Betrachten wir nochmals die Dreieckssituation Vater-Mutter-Giovinazzi und deren unlösbare Verbindung mit früheren musikalischen Eindrücken: ich vermute, daß in Goethes Entwicklung Musik sehr eng mit Selbstbefriedigung verbunden war.[19] Mit dieser Vermutung gestatte ich mir eine reine Spekulation, denn von einem so schwer zu fassenden Punkt kann kaum erwartet werden, daß er durch die Nachrichten sicher bestätigt wird. Aber das Problem fordert stark heraus, denn Goethe fühlte sich gedrängt, alle Äußerungen künstlerischer Möglichkeiten des Menschen zu umfassen, und das Studium der Gründe, die den Erfolg auf dem einen Gebiet erleichterten und auf dem anderen hemmten, kann einige der von Zeit zu Zeit hier auftauchenden Probleme lösen helfen. Bis zu diesem Punkt kann man nur den Schluß ziehen, daß die enge Nähe von Musik zu einem unterdrückten, hochbesetzten, verbotenen Triebvorgang Goethes Beziehung zur Musik belastet hat.

Zu Goethes Erwachsenenzeit zurückkehrend möchte ich eine Passage aus einem Brief an Kayser zitieren, die weiteres Licht auf die Frage von Goethes Streben, ein Libretto zu verfassen, werfen kann. Am 5. Mai 1786 schrieb er:

> Der Dichter eines musikalischen Stückes, wie er es dem Componisten hingiebt, muß es ansehn wie einen Sohn oder Zögling den er eines neuen Herren Diensten wiedmet. Es fragt sich nicht mehr was Vater oder Lehrer aus dem Knaben machen wollen sondern wozu ihn sein Gebieter bilden will, glücklich wenn er das Handwerck besser versteht als die ersten Erzieher.[20]

Das Endprodukt, die Oper, würde so ein Werk werden, in welchem sich die Anstrengungen zweier Persönlichkeiten ununterscheidbar miteinander vermischen. Die Leistung von jedem würde unbestimmbar werden, das Endprodukt wäre das Zeugnis der tiefsten Vermischung zweier Geister, ein Vorgang, der, wie ich denke, eine der grundlegenden Funktionen des Librettos ist.

Doch Goethes Analogie ist doppeldeutig. Sie setzt den Vater, oder den ersten Lehrer, in den Gegensatz zu dem Meister, der über das schließliche Schicksal des Schülers entscheiden wird. Bezeichnenderweise ist die Mutter in dieser Analogie fortgelassen. Goethe verschiebt hier zum Teil die Verantwortung, so daß es aussehen soll, als ob das Endprodukt nicht von der Geschicklichkeit des Vaters oder ersten Lehrers abhängt, sondern von dem Willen und der Fähigkeit des letzten Meisters. Die Passage wurde zu einer Zeit geschrieben, als Goethe noch einige Hoffnung in ein erfolgreiches Ergebnis von Kaysers Bemühungen setzte, aber sich vielleicht schon Zweifel eingeschlichen hatten. Bevor er mit der Arbeit an dem Libretto für Kayser begann, schrieb ihm Goethe (am 28. Juni 1784) über die italienische *opera buffa:*

> Besonders erfreut mich die Delikatesse und Grazie womit der Componist gleichsam als ein himmlisches Wesen über der irrdischen Natur des Dichters schwebt.[21]

Das Bild entstammt dem Alten Testament und bezieht sich wieder auf männliche Kreativität. Der Dichter gestaltet sozusagen die irdische Form, in welche dann der Komponist Leben hineingießt.

Goethe fühlte sich zu jener Zeit von der italienischen *opera buffa* herausgefordert und bemühte sich um deutsche Schöpfungen in demselben Genre. Ungeachtet des darin eingeschlossenen Motivs der nationalen Konkurrenz stoßen wir wieder auf eine spezifische Vorstellung von dem Zusammenwirken zweier Männer bei der Erschaffung eines Meisterstücks (eines neuen Lebens). Diese Zusammenarbeit war jedoch nicht frei von Konkurrenz. In seiner ausgezeichneten Abhandlung über *Goethe and Music* (511) bezeichnet Sternfeld die Parodie als das zentrale Resultat. Er verwendet den Begriff »Parodie« in der weiteren und konstruktiven Bedeutung einer produktiven Technik, »durch die vorliegende Melodien zu Geburtshelfern vieler Gedichte Goethes wurden« (511, S. 7). Man kann historisch nachweisen, daß Goethe eine erstaunlich große Zahl von Gedichten nach bereits vorhandenen Melodien geschrieben hat. So öffnete Goethe unbewußt rivalisierenden Strebungen ein Ventil, wenn er den Text existierender Lieder durch seine eigenen Verse ersetzte. Das Lied ist ein Band, wodurch die Worte zusammengehalten werden wie Edelsteine in einer Fassung. Der neue Text stößt den alten aus einem überlieferten und rechtmäßigen Schrein, und ich möchte gern wissen, ob die Annahme einer Analogie zu einem Kind berechtigt ist, das sich selbst an die Stelle des Fötus in der schwangeren Mutter setzt. Doch diese Perspektive von Konkurrenz sollte nicht von der Kenntnis ablenken, wie sensibel Goethe auf Musik reagierte, was sehr deutlich wird, wenn man Sternfelds Einleitung zu seinem Buch liest.

Mag sein wie es will, wir stoßen hier bei Goethes Beziehung zur Musik auf zwei unterschiedliche Situationen. In der einen stellte er sich der Musik und schrieb Worte in sie hinein; in der anderen schrieb er Worte und buhlte um Musik. Der psychologische Hintergrund beider Situationen ist verschieden, obgleich sie aus derselben unbewußten Matrix entstanden sein können, welche Faktoren wie Homosexualität, Rivalität und infantile Sexualtheorien einschloß.

Wie ich am Anfang gesagt habe, möchte ich nicht in eine Diskussion über Musik eintreten, aber dennoch muß so viel gesagt werden, daß Musik dem

Primärvorgang näher steht als die literarischen Künste. Dies werden einige Musikexperten vermutlich nicht für richtig halten, weil für sie Musik fast eine Wissenschaft oder sogar einer wirklichen Wissenschaft gleichwertig ist, aber für die Mehrheit der Zuhörer und sicher für Goethe trifft jene Art der Bedeutung zu. Die Nähe von Musik und Primärvorgang liegt in der unmittelbaren Verwurzelung in der emotionalen Sphäre. Der Durchschnittsmensch kann so wenig über Musik sagen wie über seine ersten emotionalen oder Trieberfahrungen. Wenn er Musik hört, bewegt sie ihn, er ist mit starken Gefühlen konfrontiert, deren Ursprung er auf keine spezielle Quelle zurückführen kann, die sich in Worte fassen ließe. Musik ist mehr als andere Künste von einem Mysterium umgeben, und Sekundärvorgänge sind von dieser Erfahrung fast ausgeschlossen.

Es ist mir nicht klar, wie weit meine Ansicht übereinstimmt oder sich unterscheidet von dem, was Autoren wie Kohut oder Levarie (336; 337) zum Ausdruck gebracht haben, wenn sie behaupten, daß die Hauptfunktion des Sekundärvorgangs beim Durchschnittshörer darin besteht, Angst zu vermeiden und die Auslieferung des Ich an den Genuß des Archaischen zu erleichtern, was zum größten Teil außerhalb des Verstehens liegt. Die Aufgabe, vor die das Ich in seinem Sich-Ausliefern gestellt wird, erscheint mir wesentlich anders zu sein als das, was für den Vollzug völliger Hingabe in den anderen Künsten erforderlich ist.

Wie stand es mit Goethes Fähigkeit, in der Musik aufzugehen? Am 19. Juni 1805 schrieb er an Zelter:

> Ich kenne Musik mehr durch Nachdenken als durch Genuß und also nur im Allgemeinen.[22]

Diese Behauptung sollte mit Goethes Brief an Zelter vom 24. August 1823 verglichen werden:

> Nun aber doch das eigentlich Wunderbarste! Die ungeheure Gewalt der Musik auf mich in diesen Tagen! Die Stimme der Milder,[23] das Klangreiche der Szymanowska,[24] ja sogar die öffentlichen musikalischen Exhibitionen des hiesigen Jägercorps falten mich aus einander, wie man eine geballte Faust freundlich flach läßt. Zu einiger Erklärung sag ich mir: du hast seit zwey Jahren und länger gar keine Musik gehört [...] und so hat sich dieses Organ, insofern es in dir ist, zugeschlossen und abgesondert; nun fällt die Himmlische auf einmal über dich her, durch Vermittlung großer Talente, und übt ihre ganze Gewalt über dich aus, [...] Ich bin völlig überzeugt, daß ich im ersten Tacte deiner Singakademie den Saal verlassen müßte. [...]
> Du würdest mich durch allmähliche Leitung und Prüfung von einer krankhaften Reizbarkeit heilen, die denn doch eigentlich als die Ursache

jenes Phänomens anzusehen ist, und mich nach und nach fähig machen, die ganze Fülle der schönsten Offenbarung Gottes in mich aufzunehmen.[25]

Ein Vergleich dieser beiden Passagen (von 1805 und von 1823) ist deswegen so aufschlußreich, weil Goethe sich in der ersten gegenüber der Musik so verhält, daß man die Hemmung vor dem Sich-Ausliefern an die Gewalt der Musik deutlich sehen kann, während er in der zweiten die Gefahr einer solchen Hingabe beschreibt. 1823 ging er wieder durch die Geburtsschmerzen einer seiner Pubertätskrisen, er verliebte sich in ein neunzehnjähriges Mädchen, das er eine Zeitlang ernsthaft zu heiraten beabsichtigte. Alles war in ihm zur totalen Selbstaufgabe bereit, aber er war sich wohl bewußt, daß er nicht fähig sein würde, sich in der Musik zu entgrenzen, ohne daß es ihm Kummer einbringen würde.

Hier müßte eine sorgfältige Analyse von Goethes Beziehung zu Marie Szymanowska folgen, aber das würde uns zu weit wegführen. Es genügt zu sagen, daß Goethe darin Trost zu finden suchte, ein junges Mädchen, das er nicht heiraten konnte, durch Musik zu ersetzen, aber es ist fraglich, welches die größere Belastung für seinen psychischen Apparat darstellte: seine hoffnungslose Liebe oder die Gewalt der Musik.

Er wußte sehr wohl, daß er die Musik nur stückweise von sich Besitz ergreifen lassen konnte und nur unter der Führung eines Freundes, der gegebenenfalls sozusagen an seine Stelle treten konnte. Musik war für Goethe vermutlich ein potentielles Angstmedium, wobei die Angst in Übereinstimmung mit Kohut und Levarie eintritt, wenn der Sekundärvorgang seine Funktion nicht erfüllt. Doch dies würde sich wenigstens nicht widersprechen, wenn es natürlich auch nicht meine frühere Vermutung bestätigt, daß die Wirkung der Musik für Goethe identisch war mit solchen verbotenen Triebvorgängen wie Masturbation.

Doch gerade wegen ihrer Nähe zum Primärvorgang war die Musik auch fähig, den künstlerischen Prozeß in Goethe zu initiieren oder zu verstärken. Dieser doppelte Aspekt von Stimulation und Bedrohung macht eine Untersuchung von Goethes Beziehung zur Musik ziemlich schwierig. Der Aspekt der psychischen Ökonomie liegt außerhalb des Bereichs dieses Essays, und ich führe ihn hier bloß an, weil Goethe zuweilen der Hilfe einer äußeren Kraft bedurfte, um die Schwäche der inneren Abwehr auszugleichen.

Goethes Verlangen nach Musik für sein Libretto während der beiden Jahre vor seiner Abreise nach Italien war vielleicht ein Versuch, das Ausbleiben kreativer lyrischer Ausbrüche auszugleichen. Das voritalienische Weimarer Jahrzehnt kann, wie früher herausgearbeitet, grob charakterisiert werden durch den schrittweisen Wechsel von der Vorherrschaft des Primärvorgangs beim künstlerischen Schaffen zum Überwiegen des Sekundärvorgangs, oder, in literaturgeschichtlichen Begriffen, von der Sturm-und-Drang-Produktion zur klassischen.[26] Charlotte von Steins großen Beitrag zu dieser Wandlung habe ich konsequent dargestellt, aber es scheint so, als ob gegen Ende der Sekundärvorgang stark geworden war und die Fähigkeit des Ich fesselte, den Primärvorgang zu nutzen. Schon als Goethe an seiner *Iphigenie* arbeitete, schrieb er an Charlotte von Stein (14. Februar 1779), daß er sich habe Musiker kommen lassen, die im angrenzenden Raum für ihn spielen sollten.

> Musick hab ich mir kommen lassen die Seele zu lindern und die Geister zu entbinden[27] (vgl. oben S. 343).

Offenbar benötigte Goethe eine Art von Katalysator. Ein solches Bedürfnis wäre bei der Arbeit an den frühen Meisterwerken wie *Werther* undenkbar gewesen. Als er *Iphigenie* schrieb, förderte Musik das Schreiben, war aber nur von untergeordneter Bedeutung in einem Prozeß, der von der vorbewußt künstlerisch geformten Absicht ausging und zum letzten Schritt der Formgebung führte. Im Fall des Librettos war die Situation anders: dort, wo die Musik erst die letzte Schönheit der gesamten künstlerischen Schöpfung hervorbringen sollte, geriet das Produkt in die Abhängigkeit des Genies einer anderen Person, und Goethe verzichtete zeitweilig auf seine künstlerische Unabhängigkeit.

Es wird an dieser Stelle notwendig, auf ein paar Vermutungen über die psychologische Bedeutung von Goethes Singspielen einzugehen. Diese werden gewöhnlich in zwei Gruppen eingeteilt: Singspiele, die sich an französische Vorbilder anlehnen, und solche, die dem Typ der italienischen *opera buffa* folgen. Für meine Zwecke hier ist die Unterscheidung nebensächlich. Ich möchte zwei Punkte besonders hervorheben. Der erste ist offenkundig und betrifft das Überwiegen von Frauen als Heldinnen in Goethes Singspielen, während im Gegensatz dazu in ernsten Stücken der männliche Held überwiegt. Titel wie *Erwin und Elmire, Claudine von Villa Bella, Jery und Bätely, Die Fischerin, Lila* demonstrieren diesen Punkt hinreichend.

Der zweite Punkt läßt sich weniger klar zeigen. Ich werde versuchen, ihn vorwiegend am Beispiel von Goethes erstem Singspiel *Erwin und Elmire* zu demonstrieren. Ich beziehe mich hier auf die erste Fassung dieses Stücks, das Ende 1773 begonnen und spätestens Anfang 1775 abgeschlossen wurde.

Die Hauptfigur ist Elmire, die sich mit heftigen Selbstvorwürfen wegen ihres Verhaltens gegenüber Erwin quält. Erwin, der in sie verliebt ist, hat sie verlassen, weil sie ihn so arrogant behandelt hat. Elmire glaubt, aus Kummer zu sterben, weil ihre Zurückweisung unnötig war; sie selbst ist in ihn verliebt. Ihr Vertrauter, Bernardo, versucht umsonst, sie zu beruhigen.

Schließlich überredet er sie, sich einem heiligen Mann anzuvertrauen, den er zufällig in der Ruhe seiner abgeschiedenen Behausung getroffen hat. Erwin hat sich unterdessen in die Einsamkeit zurückgezogen. Er denkt ständig an Elmire und wirft sich vor, die Flucht ergriffen zu haben. Bernardo besucht ihn und versucht vergeblich, ihn zur Rückkehr zu bewegen. Erwin ist entschlossen, der Welt zu entsagen, da es unmöglich sei, Elmires Liebe zu gewinnen. Er ärgert sich über Bernardo, weil dieser seine Meditationen unterbrochen hat. Bernardo versichert ihm, daß Elmire ihn liebt, und er erklärt, daß er ihm dies beweisen werde. Er gibt ihm die Kleider eines Eremiten. Elmire kommt an und trifft Erwin als alten Eremiten verkleidet. Sie gesteht diesem ihre Sünden und klagt sich wiederum selbst wegen ihrer ungerechtfertigten Grausamkeit gegenüber Erwin an, der auf diese Weise von Elmires Liebe überzeugt wird. Darauf werden Erwin und Elmire ein Paar.

Beim Lesen dieses Stücks wird man (mehr als diese Inhaltsskizze zeigen kann) an den *Werther* erinnert. Die Bezüge zwischen beiden Werken sind nicht so einfach. Elmire wird in der Rolle eines unwürdigen Charakters gezeigt; sie bringt Erwin Leid. Zugleich aber ist sie selbst unglücklich, leidet und erwartet den Tod; die Tiefe ihrer Enttäuschung und die Untröstlichkeit erinnern an die von Werther. Werthers Tod findet eine milde Entsprechung in Erwins freiwilligem Rückzug, aber alle Konflikte werden in ein glückliches Ende aufgelöst.

Ich sehe in diesem Singspiel (1) den Werther-Konflikt in einer Frau repräsentiert; (2) eine offene Anklage gegen eine Frau, ein Faktor, der im *Werther* verborgen ist und nur implizit eine Rolle spielt; (3) das Ausbleiben der Tragik; (4) die Wiederholung der Wertherstimmung auf einem niedrigen, beinahe burlesken Niveau. Erwin und Elmire wurden etwa zur gleichen Zeit wie der Werther geschrieben: die Niederschrift hat wenige Monate zuvor begonnen; sie wurde unterbrochen und erst nach der Vollendung des Romans fertiggestellt. Offenbar brauchte Goethe ein niedrigeres Medium, in welchem er etwas zum Ausdruck bringen konnte, was in der tragischen und ernsten Darstellung eines tiefen Konflikts keinen Platz fand. Man wird an die Struktur von vielen Shakespeare-Stücken erinnert. Dort wird die Hauptaktion auf Nebenhandlungen umgeleitet. In diesen präsentiert oder entwickelt Shakespeare andere mögliche Lösungen als in der Haupthandlung, d. h. Lösungen, die unter verschiedenen Bedingungen eintreten können. In anderen Fällen werden diese Variationen in den Rollen der Dummen und der Clowns gezeigt. In einem Shakespeare-Stück gibt es selten eine eindimensionale Aktion, und man glaubt, die gesamte Deklination anzuschauen, sozusagen eine Art Paradigma aller möglichen Variationen ein und desselben Konflikts. Der Handlungsreichtum, der das Theater Shakespeares zur umfassendsten Bühne der menschlichen Welt macht, fehlt in Goethes Werk

— wie vielleicht bei allen anderen Dramatikern auch. Infolgedessen kann kein einzelnes Werk von Goethe einen Begriff von der Größe seines Geistes geben, während Shakespeare Stücke schrieb, welche sogar als jeweils einzelne die gesamte Größe ihres Autors offenbaren.

Betrachtet man die Singspiele als Teil von Goethes Gesamtwerk oder als Teil eines großen Ausschnitts davon, dann begreift man ihre äußerste Erlesenheit, wenn man sie auch als Produktionen von geringerer Qualität einschätzen muß. Ich weiß nicht, ob das im Hinblick auf *Erwin und Elmire* Gesagte für alle Singspiele Goethes gilt, aber ich habe den starken Eindruck, daß sie für ihn eine Ablage für alle Schlacken, alles Bizarre und Mißliche darstellten, das keine Nische in seinen schönen und sublimen Werken fand. Die verkrüppelten Kinder sollten durch den Zauberstab des Komponisten in Engel verwandelt werden, denn Musik kann alles in Schönheit verwandeln.

Mit seiner Schöpfung sublimer Werke gab Goethe seine Gaben der Menschheit, aber dann wollte er auch geliebt werden, und diese Liebe sollte ihm entgegengebracht werden von einem Freund, der den Mantel der Schönheit um den Unrat hüllt. Die Vertonung eines Werkes mag Goethe den unbewußten Trost und die Versicherung verschafft haben, daß er von der Welt geliebt wurde.

Freud zeigt in dem Buch über den *Witz und seine Beziehung zum Unbewußten* (161), daß der Wunsch, sich durch einen Witz von den Notwendigkeiten, denen wir unterliegen, freizumachen, im Erwachsenen noch lebendig ist. Selbst die Notwendigkeit, sich der einfachen Verstandeslogik zu unterwerfen, wird gelegentlich weggeschoben, wie man aus dem Vergnügen an Nonsens-Witzen sehen kann.

In den Singspielen verwendet Goethe offenbar einen einfachen Mechanismus. Sie sind Karikaturen seiner eigenen Werke, aus denen er den Scherz aus ästhetischen Gründen verbannt hat. In dem Fragment *Die ungleichen Hausgenossen*, das er bald nach der Beendigung von *Scherz, List und Rache* zu schreiben begann und das zur Vertonung durch Kayser bestimmt war, kann dies noch klarer als in *Erwin und Elmire* gezeigt werden. Soweit aus dem Fragment zu erschließen ist, besteht das zentrale Handlungsmoment des Stückes in den Streitereien zwischen einem sentimentalen Dichter und einem alten Diener, die beide am selben Hof angestellt sind. Wir haben hier die Präsentation jenes ernsten Problems, welches das Zentrum von Goethes Tragödie *Tasso* ausmacht, als Farce vor uns.[28]

Schwieriger ist es, dieses Prinzip — wenn es eins ist — in dem Stück *Scherz, List und Rache* aufzudecken. Ich vermute, daß die Hypothese, das Stück sei die Entsprechung zu *Wilhelm Meister*, nicht ganz befriedigen wird. Einer der Züge dieses Stückes ist die kleine Zahl der Mitspieler — nur drei. Im *Wil-*

helm Meister gibt es eine große und mitunter verwirrende Zahl von Leuten, die kommen und gehen und oft den Leser über ihr Schicksal im unklaren lassen. Die Mehrzahl der Personen hat einen zweifelhaften Charakter. Die meisten sind nicht völlig schlecht, aber fast jede von ihnen ist ausreichend unzuverlässig, um die Frage nach uneingeschränkter Sympathie zu verneinen. In dem Stück sind alle drei Charaktere vollkommene Schurken. Sie überlassen sich frei ihren Lastern und sind so frei von Konflikten. Daher war das Stück vielleicht in einer sehr verborgenen Form eine vereinfachte Fassung und Karikatur des *Wilhelm Meister*.

Goethes Singspiele geben auch Gelegenheit, die Frage zu diskutieren, welche Beschaffenheit die dynamische Konstellation haben muß, damit die künstlerische kreative Persönlichkeit ein Kunstwerk hervorbringen kann. Ich beabsichtige nicht, hier die verschiedenen Theorien zu diskutieren, sondern ich will nur herausstellen, daß die Untersuchung von solchen Fällen zeigt, daß es ganz unmöglich ist, eine Regel aufzustellen: Wenn wir den psychischen Hintergrund des *Werther* mit dem der Singspiele vergleichen, stoßen wir auf entgegengesetzte Konstellationen.

Werther wurde in einem Zustand des inneren Verlustes geschrieben. Was immer das Trauma gewesen sein mag, der Autor schuf im Zustand der Vereinsamung ein Werk von größter Schönheit, ein Vorgang, dessen Funktion darin bestand, das Gleichgewicht im Schöpfer wiederherzustellen. Als Goethe *Scherz, List und Rache* schrieb, war der Autor in die stärkste Objektbeziehung seines erwachsenen Lebens eingebunden, wendete sich aber einer Person desselben Geschlechts zu und schuf für ein homosexuelles Objekt trotz Eifer, Ehrgeiz und Sorgfalt ein Werk von zweitrangiger Qualität. Das nächstliegende Motiv für dieses Werk war Goethes Wunsch, Kayser berühmt zu machen. Wie intensiv Goethes Gefühle für Kayser waren, läßt sich aus zwei Briefen ersehen. Als Kayser falsch informiert wurde, Goethe reise nach Italien, und Kayser darüber seinen Verdruß zum Ausdruck brachte, antwortete Goethe (am 15. August 1776):

> Wir gehen nicht nach Italien. Dieß zu deiner Beruhigung. Ich trag dich immer im Herzen.[29]

Und in der Schlußpassage seines letzten Briefes an Kayser vor seiner Abreise nach Italien schrieb Goethe am 5. Mai 1786:

> Leben Sie wohl, Sie einziger mir aus meiner Jugend überbliebner, in unglaublicher Stille herangewachsner. Leben Sie wohl.[30]

Auch in späteren Jahren sprach Goethe, trotz der vollständigen Trennung, von Kayser mit offensichtlicher Zuneigung (vgl. auch 46, 2, S. 212 f.; 118, 7, S. 276), und in einem Brief an Zelter vom 5. Januar 1822 sprach er von dem

»frommen Kayser« [WA IV, 35, S. 225]. Kayser muß für einen Teil von Goethes Selbst gestanden haben in dem Sinn, daß Kaysers Lebensgeschichte auch Goethes eigene hätte werden können (der Rückzug in eine kleine Gruppe, die Verweigerung, sich den gesellschaftlichen Konventionen anzupassen). Goethe mag schon 1775 in Kayser jenen Menschentyp gesehen haben, dessen Glück und Erfolg durch übergroße Skrupelhaftigkeit und durch das Ersticken des freien Wachstums durch Überichdruck beeinträchtigt wurden. Glück und Erfolg wurden sozusagen durch das behindert, was vom Standpunkt der Gesellschaft aus als Gutsein bezeichnet werden muß.

Im Brief an Kayser vom 24. Juni 1784, aus dem ich oben (S. 1002) zitiert habe und der geschrieben wurde, als Kayser in Italien war, verglich sich Goethe mit Moses, dem das verheißene Land zu betreten verboten war. Dies schließt ein, daß Goethe glaubte, Kayser habe das Privileg, Kanaan zu erreichen, weil er reiner und freier von Sünde war. Goethe stellte vermutlich eine Verbindung her zwischen Kaysers Unschuld und Naivität und seinem Mißerfolg als schöpferischer Künstler. Dies muß Goethe mit besonderer Intensität belastet haben, da Kayser den Verlockungen des Hoflebens dauerhaft widerstand, während Goethes Erfolg teilweise auf seiner Bereitwilligkeit beruhte, in diesem Punkt einen Kompromiß zu schließen. Wenigstens im Beispiel dieses Singspiels scheint das geschaffene Werk die Funktion gehabt zu haben, die eigenen Mängel des Autors zu offenbaren in der Hoffnung, daß die liebende Fürsorge eines Freundes die moralische Häßlichkeit mit Schönheit umhüllen werde. Die Übergabe des Mangelhaften als Geschenk an den Freund sollte diesmal als Stufe auf der Leiter zum Ruhm dienen.

Wir stoßen hier auf eine typische Situation zielgehemmter Homosexualität. Es ist auch begreiflich, daß Goethes großes Interesse an Kayser zu einer Zeit erwachte, als die Bindung zu Karl August sich in einer Schwächephase befand. Auch in der Beziehung zu diesem wünschte Goethe, einen geliebten Mann auf eine höhere Ebene zu stellen. Karl August aber begann, seinen eigenen Weg zu gehen, der von Goethes Ideal abwich; in dieser Lage diente Kayser vermutlich als Ersatzobjekt.

Man mag leicht einwenden, daß Goethes Ziel in erster Linie auf die Schaffung einer deutschen Oper gerichtet war und daß homosexuelle Strebungen zweitrangige Bedeutung hatten, sozusagen den unvermeidlichen Begleitumstand der Zusammenarbeit zwischen Dichter und Komponist darstellten. Ein historisches Ereignis stützt die Widerlegung dieser Annahme. Im Dezember 1785 hörte Goethe Mozarts *Die Entführung aus dem Serail.* In seinem Brief an Kayser sieht man, daß Goethe einen beträchtlichen Widerstand überwinden mußte, um die Schönheit von Mozarts Musik anzuerkennen.[31] Er muß gespürt haben, daß hier die wirkliche deutsche Oper im Entstehen begriffen war, und Bode stellt die berechtigte Frage, warum sich Goethe mit seinen Libretti nicht an Mozart mit der Bitte um Vertonung wandte (46, 1, S. 106). Der Grund mag wohl darin gelegen haben, daß die libidinöse Bindung an Kayser zu dieser Zeit zu groß war, um Goethe im Umgang mit seinen Libretti Flexibilität zu erlauben und sich von rein künstlerischen Erwägungen leiten zu lassen.

Goethes Hinwendung zu Kayser und zur Musik muß innerhalb der umfassenderen Krise gesehen werden, die schon sehr lange andauerte, aber erst zu jener Zeit ganz verbalisiert wurde. Goethe begann, an der deutschen Sprache zu zweifeln, an jenem elementaren Medium, durch das er als Künstler existierte.

Als Goethe in Gotha war, schrieb er an Charlotte von Stein am 26. Januar 1786, nachdem er Reichhardts *Deutschen Theaterkalender* gelesen hatte:[32]

> Meine arme angefangne Operette dauert mich, wie man ein Kind bedauern kann, das von einem Negersweib in der Sclaverey gebohren werden soll. Unter diesem ehrnen Himmel! den ich sonst nicht schelte, denn es muß ia keine Operetten geben. Hätte ich nur vor zwanzig Jahren gewusst was ich weis. Ich hätte mir wenigstens das Italiänische so zugeeignet, daß ich fürs Lyrische Theater hätte arbeiten können, und ich hätte es gezwungen. Der gute Kayser dauert mich nur, daß er seine Musick an diese barbarische Sprache verschwendet. [...] Mit den Exkrementen der Weimarischen Armuth würzt Herr Reichardt seine oder vielmehr die deutsche Theater Miserie.
> Lebe wohl. Ich habe niemanden als dich dem ich meinen grosen Verdruß klagen kann. Ich lese nun meine Sachen hier vor und schäme mich von Herzen indem man sie bewundert [...] du musst mir eben alles ersezen, ich halte mich an dich.[33]

Offenbar war Goethe überhaupt in einer schlechten Laune: Der Himmel, das deutsche Theater, die Operette, seine Operette besonders, und dann, höchst wichtig, die deutsche Sprache – alles bedrückte ihn. Sicher, die deutsche Sprache ist hart und kratzend, und es fehlt ihr die melodische Schönheit des Italienischen, auf die Goethe so neidisch war.

> Hätt ich die Italiänische Sprache in meiner Gewalt wie die unglückliche Teutsche, ich lüde Sie gleich zu einer Reise ienseits der Alpen ein und wir wollten gewiß Glück machen.[34]

Das schrieb er an Kayser am 5. Mai 1786, vier Monate bevor er wirklich nach Italien ging. Das armselige Instrument der deutschen Sprache aber war unter seinen Händen zu etwas hervorragend Schönem herangewachsen. Man hat sogar den Eindruck, daß die Kargheit der deutschen Sprache ihn herausforderte und daß es gerade diese Ungeschliffenheit war, welche seinen poetischen Genius stimulierte. Mehr noch: Gegenüber Eckermann gab er frei zu, daß die Armseligkeit der deutschen Literatur ihm Gelegenheit gab, selbst aufzusteigen. Wäre er später geboren worden, hätte dies sein Unglück bedeutet, meint er.[35] Wäre er fähig gewesen, eine so reiche Literatur in der Sprache Dantes und Tassos zu schreiben? Daher hatte Goethe in Wirklichkeit allen Grund, den Schwierigkeiten der deutschen Sprache dankbar zu sein, welche vor seinem Auftreten der vollen Meisterschaft trotzte. Sicher fehlt der deutschen Sprache die Kraft des Französischen, der Scharfsinn des Englischen und die Schönheit des Italienischen, wenn solche subjektiven Meinungen flüchtig hingeworfen werden dürfen, aber dies hat Goethe dennoch nicht in seinen literarischen Anstrengungen gehindert, und es ist offensichtlich, daß er hier eine innere Leere zu einer äußeren — wenn auch wirklich bestehenden — Schwierigkeit erklärte. Diesen Kummer über die deutsche Sprache — was auch die Verzweiflung über seine eigenen Schöpfungen einschloß — schleuderte er Charlotte von Stein entgegen, und vermutlich hatte seine Stimmung mit ihr, der er seine Gefühle gestand, zu tun. Es ist daran zu erinnern, wie unliebenswürdig er antwortete, als Charlotte von Stein das Französische in ihre Korrespondenz einführte, und jetzt schlug er ihr vor, sie solle sich um ihn bemühen, weil er mit einer vorgeblich nicht handhabbaren Sprache umgehen mußte. Die Bitte konnte nicht erfüllt werden. Wie auch? Was ist ein Dichter ohne Sprache? Und wie konnte ein menschliches Wesen einem Dichter den Verlust seines Handwerkszeugs ersetzen?

Die Sehnsucht nach dem Italienischen führt uns zurück zu den frühen Jahren, als Goethes Mutter italienische Arien sang und sein Vater sich in der italienischen Sprache vervollkommnete, um seine hingebungsvolle Erzählung seiner Italienreise zu schreiben. Wenn Goethe über die Ungeschliffenheit des Deutschen jammerte und die deutsche Sprache als unannehmbares Medium zurückwies, agierte er unter dem vollen Gewicht des Kastrationskomplexes, welcher vermutlich auch eine bedeutende Quelle seiner Sehnsucht nach einem Komponisten für seine Libretti war, so als wollte er sagen: ›Ich besitze das nicht, was dazu taugt, etwas Vollkommenes hervorzubringen.‹ Ich glaube aber, daß diese Klage über die deutsche Sprache in seinem Brief an Charlotte von Stein ein verhüllter Vorwurf gegen sie ist, daß sie ihn zeitweise seines poetischen Genius beraubte, denn in dieser Zeit kam die Arbeit am *Wilhelm Meister* zum Stillstand.

Daher war die Krise, in der sich Goethe mit der deutschen Sprache befand, ein Ausdruck der Krise in seiner Beziehung zu Charlotte von Stein. An anderer Stelle (Anhang T) zeige ich, daß Goethes Beziehung zum künstlerischen Medium, d. h. zur Sprache, das Modell für seine Objektbeziehungen überhaupt abgab. Hier kann der Vorgang in umgekehrter Richtung beobachtet werden. Auf dem Gipfelpunkt der Krise in der Objektbeziehung fühlte sich Goethe auch von seiner Sprache entfremdet. Ein weiterer Grund für seine Hinwendung zur Musik, von der er offenkundig hoffte, jene Schönheit zu erlangen, welche er in der Dichtung verloren hatte.

Anhang O

Zusätzliche Bemerkungen zu den *Römischen Elegien*[1]

Im Haupttext habe ich den Schluß gezogen, daß Goethes Sexualhemmung aus der Übererregung während des sexuellen Vorspiels resultierte. Verschiedene verstreute Informationspartikel führten mich zu dem Gedanken, daß Küssen der auslösende Reiz war. Nach allen Beweisstücken wurden die sexuellen Probleme in Rom überwunden. Ich habe mich weiterhin bemüht, die große Zahl verschiedener Faktoren herauszustellen, welche die Genesung bewirkten. Es gab zwei Hauptgruppen: jene der Vergangenheit, hauptsächlich auf Charlotte von Stein bezogen, und jene der Gegenwart (die Faktoren der augenblicklichen Situation). In bezug auf letztere muß man auf den springenden Punkt achten, nämlich ob Goethe es vermied, Faustina zu küssen, um den Gefahrenherd zu umgehen. Die einzige Quelle, die möglicherweise etwas Licht auf diesen subtilen Gegenstand werfen kann, scheinen die *Römischen Elegien,* sein einziges poetisches Zeugnis seines Liebesabenteuers, zu sein, d. h. was er in diesen 490 Versen, wenn überhaupt, über das Küssen sagt. Das erste, was einem auffällt — an sich überraschend, wenn man die große Rolle des Küssens in Goethes Liebeslyrik bedenkt —, ist, daß Küssen nur in drei psychologisch bedeutenden Textstellen vorkommt.[2]

(1) In der V. Elegie (Vers 105, WA I, 1, S. 239) findet sich der erste Hinweis auf das Küssen. In dieser Elegie drückt Goethe seine Freude darüber aus, auf klassischem Boden zu sein, wo Gegenwart und Vergangenheit lauter und reizender zu ihm sprechen. Während des Tages prüft er die Werke der Alten; nachts aber beschäftigt ihn Amor in anderer Weise. Er ist doppelt glücklich, gerade weil er infolge der Zeit, die er mit Lieben verbringt, nur halb gelehrt wird. Gewinnt er nicht auch Wissen, wenn er die Form des Busens seiner Geliebten erforscht? Dann versteht er die Marmorstatuen besser.

Dann versteh' ich den Marmor erst recht; ich denk' und vergleiche,
Sehe mit fühlendem Aug', fühle mit sehender Hand.[3]

Selbst wenn ihm die Liebste einige Stunden des Tages raubt, gibt sie ihm nächtliche Stunden zur Entschädigung.

> Wird doch nicht immer geküßt, es wird vernünftig gesprochen;[4]

Die erste Erwähnung des Küssens ist also eine negative Aussage. Das ist wirklich überraschend. Auch der Kontext, in welchem der einschränkende Satz auftaucht, ist bezeichnend. In dieser Elegie tritt der leidenschaftliche Aspekt der Liebe, seine Triebseite, in den Hintergrund, und der Dichter betont den erzieherischen Wert der Liebe, ihren Beitrag zum Verständnis der antiken Skulpturen. Der rationale Diskurs wird möglich durch die Absenz des Küssens. Gerade in dieser Elegie berichtet Goethe, daß er Dichtungen in den Armen seiner Geliebten verfaßt und das Versmaß des Hexameters mit seinen Fingern glücklich auf ihrem Rücken gezählt habe.

(2) In der XIII. Elegie stoßen wir auf eine andere wichtige Bemerkung. Goethe schilt Amor, ihn zu einer Liebesaffäre überredet zu haben mit dem Versprechen, daß seine Dichtkunst dadurch funkelnd und farbenreich werden würde. Wirklich hielt Amor sein Versprechen, und es gibt jede Menge Gegenstände für Gesänge. Aber ach, das Liebesgespräch bedarf des prosodischen Maßes nicht. Auch Aurora, die Freundin der Musen, hat sich zur Allianz mit Amor verführen lassen und weckt den Dichter auf dem Altar des Gottes, als der Poet die Fülle der Locken seiner Liebsten auf seiner Brust findet. Seine Geliebte schläft noch. Sie bewegt sich. Er glaubt, sein Wunsch sei, ihre offenen Augen zu sehen. O nein, sie sollen geschlossen bleiben. Er möchte seine Augen auf ihrem erhabenen und edlen Körper und auf ihren Gliedern ruhen lassen und im stillen Genuß reiner Betrachtung verharren.

> Schlief Ariadne so schön; Theseus, du konntest entfliehn?
> Diesen Lippen ein einziger Kuß! O Theseus, nun scheide!
> Blick' ihr in's Auge! Sie wacht! – Ewig nun hält sie dich fest.[5]

Goethe spielt auf eine Episode im Leben von Theseus an, die viele poetische Bearbeitungen gefunden hat, besonders im *Epithalamium* des Catull. Als Theseus auf Kreta landete, um den Minotaurus zu erschlagen, verliebte er sich in Ariadne, die Tochter des Königs. Nachdem Theseus den Minotaurus mit Ariadnes Hilfe erschlagen hat, entführt er sie, verläßt sie aber auf ihrer Insel Naxos, während sie schläft. Als sie erwacht, heiratet sie Dionysos.

Es gibt eine bestimmte Ähnlichkeit zwischen dieser Passage und der zuerst zitierten. Wieder wird gegenüber der Geliebten Klage erhoben wegen ihrer die Sinne verwirrenden Wirkung, eine Klage, die freilich rasch beherrscht wird zugunsten der Schönheit und der Lust des gesamten Liebeserlebnisses. In beiden Fällen wird die Liebe der Frau gerechtfertigt durch oder in Verbindung gebracht mit der Schönheit der Kunst der Skulpturen. Beide Male wird auch die visuelle Komponente der Erotik betont.

In der zweiten Textstelle erscheint der Kuß als letzte Geste des Abschieds. Durch seine Verbindung mit dem Mythos von Theseus und Ariadne wird die erotische Bedeutung des Kusses durch die destruktive Vorstellung der Trennung ersetzt, beinahe an den Kuß des Todes erinnernd. Sicher, Goethe läßt uns wissen, daß er nicht wie Theseus handelte, und er fragt fast heuchlerisch, wie Theseus überhaupt Ariadne verlassen konnte. Doch Faustina befand sich mit Goethe in fast ähnlicher Lage wie ihre mythologische Vorfahrin. Auch Goethe weilte wie Theseus in einem fremden Land, und Faustina war ein sehr flüchtiges Liebesobjekt, an dem Goethe anscheinend fast ausschließlich aus sexuellen Gründen interessiert war.

In dieser Elegie scheint wiederum ein negativer Aspekt des Küssens die Oberhand zu gewinnen, obgleich er auf den ersten Blick nicht ausgesprochen wird, denn Goethe gibt zu verstehen, daß er versucht haben könnte, wie Theseus zu handeln, es aber nicht tat. Doch die betonte Anspielung auf diesen besonderen Punkt des Theseus-Mythos muß als bezeichnendes Merkmal angesehen werden.

(3) Goethes Erwähnung von Küssen in der XVIII. Elegie ist vielleicht die am meisten interessante und erhellende Stelle. Hier spricht Goethe von seinem verdrießlichen Gefühl, wenn er die Nacht allein verbringt, aber er empfindet Schrecken bei der Vorstellung, daß sich Schlangen und Gift »unter den Rosen der Lust« (Vers 374) verborgen haben. Dies ist die berühmte Elegie, in der Goethe zornig auf die venerische Krankheit schimpft. Aber mit seiner Liebsten fühlt sich der Dichter frei von Angst.

> Darum macht Faustine mein Glück; sie theilet das Lager
> Gerne mit mir, und bewahrt Treue dem Treuen genau.[6]

Dann nennt Goethe eine andere Quelle der Angst, den Akt der Defloration, indem er sich selbst im Gegensatz zur raschen Jugend sieht, welche »reizendes Hinderniß« wünscht, wohingegen er selbst langes und bequemes Vergnügen unter sicheren Umständen bevorzugt.

> Welche Seligkeit ist's! wir wechseln sichere Küsse,
> Athem und Leben getrost saugen und flößen wir ein.
> So erfreuen wir uns der langen Nächte, wir lauschen,
> Busen an Busen gedrängt, Stürmen und Regen und Guß.[7]

Diese Bilder erinnern ganz überraschend an das zweimal (siehe oben S. 96 f., 1191) zitierte Gedicht in Englisch aus dem Leipziger Brief vom 12. Oktober 1766. Besonders die Verse:

What volupty! when trembling in my arms,
The bosom of my maid my bosom warmeth!
Perpetual kisses of her lips o'erflow,
In holy embrace mighty virtue show. (WA IV, 1, S. 64)

scheinen wert, erneut zitiert zu werden. Die gesamte Elegie steht im Zeichen der Angst. Gefühle über die Gefahr von Geschlechtskrankheiten, von Entjungferung, Penetration (Ängste, die Goethe mit Sicherheit vom Geschlechtsverkehr in Leipzig zurückschrecken ließen): in diesem Moment werden Küsse als »sicher« bezeichnet, und Erinnerungen an frühe Liebesspiele (Busen an Busen) tauchen wieder auf. In Leipzig waren Küsse »sicher«, weil sie Ejakulationen hervorriefen und daher vor der Notwendigkeit des Beischlafs schützten; in Rom wandelt sich die Bedeutung von »sicher« und meint jetzt das Verschontsein von Geschlechtskrankheiten. »Sicher« kann hier noch eine weitere Bedeutung gehabt haben, die aus dem Kontext nicht eindeutig hervorgeht. Falls Goethe seinen Mangel überwunden hat, braucht er sich nicht länger über die schädlichen Wirkungen des Küssens zu sorgen. Küssen wäre dann wirklich ein *sicherer* Teil des Vorspiels geworden.

Belegt ist, daß Goethe sich nicht so sicher fühlte, wie er vorgab. In der zweiten Elegie jener vier Elegien, die Goethe nicht veröffentlichte, arbeitet er sehr extensiv die Gefahr der Geschlechtskrankheit heraus. In der Antike fuhr der Mann da besser. Wenn Propertius von Cynthia überrascht wurde, offenbarte sich zwar seine Untreue, aber er war gesund. Goethe fährt fort:

Jetzt wer hütet sich nicht langweilige Treue zu brechen!
Wen die Liebe nicht hält, hält die Besorglichkeit auf.
Und auch da, wer weis! gewagt ist jegliche Freude,
Nirgend legt man das Haupt ruhig dem Weib in den Schoos.
Sicher ist nicht das Ehbett mehr, nicht sicher der Ehbruch;
Gatte, Gattin und Freund eins ist im andern verletzt.[8]

Goethe konnte sich also auch in Rom mit Faustina nicht vom Gespenst der Krankheit befreien. Trotzdem war er hinreichend frei von Angst, um Geschlechtsverkehr zu riskieren. Ob sich Goethe gegen Impotenz (oder Infektion?) schützte dadurch, daß er Faustina nicht oder nur dann küßte, wenn es sich nicht vermeiden ließ, kann nicht mit Sicherheit gesagt werden, aber die drei von mir erörterten Zitate machen es sehr wahrscheinlich — oder um es vorsichtiger zu formulieren, das, was Goethe in den *Römischen Elegien* über das Küssen und Küsse sagt, widerspricht oder widerlegt die Annahme nicht —, daß Goethe in Rom die psychosexuelle Impotenz überwand, an der er bis dahin in Form vorzeitiger Ejakulation, ausgelöst durch den überstarken Reiz des Küssens, litt.

Jetzt werden wir auch ein Gedicht besser verstehen, das Goethe für Charlotte von Stein schrieb (Brief vom 2. November 1776), als er an einer wunden Lippe litt. Er widmete es dem Geist des Secundus (»An den Geist des Johannes Sekundus«[9]), der wegen seiner Gedichtsammlung *Basia* (Die Küsse) berühmt war, in der er die Kunst des Küssens verherrlichte.

Goethes Gedicht beginnt:

> Lieber, heiliger, groser Küsser,
> Der du mir's in lechzend athmender
> Glückseeligkeit fast vorgethan hast![10]

An wen sonst soll er seine Klagen richten, wenn nicht an ihn, dessen Lieder ein erstarrtes Herz geheilt haben? Seine Lippe blutet und schmerzt:

> Meine Lippe, die so viel gewohnt ist
> Von der Liebe süsstem Glück zu schwellen
> Und, wie eine goldne Himmelspforte,
> Lallende Seeligkeit aus und einzustammeln.[11]

Seine Lippe ist wund vom Biß seiner Liebsten, welche

> Mehr mögt' haben von mir, und mögte mich Ganzen
> Ganz erküssen, und fressen, und was sie könnte![12]

Seine Lippen sind wund von dem kalten Wind, und keine Medizin wird sie heilen, weil in ihr »von der Liebe alles heilendem / Gift Balsam [...] kein Tröpfgen drunter« ist.[13]

Die Bildlichkeit von Küssen und Lippen erklärt sich selbst. Aber ich möchte den Leser daran erinnern, daß in Übereinstimmung mit meiner Rekonstruktion Charlotte von Stein Goethe verbot, sie überhaupt zu küssen, oder wenigstens, sie leidenschaftlich zu küssen. So hätte das Gedicht die Funktion des Trostes. Es behauptet, die Geliebte wolle küssen und küssen, aber ein physisches Leiden hindert ihn daran, sich dem Genuß hinzugeben, den beide sich dringend wünschen. Vom Herbst 1777 an litt Goethe häufig an Erkrankungen im Bereich des Mundes (vgl. 415, S. 34). Psychosomatiker mögen einen Zusammenhang finden zwischen Charlotte von Steins von mir angenommenem Verbot und jenem Typ von Krankheit, die von jener Zeit an bemerkbar wird. Wie dem auch sei, das Goethes Vorgänger gewidmete Gedicht spiegelt einen Konflikt in bezug auf das Küssen, der zu jener Zeit aktiv war.

Die Insel-Edition von Goethes lyrischem Werk, die chronologisch verfährt, plaziert die endgültige Fassung des gerade zitierten Gedichts — das von der Originalfassung beträchtlich abweicht — als erstes der Gedichte aus der Periode 1788/93,[14] die schließlich unter dem Zeichen von Christiane steht. Christiane hatte sicherlich nichts gegen das Küssen, aber hatte Goethe jetzt eine physische Schutzbarriere gegenüber Reizung nötig? Es ist natürlich Spekulation, wenn ich vermute, daß dies der Grund gewesen sein kann, warum sich Goethe zu dieser Zeit diesem Gedicht wieder zuwandte (unter der Annahme, daß die Datierung dieses Gedichts in der Insel-Ausgabe korrekt ist). Eine Weile dachte ich, daß ich konkrete Beweise für den Grund für Goethes Vorliebe für den »Geist des Johannes Sekundus« gefunden hatte, als ich in einer deutschen Übersetzung der *Basia* folgenden Epilog fand:

Nicht nackt,
Nein, nicht nackt ist's,
Daß du am schönsten bist,
Ganz bekleidet in deiner Gewänder Schmuck,
So, ja so
Bezwingst du mich
Ganz.
Deine Küsse, ja,
Deine Küsse —
Und nichts sonst.[15]

Dieser Epilog, der so präzise jene Art der Psychopathologie zum Ausdruck brachte, von der ich gedacht hatte, daß sie bei Goethe vorhanden sei, wurde von mir als neuerliche Bestätigung meiner Rekonstruktion begrüßt, und ich zögerte nicht zu vermuten, daß Goethe in der *Basia* eine freie poetische Repräsentation seines heimlichen Leidens gefunden hatte. Als ich aber den lateinischen Originaltext zu Rate zog, fand ich keinen »Epilog«, und alle von mir herangezogenen Ausgaben, lateinische sowie Übersetzungen, enden mit dem achtzehnten oder neunzehnten Gedicht des Secundus. Fügte Blei, der deutsche Übersetzer, ein anderes von den Gedichten des Secundus als Epilog an, oder nahm er sich die dichterische Freiheit und schmuggelte ein eigenes Gewächs als Epilog ein? Ich weiß es nicht, aber ich neige zur Annahme des letzteren.[16] Trotzdem möchte ich die seltsame Übereinstimmung der Aufmerksamkeit des Lesers empfehlen. Es ist wichtig, darauf hinzuweisen, daß Blei seiner Übersetzung der *Basia* Goethes ursprüngliches Gedicht mit der Widmung an den Dichter Secundus vorangestellt hat. Es sieht so aus, als ob Blei bei seiner — nebenbei gesagt sehr freien — Übersetzung unter dem Eindruck von Goethes Gedicht stand. Ist es möglich, daß Blei in dichterischer Form in jenem Epilog etwas zum Ausdruck brachte, das er intuitiv zwischen den Zeilen von Goethes Gedicht oder des Secundus' Gedichten oder beiden erfaßt hatte?

Anhang P

Goethes Fasanentraum

Selbst eine oberflächliche Untersuchung des psychologischen Hintergrunds von Goethes italienischer Reise würde unvollständig bleiben ohne den Versuch, einen bestimmten Traum zu interpretieren, den Goethe gegen Ende des Jahres 1785 hatte, zu einer Zeit, als er offensichtlich schon ganz mit der Vorbereitung seiner Reise beschäftigt gewesen sein muß.

Bedauerlicherweise läßt sich das Datum des Traums nicht genau bestimmen. In jenem Teil der *Italienischen Reise,* der die Fahrt von Ferrara nach Rom schildert, schreibt er aus Bologna unter dem Datum des »19. Oktober [1786], abends«, daß er folgenden Traum hatte, »es wird eben ein Jahr sein«:[1]

> Es träumte mir nämlich: ich landete mit einem ziemlich großen Kahn[2] an einer fruchtbaren, reich bewachsenen Insel, von der mir bewußt war, daß daselbst die schönsten Fasanen zu haben seien. Auch handelte ich sogleich mit den Einwohnern um solches Gefieder, welches sie auch sogleich häufig, getödtet, herbeibrachten. Es waren wohl Fasanen, wie aber der Traum alles umzubilden pflegt, so erblickte man lange, farbig beaugte Schweife, wie von Pfauen oder seltenen Paradiesvögeln. Diese brachte man mir schockweise [in Bündeln] in's Schiff, legte sie mit den Köpfen nach innen, so zierlich gehäuft, daß die langen bunten Federschweife, nach außen hängend, im Sonnenglanz den herrlichsten Schober bildeten, den man sich denken kann, und zwar so reich, daß für den Steuernden und die Rudernden kaum hinten und vorn geringe Räume verblieben. So durchschnitten wir die ruhige Fluth und ich nannte mir indessen schon die Freunde, denen ich von diesen bunten Schätzen mittheilen wollte. Zuletzt in einem großen Hafen landend, verlor ich mich zwischen ungeheuer bemasteten Schiffen, wo ich von Verdeck auf Verdeck stieg, um meinem kleinen Kahn einen sichern Landungsplatz zu suchen.
>
> An solchen Wahnbildern ergötzen wir uns, die, weil sie aus uns selbst

> entspringen, wohl Analogie mit unserm übrigen Leben und Schicksalen haben müssen.[3]

Die erste zu beantwortende Frage ist natürlich, ob Goethe solch einen Traum wirklich hatte oder diese schöne Schilderung aus poetischen Gründen erfand. In dem Tagebuch, das er während dieses Teils der Reise für Charlotte von Stein führte, finden wir, wieder aus Bologna unter dem Datum des 19. Oktober 1786, abends:

> Der Phasanen Traum fängt an in Erfüllung zu gehn. Denn warrlich was ich auflade kann ich wohl mit dem köstlichen Geflügel vergleichen, und die Entwicklung ahnd ich auch.[4]

Ein Brief an die Herders vom 13. Dezember 1786 schließt mit folgendem Postscript:

> Gedenckt des Phasanen Traums der nun in Erfüllung geht, wenn nur das Ende tröstlicher wird![5]

Und am 29. Dezember 1786 zu Charlotte von Stein:

> Beladen mit Phasanen denck ich nur an die Rückkehr und Euch das Beste zu bringen und zu widmen.[6]

Und die letzte Erwähnung: am 17. Februar 1787 schreibt Goethe an Herder, nachdem er sein Verständnis für Herders schwierige Situation und für den Ärger seiner Frau über ihre Kinder bekundet hat:

> ich würde in [all] meinem Glücke traurig über euch werden, wenn ich nicht sähe, daß ich auch für Euch genieße und Euch herrliche Gastmäler von Phasanen zubereite.[7]

Dies mag als historischer Beweis dafür genügen, daß Goethe vor seiner Abreise nach Italien wirklich einen Traum hatte, in dem Fasane eine führende Rolle spielten. Goethe hatte offensichtlich anderen von diesem Traum erzählt, der einen ungewöhnlich tiefen Eindruck bei ihm hinterlassen haben muß, und deshalb konnte er in seinen Briefen davon reden als von etwas, was seinen nächsten Freunden bekannt war.

Doch erzählt Goethe den Traum so, wie er ihn wirklich geträumt hatte, als er ihn 28 Jahre später in seine *Italienische Reise* verpflanzte? Bekanntlich kümmert es den Psychoanalytiker im allgemeinen nicht sehr, ob der ihm erzählte und zu interpretierende Traum korrekt wiedergegeben wird oder verändert ist, denn die Abänderung enthält dieselbe Tendenz und Richtung wie die vorbewußten und unbewußten Mächte, die zu dem ursprünglichen Traum führen. Wenn aber die Veränderungen zu einem bestimmten Zweck vorgenommen sind, absichtliche Auslassungen enthalten oder aus erfundenen Ausschmückungen bestehen, kann die Grundrichtung des verdrängten Materials verlorengehen. Weiterhin hängt der Nutzen eines veränderten Traumberichts auch davon ab, welches Problem jemand durch die Untersuchung eines erzählten Traums zu lösen sucht. Ich glaube, daß die Erforschung von bestimmten Problemen der Traumpsychologie nicht darunter leidet, wenn sie mit sogar absichtlich veränderten Traumerzählungen arbeitet, daß aber für die Aufklärung anderer Probleme ein akuter Traumbericht unerläßlich ist. Ich betone diesen Punkt, weil ich von Anfang an einräumen möchte, daß meine Interpretation von Goethes Fasanentraum offen gegenüber Einwänden ist, weil wir über die Zuverlässigkeit von Goethes Bericht zu wenig wissen. Sicher wissen wir nur, daß Goethe einen angenehmen Traum über Fasane hatte, aber ob sein Inhalt der Gestalt entsprach, in der Goethe uns den Traum zur Kenntnis bringt, kann nicht bestimmt werden. Im Grunde schrieb Goethe seine *Italienische Reise* in erster Linie nicht als jemand, der an den Fakten seiner Beschreibung interessiert ist, sondern vornehmlich als Künstler, und das Ergebnis war ein Werk von außergewöhnlicher Schönheit. Sein Fasanentraum klingt wie eine Kurzgeschichte und mag den Eindruck vermitteln, daß die Veränderungen wegen der künstlerischen Schönheit vorgenommen wurden, aber im Hinblick auf die Besonderheit von Goethes Traumleben könnte man sich ebenso gut vorstellen, daß das Ziel der literarischen Schönheit auch dem manifesten Inhalt seiner Träume seinen Stempel aufdrückte, und es ist denkbar, daß sein Bericht, mit dem wir uns konfrontiert sehen, die gutgläubige Beschreibung eines wirklichen Traums ist, so wie er sich zur Zeit der Niederschrift an ihn erinnerte.

Es gibt in diesem Traum nur wenige Elemente, die so eindeutig sind, daß ihre Interpretation kaum auf Einwände stoßen wird. Da Goethe zur Zeit des Traumes mit der italienischen Reise beschäftigt war, darf man sicher annehmen, daß mit der »fruchtbaren, reichbewachsenen Insel« Italien gemeint war, das ja tatsächlich eine Halbinsel ist. So nahm Goethe im Traum seine Ankunft in Italien vorweg, und der Traum muß sich auf einen Wunsch beziehen, dessen Erfüllung Goethe in Italien erhoffte. Die Fasanen und die Schwänze wie Pfauen sind eindeutige Symbole des erigierten Penis. Die große Zahl, sozusagen die Anhäufung desselben Symbols, weist durch Kontrast auf den Einzelfall, an dem der Träumer interessiert ist, nämlich den Zustand seines übergroßen Genitales.[8] Da er die Fasanen von den Einwohnern der Insel kauft, können wir den Traum bis zu jenem Punkt übersetzen, als ob er sagt: ›Ich werde in Italien ankommen, ich werde sexuell erregt werden und mächtige Erektionen haben, hervorgerufen durch die dort empfangenen Eindrücke.‹ Die Erektion ist offensichtlich als enorm vorgestellt, denn die Fasanen drohen alle anderen Männer zu verdrängen, und es bleibt diesen fast kein Raum, weder »vorn« noch »hinten«. Dann tritt Beruhigung ein, den Träumer bewegen Gedanken, welchen Freunden zu Hause er seine Schätze mitteilen möchte.[9]

Der Traum endet mit der Rückkehr von Italien in einem nicht näher bezeichneten Hafen. Es ist nicht Weimar oder ein anderer vertrauter Nachbarort. Im Vergleich zu anderen Schiffen ist das Boot klein geworden, d. h. die Erektion hat aufgehört; er sieht ungeheure Masten, ein anderes Symbol des eregierten Penis, das sich diesmal nicht auf sein eigenes Organ bezieht, sondern auf das von anderen. Die Suche nach »einem sichern Landungsplatz« für »meinen kleinen Kahn« kann den Wunsch bedeuten — wenn weitere Symbolinterpretationen zulässig sind —, auch nach seiner Rückkehr aus Italien eine sichere sexuelle Partnerin zu finden, wobei sich das Wort »sicher« sowohl auf das Fehlen einer venerischen Krankheit als auch auf die Nachsicht bei möglicher Impotenz bezieht, d. h. auf ein gesundes Mädchen, das ihn wegen seines »kleinen Kahns« nicht demütigen wird in Anbetracht der ungeheuren Masten der anderen Schiffe.

Unter den vielen Punkten, welche Diskussion erheischen, sollen die vorherrschenden Kastrationssymbole — die schönen Vögel wurden getötet — zuerst erörtert werden. Der Traum wurde von Goethe offensichtlich als beglückend und befriedigend erlebt. Als sich die Dinge in Italien besonders erfreulich entwickelten, dachte er fast mit einem Gefühl der Dankbarkeit an die wohltätige Hand der Vorsehung. In Anbetracht der reichhaltigen Repräsentation von Kastration und dem anscheinend unbefriedigenden Ausgang des Traums ist dieses Empfinden erstaunlich. Im Traum ist Goethe keineswegs zuversichtlich, einen sicheren Anlegeplatz für sein kleines Boot zu finden, und der Traum bricht während der Suche danach ab. Goethe war sich dieses Faktors bewußt, wie aus dem vorher schon erwähnten Brief an Herder vom 13. Dezember 1786 zu ersehen ist, in welchem er der Hoffnung Ausdruck verleiht, das Ende der Reise möge tröstlicher sein als der Schluß des Traums.

Es ist fast immer riskant, allein durch Symbolinterpretation den wahren Kern eines Traums erschließen zu wollen. Wenn die Symbole mehrdeutig sind, kann nur der Kontext entscheiden helfen, welchen psychischen Inhalt das betreffende Symbol an dieser Stelle hat. Andere Schulen außerhalb der Tiefenpsychologie befinden sich hier in einer besseren Lage. Buder (73), die Goethes Traum in dreifacher Weise interpretiert (so wie nach ihrer Meinung Adler, Freud und Jung vorgegangen wären), scheint der Meinung zu sein, daß die in der Anwendung von Jungs analytischer Psychologie gewonnene Interpretation am weitesten führt. Sie zögert nicht, den Kahn mit den herrlichen Garben mit dem Bildnis des Dionysus zu vergleichen, das in einen Hafen gebracht wird. Der Anblick dieses Bildes habe eine heilende Wirkung. Der Träumer empfinde, daß dieser Gott in ihm lebe, und er müsse dies als gültige Naturnotwendigkeit anerkennen. Sie sieht das Bild sogar nach Athen gebracht und fügt eine ausgestaltete mythologische Szene hinzu. Daß der Traum davon nichts enthält, wird mit dem Faktum erklärt, daß die Szene sich ihrer Meinung nach zur nordischen Welt verändert, symbolisiert durch die Schiffe mit den hoch aufragenden Masten. Wieder fügt sie eine mythologische Phantasie hinzu, diesmal aus der nordischen Geschichte. Eine solche Technik kann nicht in irgendwelche Schwierigkeiten geraten und kennt ihrer Natur nach keine Schranken. Ihre Interpretation teilt uns wahrlich nichts mit, das wir nicht aus dem Studium von Goethes veröffentlichten Schriften erfahren könnten, und es wird nicht deutlich, warum Goethe solche Gedanken, wenn er sie zu jener Zeit überhaupt in seinem Kopf hatte, in einen Traum verbannt haben sollte.

In dem Bemühen, einen Faktor aufzudecken, der in einer besonderen Beziehung zu diesem Traum steht, wende ich mich dem Kontext zu, in welchem der Traum erinnert und ausführlich dargestellt wird. Dieser Kontext ist kein zuverlässiger Ersatz für die freien Assoziationen des Träumers, welche uns fehlen, aber wir können versuchsweise darauf ausgreifen und sehen, wie weit dieser Kontext bei unseren interpretatorischen Anstrengungen aushelfen kann. Zu diesem Zweck werde ich die Endfassung von Goethes Erzählung, die *Italienische Reise,* benutzen, wie auch das auf dieser Reise geführte Tagebuch, das in mancher Hinsicht von der Buchfassung abweicht.

Im folgenden habe ich aus der *Italienischen Reise* unter dem Datum des 19. Oktober solche Gegenstände herausgegriffen, die möglicherweise an jenem Tag mit Goethes Erinnerung des Fasanentraums im Zusammenhang standen und deshalb in assoziativer Nachbarschaft mit dem Traum selbst.

Goethe verbrachte den Tag in Bologna mit der Erweiterung seiner Kenntnisse in italienischer Kunst. Er urteilte über die Kunst wie über das Leben: »Je weiter man hineinkommt, je breiter wird sie [die Kunst].«[10] Er entdeckte neue Sterne am Himmel der italienischen Malerei, aber er fühlte sich verwirrt. Es war die sogenannte Zweite Schule von Bologna am Ende des 16. und zu Beginn des 17. Jahrhunderts, die ihn fühlen ließ, daß es ihm noch an Kenntnissen und an Urteilsvermögen mangelte. Es war meistens der Gegenstand solcher Bilder, der Goethe den Eindruck der eigenen Unwissenheit vermittelte und ihn von der Bewunderung und Liebe abhielt. Er wendete sich nachdrücklich gegen die üblichen Motive der christlichen Malerei, und er bedauerte, daß solche schönen Gemälde durch die Scheußlichkeit ihrer Motive verdorben würden. Am Nachmittag war er in besänftigter Stimmung und bewunderte eine Madonna, die das Christuskind stillte. Selbst ein Gemälde, das eine Beschneidung zeigte, entlockte ihm einen positiven Kommentar: »Ich verzieh den unleidlichen Gegenstand.«[11] Goethe verglich sich mit »Bileam, dem confusen Propheten, welcher segnete, da er zu fluchen gedachte«.[12] Doch alle Beanstandungen, die er gehabt haben mochte, wurden nichtig beim Anblick von Raphael, den zu preisen er kaum genügend Worte finden konnte. Eine heilige Agatha aus der Schule des Raphael ließ ihn an seine Iphigenie denken, welche ihn wiederum daran erinnerte, daß er mit der Neufassung dieser Tragödie nicht so weit wie geplant vorangekommen war, sondern statt dessen die Handlung für *Iphigenia von Delphi* entworfen hatte, die folgendermaßen lautet:

Elektra, überzeugt, daß Orest das Bild der Diana von Tauris zum Tempel des Apoll bringen wird, weiht als Sühneopfer die Axt, mit der so viele Verbrechen in der Geschichte ihrer Familie begangen wurden, dem Gott. Aber sie wird von einem Griechen, der Orest begleitet hatte, falsch informiert, ihr Bruder sei auf Taurus getötet worden. Die leidenschaftliche Elektra bricht in eine unglaubliche Wut aus. Als Iphigenie mit ihrem Bruder in Delphi ankommt, redet der Grieche Elektra ein, Iphigenie sei diejenige, die Orest ermordet habe. Elektra will Iphigenie, die sie nicht mehr als ihre Schwester anerkennt, töten mit demselben Beil, das sie geweiht hatte, aber eine glückliche Wendung verhindert die tragische Tat.

Goethe fühlte, daß er nicht die Gelegenheit haben würde, diese Handlung als Schauspiel zu gestalten: »Wo soll man aber Hände und Zeit hernehmen, wenn auch der Geist willig wäre!«[13] Und dann schreitet Goethe zur Erzählung des Traumes. Es folgt die Schilderung seines Besuches beim Wissenschaftlichen Institut,[14] und Goethe schließt seinen Bericht vom 19. Oktober. In diesem Bericht finden wir eine den Kontext betreffende Sentenz:

> Mir fiel eine frühere Bemerkung hier wieder in die Gedanken, daß sich der Mensch, im Gange der alles verändernden Zeit, so schwer los macht von dem, was eine Sache zuerst gewesen, wenn ihre Bestimmung in der Folge sich auch verändert.[15]

Hier entdeckt Goethe — in historischer Einkleidung — den Mechanismus der Fixierung, der im Leben von Neurotikern eine so große Rolle spielt.

Wenn wir diese Berichte der Endfassung mit Goethes Tagebüchern vergleichen, sehen wir, daß er der ursprünglichen Skizze nicht exakt folgt. Aus dem Tagebuch wissen wir, daß Goethe am 19. Oktober sehr aufgeregt war. Dort lesen wir:

> Mir läuft die Welt unter den Füßen fort und eine unsägliche Leidenschafft treibt mich weiter.[16]

Der Anblick eines Gemäldes von Raphael und ein Spaziergang in die Berge beruhigten ihn ein wenig. Goethe wendet sich an Charlotte von Stein und schreibt:

Ich sage dir alles wie mir ist und ich schäme mich vor dir keiner Schwachheit.[17]

Dann fährt er fort, Raphael zu preisen.

Das nächste Thema, dem er sich zuwendet, ist Albrecht Dürer, den er bedauert, weil dieser nicht in Italien gewesen sei. In der *Italienischen Reise* schreibt Goethe unter der Überschrift: »18. Oktober« in ähnlichem Stil über Dürer. Dort aber notiert er, daß Dürer in Venedig gewesen ist, und sein Bedauern gilt jetzt der Tatsache, daß Dürer nicht tiefer nach Italien hinunter kam. Hatte Goethe, als er das Tagebuch schrieb, vergessen, daß auch Dürer in Italien gewesen war, oder wußte er zu dieser Zeit nichts davon? Wenn er es vergessen hatte, dann können wir daraus schließen, daß er die Erinnerungen an die italienische Reise seines Vaters zu verdrängen suchte, da Dürer zweifellos ein Vater-Ersatz für Goethe war. Im Buch wie auch im Tagebuch schreibt er, Dürers Schicksal sei auch sein eigenes, »nur daß ich mir ein klein wenig besser zu helfen weiß«.[18] Nach dieser Bemerkung über Dürer erwähnt Goethe in seinem Tagebuch, wie schon zitiert, den Fasanentraum. Danach folgt der Kommentar zu Raphaels »St. Agatha« und Goethes Diskurs über die Greuel der christlichen Ikonographie, mit der wir aus seinem Buch näher vertraut sind. Er beschreibt die Aussicht von einem Turm in Bologna; dies wird in der *Italienischen Reise* unter dem Datum des 18. Oktober verzeichnet. Goethe erzürnte sich über einen Turm, der auf einer schiefen Ebene erbaut war und meinte, »der hängende Turm« sei abscheulich.

An dieser Stelle verlasse ich das Zitieren von Einzelheiten. Wir haben eine ungefähre Vorstellung von den Themen gewonnen, mit denen Goethe zu jener Zeit beschäftigt war. Das Material, das sich auf den Kastrationskomplex bezieht, ist tatsächlich vorherrschend: Goethes intensive Verdammung der christlichen Bildinhalte, d. h. der Beschneidung, des Märtyrertums, des physischen Leidens; die starke Reaktion auf den schiefen Turm. Wir finden auch Konkurrenzverhalten gegenüber Männern in der Frage, ob er oder Albrecht Dürer besser in der Lage wäre, sich mit der Welt zu messen. Weiterhin entdecken wir das ganze Bündel von Problemen, welches die Geschwisterbeziehung enthält; das zeigt die Handlung für die neue Tragödie *Iphigenia von Delphi*. So sind wir imstande — wenn auch indirekt —, historische Gewißheit zu finden, daß der positive Ödipuskomplex, der Kastrationskomplex und der Geschwisterkonflikt in dem Traum verdichtet waren.

Das sind konstante Themen, die in verschiedenen Variationen Goethes gesamtes Leben durchziehen. Sicher, es handelt sich um ewig wiederkehrende Themen, über die jeder von uns, in der Abwandlung des individuellen Schicksals, träumt, wann immer wir träumen, obgleich oft in so verkleideter Gestalt, daß sie nicht in jedem Fall erkennbar sind.[19]

Wir müssen beachten, daß ein Studium von Es-Inhalten, die in dem Traum wahrscheinlich bearbeitet wurden, uns nicht über das hinausführt, was mit größerer Präzision und Nutzen für unsere Erkenntnis aus anderen biographischen Quellen erschlossen wurde.

Vielleicht haben wir mehr Glück, wenn wir uns die besondere Stimmung anschauen, in der sich Goethe am 19. Oktober befand, nämlich das Gefühl, daß ihm die Welt unter seinen Füßen davonlief. Auf diese Stimmung stoßen wir in gewisser Weise auch in der Bemerkung, mit der Goethe in der *Italienischen Reise* seine Erzählung vom Fasanentraum einleitet. Dort schreibt er, nachdem er sich darüber beklagt hat, keine Zeit für seine neue Tragödie über die Iphigenie zu finden:

> Indem ich mich nun in dem Drang einer solchen Überfüllung des Guten und Wünschenswerthen geängstigt fühle, so muß ich meine Freunde an einen Traum erinnern, der mir, es wird eben ein Jahr sein, bedeutend genug schien.[20]

Hinzu kommt, daß Goethe in einer plötzlichen Aufwallung dessen, was den unbezähmbaren Drang, nach Rom zu gehen, ausgemacht haben muß, in sein Tagebuch für Charlotte von Stein am 19. Oktober schrieb:

> Ich will mich auch faßen und abwarten, hab ich mich diese 30 Jahre geduldet, werd ich doch noch 14 tage überstehn.[21]

Diese drei zitierten Bemerkungen haben einen Faktor gemeinsam: sie beziehen sich auf Situationen, in denen ein Ungleichgewicht zwischen der Qualität der Reize, die auf den psychischen Apparat einwirken, und dessen freie Energien, welche die ankommenden Reize binden können, besteht. In solchem Ungleichgewicht gibt es im wesentlichen zwei differente Konstellationen: Entweder übersteigen die ankommenden Reize die Kapazität des psychischen Apparats, oder der psychische Apparat besitzt größere Energiebeträge zur freien Verfügung, als durch den Zustrom äußerer Reize befriedigt werden kann. Die ersten beiden Bemerkungen — »mir läuft die Welt unter den Füßen fort« und »der Drang der Überfüllung ängstigt mich« — beziehen sich auf die erstere Konstellation, die letzte Bemerkung — »ich will noch 14 Tage überstehn« — entspricht der letzteren.

Diese beiden Konstellationen nun sind klinisch bedeutend im Fall einer bestimmten Funktionsstörung des genitalen Apparats, nämlich bei der *ejaculatio praecox.* Wer die Erfahrung vorzeitiger Ejakulation macht, hat das Gefühl, daß die Welt sozusagen unter seinen Füßen fortläuft, daß der Reiz ihn zu stark aufregt, und deshalb muß er diesen reduzieren, bevor der Höhepunkt erreicht ist; gleichzeitig jedoch hat er das Gefühl der Frustration, und er fühlt quälend, daß eine geweckte Erwartung jetzt nicht erfüllt werden kann. Besonders die erste und die letzte Furcht (die Welt entrinnt, und ich fürchte, daß ich weiteres Warten nicht ertragen kann) klingen fast wörtlich wie die Berichte, die man von Patienten zu hören bekommt, die an *ejaculatio praecox* leiden. Goethes Klage, nicht genug Zeit zur Ausführung seiner dramatischen Pläne zu haben (eine Klage, die mir bei ihm ganz ungewöhnlich klingt), weist zudem in dieselbe Richtung. Der Patient, der an vorzeitiger Ejakulation leidet, handelt, als ob er in Eile wäre und nicht Zeit genug für den Beischlaf hätte. Daher schließe ich, daß der Fasanentraum mit Goethes sexueller Funktionsstörung verbunden war, die ich als vorzeitige Ejakulation unter der Wirkung aufregender Küsse beschrieben habe.

Kehren wir zum Traum zurück und prüfen wir, ob sich diese These bestätigt. Zuerst möchte ich eine stilistische Besonderheit herausstellen. Im zweiten Satz erscheint das Wort »sogleich« zweimal. Das zeigt an, daß das Problem der *Sogleichheit* eine große Rolle in den latenten Traumgedanken spielte, da im Gang der Handlung nichts die betonte Unverzüglichkeit erfordert. Ich vermute ferner, daß die deutliche Symbolik des eregierten Penis (die schönen Schwänze der Vögel) der Reflex der Erektion des Schläfers während seines Traumes ist. Dieses Traumelement würde, falls meine Annahme stimmt, teilweise Silberers »autosymbolischem Phänomen« entsprechen (vgl. 491; 493).

Zweitens nehme ich an, daß die der Erektion zugrunde liegende sexuelle Erregung, die zur Ejakulation führte, nicht der spezifische Inhalt des Traumes war. Mit anderen Worten: die Funktion des Traumes war paradoxerweise das Verhindern der Ejakulation, und die Wunscherfüllung lag in der Tatsache, daß es nicht zu einer Ejakulation kam.

Gewöhnlich produziert sexuelle Erregung während des Schlafes, die zur Erektion führt, eine Bildwelt, die zu dem vorherrschenden Triebziel paßt. Das Schlußbild des Orgasmus-Traums entspricht den den Traum begleitenden sexuellen Empfindungen. Im Fall von Goethes Traum war es aber nicht das entsprechende erotische Bild, sondern die Symbolisierung der Erektion selbst, die den manifesten Trauminhalt ausmachte. Dieser Teil des Traums will sagen: ›Ich habe nicht jetzt eine Erektion, sondern ich werde eine Erektion haben, wenn ich in Italien bin‹, oder anders ausgedrückt: ›Jetzt, da ich in Italien bin (wie der Traum entstellt), habe ich eine Erektion.‹ Das ergibt einen guten Sinn, denn jetzt können wir aus verschiedenen Quellen schließen, daß Goethe bewußt oder unbewußt vorhatte, in Italien Sexualverkehr zu haben.

Gleichzeitig dient die Wahl des Symbols dem Ziel, die Ejakulation zu verhindern. Der eregierte Penis wurde durch etwas Totes symbolisiert, das nach zwei Richtungen hin interpretiert werden muß: (1) Das Totsein repräsentiert die Furcht vor Bestrafung (ein Element des Überich); (2) dadurch, daß der Penis als tot vorgestellt wird, wird seine Manifestation des Lebens, nämlich die Ejakulation, verhindert.

Ich glaube, mit der zweiten Interpretation stoßen wir auf eine besonders wichtige Funktion. Wie erinnerlich ging aus Goethes Brief an den Herzog klar hervor, daß der Sexualverkehr in Rom keine sehr tiefe Wirkung auf Goethe hatte, da das wirkliche Vergnügen beim Koitus nicht überwältigend war. Ich vermute, daß das männliche Organ in dem Bemühen, eine vorzeitige Ejakulation zu verhindern, depersonalisiert wurde. Die unbewußte oder sogar die vorbewußte Phantasie des eregierten Penis als totes Organ mag Goethe geholfen haben, seine Potenz zu erhalten, während sie gleichzeitig das Lustpotential beträchtlich verringerte.

So unzutreffend der Gedanke auch sein mag, man hört von männlichen Patienten nicht selten, daß die Schnelligkeit der Ejakulation nicht nur ein Zeichen von besonders großer Leidenschaft sei, sondern sogar von Potenz und Männlichkeit. Es ist möglich, daß ein ähnlicher Gedanke sich bei Goethe angesichts seiner vorzeitigen Ejakulation bildete. Er mag sich vorgestellt haben, daß seiner Funktionsstörung ein Übermaß an Leidenschaft und somit an Vitalität zugrunde lag, und als Folgerung mag die Vorstellung eines toten, seiner ejakulatorischen Funktion beraubten Penis verschwommen als willkommene Phantasie aufgetaucht sein.

In Mythologie, Volkskunst und Kunst wird der eregierte Penis als Symbol der Kreativität begriffen. Die Ejakulation, weniger zur Repräsentanz geeignet, spielt eine geringere Rolle.[22] Im Unbewußten rufen Erektion und Ejakulation häufig ganz unterschiedliche Bilder hervor und scheinen auch unterschiedliche Bedeutungen zu haben. Meiner Erfahrung nach waren die stärksten Äußerungen von Schuld, Scham und Verzweiflung bei Fällen von gehemmter Ejakulation festzustellen. Unfähigkeit zur Erektion oder vorzeitige Ejakulation scheinen viel leichter erotisch erklärbar zu sein als Ejakulationshemmung. Ich führe solche Einzelheiten an, um dem Leser bewußt zu machen, daß die Dynamik und die Phänomenologie der Psychopathologie in bezug auf jede einzelne Funktion männlicher Potenz unterschiedlich sind und daß die Differenzierung der symbolischen Repräsentanz von Erektion und Ejakulation nicht so unwahrscheinlich ist, wie sie auf den ersten Blick erscheint. Einem Mann, der vor der Einführung des Gliedes ejakuliert, wird die Unfähigkeit zu ejakulieren als höchst wünschenswertes Ziel erscheinen, und deshalb ist die Vorstellung eines eregierten, aber toten Penis – obgleich dies als Widerspruch erscheinen mag – gut bei einem Manne denkbar, der die rasche Ejakulation als Reaktion auf einen Reiz abzuwehren versucht. Es ist daran zu erinnern, daß für Goethe eine der Funktionen des voritalienischen Jahrzehnts darin bestand, einen Reiz ohne sofortige Befriedigung aushalten zu lernen. Sein Kampf gegen genitale

Befriedigung muß auch den Kampf gegen genitale Entspannung während des Schlafs oder Traums eingeschlossen haben. Je näher der Augenblick von Goethes Abreise nach Italien heranrückte, desto dringender wurde die Frage, ob er sexuelle Spannung ohne sofortige Befriedigung selbst in einer Situation des höchsten Reizes wie des Vorspiels zum Koitus und des Koitus selbst würde aushalten können oder nicht. Ein Ich, das den Gedanken der Kontrolle und des Befriedigungsaufschubs in solchem Grad integriert hatte, daß sogar im Schlaf ein starker genitaler Impuls trotz einer kräftigen Erektion gemeistert werden konnte, sozusagen ein Ich, das selbst während des Schlafes, im Zustand seiner großen Schwäche, eine seiner schwierigsten Aufgaben erfüllen konnte, ein so vorbereitetes Ich konnte derselben Aufgabe im wachen Zustand optimistisch entgegensehen. Es sollte weiter beachtet werden, daß im Zusammenhang mit Goethes Absicht, in Italien Geschlechtsverkehr zu haben, die Vorstellung entstanden sein muß, die kostbare Samenflüssigkeit für jene Zeit aufzusparen und sie nicht in einer nächtlichen Emission vor dem Augenblick größter Bedeutung zu verschwenden. So gab es viele Gründe für das Ich, um die Zeit des Fasanentraums gegen nächtliche Ejakulation zu kämpfen.[23]

Im weiteren Verlauf des Traums stoßen wir auf ein anderes Merkmal, das meine Hypothese bestätigen könnte. Nachdem er in symbolischen Begriffen ausführlich die Erektion und die daraus entstehende Lust dargestellt hat, erzählt Goethe, wie »wir die ruhige Fluth« »durchschnitten«. Das Wort »Flut«, das ein durch Zusammenziehung und Ausdehnung charakterisiertes Phänomen der Natur umfaßt, ist wiederum gut geeignet, jene Konstellation zu symbolisieren, die ich im Kopf habe. Auf jeden Fall assoziiert der Begriff oder das Bild der Flut Bewegung, und das ruhige Durchschneiden der Flut bringt die ruhig heitere Freude des Träumers zum Ausdruck, eine Erektion lange Zeit hindurch ohne Unruhe aufrechtzuerhalten.

Aus zahlreichen klinischen Beispielen ist bekannt, wie der an vorzeitiger Ejakulation leidende Patient versucht, das Geschehen dieses Symptoms zu vermeiden. Gewöhnlich lenkt er die Gedanken mit Trivialitäten während des Koitus ab: er rechnet dann oder konzentriert sich zwanghaft auf andere gefühlsneutrale Inhalte. Ein ähnliches Merkmal finde ich in diesem Teil von Goethes Traum. Während er die ruhige Flut durchschneidet, nennt er die Freunde, mit denen er den Schatz teilen oder die er über den Schatz informieren will. Das Nennen der Freunde erinnert an einen zwanghaften Zug. Beim Denken an die Freunde teilt Goethe seine Aufmerksamkeit und lenkt sie auf Inhalte, die mit Ejakulation zu verbinden höchst verboten ist, was als starkes Abschreckungsmittel gegen sexuelle Befriedigung dient. Gleichzeitig mag das Denken an Männer unter der Maske der Abwehr von Orgasmus verbotene Befriedigung verschafft haben.

Gegen Ende des Traums ist das Boot klein geworden, die Erektion hat sozusagen aufgehört, ohne zu einer Ejakulation geführt zu haben. Der Traum endet mit der Frage: ›Werde ich einen sicheren Landungsplatz finden?‹ Die mit dieser Frage verbundene Sorge bezog sich nicht länger auf die Furcht vor Ejakulation vor der Einführung des Gliedes, sondern auf äußere Faktoren wie die Frage, ob er eine gesunde Frau finden werde. Die Wunscherfüllung wird paradoxerweise in dem ›Es hat sich während des Schlafes keine Ejakulation ereignet‹ gefunden.

Gewöhnlich besteht der Hauptbeitrag des Ich zum Traum in dem Wunsch zu schlafen (158, S. 577–579). Hier gehen die Strebungen des Ich über dieses Ziel hinaus. Dem Wunsch zu schlafen wird der Wunsch, den Orgasmus zu verhindern, hinzugefügt. Dieser Wunsch des Ich wird für das Es durch das Versprechen annehmbar (wird sozusagen Es-synton), daß ein weit größerer Wunsch als bloße Ejakulation später in Italien seine Erfüllung finden wird. Mit dieser Vertröstung kann das Es zur Kooperation geködert werden. Das exhibitionistische Element ist in diesem Traum unzweideutig vorhanden und stellt ein weiteres Lockmittel zur Besänftigung des Es dar, welches auf sofortiger Befriedigung besteht. Es ist, als ob folgender Gedanke im Ich aktiviert worden wäre: ›Kann ich nicht weit mehr stolz darauf sein, daß ich mich rühmen darf, eine enorme Erektion über einen langen Zeitraum ausgehalten zu haben, als wenn ich sofortige Befriedigung erreicht hätte?‹ Solche Assoziationsbrücken, so richtig sie auch sein mögen, sind meiner Meinung nach von zweitrangiger Bedeutung. Sie sind Hilfsmittel. Den Traum an sich nehme ich als Zeichen dafür, bis zu welchem Grad die Fähigkeit, Reize zu erdulden und auszuhalten, in Goethes Persönlichkeit verankert war.

Obgleich in diesem Traum das narzißtische Element präsent ist, habe ich seine Bedeutung vielleicht überbetont. Der Traum steht im Dienst einer unerfüllten Sehnsucht nach einem Objekt. Wie aus den von mir zitierten Briefen ersichtlich, ist es sehr bezeichnend, daß der Fasanentraum Goethe gewöhnlich im Zusammenhang eines selbstlosen Impulses in den Sinn kam, d. h. mit dem Gedanken des Teilens mit einem Freund oder mit der Rückkehr nach Weimar. Auch die drei anderen Stellen in der *Italienischen Reise,* wo Goethe auf den Traum zu sprechen kommt, zeigen die Verbindung mit Äußerungen freundschaftlicher Objektbeziehungen. So finden wir wenigstens keine Widerlegung meiner These, daß dieser Traum für Goethe folgende Erklärung bedeutete: ›Schau her, ich kann selbst- und genußsüchtige Strebungen um der Liebe zu einem Objekt willen meistern.‹

Im Hintergrund kann man dennoch dunkel eine Wunscherfüllung von weniger günstigem Inhalt wahrnehmen. Der Traum bedeutet trotz allem auch: ›Ich werde in Italien sein; ich werde sexuell erregt sein; ich werde mächtige Erektionen haben; ich will mir selbst keine sexuelle Befriedigung gewähren, sondern ziemliche Frustration ertragen, um mich gegenüber meinen Freunden nach meiner Rückkehr davon zu rühmen, daß ich Versuchungen in allen Lebenslagen widerstehen kann.‹ Diese Interpretation würde bedeuten, daß Goethe zur Zeit seines Traumes noch große Ängste vor dem Beischlaf hatte und daß er sich eine glückliche Reise nach Italien nur vorstellen konnte, wenn er sich des Schutzes der Abstinenz versicherte, an die er sich in Weimar allmählich gewöhnt hatte. Aber es kann auch sein, daß die triumphierende Ermahnung: ›Gedenke des Fasanentraums!‹, die ihn durch seine ganze italienische Reise hindurch begleitete, mehr an Wunscherfüllung und Selbstbeherrschung umfaßt, als das Vermeiden von Angst einbringen kann.

Hier ist angezeigt, den Abschnitt nach Goethes Erzählung des Fasanentraums ins Gedächtnis zurückzurufen, in welchem er so treffend die Fixierung schildert. Indem Goethe die Schwierigkeit des Menschen beschreibt, sich von dem loszumachen, was eine Sache zuerst bedeutet hat und seine Mittel im Laufe der Zeit auf andere Ziele und Zwecke zu richten, dachte er vermutlich halb bewußt — obgleich er Kirchen, Höfe und Ateliers zur Illustration anführte — an den neuen Gebrauch seines genitalen Apparates.

Der Fasanentraum kann uns in einer weiteren Dimension als Schlüssel dienen. Wir sind von Zeit zu Zeit auf das Problem von Aktivität und Passivität zu sprechen gekommen, und wir haben die ungewöhnliche Tragweite bemerkt, die diese Antinomie für Goethes Leben besaß, die Schwierigkeit, auf die er bei der Kombination oder Synthese beider Strebungen stieß. Aus diesem Traum können wir lernen, daß die bloße Tatsache des Wartens auf Befriedigung — sogar wenn sie für die nächste Zukunft zugesichert ist — von Goethe als Kastrationsdrohung erfahren wurde, sozusagen als verhaßte Verbannung von Passivität und Weiblichkeit. Sogar — oder vielleicht besonders die psychobiologische Struktur der männlichen Genitalität, welche einen Zeitaufschub zwischen Erektion und Ejakulation, kurz den Faktor des Vorspiels aufzwingt, wurde von Goethe als Kastration und Passivität erlebt, und aus diesem Grund konnte das Ertragen von Erregung im Traum nur durch ein Symbol der Kastration veranschaulicht werden. Wir können hier die biologische Wurzel jener Schwierigkeit ausmachen, die Goethe bei der Integration von Passivität und so auch des Realitätsprinzips erfuhr. Doch im Schlaf *ist* der Mensch passiv, und der Traum wird dem passiven Ich, das sich nach Schlaf sehnt, eingeprägt. Hat Goethes Ich nicht gespürt, daß seine tiefe Aversion gegen Passivität seine manifesten Träume oft in nichts anderes als in mehr oder weniger vollkommene Gedichte nach außen wendete?[24]

Anhang Q

Notizen über Goethes Beziehung zu Christiane Vulpius und über das allgemeine Problem der Moral im Leben des Genies

Über das frühere Leben von Christiane Vulpius,[1] die Goethes Mätresse und später seine Frau wurde, ist wenig bekannt. Allerdings sind vor kurzem neue Informationen ans Tageslicht getreten. Christiane wurde am 1. Juni 1765 in Weimar geboren und am 3. Juni getauft. Sie verlor ihre Mutter in frühen Jahren. Ihr drei Jahre älterer Bruder studierte Jura und Geschichte und versuchte, ein Leben als freier Schriftsteller zu führen. Christiane hat anscheinend kaum die Schule besucht. Sie arbeitete in einer Manufaktur für künstliche Blumen, wo sie etwas Geld verdiente. Diese Manufaktur war kein Unternehmen, das in erster Linie auf Profit ausgerichtet war, sondern Mädchen der Mittelklasse sinnvolle Beschäftigung verschaffen sollte.

Christiane kam aus einer protestantischen Familie, die sich im 16. Jahrhundert in Weimar angesiedelt hatte. Unter ihren Vorfahren finden wir Minister und Juristen. Ihr Großvater war ein »iuris practicus« und Hofjurist des Herzogs von Sachsen. Ihr Vater, Johann Friedrich Vulpius, schaffte es nicht, den hohen Stand seiner Vorfahren zu erreichen. Er war nur ein »Amtskopist«,[2] sozusagen ein untergeordneter Beamter. Er war zweimal verheiratet. Aus der ersten Ehe stammten sechs Kinder, aus der zweiten vier. Von ihnen überlebten nur Christian August (1762–1827), der später ein populärer Autor von Räuber- und Schauerromanen wurde; [Johanna] Christiane [Sophia] (1765–1816), das dritte Kind, später Goethes Ehefrau; und Sophie Ernestine Louise (1765–1806), Christianes Stiefschwester. Als der Vater 1786 starb, ließ er seine Familie mittellos zurück. Nach einem unbestätigten Gerücht war er ein chronischer Alkoholiker.

Das scheint schon alles zu sein, was über Christianes Herkunft bekannt ist. Dann gibt es noch die unbestätigte Überlieferung, daß Goethe Christiane das erste Mal in der Blumenmanufaktur traf, als er einen Offizier, der zu

Besuch war, herumführte und ihm alles zeigte. Angeblich war der Besucher frech zu Christiane, und sie ließ ihn wirkungsvoll abblitzen.[3]

Auf Bitten ihres älteren Bruders, der seine Beschäftigung verloren hatte, richtete Christiane eine Petition in seinem Namen an den allmächtigen Minister Goethe.[4] Sie übergab ihm ihr Gesuch, als Goethe durch den Park ging. Dieser Vorfall führte — unmittelbar, wie man annimmt — zu einem amourösen Abenteuer.

Goethe sieht den 12. Juli 1788 als Beginn ihrer Beziehung an (vgl. 252, 1, S. 486). In einem Brief an Schiller vom 13. Juli 1796 merkte er an, daß etwa an diesem Tag seine Hochzeit acht Jahre her sei und die Französische Revolution sieben Jahre,[5] eine Bemerkung von weitreichender Bedeutung — obgleich als Spaß geäußert — in bezug auf die große Wirkung, die seine Begegnung mit Christiane hatte.

Christiane zog bald in Goethes Haus.[6] Ihre Stiefschwester, zehn Jahre jünger als sie, und ihre Tante Juliane, eine unverheiratete Schwester ihres Vaters, gesellten sich bald zu ihr. Christiane übernahm die Leitung von Goethes kompliziertem Haushalt. An Festen nahm sie erst teil, nachdem ihre Beziehung legalisiert war. Die Daten von Goethes Kindern lauten wie folgt: August — 25. Dezember 1789 bis 27. Oktober 1830; eine männliche Totgeburt am 14. Oktober 1791; Karoline — 21. November bis 3. Dezember 1793; Karl — 30. Oktober bis 16. November 1795; Kathinka — 16. bis 19. Dezember 1802.[7]

An dieser Stelle dürfte Goethes Tendenz, sich um die Zeit der Geburt seiner Kinder aus Weimar zu entfernen, von Interesse sein. Darin war sein Verhalten ganz anders als gegenüber der Herzogin. Wenn bei ihr die Zeit der Entbindung nahte, machte sich Goethe zu ihrem Schutzgeist.

Daß Goethe sich zu absentieren suchte, wenn die Geburt eines Kindes von ihm bevorstand, und daß sein Verreisen in solchen Fällen den Charakter einer Flucht hatte, kann man am besten aus einem Brief Christianes vom Oktober 1793 ersehen, in welchem sie anfragt, welchen Namen sie der »Krabskrälligkeit«[8] geben solle, »denn einen Taufnamen muß es doch haben« (252, 1, S. 40). Da sie hinzufügt, »es« würde bis zum Eintreffen einer Antwort warten, ist klar, daß Goethe Christiane verlassen hatte, als die Geburt erwartet wurde. Den anderen Ausdruck, den sie für das ungeborene Kind verwendeten, nämlich »das Pfuiteufelchen«, ist ebenfalls ein pejorativer Begriff. Goethes häufiges Abwesendsein in Jena während der Jahre seiner Ehe wird später erörtert. Ihren Urlaub verbrachten beide meist getrennt.

Am 19. Oktober 1806 wurden sie offiziell getraut, aber das Odium illegitimer Beziehung konnte nicht weggewischt werden. Am 9. Januar 1815 erlitt Christiane einen Schlaganfall, von dem sie sich schnell erholte. Mitte Mai

1816 geschah etwas Ähnliches. Aber Ende Mai verschlechterte sich ihr Befinden, und sie starb am 6. Juni nach Tagen fast anhaltender Krämpfe.

Über Goethes Wahl von Christiane als Liebesobjekt und sein langes Zusammensein mit ihr ist viel geschrieben worden — meist abfällig. Zeitweilig änderte sich die öffentliche und die Schulmeinung, und Christiane wurde als »die einzig passende Lebensgefährtin für Goethe« (252, 1, S. XV) bezeichnet. Gräf, der die Beziehung am genauesten untersucht hat, nennt diese Ansicht verstiegen. In seiner sympathischen und verständigen Einführung seiner Auswahlausgabe ihres Briefwechsels kommt er zu dem Schluß, daß trotz der vielen guten Seiten, die zugunsten Christianes angeführt werden können, ihr Zusammenleben »ein gefährliches, nur halb geglücktes Experiment« war (252, 1, S. LIII). Ich selbst bin entschieden der Meinung, die ich versuchen werde zu beweisen, daß Christiane der einzige Typ von Frau war, die Goethe erfolgreich zu seiner Frau machen konnte.

Ich glaube, es ist ein Fehler, von »Goethes Beziehung zu Christiane« zu sprechen, als wenn es sich hier um ein einziges unwandelbares Wesen handelte, denn in dieser Beziehung lassen sich bestimmte Phasen erkennen, und die Bedeutung Christianes für Goethe hat von Phase zu Phase in wesentlichen Dingen variiert. Für meine Untersuchung ist nur die erste Phase von Bedeutung, und meine Bemerkungen beschäftigen sich in erster Linie mit dieser Phase.

Die erste Frage betrifft natürlich Goethes Objektwahl. Warum wählte er ausgerechnet Christiane aus? Es sieht so aus, als ob Goethe anfangs seine Wahl nicht so verstand, daß sie zu einer dauerhaften Beziehung führen würde, schon gar nicht zu einer späteren Heirat. Anfangs war es wahrscheinlich bloße Verliebtheit, dem Antrieb des Augenblicks entsprungen und aus rein sexuellen Motiven stammend. Dennoch glaube ich, daß bestimmte äußere Umstände ihrer ersten Begegnung Goethes Unbewußtes ansprachen. Wie erwähnt brachte Christiane eine Petition anstelle ihres Bruders vor, der als Autor und Dichter versagt hatte. Die Vorstellung von einer Schwester, die tatkräftig versuchte, ihren Bruder zu retten, während dieser passiv auf ihre Bereitschaft, sich zu opfern, baut, paßt gut in vermutlich von Goethe gehegte Phantasien im Hinblick auf seine eigene Beziehung zur Cornelia hinein. Vulpius' böses Schicksal erschien ihm vielleicht als ein Ergebnis, das leicht sein eigenes hätte werden können, wenn er von seinem Schutzgeist nicht beschützt worden wäre.[9] Indem er sich Christiane aneignete, beraubte er einen Bruder seiner ergebenen Schwester, die als Schutzengel fungierte. Zugleich konnte Goethe im wirklichen Leben eine weibliche Identifikation vollziehen, indem er für den Bruder sorgte — was er wirklich tat. Ich glaube, meine Vermutung könnte stützen, daß in Goethes Phantasie Christianes Person eine Art Schwesterbild umgab in einem Detail, dessen besondere Umstände noch nicht erhellt wurden. Christianes Geburtstag war der 1. Juni. Goethe feierte ihn dennoch hartnäckig am 6. August. Zugegeben, es steht nicht fest, ob dies von Goethe so arrangiert wurde oder ob Christiane ihr Geburtsdatum nicht sicher wußte. Gräf nimmt an, daß Christiane ihren eigenen Geburtstag mit dem ihrer Schwester Sophie verwechselte, die am 6. August 1781 geboren wurde (252, 1, S. 482). Dies scheint mir nicht sehr wahrscheinlich, denn Christiane war sechzehn, als Sophie geboren wurde.[10]

Wahrscheinlicher ist, daß Goethe bei der Verschiebung des Geburtstages seinen Anteil hatte. Christiane war in einem ungewöhnlichen Maße bereit, sich Goethes Wünschen zu fügen, und es würde gut in das Bild passen, das man von ihr erhält, daß sie sich bereitwillig ohne Protest Goethes Wunsch unterwarf, den Geburtstag ihrer Schwester mit ihrem eigenen auszutauschen. Wenn es Goethe war, der Christianes Geburtstag vom Juni wegschob, dann können wir ganz sicher sein, daß dies deswegen geschah, weil das Junidatum für ihn eine nachdrückliche Verbindung zwischen ihr und Cornelia stiftete, deren Tod sich am 8. Juni 1777 ereignete.[11] So wie das Schicksal manchmal wie ein sentimentaler Stückeschreiber verfährt, so kam es, daß Christiane am 6. Juni 1816 starb, was ihren Todestag beinahe genau auf den Jahrestag von Cornelias Tod fallen ließ. Als Goethe jene Verse schrieb, die offensichtlich Christianes Tod gewidmet waren —

Du versuchst, o Sonne, vergebens
Durch die düstren Wolken zu scheinen!
Der ganze Gewinn meines Lebens
Ist ihren Verlust zu beweinen.[12]

— machte das Schicksal es ihm möglich, etwas zum Ausdruck zu bringen, das er die Jahre hindurch für Cornelia gefühlt hatte. Wie groß das Trauma war, Cornelia zu verlieren, hatte er nur einmal jemandem anvertraut, nämlich Charlotte von Stein in seinem Brief vom 17. Januar 1787 aus Rom. Für den Augenblick eines Blitzes zog er einen Vorhang zur Seite vor dem, was in Worte zu fassen so schmerzlich war, und er schrieb:

Seit dem Todte meiner Schwester hat mich nichts so betrübt...[13]

Was immer die unbewußte Bedeutung von Christiane gewesen sein mag, äußere Faktoren trugen natürlich auch zu der Wahl bei. Christiane war eher hübsch als schön. Ich habe früher festgestellt, daß Goethe im allgemeinen eher von hübschen als von schönen Frauen angezogen wurde. Christiane war siebzehn Jahre jünger als er. Aus guten Gründen darf der Wunsch angenommen werden, von der physischen Liebe eines jungen, gesunden, starken, attraktiven Mädchens verjüngt zu werden. Die ganze Italien-Episode war eine Verjüngung, und das verbietende nördliche Land, in dem Goethe erneut zu leben gezwungen war, drohte den Gewinn ungeschehen zu machen, den er im Süden erworben hatte. Christianes relativ niedriger sozialer Status erlaubte ihm fortzusetzen, was er mit Faustina in Rom begonnen hatte. Goethe wollte sich gewiß nicht von einer Frau anbinden lassen, und Christiane bot augenscheinlich alles, was der Augenblick erforderte, ohne auf Gefahren in der Zukunft vorauszudeuten. Die erste intime Zusammenkunft mag so etwas wie ein Experiment gewesen sein, auszuprobieren, ob die römische sinnliche Liebe in Weimar wiederholt werden könnte. Wieder stoßen wir auf geheime, kurze Begegnungen mit der Sorge, nicht von den Nachbarn beobachtet zu werden.

Nach Karl von Steins Bericht kam Goethes Liebschaft durch Zufall heraus. Sein Bruder Fritz, der offenbar noch im Besitz der Schlüssel zu Goethes Gartenhaus war, kam plötzlich herein und fand die junge Dame, die sich so verhielt, als wäre sie dort zu Hause. Anscheinend wurde auf diesem Wege Goethes Beziehung zu Christiane bekannt. Die Reaktion auf Goethes unerlaubte Affäre war unglaublich boshaft. Die Geschichte dieses beschämenden und intriganten Klatsches ist oft dargestellt worden und bedarf hier keines weiteren Kommentars.

Offensichtlich zeigte das Mädchen so viele Qualitäten und durchtränkte die Atmosphäre um sich herum mit einem so herzlichen Klima, daß das, was als vorübergehendes Vergnügen gedacht war, ein ernsthafter und notwendiger Teil seiner Existenz wurde.[14] Seit in Rom Geschlechtsverkehr in sein Leben eingetreten war, konnte Goethe wahrscheinlich nicht darauf verzichten, und wie häufig immer diese Befriedigung stattgefunden haben mag, es scheint für ihn notwendig gewesen zu sein, sich diese Befriedigung verschaffen zu können. Goethe hatte unglaubliches Glück mit seiner Wahl von Christiane, da meinem Eindruck nach nur eine Frau ihres Typs ihm geben konnte, was er dringend benötigte, ohne ihm irgendwie zu schaden. Es ist äußerst bemerkenswert, wie diese unverfälschte Frau, die fähig war, die objektive Größe ihres Liebhabers fast allein aus der Erfahrung seines Ansehens in ihrer Umgebung zu begreifen, sich Goethes Bedürfnissen unterordnete, ohne ihre Individualität zu verlieren oder Schuldgefühle in ihm durch Verstummen oder Schweigen auszulösen. Sie gab sich offenbar hin als das, was sie war, und ein Grundzug ihres Wesens war ihre Dankbarkeit für das, was Goethe für sie tat, ein Verlangen, soviel wie möglich bei ihm zu sein, ihren Platz auszufüllen und ihren Aufgaben gerecht zu werden in einer Weise, die ihm gefiel und die ihn befriedigte. Obwohl Goethe sie bloßstellte und demütigte, indem er sie nicht heiratete und sie durch fünf illegitime Schwangerschaften gehen ließ, deutete sie in keinem ihrer Briefe den Wunsch an, seine legitime Ehefrau zu werden. Es gab natürlich in ihren Briefen sehr viele Gelegenheiten, auf eine solche Bitte anzuspielen, aber es ist meiner Meinung nach die Frage, ob sie in ihrem Inneren solche Erwartung überhaupt hegte. Sie hatte augenscheinlich ein unerschütterliches Vertrauen, daß er wußte, was das Beste für sie sein würde, und sie akzeptierte letztlich seine Entscheidungen. Zugleich fühlte sie auch, daß nichts seine Arbeit beeinträchtigen sollte, und ordnete ihre eigenen Wünsche und Bedürfnisse ohne Zögern den Notwendigkeiten seiner Kreativität unter. Ihr Brief an ihn vom 24. November 1798, als er sich in Jena aufhielt, mag als ein Beispiel von den vielen, die zitiert werden könnten, für diese Haltung dienen:

> Ich danke Dir vor das Rehebrätchen. Itzo gehen bei uns die Winterfreuden an, und ich will mir sie durch nichts lassen verbittern. Die Weimarer thäten es gerne, aber ich achte auf nichts. Ich habe Dich lieb und ganz allein lieb, sorge für mein Bübchen und halte mein Hauswesen in Ordnung, und mache mich lustig. Aber sie können einen gar nicht in Ruhe lassen. Vorgestern in [der] Komödie kommt Meisel[15] und fragt mich ohne Umstände, ob es wahr wär, daß Du heurathst, Du schafftest Dir ja schon Kutsche und Pferde an.[16] Ich wurde den Augenblick so böse, daß ich ihm eine recht malicieuse Antwort gab, und ich bin überzeugt, der fragt mich nicht wieder. Weil [ich] aber immer daran denke, so habe ich heute Nacht davon geträumt. Das war ein schlimmer Traum, den muß ich Dir, wenn Du kommst, erzählen. Ich habe dabei so geweint und laut geschrien, daß mich Ernestine aufgeweckt hat, und da war mein ganzes Kopfkissen naß. Ich bin sehr froh, daß es nur ein Traum war. Und Dein lieber Brief macht mich wieder froh und zufrieden. Es gibt recht gutes Eis, und ich will wieder Schrittschuh fahren [...] Auf die Redoute freuen mir uns sehr. Wenn Du hier wärst, wäre uns freilich noch lieber; aber da ich höre, daß es Dir mit Deinen Arbeiten gut gehet, das ist besser als Redouten-Freude, weil ich weiß, wenn es Dir mit Deiner Arbeit gut geht, Du auch recht vergnügt wiederkömmst. Und dann wollen mir sehr vergnügt zusammen sein. Aber allem Anschein nach kriegen mir einen starken Winter, denn hier liegt der Schnee schon eine Elle hoch. Leb wohl und behalte mich lieb.[17]

Diese Probe ist in bestimmter Hinsicht typisch für ihre Korrespondenz bis 1804 oder 1805. Unglücklicherweise haben sich nur Briefe von 1792 an erhalten, aber ich vermute, daß diese vertraute Zuneigung, Herzlichkeit und dieses gegenseitige Vertrauen, das in diesen zwölf Jahren (1792–1804) zu beobachten ist und das sich in über 380 Briefen dokumentiert, sicher bald nach ihrer ersten Bekanntschaft begannen. Christianes Briefe haben sich wegen ihrer abscheulichen Rechtschreibung einen schlechten Ruf bewahrt. Doch auch Goethes Rechtschreibung war manchmal sehr schlecht, und die der Mutter, obwohl nicht ganz so schlecht wie die von Christiane, würde man heutzutage als Zeichen für das vollständige Fehlen von Bildung werten.

Christianes Rechtschreibung war rein phonetisch, und es gibt kein Anzeichen dafür, daß dies den Empfänger in irgendeiner Weise störte. Gräf veröffentlichte ihre Briefe nicht in der originalen Schreibweise, sondern ersetzte diese durch die korrekte Orthographie. Dadurch gab er einen gut lesbaren Text, aber er deckt überraschenderweise auf, daß beide Briefschreiber während dieser Jahre sich auf derselben Ebene verständigten. Es ist vielleicht eines der am meisten beeindruckenden Zeichen von Goethes Humanität, daß in den Briefen jener Periode nicht ein Satz gefunden werden kann, der Gezwungenheit, Herablassung oder ein Bemühen verrät, das Niveau auf das ihre zu senken. Die Briefe fließen mit vollkommener Leichtigkeit, Herzlichkeit und Wärme, ohne eine Zeile, von der man vermuten könnte, daß sie Christiane Schwierigkeiten beim Verstehen oder beim Erfassen der vollen Bedeutung gemacht hätte. Das ist ein unglaubliches Kunststück, wenn man den Unterschied zwischen dem Niveau ihrer Bildung betrachtet. Wird der heutige Leser von Goethe getäuscht? Sprach er wirklich zu ihr herunter, und waren solche Briefe wirklich mit bewußtem Bemühen und Absicht geschrieben? Ich glaube das nicht. Die unterschwellige Tendenz hätte irgendwo hervorgeleuchtet — in Korrekturen, Fehlleistungen oder Unbeholfenheiten. Tatsache aber ist, daß sie gerade so wie die anderen Briefe ihm eigen sind und trotzdem vollkommen auf den Brennpunkt seines geliebten, ungebildeten Mädchens konzentriert, die nur am Tanzen, an Festen und an Haushaltsaufgaben Interesse hatte, und vor allem an Goethes und ihres Sohnes körperlichem Wohlergehen und guter Laune.

Ich möchte unter den vielen möglichen Beispielen eine Probe geben von der Stimmung, in der Goethes Briefe geschrieben waren. Er schrieb an Christiane am 26. März 1797 folgendermaßen:

> Hier schicke ich dir, mein liebes Kind, etwas Geld damit du diese Woche versorgt seyst. Wie gern käme ich gleich heute zu dir, denn ich habe eigentlich hier nichts mehr zu thun. Nur möchte ich abwarten biß Schiller mit einem Stück seiner Arbeit fertig ist, das er mir vorlesen will.[18] Alles andre könnt ich recht wohl drüben, in der Nachbarschaft meiner lieben Kinder thun. Ich sehne mich recht euch wieder zu sehen und komme vergnügt zurück, da mir alles nach Wunsch gelungen ist.[19] Lebe recht wohl, und behalte mich lieb.[20]

Man gewinnt den Eindruck, daß Goethe in seinen Briefen an Christiane eine Seite seiner Persönlichkeit einfließen ließ, die er allein in dieser Beziehung ausdrücken konnte: das Vermeiden von Abstraktionen und seine Vorliebe für Konkretes. Der unmittelbare Kontakt zur Realität, in der das Gegenständliche vorherrscht: Speisen, Wein, das Heim, Geld, das Haus, Gesundheit und Kinder waren die bevorzugten Gegenstände dieser Briefe. Es gibt zahllose Auskünfte über Wein, die Wahl und die Zubereitung von Speisen, die gegessen oder nicht gegessen wurden — Interessen, die keineswegs geheuchelt klingen, sondern frisch und ohne Umschweife. Auch seine Sorge für ihre Kleidung war echt. Dies wird besonders deutlich in einem Brief (vom 17. Mai 1793), als er ihr während eines Aufenthaltes in Frankfurt schrieb, daß seine Mutter ihm einen Rock und etwas Stoff für sie gegeben habe. Zwei Nachschriften zeigen, daß es ihn beschäftigte, wie sie den Stoff verwenden sollte und für welche Gelegenheiten, und in seinem Brief vom 15. August 1797 fordert er sie auf:

> Schreibe mir ja wie das schwarzseidne Kleid gerathen ist und wann du es zum erstenmal angehabt hast, ...[21]

Sein Briefwechsel bis 1804 trägt deutlich die Merkmale einer ehrlichen Objektbeziehung, die ihn ohne die Verwicklungen manifester Konflikte mit Glück und Befriedigung ohne Opfer ausstattete und ihn zeigt als jemanden, der in erster Linie an dem Wohlergehen und dem Vorteil des Liebesobjekts interessiert ist. Es gibt in Goethes Leben keinen Vorläufer für diese Art der Beziehung, und er ging niemals wieder eine vergleichbare Beziehung ein. Christiane war das Medium seines Lebens, und welche Konflikte ihn auch während dieser zwölf Jahre bewegt haben mögen, sie verdunkelten nicht das sonnige Glück, das man begreift, wenn man diese Briefe liest. Heinz Hartmanns Konzept des konfliktfreien Bereichs des Ich folgend fühle ich mich geneigt, hier von einer konfliktfreien Sphäre in den zwischenmenschlichen Beziehungen zu sprechen, welche Konflikte auch unter der konfliktfreien Oberfläche gekocht haben mögen. Dieser mit einer unglaublichen Weite begabte Geist war auch fähig, rechtschaffen, ganz und aufrichtig auf einer Ebene zu leben, die auf den ersten Blick so ungoethisch aussieht, wie man es sich nur vorstellen kann.

Daher gewinnt die Frage, warum er Christiane achtzehn Jahre nicht heiratete und warum er so häufig in Jena war, besonders große Bedeutung. Viele Autoren erklären das erstere mit der Unmöglichkeit, Christiane bei Hof einzuführen, weil es ihr an Bildung und Umgangsformen mangelte. Dieses Argument zählt, wie ich glaube, nicht viel, da Goethes Stellung so beschaffen war, daß er sie auch dann nicht bei Hofe eingeführt hätte, wenn sie verheiratet gewesen wären. Meine folgenden Ausführungen sind hypothetisch.

Goethe fühlte sich offensichtlich unfähig, sich ganz auszuliefern und eine offizielle Beziehung zu etablieren, die kaum hätte gelöst werden können.[22] Doch auch ohne Heirat wurde diese Beziehung in jeder praktischen Hinsicht unauflöslich; die latente Möglichkeit einer Scheidung aber, die eine illegitime Beziehung implizit enthält, hatte wahrscheinlich ihre Auswirkungen. Ich glaube, daß Goethe diese Beziehung auf einem hohen Niveau emotionaler Spannung halten wollte, indem er die Illegitimität nicht aufhob. Er mag auch versucht haben, diese von allen anderen seiner vielfältigen Beziehungen abseits zu halten. Christiane sehnte sich wirklich nicht nach dem Hof und der Gesellschaft hochgradig unnatürlicher Leute. Wäre sie eine Person mit einer offiziellen Rolle geworden, hätte sie ihre Aufgaben nicht mehr so vollendet erfüllen können. Eine Heirat hätte Christiane mit Pflichten belastet, die zu ihr wirklich nicht paßten. Die Christiane der Periode bis 1805 ist eine weit charmantere und sympathischere Person als die *Frau Geheime Rätin* von 1806 an. Von bescheidenem Gemüt, weichherzig und jederzeit bereit, anderen zu helfen, hätte sie an der Reduzierung dieser Tugenden gelitten, wenn sie in den Stand einer Ehefrau Goethes aufgestiegen wäre, und zwangsläufig wären Elemente, die zu ihr in keiner Weise paßten, durch den Akt der Legitimierung in ihr Leben eingedrungen. Die verleumdete, manchmal sogar geächtete Christiane Vulpius mag glücklicher gewesen sein als die Christiane von Goethe.

In der Diskussion von Goethes Opposition gegen die Heirat oder deren Aufschub ist noch ein anderer Aspekt zu berücksichtigen. Christiane fühlte sich wegen der illegitimen Beziehung schuldig, und sie war überglücklich, als Goethes Mutter von ihrem Zusammenleben erfuhr und keine Zeichen von moralischer Entrüstung oder Mißbilligung zeigte.[23] Als Goethe im nächsten Jahr wieder in Frankfurt war und Christiane Geschenke und Grüße von seiner Mutter und von ihm geschickt wurden, war sie entzückt und schrieb Goethes Mutter ohne Goethes vorherige Erlaubnis. Sie unterrichtete Goethe von diesem Schritt (7. Juni 1793) mit einiger Vorbedeutung, drückte ihre Freude über die Geschenke aus und fügte hinzu:

> aber am meisten freu ich mich, daß die liebe Mutter nicht böse auf mich ist, das macht mich sehr glücklich, denn das hat mich noch mannichmal betrübt. (252, 1, S. 21)

Männliche Vorrechte wurden damals vielleicht als weiterreichend gesehen als heute, aber sogar heute noch mag sich ein Mädchen sorgen, wie die Mutter ihres Liebsten auf ihr Betragen reagieren wird, obgleich der Liebhaber den größten Teil der Verantwortung für die Beziehung trägt, wie es sich offensichtlich im Fall von Christiane und Goethe verhielt. Dieser Faktor — daß Christiane die gesamte Verantwortung akzeptierte, daß sie Goethe niemals anklagte, sondern sich selbst schuldig fühlte, und daß sie ihm gewährte, was er auch forderte — all dies muß ein Quell größter Unterstützung für Goethe gewesen sein, dem verziehen wurde, noch bevor er darum bat. Darüber hinaus wurde die ganze Frage der Schuld — meiner Meinung nach für Goethe untrennbar verbunden mit unmittelbar sexuellen Wünschen — auf diese Weise auf einen äußeren sozialen Faktor verschoben, was die physische Beziehung erleichtert haben muß. Das Problem bestand nicht länger, am wenigsten auf der Ebene des Vorbewußten, in der Frage: ›Welchen Schaden füge ich dem weiblichen Körper zu?‹ sondern: ›Welchen Schaden füge ich dem Ansehen eines Mädchens zu?‹ Mit diesen Skrupeln war unendlich leichter zu kämpfen als mit dem verdrängten Inhalt der zerstörerischen Wirkung des Koitus. Hier spielten Umstände in Goethes Hände, eine bearbeitbare Rationalisierung für einen seiner äußerst bedrohlichen Konflikte zu finden, die im anderen Fall leicht akute Ängste hätten entstehen lassen. Infolgedessen mag paradoxerweise die Illegitimität ihrer Beziehung Goethes Schuldgefühle verringert haben.

Goethes häufige und lange Aufenthalte in Jena sind in Wirklichkeit Teil der vollkommenen Einrichtung seiner neuen Lebensumstände. Er erzählte Christiane offen, daß er in Weimar nicht arbeiten konnte. Sie akzeptierte dies ohne Murren und so bereitwillig, als ob es einen schlichten und einfachen Grund gegeben hätte. Goethes Abwesenheit wurde selten von äußeren Umständen erzwungen, obgleich er gelegentlich Amtsgeschäfte in Jena zu verrichten hatte. Offenbar machten Christianes und seines Sohnes Gegenwart das Arbeiten unmöglich. Daher zerteilte sich sein Leben in den latent homosexuellen Kreis in Jena, wo er eine enge Freundschaft mit Schiller unterhielt und sich gänzlich dem Produzieren widmete, und in den Kreis in Weimar, wo er »vergnügte Tage« hatte, wie sie so häufig in den Briefen von beiden genannt werden. Goethe hielt Christiane nicht vor, daß er in Weimar nicht arbeiten konnte — er war sich voll bewußt, daß es an seiner Eigenheit lag —, und Christiane sah darin, wie ich erwähnt habe, keinen Vorwurf gegen sich. Das Bedürfnis nach Einsamkeit während der Phase des Produzierens kann auf Goethes Seite nicht als Zeichen von Ambivalenz angesehen werden. Wenn er Sehnsucht nach ihr verspürte, nach Weimar zurückzukehren oder wenn er Christiane nach Jena kommen lassen wollte, nahm er von beiden Alternativen strikt Abstand, wenn die geringste Gefahr bestand, daß sich seine Fähigkeit verringerte, mit dem schöpferischen Werk, mit dem er gerade beschäftigt war, voranzukommen. Seltsamerweise verstand dies Christiane, und trotz ihrer unaufhörlichen Beteuerungen, wie freudlos ihr Leben ohne Goethe sei, dachte sie niemals daran, daß er ihren Wünschen Vorrang geben sollte, sondern beschränkte sich — wenigstens in ihren Briefen — auf den Wunsch, er möge sein Werk bald erfolgreich abschließen. Nur sehr selten finden sich Gedanken wie der folgende in ihrem Brief vom 25. September 1799:

> Es würde vielleicht mit den Arbeiten hier besser gehen als sonst. (252, 1, S. 261)

Goethe selbst war vollkommen klar, daß sein eigenes besonderes Bedürfnis die Ursache der Abwesenheiten war. Als er einmal in einer kritischen Phase seines Werks in Weimar bleiben mußte, schickte er seine Familie nach Jena und bat Schiller, ein Auge auf seinen Sohn zu haben. Am 7. August 1799 schrieb er an ihn:

> ... da ich nicht nach Jena entweichen konnte, so mußten die Meinigen weichen, denn dabey bleibt es nun eimal: daß ich ohne absolute Einsamkeit nicht das mindeste hervorbringen kann.[24]

Es ist einsichtig, daß ein Freund, der zu heftige Gefühle in ihm erregte, dieselbe Wirkung haben konnte. So schrieb er am 9. Dezember 1797 aus Weimar an Schiller über seinen Freund Meyer, der viele Jahre in seinem Hause lebte und zu seinem Hausstand dazugehörte:

> Meyern werde ich wohl nicht mitbringen, denn ich habe die Erfahrung wieder erneuert: daß ich nur in einer absoluten Einsamkeit arbeiten kann, und daß nicht etwa nur das Gespräch, sondern sogar schon die häusliche Gegenwart geliebter und geschätzter Personen meine poetische Quellen gänzlich ableitet. Ich würde jetzt in einer Art von Verzweiflung seyn, weil auch jede Spur eines productiven Interesse bey mir verschwunden ist, wenn ich nicht gewiß wäre es in den ersten 8 Tagen in Jena wiederzufinden.[25]

Ein Anfall von Kreativität wurde begleitet von der unterschwelligen Auffassung, daß ein äußerer Reiz diesen Prozeß beenden könnte in dem Augenblick, wenn der Gedanke gerade Gestalt anzunehmen schien. Er schrieb an Christiane am 20. November 1798:

> Ich bitte dich daher nicht unvermuthet herüber zu kommen, ich muß es wieder auf meine gewöhnliche Art halten und hier solange in Einem Stücke arbeiten als ich mag und kann.[26]

In dem folgenden Brief, den er ihr am 30. Mai 1809 schrieb, spürt man die Angst des Genies, das Triviale könne über das Erhabene siegen:

> Wende alles was du kannst die nächsten acht Tage von mir ab: denn ich bin gerade jetzt in der Arbeit so begriffen[27] wie ich sie seit einem Jahre nicht habe anfassen können. Würde ich jetzo gestört, so wäre alles für mich verloren was ich ganz nahe vor mir sehe und was in kurzer Zeit zu erreichen ist.[28]

Die für den schöpferischen Akt notwendigen psychischen Bedingungen liegen nicht in der freien Entscheidung des Ich. Was immer das kreative Genie wünschen mag, es ist auch von dem Wechselspiel selbsthandelnder Kräfte mit dem bewußten Teil der Persönlichkeit abhängig und muß diese in eigener Weise handeln lassen, ohne den Versuch, einzugreifen. Das dringende Bedürfnis nach Einsamkeit war für Goethe wahrscheinlich Anlaß zu Schuldgefühlen — vielleicht ganz sicher, denn er demonstrierte die Tendenz, Christiane von wichtigen Bereichen seiner Existenz fernzuhalten. Dennoch war sie regelmäßig über die Mechanismen seines Produzierens unterrichtet — ob das Werk befriedigend voran kam, ob er an einigen Gedichten oder an einem Roman arbeitete oder ob er neue Ideen hervorbrachte, die er für künftige Produktionen brauchte. Das Reich der Bedeutungen, Werte und Inhalte aber fand keinen Niederschlag in ihren Briefen. Doch bestand das Resultat darin, daß beide fühlten, sie bekämen mehr vom anderen als sie geben würden, und beide drückten den Wunsch aus, dem anderen soviel zu geben, wie sie von diesem erhielten.

Dadurch war diese Beziehung eine der wenigen wirklich glücklichen Ehen eines künstlerischen Genies, die wir kennen. Beide Partner wurden reicher, und beide fühlten, daß sie das von ihnen am meisten Gewünschte bekamen einfach dadurch, daß beide sich wechselseitig das bedeuteten, was sie wirklich waren. Es findet sich nur ein Beispiel (in Riemers[29] Tagebuch) — und dies auch erst in der Zeit nach ihrer Hochzeit —, bei dem es so aussieht, als ob Goethe Christiane unglücklich machte. Sie glaubte in diesem Fall, daß Goethe ihr Anlaß zur Eifersucht gegeben hätte. In Riemers Tagebuch findet sich unter dem 14. Mai 1810 folgendes:

»Zu Knebel, wo Goethe und seine Frau. Eifersüchtiges Weinen derselben. Deßhalb bald nach Hause. Nachher zusammen, doch Sie ohne Antheil«;[30]

und am 15. Mai:

»Mittags die Geh. Räthin zu Tische. Verdrießlichkeiten aus Eifersucht. Apaisirt hernach.«[31]

Ich habe mit meinem Versuch, den Gegenstand von Christianes Eifersucht herauszufinden, keinen Erfolg gehabt. Worüber sie eifersüchtig gewesen sein mag, schrieb Goethe zwei Jahre später in einer Nachschrift zu seinem Brief vom 6. November 1812:

Gestern Abend habe ich auch Minchen[32] wieder gesehn. Ich überließ es dem Zufall wie ich mit ihr zusammen kommen sollte. Der hat sich auch recht artig erwiesen, und es war eben recht. Sie ist nun eben um ein paar Jahre älter. An Gestalt und Betragen u. s. w. aber immer noch so hübsch und so artig, daß ich mir gar nicht übel nehme, sie einmal mehr als billig geliebt zu haben.[33]

Christiane wurde von verschiedenen Seiten beschuldigt, sich unschicklich zu benehmen (sogar Alkoholismus wurde ihr vorgeworfen), aber es spricht kaum etwas für die Annahme, daß Goethe mit ihrem Betragen nicht zufrieden war. Der einzige Beleg für Kritik an ihrem Verhalten, den ich in seinen Briefen finden konnte, steht in einem Brief vom 20. Juli 1803 in die Sommerferien. Goethe schreibt:

> Thue mir aber nun die Liebe und übertreib es diese letzte Zeit nicht mit Tanzen und schließe deinen Aufenthalt mit einem mäßigen Genuß.[34]

Von dieser einen Ermahnung abgesehen ermutigte er sie, sich Freude zu gönnen, zu Tanzveranstaltungen zu gehen, soviel wie möglich Spaß zu haben, und andererseits war er glücklich, wenn sie vergnügliche Erlebnisse berichtete. Christiane war, was man einen kinästhetischen Persönlichkeitstyp nennen könnte. Bewegung, und besonders rhythmische Bewegung, war beinahe eine Sucht von ihr, und sie konnte nicht genug vom Tanzen kriegen. Sie wußte, daß sie nicht längere Zeit still sitzen konnte (Brief an Goethe vom 30. November 1803), und ich würde mich nicht wundern, wenn diese Vorliebe für rhythmische Bewegung nicht eine der Eigenschaften gewesen wäre, die Christiane für Goethe so liebenswert machte.[35]

Ich gewinne den Eindruck, daß um 1805 herum sich ein innerer Bruch in ihrer Beziehung vollzog. Meiner Meinung nach wirkten insbesondere zwei Faktoren zusammen, um die Wärme, Herzlichkeit und Nähe, die so kräftig aus Goethes Briefen der ersten Phase sprechen, allmählich aufhören zu lassen. Bei der Erörterung von Goethes Beziehung zu Frau von Stein bemerkten wir, daß Goethes Neigung zu einer Frau ein Gegengewicht in Form einer Männerfreundschaft benötigte. Zuerst erfüllte der Herzog diese Funktion und später Herder. Nach Goethes Rückkehr aus Italien nahm Goethes Freundschaft zum Herzog eine neue Wendung. In drei Fällen begleitete er ihn auf militärischen Feldzügen, die ihn von Christiane für einige Zeit fortführten. Von 1794 an unterhielt er eine sehr enge Beziehung zu Schiller. In jenem Jahr begannen die langen Aufenthalte in Jena. 1805 starb Schiller, und ich glaube, daß der Verlust dieser äußerst wichtigen homosexuellen Bindung einen tiefen Bezug hatte zu seinen akuten Gefühlen gegenüber Christiane. Darüber hinaus vermute ich, daß Goethe seine sexuelle Beziehung zu Christiane um diese Zeit herum unregelmäßig vollzog oder zumindest auf besondere Ausnahmen beschränkte. Er hielt sich auch, soweit bekannt ist, fortan nicht mehr wie früher, an seine Abstinenz von sexuellen Beziehungen zu irgendjemand sonst. Die Blume der Wärme und Unmittelbarkeit herzlicher Zuneigung verwelkte, und Beteuerungen der Liebe und des Dankes wurden rar. Das Interesse für einander wurde zu einer Routineangelegenheit. Goethe ließ in seinem vollen Interesse an ihrem Wohlergehen nicht nach, außer einem Beispiel kurz vor dem Ende ihrer Beziehung infolge Christianes Tod, ein Vorfall, der uns zu weit wegführen würde.

Nach fast achtzehn Jahren unverheirateten Zusammenlebens entschied er plötzlich, sie zu seiner Frau zu machen. Sie hatte ihn vor der Gewalt marodierender französischer Eindringlinge gerettet, und er betrachtete es offenbar als seinen Dank an sie, daß er sie zu seiner rechtmäßigen Frau machte. Viele Faktoren trugen dazu bei, die Legitimierung vorzuziehen. Ich möchte keinen dieser Gründe diskutieren, außer einem: Ich glaube, er liebte Christiane nicht mehr; die Heirat konnte daher seine Beziehung nicht mehr gefährden. Ihr Platz in seinem Leben war gefestigt, insoweit er zur Routine geworden war. Mit fortschreitender Zeit klangen Goethes Briefe an sie nicht länger so, als ob sie für sie geschrieben wären. Von 1806 an hatte Christiane eine attraktive Kameradin, Caroline Ulrich,[36] und in seinen Briefen schloß Goethe fast regelmäßig zärtliche Grüße an sie mit ein, nannte sie Caroline oder Uli, oder sprach von ihr als von »deinem lieben Secretarius« [WA IV, 21, S. 307]. Caroline schrieb Christianes Briefe, und ich vermute, daß sie auch Goethes Briefe an Christiane las. In seinem Brief vom 6. Juni 1813 schrieb Goethe an Christiane:

> Wenn du meinen Brief nicht lesen kannst, so wird Uli aushelfen, ich gewöhne mir fast ihre Hand an, es sieht fast aus als wenn ich in sie verliebt wäre.[37]

Man gewinnt in der Tat oft den Eindruck (der aber nicht verifiziert werden kann), daß Goethes Briefe an Christiane mehr für ihre »reizvolle Sekretärin« bestimmt waren als für die nominelle Empfängerin. Ich vermute zwar nicht, daß dies absichtlich geschah, aber ich glaube, daß das Wissen, Caroline würde seine Briefe lesen, für Goethe zur Quelle für größere Würze und größeres Interesse wurde, seiner Frau zu schreiben, als es sonst gewesen wäre. Nebenbei: es gab an Christiane adressierte Briefe, die offensichtlich für Riemer bestimmt waren, seinen eigenen Mitarbeiter, oder für Professor Meyer, der sein kundiger Freund in den bildenden Künsten war, es gab ferner Briefe, die so gut und lang waren, daß sie offenbar als Tagebucheintragungen gedacht waren – Notizen zu eventueller späterer Veröffentlichung. Aus all dieser Kommunikation gewinnt man nicht den Eindruck eines persönlichen Kontaktes zu Christiane von Goethes Seite aus.

Die dritte Phase begann mit Christianes erstem Schlaganfall, von dem sie sich schnell erholte, einzig um ein Jahr später zu erliegen. Diese dritte Phase ist voll von schweren Problemen, die hier nicht zu erörtern sind. Es muß aber betont werden, daß sich Christiane, wie immer Goethes Gefühle und Konflikte in diesen späteren Jahren ausgesehen haben, von ihm bis zum letzten Augenblick beschützt und geliebt fühlte.

Christianes voreheliche Jahre mit Goethe wurden überschattet durch bösartigen Klatsch, der in Weimar üppig wucherte, durch die relative Isolierung, in der sie lebte, und ihren Kummer um Goethes Gesundheit. Der Gedanke, daß sie der Weimarer Clique allein gegenübertreten müßte, stand wie ein Gespenst hinter ihr. Das wird belegt durch ihre Briefe an den einzigen Freund, den sie hatte, den Arzt Nicolaus Meyer (vgl. 392), aus denen auch ihre große Sorge spricht, Goethe unter keinen Umständen mit ihrer Angst zu belästigen. Gelegentlich konnte sie ihren Kummer nicht meistern, und es gibt einige Briefe, in denen sie sich bitter über die Feindseligkeit und Taktlosigkeit ihrer Umgebung beklagt. Aber solche Ausbrüche von Verzweiflung und Zorn tauchen nur isoliert auf. Im allgemeinen fand sie schnell den Weg zu jenem unerschöpflichen Vertrauen in ihren großen Freund zurück, der niemals mit Ermutigungen sparte, die Heuchelei und Arroganz von jenen zu übersehen, unter denen er selbst vielleicht mehr als seine Geliebte litt.

Man kann selbst bei oberflächlicher Erörterung dieser Beziehung nicht fortgehen, ohne wenigstens einige Worte zu dem Bild zu sagen, das Goethe sich von Christiane machte. Ich unterlasse jeden Versuch zu einer Rekonstruktion aus seinen Dichtungen, sondern verweise hier bloß auf Belege unmittelbarer Evidenz. Goethe sagte einmal zu O. L. B. Wolff:[38]

> Sollte man wohl glauben, sagte Goethe einst mit seiner antiken Ruhe zu Freunden, daß diese Person schon zwanzig Jahre mit mir gelebt hat? Aber das gefällt mir eben an ihr, daß sie nichts von ihrem Wesen aufgibt und bleibt, wie sie war.[39]

Hier bezieht sich Goethe auf das Bild von Christianes Unzerstörbarkeit, symbolisiert durch die relative Immunität gegenüber äußeren Einflüssen. Macht, die die Welt für einen Menschen haben kann, wird implizit als Bedrohung angesehen. Christiane, unbeirrt von dem, was die Welt sagte und wollte – aber auch unberührt von den Wegen ihres riesenhaften Freundes –, verfolgte die von ihrem Temperament und ihrer Konstitution vorgezeichneten Bahnen, und dies erschien ihm als stark und zuverlässig, wodurch sie ihn von der Furcht befreite, daß er als Mann die Frau leicht verletzen könnte. Weiterhin wird von Goethe gesagt, er habe Christine Reinhard[40] erzählt:

> Zuerst muß ich Ihnen sagen, daß von allen meinen Werken meine Frau keine Zeile gelesen hat. Das Reich des Geistes hat kein Dasein für sie, für die Haushaltung ist sie geschaffen. Hier überhebt sie mich aller Sorgen, hier lebt und webt sie; es ist ihr Königreich.[41]

Goethes Versicherung, daß Christiane keine Zeile seiner Werke gelesen habe, scheint auf den ersten Blick falsch, denn aus zwei Briefen und verschiedenen Tagebucheintragungen kann man beweisen, daß sie bestimmte Werke von ihm las[42] und daß er ihr sogar Teile von *Dichtung und Wahrheit* vorlas. Aber diese Briefe und Tagebucheintragungen datieren aus der Zeit nach 1807, nachdem Gräfin Reinhard von Goethes Bemerkung berichtete, so daß zu jener Zeit Christiane vielleicht wirklich nicht mit einer Zeile aus dem Werk ihres Mannes bekannt war. Wie dem auch sei, Goethes Bemerkung macht auf mich den Eindruck der Billigung. Ich vermute, daß er sich Christiane als einen Menschen vorstellen wollte, der unberührt und unverdorben von der Kultur ist, ein Wesen, das der Natur näher ist, ein »Naturwesen«, wie er sie nannte; auch dieses Bild, das sich wiederum auf die Unzerstörbarkeit bezieht, erleichterte vielleicht den Beischlaf.

Es ist bemerkenswert, daß in Goethes Briefen an Christiane selbst vor Caroline Ulrichs Sekretärinnenzeit keine sexuellen Anspielungen zu finden sind, obgleich Christiane manchmal relativ frei in ihren Briefen war, etwa wenn sie Angelegenheiten der Menstruation berichtete und wahrscheinlich auf das männliche Genitale unter dem Euphemismus »Herr Schönfuß« anspielte. Man darf den Schluß ziehen, daß Goethe sogar in seiner Beziehung zu Christiane seine Sexualhemmungen nicht ganz ablegen konnte. Die Angst, durch den Geschlechtsakt die Frau zu zerstören, war, obwohl abgeschwächt, nicht verschwunden.

Aber geschah das gleiche auch im Hinblick auf seine Furcht, durch leidenschaftliche Liebe verletzt zu werden (Kastrationsangst)? In der Elegie *Amyntas* (WA I, 1, S. 288 f.) findet man, wie ich glaube, den Mechanismus der Gedanken, mit dem Goethe, wenigstens teilweise, seine Furcht bekämpfte. Aber bevor der Inhalt erörtert wird, muß der biographische Hintergrund erfaßt werden. Die Elegie wurde am 19. September 1797 geschrieben, als Goethe auf seiner dritten Schweizerreise war,[43] die ihn für mehrere Monate Christiane entführte. Ursprünglich hatte er die Absicht, nach Italien zu reisen. Christiane hatte sich nachdrücklich dagegen gestemmt, daß er so weit weg reiste. Dies war, glaube ich, die einzige Situation, welche sie zu tolerieren strikt ablehnte. Offensichtlich war der Gedanke an eine so weite Reise in ihrer Vorstellung verbunden mit dem dauernden Verlust. Goethe selbst mag ähnlich gefühlt haben. In seinem Brief an Christiane aus Zürich vom 25. Oktober 1797 schrieb er ihr:

> Freylich ists eine böse Sache, wenn man einmal weggeht, so ists beynahe als wenn man tod wäre.[44]

Darüber hinaus geht aus Goethes Briefen in dieser Zeit an Christiane hervor, daß er starke Sehnsucht empfand, wieder bei ihr zu Hause zu sein, was manchmal in Widerspruch steht zu seiner großen Freude über die Reise.

Goethes Elegie *Amyntas* ist historisch verbunden mit der elften Elegie oder ländlichen Idylle von Theokrit, dem berühmten Dichter der Hellenistischen Zeit (3. Jahrhundert v. Chr.). Diese Elegie war an den Arzt Nikias gerichtet, der bei Liebesschmerzen als einziges Heilmittel oder Kur den Verzicht oder die Beschäftigung mit den Musen empfahl.[45] Die Elegie beginnt:

> Gegen die Liebe, o Nikias, gibt es kein anderes Mittel,
> Keinerlei Salbe, wie es mir scheint, und keinerlei Puder,
> Nichts als Musengesang.

Die Elegie endet, nach der Darstellung von Polyphems Liebesgesang, mit der Feststellung:

> So bezwang Polyphem durch Gesang die Qualen der Liebe.
> Besser gings ihm dabei, als wenn Gold er hätte gegeben. (120, S. 81, 85)

Goethe beginnt wie folgt:

> Nikias, trefflicher Mann, du Arzt des Leibs und der Seele!
> Krank, ich bin es fürwahr; aber dein Mittel ist hart.[46]

Amyntas erkennt, daß Nikias' Rat seine Vorzüge habe, aber ihn hat die Willenskraft verlassen, danach zu leben. Amyntas kann Nikias nicht widerlegen und sagt sich selbst alle barschen Worte, die er von ihm gelernt hat. Aber vergebens! Rast nicht der Sturm und wälzt die Sonne? Die Natur lehrt ihn:

> auch du bist, Amyntas,
> Unter das strenge Gesetz ehrner Gewalten gebeugt.[47]

Und dann fährt Amyntas fort zu erzählen, was er von einem Apfelbaum gelernt hat, der nur kleine Äpfel trägt, weil der Efeu übermäßig Wurzeln in ihm geschlagen hat. (Der Plan zu dieser Elegie kam Goethe, als er auf seiner Reise einen mit Efeu bewachsenen Baum sah; vgl. WA III, 2, S. 153.) Er versucht, die Efeuranken abzuschlagen, um die volle Fruchtbarkeit des Baumes wiederherzustellen, aber der Baum fleht ihn an, nicht fortzufahren:

> O verletze mich nicht! du reißest mit diesem Geflechte,
> Das du gewaltig zerstörst, grausam das Leben mir aus.[48]

Denn der Baum sieht in dem Efeu etwas, das er selbst genährt und aufgezogen hat. Und sollte er die Pflanze, die seiner bedarf, nicht lieben?

> Nahrung nimmt sie von mir; was ich bedürfte, genießt sie,
> Und so saugt sie das Mark, sauget die Seele mir aus.[49]

Der gefährliche Gast bemächtigt sich der Hälfte des Saftes, den die Wurzeln nach oben schicken, und die Krone erhält nichts.

> Ja, die Verrätherin ist's! sie schmeichelt mir Leben und Güter,
> Schmeichelt die strebende Kraft, schmeichelt die Hoffnung mir ab.[50]

Aber der Baum fühlt nur sie und freut sich über das würgende Umschlingen. Auch Amyntas bittet Nikias, sein Messer zurückzuhalten, um den Armen zu verschonen, der sich, willentlich gezwungen, in Liebeslust aus Gram verzehrt.

Süß ist jede Verschwendung; o, laß mich der schönsten genießen!
Wer sich der Liebe vertraut, hält er sein Leben zu Rath?[51]

Obgleich manche Autoren glauben, daß dieses Gedicht sich nicht auf Goethes Verhältnis zu Christiane bezieht, obwohl andere, wie Gräf, es als Ausdruck des Kummers interpretieren, den er gelegentlich in seiner Beziehung zu ihr fühlte,[52] und obgleich Hitschmann es als Beweis für Goethes Kastrationsangst (298, S. 61) zitiert, glaube ich dennoch, daß es einen Mechanismus offenbart, durch den Goethe seine Kastrationsangst besiegte, und daß es auch — wenn auch nur indirekt — das höchste Lob für Christiane zum Ausdruck bringt.

Um dem Gedicht gerecht zu werden, sind andere Einzelheiten der Situation, in der das Gedicht entstand, heranzuziehen. Es wurde geschrieben, als Goethe sich von Christiane weg bewegte, zu einer Zeit, als er sich schuldig fühlte, weil er Christiane allein ließ, um seine eigenen Strebungen nach Vergnügen zu befriedigen, indem er die Kameradschaft seines Freundes Meyer suchte, zu dem er eine starke homosexuelle Bindung hatte. In dem Gedicht anerkennt und akzeptiert Goethe den Sexualtrieb als ein unerbittliches Gesetz, dem niemand entfliehen kann. Sexuelles Begehren wird nicht länger als abgespalten oder fremd angesehen, sondern als Teil der Natur. Sicher, die Erfüllung dieses Impulses wird geschildert als Reduzieren der Männlichkeit und Kreativität, aber dieser Verlust hat eine entschieden mütterliche Färbung angenommen. Er wird veranschaulicht als eine Leben spendende und Leben erhaltende Kraft oder als ein Opfer, nicht in dem Sinn, um zu neuem Leben als Kind zu führen, sondern in der Bedeutung, daß man der Frau, die den Mann liebt und die von dem Mann geliebt wird, Leben schenkt. Es ist beachtenswert, daß hier die mütterliche kreative Kraft des Künstlers sekundär der Kameradin gewidmet und das Sexualobjekt als Produkt des kreativen (mütterlichen) Mannes phantasiert wird. Ich sage »sekundär«, weil wir vermuten müssen, daß die Kreativität des künstlerischen Genies sich herleitet von einer mütterlichen kreativen Kraft, die nun von den der Kunstschöpfung abgeleitet wird zu der Vorstellung, einer Frau durch den Geschlechtsakt das Leben zu geben. Weiterhin schildert Amyntas (Goethe) den Gehorsam gegenüber Nikias' Ratschlag zu sexueller Enthaltsamkeit als einen Akt der Kastration — mit dem Abhauen des Efeus wird zugleich das Leben des Baumes zerstört. Dieser Gedanke, daß Verzicht auf genitale Aktivität auf eine Art Kastration hinausläuft, ist natürlich ein starkes Gegengift gegen Kastrationsängste, die zur Enthaltsamkeit vom Geschlechtsverkehr führen. Es ist auch bemerkenswert, daß die anfängliche Phantasie der Kastration (den Efeu abzuschneiden, um den Baum zu befreien) gegen das Symbol des Weiblichen gerichtet ist, was heißt, daß Geschlechtsverkehr nicht länger als Akt der Zerstörung des weiblichen Körpers vorgestellt wird, während der Akt der Enthaltsamkeit nun die Bedeutung einer Aggression gegen den weiblichen Körper angenommen hat.

Wir verzeichnen hier einen weiteren Fortschritt im Verstehen weiblicher Bedürfnisse; Geschlechtsverkehr wird anerkannt als ein Vorgang, der das Leben einer Frau bereichert. Die Bedrohung des Mannes ist aufgehoben durch den enormen Lustgewinn, der aus dem Gefühl, einem anderen Menschen Leben zu schenken, und aus dem physischen Widerhall des Geschlechtsaktes stammt. Was Goethe wirklich in diesem Gedicht zu verstehen gibt, ist, daß die Kastration unvermeidlich ist, ob der Mann sich nun des Geschlechtsverkehrs enthält oder sich ihm hingibt. Warum also sich enthalten, da die Enthaltsamkeit den Mann der Lust beraubt und die Frau verwelken läßt? Die durch die Bedeutung dieser Symbole verständliche Situation stellt einen allgemeinen Aspekt der Beziehung beider Geschlechter dar. Wir finden eine Andeutung in dem, was ich bei Zwangspersönlichkeiten als Unterwerfung ihres Triebes und ihrer Leidenschaft unter eine Frau beschrieben habe, die klinisch meistens eine psychopathische Persönlichkeit ist. Die sexuellen Funktionen sind in der symbolischen Gestaltung ungleich verteilt. Der Mann gibt alles, und die Frau genießt alles. Die Frau ist ganz Sex und der Mann ganz Zärtlichkeit. Sexuelle Leidenschaft wird genossen, indem die sexuelle Entspannung des Partners wahrgenommen wird. Die eigene Erregung des Mannes wird verleugnet, und seine Lust wird erklärtermaßen durch Einfühlung gewonnen. Die Unfähigkeit des Ich, sich den Trieben auszuliefern, wird besiegt durch die Lust am Orgasmus des weiblichen Partners. Der Kreis schließt sich durch die Phantasie, daß die Leidenschaftsausbrüche des Partners durch männliche Aktivität hervorgerufen werden. In gewisser Hinsicht zeigt sich hier der Kastrationskomplex in ungewöhnlich starkem Ausdruck, denn es wird behauptet, daß ein menschliches Wesen ohne Penis überhaupt nicht leben kann, wenn es nicht durch männliche Kräfte Leben erhält. Aber es ist seltsam, daß dieser aufgeblähte Kastrationskomplex auch seine Lösung enthält, nämlich die Forderung der männlichen Pflicht, die Frau mit Leben zu versehen. Auf diese Weise besiegte Goethe in seiner Liebe zu Christiane seine Kastrationsängste zwar nicht wirklich, aber er fand Abwehrmaßnahmen (a) durch die völlige Identifizierung mit dem Bild der phallischen Mutter, (b) durch orale Regression, (c) durch die Integration der phallischen Bedürfnisse als Teil der Natur, (d) durch das Ersetzen jener Kastrationsphantasie, die beim Koitus auftaucht, durch die Kastrationsvorstellung, die aus der Rückwirkung unbefriedigter genitaler Bedürfnisse folgt.

Weiterhin ist bemerkenswert, daß diese Lösung auch eine Linderung von Goethes Eifersucht und Neid auf weibliche Kreativität enthält. Da die Beziehung des Baumes zum Efeu eine mütterliche ist, läuft das Gleichnis auf die Aussage hinaus: ›Frauen mögen mit ihrer Gebärfähigkeit prahlen; die Existenz der Kinder wird nur durch Männer ermöglicht, die *deren* (der Frauen) Mütter sind.‹ So wird das Kind indirekt zum Produkt des Mannes. In den in der Elegie verwendeten Symbolen gibt es überhaupt keinen Platz für das Kind, denn die Frau ist von ihrer Beziehung zum Mann vollständig in Anspruch genommen und erhält so alle Kennzeichen eines Kindes.

Ich meine, daß dieser Vorgang durch Christianes kindliche Natur erheblich erleichtert wurde, die sich in so reichem Maße in ihren Briefen manifestiert. Sie stellte sich mit ihrem kleinen Sohn August auf eine Stufe. Sie schrieb zum Beispiel Goethe in ihrem Brief vom 6. April 1799, wie sie und August, als sie im Bett lagen, darüber spekulierten, wer Goethe nach seiner Rückkehr nach Weimar zuerst begrüßen würde (252, 1, S. 245), und kurz danach (23. November 1799) beklagt sie sich, daß August täglich mehr Verstandeskräfte zeige, »so daß [ich] oft vor ihm erschröcke" (252, 1, S. 275 f.). Diese Haltung tritt ganz klar zutage, wenn Christiane sich und August als »deine Kinder« bezeichnet, was Goethe ebenso tat, wenn er über beide schrieb. Infolgedessen war Christiane für ihn eine Art Mignon, wenn auch keine geheimnisvoll romantische Mignon, aber eine Art schlaues, unverdorbenes Kind mit einer lebendigen, ansprechenden Intelligenz. Wahrscheinlich war in der folgenden Erzählung von Knebels Frau diese Art von Intelligenz gemeint:

> Goethe hat uns oft gesagt, daß, wenn er mit einer Sache in seinem Geiste beschäftigt wäre, sich die Ideen zu stark bei ihm drängten, er dann manchmal zu weit käme und sich selbst nicht mehr zurechtfinden könne, wie er dann zu ihr ginge, ihr einfach die Sache vorlege und oft erstaunen müßte, wie sie mit ihrem einfachen, natürlichen Scharfblicke immer gleich das Richtige herauszufinden wisse und er ihr in dieser Beziehung schon manches verdanke.[53]

Obgleich die Kind-Vater-(Mutter-)Beziehung in ihrem Verhältnis ganz ausgeprägt war, zeigt sich dies nicht unmittelbar in den wechselseitigen Briefen, Bezeichnungen wie »meine Kinder« ausgenommen. Wie ich schon gesagt habe, klingen die Briefe wie Gespräche zwischen zwei gleichen Partnern, und wenn wir nichts aus anderen Quellen über Goethe und Christiane wüßten, könnte die Kind-Beziehung leicht übersehen werden. Dies ist meiner Meinung nach ein weiteres Zeichen, daß Goethe hier eine konfliktfreie Beziehung erreicht hatte, indem er in seine Gattin das Bild des Kindes projizierte, eine Projektion, die durch Christianes Persönlichkeit wesentlich erleichtert wurde.

Welche Charakterstruktur hatte der Persönlichkeitstyp von Christiane? Zeitgenossen von ihr und spätere Interpreten haben wiederholt versucht, von ihr ein Bild zu zeichnen, das mit der Diagnose einer psychopathischen Persönlichkeit übereinstimmt. Ihre vielen illegitimen Kinder, ihre lange Lebensgemeinschaft ohne Ehe, ihr exzessives Trinken,[54] ihr unersättliches Tanzen, manchmal bis in die frühen Morgenstunden und mit viel jüngeren Männern, und andere Faktoren mögen zitiert werden, um eine solche Diagnose zu rechtfertigen. Wenn wir Christianes Trinken zum Beispiel überprüfen, müssen wir allerdings zugeben, daß dessen klinische Bewertung nicht zu dieser Diagnose führt. Sie trank zweifellos viel, aber ich glaube nicht, daß sie mehr trank als Goethe selbst, eher weniger. Weiterhin müssen wir sehen, daß zu Christianes Zeit — was aus ihren Briefen ersichtlich ist — der Glaube an die Heilwirkung des Alkohols weiter verbreitet war als heute. Es wird kein Vorfall von pathologischem Rausch berichtet — im Gegensatz zu August von Goethe —, und der Genuß von Alkohol scheint nicht zu sozialen Dysfunktionen geführt zu haben. Die Diagnose ihrer letzten Krankheit ist sehr fraglich, und es gibt keinen zwingenden Grund, diese mit ihren Trinkgewohnheiten in Verbindung zu bringen.

Doch obwohl eine Überprüfung jedes einzelnen Zuges von Christianes Persönlichkeitsbild die Diagnose einer psychopathischen Persönlichkeit vermutlich nicht bestätigen wird, fühlt man dennoch, daß ihr Leben durchdrungen war von ziemlichen Elementen von Instabilität. Weiterhin wird in manchen Fällen die latente Pathologie eines Elternteils in den Kindern manifest (nicht notwendig durch Vererbung). Die Tatsache, daß August von Goethe sehr deutliche Züge von Psychopathie zeigt, würde mich für sich genommen nicht bestimmen, daß wir es bei Christiane mit einer latenten Form seiner Krankheit zu tun haben, aber sie verlangt sicher Aufmerksamkeit.

Bekanntlich tendieren Erwachsene bei ihrer Liebeswahl zu Persönlichkeitstypen, die in ihrer Kindheit von Bedeutung waren. Daher ist es sehr wahrscheinlich, daß Goethes Wahl der Charlotte von Stein dem Schwestertyp folgte. Bemerkenswert ist dabei, daß diese Wahl häufig das Persönlichkeitsprofil bestimmter zeigt als dies am Original der Fall wäre. Daher kann man aus der Pathologie des Schwiegersohns häufig Schlüsse ziehen auf die latenten Konflikte des Vaters der Frau. Ich gewinne den Eindruck, daß August von Goethe dem mütterlichen Typ folgte, als er Ottilie von Pogwisch zu seiner Frau machte. Sie zeigte später die klassischen Merkmale einer psychopathischen Persönlichkeit (vgl. 305). Daher glaube ich, daß wir seltsamerweise aus dem Studium von Ottilies Persönlichkeit den Schluß ziehen können, daß Christiane wirklich eine psychopathische Persönlichkeit besaß. In Wirklichkeit war Christiane viel kränker, als man aus den Berichten über ihr manifestes Verhalten beweisen kann. Die Größe und Herzlichkeit eines Mannes, den sie liebte, beschützte sie, glaube ich, gegen schlimme Erscheinungen ihrer Krankheit; ich spekuliere, daß ihr klinisches Bild ganz anders aussehen würde, wenn sie unter weniger günstigen Umständen hätte leben müssen. Daher kann gesagt werden, daß sie eine wesentlich triebhafte Persönlichkeit war, daß ihr Verlangen nach Befriedigung Selbstkontrolle, Opfer oder Enthaltsamkeit überwogen. Es war ein Glück für sie und für Goethe, daß die Befriedigungen, die sie suchte, halbwegs zu den Bedingungen der Gesellschaft paßten, obgleich sie gelegentlich nahe daran war, die Toleranzschwelle zu überschreiten. Man kann sicher sein, daß es besser gewesen wäre, wenn sie nach Überschreiten der Vierzig von ihrer Tanzgewohnheit gelassen hätte. Ich denke, von einer Frau um die Vierzig wurde zu jener Zeit erwartet, daß sie sich etwas wie eine gesetzte Matrone benahm. Ihr Auftreten bei öffentlichen Bällen ohne die Begleitung ihres Mannes empfand man wohl als unwürdig. Doch indem Christiane jenes Verlangen stillte, verhielt sie sich nicht wirklich dissozial, und sie verletzte durch ihr Tun sicherlich niemanden.

Wenn wir das Beispiel ihrer Tanzleidenschaft als Vertreter vieler anderer Züge nehmen, dürfen wir folgern, daß sie der Antityp von Charlotte von Stein war. Das ist, glaube ich, der springende Punkt. So wie Goethe in seiner voritalienischen Zeit Charlotte von Stein brauchte, so dringend bedurfte er nach seiner Rückkehr des entgegengesetzten Typs von Frau, den er in Christiane fand.[55] In fast jeder Hinsicht — was Punkt für Punkt leicht bewiesen werden könnte — war Christiane das Gegenbild zu Charlotte von Stein. Das hat seinen guten Sinn. Goethe hatte während seiner voritalienischen Zeit sich zu beherrschen gelernt. Trotz gelegentlicher emotionaler Durchbrüche integrierte er die Selbstbeherrschung. Nun brauchte er eine Gefährtin, mit der er genau das genießen konnte, dessen er sich enthalten hatte. Christianes leidenschaftliches Temperament war für Goethe eine notwendige Ergänzung, die seine eigene Beständigkeit in der Selbstbeherrschung erleichterte. Die wesentliche Gleichheit von Ich und Gefühl veränderte sich bei Goethe dahingehend, daß jetzt Sekundärprozesse vorherrschten. In Christiane dagegen konnte er eine Art zu leben genießen, in der diese innere Gleichheit von Ich und Gefühl entgegengesetzt funktionierte und die ihn an seine eigenen vergangenen Tage erinnerte.

Die Tatsache zu bedauern, daß Christiane nicht an Goethes geistiger Größe teilnahm oder sie dafür zu tadeln, heißt, die ganze Situation völlig mißzuverstehen. Goethe stand ein großer Kreis zur Verfügung, von dem er Anregung bekommen konnte. Eine weltgewandte und hochdifferenzierte Frau, die an seinen Produktionen Anteil genommen hätte, würde ihm niemals seine kreative Einsamkeit, die er brauchte, oder flammende Beziehungen zu Frauen, die ihn zu neuen Ausbrüchen dichterischer Kreativität inspirierten, zugestanden haben. Frauen, in denen Realität, Phantasie und Projektion gerade zu jener Konfiguration verschmolzen waren, die er für seine gelegentlichen Anfälle von Inspiration brauchte, wären für ihn als Gefährtinnen seines Alltagslebens niemals in Frage gekommen. Daher folgere ich, daß Christiane die ideale Gefährtin für Goethe war; sie gab ihm das Maximum an Lust und Freude, von dem ein Genie während seiner Erdentage kosten darf, ohne seine geniale Kreativität zu behindern. Goethe folgte bei seiner Wahl von Christiane jenem Idealtyp von Erleben, der uns fast regelmäßig in seinem Leben begegnet.

Doch es bleibt das Faktum, daß Goethe siebzehn Jahre lang in einer Beziehung lebte, die gegen die Gesetze seines Landes verstieß, gegen die Vorschriften seines eigenen Überich und gegen die moralischen und ethischen Normen seiner Gruppe. Es war ein Schritt der Rebellion gegen diese Gruppe, aber kein Protest mit dem Ziel, die Verhältnisse durch das Erregen öffentlicher Aufmerksamkeit zu verbessern. Es war ein Schritt, den sein eigenes Gewissen nicht billigte, und daher haben wir es hier mit dem Thema der Moralität — oder Amoralität — des Genies zu tun. Im folgenden verwende ich die moralischen und ethischen Normen nicht als etwas Absolutes, sondern als Verhaltenskodex, von dem die Gesellschaft erwartet, daß ihre Mitglieder danach leben, und an den sich der individuelle Bürger der Möglichkeit nach, nicht aber wirklich gebunden fühlt.

Die Frage von Goethes Übertreten einer solchen Norm tritt stärker hervor in seiner Beziehung zu seinem Sohn. Während Christiane nach meiner letzten Überprüfung durch Goethes Bruch mit der Moral nicht ernstlich Kummer litt, kann dies bei seinem Sohn August nicht gesagt werden. Da August mit den Kindern von Weimars Elite aufwachsen mußte, aber wegen seiner illegitimen Geburt — die erst legalisiert wurde, als August zehn Jahre alt war — scheel angesehen wurde, können wir uns leicht die vielen Schmähungen vorstellen, die er in seinen frühen Jahren erleiden mußte. Außerdem scheint Goethe nicht eingeschritten zu sein, als Christiane den Jungen mit Wein verwöhnte, den sie ihn in großen Mengen mittrinken ließ. Nach Bodes Biographie (50) gewinnt man den Eindruck, daß August, wenn er natürlich auch in keiner Weise an das Genie seines Vaters heranreichte, ein Mann von überdurchschnittlicher Intelligenz mit weit gespannten Fähigkeiten war, der ein befriedigendes und konstruktives Leben hätte führen können. Seine Karriere am Hof von Weimar war halbwegs erfolgreich, aber als Mensch war er gänzlich ruiniert durch seine hochgradige geistige und emotionale Abhängigkeit von seinem Vater. Sogar als verheirateter Mann und Vater von zwei Kindern noch trat er jeden Morgen zum Rapport bei seinem Vater an, und er war unfähig, ihm gegenüber ein Geheimnis zu bewahren. Goethe benutzte ihn als willkommene Kraft, die all die unerfreuliche Arbeit besorgte, die ihn selbst von der Verfolgung seiner Hauptbeschäftigungen abhielt. So hielt August Ordnung in den umfangreichen Sammlungen seines Vaters, regelte seine Haushaltung. Er trat in Vertretung seines Vaters bei offiziellen Anlässen auf und trug das Gedicht vor, das sein Vater zu diesem Ereignis verfaßt hatte. Bis zu einem Ereignis, das sein Vater auslöste und das einen Schatten auf ihn warf (jedenfalls gewinnt man aus Bodes Biographie diesen Eindruck), verlief seine Entwicklung vielversprechend. Als Deutschlands Jugend sich für die Befreiungskriege freiwillig meldete, trat auch August als Soldat ein, aber Goethe sorgte dafür, daß sein Sohn nicht an den Kampfhandlungen teilnahm, sondern in Weimar auf einem lauen Posten blieb, weit ab von jeder Gefahr. August wurde von den heimkehrenden Kämpfern verspottet und gedemütigt, und ohne Goethes Einschreiten wäre es wahrscheinlich zu einem Duell gekommen. Von da ab scheint Augusts Psychopathie eine ernste Form angenommen zu haben.

Ich habe früher im Fall der Mutter die Möglichkeit einer Psychopathie in Erwägung gezogen, aber im Fall von Augusts Frau Ottilie gibt es keine Zweifel über die Diagnose. Sie war begabt, ehrgeizig, impulsiv und ohne Hemmungen. August verhielt sich ihr gegenüber in einer Weise, die an den Umgang seines Vaters mit Christiane erinnert: ständig vergebend, beschützend und versöhnend. Aber Ottilie war nicht die Frau, die Augusts Freundlichkeit zu schätzen wußte. Ständig unzufrieden, immer sich nach anderen Männern sehnend, ewig sich frustriert fühlend, unterminierte sie die schwachen Stützen, die August durch seine Ehe hätte erhalten können. Drei Kinder gingen aus dieser Ehe hervor. Die beiden Jungen waren von dem Charme und Werben ihres Großvaters eingenommen, und August war erneut derjenige, der den Platz für seinen Vater hielt. Seine Kinder waren in Wirklichkeit Goethes Kinder. Das Ausmaß dieses tragischen Unglücks, Augusts Rastlosigkeit, seine Empfindlichkeit und seine Unfähigkeit, das Leben überhaupt bis zum Ende seiner Existenz zu leisten, sind gut belegt. Chronischer Alkoholismus wurde Augusts Fluchtweg. Nach einem Unfall im Alter von vierzig Jahren starb er in Rom, zwei Jahre vor seinem Vater, und er wurde nahe bei der Pyramide des Cestius begraben, wo Goethe einst während eines Romaufenthaltes begraben sein wollte. Es war ein Scheinleben, denn August wurde von seinem Vater geradezu verschlungen, der von Augusts Leben Besitz ergriff, wo immer es verfügbar war, und es zwischen die unaufhörlich mahlenden Kieferbacken seiner unendlichen Produktivität zog.[56]

Wir stehen hier vor einem sehr schwierigen Problem. Niemand, der mit

Intelligenz und Originalität begabt ist, geht jemals durch das Leben, ohne Kummer zu bereiten, trotz der vielen guten Taten, die er tun mag. Sicher haben viele Akte der Zerstörung Goethes Weg begleitet. Aber selbst detaillierte Untersuchungen seines Lebenswegs zeigen keine Erscheinungen manifester Destruktivität. Natürlich tat er viele Dinge — abgesehen von seiner nicht legitimierten Lebensgemeinschaft —, die nicht auf die Zustimmung seiner Zeitgenossen oder der Nachwelt stießen.[57] Um nur eine Tat anzuführen: als er die letzte Ausgabe seiner Werke vorbereitete, versuchte er, seinen Nachkommen ein regelmäßiges Einkommen zu sichern. Deshalb bat er die Regierung der Deutschen Liga, den Raubdruck seiner Werke zu verbieten und ihm das Copyright zu sichern. Börne tadelte Goethe sehr streng, diese Forderung nicht für alle deutschen Autoren erhoben zu haben, die vom finanziellen Ruin bedroht waren, weil es keinen gesetzlichen Schutz gab (vgl. 522, S. 107). Zugegeben: wenn Goethe diese Angelegenheit seines eigenen Vorteils zum Anlaß genommen hätte, weiterzugehen in Richtung auf den allgemeinen Schutz für deutsche Schriftsteller, hätte er als eine Art liberaler oder sogar revolutionärer Reformer gehandelt. Ohne Zweifel steht es moralisch höher, gleiches Recht für die ganze Gruppe zu fordern, als das Recht nur für sich allein zu beanspruchen. Aber Goethe war in diesen späteren Jahren weder ein revolutionärer noch ein hartnäckiger sozialer Reformer. Seine relative Selbstbezogenheit bereitete aber in diesem Fall niemandem Schaden. Zudem hoffte der alte Mann nicht auf großen persönlichen Vorteil durch eine günstige Entscheidung seiner Petition, denn er selbst war gut versorgt, und er wußte, daß er nicht mehr lange zu leben hatte. Sein Motiv war selbstlos und diente seinen Nachkommen, wenn auch die Selbstlosigkeit auf einen kleinen Kreis begrenzt war, mit dem eine unmittelbare „selbstische" Identifikation möglich war. Ich führe dieses Beispiel als eins von vielen möglichen an, um zu zeigen, daß es in Goethes Leben — wie in dem jedes anderen auch — viele Handlungen gab, die kritisiert werden können, wenn ein spezieller oder ein besonders strenger Maßstab angelegt wird.

Die beiden obigen Beispiele, seine illegitime Beziehung und das mittelbare Zugrunderichten seines Sohnes, fallen in verschiedene Kategorien. Sie sind nicht zu rechtfertigen, besonders das letztere nicht, welchen moralischen Maßstab man auch anlegt, obgleich sich in der Beziehung zu seinem Sohn kein absichtlich bewußter Akt der Zerstörung ereignete. Dennoch offenbart eine genauere Studie seiner Beziehung zu August, daß trotz Goethes unzweifelhafter herzlicher Zuneigung, Sorge und Fürsorge nicht von seiner unbewußten Aggression abgesehen werden kann, die tatsächlich in dem frühen, tragischen Sturz des jungen Mannes ihr Ziel erreichte.

Meine Untersuchung der Beziehung zwischen dem Genie und der Nachkommenschaft hat neue Impulse von dem Buch *Beethoven und sein Neffe*

(508) der beiden Sterbas erhalten. Die Autoren versuchen ausführlich zu beweisen, daß Beethoven eine Psychose hatte und daß die Grundlage seiner ganzen Beschuldigungen gegenüber seinem Neffen wahnhaft war. Meiner Meinung nach wäre das psychologische Problem genau dasselbe gewesen, wenn Beethovens Neffe ein Schurke oder Schmarotzer gewesen wäre. Goethe bezichtigte seinen Sohn nicht eines schlechten Betragens, und es lassen sich in seinem direkten Umgang mit seinem Sohn keine psychotischen Symptome beobachten, und trotzdem entdecken wir in diesem Bereich seines Lebens eine Konstellation, die — obgleich verschieden in der Form und in ihrer Erscheinungsweise — wesentlich dieselbe ist, wie sie von den Sterbas in Beethovens Leben beschrieben wird. Goethes Psychose begann kurz nach der Geburt seines Sohnes und bezog sich auf wissenschaftliche Inhalte. Dadurch wurde die Vater-Sohn-Beziehung von den Zeichen einer manifesten Psychose ferngehalten. Trotzdem erlitt August durch Goethe ein Martyrium und starb unter höchst tragischen Umständen. Er war wahrscheinlich durch Goethe erheblich tiefer verletzt und beschädigt als Beethovens Neffe durch seinen Onkel. Warum zeigt sich der gleiche Vorgang bei Beethoven in so ungemilderter Form, und warum war er bei Goethe so gut verborgen? Wenn Goethe nicht fähig gewesen wäre, den Weg aus der Sturm-und-Drang-Periode herauszufinden, und ohne die Reorganisation seiner Persönlichkeit in den voritalienischen Jahren hätte seine Beziehung leicht eine Wendung ähnlich der bei Beethoven nehmen können. Doch mag hinzugefügt sein, daß es dann wahrscheinlich auch nie zum Geschlechtsverkehr gekommen wäre, zu dem es bei Beethoven wahrscheinlich niemals kam, und Goethe hätte gar nicht erst ein Kind bekommen. Beethoven behielt bis zu seinem Tod ein strukturelles Muster in seiner Art zu fühlen bei, wie wir es bei Goethe aus der Zeit kennen, bevor er nach Weimar kam: das unbegrenzte Ausströmen der Emotion, die das ganze Ich verschlingt, das sich ohnmächtig vor ihr beugen muß. Was als Ungeselligkeit, Unhöflichkeit und Brutalität in Beethovens alltäglichem Leben auftauchte, war der Grundpfeiler seiner Kreativität. Die Beherrschung des Gefühls hätte niemals zu jenen musikalischen Kompositionen geführt, die wir bewundern.

Das Problem, mit dem wir hier konfrontiert sind, hat folgenden Ursprung. Die Reaktion der Gesellschaft auf das Genie ist beinahe fast konstant gespalten. Einige seiner Zeitgenossen bewundern es; andere fühlen sich provoziert, lehnen es ab oder verfolgen es sogar, und versuchen, ihre negative Reaktion unter anderem dadurch zu rechtfertigen, daß sie ihm unethische oder amoralische Handlungen zuschreiben, die — wieder ganz konstant — im Leben jedes Genies entdeckt werden können. Nach seinem Tod verändert ein Prozeß der Idealisierung schrittweise das Bild des Genies in ein anderes, das den Wünschen derjenigen entspricht, die sich an der

Schönheit seiner Werke erfreuen. Die Pathologie des gesellschaftlichen Widerhalls auf das Genie ist hier nicht um seiner selbst willen von Belang; ich möchte nur einen Umriß der Reaktion skizzieren als Mahnung, daß zweifellos eine auffällige Diskrepanz besteht zwischen dem, was die Gesellschaft über das Genie glauben möchte — besonders über das Genie vergangener Zeiten — und was der Gelehrte bei seiner Untersuchung als Wahrheit herausfindet. Die relative Unmoral des Genies ist ein Thema, das vielleicht nur von Experten diskutiert werden sollte. Der durch das Auftauchen der Wissenschaft in seinen heikelsten Erwartungen enttäuschte und des Trostes der Religion beraubte Mensch hat wirklich wenig übrig behalten, woran er glauben kann. Die einzigen strahlenden Illusionen, die noch übrig bleiben, sind die überwältigend schönen Schöpfungen der wenigen Genies, die bis jetzt die Erde betreten haben. Es gilt selbstverständlich als ausgemacht, daß das Schöne nur durch das Schöne hervorgebracht werden kann. Und wer würde sich gerne an Augustinus' deprimierenden Ausspruch: *intra feces et urinas nascimur* erinnern, wenn er ein gesundes schönes Baby sieht? Doch auch für die Produkte männlicher Kreativität — wenigstens von Männern wie Goethe und Beethoven — gilt, daß sie *intra feces et urinas* geboren werden. So sehr mir auch daran gelegen ist, die Illusion der höheren Moralität des Genies aus sozialen Gründen zu erhalten, glaube ich doch — aus den dargelegten Gründen —, daß die Struktur der Persönlichkeit des Genies erforscht werden muß, welche Unmoral auch immer im Verlauf der Forschung enthüllt werden mag.

Es ist vernünftig die Frage zu stellen, ob eine Gesellschaft Engel wünscht oder Künstlergenies. Es ist vielleicht ein beunruhigender Gedanke, daß dem in einem illegitimen Verhältnis mit einer Frau und ihren fünf Schwangerschaften lebenden Goethe, ohne den Versuch zu machen, dies zu verheimlichen, in einer modernen industrialisierten Republik wie dieser [den USA] niemals erlaubt worden wäre, eine Position mit solcher öffentlicher Macht und Autorität zu behalten, wie Goethe sie in Weimar innehatte.[58] Doch sein Rang in Weimar war für seine Kreativität so unverzichtbar wie Nahrung und Wohnung. Von diesem Standpunkt aus wird für eine Gesellschaft wichtig anzuerkennen, daß das Künstlergenie in bestimmten Bereichen amoralisch sein muß, wenn es kreativ sein soll. Wie legendär auch die historische Erzählung sein mag, daß Phidias zweimal des Diebstahls für schuldig befunden wurde, sie enthält eine psychologische Wahrheit. Ob dies für alle Künstlergenies gilt, weiß ich nicht. Es ist möglich, daß in Zeiten, als das Genie sich selbst nicht als eine abgesonderte individuelle Einheit fühlte, ganz andere Gesetze den kreativen Prozeß steuerten. Worin die Psychologie jener unglaublichen romanischen und frühen gotischen Bildhauer bestand, deren Namen wir nicht kennen, aber deren künstlerisches Genie noch die

Kathedralen schmücken, kann man nicht ergründen. Vielleicht gab es Zeiten, als das kreative Genie unbelastet von dem Wunsch, *seine* Gefühle, *seine* Konflikte, *seine* Persönlichkeit in die Schöpfung zu gießen, von Motiven bewegt wurde, die ihm nicht die Abfuhr von destruktiver Energie in einem Ausmaß auferlegte, wie wir es in anderen historischen Epochen beobachten. Das ist eine strittige Frage. Aber die Genies, deren Leben hinreichend dokumentiert ist, zeigen diese Abfuhr überraschend häufig. Selbst Mozart, dessen Leben in eine gänzlich andere Kategorie als das Leben von Goethe oder Beethoven fällt, ist von demselben Problem berührt, wenn man sich an die berühmten Briefe ans »Bäsle« erinnert (401).

Die Entdeckungen der Sterbas können in einer Feststellung zusammengefaßt werden: Beethoven wollte seinen Neffen verschlingen. Ob wir diesen Impuls in seiner psychologischen Bedeutung als destruktiv oder liebend beurteilen sollen, ist fraglich. Beim Studium dieses Impulses fühlt man sich fast geneigt, an Karl Abrahams »vorambivalente Phase« [der Libidoentwicklung] (2, S. 141) zu denken. Wie auch immer die psychologische Bedeutung lauten mag, die soziale Wirkung war destruktiv, und die ethische Beurteilung von Handlungen wird überwiegend, wenn auch nicht ausschließlich, durch deren soziale Wirkungen bestimmt. In Beethovens Fall fiel das Objekt, das er verschlingen wollte, durch den frühen Tod seines Bruders in seine Hände. Aber ich bin davon überzeugt, er hätte ein gleichwertiges Objekt gefunden, wenn ihn das Schicksal nicht mit diesem Objekt versorgt hätte. Das schwere Dilemma, in dem sich das Künstlergenie im Hinblick auf seine Objekt-Beziehungen befindet, wird an anderer Stelle diskutiert. Es reicht hier aus festzustellen, daß das Genie sich der vollen Lust an solchen Beziehungen nicht hingeben darf, sondern das Objekt zerstören muß, um die ganze Energie des kreativen Prozesses zu bewahren.[59] Tatsächlich haben wir gesehen, daß Goethes künstlerische Produktivität sich verringerte, als seine Beziehung zu Charlotte von Stein zu intensiv wurde, und die Sterbas decken auf, daß die Jahre relativer Unproduktivität in Beethovens Leben im Umgang mit seinem Neffen ihre Ursache haben. Im Leben des Genies wird das Liebesobjekt immer zugunsten des künstlerischen Objekts geopfert, welches das Genie hervorbringen will. Mitten in den furchtbaren Akten der Zerstörung, mit denen Beethoven seinen Neffen überhäufte, entstehen die *Missa Solemnis* und die Neunte Sinfonie und die späten Quartette. Und nur das zählt unter dem Auge der Ewigkeit. Alle Verbrechen, die ein Genie begehen mag, verblassen und werden vergessen; sie zählen nicht, wenn sie dem Hervorbringen der Schöpfung dienen. Das Genie kann daher nicht unmoralisch sein. Nur der Mensch von Talent, der sich Zerstörung im Nachahmen des Genies zugesteht und dessen Schöpfungen entbehrlich sind, kann unmoralisch sein. Beim Lesen des Buchs von den Sterbas fühlt man ihr

Erstaunen über Beethovens Grobheit, aber sie sagen nicht, daß dies offensichtlich ein notwendiger Teil seiner Persönlichkeit war, der ihn zur Schöpfung von Musik befähigte. Bei Goethe wird das ganze Problem verschleiert durch seine Gewohnheiten, seine Bildung und seine Kultur, aber es ist seltsam, daß August von Goethe sterben mußte, während Beethovens Neffe trotz eines Selbstmordversuchs seinen Onkel überlebte. An einem Punkt tun die Sterbas Beethoven vielleicht wirklich Unrecht. Sie wundern sich über die erfolgreiche Etablierung des Neffen in seinem späteren Leben und schreiben dies entweder konstitutionellen Faktoren oder »der guten Grundlage emotionaler Stabilität« zu (508, S. 302), die er von seiner Mutter erhielt, die Beethoven so brutal verleumdete. Die dritte Alternative aber erwähnen sie nicht: daß Beethovens Neffe trotz aller destruktiven Handlungen seines Onkels die Jahre hindurch fühlte, daß er von Beethoven unendlich geliebt wurde, eine Liebe, die ihn leiden ließ und die er aus einsichtigen Gründen nicht ertragen konnte, aber doch eine Liebe, die trotz aller zeitweiligen Tragödien die Erziehung zu einem tüchtigen Bürger zum Ergebnis hatte, der später seinen mittelmäßigen Platz mit Vollkommenheit ausfüllte. Goethes unterschwellige Aggression gegen seinen Sohn, die durch Zuneigung, Liebe und Herzlichkeit maskiert war, hatte weit ernstere Wirkungen als Beethovens offene Feindseligkeit; August — den einen Vorfall[60] ausgenommen — fand keine Situation, in der er sich gegen seinen Vater wenden und sich von dessen Herrschaft befreien konnte, was notwendig in seinem Untergang enden mußte. Wie sollen wir entscheiden, wenn wir uns über das Vergängliche erheben? Sollen wir ernsthaft vorschlagen, Beethovens Neffe solle in glücklicher Kindheit und Jugend leben, wir aber sollten auf die *Missa* und die Quartette verzichten? Sollte August von Goethe so gelebt haben, daß er siebzig oder achtzig Jahre geworden und daß ihm seine Qualen erspart geblieben wären, wir aber dafür auf *Dichtung und Wahrheit* und *Faust II* verzichten?

Wenn wir darauf bestehen, den für das Leben des gewöhnlichen Menschen heilsamen Begriff der Moralität auch auf das Genie anzuwenden, dann müssen wir uns die aktive Unterdrückung des Talents in dem jungen Menschen zum Ziel setzen. Das frühe Auftreten von Talent kündigt das mögliche Erscheinen eines Genies an, was umgekehrt die Aussicht auf destruktive Handlungen sehr wahrscheinlich macht. Die Chance, daß diese Zerstörung gerade eine oder einige ihm nahestehende Objekte trifft, ist eminent groß. Daher bin ich überzeugt, daß die Gesellschaft, die dem Genie so viel verdankt, die Pflicht hat, besonders die Nachkommen des Genies zu entschädigen für das tiefe Unrecht, das sie erleiden mußten.

Es gibt einen destruktiven Prozeß, der dem in den Objektbeziehungen des Genies beobachteten Vorgang gleichkommt und der auf einer höheren

Ebene abläuft. Shakespeares Kreativität machte es unmöglich, daß eine große Tragödie jemals wieder in englischer Sprache geschrieben wurde, und mit Goethe wurde die deutsche Literatur in allen Zielen praktisch zum Abschluß gebracht. Das Genie verwirklicht alle Möglichkeiten, die in einem bestimmten künstlerischen Medium liegen, und deshalb erstickt es in der überwiegenden Zahl der Fälle bei jenen, die bald nach ihm kommen, die Entwicklung zu gleicher Größe, trotz aller stimulierenden Wirkungen, die es der nachfolgenden Generation hinterläßt. Daher erscheinen Künstlergenies gehäuft und sind nicht gleichmäßig auf die Geschichte verteilt (vgl. 353). Goethes destruktive Wirkung war in dieser Hinsicht besonders groß, weil er in allen Sparten der Literatur außer der Komödie zur äußersten Grenze dessen schritt, was in deutscher Sprache geschaffen werden kann.

Die unmittelbaren Zeugnisse von Destruktion in seinem persönlichen Leben sind viel geringer. Man muß weit unter die Oberfläche dringen, um das zu finden, was in Beethovens Leben ganz offen zu sehen ist. Goethe verdankt sein relatives Glück teilweise Charlotte von Steins Einfluß und der Reorganisation seiner Persönlichkeit, die sie zustande brachte, zum Teil auch Christiane, deren Verfassung und Verhalten ihm erlaubte, das Zentrum seiner Kreativität außerhalb ihrer Beziehung zu lassen. Dadurch wurden die unvermeidlichen destruktiven Nebenwirkungen, die zu den schöpferischen Handlungen gehören, vom Zentrum seines materiell wirklichen Lebens, von dem Bürger und dem Ehemann Goethe, seiner bürgerlichen Existenz sozusagen, ferngehalten. Doch die Beziehung zu Nachkommen ist ein so delikates Feld, ein Brennpunkt von so enormen konfliktträchtigen Kräften, daß sogar dieser unendlich weise Mann nicht durch diesen Bereich hindurchgehen konnte, ohne eine Spur nicht wiedergutzumachenden Unrechts zu hinterlassen.

Anhang R

Ergänzende Notizen zur Beziehung zwischen Karl August und Goethe

Eine umfassende Untersuchung jener Beziehung zwischen dem Genie und seinem Herzog, wie man sie in den Annalen der Geschichte so leicht nicht wiederfindet, würde ein ganzes Buch füllen. In diesem Anhang möchte ich früher erwähnte Aspekte zusammenfassen und auch kurz eine neue Periode in ihrer Freundschaft erörtern, die ich aber nur bis 1790 verfolgen werde.

Der Beginn ihrer Freundschaft stand im Zeichen des Sturm und Drang. Beide waren seit ihrer ersten Begegnung voneinander bezaubert. Sie paßten zueinander wie Hand und Handschuh. Das war nicht nur eine Folge ihrer Persönlichkeiten, sondern gleichermaßen auch der Umstände: der junge Prinz an der Schwelle der Regierungsübernahme in seinem Fürstentum, und der berühmte Dichter, sieben Jahre älter, bereit, sein Genie in den Dienst des Wohlergehens und der Zukunft des Prinzen zu stellen. Sie brauchten sich gegenseitig, und wenn das biologische Prinzip der Symbiose überhaupt auf die Beziehung von Erwachsenen anwendbar ist, dies wäre ein ideales Beispiel.

Die klar umrissene Zeichnung der Initiationsphase, die keine Interpretation erfordert, ist etwas getrübt durch die unklare Beziehung Goethes zur Herzogin. Wie ausgeführt, habe ich den Schluß gezogen, daß Goethe in sie verliebt war. Die Dokumente zeigen dies nicht über alle Zweifel erhaben. Ergebenheit, Interesse, Loyalität, Zuneigung und Anziehung waren auf Goethes Seite offensichtlich. Wenn Liebe mit im Spiel war, mußte er sie verheimlichen, und es überrascht nicht, daß der Forscher auf die Evidenz der Umstände beschränkt ist. Die wenigen Anzeichen solcher Evidenz habe ich zitiert, und an mein Ohr tönt deutlich die Stimme einer bewußen und intensiven Liebe. Schwieriger ist, den psychischen Ursprung dieser Liebe zu enträtseln. Stand sie für die Abwehr gegen die starke homosexuelle Strömung in dieser Freundschaft, welche die Männer zueinander zog? War sie das Ergebnis extremer Eifersucht gegenüber der Konkurrentin bei der Liebe des Freundes? War Goethes Liebe zum Herzog auch Abwehr gegen die Versuchung, welche die Herzogin für ihn bedeutete? All das bleibt unklar. Was immer die Wahrheit ist, Goethe bewahrte für den Rest seiner Tage eine starke Zuneigung für die Herzogin, und im *Tasso* gestaltete er, da können wir, glaube ich, sicher sein, ein sehr persönliches Problem, das uns unmittelbar zu ihr zurückführt.

In der ersten Phase seiner Freundschaft zu Karl August scheint Goethe für den Herzog von größerer psychischer Bedeutung gewesen zu sein als die Herzogin. Ungeachtet des prinzipiellen Mangels an Übereinstimmung zwischen dem Herzog und der Herzogin bin ich mir nicht sicher, ob die Ehe nicht besser funktioniert hätte, wenn Goethe während dieser frühen Jahre fern vom Hof in Weimar geblieben wäre. Sicher bemühte sich Goethe mit großer Anstrengung darum, beide so eng wie möglich zusammenzubringen, und die Hindernisse, die sie voneinander fernhielten, aus dem Weg zu räumen, aber ich zweifle, ob sich Goethe bewußt war, in welchem Ausmaß seine bloße Anwesenheit dazu führte, daß der Prinz sich von seiner Gemahlin abwandte. Von Zeit zu Zeit haben wir dunkle Flecken in Goethes Persönlichkeit bemerkt, die für den Fortbestand von Freundschaften oft schwierig waren, aber wir dürfen sicher sein, daß er sich beständig von seiner besten Seite zeigte, wenn er mit dem Herzog zusammen war. Abgesehen von dem persönlichen Gefallen an ihm hielten die Ehrfurcht und der Respekt des einfachen Bürgers für seinen Souverän von selbst jede Äußerung von Ambivalenz auf dem unvermeidlichen Minimum. Wenn man sich vorstellt, wie Goethe sich bemühte, einladend, charmant, bezaubernd, fast verführerisch zu sein, bekommt man eine dunkle Ahnung von der Faszination, die von diesem Mann ausgegangen sein muß, diesem fortwährenden Feuerwerk, strotzend von Witz, Phantasie, Geist, Esprit und Lebenslust. Welche Frau hätte damit wetteifern können? Vielleicht hätte sein Charakter von einer Frau vollendet werden können, die den feurigen jungen Prinzen durch sinnliche Befriedigung wieder und wieder in der sexuellen Sphäre zu reizen wußte. Aber Louise war gehemmt, verschlossen, eine Frau, die selbst erst durch einfühlende Führung und Güte erweckt werden mußte, um sich selbst zu finden und um die wirklich feinen Qualitäten, die in ihr schlummerten, zu entfalten. Goethe erkannte diese Qualitäten rasch, und sie konnte diese wahrscheinlich leichter ihm entdecken als ihrem unduldsamen und ungestümen Ehemann. Ich vermute, daß sie ein starkes Gefühl für Goethe hegte und Angst davor hatte und deshalb mehr zu Herder tendierte, in dessen Gesellschaft sie sich sicherer fühlte als in der jenes Mannes, der sie wahrscheinlich mehr anzog.

Mag sein wie es will, der Herzog war von Goethe höchst entzückt. Wir sehen die beiden die meiste Zeit zusammen. Wenn der Herzog krank oder verletzt ist, versorgt ihn Goethe; wenn der Herzog auf die Jagd geht, ist Goethe sein Begleiter; er liest ihm vor, und er regiert sein Herzogtum für ihn. Die gesamte Existenz des Herzogs verläuft auf den Pfaden von Goethes Leben. Doch Goethes Funktion als Agent des herzoglichen Vergnügens ist wahrscheinlich von geringerer Bedeutung als die Funktion des Ich-Ideals. Goethe fühlte sich als Mentor seines Herzogs für die Entwicklung des Prinzen verantwortlich, für seine gegenwärtige und zukünftige Statur als Monarch. Den unbewußten Hintergrund dieses Verantwortungsgefühls habe ich erörtert. Goethe litt unter den vielen Schwächen des Herzogs, aber es gibt keine Anzeichen dafür, daß er die Anforderungen jemals senkte, wie es etwa ein sich einschmeichelnder Höfling getan hätte, der eigene Sicherheit und Erfolg über die Rechtschaffenheit stellt. Welche äußere Gestalt ihre Beziehung auch annahm, der breite Strom gegenseitiger Gefühle füreinander als Menschen schlechthin bleibt unbestritten. Aus Goethes Briefen an Charlotte von Stein wissen wir, welchen Verlauf seine wachsende Ambivalenz gegenüber dem Herzog nahm. Ich bin mir sicher, daß diese Ambivalenz niemals in ihrer wirklichen Form dem Herzog gegenüber zum Ausdruck gebracht wurde. Ich vermute, daß der Herzog feinfühlig genug war, um zu spüren, daß sich die Dinge zwischen ihm und Goethe verändert hatten. Doch er braucht dies nicht als Konsequenz von Goethes Art zu fühlen aufgefaßt, sondern kann es als willkommene Veränderung angesehen haben, die zu Goethes wachsender Reife und zu seinem Streben nach Unabhängigkeit paßte. Ich habe versucht zu zeigen, daß Goethe, Charlotte von Stein und der Herzog eine Dreierbeziehung bildeten. Ich habe mich weiterhin bemüht, deutlich zu machen, in welcher Weise Goethes Gefühle zum Herzog — abgesehen von Faktoren der Realität — in Wechselbeziehung standen zu den Schwankungen in seiner Beziehung zu Charlotte von Stein. Der Doppelaspekt, der in der Position des Herzogs als Schüler und Herr lag (dieser Faktor der Realität läßt zugleich an den jüngeren Bruder und an den Vater denken), brachte eine gewisse Unsicherheit in Goethes Beziehung, die gegensätzliche Haltungen gleichzeitig ansprach und zur Geltung brachte, nicht zu reden von den mitbetroffenen unbewußten Faktoren. Die Tatsache, daß der Herzog Goethes aktiver wie passiver unbewußten Homosexualität dienen konnte, machte diesen zu einem wichtigen Teil dieses Dreiecks. Charlotte von Stein wurde ein Vereinigungsobjekt, insofern sie schrittweise die Bilder aller anderen Liebesobjekte in sich aufnahm. Der Herzog war wegen seiner Doppelbedeutung für Goethe vielleicht dazu bestimmt, die gleiche Rolle in Hinsicht auf die homosexuelle Libido zu spielen. Doch auch Charlotte von Stein saugte wegen ihrer großen Bedeutung als Repräsentantin des Überich viel homosexuelle Libido auf.

Obgleich der Herzog durch seinen unmittelbaren persönlichen Kontakt nicht so viel zur Reorganisierung von Goethes Persönlichkeit beitragen konnte wie Charlotte von Stein, muß man ihm eine unverzichtbare indirekte Rolle zugestehen. Erstens war er Charlotte von Steins Fürst, und ich habe wiederholt betont, daß Goethes Opfer für den Herzog und das Fürstentum in sehr enger Verbindung zu der geliebten Frau stand. Dies erleichterte die Heilung eines alten Konflikts, entstanden durch sich wechselseitig ausschließende Haltungen gegenüber seinem Vater und seiner Mutter. Zusammen mit Goethes aufsteigender Unzufriedenheit mit dem Herzog bemerken wir, daß Goethe Charlotte von Stein gelegentlich als Stellvertreterin benutzte, um aggressive Impulse, die gegen den Herzog gerichtet waren, zu agieren. Das von mir zitierte Beispiel betrifft Goethes Bitte an sie, den Herzog davon zu unterrichten, daß dieser auf die Begleitung seines Freundes auf seinen vielen Reisen nicht ferner rechnen könne (vgl. oben Seite 688). Hier wiederholt Goethe Ereignisse, die in seinem Elternhaus häufig vorkamen.[1]

Wir bemerkten, daß sich zu dieser Zeit Goethes positive Gefühle zu Herder veränderten und gegen Ende der voritalienischen Epoche ein neues Dreieck gebildet war, in dem Herder den Herzog ersetzte und manchmal mehr als der Herzog die Dominanz von Charlotte von Stein bedrohte. Zweitens diente der Herzog bis zu einem gewissen Grade als Blitzableiter für die positiven und negativen Impulse, die Goethes Beziehung zu Charlotte von Stein beeinträchtigen konnten. Ohne Zweifel wurde ein erheblicher Teil der Ambivalenz gegen Charlotte von Stein gelegentlich auf den Herzog verschoben. Dadurch konnte Goethe eine sanftere, konfliktfreiere Beziehung zu Charlotte von Stein unterhalten, als es im anderen Falle möglich gewesen wäre. Ich glaube nicht, daß dies notwendig im Widerspruch zu der Funktion stand, die ich Charlotte von Stein zugesprochen habe, nämlich ein Verschmelzungsobjekt zu sein, denn ich glaube, daß die Strebungen, die diesen Vorgang hätten zerstören können, zweckmäßig gegen den Herzog gerichtet wurden. Er diente zeitweilig als Blitzableiter für Energiebeträge, die keinen positiven Platz in der Beziehung zu der geliebten Frau finden konnten. Wir beobachten im Gegenteil eine Situation, in der Goethes Liebe zu Charlotte von Stein neue Anstöße von der Wirkung, die die Beziehung des Herzogs zur Gräfin von Werthern auf ihn hatte, erhielt. Ich verweise auf die Episode, die zu Goethes Bitte an Charlotte von Stein um das Privileg der Anrede des intimen *Du* führte. In dieser Episode antwortete er auf eine Identifikation mit dem Herzog, und er versuchte, etwas in die Welt zu setzen, was er bei seinem fürstlichen Freund beobachtet hatte. Die ödipale Struktur dieser Dreieckssituation wird hier besonders deutlich.

Wir kennen die reale Ursache für Goethes Enttäuschung über den Herzog. Letzterer war dazu bestimmt, seinen eigenen Weg in die hohe Politik zu gehen und eine bedeutende Rolle im europäischen Gleichgewicht der Kräfte zu spielen. Das schloß die Aussicht auf militärische Abenteuer ein und war ein Schlag gegen Goethes Ehrgeiz, den Herzog dazu zu bringen, sich auf die friedliche Verbesserung seines Herzogtums zu konzentrieren. Hier war ein Feld, auf dem der Herzog seinen eigenen Ehrgeiz, unabhängig von Goethes Wünschen, zu befriedigen sich entschloß und Goethe schrittweise die Grenze seines Einflusses erkannte. Eine dauernde Entfremdung schien unvermeidlich. Doch mit Goethes Abschied vom Herzog und noch vor seiner Abreise nach Italien fällt ein neues Element in seinen Briefen auf. Es sieht so aus, als ob Goethe an der Schwelle seiner Trennung von der geliebten Frau erneut ein tiefes Gefühl der Freundschaft und Liebe, das ihn mit diesem Mann verband, entdeckte, ein Gefühl, das in den späteren Jahren so reich blühte. Die Tatsache, daß diese Welle der Freundschaft mit der Aussicht der Trennung begann, kann darauf hinweisen, daß die homosexuelle Gefahr der Hauptfaktor war, der vorübergehend die Ebbe in ihrer Freundschaft bewirkt hatte. Dennoch ist es schwierig, Faktoren der Realität und rein psychologische Momente auseinanderzuhalten. Der Herzog war schließlich sein Fürst, Herr und Arbeitgeber. Goethes Reise nach Italien hatte nicht nur die Funktion, seine Beziehung zu Charlotte von Stein abzubrechen, sondern diente auch dazu, den erdrückenden Regierungslasten ein Ende zu setzen. Konnte er im voraus sicher sein, daß der Herzog es ihm nicht übelnehmen würde, wenn er sich für einen so langen Zeitraum aus Weimar entfernte, ohne vorherige Absprache und Erlaubnis? Goethe war in Wahrheit das Zentrum des gesamten Regierungsapparates geworden, doch plötzlich verhielt er sich so, als ob es gut ohne ihn gehen würde. Sicher, Goethe sorgte vor und übertrug seine Funktionen anderen, und tatsächlich resultierte aus seiner Abwesenheit kein Schaden für das Fürstentum. Aber er machte sich berechtigte Sorge, ob der Herzog seine heimlichen Anordnungen gnädig akzeptieren oder zornig auf seinen eigensinigen Freund sein würde. Als Goethe infolge zufälliger Umstände während seines Aufenthaltes in Rom lange Zeit keine Mitteilung von seinem Herrn erhielt, schien er stark beunruhigt und appellierte an seine Freunde, sich beim Herzog für ihn einzusetzen. Dennoch waren Goethes Zweifel am Verständnis seines Freundes nicht berechtigt. Obgleich die Briefe des Herzogs aus dieser Zeit sich nicht erhalten haben, ergibt sich aus Goethes Antworten, daß er keinen Grund hatte, sich über Ressentiments bei seinem fürstlichen Freund zu beklagen. Goethes Dankbarkeit und Erleichterung waren groß. Bei all dem muß man beachten, daß er wegen seiner Anstellung und Unterstützung, überhaupt um des ökonomischen Weiterlebens willen gezwungen war, sich dem Herzog zu unterwerfen. Obgleich diese und andere Momente der Realität relevant sind, bin ich sicher, daß persönliche Gefühle der Zuneigung die primären Motive waren.

Während seines Aufenthaltes in Italien machte Goethe weitere Fortschritte in der Abänderung seiner Homosexualität. Der Schritt vorwärts zur heterosexuellen Einstellung, die genitale Befriedigung durch Beischlaf hatten auch ihre Wirkung auf seine Homosexualität, und er konnte latente passive Homosexualität ohne Auflehnung akzeptieren. Er gestand zuletzt dem Herzog das Recht auf eine militärische Karriere zu, und er versöhnte sich mit dem Abweichen des Herzogs von jenem Ideal, das er für seinen ehemaligen Schüler aufgerichtet hatte. Ob Goethe richtig handelte, sich so lange den Ambitionen des Herzogs entgegenzustemmen, weiß ich nicht, aber wir können sicher sein, daß es sich nicht nur um Erwägungen handelte, die sich aus der realen Situation des Landes ergaben, welche für seine Einwände verantwortlich waren. Offenbar konnte Goethe das aggressive, sadistische und destruktive Verhalten seines Freundes (das unlösbar mit dem Bild des Krieges oder des Militärs allgemein verbunden war) nicht gut ertragen, er konnte sozusagen bei seinem Freund das nicht tolerieren, womit er selbst sich nicht identifizieren durfte. Man darf nicht vergessen, daß die Zentralfigur in Goethes erstem Hauptwerk ein Kriegsheld war, Götz von Berlichingen. Möglicherweise äußerte der Herzog in solchen Ambitionen, die lange Zeit für Goethe unannehmbar waren, Strebungen, die Goethe bei sich selbst unterdrückte. Aggressivität bei einem Mann hatte für Goethe eine ängstigende Wirkung. Aus den italienischen Briefen aber sehen wir Goethe die Aggressivität des Herzogs akzeptieren, ja stützen. Goethe war anscheinend fähig geworden, einen Mann auf einem niedrigeren narzißtischen Niveau als zuvor zu lieben. Vor dieser Veränderung lautete die Grundformel seiner Freundschaft: ›Ich liebe dich wegen deiner außerordentlichen Qualitäten, die auch ich besitze, vielleicht sogar in höherem Grade, oder die ich gern besitzen wollte‹, und er konnte einen Mann nur insoweit lieben, als er sich mit ihm zu identifizieren vermochte. Ein Teil davon ließ sich bei seinen Schwierigkeiten mit Lavater beobachten. Jetzt konnte er ein männliches Liebesobjekt in dessen eigenständiger Existenz akzeptieren ohne das Empfinden, dies verletze seine eigenen Gefühle der Zuneigung.

Doch Goethes persönliche Konflikte, d. h. die Bedeutung, die der Herzog für sein Unbewußtes hatte, sollten uns die Persönlichkeit des Herzogs nicht aus dem Auge verlieren lassen. Der Herzog verstand seinen Freund offenbar wirklich, und daher wurden Goethe alle jene tragischen Konflikte erspart, die so oft das kreative Genie und seinen Gönner scheiden. Der Herzog begriff intuitiv, was für Goethe gut war, und als Goethe Alternativen für seine eigene Zukunft in Weimar vorschlug, wählte der Herzog mit sicherer Hand jene aus, die sich für Goethe als äußerst vorteilhaft erwiesen. Es spricht sehr zugunsten der überlegenen Art des Herzogs, daß er niemals so etwas wie Konkurrenz in seiner Beziehung fühlte, niemals Goethe auszubeuten versuchte und niemals von diesem ausgebeutet wurde, daß aber jeder Partner dem anderen das Beste gab, was beide unter den gegebenen Bedingungen ihrer unterschiedlichen Begabung und ihrer verschiedenen gesellschaftlichen Positionen geben konnten.

Während seines Aufenthaltes in Italien wurde der Herzog sein Ratgeber in sexuellen Dingen, wie ich im Haupttext erläutert habe. Man fühlt sich fast geneigt zu glauben, daß Goethe einen inneren Handel machte, etwa so: ›Du wirst mir Geschlechtsverkehr erlauben, und ich will dir erlauben, deinen kriegerischen Zielen zu frönen.‹ Die zeitliche Folge begünstigt diese Vermutung insofern nicht, als Goethe sich anscheinend mit den Besonderheiten des Herzogs vor seinem Abenteuer mit Faustina ausgesöhnt hat; aber wenn wir bedenken, daß Goethe bewußt oder vorbewußt ein solches sexuelles Abenteuer vor seiner Reise plante, ergibt es einen guten Sinn, daß er zuerst seine Beziehung zum Herzog ordnete. Einen anderen Faktor der mehr als zufälligen Verbindung mit Goethes aufgeschobener heterosexuellen Einstellung sehe ich in der Tatsache, daß zwei seiner besten Freunde spät heirateten: Heinrich Meyer 1803, im Alter von 43 Jahren, nachdem er fast zehn Jahre in Goethes Haus gelebt hatte; und Knebel 1798 mit 53 Jahren.

Goethe gefährdete — wahrscheinlich ohne bewußte Absicht — die Ehen seiner Freunde. Über den Herzog und die Herzogin habe ich mich schon geäußert. Es ist beeindruckend, daß Herders Frau, als Goethe sich um Herders Famlie während dessen Abwesenheit in Italien kümmerte, so viel und so enthusiastisch über Goethe schrieb, daß Herder ganz unruhig wurde.[2] Herders Frau war ein Mensch, der Goethe irritierte, und eine bewußte Absicht, ihr den Hof zu machen, steht außer Frage; trotzdem spiegelt diese zeitweilige Komplikation in Herders Ehe, obgleich sie rasch bereinigt wurde, etwas wider, was wahrscheinlich einen wichtigen Komplex bei Goethe darstellte. Eine Frau wurde als Faktor betrachtet, der eine Männerfreundschaft stört. Wenn es eine Frau war, die von einem Freund geliebt wurde, rief dies Aggressionen in Gestalt bewußter oder unbewußter Strebungen hervor, die Frau ihrem Gatten zu entfremden. Einen solchen Mechanismus kann man fast offen bei Goethes engstem Freund Knebel sehen, einem eingefleischten Junggesellen, der die Mätresse des Herzogs heiratete, als sie nach der Geburt eines illegitimen Sohns nach Weimar zurückkehrte (376, S. 171—173). Wir dürfen vermuten, daß Angst vor der Rache des eifersüchtigen Mannes und Abwehr der gegen den männlichen Konkurrenten gerichteten Aggression, die aus der Gattenwahl folgte, unter den unbewußten Faktoren waren, die Goethe von heterosexuellen Zielen fernhielten. Bestimmte Passagen in seiner Korrespondenz aus Italien mit dem Herzog, die ich früher zitiert habe, scheinen diesen Aspekt zu bestätigen.

Wie schon zuvor beobachtet, erleichterte Goethes Entschluß zu Sexualverkehr eine konfliktfreie, ruhige Beziehung zu dem Herzog. Die Gefahr der Homosexualität war reduziert, und sein Gefühl der Selbstzufriedenheit wurde gestärkt, so daß Goethe später fähig war, seinen Freund ohne innere Rebellion als seinen Herrn zu akzeptieren. Sobald seine Vermutungen über den möglichen Groll des Herzogs ausgeräumt waren, folgte Brief auf Brief, welche Dankbarkeit, Loyalität und gänzliche Ergebenheit für zukünftige Zeiten zum Ausdruck brachten. In seinem Brief aus Neapel vom 27.–29. Mai 1787 kulminierte dies alles in folgender Antwort auf die Entscheidung des Herzogs, ihm alle gewünschten Privilegien nach seiner Rückkehr nach Weimar zu gewähren:

> Und darum nehmen Sie den besten Danck für Ihre Gesinnungen, daß Sie mich so gütig erleichtern wollen. Wie jetzt unsre Sachen stehn, können Sie es ohne Nachteil der Geschäfte, ja ich werde Ihnen mehr werden als ich oft bisher war, wenn Sie mich nur das thun lassen was niemand als ich thun kann und das übrige andern auftragen. Mein Verhältniß zu den [amtlichen] Geschäften ist aus meinem persönlichen [Verhältnis] zu Ihnen entstanden, laßen Sie nun ein neu Verhältniß zu Ihnen nach so manchen Jahren, aus dem bisherigen Geschäfts-Verhältniß entstehn. Ich bin zu allem und jeden bereit, wo und wie Sie mich brauchen wollen. Fragen Sie mich über die Symphonie die Sie zu spielen gedencken; ich will gern jederzeit meine Meynung sagen, so wird auch mein persönlich Verhältniß zu Schmidten[3] mich in den Stand setzen, nach Ihrem Verlangen, in allen Sachen mitzuwürcken. Schon sehe ich, was mir die Reise genützt, wie sie mich aufgeklärt und meine Existenz erheitert hat. Wie Sie mich bisher getragen haben, sorgen Sie ferner für mich und thun Sie mir mehr wohl, als ich selbst kann, als ich wünschen und verlangen darf. Geben Sie mich mir selbst, meinem Vaterlande, geben Sie mich Sich selbst wieder, daß ich ein neues Leben und ein neues Leben mit Ihnen anfange! Ich lege mein ganzes Schicksal zutraulich in Ihre Hände. Ich habe so ein großes und schönes Stück Welt gesehn, und das Resultat ist: daß ich nur mit Ihnen und in dem Ihrigen leben mag. Kann ich es, weniger von Detail überhäuft, zu dem ich nicht gebohren bin; so kann ich zu Ihrer und zu vieler Menschen Freude leben, ...[4]

Es ist offensichtlich, daß Goethe mit seiner neuen Einstellung gegenüber dem weiblichen Geschlecht auch zu neuen Überich-Repräsentanten übergewechselt war. Darin setzte er einen Prozeß fort, der schon in Weimar begonnen hatte. Charlotte von Stein verlor diese Funktion, während er noch in Italien war, trotz der vielen Tagebuchnotizen, die er für sie schrieb. Von dem zuletzt zitierten Brief an gab er dem Herzog einen regulären Bericht seiner Tätigkeit als Künstler und von seinen Plänen für die Zukunft und ließ ihn Einzelheiten wissen, die er niemand anderem erzählte (541,1, S. 388). Am 7. Dezember 1787 schrieb er:

> Das Ende meiner Bemühungen und Wandrungen, ist und bleibt der Wunsch Ihr Leben zu zieren. Möge er mir gewährt werden.[5]

Eine solche Erklärung zeigt sehr klar, wie sehr Goethe zu jener Zeit bereit war, den Herzog in den Status seines Überich zu erheben und seine eigene Existenz auf die bloße Ergänzung des fürstlichen Lebens seines Freundes herabzumindern. Die fast masochistische Haltung wurde manchmal gefährlich stark, wie die folgende Passage in seinem Brief vom 17. März 1788 zeigen kann:

> Ich darf wohl sagen: ich habe mich in dieser anderthalbjährigen Einsamkeit selbst wiedergefunden; aber als was? — Als Künstler! Was ich sonst noch bin, werden Sie beurtheilen und nutzen. Sie haben durch Ihr fortdaurendes würckendes Leben, jene fürstliche Kenntniß: wozu die Menschen zu brauchen sind, immer mehr erweitert und geschärft, wie mir jeder Ihrer Briefe deutlich sehen läßt; dieser Beurtheilung unterwerfe ich mich gern. Nehmen Sie mich als Gast auf, laßen Sie mich an Ihrer Seite das ganze Maas meiner Existenz ausfüllen und des Lebens genießen; so wird meine Kraft, wie eine nun geöffnete, gesammelte, gereinigte Quelle von einer Höhe, nach Ihrem Willen leicht dahin oder dorthin zu leiten seyn. [...] Ich kann nur sagen: Herr hie bin ich, mache aus deinem Knecht was du willst. Jeder Platz, jedes Plätzchen die Sie mir aufheben, sollen mir lieb seyn, ich will gerne gehen und kommen, niedersitzen und aufstehn.[6]

Hier erfahren wir, warum Goethe so leicht jemand anderem erlaubte, über seine Existenz nach Gutdünken zu bestimmen. Er hatte herausgefunden — was er im Kontakt mit Charlotte von Stein früher gelernt und nun endgültig verinnerlicht hatte —, daß der Erfolg und die Mission seiner Existenz in der Welt der Kunst lagen. In dieser Sphäre beanspruchte er die volle Verantwortlichkeit; um den Rest kümmerte er sich offenbar weniger und war daher bereit, den Anforderungen der Gesellschaft — repräsentiert durch den Herzog, der ihn großzügig unterstützte — genüge zu tun. Bis zu einem gewissen Grade führte er jetzt ohne das Gefühl eines Opfers etwas fort, was er für sein Fortkommen mehrere Jahre hindurch mit großer Anstrengung betrieben hatte. Was er während dieser Periode an Tätigkeit entfaltete — freudig, wie er vorgab, in Wirklichkeit aber, wie er wußte, unter dem größten inneren Druck —, setzte er jetzt auf einer reduzierten Stufe fort. Goethe sah richtig voraus, daß er auf dieser reduzierten Stufe fähig sein würde, die gesellschaftlichen Anforderungen und seine künstlerische Sendung harmonisch auszubalancieren. Die Tatsache, daß er jetzt die meisten Bereiche seiner bisherigen Zuständigkeit aufgeben konnte, daß er nicht länger der erste in allen Angelegenheiten des Herzogtums sein mußte, daß er den Herzog an jenen Platz stellte, der diesem als Fürst des Staates und durch Gesetz und Tradition gebührte, daß er ihm die letzte Entscheidung über seine eigenen Dienste für den Staat einräumte — all dies zeigt, daß die Aggression gezähmt und daß er bescheiden geworden war. Dieser äußerst radikale Wandel war die Manifestation einer neuen Phase in der Lösung seines homosexuellen Konflikts. Was früher in der Realität agiert werden mußte, konnte jetzt im Reich der Kunst geschehen. Ein Anzeichen davon findet man, wie ich glaube, in gelegentlichen Bemerkungen Goethes über den *Wilhelm Meister*, den er unvollendet ließ, als er nach Italien ging. Offenbar hatte er damals im Sinn, den Roman wenigstens zu einer Art Erziehungsmittel zu machen, mit dem Ziel, etwas Einfluß auf den Herzog zu gewinnen. Da er seine frühere Rolle als Fürstenerzieher aufgegeben hatte und entschlossen war, sich den Wünschen des Herzogs zu fügen, wollte er, wie ich vermute, durch Werke der Kunst vollenden, was durch unmittelbares Handeln angemessen zu vergelten nicht möglich war. In einem Fall spielte er in Form eines Scherzes auf die der Dichtkunst zugeschriebene magische Rolle an. Der Herzog litt wieder an den Folgen einer venerischen Infektion, und Goethe schrieb ihm am 6. April 1789:

> Ich werde ihm ehstens in Hexametern und Pentametern aufs schmählichste begegnen.

Damit bezog er sich auf jene Elegie, die den Verlauf einer Geschlechtskrankheit zum Gegenstand hat (WA I, 1, S. 219 f.), und er fügte hinzu: »das hilft aber nicht zur Cur.«[7] Diese kleine Nebenbemerkung klingt mir wie eine entstellte Botschaft seines Glaubens an die magische Kraft seiner Dichtung (vgl. 203). Angesichts seiner großen Zuneigung zum Herzog und der Tatsache, daß er selbst trotz seiner eigenen sündhaften Neigung frei von dieser Krankheit war, mag der Anstoß für die Elegie teilweise von dem Impuls herstammen, zur Genesung des Herzogs beizutragen. Dem lag wohl ein unbewußtes Gefühl von Schuld an der Krankheit des Herzogs zugrunde. Wieweit Identifikation und Schuldgefühle gingen, kann aus einem Brief Mitte Februar 1790 entnommen werden. Die zweite Seite fehlt, ausgenommen den folgenden Abschnitt (der in der Weimarer Ausgabe unterdrückt wurde):

»Wenn nur nicht ein ander Übel Sie in Berlin festhielte! Darüber tröst ich mich weniger. Besonders da ich mich von dieser Seite so sicher fühle; Leider will sich die Vorsicht und Genügsamkeit Ihres Häußlichen Rathes und Dichters, der selten alleine schläft und dort penem purissimum erhält, nicht für die Lebensweise eines militarischen politischen Prinzen schicken«.[8]

Diese Bemerkung ist von großem biographischem Wert, obwohl ihre unbewußte Absicht nicht bekannt ist, da dies außerhalb des Kontextes blieb. Was Goethe damit auch immer gewollt haben mag, die Bemerkung verrät eine unbewußte Beziehung zwischen beiden Männern, die für diese Zeit charakteristisch ist. Sie klingt auf Goethes Seite fast wie eine Rechtfertigung, in sexuellen Dingen ein Feigling zu sein, während er seinen Freund und Herrn sich den Gefahren eines kriegerischen Lebens aussetzen ließ, das auch ein gefährliches Liebesleben einschloß.

In dieser Zeit setzte er auch fort, was er in Italien begonnen hatte: er hielt den Herzog über seinen eigenen Fortschritt in sexuellen Angelegenheiten auf dem laufenden. So informierte er ihn, als er den Geschlechtsverkehr nach der Geburt seines Sohnes wieder aufnahm. In Gesprächen dieser Art vermied er den direkten sprachlichen Ausdruck; er verwendete Latein oder symbolische Begriffe wie im zuletzt zitierten und in einem Brief vom 6. Februar 1790, in welchem er schrieb:

Mit Begünstigung der Göttin *Lucina* hat man auch der Liebe wieder zu pflegen angefangen.[9]

Mit »Lucina« meinte Goethe Geburt und Menstruation; das unpersönliche Pronomen »man« schwächt die Sentenz noch mehr ab. Auch der deutsche Ausdruck »der Liebe pflegen« ist weniger deutlich als »Liebe genießen« (to enjoy love), was dem Deutschen so nahe kommt wie man ihm im Englischen kommen kann.

Offensichtlich hatte Goethe das Bedürfnis, dem Herzog in sexuellen Dingen Geständnisse zu machen. Goethes sexuelle Probleme lassen es verständlich erscheinen, daß er eines Vater-Beichtigers bedurfte. In einem früheren Brief an den Herzog machte er eine Bemerkung, welche dieses Problem in einem anderen Licht erscheinen läßt. Als der Herzog fern in Ilmenau war, schrieb Goethe am 5. Juli 1789 an ihn:

Wahrscheinlich haben Sie auf dem Walde Schnee gehabt, seit vorgestern scheint uns wieder die Sonne, man wird aber der Abwechslung [des Wetters] so gewohnt daß man sich nicht mehr freut noch betrübt. Ich dencke immer mehr auf die Haus Existenz, das sich denn auch ganz gut für mich ziemt.[10]

Hier bezieht sich Goethe wiederum auf einen Umstand, in welchem seine Situation günstiger war als die des Herzogs. Er erfreute sich der Sonne, aber der Herzog war Schnee ausgesetzt. Dann folgt das Leugnen jeder Freude, die ihm daraus oder allgemein aus der Natur erwuchs. Es besteht ja kein Zweifel, daß die Natur in allen unendlichen Variationen und Wirkungen äußerst bedeutungsvoll für Goethe war. Die Bemerkung, daß die endlose Abwechslung in der Natur keine besonderen Empfindungen in ihm hervorruft, klingt äußerst ungoethesch.[11] Doch wir müssen beachten, daß Christiane zur Zeit der Abfassung des Briefes schwanger war. Der letzte zitierte Satz bezieht sich auf die Ursache seiner relativen Unempfindlichkeit gegenüber der Natur: er war wachsend in Beschlag belegt von seinem »Hausstand«.

Fürchtete Goethe, daß diese Häuslichkeit seiner Dichtung ein Ende setzen würde? Tatsächlich scheint Goethes lyrischer Fluß zwischen 1788 und 1793 unterbrochen. Seine wichtigste poetische Produktion waren die *Römischen Elegien* und die *Venetianischen Epigramme,* aber keine von ihnen kann als lyrisch bezeichnet werden. Die lyrische Dichtung, die automatische Transformation jeder Art von Eindruck in lyrische Verse, war jedoch Goethes eigentliches Vermögen. Die Ebbe in der lyrischen Produktion kann in Goethe leicht ein Schuldgefühl gegen den Herzog hervorgerufen haben, der alle Bitten um Verringerung der Verantwortung sehr großzügig gewährt hatte im Austausch für Goethes Versprechen, sich der Karriere als Künstler voll zu widmen, damit der Künstler Goethe das Leben seines Herrn schmücke. Doch statt dessen bestand die erste Handlung nach Goethes Rückkehr nach Weimar darin, seine Mätresse zu schwängern, und obgleich er den *Tasso* (ein Jahr später als geplant) um die Zeit des oben zitierten Briefes herum vollendete, mag er mit Sorge in seine dichterische Zukunft geblickt haben. Ein Jahr später, am 9. Juli 1790, schrieb er an Knebel:

> Mein Gemüth treibt mich mehr als jemals zur Naturwissenschaft, und mich wundert nur daß in dem prosaischen Deutschland noch ein Wölckchen Poesie[12] über meinem Scheitel schweben bleibt.[13]

Dieses Interesse an Wissenschaft jedoch, das immer mehr Zeit beanspruchte, war nicht der einzige Bereich, von dem die Muse bedroht wurde. Als er seinen *Tasso* endlich vollendet hatte, schrieb er am 10. August 1789 an Herder spitz:

> Nun sind wir frey von aller Leidenschafft solch eine konsequente Composition zu unternehmen. Die Fragmenten Art erotischer Späße behagt mir besser.[14]

Goethe bezog sich hier auf die *Römischen Elegien* und die *Venetianischen*

Epigramme, Werke, die (besonders das letztere) eine uneinheitliche Struktur (»fragmentarische Gestalt«) hatten und denen ein starkes erotisches Parfüm entströmte.[15] Diese Freiheit von jedem Verlangen nach größeren dichterischen Werken, das Goethe eingestand und weswegen er froh war, keine reiche literarische Ernte für die nahe Zukunft versprochen zu haben, führte dazu, daß er sich in der Schuld des fürstlichen Freundes fühlte. Das mag einer der Gründe dafür gewesen sein, jetzt ein Epigramm zu schreiben, welches den Herzog pries. Obgleich Goethe in diesem Stück frei zugibt, wie klein die Macht seines Herrn und dessen Herrschaftsbereich ist, hält er ihn dennoch der Nation als Vorbild vor: jeder Deutsche sollte in gleicher Weise wie der Weimarer Herzog seine Kräfte nach außen und nach innen wenden, »... da wär's ein Fest, Deutscher mit Deutschen zu sein.« Aber, fährt Goethe fort, warum preist du ihn, dessen Taten schon an sich seinen Ruhm begründet haben? Außerdem würde ein solches Lob durch Bestechung erkauft erscheinen.

> Denn mir hat er gegeben, was Große selten gewähren,
> Neigung, Muße, Vertraun, Felder und Garten und Haus.[16]

Nur ihm hat der Dichter zu danken, und tatsächlich brauchte Goethe viel, da er als Poet nicht wußte, wie er seinen Lebensunterhalt verdienen sollte. Europa lobte ihn, gab ihm aber nichts. Deutschland ahmte ihn nach, Frankreich las ihn, und England empfing in Freundschaft den zerrütteten Gast. Aber von welchem Nutzen ist es für ihn, den Dichter, wenn sogar der Chinese Lotte und Werther malt? Niemals hat ein Kaiser oder König nach ihm gefragt oder sich um ihn gekümmert, »und Er war mir August und Mäcen«.[17]

Wie in dem *Ilmenau*-Gedicht (vgl. oben S. 947) kommt Goethe beim Lob des Herzogs selbst nicht schlecht weg.[18] Aber das Selbstlob ist in einer Weise dargestellt, welche die Größe des Herzogs pariert, und am Schluß bringt er ein hohes Kompliment ein, indem er den Herzog mit dem römischen Kaiser gleichsetzt.

Aber betrachtete Goethe das Stocken seiner literarischen Produktion (das sich zeitweilig einstellte) wirklich als Quelle möglicher Enttäuschung des Herzogs? Die großen Entdeckungen, die auf den Gebieten der Farbphysik und der Botanik zu gewinnen er sich auf dem Wege glaubte, mag er leicht als zufriedenstellendes Äquivalent beurteilt haben.

Wie reagierte der Herzog auf Goethes Liebeswahl? Wann traf er zum erstenmal mit Christiane zusammen? Was war seine Meinung, als er sie sah? Wie urteilte er über die erotische Neigung seines Freundes? Man sucht vergebens nach Christianes Namen in der Korrespondenz zwischen beiden. In seinen Briefen an den Herzog vor seiner Heirat erwähnt Goethe sie dreimal, und auch dies nur mittelbar. Einen guten Einblick in Christianes Verhalten gegenüber der Beziehung Goethes zum Herzog kann man durch Goethes Briefe an den Herzog erhalten, nachdem er die Lebensgemeinschaft durch seine Heirat 1806 legalisiert hatte. Die Eheschließung fand fünf Tage nach der Schlacht von Jena (14. Oktober) statt, als Deutschland und der Herzog von Napoleon vernichtend besiegt waren. Weimar wurde geplündert und Goethes Leben gerettet durch Christianes beherztes energisches Eingreifen, als französische Plünderer in Goethes Schlafzimmer eindrangen. Seine Heirat teilte er dem Herzog erst am 25. Dezember 1806 mit, d. h. neun Wochen danach. Der Anordung und Datierung von Goethes Korrespondenz in der Weimarer Ausgabe zufolge ist jener Brief, in welchem die Bekanntgabe seiner Verheiratung steht, der dritte an den Herzog nach der Trauungszeremonie.[19] In diesem Brief informiert Goethe den Herzog zuerst darüber, daß Karoline Jagemann[20] an diesem Tag dem Herzog einen illegitimen Sohn geboren hat. Da man sich so oft an die schlechten Tage erinnere, sollten die guten auch ins Gedächtnis gerufen werden, fügt er hinzu. Es fiel ihm auf, daß auf den Tag genau 17 Jahre zuvor sein eigener Sohn, August, geboren wurde. Er war sich der herzoglichen Einwilligung sicher, seinen eigenen Sohn durch ein gesetzliches Band Vater und Mutter gegeben zu haben, »wie er [August] es lange verdient hatte«.[21] Warum wartete Goethe mit der Neuigkeit seiner Heirat bis zur Geburt des illegitimen Sohns des Herzogs? Wenn wir uns die Reihe der Briefe ansehen, so wie sie in der Weimarer Ausgabe nacheinander abgedruckt sind, bemerken wir folgende Entwicklung, bis Goethe den Mut aufbringt, mit dem Geheimnis herauszurücken.

Im ersten, offenbar zwischen dem 19. und 26. Oktoer 1806 verfaßten Brief schreibt Goethe:

> Nach Jena zu gehen konnt ich mich nicht entschliesen, so wie ich manche Briefe an Sie wie diesen schon zerrissen habe. Die Umwendung der Dinge steht einem noch zu nahe, alles was man sagt ist unzulänglich oder unzulässig und so schweigt man lieber oder nimmt sich zurücke als daß man spräche.[22]

Die innere Schwierigkeit, sich dem Herzog mitzuteilen, geht sehr deutlich aus der Tatsache hervor, daß Goethe mehrere angefangene Briefe an den Herzog vernichtete. Ich bin überzeugt, daß solche Unschlüssigkeit bei Goethe höchst selten war. Zudem gibt Goethe zu verstehen, daß ihn etwas beschäftigt, was er nicht in Worte fassen möchte. Wenn der Leser über die Ursache von Goethes Befangenheit spekulieren will, sollte er nicht zu sehr an einen sehr persönlichen Anlaß denken, sondern eher an die allgemeine Wirkung, welche die katastrophale politische Lage und die Erhebung in Weimar auf ihn machten und welche die Gemüter niederdrückte, so daß der Augenblick eines persönlichen Gesprächs noch nicht gekommen schien.

In dem offenbar Mitte Dezember geschriebenen Brief meint Goethe, nachdem er dem Herzog berichtet hat, daß er keinen Anfall von Krankheit »erlitten« habe:

> Aber erlitten habe ich etwas vom 14. Octbr an, auch etwas physisches das mir noch zu nahe steht um es ausdrücken zu können. Geb uns allen der Himmel Jahre um diesen Gegenstand in den [richtigen] Sehewinckel zu bringen.[23]

Obgleich Goethe auf den 14. Oktober anspielt (Tag der Invasion von Weimar) als Tag, von dem an er »etwas physisches erlitten« habe, bezieht sich der Abschnitt dennoch auf seine Heirat, die am 19. Oktober stattfand, denn Goethe betrachtete den Tag, an dem er gerettet wurde, im geistigen Sinn als Tag ihrer Hochzeit. In diesem Brief kommt Goethe einen kleinen Schritt dem Geständnis näher — natürlich fühlte er sich als jemand, der beichtet —, das auf ihm lastete und das anscheinend keinen weiteren Aufschub duldete. Doch erst im Brief vom 25. Dezember findet er den notwendigen Mut und die erforderliche Entschiedenheit.

Warum erinnerte er den Herzog daran, daß dieser 25. Dezember der Geburtstag seines eigenen Sohns war? Und warum rechtfertigte er seine Heirat mit der Pflicht gegenüber seinem Sprößling? Das Schicksal arbeitete durch einen Zufall wie in einer Schmierenkomödie Goethe in die Hand. Ich glaube, daß Goethe kalkuliert bis zur Geburt des herzoglichen Sohnes gewartet hatte. Aber er konnte kaum voraussehen, daß das leidige Problem der Kommunikation durch den Zusammenfall der Geburtstage so leicht gemacht wurde.[24] Ich schließe daraus, daß Goethe den Herzog in eine rührselige Stimmung versetzen wollte, in der dieser die Entscheidung seines Freundes gnädig beurteilte. Ob dieses Verfahren gut war, weiß ich nicht. Es scheint mir sehr taktlos zu sein, daß Goethe die Folgen seiner Heirat für seinen Sohn in dem Augenblick betont, als der Herzog die Nachricht von der Geburt eines Sohnes erhält, dessen legitimer Vater er niemals werden konnte.[25]

Wie dem auch sei, Goethes Zögern und Umständlichkeit klingen so, als ob Karl August gegen Christiane nicht freundlich eingestellt war. Dies wird zum Teil bestätigt durch eine Tagebucheintragung des Kanzlers Müller, eines besonnenen und zuverlässigen Informanten, der sich in den Verhältnissen am Hof von Weimar bestens auskannte. In einem langen Gespräch vertraute der Herzog ihm verschiedene Indiskretionen an. Ausdrücklich betonte er:

> »Die Vulpius [Christiane] habe alles verdorben, ihn [Goethe] der Gesellschaft entfremdet.«[26]

War es wirklich Goethes Entfremdung von der Gesellschaft, was den Herzog beunruhigte? Oder war er auf seinen Freund eifersüchtig? Ich glaube, wir können ganz sicher sein, daß es das letztere war. Goethe grollte im Gegenzug der Mätresse des Herzogs, und sein einziger ernsthafter Zwist mit dem Herzog im Jahre 1817 entstand durch sie. Der Groll des Herzogs wäre vielleicht anders ausgefallen, wenn Goethe einen anderen Typ als Christiane zu seiner Geliebten gewählt hätte. Ich meine aber, der Herzog hätte wohl jede Frau abgelehnt, die Goethe ernsthaft liebte. Seine Charakterisierung der Charlotte von Stein, sie sei »kein großes Licht« (250, 4, S. 478), war sicher fehl am Platze. Goethe muß von der Eifersucht des Herzogs gewußt haben, und es sieht so aus, als ob er sich wegen seiner Neigung zu Christiane schuldig fühlte. Ich vermute, daß sein Gewissen für den Herzog Partei ergriff und daß er sich vorwarf, treulos zu sein gegenüber dem Freund, der Bruder, Vater und Großvater repräsentierte. Als er zuletzt dem Herzog seine Heirat gestand, gab er vor, dies sei nur um seines Sohnes willen geschehen, d. h. nicht aus Liebe zu einer Frau, sondern zu einem Mann, und so appellierte er an etwas, was sicherlich der Wunsch des Herzogs war, nämlich seine Mätresse zu heiraten, um seinen neugeborenen Sohn als Nachkommen zu legitimieren.

Diese Situation läßt auch an einen anderen Aspekt der Homosexualität Goethes denken. Wie ich zuvor schon dargelegt habe, war es Christianes energische und lebensrettende Geistesgegenwart, die ihn zum Entschluß der Heirat führte. Obwohl sie nicht Französisch konnte, schüchterte sie die aggressiven Eindringlinge so gründlich ein, daß diese es vorzogen, von jeder weiteren Gewalt Abstand zu nehmen. Man kann sich leicht vorstellen, wie dramatisch diese Szene und wie tief beeindruckt Goethe gewesen sein muß, daß seine Frau ohne zu zögern bereit war, eher ihr Leben zu opfern als ihrem Geliebten Leid zufügen zu lassen. Karl August dagegen war nicht fähig gewesen, Weimar zu beschützen, und die Schlacht bei Jena wurde trotz seines Dienstes in der preußischen Armee verloren.[27] Überhaupt schienen Frauen in diesem Moment die einzigen zu sein, die Napoleons aggressive Absichten abwehren konnten. Die Herzogin begegnete Napoleon mit solchem Mut und solchen Beschimpfungen, daß der Diktator sich erweichen ließ, obwohl er wegen der Unterstützung des Feindes durch den Herzog erzürnt war. Er verzichtete auf seinen Plan, dem Herzog das Herzogtum wegzunehmen, und räumte weit mildere Bedingungen ein, als er ursprünglich vorgesehen hatte. So verdankte der Herzog sein Herzogtum dem standhaften Charakter seiner Frau und Goethe sein Leben den natürlichen mütterlichen Instinkten seiner Gefährtin. Zugleich war der Herzog auch derjenige, der Goethe ernährte, versorgte und aushielt. In Goethes Konflikt zwischen Zuneigung und Dankbarkeit gegenüber dem Herzog und gegenüber Christiane nimmt man dunkel die Konkurrenz zwischen beiden Mutter-Imagines wahr.[28] Mit seiner Heirat wandte sich Goethe vermutlich von der einen Mutter ab und der anderen zu, und dies mag eine der unbewußten Wurzeln seines Schuldgefühls gegenüber dem Herzog gewesen sein. Es enthielt den Vorwurf: ›Du hast die Schlacht von Jena verloren und damit mein Leben beinahe zerstört, wenn nicht Christiane die Schlacht am Frauenplan gewonnen hätte.‹[29]

Anhang S

Bemerkungen zu Goethes erotischer Dichtung und zu einer Übersetzung von zwei lateinischen Essays Goethes durch Moses Hadas

1790 verfaßte Goethe zwei Aufsätze in lateinischer Sprache, die postum veröffentlicht wurden unter den Titeln: *Bemerkungen zur Sammlung »Priapeia«* und *Bemerkungen zu Augustinus »De civitate dei«* (WA I, 53, S. 197–207).

Den ersten schrieb er fast sicher im Jahr 1790, d. h. kurz nach der Geburt seines Sohnes. Darin legt er die inhaltliche Bedeutung von Textkritiken in der Ausgabe der *Priapeia* von 1664 dar, die von Schoppe herausgegeben wurde, dessen Erläuterungen der Kommentar des berühmten Renaissance-Philologen Scaliger angefügt war.[1]

Die *Priapeia* ist eine Sammlung von ungefähr 89 kurzen lateinischen Gedichten in der Form spaßiger Epigramme, die den Statuen des Gottes Priapus gewidmet sind. Die Identität des Herausgebers, der auch das Einleitungsepigramm schrieb, ist nicht bekannt. Die Epigramme sind verschiedenen Dichtern der Augustus-Ära zugeschrieben worden. Es wird angenommen, daß einige von Ovid, Catull und Tibull verfaßt worden sind. Einige Gedichte werden als spätere Einfügungen angesehen. Die Sammlung stammt aus einer Zeit, als die Anbetung des Priapus nicht mehr die primitive Anbetung der Potenz allgemein bedeutete, sondern zu einem Sinnenkult des Vergnügens und der Zügellosigkeit degeneriert war. Die Darstellungen des Priapus in der bildenden Kunst variieren, immer aber zeigen sie ihn mit gewaltigem, erigiertem Penis. Außer der Aufstellung in Tempeln, die ihm geweiht waren, wurden Statuen von ihm an Wegkreuzungen und in Obstgärten aufgestellt, wo sie als Vogelscheuchen und als Schutz gegen Gartendiebstahl dienten.

Eine namhafte Zahl von Epigrammen sind der Schutzfunktion gewidmet. Eindringlinge werden vor der Strafe gewarnt, welche sie erwartet: wenn es sich um einen Jungen handelt, wird mit ihm Sodomie getrieben, wenn es ein

Mädchen ist, wird sie vergewaltigt, wenn ein erwachsener Mann kommt, wird er zu Fellatio gezwungen. Die Mehrzahl der sexuellen Anspielungen beziehen sich auf Sodomie; der Akt mit Knaben wird gepriesen wie im 4. Epigramm, wo Priapus alles aus seinem Garten herschenken will, wenn der Junge ihm geben wird, was dessen Garten besitzt. Die Sammlung enthält eine Vielzahl von sexuellen Anspielungen und Bezügen, aber die allgemeine Richtung kann folgendermaßen charakterisiert werden. Es handelt sich um eine narzißtische Verherrlichung des erigierten Phallus, begleitet von maßloser Verachtung für Frauen. Die höchste wünschenswerte sexuelle Befriedigung scheint Sodomie mit einem Knaben zu sein; unverhohlene Verachtung gilt dem Mann, der sich nach der Geschlechtsreife unterwirft. Fellatio wird als Gipfel der Schande angesehen, ob bei Männern oder bei Frauen. Das weibliche Element wird nur hochgeschätzt, wenn die Frau jung ist, und dann vorwiegend in der Situation des coitus per anum, d. h. als Ersatz für Knaben. Geschlechtsverkehr bedeutet eine aggressive Handlung, und Frauen werden wiederholt als alt, physisch abstoßend und mit einer ungeheuren, wie bei einem Leichnam von Würmern übersäten Vagina vorgestellt.

Die *Priapeia* ist eine literarische Illustration der phallischen Phase, wie sie Freud beschrieben hat (vgl. 198). Es folgt eine Übersetzung von Goethes Aufsatz über die *Priapeia* von Professor Moses Hadas:[1a]

Dem Fürsten Augustus[2]

Dem Mann ist nicht wie den Spatzen[3] gegeben, sich ständig an Venus zu vergnügen, und die meisten Menschen beklagen mit Scioppius diesen Umstand. Ich aber, vornehmster Fürst, bin immer der Meinung gewesen, nicht ängstlich danach zu verlangen, was verweigert wird, und seitdem habe ich mich immer darum bemüht, die Zwischenräume, durch welche die Natur meine Vergnügungen unterbricht, mit nützlicher oder angenehmer Beschäftigung auszufüllen.

Nach dieser Regel habe ich mich in den langen Nächten des Winters, der sich nun zurückzieht, abwechselnd mit Venus und den gütigeren Musen unterhalten.

Hiermit übergebe ich Dir, vornehmster Fürst, einige Seiten als Zeugen der angenehmeren nächtlichen Beschäftigungen.

CARMEN XXVI.

Im fünften Vers:

ut semper p l a c e a n t spectantibus [daß *sie* dem Betrachter immer Vergnügen bereiten sollten] ziehe ich den Singular p l a c e a t vor [daß sie Vergnügen bereiten sollte]. Die Dirne, der Liebling des Volkes, legt ihre Cymbeln samt Kastagnetten und Tamburine vor Priapus nieder, nicht damit diese Instrumente erfreuen sollen [placeant], sondern daß sie [die Dirne] durch ihr Geschenk die Gunst des Gottes für sich selbst gewinnen und durch diese Hilfe immer Vergnügen bereiten möge [placeat] und daß die erwünschte Erektion immer bei jenen eintreten möge, die nach ihr verlangen und in sie eindringen wollen.[4]

CARMEN XLV.

Scaligers Meinung scheint der richtigen Bedeutung dieses Gedichts näher zu kommen als Scioppius. Priapus, der einen bestimmten Lustknaben ausschimpft, weil dieser sein Kopfhaar so kraus trägt, daß er wie ein Mädchen aussieht, schilt ihn nämlich in grober Weise, indem er sagt: Glaubst du nicht, daß du dich mehr zu einem Mädchen machst, wenn du dir Mühe gibst, deine Schamhaare mit einem Brenneisen zu kräuseln?[5]

CARMEN LIV.

E D si scribas, temonemque insuper addas
Qui medium D vult scindere, pictus erit.

Dieses Gedicht lehrt uns, ein Monogramm zu zeichnen, das wir hier vor Augen führen:

E▬▬▬D

Das ist folgendermaßen zu verstehen. Wenn du E D schreibst und einen Querbalken [temonem = Deichsel], d. h. eine dicke Linie so plazierst, daß sie das D zweiteilt, hast du einen Phallus gemalt. Das ist eine Zeichnung, wie sie Kinder und ungebildete Menschen gewöhnlich benutzen. So wie wir hier den Hals des Phallus durch einen Balken repräsentiert sehen, so pflegen Kinder Arme und Beine von Menschen zu zeichnen.[6]

CARMEN LXVIII.

Der Sinn dieses Gedichts ist schlicht folgender. Der im Garten eines gewissen Griechenfreunds aufgestellte Priapus hört seinen Herrn griechisch rezitieren, und obwohl dieser ein ungebildeter Landmann ist, glaubt er eine Menge griechischer Wörter gelernt zu haben. Es ist für Römer sicherlich leicht, griechische Worte mit nur leicht veränderter Bedeutung zu benutzen. Was die Griechen *psolon* [Penis] nennen, bezeichnen die Römer als *psolum,* und was bei den Römern *culus* [Gesäß] heißt, lautet bei den Griechen *coleon.* Daher glaube ich, daß der fünfte Vers wie folgt verbessert werden sollte:

Psoleon ille vocat quod psolum subinde vocamus.[7]

und so auch im folgenden Vers:

Id quod nos culum, coleon ille vocat
[was wir als »culus« kennen, bezeichnet er als »coleon«].

Im letzten Distichon spottet Priapus, nachdem er mit seinem Vergleich der griechischen mit der lateinischen Sprache soviel Erfolg hatte, über sich selbst, indem er auch das Wort *smerdaleos* [schrecklich] erklärt und sich über die Entdeckung einer Beziehung zu einem lateinischen Wort freut. Er glaubt, daß es von m e r d a [Exkrement] abgeleitet ist, und meint, daß der Penis von Päderasten, von dem er als *smerdaleam*, d. h. den Erduldenden »schrecklich«, reden gehört hat, recht eigentlich *merdaceam* genannt wird, d. h. »mit Exkrementen besudelt«, so daß er

hesterno occurrere luto
[in den gestrigen Kot zu geraten] pflegt.

So die Anmerkungen Lindenbrogs aus einem alten Epigramm:

Et non laudator mentula, merdacea est.
[Der Penis wird nicht gelobt; er ist voller Exkremente].

CARMEN LXXV.

Dieses Gedicht sollte nach Scaliger in zwei Teile geteilt werden; die letzten beiden Verse sollten von den vier vorhergehenden abgesondert werden; dann scheint mir die Interpretation leicht zu sein. Das erste Gedicht führt Priapus vor, der sich darüber grämt, daß seine Waffen von seinen Lenden gefallen sind, *forsan injuria temporis* [vielleicht durch das Unrecht der Zeit]. Die Mädchen schauen auf die verstümmelte Figur mit einem flüchtigen Seitenblick und verachten sie, weil sie nicht gerüstet ist. Um sie also daran zu erinnern, daß er ein Gott ist, ermahnt er sie, auf dem Altar zu opfern, der gewöhnlich neben einer Priapusstatue aufgestellt war, und dann gibt er ihnen zu verstehen, daß der Penis, der jetzt so leblos wie ein Zündholz ist, ihnen zu Diensten stehen wird.

m e n t u l a n u n c e x a n i m i s [der jetzt leblose Penis],

der Penis, der nun vom Körper getrennt ist und beiseite liegt. Ich stimme Scioppius zu, daß wir lesen sollten a r a e s i d e d e r i t i s [wenn ihr dem Altar geopfert habt].[8]

CARMEN LXXVII

N e v e i m p o n i t e *f i b u l a m* P r i a p o [hefte keine Spange an Priapus]. Wir wissen sehr gut, daß an dem membrum virile [männlichen Glied] von Sängern und anderen jungen Männern, deren Wollust man zurückzuhalten suchte, eine Spange befestigt wurde, und auf diese Art schien sie an der Vorhaut angebracht zu sein. Ich bin tatsächlich erstaunt, daß diese Tatsache Scioppius entgangen sein soll, der in der Archäologie des Phallus sehr bewandert war, und daß er die kühle Vermutung anstellte, es sei ein sprichwörtlicher Ausdruck für Priapus.[9]

CARMEN LXXX.

Ich vermute, daß der vierte und fünfte Vers wie folgt verbessert werden sollte:

Non habet haec aliud mentula majus e a
Num vilior Tydeus? qui siquid credis Homero

[Hat er keinen größeren Penis als den des besser angesehenen Tydeus? Wenigstens wenn du dem Homer glaubst].

Ich interpretiere das Gedicht in dieser Fassung. Der Sprecher ist Priapus, der restauriert und gerade in den Garten gestellt wurde; durch Zufall hat der Künstler seinen Penis weniger als einen Fuß lang gestaltet. Die Mädchen kommen hinzu und sehen, daß der Penis nicht lang und dick genug ist und daß er nicht gut nach oben steht, und sie betasten ihn mit ihren Händen, so als ob sie ihn mehr erigiert wünschten. Priapus beklagt die Enttäuschung der Mädchen über die Größe und ihre Unzufriedenheit: obwohl der Penis nicht die für Priapus passende Größe hat, übertrifft er doch alle menschlichen Penisse. Um die Kleinheit seines eigenen Organs zu rechtfertigen, zitiert er das Beispiel des Tydeus, dem der kampflustigste Charakter nachgesagt wurde, obwohl er klein von Statur war.[10] Rasch vermutet er, daß seine Neuheit und Schüchternheit ungünstig auf ihn gewirkt haben, so daß sein Organ seine richtige Erektion nicht erreichen konnte. Er meint, daß er seine Schüchternheit ablegen sollte, denn er wurde gemacht, um unter Gottes Himmel mit frei vorstehendem Hodensack zu stehen.[11]

CARMEN LXXXIV.

Ex quo natus es, et potes renasci [Von wo du geboren bist, kannst du wieder auferstehen].

Scioppius leitet von den Worten potes renasci [du kannst wieder auferstehen] fälschlich ab, daß die Figur des Priapus aus einem Baumstumpf geschnitzt wurde, der nicht entwurzelt war. Mir scheint dieser Vers nichts anderes zu sagen als das folgende: Dein Bild ist aus dem Holz dieses Waldes gemacht, ein anderer Baumstamm, der dort wächst, wird uns einen Gott wie dich schenken; wenn wir also nicht aus Fürsorge um dich einen Mangel an Holz vermeiden wollen, werden wir nicht zögern, dich zu verbrennen. Wir können eher einen Gott entbehren als frieren.

CARMEN LXXXVI.

Ich verbessere den folgenden Vers so:

Vicinus prope dives est negligensque Pria pum[12]

[Es gibt in der Nachbarschaft einen Menschen, der Priapus vernachlässigt]:

Ich glaube, daß die Schönheit, welche dem Gedicht bisher gefehlt hat, so wiederhergestellt werden kann. In dem ganzen Gedicht preist Priapus die Ergebenheit eines niederen Ansiedlers eines sumpfigen kleinen Bauerngutes für ihn, und als Gegenleistung für die Ehrerbietung muß er versichern, daß der kleine Garten und Weinberg des Herrn beschützt sind. Und so verlangt er, daß die Knaben beides von der Plünderung verschonen und statt dessen den Garten des reichen Nachbarn angreifen, welcher Priapus vernachlässigt. Er versichert ihnen, daß sie diesen Garten unbewacht vorfinden werden. Die Ehrfurcht des armen Mannes und die Nachlässigkeit des reichen werden durch die Nebeneinanderstellung klar, und so wird der Gott nicht dargestellt als einer, der sich über die Vernachlässigung der eigenen Göttlichkeit beklagt und der sich auf diese Weise selbst peinigt, was ganz im Gegensatz zur Logik des Mythos und der Dichtung stünde.

Im zweiten Aufsatz arbeitet Goethe einige Abschnitte von Augustinus *De Civitate Dei* durch. Er zitiert aus Buch VI, 9. Kapitel, und Buch VII, 2. und 3. Kapitel, in denen Augustinus eine ausführliche *reductio ad absurdum* der Mythologie der römischen Liebesgötter und Göttinnen, soweit er mit diesem Gegenstand bekannt war, darlegt; seine Hauptquelle ist Varro[13] gewesen. Goethe ergreift offen Partei für die heidnischen Götter, die Augustinus lächerlich macht.

Die Übersetzung von Professor Hadas [1a] lautet wie folgt:

Bemerkungen zu Augustinus *De civitate dei*

Vor einigen Tagen wurde ich, vornehmster Fürst, zu meinem großen Vergnügen davon unterrichtet, daß Du Freude daran gefunden hast, Dich Tag und Nacht mit den Nachtarbeiten meines Urgroßvaters Caspar Schoppius über das männliche Glied des Priapus zu beschäftigen. Ich fühle mich durch diese Mitteilung dazu bewogen, Dir als dem Schutzherrn erotischer Feinschmeckerkost eine kleine Abhandlung zu widmen, die ich, meiner Natur nachgebend, im Winter in der Abgeschiedenheit meiner Klause verfaßt habe.

Die Nächte waren lang und beinahe eisenhart, und die Tage waren wie die Nächte. Da ich gerade von einer äußerst glücklichen Reise nach Italien zurückgekehrt war, quälten sie mich so schlimm und kränkten mich derart, daß beinahe jegliche Lebenslust ausgelöscht wurde.

Du kennst das Schicksal unseres binnländischen Thüringen, weitsichtigster Fürst: wir befördern das Werk der Künste, aber wir erfreuen uns nicht an den Künsten; arm in der Wissenschaft, handeln wir mit Wissenschaft; wir bestellen das Gemeinwesen, aber wir schonen es nicht. Darüber nachdenkend beschließe ich, einen anderen Lebensplan einzusetzen. Dir selbst ist bewußt, vornehmster Fürst, daß ich seit meinen frühesten

Jahren das Studium der menschlichen und göttlichen Dinge sorgfältig betrieben habe, und Du weißt auch, daß sich meine Theorie etwas mit meiner Praxis vermischt und...[14] hat. Ich denke, es wäre schimpflich für mich, dieses einfache menschliche und göttliche Kapitel, das sich mit dem Menschengeschlecht und der Schöpfung beschäftigt, nicht zu illustrieren. Es fehlte nicht an Gelegenheit, und ich ergriff sie und schwitzte mehrere Nächte lang über der Bildung des Menschen. Ich schäme mich nicht, es mit Schoppius Integrität zu gestehen, obgleich ich andere und besonders Leute unter dem Landvolk das göttliche Werk ungezwungen, eher wie ein Gott habe vollenden sehen.

Vom Gelehrten, geliebter Fürst, werden alle Dinge gelehrt behandelt, wie von dem Reinen rein; ich kann also nichts anderes tun, als mit der größten Sorgfalt die Meinung der Alten über diesen Gegenstand zu untersuchen und zu erforschen.

Zuerst war ich von der Religiosität der Alten betroffen, welche die Aufgaben der Menschheit zahlreichen Göttern und Göttinnen zuteilte und die mit größter Genauigkeit verschiedene Funktionen unterschiedlichen Gottheiten zuwies.

Nimm bitte diese kleine Abhandlung über Varro nach dem Hl. Augustinus gütig auf.

Alle stimmen darüber überein, daß die Liebe, welche die Lateiner cupido und die Griechen Ερωτα nennen, die ursprüngliche Quelle und bewegende Kraft der Fortpflanzung und des Lebens ist. Einige behaupten, daß die Liebe in das dreiteilige Matrimonium mit Luft, Erde und Wasser eindrang, weil es nicht möglich ist, eines dieser drei Elemente ungestraft zu bewohnen; es ist unmöglich, einen Fuß aus dem Haus zu setzen, die Luft einer öffentlichen Promenade zu atmen, zu segeln, zu fischen, zu jagen, Musik zu spielen oder zu tanzen, ohne den Schwung der Liebe zu kennen, und plötzlich mit einem Mädchen usw.

Der Liebe

muß also der erste Platz ohne Murren eingeräumt werden. Wenn sich Seelen treffen, entsteht das Verlangen, sich an einem abgelegenen sicheren Ort zu treffen, sich vertrauensvoll zu unterhalten und die Gefühle der Seele in stummer Kommunikation zu entfalten. Bei diesem Vorgang präsidiert

Gott Domiducus.

Wenn aber Ερος zwei entflammte Seelen zusammengeführt und verbunden hat, flieht gleich eine die andere. Damit aber nicht schnell wieder verschwindet, was rasch erschien, verbindet

Gott Iugatinus

die Seelen.

Domiducus.

Wenn du ein Mädchen mit nach Hause genommen hast, ist sie schamrot vor Schüchternheit und von besonderer Scheu. Damit sie nicht entflieht, muß die

Göttin Mantura

angerufen werden; sie wird bei den Liebkosungen helfen, wird die Lust der Küsse vervielfachen, wird das Mädchen fest auf deinen Knien halten und wird sie zwingen, wenn du sie zum Sofa führst. Dann wird plötzlich die

Göttin Virginensis

erscheinen und dir helfen, den Gürtel des Mädchens zu lösen, sie wird die widerstrebenden Anstrengungen des Mädchens mit Einflüsterungen beruhigen, wird geschickt die Lage der Glieder auf der Couch arrangieren, wird unbequeme Kleidung entfernen, wird dich in Begierde versetzen und ihre Schenkel spreizen, wenn du dich auf sie legst. Bei dieser Vereinigung darf der

Gott Subigus

nicht fehlen, der, während du den Eingang suchst und mit deinem Unterleib dich dem unter dir liegenden Leib zärtlich zuwendest, was die Griechen δεψειν oder πεπαίνειν nennen...[15] Und wenn du es schön und nicht wie ein Bauer getan hast, so daß sie sich an die Lust gewöhnt, dann steht die

Göttin Prema

dem Mädchen bei, damit sie gern und freudig die Last deines ganzen Körpers trägt. Dann erscheint die

Göttin Pertunda.

Obwohl der Hl. Augustinus (De Civitate Dei, Buch VII, Kapitel [16] der Meinung ist, ihr Beistand sei nach der Hilfe von Gott Subigus und der Göttin Prema überflüssig, und obgleich sie in unseren Zeiten selten angerufen wird, glauben wir dennoch, daß sie nicht vernachlässigt werden sollte, weil das Seltene dennoch eintreten kann. Mit ihrer Hilfe wird dann auf das Pochen an der Tür durch den

Gott Ianus

geöffnet. Er öffnet die kleine Pforte der verehrten heiligen Kapelle drei- oder viermal und die schuldigen Pflichten der Liebe und der Religion werden vollendet.

Der

Gott Saturnus

darf nicht fehlen, der den Samen bringt. Der

Gott Liber

wird dich befreien, und die

Göttin Liberia

wird kommen und den Keim des Mädchens voranbringen, damit er sich mit deinem Samen trifft. Wenn alles gut vorangeht, wird der

Gott Vitumnus

Leben [durch Geburt verleihen, und] der

Gott Sentinus

[wird] die zärtliche Empfindung [durch die Entbindung schenken].[17]

Worin besteht nun die psychologische Bedeutung dieser beiden Aufsätze, oder mit anderen Worten, welche Funktion soll man ihnen zuschreiben?

Es hat sich eine große Zahl kürzerer oder längerer Aufsätze von Goethe über eine Vielzahl von Gegenständen erhalten. Einige davon fallen in das Gebiet der Philologie, z. B. folgende: *Redensarten, welche der Schriftsteller vermeidet, sie jedoch dem Leser beliebig einzuschalten überläßt.* (WA I, 41/1, S. 118—120) oder *Phaethon, Tragödie des Euripides. Versuch einer Wiederherstellung aus Bruchstücken.* (WA I, 41/2, S. 32—47).

Diese beiden Fürst Augustus gewidmeten Aufsätze aber unterscheiden sich, obwohl sie zur Philologie gehören, ganz wesentlich von den anderen, nicht nur weil sie lateinisch geschrieben sind (ich glaube, es sind die einzigen Fälle in Goethes Werk außer seinen juristischen Thesen und seiner Abhandlung über das *os intermaxillare*), sondern auch im Inhalt, in der Struktur und in den Absichten. Goethe versucht hier, wie seine humanistischen Vorfahren zu handeln; er redet seinen Meister offiziell an, und er will ihn mit seiner philologischen Untersuchung erfreuen. Diese trockene und kaum von sich aus anschauliche Untersuchung erforscht Dinge von hohem emotionalem Wert. Unter der Maske der Philologie werden das Verbotene und das Obszöne ans Licht gebracht und zum Gegenstand der Kommunikation gemacht. Die Verbindung von trockener Objektivität und Unanständigem macht den Reiz dieser offensichtlichen Gelegenheitsschriften aus.

Psychologisch betrachtet sind sie aber nicht so zufällig, wie der Autor sie uns erscheinen lassen will. Zuerst fällt Goethes Selbstvorstellung als Großenkel eines Humanisten auf, der das Werk über Priapus herausgegeben habe. Nach der Weimarer Ausgabe erwähnt Goethe diesen Vorfahren nur in diesen beiden Aufsätzen, in dem über die *Priapeia* unter der lateinischen Form »Scioppius« und in dem anderen als »Schoppius« (Schoppe auf deutsch).

Ob es solche Verwandtschaft wirklich gab oder nicht,[18] es geschah vermutlich nicht zufällig, daß hier ein Vorfahre herausgestellt wurde, denn die Aufsätze waren während des Winters 1790 geschrieben, sozusagen kurz vor oder nach der Geburt seines illegitimen Sohnes am 25. Dezember 1789. Goethe betont also eine unmittelbare Verwandtschaft mit einem Vorfahren, der auch wegen seiner intensiven Beschäftigung mit verbotenen sexuellen Dingen bekannt war. Goethe läßt aber auch den Hinweis auf die Aufrichtigkeit und die gesunden moralischen Grundsätze seines Vorfahren miteinfließen und rechtfertigt sich damit indirekt selbst; er klagt wie Scioppius darüber, daß die Freuden der Venus dem Mann nicht immer zur Verfügung stehen. Ohne es offen auszusprechen, spielt Goethe hier auf die Tatsache an, daß seine eigenen sexuellen Freuden durch Christianes Schwangerschaft und Kindbettzeit unterbrochen wurden. In einem Brief an Karl August vom 6. Februar 1790 (den ich im Anhang R zitiert habe) teilte er mit, daß er den Geschlechtsverkehr wiederaufgenommen habe. Es ist wert zu erwähnen, daß Teile des Aufsatzes über die *Priapeia* auf einem amtlichen Schriftstück geschrieben wurden, welches das Datum des 5. Februar 1790 trägt, und daß Goethe in dem gerade erwähnten Brief an den Herzog schrieb:

> Gestern ist das erste *Eroticon* in diesem Jahre zu Papier gekommen.[19]

Gewöhnlich wird angenommen, daß der Aufsatz über die *Priapeia* vor jenem über den hl. Augustinus geschrieben wurde. Ich glaube aber, daß eine sorgfältige Durchsicht zeigt, daß die Reihenfolge vermutlich anders herum verläuft. Die Klärung dieser Frage ist wichtig, denn falls mein Eindruck korrekt ist, stand das Schreiben der Aufsätze im Zusammenhang mit längerer Abstinenz und deren Beendigung.

Wie dem auch sei, die beiden Aufsätze erwuchsen aus Goethes intensiven sexuellen Interessen zu jener Zeit. Sie sind mittelbare Zeugnisse zugunsten der Vermutung, daß Geschlechtsverkehr für Goethe wirklich etwas Neues war. Er war davon fasziniert, wie jemand, der begonnen hat, die volle Bedeutung zu ergründen und nun seinen Geist von diesem Interesse nicht losreißen kann. Goethe erinnert hier an einen voradoleszenten Jugendlichen, der sich mit seinen Sexualkenntnissen brüstet und andere wissen läßt: ›Ich weiß jetzt auch, was *das* ist.‹ Goethe stellt sich als Mann vor, der sich weltklug in sexuellen Dingen auskennt, der mit Perversionen und Geheimnissen der Liebe so vertraut ist, daß er diesen Gegenstand mit der Kälte gelehrter Studien abhandeln kann. Das erhöhte Interesse an dem männlichen Organ, die Betonung seiner erektiven Macht lassen vermuten, daß Goethe — wenigstens zu jener Zeit — nicht die genitale Phase erreicht hatte, sondern auf die phallische Phase fixiert war.[20]

Weiterhin ist eine hemmende Tendenz bemerkenswert. Goethes Zeitalter war nicht puritanisch gesinnt; Laszivität war einem späten Rokokohof nicht fremd, und Goethes Gebrauch der lateinischen Sprache muß als Schutz begriffen werden. Es würde mich wundern, wenn Goethe zu jener Zeit imstande gewesen wäre, den Inhalt dieser Aufsätze mit deutschen Worten zu formulieren, d. h. mit Symbolen, die seinem Ich nahestanden und voll beladen waren mit Gefühlen, die bei der relativ neutralen lateinischen

Sprache fehlten. Dieser Punkt ist besonders wichtig, da die Aufsätze eine Verständigung mit einem Freund darstellten und so Quellen größerer vorbewußter Scham und Verlegenheit waren, als wenn er sie nur zu seinem eigenen Vergnügen geschrieben hätte. Diese Bemerkung ist aber nicht als Verleugnung der siegreichen Vollendung zu verstehen, welche in jener Periode toleranteren Verhaltens gegenüber Sexualobjekten charakteristisch ist. Ich würde auch gern wissen, ob wir in Goethes Bemerkung über das Landvolk, das er »das göttliche Werk ungezwungen, eher wie ein Gott, vollenden« sieht, nicht einen schwachen Einblick in jene innere Tendenz von fortgesetzter Opposition gegenüber der Genitalität erhalten. Hat diese Bemerkung eine biographische Wurzel? Wird sie im Sinne einer Entschuldigung vorgetragen, um klarzumachen, daß er sich nicht leichten Herzens einem animalen Drang auslieferte wie das gemeine Volk, sondern sich der Mühe der »Bildung des Menschen« fast wie einer Pflicht oder einer Aufgabe unterzog, welche ein Mann, der »das Studium der göttlichen und menschlichen Dinge« betreibt, vollenden muß?

Es ist vielleicht einfacher, die Bedeutung zu erraten, welche diese Aufsätze unter den Bedingungen der Beziehung Goethes zum Herzog hatten. Bei der Erörterung der Sexualentwicklung Goethes wurde von der irgendwie erniedrigenden Lage gesprochen, in die er mit seinem Eingeständnis gegenüber dem Herzog geriet, wie hilflos und unerfahren er in sexuellen Dingen war und einmal sogar zu verstehen gab, daß er niemals zuvor Geschlechtsverkehr gehabt hatte. Die Gelehrsamkeit, die er jetzt in Sachen erotischer Literatur entfaltete, der Zynismus in seinen Bemerkungen über Frauen (sowie die Seltenheit, mit der in unserer Zeit der Beistand der Göttin Pertunda erfleht wird) und ferner die freie Erörterung der Perversionen, das phallische Prahlen, all das mag geboren sein aus dem Wunsch, die Erniedrigungen der Vergangenheit zu kompensieren und zu zeigen, daß er die früheren Verletzungen erfolgreich überwunden hatte. Bis zu einem gewissen Grad paßte er sich dabei der allgemeinen Atmosphäre der Sinnlichkeit eines späten Rokokohofes an, die bis dahin seinen Werken fremd gewesen war. Die Geste der erotischen Akklimatisierung mag auch als Ausgleich für Karl Augusts kritische Haltung gegenüber Goethes Geliebten gedacht gewesen sein (vgl. Anhang R), so als ob Goethe zu beweisen versuchte, daß er Bildung und Wissen in erotischen Raffinessen besaß, selbst wenn er keine gebildete und gelehrte Mätresse hatte.

Ein Punkt, der mit Goethes eigenem Empfinden über Geschlechtsverkehr verbunden ist, muß hier erörtert werden. Es ist hinreichend evident, daß Goethe zu jener Zeit mit dem genitalen Aspekt der Sexualität stark beschäftigt war. Wenn man die Möglichkeit hinzunimmt, daß er sich im Zustand zeitweiliger Frustration infolge Christianes Schwangerschaft und

Kindbett befand, kann man zu Recht die Frage stellen, warum dieser Zustand nur bis zum Schreiben der alles in allem kurzen und trockenen philologischen Aufsätze und nicht zu tieferen dichterischen Schöpfungen führte. Man kann sagen, daß die Genitalfunktion sich für eine direkte dichterische Darstellung nicht eignet und daß die notwendige Umleitung und der Rückgriff auf Symbole nicht nach dem Geschmack eines Mannes sind, der an der unmittelbaren Befriedigung des sexuellen Triebs interessiert ist. Ungeachtet des Werts dieses Arguments möchte ich ein Beispiel von Goethes früher Rokoko-Dichtung zitieren, in welcher ihm der Umgang mit einem Ereignis genitaler Natur, ohne Zuflucht zu Umwegen zu nehmen, gelang.

Das Stück stammt aus der Gedichtsammlung *Annette* (Leipzig 1767, WA I, 37, S. 11—48). Es handelt sich um die zweite von zwei Verserzählungen, beide überschrieben mit »Triumph der Tugend«. Der Dichter kommt unbemerkt zu seinem Mädchen, als es allein und nackt ist. So erhält er Gelegenheit, das zu betrachten, was sie ihm zu sehen nie erlauben würde. Er ist außer sich vor unerwarteter Freude, aber das Mädchen stößt ihn mit der einen Hand ärgerlich zurück und deckt sich mit der anderen zu. Sie besteht darauf, daß er sie unverzüglich verläßt. Doch dies ist ausgeschlossen. Man erhält nicht so leicht wieder eine andere Gelegenheit. Dann beschreibt Goethe seine Gefühle, als seine Hand ihren Busen berührt und dieser sich hebt und senkt, als das Mädchen tief atmet. Sie wird ruhig, und die Grausamkeit des Angreifers wandelt sich in Zärtlichkeit. Wenn ein junger Mann sein Ziel durch listige Streiche nicht erreichen sollte, dann dürfen Mädchen nicht ruhig bleiben, wenn sie mit ihm allein sind. Die Erzählung fährt fort:

> Mein Arm umschlang mit angestrengten Sehnen
> Die weiche Hüfte. Fast — fast — doch des Sieges Lauf
> Hielt schnell ein glüh'nder Strom von Thränen
> Unwiederstehlich auf.[21]

Dann folgen die flehentlichen Bitten des Mädchens, sie zu verschonen, ihr Bedauern, daß sie den Lehren ihrer Mutter nicht gefolgt sei, und ein Gebet an Gott, einzugreifen. Der Dichter fügt moralische Warnungen an alle Verführer an. Er ergreift die Flucht und erzählt, was seine Liebste zu ihm am folgenden Tag freundlich gesagt hat, als er sie mit ihrer Mutter traf.

Es verdient festgehalten zu werden, wie weit Goethe hier, im Alter von siebzehn Jahren, in der Entfaltung erotischer Dichtung kommt. Er war sicherlich stark beeinflußt vom Geist jener Zeit, ziemlich unreif und suggestiv, ohne Tiefe und kindlich moralisierend. Aber er hatte keine Scheu, erotische Details darzustellen, und er ging so weit, wie man überhaupt gehen kann, ohne gleich anstößig zu sein.

Wir wissen, daß Goethe zu jener Zeit sich in einem wirklichen Konflikt befand, um das Sexualproblem zu lösen, und seine verhaltene sexuelle Sehnsucht brachte ihn dazu, den Konflikt in Verse zu gießen: den Wunsch nach Geschlechtsverkehr, die Nähe der Erfüllung und die Widerstände dagegen. Einige Details der Situation sehen so aus, als ob Goethe sie in Wirklichkeit erlebt hat, und er hatte keine Hemmung, sie in einem Kunstwerk zu verwenden.

Eine solche Konstellation fehlte, als die beiden Aufsätze geschrieben wurden: eine philologische Untersuchung, in lateinische Prosa gekleidet, anstatt leidenschaftliche lyrische Verse. Doch in Leipzig fürchtete er sich vor Geschlechtsverkehr, obwohl er ihn wünschte, und er verwarf ihn als moralisch unzulässig (vgl. 154). Die lyrische Dichtkunst brachte ihn dem Geschlechtsverkehr nicht näher. Gerade das Gegenteil: sie war ein mächtiges Werkzeug in seinem Kampf dagegen.[22] 1790 aber war Geschlechtsverkehr eine Tatsache und wurde vom Dichter in seiner lustspendenden Realität genossen. Jetzt konnte eine Dichtung über Geschlechtsverkehr die wirkliche Integration bedrohen. Da Goethe mit den Musen absprach, aus seiner Liebsten kein Märchen zu machen (vgl. Anhang T), mußte er auch dieses neugefundene Land aus seiner Dichtung heraushalten.

An einer Stelle aber stellte Goethe Erektion unmittelbar dar. In einer der postum veröffentlichten *Römischen Elegien* schrieb er über den Gott Priapus, dessen Statue vergessen und von Vogelkot beschmutzt in einem Garten steht, aber durch die Arbeit des Dichters restauriert würde. Goethe ließ den Gott Priapus folgendermaßen reden:

> Nicht das Mädchen entsetzt sich vor mir, und nicht die Matrone,
> Häßlich bin ich nicht mehr, bin ungeheuer nur starck.
> Dafür soll dir denn auch halbfuslang die prächtige Ruthe
> Strozzen vom Mittel herauf, wenn es die Liebste gebeut.
> Soll das Glied nicht ermüden, als bis ihr die Duzzend Figuren
> Durchgenossen wie sie künstlich Philänis[23] erfand.[24]

Es sollte beachtet werden, daß das Wort »Ruthe« (»brush«) in der dritten Verszeile in diesem Kontext die Bedeutung von Fuchsschwanz hat, obwohl es etymologisch dasselbe wie das lyrische Wort »rod« [Rute] ist. Hier erweist sich die verzaubernde Wirkung der Dichtung im Sinne der Gewähr maximaler physischer Stärke.

Die Beschäftigung mit genitaler Lust hatte auf Goethes Verlangen nach literarischer Schöpfung eine stimulierende Wirkung. Das Ergebnis ist ein Kompromiß, der zumindet den genitalen Impuls bedroht. Das ist, glaube ich, der Grund, warum die beiden Aufsätze entstanden. Das Schreiben bestimmter Partien davon könnte einen unmittelbaren anspornenden Effekt für den Autor gehabt haben. Die Aufzählung der verschiedenen Götter und

Göttinnen und wodurch diese dem Menschen beistehen, ist, obgleich sie zum scheinbaren Ziel der Zeugung führt, in Wirklichkeit so sehr dem Geschlechtsverkehr und seinem Vorspiel gewidmet, daß sie wie ein In-Worte-Fassen von Elementen sexueller Tagträume klingt. Das Ich war offensichtlich zuerst an physischer Lustbefriedigung interessiert.

Noch eine andere, vielleicht diametral entgegengesetzte Interpretation kann nicht ausgeschlossen werden. Die Wahl von Augustinus' abwertenden Bemerkungen über antike Götter als literarischen Gegenstand überrascht nicht. Hier hatte Goethe Gelegenheit, Einwände gegen die Verachtung der Heiden durch die Christen zu erheben, und mit seiner betonten Gegnerschaft gegen den Kirchenvater konnte er den hinreißenden Charme und die Humanität der antiken Götter herausstellen. Das ist ein Lieblingsthema von Goethe.

Goethes Art der Beschäftigung mit der *Priapeia* kommt in seinen Schriften weniger häufig vor. Daher mag es wichtig sein, Vermutungen über die Themen jener neun Epigramme anzustellen, welche er aus den ungefähr neunundachtzig Epigrammen für eine gelehrte Kommentierung auswählte. Diese Themen können kurz wie folgt beschrieben werden: der Wunsch nach einer Tänzerin, die Männer erfolgreich zu verlocken versteht; die Beschimpfung als Lustknabe (von Goethe als Ermahnung mißverstanden, nicht Mädchen nachzuahmen, weil diese Männern vorzuziehen seien); die Darstellung des Penis durch eine Zeichnung (unter Auslassen der homosexuellen Bedeutung des Zeichnens); ein philologisches Wortspiel zwischen der römischen und der griechischen Sprache mit implizierter Verleumdung von Homosexualität (in ihrem analen und fäkalen Aspekt); drei Epigramme, in denen Priapus sich über die Schwäche der Erektion beklagt; die Ersetzbarkeit des Priapus; der arme Mann, welcher Priapus verehrt, wird besser beschützt als der reiche, der ihn vernachlässigt.

Man kann bemerken, daß Goethe aus der Fülle phallischer Prahlereien in der *Priapeia* gerade solche Epigramme auswählte, die nicht sehr repräsentativ für diese Bedeutung sind, oder er interpretiert sie unter Abschwächung dieses Aspekts. Aber seine Durchsicht dieser Sammlung und seine gelehrte Beschäftigung mit ihr müssen als Ausdruck seines Verharrens in der Mitte einer intensiven phallischen Phase verstanden werden. Ich schließe also, daß Goethe den gelehrten Aufsatz dazu benutzte, gegen eine Strebung zu kämpfen, die stärker werden konnte, je länger er mit Christiane zusammenlebte. Ich habe zuvor die gänzliche Feindschaft gegen Frauen als Charakteristikum der *Priapeia* erwähnt. Kann es nicht sein, daß diese Feindschaft des literarischen Werkes mit einer geheimen Tendenz in Goethe selbst zusammenfiel? Ich habe auch von Goethes Bitte erzählt, seine Dichtung solle nicht wie in der Vergangenheit seine Liebste verklären (und sie ihm dadurch rauben).

Die Musen waren gütig und gewährten ihm die Bitte, indem sie Goethe zu einer Karriere als Wissenschaftler verhalfen. Aber bewahrte Goethe nicht eine Sehnsucht nach der geliebten Kunst, und war es für ihn nicht notwendig, die Frau und die sexuellen Freuden mit ihr abzuwerten, um jenes Niveau und jene Art von Konflikt wieder zu erreichen, die für ihn bei der Schöpfung von Kunst unverzichtbar waren? So können wir es im Hintergrund dieser trocken hingeworfenen lateinischen Aufsätze mit einer sehr komplizierten psychischen Struktur zu tun haben, mit einem unbewußten Wunsch, Frauen herabzusetzen und abzuweisen, und zugleich mit einer Abwehr dieses Wunsches. Der interessante Aspekt dieser Situation liegt darin, daß die Dichtkunst (die Muse) gewöhnlich dazu dient, die Objektbeziehung aufzuspalten, während Goethe in diesem Fall offenbar die Objektbeziehung durch andere Mechanismen abschwächen mußte, um seinen Weg zur Kunst zurückzufinden. Man kann sagen, daß Goethe diesmal selbst ausführen mußte, was in früheren Fällen seine Muse für ihn getan hatte.

Um einen vollständigen Überblick über Goethes erotische Dichtung zu geben, müssen wir kurz eine Zwischenphase zwischen der frühen Rokoko-Periode und der Zeit um 1790 erörtern. Die mittlere Phase wird repräsentiert durch *Hanswursts Hochzeit oder der Lauf der Welt, ein mikrokosmisches Drama* (WA I, 38, S. 45—52, 435—449). Diese Farce voll bitterer Ironie wendet sich gegen die Heuchelei der Welt. Hier finden wir ein freies Sich-Auslassen in äußerst obszönen Worten meist analen Charakters, irgendwie an gewisse früher zitierte Briefe Mozarts an seine Cousine, das »Bäsle« (401), erinnernd.

Die Ausschweifung in das Vulgäre und Obszöne, anscheinend um ihrer selbst willen, ist für jene Periode charakteristisch, in der Goethe aus der Fülle seiner Stärke und Lebenslust heraus keine Grenze äußerer gesellschaftlicher Kräfte anerkennen wollte. Solches ausdrückliche Zur-Schau-Stellen seiner Verachtung für die Gesellschaft war um so notwendiger, als Ausdrücke dieser Art nicht Phasen des Freiseins von inneren Hemmungen entsprachen. Es ist auch bemerkenswert, daß anale Obszönität in dieser Periode stark überwiegt, obwohl ein Teil der Obszönitäten sich auf genitale Sexualität bezieht, ein Umstand, welcher die genitale Hemmung widerspiegeln mag. Diesen Gesichtspunkt wird man um so mehr akzeptieren, wenn man beachtet, daß die Farce vermutlich 1775 geschrieben wurde und ihre geheime Zielscheibe in dem gesellschaftlichen Kreis von Goethes Braut Lili mit seinen Konventionen hat, von denen Goethe sich natürlich absetzen wollte.[25]

Morris vermutet sehr klug eine innere Verwandtschaft zwischen der Farce *Hanswursts Hochzeit* und dem *Prometheus*-Fragment von 1773 (vgl. 398).

Im *Prometheus* finden wir eine dramatische Anspielung auf Geschlechtsverkehr (vgl. oben S. 529), die nicht in dem Sinne zur erotischen Literatur gehörig gedeutet werden kann, in welchem das Wort in diesem Zusammenhang gebraucht wird, aber es ist bemerkenswert, daß sich Goethe hier dem Problem mit besonderem tragischen Ernst nähert, indem er Orgasmus und Tod gleichsetzt.[26]

Die Obszönitäten der farcenhaften Stücke hatten jedoch die Funktion der Abfuhr von unverarbeiteten, roh gestalteten, aufgestauten Triebkräften. Die erotischen Produktionen des Jahres 1790 unterscheiden sich davon grundlegend. Sie sind in keiner Hinsicht roh. Die *Römischen Elegien*, mit denen diese Periode beginnt, besitzen außerordentlichen literarischen Wert trotz ihrer relativen Kälte. Sie wurden vermutlich alle in Weimar geschrieben zu einer Zeit, als das römische Abenteuer der Vergangenheit angehörte und die Dichtung den gewünschten Zielen der Realität nicht mehr ins Gehege kommen konnte.

Der nächste Schritt waren die beiden lateinischen Aufsätze. Diesen wiederum folgten die *Venetianischen Epigramme*. Die meisten wurden 1790 verfaßt, als Goethe in Venedig war (vom 31. März bis 2. Mai), und in Schlesien, doch einige, genauer die überwiegende Zahl jener, die sich auf Christiane beziehen, wurden schon in Weimar geschrieben. Ich stelle mir vor, daß die Form des Epigramms die Gefahr der Entfremdung verringerte, welche die Dichtung auf seine persönlichen Beziehungen ausübte. Die Epigramme lenken die Einbildungskraft des Dichters nicht lange ab. Darüber hinaus sind sie zumindest mehr eine Sache des Intellekts als des Herzens. Für Goethe war das Epigramm die ideale Form, in welcher er den kreativen Drang befriedigen und doch dem sinnlichen Genuß nachgeben und zugleich eine enge Zuneigung zu Christiane und seinem Sohn bewahren konnte.

Als Goethe nach Venedig geschickt wurde, um die Herzogin-Witwe zurück nach Weimar zu begleiten, mußte er eine Weile warten. Italien bedeutete ihm nicht mehr, was es solange für ihn gewesen war. Die Erinnerung an Faustina tauchte wieder auf —

> Schön ist das Land; doch ach! Faustinen find' ich nicht wieder.
> Das ist Italien nicht mehr, das ich mit Schmerzen verließ.[27]

— obgleich er von Sehnsucht nach Zuhause, der Geliebten und dem neugeborenen Baby erfüllt war. Er schrieb an Herder (28. Mai 1790):

> ... sie [Christiane und das Baby] liegen mir sehr nahe und ich gestehe gern, daß ich das Mädchen leidenschaftlich liebe. Wie sehr ich an sie geknüpft bin, habe ich erst auf dieser Reise gefühlt.[28]

In diesem Stadium des Konflikts — zwischen sexuellem Verlangen und Erregung auf der einen Seite und seiner Liebe zu Christiane auf der anderen, die ihn vor jeder ernsthaften Liebesaffäre beschützte — finden wir ein gesteigertes Interesse an Prostituierten als Kompromiß.

Goethes sexuelles Interesse an Venedig verrät überhaupt regressive Züge, und daher sind manche der postum veröffentlichten Epigramme eine wichtige Quelle für das Studium von Goethes sexueller Psychopathologie. Gleichzeitig sind aggressive Züge stärker betont, und wir stoßen dabei auf höchst radikale Ausdrücke seiner Verachtung christlicher Werte wie im folgenden Epigramm:

> Vieles kann ich ertragen. Die meisten beschwerlichen Dinge
> Duld' ich mit ruhigem Muth, wie es ein Gott mir gebeut.
> Wenige sind mir jedoch wie Gift und Schlange zuwider;
> Viere: Rauch des Tabaks, Wanzen und Knoblauch und †.[29]

Die Sinnlichkeit des katholischen Gottesdienstes in Venedig verletzte seine protestantische Schlichtheit; die Feindseligkeit gegen Newton, Lavater und anderes wie z. B. die Französische Revolution fand ihren Weg in die Epigramme. Es könnten viele weitere solcher aggressiven Epigramme zitiert werden, aber Goethes Aggressionen sind hier nicht unser Thema.

In erster Linie gehen uns hier die Stücke mit sexuellen Themen an. Goethe beschreibt, wie er mit zwei Dirnen in einer Taverne sitzt, wie sie ihn zu verführen suchen und er ihnen widersteht. An seiner Standhaftigkeit erkennen sie ihn sofort als Fremden. Goethe schließt:

> O so wißt ihr warum blaß der Venetier schleicht.[30]

Wir sehen also, daß die Angst vor der Syphilis noch in Goethes Kopf rumorte. Aber es gab keine solchen heftigen Ausbrüche gegen die Krankheit als Verderberin aller erotisch-sexuellen Freuden mehr wie in den *Römischen Elegien.*

Goethes Lösung des homosexuellen Problems ist bemerkenswert. Meiner Annahme nach hatte sein Verhältnis zu Cornelia den Charakter einer Beziehung zu einem Spiegelbild und ermöglichte ihm die Projektion des Bildes seines eigenen Körpers in das eines weiblichen Körpers. So lesen wir in den *Venetianischen Epigrammen:*

> Knaben liebt ich wohl auch, doch lieber sind mir die Mädchen,
> Hab ich als Mädchen sie satt, dient sie als Knabe mir noch.[31]

oder der folgende Ausdruck, der den Gedanken in Form von mythologischen Symbolen zum Ausdruck bringt:

> Kehre nicht, liebliches Kind, die Beinchen hinauf zu dem Himmel;
> Jupiter sieht dich, der Schalk, und Ganymed ist besorgt.[32]

Mit dem Mädchen ist hier nicht Christiane gemeint, sondern ein Mädchen aus einer Gauklertruppe, die aus dem Vater und seinen vier Töchtern bestand und die er in Venedig in einer Vorstellung gesehen hatte. Das Mädchen tritt in den Epigrammen unter dem Namen Bettina auf — und ab. Die homosexuelle Lösung funktionierte in Anbetracht der anatomischen Unterschiede zwischen den Geschlechtern offensichtlich nicht immer zufriedenstellend, und als er dieses Mädchen mit ihren verwirrenden Gliedern und Gelenken betrachtet, bricht sein alter Konflikt bei ihm aus:

> Wie, von der künstlichsten Hand geschnitzt, das liebe Figürchen,
> Weich und ohne Gebein, wie die Molluska nur schwimmt!
> Alles ist Glied, und alles Gelenk, und alles gefällig,
> Alles nach Maßen gebaut, alles nach Willkür bewegt.
> Menschen hab' ich gekannt, und Thiere, so Vögel als Fische,
> Manches besondre Gewürm, Wunder der großen Natur;
> Und doch staun' ich dich an, Bettine, liebliches Wunder,
> Die du alles zugleich bist, und ein Engel dazu.[33]

Beim Anblick Bettinas wird Goethe an Breughels Bilder mit ihren grotesken Figuren erinnert, auch an Dürers apokalyptische Bilder, an Sphinxe, Sirenen und Kentauren:

> So verwirrt uns Bettine, die holden Glieder verwechselnd;
> Doch erfreut sie uns gleich, wenn sie die Sohlen betritt.[34]

Das Auseinanderfallen des Körperbildes wird auch in dem folgenden, unvollendeten Epigramm zum Ausdruck gebracht:

> Was ist oben was unten an dir was vorne was hinten?
> Voller Gefahr scheint jede Bewegung Sorge
> Und so zierlich du's machst wünscht die Gefahr man erneut.[35]

Die unmittelbar aufsteigende drohende Angst angesichts des konfusen Körperbildes wird durch das Hervorheben der weiblichen Selbstgenügsamkeit aufgefangen.

> Was ich am meisten besorge: Bettina wird immer geschickter,
> Immer beweglicher wird jegliches Gliedchen an ihr;
> Endlich bringt sie das Züngelchen noch ins zierliche F...
> Spielt mit dem artigen Selbst, achtet die Männer nicht viel.[36]

Vielleicht führt die Wirklichkeit zu Bildern, welche die Phantasie des weiblichen Phallus bestätigen, wie bei dem folgenden Epigramm zu vermuten ist, bei dem Teile in der Handschrift unleserlich sind:

Auszuspannen befiehlt der Vater die zierlichen Schenkel,
Kindisch der liebliche Theil.. [unleserlich] den Teppich herab.
Ach wer einst zuerst dich liebet, er findet die Blüte
Schon verschwunden, sie nahm frühe das Handwerk hinweg.[37]

Da die unleserliche Stelle offenbar etwas meint, was aus dem Genitale auf den Teppich fällt, möchte ich gern wissen, ob das junge Mädchen gelernt hatte, Geldmünzen im Genitale verschwinden und wiedererscheinen zu lassen. Wenn diese Annahme richtig ist, können wir schließen, daß leicht Kindheitsphantasien vom weiblichen Penis, der irgendwo im Körper der Frau verborgen ist, aktiviert wurden.

Wir begegnen hier, anläßlich seiner zweiten Italienreise, einem Goethe, der sich von dem Goethe der ersten Italienreise wesentlich unterscheidet. Damals berichtete er freudig, daß er seine Hemmungen vor dem Anblick eines nackten menschlichen Körpers zu überwinden gelernt hatte. Jetzt, in Venedig, gibt es keine solchen zu überwindenden Hemmungen, aber wir finden Goethe inmitten des freien Genießens prägenitaler Lüste. Worin seine wirklichen sexuellen Freuden während dieses Aufenthaltes in Italien bestanden, ist schwierig zu rekonstruieren. Es läßt sich denken, daß er durch Perversionen gewonnene genitale Entspannungen genoß, aber man kann ebensogut annehmen, daß die Befriedigung bei dem Vergnügen bloßen Anschauens endete. Gewöhnlichen Geschlechtsverkehr hat es wahrscheinlich nicht gegeben; seine Sehnsucht nach Christiane, seine Hoffnung, daß sie treu bleiben würde und die konsequente gleiche Verpflichtung auf seiner Seite, außerdem die Furcht vor Geschlechtskrankheiten reichten aus, sein Begehren unter Kontrolle zu halten. In seinem bösartigen Epigramm (Nr. 39 der postum veröffentlichten) gegen den jüngeren Camper, der in Rom gerade über die anatomischen Theorien seines Vaters Vorlesungen hielt, als Goethe dort weilte, und der sich anscheinend eine Syphiliserkrankung zugezogen hatte, scheint eine Warnung mitzuschwingen. Hier kann ein wichtiger Unterschied gezeigt werden. Goethes Ausfälle gegen venerische Krankheiten in den *Römischen Elegien* scheinen auf einer Angst beruht zu haben, die neurotische Merkmale aufweist, obwohl sie gut rationalisiert ist. Die Heftigkeit seiner aggressiven und ängstlichen Gefühle bei diesem Thema scheint sich nun in Venedig in sarkastische Ironie verwandelt zu haben; die neurotische Angst ist offenbar fast gänzlich durch Realangst ersetzt worden. Etwas in dieser Richtung scheint für Goethes erotische Gefühle überhaupt charakteristisch zu sein, so weit er sie in seinen *Venetianischen Epigrammen* zum Ausdruck brachte. Dem Sexuellen wird die geistige Bedeutung genommen. Es wird mit der Geschicklichkeit und Schärfe des Skalpells in der Hand eines Anatom betrachtet und seziert. Die Resultante ist eine undichterische, fast zynische Haltung sogar in Dingen von größter Intimität. So schrieb Goethe, offensichtlich im Hinblick auf Christiane:

> Lange sucht ich ein Weib mir, ich suchte, da fand ich nur Dirnen,
> Endlich erhascht ich dich mir Dirnchen, da fand ich ein Weib.[38]

Diese nüchterne, den rohen Fakten verpflichtete Ansicht, die sich nicht gestattet, den Schleier der Dichtung darum zu hüllen, war nicht für andere, sondern nur für ihn selbst bestimmt.

> Warum treibt sich das Volk so, und schreit? Es will sich ernähren,
> Kinder zeugen, und die nähren, so gut es vermag.
> Merke dir, Reisender, das, und thue zu Hause desgleichen!
> Weiter bringt es kein Mensch, stell' er sich, wie er auch will.[39]

Die objektive, kalte und zynische Haltung läßt ihn einen unbewußten Grund für seine Abneigung gegen die deutsche Spache annehmen, eine Aversion, an der er während dieser Zeit zuweilen sehr heftig litt.

> Gieb mir statt »Der Sch...«[40] ein ander Wort o Priapus
> Denn ich Deutscher ich bin übel als Dichter geplagt.
> Griechisch nennt ich dich *φαλλος*, das klänge doch prächtig den Ohren,
> Und lateinisch ist auch *Mentula* leidlich ein Wort.
> *Mentula* käme von *Mens*, der Sch... ist etwas von hinten,
> Und nach hinten war mir niemals ein froher Genuß.[41]

Mit dem allmählichen Abziehen genitale Libido von kreativer Aktivität und dem Investieren in genitale Aktivitäten nahm diejenige Libido, die für die künstlerische Arbeit frei zur Verfügung stand, vielleicht eine anale Qualität an, und Goethe übertrug dies auf die deutsche Sprache, d. h. er hegte die Illusion, das künstlerische Medium und nicht der Autor trage die Schuld. Tatsächlich weisen Goethes literarische Produkte zu jener Zeit, trotz aller Betonung ihrer Genitalität, dem äußeren Ansehen nach eine anale Qualität auf; man muß auch an die *schmutzigen* Dinge denken, von denen sie handeln.

Wenn wir uns jetzt die wichtigsten literarischen Schöpfungen jener Periode anschauen, d. h. die *Römischen Elegien*, die beiden Aufsätze und die *Venetianischen Epigramme*, können wir hier mit großer Genauigkeit die schädliche Wirkung beobachten, welche die ausgiebige physische Befriedigung des sexuellen Verlangens und deren Integration für die künstlerische Kreativität hat.

Goethe muß den Unterschied in den Gefühlen gespürt haben, die ihn diesmal zu seiner Feder greifen ließen. Im Epigramm 27 sagt er, daß die neun Musen ihm oft gewinkt haben, er aber auf sie nicht achtete, als er sein

Mädchen im Schoß hatte. Jetzt hat er seine Liebste verlassen, aber auch die Musen sind von ihm geflohen.

> Doch von Göttern ist voll der Olymp; du kamst mich zu retten,
> Langeweile! du bist Mutter der Musen gegrüßt.[42]

Das Genie kann sogar von der Langeweile inspiriert werden, aber das künstlerische Produkt kann nicht von jener Qualität sein wie bei einem leidenschaftlichen Konflikt, der das Herz bewegt. Und wie alles — mit sehr wenigen Ausnahmen — was Goethe schrieb, schön und interessant ist, wenigstens beim Durchschnitt seiner Produktionen, sind auch die *Venetianischen Epigramme* schön und interessant, aber nicht mehr. Wäre Goethe über dieses Niveau niemals hinausgekommen, würde er zwar noch als wichtiger deutscher Dichter gelten, aber Bedeutung nur für eine kleine Gruppe haben, die seine Sprache spricht, und es wäre nicht eindeutig, ob er ein Genie genannt würde oder nicht.

Zugleich können wir eine wichtige allgemeine psychologische Schlußfolgerung ziehen. Nicht das bloße Faktum der Frustration ist Voraussetzung genialer Schöpfungen, denn Goethe war vermutlich in Venedig frustiert, und da physische genitale Befriedigung an sich für ihn damals möglich war, mag er sich angesichts der verlockenden sinnlichen Versuchungen, von denen es in Venedig wimmelte, sogar besonders frustriert gefühlt haben. Und doch war das dichterische Ergebnis nicht glänzend. Wir stellen fest, daß die physische Befriedigung von Goethe zu dieser Zeit nicht nur gesucht, sondern als Aussicht geliebt, willkommen geheißen und herzlich angenommen wurde. Daher hängt die Wirkung auf die Kreativität von dem Verhalten der Persönlichkeit gegenüber der Frustration ab, und es ist nicht die Stärke der Frustration an sich, welche zählt. Vermutlich besteht die Bedingung dafür, daß die letzte Unze an Kreativität aus der unendlichen Begabung des Genies herausgequetscht wird, dann, wenn die größte *innere* Sehnsucht nach Befriedigung sich mit totalster *innerer* Zurückweisung verbindet, um die äußerste Frustration hervorzurufen.

Zum Schluß möchte ich noch einmal zu biographischen Einzelheiten zurückkommen. Zu jener Zeit war Goethes Loyalität zwischen Christiane und dem Herzog geteilt. Diese Teilung war nicht mehr ein unmittelbarer Ausdruck des ursprünglichen sexuellen Konflikts der voritalienischen Periode, aber sie weist einige Ähnlichkeit damit auf. Neu ist die Form der Lösung, welche Goethe fand. 1790 wurde der Konflikt leicht durch das Schreiben der beiden Aufsätze und der erotisch-sexuellen Dichtungen gelöst, denn so konnte der Herzog an den erotischen Freuden teilhaben. Der erfolgreiche Vollzug des Geschlechtsverkehrs erlaubte, wie ich herausgestellt habe, einen freieren Ausdruck von Homosexualität, reduzierte dessen Intensität und entlastete von Schuldgefühlen.[43] Die Dichtung jener Zeit hatte auch die Funktion, das sexuell zu eigen gemachte Mädchen dem Blick des geliebten Freundes zu enthüllen. Die Dichtung schuf eine Situation *à trois*, welche Freud unter Bezug auf obszöne Zoten beschrieben hat. »Wer über die gehörte Zote lacht, lacht wie ein Zuschauer bei einer sexuellen Aggression« (161, S. 105). Die sexuelle Lust im physischen Umgang mit Frauen wird dazu benutzt, um den Freund zu erregen und um ihn für den Verlust zu entschädigen, den er durch die sexuelle Liebe des Dichters erlitten hat.[44]

Durch diese Vorbehalte in seiner Beziehung zu Christiane vermied Goethe die völlige Hingabe an die Frau und schlug einen Weg ein, der ihm eine emotionale Ablösung offen hielt, wenn dies nötig werden würde. Die Intensität dieser Verwicklungen wurde während dieser Periode auf einem Niveau gehalten, bei dem man nicht länger von einem »gefährlichen Konflikt« sprechen kann.

Anhang T

Skizzen zu einer Psychologie des Genies[1]

Im Verlauf dieser Untersuchung habe ich von Zeit zu Zeit Beobachtungen angestellt und Schlüsse gezogen, welche die Psychologie des Genies betreffen. Dieses Material wurde zufällig und stückweise präsentiert, wie es die betreffenden Stellen gerade erforderten. Ich werde jetzt versuchen, diese zerstreuten Bemerkungen in eine systematischere Form zu bringen.

Zunächst stellt sich das Problem der Definition. Es gibt eine Reihe von historischen Persönlichkeiten, bei denen Übereinstimmung darüber herrscht — innerhalb der breiten Öffentlichkeit, zum Teil auch, mit unwichtigen Ausnahmen, unter den Experten —, daß sie Genies sind. Solche Genies sind z. B. Dante, Shakespeare, Leonardo da Vinci, Michelangelo, Rembrandt, Mozart, Goethe, Beethoven. Aber obwohl darüber Einigkeit herrscht, daß alle diese Namen zur Kategorie »Genie« gehören, glaube ich, daß der Begriff »Genie« nicht ausreichend definiert werden kann. Das ist eine seltsame Situation — nämlich daß wir darin übereinstimmen, daß eine bestimmte Person zu einer Kategorie von Menschen gehört, und daß wir uns doch nicht über gültige Kriterien einig sind, welche eindeutig festlegen, wer dazu gehören soll. Das Folgende ist deshalb nicht als Definition von »Genie« zu verstehen, sondern einfach als kurze Darlegung von Gründen, warum ich die obigen Namen in meine willkürlich zusammengestellte Liste aufgenommen habe: Sie waren Menschen mit der Fähigkeit, den menschlichen Kosmos, oder einen Teil davon, in einer Weise wiederzuerschaffen, die bedeutsam war und die sich nicht mit irgendeiner früheren Wieder-Erschaffung vergleichen läßt.[2]

Der menschliche Kosmos wird in jedem menschlichen Wesen auf individuelle Weise repräsentiert; keine zwei Menschen erfahren diesen Kosmos in genau derselben Weise. In dieser Hinsicht unterscheidet sich das Genie vom Rest der Menschheit nicht qualitativ. Doch schon im Akt des Aufnehmens individuell bedeutender Eindrücke der äußeren Welt durch die Sinne, Gefühle oder Gedanken ist das Genie signifikant anders als das Nichtgenie. Während der gewöhnliche Mensch bei der Verinnerlichung der Welt in sein eigenes Persönlichkeitssystem die in seinem Gesellschaftsbereich und in seiner besonderen historischen Lage vorherrschenden Wege benutzt, zeigt das Genie größere Unabhängigkeit, obwohl auch das Genie durch die historischen Gegebenheiten unausweichlich begrenzt ist. Wir stoßen hier sogar auf das Paradox, daß die Art und Weise, wie das Genie die Welt erlebt, die Kennzeichen einer historischen Epoche tiefer einprägt als bei anderen Zeitgenossen und dennoch individueller und originaler als die der anderen ist. Besonders in Goethes Werk kann man sehr präzise zeigen, daß schon der Akt der Wahrnehmung an sich das Wesen des Genies enthält und teilhat an dem Merkmal der Neuschöpfung.

Aber auch der andere Aspekt des Genies — die Darstellung der menschlichen Welt in einer bedeutenden, unvergleichlichen und verständlichen Art und Weise — muß vorhanden sein, bevor ein Mensch zu dieser Kategorie gerechnet werden kann. Es gibt schließlich Menschen, welche die Fähigkeit des Genies im Hinblick auf die Wieder-Erschaffung der Welt im Bereich der Wahrnehmung haben, die aber unfähig sind, diese Erfahrungen in eine angemessene, signifikante und verständliche Form zu gießen. Auch der psychotische Patient z. B. nimmt, wie wir wissen, die Welt in absolut originaler Weise wahr und erschafft sie in Kunstwerken neu und das oft verschwenderisch reich, aber dieses Wieder-Erschaffen geschieht in Formen, die der Menschheit unverständlich sind. Hier läßt sich ein bedeutender Zug des Genies zeigen. Die künstlerischen Produktionen des Psychotikers werden verständlich, sobald wir in die Struktur seiner Persönlichkeit eingedrungen sind (vgl. 346 a). Das Verständnis seiner Persönlichkeit fällt oft mit dem Verständnis seiner Schöpfungen zusammen. Auch die Schöpfungen des Genies können manchmal besser verstanden werden, wenn man seine Persönlichkeitsstruktur begreift, aber das kreative Werk des Genies enthält einen Aspekt der Realität, an welchem der Rest der Menschheit ohne jede Kenntnis der Persönlichkeit des Autors teilhaben kann, obwohl das geschaffene Produkt viel von der Persönlichkeit des Genies enthalten mag. Dieser Zug fehlt den kreativen Werken des Psychotikers. Das Problem des psychotischen Genies lasse ich in diesem Zusammenhang beiseite.

Weiterhin müssen wir zwischen den Möglichkeiten des Genies und seiner Persönlichkeit unterscheiden, d. h. zwischen dem Material, das ihm zur Verfügung steht, und der Form, die seine Persönlichkeit diesem Material gibt (vgl. 276). Es besteht kein Zweifel, daß es Menschen gibt, die all das für ein Genie notwendige Material besitzen, die es aber verschwenden, die gehemmt sind oder die früh Selbstmord begehen — gewaltsam oder durch Geschehenlassen. Otto Weininger hat auf mich immer den Eindruck eines

Menschen gemacht, der alle Möglichkeiten besaß, um ein Genie zu werden, was den Besitz des Rohmaterials angeht, dem aber die zweite Bedingung fehlte, die ich hier ungenau »Persönlichkeit« nenne. Er beendete sein Leben im Alter von einundzwanzig Jahren. Klinisch stoßen wir auch auf einen Menschentyp, der die Persönlichkeit eines Genies besitzt, dem aber das Rohmaterial fehlt.

Im Genie mischen sich zwei oder mehr Wesen, von denen jedes eine andere Geschichte, Struktur und Bedeutung hat. Was ich »Rohmaterial« genannt habe, kann präziser als biologischer, konstitutioneller Faktor genannt werden. Ich vermute, daß man in jedem Genie im einen oder anderen Fall eine Begabung vermutlich biologischer Natur finden wird, die es überlegen und einzigartig macht. Bei Mozart kann dies objektiv gezeigt werden. Mozart gelang im Alter von vierzehn Jahren, nach einmaligem Hören aus dem Gedächtnis das berühmte *Miserere* von Gregorio Allegri (1582–1652) niederzuschreiben, das von der Kurie unter Androhung der Exkommunizierung geheimgehalten wurde (vgl. 526, S. 99). Dieses außerordentliche Kunststück ist, soweit ich sehe, ohne Beispiel vorher oder nachher. Die in diesem Fall gezeigte Fähigkeit Mozarts beweist nicht sein Genie. Es ist denkbar, daß jemand eines Tages ein ähnliches Kunststück ohne Talent zum Komponieren vollbringen kann. Doch Mozarts Tat beweist, daß er auch über eine ursprüngliche, hauptsächlich biologische Fähigkeit verfügte, wie sie vielleicht bei keinem anderen Menschen jemals wieder vorgekommen ist.[3] Also können wir annehmen, daß schon Mozarts biologische Struktur eine einzigartige objektive Fähigkeit enthielt.

Auch bei Goethe beobachten wir einen solchen Faktor. Seine Traumfunktion z. B., die wir als biologisch klassifizieren können, kann zuweilen anders gewesen sein als das, womit wir es beim Studium von Träumen gewöhnlich zu tun haben. Es steht fest, daß wir Traumbeispiele kennen, die eine objektiv gültige Antwort auf ein Problem enthalten, mit dem das wache Ich vergebens gerungen hat (vgl. 158, 5, S. 555, 579). Daß aber Goethe jemals Träume gehabt hat, deren manifester Inhalt in nicht mehr oder weniger bestand als in vollendet gestalteten Gedichten, offenbart eine Traumfunktion, die mit konstruktiven Fähigkeiten ausgestattet ist, die äußerst selten sein muß. Ich habe im Haupttext von dem Gefühl des Unheimlichen erzählt, das Goethe gegenüber seinen genialen Fähigkeiten empfand. Deren biologische Wurzel in der Traumfunktion mag nicht die geringste Quelle von Goethes Befürchtung gewesen sein. Es sollte auch hier (wie im Haupttext) daran erinnert werden, daß es für die gegenwärtige Argumentation unwesentlich ist, ob in diesem Fall der Traum einen Inhalt ins Bewußtsein hob, dessen das wache Ich infolge Hemmungen nicht habhaft werden konnte, oder daß hier etwas im Traum auftauchte, was ursprünglich im bewußten Denken gebildet und nur später verdrängt wurde: in beiden Fällen spielte das Unbewußte eine äußerst seltene, wenn nicht gar einmalige Rolle, aber auch eine, die ihre Wurzeln in der genuin biologischen Struktur selbst hatte. Wir wissen aus Goethes Erzählung auch, daß diese unerwarteten freien Assoziationen auch während des Tages als vollständig gestaltete Gedichte und Lieder im Bewußtsein auftauchten. Aller Wahrscheinlichkeit nach standen Goethe noch andere einzigartige biologische Faktoren zur Verfügung, deren Vorhandensein sich dem Nachweis entzieht.

Das Schicksal des biologischen Faktors ist natürlich nicht unabhängig von äußeren Umständen. Mozarts Vater war Musiker, und Mozart wuchs in einer Umgebung auf, in der Musik der Mittelpunkt des täglichen Lebens war. Von Bettina Brentano hören wir über Goethe:

> ... wie er schon mit neun Wochen ängstliche Träume gehabt, wie Großmutter und Großvater, Mutter und Vater und die Amme um seine Wiege gestanden und lauschten, welche heftige Bewegungen sich in seinen Mienen zeigten, und wenn er erwachte, in ein sehr betrübtes Weinen verfallen, oft auch sehr heftig geschrieen hat, so daß ihm der Atem entging und die Eltern für sein Leben besorgt waren; sie schafften eine Klingel an; wenn sie merkten, daß er im Schlaf unruhig ward, klingelten und rasselten sie heftig, damit er bei dem Aufwachen gleich den Traum vergessen möge;[4]

Es wird allgemein angenommen, daß besondere Reize die *Anlage* [im amerikanischen Text deutsch, Anm. d. Ü.] bestimmen, und frühe Reize, wie Bettina sie beschreibt, haben vermutlich geholfen, Goethes »Traumanlage« zu bilden, d. h. die konstruktive Funktion, aus der er so großen Gewinn zog.

Das ist natürlich reine Spekulation, aber mit dieser Spekulation haben wir das Thema der Welt des Genies erreicht, d. h. die besondere Entstehungsgeschichte des Genies. Wie ich schon verschiedene Male herausgestellt habe, wurde Goethe von Eltern aufgezogen, die beide ihren Lebensinhalt in diesem Kind fanden. Diese Tatsache war natürlich nicht nur für sie, sondern auch für ihn charakteristisch. Ein weniger intelligentes, charmantes, neugieriges, talentiertes und aufgewecktes Kind hätte seine Eltern nicht in solchem Maße angeregt und herausgefordert, wie das Kind Goethe es tat.[5] Aber die reinen, von der Konstitution des Kindes unabhängigen Faktoren der Realität haben keine geringere Bedeutung. Wenn Goethes Vater einen Beruf ausgeübt hätte, wenn seine Mutter älter gewesen wäre und sich ihrem Ehemann enger verbunden gefühlt hätte, dann hätten sich nicht so viele elterliche Strebungen, Interessen und Wünsche auf ihren ältesten Sohn bezogen. Man kann die Frage stellen, ob Goethes Veranlagung zum Genie solche durchdringende Stärke angenommen hätte, daß sie zu vergleichsweise verschwenderischen und höchsten Hervorbringungen führte, wenn die einzelnen Umstände seiner Umgebung anders gewesen wären. Ich bezweifle es. Wenn Mozart im Alter von einem Jahr entführt worden und unter Zigeunern aufgewachsen wäre oder als Prinz an einem Hof gelebt hätte, wäre er nicht der große Komponist geworden, der er war. Ähnlich wäre bei einem Goethe mit einem Vater, der sich seinem kleinen Sohn nur ein oder zwei Stunden am Abend gewidmet hätte und dessen Interessen zwischen der Familie und einer florierenden Rechtsanwaltspraxis geteilt gewesen wären, die Gelegenheit zur Entwicklung des in ihm schlummernden »Rohmaterials« ernsthaft beeinträchtigt gewesen.

Es erhebt sich auch die Frage des bewußten und unbewußten Verhaltens der Eltern gegenüber dem Kind. Aus der klinischen Erfahrung haben wir wiederholt gelernt, daß es trotz der besten bewußten Absichten, Wünsche und Bemühungen der unbewußte Teil der elterlichen Motive und Verhaltensweisen ist, welcher den Ausschlag gibt.

Über die unbewußten Motivationen von Goethes Eltern wissen wir nichts, aber wir sind gezwungen anzunehmen, daß auch in ihrem Unbewußten die Nicht-Ambivalenz gegenüber der Ambivalenz vorherrschte. Es ist ganz sinnvoll darüber zu spekulieren, ob sich vielleicht in diesem Fall das Kind mit Eltern zusammenfand, die in ihrem Unbewußten eine Beziehung eingingen, die gegenüber dem Kind frei von Ambivalenz war. Aber selbst wenn dies der Fall gewesen wäre, darf der Realitätsfaktor der väterlichen Lebensumstände, welcher die ausschließliche Beschäftigung mit der Erziehung des Sohnes erlaubte, nicht zu gering veranschlagt werden. Auch darf man das eher weibliche Verhalten des Vaters in der präödipalen Phase, d. h. eine selten vorkommende Einstellung des Vaters gegenüber den besonderen Bedürfnissen des heranwachsenden Kindes, nicht übersehen.

In der Beziehung zwischen dem Kind Goethe und seiner Mutter ist das, was mir immer als höchst bemerkenswert und charakteristisch aufgefallen ist – ungeachtet ihres augenblicklichen Hingerissenseins durch ihr Baby, ihrer Bereitschaft, für das Kind da zu sein und den Sohn als die Erfüllung all ihrer Wünsche anzusehen –, die von Bettina berichtete Situation des Geschichtenerzählens. Besonders wenn es, wie Bettina uns berichtet, wiederholt vorgekommen ist, habe ich das Empfinden, daß dies das Zentrum gewesen sein kann, welches die geniale Begabung des Kindes weckte.

Weiterhin kann die Anwesenheit von Johann Kaspar Goethes psychotischem Sekretär kaum überschätzt werden. Hier ist das Auftreten des Primärvorgangs in einer sehr speziellen Form höchst auffällig. Dieser junge Mann widmete sich der Aufgabe, den Phantasien des Kindes sofort eine materielle Form zu verleihen; der Primärvorgang eines anderen Menschen wurde sozusagen, wenn eine vereinfachende Beschreibung erlaubt ist, um des Kindes willen in den Dienst einer Realitätsfunktion gestellt, die umgekehrt die Vergegenständlichung des Primärvorgangs des Kindes oder wenigstens seiner Abkömmlinge in Form von Tagträumen und freien Assoziationen erleichterte. Diese Verbindung von Umständen ist kaum weniger unüblich und phantastisch als jene, die wir in der Situation des Geschichtenerzählens vorfinden.

Der Einfluß der vielen Schwangerschaften von Goethes Mutter und des frühen Todes dieser Kinder auf die Festigung von Goethes Vertrauen und Optimismus ist von Freud dargestellt worden (vgl. 185). Dem müssen wir hinzufügen, daß Goethe aus ernsthaften Kinderkrankheiten zu blühendem Leben zurückkehrte. Das von Geburten und Kindersterben umgebene Kind ging durch den Tod, um von neuem das Leben wiederzuerlangen, eine Kette von Prozessen, die in der Entfaltung jenes unbezähmbaren Narzißmus resultierte, welcher niemals vollständig besiegt werden konnte, selbst nicht durch die größten Belastungen und Anforderungen an den psychischen Apparat.

Seltsamerweise bringt gerade eine solche Reihe von Ereignissen (Schwangerschaften, Kindersterben und zahlreiche ernsthafte Krankheiten) sehr viel Verhängnisvolles in das Leben derer, die später von ihrer Psychopathologie besiegt werden. Vielleicht verwandelte die unerschütterliche Liebe der Eltern zu ihrem Kind das Unglück, das frühe Traumen gewöhnlich hervorrufen, in eine Stärkung des Ich. Zog sich seine Mutter vielleicht bei ihren vielen Schwangerschaften emotional nicht von ihrem ältesten Sohn zurück, und brauchte der Junge vielleicht den Verlust der mütterlichen Liebe nicht zu fürchten, wenn sich andere Kinder verlassen fühlen? Auch hier muß die Spekulation wieder die Lücken unserer Unwissenheit ausfüllen.

Obwohl ich es nicht ausdrücklich gesagt habe, wurde Goethes Beziehung zu seiner Schwester der Mittelpunkt dieser Untersuchung, und es gibt hier wenig anzufügen. Wäre Goethe ein Einzelkind oder ein Kind unter vielen gewesen, beide Situationen hätten eine weniger günstige Wirkung gehabt. Der erste enge Kontakt zum anderen Geschlecht führte, obgleich er seine latente Homosexualität verstärkt haben mag, zum Schutz gegen die manifeste Form. Persönlichkeiten von Goethes Typ sind immer in Gefahr, sich zu manifest Homosexuellen zu entwickeln.[6] Den zwillingsähnlichen Charakter der Beziehung zwischen beiden habe ich verschiedentlich betont. Daß Cornelia auch ein Spiegelbild seiner selbst war, ließ ihn bei narzißtischen Regressionen eine Frau suchen, während er in gleicher Situation aber unter anderen Kindheitsbedingungen später leicht das Opfer manifester Homosexualität hätte werden können, was in seinem Fall der Kreativität nicht nützlich gewesen wäre.

Die Altersnähe zum nachfolgenden Geschwister, im Leben der Neurotiker so oft der Stolperstein, wirkte sich in Goethes Fall vorteilhaft aus. Die Identifizierung mit der Schwester konnte sich vollziehen, ohne schädliche Regressionen zu veranlassen. Zugleich bestand, wie wir festgestellt haben, eine Identifizierung mit der Mutter, und Goethe agierte die Phantasie, dem Baby das Leben geschenkt zu haben. Hier sind einige zusätzliche Bemerkungen gerechtfertigt. Immer vorausgesetzt, daß Bettinas Erzählung einen im wesentlichen korrekten Bericht von Goethes Kindheitssituation vermittelt, erlaubt die Dreiecksbeziehung zwischen dem Jungen, Cornelia und der Mutter eine weitere Deutung. Betrachten wir z. B. die Kennzeichen des hier besonders früh entwickelten Altruismus. Der kleine Junge — er muß ungefähr drei Jahre alt gewesen sein — machte sich offenbar, anstatt seine eigenen oralen Bedürfnisse unter dem Eindruck der Befriedigungen seiner jüngeren Schwester zu intensivieren, aktiv zum Beförderer ihrer Befriedigung. Nach dem Bericht wurde er sehr ärgerlich, wenn irgend jemand anderer es ihm nachtat, was eine weitgehende Anmaßung mütterlicher Funktionen durch Identifizierungen anzeigen würde und ebenso ein intensives Beharren darauf, diese Identifizierung auszuleben. Gleichzeitig zeigt dieses Verhalten eine Identifizierung oder Empathie mit den oralen Bedürfnissen des Babys, d. h. Eifersucht und Neid des Kindes wurden früh dahin umgewandelt, die Unterstützung der oralen Bedürfnisse der Schwester als von ihm zu leistende wichtige Aufgabe zu akzeptieren.[7] Hier stoßen wir auf eine besonders glückliche Synthese von zwei Identifizierungen zu einer positiven Objekt-Beziehung. Wir können in dieser frühen Situation den Prototyp oder die Vorform der Kreativität des Erwachsenen sehen, der die Bedürfnisse anderer durch die Schaffung eines Werks nach dem anderen unaufhörlich befriedigte. Die narzißtischen Bedürfnisse der kreativen Persönlichkeit wurden in demselben Vorgang ebenso befriedigt. Was den kleinen Jungen zu dieser frühen Synthese befähigte, ist nicht bekannt; doch die Fähigkeit des Jungen, seine eigenen oralen Bedürfnisse und die Eifersucht auf seine Mutter in einer konstruktiven altruistischen Handlung zu vereinigen, war ein früher Vorbote des späteren Genies.

Bei der Wahrnehmung dieser frühen Entwicklung zum Altruismus wird man an eine Passage in Freuds Schriften erinnert. Bei der Erörterung der Disposition zur Zwangsneurose schreibt Freud:

> Ich weiß nicht, ob es zu gewagt erscheint, wenn ich den vorhandenen Spuren folgend die Annahme ausspreche, daß ein zeitliches Voraneilen der Ichentwicklung vor der Libidoentwicklung in die Disposition zur Zwangsneurose einzutragen ist. Eine solche Voreiligkeit würde von den Ichtrieben her zur Objektwahl nötigen, während die Sexualfunktion ihre letzte Gestaltung noch nicht erreicht hat, und somit eine Fixierung auf der Stufe der prägenitalen Sexualordnung hinterlassen (176, S. 451).

Ein hinreichend präzises Verständnis dieser Hypothese entzieht sich mir, denn ich hege Zweifel, ob Freud eine vorzeitige Entwicklung der eigentlichen Ich-Funktionen meinte oder eher das, was heute das Überich genannt wird. Die frühe Entwicklung von Goethes Altruismus in einer kritischen Phase der Kindheitsentwicklung muß als wichtiger Schritt in der Ichentwicklung gezählt werden. Ich beobachtete eine ähnliche Entwicklung bei einer Patientin, die später an Schizophrenie litt. Im Alter von eineinhalb Jahren — wie ihre Mutter zuverlässig berichtete — beschäftigte sie sich mehr mit der Befriedigung ihres fünfzehn Monate älteren Bruders als mit ihrer eigenen. Sie entwickelte später ähnliche Verhaltensweisen gegenüber ihrer drei Jahre jüngeren Schwester, aber die spätere Analyse zeigte, daß dieser Schritt ihre Möglichkeiten überfordert hatte; in diesem Fall hatten anscheinend Anpassung und Schuldgefühle Vorrang vor der richtigen Liebe zur Schwester, obgleich auch sie vorhanden waren.

Ein Faktor, der mich bei Goethes frühem Altruismus besonders beeindruckt und den ich betonen möchte, ist dessen Leidenschaftlichkeit, die man aus dem heftigen Zorn ersehen kann, wenn er gehindert wurde, seinem Altruismus Ausdruck zu geben. Ich nehme deshalb an, daß der Altruismus des Kindes mit starken Elementen von Leidenschaft verschmolzen und daß der aus seiner altruistischen Tätigkeit gewonnene Lustgewinn beträchtlich war. Ich vermute, daß bei meiner Patientin der Lustgewinn aus ähnlicher Aktivität viel geringer war. Es läßt sich denken, daß im Kind Goethe die frühe Entwicklung von Ich-Funktionen im Dienst starker lustvoller Objekt-Beziehungen stand und daß dadurch die unglücklichen Konsequenzen verhindert wurden, die man so oft bei Patienten klinisch beobachten kann. Bei diesen vollzieht sich der Fortschritt der Ichentwicklung auf Kosten einer tiefen Verletzung des kindlichen Potentials an Liebe und Zuneigung. Goethes früher Altruismus scheint besonders starke Bindungen an Objekte begünstigt zu haben.

So verbrachte Goethe seine Kindheit mit einer Partnerin fast desselben Alters, die seine Aktivität stimulierte, seine erotischen Gefühle lebendig hielt, seine Neigung zum anderen Geschlecht zum unauslöschlichen Teil seines Lebens machte und genug Schuldgefühle hinterließ, um den unaufhörlichen Drang zu stimulieren, einen Teil seiner Ambivalenz durch die Erschaffung von neuem und vollkommenem Leben wiedergutzumachen.

So wesentlich und entscheidend Goethes Beziehung zu seiner Schwester auch war, dahinter schimmert natürlich der Urquell des menschlichen Schicksals durch, die Beziehung zu seiner Mutter und zu seinem Vater. In dieser Beziehung werden dereinst, wie sicher bei allen Arten von Psychopathologie, die relevanten Merkmale der Entwicklung des Genies gefunden werden, und ich kann hier nur zwei vielleicht wesentliche Bemerkungen anfügen. Im 7. Buch von *Dichtung und Wahrheit* charakterisiert Goethe das Dreiecksverhältnis zwischen der Mutter und ihren zwei überlebenden Kindern in folgender Weise:

> ... dagegen eine Mutter fast noch Kind, welche erst mit und in ihren beiden Ältesten zum Bewußtsein heranwuchs; diese drei, wie sie die Welt mit gesundem Blicke gewahr wurden, lebensfähig und nach gegenwärtigem Genuß verlangend.[8]

Obgleich Goethe in dieser Passage versucht, auf einen Kontrast in seiner Beziehung zu seinem Vater hinzuweisen, kann die Aussage auch für sich selbst gelten. Hier spricht er von seiner Beziehung zur Mutter, ohne sie zu verleugnen, als von einer fast geschwisterlichen Beziehung; aber dies wird nicht im Stil von Freude und Vergnügen dargestellt, die ihm aus dieser Konstellation erwuchsen, sondern im Hinblick auf die Identität der Mutter, die diese in diesem Prozeß erst fand. So wenigstens verstehe ich das Wort »Bewußtsein« (wörtlich: »consciousness«), das Goethe in diesem Text gebraucht. Fischer verzeichnet in seinem Goethe-Wortschatz, daß bei Goethe manchmal das Wort »Bewußtsein« in seinen Schriften die Bedeutung von »Selbstbewußtsein«, »consciousness of self« hat (146). Dies berechtigt, glaube ich, zu der Vermutung, daß Goethe unter dem Eindruck stand, seine Mutter habe ihre Individualität durch ihren Kontakt zu den beiden Kindern erworben, sie sei sozusagen aufgewacht, erwachsen geworden, habe sich selbst gefunden, kurz, habe ein Identitätsgefühl erlangt.[9] Tatsächlich habe ich bei einigen unreifen Müttern beobachtet, daß wichtige Phasen der Strukturierung der Persönlichkeit durch Schwangerschaft und Niederkunft aktiviert und vervollkommnet wurden. Es handelt sich um einen ähnlichen Prozeß, der von Freud bei Frauen eines bestimmten Typs beschrieben wird, in deren Charakter man Spuren von Beziehungen zu Männern findet, die sie geliebt haben (197, S. 265). Dennoch sind anscheinend in der Beziehung zum Kind erworbene Strukturen oft tiefergehend, länger andauernd und grundlegender als jene, die aus der Objekt-Beziehung zu Männern stammen. Da Goethes Mutter jung und in mancher Hinsicht ihr ganzes Leben lang labil war, können wir uns gut vorstellen, daß sie zu dem zuvor erwähnten Typ der unreifen Mutter gehörte. Obgleich es fraglich ist, ob jedes ihrer Kinder diese Wirkung auf sie hatte, wird aus ihrer Korrespondenz ziemlich evident, daß die Beziehung zu ihrem Erstgeborenen so geartet war. Ich möchte diese Wirkung als gegeben annehmen und die Konsequenzen erörtern, welche die Wirkung des Kindes auf seine Mutter für Goethes Entwicklung gehabt haben kann.[10] Von diesem Standpunkt aus wird deutlich, daß die Situation des Geschichtenerzählens nur die Konkretisierung eines allgemeinen Merkmals war, auf dessen Hintergrund Goethes Kindesentwicklung sich vollzog, daß nämlich jeder Schritt vorwärts in seiner eigenen Entwicklung bei seiner Mutter einen Reiz zu weiterem Wachstum auslöste. Ich nehme in Goethes Bemerkung einen hohen Grad an emotionaler Nähe und Intimität zwischen Kind und Mutter wahr, aber dieser Grad trägt die entgegengesetzten Merkmale, welche man gewöhnlich in einer solchen Beziehung findet. Das Kind erfuhr sich selbst nicht in erster Linie als empfangend, sondern es verleugnete weitgehend den Status kindlicher Abhängigkeit. Während des Vorgangs des Heranwachsens, als biologisch gesehen äußerer Stoff vom Organismus aufgenommen und in dessen Substanz umgewandelt wurde, so wie dieser ihn benötigte, hatte das Kind anscheinend das Gefühl, der Mutter etwas davon abzugeben. Ob er dies in einer aktiven Weise erlebte, bleibt unbestimmt. Es kann gut ein Gefühl gewesen sein, daß innere Aktivität automatisch vergleichbare Wirkungen bei seiner Mutter hatte.[11] In ihrer Vorlesung *Emotional Factors in Education* (gehalten am 20. September 1956 in Cleveland, Ohio) schreibt Dr. Anna Freud der Mutter, die ihr Kind aufzieht, die Funktion zu, dem Kind das eigene Ich zu leihen, dessen Stärke, Geduld und Wissen usw., bis das Kind ausreichend herangereift ist. In Goethes Fall scheint es seltsamerweise anders herum gelaufen zu sein, und es war das Kind, welches sein rasch wachsendes Ich seiner Mutter für ihren Reifeprozeß auslieh. Der Leser mag sich daran erinnern (vgl. Anhang Q), daß sich eine vergleichbare Situation zwischen Goethes Sohn August und Christiane abspielte, daß aber Christiane darüber erschrak. Solche Konstellationen können nur dann wohltätig sein, wenn sie sowohl von der Mutter wie auch von dem Kind integriert sind. So also kann man in Goethes kurzer Bemerkung eine Lösung des Problems seiner Kreativität entdecken. In einer frühen Situation — und in einer für die Entwicklung des Kindes höchst bedeutenden — erfreut er sich einer Beziehung, in der grundlegende Merkmale des Automorphismus schwach auftauchen, insofern der bloße Vorgang des Heranwachsens mit einer konstruktiven Tätigkeit zusammenfallend erlebt wurde, die er an der Mutter und für die Mutter tat. Die unbewußte Entsprechung zu der auf das Ich abgestimmten Vorstellung, daß die Mutter ihre Identität im Kontakt mit dem Kind findet, war vermutlich die Idee, daß das Kind sie gezeugt oder sie geboren hatte. Eine in einem Gedicht aus dem *Westöstlichen Diwan* zum Ausdruck gebrachte Idee kann ein später Abkömmling dieser frühen Vorstellung sein:

> Allah braucht nicht mehr zu schaffen,
> Wir erschaffen seine Welt.[12]

Es ist schwierig — aber ganz folgerichtig — zu entscheiden, welcher Entwicklungsphase dieser Mechanismus zuzuordnen ist. Bildete ihn das Kind schon in der präödipalen Phase aus, oder handelt es sich um eine Lösung, die zur Kompensierung in der ödipalen Phase gefunden wurde? Der Kontext, in dem Goethe diese autobiographische Bemerkung macht, läßt stark an eine ödipale Konstellation denken, da eine ambivalente Beschreibung seines Vaters folgt. Und doch hat man Zweifel. In seiner Bemerkung weist Goethe auf ein sehr festes Band zwischen Mutter, Schwester und ihm selbst, und er zieht eine Grenzlinie zwischen dieser Gruppe und seinem Vater. Die Bemerkung läßt auf eine scharfe Trennlinie zwischen dem Ich und dem Bild des Vaters schließen, möglicherweise im Gegensatz zu einer teilweisen Verschmelzung seines Selbst mit dem Mutter-Schwester-Bild, so als ob die Identität des Selbst nur teilweise ausgebildet wurde, nämlich nur dort, wo es Gelegenheit gab, sich in Gegensatz zu seinem Vater zu setzen. Daraus schließe ich, daß eine präödipale Gestalt erfolgreich in die ödipale Phase hinübergenommen und in konstruktiver Weise dazu benutzt wurde, den ödipalen Konflikt durchzuarbeiten. Das würde bedeuten, daß der entscheidende Prozeß schon in einer früheren Kindheitsphase stattgefunden hatte, aber soweit ich mit den Texten vertraut bin glaube ich, daß der Vorgang nicht genauer spezifiziert werden kann.

In bezug auf die Vater-Beziehung kann ich nur wiederholen, was ich schon früher gesagt habe. Goethes Ambivalenz tritt sehr scharf hervor; aber es ist eine ungewöhnliche Ambivalenz, denn man findet auf ihrem Grund eine fast unambivalente Loyalität, Ergebenheit und Achtung, vielleicht sogar Liebe. Andererseits ist dieser nicht ambivalente Kern der Beziehung zum Vater ungewöhnlich insoweit, als er anscheinend identisch war mit einer unglaublichen Selbsterhöhung über den Vater, wobei die beiden diametral entgegengesetzten, sich wechselseitig ausschließenden Haltungen nicht zum Konflikt führten, weil sie zu einer einzigen verschmolzen waren. Ich leite diese seltsame Schlußfolgerung aus den klinischen Erkenntnissen zu Goethes erstem Geschlechtsverkehr ab. Der Leser mag sich daran erinnern, daß die Berichte nahelegen, Goethe habe sich dabei im selben Alter befunden, in dem sich sein Vater bei seiner Hochzeit befand (vgl. S. 1161). Ich fügte als ergänzende Hypothese an, daß sich alles – obgleich es unglaublich klingt – in demselben Alter vollzog, in dem sein Vater seinen ältesten Sohn zeugte, was bedeuten würde, daß Goethe bei seinem ersten Geschlechtsverkehr eine Selbstempfängnis oder Selbstzeugung wiederholte. Auf diesem archaischen Niveau werden Empfängnis und Zeugung identisch. Jetzt kann ich hinzufügen, daß der Unterschied zwischen diesen beiden Interpretationen vielleicht nicht ganz so groß ist, wie ich dachte, denn im Akt der Selbstzeugung wiederholt ein Mann im wesentlichen das, was sein Vater tat. Sicher, er wiederholt es in einer mehr narzißtischen Manier, als es bei der Identifizierung mit dem Vater geschieht, der von der Mutter das erste Mal Besitz ergreift. Dennoch: ein Mann, der seinen ersten Geschlechtsverkehr so lange wie Goethe aufschiebt und sich dann mit dem Vater identifiziert, der die sich identifizierende Person zeugt, verschmilzt zwei Haltungen, die ich oben herausgearbeitet habe: er erträgt die enorme Einschränkung, von der er glaubt, daß sie sein Vater erdulden mußte, und bringt dadurch seine Loyalität zum Ausdruck, gleichzeitig aber beraubt er seinen Vater der Erzeugerrolle, der er sein eigenes Leben verdankt, und drückt so seine Rivalität und Unfähigkeit aus, die Überlegenheit des Vaters zu ertragen. Wenn weiterhin Goethes Vater beschnitten war – wie eine rätselhafte Bemerkung seines Arztes vermuten läßt (vgl. 1676 f., Anmerkung 40) – dann gab es einen bedeutenden Realitätsfaktor, der genau die von mir beschriebene Haltung begünstigte. Der kleine Junge wäre dann in der Bewunderung der Größe des väterlichen Genitales aufgewachsen und hätte trotzdem zugleich das Gefühl gehabt, daß sein kleiner Penis dem seines Vaters überlegen wäre.

Aus Goethes Lebensgeschichte kann ein weiterer allgemeiner Faktor enträtselt werden, ein Faktor, der nicht leicht zu beschreiben ist. Im allgemeinen kann man vier Arten manifester Psychopathologie feststellen: die neurotische, die delinquente, die psychotische und die perverse Form. Im Haupttext habe ich gezeigt, daß alle vier Formen in Goethes Leben vorkommen und daß alle vier zu seiner Verfügung standen. Er hatte gegen ungewöhnliche neurotische Ängste zu kämpfen, er gestattete sich Aggression und Destruktion und war manchmal machtlos dem offenen Einbruch des Unbewußten ausgeliefert.[13] Die Fixierung auf eine dieser Formen hätte den Reichtum seiner Kontakte zur Wirklichkeit, die äußerste Vielfalt seiner Möglichkeiten, die Welt in sich aufzunehmen und sie neu zu erschaffen, ernsthaft eingeschränkt. Dieser Umfang psychopathologischer Formen wurde durch glückliche äußere Umstände ermöglicht. Einer dieser Umstände ereignete sich, als nach einer sorgfältig überwachten Kindheit der Umbau des Hauses seinen Vater zwang, die Aufsicht über seinen fünf Jahre und acht Monate alten Jungen zeitweilig zu lockern, wodurch das Kind dem ausgesetzt wurde, was wir die Schattenseite des Lebens nennen. Das wird von Goethe im ersten Buch von *Dichtung und Wahrheit* beschrieben. Als er dann neuneinhalb Jahre alt war, besetzten die Franzosen Frankfurt, und Graf Thoranc, der berühmte »Königsleutnant«, wurde in seinem Vaterhaus einquartiert, und wenige Monate später wurde die väterliche Autorität in einer heftigen Szene zwischen dem Vater und dem Grafen erschüttert. Und auch hier halfen wieder äußere Einflüsse dem jungen, sich von der Autorität, die seine Freiheit durch eine allzu frühe Festigung seiner Persönlichkeit einschränkte, zu befreien.

Die Einschränkung der väterlichen Autorität stellte ihn außerhalb des Bereichs unmittelbarer Überwachung, und es folgte eine Phase, die klinisch als leichte Verwahrlosung zu bewerten ist. So wurde er gegen eine zu große

Wirkung der Latenzzeit geschützt, in der sich das Überich entwickelt. Wäre er ununterbrochen unter der Obhut seines Vaters geblieben, hätte sich die Identifizierung mit diesem viel früher gezeigt und vermutlich zu Hemmungen geführt. Die Gretchenepisode in seinem fünfzehnten Lebensjahr wiederum brachte ihn erneut unter größere Aufsicht zurück, wodurch die Gefahr zu wirklicher Delinquenz abgewendet wurde. Zufällig stattete ihn das Schicksal mit zeitlich aufeinanderfolgenden Umständen aus, die ein aufgeklärter Erzieher durch geplante Anpassung der Umgebung an das Kind zu schaffen versucht haben könnte, nämlich nach einem abgeschlossenen Schritt in der Ichentwicklung relative Freiheit zu gewähren, bevor das Kind erneutem Druck ausgesetzt wird. Wenn auf ein Kind beständig ansteigender Druck ausgeübt wird, ist die Gefahr groß, daß Zwang und Unfreiheit seine Entwicklung charakterisieren. In der Psychoanalyse folgt der Interpretation eine Phase des Durcharbeitens; beim Aufziehen eines Kindes muß ein ähnlicher Prozeß zugestanden werden, d. h. nachdem durch äußeren Druck eine Ich-Anpassung zustande gekommen ist, muß man dem Kind Zeit lassen, diese neue Anpassung zu integrieren, so daß sie auf das Ich abgestimmt wird. Die günstige Folge von Phasen in Goethes Kindheit war eine der zusätzlichen Faktoren, welche, wie ich glaube, im Erwachsenen die Balance zwischen Angst und Aggression schufen, oder, in klinischer Sprache, zwischen neurotischer und delinquenter Psychopathologie. Es sind viele Symptome beschrieben worden, welche die Handschrift neurotischer Psychopathologie tragen; Goethes offensichtliche Vernachlässigung von Vater und Mutter, die sich in den langen Zeiträumen offenbart, in denen er von Frankfurt entfernt lebte, während seine Anwesenheit nötig gewesen wäre, seine illegitime Liaison, sein Zögern bei der Adoption seines Sohnes und viele andere Vorfälle sind Äußerungen von Aggression, oder, wie ich zu sagen vorziehe, von Delinquenz, Verwahrlosung.

Sobald man aber die Funktion dieser verschiedenen Formen von Psychopathologie studiert, bemerkt man, daß sie nicht den üblichen Gesetzen folgen, die man bei der Psychoanalyse klinischer Fälle antrifft. Im Fall der anscheinend neurotischen Psychopathologie wird dies besonders klar. Goethe hielt offenbar immer wenigstens jenes Minimum an Distanz zu Symptomen aufrecht, die anzeigt, daß die scheinbar neurotische Psychopathologie einer anderen Kategorie angehört, einer Kategorie außerhalb des Bereichs der Neurosen. Das wirklich neurotische Symptom vermindert die Handlungsfähigkeit des Ich, ob diese Reduktion nun das Handeln, die Wahrnehmung, das Denken oder die innere Freiheit betrifft: in dem einen oder anderen Bereich wirkt das neurotische Symptom schädlich auf die Funktion. Bei Goethe aber kann man, mit einer Ausnahme, beobachten, daß das neurotische Symptom niemals so tief in die Struktur des Ich eindrang, um eine Beeinträchtigung der Funktion zu bewirken. Ich habe von einigen Vorfällen vor seiner Ankunft in Weimar berichtet, die beweisen, daß das Ich, sobald es notwendig wurde, Wege und Mittel fand, das betreffende Symptom durch eine Art Absonderung und Abspaltung einzusiegeln. Die Findigkeit des Ichs und sein Reichtum an Hilfsmitteln sind absolut unneurotisch, und deshalb sind wir nicht berechtigt, Goethes Ängste als neurotische Ängste anzusehen, obwohl sie mit ihnen in Geschichte und Inhalt vieles gemeinsam haben. Sobald beide Phänomene unter dem Aspekt ihrer Funktion betrachtet werden, kommt der Unterschied zwischen ihnen sehr klar heraus. Das wirklich neurotische Symptom erzwingt Einschränkungen des Ichs; das analoge Symptom aber zeigt bei einem Genie diese Wirkung keineswegs; wir finden sogenannte Symptome mit besonderer Häufigkeit in Phasen, in denen eine neue Schöpfung sich vorbereitet, und wir müssen dies als innere Probedarstellung des Kunstwerkes auffassen, das geschaffen werden soll. Freud schrieb Denkprozessen die Funktion eines »Probehandelns« zu (172, S. 233). Eine vergleichbare Funktion kann man in der scheinbar neurotischen Psychopathologie des Genies aufdecken. Stände dem Genie diese innere Arena, in der sich der Konflikt abspielt (ohne sich geradewegs auf die schließlichen realitätsgerechten und zweckmäßigen Handlungen zuzubewegen, die zur Befriedigung oder Lösung führen), nicht zu seiner Verfügung, würden viele Kunstwerke nicht geschaffen werden. Kunst entspringt oft, wenn nicht immer, aus einer Spannung, die aus dem Aufstauen von Energie resultiert, welche von ihren ursprünglichen Zielen durch praktische (und innere) Unmöglichkeit der unmittelbaren Wunscherfüllung abgelenkt wird. Was dann als neurotische Manifestation innerer Konflikte erscheint, ist in Wirklichkeit das Vor- und Zurückbewegen noch ungebundener Energie, die sich im Prozeß der Formung zu Vorstufen kreativer Handlungen befindet. Diese Phase kann in ihrer Dauer und klinischen Auffälligkeit stark variieren und reicht von einer solchen wie vor Goethes Rückzug 1774, als er den *Werther* schrieb, bis zu ihrem gänzlichen Fehlen, wenn Goethe bereits mit einem vollendeten Gedicht im Kopf aufwachte. Je größer und wunderbarer das resultierende Kunstwerk ist, desto länger und stärker wird vermutlich die vorausgehende Phase der inneren Probedarstellung sein. Das Nachdenken über *Faust* erstreckt sich auf Goethes gesamtes Erwachsenenleben und geht sogar bis in die Kindheit zurück. Als ich den inneren Vorgang rekonstruierte, der sich in Goethe abspielte, als er seine Rede zur Eröffnung des Bergwerks in Ilmenau hielt (vgl. oben, S. 980), versuchte ich eine kleine Episode »neurotischer« innerer Probeaufführung zu fassen — in diesem Fall eine Episode, von der ich glaube, daß sie letztlich zur Lösung des *Faust*-Problems führte.

Das Ausmaß, bis zu welchem der kreative Künstler den »neurotischen«

Konflikt benötigt, kann aus der Art ersehen werden, in der er handelt und fühlt, wenn die Umgebung eine solche Gestalt annimmt, daß dem Konflikt der Boden entzogen wird. Als Schiller von einem Freund in einer Zeit tragischer Not Hilfe bekam, konnte er es unter den relativ günstigen Bedingungen nicht länger als ein Jahr aushalten; er ging fort und schrieb seinem Wohltäter:

> Mein Herz ist zusammengezogen, und die Lichter meiner Phantasie sind ausgelöscht. Ich bedarf einer Krisis. Die Natur bereitet eine Zerstörung, um neu zu gebären. Kann wohl sein, daß Du mich nicht verstehst, aber ich verstehe mich schon.[14]

So lehrreich dieses Beispiel ist und so sehr es meine These unterstützt, auf Goethes Leben ist es nicht anwendbar. Seine Existenz war dafür zu weit ausgreifend, sein Empfinden zu fein, seine Fähigkeit, aus jeder beliebigen entstandenen Lage das auszuwählen, was er für die Kunstwerke brauchte, zu großartig, als daß er es nötig gehabt hätte, zweckmäßige Schritte zur Herstellung von Konflikten zu unternehmen. Goethe wäre sozusagen fähig gewesen, neurotisches Probeschaffen sogar im Vakuum durchzuführen.

Ein anderer, obwohl vergleichbarer Aspekt ist ebenfalls für Goethes Delinquenzsyndrom wichtig. Wiederum stoßen wir — mit seltenen Ausnahmen — auf ein Ich, das nicht zu aggressiven Handlungen genötigt ist. Es gibt wieder einen Abstand zwischen Ich und Aggression in Form von Reflexion und Besonnenheit. In Goethes Leben nahm die Aggression einen Platz parallel zu Handlungen der Selbsterhaltung ein. In seinem Fall diente die Aggression nicht in erster Linie so sehr dem Zweck der Erhaltung des Lebens und der sozialen Existenz oder des Lustgewinns als dem Ziel der Sicherung des kreativen Prozesses und dem Freihalten dieses Prozesses von Störungen. Da Aggression im Kampf um die Bewahrung des Selbst und des Liebesobjekts gesund und notwendig ist, bedeutet es parallel dazu dasselbe, wenn das Genie vor der Alternative steht, das eigene Handeln in Übereinstimmung mit den allgemeinen Sitten zu bringen und so den schöpferischen Prozeß zu gefährden oder aber über die Anforderungen guten Betragens hinauszugehen, wenn dies das kreative Schaffen optimal garantiert. Goethes Schuldgefühle waren nicht stumm, wenn er bewußt den Menschen, denen gegenüber er Zuneigung empfand und für die er sich verantwortlich fühlte, Schmerz bereitete. Es ist bemerkenswert, daß Goethe in seinen Briefen und Tagebüchern Auslassungen über seine Schuldgefühle weitgehend vermied. Daß diese existierten, daran kann dennoch nicht gezweifelt werden. Gelegentliche Bemerkungen Jahre später, wenn die Aktualität der Situation verblaßt war, können dies ebenso beweisen wie das Studium manches seiner Werke. Ich habe Dokumente zitiert, die so klingen, als ob Goethe kalt, zuweilen sogar brutal gewesen wäre. Der Leser mag sich einige überraschende Briefe ins Gedächtnis zurückrufen, die unmittelbar nach dem Tod seiner Schwester geschrieben wurden, und doch wissen wir aus einem Satz in einem Brief fast ein Jahrzehnt später (vom 17. Januar 1787 an Charlotte von Stein), als er sich schuldbeladen und traurig fühlte, wie überwältigend er in jener Zeit von Verzweiflung ergriffen war. Es sieht so aus, daß er sich versagte, sein Schuldgefühl zu zerstreuen, das offenbar als Motor der Kreativität erhalten blieb.

Wir werden später zu einem anderen Aspekt der Rolle der Aggression im Leben des Genies zurückkommen. Im folgenden möchte ich herausstellen, daß die bisher verfolgte These — daß Goethes Psychopathologie (und die jedes anderen Genies) nicht in derselben Weise eingeordnet und bewertet werden kann wie die Psychopathologie, auf die man gemeinhin klinisch stößt — nicht ohne Ausnahme Gültigkeit hat. Wenn meine Rekonstruktion von Goethes Sexualstörung und meine klinische Bewertung der Geschichte der Entstehung der *Farbenlehre* korrekt sind — wie ich in der folgenden Erörterung unterstelle —, sehen wir uns in beiden Fällen offenkundigen Ausnahmen der oben aufgestellten Regel gegenüber. Eine vorzeitige Ejakulation, ausgelöst durch Küssen oder eine andere Art des Vorspiels, liegt entschieden außerhalb des Bereichs schöpferischen Probehandelns. Es ist eine Funktionsstörung und hat eine Icheinschränkung zur Folge. In diesem Fall wurde auf das Ich starker Zwang ausgeübt, und es mußte sich der damit zusammenhängenden Psychopathologie beugen. Ähnlich zeigen Goethes Verhalten gegenüber der Farbentheorie und der Weg, auf dem die *Farbenlehre* entstand, keine geistige Distanz, die das Nachdenken über Alternativen erlaubt. In diesem Bereich verhielt sich Goethe identisch mit dem unnachgiebig starren psychotischen Wahndenken.

Um diese beiden Fälle in angemessenem Verhältnis zu betrachten, müssen wir uns die Struktur der Objekt-Beziehungen des Genies ansehen. Der Mensch, der in einem Zustand extremer Selbstbezogenheit geboren wird, ohne Rücksicht auf andere Menschen und ohne subjektives Verlangen nach menschlichem Kontakt, entwickelt sich zu einem Erwachsenen, der charakterisiert ist durch intensive Sehnsucht nach geistigen, emotionalen und physischen Kontakten mit einem oder mehreren Mitgliedern seiner Art. Innerhalb der Objekt-Beziehungen eines Menschen ereignen sich dann höchst intensive und erhabene Erlebnisse von Freude, Vergnügen und Lust, die sowohl die physische als auch die emotionale und die geistige Sphäre umfassen. Die Entwicklung vom Kind zum Erwachsensein ist schwierig, kompliziert, belastet mit allen möglichen Mißgeschicken, Abwegen und Tragödien, und das schließliche Ergebnis ist nur ausnahmsweise vollständig zufriedenstellend. Trotzdem muß jede Verzögerung in der vollen Entfaltung von Objekt-Beziehungen generell dem Reich der Psychopathologie zugerechnet und als Mangelerscheinung angesehen werden.

So weit ich sehen kann, gibt es nur eine Ausnahme von dieser Regel, nämlich das künstlerische Genie. Sobald das Genie eine befriedigende Form von Objekt-Beziehung erreicht — und für das Genie kann wahrscheinlich nur eine ideale Form befriedigend sein —, verliert es zugleich die Fähigkeit, große Kunst hervorzubringen. Meine Art, dieses Problem hier vorzubringen, mag unbeabsichtigt den Eindruck vermitteln, als seien diese Alternativen (Objekt-Beziehung versus Kreativität des Genies) Sache der Wahl oder willentlicher Bemühungen. Beim Genie gibt es Sicherheitseinrichtungen, die automatisch ins Spiel kommen und das Genie dagegen schützen, sich in den Freuden einer wirklichen Objekt-Beziehung zu verlieren. Die Präsenz dieser Vorsichtsmaßnahmen wendet natürlich nicht die tiefsten und herzzerreißendsten Konflikte und Leiden vom Genie ab, denn alle Kräfte, die sich auf andere Menschen, auf die Freuden der Objekt-Beziehungen, richten, sind auch im Genie am Werk, aber sie werden blockiert oder umgeleitet, bevor sie ihr Ziel erreicht haben. Tatsache ist, daß es eine Bemerkung in einem Brief Goethes gibt, die zeigt, daß er sich dieser Konstellation in einem überraschend frühen Alter ziemlich bewußt war. So schrieb er am 7. November 1767 aus Leipzig über seine liebste Annette:

> Ich sage mir oft: wenn sie nun deine wäre, und niemand als der Tod dir sie streitig machen, dir ihre Umarmung verwehren könnte? Sage dir was ich da fühle, was ich alles herumdencke — und wenn ich am Ende bin; so bitte ich Gott, sie mir nicht zu geben. Ist je ein Gebet erhört worden, so wirds dieses, und die Erfüllung brauchte — pfuy das ist ein häßlicher gotteslästerlicher Gedancke, ein Gedancke, der das Gebet zu verdrängen gerichtet ist.[15]

Trotz der Ängste, Zweifel und Skrupel, die hinter einer solchen Bemerkung stehen, fühlt man dennoch, daß hier das dämmernde Genie vage empfindet, was es seinem Schicksal verdankt, und sehr ernsthaft vor der Versuchung einer vollen Objekt-Beziehung zurückschreckt trotz der einzigartigen Wonne, welche diese Beziehung weiterhin verheißt. Diese Bemerkung wurde zu einer Zeit gemacht, als die Beziehung zwischen den Liebenden zeitweilig eine erfreuliche und vielversprechende Wende nahm, und zwar zwischen den beiden kritischen Perioden, die auf mich den Eindruck paranoider Episoden machen.[16]

Warum muß dies beim Genie so sein? Wenn große Kunst geschaffen wird, besteht das Resultat aus etwas, das alle Merkmale des Lebens trägt, aber es ist noch schöner, sogar noch erfreulicher als das Leben selbst, denn es kommt unseren Idealen näher als die Realität es mit ihren vielen Brüchen kann.

Wirklichkeit ist niemals ideal, aber Kunst ist es oder kommt dem Ideal wenigstens näher. Diese Idee selbst ist schal und hat schon oft ihren Ausdruck gefunden, aber trotzdem werde ich ein Beispiel als Beweis zitieren. Selbst wenn es eine Landschaft gäbe, so schön, harmonisch, geheimnisvoll und voll von Bedeutungen wie eine Landschaft von Rembrandt, würde sie den idealen Charakter nicht behalten, denn das würde eine bestimmte Jahreszeit oder Beleuchtung verlangen, und das Hinzufügen eines von einem Menschen errichteten Gebäudes könnte sie zerstören; d. h. ihre ideale Erscheinung ist vergänglich. Rembrandts Landschaft unterliegt diesen Beschränkungen nicht.[17]

Den vollkommenen Formen der Kunst Leben einzuhauchen, erfordert eine besondere innere Voraussetzung im kreativen Künstler, eine Bedingung, die ein vollständiges Versenken in oder eine totale Hingabe an die Aufgabe der Kunstschöpfung voraussetzt. Im allgemeinen kann man sagen, daß für das Genie Objekte nur insoweit von Bedeutung sind, als die Erlebnisse mit ihnen dem umfassenden Ziel dienen, Leben in der Form von Kunst zu erschaffen, d. h. nur jene Objekte, die zu möglichen Reizen für zukünftige Kunstwerke taugen, werden im Leben des Genies wichtig. Sobald die Sehnsucht nach den Objekten selbst erfolgreich mit dem Schaffensdrang wetteifert, muß sich die Kreativität augenblicklich verlieren. Wenn die Beziehung zum Objekt wirkliches Glück beinhaltet und Befriedigungen zur Folge hat, welche die Spannung auf ein normales Niveau reduzieren, bleibt wieder keine bewegende Kraft für Kreativität erhalten, und in beiden Fällen wird kein Kunstwerk herauskommen oder nur eines von zweitrangiger Qualität. Wenn jedoch die Sehnsucht nach oder die Liebe zu dem Objekt in höchstem Grade erlebt wird, aber der Besitz des Objekts unmöglich ist, dann bleibt die volle Schubkraft für das Wiedererschaffen des Objekts in Form eines Kunstwerks erhalten. Also ist die Maximalspannung, verbunden mit einem Maximum an Frustration, eine der Konstellationen, die es dem Genie ermöglichen, Werke im Einklang mit den angeborenen Talenten hervorzubringen. Wo entsprechende Dokumente auf uns gekommen sind, können wir bei Goethe beobachten, daß wirkliche Objekt-Beziehung zwischen ihm und jenen Frauen, die seine schönste Dichtkunst inspirierten, nicht andauerte; für ihn waren sie reine Katalysatoren der Kreativität, Vehikel, durch die er in diejenige Sphäre gebracht werden konnte, in der Kunst erzeugt wird. Sobald das Objekt diesen Zweck erfüllt hat, wird es fallengelassen, und daher sind so viele Genies als selbstsüchtig, grausam und egoistisch verschrien. Ohne Zweifel zeigt das wirkliche Verhalten des Genies Aggression. In hohem Maße schließen solche Aggressionen auch psychische Aggression ein, weil das Objekt während der Erschaffung des Kunstwerkes im Psychischen zerstört wird. Das Genie darf sich niemals erlauben, sich zu einer vollen und befriedigenden Objekt-Beziehung verführen zu lassen. Das ist der Punkt, in dem das tiefe Leiden der wirklich Großen seine Ursache hat. Es ist ihnen gestattet, die Freuden der Objekt-Beziehungen zu empfinden, sie der Welt in allen ihren Schönheiten, Komplikationen und Verwicklungen vorzuführen, aber als reale Personen müssen sie den schrecklichen Verlust gerade dieser Befriedigungen erleiden. Ich muß hier eine schon früher (S. 1124) zitierte Passage aus Goethes Brief an Zelter vom 22. April 1828 wiederholen:

> Wenn der Mensch nicht von Natur zu seinem Talent verdammt wäre, so müßte man sich als thörig schelten, daß man sich in einem langen Leben immer neue Pein und wiederholtes Mühsal auflastet.[18]

Und zu Eckermann am 27. Januar 1824:

> Man hat mich immer als einen von Glück besonders Begünstigten gepriesen; auch will ich mich nicht beklagen und den Gang meines Lebens nicht schelten. Allein im Grunde ist es nichts als Mühe und Arbeit gewesen, und ich kann wohl sagen, daß ich in meinen fünf und siebzig Jahren keine vier Wochen eigentliches Behagen gehabt. Es war das ewige Wälzen eines Steines, der immer von neuem gehoben seyn wollte. [...] Mein eigentliches Glück war mein poetisches Sinnen und Schaffen.[19]

Solche Passagen klingen echt und wahr. Der alte Mann wußte gut, daß sein Leben für den Zuschauer als ein vom Schicksal fortwährend begünstigtes erscheinen mußte, aber im Rückblick entdeckte er nur wenig Glück. Wer möchte nicht seine Existenz mit einem so erstaunlichen Leben, wie es Goethes war, tauschen, wer aber wäre bereit, als Preis die Freuden aufzugeben, die Goethe in der wirklichen Liebe zu realen Menschen niemals genoß?

Es gibt noch andere Faktoren im Genie, die für eine wirkliche Objektbeziehung höchst ungünstig sind. Die am meisten kennzeichnende Beziehung des Genies ist meiner Meinung nach jene, die es zu seinem künstlerischen Medium hat, jenem Medium, in dem es seine Kunstwerke gestaltet. Dieses Medium ist dem Genie immer zugänglich und wird von ihm völlig beherrscht. Es ist der Boden, auf dem das Genie gedeiht. Das Genie mag mit seinem besonderen Medium arbeiten, sich abmühen und kämpfen, oder es mag ein Meisterstück mit Leichtigkeit entstehen, aber immer trägt das Genie den Sieg davon, und dieser Faktor ist, so glaube ich, von äußerster Wichtigkeit auch in den Pseudo-Objektbeziehungen des Genies. Es wünscht, seine idealen Kunstwerke aus den realen Menschen herauszubilden, und antwortet mit Aggression, Feindseligkeit und Verzweiflung, wenn sich das menschliche Medium als weniger geschmeidig als das künstlerische erweist. Dieser Grundvorgang, einen Teil der Wirklichkeit wegzureißen und ihn in ein Kunstwerk umzuformen, muß zu Katastrophen führen, wenn er bei menschlichen Beziehungen vorgenommen wird. Zuallererst sind Menschen nicht bereit, ihre Individualität auszuliefern; zweitens beeinträchtigt, wenn ein Genie durch glücklichen Zufall ein Objekt findet, das sich auszuliefern bereit ist, diese Bereitwilligkeit umgekehrt das ideale Bild des Objekts; und drittens würde das ideal formbare Objekt, wenn die zweite Konsequenz ausgeschlossen werden könnte, mit dem künstlerischen, gerade im Werden begriffenen Objekt wetteifern und so der Feind des Genies werden. Aus allen diesen Gründen wird klar, daß wirklich intensive und dauerhafte Objekt-Beziehungen, deren Resultat wechselseitiges Glück ist, mit der Produktivität und Kreativität des Genies unvereinbar sind. Goethes Beziehung zu Christiane war insofern eine Ausnahme, als es Goethe hier gelang, seine künstlerische Existenz von seiner physischen Existenz zu isolieren, und es war eine besonders glückliche Lösung, daß diese Isolierung durchgeführt werden konnte, ohne daß daraus ein Konflikt entstand. Eine Frau, die Goethe in menschlichem Rang und Begabung gleich gewesen wäre, hätte diese Situation nicht toleriert. Entweder hätte sie sich gegen ihre Vertreibung aus dem Zentrum der Existenz ihres Partners gewehrt, oder sie hätte sich durch ihre Opferung unterworfen. Beide Reaktionen hätten Goethes künstlerisches Potential gedämpft. Goethe war sich, wenigstens an einer Stelle, bewußt, daß sich wahre Objektbeziehungen und das Erschaffen großer Kunst wechselseitig ausschließen. 1790 schrieb er folgendes Epigramm:

Traurig, Midas, war dein Geschick: in bebenden Händen
Fühltest du, hungriger Greis, schwere verwandelte Kost.
Mir, im ähnlichen Fall, geht's lust'ger; denn was ich berühre,
Wird mir unter der Hand gleich ein behendes Gedicht.
Holde Musen, ich sträube mich nicht; nur daß ihr mein Liebchen,
Drück' ich es fest an die Brust, nicht mir zum Mährchen verkehrt.[20]

Das wurde geschrieben, während Goethe sich in Venedig nach der Rückkehr zu Christiane und dem kleinen Sohn sehnte. Hier bestätigt Goethe selbst, daß das dichterische Genie beständig am Rande der Zerstörung der Objektbeziehung lebt, dadurch daß es sie in ein Kunstwerk umformt. Das hat sich bei Goethe wiederholt ereignet, aber er wollte nicht, daß es sich in seiner Beziehung zu Christiane wiederholte. Da solche Prozesse nicht dem Willen unterliegen, können wir Goethes Anrufung der Musen gut verstehen.[21]

In Wirklichkeit wurde seine Beziehung zu Christiane vom Fluch des Midas freigehalten. Es ist interessant, vom künstlerischen Medium aus zu beobachten, wie das geschah. Ich zitiere an anderer Stelle (Anhang S) Goethes quasi sprachwissenschaftliche Aufsätze über die *Priapeia* und *De Civitate*

Dei. Indem Goethe unter der Verkleidung sprachwissenschaftlicher Aufsätze Gedanken zum Ausdruck brachte, die im anderen Fall zur Dichtkunst geführt hätten, beschützte er seine lebendige Liebesbeziehung. Goethe hatte zu jener Zeit Geschlechtsverkehr zu einem Teil seines Lebens gemacht. Wie alle anderen wichtigen Inhalte hätte auch die neu erworbene sexuelle Aktivität in den Bereich dichterischer Bearbeitung hineingezogen werden können. Die beiden philologischen Aufsätze erlaubten die gelehrte Beschäftigung mit dem Gegenstand Eros und Sexualität, ohne sich in den Fallgruben der Dichtkunst zu verfangen, wo er allmählich den Schwund der Objektbeziehung zu Christiane hätte konstatieren müssen. In den *Römischen Elegien* und in den *Venetianischen Epigrammen,* die Goethes erotisch-sexuelle Beschäftigung widerspiegeln, tat er einen Schritt näher auf die gefährliche Dichtkunst zu. In den *Römischen Elegien* wendete er sich in Hexametern und Pentametern an Faustina, und die Beziehung zu ihr konnte sich aufbrauchen, denn zweifellos betrachtete Goethe sie schon von Beginn an als vorübergehend; in den *Venetianischen Epigrammen* schrieb er eine Dichtung, die er selbst als »Fragmenten Art" bezeichnete (an Herder am 10. August 1789, WA IV, 9, S. 147). Es ist die Besonderheit der dichterischen Form, durch die das Werk die Struktur einer Sammlung hat. Man kann jede beliebige Zahl von Gedanken, Ideen, Bildern oder Phantasien anfügen, ohne einen Höhepunkt zu erreichen oder das Gebäude zu vollenden. Das Epigramm endet fast so rasch wie es begonnen, und ich glaube, daß es sich um eine dichterische Form handelt, die wahrscheinlich am wenigsten schädlich für eine Objekt-Beziehung ist, weil sie nicht als Abfuhr einer komplexen und umfassenden Empfindung taugt. Die *Venetianischen Epigramme* sind präzise eine solche Anhäufung von »Schnappschüssen«, augenblicklichen Einfällen, usw. Selbst ein kurzes lyrisches Gedicht wird typischerweise ein größeres Potential besitzen, als Medium der Abfuhr zu dienen, als Goethes 103 Epigramme.

Doch selbst die beiden lyrischen Gedichte jener Periode, die sich mit Sicherheit auf Christiane beziehen, zeigen eine Gestalt, die den hier dargelegten Gesichtspunkt zu bestätigen scheint. In dem einen Gedicht mit dem Titel *Morgenklagen* beschreibt Goethe eine Nacht, in der er vergebens auf den Besuch seiner Geliebten wartet, und es endet mit der Klage über ihre Abwesenheit, als er sie nach Sonnenaufgang im Garten sucht; in dem anderen, *Der Besuch,* betritt er die Kammer der Liebsten, findet sie schlafend und weckt sie nicht, weil sie schlafend so süß aussieht. Was de Buisonjé über das erste dieser beiden Gedichte sagt, trifft auf beide zu, nämlich daß eine ungelöste Spannung bis zum Ende des Gedichts durchgehalten wird (93, S. 110). Also bringen Goethes beiden einzigen lyrischen Gedichte jener Periode, die sich mit Sicherheit auf Christiane beziehen, eine ungelöste Frustration zum

Ausdruck, obgleich dies eine Periode war, die reich an Erfahrungen von Befriedigung und physischer Entspannung ist. Ich betrachte diesen offensichtlichen Widerspruch als erneuten Beweis, daß der Dichter sich vor einer Wirkung schützte, welche die Dichtkunst regelmäßig auf seine Objektbeziehungen ausübte. Die Wahl Christianes und die Struktur seiner Beziehung zu ihr waren überraschend frei von manifester Psychopathologie, solange man nur den Verhaltensaspekt betrachtet, zugleich aber hatten sie die geringste Auswirkung auf seine Kreativität.

Aus dem Vorangehenden wird auch deutlich, warum die Frage der Nachkommenschaft im Leben des Genies tendenziell zu einem Konfliktzentrum wird. In Verbindung mit Mephistos Bemerkung:

> Am Ende hängen wir doch ab
> Von Creaturen die wir machten,[22]

äußerte Goethe die zuvor erwähnte Bemerkung zu Eckermann am 16. Dezember 1829:

> Ein Vater, der sechs Söhne hat, ist verloren, er mag sich stellen wie er will.[23]

Hier bringt Goethe paranoide Ängste in bezug auf Nachkommenschaft zum Ausdruck. Meine Beobachtungen lassen vermuten, daß der größere Teil paranoider Symptome bei erwachsenen Psychotikern sich auf diesen Konflikt bezieht. Der Patient reagiert gemäß folgender Gleichung: ›Meine Kinder werden mir antun, was ich meinen Eltern antun wollte, als ich ein Kind war‹, und dies war, das möge mir der Leser glauben, nichts Freundliches. Daß eine ähnliche Gleichung auch in Goethes Leben eine Rolle spielte, ist sehr wahrscheinlich, obgleich nicht eindeutig. Nachkommenschaft muß für das Genie notwendigerweise einen Konflikt schaffen. Hier ist es äußerst tief herausgefordert und verletzt, weil eines seiner unbewußten Motive, die es immer wieder zu neuen Schöpfungen anstacheln, der tiefe Wunsch ist, ein Kind zu erschaffen.[24] Die Existenz der eigenen Nachkommen muß im Genie neue Eifersucht erwecken und auch zu der bedrückenden Einsicht führen, daß alle Werke, die das Genie geschaffen hat, sich nicht mit der Erhabenheit eines lebendigen Geschöpfs messen können.[25] Doch sofort entsteht die früher beschriebene Hoffnung, daß die Nachkommen – die es letztlich als seine eigene Schöpfung sich anzumaßen versucht – ein Material sein werden, aus dem es etwas Ideales formen will. Hier folgt das Genie einer Vorstellung, auf die wir fast überall stoßen, in Übereinstimmung mit dem, was die meisten Eltern hoffen und erwarten, nämlich daß ihre Kinder besser, hübscher und erfolgreicher als sie selbst sein mögen. Das Genie aber will all dies aus eigener Kraft erreichen, und es hofft in der Tat, daß das Kind wie ein künstlerisches Medium bildbar ist. Wir wissen, daß Goethe wirklich Augusts völlige Selbstaufgabe erreichte. Doch so behandelte Kinder können sich niemals zur idealen Gestalt entwickeln, und deshalb ist die Beziehung des Genies zu seinen Nachkommen dazu bestimmt, in einer manifesten oder latenten Tragödie zu enden, es sei denn, daß die anfängliche Ambivalenz früh zum Verlassen der Kinder führt, wie es z. B. Rousseau mit seinen Nachkommen tat.

Wenn wir jetzt zu Goethes besonderer Sexualstörung zurückkehren, stellen wir fest, daß sie genau die Struktur seiner Objektbeziehungen widerspiegelt. Leidenschaftliche Liebe trieb ihn zu den Objekten, aber der Sexualapparat verweigerte die völlige Vereinigung mit dem Objekt. Die Gefahr der Fixierung an ein Objekt wurde so erheblich verringert, und die physische Behinderung trieb ihn immer und immer wieder dazu, sich von neuem demselben oder anderen Objekten zuzuwenden und seine Gefühle, die infolge des Fehlens eines angemessenen Genusses unbefriedigt blieben, in dem unendlichen Strom seiner Lyrik auszugießen. Ich habe früher beschrieben, wie die physische Einschränkung die dichterische Produktion begünstigt und den vollen Genuß der Objektbeziehungen verhindert. Nach seiner Genesung begrenzte Goethe, wie man aus Dokumenten beweisen kann, die Häufigkeit des Geschlechtsverkehrs und bevorzugte über lange Perioden Enthaltsamkeit.

So produktiv Goethes Funktionsstörung in ihrer Wirkung war, so ist es doch, meine ich, keine Frage, daß sie neurotischer Natur war. Im Grunde wird die *mens sana in corpore sano* niemals große Kunst hervorbringen. Wenn wir uns die Ziele ansehen, die wir von unseren Vorfahren seit Kulturbeginn geerbt haben und sie »Natur« nennen, müssen wir zu dem Schluß kommen, daß die Schöpfung großer Kunst gegen die Natur ist. Es ist dennoch nicht das Vorhandensein oder das Fehlen einer Neurose, was für oder gegen die Fähigkeiten des Genies spricht, sondern weitgehend die *Art* der Symptome, an denen es leidet, und *der Teil* der Persönlichkeit, der davon ergriffen wird. Das wirklich neurotische Symptom (im Gegensatz zum »neurotischen« Probegestalten) scheint mir beim Genie eine Anpassung des psychobiologischen Organismus zu sein, der in diesem Fall eine Aufgabe erfüllen muß, die den tief in die biologische Matrix eingeprägten Grundtrieben entgegengesetzt ist.[26] Deshalb muß sich die »natürliche« Bedingtheit des psychobiologischen Organismus einem Umwandlungsprozeß unterwerfen, der den Organismus und die zu erfüllende Aufgabe in eine passende Wechselbeziehung bringt.

Bei Goethes partieller Psychose, die sich in der Geschichte seiner *Farbenlehre* zeigt, haben wir es mit Phänomenen ganz anderer Ordnung zu tun. Ich kann in dieser Form der Psychopathologie keinerlei konstruktiven

Wert für den schöpferischen Prozeß entdecken, und bin geneigt, sie als Defektphänomen anzusehen, das potentielle künstlerische Produktivität ableitete. Es hatte allerdings den unschätzbaren Wert, den Rest von Goethes Persönlichkeit gesund zu erhalten, und es hätte leicht eine manifeste Katastrophe eintreten können, wenn der psychische Apparat nicht durch diese breite Abfuhrbahn geschützt worden wäre. Es ist bewundernswert, wie gut diese partielle Psychose in den Rest seiner Persönlichkeit integriert war, daß ihre Erscheinungsweise keine wirkliche Kluft zwischen dem Künstler und der Gesellschaft hervorbrachte und daß der Inhalt der Psychose so wunderbar geeignet war, zu Lösungen zu führen, die beinahe richtig schienen (und wirklich einen großen Teil zutreffender Erkenntnisse enthielten).

All dies zeigt Goethes ungeheure Kraft zu synthetisieren und zu organisieren, aber es trägt nichts zum Verständnis der Psychose an sich bei. Ich erinnere daran, daß sie zu einer Zeit anfing, als Goethe sich verzweifelt schuldig gefühlt haben muß, weil seine Liebste schwanger war (oder schon einem Knaben das Leben geschenkt hatte). Offensichtlich lag dieser Konflikt jenseits des Bereichs »neurotischer« Probegestaltung. Wenigstens findet man beim Überprüfen verschiedener Quellen keinen Bericht, der eine deutlich sichtbare Veränderung in seiner Stimmung oder in seinem Verhalten anzeigt. Am 10. November 1789 schrieb Sophie von Schardt, Charlotte von Steins Schwägerin:

> Goethe ist beinahe begraben, um den sechsten und siebenten Band seiner Werke fertig zu machen. Er sagt mir, daß er [danach] sogleich wieder geselliger werden würde.[27]

Und am 5. Dezember desselben Jahres schrieb Karoline von Beulwitz an Schiller:

> Goethe war artig. Er dauert mich so: sein Liebchen ist in Kindesnöten seit fünf Tagen und wird vermutlich sterben. Er sah milder aus als gewöhnlich und zerstreut.[28]

Ob die Bemerkung über Christiane nur auf einem Gerücht beruhte oder einige Ursache in der Realität hatte, konnte ich nicht herausfinden.[29] Das vordere Zitat zeigt, daß Goethe damals dazu neigte, sich von seinem Freundeskreis fernzuhalten, und ich bezweifle, daß dies in erster Linie durch die Vorbereitung seiner Werke für die Veröffentlichung verursacht war. Wenn wir Goethes Brief an Charlotte von Stein vom 8. Juni 1789 mit seinem dringenden Hilferuf nicht kennen würden, müßten wir uns in bezug auf Goethes Gemütszustand während dieser Monate auf Annahmen stützen. Beim Studium des erhaltenen Berichts fühlt man sich genötigt zu glauben, daß Goethes psychische Lage zu jener Zeit derjenigen nach Cornelias Tod und der

Zeit vor und nach dem Tod seines Vaters ähnelte, d. h. es war gleichzeitig ein höchst intensiver innerer Aufruhr, verbunden mit extremer äußerer Teilnahmslosigkeit, wenigstens in bezug zu diesen Vorgängen. Doch in den beiden früheren Situationen war er durch die aktuelle Übertragung auf ein erhöhtes Objekt relativ geschützt, während er jetzt mit Gefahren konfrontiert wurde, die in seinem Liebesobjekt entstanden und durch die eigene Handlung hervorgerufen waren. Auch während der folgenden Monate nach der Geburt des Kindes kann man kein Zeichen von »neurotischer« Probegestaltung finden, d. h. aller Wahrscheinlichkeit nach führten die verwirrenden Erfahrungen während Christianes Schwangerschaft nicht zu einer Aktivierung der automorphen Mechanismen. Es scheint mir, daß hier die Einwirkung der Realität zu groß, das Problem zu abschreckend, der Ausgang (buchstäblich) zu unaussprechbar dunkel war, um zur Erschaffung eines Kunstwerks zu führen. Aber vielleicht überbewerte ich den quantitativen Faktor. Diese Situation unterschied sich im Grunde auch der Qualität nach von den zahlreichen anderen, die zu kreativen Ausbrüchen geführt hatten. Es handelte sich nicht länger um die Frage, ob ein neurotisches Schuldgefühl für künstlerische Zwecke benötigt wurde; jetzt war das Ich hoffnungslos in eine Situation verwickelt, in der keine Rationalisierung dem Gewissen als Anwalt für Absolution dienen konnte. Vielleicht ist das Gewissen des Genies klug genug, um vor der Verwandlung wirklicher Schuld in eine Quelle narzißtischer Lust zurückzuschrecken.[30] In Verbindung mit Christianes Kindbett war eine dauerhafte, unheilbare strukturelle Beschädigung des psychischen Apparates in Form eines Wahns anstelle einer künstlerischen Schöpfung zu beobachten. Ich schließe aus diesem einen Beispiel, welches das Ersetzen eines Kunstwerks durch ein psychotisches Symptom illustriert, daß große Kunstwerke Abkömmlinge psychotischer Symptome sind. An dieser Stelle lasse ich offen, ob Kunstwerke als Resultat von Abwehr oder von Sublimierung[31] psychotischer Symptome zu betrachten sind. In jedem Fall ist eine Vorbedingung für das Erschaffen großer Kunst eine Tendenz — sogar eine starke Tendenz — zur Psychose (vermutlich den Schizophrenien zugehörig), die durch (automorphe) Gegenmechanismen gemeistert oder abgelenkt wird, welche diese Tendenz zur Psychose in die Gestaltung eines Kunstwerks umwandeln. Oder wir können mit anderen Worten sagen, daß das Genie psychotisch würde, wenn es durch äußere Gewalt an der Erschaffung von Kunst gehindert würde.

Ich möchte hier einige Bemerkungen über Schlaf, Traum und Erwachen einschieben. Unter der Einwirkung nächtlicher Konflikte bildet der Schläfer Träume, auf deren Grund Wunscherfüllungen liegen. Unter erschwerten Bedingungen (die vom Standpunkt des Träumers aus als außerordentlich schwer bezeichnet werden müssen) bricht die Fähigkeit, einen Traum zu bilden, der eine Wunscherfüllung verkörpert, zusammen, und es kommt statt dessen zu einem Alptraum. Wir können uns vorstellen, daß in ähnlicher Weise beim Genie ein innerer Konflikt gewöhnlich zu künstlerischen Produktionen führt; wenn das Genie aber mit inneren Konflikten von außerordentlicher Schwere konfrontiert wird, die über den Bereich hinausgehen, der in einem umfassenden Kunstwerk gestaltet werden kann, unterliegt auch das Genie der Psychose. Freud nannte den Traum eine kurzzeitige Psychose (217, S. 97), was er eindeutig auch ist: während des Traumes nimmt das Ich Halluzinationen für wirkliche Realität. Der Traum erspart dem Schläfer das Erwachen; ohne die Fähigkeit zu träumen würde sein Schlaf unterbrochen, wenn seine Konflikte ein bestimmtes Niveau erreicht hätten, und er würde zur Wahrnehmung der äußeren Realität zurückkehren. Von einem bestimmten Standpunkt aus kann man Freuds Bewertung des Traums ins Gegenteil verkehren und sagen, daß die Unterbrechung des Schlafes infolge eines inneren Konflikts (Erwachen und zur Außenwelt zurückkehren) das Äquivalent einer Psychose ist. Diese Umkehrung mag auf den ersten Blick seltsam erscheinen, aber eine nähere Untersuchung kann ihre Richtigkeit bestätigen. Objektiv gesehen ersetzt der Träumer einen inneren Konflikt durch einen anderen inneren Vorgang, nämlich den Traum, und erhält so eine wichtige Funktion des psychischen Apparates aufrecht, nämlich zu schlafen. Das volle Erwachen in einer solchen Situation ist eine schädigende Störung einer lebensnotwendigen biologischen Funktion. Da die Rückkehr zur vollen Wirklichkeit biologisch nur dann gerechtfertigt ist, wenn entweder das Schlafbedürfnis befriedigt wurde oder die äußere Situation sich so verändert hat, daß die Teilnahme des Schläfers an ihr notwendig wird, verhält sich ein Schläfer, der anstatt zu träumen aufwacht (ein Symptom, das ich gelegentlich bei schizophrenen Patienten gefunden habe), im Fall eines inneren Konfliktes so, als ob ein äußerer Reiz in die Befriedigung einer biologischen Funktion eingreift. Hartmann (276) hat gezeigt, daß das Lust- und das Realitätsprinzip eine begrenzte Reichweite haben. Also können wir sagen, daß ein Mensch, der aus inneren Gründen aus dem Schlaf erwacht, gegen das Realitätsprinzip handelt trotz seiner Hinwendung zur Realität. Anpassung an die Realität verlangt den periodischen Rückzug von der Realität. Ein schlafender Mensch, der eher aufwacht als träumt, verstößt gegen das Realitätsprinzip.

Doch selbst wenn die Hinwendung zur Realität anstelle des Träumens als Störung verstanden wird, die in den Bereich des Realitätsprinzips fällt, kann die Ähnlichkeit dieser Störung mit einem psychotischen Symptom aus guten Gründen bestritten werden. Dennoch pflegen wir alle jene Zustände mit dem Begriff »Psychose« zu assoziieren, in denen die innere Realität die äußere Wirklichkeit ersetzt. Dies läßt sich sehr klar am Beispiel von Halluzinationen erläutern, wenn das wirkliche Bild der Realität die Wahrnehmung des psychischen Apparates nicht erreicht, sondern durch ein Bild ersetzt wird, das aus Phantasie, Wunscherfüllung und Angst geboren wurde. Doch die Grenzen des Konzepts bei diesem Aspekt verraten einen rationalistischen Standpunkt. Die innere Wirklichkeit des Menschen hat Anspruch auf dieselbe Bedeutung wie die äußere Realität, und bestimmte Konstellationen, in denen Reize, die aus der inneren Wirklichkeit stammen, nicht die Wahrnehmung des psychischen Apparates erreichen können und durch Bilder der äußeren Realität ersetzt werden, müssen ebenfalls unter den Psychosebegriff subsumiert werden. Die Tatsache, daß beide Wirklichkeiten (äußere und innere) ihren berechtigten Anspruch haben, heißt, daß das ideale Funktionieren des psychischen Apparates ein Vorgang ist, der unaufhörlich diese beiden Realitäten harmonisch ausgleicht. Es ist inkorrekt anzunehmen, daß die psychotische Störung ausschließlich in der Überlagerung der Vorstellung äußerer Realität durch die innere Wirklichkeit besteht, wie das Beispiel von Halluzinationen zeigt. Bei den meisten schizophrenen Patienten finden wir gewöhnlich Symptome umgekehrter Art, nämlich die Unfähigkeit des Patienten, die innere Realität zu den Wahrnehmungsorganen, die durch die Realität gereizt sind, hinzukommen zu lassen (wie ich gleich durch eine Bemerkung über Depersonalisation erläutern werde). Es ist ein Irrtum, der mindestens bis auf Descartes zurückgeht (vgl. 513), zu glauben, daß die angemessene Wahrnehmung der Welt für den Menschen ausschließlich aus der Reizung des Wahrnehmungssystems durch äußere Reize besteht. Aus einem solch einseitigen Vorgang kann nur eine gestörte Wahrnehmung der Wirklichkeit resultieren. Der psychische Apparat muß selbst bei dem einfachsten Akt der Wahrnehmung seinen eigenen Beitrag leisten, und wenn auch nur in der Form des begleitenden Gefühls, daß dies *meine* Wahrnehmung ist, daß es eine *wirkliche* Wahrnehmung ist, usw. — kurz all das, was den Unterschied zwischen einer depersonalisierten Wahrnehmung und einer normalen ausmacht.

Also sehen wir, daß sich in fast jedem psychischen Akt die beiden Wirklichkeiten mischen müssen und daß die Tätigkeit des psychischen Apparats allein zugunsten der einen oder der anderen zu ernsthaften Störungen führt. Der Traum ist seiner Erscheinungsform nach eine kurzzeitige Psychose, doch er steht im Dienst des Realitätsprinzips in dem erweiterten Sinn der Hartmannschen Definition; trotzdem kann das Erwachen anstelle von Träumen zu Recht mit einer psychotischen Reaktion verglichen werden, wenn man den funktionalen Gesamtzusammenhang betrachtet. Dann sehen wir, daß das Wahrnehmungssystem in Hinsicht auf die innere Realität in einer Weise funktioniert, die mit der Bildung von Halluzinationen vergleichbar ist, bei denen der psychische Apparat die Wahrnehmung der äußeren Realität zurückweist, indem er sie mit dem aus der inneren Wirklichkeit geborenen Bild ersetzt.

Kehren wir jetzt zu Goethes *Farbenlehre* zurück, dann können wir sagen, daß bis zu diesem Punkt seiner Laufbahn fast alle inneren Konflikte, mit wenigen Ausnahmen, die gleich zu diskutieren sind, durch die Erschaffung von Werken in einer Vielfalt künstlerischer Medien gelindert wurden. Das kann mit der Situation des Schläfers verglichen werden, wenn der innere Konflikt zu einem Traum führt. In Leipzig aber war die künstlerische Form der Konfliktlösung noch im Stadium der Entwicklung. Das zukünftige Genie hatte Kreativität noch nicht in einem solchen Ausmaß integriert, um sie als wirkungsvollen Vermittler in einem schweren Konflikt einzusetzen.[32] Zu jener Zeit waren, wie wir bemerkt haben, Merkmale von Psychose vorhanden; weiterhin waren die aktive Zusammenarbeit und der Beistand eines älteren Freundes notwendig, um Goethes Persönlichkeit vor nachteiligem Schaden zu bewahren.

Sicher, der Tod seiner Schwester und seines Vaters hatten eine andere Wirkung insoweit, als sie weder zu Produktionen noch zu psychotischen Manifestationen führten, obgleich sie Konflikte auslösten. Ich habe dies als Resultat der Tatsache zu erklären versucht, daß Goethes Reaktionen zu dieser Zeit ganz von der Übertragungsbeziehung zu Charlotte von Stein absorbiert waren. Wie dem auch sei, der Konflikt, der aus Christianes illegitimer Schwangerschaft kam, stand außerhalb des Bereichs der Lösbarkeit durch künstlerische Produktion, und statt dessen merken wir – vergleichbar mit dem Erwachen des Träumers – einen Prozeß intensiver Hinwendung zur Realität in Form von Goethes Urerfahrung und der Mißdeutung eines Realitätssektors.

Ich habe früher von den Schöpfungen des Genies als Sublimierung einer Psychose gesprochen. Ohne in eine Erörterung des Begriffs von Sublimierung oder Neutralisierung eintreten zu wollen, muß ich an dieser Stelle noch die Anwendung dieser Begriffe auf eine Struktur wie die einer Psychose rechtfertigen. Der Begriff »Psychose« wird der Definition nach für ein besonderes Triebschicksal verwendet. Es gibt keinen Zweifel, daß der psychische Apparat uns lehrt, die Triebe zu gebrauchen, um Dinge weit außerhalb der ursprünglichen Triebziele zu erreichen, d. h. Energie aus Triebansprüchen weg von ihren ursprünglichen physischen Befriedigungen abzulenken. Ich glaube, daß dieser Gesichtspunkt auf die Konfigurationen ausgedehnt werden muß, die komplizierter sind als Triebregungen. Ich meine, daß neurotische oder psychotische Symptome an sich solchen Prozessen unterliegen. In einer psychoanalytischen Behandlung wird das Symptom aufgelöst, die an das Symptom gebundene Triebenergie wird dabei freigesetzt, und im Zusammenhang damit wird die Möglichkeit unmittelbarer physischer Befriedigung des Triebes oder seines Gebrauchs für andere angemessene Zwecke des Ich geschaffen. Ich glaube, daß ein ähnlicher Vorgang — ohne vorhergehende Auflösung des Symptoms — durch Sublimierung von komplexeren Konfigurationen, als es Triebregungen sind, eintreten kann, so wie bei Symptomen, die das Resultat der Interaktion zwischen Trieb und Ich-Mechanismen sind. Man kann aus der Lebensgeschichte eines Patienten lernen, daß eine infantile Zwangsneurose sich zu zwanghaften Charakterzügen entwickelt. Es gibt keinen wirklichen klinischen Beweis, daß die Zwangssymptome in solchen Fällen zuerst aufgelöst wurden, bevor die Triebenergie frei war, sich zu einem Charakterzug zu entwickeln. Weit eher zu vermuten ist, daß das Zwangssymptom als solches eine unter dem Druck äußerer oder innerer Faktoren sich entwickelnde Transformation zu einem Charakterzug erfuhr.[33] Bei weiterem Nachdenken gewinnt dieser Punkt der unmittelbaren Umwandlung von Symptomen Wahrscheinlichkeit, besonders im Hinblick auf die Psychose. Wie Hartmann vermutet hat (279, S. 189), war die Energie des schizophrenen Abwehrmechanismus ebenfalls nicht hinreichend sublimiert oder neutralisiert. Nach dieser Theorie wirkt der Prozeß der Neutralisierung auf Triebenergiebeträge ein, die dann sowohl in Triebabkömmlinge als auch in Ich-Mechanismen investiert werden. Es bedeutet nur einen Schritt weiter in dieselbe Richtung, wenn ich vermute, daß ein solcher Prozeß gleichzeitig den Trieb wie den Abwehrmechanismus, d. h. das Symptom, ergreift. Diese Auffassung kann auch leicht auf die Fähigkeit des Ich, Kunstwerke zu erschaffen, angewendet werden und vermittelt so ein ungefähr theoretisches Bild von dem, was unter der Behauptung zu verstehen ist, daß Kunstwerke das Resultat der Sublimierung psychotischer Symptome sein können.[34]

Das psychotische Symptom ist das Resultat eines Konflikts zwischen dem Ich und der Realität (vgl. 201). Dieser Kampf gestaltet sich bei einem Schizophrenen weit intensiver und dramatischer als bei einem Nichtpsychotiker, weil der erstere in der äußeren Realität einer Projektion seiner eigenen Triebregungen begegnet. Die Realität ist der Hintergrund, auf den der Schizophrene seine Triebe projiziert, und indem er seinen Konflikt im Bereich der Realität agiert, befriedigt er Triebwünsche oder verteidigt sich gegen sie. Der Schizophrene wird von der Realität so heftig erregt, geschüttelt und beeinflußt wie der psychobiologische Organismus vom Kampf mit unbefriedigten Trieben erregt und gebeutelt wird.

Immerhin ist dies ein Muster, das der Psychotiker, besonders der Schizophrene, mit dem Genie teilt. Die Persönlichkeit des Genies wird von der Wirklichkeit so tief bewegt und erregt, weil die Realität auch für ihn der Träger nicht sublimierter, unmittelbarer Triebkräfte ist. Die Energie der heftigen Gefühlserschütterung Werthers in seiner Beziehung zur Natur ist identisch mit der leidenschaftlichen Energie des Kindes in seinen Erfahrungen mit der präödipalen Mutter. Selbst das künstlerische Endprodukt noch teilt einen wichtigen Aspekt mit dem psychotischen Symptom. Es ersetzt äußere Wirklichkeit durch das eigene Produkt des Genies — wie bei einer Halluzination —, obgleich nicht mehr in der psychotischen autoplastischen Form, sondern in der automorphen Gestalt des Künstlers. Trotz seines außerordentlichen sozialen Werts, trotz seiner vollkommenen Einpassung in die von Menschen geschaffene Kultur enthält das Kunstwerk doch diesen bedeutenden Aspekt, der auch im psychotischen Symptom enthalten ist. Natürlich wäre es ein schwerer Fehler, Kunst und Psychose gleichzusetzen — klinisch und sozial sind sie ganz unähnlich; nur die Strukturanalyse offenbart ihre partielle Identität in der Geschichte und in einem Aspekt der Struktur. Diese partielle Identität läßt dann auch verständlich erscheinen, warum wir beim Genie gelegentlich auf ein psychotisches Symptom anstatt auf ein Kunstwerk stoßen. Ich glaube, daß dies nicht ebenso für einen Menschen mit künstlerischem Talent gilt. Er kann ohne Schaden von der künstlerischen Produktion auf andere relativ angemessene Aktivitäten umschalten. Beim Genie ist Kreativität viel tiefer verwurzelt. Sie ist die einzige Art und Weise, die ihm für die Lösung seiner Konflikte zur Verfügung steht, sogar wenn sie dies nur zeitweilig tut. Wenn dieser Weg blockiert ist, kann der psychische Apparat die Realität nicht länger synthetisieren, sondern weist einen Riß in Form eines psychotischen Symptoms auf. Das Talent *kann* schöpferisch tätig sein, das Genie *muß* erschaffen.[35]

Nachdem ich diese Schlußfolgerung gezogen habe, muß ich eingestehen, daß ich selbst in meiner Darstellung von Goethes Beziehung zu Charlotte von Stein das Gegenteil bewiesen habe. Dort legte ich die klinischen Beweisgründe dafür vor, daß in Goethes Persönlichkeit eine tiefgreifende strukturelle Wandlung vor sich ging, und zwar nicht in Verbindung mit dem Prozeß künstlerischer Produktion, sondern innerhalb des Grundrisses des Lebens und im intensiven Kontakt mit einem anderen Menschen. Es ist vielleicht ein hervorstechender Zug von Goethes Leben, daß es auch die Ausnahme von der zuvor erwähnten Regel der relativen Gleichartigkeit von psychotischem Symptom und Kunstwerk enthält. Goethe integrierte in seine Existenz verschiedene künstlerische Lebensformen, wie Korff in einem hervorragenden Überblick über die Entwicklung des deutschen geistigen, künstlerischen und seelischen Lebens zwischen 1770 und 1830 so eindrücklich gezeigt hat (338). Goethe war der erste Repräsentant und Sprecher nicht nur des Sturm und Drang, sondern auch der klassischen, romantischen und hochromantischen Periode. In der vorliegenden Studie aber wurde nur der Entwicklung des Sturm und Drang-Goethe zum klassischen Goethe Aufmerksamkeit geschenkt. Als er in Weimar ankam, hatte er durch *Götz von*

Berlichingen und *Werther* das äußerste erreicht, das er während des Sturm und Drang zu erreichen fähig war. Die ganze Bewegung hatte sich erschöpft. Von denen, die den inneren Kreis gebildet hatten, sprang einer nach dem anderen ab. Heinrich Leopold Wagner wurde Rechtsanwalt und starb im Alter von zweiunddreißig Jahren; Lenz wurde psychotisch; Friedrich Maximilian Klinger (1752—1831) trat 1778 in österreichische Militärdienste und machte später eine brillante Karriere in der russischen Armee. Nicht einer von Goethes Generation war imstande, die Kraft des Sturm und Drang zu bewahren. Goethe aber besaß das Genie, dieses Schicksal zu überwinden. Das Maximum bestimmter künstlerischer Muster war vollendet, und das künstlerische Potential in Richtung Roman und Tragödie war gegen null geschwunden. Um das allgemeine künstlerische Vermögen zu steigern, wurde ein struktureller Wandel in Goethes Persönlichkeit notwendig. Hier muß man ein besonderes und ein allgemeines Problem beachten. Das besondere betrifft Goethes Laufbahn. Es hängt mit der Unendlichkeit seines Genies zusammen, daß seine literarische Reichweite auch Felder umfaßte, die gewöhnlich von zwei oder mehr Generationen abgedeckt werden. Sein Wandel vom Sturm und Drang zur klassischen Kunst und später zur romantischen Bewegung ist außergewöhnlich, und er würde schon allein durch seine Vollendungen während einer einzigen von diesen Perioden seinen Status als Genie behaupten.

Das allgemeine Problem ist hier jedoch von größerem Interesse. Es hat mit dem Unterschied zwischen einer Konfliktlösung und einem Strukturwandel zu tun. Ein Traum kann z. B. einen wichtigen Beitrag zur Lösung eines Konflikts leisten oder wenigstens zu seiner Verringerung. Das ist sicher keine notwendige Wirkung, denn der Traum kann sehr oft Konflikte verstärken oder sogar auslösen, aber manche Träume lassen den Schläfer, vermutlich weil ihre Wunscherfüllungen als Realität erlebt werden, in einer verminderten Spannung auf dem Gebiet seines besonderen Konflikts zurück.[37] Diese Wirkung wird regelmäßig bei den Schöpfungen des Genies beobachtet: Die Erschaffung eines Kunstwerks oder einer Reihe von Kunstwerken resultiert in einer zeitweiligen Verminderung der Konfliktspannung. Aber dies führt nicht zu einem strukturellen Wandel. Die stolzen Worte, mit denen Freud die Wirkung psychoanalytischer Therapie beschreibt: »Wo Es war, soll Ich werden« (210, S. 80), sind bei der Wirkung der künstlerischen Produktion auf die Persönlichkeit des Genies nicht anwendbar. Da das Genie den Druck des Unbewußten braucht, und da sein bewußtes Ich mit den unbewußten Teilen der verschiedenen Provinzen seiner Persönlichkeit für immer verbunden sein muß, würde ein wirklicher Wandel der Struktur das kreative Vermögen vermindern. Die Unermeßlichkeit und Unausschöpflichkeit der Kreativität des Genies (die nur durch den biologischen Faktor begrenzt wird) gründet in der Tatsache, daß in ihm der Konflikt, obgleich er zeitweilig verringert und ausgesetzt ist, nach der kurzen Pause, manchmal sogar sofort, mit voller Stärke wiederauflebt. Ob dieselbe Gruppe von Konflikten alle Hervorbringungen durchdringt oder ob sich die Konflikte im Verlauf seines Lebens verändern, ist in diesem Zusammenhang ohne Bedeutung; die unerschöpfliche »Neigung zum Konflikt« (214, S. 89), die bei einigen Patienten eine erfolgreiche psychoanalytische Behandlung fast unmöglich macht, treibt das Genie an, von einem kreativen Akt zum anderen zu eilen. Dies setzt aber voraus, daß das geschaffene Werk, wie groß auch seine momentane tröstende Kraft sein mag, keine strukturellen Wirkungen von Belang hat, denn dann würde die »Neigung zum Konflikt« entschwinden, und Kraft wie Intensität des kreativen Drangs würden allmählich gegen null tendieren.

Die rein künstlerische Aufgabe — abgesehen von allen menschlichen Implikationen —, der sich Goethe bei seiner Ankunft in Weimar gegenüber sah, erforderte eine starke Objektbeziehung. Diese mußte anders sein als das, was ich früher als die für das Genie typische Haltung beschrieben habe, denn in dieser Phase war das schöpferische Hervorbringen durch die Erschöpfung einer bestimmten Kunstform unmöglich geworden, und Goethe brauchte keinen Konflikt, um Kreativität zu entzünden, sondern eine Beziehung, die sein künstlerisches Vermögen dadurch wachsen ließ, daß sie ihm bei der Neuorganisation seiner Persönlichkeit half. Ich meine, daß dies meine früheren Ausführungen über Kreativität, die Objektbeziehung, den Konflikt und das künstlerische Potential des Genies ins richtige Verhältnis setzt.

Ich möchte mich jetzt der besonderen Rolle zuwenden, die der Masochismus im Leben des künstlerischen Genies spielt. Der Begriff des Masochismus hat in Freuds Werk eine breite Darstellung erfahren (199). Ursprünglich eine Bezeichnung für eine bestimmte Perversion, hat der Begriff die Bedeutung einer biologischen Kraft, die im Leben unverzichtbar ist, und die Bedeutung eines bestimmten Typs von Charakterbildung angenommen (moralischer Masochismus). Die Frage, ob masochistische Perversionen eine statistisch größere Rolle im Leben von Künstler-Genies als in dem anderer Gruppen spielt, wird hier nicht gestellt. Die uns hier angehende Frage betrifft den Wert des Schmerzes im Leben des Künstler-Genies. In den meisten Fällen ist sein Leben von nicht endenden Leiden und Klagen begleitet. Walter Muschg gibt in seiner *Tragischen Literaturgeschichte* (406) einen eindrucksvollen Bericht von den unglaublichen Leiden, die der kreative Mensch erdulden muß. Sie erinnern an Kreuzwegstationen oder an ein Inferno. Nichts fehlt, woran ein Mensch jemals gelitten hat: Hunger, Verfolgung, Krankheiten, große Armut, Depressionen, Selbstvorwürfe, Selbstanklagen, ständiges Gequältsein. Verrat, Treulosigkeit, Trunksucht, Tablettensucht und sexuell abweichendes Verhalten sind nicht ungewöhnlich. Alle Arten von Exzentrizität und Merkwürdigkeit, Charakterstörung und Streitsucht finden sich bei der Mehrzahl. Alles, wovon sich der Mensch frei zu sein wünscht, bestimmt das Leben der schöpferischen Menschen mit sehr wenigen Ausnahmen, und selbst bei diesen ist man versucht anzunehmen, daß bei vollständigerem und genauerem Bericht wir unsere Bemerkung, daß es sich hier um Ausnahmen handelt, drastisch revidieren müßten. Es ist eines jener menschlichen Mysterien, daß die schönsten Produktionen, die der gemarterten Menschheit Trost, Inspiration und Zuflucht vor dem Unerträglichen spenden, aus Schmerz und so oft aus Bösem erwachsen. Wenn man die Lebensgeschichte eines Genies erforscht, kann man nicht anders als das tiefste Mitleid mit einem Menschen empfinden, der so viele bewundernswürdige Schöpfungen hinterlassen hat, der aber selbst nicht viele Augenblicke des Glücks genießen konnte. Dann mag man leicht die Frage stellen, wie vieles mehr der Künstler wohl geschaffen hätte, wenn ihm all das Unglück erspart geblieben wäre, wenn seine Zeitgenossen sein Genie bemerkt und ihm die Freiheit verschafft hätten, so zu leben, wie er es ersehnt hat. Aber man bemerkt auch, daß sich manchem solche Gelegenheiten boten, er diese aber unter dem einen oder anderen Vorwand ablehnte, oder alsbald die günstige Gelegenheit aufgab oder es zu nichts brachte. Ich habe dies früher an einem Beispiel aus Schillers Leben gezeigt. Wenn man deshalb bedenkt, wie viele Lebensgeschichten kreativer Schriftsteller bekannt sind und wie regelmäßig sie Berichte von großem Leiden enthalten, muß man schließen, daß das Leiden weit davon entfernt ist, ein Hindernis oder ein Hemmnis für Kreativität zu sein, sondern vielmehr eine ihrer Voraussetzungen ist.[38] Sicher hat der schöpferische Schriftsteller Augenblicke von Fröhlichkeit, Triumph und Freude, aber diese sind selten und dauern nur kurz, während die Perioden des Schmerzes lange anhalten. Aber selbst die freudigen Momente haben oft einen Unterton von Unbehagen, so als ob der psychische Apparat einer feinfühligen schöpferischen Persönlichkeit auch dann mit Schmerz auf starke Empfindungen reagiert, wenn diese angenehm sind.

Hier muß ich wieder an Goethes Behauptung erinnern, wie schwierig es sei, eine Folge von glücklichen Tagen zu ertragen.[39] Ich möchte diese Situation mit der eines Kindes vergleichen, bei dem, wie Freud herausgestellt hat (163, S. 104), jede Art von starker emotionaler Erregung zu sexueller Erregung führen kann. Man gewinnt den Eindruck, daß beim kreativen Genie starke Empfindungen nicht so sehr zu sexueller Reizung, sondern eher zu Schmerz führen. Möglicherweise ist dieser Schmerz eine der vielen psychischen Kräfte, die das Genie zwingen, das Gefühlserlebnis in ein literarisches

Werk umzuformen. Muschg drückt diese Idee in folgender schöner Analogie aus:

> Es gibt Lebewesen in der Natur, die in Reaktion auf einen Defekt, einen schmerzhaften Eingriff in ihren Organismus Perlen produzieren. Der Zauber dieser Gebilde liegt nicht nur in ihrer Form und in ihrem Material, sondern in dem unbewußten Grauen des Menschen über ihre Herkunft, über die Geschichte ihrer Entstehung. Dies ist die Schönheit, die der Mensch seiner Vernunft zum Trotz am höchsten schätzt und am liebsten sammelt — im Grund gibt es keine, die nicht so beschaffen wäre. In der Menschenwelt leben ähnlich rätselhafte Geschöpfe, die eine gramvolle Störung ihrer Existenz mit der Bildung von Schönheit erwidern: einem Wert, der ursprunghaft verbunden ist mit Krankheit und Bedrohung des Lebens. Nur die verborgene Schicksalsverwandtschaft kann es erklären, daß diese Frucht des Leides und der Todesnähe so hohe Würdigung erfährt (405, S. 111).

Hier ist die entscheidende Verbindung zwischen Leiden und künstlerischer Schöpfung sehr klar ausgesprochen. Kennen wir irgendeine andere menschliche Tätigkeit, für die Leiden eine unverzichtbare Voraussetzung ist? Die psychologische Schlußfolgerung besteht darin, daß das künstlerische Genie nicht wie andere Sterbliche Schmerz so viel als möglich vermeiden oder auf ein unvermeidliches Minimum zu reduzieren versuchen muß, sondern daß es sich dem Leiden zuzuwenden hat, es zwar nicht notwendig suchen, aber ihm ein williges Ohr leihen und es frei in den Raum seiner Persönlichkeit eintreten lassen muß. Eine wirkliche Flucht vor dem Schmerz würde den kreativen Impuls hemmen.

Gehört dieses Sich-dem-Leiden-Zuwenden, diese Offenheit gegenüber dem Leid, in die Kategorie masochistischer Manifestationen? Um diese Frage zu beantworten, möchte ich zu Freuds Theorie zurückkehren. Was ursprünglich als Lebensbedrohung angesehen wurde, als eine Kraft, die allen Zielen des Lebens zuwiderhandelt, nämlich die Sehnsucht des Masochisten nach Leiden, wurde allmählich als Übersteigerung und Deformation von etwas begriffen, das anscheinend bei jedem gefunden werden kann und das, wenn es im richtigen Verhältnis auftritt, in Wirklichkeit lebenserhaltend und wohltätig wirkt. Nach Freuds Theorie ist Masochismus das Endprodukt destruktiver Kräfte, die im Menschen aktiv sind und die möglicherweise rasch zum Tode führen könnten, wenn sie nicht eine erotische Färbung annehmen, d. h. gelindert, in ihrer Wirkung verändert und in Leben erhaltende Kräfte überführt würden. Ich möchte hier einen Schritt weitergehen und erneut die Frage aufwerfen, ob die Fähigkeit des Menschen, Unlust und Schmerz zu ertragen, wirklich auf seinem Masochismus beruht. Ferenczi bejaht diese Frage.[40] Nach Freuds früher Theorie entsteht Unlust aus Spannungserhöhung innerhalb des psychischen Apparates. Diese Theorie wurde später verändert, aber sie ist in ihrem grundlegenden Aspekt noch richtig. Im frühen Stadium versucht das menschliche Lebewesen, Unlust zu vermeiden, und seine biologische Struktur stattet es mit vielfältigen Apparaten aus, die gegen eine Anhäufung von Spannung und Unlust arbeiten. Im Verlauf der Entwicklung aber erwirbt der Mensch eine bemerkenswerte Fähigkeit, Schmerz und Spannung auszuhalten. Bis zu welchem Grad ist der Masochismus des Menschen eine der Voraussetzungen für die Entfaltung einer solchen Fähigkeit? Natürlich würde Masochismus allein den Menschen niemals mit jener Fähigkeit ausstatten. Bei perversen Masochisten kann man ein Verlangen nach einer bestimmten Art von Schmerz beobachten, der in besonderen Situationen zugefügt werden soll. Abweichungen von diesem besonderen Muster lösen Angst aus. Der masochistisch Perverse ist gewöhnlich überempfindlich gegen Schmerz; seine allgemeine Toleranz gegenüber Schmerz außerhalb der einzigartigen Konstellation, die für ihn so wertvoll ist, ist geringer als bei einem Nicht-Masochisten. Es sieht so aus, als ob der Masochist all seinen Masochismus in die perverse Situation investiert und nicht viel Energie übrig behalten hat, Leid, das aus anderen Quellen stammt, auszuhalten.

Bei einigen Typen des moralischen Masochismus ist die Situation anders. Bei ihnen ist die Toleranzgrenze von Leid erweitert, und unter denen, die Großes für die Menschheit getan haben, gibt es viele Masochisten. Aber die erhöhte Empfindlichkeit gegenüber Kritik oder Opposition verrät auch in diesen Fällen den pathologischen Hintergrund.

Ich denke an folgende hypothetische Frage: Worin bestände die Wirkung schmerzhafter Reize beim Menschen, wenn er keinen Masochismus besäße? Ist es möglich, daß schädliche Reize unter solchen Bedingungen überhaupt nicht zu Leid führen, sondern den psychischen Apparat unmittelbar schädigt?

Freud veranschaulicht in einem metapsychologischen Modell den Prozeß, der sich im psychischen Apparat abspielt, wenn dieser von Schmerzen gereizt wird. Er vermutet, daß narzißtische Energie in die verletzte Stelle einströmt und so den Zufluß von Reizen bindet (178, S. 148 f.). Ist es möglich, daß diese Energie aus dem Masochismus stammt? Diese Fragen können noch nicht beantwortet werden, aber das wenige, was wir über das Künstlergenie wissen, läßt vermuten, daß solche Hypothesen standhalten. Nach dieser Ansicht besäße der gewöhnliche Mensch gerade genug Masochismus, um den unvermeidlichen Einfluß schmerzhafter Reize, die anders nicht verarbeitet werden können, zu binden. Beim schöpferischen Genie würde der gesteigerte Masochismus zu einer Verringerung der Abwehr gegen Schmerz führen. Dadurch, daß das Genie die Gelegenheiten, Schmerz zu vermeiden oder abzuwehren, nicht nützt, weist es mehr Masochismus als ein gewöhnlicher Mensch auf, aber durch seinen tapferen Widerstand gegen Schmerz, der einmal den Grund seines Selbst aufgewühlt hat, offenbart das Genie in Form des geschaffenen Kunstwerks seinen Unterschied gegenüber dem klinisch moralischen Masochisten, bei dem Schmerz so sehr libidinös geworden ist, daß er sich dem Schmerzzufluß überläßt und sich im Akt des Leidens erschöpft. So können wir eine wichtige Dichotomie feststellen: Masochismus beim gewöhnlichen Menschen, um zu überleben; Masochismus beim Genie um der Schöpfung willen. Wenn Kunst als einzigartiges Manifest des Lebens genommen wird, kann man konsequent vermuten, daß der Künstler hier offen sichtbar Züge aufweist, die weniger deutlich auch beim Rest der Menschheit vorhanden sind. Wenn weiterhin künstlerische Produktion eine gesteigerte Offenbarung des Lebens ist, dann ist das, was im Künstler deutlich hervortritt, eine der Voraussetzungen des Lebens überhaupt, wie Freud dargestellt hat.[41]

Mein hypothetisches Vergleichen von Masochismus in einer Vielzahl verschiedener Fälle zeigt, wie leicht Masochismus gegen das Erschaffen großer Kunst arbeiten kann. Ein wenig zuviel oder zuwenig kann das für die einzigartige Situation, welche große Schöpfungen erfordern, notwendige Gleichgewicht umstoßen. Masochismus kann also mit einer starken Droge verglichen werden, die äußerst heilsam wirkt, wenn man sie in der richtigen Menge verabreicht, die aber bei zu hoher Dosis zum Tod führt. Der Toleranzbereich ist darüber hinaus sehr eng, und man kann daher gut verstehen, daß in der klinischen Praxis so viele Fälle vorkommen, bei denen der Masochismus als Kraft auftritt, welche die Persönlichkeit untergräbt und zerrüttet. Weiterhin wird das Maß an Masochismus, das für ein Genie äußerst heilsam ist, zur Krankheit führen bei einer Person, die zur Kreativität nicht begabt ist. Wir können auch vermuten, daß Kunstwerke ungeschaffen bleiben, weil ein Mensch, der mit einem großen künstlerischen Vermögen ausgestattet ist, einen unzureichenden Fundus an Masochismus oder übermäßige Abwehr dagegen besitzt und daher nicht dafür geschaffen ist, sich dem oft quälenden Schmerz, der im kreativen Prozeß steckt, auszusetzen.

An dieser Stelle müssen wir uns an das früher über die Objektbeziehungen des Genies Gesagte erinnern: an sein großes Verlangen nach Objekten versus der Unmöglichkeit, dieses Verlangen durch den Kontakt mit wirklichen Personen zu befriedigen. Dieses Prinzip trifft vermutlich auf die Beziehungen des Genies zu Liebesobjekten, aber auch auf jede Art von Objektbeziehung zu. Der kreative Künstler benötigt die Außenwelt. Er erhält von ihr unausgesetzt Anreize und Eingebungen. Zugleich aber ist diese so wichtige Welt eine Quelle großer Gefahr. Wenn das Genie sich wirklich verliebt, wenn es sich wirklich vollständig den Objekten zuwendet, was würde es dann noch antreiben, Realität in seinen Schöpfungen zu schildern? Wenn alle seine Impulse einem Objekt zuströmen, würde das Genie dann noch Energie übrig haben für die äußerste Anstrengung, seinen Erlebnissen in und mit der Welt künstlerische Gestalt zu verleihen? Daher wird jedes Objekt, das sein Interesse erregt, eine Gefahr für seine künstlerische Produktion, obwohl sein Interesse an Objekten seine Hauptstütze und eine der wichtigsten Vorbedingungen für seine Kreativität ist.

Hier stoßen wir auf eine andere wichtige Wurzel des Masochismus beim Künstler. Besonders auf dem Gebiet, bei dem er die stärksten Impulse spürt, Erfüllung und Befriedigung von intensiven Wünschen und Sehnsüchten zu suchen, muß er das größte Opfer durch die äußerste Enthaltsamkeit aufbringen, wenn er weiterhin ein Künstler auf dem höchsten Niveau, zu dem er fähig ist, bleiben möchte. Natürlich müssen diese Begriffe in ihrer weitesten Bedeutung verstanden werden. Enthaltsamkeit muß nicht notwendig physische Abgeschiedenheit oder das Fehlen körperlicher Befriedigung heißen (obgleich es anscheinend diese Bedeutung in vielen Fällen hat), sondern es bedeutet, daß der Künstler jene Freuden, die andere in ihrer Beziehung zur Welt genießen, von den Objekten nicht erhalten darf. Immer muß ein bezeichnender Rest unerfüllten Verlangens übrig bleiben, von dem der Durchschnittsmensch infolge der Befriedigung seiner Sehnsüchte durch den Kontakt zu den Objekten frei ist. Das heißt, daß das Genie der Möglichkeit nach zu den stärksten Objektbeziehungen fähig ist, daß diese aber im Ergebnis umgeleitet und in den kreativen Vorgang kanalisiert werden.

Dies muß dem Genie natürlich ein Gefühl von Verzweiflung vermitteln — wie es auch mit Personen seiner Umgebung, die ihm wohl wollen, geschieht —, da es durch alles, was es auf dem Weg wirklicher Wunscherfüllung erhält, zwangsläufig immer unbefriedigt bleibt. Eine überreichliche Zufuhr von Wunscherfüllungen kann zu einer Versuchung werden, und wenn das Genie alle Quellen der Befriedigung, welche die Welt ihm manchmal bietet, annähme, würde es seines künstlerischen Vermögens beraubt. So haben wir hier das klinische Bild eines Masochisten. Nur ein Masochist kann beständig den Schmerz der Entsagung angesichts angebotener Befriedigung begehren.

Doch man darf nicht vergessen, daß Masochismus nur eine Vorbedingung künstlerischer Kreativität ist und daß der entscheidende Faktor im Gebrauch besteht, den ein Mensch davon macht. Nur wenn die künstlerische Schöpfung für den Künstler wichtiger als das reale Liebesobjekt wird, so daß der ursprüngliche Trieb jenem Pfad folgt, den der strukturierte Teil der Persönlichkeit ausgearbeitet hat, ohne auf die Tiefe der zu erlangenden Lust zu achten, nur dann wird ein Werk geschaffen, das Leben und Blut hat und das den Eindruck vermittelt, wie das Leben selbst nicht übertroffen werden zu können. Jene Art von Befriedigung, die in der physischen Sphäre erreicht wird, kann nicht gewonnen werden, was immer an Triebenergien in den kreativen Vorgang einfließt. Das ist einer der Gründe, warum künstlerische Schöpfung nur zu kurzzeitiger, zeitweiliger Abnahme von Spannung führen kann, und warum ein Genie wie Goethe beinahe ständig unter dem zwanghaften Drang hervorzubringen stand. Oft (und manchmal für eine lange Zeitspanne) führt jener innere Ruf zu erschaffen nicht zu kreativer Tätigkeit, aber potentiell ist das Genie beständig an der Schwelle des Schaffens, und nur wenn diese Potentialität unausgesetzt vorhanden ist, nur dann ist es ein Genie.

Die Verwendung von Triebenergien für den Schaffensvorgang ist natürlich ein gefährlicher Prozeß, da die Triebe niemals gänzlich aufhören, nach ihren ursprünglichen Zielen zu streben, sondern immer versuchen, zu archaischen Befriedigungen zu kommen. Das Ich muß, anthropomorph gesprochen, die Triebe verführen, nach diesen neuen Zielen, die von der angeborenen Richtung so weit entfernt liegen, zu greifen. Für ihre Entladung muß das Ich einen steilen Spannungsanstieg zwischen den Provinzen der Persönlichkeit untereinander und der Wirklichkeit auf der anderen Seite schaffen. Wenn dieses Spannungsgefälle nivelliert wird, signalisiert dies einen Strukturabbau. Dann hat eine Tendenz gewonnen, die sich gegen die für eine Großtat notwendige Intensitätssteigerung richtet. Zugleich tritt eine Regression auf prägenitale Stufen ein, und das Ziel, nach dem der Künstler streben sollte, kann nicht mehr erreicht werden; die Triebe arbeiten dann nicht weiter im Dienst des Ich, oder das Ich hat sein Streben nach dem maximal Erreichbaren aufgegeben, und eine Art Kurzschluß tritt ein.

Es gibt Literaturzweige wie Pornographie, die sich unmittelbar auf das Triebleben beziehen. In diesem Fall ist die Funktion der Literatur auf den alleinigen Zweck der sexuellen Erregung des Lesers reduziert, und sowie dies erreicht wird, schwindet der künstlerische Wert.[42] Ich möchte nicht in eine genauere Diskussion über diese Literatur eintreten. Aber es ist bemerkenswert, wie weit große Künstler in ihrer Direktheit bei der Anspielung auf sexuelle Dinge oder bei ihrer Darstellung gehen können, ohne pornographisch zu werden. Das ist natürlich nicht das, was in meiner Behauptung, große Kunst hänge von Trieben ab, gemeint ist. Die Großtat des literarischen Genies besteht in der Fähigkeit, uns die Affekte und Leidenschaften von anderen (oder von ihnen selbst) fühlen zu lassen, ohne in uns identische Affekte und Leidenschaften hervorzurufen. Wir empfinden sie nur in kleinen Proben oder in anderer Qualität, aber auf eine Weise, daß wir uns vorstellen können, wie sie sich in ihrer vollen Realität anfühlen müssen. Alle Ereignisse, Affekte, Tragödien, Schicksale, die der Dichter schildert, innerlich zu erleben ohne die Verausgabung der Besetzung, die bei ganz realem Erleben notwendig wäre, setzt im Literatur genießenden Menschen einen enormen Energiebetrag frei. Was mit der so freigesetzten psychischen Energie geschieht, beschäftigt uns hier nicht, außer einem Faktor, nämlich daß sie teilweise von der formalen Qualität des Kunstwerks gebunden wird. Die Lust des künstlerischen Genusses stammt von dieser freigesetzten psychischen Energie. Bei pornographischer Literatur, bei der diese künstlerische Qualität fehlt, wird der Leser sexuell fast in derselben Weise wie beim Vorspiel in einer realen Situation erregt, und kein künstlerisches Erlebnis kann Gestalt gewinnen.[43]

Man mag mir vorwerfen, ein inhaltliches Moment mit einem dynamisch ökonomischen durcheinanderzubringen, wenn ich behaupte, daß Triebenergie in den kreativen Vorgang voll einfließt, wo immer das Resultat große Kunst ist, und man mag natürlich sagen, daß gerade so wie Inhalte der äußeren Realität in das Kunstwerk einfließen, auch Inhalte aus allen anderen Schichten der menschlichen Persönlichkeit einfließen können, sogar einfließen müssen, und daß diese Notwendigkeit nicht das Vorhandensein entsprechender energetischer Vorgänge im Künstler beweist. In der Tat haben alle literarischen Schöpfungen das innere Leben des Menschen zu ihrem Inhalt, wenigstens bis zu einem gewissen Grade, und wenn dies alles wäre, wäre meine Hypothese nicht erforderlich. Ich nehme die Bedeutung dieses Einwandes zur Kenntnis, halte aber versuchsweise meine Hypothese aufrecht, die parallel geht mit Freuds klinischer Beobachtung, daß bestimmte psychotische Erscheinungen »die dinglich dargestellten, nach außen projizierten Libidobesetzungen« sind (173, S. 315). Ähnlich sind die großen Kunstwerke solche dinglichen Repräsentanzen, und nur wenn Triebe ihre Konkretisierung in einem Kunstwerk finden, wird der Mensch davon bewegt. Ich habe die Frage der Art und Weise, in der Triebenergien ihre Vergegenständlichung finden, beiseite gelassen, und ich füge nur die magere Bemerkung hinzu, daß es die vollkommene Form ist, die ein Höchstmaß an Spannung im Subjekt erzeugt, während die Gefahr sehr klein ist, daß eine Regression entweder zu den ursprünglichen Triebzielen oder zu wirklich archaischen Ich-Zuständen erfolgt.

Ein zu diesem Problem gehörender Faktor kann an der Entwicklung des künstlerischen Phantasielebens gezeigt werden. Beim gewöhnlichen Menschen zeigt ein Vergleich seines Phantasielebens als Kind und als Erwachsener einen bezeichnenden Unterschied, d. h. einen Bruch, der im Verlauf der Entwicklung eingetreten ist. Die Sache kann hier nicht bis in die Einzelheiten hinein verfolgt werden (vgl. 166), aber das muß gesagt werden, daß eine genaue klinische Verlaufsstudie eine schrittweise Abnahme des blühenden Phantasielebens der Kindheit zeigt. Bei manchen Fällen kann man sehr genau den Punkt bestimmen, an dem der Übergang von einem zum anderen stattgefunden hat. In einem Fall erzählte der Patient einem Freund einige Phantasien über Klassenkameraden. Mit diesem Vorgang der Verbalisierung wurden die Phantasien begraben, und die Bilder, die er später hervorbrachte, nahmen erwachsene Form an. Ich hatte jedoch den Eindruck, daß dieser Wechsel unter allen Umständen stattgefunden hätte, sogar ohne den vorausgehenden Zufall der Verbalisierung.

Im allgemeinen scheint ein erster Bruch im Phantasieleben in der frühen Latenzperiode einzutreten, ein weiterer in der frühen oder mittleren Pubertät. Es ist wichtig, wenigstens grob die Unterschiede zwischen diesen beiden Typen der Imaginationsfunktion zu charakterisieren.

Das Phantasieleben des Erwachsenen wird durch die Zunahme von Sekundärprozessen stark reduziert, was nicht notwendig intensives Tagträumen ausschließt, aber im allgemeinen wird es eingeschränkt und ist weniger lebhaft. Das wird klar, wenn man das Phantasieleben des Kindes studiert. Nur wenige Reize sind für das Kind erforderlich, um ausgreifende und intensive Phantasien zu bilden. Sie sind oft so heftig, daß ihnen das Kind denselben Realitätswert zuschreibt, den es der wirklichen Realität zuschreiben sollte, oder daß es sogar noch darüber hinausgeht. Der Dichter bewahrt sich diese Fähigkeit, an seine Phantasien zu glauben, und er lebt häufig mehr in diesen als in der Wirklichkeit.

Am Grunde dieses Problems findet man einen charakteristischen Unterschied zwischen zwei Arten, Gefühle zu erleben. Der Erwachsene gründet seine Überzeugung in seiner alltäglichen Orientierung gewöhnlich nur auf Sinnesdaten oder auf Einsichten, die aus dem Inhalt der Sinnesdaten abgeleitet sind. Gefühle sind ihrem Wesen nach nicht wahrnehmbar in dem Sinn, wie Handlungen oder konkrete Gegenstände erfahrbar sind. Das Kind aber, das von Gefühlen regiert wird, die dem Sekundärprozeß nicht unterworfen sind, glaubt, die Gefühle wahrzunehmen, und diese gewinnen für das Kind einen Grad an Konkretheit, der beim Erwachsenen den konkreten Gegenständen und Handlungen vorbehalten ist. Der Dichter erlebt seine eigenen Gefühle und die Gefühle anderer mit der Lebhaftigkeit, die wir bei Kindern antreffen. Seine eigenen Gefühle und seine Wahrnehmung der Gefühle bei anderen verblassen nicht. Bei ihm hat die Verringerung der Gefühlssphäre in der Latenzzeit und im folgenden Pubertätsbeginn nicht stattgefunden. Bestimmte hemmende Wirkungen, die mit dem Anwachsen des Überich einhergehen, fehlen in seiner Entwicklung,[44] und diese Konkretheit der Gefühlssphäre ist ein Dreh- und Angelpunkt, um den der kreative Prozeß sich immer und immer wieder dreht. Das Gefühlserlebnis als primärer Evidenzwert und als Qualität, die Sinnesdaten vorbehalten sein sollte, kann beim Dichter auch im Naturerlebnis beobachtet werden. Ich habe bei Goethe

Beispiele dafür gegeben und zu zeigen versucht, daß äußerst intime Gefühlskonflikte auf Objekte der Natur übertragen wurden. Nur in Träumen kann der gewöhnliche Erwachsene die Welt wieder in der Art und Weise der Kindheit wahrnehmen, und nur dort wird das nackte Wahrnehmungsskelett wieder der Träger von Neben- und Mitbedeutungen, die unter normalen Umständen mit den Wahrnehmungen an sich niemals in Zusammenhang gebracht werden können. Eine eindrucksvolle Probe eines solchen Vorgangs findet man in Goethes Psychogramm, das er Silhouetten zuschrieb. Ob diese psychologischen Analysen richtig waren oder nicht, ist nicht zu entscheiden. Die Fähigkeit, auf ein einfaches Bild mit einem Reichtum an Assoziationen zu antworten, und die Neigung, diese Assoziationen als wirkliche Merkmale der Persönlichkeit hinzustellen, kann hier in voller Aktion beobachtet werden.

Einem Genie wie Goethe, für den die zuvor erwähnten Merkmale des Phantasielebens der Kindheit charakteristisch waren, kann ein Kunstmedium wie Silhouetten aber auch ein Hindernis sein. So schrieb er am 20. September 1780 an Lavater:

> Seitdem ich keine Phisiognomische Prätension mehr mache wird mein Sinn sehr scharf und lieblich, ich weis fast in der ersten Minute wie ich mit den Leuten dran bin.[45]

Doch vier Tage später, nachdem er eine neue Gruppe von Leuten getroffen hatte, schrieb er an Charlotte von Stein:

> Seit dem ich hier bin macht mein Schreiben eine Pause. Es lässt sich nicht so wie von Felsen und Wäldern sogleich sagen, wie man mit Menschen dran ist, und besser man wiederholt sich nicht ieden Eindruck, sondern lässts eine Weile fortgehen.[46]

In dieser Passage — ausgenommen seine Anspielung auf die Bedeutung von Landschaften oder der Natur im Leben des Dichters — bringt Goethe den Zwang zum Ausdruck, mit dem er den Sturm von Assoziationen bremsen mußte, die sofort auftauchten, wenn er Leute getroffen hatte, und die leicht den der Realität angemessenen Kontakt behindern konnten. Dieser Abschnitt ist besonders lehrreich, weil er sich auf einen Wechsel vom Vertrauen auf unmittelbare Eindrücke zu sorgfältiger Beobachtung in Goethes Umgang mit Menschen bezieht. Anscheinend hatte Goethe bis dahin seine eigenen Gefühlsreaktionen auf Leute selbstverständlich als zutreffend aufgefaßt, und er mußte im Verlauf seiner Reorganisation des Realitätsprinzips (vgl. oben S. 674—706) lernen, daß es bestimmte Dinge beim Menschen gibt, zu deren Kenntnis man nicht durch spontane Eindrücke gelangen kann, sondern nur durch längere Beobachtung. Wir sehen, daß sich Goethe hier des Wandels von der infantilen Art und Weise der Reaktion zu einem erwachsenen Verhalten, bei dem Sekundärprozesse vorherrschen, bewußt wird.

Beim Kind und beim Dichter steht das Phantasieleben anscheinend dem Primärvorgang näher als beim gewöhnlichen Erwachsenen. Der normale Erwachsene unterwirft sein psychisches Leben so stark dem Sekundärvorgang, daß sein Phantasieleben zwar wohlgeordnet wird, aber auch verblaßt. Um den Erwachsenen dazu zu bringen, bewußte Phantasien zu bilden, müssen von der psychoanalytischen Technik oft große Widerstände beseitigt werden. Angst und Gewissensbisse verhindern, daß er jene Funktion wieder aufgreift, die man so reizend bei Kindern findet. Doch selbst wenn Widerstände beseitigt sind und der Patient mutiger wird, Phantasien dem Rampenlicht des vollen Bewußtseins auszusetzen, bleibt das dabei herauskommende Phantasieleben im Vergleich zu dem von Kindern verkümmert.

Um zu unserem Ausgangspunkt zurückzukehren, muß ich betonen, daß das Phantasieleben von Kindern hochgradig erotisch ist; es wird nicht von sublimierter Energie gespeist. Natürlich erscheint dies, verglichen mit den impulsiven Handlungen, die sich das Kleinkind und Kind herausnimmt, bevor das Niveau von wohlgestalteten und zusammenhängenden Phantasien erreicht ist, als enormer Schritt vorwärts. Wenn der Dichter darüber hinausginge, würde er eine der wichtigsten Funktionen verlieren, die seine künstlerischen Schöpfungen gestalten.

Weiterhin scheint es notwendig, daß sich der Künstler die Fähigkeit der Reaktivierung nahezu aller archaischen Schichten bewahrt, nicht nur das Phantasieleben des Kindes, sondern auch die prägenitalen Quellen der Libido. Von Genies ist oft berichtet — und mit größtem Erstaunen verzeichnet — worden, daß ihre Prägenitalität übermäßig stark ist. Das kann in überreichem Maße an Goethes Leben beobachtet werden, und ich möchte den Leser noch einmal an Mozarts Briefe an seine Cousine erinnern. Die Sterbas machten dieselbe Beobachtung bei Beethoven und erklärten sie als Regression (508, S. 121). Psychoanalytische Fallstudien über Künstler sind natürlich voll von Beobachtungen dieser Art. Die Fülle von Prägenitalität beim Genie erfordert die Erklärung von zwei verschiedenen Ordnungen: (1) Horaz' *Nil humanum a me alienum puto* [nichts Menschliches ist mir fremd] trifft nicht nur auf den Dichter zu, sondern gilt für alle künstlerisch kreativen großen Geister. Wie immer das bewußte Werturteil des Genies über das Ekelhafte und das Böse — und Prägenitalität umfaßt einen großen Teil davon — ausfällt, in ihm muß auch dieser ausgedehnte Bereich der menschlichen Welt widerhallen; wenn seine Widerstände so stark wären, daß seine Prägenitalität verblaßt, würde ihm dies viel von dem, worauf seine Kunst gedeiht, rauben. Ich wage dies mit dem genitalen Leben des Menschen zu vergleichen. Wenn es frei von jeder prägenitalen Beimischung ist, wird es sicherlich langweilig und gehemmt. Der springende Punkt besteht nur darin, daß kein prägenitales Element alle anderen verdrängen sollte. Tatsache ist, daß sich nach meinen Beobachtungen beim Genie prägenitale Interessen hübsch gleichmäßig auf die vielgestaltigen möglichen Manifestationen verteilen. Doch noch wichtiger ist (2) ein Faktor, den man leicht aus meinen Bemerkungen über die Rivalität zwischen dem Einfließen von Triebenergie in Objektbeziehungen, die zu Befriedigung führen, und dem Investieren dieser Triebenergie in den kreativen Prozeß, der zu einem Kunstwerk führt, ableiten kann. Die prägenitalen Triebe tendieren weit weniger zu solcher Rivalität als der Genitaltrieb. Bei den meisten prägenitalen Befriedigungen wird das Objekt verbraucht. Es verschwindet im Verlauf der Befriedigung und wird nicht zum Konkurrenten für das vorrangige Ziel des Genies. Im Hinblick auf das Fehlen vollständiger Befriedigung innerhalb des Rahmens einer vollen Objektbeziehung gewinnen die prägenitalen Befriedigungen im Leben des Genies erhöhte Bedeutung. Hier kann es sich Befriedigungen mit größerer Freiheit als anderswo gestatten, und hier kann es die Einbuße an Lust auf anderen Gebieten des Lebens ersetzen. Die stark narzißtische Qualität, die mit allen prägenitalen Aktivitäten zusammenhängt, hat die Funktion, das Genie zu schützen, sich an ein Objekt zu verlieren. Deshalb bezweifle ich besonders den regressiven Charakter der Prägenitalität, den man beim Genie beobachtet, obgleich Prägenitalität nicht alle Phasen gleichmäßig durchdringt und in verschiedener Stärke zu unterschiedlichen Zeiten auftritt. Ich sehe Prägenitalität eher als Vorbedingung für jene Art des Lebens an, die das Genie führen muß. Wie es genau vor sich geht, daß das Genie fähig ist, solche starken Anteile von prägenitalen Funktionen zu bewahren, weiß ich nicht. Der Vorgang ist Teil jenes Prozesses, der das Genie so viele konstruktive Muster seiner Kindheit bewahren läßt.

Etwas Ähnliches finden wir bei manchen Formen der Psychopathie. Auf der einen Seite greifen viele sogenannte Psychopathen nach einem künstlerischen Medium wie nach einem Ventil; auf der anderen sind viele Künstler mit psychopathischen Persönlichkeiten verglichen worden. Der Vergleich erscheint gerechtfertigt, weil der große Künstler sich eine stattliche Reihe von Kindheitsfunktionen, Interessen und Lebensformen bewahrt hat. Aber manchmal wurden psychopathische Persönlichkeit und Genie gleichgesetzt, und dies ist meiner Ansicht nach ein schwerer Irrtum, wie schon ein oberflächlicher Vergleich aufdecken würde. Im Leben des ersteren überwiegt Destruktivität (sowohl Selbstzerstörung als auch destruktives Verhalten gegenüber anderen), während wir beim letzteren auf die besten Beispiele von Konstruktivität stoßen.

Eine Untersuchung der Psychologie künstlerischer Kreativität darf sich nicht damit begnügen zu zeigen, wieviel vom Kind und Vor-Erwachsenen im Künstler noch lebendig ist. Es steht der Psychologie gut an zu untersuchen, wie der Künstler das Infantile im künstlerischen Prozeß nutzen kann und nutzt. Die Ausstattung des künstlerischen Genies enthält viele Faktoren, die sich unter normalen Umständen keinesfalls entfalten oder im Verlauf der Entwicklung unter gewöhnlichen Bedingungen absorbiert werden sollten, aber für den kreativen Prozeß unverzichtbar sind.[47] Obgleich es unnötig sein mag, möchte ich wiederholen, daß auch das Genie dem Vorgang der Entfaltung seiner eigenen Psychopathologie unterworfen ist, wie ich bei Goethe zu zeigen versucht habe. Beim Nicht-Genie können bestimmte Erscheinungen vertrauensvoll als Zeichen von Psychopathologie gewertet werden, während solche Zeichen beim Genie eine vorherige Untersuchung erfordern, um herauszufinden, ob das auftretende Symptom eine Voraussetzung für den kreativen Prozeß ist oder nicht. Ein solches Symptom ist die weibliche Identifizierung, die für die normale Entwicklung des Mannes so gefährlich ist, aber ohne die die männliche Kreativität nicht ihr Höchstmaß an Möglichkeiten entfalten kann. Auch wird das Ergebnis wieder von quantitativen Faktoren abhängen. Wenn die weibliche Identifizierung zu weit geht, d. h. wenn der Künstler eine fast totale Identifizierung mit der Mutter vollzieht, kann dies das kreative Vermögen erheblich beeinträchtigen.[48] Wenn aber die heterosexuelle Beziehung weibliche Identifizierung ausschließt, wird der Schaffensdrang in großem Maße darunter leiden. Eins ist sicher: das normale Ergebnis der Verarbeitung des Ödipuskomplexes (vgl. 202), d. h. das totale Aufgehen des Ödipuskomplexes in erwachsenen Funktionen wird der Entwicklung der künstlerischen Kreativität entgegenarbeiten. Wenn der Ödipuskomplex zur vollständigen Ruhe gekommen ist, kann der Drang, entweder einen inneren Konflikt oder seine Lösung in eine selbstgeschaffene Gestaltung zu projizieren, nicht länger sehr stark sein. Die Lebendigkeit und Wirklichkeit des positiven Gefühls für die Mutter oder für einen Mutterersatz und die Gefühle, die sich mit den vorherrschenden unbewußten Erinnerungen an die Mutter verbinden, sind eine wichtige Voraussetzung für die Kreativität des Dichters während seiner Mannesjahre.

Die Notwendigkeit für den Dichter, so vieles von der Kleinkind- und Kindheitsperiode zu bewahren, was der gewöhnliche Mensch abstreifen kann, dessen Verlust den Künstler aber des Dranges, nach neuen Differenzierungen zu streben, beraubt, kann in Parallele gesetzt werden mit Bolks Theorie über den Ursprung des Menschen (vgl. 57). Bolk fand als Voraussetzung für den Evolutionsprozeß, der zur Erschaffung der menschlichen Gattung führte, heraus, daß die Geburt eintritt, wenn sich der Fötus noch in einem früheren Entwicklungsstadium befindet als bei anderen eng benachbarten Gattungen. Es war der »Infantilismus« des menschlichen Neugeborenen, der der menschlichen Gattung eine höhere Differenzierung ermöglichte. Der Künstler darf anscheinend den vollen Erwachsenenstatus nicht erreichen, wenn er fähig sein soll, sich einer weiteren Differenzierung zu unterziehen, die unmöglich würde, wenn der Sekundärvorgang voll zur Herrschaft käme. Ein Bereich, in dem der Künstler nicht vollständig erwachsen werden darf, betrifft seine Beziehung zu seinen Eltern, besonders zu seiner Mutter. Die Unvollständigkeit der Reife kommt natürlich auch bei vielen anderen vor, ohne daß diese Künstler werden, von Genie gar nicht zu reden. Die Mehrzahl von denen, die die Überwindung des Ödipuskomplexes nicht erreichen, werden neurotisch oder schlimmeres und können im allgemeinen das Entwicklungsdefizit nicht zu konstruktiven Zwecken nutzen.

Man kann vielleicht genauer erklären, worin das Manko an Entwicklung beim Genie besteht. Es scheint mir in der Struktur seines Überichs zu liegen. Die Überichbildung vollzieht sich nicht in einem Akt, wie man das Alphabet lernen kann, sondern ist das Resultat eines relativ lang anhaltenden Prozesses. Seine Vorläufer finden wir in weit zurückliegenden frühinfantilen Zeiten in Gestalt archaischer Ängste. Die Hauptphase seiner Ausbildung vollzieht sich in der Verbindung mit dem Ödipalkomplex, dessen Modifizierung und Transformation die härteste Aufgabe für das Kind bedeutet, die es zu erfüllen hat. Das Überich hat nicht eine gleichförmige, statische Struktur, sondern muß vielschichtig gedacht werden (vgl. 470). Diese vielen Schichten erreichen nicht alle denselben Entwicklungsgrad, einige werden hochentwickelt und mit starker Wirkung auf die Persönlichkeit ausgestattet, andere verkümmern in ihrem Wachstum und bleiben auf einer frühen Entwicklungsphase stehen. Es kann sogar vorkommen, daß eine Schicht, die um des angemessenen Funktionierens der Persönlichkeit willen entwickelt werden sollte, überhaupt nicht entsteht. Wir sprechen dann von einer Lakune (vgl. 317). Die Wirkung einer solchen Lücke wird natürlich von ihrem Platz abhängen, d. h. ob sie auf archaische Schichten wirkt, die eng mit den Trieben verbunden sind und schwerlich überhaupt Überich genannt werden können, oder auf spätere Schichten, die weit vom Es entfernt liegen und dazu bestimmt sind, Funktionen einer höheren Ordnung zu regeln.

Im allgemeinen müssen einige der letzteren beim Künstler regelmäßig überstark entwickelt werden. Die Forderungen der ästhetischen Gesetze, die Verpflichtungen, die der wirkliche Künstler im Dienst seiner Kunst erfüllen muß, alle solchen Anforderungen müssen intensiv im Überich repräsentiert sein. In noch stärkerem Maß muß dies im Fall des Genies geschehen. Es ist das Überich, das den normalen Zwang der Form, der ästhetischen Regel und der Struktur repräsentiert. Wir betrachten das Überich als konservative Kraft. Deshalb muß ich betonen, daß ich, wenn ich hier von der Repräsentation ästhetischer Anforderungen im Überich des Künstlers spreche, nicht jede Nötigung zur Aufrechterhaltung traditioneller Gesetze im Sinn habe. Goethes Sturm-undDrang-Periode ist bezeichnend für seine Rebellion gegen traditionelle Regeln, wenigstens im Bereich der deutschen Sprache, und Goethes Vorliebe für Shakespeare als Überich-Repräsentant enthielt einen starken Aspekt von Rebellion. Doch trotz dieses aufrührerischen Aspekts von Goethes Sturm-und-Drang-Schöpfungen folgten diese noch einem künstlerischen Ideal, das Teil seines Überichs war. Sicherlich war es ein sozusagen selbstgewolltes und selbst ausgewähltes Überich, das von Herder, den Goethe als bewunderte, obgleich ambivalent geliebte Autorität akzeptierte, in sein Leben eingeführt wurde. Trotzdem: wie rebellisch auch immer das Kunstwerk und wie unmoralisch oder amoralisch sein Inhalt möglicherweise sein mag, von einem Kunstwerk zu sprechen muß bedeuten, daß es ästhetischen Forderungen genügt, und diese müssen im Überich des Autors verankert sein. Dieser Teil des vielschichtigen Überich muß im Genie fest gegründet sein. Wenn aber sein gesamtes Überich einen ähnlichen Grad von Strukturierung erreicht, bliebe keine Kraft für den kreativen Akt übrig. Ich beziehe mich hier auf die Spannung, die, wie ich glaube, innerhalb ein und derselben Struktur (des Überich) vorhanden sein muß, wenn jener Schaffensdrang herrschen soll, den wir beim Genie antreffen. Ich vermute, daß die Lücken im Überich des Künstlergenies in den mittleren Bereichen liegen. Die frühen archaischen Schichten und auch einige späte hochentwickelte sind gut ausgebildet, aber die mittleren, die der Latenzperiode zugerechnet werden können, scheinen viel schwächer entwickelt zu sein oder fehlen sogar teilweise. Also ist das Genie mit einem archaischen, grausam fordernden sadistischen Überich ausgestattet, zugleich aber mit einem, das hochentwickelt und verfeinert, aber nicht weniger fordernd ist. Ich vermute, daß das geschaffene Werk auch die Funktion eines Versuches hat, diese große Lücke im Überich des Genies in einer konkreten Form zu füllen.

Wegen dieser Lücken im Überich haben so viele Erforscher der Psychologie des Genies eine Verwandtschaft mit Psychotikern und Kriminellen gefunden. Wie zu erwarten, können bei diesen Formen von Psychopathologie Lücken im Überich leicht aufgezeigt werden. Die Fähigkeit des Genies, die aus der Teilstrukturierung des Überichs sich ergebende Spannung durch die Erschaffung eines Meisterwerks zu lösen, das von der kulturellen Gruppe als ein korrekter, sozialer und sehr wertvoller Akt gewertet wird, schützt die zugrundeliegende Pathologie des Überich vor der direkten Nachprüfung. Natürlich würde man gern wissen, worin das Geheimnis des Genies besteht, warum es kein Opfer von Psychose und Kriminalität wird, sondern

Psychopathologie in Schöpfungen umwandelt. Geschieht es deswegen, weil die Psychopathologie seines Überichs sich in Struktur und Genese von derjenigen unterscheidet, die wir bei beiden pathologischen Gruppen finden, oder weil es mit außerordentlichen Gaben ausgestattet ist, die es befähigen, in einmaliger Weise zu kompensieren? Ich vermute, daß die Entwicklung des Genies sich von den frühesten Phasen an von der unterscheidet, worauf wir bei den beiden zuvor erwähnten Gruppen so oft stoßen.

Obgleich ich nicht in der Lage bin, subtile Punkte in der Entwicklung des Genies zu demonstrieren, möchte ich die Aufmerksamkeit auf einen wichtigen Punkt lenken. Lücken im Überich, wie ich sie gerade zitiert habe, können, ungeachtet ihrer Topographie, von drei verschiedenen klinischen Konstellationen herrühren:[49] (1) Das Subjekt kann mit inadäquaten Objekten, die selbst ein defektes Überich haben, identifiziert sein. (2) Aus hauptsächlich inneren Gründen kann die Entwicklung des Überichs gestört sein, so daß das Endresultat in einem defekten Überich besteht. (3) Das Überich kann sich durchgängig und weitgehend angemessen entwickelt haben, aber Teile davon wurden durch spätere Krankheit aufgelöst. Die Lücken sind in solchen Fällen das sekundäre Resultat der Krankheit einer Persönlichkeit, die bis zu diesem Punkt eine normale Verfassung erreicht hatte. Ich denke, daß diese drei ätiologischen Konstellationen in unterschiedlichen klinischen Erscheinungen resultieren. Das wenige, was wir von Goethes Entwicklungsgeschichte rekonstruieren konnten, macht es wahrscheinlich, daß er zu Typ (3) gehört. Wenn mein Eindruck, daß Goethe in Leipzig eine kurzzeitige Psychose (möglicherweise des schizophrenen Typs) durchmachte, korrekt ist, hätte er während dieses Zeitraums unter dem Verlust von Teilen der Ich-(Überich-)Struktur gelitten. Durch das Erschaffen von Kunstwerken würde das Genie dann versuchen, in der äußeren Realität eine Struktur zu konkretisieren, die einstmals Teil seines eigenen Selbst gewesen ist. Nach dieser Theorie würde das Genie durch schöpferisches Tun nicht so sehr ein verlorenes Objekt wieder aufbauen oder ein ideales Objekt der Vergangenheit, das sich inzwischen als unvollkommen erwiesen hat, reproduzieren — obwohl dieser Mechanismus mitbeteiligt ist —, sondern eher einen Teil seines Selbst wiedererschaffen, den es einst besessen, aber unersetzbar verloren hat. Nach dieser Theorie wäre das Kunstwerk die aktive Konkretisierung einer projizierten inneren Leere,[50] jedoch einer Leere, die einstmals durch eine Struktur voll ausgefüllt war. Es hätte einen guten Sinn, daß dieser frühere — befriedigendere, weil vollständigere und daher harmonischere — Ich-Zustand noch im unbewußten Erinnerungssystem vorhanden ist und daß die Sehnsucht nach diesem Zustand zu dem Druck beiträgt, von dem das Genie angetrieben wird, seine Existenz durch Schöpfungen zu vervollständigen. Die Suche nach dem Glück der Kindheit ist eine wichtige

Kraft im Leben vieler Menschen, doch im gewöhnlichen Fall gründet diese Suche teilweise auf einer Illusion; zum Teil gehört sie zu einem Zustand, auf den das Ich seinen Anspruch verwirkt hat; und teilweise ist sie auf bestimmte Befriedigungen gerichtet, mit denen das Ich durch die äußere Realität versorgt war. Die Sehnsucht des Genies nach dem Wiedererleben eines vergangenen Zustandes ist aus naheliegenden Gründen weit mehr gerechtfertigt.

Wenn bei einem Dichter wie Goethe einzelne Episoden seines Lebens aus dem Zusammenhang gerissen werden, erinnern sie stark an oder erscheinen vielleicht sogar identisch mit Ereignissen, auf die wir häufig in Krankengeschichten stoßen. Wenn man aber das Gesamtbild bei jedem Querschnitt der Lebensgeschichten von Genies betrachtet — sogar von Perioden, in denen sie noch keine künstlerische Meisterschaft erlangt haben —, gewinnt man den Eindruck, daß Künstler sich schon als Kinder in bezeichnenden Aspekten von ihren psychopathologischen Gegenspielern unterscheiden. Dies ist wenigstens der Eindruck, den man aus Biographien wie z. B. von Mozart und Goethe gewinnt.[51]

Die Tatsache einer Symptomähnlichkeit zwischen zwei Gruppen stellt keinen Beweis dar wie die Ähnlichkeit zwischen den dynamischen und den genetischen Faktoren, die zu besonderer Symptomatologie führen. Platos Theorie des Wahnsinns sollte einen angemesenen Platz in einer rationalen klinischen Reflexion über die Psychopathologie des Künstlers finden. Zwei Abschnitte im *Phaidros* sind für dieses Problem wichtig. Plato unterscheidet zwischen Wahnsinn als Ergebnis einer Krankheit und Wahnsinn als »einer göttlich bewirkten Veränderung der gewöhnlichen Zustände« (422, 1, S. 268, [deutsch: Bd. II, S. 461]). In folgenden Worten wird eine radikale und kompromißlose These zum Ausdruck gebracht:

> Wenn aber einer ohne diesen Musenwahnsinn zu den Pforten der Dichtkunst kommt, in der Überzeugung, er könne auch wohl durch Kunst ein guter Dichter werden, der wird teils selber als ein Ungeweihter erachtet, teils wird seine Dichtung als die des Besonnenen von der der Wahnsinnigen verdunkelt.

(vgl. 422, 1, S. 249 f. [deutsch: Bd. II, S. 434]; 406, S. 259—292). Den Eindruck, den man von manch einer Biographie gewinnt, könnte in keine präzisere symbolische Form gefaßt werden. Hier wird Wahnsinn als unverzichtbare Voraussetzung großer literarischer Kunst postuliert. Da unser rationales Zeitalter einen speziellen himmlischen Einfluß als Grund für die Psychopathologie des Dichters nicht akzeptieren kann, vermag uns Platos Theorie nur als Formulierung des Problems zu helfen, trägt aber nichts zu der von uns gesuchten Antwort bei. Aber die Vorstellung, die Plato entwickelt, um den großen Dichter vom weniger bedeutenden zu unterscheiden, kann einen Anhaltspunkt bieten. Es gibt den Dichter, der sein Ziel durch Kunst ohne Wahnsinn zu erreichen trachtet und der deshalb scheitern muß.

Wenn wir die Psychopathologie des erwachsenen Neurotikers mit der des Dichters vergleichen, finden wir einen Unterschied, der uns bezeichnend scheint, nämlich eine unterschiedliche Einstellung gegenüber Passivität. Der Neurotiker führt im allgemeinen einen harten Kampf gegen seine Wünsche nach passiver Befriedigung und reagiert auf sie mit tiefer Angst. Wie Freud vermutet, bereitet das Meistern dieses Problems in der Analyse von männlichen Patienten wirklich die größte Schwierigkeit (214, S. 98). Der Dichter hat natürlich ebenfalls Konflikte in bezug auf Passivität, aber seltsamerweise stellt er sich in einigen Situationen — und möglicherweise in solchen, die für den kreativen Prozeß die wichtigsten sind — kompromißlos in den Dienst einer Kraft, die von ihm als äußere erlebt wird. In der Geschichte der abendländischen Kultur (und ich denke auch in vielen anderen Kulturen) findet man immer wieder große Künstler, die behaupten, daß eine Inspiration von außen über sie gekommen ist. Diese Inspiration ist genau das Äquivalent zu Platos göttlichem Wahnsinn.

Die Inspiration wird einer Vielzahl verschiedener Kräfte zugeschrieben, was von persönlichen und historischen Faktoren abhängt. Sie ist manchmal eine weibliche Gottheit, öfter, denke ich, ein männlicher Gott, doch ist es eindrucksvoll, bis zu welchem Grad sich der Künstler subjektiv ganz passiv fühlt zu einem Zeitpunkt, wenn er objektiv gesehen den Gipfelpunkt seiner Aktivität erreicht. Seine Art zu fühlen hat ihr Gegenstück in der Weise, wie Frauen die Geburt oder den Augenblick der Empfängnis erleben. Die Psychologie künstlerischer Schöpfung umfaßt wirklich zwei Probleme: das eine ist die Inspiration (Empfängnis) (vgl. 349; 98) und das andere die Gestaltung des Kunstwerks (Geburt). Es ist schwierig, diese beiden Aspekte auseinanderzuhalten, weil sie sich im realen Schaffensvorgang oft miteinander vermischen oder sogar zusammenfallen, wie es häufig bei der Lyrik geschieht. Ein hervorragendes Beispiel wäre Goethes Bericht über das Schreiben seiner Gedichte im Zustand des Halbschlafs. In einem solchen Fall fällt das früheste Bewußtsein von Eingebung mit dem Hervorbringen des vollendeten Produkts zusammen. Gewöhnlich hat der Künstler nicht solches Glück, und die Eingebung führt nur zu einer Idee, zu einem Fragment oder einem Fetzen, und der Ausarbeitungsprozeß bis zum vollendeten Werk erfordert harte und schmerzliche Arbeit, die durch neue blitzartige Eingebungen unterbrochen werden kann. Goethes *Werther* scheint in einer Periode beständiger und lang anhaltender Inspiration geschrieben zu sein, die mehrere Wochen umfaßte. Hier sollte man fast von Wahnsinn, Ekstase oder Delirium sprechen.

Unter Künstlern scheint es wenigstens zwei völlig verschiedene Erlebnistypen zu geben, was das Erlebnis des Schöpfungsaktes angeht. Anton Tschechow schreibt: »Die Medizin ist meine rechtmäßige Ehefrau, die Literatur dagegen meine Geliebte. Wenn ich der einen überdrüssig werde, schlafe ich mit der anderen...« (87, S. 17). Das sollte mit dem verglichen werden, was Goethe schrieb, als er durch die langweilige Arbeit der Überarbeitung seiner *Wahlverwandtschaften* für die Publikation hindurch mußte:

> Ich befinde mich seit länger als sieben Wochen hier und komme mir vor wie jene Schwangere, die weiter nichts wünscht, als daß das Kind zur Welt komme, es sey übrigens und entstehe was will.[52]

Für mein Gefühl ist die zweite Beschreibung die für das Genie typischere. In Tschechows Bemerkung wird die Möglichkeit des Partnerwechsels deutlich zum Ausdruck gebracht, bei Goethe das Unausweichliche. Ich glaube auch, daß die narzißtische Komponente, die in der Mutter-Kind-Beziehung so wichtig ist, ein starkes Band und eine stärkere Nähe zum keimenden Kunstwerk darstellt als eine bloße Objektbeziehung. Obwohl das Genie seinen »Objekthunger« durch das Erschaffen des Kunstwerks befriedigt, darf die starke narzißtische Komponente nicht übersehen werden. In der Mutter-Kind-Beziehung fallen Objektbeziehung und narzißtische Befriedigung zusammen, und beide unterstützen sich wechselseitig.

Schwieriger ist, Kenntnis über die Konzeption eines Kunstwerks zu erhalten. Der Künstler hat oft eine ausgesprochene Abneigung dagegen, ausführlich über den Augenblick der Empfängnis des Kunstwerks zu reden. Ich habe den Eindruck, daß sich der Künstler leichter mit der schwangeren Mutter identifizieren kann als mit der Frau, die empfängt. Ganz anders ist es in der religiösen Vorstellungswelt mit ihrer Betonung der geistlichen Empfängnis Gottes. Weiterhin ist vermutlich der Augenblick, wenn ein Kunstwerk konzipiert wird, vage und nicht leicht zu beschreiben. Aber ich möchte gern wissen, ob der Dichter wirklich an dem Wissen über diese Phase des kreativen Prozesses interessiert ist. Sie ist von den ihr eigenen Gefahren begleitet. Der Dichter kann nicht all das vorhersehen, was sein Unbewußtes ausdrücken wird. Wenn er sich dem Blitz göttlicher Inspiration unterwirft, kann er sich einer schweren Gefahr aussetzen, insofern als tief verdrängte Inhalte durchbrechen können, die weit über das hinausgehen, was das Selbst ertragen kann. Der Vorgang des Gestaltens, Ausarbeitens und Erreichens der endgültigen Form des Kunstwerks enthält, so schmerzhaft diese Phase auch sein mag und so verzweifelt sich manche Künstler in ihr fühlen mögen, trotzdem weniger Gefahr für den psychischen Apparat als der Augenblick der künstlerischen Eingebung. Der Prozeß des Ausarbeitens steht dem Wollen, d. h. dem Bewußten etwas näher. Für den Neurotiker bedeuten viele Abkömmlinge des Unbewußten Gefahr; für den Dichter sind sie von Gott gesandte Vorboten großer Werke. Aber die Inhalte dieser Eingebung werden erfahren, als ob sie von außen kommen, und der Dichter unterwirft sich dieser äußeren Kraft, in welcher Weise er sie auch symbolisieren mag, passiv. Das Wissen, daß dieses passive Sich-Ausliefern zur Geburt eines künstlerischen Werks führen wird, kann dem Dichter den Mut verleihen, sich mit einem Minimum an Angst auszuliefern. In seiner dunklen Leipziger Periode schien Goethe wie ein Neurotiker zu reagieren, wenn nicht wie ein Psychotiker. Die Situation, passiv verschlungen zu werden, erschien als der Inhalt eines Alptraums, und Shakespeares Verse wurden der rettende magische Zauberstab (siehe oben, S. 105). Hier wird die Kraft, der Gefahr zu entkommen, von einem Vater-Ersatz geborgt; später wird er sich passiv ausliefern und die magische Kraft in sich selbst finden. Meiner Meinung nach besteht eines der Geheimnisse des großen Dichters darin, daß er Passivität und Aktivität in einem angemessenen Gleichgewicht halten kann und nicht auf eins von beiden mit einem schwer zu bewältigenden Schuldgefühl reagiert. Er kann die Geburt des Kunstwerks als einen Akt der Wiederherstellung annehmen, nachdem er sich passiv der Eingebung gebeugt hat. Der Augenblick der Eingebung ist natürlich nicht notwendig nur ein Moment passivmasochistischer Unterwerfung, sondern die Einverleibung göttlicher Inspiration durch passive Auslieferung kann auch bedeuten, etwas von einem Vater- oder Mutter-Ersatz zu nehmen, was in Gestalt des Kunstwerks wieder zurückgegeben wird.

Der Unterschied zwischen dem Neurotiker und dem Künstler kann möglicherweise die Forderung eines vierten psychischen Prinzips nach sich ziehen. Freud hat in mühevoller und genauer Arbeit die Existenz von drei Prinzipien nachgewiesen, welche die verschiedenen Prozesse innerhalb des psychischen Apparates beherrschen. Das Konstanzprinzip hilft, die Spannung und die Menge der psychischen Energie im psychischen Apparat auf seinem möglichst niedrigen (und daher optimalen) Niveau zu halten. Es arbeitet gegen jede und alle Abweichungen von diesem Niveau. Das Lustprinzip, das ebenfalls die Spannung des psychischen Apparates auf ein Optimum reduzieren hilft, erreicht dies durch Umleiten jedes mächtigen Anwachsens oder Absinkens von Spannung, was ein Maximum an Lust erzeugt. Das Realitätsprinzip, das lange Aufschübe für die Spannungsminderung durch Anpassung an die Erfordernisse der Realität zwischenschaltet, erzwingt Kontrolle, d. h. die Fähigkeit, Spannungen und Erregung über lange Zeiträume zu ertragen. Das Verheißen von Lust in der Zukunft ermöglicht das Aushalten von Unlust in dieser Zeitspanne. Meine Frage bezieht sich darauf, ob im späteren Stadium der Entwicklung nicht ein viertes Prinzip auftaucht, eins, das nicht so notwendig und unverzichtbar für das Leben wie das Konstanz-, Lust- und Realitätsprinzip ist, das aber doch eine beträchtliche Gewalt über Folge und Verlauf von psychischen Prozessen und die Energieverteilung im psychischen Apparat gewinnen kann. Ich frage, ob ein psychischer Apparat unter außergewöhnlichen Bedingungen fähig ist, die Energieverteilung unabhängig von den Lustgesetzen zu regulieren. Von den drei klassischen Prinzipien geht das Realitätsprinzip am weitesten, energetische Vorgänge von der Dominanz durch Lust zu befreien, und es ist eindrucksvoll, wieviel Schmerz und Unlust der psychische Apparat im Dienst dieses Prinzips ertragen kann. Aber es unterscheidet sich nicht wesentlich vom Lustprinzip — es ist vielmehr sein mächtiger Wächter und Beschützer. Kann ein psychischer Apparat auch so strukturiert sein, über beträchtliche Zeitspannen zu funktionieren, während er in Prozesse verwickelt ist, die nicht in Lust resultieren und darüber hinaus nicht die Verheißung von Lust bereithalten? Man gewinnt den Eindruck, daß ein solch unwahrscheinlicher Vorgang vielleicht im Leben eines Genies vor sich geht. Wenn das Genie von der unwiderstehlichen Notwendigkeit des Erschaffens erfüllt ist, kann es sein Selbst für das große Ziel opfern, das Werk hervorzubringen, das er potentiell in sich fühlt. Es wird dieser Notwendigkeit leben, ohne darauf zu achten, ob in der Zukunft eine Chance zu Ruhm oder Kompensierung wartet (vgl. 406; 443; 289).

Es mag wie ein eklatanter Widerspruch klingen, jetzt die Hypothese zu versuchen, dieses vierte Prinzip gänzlich »jenseits des Lustprinzips« zu stellen, nachdem ich so nachdrücklich betont habe, daß die Triebe am kreativen Prozeß beteiligt sind, und ich sie als unverzichtbare Quelle jener Energien erklärt habe, die für diesen Prozeß nötig sind. Die klinische Situation ist tatsächlich widersprüchlich und wenig überzeugend. Es gibt keinen Zweifel daran, daß der Pfad des Genies mit Freuden von einer Schönheit und Erhabenheit gesäumt ist, die der Durchschnittsmensch nicht erlebt. Ich meine hier nicht die Lust des Erfolges oder die Lust, seine eigene Schöpfung lebendig vor sich zu sehen und mitzuerleben, wie sie ein lebendiger Teil der Existenz von anderen wird. Von Mozart wird gesagt, daß er auf dem Totenbett zu Hause im Geist mit unglaublicher Freude alle Einzelheiten der Aufführung seiner *Zauberflöte* im Theater verfolgte, wo er nur einmal eine Vorstellung erlebt hatte. Ich denke mehr an Augenblicke wie den, der bei Goethe zur Niederschrift von *Über allen Gipfeln ist Ruh* führte und den ich in seinem Ereignisverlauf beschrieben habe (siehe oben, S. 513—537). Der kreative Prozeß führt das Genie zu einer Erlebnistiefe, die schwerlich von anderen erreicht wird, und diese Tiefe der Erfahrung hält unvergleichliche Lust und Freude bereit. Ich muß hier eine allgemeine Feststellung einschieben. Die menschliche Existenz ist so strukturiert, daß Lust nicht für einen langen Zeitraum ausgeschlossen werden kann. Es ist eindrucksvoll, die Gültigkeit dieses Grundgesetzes in Situationen zu beobachten, von denen man erwarten kann, daß alle Quellen, aus denen man Lust gewinnen könnte, verschlossen sind, so wie Gefängnishaft oder lang andauernde schmerzhafte Krankheiten. Selbst hier bemerkt man, daß nach einer Weile verborgene oder manchmal sogar fast offen ausgesprochene Lust erlebt wird. Durch die Annahme eines vierten im Leben von Genies wirksamen Prinzips meine ich also nicht, daß sie ein Leben führen, das wirklich von Lust entleert wäre. Was ich sagen will ist, daß das Genie auch dann etwas erschaffen würde, wenn es des Lustgewinns beraubt wäre, daß es sein Werk selbst ohne das Minimum an Lust, das sich automatisch durch die bloße Tatsache des Lebens einstellt, fortsetzen würde. Der kreative Prozeß scheint für seine Existenz so fundamental zu sein, daß es ihn selbst dann fortsetzen würde, wenn er zu einem Leben ohne Freude führte. Diese übergeordnete, alles umfassende Notwendigkeit zu erschaffen vermittelt dem Genie manchmal das Gefühl, nur ein Anhängsel des Schaffens zu sein, als ob es um alle Lust betrogen würde. Sicher gibt es Momente oder sogar Perioden, in denen das Genie wirklich allen Freuden entsagt, sich dem bloßen Mißvergnügen aussetzt und ein Opfer bringt, zu dem kein anderer Persönlichkeitstyp fähig wäre.[53]

Die Quelle, aus der das Genie seine einzigartige Fähigkeit bezieht, ist, so glaube ich, noch ein Rätsel. Diese besondere Fähigkeit wird gewöhnlich bei der Diskussion der Psychologie des Genies vergessen, und man verwendet größere Aufmerksamkeit auf die gleichfalls rätselhafte Frage nach dem Ursprung der einzigartigen künstlerischen Fähigkeiten des Genies. Diese Fähigkeiten stellen natürlich eine der Voraussetzungen dar und sind vermutlich tief im biologischen Erbe als Merkmale verwurzelt, die einer psychologischen Analyse trotzen. Aber ihr Erblühen, ihre Nutzung für das Maximum an Kreativität, die Tatsache, daß das Genie seine eigenen Gelegenheiten zum Lustgewinn ihrem Wirken unterordnet, diese und viele andere Faktoren sind psychologischer Natur und werden eines Tages in psychologischen Begriffen verstanden werden.[54] Wovon ich hier spreche, geht über das hinaus, das man gewöhnlich im Leben von Menschen, die ihre Existenz in den Dienst des Überich stellen, beobachten kann. So groß die Opfer sein mögen, die im Leben solcher Menschen gebracht werden, die Wirkung eines verborgenen Lustprinzips ist auch dann noch zu bemerken. Das Genie scheint sogar diesen Grad an Verzicht zu übersteigen, obgleich es beinahe beständig mit ungehemmten Triebenergien kämpft, sie auf Ziele lenkt, die jenseits der Antinomie von Lust und Unlust zu liegen scheinen. Es sieht so aus, daß es gerade diese besondere Konstellation ist, welche als die ungewöhnliche Fähigkeit des Genies zum Opfer angesehen werden muß. Sein

Umgehen mit der Summierung großer Beträge von Triebenergie konfrontiert das Genie immer wieder mit der Versuchung, sie den ursprünglichen Zielen zufließen zu lassen, und vielleicht liegt in jedem kreativen Schritt auch ein Akt des Verzichts, insofern die möglicherweise verfügbare physische Befriedigung zugunsten der Konkretisierung von Triebenergie in Form eines Meisterwerks zurückgewiesen wird. Man gewinnt den Eindruck, daß nach langen und schmerzlichen Umwegen das Genie einen Stand erreicht, wo selbst die Freuden, die mit Kreativität verbunden sind, sich schrittweise abschwächen und es von Kunst besessen ist. Was immer dem Leben an Vergnügen verbleibt, die Lust ist zu einem sekundären und entbehrlichen Anhängsel des Lebens für die Kunst geworden. Schöpferisches Tun wird nicht länger als eine Mission oder eine Pflicht erfahren, sondern als Lebensweise. Der narzißtische Gewinn hat sich verringert, und das Genie fühlt sich nicht länger als lebendes Wesen, sondern sozusagen als verkörpertes Prinzip. Ob ein Mensch jemals wirklich eine solche Existenzform erreicht, ist schwer zu beweisen; daß der Mensch diese Möglichkeit in sich hat und daß einige auserwählt sind, ihr nahezukommen, darf man vermuten. Der Neurotiker, der auf die Macht des Lustprinzips fixiert ist, kann sich nicht von der offenen oder stillschweigenden Erwartung lustvoller Belohnung befreien. Das Genie aber kann abseits von Sinnlichkeit und Lust in ständiger Annäherung an eine Existenz heranwachsen, bei der das Ich den Ruf zum Erschaffen annimmt und integriert, ohne seine Energien durch Geschäfte abzuschwächen, die nicht unmittelbar der Verwirklichung von Überich-Werten dienen. In dieser Situation kann man, so meine ich, nicht länger von »Lust« sprechen in dem Sinn, in welchem dieser Begriff gebraucht wird, wenn man vom »Lustprinzip« spricht. Lust setzt mindestens eine minimale Energieabfuhr voraus. In diesem Fall kann die im kreativen Prozeß ablaufende Abfuhr vernachlässigt werden, und schöpferisches Tun kommt einer Identifizierung mit einem Wert gleich.

Es mag wichtig sein, unterdessen die Möglichkeit ins Auge zu fassen, daß ein solches Prinzip vielleicht bei jedem am Werk ist, der ein Überich entwickelt. Dies wäre die allerjüngste Erwerbung der Gattung in ihrer phylogenetischen Entwicklung, am schwächsten in der biologischen Schicht der Persönlichkeit verankert und deshalb am schwierigsten in der Vielfalt psychischer Vorgänge wahrzunehmen.

Wie dem auch sei, im Zentrum der vielen noch ungelösten Unsicherheiten in der Psychologie des Künstlergenies gibt es eine Tatsache, die ganz sicher ist, nämlich die Überlegenheit von Männern über Frauen in der Erschaffung der höchsten kulturellen Werte. Ohne viktorianischen Ansichten und anderen Übertreibungen zum Opfer zu fallen, es bleibt Tatsache, daß die höchsten Vollendungen kultureller Schöpfungen von Männern erreicht worden sind. Die Begabung von Frauen für kulturelle Produktion ist hervorragend, und eine große Zahl von Frauen hat Leistungen geschaffen, die dem Besten, was Männer erschaffen haben, fast gleichkommen, aber nicht dem Allerbesten. Beim Vergleich auf dem höchsten Stand künstlerischer Schöpfungen findet man unter den Genies nicht eine Frau. Diese Tatsache ist äußerst überraschend. Wenn man sich jene Funktionen, die man für den Akt des künstlerischen Erschaffens als wesentlich ansieht, eine nach der anderen vornimmt, muß man einräumen, daß man viele davon gewöhnlich bei Frauen sogar höher als bei Männern entwickelt findet, z. B. Intuition, Spielfreude, Emotionalität und vieles andere. Es ist oft der Versuch gemacht worden, diesen auffälligen Unterschied in den kreativen Fähigkeiten auf der Grundlage soziologischer Faktoren zu erklären. Die geringere gesellschaftliche Position, der Mangel an Gelegenheit zu Bildung oder wenigstens deren Begrenzung, die frühe Entmutigung des heranwachsenden Mädchens durch die Wahrnehmung der Achtung, die ihre Umgebung dem männlichen Element erweist — diese und andere vergleichbare Faktoren sind, sollen wir glauben, für das Fehlen von Frauen in der illustren Gesellschaft der Genies der Welt verantwortlich. Diese Erklärung klingt sehr überzeugend, und man kann viele historische Fakten zu ihren Gunsten anführen. Aber die These erklärt nicht, warum diese nachteiligen historischen Bedingungen die Entwicklung von höheren Talenten bei Frauen nicht verhindert haben. Sobald wir nämlich die Qualität des Genies abziehen, finden wir eine ungeheuer große Zahl von Frauen, die all jene Geschicklichkeiten, Talente, Fähigkeiten und Begabungen, auf die wir bei ihren talentierten männlichen Gegenstücken treffen, besitzen. Der Unterschied beschränkt sich offenbar ausschließlich auf den Bereich der Genie-Qualität. Es wäre in der Tat seltsam, wenn ein gesellschaftlicher Faktor die Entwicklung von Fertigkeiten, Fähigkeiten und Talenten erlauben, aber gerade das, was ein Genie ausmacht, selektiv unterdrücken würde.

Auf der anderen Seite stoßen wir — und nicht so selten — auf den Stempel des Genies bei einem Mann, der unter den schlechtesten »sozialen« Bedingungen aufwuchs. Ich sehe es nicht als Widerlegung meiner These an, wenn Anthropologen beweisen, daß in gewissen Stadien der gesellschaftlichen Entwicklung der Beitrag der Frau zur Zivilisation größer als der der Männer war. Das kulturelle Vermögen des Menschen ist in der biologischen Schicht nicht so fest verankert wie Atmen und Sehen. Bei jedem Menschen kann das kulturschaffende Vermögen unterdrückt oder sogar zerstört werden, und es lassen sich Gesellschaften denken, bei denen das soziale Milieu die Erzeugung von männlicher kultureller Begabung unmöglich macht. In solchen Gesellschaften aber erreicht, so vermute ich, die weibliche Leistung nicht das Maximum, das unter Bedingungen, die für das Entwickeln männlicher Fähigkeiten günstig ist, beobachtet werden kann.

Wenn man über die Gründe spekuliert, warum diese seltene Geniequalität nur bei Männern vorkommt, kommt zuerst die Idee in den Sinn, daß sich die kreative Fähigkeit der Frau in ihrem größeren Beitrag an der Fortpflanzung erschöpft. Wie verschiedene Autoren herausgestellt haben, ist die Entwicklung der Frau komplizierter als die des Mannes. Frauen müssen mit Aufgaben ringen, von denen die männliche Entwicklung nicht betroffen ist. Der Wechsel von der Klitoris zur Vagina als führender Genitalzone, der Wechsel des Geschlechts des hauptsächlich infantilen Liebesobjekts (von der präödipalen Mutter zum öpidalen Vater) sind solche speziellen Aufgaben. Weiterhin arbeitet die periodische Aufdringlichkeit des physischen Faktors in Form der Menstruation gegen Sublimierung. Hier muß man auch die endokrinen zyklischen Wechsel beachten, die keine Parallele im Leben des Mannes haben, wo innersekretorische Wechsel lange Zeitperioden umspannen. Der Wechsel des endokrinen Milieus in kurzen Zeitspannen zeigt, wenn man ihn mit dem relativ konstanten endokrinen Milieu des Mannes vergleicht, mit besonderer Klarheit die zusätzliche beträchtliche Belastung, die der weibliche psychische Apparat zu tragen hat. Als letztes, aber nicht unwichtigstes Argument kommt hinzu, daß die Entwicklung des Mädchens von früh an durch den Penisneid gehemmt ist, dessen Kompensation durch die Entwicklung der Brüste und der Gebärfähigkeit zu spät kommt, um die Ungerechtigkeiten, die das Mädchen im zarten Alter erlitten hat, zu heilen.

Trotz der Bedeutung solcher Faktoren wundert man sich, warum ihr Vorhandensein so stark gegen die Entwicklung der Geniequalität streiten sollte, besonders angesichts der hervorragenden Begabung, die man bei einer so großen Zahl von Frauen findet. Neid funktioniert manchmal als positiver Antrieb zu großen Taten, und der Neid des Jungen auf die Fähigkeit der Mutter, Kinder zu gebären, spielt mehr oder weniger häufig eine dem Penisneid bei der Entwicklung der Frau vergleichbare Rolle. Ohne die Wirkung der aufgezählten Faktoren zu verkleinern, fühle ich doch, daß es ein anderer Aspekt des biologischen Strukturunterschiedes zwischen Mann und Frau ist, der die Potentialität des Genies beim Mann erklärt und sie bei der Frau verhindert. Ich denke an die Tatsache, daß beim Mann das generative Material in potentiell unbegrenztem Maße vorhanden ist — d. h. daß die männlichen Keimdrüsen die Fähigkeit haben, ihren Beitrag an generativem Material in enormer Quantität zu produzieren, während das generative Material der Frau von Anfang an da ist und im Verlauf der nachgeburtlichen Entwicklung in der Quantität nicht vermehrt werden kann. Die Zahl der Eier in den Eierstöcken ist bei der Geburt festgelegt. Die Tatsache, daß der Vorrat an Eiern riesig ist und die Zahl, die vom Individuum während seiner Lebensspanne für die Erzeugung wirklich genutzt werden kann, weit übersteigt, sollte uns nicht zu der denkbaren psychologischen Konsequenz verleiten, daß dieses Leben biologisch fixiert und vorherbestimmt ist. Obgleich es keinen Zweifel daran gibt, daß biologische Prozesse ihre Wirkung auf psychische Vorgänge und die Struktur des psychischen Apparates ausüben, haben wir keinen zuverlässigen Schlüssel, um ihre Beziehung zu entziffern, und sind unfähig, genaue Korrelationen zwischen diesen beiden Gruppen von Faktoren aufzustellen. Daher bezieht sich das folgende nur auf eine Hypothese. Beim Mann ist das mögliche generative Material praktisch unbegrenzt. Mit jeder Ejakulation verlassen mehrere Millionen von Samenfäden den Körper, und die Erzeugung von Sperma ist vermutlich ein fortlaufender Vorgang, nachdem die Reife eingetreten ist. Die biologischen Daten lassen vermuten, daß die biologische Kreativität von Frauen im Vergleich zu Männern begrenzt ist. Nach dieser These ist die unbegrenzte biologische generative Fähigkeit des Mannes das biologische Äquivalent für die höhere Kreativität des Mannes. Die Umlenkbarkeit des weiblichen biologischen Vermögens auf andere Bereiche ist im Vergleich mit dem entsprechenden Vermögen des Mannes begrenzt. Die kreative Funktion bei Frauen ist sozusagen in das generative Material eingebunden, und daher ist eine Umleitung, zu der die männliche kreative Funktion so extrem fähig ist, nur eingeschränkt möglich.

Wenn man zwei markante Unterschiede bei zwei Gruppen von Menschen findet, liegt eine gewisse Wahrscheinlichkeit vor, daß sie sich nicht bloß zufällig, sondern eng aufeinander beziehen. Die männliche Unfähigkeit also — um es in negativen Begriffen auszudrücken —, Kinder zu gebären, wäre eine der Vorbedingungen für die kulturelle Begabung des Mannes. Andere haben behauptet, daß der Neid der Männer auf das Gebärprivileg der Frauen eine der Wurzeln für die kulturelle Überlegenheit des Mannes ist. Ich stimme mit dieser Ansicht nicht überein. Neid hat ohne Zweifel eine Bedeutung, die im Leben eines Mannes kaum überschätzt werden kann. Doch obwohl Neid eine Funktion kräftig verstärken kann, vermag er nicht wirklich etwas Neues zu erschaffen, das es nicht auch ohne ihn gibt. Neid spielt, da habe ich keinen Zweifel, eine große Rolle im Leben des Künstlers, und das Verlangen, etwas zu erschaffen, das so wundervoll ist wie das Kind, das die Mutter geboren hat, muß ein bedeutender Faktor im Leben vieler Genies gewesen sein, und sicherlich war es so bei Goethe. Neid ist aber ein mächtiges Motiv auch im Leben von Frauen und bezieht sich nicht nur auf den Penis, sondern auch auf die kulturellen Leistungen des Mannes; trotzdem stattet dieser Neid Frauen nicht mit jener Kraft aus, die sie befähigt, mit dem Mann in der Erschaffung kultureller Werte gleichzuziehen.

Entscheidend mag auch die Struktur der Bisexualität sein. Die weiblichen Komponenten des Mannes, die im männlichen Organismus in geringerem Maße an die anatomische Struktur gebunden sind als die Männlichkeit bei Frauen, können leichter sublimierungsfähig sein als die Männlichkeit bei Frauen. Hier kann eine andere biologische Wurzel für die kreative Fähigkeit mancher Männer liegen, unter günstigen Umständen Werke zu erschaffen, die in ihrer Vollkommenheit mit den biologischen Schöpfungen von Frauen fast vergleichbar sind. Biologische Funktionen sind aber zuverlässiger und genauer als psychische. Die weit überwiegende Mehrheit der Frauen kann Kinder empfangen und gebären. Die Transformation von weiblichen kreativen Funktionen beim Mann in ein unbiologisches Medium hängt von unzähligen unwägbaren Umständen ab, und nur unter außergewöhnlichen Bedingungen resultiert die Transformation im Erscheinen eines Genies. Diese Tatsache – daß Männer, und nur Männer in Ausnahmesituationen dieses hohe Niveau kultureller Großtaten erreichen können – hängt offenbar auch von der Physiologie des Mannes ab, insofern sie die Erschöpfung männlicher Kreativität im Akt der Fortpflanzung vermindert. Daher wäre es nicht ganz korrekt, einen Kontrast oder Gegensatz von männlicher und weiblicher Kreativität zu konstruieren. Wie zuvor bemerkt, ist der weibliche Beitrag zur Zivilisation enorm, und die Spitzenleistungen von Frauen liegen turmhoch über dem Durchschnitt aller Männer, von denen die meisten abseits von Kulturvorgängen stehen. Frauen sind natürlich ausgezeichnet zur Sublimierung und zur Entwicklung einzelner, hochspezialisierter Talente fähig. Goethe schrieb an Lavater (am 24. Juli 1780):

> ... brauchst du das Wort T a l e n t als wenn es der Gegensaz von Genie wäre, [...] Wir sollten aber bedenken dass das eigentliche Talent nichts sein kann als die Sprache des Genies.[55]

Ich denke, Goethe hat recht. Das Genie und das Talent haben gemeinsam, daß beide Talent besitzen, aber das Genie zeichnet die zusätzliche Gabe aus, aus seinen Talenten heraus etwas zu erschaffen, was nicht an sich zum Talent gehört. Diese zusätzliche Synthese, diese Sprache des Genies ist das, was bei Frauen fehlt. Deshalb gibt es keinen wesentlichen Gegensatz zwischen weiblicher und männlicher Kreativität. Auch Frauen entwickeln einzelne, hochspezialisierte Funktionen, die vermutlich beim Genie nicht höher entwickelt sind, das aber seinem Werk ein kennzeichnendes Merkmal hinzufügen kann. So wie eine gute Mutter ihre innersten Interessen im Kind konzentriert, hat ein Genie nur ein Herzensanliegen, d. h. seine Schöpfung. Dieses unausgesetzte feste Interesse, diese vollständige Hingabe, die man beim Künstlergenie beobachtet, kommt nur der Beziehung der Mutter zum Kind gleich.

Noch ein Wort über männliche Sublimierung. Es wurde festgestellt, daß Sublimierung von prägenitalen Energien abhängt und daß Sublimierungsvorgänge sich nicht genitaler Libido bemächtigen (97). Dies mag für die uns zur Kenntnis gelangenden klinischen Fälle ein gültiger Gesichtspunkt sein. Das Genie aber kann seine einzigartigen Fähigkeiten möglicherweise durch Umlenken genitaler Libido auf das Erschaffen erwerben.[56] Das Genie entsagt sozusagen seiner Phallizität um der unvergleichlichen Originalität willen. Das könnte ein weiterer Grund für die große Seltenheit des Genies sein. Die Wahrscheinlichkeit, daß ein psychobiologischer Organismus jemals das Streben nach der größtmöglichen Lust, mit der die Natur diesen Organismus ausgestattet hat, aufgibt, ist in der Tat sehr klein.[57]

Diese zusätzliche Hypothese könnte leicht mißverstanden werden. Sie bedeutet nicht die Vermutung, daß die Geniequalität das Fehlen genitaler Aktivität braucht. Geringe genitale Aktivität ist keineswegs ein Indikator für den Grad der genitalen Sublimierung; was zählt, sind nur solche Faktoren, die wirkliche Lust verschaffen, das Ausschöpfen des biologischen Lustpotentials und die Bedeutung der genitalen Funktion in den bewußten und unbewußten Systemen (ich lasse mich im Anhang U weiter darüber aus). Ähnlich zeigt vollständiges Fehlen genitaler Aktivität immer äußerste Hemmungen an — der Erzfeind von Sublimierung. Wie ich zu zeigen versucht habe, sind in Goethes Leben genitale Aktivitäten belegt, aber es sieht so aus, als ob sie nicht jene zentrale Rolle spielten, die man bei der biologischen Struktur des Menschen erwarten sollte. Ich möchte hier Dr. Paul Kramers Vermutung wiederholen, daß das höchstmögliche orgastische Erlebnis das empfindliche und zarte Gebäude des psychischen Apparats des Genies zerrütten könnte. Die Sublimierung von genitaler Energie würde konsequent auch dem biologischen Überleben des individuellen Genies dienen, das sich selbst automatisch gegen eine Spannung schützt, die seine Leidensfähigkeit übersteigt. Wir entdecken hier eine biologische Wurzel der Abwehr, die vielleicht am Grunde jeglicher Sublimierung liegt. Die Tatsache jedoch, daß die genitale Funktion eine zweitrangige Rolle in Goethes Leben gespielt hat (er ging sonst in allen anderen Lebensbereichen ins Extreme), macht wahrscheinlich, daß wir es hier nicht mit einer Hemmung, sondern mit dem seltenen Fall einer wirklichen phallischen Sublimierung zu tun haben. Wie alle anderen Männer wünschen, ein anderes Wesen mit dem einzigartigen und individuellen Stoff zu erfüllen, den der Organismus hervorbringen kann, wird das Genie hauptsächlich dazu getrieben, einzigartige und höchst individuelle Symbole über die ganze menschliche Welt zu verbreiten und in dieser Handlung den Vollzug seiner Existenz zu finden. Es sieht also so aus, daß das einzigartige Merkmal in der Bisexualität des Genies die Synthese seiner biologischen Männlichkeit und Weiblichkeit in einem Schöpfungsakt ist. Schöpfung ist an sich unauslöschlich in den weiblichen Teil der biologischen Substruktur getaucht; die Sublimierung des männlichen biologischen Faktors, der unendliche Reichtum, der ewige kreative Überfluß, die Umformung der biologisch einzigartigen Form in eine einzigartige geistige ist das Resultat phallischer Kreativität.

Versucht man, die Psychologie des Genies in den weitesten biologischen Zusammenhang zu stellen, fühlt man sich versucht, jene mit einer bestimmten Art biologischer Anpassung zu vergleichen, wie sie von Parr (419; vgl. auch 276, S. 22—24) beschrieben wird. Dieser Autor betont bei der Anpassung das Element der Aktivität, das nach seiner Theorie auf einer aktiven Wahl beruht, wodurch die Organismen die passendste Umgebung auswählen. In einer Art von Anpassung erschafft das Genie seine eigene Umgebung, die besser zu ihm paßt als die Realität, auf die es wirklich stößt. Für das wahre Genie gibt es keinen Platz in dieser Welt und keine Kombination von Lebensbedingungen, die ihm einen sicheren Rahmen seiner Existenz anbieten könnten. Daher ist das Genie gezwungen, einen Rahmen zu wählen, der noch nicht verwirklicht, aber als Möglichkeit in ihm angelegt ist. Das Genie verbringt sein Leben offenbar damit, jener Art von Welt sichtbare Gestalt und reale Struktur zu verleihen, welche die einzig passende für sein Leben ist, und diese »schlechte Anpassung« an die Welt, wie sie ist, stellt ebenfalls eine der vielen Voraussetzungen des Genies dar.

Anhang U

Bemerkungen zum Problem der Umwandlung von Triebenergie

Die Art meiner Untersuchung in diesen Anmerkungen mag zu Recht die Erwartung neuer Entdeckungen und somit eines Zuwachses an psychoanalytischer Theorie erwecken. Diese Erwartung hat sich nicht bestätigt, aus welchen Gründen auch immer. Ein Punkt ist jedoch geklärt worden. Um diesen Punkt ganz darzustellen, so daß er einen Platz einnehmen kann, den er als Beitrag zur Veränderung der gegenwärtigen psychoanalytischen Theorie verdient, wäre eine lange Abhandlung erforderlich, welche die Betrachtung des Grundkonzepts der Psychoanalyse und besonders ihrer Hypothesen, wie z. B. die Entstehung des Ich, umfassen müßte. Da dies hier nicht möglich ist, werde ich mich so kurz fassen, wie ich kann.

Nach dem Studium des Berichts über jene Jahre in Goethes Leben, die in der vorliegenden Untersuchung der Hauptgegenstand sind, fühle ich ganz deutlich, daß die Energieprozesse, die wir mit dem Begriff »Sublimierung« zu bezeichnen gewohnt sind, keine Umwandlung von Energie mit Triebqualität in indifferente Energie bedeutet. Überdies muß die Existenz von so etwas wie indifferenter Energie ganz allgemein bezweifelt werden.

Diese Behauptung erfordert einige Worte über den Begriff der Sublimierung. Er wurde 1905 von Freud eingeführt, als dieser einen allgemeinen Abriß seiner Libidotheorie gab. Er meinte damit einen Vorgang, wodurch Libido, die Energie der Sexualtriebe, auf Ziele umgelenkt wird, die nicht triebhaft sind. Freud bezog sich hier auf den außerordentlichen Beitrag der Triebe zu Kulturleistungen höchsten Ranges. Damit war Sublimierung präzise definiert. Ihr klinisches Merkmal war die Kulturleistung, welche leicht zu erkennen ist und daher als zuverlässiges Kriterium zur Definition taugt (vgl. aber 22; 25). Obwohl Freud bei seiner früheren Definition es nicht ausdrücklich sagte, implizierte der Begriff an sich, abgesehen von der Anhebung des Triebziels, einen Vorgang, der mit Verfeinerung oder Reinigung verglichen werden kann, der die Libido sich unterziehen muß, bevor sie für Kulturarbeit genutzt werden kann.

1923 führte Freud in seinem Buch *Das Ich und das Es* den Begriff einer indifferenten, entsexualisierten Energie ein, und jetzt wurde Sublimierung als Veränderung in der Qualität der libidinösen Energie beschrieben.[1] Nach dieser Ansicht muß libidinöse Energie in eine Energie umgewandelt werden, die frei von jeder spezifischen Qualität ist, bevor sie für nicht triebhafte Ziele genutzt werden kann. Mit dieser Neudefinition der Sublimierung wurde der Begriff stark ausgeweitet und umfaßte viele psychische Phänomene, die nicht länger mit Kulturleistungen verbunden wurden. In der Folge wurden die gleichen Vorstellungen auf die Energie der aggressiv-destruktiven Triebe angewendet[2] und der Begriff der Neutralisierung eingeführt.[3]

Es ist immer schwierig zu behaupten, ein Ereignis, von dem Beobachter versichern, daß sie dabeigewesen sind, habe keineswegs stattgefunden; ich zögere deshalb, die Existenz von Sublimierung im Sinne von Umwandlung oder Neutralisierung von Energie (wie derzeit definiert wird) zu bestreiten und beschränke mich auf die Überzeugung, daß, wenn so etwas doch existiert, es weniger wichtig in der gesamten Ökonomie der Persönlichkeit ist.

Es kann sein, daß Automatismen, gut integrierte Verhaltensmuster, untergeordnete und routinemäßig aktivierte Teile von umfassenden Handlungssequenzen mit indifferenter Energie in Gang gehalten werden — ich weiß es nicht. Künftige physiologische und pathophysiologische Forschungen werden diese Frage entscheiden. Gegenwärtig scheint mir die theoretische Vermutung ausreichend, daß kleine Mengen von Triebenergie der Kraftstoff sind, den Automatismen und dergleichen verbrauchen.

Von weiterreichender Bedeutung ist die Frage nach der Energiequelle für das Denken, das im Grunde für den Menschen die zentrale Rolle bei der Bewältigung der Außenwelt spielt. Nach Freuds späteren Formulierungen »wird eben auch die Denkarbeit durch Sublimierung erotischer Triebkraft bestritten.«[4]

Früher (1911) dachte Freud jedoch, daß Energieprozesse im Denkvorgang in der Verschiebung von kleinsten Energiebeträgen bestehen, verbunden mit einem Minimum an Abfuhr. Das erfordert das Aufstauen von Libido und die Erhöhung des Niveaus des gesamten Besetzungsvorgangs (172, S. 233). Freud sagte nicht *expressis verbis*, daß er mit »Energie« Libido meinte, aber der Kontext zwingt zu dieser Annahme. Eine Passage in einer weniger bekannten Schrift Freuds unterstützt dies. »Strenggenommen«, schreibt er, »sind alle Seelenzustände, auch diejenigen, welche wir als ›Denkvorgänge‹ zu betrachten gewohnt sind, in gewissem Maße ›affektiv‹, und kein einziger von ihnen entbehrt der körperlichen Äußerungen und der Fähigkeit, körperliche Vorgänge zu verändern« (168, S. 296).

Ich fühle mich geneigt, Freuds früherer Annahme zu folgen, daß Denken die Verschiebung kleiner Energiebeträge nutzt, einer Energie, die Freud offensichtlich als libidinös ansah.

Unter optimalen Bedingungen ist das Denken von allen Ich-Funktionen die einzige, die sich am weitesten von den Trieben entfernt, und kann daher gut als Probe für den Test dienen, ob es für die psychoanalytische Theorie unbedingt notwendig ist, die Tätigkeit einer indifferenten Energie anzunehmen. Die Wahrscheinlichkeit, daß die Energie, die beim Denken verbraucht wird, Triebenergie ist, wird im Licht der folgenden Ausführungen von Freud sogar größer. Er sagt von der desexualisierten Libido, »sie würde noch immer an der Hauptabsicht des Eros, zu vereinigen und zu binden, festhalten, indem sie zur Herstellung jener Einheitlichkeit dient, durch die das Ich sich auszeichnet, oder nach der es strebt« (197, S. 274). In der Tat führen die Denkvorgänge im weitesten Sinn sowohl zur Synthese von disparaten als auch zur Trennung von zueinander passenden Inhalten, und so sind die allgemeinen Ziele der beiden Hauptgruppen von Trieben (Eros und Thanatos) auch beim Denkvorgang nachweisbar.

Es scheint dem Begriff einer indifferenten Energie zu widersprechen, daß die Energie, von der hier gesprochen wird, regelmäßig in einer Weise abgeführt wird, die noch diejenigen charakteristischen Merkmale aufweist, die wesentlich zu jenen Trieben gehören, von denen die Energie angeblich abgeleitet ist. Die physiologische Untersuchung wird auch hier das letzte Wort haben. Das historische Argument, das ich mit dem Zitieren von Freuds früheren Theorien benutzt habe, beweist für sich allein wenig. Ich bin mir aber sicher, daß laufende klinische Beobachtungen und psychoanalytisches Wissen im allgemeinen nicht zur Annahme einer indifferenten Energie führen, die Denkvorgängen zugrunde liegt. Die Sache wird gegenwärtig in dieser Richtung diskutiert. Die Annahme, daß beim Denken kleine Triebenergiebeträge verschoben oder verlagert werden, ist berechtigt und kann auf empirischem Wege nicht zurückgewiesen werden. Die entscheidende Frage betrifft hier die Struktur. Was immer die Qualität der zugrunde liegenden Energie sein mag, es müssen spezielle Strukturen ausgebildet werden, damit das logische oder das realitätsbezogene Denken überhaupt stattfinden kann (vgl. 439). Was Freud 1911 in den quantitativen Begriffen der psychischen Ökonomie die »Niveauerhöhung« nannte, würden wir heute dem Strukturbegriff zuordnen.

Um jetzt zu dem biographischen Bericht zu kommen, so kann während Goethes kreativer Phasen kaum irgendwelche indifferente Energie klinisch nachgewiesen werden. Er befindet sich in einem halb somnambulen Zustand oder ist erregt, überwältigt von Leidenschaften, gereizt, getrieben, weinend usw. Wenn seine Libido halbwegs befriedigt wird und die behauptete indifferente Energie unbeeinträchtigt von den Trieben zur freien Verfügung stehen müßte, dann wird die Qualität des Ergebnisses geringer, was sich besonders in der Zeit nach seiner Italienreise beobachten ließ. Doch die Schöpfungen aus Anlaß der Adoleszenzkrisen, die sich durch Goethes ganzes Leben hindurchziehen, wenn sein gesamter Geisteszustand von Triebenergie überflutet wurde, erreichen den absoluten Höhepunkt der Vollendung.[5]

Ich nehme an, daß die Begründung gegen das klinische Argument wie folgt aussieht. Die Überflutung mit Libido während kreativer Phasen beweist nichts gegen die Theorie der Neutralisierung. Sicher kann es zu einem ernsthaften libidinösen Anstieg kommen, welcher der kreativen Phase zugrunde liegt, aber dieses Ansteigen kann nur dann zur Schöpfung führen, wenn ausreichend indifferente Energie mobilisiert wird, um die produktiven Funktionen in Gang zu halten. Das Ich kann Konflikte und libidinöse Staus nützen, um deren Vorrat an indifferenter Energie zum besten Zweck zu verwenden. Ohne das Feuer des Konflikts, mag argumentiert werden, verliert das Ich seine höchstmögliche Kraft zur Schöpfung. Die Konsequenz bestünde dann darin, daß das Ich unter dem Druck der Bedrohung aus dem Es zur höchsten Tat Zuflucht nimmt und dabei seinen Vorrat an indifferenter Energie verbraucht.

Diese Konstruktion klingt einleuchtend, aber woher kommt die relative Ruhe nach der kreativen Phase? Durch Neutralisierung von Triebenergie kann nur relativ wenig Triebenergie abgeführt oder aufgebraucht werden. Darüber hinaus ist es nicht wahrscheinlich, daß das Ich während einer Periode eines solchen libidinösen Ausbruchs irgendeine seiner Strukturen von der Triebflut, die in sein Gebiet einbricht, freihalten kann. Es ist nicht wahrscheinlich, daß gerade jene Funktionen, an denen das Selbst das leidenschaftlichste Interesse während des kreativen Anfalls nimmt, mit indifferenter Energie versehen werden, während alle Strukturen drumherum stark mit Triebenergie besetzt sind. Hätte man nicht recht mit der Vermutung, daß im Augenblick der maximalen Libidinisierung der. gesamten Persönlichkeit eine Verringerung bei jenen Funktionen zu beobachten ist, von denen behauptet wird, daß ihr optimaler Gebrauch die Besetzung mit indifferenter Energie erfordert? Ist es nicht wahrscheinlicher, daß das Geheimnis des Genies in der totalen Integration neuer Ziele besteht, die jetzt von den Trieben mit jener Intensität und Geschicklichkeit verfolgt werden, mit welcher sonst physische Befriedigung angestrebt wird? Ist nicht das Geheimnis des Genies die totale Umlenkung des Triebs, der physische Abfuhr als sein Ziel hat, auf den Prozeß der Schöpfung?[6]

Die Fähigkeit, solche enormen Quantitäten von Triebenergie, die im kreativen Prozeß enthalten sind, auf nicht physische Ziele umzulenken, ist eine Sache der Struktur, einer Struktur, die mit besonderen Fähigkeiten zur Synthese und Organisation begabt ist. Ich vermute, daß es diese zusätzliche Strukturierung ist, die große Mengen von Triebenergie verbraucht. Wenn ich vom klinischen Bericht aus zu beweisen versuche, daß das Künstlergenie Libido (oder Aggression) bei der Erschaffung seiner Meisterwerke benutzt, daß Schöpfung ein Triebvorgang bei einer besonders hoch strukturierten Persönlichkeit ist, sage ich nichts wirklich Neues, denn in seiner Untersuchung über das Leben von Leonardo da Vinci fand Freud dasselbe Muster. Er war betroffen über »das Zusammentreffen des übermächtigen Forschertriebes bei Leonardo mit der Verkümmerung seines Sexuallebens« (170, S. 148). Über diesen Trieb schrieb Freud: »Wir halten es für wahrscheinlich, daß jener überstarke Trieb sich bereits in der frühen Kindheit der Person bestätigt hat, [...] und wir nehmen ferner an, daß er ursprünglich sexuelle Triebkräfte zu seiner Verstärkung herangezogen hat, so daß er späterhin ein Stück des Sexuallebens vertreten kann. Ein solcher Mensch würde also zum Beispiel forschen mit jener leidenschaftlichen Hingabe, mit der ein anderer seine Liebe ausstattet, und er könnte forschen anstatt zu lieben« (170, S. 144). Hier wird der ursprüngliche Forschungstrieb aus dem Kontext der Sexualtriebe herausgenommen und seine Leidenschaftlichkeit mit der teilweisen oder totalen Assimilation der libidinösen Triebkraft erklärt. In einem früheren Abschnitt schreibt Freud, wie schon früher zitiert, daß Liebe und Haß bei Leonardo in Denkinteresse umgewandelt wurden (170, S. 141). Hier zögert Freud nicht, Leonardos genialer Leistung Libido in ihrer Triebform zuzuordnen.[7]

Freud stellt in theoretischen Begriffen einen Prozeß dar, der dem gleicht, was ich in den verschiedenen Bemerkungen als Grundlage von Goethes leidenschaftlichem Trieb zu erschaffen beschrieben habe. Sein Drang zu erforschen, ebenfalls über alle Maßen groß, nahm selten jene Ausschließlichkeit an, die man bei Leonardo beobachtet.[8]

Doch wenn wir in zwei Fällen von Genie die höchst kreativen — und beinahe die am meisten charakteristischen — Ich-Funktionen finden, die so mächtig mit Triebbesetzung begabt sind, d. h. wenn wir Triebbesetzung gerade in jenem Gebiet antreffen, wo das Ich das für seine Struktur höchst Bezeichnende erreicht, worin besteht dann die Wahrscheinlichkeit, daß indifferente Energie in jenen anderen Fällen relevant ist, in welchen Nicht-Genies, das gewöhnliche Ich, lernt, sich bewegt, urteilt, denkt, sich erinnert, auswendig lernt, beginnt?

Wenn wir uns jetzt der alltäglichen psychoanalytischen klinischen Erfahrung zuwenden, werden wir sehen, was diese zur Sache beitragen kann. Bei der weit überwiegenden Mehrzahl der Patienten finden wir jenen Triebfaktor, den ich in den Tätigkeiten des Genies beschrieben habe, nicht. Die meisten Patienten zeigen einen Mangel an Leidenschaft auf den Gebieten der Ich-Struktur, die nicht von Neurosen befallen sind und die nach dem Realitätsprinzip angemessen funktionieren. Solche Tätigkeiten dienen nicht physischen Befriedigungen, sondern der Verwirklichung von Ichzielen, die in der äußeren Realität liegen und mit Flexibilität, Bewußtheit, Ruhe, Besonnenheit und Hingabe, oft sogar unter stark beanspruchenden Bedingungen erreicht werden. Allen diesen Merkmalen, deren Feststellung vornehmlich auf den Berichten der Patienten im Hinblick auf das Bewußtsein ihrer Erlebnisse, teilweise auch auf der Beobachtung des wirklichen Verhaltens beruht, mangelt es an jenen charakteristischen Merkmalen, die wir gewöhnlich Triebvorgängen zuordnen. Worin liegt die Bedeutung dieser auffallenden Diskrepanz zwischen dem Überfluß an Leidenschaft in den Vornahmen des Genies und deren Mangel beim Nicht-Genie? In den Tätigkeiten beider haben wir es schließlich mit gleichartigen Vorgängen zu tun. Wir wissen aus anderen vergleichbaren Diskrepanzen, daß der anscheinende Mangel des Triebfaktors in der Verdrängung oder Hemmung seine Ursache hat. Bei den hier berichteten Fällen, wo die Aktivierung von Ich-Funktionen im Erreichen des Ziels resultiert, ist Verdrängung nicht wahrscheinlich, aber der Vergleich spricht stark zugunsten der Hemmung. Tatsächlich wissen wir, daß alle jene Ichs, die ihre Geschäfte in der von mir beschriebenen Weise betreiben, wirklich nur einen kleinen Teil ihrer Möglichkeiten verwirklichen. Das Genie aber bringt die Verwirklichung des maximal Erreichbaren zustande, das als Keim in den Grenzen seines Selbst liegt.

Die allermeisten Menschen verlassen die ödipale Phase mit einem Ich, das Zeichen tiefer Verletzung aufweist. Die im Kampf ertragenen Kümmernisse, die in der ersten leidenschaftlichen Beziehung der Kindheit erlitten wurden, um einen Weg aus den Gefahren und Enttäuschungen zu finden, legen fast allen auf die Realität gerichteten Ich-Funktionen eine Kandare an. Dieser allgemeine Dämpfungseffekt für das Ich kann weder neurotisch noch psychopathologisch genannt werden, solange das der Realität abgeforderte Minimum noch erfüllt werden kann. Die Grenzlinie zwischen Normalität und Krankheit ist hier besonders schlecht bestimmt. Der für das Genie anscheinend charakteristische Prozeß kann in keiner Hinsicht als Voraussetzung der Gesundheit bezeichnet werden, obgleich er ein Maximum an Verwirklichung aufweist, zu dem das Selbst unter günstigen Umständen fähig sein kann. Unter gewöhnlichen Bedingungen ist der manifeste Triebfaktor mehr oder weniger auf den physischen Bereich beschränkt, und das Ich, das sich bei seinen früheren Kämpfen um Triebbefriedigungen besiegt fühlte, versucht, Ziele der Leidenschaft von Geschäften der Realität zu isolieren. Unter dem Einfluß eines warnenden und verbietenden Über-Ichs werden narzißtische Strebungen, die dem stillschweigenden Ziel der Ich-Vergrößerung dienen, mit relativer Angst und Hemmung belegt, und der gewöhnliche Mensch denkt, handelt, schafft und arbeitet mit einem Minimum an — oder sogar ohne jegliche — Originalität, d. h. ohne völlige leidenschaftliche Anteilnahme des Selbst.

Nach dieser Ansicht ist das, was »indifferente Energie« genannt wird, gehemmte Triebenergie — präziser sollte man sagen »Energien von gehemmten Ich-Funktionen«. Die Ich-Struktur des gewöhnlichen Menschen ist nicht so beschaffen, daß sie ihre Arbeitsfähigkeit unter dem Drang optimaler Sexualisierung oder Triebbesetzung aufrechterhält. Wir entdecken hier etwas, was mir als bedeutender Punkt der Theorie erscheint. Das Studium der Triebbesetzung jener Ich-Funktionen, die der Verfolgung von Zielen in der Realität dienen, führt zu entgegengesetzten Beobachtungen. Bei vielen Fällen bemerken wir eine Verringerung der Funktion unter der Einwirkung der Sexualisierung, aber das ist keineswegs die Regel. Trotz des im Hinblick auf das Genie zitierten klinischen Materials beobachtet man beim gewöhnlichen Menschen gelegentlich ein plötzliches Aufblühen einer Ich-Funktion, wenn die Beseitigung eines Schuldgefühls dem Ich erlaubt, eine dieser Funktionen mit freiströmender erotischer Energie zu besetzen (vgl. 280, S. 23).

Ich schließe daraus, daß es kein allgemeines Gesetz für die Funktionstüchtigkeit von Ich-Funktionen, ausgedrückt in Graden der Hemmung[9] oder der Steigerung von Sexualisierung gibt. Die Beziehung zwischen der Qualität der Funktion und dem Grad der Sexualisierung ist relativ, nicht absolut. Je nach Ich-Struktur kann das Anwachsen der Sexualisierung der Ich-Funktionen die Wirkung steigern oder sie hemmen. Es gibt Patienten, die bei Sexualisierung empfindlich reagieren, und andere, die sogar unfähig sind, angemessene Funktionen über lange Zeiträume hin zu beherrschen, wenn sie nicht aus solchen Aktivitäten Sexualgenuß ableiten können. Eine ganz typische Situation kann man während des Beginns einer schizophrenen Psychose beobachten, wenn sich die Ich-Struktur abschwächt oder sogar auflöst. Ein so geschädigtes Ich ist unfähig, die angemessene Leistung aller Ich-Funktionen aufrechtzuerhalten, und man kann manchmal beobachten, wie eine Ich-Funktion nach der anderen in den schädlichen Prozeß der Sexualisierung und Aggressivierung hineingezogen wird. Dennoch, um exakt zu sein: es ist nicht die Sexualisierung an sich, die zur Funktionsstörung führt, sondern die Schädigung, die die Ich-Struktur getroffen hat.

Man sollte nicht vergessen, daß Freud sehr zu Recht auch die Sexualität als Ich-Funktion bezeichnet hat (205, S. 113), auch daß sich alles, was ich bis hierher über Ich-Funktionen gesagt habe, auf jene bezieht, die nicht dem Ziel physischer Befriedigung dienen. Ich bringe das hier vor, weil man bei Goethe präzise beobachten kann, daß die Ich-Funktionen, die der sexuellen

Befriedigung dienen, gehemmt werden, und jene, die den schöpferischen und realitätsbezogenen Tätigkeiten dienen, hervorragend mit Triebenergien arbeiten. Wenn eine Veränderung in der Organisation eintrat und Ich-Funktionen, die sexuelle Zwecke verfolgen, angemessen aktiviert wurden, war die Qualität der kreativen Funktion, obgleich nicht gestört, doch sicher in der Wirkung irgendwie beeinträchtigt. Offenbar lag bei Goethes Ich-Struktur der *locus minoris resistentiae* in der Anforderung, ein Maximum an genitaler Lust zu ertragen, und selbst nachdem die genitale Funktion wiederhergestellt war, erreichte der Orgasmus, so vermute ich, nicht seinen völligen Gipfel. Im kreativen Bereich aber war dem Trieb frei zu strömen erlaubt, und da war das Ich so strukturiert, daß es dem Druck der Triebe, die durch die Kreativität Entspannung fanden, standhalten konnte.

Hartmann sieht den Beweis für die Neutralisierung in erster Linie in der Stabilität der Ich-Funktionen, ihrer Widerstandskraft gegenüber Regression und Sexualisierung, was er Grade der sekundären Autonomie des Ich nennt (280, S. 11 [deutsch S. 43]). Ich denke aber, daß man die Stabilität der Ich-Funktionen nur dann als wirklich gesichert ansehen kann, wenn sie auch unter der Belastung von großen Mengen von Triebenergie arbeiten können. Dann ist der höchste Grad von sekundärer Autonomie erreicht. Die kreative Funktion zeigt bei Goethe – trotz der verschiedenen Qualität und Quantität in ihrem Ergebnis – dieses Maximum an sekundärer Autonomie. Ich glaube, das trifft allgemein auf das Künstlergenie zu. Es kann niemals zuviel Triebenergie in den kreativen Prozeß investieren, und solange gleichzeitig eine angemessene Ich-Struktur vorhanden ist, kann die Qualität der Funktion mit der Zunahme der investierten Triebenergie nur wachsen. Nur dann können wir zu Recht von einer genialen Persönlichkeit sprechen.

Hier ist eine allgemeine Bemerkung über die Triebe notwendig. Nach Freud hat die Libido zwei anscheinend gegensätzliche Eigenschaften. In vielen Zusammenhängen wird Libido als flexibel und leicht verschiebbar beschrieben. Der Primärvorgang zum Beispiel wird als Verschiebung libidinöser Besetzung von einer Vorstellung oder Bild zur anderen begriffen, unter Absehung der Erfordernisse der Logik oder der äußeren Realität; etwas Ähnliches wird gesagt, wenn sich die Libido Abfuhr auf Nebenwegen sucht, wenn Triebbefriedigungen an einer Stelle blockiert sind. Auf der anderen Seite beschreibt Freud die Zähigkeit der Libido, die sich klinisch bei einigen Formen des Widerstands zeigt, ihre Eigenschaft, auf einer bestimmten Form der Befriedigung zu beharren, ihre Tendenz, auf frühere Formen der Befriedigung zu regredieren und Befriedigung um jeden Preis erreichen zu wollen.[10] Hängt es ausschließlich von der Natur der Ich-Struktur ab, ob Triebenergien flexibel oder zäh festhaltend erscheinen? Zugunsten dieser Ansicht könnte ziemlich viel angeführt werden, und doch fühlt man sich gedrängt zu sagen, daß vieles auch von den Eigenschaften der Triebenergien abhängt. Bei einer Erörterung der Ich-Funktionen und ihrer Entwicklung zu sekundärer Autonomie ist dies von Bedeutung; auch sie sollten zugleich flexibel und zäh sein, je nach den Anforderungen des Ich oder der äußeren Realität. Als Goethe sich mit äußeren Dingen einließ, z. B. mit der Verwaltung und den Regierungsgeschäften, und zuließ, daß sie einen weiten Bereich seines Lebens zum Nachteil der kreativen Ziele an sich rissen, und er seine Pflichten auf jenem Gebiet mit solcher Beharrlichkeit, ja sogar Halsstarrigkeit erfüllte, handelte er, wie ich zu zeigen versucht habe, nicht unweise. Zu einem späteren Zeitpunkt seiner Entwicklung war es andererseits wichtig, diesen Lebensstil zu reorganisieren, und sein Ich war flexibel genug, eine neue Form im Umgang mit der Realität zu entwickeln. Dieser Wechsel von Zähigkeit zu Flexibilität ist der Art und Weise, wie die Triebe arbeiten, nicht notwendigerweise fremd.

Noch eine andere Eigenschaft der Triebe muß hier erwähnt werden. Triebe sind an sich nicht zwangsläufig so irrational, wie sie oft erscheinen. Wenn sie allerdings eine große Beimischung von Masochismus aufweisen, arbeiten sie stark gegen die Ziele und den wahren Vorteil des Ich. Die Beimischung von Masochismus ist aber nur zufällig, wenn auch sehr häufig bei Menschen, die eine Analyse machen. Wenn wir uns Goethe anschauen, und in diesem Fall beschäftigen wir uns nicht nur mit dem Genie, sondern auch mit einer im Leben häufig zu beobachtenden Eigenart, bemerken wir, daß viele seiner Entscheidungen spontan seinen Trieben und Leidenschaften folgten und nicht auf rationaler Einsicht basierten. Schließlich waren die Gründe, die sein Vater gegen seine Übersiedlung nach Weimar ins Feld führte, rational und gut durchdacht. Alle Argumente sprachen zugunsten der beruflichen Etablierung des Sohnes in seiner Geburtsstadt, dessen Drang jedoch, den Herzog zu treffen, war impulsiv. Wir stoßen auf die gleiche Situation, als Goethe sich zeitweilig aus Weimar zurückzog und lange Zeit in Italien blieb. Wieder hätten das Realitätsprinzip und die rationale Überlegung ihn vor diesem Schritt eindringlich gewarnt, der sicherlich impulsiv war und aus der tiefsten Tiefe des Wiederholungszwangs stammte. In beiden Fällen wissen wir, daß Impuls und Trieb gegen die rationale und kühle Überlegung die richtige Wahl trafen. Goethe hätte dies seinen Dämon genannt, auf den er sich verließ. Der Dämon aber ist eine Personifizierung der Triebe, die ihre Arbeit ohne Wissen des Ich tun.

Ich versuche hier einen Faktor darzustellen, der bei einem bestimmten Typ gesunder Menschen eine große Rolle spielt und »Triebsicherheit« genannt werden kann, ein Faktor, den man manchmal schon bei Kleinkindern und Kindern beobachten kann. Natürlich dominiert beim klinischen Material des Psychoanalytikers der entgegengesetzte Typ, dessen Triebimpulse immer in die Irre führen, durchaus. Solche »Triebsicherheit«, wie man sie bei Goethe findet, verbunden mit einer hervorragenden Ich-Struktur, war für einen Lebenslauf von solcher Großartigkeit, wie sie auch der höchste Grad von Neutralisierung niemals erreichen könnte, verantwortlich.

Wir können jetzt vielleicht mehr über einen Menschen sagen, dessen Ich-Funktionen durch Sexualisierung bedroht werden. Worin besteht der Unterschied zwischen einem Patienten, der an einer hysterischen Gehunfähigkeit leidet, und dem Bauern, der den Boden pflügt? Für den Hysteriker ist Gehen z. B. ein Trampelrr auf dem Bauch seiner Mutter geworden, und in der Abwehr gegen die Erfüllung dieses Wunsches hat sein Gang die Koordination verloren. Bedeutet dies, daß das Pflügen des Bodens für den Bauern nicht die Bedeutung der Verstümmelung des mütterlichen Leibes hat? Volksbräuche, Sitten, Mythen, usw. beweisen, daß diese Handlungen ebenfalls Triebbedeutung für einen Menschen haben, der sie ohne Störung durch neurotische Symptome ausführt. Es gibt jedoch viele Unterschiede zwischen beiden Beispielen. Sie reichen von der Frage der Quantität bis zu der nach der Ich-Struktur und Ich-Differenzierung. Ich möchte hier nur sagen, daß für den Hysteriker Gehen und Aggression dieselbe Bedeutung angenommen haben, und er lehnt Gehen in derselben Weise ab, wie er die Aufforderung ablehnen würde, die abstoßende Handlung in Wirklichkeit auszuführen. Beim Bauern, müssen wir annehmen, bleibt die Vorstellung der Aggression auf ein Gebiet außerhalb des Ich beschränkt, und die Triebenergie wird ungehemmt von einem Ich abgeführt, das vom massiven Einfluß verbotener Vorstellungen unbeeinträchtigt bleibt. Das Ich des Bauern will nicht mehr und nicht weniger als den Boden bebauen, obgleich die unbewußte Repräsentation dieser Aktion eine verbotene ist. Es ist richtig, hier von einer zielgehemmten Triebabfuhr zu sprechen, insofern das Ich sein ursprüngliches Triebziel aufgegeben hat, das in das Unbewußte verdrängt wird und im Ich durch ein neues, vom ursprünglichen streng geschiedenes Ziel ersetzt wird. Der Dichter aber befindet sich in einer besonderen Lage. Auch er hat natürlich in seinem Unbewußten die verbotenen universellen Impulse, die keinem Sterblichen in der einen oder der anderen Weise erspart bleiben, aber sein Ich muß diesen Impulsen jetzt aktiv eine Form geben. Der Dichter muß der verbotenen Vorstellung Ausdruck verschaffen und darf sie nicht in den verdrängten Teil seiner Persönlichkeit einschließen. Wenn natürlich die aus dem verdrängten Teil seiner Persönlichkeit stammende Vorstellung oder deren Abkömmlinge die ursprüngliche Triebbesetzung zurückbehalten, wäre schöpferische Tätigkeit kaum möglich. Das Ziel ist jetzt die neue Form, in welche die ursprüngliche Vorstellung gegossen wird.

Hier muß man den quantitativen Faktor beachten. Die verbotene Vorstellung oder ihre Abkömmlinge brechen noch besetzt in das Gebiet des Ich ein und werden durch das geschaffene Werk vorübergehend entladen. Das Ich hat die Fähigkeit, die Besetzung der verbotenen Vorstellung auf eine vom Ich akzeptierte und in das geschaffene Werk eingehende Vorstellung zu übertragen.

Lassen Sie uns jetzt zu unserer Ausgangsfrage zurückkehren, ob die Qualität der Triebenergie beim Vorgang der Zielhemmung oder beim Ersetzen des Ziels sich verändert oder nicht. Die Beobachtung des Genies — soweit man es aus seiner Hinterlassenschaft beurteilen kann — läßt mich glauben, daß es seine Triebqualität trotz des tiefgreifendsten Wechsels der Ziele bewahrt.

Für das Folgende möchte ich den Begriff »Sublimierung« als Wechsel des Triebziels verstanden wissen und nicht als eine Umwandlung von Energie.

Da festgelegt ist, daß sublimierte Energie aus Triebenergien stammt, haben Forscher versucht, die Richtigkeit der psychoanalytischen Theorie zu überprüfen, indem sie das Ausmaß intellektueller Leistung mit dem Ausmaß genitaler Befriedigung verglichen. Sie postulierten den Nachweis einer inneren Entsprechung, wenn die Theorie der Sublimation korrekt wäre (vgl. 487, S. 70 f.; 521, zitiert nach 487). Dr. Anna Freud korrigierte diese falsche Annahme in einer Diskussion in Worcester 1949. Sublimierte Energie kann aus prägenitalen Quellen stammen, und deshalb sind weitreichende Sublimierungsvorgänge mit weitgehenden genitalen Aktivitäten und Befriedigungen vereinbar. Dieses Argument ist zweifellos richtig. Ich sollte zwei weitere Vermutungen hinzufügen. Es ist durchaus denkbar, daß ein Mensch seiner Konstitution und Entwicklung nach mit einem besonders großen Vorrat an genitaler Libido ausgestattet ist,[11] so daß sogar weitgehend Sublimierung genitaler Libido einem reichen genitalen Leben nicht widerstreitet.

Weiterhin glaube ich, daß wir bei unserer Diskussion bestimmter Probleme der Sexualität noch viel zu sehr dem biologischen Denken verhaftet sind. Die *Anzahl* von genitalen Befriedigungen ist bei einer Erforschung der Korrelation zwischen Sublimierung und genitaler Sexualität nicht entscheidend, sondern nur die *Qualität* der Entspannungen. Klinisch kann man immer wieder beobachten, daß ein Mangel an psychischer Befriedigung bei genitaler Aktivität zu einem Anwachsen biologischer Potenz führt. Es gibt Patienten, die infolge einer Neurose, welche zu vorzeitiger Ejakulation führt, oder die infolge von Depersonalisierung oder von Angst keinen vollen Orgasmus erreichen. Sie sind deshalb zu häufigem Geschlechtsverkehr fähig, erreichen aber selten eine ausreichende Befriedigung. Was wie besonders starke Genitalität aussieht, ist klinisch die Offenbarung eines Defekts, besonders der Unfähigkeit, wirklichen genitalen Genuß zu finden.

Um solche klinischen Daten zu verstehen, muß man sich Freuds frühen Theorien über den Unterschied zwischen Psychoneurosen und Aktualneurosen zuwenden. Freud bewies — und diese Ansicht ist, sehr zum Nachteil einer umfassenden psychosomatischen Medizin, für die psychoanalytische Theoriebildung nur wenig genutzt worden —, daß eine biologische Triebabfuhr psychisch integriert sein muß, wenn sie wirklich die gesamte Spannung der psychobiologischen Einheit verringern soll. Andernfalls werden biologische Entspannungen für den psychischen Apparat eine Last. Daher ist die Anzahl der genitalen Entspannungen kein zuverlässiges Zeichen für die Erforschung der Gesamtsumme von genitaler Libido, die dem psychischen Apparat zur Sublimierung zur Verfügung steht. In Goethes Fall scheint die Anzahl niedrig gewesen zu sein. Bei Victor Hugo war sie sehr groß, wenn man seiner Behauptung trauen kann. Möglicherweise wird dieser offenbare Widerspruch in der Theorie (wenn wir annehmen, daß große Schöpfungen auch die Sublimierung von genitaler Libido erfordern) geklärt werden, wenn dereinst alle biologischen Daten für diesen Dichter veröffentlicht sind. Man sollte darauf hoffen, daß irgendwo inmitten des weiten Feldes von Goethes Briefwechsel und Tagebüchern ein paar Bemerkungen gefunden werden, von denen aus die zutreffende Rekonstruktion dessen, was er wirklich während des Geschlechtsverkehrs fühlte, gelingen kann. Die eine Behauptung, die wir von Goethe besitzen, scheint anzudeuten, daß das psychische Echo, der erste Widerhall des Geistes auf die Wirkung des genitalen Genusses in Italien, nicht stark war. Im Verlauf seiner Beziehung zu Christiane scheint sich diese Resonanz verbessert zu haben, und zugleich verzeichnen wir eine Wirkung auf das literarische Produkt. Ich kann mir vorstellen, daß im Fall von Victor Hugo der genitale Genuß eher eine stimulierende als eine Befriedigung verschaffende Wirkung hatte, daß das unversöhnliche Bedürfnis nach genitalen Befriedigungen nicht ein Anzeichen dafür war, daß genitale Energie wirklich vom kreativen Prozeß abgezogen wurde, sondern das Gegenteil. Die völlige Erweckung des genitalen Verlangens nach Geschlechtsverkehr und seine Nichtbefriedigung trotz der biologischen Entspannung können zu einer Konstellation geführt haben, die für ein nicht endendes Strömen des kreativen Prozesses besonders günstig war.

Im Verlauf meiner Untersuchung habe ich von Zeit zu Zeit Dr. Kris' hervorragenden Beitrag zur Psychologie der Kunst und der Kreativität referiert. Ein zentrales Thema seiner Abhandlungen ist die Regression, auf die wir bei kreativen Vorgängen stoßen, eine Regression, die nicht ein Zeichen von Pathologie ist, sondern im Dienst des Ich steht. Es ist eine kontrollierte Regression, oder wenigstens scheint es so, denn sie schlägt nicht in Schädigung, sondern in Leistung aus. Es ist ein Begriff, der Platons heiligem Wahnsinn gleicht. Wie aber passen Regression und neutralisierte, indifferente Energie zusammen? Es ist schwer vorstellbar, daß die Ich-Funktionen im Zustand der Regression mit indifferenter Energie arbeiten. Warum sollten die Triebe, immer bereit, Augenblicke der relativen Schwäche des Ich zu nutzen, nicht auch diese verführerischen Gelegenheiten ergreifen, um über das Ich herzufallen und seine vorrangigen Absichten zu stören, wie sie es durch erzwungene Träume tun, während das Ich schläft? Ich glaube, daß genau dieser Begriff der kontrollierten Ich-Regression die Hypothese bestätigt, die ich in diesem Anhang anbiete. Wenn ein Trieb völlig oder fast vollständig vom Ich integriert ist, wenn der Trieb so sehr kultiviert wurde, daß er für das Ich zu arbeiten bereit ist, wie weit auch immer die neuen Befehle des Ich den Trieb von seinem ursprünglichen Ziel wegführen, dann kann das Ich so, wie es ist, ein Nickerchen machen und auf die Weisheit der Natur vertrauen. Im Hinblick auf das, was ich früher über die Triebsicherheit gesagt habe, ergibt es einen guten Sinn, daß der so kultivierte Trieb jetzt ohne die Aufsicht des Ich sogar besser die Sehnsüchte des Ich erfüllen kann, als wenn das Ich Gelegenheit zum Eingreifen hätte, belastet mit seinem Verlangen nach Vollkommenheit und den damit verbundenen Zweifeln. Das Ich könnte mit all seiner Weisheit und Erfahrung, all seinem Gedächtnis und Urteilsvermögen nicht künstlich hervorbringen, was durch Hingabe an die freie Wirkung kultivierter Triebkräfte geschaffen werden kann. Jene Kräfte, die ehemals den Wachstumsprozeß des Ich gefährdeten, sind jetzt die Vollstrecker seiner Ziele. Man wird hier an die Zähmung von Tieren erinnert, die einstmals Feinde der Zivilisation waren und — wer weiß wie oft — in ihrem Zustand der Wildheit das Anfangsstadium der Kultur zunichte machten. Einige von ihnen wurden kultiviert, und ihre Stärke nutzte man für das Wachstum und das Überleben der Zivilisation. Aber wir wissen ganz sicher, daß sie dabei nicht ihren Tierstatus veränderten, wieviel sie auch an ihrem Aussehen und Verhalten geändert haben mögen. Im Hinblick auf diese Spekulation tauchen Zweifel auf an der Richtigkeit des Begriffs »Regression« und seiner Verwendung, auch wenn dieser mit dem Adjektiv »kontrolliert« näher bezeichnet wird, für Zustände (z. B. Inspiration und verwandte Erscheinungen), die man auf dem Weg des Genies zum geschaffenen Kunstwerk beobachten kann. Auf welche Zustände seiner Vergangenheit regrediert das Ich in solchen Fällen? Sollten wir nicht besser solche »Anfälle« als die höchste Form des Fortschritts auffassen, und können wir nicht eines Tages in Platons »heiligem Wahnsinn« die höchste Form der Gesundheit erkennen?

Zusatz 1957

Als Beispiel für einen biologischen Vorgang, welcher dem gleicht, den wir bei einem Genie beobachten, können wir die Hypertrophie[12] anführen, die durch die Tatsache charakterisiert ist, daß sie während eines angeborenen pathologischen Vorgangs unter bestimmten Umständen zu einem verbesserten Funktionieren des Organismus führen kann.[13] Die Geniequalität beruht annähernd auf einer Hypertrophie bestimmter Ich-Funktionen, und während ich dies ausspreche, denke ich nicht nur an den quantitativen, sondern auch an den qualitativen Faktor.

Insgesamt muß man sagen, daß die »Hypertrophie des Genies« zu einem verbesserten Funktionieren des psychobiologischen Organismus führt, obgleich folgende zwei Argumente gegen diese Behauptung angeführt werden können: (1) Die Schöpfungen des Genies können Ablehnung der Gesellschaft, in der es lebt, auslösen, und das Genie kann daher der Verfolgung ausgesetzt sein, was unter bestimmten erschwerten Bedingungen zu seiner Vernichtung führen kann. (2) Die hypertrophierten Ich-Funktionen können die Energie anderer Funktionen in einem solchen Ausmaß aufbrauchen, daß der gesamte Organismus gefährdet werden, Schaden nehmen, möglicherweise ständig krank werden oder sogar den Tod erleiden kann. Trotzdem glaube ich, daß die Behauptung der Funktionsverbesserung durch diese Beobachtungen nicht widerlegt ist. Der Organismus des Genies ist allein aus der Perspektive der schöpferischen Produktion zu betrachten, die ihn von allen anderen Organismen unterscheidet. Wenn die Aktivierung dieser Funktion andere Funktionen verringert, beweist dies allein keine Pathologie; nur der Nachweis, daß die Verringerung auf die Qualität der Kreativität zurückwirkt und diese schmälert, würde ein negatives Urteil rechtfertigen. Selbst wenn sich in einem bestimmten Fall der vorzeitige Tod als Folgeerscheinung der schöpferischen Leistung herausstellen würde — wie es möglicherweise bei Mozart geschah —, würde man immer noch dies mit der bekannten biologischen Tatsache vergleichen müssen, daß die vornehmlichste Funktion bei einer bestimmten Tiergattung so organisiert ist, daß sie in der Regel zum Tod der männlichen Mitglieder führt. Es gibt keinen Grund, die männliche Sexualfunktion bei einer solchen Art pathologisch zu nennen. Indem sie ihre sexuelle Funktion erfüllen, beweisen diese Organismen ihre Angemessenheit — was immer das Ergebnis sein mag. Ähnlich kann der Organismus des Genies nur unter der Kategorie jener einen Funktion angemessen bewertet werden, für die er bestimmt ist.

Ich möchte hier der Frage nachgehen, ob etwas über die psychologischen Voraussetzungen der Hypertrophie des Genies gesagt werden kann. Bei der organischen Hypertrophie ist es die Praxis, die Aktivität, der Gebrauch eines Organs, was zur Hypertrophie führt, aber die Analogie mit der biologischen Hypertrophie kann in dieser Hinsicht nicht angemessen sein. Jener Typ von Mensch, der nach der Leistung des Genies strebt und alle seine Anstrengungen loyal und beständig diesem Ziel weiht, es aber verfehlt, ist gut bekannt. Sicher, viele Genies gehen durch lange Perioden von großer Anstrengung, Praxis und Training hindurch, aber man kann im angestrengten Training nicht das Wesensmerkmal des Genies sehen.

Wenn wir den höchst wichtigen, aber noch mysteriösen Punkt der angeborenen Begabung beiseite lassen, scheint die Entwicklung des Genies die Bildung einer bestimmten Persönlichkeitsstruktur vorauszusetzen. Diese Struktur ist nicht so beschaffen, daß sie gewissermaßen zu jeder Zeit zur Besichtigung offensteht; man kann sie vielleicht sporadisch beobachten, oder sie kann durchgehend nur latent vorhanden sein. Aus dem Studium von Goethes Leben habe ich wenigstens den sehr bestimmten Eindruck gewonnen (und es kann in diesem Stadium der Erforschung der Psychologie des Genies überhaupt nur um Eindrücke gehen), daß seine Persönlichkeit so organisiert war, daß sie — wenigstens manchmal — das Überströmen der gesamten psychischen Energie auf ein besonderes Ziel, die Schöpfung, erlaubte und seine gesamte Persönlichkeit in den Dienst der einen Funktion stellte. Dieses Kennzeichen mag nicht signifikant scheinen im Vergleich mit der Größe und Leistung, welche es erklären soll, und auf den ersten Blick viel zu häufig vorkommen, um mit einem so seltenen Ereignis wie mit dem Erscheinen eines Genies verbunden zu werden. Bevor wir aber diese Argumente erörtern, möchte ich ein paar Worte über Zustände sagen, in denen sich die Persönlichkeit dem Erreichen eines einzigen Zieles weiht. Sicher, aus großem Abstand kann man von allen Organismen sagen, daß sie ständig in einem solchen Zustand sind, da sie dem Lebensprozeß unter allen Umständen dienen. Aber solche allgemeinen Ziele sind hier nicht gemeint. Darüber hinaus hat der Lebensprozeß viele Aspekte, von denen einige sich sogar gegenseitig ausschließen. Im gegenwärtigen Zusammenhang bin ich mit Zuständen beschäftigt, die durch die Unterordnung aller Funktionen unter den einen unmittelbaren Zweck charakterisiert sind. Das werde ich »einfunktional« nennen (vgl. 538; 539).

Der Zustand des traumlosen Schlafes z. B. erfüllt diese Voraussetzungen. Er kommt durch den Besetzungsabzug von der äußeren Welt, vom Über-ich, vom Es (soweit das möglich ist) und von der Peripherie des Ichs zustande. Nur der innerste Kern des archaischen Ich bleibt besetzt in Gestalt des Wunsches zu schlafen; d. h. die alleinige Ausrichtung auf den Schlafzustand wird durch einen Besetzungsabzug erreicht, durch eine Paralyse fast aller anderen Funktionen, außer eben dem Wunsch zu schlafen. Die gesamte Persönlichkeit ordnet sich diesem einen Ziel unter. Unter gewöhnlichen Bedingungen muß etwas Energie auch während des Schlafs auf Außenposten des Ichs verbleiben, um die Abwehr zu gewährleisten und um den Einfall von archaischen Impulsen, die der allgemeinen Aufforderung nach Energieabzug nicht gefolgt sind, zu verhindern, wobei man dann bei diesem Schlaf nicht länger von einem einfunktionalen Zustand sprechen kann. Nach einer längeren Periode physischer Erschöpfung kann der Idealfall eines einfunktionalen Zustands erreicht sein, und alle vorhandene Energie wird sich dem Schlafvorgang unmittelbar unterwerfen. Die Gefahr einer störenden Reizwirkung auf den Schlaf ist dann beseitigt, und der Schläfer bedarf keines Schutzes durch die Besetzung von Vorposten. Alle Provinzen der Persönlichkeit arbeiten treulich unter solchen Bedingungen mit der Schlaf-Funktion zusammen.

Ein anderer Zustand, in dem der psychische Apparat und die Persönlichkeit des Erwachsenen einem einzigen Ziel dienen, ist der Orgasmus. Die Verteilung von Energie ist hier ganz anders und komplizierter als beim Schlaf. Die Besetzung wird von der Realität abgezogen mit Ausnahme des lustspendenden Objekts, und sogar dies kann beim kurzzeitigen Aussetzen des Bewußtseins auf dem Höhepunkt verschwinden; die Ich-Besetzung ist stark verringert, und nur jene Funktionen sind besetzt, die zur Befriedigung notwendig sind. Das Ich steht völlig im Dienst der Triebbefriedigung; es ist ein Zustand der Regression; die Sinnesorgane sind ganz auf die Lustwahrnehmung ausgerichtet; der Körper ist überbesetzt, es kommt zu einer Akkumulierung von Besetzung der Sexualorgane; die gewöhnlich gut geschützten Ich-Grenzen zerfließen, und die Trennung des Ich von der Welt der Objekte wird unscharf, ziemlich ähnlich der Fusion von Ich und Außenwelt in einigen Phasen der Kindheitsentwicklung. Ein ähnliches Zerfließen tritt zwischen Ich und Es ein. Der Trieb ergreift fast völlig vom Ich Besitz. Obwohl unter gesunden Bedingungen ein Teil des Überich besetzt bleiben und die Konzentration des Ich auf die Triebbefriedigung unterstützen kann, müssen wir doch annehmen, daß jene Bereiche des Überich, die den Trieben entgegenstehen oder ihnen feindlich gesinnt sind, unbesetzt bleiben müssen oder wenigstens durch Gegenbesetzung in Quarantäne gehalten werden.

An diesem Beispiel des Orgasmus bemerken wir wieder, daß der einfunktionale Zustand mit dem Abzug der Besetzung von Strukturen und mit der Konzentration von Energie auf bestimmte Sektoren einhergeht, verbunden mit der Entleerung anderer.

Bei den prägenitalen Zielen des Erwachsenen ordnet sich nur ein Teil der Persönlichkeit der Befriedigung unter, was man am besten bei oralen Befriedigungen sehen kann, die gewöhnlich mit komplexen und wichtigen sozialen Handlungen verbunden sind.

Bei anderen Zielen, z. B. der Arbeit, müssen große Teile der Persönlichkeit unbesetzt bleiben, oder wenigstens hinsichtlich ihrer gewöhnlichen Äußerungen gehemmt sein. So befriedigend Arbeit auch sein mag, führt sie doch nur selten von sich aus zu weitgehender, unmittelbarer und völliger Triebabfuhr. Das Übergewicht an Besetzung gehört dem Überich und jenen Teilen des Ich, die für die Ausführung notwendig sind. Beim Arbeitsziel beobachtet man natürlich unzählige Variationen und Kombinationen von Besetzungsmustern, auch wenn man keine pathologischen Fälle in die Betrachtung mit einbezieht. In Verbindung mit Arbeit kann man die Möglichkeit ins Auge fassen, daß Zustände hoher Konzentration einfunktional sind, und dies kann in einigen Fällen so sein. Hohe Konzentration an sich beweist aber nicht das Vorhandensein eines einfunktionalen Zustandes, denn es gibt definitiv zwei Typen von Konzentration. Bei dem einen Typ arbeitet Konzentration mit einer verläßlichen und starken Gegenbesetzung gegen alles, was den Denkvorgang unterbricht (vgl. 205, S. 151), bei dem anderen kann die Besetzung des Denkvorgangs so intensiv sein und so vollständig alle verfügbare Energie aufsaugen, daß kein Reiz den Ablauf der ausschließlichen Aufmerksamkeit stören kann: in diesem Fall ist eine Gegenbesetzung nicht erforderlich. Nur beim letzteren Typ von Konzentration liegt die Voraussetzung für einfunktionale Zustände annähernd vor, denn bei dem ersteren werden enorme Investitionen in defensive Funktionen vorgenommen, die sich in erster Linie nicht auf das Hauptziel beziehen. Bei Konzentration, so glaube ich, wird die totale verfügbare Energie nur selten von einer einzigen Funktion verbraucht und abgeführt, aber auch dann erfordert dies den Abzug von Besetzung von anderen Teilen der Persönlichkeit.

In der Psychopathologie stoßen wir vielleicht sogar mit größerer Häufigkeit auf einfunktionale Zustände. Bei der Depression zum Beispiel absorbiert die enorme Inflation des Überich alle Energiequellen und drängt sich selbst dem Rest der Persönlichkeit auf. Sicher, dieser Zustand dient auch dem Zweck der Abwehr, und daher kann ein Einwand gegen die Bezeichnung dieses Zustandes als einfunktional gemacht werden. Wir wissen aber, daß der Angriff des übermächtigen Überichs das sich unterordnende Ich überfährt und das Es überwältigt. Es wäre nicht schwer zu beweisen, wie nahe schizophrene Zustände (wie wahnhafte und akut halluzinatorische Zustände oder die Phantasie des drohenden Weltuntergangs) an einfunktionale Zustände herankommen. In diesen Fällen ist aber auch der einfunktionale Zustand durch weitgehenden Abzug der Besetzung gebildet, was man an den tiefen Regressionen sehen kann, die leicht eintreten können.

Im normalen Leben finden Befriedigung und Abwehr zugleich statt. Das Ich muß einen Teil der einströmenden Reize, die aus der Realität stammen, von seinem Gebiet fernhalten und sich gegen den Einfall bestimmter Triebforderungen schützen. Das Zusammenspiel dieser Funktionen ist vertraut, obgleich noch wenig verstanden. Es kämpft gegen einfunktionale Zustände.

Meine These ist, daß der schöpferische Akt im allgemeinen ein einfunktionaler Zustand höchster Differenzierung mit minimalem Abzug von Besetzungen ist. Um diese These zu belegen, möchte ich in jenen Zweig der Psychologie abschweifen, den Dilthey »geisteswissenschaftliche Psychologie« nannte, die man kurz als eine Psychologie definieren kann, die ihr Wissen über die Seele des Menschen aus dem Studium der geschaffenen Werke gewinnt. Freud widmete dieser Richtung ein Buch, als er die Psychologie des Witzes erforschte. Der Witz ist meiner Meinung nach die kleinste kulturelle Einheit, durch deren Studium die Probleme einer »geisteswissenschaftlichen Psychologie« dargestellt werden können (vgl. 450). Man kann sagen, daß jede solche Psychologie mit der Erforschung dieser Einheit beginnen sollte, weil sie sozusagen einen Vorzustand der alloplastischen kulturellen Arbeit repräsentiert. Bis zu einem gewissen Grade kann der Witz eine autoplastische kulturelle Einheit genannt werden, wenn man sie mit anderen kulturellen Elementen vergleicht. Der Witz wird erzählt, ist vorbei und vergessen, und er hat seinen Wert nur in besonderen Situationen. Er ist dem gesprochenen Wort verhaftet und daher seinem Wesen nach ephemer. Doch gerade weil der Witz nicht den vollen Zustand der künstlerischen Alloplastizität erreicht, d. h. der materiellen Konkretisierung, können wir aus seinem Studium wesentliche Prinzipien gewinnen, die uns bei der Erforschung komplizierterer kultureller Gestaltungen helfen.

Ich möchte nur einen kleinen Teil von Freuds Untersuchung darstellen, der in dem hier vorliegenden Zusammenhang von Bedeutung ist. Indem Freud den psychischen Vorgang im Kopf eines Menschen, der einen Witz macht, rekonstruiert, deckt er einen besonderen Mechanismus auf: Gedanken, vornehmlich vorbewußte, müssen für einen Augenblick in das Unbewußte hinabtauchen und einer Bearbeitung unterzogen werden, die für das System des Unbewußten charakteristisch ist, bevor sie in Form eines Witzes ins Bewußtsein zurückkehren können. Als Beleg für diesen Vorgang möchte ich das erste der vielen Beispiele wiederholen, die Freud in seiner Abhandlung *Der Witz und seine Beziehung zum Unbewußten* (1905) analysiert. Ein Mann von sehr bescheidener Bedeutung prahlt mit seiner Bekanntschaft mit Rothschild, der ihn, wie er sagt, wie seinesgleichen, ganz *famillionär* behandelt habe.[14] Die Bedeutung des Witzes ist klar: der Mann will sagen, daß man ihn zwanglos oder intim behandelte, soweit ein Millionär dies überhaupt kann — ein Gedanke, der weder geistreich ist noch Lachen hervorruft. Durch die Verschmelzung der beiden Worte *familiär* und *Millionär* in der Erschaffung der Ersatzbildung *famillionär* wird ein Witz hervorgebracht.

Dieses Beispiel ist besonders instruktiv, da das Wort famillionär auch in einem Traum oder als Versprecher vorkommen kann. Die Verdichtung und Ersatzbildung von Worten, die es gibt, sind Vorgänge, die für das Unbewußte charakteristisch[15] und aus der Traumdeutung gut bekannt sind.[16]

Für den Zusammenhang, um dessen willen ich dieses Beispiel hier angeführt habe, ist die genaue metapsychologische Beschreibung jenes Vorgangs wichtig, den Freud als »das Eintauchen ins Unbewußte« (161, S. 193) beschrieben hat. Hier liegt der Schlüssel für das Verständnis einer Gruppe von Problemen, die zur Psychologie der Kreativität gehören. Ganz allgemein glaube ich, daß wir in der Bildung eines Witzes en miniature viele der Elemente finden werden, die auch bei der Erschaffung eines Kunstwerks eine Rolle spielen.

Hier ist eine kurze Bemerkung über Regression notwendig. In Freuds früher Formulierung über den Ursprung der Träume bezeichnet er nur die letzte Phase der Traumarbeit als Regression, jene Phase nämlich, in der die latenten Traumgedanken nach der Verdichtung und Verschiebung in Bilder gepreßt werden, die schließlich den manifesten Trauminhalt bilden. Daher finden wir in Freuds Buch über den Witz von 1905 eine Passage, in der es heißt, daß das Fehlen von Regression bei der Bildung eines Witzes den Unterschied zwischen der zum Traum und der zum Witz führenden Arbeit ausmacht, denn der Witz unterliegt nicht der Regression der Bildübersetzung (161, S. 188 f.). Später wurde der Begriff der Regression von Freud jedoch ausgeweitet, und der Begriff schloß auch die Verdichtung und Verschiebung der latenten Traumgedanken vor ihrer regressiven Darstellung in Bildern ein.[17] Deshalb sagt man heute, daß die psychische Arbeit, die zur Bildung eines Witzes führt, auch den Mechanismus der Regression benutzt, obwohl sie nicht auf die Präsentation in Bildern reduziert ist wie beim Traum, in dem auch sie den Moment des Eintauchens der Gedanken in das Unbewußte aufweist, um dort der Verdichtung und Verschiebung unterzogen zu werden. Das Umformen der Gedanken in der Traumarbeit unterscheidet sich wesentlich von dem, was bei der Bildung eines Witzes vor sich geht, wie Freud genauestens dargelegt hat. Es gibt sozusagen keine Grenze für das Ausmaß, das die Verdichtung und Verschiebung bei der Traumarbeit annimmt. Wenn es überhaupt eine Ähnlichkeit gibt, wird die Verdichtung und Verschiebung von jeder möglichen Verbindung zwischen Elementen – wie entlegen auch immer – vollen Gebrauch machen. Im Endprodukt (dem manifesten Trauminhalt) sind die latenten Traumgedanken dann gewöhnlich so gründlich verzerrt, daß der Mensch die Gedanken seines eigenen Traumes nicht mehr zurückverfolgen kann und nichts über ihre Herkunft weiß. Beim Witz arbeiten Verdichtung und Verschiebung viel selektiver. Sie verfahren nicht in der zufälligen Weise der Traumarbeit, die auf das entlegenste abzielt, sondern müssen eine besondere Lösung finden, wie etwa bei einem Rätsel.

Deshalb spricht Kris hier von einer Regression im Dienst des Ich. Die bei der Traumarbeit auftretende Regression führt zu dem Traum, der den

Schlaf unterbricht, wenn auch nur für Sekunden; auch die Regression bei Fehlleistungen stört ebenfalls die Absichten des Ich; dasselbe trifft noch stärker auf ernsthaftere Zustände zu, etwa auf Neurosen, und bei einer Psychose geht das ganze Gebäude der realitätsangepaßten Persönlichkeit teilweise oder vollständig in Stücke. Wer aber einen Witz macht, erreicht ein sich vorgesetztes Ziel: er bereichert eine soziale Situation durch ein gültiges und wertvolles Gebilde, das der gesellschaftlichen Wirklichkeit vollkommen angemessen ist; er erschafft einen neuen sozialen Wert, den es bisher noch nie gegeben hat. Bei der Bildung eines Witzes müssen Verdichtung und Verschiebung engen Regeln folgen und auf Verständlichkeit achten. Diesen archaischen Mechanismen wird der Erfolg zugeschrieben, den einen einzigen Knalleffekt zu finden, der möglich ist und der die Fähigkeit hat, Lachen zu erregen. All dies weist entscheidende Merkmale des Sekundärvorgangs auf. Wir sind hier in der Tat mit einer Situation konfrontiert, die in ihrer wesentlichen Struktur nicht mit dem Traum, der Fehlleistung oder dem Symptom vergleichbar ist. Beim Traum ist das Ich zwangsläufig passiv. Es sagt Nein zu den Reizen, die in sein Territorium eindringen wollen, aber läßt passiv zu, daß sie Eintritt erlangen, nachdem sie entwaffnet, weißgewaschen und fast heilig geworden sind. In der Fehlleistung wird das Ich von hinten überfallen, in der Neurose wird es versklavt und in der Psychose zerstört. Das Ich ist immer der Verlierer, obgleich alle diese Niederlagen einen Anteil von Sieg oder Vorteil aufweisen. Ohne den Traum würde das Ich aufwachen, ohne die Fehlleistung könnte es zu offener Aggression greifen, ohne die Neurose könnte es eine Psychose entwickeln, und selbst die Psychose kann es vor etwas noch Schlimmerem beschützen.

Trotz dieser verschiedenen Begleitvorteile kann kein Zweifel darüber bestehen, daß das Ich bei all diesen Formen von Psychopathologie der Verlierer ist, und man kann bei diesen Fällen nicht von einer Regression im Dienst des Ich reden. Wenn das Ich aber mittels einer Regression den Gewinn der Witzbildung schafft, mag es angemessen erscheinen, von einer Regression im Dienst des Ich zu sprechen. Doch ich bezweifle, daß die Anwendung dieses Begriffs für die spezifische Phase der Witzbildung, wie ich sie zuvor dargestellt habe, wirklich gerechtfertigt ist. Es ist nicht ganz verständlich, wie das Ich Gedanken zur Bearbeitung an das Unbewußte ausliefern kann und wie dies zu einer so präzisen und akkuraten Bildung, wie sie bei der Erschaffung eines Witzes erforderlich ist, führen könnte. Wie sollte der Primärvorgang angesichts der vielen möglichen Richtungen, in die er bei den ihm unterworfenen Gedanken gehen kann, gerade die eine einzige auszuwählen imstande sein, die zu der Struktur des betreffenden Witzes paßt? Freud bewies 1900 und bei späteren Gelegenheiten, daß der in der Traumarbeit enthaltene Primärvorgang nicht fähig ist, neue Lösungen oder irgend etwas Neues in dieser Richtung hervorzubringen. Das, was im Traum als eine Lösung von Problemen aussieht, die jemand während seiner wachen Stunden vergeblich zu lösen versucht hat, erweist sich regelmäßig als Zusammensetzung von vorbewußten Gedanken.

Die Frage, die es hier zu beantworten gilt, besteht darin, ob das »famillionär« des Witzes dieselbe Beurteilung wie die gleiche Bildung im Traum verdient. Ein Unterschied ist offensichtlich. Fast alle Ersatzbildungen, die z. B. in Träumen vorkommen, erfordern die Assoziationen des Träumers, damit man sie versteht. Beim Witz kann der Forscher aus dem Witz selbst die Elemente ableiten, die zur Ersatzbildung führen, ohne auf die Assoziationen des Urhebers des Witzes angewiesen zu sein. Die Substitution, die im Witz enthalten ist, wird nicht ausschließlich durch subjektive Faktoren festgelegt, wie es bei der Traumarbeit der Fall ist, sondern auch durch die objektive Struktur, zu der der Witz paßt. Ich sage dasselbe, nur aus einer anderen Perspektive, wenn ich formuliere, daß die Substitution beim Witz für einen anderen Menschen verständlich sein muß, andernfalls haben wir es mit Unsinn und nicht mit einem Witz zu tun. Dies läßt mich glauben, daß im Witz etwas wirklich Neues, sagen wir, ein neuer Wert, geschaffen wird. Sicher, Freud wies durch die Rückführung des Witzes auf seine ursprünglichen Elemente nach, daß wir die wirklichen Ideen, die im Witz zum Ausdruck kommen, oft schon vorher gewußt haben. In dem von mir angeführten Beispiel kann das leicht eingesehen werden. Daß Millionäre zu herablassendem Verhalten neigen, ist kein besonders geistreicher Gedanke. Viele Witze hängen von einer formalen Qualität ab, und ihr relativer Mangel an neuen Gedankeninhalten erinnert an das Fehlen von Neuem im manifesten Trauminhalt.[18] Ich glaube sogar, daß das Witzige verschwindet, sobald der neue Gedanke durch den Witz mitgeteilt und begriffen ist. Da der Witz aber eine originale, einzigartige formale Qualität hervorbringt, fügt er etwas Neues hinzu und muß deshalb als schöpferisch bezeichnet werden. Und da er kreativ ist, kann er der unbewußten Bearbeitung von Gedanken wie in Träumen nicht gleichgesetzt werden.

Wir wissen aus der Arbeit von Dr. Anna Freud, daß der Primärvorgang (Verdichtung und Verschiebung) zum Zweck der Abwehr in den Dienst des Ich treten kann. Im Es ablaufende Vorgänge werden vom unbewußten Teil des Ich übernommen und arbeiten im Dienst des Ich gegen den Angriff der Triebe. Etwas ähnliches scheint sich bei der Bildung eines Witzes abzuspielen, und in solchen Fällen sind wir gewohnt, von einer Regression im Dienst des Ich zu sprechen. Handelt es sich aber wirklich um eine Regression? Erlauben klinische Beobachtungen wirklich die Annahme, daß Gedanken zeitweilig verdrängt werden, im Unbewußten (Es) bearbeitet und dann wieder in das organisierte Ich aufgenommen werden, um vom Ich für dessen eigene, der Realität angepaßte Zwecke benutzt zu werden? Selbst wenn wir die Idee einer zeitweiligen Regression fallen lassen und annehmen, daß dieser Vorgang dort stattfindet, wo das Ich schrittweise zum Es überwechselt, wie Freud in seinem Diagramm in der *Neuen Folge der Vorlesungen zur Einführung in die Psychoanalyse* (210, S. 85) darstellt, ist es schwierig anzunehmen, daß das Ich jemals die Kontrolle über die Veränderung jener Gedanken verliert, die Hauptbestandteil des zu schaffenden Witzes sind. Sicher, es kann sich nicht um eine bewußte Kontrolle handeln, aber Unbewußtheit braucht nicht Kontrolle und Organisation auszuschließen, wie man an der gewaltigen Zahl von Automatismen sehen kann, die zweifellos dazu dienen, das organisierte Verhalten des Ich zu ermöglichen.

Meiner Meinung nach ist der Vorgang der Witzbildung ein typischer Fall von Ich-Erweiterung. Es ist schwer zu entscheiden, welche der beiden folgenden Formulierungen die angemessenere ist: Fließt das Ich in einem solchen Augenblick in das Es über, oder läßt das Ich etwas vom Es in seinen eigenen Bereich eintreten, um es für eigene Zwecke zu nutzen? Vielleicht sind diese beiden Alternativen mit zwei verschiedenen Ich-Es-Prozessen verbunden. Ich glaube, daß klinische Beobachtungen keine Spekulationen über solche feinen Unterscheidungen erlauben. Die Hauptidee besteht hier jedenfalls darin, daß solche Zustände, wie ich sie hier erörtere, nicht als regressiv betrachtet werden sollten. In solchen Zuständen werden das Ich oder eine seiner Funktionen keineswegs auf eine Ebene verminderter Differenzierung herabgezogen. Das Ich oder die in Frage stehende Funktion befindet sich in Wirklichkeit in einem Zustand höherer Differenzierung, da sie durch den Beitrag der Nachbarprovinz bereichert wurde und das Ich sein höheres Ziel dem genetisch älteren Teil der Persönlichkeit aufzwingt. Wenn es diesen zusätzlichen Beistand nicht erhält, kann es niemals die Bildung eines Witzes vollbringen; tatsächlich könnte das Ich riskiert haben, bei längerer Dauer von einem Impuls überwältigt zu werden, der mit Rücksicht auf die Gesellschaft besser in einem Witz entladen werden sollte, was auch eine Manifestation des Sieges des Sekundärvorgangs über den Primärvorgang ist.

Wir müssen uns jetzt einem anderen Aspekt des Problems zuwenden, nämlich der Differenzierung. Wenn die in Frage stehenden Ich-Zustände undifferenziert wären, könnte dies nicht ein Zeichen dafür sein, daß wir es hier mit Zuständen von Regression zu tun haben? Die Differenzierung muß in zwei verschiedenen Zusammenhängen untersucht werden. Kulturprodukte werden nicht durch zufällige Aktivitäten geschaffen, wie bei der berüchtigten Methode bekannter abstrakter Maler, die angeblich mit dem Rücken zur Leinwand Farbe auf sie schleudern, ohne auch nur zu sehen, welche Teile der Leinwand damit bedeckt werden. Falls es wahr ist, so ist es doch unüblich und untypisch. Im allgemeinen muß ein Produkt, bevor es seine materiale Form annimmt, irgendwie im Kopf des Schöpfers vorhanden sein. Sicher, die endgültige Form muß nicht notwendigerweise — und tut es vermutlich nur selten — mit der geistigen Vorstellung übereinstimmen, die im schöpferischen Geist vor der materiellen Formgebung vorhanden war. Diese geistige Repräsentanz ist aber schon eine Differenzierung.

Weiterhin kann eine Funktion hoch differenziert oder in einem Zustand der Regression sein. Für unseren Zusammenhang hier ist nur die Bedeutung von Differenzierung im Gegensatz zur Regression von Belang.

Freud bewies in seinem Buch über den Witz, daß der Witz gegen einen Widerstand arbeitet, besonders den das Überich. Der Witz muß das Verbot des Überich umgehen, das in vielen Fällen Einspruch gegen die heimliche Bedeutung des Witzes hat, aber anscheinend auch gegen den Nonsens — die offensichtliche Unlogik. Der Witz schließt mit anderen Worten das Überich nicht mit ein. Er kann nur einen Teil des Es in das Ich hineinziehen. Ich denke, daß die Tatsache, daß Freud den Weg einer Kulturleistung zurückverfolgte, den der geistige Prozeß bei seiner Produktion in seinem Schöpfer nahm, ein Prinzip von höchster theoretischer Bedeutung begründet hat. Ich möchte dieses Prinzip *das Maß des zurückgelegten Weges* nennen. Es besagt, daß das Kulturprodukt von sich aus eine Abschätzung des Grades erlaubt, in welchem die Provinzen der Persönlichkeit an der Produktion menschlicher Werte beteiligt sind. Freud hatte aus der Traumanalyse gelernt, welche Wege die harmonischen und antagonistischen psychischen Kräfte (Besetzungen) nehmen müssen, bis der Traum schließlich hervorgebracht ist. Die Rekonstruktion dieses komplexen Wechselspiels wurde durch das Studium der Assoziationen des Träumers ermöglicht. Es ist eine der schwierigsten Aufgaben, dieses Prinzip weise und angemessen zu gebrauchen. Die vorherrschende Meinung vieler Psychologen besteht darin, daß es einen genauen Parallelismus zwischen dem künstlerischen Produkt und dem Geist des kreativen Menschen gibt. Das ist wahrscheinlich ein Trugschluß. Daß aber das vollendete Werk, das Produkt, Rückschlüsse auf die psychischen Vorgänge in seinem Schöpfer erlaubt, ist von Freud in seinem Buch über den Witz bewiesen worden. Heuristisch gesehen ist das bemerkenswerteste Ergebnis, daß Freud bei der Rekonstruktion der verschiedenen psychischen Prozesse der Witzbildung Erfolg hatte, *ohne* auf die freien Assoziationen oder irgendeine andere Information zur Person zurückzugreifen, allein durch die Analyse des Endprodukts (des Witzes) selbst. Er bewies also, daß es unter günstigen Umständen möglich ist, allein aus einem Kulturprodukt zuverlässige Schlußfolgerungen auf die dynamische Konstellation zu ziehen, die zur Entstehungszeit des kulturellen Wertes vorhanden war. Dies war möglich, weil Witze die Funktion haben, beim Hörer ein spezifisches und gut definiertes Gefühl hervorzurufen, frei von der Mehrdeutigkeit sind, die für die meisten Kunstwerke charakteristisch ist, und kein spezifisches Medium zur Gestaltwerdung erfordern.

Die Isolierung des Witzes erlaubte Freud, die latenten Gedanken zu rekonstruieren, die bei demjenigen, der den Witz macht, zuvor vorhanden gewesen sein müssen. Wir können solche Rekonstruktionen *inhaltliche Herleitungen* nennen. Man kann nicht darauf bauen, daß andere kulturelle Einheiten ähnliche spezifische Schlußfolgerungen einbringen. Aber Freud hat auch die Metapsychologie der psychischen Prozesse rekonstruiert, die zur Erschaffung eines Witzes führen. Diese Schlußfolgerungen möchte ich *formale Herleitungen* nennen. Das Gebiet der formalen Herleitungen ist wahrscheinlich viel größer und vielversprechender als das der inhaltlichen Herleitungen. Wenn man den Maßstab des zurückgelegten Weges an die Analyse von Witzen legt, findet man anhand der formalen Herleitungen, daß der Weg nur das Ich und das Es umfaßt, und auch diese beiden in den meisten Fällen nur in mäßigem Ausmaß. Doch innerhalb der kulturellen Einheit Witz können wir solche Witze unterscheiden, die dem Es näher stehen, und solche, die dem Ich näherkommen. Je näher der Witz auf der einen Seite an das Unanständige und Schmutzige heranreicht, oder auf der anderen an das Unsinnige und Infantile, dient er proportional weniger dem Ich, sondern mehr und mehr dem Es, und deshalb weist er Merkmale von Regression auf, wie man bei Witzen bemerken kann, die unter dem Einfluß von Alkohol oder unter der Wirkung von Gruppensituationen gemacht werden, die ebenfalls zum Auslöschen der Individualität tendieren. Diese Witze dienen nicht mehr in erster Linie dem Ich, sondern müssen eher als manifester Einbruch des Es in das Ich betrachtet werden. Eine Skala von Abstufungen führt hinauf zu jenen Witzen, die wir als geistreich bezeichnen, bei denen ein hoch differenziertes Ich dem Unbewußten sein Ziel aufzwingt und das Es für seine Zwecke ausnutzt. Hier ist die Witzfunktion wahrscheinlich hoch differenziert. Eine Ich-Funktion, die sich auch auf das Überich erstreckte und vielleicht sogar weitere Gebiete des Es einschlösse als der Witz, würde zu einer umfassenderen kulturellen Einheit führen und noch weiter differenziert werden können.

Im kreativen Akt des Genies ist, wie mir scheint, folgende Konstellation vorhanden. Die Grenzen des Ich sind für das Es und das Überich offen. Triebenergie dringt frei in das Ich ein; archaische Vorstellungen sind hoch besetzt und müssen das Rohmaterial, aus dem das vollendete Werk geformt werden soll, liefern. Das Überich ist besetzt. Meiner Meinung nach hat es an den ästhetischen und formalen Lösungen teil, die in die vollendete Gestalt eingehen. Mit der maximalen Erfüllung der Kunstregeln, mit dem Gewinnen neuer Lösungen, die über allen bis dahin vorhandenen liegen, erreicht das Überich einen Triumph. Im Hinblick auf die sinnliche Qualität, die im rein künstlerischen Aspekt der Lösung liegt, arbeitet das Überich hier in Harmonie mit dem Es, dem Verdrängten und dem Ich (vgl. 459). Es unterstützt die Ziele des Es, ohne ethische Normen zu verletzen, und leistet so einen wertvollen und unverzichtbaren Beitrag, damit das Selbst das Ziel erreicht. Nach meiner Konstruktion zeigt konsequenterweise der Querschnitt eines Genies in dem Moment des kreativen Aktes alle Systeme der Persönlichkeit in einem Zustand erhöhter, vielleicht maximaler Besetzung, oder, mit anderen Worten, alle jene Teile, die zu der in Frage stehenden Schöpfung beitragen können — und diese können die ganze Persönlichkeit umfassen —, leisten ihren maximalen Anteil (vgl. 82). Allem, was dem Ziel im Wege steht, wird die Energie vollständig entzogen.

Angesichts der Anforderungen also, vor denen die Persönlichkeit im Augenblick der Geburt eines genialen Meisterwerkes steht, weiterhin angesichts der fast unbegrenzten Fülle der Hilfsquellen, die für einen solchen Akt notwendig sind, kann man sich kaum vorstellen, daß die Aktivierung irgendeines Bereichs der Persönlichkeit der Qualität des Endprodukts widerstreiten würde. Der maximale Trieb und die maximale Vernunft müssen zusammenkommen und eine Synthese bilden, wenn ein geniales Kunstwerk entstehen soll. Wenn das Ich fähig ist, beide zusammenzubringen und aus den Antipoden ein bedeutendes Kunstwerk zu bilden, d. h. aus widersprüchlichen Extremen eine einheitliche, gut zur Synthese gebrachte Form zu organisieren, in welcher der extreme Gegensatz der inneren Quellen nicht mehr wiederzuerkennen ist oder ästhetisch aufgehoben präsentiert wird, dann ist die maximale Leistung erreicht. Natürlich besteht eine der Voraussetzungen darin, daß die Bereiche von Es und Überich, die dabei mitwirken, weit genug auseinanderliegen. Das Künstlergenie besitzt die Ausdauer und die Fähigkeit, die Spannung, die durch die stimulierenden Anforderungen zweier voneinander weit entfernter Extreme an das Ich gestellt werden, auszuhalten, und es besitzt das Talent, daraus eine Einheit höheren Ranges zu schaffen. Man kann sicher sagen, je größer die Unvereinbarkeit der Tendenzen ist, für die eine ästhetische Lösung gefunden wird, desto größer wird das vollendete Werk sein. Manche Werke von Talent, die perfekt in ihrer Form sind, erreichen nicht das Niveau, dem wir das Charakteristische des Genies zuordnen, weil sie nicht aus einer genügend weiten Disparität im Schöpfer erwachsen sind.[19]

Alle Energie, die im kreativen Akt mobilisiert ist, wird in jene Ich-Funktionen kanalisiert, die für die Erschaffung notwendig sind. Die Tatsache, daß diese Ich-Funktionen einen enormen Energiebetrag verkraften müssen, rechtfertigt den früheren Vergleich mit einer Hypertrophie.[20]

Die Beschreibung des kreativen Aktes als einfunktionaler Zustand höchster Differenzierung steht im entschiedenen Gegensatz zu meiner früheren Ansicht (im Haupttext), daß der manifeste Inhalt in manchen Träumen Goethes aus vollkommenen Gedichten bestand. Der Schlafzustand mag einfunktional sein, aber er weist keine hohe Differenzierung auf, und zweifellos gehört er zu der Gruppe der regressiven Zustände. Tatsächlich finden wir im Schlaf einen Zustand, der angemessen als Regression im Dienst des Ich bezeichnet werden kann. Nach Freud wünscht das Ich zu schlafen und zieht daher Energie zurück. Es regrediert auf einen archaischen, undifferenzierten Zustand. Beim Witz sind wir auf eine vollkommene Mischung eines begrenzten, kontrollierten archaischen Mechanismus mit höheren Ich-Funktionen gestoßen. Beide arbeiten zusammen. Ein Mechanismus allein könnte ohne den anderen niemals das leisten, was sie gemeinsam erreichen, und diese Mischung resultiert wirklich in der Produktion von etwas Neuem.[21] Bei der Bildung eines Witzes erfordert diese Mischung nicht mehr als einen Moment, in dem das Unbewußte sein Werk tut, und der Witz kommt gewöhnlich als fertige Gestalt, als Geistesblitz zu Bewußtsein (vgl. 161, S. 191). Wenn Goethe ein Gedicht träumt, hat die *Ebbe des Bewußtseins* ihren tiefsten Stand erreicht, und wir sollten jetzt entscheiden, ob geniale Schöpfung mit einem undifferenzierten Zustand vereinbar ist, oder vielleicht sogar durch einen Zustand begünstigt wird, der weit von dem höchsten Grad der Differenzierung entfernt ist, zu dem das Genie fähig ist. Wenn Goethe sich aus der Gesellschaft wochenlang zurückzieht und den *Werther* schreibt, in einem Zustand, der vielleicht mit einem Dämmerzustand verglichen werden kann (oder was immer seine korrekte psychiatrische Bezeichnung sein mag, bei der der Bewußtseinszustand sicherlich verringert war), sind wir nicht mit demselben Problem konfrontiert, denn Bewußtsein bedeutet, trotz seiner großen Nützlichkeit, auch Nachteile, welche die Wirkung und Differenzierung bestimmter Ich-Funktionen reduzieren können. Bei der Schöpfung eines Meisterwerks müssen, wie zuvor festgestellt, extreme Gegensätze in einer höheren Einheit zur Synthese gebracht werden. Das Bewußtsein mit seiner großen Neigung zur Isolierung kann der Bildung von umfassenden Symbolen und dem Gebrauch vieler anderer künstlerischer Mittel im Wege stehen. Wenn das System Vorbewußt bei der Bildung eines großen Kunstwerks hochdifferenzierte Funktionen erfüllt, die mit der Beschränktheit des Systems Bewußt unvereinbar sind, dann darf das nicht als Zeichen verminderter Differenzierung interpretiert werden, sondern als das gerade Gegenteil, nämlich als höhere Differenzierung innerhalb eines Systems, das unter gewöhnlichen Umständen auf einem niedrigeren Niveau der Differenzierung arbeitet.

Dieser Gesichtspunkt soll jetzt auf Goethes geträumte Gedichte angewendet werden. Freud unterscheidet zwischen der progredienten Richtung, die das psychische Leben während der wachen Stunden nimmt, nämlich von der Wahrnehmung zur Handlung, und der retrograden Richtung während des Schlafes, nämlich von der Erinnerung zur Wahrnehmung (Traum). In dem berühtem *Autodidasker*-Traum gab Freud ein Beispiel, wie ein Traum aussieht, der nicht dem rückläufigen Weg folgt, sondern seine voranschreitende Richtung beibehält (158, S. 304—307, 540, 547, 603). Von Goethes Traumgedichten können wir sagen, daß sie die Bewahrung der fortschreitenden Richtung psychischer Energie in diesen besonderen Träumen beweisen. Dies ist selten, aber klinische Beobachtung zeigt, daß es das gibt. Überraschend ist deshalb nur, daß dieser fortschreitende Verlauf von Energie zu einem Kunstwerk führen soll, und nicht zu Worten wie *Autodidasker*, die von sich aus nicht verständlich sind, sondern eine Interpretation zu ihrem Verständnis erfordern. Die Schlußfolgerung liegt darin, daß bei Goethes Traumgedichten, d. h. auch während des Schlafes, der schöpferische Impuls des Ich über die archaische Art des Umgangs mit störenden Reizen gesiegt hat. Die aus dem Spiel mit Worten, der Symbolisierung, der indirekten Darstellung resultierende Lust, aus all dem, was auf dem regressiven Niveau der Traumarbeit zu Unsinn führt, führte in Goethes Fall manchmal zu der schönsten Dichtung, zu der er sonst fähig war, wenn das System des Bewußten voll besetzt war. All dies erlaubt die Behauptung, daß selbst der Wunsch zu schlafen (die biologische Grundkraft) schwächer war als der Wunsch zu erschaffen, und daß Goethe sogar im Schlaf einen Zustand hoher Differenzierung aufrecht hielt.

Wenn Goethe nur während des Schlafes fähig gewesen wäre, Gedichte zu schreiben, hätte dies möglicherweise einen ernsthaften Einwand gegen meine These bedeutet, aber die Tatsache, daß Goethe Gedichte *auch* im Zustand des Schlafes schaffen konnte, kann zeigen, welchen hohen Grad an Differenzierung der psychische Apparat in diesem Fall erreicht hatte. Selbst der Schlaf konnte den Wunsch zu erschaffen nicht auslöschen. Die kreative Kraft war offenbar so intensiv und die Funktion so gut integriert, daß die Kombination von Ich-Funktionen, die erforderlich ist, um aus den vorbewußten Gedanken und dem infantilen Wunsch eine ichsyntone Gestalt hervorzubringen, nicht auflösbar war, selbst wenn Teile der Persönlichkeit regredierten. Das heißt, daß trotz des Widerstandes der regressiven biologischen Kraft die Differenzierung des Ichs beibehalten wurde.

Ich habe noch die Möglichkeit ins Auge zu fassen, daß Teile des vollendeten Gedichts vorbewußt, schon vor dem Einschlafen, gebildet waren.[22] Diese Möglichkeit tut der Leistung aber keinen Abbruch, deren Bedeutung in der Tatsache liegt, daß diese vorgeformten Teile für die Traumarbeit immun waren, die gewöhnlich die Kohärenz der vorbewußten Gedanken auflöst. Das Bewahren der kreativen Funktion während des Schlafes erinnert an den Schlaf einer stillenden Mutter oder einer Amme, die selektiv den Bewegungen oder Rufen des Kindes voll zugewendet bleibt und sofort den Schlaf unterbricht, wenn das Kind unruhig wird oder schreit (158, S. 227 f., 583). Auch hier sehen wir, daß bestimmte Ich-Funktionen selektiv besetzt bleiben. Sie regredieren nicht. Daher fühle ich mich gedrängt zu sagen, daß Schlaf der Prototyp einer Regression im Dienst des Ich ist – sicher die vollständigste, die wir kennen – und daß bei den wenigen seltenen Fällen, wo der Schlaf die kreative Funktion nicht unterbricht, offenbar manche Funktionen gegenüber der Regression resistent sind und also ihren Zustand der Differenzierung aufrechterhalten.[23]

Nach meinem Eindruck basiert der Begriff der Regression im Dienst des Ich, wie er hier gebraucht wird, vorwiegend auf den Veränderungen, die sich im Bewußtsein während des kreativen Augenblicks, Anfalls oder während der kreativen Periode abspielen. Dennoch sind die Zeichen des Bewußten kein verläßlicher Maßstab, mit dem man den Grad der Differenzierung messen kann. Da die kreative Funktion im allgemeinen eine fast unglaubliche Ich-Ausdehnung erfordert und die gesamte Persönlichkeit ergreift, fühle ich mich gedrängt, sie mit einem elastischen Band zu vergleichen, das über sein natürliches Maß hinaus gedehnt wird. Die Details dieses Stücks Material verändern sich und werden gewöhnlich undeutlich. Dies geschieht auch, wenn die kreative Funktion maximal arbeitet. Die Tatsache, daß man bestimmte Einzelheiten dieser Funktion dann nicht beobachten kann, beweist nicht, daß sie nicht existieren.[24]

Weiterhin müssen wir hier den Stellenwert der Realität im künstlerischen Prozeß erörtern.[25] Er ist doppelter Natur. Die bewußte oder vorbewußte Motivation des Genies im Augenblick der Schöpfung kann sich auf die soziale Umwelt beziehen oder, wie im Fall des abgewiesenen, sogenannten verkannten Genies, auf die der Zukunft, die seine Verdienste anerkennen wird. Diese Motive sind aber nicht unverzichtbare Voraussetzungen und können mit dem Sekundärgewinn verglichen werden, der dem Neurotiker aus seiner Krankheit erwächst.[26] Ich schließe in diesen Begriff des Sekundärgewinns auch die Funktion der Kommunikation mit ein, die bei den meisten Beiträgen zur Psychologie der Kunst eine so wichtige Rolle spielt und von der ich denke, daß sie weit überschätzt worden ist, genau wie der Sekundärgewinn bei der Neurose.[27] Fraiberg hat ein überzeugendes Beispiel künstlerischer Schöpfung dargestellt, die nicht mehr durch einen Drang nach etwas, was in der äußeren Welt gefunden oder erwartet wurde, motiviert war (vgl. 152).

Wichtiger ist jener Aspekt der Realität, dessen Darstellung wir im fertigen Kunstwerk finden. Dieser Teil der Realität ist vom Genie aufgesaugt, wird mit seiner eigenen und teilweise archaischen psychischen Realität verschmolzen und dann wieder ausgespuckt in Gestalt eines künstlerischen Kunstwerks.[28] Manche Kunstwerke sind vom Genie unter dem zauberhaften Eindruck der Realität geschaffen, wie er sich im Zustand der Verliebtheit oder in völliger Isolierung, in einem scheinbaren Zustand der Zurückgezogenheit von der Realität ereignet, wenn die Bilder vergangener wirklicher Erlebnisse für den kreativen Vorgang genutzt werden. Die äußerste Realitätsnähe des Genies ist eine Voraussetzung seines Produzierens. Wir haben zahlreiche Beispiele für diese Nähe in Goethes Leben gegeben und festgestellt, daß die Art des Welterlebens des Genies sich wesentlich von dem der breiten Mehrheit unterscheidet. Beim Genie ist im Akt der unmittelbaren Welterfahrung diese unglaubliche Nähe schon eingeschlossen, die später die überwältigende Wirkung des von ihm geschaffenen Werkes hervorbringt.

Der Schöpfungsakt schließt Ambivalenz aus, wenn er ein Meisterwerk zum Resultat haben soll. Es ist nicht leicht, diese Abwesenheit von Ambivalenz zu erreichen. Deshalb geht das Genie oft durch lange Perioden des Zögerns, des Suchens, sogar der Verwirrung, bis diese Freiheit von Ambivalenz glücklich eintritt. Es handelt sich um einen Zustand, der nicht durch Anstrengung oder Planung geschaffen werden kann, sondern von Unwägbarkeiten abhängt. Weiterhin ist auffallend, daß die Ambivalenz in der Persönlichkeit des Genies allgemein beträchtlich ist; sie scheint sogar größere Intensität aufzuweisen, als wir bei einem gewöhnlichen Menschen anzutreffen gewohnt sind. Ist es möglich, daß dieser erstaunliche Effekt, den die zeitweilige Freiheit von Ambivalenz auf das Genie hat, auch von seinem Kontrast zu der vorangehenden erhöhten Ambivalenz abhängt? Im Hinblick auf die mitunter fast niederschmetternden Konflikte von Ambivalenz, welche kreativen Phasen vorangehen, wird verständlich, daß der Dichter sich in Ekstase fühlt, oder als ob er die Trompete einer höheren Macht wäre, wenn ihm zuletzt die Gnade der Freiheit von Ambivalenz zuteil wird.[29]

Ich habe im Vorangegangenen ein Modell zu konstruieren versucht, das uns helfen kann, eine der psychischen Voraussetzungen der kreativen Leistung des Genies zu verstehen. In der Praxis stoßen wir auf alle Arten von Variationen, aber ich habe den Eindruck, daß dieses Modell sehr exakt sehr viele Fälle von Goethes kreativen Perioden umfaßt.

Natürlich steht mit zunehmendem Alter vieles, was früher von Zufällen abhing, der Routine näher. Kreativität kann beim alten Genie zuletzt mehr eine autonome Funktion werden, erreicht aber natürlich niemals jene volle Autonomie, die Zufälligkeiten gänzlich ausschlösse. Also ist es fraglich, ob kreatives Schaffen beim alten Genie ein wirklich einfunktionaler Zustand ist. (Nach meinem Eindruck war es die Wirkung des Alterns, die Goethe in seinen späteren Jahren zum regelmäßigen Weintrinken brachte.)

In summa möchte ich behaupten, daß das Genie — wenigstens in der Kunst (in der Wissenschaft, so vermute ich, ist die Konstellation trotz einiger Ähnlichkeiten im allgemeinen anders) — im kreativen Akt der außergewöhnliche Träger eines einfunktionalen Zustands wird, ohne seine Differenzierung zu verlieren; d. h. ohne Abzug der Besetzung von relevanten Teilen seiner Persönlichkeit. Wenn überhaupt, dann ist das Genie dann im Zustand höherer Differenzierung. Alle Teile seiner Persönlichkeit befinden sich im Zustand erhöhter Besetzung. Es und Überich stellen ihre Forderung; das Archaischste und das Jüngste, das Irrationale und das Rationale — alles ist mobilisiert. Es ist der höchst mögliche antinome Zustand, der zugleich zu einem einfunktionalen Zustand synthetisiert ist. Bestimmte Ich-Funktionen werden zuletzt der Weg der Abfuhr all dieser sich ausschließenden Impulse, Gedanken, Emotionen und was sonst noch. Das Ich erschafft eine Lösung, bei der das äußerst Unvereinbare zu einer Einheit höchsten Ranges wird (vgl. 130, S. 179), und so schafft die ganze aktivierte Energie das Maximum an Befriedigung, zu dem dieser besondere psychische Apparat fähig ist. Es ist verständlich, daß ein Zustand, bei dem das Selbst solche unmäßigen Energien verkraften muß, auch ein schmerzliches Gefühl hervorruft, aber er kann ebenso gut in ekstatischer Weise erlebt werden.

Wenn meine Rekonstruktion etwas Richtiges enthält, möchte ich gern wissen, ob sie dazu taugt, die Einführung eines Begriffs zu rechtfertigen, der in früheren Phasen der Psychoanalyse einen bedeutenden Platz in Freuds Theorien einnahm, aber später von ihm aufgegeben wurde. Noch 1917 (vgl. 187, S. 361—366) teilte Freud die Triebe in die Ich-Triebe und die Sexualtriebe, indem er dem Beispiel von Hunger (Durst) und Liebe folgte, sicherlich die grundlegendsten Triebe beim Menschen. Der erstere schloß die Selbsterhaltungstriebe ein, und der letztere umfaßte alle libidinös-sexuellen erotischen Triebe. Die Unterteilung ist aus Gründen, die hier nicht zu diskutieren sind, unhaltbar. Gegenwärtig besteht Übereinkunft darin, daß alle Triebe aus dem Es stammen und daß ihre Unterteilung von der Energie abhängt, die sie verbrauchen, und von den Zielen, die sie verfolgen (Eros und Zerstörung). Ich beabsichtige nicht, die Unterscheidung, die Freud in der letzten Phase seiner Forschungen vorlegte, zu erörtern, aber ich möchte eine ergänzende Einteilung vorschlagen, die ihre klinische Brauchbarkeit beweisen kann.

Die Triebenergie, die im Es erzeugt wird und ihren Charakter bis zu ihrer Abfuhr nicht verändert, kann hauptsächlich zwei Gesichter haben: sie kann vornehmlich oder sogar ausschließlich an Vorstellungen, Bilder und Impulse gebunden werden, die sich im verdrängten Teil des Es befinden, oder sie kann hauptsächlich — aber niemals vollständig — in das Ich eintreten und Ich-Funktionen wie auch Vorstellungsimpulse, die Teil des Ichs sind, besetzen. Ich schlage vor, die ersteren *Es-Triebe* und die letzteren *Ich-Triebe* zu nennen.[30] Diese Nomenklatur basiert auf einer strukturellen Einteilung, die zum Ursprung, zur Qualität oder zum Ziel der Triebe nichts beiträgt, sondern nur zu ihrem Grad an Ichsyntonizität. Aus meiner Definition geht hervor, daß dieser Gesichtspunkt keine statische Klassifikation der Triebe erlaubt, sondern in jedem individuellen Einzelfall variiert. Hunger kann in einem Fall von einem Menschen voll akzeptiert werden, d. h. der Hunger, der im Es entsteht, kann freien Zugang zum Ich haben und von diesem gut integriert werden, mit einer nur minimalen gleichzeitigen Besetzung von archaischen, verdrängten Vorstellungen. Auf der anderen Seite kann diese Energie mit archaischen, oral-sadistischen Vorstellungen beladen und vollständig außerhalb der Ichgrenzen gehalten werden. Ein Patient, der diese Konstellation aufweist, fühlt keinen Hunger und muß sich zwingen, um auch nur das notwendige Minimum an Nahrung zu essen. Wir stoßen dann klinisch auf das Syndrom der anorexia nervosa. Im einen Fall würde ich Hunger einen reinen Ich-Trieb, im anderen einen Es-Trieb nennen.

Ich müßte viel weiter gehen, um die Folgerungen dieser Klassifikation zu erklären, möchte aber nur hinzufügen, daß im Fall des Genies möglicherweise ein Trieb gebildet wird, der ganz anders ist als das, was man bei anderen beobachten kann. Es gibt eine leidenschaftliche Notwendigkeit zu erschaffen, eine Notwendigkeit, die mit derselben überwältigenden Dringlichkeit empfunden wird und weder Aufschub noch Verzögerung duldet, wie wir es meistens beobachten, wenn rein physische Triebforderungen an den psychischen Apparat gestellt werden. Die Triebqualität dieses Verlangens nach Schöpfung kann, sowie ich sehe, nicht bezweifelt werden. Das Bemerkenswerte an diesem Drang ist, daß er durch keine physische Befriedigung gesättigt werden kann, daß das Ziel seiner Forderung die Schaffung eines neuen umfassenden Werts ist, der Teile der Realität ersetzt. Nach der Befriedigung dieses Bedürfnisses tritt, wenigstens in Goethes Fall, eine Rückkehr zu jener Art von zeitweiliger Beruhigung und Ruhe ein, die man gewöhnlich nach physischer Befriedigung beobachtet.

Es scheint, daß der kreative Drang im Genie alle Energie absorbiert, die im Es mobilisiert und auch vom Überich gespeist werden kann, so daß man geneigt ist, im Kontrast zu den Es- oder Ich-Trieben an organische Triebe zu denken, die in der gesamten Persönlichkeit entstehen (vgl. 289; 290).

Beim Genie muß man noch eine andere Besonderheit des psychischen Apparats erwähnen. Alexander hat dem allgemeinen Gesetz, daß der psychische Apparat mit jeder seiner Differenzierungen die Verwirklichung einer großen Zahl anderer verliert, Aufmerksamkeit geschenkt (6, S. 146). Das Kind hat die Veranlagung, jede Sprache zu lernen. Wenn aber einmal eine Sprache vom Kind gelernt ist, verringern sich die Möglichkeiten, eine andere zu erlernen. Ich weiß nicht, ob dieses Gesetz generell richtig ist. Obgleich es wahr ist, daß, wenn das Kind einmal in das Dezimalsystem eingeführt ist, es für das Kind schwer werden kann, ein anderes Zahlensystem anzunehmen, so wahr ist auch, daß Lernen die Bereitschaft erzeugt, mehr zu lernen. Wenn die Addition gelernt ist, wird die Neigung zum Erlernen der Substraktion und dann Multiplikation usw. bis zur Differentialrechnung ausgelöst. Auf jeder dieser Stationen wird natürlich ein Plateau geschaffen, und weitere Differenzierung kann durch Wiederholung ersetzt werden. Wie dem auch sei, Alexander hat recht, daß ein Prinzip vorhanden ist, nämlich die Tendenz, die Energie ökonomischer einzusetzen, was er das Trägheitsprinzip nennt.[31]

Es ist interessant, die Erscheinungen zu studieren, die diesem Prinzip nicht folgen. Das Genie scheint ihm nicht unterworfen zu sein. Während Triebbefriedigungen die Tendenz zur Wiederholung haben, setzt jede Schöpfung des Genies den Reiz für neue Schöpfungen, und dies beweist ein Prinzip des Überflusses. Dies scheint in der Expansivität des kreativen (organischen) Triebs begründet zu sein.

Trotz der Entwicklung eines persönlichen Stils, die mit Auswirkungen des Trägheitsprinzips in Verbindung gebracht werden kann, gibt es im Genie die Fähigkeit zur Originalität, jeweils neu zum Ausdruck gebracht in jeder neuen Schöpfung und wesentlich anders als die Originalität des Talents, so schwierig es sein mag, die Differenz zwischen beiden zu definieren. Goethes Entwicklung vom Sturm und Drang zur Klassik, zur Romantik und zur Hochromantik zeigt eine Fähigkeit, die besondere Beachtung erfordert. Wenn ein Individuum ein Erfolgsrezept entwickelt hat, versucht es, dieses Rezept in Übereinstimmung mit dem Trägheitsprinzip zu größter Perfektion zu entwickeln, was man gut bei den Schöpfungen des, sagen wir, typischen Schauergeschichtenautors studieren kann. Bereits nach einem Abschnitt ist der Autor identifziert, und nach wenigen Seiten, wenn nicht noch eher, ist man über den weiteren Verlauf der Handlung orientiert. Solche Schöpfungen sind Variationen eines Themas, und man bemerkt kaum eine Entwicklung, wenn man das Gesamtwerk eines typischen Autors chronologisch ordnet. Doch nur ein Experte oder ein außerordentlich scharfes Ohr wird den Autor des *Werther* in *Faust II* entdecken. Selbst wenn man einander näher stehende Werke als in diesem Beispiel nimmt, die *Neuheit* fast jeder Schöpfung ist schlagend. Wenn ein Vergleich mit der Phänomenologie des Trieblebens erlaubt ist, würde ich die Neuheit jeder Schöpfung des Genies mit der Fähigkeit des Mannes vergleichen, jede Vereinigung mit einer Frau so zu erleben, als wäre es die erste.

Etwas davon entdeckt man wirklich in Goethes Leben. Wann immer er sich verliebte, selbst als alter Mann, er liebte mit Erstaunen und Verzweiflung wie ein Jüngling. Um diese Fähigkeit zum immer sich wiederholenden Neubeginn zu verstehen, müssen wir von der Wirkung einer bestimmten Art von Regression ausgehen, die eine überhastete Strukturierung des psychischen Apparats verhindert. Eine Regression mag in der Biologie degenerierend oder regenerierend sein. Degenerierende Regression von Zellen findet bei gewissen Krankheiten statt, besonders mit destruktiven oder zerstörerischen Wirkungen. Ähnlich kann man Träume, Neurosen oder Psychosen als Resultat von degenerierenden Regressionen betrachten. *Regenerierende* Regression aber findet statt, wenn die Zufuhr bestimmter Zellen nicht den Forderungen des Organismus gehorcht. Die Bedeutung dieser Regression wird klar, wenn man berücksichtigt, daß die Zellen des Organismus im Stadium ihrer Anfangsentwicklung die Fähigkeit haben, alle Typen von Zellen zu produzieren; sie sind totipotent. Mit fortschreitender Differenzierung können sie nur bestimmte Zelltypen hervorbringen; sie sind multipotent geworden. Mit der höchsten Differenzierung sind sie imstande, nur ihre eigene Art zu reproduzieren: sie sind unipotent. Unter Druck erlangen einige unipotente Zellen einen Teil ihrer früheren Fähigkeiten wieder, einen anderen Typ von Zellen als den ihrer eigenen Art zu produzieren. Diese Regression dient dem Zweck der Regeneration, die sich scharf von der degenerierenden Regression unterscheidet. Ich vergleiche die Fähigkeit des Genies zur Multipotentialität mit der regenerierenden Regression. Goethe sprach von seinen wiederholten Pubertäten. Pubertät ist mit einer vorübergehenden Auflösung der Struktur vergleichbar, dem Spenden eines neuen Lebens, um neue Liebesobjekte zu finden. Daher füge ich der biologischen Charakterisierung Goethes, nämlich seiner Fähigkeit zu einfunktionalen kreativen Zuständen ohne Verlust an Differenzierung die Fähigkeit hinzu, die Multipotentialität einiger Ich-Funktionen zu bewahren.[32] Doch Goethes Fähigkeit des Wechselns von der Unipotentialität zur Multipotentialität und in einigen kritischen Phasen seines Lebens sogar fast zur Totipotentialität macht auf mich den Eindruck eines letzten Beweises, daß die Energie dieser kreativen Funktionen sich nicht weit über das Triebniveau erhoben hat.

In meinem Kopf gibt es eine Unklarheit, bis zu welchem Grade ich in anderer Form hauptsächlich das wiederholt habe, was schon andere gesagt haben, und über das Ausmaß, in welchem ich eine neue Richtung eingeschlagen habe. Es gibt einen Abschnitt in Freuds metapsychologischen Schriften, der eindringlich das wesentliche der hier vertretenen Position zum Ausdruck bringt. Freud schrieb:

> Eine Kooperation zwischen einer vorbewußten und einer unbewußten, selbst intensiv verdrängten Regung kann zustande kommen, wenn es die

> Situation ergibt, daß die unbewußte Regung gleichsinnig mit einer der herrschenden Strebungen wirken kann. Die Verdrängung wird für diesen Fall aufgehoben, die verdrängte Aktivität als Verstärkung der vom Ich beabsichtigten zugelassen. Das Unbewußte wird für diese eine Konstellation ichgerecht, ohne daß sonst an seiner Verdrängung etwas abgeändert würde. Der Erfolg des *Ubw* ist bei dieser Kooperation unverkennbar; die verstärkten Strebungen benehmen sich doch anders als die normalen, sie befähigen zu besonders vollkommener Leistung, und sie zeigen gegen Widersprüche eine ähnliche Resistenz wie etwa die Zwangssymptome. (183, S. 293)

Die Verwandtschaft meiner metapsychologischen Hypothesen mit den Arbeiten von Kris (346) und Hartmann (276), trotz Abweichungen in den Ergebnissen, ist offensichtlich. Doch in mancher Hinsicht steht die von mir eingenommene Position vielleicht dem Werk von Robert Wälder näher (538). Ich war mit den Arbeiten dieser drei Psychoanalytiker gut bekannt und hielt mich beim Niederschreiben dieser Anmerkungen an ihre Veröffentlichungen. Die beiden Schriften von Fairbain (129; 130), die ich nur zweimal zitiert habe, obwohl sie überraschende Ähnlichkeit in den Ansichten über manches Problem der Psychologie der Kunst aufweisen, las ich erst nach Abschluß meines Manuskripts.

Nachdem dieser Anhang geschrieben war, fand ich zwei weitere Textstellen, die für meine These günstig sind, daß im kreativen Vorgang keine Transformation von Energie stattfindet. Eine davon ist bloß eine Meinung, aber da es sich um die Meinung eines psychologichen Genies wie Nietzsche handelt, ist sie als Unterstützung willkommen. Nietzsche schrieb:

> Es ist ein und dieselbe Kraft, die man in der Kunst-Conception und die man im geschlechtlichen Actus ausgiebt: es giebt nur Eine Art Kraft.[33]

Die andere Notiz betrifft ein sprachliches Detail. Cicero preist das Genie der lateinischen Sprache, weil sie im Gegensatz zur griechischen verschiedene Begriffe für *tätig sein* und für *Schmerz ertragen* hat:

> Diese beiden Dinge werden von den Griechen, deren Sprache doch reicher ist als die unsere, mit einem einzigen Worte bezeichnet. So nennen sie denn die arbeitswilligen Menschen mühebereit oder noch eher schmerzliebend, wir dagegen mit größerem Rechte arbeitsam. Denn arbeiten und Schmerz empfinden sind verschiedene Dinge. (88, 2. Buch, Abschnitt XXXV, S. 143)

J. E. King, der Herausgeber und Übersetzer der Loeb Classical Library-Ausgabe, bestreitet Ciceros Behauptung (88, S. 182, Anmerkung 4), aber Kabza, der Herausgeber und Übersetzer der deutschen Ausgabe, gibt Cicero recht;

er behauptet in einer Anmerkung, daß das griechische Wort »philoponos« sowohl »arbeitsam« als auch »schmerzliebend« bedeuten kann (89, S. 74, Anmerkung 17).

Ich schulde Professor Moses Hadas Dank für die Bestätigung, daß Cicero recht hat. Ich dachte zuerst, daß der Grieche vielleicht Tätigkeit mit Schmerz nur in den Fällen identifiziert, in denen Tätigkeit mit einer bestimmten Art von Arbeit verbunden ist, die er verachtet oder die nicht als würdig angesehen wird. Doch Professor Hadas sagte mir (in einer persönlichen Unterredung), daß »die literarischen Assoziationen von *ponos* immer einen günstigen ›Gentleman‹-Sinn unterstellen. Bei Homer wird das Wort im Sinne von unermüdlichem Kämpfen gebraucht, bei Pindar für die (bewunderte) Ausdauer im Wettstreit bei Spielen. *Philoponos* meint deshalb den Willen, für ein edles Ziel hart zu arbeiten, nicht bloß die Liebe zur Plackerei um ihrer selbst willen.«

Es gibt keinen Zweifel, daß spezielle Begriffe benötigt werden, um zwischen »arbeitsam« und »schmerzliebend« zu unterscheiden, aber die Tatsache, daß die griechische Sprache zwischen beidem nicht unterschied, kann nach meiner Meinung als zusätzliche Bestätigung dienen, daß beide etwas Wesentliches gemein haben. Meiner Ansicht nach ist das Gemeinsame der Triebfaktor.

Anhang V

Weitere Bemerkungen zu Goethes *Wilhelm Meister*

Das Verständnis von Goethes Leben insgesamt — was, wie ich verschiedentlich betont habe, nicht das Ziel dieser Studie ist, da diese sich hauptsächlich nur mit einem Jahrzehnt beschäftigt — müßte im Verständnis des *Wilhelm Meister* seinen Höhepunkt finden, jenem rätselhaften Roman, der zu Recht »Goethes eigentümlichste, fast möchte man sagen, persönlichste Dichtung« genannt worden ist.[1] Ich will im folgenden versuchen, verschiedene Gesichtspunkte hilfsweise anzufügen, welche helfen können, den Schleier zu lüften, der dieses Epos in Prosa umhüllt. Diese Punkte stellen nur eine vorläufige Annäherung dar und müssen untereinander isoliert bleiben bis zu einer künftigen neueren Untersuchung, welche den gemeinsamen Nenner entdeckt.[2]

Die erste Schwierigkeit, auf die der Forscher bei seinem Versuch einer psychologischen Analyse des *Wilhelm Meister* stößt, liegt darin, daß das Werk aus drei Romanen besteht, von denen sich zwei teilweise überschneiden, aber jeder einen eigenen bestimmten Charakter besitzt. Diese drei Teile sind: (1) *Wilhelm Meisters theatralische Sendung,* der »Ur-Meister«, wie er genannt worden ist, jene Schrift, die in den Jahren 1777 bis zu Goethes Abreise nach Italien 1786 entstand und deren Manuskript erst 1910 durch Zufall gefunden wurde. Sie besteht aus sechs Büchern.[3] (2) *Wilhelm Meisters Lehrjahre,* bestehend aus acht Büchern, die zwischen 1793 und 1796 geschrieben wurden. Obwohl dieses Werk ausgedehnte Teile der ersten Fassung enthält, wurde so viel von dem, was dem ersten Roman sein charakteristisches Gesicht verleiht, gestrichen oder umgestaltet und so viel Neues hinzugefügt, daß ein neuer Roman daraus wurde, der sich in der Bedeutung, in der Zielsetzung und in der künstlerischen Wirkung von seinem Vorläufer klar und bestimmt unterscheidet. (3) *Wilhelm Meisters Wanderjahre,* geschrieben zwischen 1820 und 1829 und aus drei Büchern bestehend. Dieser

Roman enthält auch eine Anzahl von Kurzgeschichten, von denen einige viel früher (um 1800 herum) geschrieben wurden und die keine unmittelbare Verbindung zur Haupthandlung haben noch einen inneren Zusammenhang im Hinblick auf die Gesamtaussage des Romans aufweisen. Die *Wanderjahre* werden Goethes »Altersroman« genannt; auf der einen Seite wurden zahlreiche Brüche und Ungereimtheiten darin entdeckt, und man kritisierte ihn wegen seiner Pedanterie; auf der anderen Seite hat man den Roman wegen seiner vielen poetischen Passagen und seiner Philosophie gepriesen.[4]

Wir interessieren uns hier vornehmlich für den biographischen Aspekt, und im Haupttext habe ich diesem Aspekt nur bei der ursprünglichen Fassung (1) durchgängig Aufmerksamkeit gewidmet. Wie steht es aber damit bei den anderen nachfolgenden *Wilhelm Meister*-Romanen, den *Lehrjahren* und den *Wanderjahren*? Während die frühen Kapitel der *theatralischen Sendung* (1) wie eine fast unverstellte Schilderung von Goethes früher Kindheit klingen, scheint sich das Werk in dem Maße, in welchem es sich weiterentwickelt, mehr und mehr von der Wirklichkeit seines Urhebers zu entfernen. Der Wilhelm Meister der *Wanderjahre* wird Arzt und emigriert mit einer Gruppe von gleichgesinnten Menschen — der Mehrzahl der wichtigsten Charaktere des Romans — in die Vereinigten Staaten, wodurch jede offensichtliche Ähnlichkeit mit den Erlebnissen des Autors aufgegeben wird. Und doch sprach Goethe von *Wilhelm Meister* als von »meinem geliebten dramatischen Ebenbilde« oder von einer »Pseudo confession«.[5] Tatsächlich kann man sich beim Lesen des *Wilhelm Meister* nicht des Eindrucks erwehren, daß der Autor ständig in höchst intimer Weise sich selbst präsentiert (nicht nur in der Hauptfigur, sondern auch in weiteren Hauptcharakteren), in einer viel persönlicheren Art, als es gewöhnlich geschieht, wenn ein großer Autor einen großen Roman schreibt. Natürlich gibt es im *Wilhelm Meister* viele Episoden, die leicht zu der Vermutung führen, daß hier Ereignisse aus Goethes wirklichem Leben ihre künstlerische Darstellung finden. Diese Frage aber ist zweitrangig, wenn wir die Bedeutung des Romans verstehen wollen.

In *Dichtung und Wahrheit* versuchte Goethe, seine Autobiographie zu schreiben, und er macht uns mit zahllosen Fakten seiner Vergangenheit bekannt; trotzdem wage ich zu behaupten, daß er in *Wilhelm Meister* sich selbst weit intimer darstellt als in seiner Autobiographie. Hier kann man in Umrissen ein entscheidendes Problem wahrnehmen. Worin besteht der Unterschied zwischen einem Roman und einer heutzutage üblichen Biographie? Auf den ersten Blick sieht es so aus, als ob das eine in das andere umgewandelt werden könnte, und es ist faszinierend, die Beziehung zwischen beiden zu betrachten. Man braucht beim Lesen eines Romans bloß anzunehmen, daß die Ereignisse und Dialoge sich in der Wirklichkeit ereigneten, und umgekehrt beim Lesen einer Biographie, daß die Bezüge des Autors zu realen historischen Personen mehr dem Zweck dienen, dem Charakter des Helden einen höheren Grad von Glaubwürdigkeit zu verleihen.

Und doch scheint die Biographie durch einen Abgrund von einem Roman getrennt, wenn wir uns konkreten Beispielen zuwenden. Nehmen wir als vielleicht typischen Fall die neueste Biographie über Victor Hugo von André Maurois (380). Wenn ich das Buch im Sinne eines Romans gelesen hätte, wäre ich zu dem Schluß gekommen, daß Maurois ein armseliger Künstler und ein ebenso armseliger Psychologe ist, weil die Geschehnisse, welche Maurois dem Leser als wahr präsentiert, höchst unwahrscheinlich sind, sich niemals in der Wirklichkeit so ereignen und deshalb die völlige Unvertrautheit des Autors mit dem offenbaren, was der Mensch und seine Seele wirklich sind. Und dennoch bin ich sicher, daß alles, was Maurois berichtet, sich wirklich so zugetragen hat. Wenn ich mich umgekehrt dem Buch unter der Annahme, es handle sich um eine Biographie, nähere, muß ich zugeben, daß ich nach der Lektüre viele Fakten von Victor Hugos Leben kenne, die ich vorher nicht kannte, aber zugleich fühle, daß ich keinen Einblick in den Menschen, in das lebendige Wesen Victor Hugo erhielt. Ich muß gestehen, daß die Lektüre von Victor Hugos Dichtungen und Romanen ihn mir näher brachten, er mir aber nach der Biographie ganz fern und als Rätsel erschien. Was hat der Victor Hugo des *Olympio* mit den Gedichten und Romanen zu tun, von denen behauptet wird, sie seien — durch Zufall — von einem Mann gleichen Namens geschrieben? Würde uns ein Romancier in dieselbe Stimmung im Hinblick auf die Hauptfigur seines Romans versetzen, würden wir zu Recht sagen, er sei ein armseliger Künstler. Maurois ist aber ein hervorragender Biograph, und wäre er über die selbstgesteckten Ziele in seiner Eigenschaft als Biograph hinausgegangen, hätten wir berechtigt Kritik geübt, wenn er anstatt eine Biographie, wie er sich vorgenommen, eine psychologische, gelehrte Abhandlung oder einen Roman geschrieben hätte. Maurois hielt jedoch an seinem Ziel fest, schrieb eine Biographie und offenbarte dadurch erneut das Dilemma dieser Gattung, die hoffnungslos in Trivialitäten verstrickt ist, wenn sie nicht die Beschränkungen der Biographieform zugunsten psychologischer oder dichterischer Kunst verläßt.

Ich halte diese Abschweifung als Beitrag zum Problem einer biographischen Studie des *Wilhelm Meister* für notwendig, denn die Versuchung ist groß, die Bemühungen im Aufzeigen der zahllosen Fäden zu erschöpfen, die eine große Zahl von Einzelheiten des Romans mit wirklichen Ereignissen in Goethes Leben verbindet (eine Versuchung, der ich im folgenden nachgebe, aber wie ich glaube, nur in vernünftigem Maße). Alle diese Fäden jedoch werden nicht das Geheimnis lüften, warum wir — explizit oder implizit — nach der Lektüre des *Wilhlem Meister* mehr über Goethe wissen als über Victor Hugo nach der Lektüre von Maurois' *Olympio.*

Wie im Haupttext dargestellt, wurde die ursprüngliche Fassung des *Wilhelm Meister* unter dem Druck von Goethes unermüdlicher Anstrengung geschrieben, Einsicht in seine Vergangenheit zu gewinnen. Diese Einsicht sollte ermöglichen, bestimmte Funktionsstörungen in den Griff zu bekommen, welche er bis dahin höchst produktiv und kreativ genutzt hatte, die aber zu einer allmählichen Zerstörung des Selbst zu führen drohten, nachdem sein Genie ihre Möglichkeiten maximal ausgeschöpft hatte. Wie schon früher (siehe oben S. 310 f.) berichtet, wunderte sich Goethe in späteren Jahren über die Bestimmtheit und Lebhaftigkeit, mit der er seine Vergangenheit während jener frühen Jahre in seinem Kopf vergegenwärtigte. Sicher, so wie Goethe beschaffen war, gab er nicht einfach die Vergangenheit so wieder, wie sie sich wirklich ereignet hatte, sondern er vermischte sie mit den Erlebnissen der Gegenwart zu einem Kunstwerk. Gemäß der Funktion, welche diese Periode seines Lebens für ihn hatte, war das Resultat ein Roman, in dem die Realistik vorherrschte, zuweilen aber in ungoethescher Manier ins Krude geriet. Gerade dieser Aspekt fasziniert den Leser des 20. Jahrhunderts, der durch die großen Schulen des realistischen psychologischen Romans beeinflußt ist, die sich während des 19. und 20. Jahrhunderts besonders in Frankreich und Rußland entwickelten.

Der neue *Wilhelm Meister,* wie er in den *Lehrjahren* präsentiert wird, unterscheidet sich von seinem Vorgänger. So leicht es ist, sich ein Bild von der psychologischen Bedeutung des ersten Entwurfs zu machen — (er ist eine Bearbeitung und ein künstlerisches Durcharbeiten der sich unerbittlich aufdrängenden frühen Kindheitserinnerungen und weiterhin eine künstlerische Darstellung der wichtigsten Prozesse, die im Dichter während der Abfassungszeit vor sich gingen) —, so schwierig scheint es zu sein, den Schlüssel zu dieser Fassung zu finden. Bei dem Versuch, dieses Problem anzugehen, bin ich zu einer bestimmten Schlußfolgerung gekommen, die ich in ihrer Endfassung darstellen werde, ohne die Kette der vorangegangenen Schritte mitzuteilen. Wenn man Goethe, wie man ihn aus seinen Werken und anderen biographischen Quellen kennt, mit dem Wilhelm Meister der *Lehrjahre* vergleicht, findet man — trotz aller Verwandtschaft, Ähnlichkeit und manchmal Identität zwischen beiden — einen, und ich muß betonen, nur einen einzigen bezeichnenden und entschiedenen Unterschied: Wilhelm Meister ist ein talentierter Mensch, sogar ein äußerst talentierter Mensch, während Goethe ein Genie war. Dem Wilhelm Meister der *Lehrjahre* fehlt diese eine vorzügliche Qualität gänzlich. In all den vielen Situationen, in denen er vorgeführt wird, bemerkt man nicht einmal einen schwachen Schimmer jener Qualität, und er wird konsequent innerhalb der Grenzen eines bloßen Talents gehalten. Dies trifft, glaube ich, nicht auf die ursprüngliche Fassung zu, wo die vom Held geschriebene Tragödie vom Publikum als Meisterstück akzeptiert wird, und am Ende des Buchs darf der Leser vermuten, daß Wilhelm eine überdurchschnittliche Karriere als Autor und Bühnendirektor, vergleichbar mit der Shakespeares, bevorsteht. Wie könnte es auch anders sein, wenn ein genialer Dichter sein dramatisches Ebenbild in einem Roman darstellt? In den *Lehrjahren* wird Wilhelm Meister, obwohl auch er einige Schriften verfaßt, ganz klar als talentierter Dichter vorgestellt, dem aber die Qualität des Genies abgeht. Was mag der Grund für diese erstaunliche Diskrepanz sein?

Ich schließe, daß der *Wilhelm Meister* der *Lehrjahre* aus einer tiefen Angst heraus geschrieben wurde, aus einer Anwandlung von Sorge, hervorgerufen durch die beunruhigende Frage, die sich das Genie Goethe offenbar selbst stellte: ›Was wäre aus meinem Leben geworden, wenn ich ohne die Qualität des Genies geboren wäre, deren Ursprung ich nicht kenne und deren Besitz ich als Zufall ansehen muß? Hätte ich überleben können, wenn ich wie so viele andere als talentierter Mensch, nicht aber als Genie zur Welt gekommen wäre?‹ Goethe wußte, daß er einzigartig war und daß er ein Bündel von Qualitäten besaß, das niemand vor ihm besessen hatte und das niemand nach ihm besitzen würde. Jedes Genie hat ein solches besonderes Netz von Fähigkeiten, und deshalb fühlt es sich manchmal isoliert und entfremdet, weil es einem Menschen, der ihm gleicht, nicht begegnen kann. Ich habe früher (siehe oben S. 127) jene Passage aus *Dichtung und Wahrheit* zitiert, wo Goethe auf die Ehrfurcht und das Unheimliche anspielt, die er zuweilen über das Kommen und Gehen jenes Funken empfand, der ihn so deutlich von anderen unterschied und dessen Erscheinen außerhalb seines Willens und seiner Herrschaft lag. Dieses Problem wird in Goethes Autobiographie nur nebenbei erwähnt, hauptsächlich deswegen, wie ich glaube, weil es eine implizite Bearbeitung und schließliche Lösung im *Wilhelm Meister* gefunden hat. Die Antwort, die Goethe im Roman fand, war aus ganzem Herzen positiv: ›Ohne die Qualität des Genies wäre ich viele Jahre herumgetappt, unfähig mich niederzulassen und produktive Arbeit zu leisten, zuletzt aber hätte ich einen Platz in der Gesellschaft gefunden, meinen Beitrag an produktiver Arbeit geleistet und auch Glück dabei gefunden.‹ Diese Antwort, diese große Versicherung, die in dem Roman zum Ausdruck gebracht ist, muß Ängste von großer Intensität gelindert haben, da die Antwort ihn teilweise unabhängig machte von der mysteriösen Kraft, die ihn auserwählt hatte, ein Genie zu sein.

Es gibt Abschnitte im Wilhelm Meister, die sogar andeuten, daß Goethe glaubte, er hätte glücklicher leben können, wenn er nicht ein Genie, sondern nur ein Mann von Talent gewesen wäre. Meine These kann auch einen sehr wesentlichen Unterschied zwischen Goethes Entwicklung und der Wilhelm Meisters erklären helfen. Zu Beginn des Mannesalters geht Wilhelm eine sehr glückliche und angemessene heterosexuelle Beziehung mit Mariane ein, einer Schauspielerin, von der er sich abrupt zurückzieht, weil ihre, obgleich unter falschen Indizien, evidente Untreue ihn dazu zwingt.[6] Wir wissen sicher, daß Goethe diesen Schritt, der besonders in der Entwicklung des Mannes von unvergleichlicher Bedeutung ist, als junger Mann nicht vollzog. In den *Lehrjahren* – es ist fraglich, ob Goethe dies auch beim Schreiben der *theatralischen Sendung* plante – stirbt Mariane, indem sie ihrer beider Sohn Felix das Leben schenkt, den Wilhelm Meister später trifft und zu dem seine Beziehung in den *Wanderjahren* höchst wichtig wird.[7]

Die große Bedeutung dieses Unterschieds zwischen Goethes Leben und dem von Wilhelm Meister kann nicht überschätzt werden. Wilhelm Meister fällt in schwere Krankheit, als er entdeckt zu haben glaubt, daß Mariane untreu ist, ähnlich wie Goethe nach seiner Rückkehr aus Leipzig schwer erkrankte, da er es allem Anschein nach nicht schaffte, eine angemessene heterosexuelle Beziehung einzugehen.[8] Da der frühe Tod Marianes im Roman nicht durch Notwendigkeiten des Handlungsaufbaus erzwungen ist, verlangt er eine psychologische Interpretation. Ich glaube, daß die unterschwellige psychologische Bedeutung in dem großen Trost für den Dichter liegt, auf so viele Genüsse gezwungenermaßen verzichtet zu haben, die dem Talent erlaubt sind. Der Gedanke mag etwa so lauten: ›Wenn ich wie andere Menschen von der Natur mit Talent aber nicht mit Genialität begabt wäre, hätte ich mich in meinen jüngeren Jahren in ein Mädchen verlieben und eine sexuelle Beziehung beginnen können, so wie ich es in meiner Umgebung so oft gesehen habe. Dann aber hätte ich das Mädchen leicht schwängern können und sie wäre vielleicht an der Geburt des Kindes gestorben.‹ Das Leben des Talents führt nach dieser Darstellung zu Bösem, während dem Genie, das seine ganze Existenz in den Dienst seiner Mission stellt, das Gefühl irreparabler Schuld erspart bleibt.

Dieser Gedanke wird eine These bestätigen, die ich von Zeit zu Zeit vorgetragen habe, aber in diesem besonderen Zusammenhang muß ich hinzufügen, daß ich, wenn ich von »irreparabler Schuld« spreche, eine Schuld meine, die jemand durch eine kriminelle Handlung auf sich genommen hat. Auch das Genie entgeht natürlich nicht dem Schuldgefühl, das aus unbewußten Quellen stammt. Weiterhin möchte ich wiederholen, daß diese These das Vorhandensein anderer Gründe für Goethes späten Beginn einer heterosexuellen Beziehung nicht ausschließt, etwa die sehr starken Ängste, von einem Liebesobjekt verschlungen zu werden, die ihn immer wieder zwangen, sich von dem Objekt ab und der Kunst zuzuwenden. Goethe wußte offensichtlich von dieser Angst, und er spielt in einem Satz seines *Wilhelm Meister* darauf an. Der Leser wird sich erinnern, daß Wilhelm, verwundet auf dem Schlachtfeld liegend, von einer schönen Frau gerettet wird, die er »die Amazone« nennt. Er verliebt sich sofort in sie und ist deshalb fast unausgesetzt mit dem Eindruck beschäftigt, den sie in seiner Erinnerung hinterlassen hat. Es gelingt ihm nicht, ihre Identität festzustellen, und lange Zeit beschränkt sich seine Beziehung zu ihr auf seine Phantasien, die sich an Einzelheiten der kurzen Begegnung heften können. In den *Lehrjahren* gelingt es ihm schließlich, sie wiederzusehen. Es ist Natalie, die er später heiraten wird. Bald danach trifft Wilhelm sie wieder, und er ist in einer besonderen Stimmung, die Goethe wie folgt schildert:

> Die Unruhe hielt ihn noch eine Zeitlang wach, und er beschäftigte sich das Bild der Amazone mit dem Bilde seiner neuen gegenwärtigen Freundin zu vergleichen. Sie wollten noch nicht mit einander zusammenfließen; jenes hatte er sich gleichsam geschaffen, und dieses schien fast ihn umschaffen zu wollen.[9]

Hier beschreibt Goethe unter der Maske des Wilhelm Meister eine Angst, die ihn davon abhielt, eine volle, angemessene heterosexuelle Beziehung einzugehen, nämlich die Angst, von dem Liebesobjekt in etwas verwandelt zu werden, was nicht nur als neu, sondern anscheinend auch als unbekannt und ichfremd vorgestellt wurde. Die Frauen, für die er seiner Liebe in seinen schönen Liebesliedern Ausdruck verlieh, waren die Amazonen, deren Bilder er »für sich selbst schuf«; die Liebe zu einem wirklichen Objekt konnte die absolute Herrschaft des Ich in seinem Königreich beenden und das Ich so in einen Vasallen ohne Identität verwandeln.

In der Beziehung zu Charlotte von Stein ging Goethe zeitweilig dieser Königswürde verlustig, weil das Ich eine Reorganisation für eine neue Identität benötigte, und die Umwandlung war zu jener Zeit nicht so sehr die Quelle von Furcht, die sein Leben bedrohte, sondern ein Leben erhaltendes Ziel. Er nahm weise von einer sexuellen Bindung an sie Abstand, denn wenn er sich mit ihr durch ein solches Band, das nur vorübergehend sein konnte, wenn es ihm nützen sollte, verbunden hätte, wäre diese Beziehung dauerhaft geworden und hätte sich infolgedessen schädlich ausgewirkt. Christiane wurde niemals eine solche Gefahr, wie sie Wilhelm bei Natalie fühlte. Der Unterschied zwischen Goethe und Christiane war zu groß, als daß eine sexuelle Vereinigung mit ihr die Wirkung einer lang anhaltenden Veränderung seines Genies haben konnte. Es ist bemerkenswert, daß im letzten Teil des Epos, in den *Wanderjahren,* Wilhelm keine Zeit in Natalies Begleitung verbringt, und als er in die Vereinigten Staaten emigriert, wird Natalie von ihrem Ehemann vorausgeschickt.

Während Wilhelm aber den frühen Tod Marianes verursacht und Goethe dieses Verbrechen erspart blieb, so rettet Wilhelm aber auch das Leben seines geliebten Sohnes Felix, während Goethe seinen eigenen Sohn allmählich der Vernichtung preisgab. Die *Wanderjahre* und damit das gesamte Epos enden mit folgender Szene. Wilhelm sieht einen jungen Mann zu Pferde eine Klippe hinunter in den Fluß stürzen. Dieser wird rasch ans Ufer gebracht, aber er ist anscheinend leblos. Wilhelm, jetzt ein erfahrener Arzt, läßt ihn zur Ader, und die Jugend erwacht zu neuem Leben. Es ist Felix, der nach Wiedererlangen des Bewußtseins gegenüber seinem Vater in folgende Rede ausbricht:

> Wenn ich leben soll, so sei es mit dir! Mit diesen Worten fiel er dem [...] Retter um den Hals und weinte bitterlich. So standen sie fest umschlungen, wie Kastor und Pollux, Brüder die sich auf dem Wechselwege vom Orcus zum Licht begegnen.[10]

Wilhelm breitet seinen Mantel über seinem Sohn aus, der anscheinend völlig wiederhergestellt ist. Der Unterschied zwischen den Generationen, ihre Eifersucht und ihre Rivalität werden also getilgt. Vater und Sohn sind Kastor und Pollux, altehrwürdige Symbole der Zwillingsfreundschaft. Und wie der Vater einstmals auf dem Schlachtfeld lag, dem Tode nahe war und von einer Frau gerettet wurde, welche einen Mantel über seinen verwundeten Körper ausbreitete, so tut nun der Vater dasselbe für seinen Sohn, zuletzt die weibliche Funktion für sich selbst beanspruchend.

Für den Analytiker kann kein Zweifel bestehen, daß hier eine Geburtsszene dargestellt ist; man denke nur an die Bedeutung, die im Traum das Aus-dem-Wasser-Ziehen eines jungen Mannes hat. Die im gereiften Vater unweigerlich vorhandenen Kastrationsimpulse sind wirkungsvoll verleugnet: Der Vater läßt den Sohn bluten, aber nur, um ihn zu neuem Leben wiederzuerwecken.

In dieser Schlußszene scheinen unvereinbare Kräfte, die in der Realität miteinander in Konflikt liegen, synthetisiert, und die bewußte Harmonie behält die Oberhand, wo ein unbewußter unerbittlicher Krieg stattgefunden hatte. Der Mann spendet Kindern Leben; Vater und Sohn sind Kastor und Pollux. Tatsächlich sind viele Väter darin erfolgreich, die tiefe Ambivalenz, welche diejenige Generation, die sich dem Tod nähert, von derjenigen trennt, die in voller Lebensblüte steht, zu mildern und sogar zu überwinden. Goethes Vater, denke ich, hatte darin Erfolg. Obgleich viele Mißstimmigkeiten und Unterschiede des Temperaments oft einen Keil zwischen Vater und Sohn trieben, hatte der erstere beruflichen Erfolg und eine unabhängige Existenz dem Wohlergehen seines Sohnes geopfert. Das Genie darf dieses Opfer niemals bringen, denn so zu handeln bedeutet das Ende seiner

Kreativität, und so stieß Goethe, trotz seiner Anstrengung, das Gegenteil zu tun, seinen Sohn unwillentlich mehr und mehr in den Abgrund — in den August fatalerweise fiel, kurz nachdem sein Vater die schöne Szene geschaffen hatte, mit der der *Wilhelm Meister* seinen Abschluß findet.

Wilhelm Meister unterscheidet sich also von Goethe, und doch offenbart sich Goethe, indem er uns diesen Unterschied wissen läßt — durch Negation sozusagen[11] — in der höchst möglichen persönlichen und intimen Weise, intimer und persönlicher als in *Dichtung und Wahrheit*, wo er sich vornimmt, uns wissen zu lassen, wer er war. Bei dieser Antinomie stoßen wir wieder auf eines jener zahllosen Mysterien, die im menschlichen Geist liegen und an die mit besonderem Eifer und Vehemenz uns heranzutasten wir verpflichtet sind, wenn wir den Menschen dort, wo er sich von seiner besten Seite zeigt, studieren — als ein Kunst produzierendes Tier.

Ich habe einige allgemeine Gesichtspunkte dargestellt, die, so unbefriedigend sie auch sein mögen, für eine psychologische Annäherung an den *Wilhelm Meister* unerläßlich sind. Wenn ich mich jetzt den Einzelheiten zuwenden würde, gäbe es mit allem, was gesagt werden könnte, kaum eine Ende. Der psychologische Reichtum des Romans ist unglaublich und bildet eine wirkliche Schatztruhe für jeden, der an Psychologie interessiert ist. Obgleich ich dieser Versuchung nicht erliegen möchte, kann ich einen Kommentar zum *Wilhelm Meister* nicht hinausgehen lassen, ohne einige wenige Bemerkungen anzufügen, obwohl sie geringfügig erscheinen mögen.

Wilhelm Meisters Beziehung zu Mignon, Natalie und Philine können gut benutzt werden, um früher aufgestellte Behauptungen über Goethes Beziehung zu seiner Schwester und über sein Sexualleben zu bestätigen. Dies wäre aber eine Wiederholung, und ich möchte nur folgende Punkte aufnehmen.

(1) Ich habe früher berichtet, daß Goethe während einer seiner vielen Abwesenheiten Christiane darum bat, ihm einen von ihren durchs Tanzen abgetretenen Schuhen zu schicken. Dieser Einzelfall wird häufig als Beispiel von Goethes vorgeblichem Schuhfetischismus angeführt. Die große Rolle, die jener Fetischismus in Goethes Leben (und Werk) spielte, ist unbestreitbar und ist im vorliegenden Text an verschiedenen Stellen erörtert worden. Der *Wilhelm Meister* ist eine glänzende Quelle für die Ausarbeitung und Weiterführung dieses Themas. Trotzdem fühle ich einen Vorbehalt gegen die Annahme, daß Goethe ein Schuhfetischist war. Seine Bitte an Christiane geschah nur einmal, und dies sollte vor allzu großer Sicherheit warnen, daß diese Perversion in Goethes Leben vorhanden war. Ich denke, daß Goethe im *Wilhelm Meister* den wirklichen Grund für sein Interesse an Schuhen offenbart.

Als Serlo, der Schauspieler und Theaterdirektor, der in Philine verliebt ist, ihre Schuhe preist, fügt er hinzu, was ihn wirklich an Schuhen fasziniert. Es ist der Klang (das Klipp-Klapp), den sie machen, wenn sie von einem Mädchen getragen werden, das in seinen Raum eilt. Diese Passage (das 5. Kapitel im 5. Buch) ist mit viel erotischem Charme und erstaunlicher Freiheit geschrieben, und man muß annehmen, daß Goethe hier seine erotischen Gefühle offenbart. Das Klipp-Klapp von Frauenschuhen auf dem harten Fußboden erschien ihm wie der Vorbote von kommenden Ereignissen, wie der Kirchgänger beim Läuten der Glocken die folgende Messe vorwegnimmt.[12]

(2) Im *Wilhelm Meister* ergriff, glaube ich, Goethe die Gelegenheit, einen flüchtigen Blick auf viele Umstände zu gestatten, die er im allgemeinen geheimhielt. Seine Vorliebe für den Klang von Frauenschuhen ist nur einer davon. Ich habe früher v. d. Steinen (506) zitiert, der Goethes offensichtliches Nicht-zur-Kenntnis-Nehmen eines der wichtigsten historischen Vorgänge jener Zeit betont, nämlich die Veränderung Europas durch das Maschinenzeitalter. Tatsächlich kann man kaum eine Bemerkung von Goethe zu diesem Thema finden, trotz seiner großen historischen Klugheit. Es ist überraschend, dem alten Seher zuzuhören, wenn er sehr richtig Einzelheiten der künftigen ökonomischen Entwicklung vorhersagt, sogar die Erwerbung des Gebiets für den Panama-Kanal, und wenn er brennend wünscht, die Engländer mögen in den Besitz eines Kanals bei Suez kommen.[13] Sollte ein Geist, der so wunderbar mit praktischer Vorstellungskraft ausgestattet war, wirklich blind gegenüber den deutlichsten Zeichen am Horizont gewesen sein? 1790 hatte Goethe Gelegenheit, eine Dampfmaschine laufen zu sehen, und im letzten Jahr seines Lebens erhielt er als Geschenk ein kleines Modell einer Eisenbahn — um zwei Beispiele zu zitieren, daß Goethe in Wirklichkeit mit der modernen Technologie konfrontiert wurde.

In den *Wanderjahren* (3. Buch, 13. Kapitel) finden wir für die überraschende Tatsache, daß Goethe der technischen Revolution, die um ihn herum vor sich ging, keine Aufmerksamkeit schenkte, eine Erklärung. Sie liegt in den Worten von Susanne, einer der Figuren des Romans, die offensichtlich die eigene Meinung des Dichters ausdrückt. Susanne ist erschrocken über die drohende Einführung von Maschinen in ihrem Tal, wo zahlreiche Weber ihr Brot verdienen, ohne dem Boden entfremdet zu werden, auf dem sie aufgewachsen sind. Goethe läßt sie sagen:

> Das überhand nehmende Maschinenwesen quält und ängstigt mich, es wälzt sich heran wie ein Gewitter, langsam, langsam; aber es hat seine Richtung genommen, es wird kommen und treffen. [...] Man denkt daran, man spricht davon, und weder Denken noch Reden kann Hülfe bringen. Und wer möchte sich solche Schrecknisse gern vergegenwärtigen![14]

Offensichtlich war es ein allzu lebhaftes Bild des künftigen Antlitzes der Welt – nicht ein Mangel an Bewußtsein, was Goethe bei diesem Thema verstummen ließ, und offenkundig versuchte er, seinen Geist von dem fernzuhalten, was unausweichlich eintreten und trotz jeder möglichen Warnung höchst schmerzhaft und tragisch sein würde. Er fühlte, daß der Mensch gegen den eisernen Gang der Geschichte machtlos ist.

Es ist überraschend (und bei der Bedeutung dieses Themas nicht hinreichend bekannt), daß Goethe sich in dem Roman stark für die Auswanderung in die Vereinigten Staaten als Lösung einsetzt. Natürlich sah er nicht vorher, daß dieses Land das am weitesten industrialisierte der Welt werden würde.[15] In den *Wanderjahren* dachte er sich auch ein Programm für die Erziehung und die politische Ordnung aus, das seiner Natur nach sozialistisch genannt werden muß. Das Altern führte bei ihm offenbar nicht zu geistiger Regression, und trotz seiner wirklichen Integration in eine aristokratische Gesellschaft schritt er unerbittlich voran, die Wegweiser der Zeit zu deuten und jene Vorstellungen, die er jahrzehntelang am meisten geliebt hatte, durch neue und moderne Ansichten zu ersetzen. Alter verhinderte eine neue Interpretation der Welt nicht. In den *Wanderjahren* stellte der alte Goethe seine letzten Ansichten in Form einer Utopie dar. Solche Phantasien dienen oft dem Zweck, das Vorhandensein von Elend zu leugnen. In Goethes Fall scheint jedoch die Abwehrfunktion minimal gewesen zu sein. Er sah die Bedrohung des Individualismus, die in einem sozialistischen Entwurf liegt, klar voraus, und der Kampf für ein Maximum an Individualismus trotz eines sozialistischen Systems der Kindererziehung und der menschlichen Zusammenarbeit bilden den zentralen Punkt seiner Konstruktion.

(3) Die *Wanderjahre* werden als Goethes »Altersroman« betrachtet in dem Sinn, daß die Fehler des Romans auf die Rechnung der teilweisen Schwächung des Autors durch Altern gehen. Ich kann hier nicht in die volle Beweisführung eintreten, daß diese Ansicht falsch ist und daß das, was man gewöhnlich als Mangel des Romans ansieht, genau das ist, was dem Roman seine Schönheit verleiht. Natürlich schrieb Goethe als alter Mann anders, als er es als junger oder als Mann in den mittleren Jahren tat. Eine Erforschung der Psychologie des Alters wäre die notwendige Voraussetzung, um dem Buch volle Gerechtigkeit widerfahren zu lassen. Das größte Hindernis für eine angemessene Würdigung und kritische Analyse seiner Form und seines Inhalts ist die Ansicht, daß alle Veränderungen, die das Altern hervorruft, negativ bewertet werden müßten. In solcher Perspektive sind die gewöhnlich anzutreffenden kritischen Urteile über die *Wanderjahre* korrekt. Jedenfalls sind sie verständlich, da die meisten dieser Kommentare von Leuten geschrieben werden, die das hohe Alter noch nicht erreicht haben und vorein-

genommen auf diese Lebensperiode blicken. Jedenfalls ist die Lebensanschauung des Alters nicht unzureichend, sondern in ihrer Weise ebenso gültig wie die Ansichten des Menschen zwischen zwanzig und sechzig. Was gewöhnlich als Mangelerscheinung begriffen wird, sind Elemente, die zu den Vorstellungen, zur Philosophie und Ideologie der nächst jüngeren Gruppe nicht passen und auf die diese deshalb herabsieht. Sobald man damit aufhört, sie automatisch als Fehler anzusehen und sie erforscht mit dem Ziel, ob sie nicht tatsächlich vielleicht positiven Wert besitzen, erscheinen sie in einem neuen Licht. Georg Simmel hat in der Sprache des Philosophen und Metaphysikers folgende Gedanken über die Werke großer Künstler in ihrem hohen Alter zum Ausdruck gebracht:

> Hier ist das schöpferische Leben so souverän es selbst, so reich an sich selbst geworden, daß es jede Form, die irgendwie traditionell oder mit andern geteilt ist, abstößt, daß seine Äußerung im Kunstwerk nichts anderes ist, als sein jeweiliges eigenstes Verhängnis. So zusammenhängend und sinnvoll das Werk von diesem her sei, so erscheint es vom Standpunkt der hervorgebrachten Formen aus oft zersplittert, ungleichmäßig, wie aus Fragmenten bestehend. Dieses ist nicht senile Unfähigkeit zur Gestaltung, keine Altersschwäche, sondern Altersstärke. Der große Künstler ist in dieser Epoche seiner Vollendung so rein er selbst, daß sein Werk nur das an Form noch zeigt, was die Strömung seines Lebens von selbst erzeugt; ihr Eigenrecht hat die Form ihm gegenüber verloren.[16]

Die *Wanderjahre* sind der erhabenste künstlerische Ausdruck dessen, wie die Welt dem alten Mann erscheint, und da Goethe sich in seiner Kunst fast nie verstellte, findet das hohe Alter auch seine fehlerlose, künstlerisch hervorragende Darstellung. Der Inhalt des Romans zeigt sehr klar, worin der zentrale Konflikt Goethes während jener Lebensperiode bestand. Fast genau in die Mitte der *Wanderjahre* stellte Goethe die kleine Novelle *Der Mann von fünfzig Jahren.* In dieser Geschichte wird ein junges Mädchen sowohl vom Vater wie von dessen Sohn geliebt, und die Versuche des Vaters, die Beschädigungen des Alters zu verhehlen oder gar ungeschehen zu machen, werden in allen Einzelheiten geschildert. Doch abseits aller Probleme des Inhalts – die mit relativer Leichtigkeit gelöst werden können – besteht die weit mehr herausfordernde Aufgabe in der kritischen Erörterung der Formelemente: d. h. herauszufinden, welche formalen Elemente sich dem Altern verdanken; die Ideologie des hohen Alters zu analysieren und den Modus der ätiologischen Verbindung zwischen beiden zu benennen.

(4) Es liegt außerhalb meines Interpretationsvermögens zu erklären, warum Goethe in der letzten Fassung des *Wilhelm Meister* zum Bild der guten Mutter zurückkehrte, nachdem er in der ursprünglichen Fassung eine so

kraftvolle Darstellung der schlechten Mutter gegeben hatte. Manchmal schreibt er jenem neuen Mutterbild genau dasjenige Gute zu, das er ursprünglich für andere vorgesehen hatte, und umgekehrt geschieht es mit dem Schlechten.

Könnte es so gewesen sein, daß er den Glauben gewann, der prägende Eindruck, den eine schlechte Mutter im Erwachsenen hinterläßt, sei eine Voraussetzung für die Geburt des Genies, und eine gute Mutter reiche für das Hervorbringen eines bloß talentierten Menschen aus?

(5) Einer der erstaunlichsten Gegenstände in den *Wanderjahren* ist eine detaillierte Beschreibung eines homosexuellen Erlebnisses in Wilhelm Meisters früher Jugend (2. Buch, 2. Kapitel). Dies ist in einem Brief, den Wilhelm an Natalie schreibt, enthalten, und da es der letzte der vier Briefe an sie ist, die in den Roman eingestreut sind, verdient er besonders hervorgehoben zu werden. Er wird abschnittweise mitgeteilt, in vier Teilen, die mit Sternchen voneinander getrennt sind. Diese Unterbrechungen und das Zögern, das in diesen Passagen zum Ausdruck kommt, zeigen an, daß Wilhelm (Goethe) eine innere Hemmung besiegen muß, bevor er imstande ist, mit etwas herauszurücken, was ihn sehr stark bedrückt.

Wilhelm beschreibt einen Familienausflug — offenbar der einzige, der in seiner Jugend stattgefunden hat — am dritten Pfingsttag. Zwei Besuche sind arrangiert worden. Beim ersten Halt pflücken die Kinder Blumen, und der älteste Junge des Dorfes, der Sohn eines Fischers, lädt Wilhelm ein, mit ihm zum nahen Fluß zu gehen. Dieser Junge hatte »mich bei seinem ersten Auftreten gleich besonders angezogen«.[17]

Sie setzten sich ans Ufer, und der Junge zeigt Wilhelm, wie man fischt. Nach einer Weile scheint der Junge sich zu langweilen, läuft die Böschung hinab und schwimmt im Wasser. Nicht lange kann Wilhelm der Einladung des Jungen widerstehen, er legt seine Kleidung ab und geht ebenfalls ins Wasser, obwohl er nicht schwimmen kann. Der Brief fährt fort:

> ...als er [der Junge] sich heraushob, sich aufrichtete im höheren Sonnenschein sich abzutrocknen, glaubt' ich meine Augen von einer dreifachen Sonne geblendet, so schön war die menschliche Gestalt von der ich nie einen Begriff gehabt. Er schien mich mit gleicher Aufmerksamkeit zu betrachten. Schnell angekleidet standen wir uns noch immer unverhüllt gegen einander, unsere Gemüther zogen sich an und unter den feurigsten Küssen schwuren wir eine ewige Freundschaft.[18]

Bei ihrer Rückkehr treffen sie die anderen auf dem Weg zum Amtmann, der zweiten Besuchsstation. Wilhelm möchte seinen Freund herumführen, aber es wird betont, das sei unschicklich (ich vermute wegen des betonten Klassenunterschieds zwischen den beiden Jungen), und dem Sohn des Fischers wird aufgetragen, Krebse zu fangen, die man am Abend verspeisen wolle. Der Junge nimmt Abschied, aber nicht ohne Wilhelm »mit Hand und Mund« zu versprechen, sich an der Stelle zu treffen, wo sie sich getrennt haben.

Als sie im Amtshaus ankommen, müssen sie auf das Mittagessen warten, und Wilhelm macht in Begleitung der Tochter des Hauses, eines Mädchens, das jünger ist als er, einen Spaziergang in den Garten.

> Meine Begleiterin war schön, blond, sanftmüthig, wir gingen vertraulich zusammen, faßten uns bald bei der Hand und schienen nichts Besseres zu wünschen.[19]

An diesem Punkt wird Wilhelms Erzählung unterbrochen, und es folgen drei Abschnitte mit allgemeinen Bemerkungen, von denen ich den ersten zitieren möchte.

> Betracht' ich nach soviel Jahren meinen damaligen Zustand, so scheint er mir wirklich beneidenswerth. Unerwartet, in demselbigen Augenblick, ergriff mich das Vorgefühl von Freundschaft und Liebe. Denn als ich ungern Abschied nahm von dem schönen Kinde, tröstete mich der Gedanke, diese Gefühle meinem jungen Freunde zu eröffnen, zu vertrauen und seiner Theilnahme zugleich mit diesen frischen Empfindungen mich zu freuen.[20]

Als Wilhelm zu der verabredeten Stelle kommt, wartet er vergeblich auf seinen Freund:

> Ich rief, ich ängstigte mich; er war nicht zu sehen und antwortete nicht; ich empfand zum erstenmal einen leidenschaftlichen Schmerz, doppelt und vielfach.
>
> Schon entwickelte sich in mir die unmäßige Forderung vertraulicher Zuneigung, schon war es ein unwiderstehlich Bedürfniß, meinen Geist von dem Bilde jener Blondine durch Plaudern zu befreien, mein Herz von den Gefühlen zu erlösen, die sie in mir aufgeregt hatte.[21]

Als er im Dorf ankommt, sind die Bewohner in allgemeiner Aufregung und Klage. Man hört Schreien, und es kommt heraus, daß fünf Kinder ertrunken sind. Wilhelms Freund war — wie befohlen — Krebse fischen gegangen. Jungen, die nicht schwimmen konnten, hatten ihn begleitet und waren ins Wasser gestürzt. Er hätte sich selbst retten können, aber die anderen zogen ihn in die Tiefe. Ein kleiner Junge, der am Ufer stand und die Krebse einsammelte, lief mit der schrecklichen Nachricht ins Dorf.

Wilhelm fällt in einen schrecklichen Zustand. Heimlich dringt er durch ein Fenster in den Saal ein, wo die Toten aufgebahrt sind. Dort sieht er die unglücklichen Leiber

> nackt, ausgestreckt, glänzendweiße Leiber, auch bei düsterm Lampenschein hervorleuchtend. Ich warf mich auf den größten, auf meinen Freund; ich wüßte nicht von meinem Zustand zu sagen, ich weinte bitterlich und überschwemmte seine breite Brust mit unendlichen Thränen. Ich hatte etwas von Reiben gehört das in solchem Falle hülfreich sein sollte, ich rieb meine Thränen ein und belog mich mit der Wärme, die ich erregte. In der Verwirrung dacht' ich ihm Athem einzublasen, aber die Perlenreihen seiner Zähne waren fest verschlossen, die Lippen auf denen der Abschiedskuß noch zu ruhen schien, versagten auch das leiseste Zeichen der Erwiderung. An menschlicher Hülfe verzweifelnd wandt' ich mich zum Gebet, ich flehte, ich betete, es war mir als wenn ich in diesem Augenblicke Wunder thun müßte, die noch inwohnende Seele hervorzurufen, die noch in der Nähe schwebende wieder hineinzulocken.[22]

Ich habe am Anfang gesagt, es sei überraschend, in den *Wanderjahren* eine solch offene Darstellung eines fast manifest homosexuellen Erlebnisses zu finden. Ich habe von Zeit zu Zeit die große Rolle betont, die Homosexualität in Goethes Leben spielte, wie man leicht erwarten kann. Doch während man in seinen Werken einige Episoden oder Hinweise finden kann, die wenigstens versuchsweise eine Rekonstruktion des Hauptvorgangs seiner heterosexuellen Entwicklung erlauben, ist das entsprechende Material für die homosexuelle Entwicklung äußerst rar. Das Zögern, mit dem Goethe Wilhelm in seinem Brief vorankommen läßt, das auffällige Räuspern und Stottern, bevor die Episode zu erzählen begonnen wird, das alles stammt meiner Ansicht nach aus Goethes eigener Hemmung, über etwas zu berichten, was ein wirkliches Erlebnis gewesen sein muß, das mehr oder weniger Wilhelms Geschichte zugrunde lag.

Warum war Goethe fähig, diese Geschichte als alter Mann zu schreiben? Um diese Frage zu beantworten, ist es notwendig, wieder auf die Psychologie des hohen Alters zurückzukommen, wenigstens auf das Allernotwendigste. Ich stimme mit Gottfried Benn überein, der zumindst an einer Stelle seines Aufsatzes (18)[23] darauf hinzuweisen scheint, daß Kunstwerke, die von einem betagten Genie geschaffen sind, im allgemeinen keine Besonderheiten aufweisen, die in konkreten Begriffen beschrieben werden können. Ich glaube, daß das Neue — und oft erstaunlich Neue —, auf das man bei den Produktionen eines alt gewordenen Genies stoßen kann, von Fall zu Fall variiert, denn es enthält etwas, womit die kreative Persönlichkeit gerungen hat, seit sie anfing, sich selbst durch das Erschaffen von Kunst auszudrücken. Wenn das „überraschend Neue" in den Produkten des hohen Alters auftaucht, dann, so scheint mir, sogar deswegen, weil das Alter eine Hemmung beseitigt hat, eine Schranke, eine verdrängende Kraft, und die Wirkung dieses Beiseiteräumens im Erscheinen dessen liegt, was der kreative Geist vielleicht verschwommen geahnt haben mag oder das er auch nicht wußte, das zu suchen er aber immer den Drang verspürt hatte, bis es möglich wurde, es ans Licht zu bringen, wenn die Nähe des Todes jede andere, diesseitige Angst beseitigt. Ob es aber wirklich dieser Faktor ist oder ein anderer, der die schließliche Freigabe des Verdrängten begründet, ist eine Frage der Spekulation.

Wie dem auch sei, in der Episode der fünf ertrunkenen Jungen war Goethe imstande, den tief verdrängten oder unterdrückten Inhalt freizulassen. Natürlich stellte er ihn nicht in der ursprünglichen Form dar. Der Tod einer so großen Zahl von Jugendlichen unter so dramatischen Umständen wäre anderswo festgehalten worden, und einer der zahlreichen gewissenhaften »Goetheforscher« [auch im Original deutsch, d. Ü.] hätte die entsprechenden historischen Berichte darüber ausgegraben. Ende Juli 1774 schrieb Goethe an Sophie von La Roche:

> Mein Sinn hat sich noch nicht ganz erholt, wo vier Knaben gestern Nacht ertranken und keiner gerettet wurde. Nur in solchen Augenblicken fühlt der Mensch, wie wenig er ist. und mit heisen Armen und Schweiß und Thränen nichts würkt.[24]

Das wirkliche Erlebnis des Erwachsenen mag leicht das äußere Gewand abgegeben haben, in das eine viel frühere Erfahrung von vergleichbarer Schrecklichkeit gekleidet wurde.

Die Richtung, in der die Darstellung der Geschichte verläuft, ist unmißverständlich. Sie bezieht sich auf die Zeit der Vorpubertät oder frühen Pubertät, als die unmittelbare, sexuelle genitale Empfindung unter den Küssen eines älteren Jungen zum ersten Mal erlebt wurde. Ob es bei dieser Gelegenheit zur Ejakulation kam oder nicht, ob er von dem älteren Jungen genital verführt wurde oder nicht — alle diese Einzelheiten können natürlich nicht rekonstruiert werden. Aber sie sind auch nicht von entscheidender Bedeutung. Interessant ist, daß Goethe Wilhelms erste Betörung durch ein Mädchen danebenstellt. Wieder ist nicht wahrscheinlich, daß die beiden Vorkommnisse sich wirklich in solcher engen Aufeinanderfolge ereigneten, sondern daß die Entsprechung in der Verbindung zwischen Phasen oder Mechanismen der libidinösen Entwicklung liegt. Freud hat betont, daß bestimmte Elemente bei einer Wahnvorstellung in einem Fall von Paranoia »eigentlich nichts anderes als die dinglich dargestellten, nach außen projizierten Libidobesetzungen" sind (173, S. 315). *Mutatis mutandis* kann man einen vergleichbaren Mechanismus bei einigen Elementen von Goethes Geschichte vermuten. Das rasche Erscheinen des blonden Mädchens repräsentiert die Verschiebung des homosexuellen Impulses auf die Frau, die Flucht von der Homosexualität zur Heterosexualität, den Entwicklungsverlauf von einem ziemlich narzißtischen Niveau zu einem mehr auf das Objekt gerichteten. Schnell setzt aber die regressive Kraft ein. Man fühlt sich sogar genötigt zu spekulieren, daß der plötzliche Fortschritt in der Heterosexualität nur unter dem Schirm eines älteren geliebten Freundes möglich wurde, in dessen Schutz er jederzeit zurückkehren konnte, um »seiner Theilnahme zugleich mit diesen frischen Empfindungen mich zu erfreuen«, was Sicherheit durch die Gewißheit bedeuten kann, sich aus der heterosexuellen Gefahr durch einen homosexuellen Kontakt zu befreien.

Die Geschichte berichtet aber, daß diese Rückkehr zum homosexuellen Liebesobjekt durch den unwiederbringlichen Verlust des Objekts blockiert war. Es ist tatsächlich höchst bemerkenswert, daß der Tod (oder seine verhüllende Repräsentation durch Verletzung oder etwas Ähnliches) an zwei anderen Stellen, wieder in Verbindung mit Homosexualität, auftaucht. Beide Fälle ereigneten sich während der Besetzung Frankfurts durch die Franzosen, als Goethe zehn Jahre alt war, und beide stehen in Beziehung zum Theater *(Dichtung und Wahrheit,* 3. Buch). Der eine Vorfall bezieht sich auf den Zweikampf mit einem Freund, den Goethe Derones nennt, und bei dem anderen, den ich im Anhang I kurz erwähnt habe, auf einen bewunderten und beneideten Jungen, der starb, nachdem Goethe das Sprichwort »heute rot, morgen tot« mit dem bösen Omen ausgesprochen hatte. Homosexualität im pubertären Sinne war in Goethes Phantasie ohne Zweifel eng mit Tod verbunden, d. h. jene Lebensperiode, die gewöhnlich höchst wichtig für die Festlegung der endgültigen Gestalt unmittelbarer sexueller Strebungen ist, stand unter dem Zeichen einer schrecklichen Warnung vor Homosexualität. Wir wissen, daß bei manchen Genies manifeste Homosexualität der Kreativität nicht entgegensteht, aber ich habe früher gesagt, daß für den erwachsenen Goethe manifeste Homosexualität eine schwere Gefahr bedeutet hätte. Hier haben wir den Grund für die schlechte Wirkung, die eine Regression zur Homosexualität für den erwachsenen Dichter hätte haben können. Da Homosexualität und Tod beim pubertären Jungen so eng miteinander verbunden waren, hätte ein wirklich homosexuelles Erlebnis beim Erwachsenen zu einem nicht beherrschbaren Grad von Panik und Schuld geführt, oder, mit anderen Worten, manifeste Homosexualität hätte für das Unbewußte einen Tötungsakt bedeutet.[25] Goethe war tatsächlich gegen manifeste Homosexualität gut geschützt. Der Leser möge sich an meine Darstellung von Goethes Beziehung zu seiner jüngeren Schwester als quasi Zwillingsschwester in Erinnerung rufen, d. h., Cornelia war sein Spiegelbild, und deshalb mußte eine Verstärkung seines Narzißmus — worauf man bei Homosexualität regelmäßig stößt — ihn zum anderen Geschlecht führen.

Die Konstellation in Wilhelms Brief ist nicht ganz durchsichtig. Wilhelms Unbewußtes mag die Katastrophe als Konsequenz seiner Untreue durch sein Verlieben in das Mädchen interpretiert haben. Zumindest klingt die Betonung des Dranges, ein Wunder zu vollbringen und den Tod zu erleiden, wie der Ausdruck eines Verantwortungsgefühls für den Tod des Freundes. Die korrekte Interpretation würde hier wesentlich erleichtert, wenn wir die Struktur des zugrundeliegenden wirklichen Erlebnisses kennen würden. Denn es ist gut möglich, daß Goethe hier indirekt eine Phantasie zum Ausdruck brachte, die eine Warnung an ihn selbst enthielt, niemals wieder in die Homosexualität zurückzufallen, wenn er mit einem heterosexuellen Konflikt konfrontiert wurde. Dieser untergeordnete Faktor im Kampf gegen die Homosexualität kann zu der Bildung einer furchterregenden Phantasie geführt haben, welche dieselbe Funktion wie die Angst erfüllte, die das Ich als Warnzeichen benutzt (vgl. 205). Ich bin sicher, daß trotzdem die mögliche Rolle eines solchen Faktors, der in den unbewußten Bedeutungen in der Geschichte mitschwingt, viel tiefer geht.[26]

Es ist bemerkenswert, daß in Wilhelms Erzählung das Prägenitale und Sadistische in einer Gestalt erscheint, die an das erinnert, was ich in der *theatralischen Sendung* als das Krude bezeichnet habe. Analität erscheint schon zu Beginn. Auf dem Bauernhof, den die Familie besucht, sieht Wilhelm Ackergeräte zum ersten Mal im Gebrauch, und er führt fort:

> ... selbst der widrig anzuschauende Unrath schien das Unentbehrlichste im ganzen Kreise: sorgfältig war er gesammelt und gewissermaßen zierlich aufbewahrt.[27]

Das Hinüberwechseln zur Oralität im nächsten Satz ist bezeichnend. Dieser Blick auf den Unrat wurde schnell ersetzt und

> ... appetitliche Kuchen, frische Milch, und sonst mancher ländlicher Leckerbissen ward von uns begierig in Betracht gezogen.[28]

Das orale Element zieht sich durch die ganze Geschichte hin, zuweilen nimmt es eine makabre Qualität an. Wie erinnerlich wurde die gesamte Tragödie mittelbar durch die Aufforderung an den Fischersohn ausgelöst, Krebse zu fangen. Der kleine Junge, der nicht in das Wasser gegangen war, sammelte die Krebse ein, welche sein Freund gefangen hatte, bevor er ertrank. Also kehrte die Familie von ihrem Ausflug im Besitz dieses seltenen Gerichts zurück. Wilhelms Vater erhebt Einspruch dagegen, daß die Krebse auf den Tisch kommen, aber Wilhelms Tante interessiert sich sehr star für die Krebse. Sie läßt sie am Leben, indem sie sie sorgfältig füttert, und schickt sie nach und nach als Geschenk einer geizigen Person von großem Einfluß als Bestechung, um eine Anstellung für einen unwürdigen Schützling von ihr zu erlangen.

Diese absurden Konsequenzen sind nicht die einzigen. Wilhelms Vater, ein sozial eingestellter Mann, richtet sein Interesse auf die Wiederbelebung von anscheinend erstickten oder aus anderen Gründen bewußtlosen oder scheintoten Menschen. Im Verlauf der Diskussion über dieses Thema hört Wilhelm, daß mit den toten Jungen in einer Art umgegangen wurde, die im Gegensatz zu dem steht, was gewöhnlich mit Toten geschieht, ja daß »sie gewissermaßen erst ermordet« wurden.[29] Mit der offenen Einführung des Themas Mörder wird in ein wahres Hornissennest gestochen, und wir verlieren eine zuverlässige Richtung für die Interpretation. Dennoch: Wilhelm war am Morgen mit seinem Freund in demselben Fluß, und auch er konnte nicht schwimmen. War er es, der ermordet werden sollte, und war sein Freund nur der Sündenbock für ihn? War es so, daß nur sein Freund, der älter war als er, die schwerste Bestrafung ertragen mußte, obwohl beide das Verbotene genossen hatten? Hatte Wilhelm ihn ermordet, indem er ihm während des gemeinsamen Besuchs beim Amtmann nicht beistand? Hier eröffnen sich zu viele Möglichkeiten, als daß Hoffnung auf Exaktheit bei der Interpretation bestünde. Jedenfalls beweist die Phantasie vom Mörder erneut die weitreichenden Folgerungen, die in der Geschichte enthalten sind.

Als Wilhelm zugleich hört, daß das medizinische Zur-Ader-Lassen das Leben vielleicht gerettet hätte, entscheidet er sich dafür, alles zu lernen, was für die Ausführung des Aderlasses notwendig ist. Also enthält das Schlußkapitel des Romans, in dem Wilhelm durch Aderlassen Felix wieder zum Leben erweckt, die Erfüllung eines Jugendwunsches.[30]

Ich möchte hier eine Vermutung im Hinblick auf das wirkliche Erlebnis, das der homosexuellen Episode zugrundeliegt, äußern. Ich nehme an, daß sich das Erlebnis während der französischen Besatzungszeit ereignete, als Goethe in engeren Kontakt mit der reizenden französischen Theatertruppe kam. Die Anhaltspunkte, die ich vorlegen kann, werden vielleicht nicht allzu überzeugend klingen. Ich berichtete früher über die beiden homosexuell getönten Vorfälle in Verbindung mit der französischen Theatertruppe (*Dichtung und Wahrheit*, 3. Buch).

In den Wanderjahren führt Goethe seinen unglücklichen Freund in besonderer Weise ein. Er schreibt, daß der Junge ihn bei seinem ersten »Auftreten« anzog, was ich mit »appearance« übersetzt habe. Das Substantiv »Auftreten« ist von einem Verb abgeleitet, was wörtlich »to step upon« bedeutet und in verschiedenen Schattierungen gebraucht wird, wovon eine sehr gebräuchliche sich unmittelbar auf die Bühne bezieht, d. h. »to tread the boards« [die Bühnenbretter betreten]. Man würde das Wort, so wie

Goethe es in der zitierten Passage gebraucht, — zumindest heutzutage — nur im Sinne des Bühnenauftritts verwenden, nicht aber für das erste Zusammentreffen mit einem Menschen auf einem Fest.

Am Ende der Erzählung der gesamten Episode berichtet Wilhelm, wie das alltägliche Leben seine Aufmerksamkeit beanspruchte, und er schließt:

> Indessen ward Sinnlichkeit, Einbildungskraft und Geist durch das Theater übermäßig beschäftigt; wie weit ich hier geführt und verführt worden, darf ich nicht wiederholen.[31]

Es ist wert, zwischendurch zur Kenntnis zu nehmen, was — meiner Meinung nach — die entsprechende Passage in *Dichtung und Wahrheit* zu sagen hat. Dort schreibt Goethe Folgendes über ein Detail der französischen Theatertruppe:

> In einem ziemlich großen Nebenzimmer, das ehedem zu Spielpartien gedient hatte, waren nun beide Geschlechter meist beisammen und schienen sich so wenig unter einander selbst als vor uns Kindern zu scheuen, wenn es bei'm Anlegen oder Verändern der Kleidungsstücke nicht immer zum anständigsten herging. Mir war dergleichen niemals vorgekommen, und doch fand ich es bald durch Gewohnheit, bei wiederholtem Besuch, ganz natürlich.[32]

Offensichtlich hatte Goethe Gelegenheit, seine sexuelle Neugier in solchen Fällen wiederholt zu befriedigen, etwas über das weite Feld der sexuellen Dinge zu lernen und von einer erotisch und sexuell ungehemmten Gruppe erregt zu werden. Wurde er auch Zeuge von homosexuellen Handlungen? War er einem Verführungsversuch ausgesetzt? Wurde er unversehens davon ergriffen und unterlag er ihm? Wir wissen es nicht. Wenn wir aber das, was die *Wanderjahre* uns darüber wissen lassen, mit dem vergleichen, was in *Dichtung und Wahrheit* dargestellt wird, entdecken wir wiederum, wieviel mehr ein Autor offenbart, wenn er sich vornimmt, über das zu schreiben, was er *nicht* gewesen ist, als wenn er versucht, uns das mitzuteilen, was er wirklich *gewesen* zu sein glaubt.

Anhang W

Wichtige Daten aus Goethes Leben*

Datum	*Ereignis*
31. Juli 1710	Johann Kaspar Goethe *(Vater)* getauft
13. Februar 1731	Katharina Elisabeth Textor *(Mutter)* getauft
24. Januar 1742	Karl VII. (1697–1745), Römischer Kaiser (Kurfürst von Bayern), in Frankfurt a. M. gekrönt. Bleibt bis April 1743 in Frankfurt
25. Dezember 1742	Charlotte von Schardt (spätere von Stein) geboren
Juli 1743 bis August 1744	Karl VII. wieder in Frankfurt
20. August 1748	Hochzeit von Johann Kaspar Goethe und Katharina Elisabeth Textor
28. August 1749	JOHANN WOLFGANG GOETHE in Frankfurt a. M. geboren
7. Dezember 1750	Cornelia Friederike Christiane *(Schwester)* geboren
Herbst 1752 bis Sommer 1755	Wolfgang besucht Kindergarten
27. November 1752	Hermann Jacob *(Bruder)* getauft
Weihnachten 1753	Puppentheater, Geschenk der Großmutter väterlicherseits
28. März 1754	Cornelia *(Großmutter)* beigesetzt
9. September 1754	Katharina Elisabeth *(Schwester)* getauft
April 1755	Umbau des Goethe-Hauses
1. November 1755	Erdbeben in Lissabon
22. Januar 1756	Katharina Elisabeth *(Schwester)* beigesetzt
1. April 1756	totgeborenes Kind *(Bruder)*

* Die meisten unten aufgeführten Daten sind der *Chronik von Goethes Leben* (260) entnommen.

Datum	*Ereignis*
April bis Oktober 1756	an Blattern erkrankt
November 1760 bis Februar 1761	erhält Unterricht in Latein und Griechisch
1756 bis 1763	Siebenjähriger Krieg
29. März 1757	Johanna Maria *(Schwester)* getauft
Neujahrstag 1757	älteste erhaltene Verse, Gedicht für die Großeltern mütterlicherseits
Februar 1758	Beginn des Französischunterrichts
1758	Hinrichtung von Anna Maria Fröhlich in Frankfurt wegen Kindsmord
2. Januar 1759	Frankfurt von den Franzosen besetzt
13. Januar 1759	Hermann Jacob *(Bruder)* beigesetzt
11. August 1759	Johanna Maria *(Schwester)* beigesetzt
13. April 1759	Schlacht bei Bergen. Zusammenstoß zwischen Goethes Vater und Graf Thoranc
15. Juni 1760	Georg Adolf *(Bruder)* getauft
1760	Schönschreibeunterricht
18. Februar 1761	Georg Adolf *(Bruder)* beigesetzt
Juni 1761	Graf Thoranc verläßt das Goethe-Haus
1760 bis 1762	Unterricht in Italienisch
1762 bis 1763	Unterricht in Englisch
Sommer 1762	Unterricht in Hebräisch
Februar 1763	Franzosen verlassen Frankfurt
Ostern 1763	Konfirmation
Mai 1763	Beginn des Klavierunterrichts
3. April 1764	Krönung von Joseph II. in Frankfurt. Ende des Gretchen-Verhältnisses
1765	Unterricht im Fechten und Reiten
30. September 1765	Abreise nach Leipzig
3. Oktober 1765	Ankunft in Leipzig
Ostern 1766	Schlossers Ankunft in Leipzig. Bekanntschaft mit Anna Katharina Schönkopf
13. Oktober 1767	Behrisch verläßt Leipzig
Ende Oktober 1767	Sturz vom Pferd
Juli 1768	Blutsturz
28. August 1768	Abreise von Leipzig
7. Dezember 1768	Schwerer Kolikanfall; wird für ernsthaft krank gehalten

Datum	*Ereignis*
Ende 1768 bis Anfang 1769	Beschäftigung mit Religion unter dem Einfluß von Susanna Katharina von Klettenberg (»die schöne Seele«)
1. April 1770	Abreise nach Straßburg
1770 bis 1771	Studium in Straßburg, belegt Jura, Medizin und Geschichte
7. Mai 1770	Einzug der Dauphine Maria Antoinette in Straßburg
Oktober 1770	Erster Besuch in Sesenheim; lernt Friederike Brion kennen
September 1770 bis April 1771	Herder in Straßburg
Juni 1771	Bekanntschaft mit Jakob M. R. Lenz
6. August 1771	Goethe promoviert zum Lizentiaten der Rechte
7. (?) August 1771	Abschied von Sesenheim
14. August 1771	Rückkehr nach Frankfurt
28. August 1771	Gesuch um Zulassung als Advokat in Frankfurt
November bis Dezember 1771	Schreibt 1. Fassung von *Götz von Berlichingen*
Dezember 1771	Bekanntschaft mit Johann Heinrich Merck
14. Januar 1772	Hinrichtung der Kindsmörderin Susanna Margaretha Brandt in Frankfurt
März 1772	In Darmstadt. Schreibt *Die Empfindsamen*
23. Mai 1772	Eintragung in die Matrikel des Reichskammergerichts in Wetzlar
9. Juni 1772	Bekanntschaft mit Charlotte Buff
11. September 1772	Plötzliche Abreise von Wetzlar
30. Oktober 1772	Selbstmord von Jerusalem in Wetzlar
6. bis 10. November 1772	mit Schlosser in Wetzlar
1773	Erster Druck von *Götz von Berlichingen*
4. April 1773	Kestner und Charlotte Buff heiraten
1. November 1773	Cornelia heiratet Johann Georg Schlosser
9. Januar 1774	Brentano heiratet Maximiliane von La Roche
Januar 1774	Läuft Schlittschuh im Pelz seiner Mutter
Februar 1774	Schreibt *Werther*, der im gleichen Jahr erscheint
Juni 1774	trifft Lavater
Oktober 1774	Klopstock besucht Goethe in Frankfurt

Datum	*Ereignis*
10. Oktober 1774	Schreibt »An Schwager Kronos«
11. Dezember 1774	Lernt Karl August, Prinz von Weimar, kennen
13. Dezember 1774	Susanna von Klettenberg stirbt
Januar 1775	Bekanntschaft mit Elise (»Lili«) Schönemann
26. Januar 1775	Erster Brief an Auguste, Gräfin von Stolberg
20. (?) April 1775	Verlobung mit Lili
14. Mai 1775	Beginnt erste Reise in die Schweiz
27. Mai bis 5. Juni 1775	Besucht Cornelia
Juli 1775	Lernt Johann Georg Zimmermann kennen, der ihm den Schattenriß von Charlotte von Stein zeigt
22. Juli 1775	Rückkehr nach Frankfurt
22. September 1775	Einladung nach Weimar
Herbst 1775	Lösung der Verlobung mit Lili
3. Oktober 1775	Karl August heiratet Louise, Prinzessin von Hessen-Darmstadt
30. Oktober 1775	Auf seinem Weg nach Italien wird er in Heidelberg vom Boten des Herzogs eingeholt
7. November 1775	Ankunft in Weimar
11.(?) Nov. 1775	Bekanntschaft mit Charlotte von Stein beginnt
6. Dezember 1775	Erster Besuch in Kochberg bei Charlotte von Stein
1776	Erster Druck von *Stella*
25. März bis 4. April 1776	Reise nach Leipzig; lädt Corona Schröter nach Weimar ein
3. April 1776	Ankunft von Lenz in Weimar
21. April 1776	Erhält das Gartenhaus als Geschenk vom Herzog; zieht dort am 18. Mai ein
21. Mai 1776	Schroffer Brief an Klopstock, der ihn getadelt hatte wegen seiner angeblich schlechten Lebensführung in Weimar
11. Juni 1776	Wird Mitglied des Geheimen Rats mit einem Gehalt von 1200 Talern
18. Juli bis 14. August 1776	Mit dem Herzog in Ilmenau; Plan zur Wiederaufnahme des Bergbaus; danach Beginn von geologischen und mineralogischen Studien
14. November 1776	Ernannt zum Verwalter der Bergwerke
16. November 1776	Corona Schröters Ankunft in Weimar

Datum	*Ereignis*
1. Dezember 1776	Lenz wird vom Hof in Weimar verwiesen
2. Dezember 1776	Zweite Reise nach Leipzig
19. Dezember 1776	Dritte Reise nach Leipzig
30. Januar 1777	Erste Aufführung von *Lila*
8. Juni 1777	Cornelia stirbt
29. November bis 19. Dezember 1777	Erste Harzreise. Erstes Treffen mit Plessing
10. Mai 1778	Vierte Reise nach Leipzig
16. Mai 1778	In Berlin
1. Juni 1778	Rückkehr nach Weimar
24. September 1778	Johanna Fahlmer und J. G. Schlosser heiraten
2. November 1778	Verspricht F. Krafft Hilfe; unterstützt ihn bis zu Kraffts Tod im Jahre 1785
Januar 1779	Übernahme der Kriegskommission und Leitung des Wegebaus
3. Februar 1779	Geburt der Prinzessin Louise
Februar 1779	Beginnt *Iphigenie* zu schreiben
28. Februar bis 12. März 1779	Offizielle Reise, um Rekruten anzuwerben und Straßen zu inspizieren
6. April 1779	Erste Aufführung von *Iphigenie*
August 1779	Parodie auf Jacobis *Woldemar*
5. September 1779	Zum »Geheimen Rat« ernannt
12. September 1779	Beginnt zweite Reise in die Schweiz
19. bis 22. September 1779	Im Elternhaus in Frankfurt mit dem Herzog
25. September 1779	Besuch in Sesenheim
26. September 1779	Besucht Lili in Straßburg
27. bis 28. September 1779	Besucht Schlosser; sieht Cornelias Grab
8. Oktober bis 8. Dezember 1779	In der Schweiz; Beginn der Bekanntschaft mit der Marquesa Branconi
30. Dezember 1779	In Frankfurt
6. bis 10. Januar 1779	In Frankfurt
14. Januar 1779	Rückkehr nach Weimar
23. bis 25. April 1780	Fünfte Reise nach Leipzig

Datum	*Ereignis*
18. August 1780	Erste Aufführung von *Die Vögel*
26. bis 27. August 1780	Die Marquesa Branconi besucht Weimar
6. September 1780	Schreibt »Über allen Gipfeln«
Januar bis Mai 1781	Der Komponist Kayser in Weimar
15. Februar 1781	Lessings Tod
7. bis 15. März 1781	Mit Karl August in Neunheiligen
10. September 1781	Die Herzogin hat eine Totgeburt (Tochter)
21. bis 30. September 1781	Sechste Reise nach Leipzig
14. November 1781	Mietet ein Haus am Frauenplan in Weimar
29. März bis 18. April 1782	Reise nach Thüringen als Abgesandter des Herzogs
10. April 1782	Geadelt
8. bis 18. Mai 1782	Reise im diplomatischen Auftrag von Karl August
25. Mai 1782	Tod von Johann Kaspar Goethe *(Vater)*
2. Juni 1782	Einzug in neues Haus
11. Juni 1782	Beauftragt mit Leitung der Kammer (oberste Finanzbehörde)
22. Juli 1782	Erste Aufführung von *Die Fischerin*
25. Dezember 1782 bis 4. Januar 1783	Siebte Reise nach Leipzig
2. Februar 1783	Geburt von Prinz Karl Friedrich
25. Mai 1783	Fritz von Stein zieht in Goethes Haus
6. September bis 6. Oktober 1783	Zweite Harzreise, in Begleitung von Fritz von Stein
12. November 1783	Beendet Buch IV von *Wilhelm Meisters theatralische Sendung*
24. Februar 1784	Hält eine Rede bei den Eröffnungsfeierlichkeiten des Bergwerks in Ilmenau
24. März 1784	Tod von Prinzessin Louise
27. März 1784	Entdeckt den Zwischenkieferknochen *(os intermaxillare)*
3. Juni 1784	Reist nach Eisenach zu Verhandlungen mit den Landständen
6. Juli 1784	Zum Finanzinspektor in Ilmenau ernannt
19. Juli 1784	Rückkehr nach Weimar
16. August bis 1. September 1784	Politische Reise nach Braunschweig mit Karl August

Datum	*Ereignis*
4. September 1784	Dritte Harzreise; auf dem Brocken
16. September 1784	Rückkehr nach Weimar
28. Februar 1785	Die Herzogin hat eine Totgeburt (Sohn)
18. März 1785	Beginnt botanische Studien
23. Juni bis 21. August 1785	Bergsteigen; erste Reise nach Karlsbad
Herbst 1785	Die Halsbandaffäre
September 1785	Prinzessin Gallitzin und Franz Hemsterhuis in Weimar
18. Juli 1786	Geburt von Prinzessin Caroline Louise
24. Juli 1786	Abreise nach Karlsbad
3. September 1786	Heimliche Abreise von Karlsbad nach Italien
28. September bis 14. Oktober 1786	In Venedig
29. Oktober 1786	Ankunft in Rom
1787	Erster Druck von: *Iphigenie, Die Geschwister, Triumph der Empfindsamkeit, Die Vögel*
22. Februar 1787	Abreise nach Neapel
1. bis 18. April 1787	In Palermo
14. bis 17. Mai 1787	Rückkehr nach Neapel
7. Juni 1787	Beginn des zweiten römischen Aufenthalts
14. Juni 1787	Ernst von Stein (Charlottes zweiter Sohn) stirbt
1788	Erster Druck von *Egmont*
11. April 1788	Karl August entspricht Goethes Bitte, vom Amt als Leiter der Kammer befreit zu werden
23. April 1788	Verläßt Rom
18. Juni 1788	Ankunft in Weimar. Entlastung von den meisten seiner Regierungsämter
12. Juli 1788	Beginn der Beziehung zu Christiane Vulpius
17. April 1789	Die Herzogin bringt einen Sohn zur Welt, der nach der Geburt stirbt
8. Juni 1789	Unterbricht regelmäßige Korrespondenz mit Charlotte von Stein
November 1789	Zieht um vom Frauenplan zur Marienstraße, wo er bis zum Sommer 1792 wohnt
25. Dezember 1789	Geburt von Julius August Walther *(Sohn)*
13. März bis 18. Juni 1790	Zweite italienische Reise

Datum	*Ereignis*
26. Juli bis Oktober 1790	Trifft Karl August bei Manövern in Schlesien
2. bis 11. September 1790	Besichtigung der ersten Dampfmaschine auf dem Kontinent. Besichtigung von Bergwerken in Ost-Europa
Januar 1791	Wird Direktor des herzoglichen Theaters
27. Juni 1791	Mercks Selbstmord
14. Oktober 1791	Totgeborener Sohn
1792	Die Herzogin bringt Prinz Bernhard zur Welt
17. Juni 1792	Zieht um in das Haus am Frauenplan, das ihm vom Herzog geschenkt wurde
8. August 1792	Bricht auf, um sich dem Herzog im Krieg gegen Frankreich anzuschließen
12. August 1792	Ankunft in Frankfurt
21. August 1792	Verläßt Frankfurt
5. Dezember 1792	Zweites Treffen mit Plessing
12. Mai 1793	Verläßt Weimar wegen der Belagerung von Mainz
17. bis 26. Mai 1793	In Frankfurt
2. bis 7. Juli 1793	Letztes Treffen mit Schlosser
9. bis 19. Juli 1793	In Frankfurt
22. August 1793	Rückkehr nach Weimar
21. November 1793	Geburt von Caroline *(Tochter)*
3. Dezember 1793	Caroline stirbt
26. Dezember 1793	Josias von Stein (Ehemann Charlottes) stirbt
20. bis 23. Juli 1794	Beginn der Freundschaft mit Schiller
Von Ende 1794 an	Häufige und längere Besuche in Jena
1795	Erster Druck von *Wilhelm Meisters Lehrjahre*
Mai 1795	Goethes Mutter verkauft das Haus in Frankfurt
30. Oktober 1795	Geburt Karls *(Sohn)*
18. November 1795	Karl stirbt
Oktober 1796	Veröffentlichung der *Xenien*
22. bis 23. Oktober 1796	Im Bergwerk Ilmenau Stollenbruch; die Arbeit wird endgültig abgebrochen
2. bis 9. Juli 1797	Verbrennt alle bis 1792 erhaltenen Briefe
30. Juli 1797	Aufbruch zur dritten Reise in die Schweiz
3. August 1797	Ankunft in Frankfurt; in Begleitung von Christiane und August, die am 7. August abreisen. Letztes Treffen mit seiner Mutter

Datum	*Ereignis*
25. August 1797	Verläßt Frankfurt
20. November 1797	Rückkehr nach Weimar
8. März 1798	Erwirbt Landgut (Oberroßla)
17. Oktober 1799	Schlosser stirbt
15. März 1800	Goethes *Sohn* August wird durch Erlaß des Herzogs legitimiert
2. Januar 1801	Schwer krank, Erstickungsgefahr
16. Dezember 1802	*Tochter* Kathinka geboren
19. Dezember 1802	Kathinka stirbt
1803	Verkauft sein Gut Oberroßla
April 1803	Beginnt die Familie Frommann zu besuchen, wo er Minchen Herzlieb kennenlernt
September 1803	Wilhelm Riemer wird Augusts Lehrer und Goethes Sekretär
3. August 1804	Prinz Karl Friedrich heiratet Maria Paulowna
9. Mai 1805	Schillers Tod
14. Oktober 1806	Einmarsch der Franzosen in Weimar; Goethe wird durch Christiane gerettet
19. Oktober 1806	Heiratet Christiane
23. März bis 12. April 1807	Christiane in Frankfurt bei Goethes Mutter
1808	Erster Druck von *Zur Farbenlehre,* Bd. 1
13. September 1808	Tod von Goethes Mutter
2. Oktober 1808	Erstes Treffen mit Napoleon
10. Oktober 1808	Zweites Treffen mit Napoleon
1809	Erster Druck von *Die Wahlverwandtschaften*
11. Oktober 1809	Beginnt seine Autobiographie
10. Oktober 1810	Bittet Bettina von Arnim um Mitteilung der Erzählungen, die seine Mutter ihr anvertraute
1811	Erster Druck von *Dichtung und Wahrheit,* Teil I bis III
4. August 1814	Bekanntschaft mit Marianne Jung (spätere Willemer)
4. Februar 1815	Christiane wird krank
26. September 1815	Letztes Treffen mit Marianne Willemer
6. Juni 1816	Tod Christianes
20. Juli 1816	Unfall während eines geplanten Ausflugs nach Baden-Baden
31. Dezember 1816	Verlobung Augusts mit Ottilie von Pogwisch

13. April 1817	Goethe wird von der Theaterleitung entbunden
17. Juni 1817	Heirat Augusts
9. April 1818	Geburt des *Enkels* Walter Wolfgang
18. September 1820	Geburt des *Enkels* Wolfgang Maximilian
1821	Erste Veröffentlichung von *Wilhelm Meisters Wanderjahre*
Sommer 1821	Bekanntschaft mit Ulrike von Levetzow in Marienbad
November 1921	Trifft Felix Mendelssohn-Bartholdy in Weimar
21. September 1822	Erster Besuch von Frédéric Jean Soret
10. Juni 1823	Erster Besuch von Johann Peter Eckermann
August 1823	Trauriger Abschied von Ulrike von Levetzow
6. Januar 1827	Tod von Charlotte von Stein
29. Oktober 1827	*Enkelin* Alma geboren
14. Juni 1828	Karl August stirbt
14. Februar 1830	Herzogin Louise stirbt
27. Oktober 1830	August stirbt in Rom
25./26. November 1830	Blutsturz
16. März 1832	Beginn der letzten Krankheit
17. März 1832	Letzter Brief an Wilhelm von Humboldt
22. März 1832	Tod

Anhang X
Genealogie von Johann Wolfgang Goethe
(väterliche Linie)

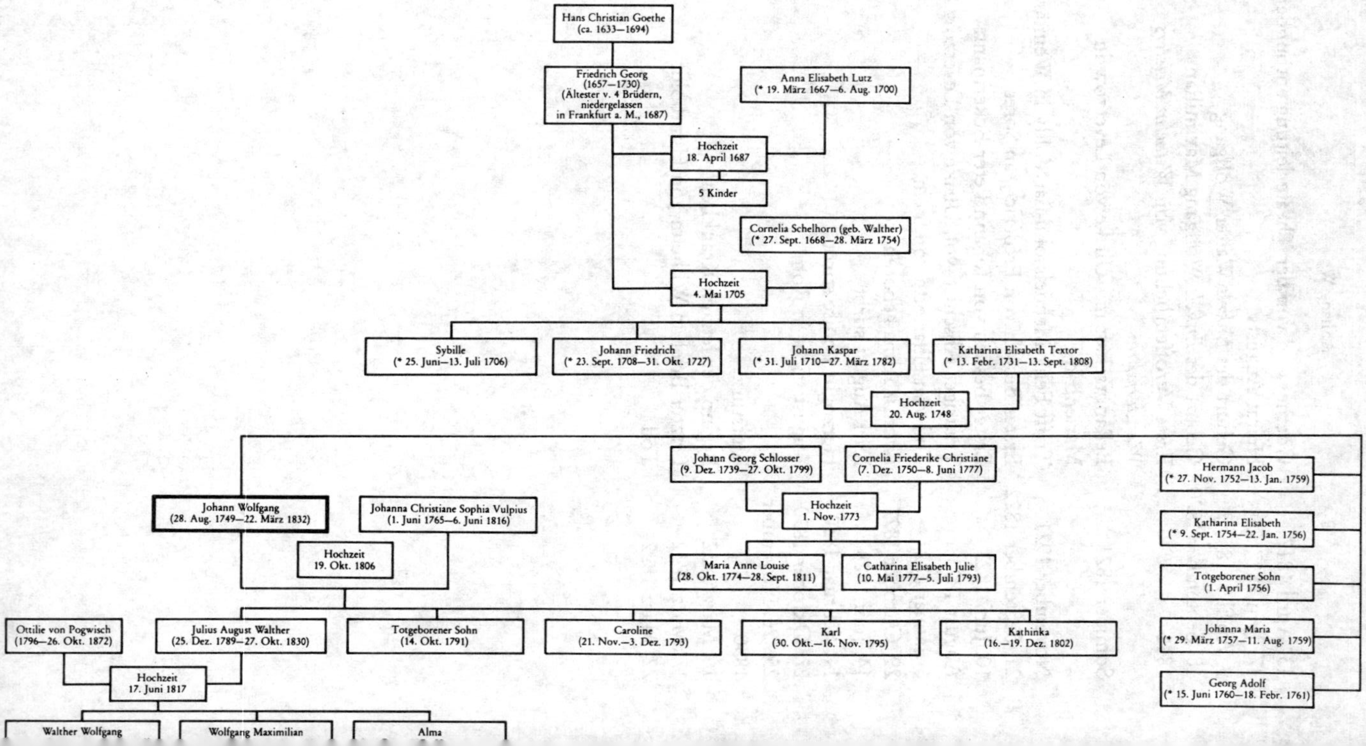

Genealogie von Karl August, Herzog von Weimar

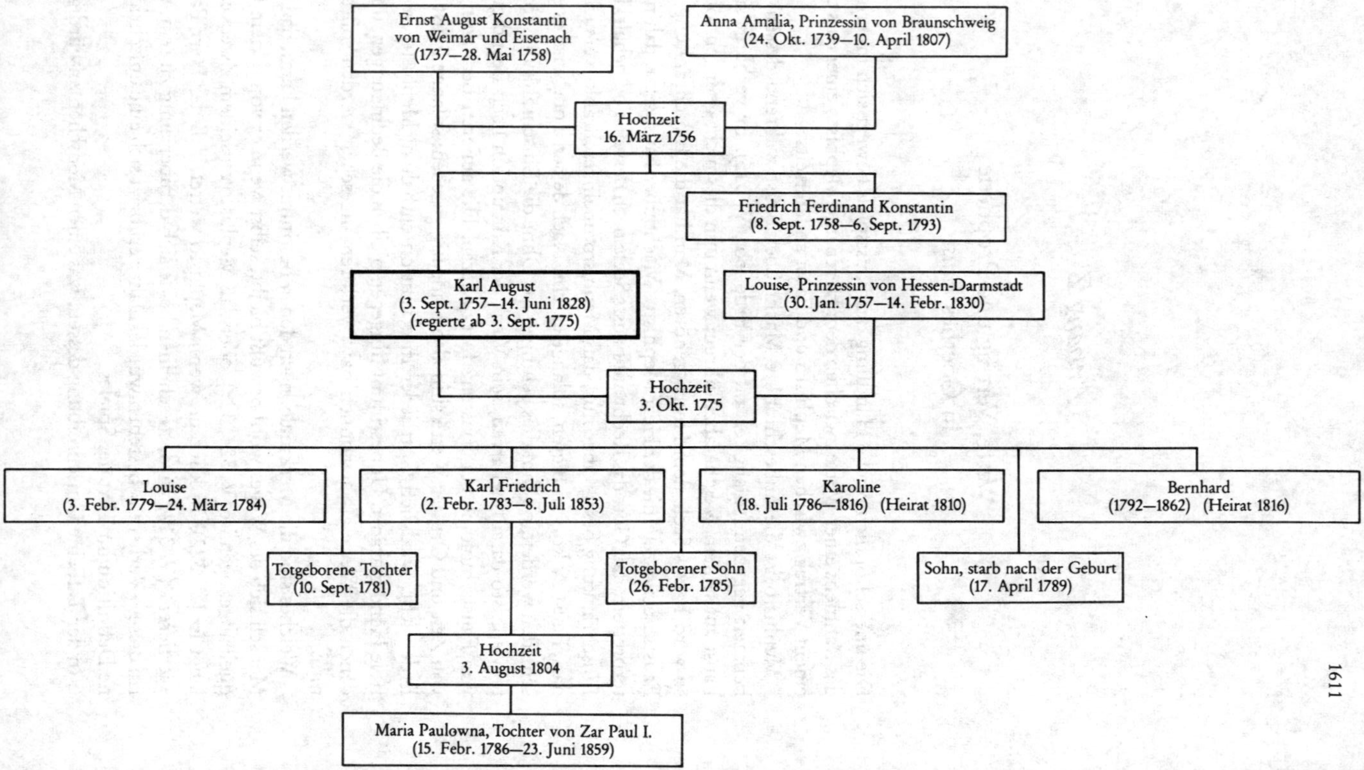

Anhang Z[1]

Wette, Vertrag und Prophetie in Goethes *Faust*

Die unerschöpflich reiche Handlung des Faustspiels bewegt sich innerhalb des Rahmens einer Wette zwischen dem Herrn und Mephisto einerseits und einem Vertrag zwischen Mephisto und Faust andererseits.[2]

Mephisto ist die unbeschränkte Macht über Faust während dessen Lebenszeit gegeben (solang' er auf der Erde lebt, V. 315). Er verbürgt sich, Faust auf seinem Weg herabzuführen; wenn ihm dies nicht gelingen sollte, so wird Fausts Seele dem Herrn gehören. Man hat die Einschränkung auf Fausts Lebenszeit, die der Herr Mephistos Macht über Faust setzt, dahin interpretiert, daß Gott das Recht auf Fausts Seele nach dessen Tod behält. Die Einschränkung besagt aber nur, daß Mephisto uneingeschränkt versuchen darf, Faust zu korrumpieren, solange er lebt. Nach dessen Tode wird es entschieden werden, ob ihm dies gelungen ist. Ohne die Einschränkung könnte Mephisto darauf beharren, sein Werk der Korruption nach Beendigung von Fausts biologischer Existenz fortzusetzen. Die äußeren Bedingungen von Zeit und Ort der Wette sind also eindeutig gegeben: solange Faust auf Erden lebt, wird sich Gott jeder Intervention enthalten; Mephisto ist die freie Hand gewährt. Unbestimmt hingegen bleiben die Bedingungen, unter denen die Wette als gewonnen bzw. verloren angesehen werden soll und muß.

Welches sind die Merkmale, nach denen bestimmt werden kann, daß ein Mensch sich des Weges wohl bewußt bleibt, selbst wenn er von seinem Urquell abgezogen ist (V. 324, 329), oder daß Mephisto zu seinem Zwecke gelangt ist (V. 322)? In kurzem, wenn Mephisto wettet, daß der Herr Faust »verlieren« (V. 312) wird, so scheinen beide sich darüber einig zu sein, worin dieses »Verlieren« bestehen würde. Daher erübrigt sich eine umschriebene Definition im Text des Spieles.

In der Tat, eine Umschreibung dessen, was einen Menschen unwürdig einer Verzeihung machen, was ihn aus dem Umkreis der Menschlichkeit ausstoßen würde, wäre hier vom juridisch-rationalen Standpunkt aus am Platze gewesen. Damit wäre aber Dichtung einer Moraltheologie oder -philosophie in gefährliche Nähe gerückt, ja hätte sich unversehens in dieselben sogar verwandelt.

Obwohl also keine fest umschriebene Wette vorliegt, »fühlt« der westliche Mensch genau, was gemeint ist und trotz aller Meinungsverschiedenheiten über Schuld und Sühne darf man annehmen, daß, wenn alle in Betracht kommenden Faktoren, wie Taten und Untaten, die sie begleitenden Gefühle, Absichten, Gedanken und Impulse bekannt sind, eine ungefähre Übereinstimmung darüber herrschen sollte, ob der Stab über den zu Bewertenden gebrochen werden soll oder nicht.

Rebellion gegen Gott, Zweifel an ihm, sind häufige Themen im okzidentalen Mythenkreis, aber Gottes Urteil beim letzten Gericht wird als bindend angesehen. Mephistos Beziehung zu Faust hat eine wesentlich andere Struktur. Sie ist keine Wette, obwohl Faust einmal das Wort fallen läßt (V. 1698), sondern ein Vertrag. Mephisto wähnte sich gewiß, die Wette mit dem Herrn zu gewinnen; er braucht keine Zusicherung von Fausts Seite. Es entspricht daher der Handlungslogik, wenn er sich Faust als seinen Gesellen, als Diener und Knecht anbietet, ohne vorerst auf einer Gegenleistung zu bestehen (V. 1642—1648). Er braucht nicht Fausts Zusage, da er von Gott bereits die Versicherung des zukünftigen Seelenbesitzes, wenn er die Bedingung der Wette erfüllt, erhalten hat. Es ist Faust, der Lunte wittert, aber in Unkenntnis des Vorhergehenden auf einem Vertrag besteht, wobei er, sich auf des Teufels Egoismus beziehend, ironisch bemerkt, daß Mephisto »nicht leicht um Gottes willen« (V. 1652) dem Menschen einen Dienst erweisen würde. Mephisto wird also gezwungen, mit Faust einen Vertrag einzugehen. Er bietet Faust seine Dienerschaft auf Erden an. Wenn sie sich im Jenseits wiederfinden, so müsse Faust ihm denselben Dienst erweisen (V. 1656—1659). Hier muß auf die Doppelbedeutung des »wenn«, ob ihm ein temporaler oder konditionaler Sinn zugemessen werden soll, hingewiesen werden. Im ersteren Falle hieße es, daß es für Faust kein Entgehen gäbe, wenn er den Vertrag schließt, im zweiten Fall wäre eine Anspielung auf Mephistos Wette mit dem Herrn zu finden, denn im Falle des Versagens von Mephistos Künsten wäre Mephisto die Möglichkeit genommen, Faust je im Jenseits zu treffen. Die Entscheidung hat keine Bedeutung an dieser Stelle, denn Faust begeht die kardinale Sünde, sein Seelenheil als quantité négligeable anzusehen (»Das Drüben kann mich wenig kümmern«, V. 1660). Angesichts dieser Verachtung Fausts für die jenseitige Existenz hat Mephisto recht, wenn er ihm zum Bündnis rät. Faust ist sicher, daß Mephisto nicht die Kraft und Möglichkeit besitzt, seine inneren Spannungen zu befriedigen.

Beruhigung und narzißtische Befriedigung werden von Faust gleichermaßen abgelehnt (V. 1692—1695). Sollte Mephisto imstande sein, ihn mit Genüssen zu »betrügen«, so solle dies sein letzter Tag sein: »Die Wette biet' ich« (V. 1698). Damit ist das Motiv der Wette, eher oberflächlich, auch in die Beziehung Mephistos zu Faust eingefügt. Allerdings redet Faust hier an Mephisto vorbei, denn er setzt ja nur sein Leben als Gegenwert ein und nicht die jenseitige Knechtschaft seiner Seele. Und dann stellt Faust die berühmte präzise Bedingung: Das Erlebnis müsse so strukturiert sein, daß Faust dessen (ewige?) Dauer ersehnen würde. Aber wieder übersieht Faust das wahre Risiko und spricht, als ob es sich bloß um das Ende der biologischen Existenz handelte. Selbst wenn Mephisto andeutet, worum es eigentlich geht (V. 1707), will er die wahre Bedeutung des Risikos nicht anerkennen und meint, daß jede Beharrung, also auch die Gebundenheit an einen Augenblick, Knechtschaft bedeutet und es völlig gleichgültig ist, ob man Knecht irdischer Lust oder höllischer Qualen sei.

Man mag für einen Augenblick Faust mit seinem berühmten Vorgänger vergleichen. Auch dessen Schicksal war von einem Zusammentreffen Gottes mit der teuflischen Gewalt bestimmt. Auch Hiob wird dem Teufel übergeben, zweimal sogar, und beide Male wird wie im *Faust* des Teufels Willkür durch eine Bedingung eingeschränkt: »Nur an ihn selbst lege deine Hand nicht« (Hiob 1, 12) und später, nachdem Hiob den Verlust seiner Kinder und seiner Habe ohne Sünde ertrug, »doch schone seines Lebens« (Hiob, 2, 6).

Die oberflächlichen Ähnlichkeiten sollen jedoch nicht den fundamentalen Unterschied zwischen dem biblischen Hiob und Goethes Faust verdecken. Es ist doch eindrücklich, daß in Hiobs Zeiten der Weg zur Hölle mit Versagungen und Entbehrungen gepflastert war und 2000 Jahre später mit Verheißungen und Wunscherfüllungen. Zu Hiobs Zeiten dachte der Teufel, er könne sein Opfer zu Fall bringen, indem er ihm alles raubte, was er besaß, oder woran er sich erfreute. Goethes Faust ist ein armer Mann, er hat keine Habe. Aber das ist ein akzidentelles Moment, Faust ist ein auf allen Seiten Enttäuschter, er ist der Antipode Hiobs, dem vor der Wette Gottes mit dem Teufel völlig glücklichen, an Wunscherfüllungen überreichen, dem gesättigten Hiob. Daß allzu viele Wunscherfüllungen zu Unglück führen, ist ein altes Thema, aber im *Faust* ist das Problem in einzigartiger Weise gestellt.

In anderer Hinsicht besteht ein struktureller Unterschied zwischen Mythos und Tragödie: Hiob bekommt seinen Peiniger nie zu Gesicht, dafür führt er mit Gott ein Gespräch. Faust bekommt Gott nie zu Gesicht, dafür aber steht er mit dem Teufel auf intimstem Fuße.

In der Tragödie breitet sich also ein reichgewirktes Netz zwischen Mephisto und Faust aus, das gesondert vom Prolog im Himmel betrachtet und untersucht werden muß. Die Einzelheiten des Prologs haben im Grunde nichts mit jenem zu tun. Es war keine Rede zwischen Gott und Mephisto von Fixierung an einen Augenblick, ebenso wenig wie von den anderen für den Sinn der Tragödie so wichtigen Details des Faust und Mephisto-Vertrages. Es ist nicht unnütz, nochmals darauf hinzuweisen, daß im alttestamentaren Vorläufer es zu keiner Auseinandersetzung zwischen Hiob und dem Teufel kommt und daß die mittelalterlichen Vorbilder sich gewöhnlich auf die Intrige zwischen Teufel und seinem zukünftigen Opfer beschränken. Es gibt natürlich allerhand Varianten, besonders wie der Teufel um seinen Lohn — rechtlicher- oder unrechtlicherweise — gebracht wird. Es entspricht wahrscheinlich Goethes außerordentlicher Begabung zur Synthese, daß er zwei Elemente, die verschiedenen Mythenkreisen entstammen, in eine Rahmenhandlung zusammengeschweißt hat. Partikular gesehen kann ein Teil ganz gut ohne den anderen bestehen. Mephisto könnte in Fausts Studierstube erscheinen, ohne vorher eine Wette mit dem Herrn eingegangen zu sein, und der Prolog im Himmel könnte zur Not vor sich gehen ohne Mephistos folgenschweren Einbruch in Fausts Leben. Eine Kette von Verführungen, von denen der Zuschauer wußte, wer sie, ohne in Erscheinung zu treten, inszeniert, könnte zum selben Schluß der Grablegung führen. Mephistos Erscheinen im Himmel, sowohl als auch in der Kette aller folgenden weltlichen Ereignisse, macht die Tragödie monolitisch und stellt sie auf einen unverrückbaren Felsen: Universum, Kosmos, die Welt, und das individuellste, persönliche Geschick werden in ein fugenloses Band gelötet, ohne eine Reduktion der inneren Spannung. Zu dieser Spannung gehört der Unterschied zwischen Abmachungen im Himmel und denen auf der Erde; letzten Endes glückt hier vielleicht eine Synthese von Platonischen Idealideen und Aristotelischem Wirklichkeitssinn.

Der etwas abstrakten, gemeinverständlichen Moral vom guten Menschen und rechtem Wege, von denen im Himmel gesprochen wird, steht das Ringen um Leben und Tod auf der Erde gegenüber. Sobald die Studierstube sich öffnet, weht einem ein psychologischer Realismus entgegen, der sich zur höchsten Dramatik steigert, sobald Mephisto und Faust zusammentreffen. »Werd' ich zum Augenblicke sagen« ist ein scharf definierter, unzweideutiger psychologischer Zustand, der zunächst nichts mit der im Himmel geschlossenen Wette zu tun hat. Die Reduktion des Ringens zwischen Faust und Mephisto auf den Wunsch nach Dauer und Unvergänglichkeit des Augenblicks — die Brücke zu Nietzsches: »Denn alle Lust will Ewigkeit« ist nicht zu übersehen — ist in zwei Hinsichten von entscheidender Relevanz. (1) Warum erscheint dies Faust als erstrebenswertestes Ziel, als summum bonum? (2) Warum ist Faust sicher, daß Mephisto diesem Verlangen niemals wird genügen können?

Lebensziele werden gewöhnlich in der Form wohldefinierter Inhalte angegeben, wie dem Erlangen von Reichtümern, dem Erleben bestimmter, inhaltlich festumrissener Genüsse oder der Ausübung bestimmter, gewöhnlich exquisiter, narzißtische Befriedigung gewährender Tätigkeiten. Faust nennt nichts derartiges, sondern einen durch zwei formale Merkmale charakterisierten Seelenzustand.

Möglicherweise enthält die Forderung ewiger Dauer eine Absage an den Zeitbegriff Newtons und somit an die Welt des Newtonschen Systems im allgemeinen. Goethe betrachtete ja Newton als seinen größten Feind, aber der Wunsch, der Zeit zu entrinnen, mag als ein allgemeinmenschliches Motiv angesehen werden. Viele erleben Zeit als eine qualvolle Belastung. Andererseits ist der Ruf nach ewiger Dauer ein versteckter Ruf nach dem Tode. Wenn von solchen Verallgemeinerungen abgesehen wird und man sich konkreten Faktoren im Zusammenhang menschlicher Dauerlust zuwendet, so findet man bemerkenswerterweise, daß die Biologie des Menschen einen solchen Zustand ausschließt. Die biologische Struktur des Menschen verträgt nicht das Erlebnis einer Dauerlust. Man mag mit Recht vermuten, daß Mephisto (wie auch dem Leser) bei Fausts Aussage über den Augenblick, der wegen seiner Schönheit nicht vergehen soll, der Höhepunkt des geschlechtlichen Lusterlebnisses vorschwebt.

Der ungestörte Orgasmus ist aber mit Distanzierung und bewußtem Zeiterlebnis unvereinbar. Das adäquate Erlebnis der geschlechtlichen Erfüllung ist frei von jeglicher Zeitqualität. Die prägenitalen Genußerlebnisse sind ganz anders strukturiert. Man kann sie ohne Störung des Genusses beobachten.

Ja, eine bewußte Konzentration der Aufmerksamkeit auf die Empfindungsqualität einer Speise oder eines Getränkes mag zur Erhöhung des Lusterlebnisses führen. Orale Genüsse verlieren nichts durch die Qualität der bewußten Dauer. Distanzierung im Orgasmus, Abwägen, ob er von befriedigender Intensität ist, ja, Beobachtung des Orgasmuserlebnisses als solche reduzieren bereits seine Intensität und sind die Folgen einer Störung. Der Wunsch, die Dauer des Orgasmus sollte länger währen, setzt ein gestörtes Orgasmuserlebnis voraus. Es bliebe aber im Einklang mit Normalzuständen, wenn *rückblickend* in Erinnerung an das Lusterlebnis der Wunsch sich regte: hätte der Zustand bloß länger angehalten. Es ist durchaus denkbar, daß infolge von Störungen ein Mensch seinen Orgasmus beobachtet und sich seine Fortsetzung in Ewigkeit wünscht. Ich habe die Äußerung eines solchen Wunsches eigentlich nie von einem männlichen Patienten gehört, wohl aber das Verlangen nach einem intensiveren Orgasmus. Die

Fortsetzung des Orgasmus über seine natürliche Länge würde sofort die Selbstbeobachtung aktivieren und dadurch allein das optimale Erlebnis stören und außerdem auch zu Unlustreaktionen führen. Ein nicht unterbrechbarer fortwährender Orgasmus ist manchmal der Inhalt weiblicher Ängste. Ein zu intensives Lusterlebnis gefährdet die Existenz. Moderne Tierexperimente der chronischen Reizung von Lustzentren, die tief im Gehirn verborgen sind, erweisen die Gefährdung. Ein Affe, dem die vorübergehende Reizung eines solchen Zentrums ermöglicht wird, kann sich von der daraus gezogenen Lust nicht fortreißen. Er wird immer wieder den Hebel ziehen, der den Strom einschaltet, und würde eher verhungern, als auf diese Art der Lust verzichten. Fausts Verlangen nach Dauerlust und seine Bereitschaft, die Stillung des Verlangens mit dem Leben zu bezahlen, läuft darauf hinaus, daß eine Lust, die so befriedigend wäre, daß man ihre Fortsetzung für alle Zeit wünschte, alle anderen Verlangen und Strebungen überflüssig, unerwünscht, ja vielleicht unzugänglich machen würde. Der Mensch wäre dieser Lust verfallen. Er wäre süchtig geworden. In der Tat, warum sollte er sich mit geringerer Lust zufriedengeben, wenn er von der Existenz dieser Maximallust Kenntnis hat?

Nun ist der Mensch wenig lustbegabt und reichlichst unlust- und schmerzbegabt. Wir werden die Funktion dieser Ungleichung später verstehen lernen. Lust und Dauer vertragen sich nicht. Wie schon Quintilian (1, 2, 11) wußte, »ermattet der Blick der Augen beim ununterbrochenen Hinschauen«. Wahrnehmung einer reinen Farbe wird schnell durch die Beimischung von Grau geschmälert, und die Frische einer Geschmacksempfindung wird dadurch, daß das Reizmaterial sich in den Kanälen der Sinneszelle ansammelt, schnell gemindert.

Es scheint, daß es im Organismus Regulatoren gibt, die einer starken Dauerbindung an einzelne Sinnesempfindungen entgegenarbeiten. Der Mensch soll sich ständig umsehen und die Umgebung auf Anzeichen einer drohenden oder gegenwärtigen Gefahr abhorchen. Das schließt nicht aus, daß mit der Notwendigkeit der Erjagung einer Beute oder der Vernichtung eines Feindes der Wahrnehmungsapparat an einzelne Inhalte fast unzerreißbar gebunden wird. Ich habe hier nur die Oberfläche des Problems gestreift und wollte bloß versuchsweise auf biologische Gründe für die relative Schwäche der Lusterlebnisse, wenn mit der Bereitschaft zum Schmerzerlebnis verglichen, hinweisen.

Die biologische Gleichung – Ermatten des Lusterlebnisses bei Wiederholung im Gegensatz zur Beharrlichkeit bzw. relativen Persistenz des Schmerzerlebnisses – bleibt zwar auch in der Kultur erhalten, aber die Kultur eröffnet dem Menschen neue, mit den natürlichen unvergleichliche Lustmöglichkeiten.

An erster Stelle steht die Ekstase, besonders religiösen Inhalts. Sie kann über lange Zeiten währen, unvergleichliche Tiefen und Intensitäten erreichen, die weit über Lustmöglichkeiten aus biologischen Quellen gehen.

In der religiösen Ekstase wird die ganze Persönlichkeit absorbiert, jede Distanz geht verloren, weswegen der sich im ekstatischen Zustand Befindliche nicht die Fähigkeit besitzt, zum Augenblicke zu sagen, er solle nicht vergehen. Eine vielen zugängliche Lust hat die Kultur in der Form der Kunst geschaffen. Die Attraktion der zum Lachen anreizenden Komödie ist ein geringeres Rätsel als die ungeheuere Anziehungskraft der großen Tragödien, deren Erlebnis zu tiefsten, ästhetischen Erschütterungen führt, die trotz der eingeschlossenen Unlust von schwer zu beschreibender Lust begleitet sind. Es bleibt ein Rätsel, daß Menschen einem Erlebnis freiwillig und aktiv zustreben, das intensiv mit tragischer Unlust und Seelenschmerz erfüllt ist.

Es scheint, daß bestimmte Musikarten die Bedingungen Fausts am ehesten erfüllen. Der musikalische Mensch wird von mancher Musik völlig ausgefüllt, ohne in Ekstase zu geraten. Er verliert nicht Distanz, wünscht sich eine grenzenlose Dauer des Erlebnisses, seine positive Reaktion erlahmt nicht trotz ungezählter Wiederholungen. Musik vermag den Menschen in einen glücklichen Dauerzustand zu versetzen, dessen Fortsetzung bewußt gewünscht wird.

Die Betrachtung großartiger visueller Kunstwerke ruft manchmal ein ähnliches Erlebnis hervor; man kann sich nicht sattsehen und muß sich mit Gewalt von der weiteren Betrachtung wegreißen; man entdeckt immer wieder neue Einzelheiten lustspendender, ästhetischer Qualitäten und erreicht nie das Gefühl eines vollen oder befriedigenden Ausschöpfens des betrachteten Kunstwerkes. Man entgeht dann nicht dem manchmal peinigenden Gefühl, daß ein Teil des Bedeutungserlebnisses außerhalb der Grenzen des ästhetischen Erlebnisses verharrt, oder daß das Kunstwerk ein Geheimnis enthält, das es nicht preisgibt, wie es Freud bei der Betrachtung der Mosesstatue und manchen bei dem Bildnis der Mona Lisa ergeht. Alle solche Erlebnisse des Nicht-völlig-erfassen-Könnens führen zu intensiverer Fesselung an das visuelle Kunstwerk. Im allgemeinen kann das Visuelle aber nicht zur Intensität des Musikerlebnisses führen, das der religiösen Ekstase am nächsten kommt.[3]

Wie steht es nun mit Mephistos Versuchen, Fausts Grundforderung zu erfüllen? Faust kommt in einem Augenblick nahe daran, seine Seele an Mephisto zu verlieren. Es ist gelegentlich behauptet worden, daß seine Reaktion auf Helenas Erscheinung die Bedingungen des Vertrages mit Mephisto erfüllt. Ohne Zweifel ist Faust von Helenas Schönheit überwältigt. Er wolle eher sterben als sich mit geringerer Schönheit begnügen. »Verschwinde mir des Lebens Atemkraft, / Wenn ich mich je von dir zurückgewöhne! — « (V. 6493 f.). Er spricht ihr Bild, denn sie steht ja nicht leibhaftig vor ihm, folgendermaßen an: »Du bist's, der ich die Regung aller Kraft, / Den Inbegriff der Leidenschaft, / Die Neigung, Lieb', Anbetung, Wahnsinn zolle« (V. 6498 ff.). Das sind sicher Reaktionen, die nicht überboten werden können, aber sie enthalten Handlungsimpulse. Ein Währenlassen jenes Initialaugenblickes, wenn er Helenas Erscheinung wahrnimmt, ist unmöglich, da die innere Erregung im Ablauf der Zeit sich steigern und zu Handlungen führen muß: »Wer sie erkannt, der darf sie nicht entbehren« (V. 6559). Die Unmöglichkeit, diese Entbehrung zu ertragen, dies allein schließt die Dauerbefriedigung im Augenblick, wie sie Faust von Mephisto fordert, aus.

An anderer Stelle, auch im Zusammenhang mit Helena, kommt es zu einem seelischen Prozeß, der — wieder fälschlicherweise — als Erfüllung des Vertrages gedeutet werden könnte. Bei leiblicher Annäherung an Helena, sagt Faust: »Ich atme kaum, mir zittert, stockt das Wort; / Es ist ein Traum, verschwunden Tag und Ort.« (V. 9413 f.). Dies ist ein Zustand der Hemmung; wenn sie auch erwartungsvoll und zukunftsträchtig ist, so ist der Zustand nicht der einer freien Entfaltung, auf keinen Fall einer, von dem Faust sich ewige Dauer wünschen würde. Im Einklang damit sagt der Chor bald darauf über den, der »die Schönste für sich begehrt«: »Aber ruhig besitzt er's nicht.« (V. 9482, 9487).

Da Helena ein Weib ist, das an Schönheit nicht überboten werden kann, wird durch Fausts Zusammentreffen mit ihr und der daraus entstehenden Spannung bewiesen, daß Dauerbefriedigung in der sinnlichen Sphäre Faust verschlossen ist.

Der zweite Knotenpunkt ist die Situation, die endlich die Forderung Fausts erfüllt, dem Augenblick jenen Inhalt gibt, der nicht vergehen soll, der so schön ist, daß seine Dauer von Faust gewünscht wird. Bekanntlich ist es der Augenblick, da er in der Zukunft das Entstehen eines quasi-Idealgeschlechts vorausahnt, das auf dem von ihm dem Meere entrissenen Boden erwachsen wird. Die näheren Bedingungen dieses Geschlechts sind nicht relevant in diesem Zusammenhang. Wesentlich scheint es, daß dieses politisch-wirtschaftliche Projekt von Faust ersonnen und bereits teilweise durchgeführt ist. Es scheint teufelsfrei und originär in der Individualität Fausts verankert zu sein.

Der Inhalt des zur Dauer gewünschten Augenblickes ist eine verinnerlichte Struktur, die einer Verankerung in der Wahrnehmungs- oder Sinnenwelt entbehrt. Sie ist nicht nur zukunftsgerichtet, sondern projiziert die gegenwärtige Erlebnissphäre in die Zukunft. Faust erlebt die Zukunft, als ob sie gegenwärtig wäre. Allein daß Faust die höchste Beglückung in einem in der

Gegenwart vorweggenommenen zukünftigen Ereignis findet, zeigt das volle Ausmaß der gelungenen Sublimierung (im Sinne der Psychoanalyse).

Weiter ist zu berücksichtigen, daß Faust ein blinder Greis geworden ist und die Illusion in seiner Todesstunde formt. Der Gang der Handlung läßt es erscheinen, als ob Faust stirbt, nicht nachdem, sondern weil er den Augenblick der Dauererfüllung erreicht hat. In Wahrheit erscheinen die sein Grab vorbereitenden Lemuren bereits, bevor der entscheidende Satz gesprochen wird. Fausts biologische Todesstunde ist also gekommen. Wenn Mephisto Faust nicht zu jener entscheidenden Äußerung bringen kann, so wird er vertragsbrüchig, und Faust wäre des Teufelsdienstes in seiner nachirdischen Existenz entbunden. Es besteht hier ein Paradoxon. Wenn Mephisto Faust nicht dazu bringen kann, den entscheidenden Satz zu sprechen, so hat er seinen Vertrag mit Faust nicht erfüllt; hat er aber deswegen auch seine Wette mit dem Herrn verloren?

Einleitend ist betont worden, daß die zwei Abmachungen (Wette und Vertrag) ganz Verschiedenes enthalten. Seit Mephisto sein verderbliches Werk mit Faust begonnen hat, ist viel geschehen. Faust hat nach seiner Verjüngung anderen nur Unglück gebracht. Die erste Tat führte zur Katastrophe Gretchens, dem Tod ihres Kindes, ihrer Mutter und ihres Bruders und die letzte zur Vernichtung Philemons und Baucis' und deren Gast. Beim Jüngsten Gericht hätte er sich also für den gewaltsamen Tod von sieben Menschen zu verantworten gehabt, denn psychologisch sinngemäß war er für die Untaten verantwortlich, selbst wenn er nur in einem Falle der unmittelbare Träger der Schuld war. Er hätte keine einzige altruistische Handlung aufzuweisen gehabt, sein stürmisches Verlangen, daß Mephisto Gretchen »ein neu Geschmeid'« sende (V. 2854), entspricht mehr seiner Selbstsucht als einem liebevollen Affekt. Er anerkennt nie das Du mit seinen Nöten und Schmerzen. Er war ständig und ausschließlich mit seinen eigenen Konflikten, Seelennöten, Begierden, Wünschen und inneren Disharmonien beschäftigt. Faust ist und bleibt ein Egoist, ein interessanter, aufregender — vielleicht sogar liebenswerter — Egoist, der typische Narzißt, würde man heute sagen. Es bleibt bemerkenswert, daß in dem großartigen Panorama seiner inneren Welt niemals eine Tat der Barmherzigkeit vorkommt. Faust also war ein extrem unchristlicher Mensch, wie es seine Teilnahme an der Walpurgisnacht, seine ekstatische Zuneigung zu Helena beweisen. Seine Liebe für Gretchen, sein Mitleid mit ihr, seine Verzweiflung sind vorübergehend. Deren stürmische Tiefe und Intensität sind von einer Art, die für adoleszente Erlebnisse charakteristisch sind. Es war ein Trieberlebnis, dem keine Dauer bestimmt war. Hätte es nicht die unvorhergesehene Schlußwendung gegeben, so hätte Gott seine Wette mit Mephisto verloren. In dieser Verknüpfung liegt die Klimax des gewaltigen Epos. Der Teufel glaubt zu siegen, gerade dort, wo er verliert, und was ihm Niederlage bedeutete, wäre Sieg gewesen. Hätte Faust im letzten Augenblicke den Höhepunkt der Selbsterfüllung *nicht* in der sorgenden Sehnsucht nach dem Wohle der Menschheit gefunden, dann wäre er der narzißtischen Verstrickung seiner Existenz erlegen und ohne sittlich-moralische Zuwendung zum Außer-Ich von dannen gegangen: der Herr hätte zugeben müssen, daß es Mephisto gelungen war, Faust von seinem Urquell abzuziehen und auf seinen Weg herabzuführen. Er hätte seine Wette verloren.

Es bleibt nun zu untersuchen, ob dem Endakt der sozialen Zuwendung die rückwirkende Kraft gegeben ist, aus Faust einen christlichen Menschen zu machen.

Es ist eine klinische Beobachtung, also eine Tatsache der Empirie, daß in der Endphase des Lebens, oft erst in der Agonie, ein Konflikt, manchmal ein fundamentaler, gelöst wird. Es ist das Gegenteil der angeblichen, für manche Frauen charakteristischen, Torschlußpanik. Der letzte Augenblick wird benützt, um einen seelischen Ballast abzuwerfen. Von den Beispielen, die Jellinek in seinem Buch über das Sterben gibt, ist wohl das folgende das eindrucksvollste: Ein 50jähriger Mann erwachte plötzlich um 1 Uhr morgens nach mehrstündiger Agonie und verlangte nach dem Arzt. Ein böses Gewissen plage ihn, weil er bei vier Hinrichtungen assistiert habe. Der herbeigerufene Arzt versicherte ihm, daß seine Majestät der Kaiser die Verantwortung vor Gott für die Hinrichtungen trage. Beruhigt sank der Patient zurück und verschied nach zwei Stunden.

Ich selber habe gesehen, wie in der Sterbensstunde ein Mensch sich innerlich mit einem lang verhaßten Rivalen aussöhnte. Solche Augenblicke sind mit Reue, der Bitte um Verzeihung und Gnade, mit unambivalenter Liebe erfüllt. Für unser Gefühl (und sicher widerspricht da unser Gefühl allen Deduktionen der Vernunft) verdient, oder vielleicht sogar erzwingt eine solche psychologisch-sittliche Wendung Verzeihung. ›Was immer dein Verbrechen gewesen sein mag, du bist ein sittliches Wesen geworden und hast deswegen den Anspruch auf eine wesentlich verschiedene Bewertung erworben‹, scheint der Sinn solcher Wendungen zu sein.

So ist es Faust ergangen: er hat den Wunsch der Dauer nicht im Sinnestaumel, nicht im Erleben eines selbstsüchtigen Triumphes, sondern in der Hingabe an eine glückliche Zukunft der Menschheit gefunden und somit sich den Eingang in das Land der Seligen verdient.

Mephisto hat gegen den Herrn verloren, wenn er es auch nicht versteht und sich betrogen fühlt. Goethe dachte, die Angelegenheit in einer nochmaligen Disputation zwischen Gott und Mephisto, also vielleicht einer Art Epilog im Himmel, explizite zu klären. Es wäre nicht zum Vorteil des Ganzen geschehen, obwohl viele die »Logik der Handlung« nicht anerkannt haben.

Die Wendung zum sittlichen Siege in Faust tritt nicht als *Deus ex machina* unangekündigt auf. Faust hat sich schon vorher in gewissem Sinne von Mephisto entfernt, indem er sich ein sozialpolitisches Projekt wählt, das im Dienste der Menschheit steht und nicht primär seiner Selbsterhöhung, seiner Selbstsucht dient. Das Projekt steht nicht als Fremdkörper, wie eine Insel, in der narzißtischen Persönlichkeit. Fausts Narzißmus, seine Herrschsucht fühlten sich provoziert durch die »zwecklose Kraft unbändiger Elemente« (V. 10219), ein Bild, das auf einen Aspekt seiner eigenen Persönlichkeit, fast auf seine Gesamtpersönlichkeit paßt.

Die Unbekümmertheit des Meeres auch um ihn, des Meeres ungestörtes Schreiten von einem Wogenschlag zum anderen, regte in Faust das Verlangen, »sich selbst zu überfliegen« (V. 10220) an. Es regt ihn zum Kampf und Sieg. Es ist also im Grunde ein aggressives Gelüste, das die Handlungskette initiiert, das Meer soll durch eine Gegenoffensive in seinem Angriff gegen das Ufer zurückgeschlagen werden. Erst später wird das humanitäre Motiv hinzugefügt. Es bleibt fraglich, wie weit sich Faust trotz der Autonomie der Idee des Projektes bewußt war, daß das Werk nicht durch seine Tatkraft allein geschaffen wurde, sondern wieder Mephistos Künsten teilweise zu danken war. Baucis (V. 11123—11130) zumindest ist davon überzeugt. Mephisto hingegen betont es, daß es Faust selber war, der es zuwege brachte: »Dein hoher Sinn, der Deinen Fleiß / Erwarb des Meers, der Erde Preis« (V. 11231 f.). Mag dies nun Lüge und Schmeichelei Mephistos sein, wie dem auch sei, die größte Beglückung winkt Faust bei dem Gedanken »Zu sehn, was alles ich getan, / Zu überschaun mit einem Blick / Des Menschengeistes Meisterstück« (V. 11246 ff.). Mancher Dichter mag der Versuchung, Faust zu etwas Heiligem zu erhöhen, unterlegen sein, aber die Gefahr, daß Faust je zum entsagenden Heiligen werden könnte, war durch Goethes Realismus gebannt. Die narzißtische, erdgebundene Komponente war auch in der Endphase von Fausts Entwicklung gegeben. Teilweise handelt es sich um eine Verschiebung des Narzißmus auf die Welt, was eine Verminderung des selbstbezogenen Narzißmus bedeutet, wie es sich in Fausts Wunsch und Bereitschaft, die Magie aufzugeben, erweist: »Könnt' ich Magie von meinem Pfad entfernen, / Die Zaubersprüche ganz und gar verlernen, / Stünd' ich, Natur, vor dir ein Mann allein, / Da wär's der Mühe wert, ein Mensch zu sein.« (V. 11404—11407). Alternde Genies wenden sich ab von der Magie. Prospero, aus dessen Munde Shakespeare spricht, bricht auch den Stab über die Magie, ehe er sich vom Leben zurückzieht. In Fausts Fall mag die Abwendung von der Magie und die Zuwendung zur Natur die Wendung vom Lust- zum Realitätsprinzip bedeuten. Magie ist immer ein Weg zu unverdienter Befriedigung, ohne sich den Mühen und Plackereien direkter Arbeit durch unmittelbaren Kontakt mit Natur und Menschen unterwerfen zu müssen. Die Absage an die Magie und die Unterordnung unter das Realitätsprinzip werden nicht notwendigerweise durch Opferung des lebendigen Naturgefühles (wie es Newton geschah) erkauft. Die Welt ist Faust nicht »stumm« geworden, aber er muß nicht mehr in die Ewigkeit schweifen (V. 11446 f.), das Jetzt und Hier können seine Seele füllen. Früher war er einer, der »Ein jed' Gelüst ergriff [...] bei den Haaren« (V. 11434), er begehrte und wünschte, jetzt aber heißt es: »Das Abgesteckte muß sogleich geraten. / Auf strenges Ordnen, raschen Fleiß / Erfolgt der allerschönste Preis« (V. 11506—11508).

Die angeführten Merkmale, besonders wohl eine Veränderung des Zeiterlebnisses, zeigen an, daß eine Änderung in Fausts Persönlichkeitsstruktur vor sich gegangen ist.

Die Verbrechen, die den Gang zur Hölle sichergestellt hätten, werden unwirksam, sobald diese Strukturveränderung ihren Höhepunkt erzielt und Faust seine Erfüllung, »den höchsten Augenblick« (V. 11586) erlebt. Er anerkennt das Gemeinschaftswohl als höchstes Ziel, anerkennt die Unvermeidbarkeit von Konflikt und Unlust, Freiheit und Leben müssen täglich erobert werden (V. 11575 f.), und die ununterbrochene Destruktion der Natur wird durch Kultur, deren Funktion es ist, »die Lücke zu verschließen« (V. 11572), unschädlich gemacht. In der Sprache der Psychoanalyse: Der unvergängliche Kampf zwischen Eros und Thanatos außerhalb und innerhalb des Menschen wird erkannt und anerkannt, der Mensch stellt sich in dessen Mitte ohne Verzweiflung, Illusion und Vorwurf.

Allerdings muß man hinzufügen, daß die Beherrschung des Konflikts die gewaltige Reduktion biologischer Faktoren, durch den Altersprozeß verursacht, zur Voraussetzung hat. Gar mancher Greis glaubt, er sei weiser geworden, und seine Umgebung gibt ihm darin recht; beide ahnen nicht, daß, wenn der Hormonspiegel in seinem Blute die Höhe seiner Pubertätszeit hätte, er sich genau so närrisch benehmen würde wie dazumal.

Was immer der biologische oder soziale Hintergrund: Eine Analyse der Handlung erweist es, daß der Herr seine Wette gewonnen hat, obwohl der persönliche Vertrag allein und als solcher, der zwischen Faust und Mephisto geschlossen wurde, diesem den Sieg verschafft hätte. Da die Abmachung zwischen Gott und Teufel primär und ausschlaggebend ist, wurden die Konsequenzen der dem Gesamtzusammenhang untergeordneten Abmachung zwischen Mephisto und Faust automatisch nullifiziert. Dies alles hätte explizite auf der Bühne vorgebracht werden können, Goethe aber fand eine der dramatischen Darstellung gemäße Lösung. Engelscharen erscheinen: Mephisto verliebt sich in sie und wird abgelenkt; seine Unaufmerksamkeit erlaubt den himmlischen Kräften, Fausts Seele zu entführen.[4] Ein Element dieser Szene scheint mir einen ungeahnten und verblüffenden Zusammenhang anzudeuten. Mephisto verliebt sich in den Hintern eines (unzweifelhaft männlich gedachten) Engels. Er wird von der erotischen Verführung des Augenblicks gepackt und versinkt in einen Anblick, dessen Dauer keineswegs lustmindernd wirkt. »Mit jedem Blick aufs neue schöner schön. / O nähert euch, O gönnt mir *einen* Blick!« (V. 11776). Dies kommt der Wunscherfüllung erstaunlich nahe, die Faust als zu erfüllende Bedingung in dem Vertrag gefordert hatte, und von der Mephisto erwartet hatte, daß sie Faust zu Falle bringen werde. Wenn der Wunsch, die Engel lächeln zu sehen, von dem Eingeständnis: »Das wäre mir ein ewiges Entzücken« (V. 11791) gefolgt wird, so befindet er sich in demselben Zustand wie Faust, von dem er glaubte, daß er ihm das Recht auf Seelenbesitz gebe. Fausts Stimmung war aber die sublimierte Verzückung, hervorgerufen durch einen in der Zukunft erwarteten Zustand der Idealität, ein Erlebnis, das Mephistos Welt völlig fremd ist und daher von ihm nicht verstanden und nachempfunden werden kann, weswegen er weder erkennen, noch anerkennen kann, daß er die Wette verloren hat, obwohl er den Buchstaben des Vertrages mit Faust erfüllt hat.

Man glaubt, Fausts konträres Spiegelbild wahrzunehmen, wenn man erfährt, worin Mephisto ewiges Entzücken finden würde; es ist die unsublimierte, sexuelle Sinnessphäre der Homosexualität. Die Falle, in die Faust hätte gehen sollen, wird nun Mephisto selber zum Verhängnis. Es ist wie der Höhepunkt der dramatischen Phantasie und Gestaltungskraft, daß Mephisto durch die Waffe, die er gegen Faust geschmiedet hatte, selbst zur Strecke gebracht wird.

Gleichzeitig enthält diese Episode wahrscheinlich eine tiefe biographische Wahrheit. Goethe entging homosexuellen Verwirrungen. Er schloß tiefe und andauernde Freundschaften. Seine Fähigkeit, Homosexualität zu sublimieren, war außerordentlich. Verschiedentliche Ereignisse in seinem Leben werden von manchen im Sinne einer manifesten Homosexualität gedeutet, aber, wie mir scheint, mag er nur ein Mal, als er mit Charlotte von Steins Sohn in gemeinsamem Haushalte lebte, einer manifesten Beziehung zwar sehr nahe gekommen sein, ohne sie aber zu konsumieren. Gut integrierte Ichhaltungen dürften schwere homosexuelle Konflikte, wie sie der *Erlkönig* deutlich vorbringt, überdeckt haben.

In den *Wanderjahren* wird eine leidenschaftliche, tödlich ausgehende Knabenverliebtheit beschrieben. Mephisto ist der Träger der Homosexualität Fausts.

Manifeste Homosexualität hätte wahrscheinlich auf Goethes Schöpfertum vermindernd gewirkt, da sie ihn mit Schuldgefühlen belastet hätte, wie es Michelangelo erging, von dem es unklar ist, ob sein künstlerisches Potential durch seine manifeste Homosexualität gefördert wurde. Das weibliche Element im Manne ist wahrscheinlich ein für das Schöpferische tragendes. Wenn es durch direkte Befriedigung von Sublimierung abgehalten wird, so sollte sich dies im Werkhaften als ein Negativum zeigen. Die zwei letzten Verse im Faust: »Das Ewig-Weibliche / Zieht uns hinan« können im aktiven sowie im passiven Sinne gedeutet werden. Ich neige zu der Auffassung, daß Goethe das Weibliche im Manne als treibende Kraft aufgefaßt wissen wollte, die dem Manne Verwirklichung des Guten und höchste Differenzierung ermöglicht. Damit wäre ein tiefer Konflikt der männlichen Persönlichkeit zum Ausgleich gebracht.

Die Bergschluchten-Schlußapotheose, in der es keine Widersprüche, Mißhelligkeiten oder Disharmonien gibt, ist die große Tröstung, mit der Goethe seine Leser entläßt. Sie ist das Konträre des vorangegangenen Spieles, in dem Unvereinbares fortwährend aneinander gerät, es keinen Augenblick des friedlichen Gewährens gibt. Selbst Fausts Monolog in »Anmutiger Gegend«, am Anfang des II. Teils, wenn er sich gestärkt und optimistisch der Welt zuwendet, ist von latenten Konflikten durchtränkt. Selbst im Himmel am Anfang des Spieles hält die Dythyrambe nicht lange das Feld, und Mephistos Stimme sollte die Erzengel Lügen strafen: die »unbegreiflich hohen Werke« sind eben nicht mehr so »herrlich wie am ersten Tage« (V. 249 f.). In der Schlußapotheose ist aber Mephistos böser Mißton endgültig zum Schweigen gebracht, und alles ist reine, verzeihende Harmonie.

Goethe entläßt uns in einer Stimmung vollsten Vertrauens in eine sinnhafte, harmonische, gute Weltordnung. Es war ein Akt der Freundlichkeit, daß er damit seinen extremen Pessimismus, der sogleich zur Sprache kommen soll, übertünchte. Die Schlußapotheose war schließlich eine Phantasie, ein Phantasiegemälde, das Goethe im Einklang mit seinen Wünschen ausschmücken durfte. Der Unterschied, den ich hier hervorhebe, ist demjenigen vergleichbar, der Metaphysik und empirische Wissenschaft trennt. Die epische Fausttragödie ist nicht Metaphysik; sie steht mitten im menschlichen Leben, und Goethe hat die Welt in greifbaren, überdeutlichen Formen wissen lassen, nicht nur was er in diesem Leben erlebte, erlitt und vergeblich erwünschte, sondern auch was er am Schlusse seiner Existenz als fundamentale Prinzipien menschlichen Schicksals anerkennen mußte. Die Bergschluchten sind aber transzendente oder mystische Schau ohne Bezug auf den vorhergehenden Reichtum der Darstellung empirischen Lebens.

Es soll nochmals auf das Buch Hiob zurückgewiesen werden. Es enthält eine große neue Botschaft, die auf das gläubige Ohr verblüffend gewirkt haben müßte: befreiend und niederschmetternd zugleich, paradox, wie große Botschaften manchmal eben sind. Im Hiob wurde eine neue, völlig unerwartete, man möchte sagen, revolutionäre Wahrheit verkündet, die einen neuen Horizont eröffnete: persönliches Unglück ist nicht notwendigerweise das Ergebnis persönlicher Sündhaftigkeit oder derer von Vorfahren. Gott war nicht durch die Taten der Menschen gebunden. Der Reine muß nicht belohnt werden. Es heißt zwar, »Hiob starb alt und lebenssatt«. Dem happy end, welches den Mythos der Bibel ziert, sollte keine allgemeine Bedeutung zugeschrieben werden. Diese liegt aber in der Warnung: ›Erwarte nicht, daß deine guten Taten belohnt werden, Gott mag dich prüfen und großen Qualen aussetzen, selbst wenn dein Lebenswandel untadelig war‹.

Während also die Meinung bis dahin vorherrschte, daß Unglück, welches einen Mann befällt, immer Bestrafung für Sündhaftes sein muß, verkündete das Buch Hiob, daß Unglück auch eine Probe auf die Standhaftigkeit, die Festigkeit eines Glaubens sein mag. Es leuchtet ein, daß diese neue Bewertung und Einschätzung Gottes vielfältige Wirkungen haben mußte. Einerseits erschien Jehova furchtbarer als früher. Seine Macht erfuhr eine gewaltige Erweiterung. Nicht mehr war er durch das tugendhafte Betragen eines Menschen gebunden, er konnte mit ungezähmter Willkür verfahren. Andererseits war der vom Unglück verfolgte Mensch nicht mehr gezwungen, sich schuldig zu fühlen. Dafür aber verlor er die wohltuende Illusion, durch Einhaltung des Gesetzes ein ihm günstiges Schicksal erzwingen zu können.

Auch Goethes Faust mag eine Botschaft über den Menschen und den Lebensprozeß, in dem er gefangen ist, enthalten. Ehe ich auf dieses Thema eingehe, sollen drei psychologische Bezüge dargestellt werden, die es vielleicht ermöglichen, die Botschaft, die im *Faust* verborgen ist, zu enträtseln. Der Abschluß von Fausts irdischer Existenz enthält Außerordentliches, womit hier angefangen werden soll. Faust, nach einem einzigartigen Leben, rastlos nach Wahrheit strebend, unerschöpflich in Tiefe der Erlebnisse und Vielzahl der Genüsse, erreicht endlich seine letzte Lebensstunde. Der nie Zufriedene, der nie Beruhigte, immer Bewegte und Bewegende hat endlich einen Gleichgewichtszustand gefunden, den er nicht gestört haben will. Der Inhalt dieses Zustandes enthält Wahrnehmungen, deren Deutung und auf die Zukunft bezügliches Gedankengut. Das Außerordentliche ist, daß diese alle insgesamt wahnhaft-illusionärer Natur sind. Er, der sich niemals täuschen ließ und allen Inhalten der menschlichen Welt den Firnis abkratzte, um ihre Nichtigkeit und Unzuverläßlichkeit zu erweisen, glaubt, »das Geklirr der Spaten« seiner Totengräber stamme von der Arbeit der für ihn Frönenden. »Wie das Geklirr der Spaten mich ergetzt! / Es ist die Menge, die mir frönet« (V. 11539 f.), die das Letzte an seinem »Höchsterrungenem« (V. 11561) vollenden und den »faulen Pfuhl«, der alles schon Errungene verpestet (V. 11560), abziehen werden. Es ist ein Höhepunkt der dramatischen Kunst. Über das Unvergleichbare der Sprache an dieser Stelle kann ich kein Wort sagen. Durch eine musikalische Komposition ist es wohl kaum je gelungen, den Grad einer solchen Düsterkeit zu verbreiten, wie die Sprache Goethes mit der Einführung der vier grauen Weiber (»Ich heiße der Mangel«) (V. 11384) bis zum Monolog des Lemur, der mit dem, das Ertragbare fast schon überschreitend, »Wer hat das Haus so schlecht gebaut« (V. 11604), anhebt. Inmitten dieser Düsterkeit erscheint Fausts lichtvoller Ausblick, der die Finsternis nur erhöht, da er das Höchste der Selbsttäuschung, ja, des Selbstbetruges, darstellt. Er hat sein Leben umsonst verspielt, denn wenn der Sumpf, der am Gebirge hinzieht, nicht ausgerottet wird, — und er wird so bleiben, wie er ist — so wird das dem Meere Abgerungene »verpestet«. Es wird versumpfen, und alles Wohltätige, das Faust geschaffen hat, wird ungeschehen gemacht und wieder zum Meere werden, als ob Faust nie gelebt und gewirkt hätte. Mephisto mag in der Beurteilung des Menschlichen manchmal dem Irrtum unterliegen, im Physikalischen irrt er sich nie. Sein Kommentar, der Fausts Selbstbetrug begleitet, schießt mit: »Die Elemente sind mit uns verschworen, / Und auf Vernichtung läuft's hinaus.« (V. 11549 f.). Goethe hat mit dieser Szene den Stab über die Menschheit gebrochen. Es handelt sich nicht um eine teuflische Verwicklung oder List Mephistos, es ist der Mensch mit seinen besten Gaben in optimaler Beziehung zur kulturellen Wirklichkeit, wo er zu Falle kommt, ja, nach Goethe, zu Falle kommen muß. Nach Goethe ist der Mensch verurteilt, Illusion und Wirklichkeit zu verwechseln und ein Opfer dieser Verwechslung zu werden. Goethe bekämpfte zwar Newton und manches wissenschaftlich Grundsätzliche. Aber trotz pansophistischer Verstrickungen und Neigungen gehörte er doch zur Wissenschaft der Neuzeit, zu der er beträchtliche Beiträge leistete. Die Umstände, unter denen Faust seine Existenz beschließt, beweisen, daß Goethe seinen Blick jenseits der verführerischen Pracht wissenschaftlicher Ergebnisse auf eine Zukunft richtete, die beweisen würde, daß trotz aller physikalischen und biologischen Erkenntnisse die Menschheit das tragische Ende, das die Götter für sie beschlossen haben, wird erleiden müssen, ja paradoxerweise die Wissenschaft das sogar beschleunigen mag.

Die den letzten Lebensaugenblick Fausts umgebenden Umstände sind also dreischichtig: Sie geben Mephisto das unmittelbare Anrecht auf Fausts Seele, da Faust die im Vertrag mit Mephisto stipulierte Dauerbefriedigung gefunden hat; sie beweisen Gottes richtige Voraussage, daß Faust nicht dem Bösen verfallen wird, denn sein letztes und alles befriedigendes Ziel ist die soziale Tat, die Sorge um die Zukunft der Menschheit. Drittens erweist sich der Mensch unfähig, die Wahrheit zu erkennen, er wird letztlich ein Opfer des Wahnes und Selbstbetruges.

Einer zweiten Stelle, an der Goethe eine neue Wahrheit über den Menschen vermittelt, wird gewöhnlich eine andere Bedeutung unterstellt. Sie ist weniger auffallend und geht leicht verloren. Es ist darauf hingewiesen worden, daß an einer Stelle der Tragödie der Herr fast seine Wette verloren hätte und Mephisto Herr über Fausts Seele geworden wäre. Am Blocksberg, wenn das ganze Reich des Teufels in sinnliche Ekstase gerät, war Faust in Gefahr, der Massenstimmung zu erliegen. Goethe ließ in der Walpurgisnacht eine der lieblichsten Hexen, die je erschaffen wurden, ihre Verführungskünste an Faust erproben. Wäre er erlegen und hätte höchsten Genuß in der Hexenwelt gefunden, dann wäre der Weg zum Guten für alle Zukunft verschlossen worden. Was war es, das ihn davor bewahrte? Es war Gretchens Erscheinung und der Ausbruch des Schuldgefühls, das an ihre Erinnerung geknüpft war. Da Goethe hier wohl einen allgemeinen Zusammenhang im Sinne hatte, so würde dies darauf hinauslaufen, daß der Mensch nur dann sittlich handeln kann, wenn er ein Schuldgefühl entwickelt hat. Hätte Faust sich im Augenblick höchster geschlechtlicher Erregung nicht an seine an Gretchen verübte Untat erinnert, wäre er seinem Verlangen verfallen.

Die falsche Meinung, daß die Psychoanalyse, im besonderen Freud, Schuldgefühle als solche für neurotische Gebilde hält, ist weitverbreitet. Die Psychoanalyse setzt es sich zum Ziele, neurotische Schuldgefühle, von denen die meisten aus der ödipalen Phase stammen, zum Schweigen zu bringen. Wenn aber jemand Realschuld auf sich geladen hat, so kann die Psychoanalyse ihn von den sich an diese schließenden Schuldgefühlen nicht befreien. Hier ist der Ort, wo der Priester dem Analytiker überlegen ist.

In dem Detail am Blocksberg ist es aber eine Realschuld, die Faust rettet. Es besteht hier die scheinbare Paradoxie, daß der reine Mensch sich in größerer sittlicher Gefährdung befindet als der Sünder. Der naive, unsündige Mensch wäre in seiner inneren Unwissenheit um das Sündhafte wahrscheinlich der Hexenverführung erlegen. Es klingt hier das Bibelwort an über die Freude im Himmel über einen reuigen Sünder, die größer ist als über neunundneunzig Gerechte.

Die Abkömmlinge der Schuld, mit dem sich das Kind in der Ödipusphase belastet zu haben glaubt, werden später vom Erwachsenen als Realschuld erlebt. Um ein sittliches Ethos zu entwickeln, muß der Erwachsene durch diese oder eine ihm entsprechende Phase als Kind gegangen sein.

Die Erscheinung Gretchens im entscheidenden Moment der Walpurgisnacht mag als eine symbolische Darstellung dieses Sachverhaltes gedeutet werden.

Diese Deutung ist nicht bindend; sie hängt von der Relevanz und dem möglichen Ausmaß einer produktiven Wirkung, die man dem Ödipus-Komplex beimißt, ab. Was aber Goethe durch die rettende Wirkung von Gretchens Erscheinung aussagt, ist, daß sich der Sozialisierungsprozeß über den Umweg aggressiv-destruktiver Handlungen entwickelt und daß eine Verinnerlichung der destruktiven Tat zur sittlichen Erhöhung führt, eine überraschende Vorwegnahme Nietzsches und eines Gedankens, der zum Leitseil von Freuds *Totem und Tabu* wurde. Andererseits muß es wohl als besonders bemerkenswert hervorgehoben werden, daß in diesem Zusammenhang — das, wie mir scheint, einzige Mal — Mephistos Name in den Text gelangt. Es klingt wie eine Regression zu einer vorambivalenten zärtlichen Beziehung zum Vater, da er noch nicht in einen guten und einen bösen geschieden war, wenn Faust im Augenblicke höchster Seelennot ausbricht: »Mephisto, siehst du dort / Ein blasses, schönes Kind allein und ferne stehn?« (V. 4183 f.). Es ist die Verzweiflung des Kindes, das, seine Mutter verlierend, sich an den Vater klammert, und Faust erlaubt, den tabuierten Namen auszusprechen.

Eine dritte Wendung, an unscheinbarem Ort, die hier Erwähnung verdient, war nicht originell bei Goethe, sondern der Renaissanceliteratur entnommen. Im Mummenschanz des 1. Aktes (II. Teil) sagt die Klugheit, die im Maskenzuge auftritt, daß Furcht und Hoffnung zwei der größten Menschenfeinde sind (V. 5441 f.). Daß es sich dabei nicht nur um Künstlichkeiten eines Hoffestes handelte, sondern es Goethe damit ernst war, darf man vermuten, da er an anderer, ernsterer Stelle auf dasselbe Problem anspielte: »Was ist ein Philister?« fragt Goethe in *Zahme Xenien* VII, »Ein hohler Darm, / Mit Furcht und Hoffnung aufgefüllt. Daß Gott erbarm!«[5]

Furcht und Hoffnung sind exquisit-christliche Grundpfeiler des menschlichen Lebens. Denn die Furcht vor Hölle, Bestrafung und Verführung wird dem Christen als Wächter eines sündenfreien Lebens empfohlen, und der wahre Christ darf nie die Hoffnung auf Gottes Gnade und Verzeihung und ein Leben in Seligkeit aufgeben. Grazzini,[6] der anscheinend der erste war, Furcht und Hoffnung in Bann zu tun, hatte wohl eine gewisse Berechtigung dazu. Die Furcht macht feige, lähmt den Wahrheitssucher, den Verteidiger des Rechts, macht geizig und erstickt die Liebe. Die Hoffnung macht den Menschen faul, verhindert ihn, sein tragisches Schicksal anzuerkennen. Die Hoffnung macht den Menschen leichtgläubig und vertrauensvoll. Es gehört zu einer jener grundlegenden Dichotomien, daß, obwohl Furcht und Hoffnung das Ausmaß wirklichkeitsadäquaten Handelns empfindlich verkleinern, sie doch für den Menschen unentbehrliche Gefühlsrequisiten sind. Ohne Furcht würden die Menschen wie manische Gesellen sich in die wildesten Abenteuer ohne Berücksichtigung der eigenen oder fremden Sicherheit, also ohne alle Rücksicht, stürzen und bald dem Untergang geweiht sein. Ohne Hoffnung wären sie wahrscheinlich oft in ihrem Tätigkeitsdrang gelähmt und würden in eine anti-manische Tatenlosigkeit verfallen.

Hier bleibt es entscheidend nachzusehen, wie es bei Faust selber mit Furcht und Hoffnung steht. Faust ist im Grunde furchtlos. Es gibt Gelegenheiten, bei denen die anfänglichen Gefühlsreaktionen ihn zwingen, sich abzuwenden, wie es ihm bei der Begegnung mit dem Erdgeist (V. 482, 485) ergeht. Er fängt sich aber schnell, und die Initialängstlichkeit ist überwunden. Etwas ähnliches erfährt er, wenn er von den Müttern hört. Hier wird die Initialangst in ein Erlebnis umgewandelt, das dem Religiösen nahesteht: »Das Schaudern ist der Menschheit bestes Teil« (V. 6272). Im Englischen heißt es »awe«. Das Gefährliche zieht Faust an. Die Vermeidung von Erlebnissen aus Angst ist ihm unbekannt, Verwegenheit ist ihm nicht fremd: in rascher Folge vergreift er sich an Helenas und Paris' Bildern, wenn deren Benehmen ihm Anlaß zu Unmut gibt. Nichts hält ihn auf die Dauer ab, seine Pläne und Wünsche zu realisieren.

Wenn Manto von Faust sagt: »Den lieb' ich, der Unmögliches begehrt« (V. 7488), so stimmt dies eigentlich nicht für Faust, denn es stellt sich regelmäßig heraus, daß das scheinbar Unmögliche, also dasjenige, was anderen Sterblichen nicht möglich ist, durch Fausts heftige und unnachgiebige Forderung zur Möglichkeit wird.

Und wie steht es mit der Hoffnung? Faust weist die Verlockungen der Hoffnung ab. Das »O glücklich, wer noch hoffen kann« (V. 1064) ist zwar von ihm auf die ewige Unwissenheit des Menschen gemünzt, in seinem Falle ist es aber auf alle Gebiete auszudehnen.

An einer Stelle allerdings wird Faust sentimental. Vom Osterspaziergang zurückgekehrt (»Entschlafen sind nun wilde Triebe«, V. 1182), spricht er ganz unfaustisch von Menschenliebe und der Liebe Gottes, ja, es fängt »Hoffnung wieder an zu blühn« (V. 1199). Dies alles wird aber in der Gegenwart von Pudel-Mephisto erlebt und von seinem Knurren und seiner Unbotmäßigkeit begleitet. Wie dem auch sei, an einer Stelle gibt Faust einer großen Hoffnung Ausdruck, im letzten Augenblick seines Lebens, wenn er das zukünftige Glück der Menschheit erspäht. Daß Faust in demselben Augenblicke, in dem er endlich, ganz im Gegensatz zu seinem gewohnten Ausblick auf die Welt, eine hoffnungsvolle Vision der Menschheitszukunft erlebt, zum Opfer einer Täuschung wird, erlaubt die Vermutung, daß mit Faust ein Persönlichkeitstypus geschaffen werden sollte, für den das Gefühl der Hoffnung von keiner Relevanz war. Hoffnung wäre also für die Durchschnittsmenge gut genug. Sie braucht sie, um sich an ihre kärgliche Existenz anklammern zu können, da ohne sie ihr nichts verbleibt. Der Wissende läßt sich durch sie nicht betrügen; er ist stark genug, das Leben ertragen zu können, auch wenn er dessen Sinnlosigkeit erkennt. Faust gelingt im letzten Augenblicke eine Sinngebung seiner Existenz. Es war Goethes dämonische

Eingebung, Sinngebung des Lebens Faust aus der Hand zu schlagen, sobald er vermeinte, eine entdeckt zu haben.

Das überaus reiche Panorama der Faustschen Gefühlswelt läßt wohl kaum irgendeinen menschenmöglichen Gefühlswert vermissen. Man muß aber unterscheiden — was nicht leicht zu tun ist und Anlaß zu willkürlichen Entscheidungen geben mag —, welche Gefühle Gelegenheitsreaktionen sind und welche Gefühle zur Struktur von Fausts Persönlichkeit gehören. In anderen Worten, man kann nicht an allen Gefühlsäußerungen seine Identität erkennen. Angesichts Gretchens herzzerreißendem Unglück ruft er aus: »O wär' ich nie geboren!« (V. 4596), ein Ausruf, den man im *Urfaust* suchen würde (wo er nicht vorkommt), denn er gibt eine Stimmung wieder, der Goethe am Höhepunkt der Sturm- und Drang-Zeit ausgesetzt war.

Der Wunsch, nie geboren worden zu sein, wenn er grundlegende Bedeutung hat, ist der Ausdruck einer tiefen, ja, unüberbrückbaren Entfremdung zwischen Subjekt und Welt, Zeichen einer permanent wiederkehrenden Depression und ein unüberwindbarer Ballast einer freien Entfaltung schöpferischer Kräfte.

Eine solche Entzweiung ist unfaustisch. Trotz allen Daseinsekels und des einmaligen Wunsches nach Beendigung eines Daseins vor seiner Begegnung mit Mephisto, trotz aller Konflikte vor und nach derselben, besteht zwischen Subjekt und Welt eine zunächst unzerreißbare Verlötung, die sich erst löst, wenn Greisenalter, Blindheit und Illusion Besitz genommen haben. Sein Bedauern, je das Licht der Welt erblickt zu haben, ist bloß eine Reaktion des Augenblicks auf den Anblick unerträglichen Unglücks und der Erkenntnis untilgbarer Schuld.

Faust bleibt aber furchtlos. Er zerbricht nicht an seiner Schuld, weder am Untergang Gretchens, noch an dem von Philemon und Baucis. Merkwürdigerweise wird in der Sekundärliteratur kaum erwähnt, daß Fausts Lebensbereich vor der Begegnung mit Mephisto mit Mord belastet war. Er bezeichnet sich und seinen Vater beim Osterspaziergang als »freche Mörder« (V. 1055) und dies nicht als hypochondrische Grille, sondern als historische, mit schwerer Schuld belastete Wahrheit. Man mag versucht sein, Fausts tragische Anklage zu verharmlosen (Witkowski, 2, S. 204), das Motiv aber, daß ein Vater ein, oft unbestimmt gelassenes, Verbrechen begangen hat oder sich sonst irgendwie schuldig gemacht habe, ist häufig. Schließlich steht ein jedes im christlichen Glauben erwachsendes Kind im Schatten einer Sünde, die ein Urvater begangen hat. Das Besondere im *Faust* ist vielleicht, daß der Sohn sich zu dem Verbrechen des Vaters bekennt. Es dient vielleicht Fausts wildem Bestreben nach Autonomie, daß er selbst das Verbrechen nicht als Eigenbesitz dem Vater läßt, sondern es auch für sich in Anspruch nimmt.

Wie sein berühmter Widerpart, Don Juan, spottet auch Faust über das Leben im Jenseits. Während bei jenem das Sündige Verwegenheit ist, die schwer bestraft wird, ist es bei Faust ein Akt der Furchtlosigkeit, der produktive Folgen hat, und keineswegs den Weg zur Hölle pflastert, den Don Juan, dem der Atheismus noch nicht erlaubt ist, noch zu wandern hat. Da er überzeugt ist, daß nichts in der Welt ihm Befriedigung gewähren kann, ist er ein Tätiger ohne Hoffnung.

Es ist aber nicht ohne Reiz, sich nochmals zu überlegen, daß vom klinischen Standpunkt aus ein Mensch, der Hoffnung aufgegeben hat, einer Melancholie verfallen würde. Faust widerfährt dies keineswegs. Furcht- und Hoffnungslosigkeit erhöhen den Kreis seiner Aktivität. Die Welt wird für ihn vollends zur Provokation. Daß Furcht- und Hoffnungslosigkeit in Faust weder zu Manie noch zu Melancholie führen, erlaubt den Schluß, daß Goethe in dieser literarischen Gestalt tatsächlich einen neuen Menschentypus geschaffen hat, wie oft behauptet wurde.

So kann der große Entwicklungsgang Fausts von der Studierstube zum Vorhof im Palast auf eine kurze Formel gebracht werden. Dort scheinbare, völlige Abkehr von der Welt mit potentieller Bereitschaft zum freiwilligen Ende; alles was seine Umwelt ihm zu bieten hat, wird verworfen. Mit Recht: die Wissenschaft hatte ihm das Kärglichste nur zu bieten, noch war das märchenhafte Glitzern und der Überreichtum der modernen Wissenschaft und Technologie ungeahnt. Der Wissensdurstige mußte zur Magie greifen. Ein liebesentleertes Alter verschloß den Weg zur Zukunft. Es ist also von Goethe nicht das Äquivalent einer Altersdepression an den Anfang des Faustspiels gestellt, sondern ein Mann, der durch die Notdurft seiner Zeit, die Kargheit des ihm gegönnten Lebens und die Realschuld, mit der Vater und Sohn belastet sind, in Verzweiflung getrieben wird.

Am Ende steht aber völlige Bejahung, Harmonie zwischen Individuum und Welt, völlige Freiheit von jeglicher Negation in Gegenwart und Zukunft. Daß diesem Idealzustand Mord und Wahn anhaften, ja, daß er ohne diese niemals zustande gekommen wäre, ist eines der Zeugnisse für Goethes tiefen Pessimismus. Der von mir Goethe unterstellte Pessimismus wird durch den Hinweis auf die Schlußapotheose (Bergschluchten) und Fausts Aufnahme in ein liebendes Jenseits widerlegt werden. Wie früher gesagt, die ekstatische Schönheit der Schlußapotheose ist die große Tröstung, die Goethe dem Leser gewährt. Man findet ein ähnliches Bestreben in der Endszene von Mozarts Don Giovanni und in der Fortinbrasszene am Schluß von Shakespeares *Hamlet*.

Es gibt Stellen, die Goethes Grauen vor dem aufkommenden Maschinenzeitalter deutlich machen und den hier behaupteten Pessimismus bestätigen. Goethe hat aber nie zugelassen, daß dieses Grauen einem seiner Werke die Grundstimmung gibt.

In den zwei Szenen »Nacht · Offen Feld« und »Kerker« am Ende des ersten Teiles ging Goethe bis zum Äußersten einer Dimension des Tragischen. Die sechs Zeilen der Szene »Nacht · Offen Feld« sind sprachliches Wunderwerk.

Der fünfte Akt des zweiten Teiles treibt eine verschiedene Dimension des Tragischen zum Äußersten. Er bewegt sich auf einer anderen Ebene: sprachlich, inhaltlich und symbolisch.

Das Ende des ersten Teiles ist vom Sturm- und Drang-Geist getränkt. Die Meinungen, ob die Prosafassung der Kerkerszene im *Urfaust* oder die endgültige Fassung in Versen die größere dramatische Wirkung hat, sind geteilt. Ich finde die versifizierte Fassung unübertroffen. Daß Sturm und Drang noch zur Zeit seiner klassischen Periode (1808) so nahe der Oberfläche waren, daß er die Prosafassung ohne Verminderung des, sei es den Leser, sei es den Zuhörer, aufwühlenden Sturms, der durch die Szene braust, in Verse umwandeln konnte, bleibt ein Rätsel der Psychologie des Schöpferischen.

Das Ende des ersten Teiles ist persönliches Geschick und Mißgeschick. Trieb und Gesellschaft und Zivilisation geraten oft in Konflikt, und so mag der Gretchentragödie allgemeine, subjektive Bedeutung zukommen, eine Bedeutung zwar, die unserer abtreibungsfreudigen Zeit verloren gegangen ist. Triebkonflikte der Pubertät, Adoleszenz und Spätadoleszenz waren intensiv zu Goethes Zeiten, und Goethe selber ging durch schwere Krisen, ohne welche die Gretchentragödie nicht erschaffen worden wäre. Das Fausts Tod unmittelbar Vorhergehende am Ende des zweiten Teiles geht aber über individuelles Schicksal hinaus.

Was die individuelle Seele an tragischen Verstrickungen zu erdulden hat, ist schon vor Goethe von Shakespeare, dem über alles von ihm Bewunderten, bis zum Äußersten in allen seinen Dimensionen dargestellt worden. In den drei breiten, vorgebildeten Kanälen, in denen sich die hauptsächlichsten Gefühlsbeziehungen des okzidentalen Mannes erschöpfen, als Sohn, Gatte und Vater, gibt es nur Schmerz, Unglück und Mißgeschick. Hamlet ist der ewige Zeuge der unglückseligen Vorausbestimmung, die jedem Sohne konkret oder potentiell anhaftet; Othello erweist die Absurdität der Ehe, in der beide Partner zermalmt werden, und Lear schwelgt mit zwei seiner Töchter in unvergleichlichem wechselseitigem Haßgesang, dem nur das Herz der in Stille liebenden Tochter entgeht. Es sind Extremsituationen, die Shakespeare zur Erläuterung seiner These dienen: selbst ein toter Vater läßt den Sohn nicht zur Ruhe kommen; in der Ehe geraten gegenrassische, ethnisch und klassenmäßig konträre Menschen aneinander, der vergreiste Vater steht drei Töchtern gegenüber, die im Begriffe sind, ihre erotisch-sexuellen Beziehungen zu organisieren.

Die Gestalten ziehen sich gegenseitig an und stoßen sich gleichzeitig ab; die Ambivalenz, wie sie uns gegenübertritt, ist nicht nur die seelische Ambivalenz des einzelnen, sie erscheint beinahe wie eine von außen kommende kosmische Ambivalenz, die jeden zwingt, seinem Schicksal zu erliegen. Ich glaube, bei Spengler über die Beziehung dieser Gestalten zu Michelangelos Sklaven gelesen zu haben, die sich gegen ihre Ketten ebenso vergeblich wehren, wie jene gegen ihre schicksalhaften Leidenschaften. Und doch üben diese tragischen Prachtgestalten einen Zwang auf den Zuschauer aus, der zur Identifizierung mit ihnen führt. Die übersteigerten radikalen Handlungsrahmen dienen nicht der Symbolisierung der Seltenheit der Situation im menschlichen Leben, sondern der Intensität der umfaßten Handlungsimpulse. Hamlet, Othello und Lear stehen am Horizonte der okzidentalen Zivilisation wie drei Flammenzeichen, die Zeugnis ablegen für ein zwangsläufig vorgeschriebenes tragisches Ende: überlebt der Mensch als Sohn, dann bricht er als Gatte zusammen; überlebt er als Gatte, dann verendet er schimpflich an seiner Funktion als Vater.

Im *Faust* ist dies alles essentiell verschieden. Faust ist nicht verheiratet, sein Sohn kommt im Übermut kräftiger Jugend ums Leben, ohne einen nachhaltigen, zumindest sichtbaren Konflikt im Vater zu hinterlassen, und Fausts Vater muß schon lange verstorben sein. Wir wissen von ihm bloß das vorher berichtete Mißgeschick als Arzt, das er mit seinem Sohne teilte. Faust steht also außerhalb der Hamlet-, Othello- und Leartragik, und trotzdem wird er zu einer eminent tragischen Gestalt.

Erst mit Lessing entsteht die Tragödie im bürgerlichen Gewande, aber in der Tragödie, die im feudalen Gewande wandert, spiegeln sich auch die Konflikte von Menschen, die zu anderen Klassen gehören.

Einem Menschen, welcher Klassenzugehörigkeit auch immer, der seinen Vater kannte, ist die Möglichkeit gegeben, Ödipus oder Hamlet in sich zu entdecken. Wem wäre Othello fremd im eigenen Leben? Faust steht aber jenseits des Bürgerlichen. Die Gretchen- und Gelehrtentragödien mögen noch zur Not im bürgerlichen Kreise existenzfähig sein, aber beide füllen nur einen kleinen Raum innerhalb des Gesamtspieles.

Trunz bemerkte treffend, daß alle Personen im Spiel, bis auf Faust, in einem Alltag stehen und leben. Goethe hat ja gerade den Alltag der einzelnen Gesellschaftskreise meisterhaft dargestellt. Man denke an die Handwerker, Bürger, Dienst- und Bürgermädchen, Studenten und Bauern im Osterspaziergang oder Frau Marthes Alltag. Aber auch der Hof mit Kaiser, Generälen und Ministern hat seinen Alltag. Faust ist undenkbar in einem Alltag; es gibt nichts dieser Art für ihn, so wie es für Goethe nur selten einen Alltag gab, und wäre es nur, weil er Arbeit nicht anerkannte, und ihm alles zum schöpferischen Spielen wurde. Dieses allerdings lastete oft schwerer auf ihm als Arbeit. Es ist die Freiheit vom Alltag, die eine der Besonderheiten von Fausts Leben und Tragik ist.

Zwei Briefstellen sind im Zusammenhang der Frage, die ich aufgeworfen habe, relevant. Goethe schrieb an Iken (27. Sept. 1827) über den »geheimeren Sinn«, den er im Faust offenbart habe.[7] Und zu Meyer (20. Juli 1831) wirft er die Frage auf, wann man sein Werk verstehen werde, in welchem der aufmerksame Leser mehr finden werde, als dem Dichter selbst bewußt sei (zitiert nach Trunz[8]), eine dem Psychoanalytiker ungemein wohltuende Briefstelle, ihm wird ja – allerdings gelegentlich mit Recht – vorgeworfen, daß er in literarische Werke allerhand hineingeheimnist, was unmöglich im Werke stehen könne, da es niemals des Dichters Absicht war, ja, ihm niemals bewußt war. In Goethes Brief wird von einem, der es wissen sollte, bezeugt, daß der Ausblick des Dichters auf sein Werk begrenzt ist, wie derjenige der Mutter auf ihr Kind.

Was ist nun das Geheimnis von Goethes Faust? Man mag es in Fausts Persönlichkeit, in seinem psychologischen Bestande suchen. Falls meine Konstruktion stimmt, daß Faust ein Mann ohne Furcht und Hoffnung ist, dann könnte man in ihm den Vorläufer eines Typus Menschen sehen, der sich anscheinend in unserer Zeit allgemein herausbildet. Enttäuscht durch alle politischen Systeme der Gegenwart und Vergangenheit, ohne Glauben an ein Jenseits, bedroht durch die anhaltende Voraussage eines sich nähernden nuklearen Armageddon ist er vornehmlich und vielleicht ausschließlich auf sich bedacht und wird ein Abenteurer der Lust.

Ein anderer Ansatzpunkt wäre die Zerrissenheit Fausts, seine Zweiseelennatur (V. 1112). In Goethes Darstellung nimmt sie eine extreme Form an, aber sie ist nichts für Faust Spezifisches. Das Bild des Menschen als in der tierischen Welt verankert und gleichzeitig zu Gott strebend, seine Zweiteilung in Animalisches und Heiliges, besagt nichts für Faust Typisches, sondern ist ubiquitär. Goethe fügt einen besonderen Aspekt der Zerrissenheit hinzu, den von Begierde und Genuß (»So tauml' ich von Begierde zu Genuß, / Und im Genuß verschmacht' ich nach Begierde« (V. 3249 f.). Wenn unbefriedigt, ersteht das Verlangen nach Befriedigung. Das Befriedigungserlebnis muß aber nicht immer das ergeben, was das Verlangen antizipierte. Im Falle einer Enttäuschung am Befriedigungserlebnis mag das Subjekt nach der vorhergehenden Situation verlangen, als die Begierde auf ihrem Höhepunkt die Befriedigung als höchste Lustmöglichkeit versprach. In dem Konflikt zwischen Begierde und Genuß ergeht es Faust wie einem, der durch die Seligkeit im Jenseits enttäuscht sich nach den Nöten seiner Erdentage zurücksehnt, also einer Zeit, da ihm noch der Glaube an die zukünftigen paradiesischen Freuden Tröstung und Hoffnung gewährte. Die Enttäuschung am körperlichen Genuß wird oft bei sehr produktiven Persönlichkeiten beobachtet, deren Lebensschwerpunkt nicht im Lebensgenuß, sondern im Schöpferischen liegt. Es steckt aber noch ein anderes Problem hinter diesem Konflikt. Nach Trunz werden die Bilder aus Fausts Leben durch »die Sehnsucht nach Entgrenzung« zusammengehalten. Er hätte keinen glücklicheren Ausdruck finden können. Entgrenzung umschließt vieles, was hier nicht im einzelnen angeführt werden soll. Der Zustand der Entgrenzung wird von vielen leidenschaftlich gesucht, von vielen gefürchtet und ist vielen als Möglichkeit bedeutungslos. Die Einstellung zur Entgrenzung ist ein zentrales Problem, und man könnte eine Persönlichkeitstypologie auf die Verschiedenheit innerer Haltungen diesem Prozeß gegenüber aufbauen und entwickeln. Der Mystiker kann sich furchtlos in Erlebnisse der Entgrenzung werfen, da diese ihn mit Gott oder Jesus vereinen, in denen er angstfrei weilen darf. Fausts Entgrenzung würde ihn aber nicht zu Gott oder etwas Religiösem führen, da ihm der Gottesglaube fehlt. Vergeblich durchstreift er den gesamten, dem Menschen zugänglichen Kosmos. Nichts kann ihm die Befreiung vom eigenen Selbst, die in der Entgrenzung erreicht wird, gewähren, es wäre denn der Sinnestaumel, der eine der größten Gefahren – er führt zur Sucht – bedeutet. Genuß, ungestört durch Psychopathologie, stellt auch Entgrenzung her; dies aber wird von Faust gemieden, da er befürchtet, damit den Drang nach weiterem Handeln zu verlieren. Erst im hohen Greisenalter, wenn Tätigkeit dem Organismus zur Gefahr wird, beugt er sich der finalen Entgrenzung in Form einer Illusion über eine Zukunft, in der Jüngere aktiv-tätig sein werden, ohne von den Konflikten, die das Um und Auf seiner Existenz waren, besessen zu sein.

Im Zusammenhang mit Trunz' Bemerkung über die Zentralität der Entgrenzungsproblematik im Faustspiel empfiehlt es sich, daran zu denken, daß Goethe in seinen Jugendjahren auf das Gegenspiel des »Verselbsten« und des »Entselbstigen« hinwies *(Dicht. u. W.* II, 8). Wir seien genötigt, uns zu verselbsten und sollten nicht versäumen, uns in regelmäßigen Impulsen zu entselbstigen. Obwohl psychologisch Interessantes und Überraschendes fast unerschöpflich im Faustspiel fließt, glaube ich nicht, daß es ausreicht, von einer geheimen Botschaft sprechen zu dürfen.

Ich finde eine solche aber in Fausts wahnhafter, illusionärer, Verkennung der Wirklichkeit, sobald ihm die ersehnte Entgrenzung gelingt. Es ist auffallend, wie selten dieser Verkennung in der Sekundärliteratur gedacht und ihr entsprechende Bedeutung beigemessen wird. Die überwiegende Mehrheit der Autoren findet in diesem Ereignis einen glücklichen Ausgang. Faust wird darob gepriesen und die Bergschluchten-Apotheose gerechtfertigt. Dadurch aber ergäbe sich zwingend, daß der Mensch Irrtum, Verkennung und Wahn als Eintrittspreis zum Gefilde der Seligen zu zahlen hat. Es ergibt sich weiterhin, daß, wenn Faust das Klirren der Spaten als das erkannt hätte, was es wirklich war, er jenen berühmten Satz der Entgrenzung nicht gesprochen hätte; er wäre also als sündiger Egoist und Mörder gestorben, und Mephisto hätte seine Wette mit dem Herren gewonnen, und der Triumph der Bergschluchten hätte nicht das Weltspiel beenden können, sondern hätte in den Werken Goethes seinen Platz in der Rubrik »nicht aufgenommene Bruchstücke« gefunden, wenn nicht... Da liegt eben das Problem. Goethe hätte ja Fausts Verlangen nach der Nachricht, »wie sich verlängt der unternommene Graben« (V. 11556) ohne Illusion stillen können. Schließlich stand nichts einem Ende entgegen: Faust, das Spatengeklirr seiner Arbeiter hörend, sagt den erlösenden Satz im Einklang mit der Wirklichkeit. Es wäre keine Gelegenheit für Mephistos hämischen Kommentar über den Endsieg der Destruktion (V. 11595 f.) vorhanden gewesen. Es wäre eine Stufe auf Fausts Gang zur Apotheose gewesen. Eine relative Erhöhung Fausts hätte bereits im Irdischen ihren Anfang genommen in einer Form (die Goethe als ultima ratio nicht fremd war) der Erfüllung durch ein erfolgreiches und tätiges irdisches Wirken. Goethe vermied dies oder irgend etwas ihm Vergleichbares. Faust bleibt der Böse bis zum Schluß. Wie oft war es geschehen, daß Mephisto zum Äußersten schritt, um Fausts Absichten ins Destruktive zu wenden. Wenn Faust also Mephisto den Auftrag gibt: »So geht und schafft sie mir zur Seite!« (V. 11275), ist er an Philemons und Baucis' Tod mitschuldig, wenn er auch dieser Schuld zu entgehen sucht, indem er hinzufügt: »Das schöne Gütchen kennst du ja, / Das ich den Alten ausersah.« (V. 11276 f.). Auch seine drei gewaltigen schiffahrenden Gesellen bringen ihm gewaltige Güter, die aber ein durch »Piraterie« erworbenes Diebesgut sind. Er weist es nicht zurück und macht sich also wieder mitschuldig.

Zu dieser Kette von Untaten, die ja schon mit seinem Vater begonnen hatten und sich in seinem Leben potenzieren, kommt nun das Versagen der Wahrnehmungsfunktion am Ende, die End-täuschung. Im Augenblick der Entgrenzung, als er den idealen Endzustand der Harmonie erreicht, bricht die faustische Welt zusammen. Er hat sich wie alle anderen Menschen einfangen lassen; er gibt die Freiheit und Unabhängigkeit seines Denkens auf und verfällt — wie seine Mitmenschen — einer die Wirklichkeit verfälschenden Illusion. Damit sinkt er zum Mittelmaß, zum Durchschnitt herab und gibt sich wie andere mit Schein, dem Als ob, etwas rein Äußerlichem, zufrieden. In jenen Tagen des rastlosen Jagens und Suchens ließ er sich nicht betrügen. Nachdem Helenas Erscheinung ihn betört hatte, bedrohte die Aussicht auf ein Leben ohne sie seinen Geisteszustand. Chiron, an den er sich um Rat wendet, erkennt seine »verrückten Sinnen« (V. 7484). Da er erklärt: »unter Geistern scheinst du wohl verrückt« (V. 7447), bietet er ihm an, mit Mantos »Wurzelkräften dich von Grund zu heilen« (V. 7458). Faust weist dies Ansinnen schroff mit bezeichnender Argumentation ab: »Geheilt will ich nicht sein, mein Sinn ist mächtig. / Da wär' ich ja wie andre niederträchtig« (V. 7459 f.).

»Niederträchtig« ist im faustschen Sinne der Verzicht, um der eigenen Beruhigung willen, auf einen Teil begehrter Wirklichkeit, als auch sich der Notwendigkeit einer Illusion zu beugen. Es ist wieder dramatische Klimax, wenn Faust nach all dem Ringen gegen Niedertracht sich beugt und ihr die endgültige Entscheidung über sein Schicksal überlassen muß.

Mit Fausts Eintritt in das Reich der Seligen läßt Goethe der Nachwelt ihre Lieblingsphantasie des erhöhten Lebens im Jenseits. In diesseitiger, irdischer Welt, jedenfalls der einzigen, deren Existenz mit Sicherheit gewußt wird, hat Mephisto wieder gewonnen. Das Gute zerrinnt und das Destruktive hat gesiegt. Goethe deutet die hier postulierten Zusammenhänge bloß an; er spricht sie nicht aus, weil es Geheimnis ist. Und doch muß man sagen, daß die von ihm geschaffene Welt, durch die wir unsere eigene Realität so viel besser verstehen lernen, weniger verbirgt, als wir mit unseren blöden Sinnen in der uns umgebenden Wirklichkeit wahrzunehmen vermögen.

Andererseits mag man darauf hinweisen, daß ein genaues Beachten dessen, was Goethe sagt, den Schlüssel zum Geheimnis enthält und ihm dadurch ein Ende bereitet. Sagt doch Faust: »Nach drüben ist die Aussicht uns verrannt, / Tor, wer dorthin die Augen blinzelnd richtet, / Sich über Wolken seinesgleichen dichtet!« (V. 11442—11444). Das ist des Pudels Kern, und in den Bergschluchten hat Goethe »seinesgleichen« gedichtet, was der Leser gerne vergißt, aber wessen Goethe sich wohl bewußt war. Goethe hat auch die Sekundärliteratur erfolgreich in die Irre geführt. Emrich sieht in Fausts Blindheit »tiefste beglückende Gnade, [...] die gerade das Besorgtsein um die Totalität des Daseins zu verleihen vermag.«[9] Was macht es aus, wenn diese Besorgtheit in Illusion und Destruktion endet, solange die Wunschphantasien des Idealisten nicht gestört werden?

In der Wahl eines Schlusses auf Erden, der an Pessimismus nicht überboten werden kann und leicht hätte vermieden werden können, verneint Goethe, daß die Menschheit ihr Schicksal in Händen hält, ja überhaupt Einfluß auf die Richtung ihrer Zukunft nehmen kann. Wissen und — anscheinend — rationale Handlung sichern nicht eine rationale Ereignisfolge. Die ehernen und unbarmherzigen Gesetze der Wirklichkeit, denen sich auch Faust beugen muß, stehen in diametralem Gegegensatz zu den Bergschluchten im Jenseits, wo es jedermann freisteht, Verzeihung und liebevollen Empfang zu antizipieren. Dort aber wird die Stimme Fausts oder seines Äquivalentes nicht mehr vernommen werden, im Gegensatz zu Gretchen, die an ein christliches Jenseits glaubte und vielleicht deshalb uns als dort weilend leibhaftig vorgeführt wird, als ob die Verwirklichung »der Dichtung des Seinesgleichen über den Wolken« angedeutet werden sollte.

Woher stammt Goethes Pessimismus, was das Leben auf der Erde betrifft? Dieses hat Goethe arg mitgespielt und ihm einiges angetan. Lange Lebensstrecken waren leidvoll: die über alles geliebte Schwester starb, gerade als, vom Schicksal begünstigt, sein stellarer Aufstieg begann; als Kind verlor er Geschwister, erlebte Totgeburten, sein Vater wurde dement, seine Mutter wurde entmündigt, seine Kinder kamen tot zur Welt oder starben früh, bis auf einen Sohn, der im reifen Alter ferne der Heimat endete, in fremder Erde begraben, in demselben Friedhof, in dem zu ruhen sein Vater sich Jahre vorher, als er in Italien weilte, gewünscht hatte, Tod einer um sechzehn Jahre jüngeren Gattin, dreiundzwanzig Jahre vor seinem eigenen. Zu diesen durch des Lebens Wirklichkeit verursachten Leiden kamen noch die unmäßigen, die wie bei allen Genialen auch in Goethe durch den schöpferischen Prozeß ausgelöst wurden. Aber alle Leidensstationen, deren Zahl in Goethes Leben so groß war, erklären nicht die erdrückende Schaurigkeit, mit der Faust seine Erdentage beschließt. Der versteckte, tiefe Pessimismus Goethes geht über den persönlichen Rahmen seiner bürgerlichen und schöpferischen Existenz hinaus.

Andere haben Weltuntergangsphantasien in ihrem Werke verwirklicht, Richard Wagner ist einer von ihnen. Die Götterdämmerung verkündet es laut und heftig für jeden, der bereit ist, es zu hören. Die Philosophie der Götterdämmerung ist kein Fremdkörper in seinem Werk.

Nur ein Werk von Goethe ist ein Bekenntnis zum Pessimismus. *Die Leiden des jungen Werther* zählen zu den großen Dokumentationen eines totalen Weltpessimismus. Der Werther-Pessimismus hat aber eine andere Valenz als die Totalabsage am Schlusse von *Faust.* Er steht phasengerecht an einer kritischen Stelle männlicher Entwicklung. Im Werther-Pessimismus ist die Welt von einem bestimmten Punkte aus gesehen und von einem übersensitiven Organ erlebt; es ist kein allgemein gültiger Pessimismus, der von der ganzen Menschheit in allen Phasen ihrer Geschichte anerkannt werden müßte.

In verkleideter und verniedlichter Form erscheint Goethes Pessimismus in *Reineke Fuchs.* Da er sich an Gottscheds Prosaübersetzung des niederdeutschen Epos hielt, gelang es Goethe, die Welt von der Harmlosigkeit der Dichtung zu überzeugen. Dadurch schützte er sie vor einer tieferen psychologisch-biographischen Deutung. Man kann sich meistens aufs Sprachliche verlassen. Die Sprache im *Reineke Fuchs* strömt aus Goethes tiefstem Herzen, weswegen man annehmen darf, daß *Reineke Fuchs* einen Aspekt der Goetheschen Weltansicht enthält. Er konnte es dort frei und überzeugend und ohne alle Hemmung sagen, da er im Gewande eines Dichters, der das Epos vor ihm ersonnen hatte, auftrat. Das Epos ist gefüllt mit Mord, Kastration, Betrug und krassen Sadismus. Es ist im Wesen ein Entsetzensschrei über die heimtückische, grausame Welt, in der der Mörder und Lügner zu Ehren kommt. In *Reineke Fuchs* mag man einen Genossen Mephistos erkennen. Er ist durch seine tierische Natur auf das Eindimensionale vereinfacht und daher einer, der stets das Böse will und stets das Böse schafft.

Ich vermute, daß es sich im Vorbewußten um eine Rechtfertigung der Französischen Revolution handelte. Das absolute Königtum wird als seichte, unfähige und selbstsüchtige habgierige Institution entlarvt. Ich vermute weiters ein schlechtes Gewissen bei Goethe, denn *Hermann und Dorothea* ist der Widerpart von *Reineke Fuchs.* Dort wird die Französische Revolution angeklagt. Innigkeit, Tugend und Liebe sind die unerschütterlichen Pfeiler bürgerlicher Solidarität. *Reineke Fuchs* fängt verführerisch mit »Pfingsten, das liebliche Fest, war gekommen« und fünf Versen prachtvollster Naturlyrik an, so recht im Gegensatz zum trüben Anfang von *Hermann und Dorothea*: »Hab' ich den Markt und die Straßen doch nie so einsam gesehen!«, das in voller Lebensbejahung endet. *Hermann und Dorothea* wird aber als eine Art Nationalepos integriert und erwirbt volle Bewunderung, während *Reineke Fuchs* abseits steht. *Hermann und Dorothea* hat seine Funktion als Antidot gegen Reineke aufs glänzendste bewährt, wie es auch der Bergschluchtenszene als Antidot gegen die vernichtende Botschaft, allerdings am Ende Fausts, in wenige Zeilen gedrängt, gelingt.

Ein unscheinbarer Irrtum eines hundertjährigen, blinden Greises, eine falsche Deutung, ganz verständlich, da Faust gerade den Befehl zur Spatenarbeit gegeben hatte. Goethe eilt schnell davon zum Kampfe Mephistos mit den Engeln und zu den Bergschluchten; er versucht, den Leser durch katholisch-religiöse Erhebung schnell das Gräßliche des jüngst Vorgefallenen vergessen zu machen, und es gelingt ihm fürtrefflich. Die vernichtende Botschaft hängt an einem Faden, und nur wenige merkten sie. Sie blieb Geheimnis. Dieser Pessimismus scheint in Goethes Alterslyrik nicht auf. Dort heißt es: »Denn edlen Seelen vorzufühlen / Ist wünschenswertester Beruf.« (*Vermächtnis,* 1829, Schlußverse), also radikalste Verneinung der Tragik von Fausts letztem Lebensaugenblick.

In der Täuschung Fausts am Ende ist eine Riesenbotschaft enthalten. Einmal wahrgenommen in ihrer wahren Bedeutung, gewinnt sie rückwirkende Kraft und gibt der Fausttragödie ein neues Timbre.

Faust, am Ende, wird ein Symbol der Menschheit. Er ist dort nicht, wie der Held sonst in der Tragödie, ein König oder Bürger, ein Held, der die Götter herausfordert, ein Wesen, das sich mit Schuld beladen hat, und nun Strafe ertragen muß. Sonderbar genug, er erzwingt sich Eintritt ins Paradies durch eine Fehlleistung. Hätte er sich nicht geirrt, er wäre zur Hölle gefahren, als ob der Mensch, solange er Mut und Kraft genug besitzt, dem unverfälschten Bilde der Wirklichkeit zu trotzen, zu schweren Strafen verurteilt wäre. Es sind Paradoxien, mit denen das Spiel schließt, unvergleichlich mit der Bedingung anderer Tragödien. Die Dämonie verdeckt Goethes dämonische Prophetie. Es handelt sich hier nicht um dichterische Phantasie, künstlerische Floskel und dramatische Geste zum Zwecke ästhetischer Spannungserhöhung, Goethe hat im letzten Augenblick seines Lebenswerkes etwas Tiefes, die ganze Menschheit Betreffendes übermittelt, wir wissen nicht, wann und wo er diese Wahrheit erlauscht hat. Es ist die Voraussage der Dämonie, mit der die Menschheit ihrem Untergang entgegeneilt, wie es gegenwärtig Ereignis wird.

Wie Faust im Augenblicke vermeintlichen Triumphes und existentiellen Höhepunktes verkennt, daß er im Grabe steht und sein großes Werk der Zerstörung überlassen muß, da er des Sesam-öffne-dich habhaft wurde, mit dessen Kenntnis er Masse in Energie zu verwandeln vermag, Herrschaft über unerhörte Quellen unerhörter Kräfte gewann, die die Kraft der Trompeten Jerichos bei weitem überstiegen, Macht erwarb, Meere, wie Faust es erträumte, in blühende Landschaften zu verwandeln, in diesem Augenblicke verkannte er wie Faust, daß die Höhle Sesams sein Grab ist und die Dämonie seiner Evolution und Geschichte ihn zwingen werden, die Schätze Sesams zur Vernichtung allen Lebens auf Erden zu verwenden. Diese düstere Prophetie ist nur ein Einzelfall, der in Mephistos Exposition einer universalen Weltschau eingebaut werden muß. Ehe Mephisto wieder als Akteur in den wirbelnden Gang einer Handlung, die verpflichtet ist, ihn als Verlierer, als Toren zu entlassen (»So ist fürwahr die Torheit nicht gering, / Die seiner sich am Schluß bemächtigt.« V. 11842 f.), einbezogen wird, spricht unmittelbar nach Fausts Tod noch einmal, zum letzten Male, der Philosoph in ihm seinen kritischen Kommentar zur kosmisch-göttlichen Gesetzlichkeit.

Noch ist er der Stärkere (»der Greis hier liegt im Sand«, V. 11592) und er macht sich über Faust weidlich lustig, da er »Den letzten, schlechten, leeren Augenblick« (V. 11589) festzuhalten wünschte.

Mephistos »Es ist vollbracht«, mit dem er fortfährt, hat, da doppelsinnig, Anlaß zu gegensätzlichen Deutungen gegeben: es mag heißen, daß nun seine Arbeit beendet ist, oder daß Fausts Lebenstage zu Ende gegangen sind. Wenn man nicht mit Emrich der Illusion verfällt, dem »Es ist vollbracht« einen eschatologischen Sinn zu unterschieben,[10] was unangemessen erscheint, da es vom Teufel gesprochen wird – Witkowski findet darin, meiner Ansicht nach mit Recht, eine Parodie des Christuswortes[11] – dann wird es zum Höhepunkt des Hohnes und Zynismus, denn es deutet nichts weniger an, als daß Faust derselben Illusion wie Christus verfallen ist, der im Irrtum eine Mission vollbracht zu haben unwissend war, daß sein Werk, ebenso wie das Fausts, der Zerstörung verfällt.

Was immer die richtige Deutung des an dieser Stelle stehenden Christuswortes ist, Mephisto wird vom Chor in einer erschreckenden Art korrigiert: »Es ist vorbei« (V. 11594), heißt es, und nicht »vollbracht«. Um die bedeutungsschwangere Gegensätzlichkeit von »vollbracht« und »vorbei« beginnen nun Mephistos Gedanken zu kreisen: »Vorbei! ein dummes Wort / Warum vorbei?« (V. 11595 f.), »Vollbracht«, ob Illusion oder wahre, historische Wirklichkeit, gibt dem Augenblick seine Bedeutung; »vorbei« macht die Zeit zum Aggregate gleichwertiger Augenblicke, zu Uhrzeigersekunden, die sich jagen, ohne je einen Schlußpunkt zu finden, also Newtonsche Zeit, während »vollbracht« nur durch die historische Struktur eines Hintergrundes existenzfähig und bedeutungsvoll wird.

»Die Uhr steht still — Steht still! Sie schweigt wie Mitternacht. Der Zeiger fällt« (V. 11593), diese prachtvoll gewaltigen Metaphern, wie Säulen, auf denen das ganze menschliche Schicksal ruht, haben keinen Platz in der Zeit Newtons, wo es keine stillstehenden Uhren und fallenden Zeiger geben kann. Mit seinem Einspruch gegen das »Vorbei« mag es scheinen, als ob Mephisto für den Menschen Partei ergriff, als ob dem Menschen wenigstens diese Illusion bewahrt bleiben solle, denn ohne sie, bei konstanter Bewußtheit der Zeit als ein fortwährendes Vorbei, könnte er ja das Leben kaum ertragen. Rilkes »Jeder Augenblick ist ein Abschied« bringt ihn ja an den Rand eines Abgrundes. »Vorbei« bedeutet, wie Mephisto mit Recht sagt, »Reines Nicht, vollkommnes Einerlei« (V. 11597). Er spricht hier im eigenen Interesse, denn in einer illusionsfreien Welt findet nicht nur Gott sein Ende; auch der Teufel hat dort nichts mehr zu suchen.

In der Dreieckswelt, die durch Gott, Mensch, Teufel gebildet wird, bedingen sich die Faktoren gegenseitig, und mit dem Ausfall eines von ihnen verschwinden die zwei anderen. Sollte sich Mephisto gegen das vollkommene Einerlei an dieser Stelle stemmen?

Die Möglichkeit des vollkommenen Einerlei führt ihn zur fatalen Frage: »Was soll uns denn das ew'ge Schaffen?« In der Tat, die Frage ist berechtigt: Das Geschaffene erweist sich nie als beständig, denn der Teufel erfüllt getreulich seine Mission »Geschaffenes zu nichts hinwegzuraffen!« (V. 11599). Hinweggerafft ist es aber »vorbei«. Mephisto fügt hinzu: »Was ist daran zu lesen?« und findet die Antwort: »Es ist so gut, als wär's nicht gewesen« (V. 11600 f.).

Damals, als er sich bei Faust einführte, hieß es: »Denn alles, was entsteht. / Ist wert, daß es zugrunde geht; / Drum besser wär's, daß nichts enstünde« (V. 1339—1341). Dies ist wesentlich anders wie die Schlußeinsicht, in der das Entraffte mit Nicht-Existenz identifiziert wird. Die einleitenden Worte Mephistos im Studierzimmer laufen darauf hinaus, daß der Tod absurd ist und das Leben als solches in Frage stellt; also was nicht potentiell für immer bestehen kann, hätte nicht geboren werden sollen, damit vergessend, daß nur der Tod das Leben möglich macht, denn alles, was unsterblich ist (also nicht sterben will oder kann), ist lebloses Aggregat, aus Atomen und Molekülen bestehend. Der Tod ist aber nicht identisch mit endgültiger Vernichtung; der Tod beendet nicht das Existentielle als solches. Denn auch das, was stirbt, mag Folgen haben, ja, hat immer Folgen, mag in etwas weiterleben, den Glanz gewesener Schönheit zurückstrahlen.

Jetzt aber, nachdem Mephisto mit Faust zusammen durch Fausts Leben gewandert ist, ist die Endschlußfolgerung eine viel radikalere geworden: denn etwas, was nach seinem Abgang die Welt verläßt, als hätte es nie existiert, *hat* nie existiert. Es ist für immer unwiederbringlich verloren; ja, man darf mit Recht dann sagen, daß es niemals Existenz besessen hatte.

Und doch existiert immer etwas. Es ist aber Scheinexistenz »Und treibt sich doch im Kreis, als wenn es wäre« (V. 11602). Ohne Unterlaß geschaffen und zerstört werden ist wie eine Katze, die sich vergebens im Kreise dreht, um in ihren eigenen Schwanz zu beißen. Es ist fortwährende Scheinbewegung, die die statische Unbeweglichkeit im Fundament, die potentielle Friedhofsstille aller menschlichen Existenz, verdecken soll. Mephistos abschließendes: »Ich liebte mir dafür das Ewig-Leere« (V. 11603), ist vollendeter Hohn auf Gott und Mensch. Die Menschen sprechen, handeln und fühlen, als ob diese Scheinwelt Wirklichkeit wäre; selbst der sinnentleerten Newtonschen Zeit verleihen sie die Illusion eines Ablaufs, einer Richtung und Bewegung. Und Gott? Indem Mephisto dem »Ewig-Leeren« — 500 Verse später schließt das Spiel mit dem »Ewig-Weiblichen« — den Vorzug gibt, erhebt er sich über Gottes schlechte Werkmeisterschaft.

Er sieht dem Herrn in die Karten und weiß, daß dieser keinen Trumpf in der Hand hält und daher auch keinen ausspielen kann, weswegen er unvermögend ist, dem Menschen zu helfen; ja, dem Menschen ist überhaupt nicht zu helfen. Die inferiore Qualität von Gottes Werk wird bestätigt und betont, wenn unmittelbar nach Mephistos Preis des Ewig-Leeren die Grablegung mit der vernichtenden Frage anhebt: »Wer hat das Haus so schlecht gebaut?« (V. 11604) Es ist eine rhetorische Frage, denn jeder weiß, wer der schlechte Baumeister ist. Das »Ewig-Leere« Mephistos gegen Gottes ewiges Verpfuschen alles Irdischen, sein ewiges Versagen und Enttäuschen, wenn er versucht, dem Menschen etwas Gutes zu erweisen und in Wirklichkeit damit nur ihre Qualen vermehrt; Mephistos Vorzug des Ewig-Leeren sagt, daß er vom Anfang an, schon in jenen verhängnisvollen 6 Tagen, da Gott die Welt erschuf, der Kreatur das unermeßbare Ausmaß an Leiden, das auf sie wartete, ersparen wollte. Der Mensch, so deutet Mephisto an, wäre damals nie erschaffen worden, wenn der Teufel etwas zu sagen gehabt hätte; Gott aber setzt seinen verhängnisvollen, unerwünschten Schaffensdrang fort. Aber selbst dieser wird einmal, wie alles andere auch, versiegen. Wenn der letzten verendenden Kreatur der letzte Leidensschrei sich entrungen hat, der Mensch verlöscht, und die Welt jenseits des verhängnisvollen Gut und Böse, ohne Zwietracht in sich selbst versunken ist, dann ist Mephistos Wunsch nach dem Ewig-Leeren erfüllt; der Zeiger, der ewig hätte stille stehen sollen, ist endlich für immer endgültig gefallen. Um Haaresbreite steht Goethe davor, im Menschen den Schandfleck der Schöpfung, den schrillen Mißton im Wettgesang der Brudersphären zu erkennen. Man kann aber aus den 6 oder 7 Versen, in denen Mephisto seine Reaktion auf den Typus von Tod, den Faust stirbt und sterben muß, ganz anderes herauslesen als Hohn und Zynismus, die sie sicher an der Oberfläche bedeuten. Versteckt darin, auf abstrakter Ebene, enthalten sie Grundpfeiler einer wahrhaft satanischen Satansphilosophie. Die Welt wird zu einer liebes- und haßentleerten, in der es keine Qualitäten, keine Anziehung und Abstoßung gibt. Entwicklung, Bewegung, Zielstrebigkeit, Gegenständlichkeit, oder wie alle Grundpfeiler des seelischen Substrates heißen, verschwinden. Das Besondere in Mephistos Abstraktion des schließlich allein existierenden Ewig-Leeren ist das Fehlen eines destruierenden Elementes, und was dem Teufel sonst als Böses unterschoben wird, soll jetzt aus Liebe zu Gott und den Menschen und aus Mitleid mit beiden zustande kommen. Die Liebe wird durch die Eliminierung des Schmerzes verleugnet. Gott wird vom Leiden ewigen Gebärens und der Mensch vom Erleiden ewigen Schmerzes befreit. Klingt dies wie östliche Weltflucht? Goethe war in allen historischen Epochen des Abendlandes tief verankert. Im *Faust* erlebt man seinen Sinn für das Heroische, Schöne und Grausame der Antike, für die Askese, die Magie und Grausamkeit des Mittelalters, für den Humanismus und Prinzenstaat der Renaissance, aber auch für die neuzeitliche Wissenschaft und Technologie; die antike Landschaft mit ihren Tempeln ist ihm ebenso nahe wie die engen Gäßchen der mittelalterlichen Stadt und die Weite barocker Paläste, und er ist Helenas wie auch Marias Barde. Trotz seiner unersättlichen Freude an vergangener und gegenwärtiger Sinnenwelt, seiner Bejahung des Menschlichen in allen seinen Gestalten, mag er doch im tiefsten Grunde seiner Seele auch den Aberwitz alles Menschlichen erkannt haben. Daß das Wissen um das Sinnlose alles Existierenden, sinnlos, da es verurteilt ist, nie existiert zu haben, daß das Wissen um all dieses Entsetzliche ihn nicht an der Bejahung und dem Genuß der Welt behinderte, dies mag eines der Zeichen seiner Außerordentlichkeit gewesen sein.

Eine blasphemische Absage an Gott, wie Mephisto sie äußert, mußte damals noch dem Teufel in den Mund gelegt werden. Jahrzehnte später wird es heißen: »Gott ist tot« und noch später »Gott leidet an progressiver Paralyse«. Solche rohen Worte wären dem klassischen Goethe nie entfahren, aber eine schlimme Botschaft schwebt in den Zeilen, deren Bedeutung ich zu erraten versucht habe.

Mit dem Sprunge von der Minderwertigkeit alles Geschaffenen, die er am Anfang im Studierzimmer betonte, zur Nichtexistenz alles Geschaffenen, mit der er schließt, hat Mephisto eine Entwicklung durchgemacht. Prinzipiell ist nicht einzusehen, warum nicht auch der Teufel wie Gott, der von Jehova zum Christus Gott wurde, sich entwickeln sollte. In der Fausttragödie handelt es sich um eine subtile, kaum bemerkbare Änderung in seinem Wesen.

Sicher, Mephisto war der Führer Fausts gewesen, und Faust verdankt ihm mehr als je ein Mensch jemandem zu danken hatte, aber auch Mephisto hatte Faust etwas zu verdanken. Er hatte niemals vorher die Gelegenheit gehabt, einen Menschen für so lange Zeit und mit solcher Intensität und Subtilität zu studieren. Man gewinnt den Eindruck, daß er am Ende doch einen größeren Respekt vor dem Menschen hat als am Anfang. Vom Menschen hier zu sprechen, ist zu allgemein, denn vor Frauen hat er keinen Respekt. Ob es Marthe Schwerdtlein ist oder eine Margarete oder eine Helena, das Weibliche ist für ihn immer leichte Ware, Anlaß zu Spielen, Intrige, Betrug und schließlich Vernichtung, wenn nötig. Mit Faust ist es ganz anders. Man mag sogar sagen, daß Faust im Ringen mit Mephisto sich weniger anstrengen muß als Mephisto in seinen Versuchen, Faust zu Fall zu bringen. Trotz allen Protests mag Mephisto doch eine dunkle Ahnung haben, daß ihm seine Arbeit nicht ganz so gelungen ist, wie es hätte sein sollen. Die Widerstandsfähigkeit Fausts gegen die Verführungen Mephistos ist ja wirklich imponierend, und bis zum Schluß bleibt Fausts herrische Schroffheit vorherrschend. Daß das am Schlusse von Mephisto entwickelte Mitleid mit dem Kreatürlichen auch Mitleid mit Faust einschließt, offenbart sich in Mephistos Fehlhandlung, wenn seine homosexuelle Erregung ihn dazu bringt, auf einen Augenblick Faust zu vergessen. Die unbewußte Absicht einer Fehlleistung wird, nach Freud, oft an ihrer Wirkung erkannt. In diesem Falle ermöglicht Mephistos Fehlleistung Fausts Eintritt in den Himmel und seine Rettung vor der Hölle. Der Analytiker würde sagen, Mephistos unbewußtes Mitleid mit Faust, also letztlich seine homosexuelle Bindung an Faust, verursachen eine Fehlhandlung, die die bewußte Absicht, sein Opfer zu verderben, zunichte macht und anstatt dessen ihm die Paradiesespforten öffnet. Die zwei hier Mephisto zugeschriebenen Absichten, wenn sie auch unbewußt sind — die kreatürliche Welt schmerzfrei zu gestalten und Faust vor Bestrafung zu retten — mögen den Anschein geben, als ob das Satanische in etwas Heiliges, ja Heilandsartiges, umgedeutet werden sollte, was sicher Goethe ganz ferne lag. Es lohnt aber die Mühe nachzusehen, wie Goethe schon in jüngeren Jahren über Luzifer dachte. Im 8. Buch des II. Teiles seiner dichterischen Selbstbiographie berichtet Goethe ein religiös-philosophisches System, dem er als junger Mann in den nachleipziger Jahren, ehe er nach Straßburg ging, anhing. Er hatte sich das Bild einer dreieinigen Gottheit geschaffen, deren »Produktionsbetrieb« immer weiter fortschritt, wodurch ein Viertes entstand, das einen Widerspruch enthielt. Dies »war nun Luzifer, welchem von nun an die ganze Schöpfungskraft übertragen war, und von dem alles übrige Sein ausgehen sollte.« Luzifer schuf sämtliche Engel, durch so viel »Glorie« verführt, glaubte er seinen Ursprung in sich selbst zu finden, »aus diesem ersten Undank« entsprang alles von Gott Abweichende, was schließlich zur Schaffung der Materie führte.[12]

In diesem frühen Mythos findet man Mephisto im Mittelpunkt irdischer Schöpfungsprozesse, eine Stellung, die vielleicht als Glied einer Entwicklung angesehen werden darf, die schließlich zu der hier ihm zugeschriebenen Funktion geführt hat.

Es scheint mir, daß im Laufe der Faustschöpfung das mythische Bild Mephistos sich änderte. Er wurde autonom und begann, eine eigene Entwicklung zu nehmen. Es mag paradox klingen, wenn ich andeute, daß eine erschaffene Gestalt Autonomie von ihrem Urheber erlangt — Goethe soll bei Mignons Tode in Tränen ausgebrochen sein, was die Autonomie erschaffener Gestalten erweisen würde — und auf ihn in einer Art zurückwirkt, die er nicht vorausgesehen, und in manchen Fällen sogar vielleicht gar nicht erwünscht hatte. Es wäre nicht das erste Mal, daß ein Vater im Kontakt mit seinem Sohne in gefährliche Bedrängnis gerät. Etwas dieser Art scheint mir mit Mephisto und Goethe geschehen zu sein. Mephisto ist schließlich seinem Urheber entwachsen. Im Ende siegt Mephisto über Gott und Faust, wenn auch das Publikum dies nicht erfahren darf. Hat Goethe es gewußt? Das frühe Glaubensbekenntnis seiner Jugend mag der Grundstock gewesen sein, aus dem die Riesengestalt aus Goethes Alterszeit, wie sie uns im Vorhof entgegentritt, emporwuchs. Man mag einwenden, daß ich diesen 6 Verszeilen eine zu große Bedeutung beimesse. Wenn man aber dieselben mit Fausts Ende, seinem Wahn, seinem Irrtum, der Zerbrechlichkeit seines Werkes zusammenhält und sieht, wie beide ineinanderpassen, und die historische Realität der Gegenwart: die Entartung der Technologie und der unbändigbare Zwang zur blinden Selbstzerstörung anerkennt, so wächst Goethes Faustepos zur makabren Prophetie.

Der Überlieferung zufolge war Goethe in den letzten Jahrzehnten seines Lebens der abgeklärte, gelassene Olympier. Er scheint nichts dagegen gehabt zu haben, als solcher zu erscheinen. Wenn dies Maske war und hinter dem Olympier der schwarze Magier und Prophet sich versteckte, so würde dies seine Größe nicht vermindern.

Anmerkungen

Teil II D

1. Kapitel
Unmittelbare Folgen

1 10, S. 550. Der Brief ist in der ursprünglichen Veröffentlichung (540) auf den 30. März 1782 datiert. Dieses Datum ist offensichtlich falsch, da Goethes Vater am 25. Mai starb. Willy Andreas gibt den 30. Mai als Datum an. Es wäre sehr wichtig, das korrekte Datum dieses Briefes zu sichern, weil es zur Beantwortung der Frage beitragen könnte, wann Goethe von dem Verlust erfuhr.

2 An Lavater am 20. August 1781; 340, 1, S. 103.

3 Prof. Carl Schreiber glaubt, daß diese Barriere sich auf Stolz gründete, wie er mir freundlicherweise in einem persönlichen Gespräch darlegte. Davon abgesehen empfinde ich, wie enorm groß der Konflikt in dieser Situation sein muß, daß Goethe unfähig war, ihn direkt anzugehen. Aber sein Schweigen in seinen Aufzeichnungen läßt noch die Frage offen, ob er mit Charlotte von Stein über das Thema sprach.

4 Hervorhebung von Goethe. WA IV, 5, S. 305.

5 Vgl. Freuds Analyse von Leonardos Fehlleistung, die er in dessen Tagebucheintragung fand, die den Tod des Vaters betraf (170, S. 190–192).

6 Leider war die ursprüngliche Fassung des Romans verloren bis zur Wiederentdeckung im Jahre 1910. Inzwischen hatte die endgültige Fassung unter dem Titel *Wilhelm Meisters Lehrjahre* die Welt erobert, und die ursprüngliche Fassung hat niemals die Aufmerksamkeit gefunden, die sie verdient.

7 Vgl. Freuds Ausführungen über Leonardo da Vincis Tagebuch (170).

8 Vgl. Bernfelds eindringliche Studie über Tagebücher von Jugendlichen (26).

9 Bisher war es nur viermal vorgekommen, daß Goethe mit Schnauss allein den Staatsrat bildete. Eine dieser Sitzungen (im August 1780) wurde im Tagebuch notiert, was zu belegen scheint, daß dies für Goethe ein bedeutendes Ereignis war.

10 WA III, 1, S. 141.

11 Vgl. 170, S. 172, Fußnote, wo Freud die Vermutung äußert, daß Leonardo sich zu seinem Tagebuch verhielt wie jemand, der einer anderen Person seine tägliche Beichte ablegt.

12 Vgl. Gottfried Kellers Bemerkung, »ein Mann ohne Tagebuch [...] ist, was ein Weib ohne Spiegel«, zitiert nach Bernfeld, 26, S. 36.

13 Das Tagebuch kann oberflächlich mit einer anderen Art des Widerstands verglichen wer-

den, nämlich mit dem Verfahren mancher Patienten, ihre Träume aufzuschreiben. Vgl. 174, S. 356 f.; 1.

14 WA IV, 5, S. 351.

15 Zu den biographischen Einzelheiten vgl. 261, 2, S. 705—734. Wenn ich im folgenden vom *Wilhelm Meister* spreche, ist immer, falls nicht ausdrücklich anders angezeigt, die frühe Fassung *Wilhelm Meisters theatralische Sendung* gemeint, nicht die Endfassung *Wilhelm Meisters Lehrjahre.*

16 WA IV, 5, S. 352.

17 Vgl. das 6. Kapitel über »Sünden- und Tugendregister« in Tagebüchern (26, S. 55—63).

18 Eine abweichende Auffassung der von mir hier vorgestellten Ansicht vertritt Ponsonby, 427, S. 2.

19 In beiden Fällen sind die Assoziationen natürlich nicht wirklich frei, und nur unter außergewöhnlichen Umständen gelingt es jemandem, die Forderung der psychoanalytischen Grundregel zu erfüllen. Vgl. 153, S. 13.

20 Es scheint, daß Allport sich gegen eine einfache Erklärung wendet. Vgl. 8, S. 95—110.

21 Die folgende klinische Beobachtung, die ich nach Fertigstellung dieser Passage bei einer schizophrenen Frau machte, kann zu einer teilweisen Korrektur meiner früheren Ansicht der psychischen Funktion von Goethes Schreiben des *Wilhelm Meister* führen. Die Patientin hatte ihren Vater nach einer langwierigen Krankheit verloren, ohne Trauer darüber zu empfinden. Ein halbes Jahr später geriet sie in einen Schizophrenieschub mittlerer Schwere, der in eine lange Phase von Tagträumen überging, in denen sie weite Teile ihrer Vergangenheit rekapitulierte. Diese erinnerten Zeiträume der Vergangenheit wurden nicht den Tatsachen entsprechend wahr imaginiert; viele Einzelheiten wurden verwechselt mit aktuellen Wünschen der Tagtraumzeit. Sie vermied jedes Tagträumen über den Tod ihres Vaters. Ich betrachte diese Art des strikt der Vergangenheit zugewandten Tagträumens als mißlungene Trauer, da das Trauern an sich für die Patientin zu schmerzhaft gewesen wäre und daher durch die Beschäftigung mit ihrer eigenen Vergangenheit ersetzt werden mußte. Die Unterschiede und Ähnlichkeiten dieses Vorgangs mit der Trauerarbeit sind leicht zu bestimmen, und der Bezug dieser klinischen Beobachtung zu Goethes Konzentration auf den *Wilhelm Meister* ist offensichtlich.

22 Vgl. oben S. 310 zu Goethes Bemerkung über die Lebhaftigkeit der Kindheitserinnerung, als er die erste Fassung schrieb, im Vergleich mit späteren Schreibphasen, als er an der Endfassung arbeitete.

23 WA IV, 6, S. 56.

24 Ohne die weitreichende Frage, inwieweit das Überich die Realitätsprüfung durchsetzt, diskutieren zu wollen (vgl. 413, S. 175), erinnere ich an seine doppelte Funktion beim Trauern: (1) Die Forderung, die Liebe und Zuneigung für die verstorbene Person nicht aufzugeben, (2) das Verbot, in der angenehmen Illusion zu verharren, daß die verstorbene Person noch lebt.

2. Kapitel
Probleme der frühen Kindheit im 1. Buch
Wilhelm Meisters theatralische Sendung

1 WA I, 51, S. 11.

2 WA I, 51, S. 11 f. Ein Teil dieses Abschnitts ist schon früher zitiert worden; vgl. oben S. 317 f.

3 WA I, 26, S. 54.

4 Das bleibt natürlich nur dann wahr, wenn wir annehmen können, daß dieser Teil nach dem Tod seines Vaters geschrieben wurde. Siehe oben, S. 808.

5 11, 2, S. 181. [Weitere Ausführungen zu Goethes Elternhaus in 124a.]

6 Vgl. auch die Passage in *Dichtung und Wahrheit,* 6. Buch, wo Goethe seine Mutter als Kind beschreibt, das nur im Verlauf der Entwicklung ihrer Kinder mit erwachsen wurde (WA, I, 27, S. 21).

7 WA IV, 5, S. 180 f.

8 Verschaffte Goethe dem, was in der frühen Fassung als Kindheitswunsch beschrieben ist, in *Dichtung und Wahrheit* anschaulichen Ausdruck, als er dort den (gleich zitierten) Vorfall erzählt, wie der Vater in furchterregender Weise verkleidet erschien, während Goethe im Gegensatz dazu die Freundlichkeit der Mutter herausstreicht?

9 WA I, 51, S. 12.

10 In die Erzählung der charakteristischen Kindheitskonstellation ist das Muster von Rationalisierung und Abwehr miteingewoben, so wie es auf der klinischen Ebene in der Analyse neurotischer Patienten geschieht.

11 Ich habe »das Ahnungsvolle« mit »restlessness« übersetzt, aber das deutsche Wort umfaßt mehr. Paul Fischer (146) gibt drei Bedeutungen in Goethes Gebrauch des Wortes an, von denen die zweite hier zutrifft, nämlich »durch Beunruhigung des Gefühls die Wißbegierde weckend« (S. 15).

12 WA I, 26, S. 16.

13 WA I, 26, S. 17.

14 Ich verdanke Dr. William G. Niederland die Information, daß *Kegel stoßen* (wörtlich: to push skittleballs) in Süddeutschland ein weitverbreiteter Ausdruck für Sexualverkehr ist.

15 WA I, 51, S. 14.

16 Ich verdanke Professor Meyer Schapiro die wichtige Beobachtung, daß der Eindruck, den Künstler über die Art ihrer Beziehung zu ihren Eltern, besonders zu ihren Müttern, vermitteln, tief beeinflußt ist vom Zeitgeist ihrer Epoche, in der sie schöpferisch wirken. Wenn ein Autor eine hoch erotische Beziehung zu seiner Mutter beschreibt, darf dies ohne kritische Überprüfung nicht als historische Wahrheit oder sogar als bona fide Kindheitserinnerung akzeptiert werden, da es leicht ein Produkt der augenblicklichen Mode sein kann. Bis zu welchem Grad diese historische Beobachtung den Wert meiner Schlußfolgerungen verringert, vermag ich nicht zu entscheiden. Die Tatsache, daß Goethe die Erzählung seiner Kindheit nicht in die letzte Fassung des *Wilhelm Meister* aufnahm, läßt mich ihren Wert als authentisches Dokument hoch einschätzen.

17 Der Vergleich der *theatralischen Sendung* mit *Dichtung und Wahrheit* führt zu dem interessanten Problem des sich zweimal ereignenden autobiographischen Impulses. Daß er im Alter auftritt, erklärt sich durch den Stachel des Alters und ist verständlich; schwieriger zu erklären ist sein Erscheinen während Goethes viertem Lebensjahrzehnt.

18 WA IV, 5, S. 241.

19 WA IV, 5, S. 242.

20 Ein ähnliches Verhalten war nach dem Tod von Cornelia zu beobachten. Aber wenn das in die Augen springende Fehlen in den Briefen der Mutter darauf hindeutet, daß sie nicht wirklich um ihren Ehemann trauerte, dann darf man vermuten, daß die fehlende Trauerreaktion in Goethe feindliche Gefühle gegen seine Mutter entstehen ließ. Hier kann eine zusätzliche Quelle der harten Anklagen gegen sie im frühen *Wilhelm Meister* liegen. Der Unterschied in meiner Beurteilung von Goethes Schweigen nach dem schmerzlichen Verlust und dem Schweigen seiner Mutter mögen wie ein Anzeichen von Parteilichkeit erscheinen. Wer immer aber mit Elisabeths Charakterstruktur vertraut ist, wird sehr wahrscheinlich mit mir übereinstimmen, daß die beiden Fälle von Schweigen entgegengesetzte Interpretation verdienen.

21 Ich meine, es ist nicht unkorrekt, die anderen Passagen, in denen der Vater erwähnt wird, zu vernachlässigen. Der Vollständigkeit halber seien sie hier aufgezählt: 1794 an C. G. Voigt,

dem er die väterlichen Sammlungen zu treuen Händen übergab; 1809 an Schlosser aus Anlaß einer Steuersache; 1811 über einen Druckfehler im Zusammenhang der Publikation der Doktorthesen seines Vaters; 1825 in bezug auf eine Zeichnung, die zur väterlichen Sammlung gehörte.

22 Karl Ludwig Flöricke (1784—1812), Sohn aus der ersten Ehe von Zelters erster Ehefrau. Er wurde von seinem Stiefvater geradezu vergöttert. In dem zitierten Brief spricht Goethe Zelter zum erstenmal mit dem vertraulichen *Du* an. »Den Sohn hatte Zelter verloren, einen Bruder sollte er gewinnen;« (479, S. XX f.).

23 WA IV, 23, S. 185—187.

24 *Herr Lorenz Stark* (1795), ein Roman von Johann Jakob Engel (1741—1802), wurde wegen seiner Mittelklasse-Sentimentalität vom deutschen Publikum mit großem Enthusiasmus aufgenommen. Zur weiteren Diskussion von Engels Roman siehe Anhang L.

25 WA IV, 23, S. 187 f.

26 WA IV, 2, S. 35.

27 WA IV, 27, S. 165 f.

28 Heinrich Meyer (391, S. 51) erzählt ein Beispiel, das Goethe im Umgang mit seinem Sohn in völliger Identifizierung mit seinem eigenen Vater zeigt.

29 WA I, 51, S. 42.

30 WA I, 51, S. 50 f.

31 WA I, 51, S. 23.

32 Im *Wilhelm Meister* werden demütigende Erfahrungen im Umgang mit dem Theater oder dem Theaterspiel berichtet.

3. Kapitel
Wilhelm Meister, 2. Buch (bis August 1782)

1 Es ist unglücklicherweise unmöglich, das exakte Datum zu ermitteln, wann Goethe das 2. Buch beendete. Am 27. Juli 1782 schrieb Goethe an Knebel, als ob er es beendet hätte und Knebel es bald erhalten würde. Am 23. August schrieb er Charlotte von Stein, daß er es dem Herzog und der Herzogin vorgelesen hätte, und er fügt hinzu, er wolle sich beeilen, es vor Charlotte von Steins Rückkehr abzuschließen. Ein unmittelbarer Hinweis auf das 3. Buch findet sich in einem Brief an Charlotte von Stein vom 18. Oktober 1782. Ich werde das biographische Material unter der Annahme untersuchen, daß Goethe das 2. Buch im August beendete, oder wenigstens von diesem Monat an mit dem 3. Buch beschäftigt war.

2 Kürzlich hat ein Autor betont, daß Goethes ernsthafte Krankheit (ein Lungenblutsturz) zwei Wochen, nachdem er die Mitteilung vom Tod seines Sohns erhalten hatte (25. November 1830), vermutlich die Nachwirkung jener Tragödie war. Es ist sehr interessant, daß Goethe als junger Mann in Leipzig ebenfalls an einem Lungenblutsturz litt.

3 WA I, 26, S. 341.

4 WA I, 51, S. 103 f.

5 WA I, 51, S. 149.

6 WA I, 51, S. 149.

7 WA I, 51, S. 149 f. Hier verbindet Goethe Lustprinzip und Realitätsprinzip in meisterhafter Weise, indem er zeigt, daß gegenwärtige Unlust die Aussicht auf Freude durch die zukünftige Erinnerung daran enthält.

8 WA I, 51, S. 150 f. Eine entsprechende Passage findet sich in Diderots *Jacques le Fataliste et son Maître* (100, S. 181 f.). Obgleich das Buch erst 1796 publiziert wurde, kannte Goethe das

Manuskript schon vor dem Erscheinungsdatum. Er bezieht sich auf den Roman in seinen Briefen von 1780 an.

9 WA I, 51, S. 151.

10 Die Stärke des infantilen Sadismus bei Goethe kann aus einer frühen Phobie erschlossen werden. Als Kind konnte er den Anblick von rohem Fleisch nicht ertragen. »So erinnere ich mich auch, daß ich immer mit Entsetzen vor den [...] engen und häßlichen Fleischbänken geflohen bin.« WA I, 26, S. 23.

4. Kapitel
Wilhelm Meister, 3. Buch

1 Goethe schrieb wirklich in seiner Jugend eine Tragödie mit diesem Titel, vernichtete sie aber später.

2 WA IV, 6, S. 39.

3 Man muß aber hinzufügen, daß Wilhelm diesen Teil seiner Reise unter einem Pseudonym machte (wie es sein Schöpfer mehr als einmal tat). Da er daran zweifelte, auf irgendeinem Gebiet wie ein Meister zu sein, gab er sich den Namen »Geselle«. (Das deutsche Wort »Meister«, das »master« eines Handwerks bedeutet, steht im Gegensatz zu »Geselle«, worunter »journeyman« zu verstehen ist.) Melina verspricht, daß niemand die wahre Identität erfahren wird, und dies ist auch einer der Gründe, warum Wilhelm sich dazu bewegen läßt, als Schauspieler aufzutreten. Goethe aber wollte fraglos den Augenblick darstellen, in welchem der Held mit der Vergangenheit bricht und sich wenigstens zeitweilig zu seinem inneren Ruf bekennt. Man würde bei diesem Vorgang gern wissen, ob der Akt der Nobilitierung für Goethe auch als Wechsel seines Namens zählte.

4 Für den Menschen des 20. Jahrhunderts ist es schwierig, sich mit solchen Konflikten zu identifizieren, obgleich deren Äquivalente ebenso auf den Zeitgenossen lasten, wenn auch natürlich in anderer Form.

5 WA IV, 6, S. 35.

6 Nach anderen Forschern schrieb Goethe diesen Brief zwei Monate früher.

7 WA IV, 6, S. 54.

8 WA IV, 6, S. 54.

9 Wie notwendig die Fähigkeit ist, dies zu tun, haben H. Hartmann, E. Kris und andere wiederholt betont.

10 WA IV, 6, S. 46.

11 WA IV, 6, S. 46.

12 Die von Karl August geliebte schöne Gräfin war, wie Goethe berichtet, wieder in Weimar, und ihre Anwesenheit stellte vielleicht eine Versuchung dar.

13 WA IV, 6, S. 16 f.

14 Einige Autoren behaupten, daß es 1784 zu einer weiteren Begegnung zwischen Goethe und Merck kam. Ich war nicht imstande, dies zu bestätigen.

15 Vgl. Herders Brief an Hamann vom 18. Dezember 1780 in: 429, S. 206 f.

16 Merck erwuchs aus Mosers Rücktritt kein Vorteil; er behielt seine untergeordnete Stellung, obwohl Herder in dem zuvor erwähnten Brief an Hamann die Vermutung aussprach, Merck werde Moser im Amt nachfolgen.

17 WA IV, 6, S. 16.

18 WA IV, 6, S. 47.

19 225, S. 201 f.

20 225, S. 202.

21 *Naturwissenschaftlicher Entwicklungsvorgang,* WA II, 11, S. 301.

22 Vgl. 378. Die Brüder Montgolfier begannen 1782 mit ihren öffentlichen Experimenten mit Ballons, und Goethe begann 1783 mit vergleichbaren Versuchen.

23 WA II, 11, S. 301.

24 Ich schulde Herrn Seymour A. Copstein Dank dafür, daß er meine Aufmerksamkeit auf die Tatsache lenkte, daß Goethe nicht der einzige war, der diese Gedanken zu jener Zeit hegte.

25 WA IV, 6, S. 20. Goethe scheint Lavater in früheren Zeiten ihrer Bekanntschaft geschrieben zu haben, er sein kein Christ. Vgl. 225, S. 9.

26 225, S. 208.

27 *Pontius Pilatus oder der Mensch in allen Gestalten,* in 4 Bänden 1782—1785 erschienen. Goethe schrieb an Lavater, daß er über dessen Buch eine Parodie zu schreiben begonnen habe, aber er mochte Lavater zu gern, als daß er mehr als eine Stunde darauf verwandte. Vgl. Goethes früheres Verhalten gegenüber Jacobis Roman *Woldemar.*

28 WA IV, 6, S. 20 f.

29 WA IV, 6, S. 36.

30 WA IV, 6, S. 36—38.

31 WA IV, 6, S. 61 f.

32 WA IV, 6, S. 14.

33 ibidem.

34 ibidem.

35 WA IV, 6, S. 58.

36 119, 70 f. Thomas Bowdlers berühmte *Familie Shakespeare* wurde 1818 veröffentlicht.

37 WA IV, 11, S. 121/123.

38 Im obigen Zitat aus Goethes Brief an Schiller ist der Abkömmling früher narzißtischer Verhaltensweisen leicht zu erkennen.

39 WA IV, 6, S. 65 f.

40 WA IV, 6, S. 47 f.

41 Siehe oben S. 299 zu einem ähnlichen Gegensatz in einem nach Cornelias Tod geschriebenen Brief.

42 WA IV, 6, S. 48.

43 WA IV, 6, S. 49 f.

44 WA IV, 6, S. 50. Daß Goethe sich zu den Lebensbeschreibungen antiker Helden zurückzog, muß als Ausdruck der Sehnsucht nach seinem Vater verstanden werden. Der Rückzug offenbart, daß das zu jener Zeit in Unterhaltungen gewöhnlich an den Tag gelegte Verhalten der Verleugnung dessen diente, was wirklich in ihm vor sich ging. Viele ähnlich widersprüchliche Passagen, die sich auf Aktivität und Passivität beziehen, mögen dem Ziel der Verleugnung von Schuld gedient haben.

45 WA IV, 6, S. 50.

46 WA IV, 6, S. 63.

47 WA IV, 6, S. 86 f.

48 WA IV, 6, S. 87.

49 Durch dieses Handeln erinnert Goethe an die englischen Herrscher, die das Recht hatten, willkürlich einen Tag zu ihrem Geburtstag zu erklären und so die Macht demonstrierten, einen Feiertag zu schaffen.

50 Vgl. aber Freud, der denselben Konflikt auch von neurotischen Patienten aus Anlaß der Analyse der Phantasie, die eigenen Eltern zu retten, berichtet: »Alle Triebe [des Sohnes], die zärtlichen, dankbaren, lüsternen, trotzigen, selbstherrlichen, sind durch den einen Wunsch befriedigt, *sein eigener Vater zu sein.*« Hervorhebung von Freud. 171, S. 75.

51 Wir haben uns Goethes Narzißmus gebeugt und folgen diesem Beispiel, indem wir das biographische Material nach den Perioden geordnet haben, in denen er verschiedene Bücher seines Romans schrieb.

5. Kapitel
Wilhelm Meister, 4. Buch

1 Vgl. Goethes Briefe vom 30. Oktober und 6. Dezember 1766; ferner vom 11. Mai und 12. Oktober 1767.

2 Hier offenbart sich eine weitere Funktion des *Wilhelm Meister*. Wie ein Falschspieler das *corriger la fortune* versteht, so hat auch der Dichter das Privileg, etwas von der Mühsal, die er zu tragen hat, ungeschehen zu machen und sie durch freudige Erlebnisse zu ersetzen. Um ein Beispiel zu geben: die erotisch sexuelle Seligkeit, die Wilhelm in Marianes Armen erlebt, stellt, wie früher zitiert, eine von Goethe erfundene Episode dar, die in seinem wirklichen Leben keine Parallele hat, und deswegen ausgedacht wurde, um die Erinnerung an eine unerfreuliche vergangene Realität durch eine freundlichere zu ersetzen.

3 WA I, 51, S. 142.

4 Auf diese Weise wird die aggressive Komponente, die regelmäßig in Rettungsphantasien enthalten ist, angedeutet. Vgl. 509.

5 WA I, 51, S. 269 f.

6 WA I, 51, S. 270.

7 Vgl. Philipp Sarasin (464), der eine gründliche und ausgezeichnete Studie nicht nur über die Bedeutung von Mignon und dem Harfner vorgelegt hat, sondern auch über eine ganze Reihe von Problemen, die ich hier diskutiere. Ich werde auf die wenigen Unterschiede zwischen Sarasins und meiner Interpretation im Verlauf hinweisen.

8 Das Manuskript, das durch einen glücklichen Zufall die Nachwelt erreichte, war eine Kopie in der Handschrift von Barbara Schulthess, Goethes schon früher erwähnter Schweizer Freundin, und von ihrer Tochter. Die Abschrift wurde von einer Abschrift hergestellt, die Goethes Famulus Christian Georg Karl Vogel (1760—1819) gemacht hatte, der wiederum von einem Entwurf abschrieb, den Goethe diktiert hatte. Es gibt also viele Fehlerquellen. Philologische Untersuchungen haben Irrtümer infolge von Hörfehlern nachgewiesen, die auf Goethes Diktieren zurückgehen. Vgl. WA I, 51, S. 283—296. Das Umschalten von *sie* zu *er* im Text kann psychologisch gut durch die besondere Situation erklärt werden und geht nicht auf Kosten der mechanischen Umstände bei den verschiedenen Transkriptionen. In den *Wanderjahren* spricht Goethe von Mignon als »Knaben-Mädchen« und »Scheinknabe«. WA I, 24, S. 354, 355.

9 [Der Hinweis auf die wörtliche Übersetzung bezieht sich auf die amerikanische Ausgabe. D. Ü.] WA I, 52, S. 3.

10 Wie Sarasin klug herausstellt, wiederholt die dritte Strophe Eindrücke, die Goethe während seiner ersten Schweizerreise erhielt. Er zeigt, daß Goethe in dieser Strophe Begriffe gebraucht, die er in *Dichtung und Wahrheit* zur Charakterisierung seiner Reiseeindrücke während dieser Reise benutzt. Das plötzliche Umschalten von Italien zur Schweiz bestärkt mich in meiner Interpretation. Vgl. meine früheren Interpretationen über die assoziative Verbindung zwischen der Schweiz und der Homosexualität bei Goethe (S. 425).

11 Es gibt, um die Reihe zu ergänzen, zwei Frauen, über die im Roman nichts Nachteiliges gesagt wird: die Großmutter, die aber außerhalb der biologischen Phase sexueller Konflikte steht, und Wilhelms Schwester, die im Hintergrund bleibt, mit unverbindlich zurückhaltenden Worten gezeichnet wird und über die wir kaum etwas hören.

12 Ob Goethe den inzestuösen Ursprung Mignons schon im Kopf hatte, als er die erste Fassung schrieb, oder ob sich dieser Gedanke erst später herauskristallisierte, ist nicht bekannt.

13 Die Datierung derjenigen Phase, in der die Zwillingsbeziehung Wirklichkeit wurde, wird später erörtert.

14 Vgl. 329, S. 175—178. In meiner begrenzten klinischen Erfahrung ist präpubertärer Orgasmus beim männlichen Kind ein Zeichen für eine schlechte Prognose und der Vorbote schwerer Psychopathologie, im Gegensatz zur weiblichen Entwicklung, wo es nicht mit einem Grad oder Typ von Psychopathologie verbunden zu sein scheint. Mein klinisches Material ist zahlenmäßig so klein, daß es keine Verallgemeinerung gestattet.

15 Die Frage des frühen vaginalen Orgasmus wird hier nicht in Betracht gezogen. Es macht in diesem Zusammenhang keinen Unterschied, ob die frühen Orgasmuserlebnisse von Mädchen von der Klitoris oder von der Vagina stammen. Zur Diskussion des frühen vaginalen Beitrags zur weiblichen Entwicklung vgl. 136.

16 Die Episode ereignet sich, als die Schauspieltruppe die Einladung erhalten hat, zum Grafen auf sein Schloß zu kommen und Wilhelm zwischen Verlassen und Bleiben bei seinen neugewonnenen Freunden hin und her gerissen wird; in diesem Augenblick betritt Mignon das Zimmer.

17 Ich dachte zuerst, daß das deutsche Wort »Verirrung« (aberration) vom Abschreiber falsch geschrieben war anstatt »Verwirrung« (confusion), aber die Endfassung des Romans verwendet dasselbe Wort.

18 WA I, 52, S. 96—98.

19 Wenigstens als mir ein Patient von solchen Beobachtungen bei einem Mädchen erzählte, konnte ich nicht zögern, die Schlußfolgerung zu ziehen, daß von einem Orgasmuserlebnis die Rede war. Dies kann es gewesen sein, was Sarasin den Eindruck vermittelte, Mignons Verhalten gehe über das hinaus, wozu Hysterie führen könne (siehe oben, S. 876 f.) Wilhelm reagiert auf diesen Anfall wie auf eine Liebeserklärung, denn sie bringt ihn dazu, Mignon als sein ständiges Mündel anzunehmen.

20 Es ist nicht wahrscheinlich, daß Goethe bewußt und mit Absicht einen unverhüllten und direkt sexuellen Vorfall beschrieben hätte.

21 In dem dramatischen Fragment *Prometheus*, das in der Sturm-und-Drang-Zeit geschrieben wurde, setzte Goethe offen Orgasmus, wenigstens bei der Frau, mit Tod gleich (siehe oben, S. 528 f.).

22 Zur Diskussion des Begriffs der Urszene vgl. 188, S. 55—74; 139, S. 543—546 [deutsch: Bd. II, S. 36—38]; 413, S. 94 f., 290 f.

23 Sarasin (464, S. 388) verbindet den Eiertanz mit einem seilspringenden Jungen, der in dem autobiographischen Roman auftaucht, und auf der anderen Seite mit Goethes jüngerem Bruder, der früh starb.

24 WA I, 52, S. 19 f.

25 WA I, 52, S. 5.

26 [englisch-deutsches Wortspiel: »keystone« feeling = Schlüsselgefühl, wörtlich Schließstein- = Schlußstein-Gefühl, d. Ü.] Goethe fährt hier wirklich mit der Erörterung einer Idee fort, die er in den fünf Aufsätzen über die Psychologie der Tragödie (siehe oben, S. 840) ausgebreitet hatte. Obgleich das hier beschriebene Gefühl weit intensiver ist und sich auch in der Qualität von der emotionalen Sphäre in den Aufsätzen unterscheidet, gehört es dennoch in dieselbe Kategorie.

27 WA IV, 6, S. 59.

28 Das Stück beginnt mit dem *Erlkönig*, einer der schönsten Balladen Goethes, aber er mußte vier Balladen aus Herders Volksliedersammlung für den Rest des Stückes verwenden. Vgl. 261, 2, 2, S. 612.

29 WA I, 24, S. 339.

30 Einen anderen Text, in dem Goethe das Wort »Schlußstein« benutzt, findet man in seinem Brief an Herder, in welchem er die Entdeckung des Zwischenkieferknochens ankündigt, was Goethe den »Schlußstein zum Menschen« bezeichnet. WA IV, 6, S. 258.

31 WA IV, S. 92 f. Im letzten Satz macht Goethe ein Wortspiel, das nicht übersetzt werden kann: »Unrat« = dross, »Unart« = mischief.

32 Vgl. den Brief an Charlotte von Stein am selben Tag. WA IV, 6, S. 93.

33 WA IV, 3, S. 20. Vgl. auch 244, 1, S. 20, Anmerkung 4.

34 WA IV, 3, S. 48. »Meerkatze« heißt wörtlich »seacat«, ist aber ein Name für eine Affenart mit langen Schwänzen und wird im übertragenen Sinn für eine bösartige Person benutzt.

35 WA IV, 3, S. 88.

36 WA IV, 6, S. 340.

37 543, S. 7 f.

38 WA IV, 3, S. 40.

39 Der Brief macht nicht über allen Zweifel erhaben klar, ob Goethes Krankheit vor oder nach Fritz' Besuch begann.

40 WA IV, 4, S. 1.

41 WA IV, 4, S. 2.

42 WA IV, 4, S. 46.

43 Es gibt Menschen, in deren Leben die Nähe und das Interesse an Kindern eine größere Rolle spielt als bei anderen. Seltsamerweise begegnet man selten einem schizophrenen Patienten, auf den das nicht zutrifft. Ich lasse hier die Erörterung der tieferen Wurzeln dieser Vorliebe beiseite. Sie ist mit der Tatsache verbunden, daß das Leben von Kindern dem Primärvorgang näher steht als das von Erwachsenen. Sigmund Freud (178) stellt den Reiz heraus, den der primäre Narzißmus des Kindes auf den Erwachsenen ausübt. Goethes Interesse lag nicht so sehr bei der infantilen Phase, denke ich, sondern vornehmlich bei der Kindheit von der öpidalen Phase bis zur frühen Pubertät.

44 WA IV, 5, S. 95.

45 WA IV, 5, S. 94.

46 WA IV, 5, S. 82.

47 WA IV, 5, S. 199.

48 Johann Heinrich Wilhelm Tischbein (1751—1829), Porträt-, Tier-, Historienmaler, zu seiner Zeit gut bekannt, Goethes berühmter Freund bei seinem Aufenthalt in Rom.

49 WA IV, 5, S. 215 f.

50 Der Brief ist undatiert, doch die Umstände lassen es als fast sicher erscheinen, daß er vor dem 25. Mai 1782 geschrieben wurde.

51 WA IV, 5, S. 331 f.

52 243, 2, S. 550 f., Anmerkung zu S. 51.

53 Man muß auch in Betracht ziehen, daß Fritz den wahren Grund nicht erzählen wollte oder ihn vielleicht niemals gewußt hat, warum er in Goethes Haus zog.

54 War Goethe bei seinen zahlreichen Bemühungen, jüngeren Menschen durch Erziehung zu helfen, erfolgreich? Sarasin spricht von einem verborgenen Haß des Lehrers gegen seinen Schüler (464, S. 387 f.), ein Haß, der leicht hinter solchen Bemühungen bei der unpassenden Wahl seiner ihn interessierenden Objekte aufscheint und sehr deutlich wird in der Art und Weise, wie der eigene Sohn großgezogen wurde. Von Fritz aber sagte Wilhelm von Humboldt (1809): »Stein ist ein sehr guter Mensch, allein zur Arbeit doch nur sehr bedingter Weise tauglich. Was noch wunderbarer ist, so trägt er auch in diesen Unvollkommenheiten Spuren der Goetheschen Erziehung, die man nicht verkennen kann. Ich glaube, daß es ihm geschadet hat,

daß Goethe zu sehr mit ihm, wie er überhaupt leicht überall tut, auf das Reale und Praktische gegangen ist und zu wenig auf das eigentliche Lernen gehalten hat.« 390, S. 362.

55 Baumgart (14, 2, S. 15) datiert ihn auf 1781; Heinemann (258, 1, S. 374) datiert ihn auf Anfang 1782.

56 WA I, 1, S. 168.

57 Vgl. Sigmund Freud (204, S. 22): »An der Vorgeschichte des Ödipus-Komplexes beim Knaben ist uns noch lange nicht alles klar. Wir kennen aus ihr eine Identifizierung mit dem Vater zärtlicher Natur, welcher der Sinn der Rivalität bei der Mutter noch abgeht.«

58 11, 2, S. 160. Diese Episode wird oben, S. 229, erwähnt.

59 Die beiden Hörner des Moses sind möglicherweise ein Symbol der beiden Brüste.

60 Dieser Gedanke hatte natürlich auch im frühen Tod von Goethes Geschwistern seine faktische Berechtigung.

61 Dieses Stück erregte im Europa des 18. Jahrhunderts großes Aufsehen und liest sich auch für den modernen Leser höchst entzückend. Zu einer englischen Übersetzung vgl. 105, 3, S. 197—237.

62 Zum Inhalt dieses chinesischen Stücks vgl. 36, S. 94—123; 36a, S. 132—159. Zu anderen Einflüssen aus der französischen Literatur vgl. 489.

63 Selbst die Frage, wovon das Fragment wirklich erzählt, ist in der Debatte offen. Biedermann, der viele Gedanken auf die Tragödie verschwendet hat, faßt die Handlung in einer Weise zusammen, der ich in einigen bedeutenden Einzelheiten nicht folgen kann. Vgl. 36a, S. 133 f.

64 Vgl. besonders Alexander Wood, der in einer ausgezeichneten Schrift (558) den allgemeinen biographischen Hintergrund von *Elpenor* erörtert. Wood legt besondere Betonung auf das Thema des Kindes, das als Brücke zwischen einem Mann und einer Frau dient und ohne dessen Hilfe beide den Weg nicht zueinander finden würden. Wood spekuliert, daß dies das Hauptthema des fehlenden Teils werden sollte. Ohne den Versuch einer Bewertung zu machen, wie passend diese Beobachtung für die Fortsetzung des Stückes sein mag, kann man gut Fritz' wachsende Bedeutung während dieser Jahre für die Beziehung zwischen Charlotte von Stein und Goethe bemerken.

65 WA IV, 13, S. 194. »Die Nativität stellen« sollte mit »to cast a horoscope« übersetzt werden. Ob man es aber wörtlich oder im übertragenen Sinn nimmt, es ist schwer ersichtlich, wie Schiller Goethes Brief mißverstehen konnte. Gräf (261, 2, 1, S. 286, Anmerkung) sagt richtig, Goethe habe angenommen, Schiller wisse, daß er das Stück geschrieben habe, und er wollte Schillers Meinung darüber hören, wann das Fragment wohl zuerst entstanden sei oder was Schiller über den Fortgang der Handlung dachte. Doch Schiller mißverstand Goethes Ausführungen und nahm an, er solle erraten, wer wohl der Autor sein könne.

66 256, 20, S. 589.

67 Hervorhebung von Goethe. 250, 4, S. 58.

68 Vgl. auch Goethes Brief an Kestner vom 15. März 1783: »Misgönnt mir meine Bäume nicht, Eure Buben sind um ein gut Theil besser.« WA IV, 6, S. 136.

69 Es ist nicht klar, was Goethe dazu bestimmte, zu jener Zeit den *Werther* einer Revision zu unterziehen. Er hatte dies kurz nach der Veröffentlichung Lottes Mann versprochen, da er ihn in einem ungünstigen Licht erscheinen ließ. Psychologisch aber war Albert, Lottes Verlobter, im Roman auch ein Vater-Ersatz. Jetzt aber, nach dem Tod seines Vaters, kann der Drang, einen Vater-Ersatz in einem vorteilhafteren Licht erscheinen zu lassen und Alberts sämtliche verachtenswerten Eigenschaften in ungerechtfertigte Übertreibungen von Werthers überempfindlichem Geist umzuwandeln, stark genug geworden sein, um frühere Hemmungen beiseite zu räumen. Was früher den Geruch der Niederlage an sich gehabt haben mochte, wurde jetzt, nach dem Hinscheiden des Vaters, zur willkommenen Übung einer kindlichen Pflicht. Aber

Goethe kam nicht weit, und die Überarbeitung des *Werther* mußte noch auf eine günstigere Gelegenheit warten.

70 WA IV, 6, S. 97 f.

71 WA IV, 6, S. 97.

72 WA IV, 6, S. 97.

73 Vgl. 170, S. 144 zu der Wirkung, den der Mangel an Fähigkeit zu isolieren auf Leonardo da Vincis Kreativität hatte.

74 Ich muß hier wiederholen, daß die nicht ambivalente homosexuelle Liebe jetzt auf Fritz überströmte, der Goethe dem Liebesobjekt näher brachte und die Integration einer vollen Vater-Identifizierung in Gang setzte. Die Isolierung von Funktionen wurde also geleitet von einer Vereinheitlichung der Bildung des wichtigsten Liebesobjekts.

75 WA IV, 6, S. 96.

76 WA IV, 6, S. 95–97.

77 Hervorhebung von mir. 51, 1, S. 301.

78 WA I, 2, S. 83.

79 WA I, 2, S. 84. Dieser letzte Gedanke zeigt eine unglaublich moderne und weitreichende Vorstellung von der Funktion des menschlichen Geistes, von den Folgerungen für das physikalische Weltall gar nicht zu reden.

80 Das letztere ist besonders wichtig, da in der Ode das Überich nicht als etwas außerhalb des Ich Befindliches verherrlicht wird, sondern als eine Struktur, mit der sich das Ich eins fühlt. Zu dem narzißtischen Gewinn durch das Überich vgl. 178, S. 162 f.

81 WA IV, 6, S. 136.

82 51, 1, S. 306.

83 51, 1, S. 315.

84 49, S. 244.

85 Man muß auch beachten, daß Goethes Position als Schatzsekretär beständig gefährdet war. Ein falscher Schritt konnte ihn heftigen Angriffen aussetzen. Begünstigung ist für diejenigen, die den Schlüssel zur Kasse haben, immer eine Versuchung gewesen.

86 107, 1, S. 226. Der Herzog hatte bezüglich Goethes Zurückhaltung schon ein Jahr zuvor eine Bemerkung gemacht. 107, 1, S. 197.

87 Der Herausgeber der Weimarer Ausgabe ordnet diese drei Briefe anders, als ich es im folgenden tue.

88 WA IV, 6, S. 90. Ich nehme an, Goethe meint Regen- oder Tautropfen.

89 Dieser seltsame Vergleich wird gleich erörtert.

90 Nach den Quellen versäumte Goethe zu dieser Zeit keine Sitzung des Geheimen Consiliums. Vgl. 257, S. LXXV.

91 Der deutsche Ausdruck läßt wie der englische an den Tod denken.

92 WA IV, 6, S. 91.

93 WA IV, 6, S. 90.

94 WA IV, 6, S. 93.

95 Zur schrittweisen Annäherung an die unmittelbare Wunscherfüllung bei einem Symptom vgl. 205, S. 141; zu weiteren klinischen Beispielen vgl. 135, S. 129.

96 WA IV, 6, S. 72.

97 WA IV, 6, S. 108.

98 WA IV, 6, S. 119.

99 Ich konnte nicht feststellen, in welcher Form Goethe als Kind mit dem Märchen bekannt wurde und in welcher Form er es als Erwachsener las. Bei meiner Interpretation folge ich der Version, die Gustav Schwab gibt (485).

100 Zu einer anderen Interpretation vgl. 456.

101 Der Kastrationskomplex wirft natürlich auch seinen Schatten in Gestalt der Kompromißbildung auf den Inhalt dessen, was der Spähende sieht: in diesem Fall einen häßlichen Schlangenschwanz.

102 WA IV, 6, S. 98 f. Soweit ich weiß, sind diese Verse nicht auf eine frühere Quelle zurückgeführt worden, und ich vermute stark, daß sie von Goethe verfaßt sind, der die Autorschaft verheimlichte, weil er sich dabei schuldig fühlte.

103 Natürlich kann die Abfolge auch umgekehrt gewesen sein, nämlich daß Charlotte von Steins Menstruation in ihm eine Vorstellung hervorrief, die zu der Fortsetzung des Romans gut paßte. Das Entwirren der zeitlichen Abfolge der verschiedenen Faktoren ist wahrscheinlich unmöglich.

104 Es gibt keine konkrete biographische Quelle, die helles Licht auf das Datum wirft, an dem Goethe das fragliche Gedicht geschrieben hat. Die bemerkenswerte Übereinstimmung des Beginns des 4. Buches mit Goethes Erlebnissen und Stimmungen an jenem Wochenende und weiterhin die Tatsache, daß Goethe mit dem Schreiben des 4. Buches um diese Zeit herum begann, beeindrucken mich hinreichend, um in allen diesen Fakten einen inneren Zusammenhang zu sehen.

105 Die Geschichte und die Interpretation dieser Erzählung wird von Theodor Reik ausführlich behandelt. 449.

106 WA I, 25, S. 144 f.

107 WA I, 25, S. 149.

108 Der Spitzname »Rotmantel« taucht bei Goethe nicht neu auf, sondern ist aus einem bekannten Märchen von Musäus (1735—1787) entnommen, der wegen seiner Sammlung *Volksmärchen der Deutschen* bekannt ist. In Musäus' Erzählung findet »Stumme Liebe«, ein Geist in einem scharlachroten Mantel (auch ein Friseur wie in Goethes Geschichte) endlich Frieden, nachdem er sich Bart und Haupthaar geschoren hat. Als Belohnung für diese gute Tat hilft der Geist dem Helden, einen Schatz zu finden, mit dem er die Dame seines Herzens heiraten kann. Es ließen sich noch andere Verbindungen feststellen. Zu Musäus' *Stumme Liebe* vgl. 404, S. 415—485. Musäus' novellenartige Märchen genießen kein hohes Ansehen, trotz ihrer großen künstlerischen Qualität. Vgl. Dorothea Berger, die über dieses Thema eine hervorragende Studie geschrieben (19) und auch Goethes verstreute Bemerkungen über Musäus gesammelt hat, aber nicht beachtet, daß Goethe, indem er eine Figur aus Musäus' Märchen für eine eigene Geschichte übernahm, eines der höchsten Komplimente machte, die ein Autor machen kann.

109 WA I, 25, S. 149.

110 Später entdeckte ich ein Detail, das mich davon überzeugte, daß meine Interpretation von Goethes Vorstellungen im Zusammenhang mit der Sage von Melusine korrekt ist. In Christianes Briefen an Goethe wird der Begriff »Meerweibchen« oder »Meerweiblichkeit« für Menstruation gebraucht. Der Herausgeber ihres Briefwechsels versuchte, diesen Euphemismus lexikalisch abzuleiten, natürlich vergebens. Wie man aus dem Vorangegangenen ersehen kann, muß dieser Ausdruck von Goethe in ihre Beziehung eingeführt worden sein. Vgl. 533.

111 Einen Hinweis auf dieses Problem kann man in Goethes Bemerkung zu Mendelssohn über das Jahr 1775 finden (vgl. 250, 4, S. 279; und 256, 23, S. 705, wo die Bemerkung anders überliefert ist).

112 WA IV, 6, S. 195.

113 Die Gelehrten haben Goethes Geschichte unterschiedlich bewertet. Manche lesen in ihr Gründe, warum Goethe gezwungen war, Friederike zu verlassen. Karl Heinemann verbindet sie in seinem Kommentar (258, 11, S. 459) mit einem Märchen, von dem Goethe — ohne den Titel zu nennen — in einem Brief an Charlotte von Stein vom 17. September 1782 spricht. WA IV, 6, S. 58.

114 400, S. 92 ff. Morris verweist auf Christianes illegitime Schwangerschaft, usw.

115 WA IV, 6, S. 102.
116 WA IV, 6, S. 104.
117 WA IV, 6, S. 105.
118 WA IV, 6, S. 110.
119 WA IV, 6, S. 110 f.
120 WA IV, 6, S. 114 f.
121 WA IV, 6, S. 113.
122 Vgl. 307, S. 289, 426, 648; und auch Goethes Bemerkung: »Mir ist der Besitz nöthig, um den richtigen Begriff der Objecte zu beckommen.« 246, S. 9.
123 War die Schwangerschaft der Herzogin nicht auch etwas Menschliches in einem Wust von Formalitäten?
124 WA IV, 6, S. 126.
125 WA IV, 6, S. 135.
126 WA IV, 6, S. 127.
127 Im Brief vom 28. März 1783 schreibt Charlotte von Stein an Knebel, daß sie »lange an einem Flußfieber kranck gewesen« sei. 243, 2, S. 567. Wie unverkennbar die psychosomatische Komponente von Charlotte von Steins Krankheit auch immer gewesen sein mag, Goethes ungewöhnlich starke Reaktion muß auch auf die Niederkunft der Herzogin bezogen werden.
128 WA IV, 6, S. 126.
129 WA IV, 6, S. 127.
130 WA IV, 6, S. 127 f.
131 WA IV, 6, S. 131.
132 WA IV, 6, S. 158.
133 WA IV, 6, S. 199.
134 WA IV, 6, S. 150.
135 WA IV, 6, S. 167.
136 WA IV, 6, S. 171 f.
137 WA IV, 6, S. 172 f.
138 Das deutsche Wort »Englische« heißt sowohl »englisch« wie »engelhaft«. Es ist bemerkenswert, daß Goethe das männliche Geschlecht benutzt, als er den Heiligen erwähnt.
139 WA IV, 6, S. 152.
140 WA IV, 6, S. 175.
141 Es mag angemessen sein, kurz die weiteren Schicksale des Prinzen zu berichten. An sich vielleicht ein fähiger Mensch, fühlte er sich in seinem Ehrgeiz zurückgestoßen, und er war wirklich ein Opfer des Schicksals, wie es in einer regierenden Dynastie für einen jüngeren Sohn typisch ist. 1784 trat er in den Militärdienst ein und starb 1793 im Krieg gegen Frankreich.
142 Goethe hatte mit dieser Aufgabe wieder keinen Erfolg, die ein weiteres Mal bis kurz vor seiner Abreise nach Italien aufgeschoben wurde.
143 Dies wurde vermutlich dadurch begünstigt, daß Fritsch Meister der Freimaurerloge war, bei der Goethe 1780 Mitglied wurde. Vgl. 95.
144 WA IV, 6, S. 159 f.
145 Bei einer späteren Untersuchung über die Bedeutung der Selbstbeobachtung bei Goethe nach seiner Rückkehr aus Italien wird dieser Gesichtspunkt einen wichtigen Platz einnehmen.
146 WA IV, 6, S. 195 f.
147 WA IV, 6, S. 197.
148 WA IV, 6, S. 199 f.
149 WA IV, 6, S. 202 f.
150 WA IV, 6, S. 204.

151 WA IV, 6, S. 203.

152 Klopstock wurde 1724 geboren.

153 Natürlich basiert jede künstlerische Produktion auf Sekundärvorgängen. Es gibt keine Kunst ohne Gestalten des noch ungeformten Primärvorgangs, und der Vorgang der Formgebung entspricht dem Sekundärvorgang beim Denken. In dem obigen Vergleich der beiden Gedichte *Ilmenau* und *An Schwager Kronos* habe ich eine abkürzende Form der Erörterung der beiden Arten von Dichtung benutzt, die in der Literatur wohl bekannt sind.

154 Vgl. Freud (163, S. 50—53) zur Bedeutung sexueller Überschätzung.

155 Sarasin (464, S. 384—389) hat dieses Problem in einer bestimmten Form vorgestellt. Angesichts der inzwischen ausgearbeiteten psychoanalytischen Theorien fühlt man sich geneigt die Frage zu stellen, in welchem Grade hinter Goethes unstreitiger Vater-Identifizierung Anzeichen einer Identifizierung mit der präödipalen Mutter sichtbar werden.

156 Die Lavater-Episode gehört auch zu dieser Richtung.

157 WA I, 52, S. 92 f.

158 WA I, 52, S. 94.

159 WA I, 52, S. 94.

160 Sie verhehlt nicht ihre Begierde, mit Wilhelm eine Affäre zu beginnen, der nach seinen Erfahrungen mit Mariane Keuschheit geschworen hat.

161 Melina, zum Direktor der Truppe ernannt, setzt eine politische Linie durch, die Wilhelm mißbilligt.

162 Sie will bei ihrem Spiel von Wilhelm beaufsichtigt und unterrichtet werden.

163 Es ist bemerkenswert, daß Goethe an diesem Punkt eine komplizierte Analogie zur Optik der Farben herstellt, obwohl er sich zu jener Zeit mit solchen physikalischen Problemen nicht beschäftigte. Die volle Bedeutung dieses Vergleichs kann man auf dem Hintergrund von Goethes späteren Farbentheorien begreifen.

164 WA I, 52, S. 94—96.

165 Die von Goethe benutzten Vergleiche sind manchmal nicht sehr glücklich und taugen als Material für eine Interpretation.

166 WA I, 51, S. 256.

167 Vgl. 64 zu der ganzen Frage von Goethes Nobilitierung. Von Bradish macht die weitgehende, Witkowski folgende Bemerkung (S. 26), daß Goethe in seiner Geburtsstadt zur höchsten Klasse des bürgerlichen Patriziats gehörte, aber vom aristokratischen Patriziat ausgeschlossen war. Es ist möglich, daß es dieser Ausschluß aus der obersten Schicht von Frankfurts Elite ist, in welchem man die frühesten soziologischen Wurzeln des gesamten Problems der gesellschaftlichen Klassifizierung, das über Goethes ganzem Leben lag, suchen muß. Sein Umzug nach Weimar kann eine Rache für eine unbekannte frühe Erniedrigung durch oder das Resultat des Neides auf das aristokratische Patriziat seiner Heimatstadt gewesen sein. Vgl. die Weigerung der literarischen Vereinigung »Arkadische Gesellschaft zu Phylandria«, Goethe als Mitglied aufzunehmen, als er fünfzehn Jahre alt war (251, 6, S. 4—7). Zu allem Überfluß verwandelte sich diese Gesellschaft in eine aristokratische Freimaurerloge um die Zeit herum, als Goethe sich mit der Bitte um Aufnahme an sie wandte. Goethe sagte zu Eckermann (am 26. September 1827), daß er, als er das Adelsdiplom in seinen Händen hielt, nicht mehr als zuvor besessen hätte, denn: »Wir Frankfurter Patrizier hielten uns immer dem Adel gleich« (119, S. 514). Diese Behauptung kann das Ergebnis von tief verdrängten frühen Zweifeln, von Neid und Erniedrigung gewesen sein.

168 WA IV, 6, S. 276.

169 WA I, 52, S. 92.

170 Frankfurt gehörte damals zum Rheinbund.

171 WA IV, 20, S. 188.

172 Goethes Ausdrucksweise ist besonders elegant: »gewöhnt«-accustomed; »verwöhnt«-spoiled.

173 WA IV, 20, S. 190 f.

6. Kapitel
Wilhelm Meister, 5. Buch

1 WA I, 52, S. 144.

2 WA I, 52, S. 178.

3 WA I, 52, S. 177.

4 WA IV, 6, S. 270.

5 WA IV, 6, S. 308.

6 WA IV, 6, S. 288. Düntzer (113, S. 209) sieht in dieser Passage ein Zeichen dafür, wie weit die brüderliche Beziehung zum Herzog dahingeschwunden war.

7 WA IV, 6. S. 288. Es wird gemeinhin angenommen, daß Goethe hier eine falsche Angabe unterlief. Tatsächlich war er zuletzt sieben Jahre zuvor in Eisenach gewesen. Wenn man sich aber die Ereignisse vor vier Jahren (1780) ansieht, gewinnt man den Eindruck, daß Goethes Beziehung zu Karl August zu dieser Zeit einen Höhepunkt erreicht hatte. Er war mit ihm gerade von seiner Schweizerreise zurückgekehrt, reiste mit ihm nach Leipzig, las ihm seinen *Faust* vor, usw. Die anscheinende Verwechslung kann anzeigen, daß die Passage sich auf den Mangel an Freundschaftsgefühlen zwischen ihm und dem Herzog bezieht, wenn man dies mit dem Zustand ihrer Beziehung vier Jahre zuvor vergleicht.

8 Es ist fraglich, ob Goethe zu jener Zeit wußte, wie weit der Herzog in seinen Plänen vorangekommen war, eine Allianz mit anderen zugunsten Preußens und gegen Österreich zu organisieren.

9 WA IV, 6, S. 285 f.

10 Das formellere »Vous« anstelle des intimeren »tu«; vgl. Goethes früher verwendetes Argument gegen Charlotte von Stein, als sie plötzlich »Sie« anstelle von »du« schrieb (oben, S. 591).

11 (Diese barbarischen Charaktere [Buchstaben] zu betrachten, die meinem Herzen fremd sind, ist ein ganz neues Gefühl für mich gewesen, diese Vous ließen mich erzittern, und ich wendete schnell das Blatt um, um zu sehen, ob es dort nicht ein Wort in der geliebten Sprache gäbe, die mir jeden Tag lieber geworden ist durch den Ausdruck der wahren Gefühle, mit denen du sie bereicherst. O meine Liebe, es ist mir fast unmöglich, dieses Spiel fortzusetzen, meine Feder gehorcht nur widerstrebend, und nicht nur wegen der Mühe des Übersetzens travestiere ich die ursprünglichen Gefühle meines Herzens.) WA IV, 6, S. 337 f.

12 Der Grund für sein Aufgeben einer fremden Sprache in diesem Briefwechsel wird im I. Teil erörtert (siehe oben, S. 112).

13 WA IV, 6, S. 300 f.

14 WA IV, 6, S. 363.

15 WA IV, 6, S. 273.

16 siehe oben, S. 374, zu Goethes Verwendung des Herkules-Mythos in einem anderen Zusammenhang.

17 WA IV, 6, S. 283 f.

18 Die beiden Brüder Stolberg, mit denen Goethe in den frühen Jahren des Sturm und Drang in Frankfurt bekannt wurde.

19 Diese Redewendung »in Seen durch die Erinnerung gebadet« ist das Echo auf historische Ereignisse, da die Stolbergs — wie schon erwähnt — in ihren Jünglingsjahren passionierte Nu-

disten waren; sie hatten während Goethes Aufenthalt in der Schweiz dort in Seen dem Nacktbaden gefrönt.

20 WA IV, 6, S. 284.

21 Die Frage, ob vom Standpunkt der Geschichte der vergleichenden Anatomie dieses Ereignis wirklich eine Entdeckung war, ist von Jacob H. F. Kohlbrugge negativ beantwortet worden (vgl. 335). Vgl. auch 145, S. 73. In unserem Zusammenhang ist ohne Bedeutung, welches die korrekte Antwort ist. Goethe fühlte, handelte und schrieb in der Überzeugung, daß es sich um seine Entdeckung handele.

22 Justus Christian Loder (1753—1832) war in Jena von 1778 bis 1803 Professor der Anatomie und Medizin.

23 Dies bezieht sich auf eine bestimmte philosophische These, die Herder entwickelt hatte.

24 WA IV, 6, S. 258.

25 WA IV, 6, S. 258 f.

26 Ich schulde Dr. Vulpius vom Goethe-Schiller-Archiv in Weimar Dank für seine Mitteilung, seine Nachprüfung dieses Briefes habe kein Zeichen zutage gefördert, daß Teile des Briefes zu verschiedenen Zeiten geschrieben wurden.

27 WA IV, 6, S. 257.

28 Dies war vermutlich auch einer der Gründe, warum Goethe seine Bitte um Stillschweigen in seinen Briefen an Charlotte von Stein und Herder so stark betonte.

29 WA IV, 6, S. 267. Da er die Entdeckung geheimzuhalten versuchte, ist verständlich, daß er für seine Forschungen einen pejorativen Ausdruck benutzte: »gepfuscht«, der im Deutschen sehr stark ist. Im selben Satz machte er auch einen grammatischen Fehler und verwendete eine unbeholfene Redewendung; all das mag anzeigen, daß er gegen den Wunsch ankämpfen mußte, mit seiner großen Entdeckung vor dem Freund zu prahlen.

30 Goethe schrieb über das *os intermaxillare* im Jahre der Entdeckung eine Abhandlung. Die Veröffentlichung aber wurde bis 1820 hinausgezögert.

31 Beim Blick in die andere Richtung muß man bis zum Sonntag, dem 8. Februar, zurückgehen, um ein weiteres Wochenende zu finden, das man nicht durch vorhandene Dokumente belegen und das Goethe in Jena verbracht haben kann.

32 Es spricht nicht dagegen, daß die unten zitierten Augenzeugenberichte sich nicht auf diese Symptome beziehen.

33 WA IV, 6, S. 256.

34 WA IV, 6, S. 270.

35 Luise Adelaide von Waldner-Freundstein (1746—1830), Kammerzofe der Herzogin, war die Obhut der kleinen Prinzessin anvertraut. Sie stand Goethe und Charlotte von Stein nahe.

36 Sophie von Schardt (1755—1819), geborene von Bernstorff. 1778 kam sie als Ehefrau von Charlottes ältestem Bruder nach Weimar und wurde rasch ein bevorzugtes Mitglied der Gruppe um Goethe.

37 Hier macht die Schreiberin einen Fehler. Der Freitag war der 26. März.

38 Christoph Wilhelm Hufeland (1762—1836) war in Weimar von 1783 bis 1793 tätig; er war auch Goethes Arzt. Später wurde er sehr berühmt.

39 Johann Christian Daniel Engelhardt, Chirurg in Weimar.

40 226, S. 191 f.

41 Doch es ist nicht klar, ob Goethe an dem Begräbnis teilnahm oder nicht. Goethes Teilnahme an einem Begräbnis soll nur in einem Fall historisch bewiesen sein, nämlich bei seinem Freund und Maler Georg Melchior Kraus, der 1806 bei der Plünderung durch die Franzosen starb.

42 Wenn weitere Nachforschungen Zweifel am 27. März als dem Tag der Entdeckung begründen sollten, dann muß man, glaube ich, annehmen, daß die Entdeckung am 10. April ge-

schah. Selbst dann würde ich vermuten, daß es eine Verbindung zwischen dem Tod der Prinzessin und der Entdeckung gab, obwohl zwei Wochen seit dem Begräbnis vergangen wären und der Verlauf der Ereignisse an dramatischer Spannung verloren hätte.

43 WA IV, 6, S. 30.

44 Ich muß den Leser wieder an Goethes Schuldgefühle gegenüber seiner jüngeren Schwester erinnern, seine Neigung, sich mit der menstruierenden Frau zu identifizieren, und an den Drang, die schmerzliche Wirkung, die das Liebesobjekt zu erdulden hatte, ungeschehen zu machen.

45 Zu Goethes Tätigkeiten in Ilmenau und zu einigen Angaben in bezug auf die Geschichte von Ilmenau vgl. 113, passim; 115; 532.

46 51, 1, S. 314. Voigts Brief wird aber nur teilweise zitiert. Die Sätze, die dem einen zitierten folgen, sind getilgt. Weiterhin wurde Voigts Brief an eine Person geschrieben, die er dazu bewegen wollte, mehr Bergwerksaktien zu kaufen, und im Hinblick auf seine große Bewunderung und Zuneigung zu Goethe kann er leicht gedacht haben, es sei zu indiskret, einem Außenstehenden aus Goethes Leben ein ziemlich persönliches Mißgeschick zu berichten, das von keinem allgemeinen Interesse war.

47 307, S. 531.

48 250, 2, S. 209 f.

49 WA IV, 6, S. 245. Dies erinnert daran, daß Goethe Cornelia ein Gedicht mit der Weisung schickte, wann es zu rezitieren sei; siehe oben, S. 86.

50 WA I, 36, S. 369 f.

51 Weitere Teile der Rede bestätigen diese Ansicht. Goethe sprach von dem Schacht als Tür zu den tiefliegenden Schätzen der Natur; er verglich die ganze Einrichtung mit einem Kind, das Hilfe benötigt, usw.

52 V. 1700, WA I, 14, S. 82.

53 V. 11577–86. WA I, 15, S. 316.

54 V. 11589–91. WA I, 15, S. 316.

55 Später fand ich in Goethes Briefen einen unmittelbaren Beleg für diese Möglichkeit. Am 3. März 1784 schrieb er einen Kondolenzbrief an seinen Freund Jacobi, der seine Frau verloren hatte: »Der Gedancke an dich und deinen Zustand hat mich auf einer sonst frohen Reise, da ich das alte Ilmenauer Bergwerck wieder eröffnet, immer begleitet«... WA IV, 6, S. 250. Am 20. Februar erhielt er die Nachricht vom Tod der Frau seines Freundes, und am folgenden Tag reiste er nach Ilmenau.

56 Man nimmt im allgemeinen an, daß sich die gleich berichtete Episode 1783 aus Anlaß der zweiten Harzreise ereignete, aber sie kann auch während der dritten im Jahre 1784 stattgefunden haben. Der psychologische Zusammenhang würde eher 1783 vermuten lassen.

57 Friedrich Wilhelm von Trebra (1740–1819), Direktor der Bergwerke im Kurfürstentum Sachsen, lebte eine Zeitlang in Ilmenau. Goethe hielt große Stücke auf ihn und studierte seine geologischen Veröffentlichungen. Sie korrespondierten miteinander, und ihre Beziehung war höchst freundschaftlich.

58 246, S. 48. Nach Trebras eigener Version lautet Goethes Äußerung geringfügig anders: »Wir müssen noch zu großen Ehren kommen, ehe wir die Hälse brechen!« 250, 1, S. 119.

59 Aber das Aufstauen von libidinöser Energie führt auch zur Entmutigung.

60 Obwohl das Stück auf den Leser von heute mehr den Eindruck eines literarischen als eines wissenschaftlichen Produkts macht, war es von Goethe als Beitrag zur Naturwissenschaft gemeint und wird deshalb immer bei den *Naturwissenschaftlichen Schriften* veröffentlicht.

61 WA II, 9, S. 173.

62 WA II, 9, S. 174.

63 WA II, 9, S. 172.

64 255, S. 58. Ich folge hier dem Text des ersten Bandes von Goethes *Die Schriften zur Naturwissenschaft,* denn der Text der Weimarer Ausgabe (II, 9, S. 172) (wo steht: »erreichten«) ist offensichtlich verdorben.

65 WA II, 9, S. 172 f.

66 WA II, 9, S. 173.

67 WA II, 9, S. 173 f.

68 WA I, 19, S. 73.

69 Hervorhebung von Goethe. WA I, 19, S. 75 f.

70 WA II, 9, S. 174.

71 V. 6263, WA I, 15, S. 72.

72 Marie Bonaparte hat in Edgar Allan Poes Werk auf Beispiele der Identifizierung von Mutter und Landschaft hingewiesen. Vgl. 59, 2, S. 113.

73 WA IV, 6, S. 220.

74 WA IV, 6, S. 222.

75 ibidem.

76 WA IV, 6, S. 222 f.

77 Goethe meint: von anderen, besonders von seinem Diener Seidel, der einen Briefwechsel mit der Mutter seines Herrn aufrechterhielt.

78 WA IV, 6, S. 223.

79 WA IV, 3, S. 196.

80 Um die Gründe für Goethes besonders schwere Regression im Dezember 1768 zu finden, müssen der Fehlschlag seiner ersten großen Liebe in Leipzig und seine wirkliche Lage zu Hause nach seiner Rückkehr berücksichtigt werden.

81 51, 1, S. 312.

82 WA IV, 6, S. 312.

83 ibidem.

84 WA IV, 6, S. 318 f.

85 WA IV, 6, S. 319.

86 Philipp Christoph Kayser, Musiker und Komponist, geboren 1755 in Frankfurt, gestorben 1823 in Zürich; ein Freund Goethes aus seinen Frankfurter Tagen.

87 WA IV, 6, S. 314.

88 Zur Rolle von Moses in Goethes Leben vgl. 76. Zu einer psychoanalytischen Erklärung dieses Einflusses vgl. 364.

89 Dieser Brief ist undatiert, und ich folge bei der Datierung den Herausgebern der Weimarer Ausgabe.

90 WA IV, 6, S. 227.

91 WA IV, 6, S. 225.

92 WA IV, 6, S. 353.

93 WA I, 19, S. 121.

94 WA IV, 6, S. 300.

95 WA IV, 6, S. 301.

96 545, S. 221.

97 V. 110–112, WA I, 1, S. 7.

98 V. 62, WA I, 1, S. 5.

99 WA IV, 6, S. 335.

100 (Du hast mich in der Welt isoliert, ich habe niemandem etwas zu sagen, wer es auch sei, ich rede, um nicht zu schweigen; das ist alles.) WA IV, 6, S. 343.

101 (Nein, meine Liebe, für dich ist es keine Leidenschaft mehr, sondern eine Krankheit, ei-

ne Krankheit, die mir teurer ist als die vollkommenste Gesundheit und von der ich nicht genesen will.) WA IV, 6, S. 350.

102 Es ist nicht ganz klar, ob die *Zueignung* oder *Die Geheimnisse* gemeint waren.

103 WA, IV, 6, S. 334. Das »euch« ist Plural und meint Charlotte von Stein und die Herders.

104 WA IV, 6, S. 334.

105 V. 245 f. WA I, 16, S. 180.

106 Vgl. Goethes eigenen Kommentar. *Die Geheimnisse,* WA I, 41, S. 100—105; vgl. auch 530, 2, S. 183—194; 13.

107 Ich will nicht behaupten, daß Goethe bewußt einen Wunsch nach Abreise hegte, als er das Gedicht schrieb. Die offenkundige Hemmung aber bei der Fortsetzung kann von dem Geheimnis hergerührt haben, das irgendwo in seinem Denken wuchs.

108 Vgl. Goethes früher erwähnte Identifizierung mit Moses.

109 V. 216. WA I, 16, S. 179.

110 »Und wie den Knaben Lust, den Jüngling Ehre,/So zog ihn nur der fremde Wille fort.« V. 221 f. WA I, 16, S. 179. Im Hinblick auf das nachfolgende Hamletproblem (siehe später) gewinnt diese Passage hervorragende Bedeutung.

111 Humanus' Vater trägt aber noch gehässige Züge, letzte Überreste von Goethes Ambivalenz. Immer wieder führt er seinen Sohn in Versuchung, als ob er dessen Ausdauer überziehen will.

112 Ich gehe hier über den tatsächlichen Inhalt des Fragments hinaus und bringe Eindrücke vor, die man aus dem Geschriebenen gewinnt.

113 WA IV, 6, S. 64 f.

114 WA IV, 6, S. 265. Vgl. Freud: »Ein abstinenter Künstler ist kaum recht möglich, ein abstinenter junger *Gelehrter* gewiß keine Seltenheit.« (Hervorhebung von mir) 165, S. 160.

115 (Wir tun unsere Pflicht so gut, meine liebe Lotte, daß man am Ende an unserer Liebe zweifeln könnte. Geschäfte und Freundschaft halten mich, Hausherrinpflichten nageln dich fest; es ist unmöglich für mich, mich aufzumachen, um dich zu sehen, und trotzdem bin ich mit dir und mir unzufrieden, weil wir so vernünftig sind.

Die Anwesenheit von Jacobi wäre mir doppelt lieb, wenn du bei uns wärst. Es ist mir unmöglich, von dir zu jemand anderem zu sprechen, wer es auch sei; ich weiß, daß ich immer zu wenig sage, und im selben Augenblick fürchte ich, zuviel zu sagen. Ich wünschte, jeder würde mich kennen, um mein Glück zu empfinden, das ich nicht auszusprechen wage. Es ist wirklich ein Hochverratsverbrechen an der Freundschaft, daß ich mit einem Mann wie Jacobi zusammen bin, einem Freund, der so treu wie zärtlich ist, ohne ihn [auf] den Grund meiner Seele blicken zu lassen, ohne ihn mit meinem Schatz bekannt zu machen, von dem ich mich ernähre. Ich hoffe, daß die Herderin ihm von dir erzählen und ihm sagen wird, was ich nicht auszusprechen wage.) WA IV, 6, S. 361.

116 250, 1, S. 122 f.

117 Obgleich der Herausgeber der *Gespräche* dies einen »Blitzstrahl des Geistes« nennt; vgl. 250, 5, S. 23.

118 V. 109 f. WA I, 1, S. 353 und S. 475.

119 Meinem Empfinden nach war diese Passage eine freimütige sarkastische Bemerkung, vielleicht das erste Zeichen einer unmittelbaren kritischen Haltung.

120 250, 1, S. 122.

Teil III A

1. Kapitel
Vorläufige Lösungen

1 WA I, 52, S. 198.

2 WA I, 52, S. 199.

3 WA I, 52, S. 200.

4 ibidem.

5 WA I, 52, S. 201 f.

6 WA I, 52, S. 216.

7 WA I, 52, S. 284.

8 Vgl. 206; 215. Zum Mantelsymbol vgl. Ernest Jones (320), der mehrere Gründe dafür angibt, warum der Mantel als Penissymbol geeignet ist. Er zitiert auch zwei Verse aus dem 1. Teil von Goethes *Faust,* in denen der Mantel als Symbol gebraucht wird. Vgl. auch 373; 447. Freud betont mehrmals die Verwendung des Mantels als Symbol.

9 Ich erinnere an den Traum, den Goethe nach der Geburt des Sohnes der Herzogin über Charlotte von Stein hatte (siehe oben, S. 936).

10 In der Endfassung des Romans fehlt Wilhelms Schwester gänzlich.

11 Das Material im *Wilhelm Meister* läßt die Phantasie vermuten, einen neuen Penis zu erhalten, der besser als der vorige ist.

12 Ich weiß nicht, ob man diese doppelte Funktion allgemein bei Fetischisten antrifft.

13 Indem Goethe die schöne Frau eine Amazone nennt, bestätigt er mittelbar meine Interpretation.

14 Aus vielen Beispielen geht hervor, daß die Endfassung des *Wilhelm Meister* manches von der psychologischen Schärfe des ersten Entwurfs verloren hat. Siehe oben, S. 310.

15 »Scabbard« heißt im Deutschen »Scheide«, das auch ein Wort für Vagina ist.

16 WA I, 52, S. 252.

17 WA I, 52, S. 273.

18 518, S. 501.

19 Die Wahrscheinlichkeit dieser Ersetzung wird noch größer, wenn man bedenkt, daß Goethe vor kaum einem Monat in einer Fehlleistung Herder einen Brief schickte, den er an Charlotte von Stein geschrieben hatte (siehe oben, S. 584 und später).

20 518, S. 501.

21 Vgl. Freuds Bemerkung, daß im Traum einer Frau ein Mantel einen Mann bedeutet, und sein Zitat von Reik (210, S. 25). An diesem Punkt mag der Hinweis wichtig sein, daß der phallische Symbolismus des Mantels durch den mantelähnlichen Charakter der Vorhaut verstärkt werden kann. Vgl. 414.

22 WA IV, 27, S. 118.

23 Ich möchte den Leser auch daran erinnern, daß der Junge in dem früheren Brief von 1765 an seine Schwester vor der Episode mit der wohltätigen Fee ein Erlebnis mit einer widerlichen großen Schlange beschreibt, die er durch einen Steinwurf tötete. In der Phantasie des pubertären Jünglings wird das gefährliche, furchterregende väterliche *membrum* mit dem rettenden, wohltätigen weiblichen Phallus verglichen. Man kann vermuten, daß in der Episode auf dem Kampfplatz das Äquivalent für die Schlange in dem frühen Brief der Hinterhalt und die nachfolgende ernsthafte Verletzung ist, die Wilhelm erleidet. Hier ist der Angriff des Vaters erfolgreich, und der Sohn unterwirft sich heuchlerisch der überlegenen Macht, um die sonst verbotene Seligkeit von einer Mutterfigur zu erhalten.

24 Zum folgenden vgl. 424, 5, S. 281—283.

25 WA I, 21, S. 106.

26 WA I, 21, S. 106 f.

27 WA I, 22, S. 57 f.

28 Ich habe bei der Übersicht über die früheren Bücher des *Wilhelm Meister* nicht hervorgehoben, daß Wilhelm nach seiner Enttäuschung über Marianes Untreue Züge von Frauenhaß aufweist. Das Tankred-Klorinde-Thema aus Tassos Epos, das im Hintergrund des Romans mitschwingt, wird in dieser Erörterung übergangen.

29 Zur selben Zeit, als Goethe das sechste Buch des *Wilhelm Meister* verfaßte, schrieb er an Knebel (am 5. Mai 1785), er flicke den Bettlermantel, der von seinen Schultern fallen wolle. Ich werde diese Behauptung später (siehe unten, S. 1108) erörtern, aber ich möchte sie hier anführen, weil sie in der symbolischen Bedeutung des Mantels den Kastrationskomplex beweist.

30 Der von Goethe erreichte Fortschritt läßt sich mit besonderer Schärfe im Vergleich der Titaniaverse mit der Fetischepisode im *Wilhelm Meister* ersehen. Ich werde mich hier auf die Betonung eines Faktors beschränken, der mir von besonderem psychologischen Interesse zu sein scheint. Aus den Titaniaversen schloß ich, daß sie sich hier auf eine Kindheitserinnerung eines Erlebnisses nach dem Erwachen aus dem Schlaf bezieht; in der *Wilhelm-Meister*-Episode verliert der Held das Bewußtsein — d. h. er schläft ein — nach dem Erhalt des Fetisch.

31 250, 1, S. 457.

32 250, 4, 2. 261.

33 Diese Passage mag rätselhaft erscheinen, bis entschieden ist, ob sie ein Loblied auf das Vorspiel ist. Ein wichtiger Aspekt der libidinösen Ökonomie des kreativen Künstlers wird hier offenbar. Nur in einem Zustand, der dem Vorspiel entspricht, kann er kreativ sein. Erfüllung macht seiner Kraft zu Kreativität ein Ende. Damit verbunden ist seine Fixierung auf das Erlebnis des Vorspiels. Vgl. 267.

34 452a, S. 347.

35 Vgl. den Brief vom 7. Oktober 1776, wo Goethe Charlotte von Stein mit einer Madonna verglich [WA IV, 3, S. 114].

36 Friedrich Josef Schelver (1778—1832), Arzt und Botaniker, Leiter des botanischen Gartens in Jena, Professor in Jena 1803—1806; er schrieb die *Kritik der Lehre von den Geschlechtern der Pflanze.*

37 Hervorhebung von mir. WA II, 6, S. 186 f.

38 WA I, 52, S. 224.

39 WA I, 52, S. 231.

40 WA I, 52, S.232.

41 WA I, 52, S. 233 f.

42 WA I, 52, S. 234.

43 ibidem.

44 WA I, 8, S. 205 f.

45 Dieser historische Bericht beweist, daß Goethe zu dieser Zeit intensiv mit dem Studium von *Hamlet* beschäftigt war und daß *Wilhelm Meister* offenbar die Ablage für Ideen war, mit denen Goethe zu dieser Zeit umging.

46 WA I, 52, S. 275.

47 Ursprünglich als Anhang zu dem vorliegenden Werk geschrieben, wird dieser *Discourse* infolge seiner Länge als gesondertes Buch erscheinen. [Vgl. 124]

48 Ich werde mich auf den psychologischen Aspekt von Goethes italienischer Reise beschränken. Die kulturellen Folgen kann man in jeder Standardbiographie finden.

49 Ich habe dieses Buch nicht eingesehen. Es ist eine höchst bemerkenswerte Tatsache, daß es nicht ins Deutsche übersetzt und veröffentlicht wurde. [Zur gekürzten, 1972 erschienenen Übersetzung vgl. 236. — Anm. d. Hg]

50 WA I, 29, S. 155.

51 WA I, 19, S. 299 f.

52 WA I, 29, S. 185.

53 WA I, 29, S. 192.

54 Wie ich schon herausgestellt habe, sprach Goethe später selbst von diesem Jahrzehnt in verächtlicher Weise.

55 51, 1, S. 549.

56 Vgl. Freuds Bemerkung über den alten Goethe. 216, S. 233.

57 WA I, 52, S. 249.

58 Hervorhebung von Goethe. WA I, 37, S. 133 f.

59 Die Rückkehr zum Vater kann man auch daran sehen, daß Goethe incognito unter bürgerlichem Namen reiste, obgleich dies durch viele Gründe, die mit der Bequemlichkeit des Reisens zusammenhingen, gut rationalisiert war. Er blieb auch seinem »dramatischen Ebenbild« treu und nannte sich Johann Philip Möller, Kaufmann aus Leipzig.

60 Der zweite Teil dieser Feststellung kann tatächlich bewiesen werden; der erste aber ist nur haltbar, wenn meine Interpretation des *Hamlet* richtig ist.

61 Carolus Linnaeus (Carl von Linné; 1707—1778), berühmter schwedischer Botaniker, dessen System der Arteneinteilung den Beginn moderner Klassifizierung darstellt.

62 WA IV, 27, S. 219.

63 WA II, 6, S. 390 f.

64 Diese Behauptung muß bis zu einem gewissen Grad revidiert werden. In *Dichtung und Wahrheit* erwähnt Goethe auch den inneren Antagonismus, der ihn an Spinoza band. Nachdem er den großen Eindruck dargestellt hat, den Spinoza auf ihn machte, fährt er fort: »Übrigens möge auch hier nicht verkannt werden, daß eigentlich die innigsten Verbindungen nur aus dem Entgegengesetzten folgen. Die alles ausgleichende Ruhe Spinoza's contrastirte mit meinem alles aufregenden Streben«... WA I, 28, S. 289. Goethe war aber nicht in einen Wettstreit mit Spinoza verwickelt. Vielleicht entstammte die größere Leichtigkeit, mit der er Spinoza als Meister anerkannt zu haben scheint, aus der Tatsache, daß ihre Gebiete, auf denen sie schöpferisch tätig waren, sich nicht, wie bei Shakespeare und Linnaeus, überschnitten.

65 Hervorhebung von mir. WA IV, 7, S. 63.

66 Heinrich Leopold Wagner (1747—1779), Autor und Rechtsanwalt in Frankfurt. Goethe wurde mit ihm in Straßburg bekannt. Als Wagner nach Frankfurt zog, kamen sie sich näher, und es entwickelte sich eine intime Freundschaft.

67 Johann Bernhard Basedow (1723—1779), Pädagoge und Gründer des bekannten Philantropinums in Dessau.

68 WA I, 28, S. 288.

69 Glückliche Frauen sind in Goethes Werken vielleicht die Ausnahme.

70 WA I, 29, S. 9.

71 WA I, 29, S. 9 f. Goethe stellt hier die weitreichende Frage, auf die ich mich in Verbindung mit *Hamlet* beziehe, nämlich nach der Notwendigkeit, kulturelle und gesellschaftliche Forderungen zu verinnerlichen, das Fremde Ich-synton zu machen (ein Vorgang, der für Goethe in seiner Beziehung zu Charlotte von Stein besonders schmerzhaft war).

72 WA I, 29, S. 10. Das deutsche Wort »Leichtsinn« (easiness of mind) hat jetzt eine pejorative Bedeutung und meint Oberflächlichkeit, Leichtfertigkeit und Nachlässigkeit, was mit Goethes Wortgebrauch nicht impliziert ist. Vgl. 146, S. 405.

73 WA I, 29, S. 10.

74 Die Tatsache, daß Goethe diese Passagen nicht dazu verwendete, um die Lehre Spinozas auszulegen, sondern sie als psychologischen Bericht seiner eigenen subjektiven Erfahrung ausgab, macht diesen Teil von *Dichtung und Wahrheit* zu einer wichtigen Quelle für unsere Re-

konstruktion dessen, was in Goethe während der anderthalb Jahre vor seiner Abreise nach Italien vor sich ging.

75 In späteren Jahren bestand Goethes Abneigung gegen Geldeinkünfte aus seinen poetischen Produkten nicht mehr. Er ging mit seinen Verlegern sehr hart um und erreichte Summen, die damals als enorm angesehen wurden. Vgl. 342, 7, S. 351 f.

76 WA I, 29, S. 16 f.

77 WA I, 29, S. 19.

78 Meine Hypothese kann aber an Stärke verlieren, wenn man Eckermanns Bericht vom 15. März 1831 in Betracht zieht. Dort behauptet Eckermann, daß die beiden von mir mit Spinoza in Verbindung gebrachten Episoden ursprünglich nicht im engen Zusammenhang mit der Spinoza-Passage standen, sondern sich weiter hinten, am Ende des 16. Buches befanden. Eckermann schreibt im Hinblick auf den Ratschlag, den er Goethe gab: »Die artigen Anekdoten vom Feuer [...] und Schlittschuhlaufen [...] würden sehr schicklich dort zu verknüpfen seyn, wo von dem bewußtlosen ganz unvorbedachten poetischen Produciren die Rede ist.« 119, S. 319. Goethe führte diesen Vorschlag aus. Ich weiß nicht, in welchem Ausmaß diese relative Distanz zur Spinoza-Erörterung, wie Goethe sie ursprünglich geplant hat, meine Schlußfolgerungen widerlegt. Zur Verteidigung meiner Rekonstruktion vermute ich, daß Eckermann — dessen Identifizierung mit Goethe ganz offensichtlich ist — eine Verbindung spürte, die Goethe zu verbergen trachtete. Goethes Tendenz, im 16. Buch von *Dichtung und Wahrheit* etwas zu verdunkeln, steht meiner Meinung nach außer Frage.

79 Christian Friedrich Himburg, ein Berliner Buchhändler und Verleger, brachte Goethes Werke zuerst in drei Bänden heraus (1775—76), dann in vier (1779), ohne daß Goethe seine Erlaubnis dazu gab.

80 WA I, 29, S. 15 f.

81 Vgl. 27. Zur gerechten Würdigung vgl. 32.

82 Vielleicht war Goethes Begründung aus dem Geist Spinozas geboren, als er die illegitime Beziehung zu Christiane mit dem Argument rechtfertigte, daß dies niemandem Schaden zufüge.

83 Vgl. den Satz: »das kleinere Übel ist (...) in Wahrheit ein Gut«, aus demselben Beweis. 272, S. 577, Teil IV, Lehrs. 65.

84 WA IV, 6, S. 215.

85 WA IV, 7, S. 27.

2. Kapitel
Hic Rhodus, hic salta

1 49, S. 259.

2 49, S. 259.

3 WA IV, 7, S. 241.

4 WA IV, 7, S. 241.

5 WA IV, 7, S. 239.

6 Der mit »Sommer« überschriebene Teil dieser Distichen-Sammlung (1796) wird gewöhnlich mit Goethes Beziehung zu Christiane Vulpius in Verbindung gebracht.

7 WA I, 1, S. 349.

8 43, S. 186.

9 Man weiß, daß einige Briefe verlorengegangen sind. An erster Stelle ist die objektive Evidenz zu nennen, daß einige zufällig vernichtet wurden. Andere lieh sich Goethe von Charlotte

von Stein für die Vorbereitung seiner *Italienischen Reise* aus und vernichtete sie danach, und wir wissen nicht, wieviel von deren ursprünglichem Inhalt in das Buch aufgenommen wurde und wieviel für immer verloren ist. Es stellt sich natürlich die Frage, ob das Fehlende im wesentlichen durch Zufall verlorenging oder ob es das Ergebnis einer bewußten oder unbewußten Auslese ist, d. h. ob unser Bild von der Beziehung zwischen Goethe und Charlotte von Stein sich wesentlich verändern würde, wenn man das Fehlende fände.

10 WA I, 26, S. 359.

11 WA IV, 7, S. 243.

12 Vgl. Goethes Brief an Merck vom 7. April 1780, oben Seite 464.

13 WA IV, 6, S. 405.

14 WA IV, 6, S. 405 f.

15 WA IV, 6, S. 406.

16 WA IV, 6, S. 408.

17 ibidem.

18 WA IV, 7, S. 220.

19 WA IV, 7, S. 221.

20 WA IV, 6, S. 407.

21 Selbst gegenüber Charlotte von Stein, die Zeugin seiner Depression war, behauptete Goethe in einem Brief vom 19. Dezember 1784, daß er sich in einem Dezember so wohl wie lange nicht gefühlt habe.

22 Hervorhebung von Goethe. WA IV, 7, S. 6.

23 WA IV, 7, S. 14.

24 WA IV, 7, S. 23 f.

25 WA IV, 7, S. 25.

26 WA IV, 7, S. 26 f. Wer werden weiterhin sehen, daß Goethe erst später, in seiner Beziehung zu Christiane Vulpius, große Zeiträume von Einsamkeit zu ertragen vermochte und diese Periode höchst produktiv zu nutzen verstand. Bestimmte Züge in der Beziehung zu Christiane lassen es als möglich erscheinen, daß die Abwesenheit des geliebten Objekts Sehnsucht hervorrief, aber keine Angst. Charlotte von Stein wurde wahrscheinlich niemals ein »reines« Objekt; ihr Bild enthielt immer — wenn auch manchmal in nur geringem Maße — narzißtische Strukturelemente von Goethes eigener, auf sie projizierter Persönlichkeit; sie war manchmal sein Überich, wie Goethe es mittelbar in einem zitierten Gedicht audrückte. Die Tatsache, daß Objekt und Persönlichkeitsstruktur nicht hinreichend getrennt wurden — wie es aus vielen Gründen in der Beziehung Goethes zu Charlotte von Stein der Fall war —, machte Goethe vom Objekt abhängiger als mit psychischer Gesundheit vereinbar ist.

27 WA IV, 6, S. 393.

28 Doch selbst wer diese Überzeugung teilt, mag das Argument einwenden, daß ich diesen Briefen zuviel beigelegt und deren Bedeutung oft überschätzt habe. Ich meine aber, daß diese Briefe nicht überinterpretiert werden können. Obgleich der Forscher immer in der Gefahr ist, falsche Dinge in diese Briefe hineinzulegen, kann er nicht *zuviel* in ihnen sehen. Interpretationen, wie ich sie in dieser Studie anstelle, sind infolge der Grenzen der gegenwärtigen Psychologie Irrtümern ausgesetzt. Obwohl eine verfeinerte Technik in der Zukunft manche meiner Interpretationen als falsch erweisen kann, darf man nicht erwarten, daß eine künftige Psychologie die Tiefe dieses historischen Dokuments verringern wird. Im Gegenteil, man darf annehmen, daß man später viel tiefere Bedeutungen aus diesem Briefwechsel gewinnen wird. Deshalb weise ich das Argument der Überinterpretation zurück, wenn ich auch die Möglichkeit von Irrtümern in Details der Interpretation einräume.

29 WA IV, 7, S. 27.

30 WA IV, 7, S. 50.

31 WA IV, 7, S. 44.

32 WA IV, 7, S. 71.

33 WA IV, 7, S. 77.

34 WA IV, 7, S. 89 f.

35 Fritz war auf einer Reise nach Frankfurt, um Goethes Mutter zu besuchen.

36 WA IV, 7, S. 96 f.

37 WA IV, 7, S. 94.

38 WA IV, 7, S. 93 f.

39 Adelheid Amalia Fürstin von Gallitzin (1748—1806). Geboren in Berlin, heiratete sie einen russischen Fürsten, zog sich aber vom Hof zurück. Sie verbrachte ihr späteres Leben in Einsamkeit. Sie stand in engem Kontakt zu einer ausgewählten Gruppe hervorragender Philosophen.

40 WA IV, 7, S. 104.

41 Frans Hemsterhuis (1721—1790), ein bekannter holländischer Philosoph. Seine Philosophie beruhte auf Plato und Sokrates, war aber auch stark von Locke, Shaftesbury und Leibniz beeinflußt.

42 WA IV, 7, S. 106.

43 Wie ich von Zeit zu Zeit herausgestellt habe, war Goethe während seines ganzen Lebens der Gefahr ausgesetzt, von seinen inneren Kräften überwältigt zu werden. Doch in seiner Beziehung zu Charlotte von Stein wurde diese Gefahr stark verringert und trat nur unter ungewöhnlichen Umständen hervor, während sie zuvor ständig dagewesen war.

44 WA IV, 7, S. 105.

45 WA IV, 7, S. 106.

46 WA IV, 7, S. 123.

47 Charlotte von Stein bezieht sich hier auf politische Fragen, die Goethe beunruhigten und in denen nichts unternommen werden konnte. Siehe unten, S. 1103 f.

48 43, S. 181 f.

49 254, 1, S. 568. Die Verse wurden auf einen Brief (vgl. oben, S. 258) geschrieben, in dem Goethe vorwurfsvoll Charlotte von Stein eine Madonna nannte.

50 WA IV, 7, S. 149.

51 ibidem.

52 WA IV, 7, S. 37.

53 51, 1, S. 330.

54 WA IV, 7, S. 212 f. Dieser hohe Grad an Toleranz und seine Abneigung gegen Zwietracht scheinen in dieser Phase von Goethes Leben besonders charakteristisch, da er später an diesen Prinzipien nicht festhielt, sondern seine Gegner während einer Periode bissig attackierte. Der Brief ist charakteristisch für Goethes damalige Anstrengungen, Aggression zu meistern.

55 WA IV, 7, S. 213 f.

56 Hervorhebung von Goethe. WA IV, 7, S. 250.

57 WA IV, 7, S. 51.

58 Diese Reform hatte auch die Wirkung, Charlotte von Steins Ehemann zu veranlassen, öfter als vorher zu Hause zu sein, wodurch die Zeit beschnitten wurde, die Goethe mit seiner geliebten Frau ungestört verbringen konnte. Ging diese Reform aus der Ambivalenz gegen Charlotte von Stein hervor?

59 Ich habe zuwenig Gewicht auf Goethes Verdienst als Schatzsekretär gelegt. Bei der Reorganisierung der Steuerstruktur von Ilmenau (vgl. 532, S. 108—134) hatte er mit einschneidenden Veränderungen Erfolg. Worin immer das objektive Verdienst von Goethes Arbeit bestehen mochte, es wiegt nicht auf, was seinem Wissen nach getan werden mußte.

60 WA I, 35, S. 11. Dieses Ereignis plagte Goethe noch längere Zeit, und in Sizilien forschte

er in der Geschichte des Cagliostro, der ebenfalls eine, wenn auch geringere, Rolle in der Affäre gespielt hatte. Goethe wurde diese Sache erst los, als er ein Stück darüber schrieb.

61 Es gibt natürlich selbst unter optimalen Bedingungen eine bestimmte Grenze dieser Fähigkeit. Fälle, bei denen die scheinbare Objektivität als Abwehr gegen den Ausbruch starker Emotionen dient, müssen ebenfalls in Betracht gezogen werden.

62 WA IV, 7, S. 121.

63 Goethe arbeitete an einer Neuausgabe seiner gesammelten Werke.

64 WA IV, 7, S. 240/242.

65 WA IV, 7, S. 36.

66 Gedanken Paul Schilders folgend, vermute ich, daß Goethes Vision über die Konsistenz der Natur ihre Parallele — wenigstens damals — in einem Grundmuster seiner eigenen Persönlichkeit hatte. Vgl. 471.

67 WA IV, 7, S. 229 f.

68 WA IV, 2, S. 246 f.

69 Hervorhebung von Goethe. WA IV, 2, S. 303.

70 Die Tatsache, daß sich dieser Brief nur in Form eines Rohentwurfs erhalten hat, berührt meine Schlußfolgerungen nicht.

71 WA IV, 2, S. 302.

72 WA IV, 7, S. 87.

73 119, S. 591.

74 Vgl. Freud (207, S. 549): »ein ergreifendes Beispiel einer Entsühnung, einer Befreiung der leidenden Seele von dem Druck der Schuld«.

75 Trotz des Fehlens einer wissenschaftlichen Psychologie in Goethes Werk ist bemerkenswert, daß eine wenig bekannte Schrift von ihm den Keim einer Theorie der Fehlleistung enthält, die in wichtigen Aspekten Freuds Theorie nahekommt. Vgl. *Hör-, Schreib- und Druckfehler* (WA I, 41, Teil 1, S. 183—188). Das wird besonders deutlich, wenn Goethe behauptet, daß der Schreiber, dem man diktiert, »seine inwohnende Neigung, Leidenschaft und Bedürfniß an die Stelle des gehörten Wortes setzt, den Namen einer geliebten Person oder eines gewünschten guten Bissens einfügt«. (S. 185) Ein Abschnitt auf Seite 188 zeigt Goethes Einsicht, daß eine Theorie der Aufmerksamkeit zur Erklärung von Fehlleistungen nicht ausreicht.

76 WA I, 27, S. 257.

3. Kapitel
Italien

1 WA IV, 8, S. 4.

2 Hervorhebung von Goethe. WA IV, 8, S. 7.

3 Hier haben wir wieder einen Fall, bei dem man Bodes Frage berücksichtigen muß, ob Goethe sich überlegt verstellte oder log, um vorzutäuschen, was seiner Vermutung nach Charlotte von Stein hören wollte. Nähere Nachforschungen werden beweisen, daß sich Goethe nicht wie ein Mann verhielt, der sich in den Wegen des weiblichen Herzens auskannte. Durch solche starken Worte wie die oben zitierten machte er es für Charlotte von Stein schwieriger, die Last der folgenden Trennung zu akzeptieren. Solche Worte müssen als das Ergebnis von Konflikten aufgefaßt werden oder als Abwehr gegen sie, oder als Versuche, wenigstens zeitweilige Lösungen zu finden.

4 WA IV, 7, S. 231.

5 ibidem.

6 WA IV, 7, S. 239.

7 WA IV, 7, S. 240.

8 WA IV, 44, S. 70.

9 Gräf ist einer der wenigen, die die Ansicht vertreten, daß eine Flucht vor Charlotte von Stein nicht unter Goethes Motiven war, Weimar zeitweilig zu verlassen. Vgl. 252, 1, S. XVII.

10 Die Herzogin hatte eine gesunde Prinzessin geboren.

11 WA IV, 7, S. 253 f.

12 WA IV, 8, S. 11—13.

13 Vgl. 551 zur symbolischen Bedeutung des Reisens; vgl. auch 158, S. 390.

14 Vgl. 298. Diese Hypothese verliert aber viel von ihrem erklärenden Wert, wenn wir erfahren, daß Goethe ganz bewußt diese Reise als Wiedergeburt erlebte. Er schreibt Herder am 2. Dezembear 1786: »ich zähle einen zweyten Geburtstag, eine wahre Wiedergeburt von dem Tage da ich Rom betrat.« WA IV, 8, S. 77. Die Identifizierung des Tages, »da ich Rom betrat«, mit einem zweiten Tag der Geburt kann aber dennoch ein wichtiger Schlüssel zur Enträtselung von vielen unbewußten Motivationen von Goethes Reise sein.

15 WA IV, 8, S. 12.

16 WA IV, 8, S. 13.

17 WA III, 1, S. 180.

18 Wie stark er sich anfangs mit dieser Arbeit beschäftigte, kann man aus der Tagebucheintragung vom 5. September sehen, wo er die Arbeit an der *Iphigenie* »eine böse Arbeit« nennt. WA III, 1, S. 155.

19 WA IV, 8, S. 2.

20 WA IV, 8, S. 18.

21 Hervorhebung von Goethe. WA IV, 8, S. 29.

22 WA IV, 8, S. 42.

23 WA IV, 8, S. 40.

24 WA IV, 8, S. 42.

25 WA IV, 8, S. 40

26 ibidem.

27 Hervorhebung von Goethe. WA IV, 8, S. 37 f. In diesem Vergleich von »die Lebendige« mit »der gebildete Stein« liegt vielleicht die tiefste Wurzel von Goethes Konflikt. Der Name der Liebsten, von der er sich ablöste, war schließlich »von Stein«.

28 Ob auch Goethe eine Erfahrung der Depersonalisierung in Form des *déjà vu* durchlebte, ist, obwohl wahrscheinlich, eine Frage der Spekulation. Vgl. 159, 294—298.

29 WA IV, 8, S. 37.

30 WA IV, 8, S. 43.

31 Als wenn er innehalten müßte, fügt Goethe hinzu, diese Tat und das Klettern zu der Stelle, wo der Kaiser gewesen war, wäre »ein frevelhafftes Unternehmen«. WA III, 1, S. 159.

32 WA III, 1, S. 328.

33 WA III, 1, S. 175.

34 Vgl. 212, S. 256 f. Diesen Konflikt kann man beinahe bei allen Männern antreffen. Klinisch stößt man auf zwei gegensätzliche Typen: auf einen, der unter allen Umständen in jeder Hinsicht die Überlegenheit über den Vater gewinnen muß, und auf den anderen, der gezwungen ist, einen geringeren Platz zu behalten. In vielen Fällen beobachtet man eine Mischung von beidem: etwas Überlegenheit wird um den Preis des Leidens an Unterlegenheit auf anderen Gebieten erreicht.

35 WA IV, 8, S. 106. Vgl. Freud, 212, S. 251: »Wir [mein Bruder und ich] diskutierten den uns vorgeschlagenen Plan [nach Athen zu reisen], fanden ihn durchaus unzweckmäßig und sahen nur Hindernisse gegen seine Ausführung,«...

36 WA IV, 8, S. 120.

37 WA IV, 8, S. 121.

38 WA IV, 8, S. 159.

39 WA IV, 8, S. 162 f.

40 Vgl. Freud, 212, S. 251: »Wir [mein Bruder und ich] anerkannten später, daß wir den Vorschlag nach Athen anstatt nach Korfu zu gehen, sofort und bereitwilligst angenommen hatten.«

41 WA IV, 8, S. 194.

42 WA IV, 8, S. 212. Dieser Brief ist der einzige von Goethes Briefen aus Sizilien an Charlotte von Stein, der erhalten ist.

43 WA IV, 29, S. 56. Das bezieht sich auf die Beziehung zu Charlotte von Stein: siehe unten S. 1209.

44 WA IV, 8, S. 211.

45 WA I, 2, S. 230.

46 *Viaggio in Italia* (236). Vgl. oben, S. 1048. Ich möchte das späte Datum der Veröffentlichung betonen (1932—33). Reinsch (451), der Gelegenheit hatte, das originale Dokument zu studieren, behauptet, daß Farinelli das Tagebuch »mit vielen Abweichungen vom Original« veröffentlichte. Der deutsche Leser hat zu diesem Tagebuch nur in Ausschnitten Zugang. Zu den im Deutschen veröffentlichten Teilen vgl. 56; 232; 451. [Zu einer 1972 erschienenen gekürzten Übersetzung vgl. 236. Anm. d. Hg.]

47 Samuel Heinicke (1729—1790), Taubstummenlehrer in Leipzig.

48 Hier kann auch eine der Wurzeln von Goethes häufigem Bedauern liegen, sich die italienische Sprache nicht besser angeeignet zu haben. Man wird aber auch an Freuds Bemerkung über den Mechanismus des »Ausweichens zugunsten eines anderen« (192, S. 286, Anm.) erinnert. Vermutlich benötigte Goethe kleine Inseln, wo er die Überlegenheit seines Vaters unangetastet ließ. Auf eine ähnliche Situation werden wir später bei der Erörterung von Goethes musikalischer Entwicklung stoßen.

49 482, S. 17 f.

50 WA IV, 9, S. 197.

51 WA IV, 9, S. 196.

52 Diese Vermutung muß man im Hinblick auf die kürzliche Veröffentlichung von Ernst Beutler (30, S. 50) fallen lassen, wo Beutler berichtet, daß Merck »eine Art Vetter von Strecker war«.

53 Es gibt Autoren, die entscheidende Daten über ihr Leben frei verändern, etwa Tolstoj, der dem Leser falsche Informationen über das Datum des Todes seiner Mutter gibt. Ich glaube nicht, daß Goethe jemals Zuflucht zu einer solchen Technik nahm, sondern eher die Anspielung, den Hinweis, das Schaffen von Eindrücken durch indirekte Mittel benutzte. Offensichtlich baute er bei der Fehlleitung des Lesers auf unbewußte Techniken.

54 Wahrscheinlich sollte man hier nicht von Agieren sprechen, da der Dichter durch das Schreiben von Literatur die Realität nur in indirekter Weise berührt. Vgl. 191, S. 15, 16 f.; 462; 166.

4. Kapitel
Goethes Sexualleben

1 Vgl. z. B. Ludwig Geiger in seine Einführung zu der *Italienischen Reise* (248, 26, S. XLIV f.). Geiger scheint sich von der Idee indigniert zu fühlen, daß Goethe der Liebhaber einer römischen Kellnerin gewesen sein könnte. Da die Tatsache, daß Goethe sexuelle Abenteuer in Rom

hatte, durch einen Briefwechsel bewiesen ist (siehe später), leugnet Geiger nicht die Möglichkeit, daß Goethe »den Reizen einer römischen Hebe nicht widerstanden hätte«, aber der Gedanke, daß eine solche Person als Faustina in den schönen *Elegien* abgebildet sei, wird zurückgewiesen. Unter den vielen Gründen, die Gelehrte dazu bringen, sich elend zu fühlen bei dem Gedanken, Carlettas Faustina-Identität zu akzeptieren, muß man die nationalistischen und Klassenvorurteile berücksichtigen.

2 Johann Karl Wilhelm Zahn (1800—1871), Architekt und Maler.

3 Zahns Besuch und eine Einzelheit seines Berichts werden in Kanzler Müllers Unterhaltung mit Goethe vom 11. September 1827 (246, S. 157) betätigt. Es haben sich auch Briefe Goethes an Zahn erhalten, und Goethe erwähnt ihn in einigen Veröffentlichungen.

4 250, 3, S. 445. Die Einzelheiten, die Goethe hier erwähnt, erscheinen in den *Elegien*.

5 WA I, 42/2, S. 358.

6 WA IV, 8, S. 261. Karl August hatte den Herzog von Braunschweig auf dessen Kriegszug gegen Holland begleitet. Vgl. 113, S. 279.

7 Zu den Schwankungen in Goethes Beziehung zum Herzog siehe Anhang R.

8 Ich verstehe diesen Satz in dem Sinne, daß sie, sobald sie eine respektable Fassade der Ehe haben, bereit sind, mit jedem Mann zusammenzuleben, der sie auszuhalten bereit ist.

9 Die wörtliche Bedeutung des von Goethe hier gebrauchten Ausdrucks lautet annähernd »mit Leckerbissen spielen« (von einer Mahlzeit gesagt).

10 WA IV, 8, S. 314.

11 WA IV, 8, S. 314 f.

12 Goethes *Elegien* geben seinen quälenden Ängsten vor Geschlechtskrankheiten beredten Ausdruck, besonders in einer unveröffentlichten Elegie, wo er sich über diese Krankheit in folgenden Metaphern ausläßt: »Ungeheure Geburt giftigen Schlammes«, »... der Wurm, packt den genießenden an«, »... besudelt die Quellen, / Geifert, wandelt in Gift Amors belebenden Thau.« WA I, 1, S. 419.

13 Ich stimme Bodes Schlußfolgerung nicht zu, daß diese Bedachtsamkeit eine Triebschwäche verrät. Einer starken Angst vor Kastration liegt regelmäßig starker Sexualdrang zugrunde.

14 WA IV, 8, S. 314.

15 WA III, 1, S.230.

16 WA III, 1, S. 253. Goethes Erwähnen von Prostituierten in seinem Tagebuch für Charlotte von Stein beweist fast sicher, daß er mit ihnen nicht in Berührung kam — wenigstens nicht vor seiner Ankunft in Rom.

17 WA IV, 8, S. 170.

18 Da Karl Augusts Briefe an Goethe aus dieser Zeit nicht mehr vorhanden sind, muß man zu Rekonstruktionen Zuflucht nehmen.

19 Goethe wurde in Rom zeitweilig tatsächlich auf Veranlassung der österreichischen Regierung überwacht. Goethe wußte auch nicht, daß der erste Brief seiner Mutter nach Rom abgefangen und nach Wien geschickt wurde. Vgl. 541, 1, S. 389.

20 WA IV, 8, S. 325.

21 Im Oktober verbrachte Goethe die meiste Zeit auf dem Land in der Umgebung von Rom.

22 WA IV, 8, S. 329.

23 Im Deutschen hat das Wort Sonne, anders als in den meisten anderen Sprachen, das weibliche grammatische Geschlecht.

24 WA IV, 8, S. 320.

25 Der Herzog hatte Goethe aus Mainz geschrieben, wo er wegen einer Gonorrhöe-Infektion, die er sich in den Niederlanden geholt hatte, in Behandlung war.

26 Die Betonung liegt hier auf Merkur als Heiler der Syphilis.

27 WA IV, 8, S. 346 f.

28 Dies ist meiner Meinung nach auch ein entscheidender Beweis, daß in der wilden Zeit in Stützerbach keine sexuellen Ausschweifungen vorgekommen waren, wie wiederholt behauptet worden ist, denn warum sollte Goethe eine Tatsache erwähnen, die dem Herzog aus den gemeinsamen Erlebnissen bekannt war?

29 Man könnte argumentieren, daß sich das »mehr als einmal« auf Vorfälle in Rom bezieht, die sich nach seinem ersten Geschlechtsverkehr dort ereigneten, aber eine solche Interpretation wäre gepreßt und kaum haltbar, wenn Goethe gesagt hätte: »mehr als einmal *in meinem Leben*«.

30 Bode scheint derselben Meinung zu sein. Er schreibt über diese Passage: »es ist höchst sonderbar, daß er [Goethe] gegen einen so vertrauten und so offenherzigen Freund, wie Karl August, überhaupt ausspricht, daß ihm das Weib nichts Unbekanntes sei.« 54, S. 30 f. In der Tat ist der Analytike hier in einer seltsamen Situation. Er nimmt häufiger an, daß Prozesse sexueller Natur am Werk sind, wo andere sie nicht wahrnehmen können. In diesem Fall verneint der Analytiker, daß das sexuelle Ereignis stattgefunden hat, wo gesunder Menschenverstand und die allgemeine Meinung dies als selbstverständlich ansehen. Nachfragen bei Kollegen ergaben, daß die meisten meine Hypothese verächtlich zurückwiesen. Einer vermutet, daß der Hauptbeweis (Goethes Brief an den Herzog vom 16. Februar) nicht für meine Zwecke zu verwenden ist, da Goethes Worte ironisch gemeint seien. Sicher, einige Abschnitte sind scherzhaft geschrieben, und es hätte Goethe vielleicht nicht gestört, wenn der Herzog den größten Teil des Briefes in diesem Sinn gelesen hätte, aber ich meine, daß Goethe mit Selbstironie sehr sparsam war und die scheinbare Scherzhaftigkeit zum Ziel hatte, eine tiefe Peinlichkeit zu verdecken.

31 Die Behauptung, daß es eine so lange Periode der Enthaltsamkeit von Geschlechtsverkehr gab, mag schwer zu glauben sein. Ich hatte aber Gelegenheit, die strikte Einhaltung des Prinzips der ehelichen Treue und der Ablehnung auch des vorehelichen Geschlechtsverkehrs bei bestimmten Männern zu studieren, die durch die Mitgliedschaft in einer protestantischen Sekte charakterisiert sind, aus einer kleinen bis mittleren städtischen Gemeinschaft stammen und sich beruflich auszeichnen. Diese Männer haben Jahre des stärksten Sexualdrangs ohne die Belohnung des Geschlechtsverkehrs verbracht. Wenn Packe recht hat, dann gibt es auch in John Stuart Mills Leben eine Periode von zwanzig Jahren intimer Nähe zu einer Frau (die später seine Ehefrau wurde) ohne Geschlechtsverkehr. Vgl. 417, S. 317—320.

32 Vgl. Bode (54, S. 4—28, 57—68). Besondere Aufmerksamkeit verdient Bodes Erörterung einer Passage in *Dichtung und Wahrheit,* die von vielen als Hinweis auf Goethes Kontakt mit Prostituierten während der frühen Studienjahre interpretiert worden ist. Bode stellt diesen Bericht sehr schlüssig ins rechte Licht.

33 51, 1, S. 419. Vgl. auch Bodes Bemerkung in: 54, S. 34.

34 Eduard Hitschmanns Meinung in dieser Frage ist nicht bestimmt. Er nimmt an, daß Goethe in Rom zum erstenmal »ungehemmten Genuß« erlebte. 298, S. 57.

35 518, S. 501.

36 WA I, 32, S. 213. Manche Autoren behaupten, das Gedicht sei schon im November oder Dezember 1787 geschrieben. Goethe nannte es sein »Leibliedchen«.

37 Als alter Mann versuchte Goethe anscheinend, dieses reizende Gedicht seiner fraglos erotischen, sinnlichen Qualität zu berauben, indem er verlangt, Cupido sollte nicht als der Gott aufgefaßt werden, der den triebhaften, leidenschaftlichen Aspekt des Lebens symbolisiert.

38 WA I, 32, S. 213.

39 Ich vernachlässige die wahrscheinlich wenigen Tage zwischen Geburt und Taufe.

40 Erst spät kam mir eine Passage zu Gesicht, die zu der Hoffnung berechtigt, daß eines Tages wichtige konkrete Beweise über Johann Kaspars Sexualleben ausgegraben werden. Von der

Schulenburg erwähnt eine Stelle im Tagebuch von Christian Senckenberg, dem Arzt Johann Kaspars. Dieser behauptet, daß »Johann Kaspar nur ihm, Senckenberg, zu verdanken hatte, daß er heiraten konnte«. (483, S.78). Von der Schulenburg gibt zu verstehen, daß sich Johann Kaspar in Venedig Syphilis zugezogen haben könnte. Ich möchte hier nicht alle Gründe aufzählen, die gegen die Annahme einer Syphilis bei Johann Kaspar sprechen; ich möchte nur sagen, daß die Krankheit, die man nach Senckenbergs Äußerung mit größter Wahrscheinlichkeit annehmen kann, eine Phimose war. Die Korrektur dieses Defekts durch chirurgischen Eingriff, eines Defekts, der Geschlechtsverkehr unmöglich macht, kann den Arzt gut zu einer solchen Bemerkung veranlaßt haben. Eine im späteren Leben geheilte Phimose würde meinem Urteil nach auch gut zu dem passen, was wir über Johann Kaspars Leben und Charakter kennen. Er war im Grunde ein Mann, der die besten Chancen im Leben hatte, aber den sparsamsten Gebrauch davon für sich selbst machte. Die späte Korrektur würde auch dahin tendieren, die Wahrscheinlichkeit zu bestätigen, daß Johann Kaspar wirklich keinen Geschlechtsverkehr vor seiner Heirat hatte. Ich möchte betonen, daß ich nur hypothetisch vermutet habe, daß Goethes Vater beschnitten worden sein kann. Wenn dies wirklich der Fall wäre, würde es viel zum Verständnis von manchen Aspekten von Goethes Psychologie beitragen, so die überraschende Leichtigkeit erklären, mit der er Kastrationsangst in Siegesgefühle verwandelte (vgl. zum Beispiel Anhang D). Es würde auch viel zur Erklärung von Goethes Antisemitismus beitragen, der zu Zeiten sehr stark war, und auch zu Einzelheiten wie seiner unangemessenen Reaktion auf Marie Antoinettes Halsbandaffäre (Herbst 1785, vgl. oben, S. 1109) passen. Ludwig XVI., ihr Ehemann, litt an einer Phimose. Seine Potenz wurde von einem Arzt erst nach der Heirat wiederhergestellt, und diese Tatsache kann am Hof von Weimar bekannt gewesen sein.

Zur Psychologie der Beschneidung vgl. 414. Genauer gesagt, es mag angemessen sein, an diesem Punkt zu bedenken zu geben, daß man Goethes wiederholte Hinweise auf die Vorstellung von Häuten, abgeworfenen Schlangenhäuten, in einem Fell gefangen sein usw. im Licht der Möglichkeit lesen könnte, daß sich Goethe einer solchen Erfahrung im Leben seines Vaters bewußt war.

41 Zu den benutzten Daten siehe 63, S. 11–17.

42 Es ist interessant, daß Lili (Anna Elisabeth Schönemann), mit der Goethe kurze Zeit verlobt war, aus einer Familie stammte, die wirklich zur Crème des Frankfurter Bürgertums gehörte, höher stand als Goethes Familie.

43 Ich sollte eine Bemerkung, wieder eine spekulative, über Kinseys Entdeckungen machen. Die Variationen von sexuellen Verhaltensmustern, die Kinsey fand und die vertikal durch die Struktur unserer Gesellschaft gehen, können verglichen werden mit Graden von wirklicher oder angestrebter Sublimierung, d.h. Hemmung. Sind die Angehörigen höherer Klassen der gegenwärtigen Gesellschaft der Notwendigkeit größerer Sublimierung oder Hemmung ausgesetzt als die Angehörigen der niederen Klassen, und findet man deswegen sexuelle Verhaltensmuster höherer Klassen unter Angehörigen niedrigerer Klassen, die aber in der sozialen Hierarchie nach oben steigen wollen? Die Gesellschaftsstruktur der Goethezeit wies die Verbindung zwischen Gruppenzugehörigkeit und der Notwendigkeit zur Sublimierung vielleicht nicht auf, die möglicherweise nur für eine bürgerliche Gesellschaft gültig ist. Es gab vielleicht eine Art Bruch zwischen bürgerlicher und feudaler Klasse, der ohne Parallele in der gegenwärtigen Gesellschaft ist.

44 232, S. 62.

45 WA I, 15, 1, S. 337.

46 Vgl. die Schar der seligen Knaben, die in der Kindheit sterben, in der Schlußszene des *Faust*.

47 In diesem Kontext ist auch wichtig, die im Deutschen phonetische Identität von »gen Ita-

lien« und »Genitalien« zu betonen (vgl. 158, S. 237), die in Goethes unbewußter und vorbewußter Ideenbildung einen zentralen Punkt dargestellt haben mag.

48 Zum dokumentarischen Beweis von Goethes Kampf um den *Egmont* vgl. 261, Teil 2, 1, S.198—213.

49 WA I, 32, S. 29.

50 WA I, 32, S. 73.

51 WA I, 32, S. 75.

52 Nach manchen Quellen geschah dies am 6. September.

53 WA I, 29, S. 182.

54 Das Element der verspäteten Buße für Ungehorsam mag seine Wirkung gehabt haben.

55 Wie weit Goethe im Begriff der Moderne seiner Zeit voraus war, kann man sehen, wenn man Schillers kritische Rezension zu Goethes *Egmont* in Betracht zieht. Vgl. den Nachdruck dieser Rezension (133, S. 1—8).

56 Ich sollte hier anführen, was ich in meinem Buch *Discourse on Hamlet* über Hamlets Beziehung zu Yorick gesagt habe. Ich vermute, daß die dynamische Konstellation, die Hamlet zur Vorstellung von Yorick führt, vergleichbar ist mit dem, was Goethe zur Schaffung von *Egmont* führte.

57 1796 las Goethe die Rolle des Egmont während einer Probe: Vgl. 261, Teil 2, 1, S. 227.

58 WA IV, 8, S. 262.

59 WA IV, 8, S. 4. Das geschah am ersten Tag, nachdem er Charlotte von Stein verlassen hatte. Winterstein (551, S. 496) sieht in diesem Ereignis zu Recht einen wichtigen symptomatischen Akt. Hitschmann (298, S. 54) interpretiert es falsch als Verlieren des Ringes, was Goethe offensichtlich nicht gemeint hat.

60 Vgl. das über Goethes Rede in Ilmenau Gesagte, oben S. 980.

61 Eine glänzende Erörterung des Zeitproblems vom Standpunkt der Psychoanalyse findet man in 58.

62 Ich kann mich nicht enthalten, ein Beispiel aus Freuds Werk zu zitieren, das trotz gegenwärtig diskutierter Einwände einen Beitrag zu dem fraglichen Problem leisten kann. 1919 fügte Freud seiner *Traumdeutung* eine Fußnote hinzu, in der er einen eigenen Traum erzählt. Der letzte Satz lautet: »Ehe ich wieder anrufen kann, erwache ich ohne Angst, aber mit Herzklopfen. Meine Nachtuhr zeigt die Stunde $2^1/_2$.« (158, S. 565). Wenn wir berücksichtigen, daß es nicht Freuds Gewohnheit war — wenigstens nicht in seinen Veröffentlichungen —, die Zeit des Erwachens mitzuteilen, wenn sein Schlaf durch einen Traum unterbrochen war (vgl. 158, S. 459), und weiterhin bedenken, daß dieser Teil in der deutschen Ausgabe zusammen mit dem Rest des Traumtextes kursiv, also hervorgehoben gedruckt ist, dann können wir ableiten, daß diese Zeitangabe sich psychologisch auf den Traum bezieht, und wir nicht überrascht sind zu hören, daß das infantile Trauma, auf das sich dieser Traum bezieht, ereignete, »als ich über zwei und noch nicht drei Jahre alt war«. [158, S. 566] Der deutsche Text ist vielleicht suggestiver als die englische Übersetzung. Später schrieb Freud, das Trauma habe sich ereignet, als er ein »Kind von wenig mehr als zwei Jahren« war (195, S. 166). Also können wir versuchsweise schließen, daß das Alter, in dem das infantile Trauma erlitten wurde, durch die Zeit des Erwachens repräsentiert wurde ($2^1/_2$).

Dr. Otto Isakower machte mich freundlicherweise darauf aufmerksam, daß das Alter, in dem das Trauma erlitten wurde, kein Gegenstand von besonderer Heimlichkeit gewesen sein kann. Zugunsten dieses Einwands kann man sagen, daß Freud über diesen Traum nicht so schreibt, als ob ihm das Alter, in dem das Trauma stattgefunden hat, zum Zeitpunkt des Traums unbekannt gewesen wäre. Das Trauma wurde aber versuchsweise auf 1889 datiert, auf das Alter von »noch nicht zwei Jahren« (157, S.540). Man könnte vielleicht einen inneren Unwillen annehmen, das korrekte Datum festzustellen, aus Gründen, deren ausführliche Erörterung uns hier zu weit führen würde. Das Erwachen um halb drei in der Nacht wäre dann ein nachdrückliches Bestärken einer Wahrheit, die das Selbst verleugnen möchte. Dr. Isakower behauptet ferner, daß Freud, wie aus Jones' Biographie hervorgeht (321, 2, S. 180; 3, S. 381 f., 389 f.), damals mit Problemen der Beziehung zwischen Traum und Telepathie beschäftigt und daher gezwungen war, die genaue Zeit des Traums festzuhalten, da dieser von dem möglichen Tod seines ältesten Sohnes handelt, der zu jener Zeit im Ersten Weltkrieg an der Front war. Dieser Argument scheint das Beispiel für den Gebrauch zu dem hier vorgetragenen Zweck untauglich zu machen.

63 WA I, 27, S. 229.

64 Doch kann niemand dem Wiederholungszwang entrinnen. Als Goethe in seiner letzten Wohnung am Frauenplan in Weimar Veränderungen vornahm, verwandte er viele Gedanken auf die Umgestaltung des Treppenhauses. Ich bin mir nicht sicher, aber nach der Schilderung vermute ich, daß er dem klugen Plan der Einwohner von Leipzig nicht folgte. Irgendwie hielt das Treppenhaus die Franzosen nicht davon ab, nach der Schlacht von Jena sein Leben zu bedrohen, als Grenadiere in sein Haus eindrangen. Diese Episode wirft ein interessantes Streiflicht auf die Thoranc-Episode — was hier nicht weiter zu erörtern ist —, denn Goethe heiratete bald darauf seine Lebensgefährtin.

65 Sarasin (464, S. 371—373) hat die Bedeutung dieser Periode von Goethes Leben gezeigt.

66 Auch hier wieder, wie im Fall von Faustina, konnte Carletta (84) beweisen, daß die schöne Mailänderin eine historische Person ist. Ihr wirklicher Name war Maddalena Riggi (1765—1825).

67 WA I, 32, S. 123.

68 WA I, 32, S. 128.

69 WA I, 32, S. 130.

70 Hárnik hat die psychoanalytische Bedeutung dieses Details herausgearbeitet (vgl. 275, S. 121).

71 Ich schulde Dr. F. H. Reinsch, der mir einen Mikrofilm von Johann Kaspar Goethes Manuskript überließ, für seine Freundlichkeit bei der Überprüfung der Daten der Liebesbriefe Dank, wodurch bestätigt wurde, daß die betreffenden Daten in Glasers Buch (232) korrekt angegeben sind.

72 In Goethes Fall vom 8. Oktober 1787 bis 23. April 1788, als er Rom verließ.

73 Eine äußere Parallele zwischen Werther und Johann Kaspars romanähnlicher Liebeskorrespondenz kann man auch in der Briefform des *Werther* sehen. Brieffiktion war natürlich die bevorzugte literarische Form des Jahrhunderts. Aber es ist bemerkenswert, daß es nicht nur die historische Verbindung von Goethes Roman mit seinen Vorläufern gibt, sondern auch eine sehr persönliche, die wiederum einen doppelten Aspekt enthält, nämlich den Gebrauch dieser Form durch seinen Vater und vielleicht den Eindruck, den dies auf den Jungen in früher Jugend machte.

74 Hier muß wiederholt werden, daß der mutige Egmont trotzdem enthauptet wird und daß Goethe an keiner anderen Stelle seinem Entsetzen vor Geschlechtskrankheit so stark Ausdruck verlieh wie in den *Römischen Elegien.* Zu anderen Anzeichen von Ambivalenz in den *Elegien* siehe 298, S. 57 f.

75 Ich bezweifle aber nicht, daß die Linie zwischen dem neurotischen und dem nicht neurotischen Teil einer bestimmten Persönlichkeit gezogen werden kann.

76 Bemerkenswert ist, daß Goethe auf das gleiche Phänomen in einem früher berichteten Zusammenhang hinweist. Auch an dem schicksalhaften Abend, als Goethe von der Verlobung der schönen Mailänderin unterrichtet wird, hatte sich die Natur in besonderer Weise verändert. Goethe schreibt: »es hatte sich ein Ton über die Gegend gezogen, der weder dem Untergang der Sonne noch den Lüften des Abends allein zuzuschreiben war«. WA I, 32, S. 126. Mein

Eindruck ist, daß Goethe in beiden Passagen auf eine Phantasie vom Ende der Welt anspielte. Vgl. 178, S. 139 f.; 173, S. 305–308, besonders 306, wo Freud zwischen zwei Typen dieser Phantasie unterscheidet.

77 WA I, 33, S. 72–74.

78 Ich möchte hier nicht die Frage von Charakterzügen aufwerfen, die bei Goethe mit zunehmendem Alter stärker hervortraten, z. B. die Schwierigkeit, Entscheidungen zu fällen, die sogar bis zur Zeremonie gehende Förmlichkeit. Ich möchte mich in diesem Zusammenhang nur auf die manifeste Psychopathologie konzentrieren, die dem Anschein nach mit der klinischen Psychopathologie von Neurotikern identisch ist.

79 Diesen Faktor kann man kaum genügend betonen. Goethes Lebensgeschichte ist mit Beispielen dieser Art reichlich ausgestattet; ein sehr bemerkenswertes wird im Anhang H vorgestellt.

80 250, 1, S. 508 f. Bei der Bewertung des Grundverhältnisses von Goethes Ich zu Gefühlen muß man aber verschiedene Phasen unterscheiden: die Vor-Weimarer Sturm-und-Drang-Periode; den Erwerb der Selbstbeherrschung und deren Festhalten während der mittleren Jahre; die Schwächung des Ich durch den Prozeß des Alterns und das damit verbundene Wiederauftreten der Ichschwäche bei starken Gefühlen. In diesem Kapitel habe ich die Phase des Alterungsprozesses nicht erörtert.

81 *Dichtung und Wahrheit*, 9. Buch, WA I, 27, S. 291 f.

82 Hervorhebung von mir. *Dichtung und Wahrheit*, 11. Buch, WA I, 28, S. 13.

83 WA I, 28, S. 8.

84 Das Ablehnen des roten Weins kann auch auf Menstruationsängste weisen; vgl. meine Erörterung von *Die Neue Melussine*, oben, S. 923.

85 Zu einer Studie über die Differenzierung von Scham und Schuld vgl. 420.

86 Zum Vergleich von Goethes Bericht und der historischen Wahrheit vgl. 525, S. 159–283.

87 258, 12, S. 471, Anm. 3. Richard M. Meyer (248, 23, S. 333, Anmerkung zu S. 260, Zeile 25) erklärt die Metapher in der Bedeutung: »arme unbehilfliche Pedanten zu Pferde«.

88 WA I, 28, S. 23.

89 250, 1, S. 62 f.

90 WA I, 27, S. 357.

91 Zu Friederikes Leben, nachdem Goethe sie verließ, vgl. 52.

92 WA I, 53, S. 424.

93 WA III, 1, S. 94.

94 Das deutsche Wort »schlürfen« verbindet die Bedeutungen von to sip [schlürfend trinken] und to lap [auflecken].

95 WA IV, 8, S. 119.

96 WA IV, 7, S. 93.

97 WA IV, 4, S. 161.

98 WA IV, 3, S. 172 f.

99 Siehe oben, S. 544; vgl. auch den Brief vom 12. Dezember 1780 über die Vorliebe für Linsensuppe, oben S. 539.

100 Ein zusätzliches Hilfselement für die Technik, durch die Goethe seine Potenz aufrechterhalten konnte, wird im Anhang O erörtert.

101 WA IV, 3, S. 40.

102 WA IV, 3, S. 41.

103 Der Brief vom 25. März 1776 an Charlotte von Stein (oben, S. 558 f., zitiert), auf seinem Weg nach Leipzig geschrieben, ist einer der bewegendsten, die er jemals geschrieben hat, und verrät, daß er von einem Gefühl überwältigt war, das aus der Tiefe seines Herzens kam.

104 Der Unterschied zwischen »clarification« [Klärung] und »interpretation« [Deutung]

wird von Edward Bibring (31, S. 754—759) klar und präzise dargelegt. Überstiegen Charlotte von Steins »Interpretationen« das Niveau von Klärungen? Ich weiß es nicht, aber ich fühle mich zu der Annahme geneigt, daß sie es manchmal taten, ohne jedoch jemals die Tiefe und Präzision zu erreichen, die für korrekte psychoanalytische Deutungen erforderlich sind.

105 WA IV, 8, S. 217.

106 Aber wie weit ging Goethes Enthaltsamkeit? Schloß sie auch nächtliche Pollutionen und Spermatorrhöe aus? Über das erstere werde ich einiges in Anhang R sagen; über das letztere läßt sich keine fruchtbare Vermutung anstellen.

107 WA IV, 8, S. 232. Das wurde auf der Rückreise von Sizilien geschrieben, und wir wissen, daß der zweite Romaufenthalt die Zeit war, die zum Genuß des Sexualakts bestimmt war.

108 Hervorhebung von Goethe. WA IV, 8, S. 231 f.

109 WA IV, 8, S. 230 f.

110 WA IV, 8, S. 143 f.

111 WA IV, 29, S. 56.

112 Es ist schwer zu entscheiden, welche der beiden Bedeutungen von »Euch« hier gemeint ist. Bezieht es sich auf Charlotte von Stein plus ihren Sohn und andere Freunde, wie ich durch den Zusatz »allen« angezeigt habe, oder handelt es sich um die förmliche Anrede, die nur Charlotte allein meint? Trifft das letztere zu, hätte das weitreichende psychologische Implikationen.

113 WA IV, 8, S. 212.

114 Vgl. *Rino,* eine von Charlotte von Stein 1776 geschriebene Satire (244, 1, S. 471—474), in der Gertrude (Charlotte) zu Goethe sagt: »So ist er gar nicht herr von sich,/Der arme Mensch, er dauert mich.«

115 Tatsächlich verwirklichte Goethe die in Sizilien ins Auge gefaßte Teilung seines Liebeslebens. Nach seiner Rückkehr hatte er seinen »Bettschatz« Christiane, und er verliebte sich sporadisch in andere Frauen. Wenn Goethe wirklich eine sexuelle Beziehung zu Charlotte von Stein gehabt hätte, wäre seine Beziehung zu Christiane eine Regression. Charlotte wäre ein ihm ebenbürtiger Mensch gewesen, eine im Hinblick auf Persönlichkeitskultur gleichgestellte Partnerin, eine kultivierte, intelligente Frau mit untadeligen Manieren, Christiane weit überlegen. Seine rasche Verliebtheit in die letztere nach seiner Rückkehr aus Italien würde vermuten lassen — noch immer vorausgesetzt, daß eine sexuelle Beziehung zu Charlotte von Stein bestand —, daß seine höhere Entwicklung, die er vor seiner Italienreise erreicht hatte, durch seinen Aufenthalt im Süden zunichte gemacht und durch eine niedere Objektwahl ersetzt worden wäre. Es gibt keinen Grund zu der Annahme, daß Goethe eine Regression zu einer Zeit erlitt, als er in allen anderen Aspekten einen gewaltigen Schritt vorwärts tat. Der Brief an Charlotte aus Sizilien ergäbe keinen Sinn, wenn man von einer sexuellen Beziehung zwischen ihnen ausginge.

116 534, S. 145.

117 Goethes Hemmungen in seiner Beziehung zu seiner Mutter und seiner Schwester beruhten nicht ausschließlich auf dem Faktor Übertragung, den ich in diesem Zusammenhang betone.

118 WA IV, 8, S. 139.

119 119, S. 479.

120 Vgl. 449, S. 455 f. und passim. Zu dem Weg, auf dem dieser Konflikt in seiner Beziehung zu Christiane besiegt wurde, siehe Anhang Q.

121 WA IV, 3, S. 248.

122 WA IV, 6, S. 386. Er fügte aber hinzu, daß er diesen Beinamen von Hemsterhuis gelernt habe (vgl. oben, S. 1097), der der Fürstin Gallitzin nahestand; ich habe deren Beziehung mit

Goethes Verhältnis zu Charlotte von Stein verglichen. Zum historischen Hintergrund dieses Typs von Beziehung vgl. 147.

123 Hervorhebung von Goethe. WA IV, 3, S. 26 f.

124 Hervorhebung von Goethe. WA IV, 4, S. 237.

5. Kapitel
Allgemeine Bemerkungen

1 Robert H. Jokl (318) behauptet, daß eine korrekt durchgeführte Psychoanalyse die künstlerische Kreativität eines Menschen niemals gefährden oder beeinträchtigen kann. Man muß aber zwischen Talent und Genie einen Unterschied machen. Jokl bezieht sich im klinischen Teil seiner Schrift nur auf das Talent. Ich habe keinerlei praktische Erfahrung mit irgendeiner Art von Genie und kann daher nur meine Meinung äußern, die aus Eindrücken beim Studium von Goethes Leben abgeleitet ist. Diese Meinung steht im Gegensatz zu der Dr. Jokls. Ich meine, daß Sublimierungen verletzbar sind, und im Hinblick auf die gegenwärtig fehlenden Kenntnisse über die Psychologie des Genies sollten wir vorsichtig sein und eher annehmen, daß allzu große Vertraulichkeit im Umgang mit dem verdrängten Teil der Persönlichkeit den automatischen Prozeß künstlerischer Schöpfung beim Genie behindern könnte. Wenn ein Analytiker sich über die Analyse eines Genies zu äußern wagt, sollte er sich dieser Möglichkeit bewußt sein.

2 Wir mögen in dieser Weise auf den frühen Tod von Mozart reagieren, und Goethes Leben ist ein glänzendes Beispiel, wie leicht man sich bei einer solchen Frage zu einem derartigen Urteil verleiten läßt. Bei einem Genie der Tat mag dies anders sein; was blieb Alexander dem Großen zu erobern übrig, als er im Alter von dreiunddreißig Jahren starb?

3 Vgl. Walter Muschg (405, S. 108): Die Verwandtschaft des Dichters »mit dem Verbrecher, dem Geisteskranken ist unverkennbar«.

4 In meiner Begeisterung über die Entdeckung grundlegender Ähnlichkeiten — obwohl sie gering gewesen sein mögen — zwischen Goethes Beziehung zu Charlotte von Stein und einer psychoanalytischen Behandlung habe ich sicherlich die Unterschiede zuwenig betont. Deshalb möchte ich wenigstens einen anführen: die Freiheit, Feindseligkeit und Aggression gegen das Übertragungsobjekt zu äußern, war aus ihrer Beziehung ausgeschlossen. Aggression konnte nur andeutungsweise durch eine Fehlleistung oder in anderen Masken zum Ausdruck gebracht werden. In Gestalt von Schuldgefühlen gelangte aber wenigstens ein Aspekt davon in ihre Beziehung. Die Befreiung von Schuldgefühlen durch konstruktives Handeln hatte ihre therapeutische Wirkung auch auf den Aggressionserfolg im Gesamtbild der Persönlichkeit.

5 Kris bezeichnet solche Identifizierungen als »gelebte Vita«, was er mit »enacted biography« übersetzt. Auch für das folgende vgl. 347, S. 73.

6 Zitiert nach der Bibelübersetzung von J. M. Powis, University of Chicago [gilt für die amerikanische Ausgabe].

7 Zur Präsentation des historischen Materials vgl. 475; 421.

8 Über mögliche Mißgeschicke spekulierend, wenn zwei kleine Kinder in Gesellschaft eines hebephrenen Menschen aufwachsen, mag man an exhibitionistische Vorfälle und sexuelle Spiele zwischen ihm und Cornelia denken. Hier kann eine wichtige Wurzel für Cornelias Ekel vor Sex und für Goethes lang anhaltende Aversion gegen direkte sexuelle Kontakte liegen.

9 WA I, 26, S. 223 f.

10 Aus Leipzig schreibt er seiner Schwester (am 14. März 1766) in Französisch: »Je te par-

donnerai, si tu n'ecris pas toujours de ta popre main. Qui est ce qui t'empèche de faire ecrire tes pensees par l'ecrivain qui ecrit si joliment et si vitement.«

[Ich werde dir vergeben, wenn du nicht immer mit eigener Hand schreibst. Was hält dich davon ab, deine Gedanken von dem Schreiber niederschreiben zu lassen, der so schön und rasch schreibt.] WA IV, 1, S. 43.

11 In den ergänzenden Anmerkungen zu seiner Autobiographie widmet Goethe einen Abschnitt der Zeit zwischen 1749 und 1764. Der letzte Satz lautet: »Vielschreiberei in mehreren Sprachen, durch frühzeitiges Dictiren begünstigt.« WA I, 35, S. 3.

Auf die Wichtigkeit von Clauer weist Sarasin hin (464, S. 399).

12 Joseph erscheint dann erneut Jahrzehnte später im *Westöstlichen Divan* unter seinem persischen Namen Jussuph.

13 Freud (vgl. 213) hat die Frage nach der Josephsidentifizierung im Leben von Napoleon gestellt. Den von mir gelegentlich angeführten Parallelen zwischen Goethes und Freuds Leben möchte ich eine weitere hinzufügen. Auch in Freuds Leben spielte die Josephsidentifizierung eine große Rolle. Er war nicht nur ein Traumdeuter wie Joseph (vgl. 158, S. 488, Anm.), sondern auch der ältere Sohn der zweiten Frau seines Vaters. Diese Identität seiner Stellung innerhalb der Familie ist meiner Meinung nach höchst bemerkenswert.

Teil III B

1. Kapitel
Die Geschichte einer partiellen Psychose

1 Samuel Thomas von Sömmering (1755—1830), 1797—1805 Professor der Anatomie und Arzt in Frankfurt am Main, hervorragender Anatom und Physiologe.

2 Was »Bolognastein« genannt wird, ist offenbar phosphoreszierendes Barriumsulfat.

3 WA IV, 9, S. 318 f.

4 Dieser große Fortschritt in der Präzision des diagnostischen Apparates wird von weniger gewünschten Konsequenzen begleitet, die man kurz im Schlagwort von der »Enthumanisierung der Medizin« zusammenfassen kann.

5 Vgl. *Glückliches Ereigniß*, WA II, 11, S. 13—20, besonders S. 16 und 17.

6 Vgl. Martin Gebhardt (228, S. 35): »Er haßte die Experimente, auch wenn er sie notgedrungen anstellte.«

7 WA II, 11, S. 28.

8 In seiner *Farbenlehre* (WA II, 2, S. 17) sagt Goethe ganz offen, daß man mit Experimenten nichts außerhalb des rein Wahrnehmbaren beweisen kann.

9 WA II, 11, S. 118. Goethes offensichtlicher Horror, eine Maschine könnte das Leben ersetzen, erinnert an bestimmte Ängste, die Hanns Sachs erklärt hat (461).

10 Vgl. oben, S. 1008. Und doch war dieser Prozeß der Isolierung, so wohltuend er auch war, der erste Schritt, den Goethe in Richtung Abkehr von solchen Tätigkeiten machte, die vor seinem Weggang nach Italien die meiste Zeit in Anspruch nahmen.

11 WA II, 11, S. 152.

12 Vgl. die *Farbenlehre* (WA II, 2, S. 69), wo Goethe in der Kontroverse gegen Newtons Versuche anführt: »Es ist dieses das sogenannte Experimentum crucis, wobei der Forscher die Natur auf die Folter spannte«,...

13 *Campagne in Frankreich 1792*, WA I, 33, S. 197.

14 WA II, 5/1, S. 195. Ich habe dieses Zitat aus dem Textzusammenhang gerissen. In ihrem Kontext haben Goethes Worte eine andere Bedeutung.

15 WA I, 42/2, S. 259.

16 *Wiederfinden,* WA I, 3, S. 76.

17 WA I, 5/1, S. 275.

18 WA II, 3, S. 246 f.

19 WA II, 4, S. 302.

20 Zu Eckermann am 2. August 1830; vgl. 119, S. 597.

21 Hervorhebung von Houben. 119, S. 539.

22 Vgl. 531, S. 375—385. Das wird sehr deutlich, wenn man die Diskussion zwischen Goethe und Schiller über das Wesen von Erfahrung und Idee verfolgt. Zu einer Zusammenfassung von Goethes und Schillers Beziehung vgl. 60, Einleitung.

23 Vgl. Gebhardt (228, S. 150): »Im übrigen hat sich Goethe vielleicht darum forschenden Versuchen auf elektrischem Gebiete nicht hingegeben, weil dem Menschen ein Sinnesorgan für elektrische Reize fehlt und folglich die Apparate allein Vermittler von Gesetzmäßigkeiten sein können. Wir wissen aber, daß Goethe hierbei scharf skeptisch war.«

24 119, S. 261.

25 Das Beispiel, das mich neben dem zitierten als das erstaunlichste beeindruckt hat, ist das von Jean-Jacques Rousseau, der glaubte, seine größte Leistung bestünde in einer Oper, die er komponiert hatte.

26 Ich lasse hier die latenten Traumgedanken beiseite, die zu einem solchen Traum führen können.

27 WA II, 4, S. 292.

28 Christian Wilhelm Büttner (1716—1801), Naturphilosoph und Sprachforscher, Professor in Göttingen, verkaufte seine Bibliothek und sein Laboratorium an Karl August und zog sich nach Jena zurück.

29 WA II, 4, S. 296.

30 Den Leser mag interessieren, worin Goethes eigene Farbentheorien bestanden. Trotz meines Studiums von Goethes relevanten Veröffentlichungen habe ich niemals ein klares Verständnis gewonnen und zitiere deshalb die kürzeste und präziseste Zusammenfassung, die ich in der Literatur gefunden habe: »... daß die Farben nicht eine Qualität verschiedenartiger Strahlen, sondern Phänomene der Begegnung von Licht und Finsternis, Schwarz und Weiß sind. Durch Vorherrschen des Lichts entsteht das Gelb, durch Vorherrschen des Dunkels das Blau. Beide zusammen ergeben das Grün. Rot liegt zwischen Blau und Gelb, von denen es nur eine Abart ist.« (486, S. 99) Zu einer konzisen Darlegung vgl. 531, S. 402—410.

31 119, S. 260.

32 WA IV, 9, S. 264.

33 Francesco Maria Grimaldi (1618—1663), Professor der Mathematik in Bologna.

34 WA IV, 9, S. 287.

35 WA IV, 35, S. 284.

36 119, S. 260.

37 248, 40, S. XLII.

38 WA II, 2, S. 281.

39 Goethe zog zuerst die Möglichkeit in Erwägung, daß er bei der Überzeugung seiner Zeitgenossen nicht genug getan habe. In einem Entwurf schrieb er: »Da ich nun die ganze Angelegenheit zur Revision vorbereite, und wenn ich die anders beschäftigte Aufmerksamkeit meiner Zeitgenossen nicht erregen sollte, meine Arbeit dem folgenden Jahrhundert empfehle«; WA II, 5/1, S. 177.

40 Johann Bernhard Wilbrand (1779—1846), Professor der Anatomie und Physiologie in Gießen.

41 WA IV, 33, S. 143.

42 WA II, 5/1, S. 165. Vgl. auch Goethes Vergleich der »newtonischen Turba« mit »Volk Pharisäern oder Schriftgelehrten«. WA I, 42, S. 526. Die Märtyrerhaltung wird in den *Xenien* in Nr. 169 und 171 (WA I, 5, S. 229) und besonders im Epigramm Nr. 79 (WA I, 1, S. 325) klar ausgesprochen.

43 WA I, 36, S. 55.

44 Der Autor war der Physiologe Johannes Evangelister Purkinje (1787—1869), der Goethe im Dezember 1822 besuchte. Er wurde später durch seine Entdeckung jenes Effekts berühmt, der nach ihm benannt wurde. Da Purkinje weniger an dem physikalischen Aspekt der Farbenlehre als an dem subjektiven interessiert war, befand er sich natürlich in Übereinstimmung mit Goethes Theorien.

45 Dieses Zitat könnte als Beispiel dafür dienen, in welchem Ausmaß Goethe in seinen Ansichten von seinem Kreis unterstützt wurde.

46 307, S. 91.

47 Mit »partieller Psychose« meine ich ein umrissenes Gebiet in der Persönlichkeit, das die Struktur einer Psychose hat, gut eingekapselt ist und dahin tendiert, sporadisch bestimmte Ichfunktionen zu stören, wenn diese zum Dienst des psychotischen Teils gerufen werden.

48 Ich habe den deutschen Begriff »primäres Wahnerlebnis« (vgl. 383) mit »primal experience« übersetzt. Da die Einstellung zur Schizophrenie in diesem Land [den USA] anders ist als die in Deutschland vorherrschende, scheint der Begriff der »primal delusional experiences« seinen Weg in den amerikanischen Gebrauch nicht gefunden zu haben.

49 Hervorhebung von Goethe. WA I, 37, S. 359. Vgl. auch die Arbeit von Eduard von der Hellen (286), der in einer glänzenden Analyse feststellte, daß einige Teile des unter Lavaters Namen veröffentlichten Werkes von Goethe geschrieben wurden.

50 WA II, 4, S. 41.

51 WA II, 4, S. 104.

52 WA I, 26, S. 364.

53 WA II, 4, S. 286.

54 Hervorhebung von mir. WA II, 2, S. 27.

55 Dr. Otto Isakower gibt in einem persönlichen Gespräch zu bedenken, daß Goethe ein Paranoiker geworden wäre, wenn Newton während Goethes Erwachsenenzeit noch am Leben gewesen wäre.

56 WA II, 4, S. 99.

57 WA II, 4, S. 101.

58 WA II, 4, S. 101 f.

59 WA II, 4, S. 102 f.

60 WA I, 35, S. 14.

61 WA IV, 9, S. 261.

62 Rupprecht Matthaei (379) hat auf die genaue Datierung des ersten Blicks durch das Prisma viele Gedanken verschwendet, und er kommt zu dem Schluß, daß dies im Januar oder Februar 1790 geschehen sein muß. Dieses Datum stimmt gut mit der von mir hier vorgeschlagenen Theorie überein.

63 Hervorhebung von Goethe. WA I, 35, S. 13 f.

64 WA I, 53, S. 386.

65 WA II, 2, S. 69.

66 WA II, 4, S. 302: »Confession des Autors«.

67 Jean Baptiste Biot (1774—1862), französischer Physiker, der auf fast allen Gebieten der

Physik Forschungen anstellte, war sehr berühmt wegen seines Werkes über die Polarisation des Lichts.

68 Hervorhebung von mir. WA I, 36, S. 121.

69 WA II, 3, S. 310.

70 ibidem.

71 WA II, 3, S. 311.

72 WA II, 4, S. 295.

73 50, S. 3. Man muß noch die Erinnerung an die Hinrichtung der beiden Kindsmörderinnen in Goethes Heimatstadt hinzufügen; vgl. oben, S. 842.

74 Auch Charlotte von Steins Geburtstag war am 25. Dezember.

75 Merkwürdigerweise kann man in Goethes eigener Theorie der Natur der Farben eine entlegene Anspielung auf die Lehre von der Dreieinigkeit finden. Nach Goethe sind Farben das Resultat von Licht, Dunkelheit und Trübe.

76 248, 40, S. XLIX.

77 Zugunsten meiner Annahme, daß Goethes Lebenshöhepunkt um diese Zeit herum erreicht war, kann ich nichts anbieten, was nach einem Beweis aussieht. Die Vermutung als solche gehört nicht wesentlich zu meiner Theorie, sondern fügt einen psychologischen Faktor hinzu, der seine Bedeutung haben mag oder auch nicht. Ich war betroffen, als ich in Jones' Freud-Biographie den Satz las: »1897 war der Höhepunkt von Freuds Leben« (321, 1, S. 267). Damals war Freud einundvierzig Jahre alt, und im Hinblick auf die Ähnlichkeiten zwischen ihm und Goethe kann meine Vermutung, wie ich denke, indirekte Bestätigung finden. In diesem Zusammenhang ist die Feststellung interessant, daß Goethe und Freud fast das gleiche Alter erreichten. Der Unterschied beträgt nur achtunddreißig Tage.

Konkretere Beweise finden sich bei H. C. Lehmann (361, S. 162): »Man hat festgestellt, daß literarische Meisterwerke ersten Ranges sehr häufig von Autoren geschaffen worden sind, die zwischen 40 und 44 waren.« Vgl. auch 362, S. 73, wodurch meine obige Annahme begünstigt wird. Obwohl ich in Charlotte Bühlers Buch über Lebensläufe (74) keine unmittelbare Bestätigung meiner Annahme finde, stoße ich auch nicht auf etwas, das sie widerlegen oder ihr widersprechen würde.

78 Über Goethe und seinen Sohn siehe Anhang Q.

79 Möbius studierte sehr klug und detailliert den Rhythmus von Goethes Kreativität und die damit verbundene Psychopathologie (vgl. 395).

80 Freuds Erörterung der Beziehung zwischen Aufmerksamkeit und Fehlleistung, des Fehlens von Fehlleistungen bei automatisiertem Verhalten gegenüber der Möglichkeit des Eintritts bei besonderer Anstrengung enthält die grundlegenden Formulierungen dieses Problems; vgl. 187, S. 23.

81 Georges Louis Leclerc, Comte de Buffon (1707—1788), französischer Naturalist, berühmt durch seine *Epoques de la nature* (1779).

82 Kohlbrugges Schlußfolgerungen scheinen nicht das Ergebnis einer verborgenen Opposition oder Feindseligkeit gegenüber Goethe zu sein, die zweifellos einen Teil der Literatur über ihn charakterisieren. Es sieht eher so aus, daß sich Kohlbrugge bedauernd gezwungen sieht, Schlüsse zu ziehen, die deutlich denen vieler anderer Autoren widersprechen.

83 335, S. 150. Vgl. auch 514. Es ist interessant, zu welchen Fehlschlüssen man verleitet wird, wenn man diesen Gesichtspunkt vernachlässigt. Vgl. 322. Zu einer glücklichen Synthese durch die Analyse von Goethes Verhalten als Naturphilosoph vgl. 38 und 531.

84 Zur Erörterung dieses weiten Feldes vgl. 126; 86; 374.

85 Max Geitel, *Entlegene Spuren Goethes* (230), berichtet all die vielen Vorfälle in Goethes Leben, die mit Technik, Handel und Maschinen verbunden sind. Wie aber schon der Titel an-

deutet, berührte dies zentrale Probleme nicht. Der hier vertretene Standpunkt ist zu extrem und wird im Anhang V korrigiert.

86 119, S. 554.

87 WA IV, 22, S. 48 f. Dieses Zitat gibt nur ein einseitiges Bild von Goethes Beziehung zur Mathematik. Zur umfassenden und definitiven Darstellung des Themas vgl. 116; 117.

88 Christian Samuel Weiß (1780–1851), Professor an der Universität Leipzig, seit 1810 Professor an der Universität in Berlin; 1811 hielt er eine Vorlesung gegen Goethes Farbenlehre.

89 WA IV, 22, S. 66.

90 Ich hätte dieses Kapitel ganz anders geschrieben und mich vor manchem Zweifel bewahrt, wenn ich vor Abfassung dieses Aufsatzes R. D. Grays ausgezeichnet dokumentierte und überzeugende Studie gelesen hätte.

91 [Es ist nicht unsere Aufgabe, so große Widersprüche zu harmonisieren.]

2. Kapitel
Das Finale eines Liebesexperimentes

1 Zu Goethes Beziehung zu Christiane vgl. Anhang Q.

2 WA IV, 9, S. 124.

3 ibidem.

4 ibidem.

5 WA IV, 9, S. 126.

6 WA IV, 9, S. 127.

7 WA IV, 11, S. 187 f.

8 Bezog sich Goethe in diesem Satz auf seine Beziehung zu Charlotte von Stein? Wenn ich es als Hinweis auf Christiane verstehe, folge ich der allgemeinen Interpretation.

9 Bode nennt ein historisches Beispiel für eine Frau, die in ähnlicher Lage wie Charlotte von Stein war und die ganz gegensätzlich handelte. Das ist die Geschichte des zuvor erwähnten Zimmermann – der vor und kurz nach Goethes erstem Zusammentreffen mit Charlotte von Stein eine Rolle spielte (siehe oben, S. 191) – und der Frau Hofrätin von Döring. Diese Frau war zur einzigen Stütze seines unglücklichen Lebens geworden, nachdem seine Tochter gestorben und sein Sohn unheilbar geistig zerrüttet war. Als ihr Ehemann in eine andere Stadt gehen mußte und Zimmermann fühlte, daß er ohne sie nicht weiterleben könne, wählte sie ein junges Mädchen als Frau für ihn aus. Die Hochzeit löste alles aufs schönste (vgl. 49, S. 309 f.). Bodes ungünstiger Vergleich von Charlotte von Steins Verhalten mit diesem Fall ist nicht ganz fair. Goethes Beziehung zu ihr erhielt von Beginn an ihren Charakter durch die Tatsache, daß er bei seiner Ankunft in Weimar genau einer Frau bedurfte, die an ihm vollständig interessiert war ohne Einschluß der Sexualität. Wenn Charlotte von Stein eine Frau gewesen wäre, die wie Frau von Döring hätte handeln können, wäre sie niemals imstande gewesen, Goethe das zu geben, was er von ihr während des voritalienischen Jahrzehnts erhielt. Es ist gerade dieses totale Besitzen ohne Vorbehalt (ausgenommen den sexuellen Besitz), der ihm die Genesung ermöglichte. Da das psychologische Wissen solcher Konstellationen damals nicht existierte, mußte es eine Frau sein, deren emotionaler Zuschnitt zu der Rechnung paßte. Dieser emotionale Zuschnitt machte ein sanftes Ende dieses außerordentlichen Liebesexperiments unmöglich.

10 WA IV, 41, S. 134.

3. Kapitel
Das Ende der Selbsterkenntnis

1 246, S. 104 f.

2 119, S. 285.

3 *Bedeutende Fördernis durch ein einziges geistreiches Wort,* 1823 veröffentlicht; WA II, 11, S. 59 f. Diese Passage gewährt neue Einsichten in den Mechanismus der Projektion, der bei Goethes partieller Psychose eine so große Rolle spielte.

4 *Tasso,* WA I, 10, S. 154.

5 240, Nr. 657, S. 145.

6 Vgl. die Einleitung zu *Dichtung und Wahrheit,* 248, 22, S. VII.

7 Aus dem Nachlaß. *Zahme Xenien,* VII, 19—24, WA I, 5/1, S. 84.

8 240, Nr. 260, S. 47.

9 1821; 240, Nr. 98, S. 19.

10 240, Nr. 17, S. 3.

11 1829; 240, Nr. 442, S. 93.

12 *Sprichwörtlich* 500—504, WA I, 2, S. 245. Vgl. Heinrich IV. von Frankreich: *Multi multa sciunt, se autem nemo.* [Die Menge weiß viel, niemand aber kennt sich selbst.]

13 WA I, 2, S. 248.

14 ibidem.

15 Obwohl aus der psychoanalytischen Erfahrung nicht bekannt ist, daß jeder Mensch, je nach Tiefe der Selbsterkenntnis, den Punkt erreicht, wo er sich vom Inhalt der Selbstbeobachtung abwendet.

16 240, Nr. 44, S. 7.

17 WA IV, 46, S. 167 f.

18 WA I, 28, S. 211 f.

19 1829, 240, Nr. 565, S. 122.

20 240, Nr. 1264, S. 262.

21 *Venetianische Epigramme,* Nr. 45. WA I, 5/2, S. 376.

22 Goethes Mißtrauen und Kampf gegen die psychologische Introspektion nach einer langwierigen Periode intensivster Introspektion kann man mit einem historischen Prozeß vergleichen, der sich unter unseren Augen abspielt. Wir sind Zeugen einer offensichtlich stückweisen Zerstörung von Freuds psychologischer Leistung, die auf Introspektion und Interpretation basiert. Durch hinterlistiges Verändern der Methoden, Verfälschen der Begriffe und Vereinfachung der Probleme verwandeln die Verderber der Psychoanalyse diese in etwas, was sie exaktere Wissenschaft und eine therapeutisch effektivere Behandlungsmethode nennen. Doch alle diese Veränderungen machen, vorgeblich um der Verbesserung willen, aus der Psychologie eine Verhaltenswissenschaft, die gänzlich von der lebenden Seele des Menschen abgetrennt ist. Es ist die Reaktion gegen eine Last, die zu schwer zu tragen ist und deswegen zurechtgestutzt wird, um auf die Schultern der Epigonen zu passen.

23 WA IV, 22, S. 322.

24 WA I, 41/1, S. 52 f.

Anhang A
Bemerkungen zum Problem des Zusammenhangs zwischen Psychose und künstlerischer Kreativität

1 Die sechs Gedichte sind: »Die Nacht«, WA I, 1, 44; »Der Schmetterling«, WA I, 1, 51; »Hochzeitslied«, WA I, 1, 50; »Unbeständigkeit«, WA I, 1, 64; »Das Glück der Liebe«, WA I, 1, 48; »An den Mond«, WA I, 1, 49. Über Goethes Sprache in dieser Zeit und Wortprägungen und Neugestaltungen von ihm, die in die deutsche Sprache eingegangen sind, siehe 76.

2 Johann Christian Günther (1695—1723), in Niederschlesien geboren, gestorben in Jena, lebte ein ruheloses und ungeordnetes Leben, das für einen bestimmten Typ von Genie charakteristisch ist. Goethe erkennt Günthers großen Beitrag zur deutschen Literatur an und sagt, er dürfe »ein Poet im vollen Sinne des Worts genannt werden«, und zieht die Summe seines Lebens in der einen Sentenz: »Er wußte sich nicht zu zähmen, und so zerrann ihm sein Leben wie sein Dichten.« (WA, I, 27, S. 81).

3 Ich entnehme diesen Text der Ausgabe von Morris (251, 1, S. 244). Die spätere Version findet man in demselben Band auf Seite 352. Dort lautet die erste Zeile: »[Ich] Wandle mit verhülltem Tritte«. Andere Versionen dieses Gedichts vgl. WA, I, 1, S. 376. Es wäre eine herausfordernde Aufgabe, alle diese Variationen einer psychologischen Analyse zu unterziehen. Nach meinem Eindruck entfernen sich die späteren Versionen mehr vom Primärvorgang, wenn sie auch Verbesserungen in poetischer Hinsicht enthalten, und schwächen so den unmittelbaren Eindruck ihrer Bilder ab.

4 Ich kann den Leser nur wieder auf die besten Gedichte Klopstocks verweisen, z. B. *Die Frühlingsfeier*, damit der Leser selbst sieht, wie genial neu diese sechs Verse von Goethe sogar im Gebrauch der Bilder sind.

5 Das ist wenigstens der Fall in der Ausgabe seiner sämtlichen Werke von 1823 (333). Ich weiß nicht, ob dies Klopstocks Intention entspricht.

6 Wegen einer Fülle von Quellenmaterial und einer ins einzelne gehenden Diskussion der Beziehung zwischen Adoleszenz und literarischer Kreativität vgl. 24.

7 Ich habe von Goethes Unfall, seinem Sturz vom Pferd, berichtet, der sich zwischen den beiden Anfällen ereignete.

8 Vgl. den Brief von Goethes Freund Thorn (51, 1, S. 5 f.).

8a [Eissler diskutiert hier differentialdiagnostische Kriterien im Rahmen der amerikanischen Psychiatrie, deren Schizophreniebegriff weiter reicht und leichtere Krankheitsformen mit umfaßt als der der deutschen Psychiatrietradition. — Anmerkung des Korrektors H. Beland.]

9 Ich fühle deutlich, daß solche klinischen Entdeckungen die herrschende Meinung widerlegen, solche Prozesse, die bis heute mit Begriffen wie »sublim« oder »Neutralisierung« belegt werden, von qualitativen Veränderungen der (libidinösen oder aggressiven) Energie abhängen; sie beweisen vielmehr, daß solche Vorgänge mit Struktur korreliert sind, unabhängig von der Art der Energie, von welcher die Struktur aktiviert wird.

10 Vgl. dennoch 202, wo das Problem implizit angesprochen wird.

11 Vgl. Jaspers' Studie (314, S. 169), in der die Auswirkungen eines schizophrenen Prozesses für das Werk des Genies diskutiert werden.

Anhang C
Weitere Bemerkungen zu Goethes Einstellung zur Arbeit

1 119, S. 272.

2 119, S. 539. – Der Beitrag des Unbewußten für das kreative Denken wird vom Analytiker nicht bestritten. Trotzdem möchte man gern wissen, ob Goethe diesen Faktor aus einem persönlichen Grund überbetonte, der sich auf seine Einstellung zur Arbeit bezieht, die ja immer bewußte Anstrengung verlangt.

3 119, S. 70.

4 Goethe bezieht sich hier auf ein Gedicht, das 1820 unter dem Titel »Ballade« (WA I, 3, S. 3—6) veröffentlicht wurde. Der Inhalt ist folgender: Die Söhne eines Ritters fordern einen Bettler auf, ihnen ein Märchen zu erzählen. Er trägt die Ballade vom besiegten König vor, der als Bettler mit seiner kleinen Tochter umherzieht. Ein Ritter bittet um ihre Hand und heiratet sie. An diesem Punkt der Geschichte kehrt der Ritter zurück und ist wütend, daß seine Söhne sich mit einem Bettler abgeben, und er befiehlt, diesen in das Verlies zu werfen. Der Bettler aber ist der zurückgekehrte König, dem der Ritter seine Burg geraubt hatte.

5 119, S. 240 f.

6 Eine literarische Zeitschrift, von der nur drei Bände (1795—1797), von Schiller herausgegeben, veröffentlicht wurden.

7 119, S. 576 f.

8 119, S. 244 f.

9 119, S. 401.

10 Sollten wir hier auf gelegentliche Verhaltensweisen stoßen, die vermuten lassen, daß in Goethe eine verborgene Spielernatur steckte?

11 Johann Heinrich Roos (1631—1685), ein bekannter Tiermaler, in Frankfurt tätig.

12 119, S. 75.

13 119, S. 286.

14 119, S. 430 f.

15 WA IV, 12, S. 373.

16 WA IV, 12, S. 374.

17 Es gibt natürlich bekannte Ausnahmen gegenüber diesem Verhalten, und die Frage, welche Schöpfungen rasch nach ihrer Fertigstellung innerlich abgelöst wurden und welche das Interesse noch eine Weile banden, wäre ein lohnender Gegenstand für eine Untersuchung.

18 119, S. 429.

19 Dieser Teil von Goethes Ängsten müßte mit den feindlichen Gefühlen gegen die Nachkommen in Verbindung gebracht werden, was ich im Anhang Q erörtere.

20 Über die Angst, verschlungen zu werden, vgl. 370, S. 104—112. Über viele Aspekte intuitiver Arbeit vgl. 349.

21 WA I, 22, S. 148—152.

22 Vgl. 7, S. 40: »Wie das Sprichwort ›Nichts ist so erfolgreich wie der Erfolg‹ besagt, gibt es keinen mächtigeren therapeutischen Faktor als das Ausüben von Tätigkeiten, die früher neurotisch belastet oder gehemmt waren.« Es versteht sich von selbst, daß dieser blinde Glaube an Arbeit und Erfolg das Resultat eines gegenwärtigen Vorurteils ist, ein unpsychologischer reiner Nützlichkeitsstandpunkt, der in einer wissenschaftlich psychologischen Abhandlung keinen Platz hat.

23 Schulenburgs Studie (483) gibt die historischen Gründe an, die seine Teilnahme an der Regierung der Stadt verhinderten.

24 Vom Standpunkt der bürgerlichen Crème Frankfurts aus nahm J. K. Goethe einen gerin-

geren Platz ein, sowohl was die Größe des Vermögens betraf als auch die Anzahl der Generationen, seit denen das Vermögen der Familie bestand. Schulenburgs Biographie (483) zeigt, welch große Lücke klaffte zwischen dem bürgerlichen Patriziat und Goethes Stand.

Anhang D
Eine Deckerinnerung des alten Goethe
(Bespötteln der Kastrationsangst)

1 Gottlieb Friedrich Klopstock (1724—1803), angesehener deutscher Dichter, berühmt wegen seines Epos *Der Messias* und wegen seiner Oden. Mit ihm begann eine neue Ära in der deutschen Literatur. Die ersten drei Gesänge seines Epos wurden 1748 veröffentlicht, die nächsten sieben 1755, die Gesänge elf bis fünfzehn 1764 und die letzten fünf 1773.

2 WA I, 26, S. 124.

3 Portia, eine römische Patrizierin, hat einen Traum (7. Gesang, Vers 403—448), in welchem ihr Sokrates erscheint, der die Wahrheit der antiken Mythologie verneint und die Realität der christlichen Eschatologie bekräftigt.

4 Adramelech, Satans Vasall und ehemaliger Konkurrent, wird mit seinem Meister in die Hölle geworfen, wo beide größte Qualen leiden.

5 Goethe zitiert die Verse nicht korrekt.

6 WA I, 26, S. 124—126.

7 Eine andere Interpretation dieses Abschnitts von *Dichtung und Wahrheit* muß im Licht der an anderer Stelle ausführlicher erörterten Möglichkeit gesehen werden, daß Rat Goethe beschnitten wurde, um eine Phimose zu korrigieren. Der alte Goethe mag in dieser Episode auf diesen Stand der Dinge, wahrscheinlich unbewußt, angespielt haben. In diesem Fall müßte die Geschichte nicht als Zeichen für Goethes Verleugnung seiner eigenen Angst und ihrer Transformation in das Gegenteil (Rat Goethes Furcht, vom Messer des Barbiers geschnitten zu werden) interpretiert werden, sondern als Ausdruck für Goethes Spott über den Vater, den er als wirklich verstümmelt ansah.

Anhang E
Weitere psychoanalytische Bemerkungen zu
Ein Sommernachtstraum

1 Ich schulde Dr. Edith Jacobson Dank dafür, daß sie mich auf die folgende Interpretation aufmerksam machte.

Anhang F
Weitere Beispiele für den Blutmythos in der *Iphigenie*

1 WA I, 39, S. 362 f.

2 WA I, 39, S. 388.

3 Vers 1794 f. WA I, 10, S. 78.

4 Fischer (146, S. 61) interpretiert die Passage in der Bedeutung „durch Waschen (der Hände in Blut) neues Leben erlangen«.

5 WA I, 39, S. 393.

Anhang H
Nachtrag zu Goethes zweiter Schweizerreise

1 Die Situation in der Schweiz erinnerte Goethe lebhaft an den Brocken. Am 2. November 1779, einen Tag bevor der Herzog und seine Gesellschaft die Reise nach Savoyen gegen den Ratschlag von vielen fortsetzten, schrieb Goethe an Charlotte von Stein: »... wenn es möglich ist im Dezember auf den [Gipfel des] Brocken zu kommen, so müssen auch Anfangs November uns diese Pforten der Schröcknisse [der Savoyer Alpen] auch noch durchlassen.« WA IV, 4, S. 117.

2 WA I, 19, S. 286 f.

3 WA IV, 12, S. 329 f.

4 Wolfgang Vulpius (536, S. 140) vermutet richtig, daß Goethes Abneigung gegen ein Treffen mit Marianne von Willemer, seiner geliebten Suleika, auf der Furcht beruhte, seine Leidenschaft für sie würde wieder aufflammen, und dies das entscheidende Motiv war, alle Pläne für die Reise fallenzulassen.

5 WA IV, 27, S. 118.

6 Das Problem, ob wir es hier mit echten Neurosen zu tun haben oder nicht, wird später aufgegriffen. Soviel mag hier gesagt werden: Diese Symptombildungen Goethes, die neurotischer Psychopathologie bis aufs i-Tüpfelchen gleichen, gehören wahrscheinlich dennoch überhaupt nicht zum neurotischen Typ von Psychopathologie.

7 WA I, 27, S. 256 f.

8 Es könnten viele andere Beispiele zitiert werden für Goethes Überwindung von scheinbar neurotischen Symptomen durch besonnene Anstrengung. Ich werde das Problem später ausführlicher wieder aufgreifen, möchte aber hier auf diese Beobachtung das Augenmerk richten, denn sie erlaubt Zweifel darüber, ob man Goethes Psychopathologie, von der er berichtet, in diesen Fällen als neurotisch ansehen darf. Unerläßliches Merkmal der Phobie ist, daß sie nicht mit Willenskraft beherrscht werden kann.

9 Kayser lieferte die Musik vor der Aufführung in Weimar nicht. Wie gewöhnlich half Seckendorff aus. Später wurde das Stück von dem bekannten Komponisten Johann Friedrich Reichardt (1752—1814) in Musik gesetzt.

10 Siehe oben auf Seite 287 die gleiche Leichtigkeit, als Goethe *Lila* neu schrieb. Auch dort betreffen die Änderungen das Ersetzen einer Rolle durch die des anderen Geschlechts.

11 WA IV, 4, S. 82. — Offenbar waren beide bemüht, den fremden Reisenden den Schweizer Stil des Ringkampfes vorzuführen. Ich habe diese Szene als einen der Faktoren angeführt, die Goethes nächsten phobischen Anfall auslösten.

12 Die Folge ist, daß Thomas sich selbst in Bätely verliebt und er vom Unterhändler zum Freier wechseln möchte.

13 WA I, 28, S. 83.

14 WA I, 28, S. 84.

Anhang I
Kommentar zur Psychologie des Zeichnens bei Goethe

1 WA I, 26, S. 151.

2 Vgl. den Brief an Charlotte von Stein vom 14. September 1777 (WA IV, 3, S. 176) oben, Seite 348 f.

3 WA I, 27, S. 16.

4 Die Verbindung zwischen Oralität und Zeichnen bei Goethe würde nach Freuds Beispiel

der Analyse des Verurteilens (203) zu Spekulationen führen. Es wäre notwendig zu untersuchen, inwieweit Goethes Zeichnen sich auf das lustvolle — oder realitätsangepaßte — Ich bezog und inwieweit er Gegenstände zu *entdecken* oder *wiederzuentdecken* suchte, indem er sie zeichnete. Ich kann mich in Goethes Schriften an kein Material erinnern, das hier weiterhelfen könnte, und es mangelt mir an klinischen Beobachtungen, die ich versuchsweise an die Stelle setzen könnte.

5 Ernest Jones (319) hat die Bedeutung von Atmen als befruchtende Kraft erörtert.

Anhang K
Weitere Bemerkungen zur Gretchen-Episode

1 Vgl. 11, 2, S. 168. Bettina berichtet, daß ihre Informantin sagte: ». . . die Tochter hieß das schöne Gretchen, er hatte sie sehr gern: das war die erste, von der ich weiß, daß er sie lieb hatte.« Goethes Mutter glaubte aber, daß Gretchen in Offenbach lebte, was sich von Goethes Bericht unterscheiden würde. Auch gibt es in Bettinas Erzählung kein Anzeichen für irgendeinen Übeltäter in Verbindung mit dieser Liebelei. Aber man kann sich viele Gründe denken, warum die Informantin nichts dergleichen erwähnte oder warum Bettina in ihrem Gespräch diesen Punkt diskret überging.

2 Karl Stieler (1781—1858) aus Mainz, von den bayerischen Königen bevorzugter Porträtmaler, der Goethes Bild malte.

3 343, zitiert nach den Kommentaren zu *Goethes Werke* (248, 12, S. 500 f.). Dieses Buch war mir nicht erreichbar. Meine Bemühungen, eine Abschrift oder Auszüge dieser wichtigen Tagebücher von Johann Christian von Senckenberg (1707—1772), dem berühmten Arzt, Wissenschaftler und wohltätig wirkenden Bürger von Frankfurt, zu erhalten, waren vergebens.

4 *Dichtung und Wahrheit,* 5. Buch, WA I, 26, S. 267.

5 WA I, 26, S. 271.

6 WA I, 26, S. 272.

7 WA I, 27, S. 8 f.

8 Brief an Charlotte von Stein vom 29. Januar 1782. WA IV, 5, S. 255.

9 WA I, 26, S. 313 f.

10 WA IV, 5, S. 208. Es gibt im Bericht der Gretchen-Episode noch ein anderes Detail, das an die Weimarer Tage erinnert. Den Freund, den der Junge mit seinen Geschichten unterhielt und der ihm die Bekanntschaft mit Gretchen und der unglücklichen Gruppe von Männern vermittelte, nennt Goethe in *Dichtung und Wahrheit* Pylades. Dieser Name kommt auch in der *Iphigenie* vor, dessen Rolle, soweit festzustellen ist, der Herzog spielte. Da der knabenhafte Pylades als erfolgreicher Frauenheld beschrieben wird, werden die Parallelen im Hinblick auf die zahlreichen Liebesaffären des Herzogs stärker hervorgehoben. So wie Goethe durch sein Geschichten-Erzählen Macht über Pylades hat *(Dichtung und Wahrheit,* 5. Buch) und Gretchen vorübergehendes Interesse an seinen Gedichten gewinnt, so gewann er seine starke Machtposition in Weimar durch sein Ansehen als größter deutscher Dichter, und in Folge davon gewann er auch Charlotte von Steins unerschöpfliches Interesse durch die schönen Gedichte, die er ihr widmete. Wenn wir nur über die historische Zuverlässigkeit der Gretchen-Episode sicher sein könnten, wie schön könnten die Triumphe des Erwachsenen beschrieben werden als beinahe wörtliche Wiederholung von Kindheitsereignissen!

11 WA I, 26, S. 342.

12 WA I, 26, S. 381.

13 Vgl. 416 in bezug auf die detaillierte Analyse dieses Problems.

14 Ich beziehe mich hier auf Goethes Zusammenleben mit Christiane Vulpius, das seinen sublimsten Erlebnissen mit Charlotte von Stein folgte.

15 Karoline von Günderode (1780—1806), eine hypersensitive deutsche Dichterin, die infolge unerwiderter Liebe Selbstmord beging. Goethe wurde über sie gut unterrichtet, als er 1810 Bettina von Arnim traf, die eine enge Freundin von ihr war.

16 Anscheinend besaß Charlotte von Stein ein Exemplar des französischen Originals. Vgl. Goethes Eintragung vom 1. September 1811, WA III, 4, S. 230.

17 WA I, 26, S. 355.

Anhang M
Goethes Brief an Karl August vom 26. Dezember 1784

1 Carl von Dahlberg, sowohl ein Freund des Herzogs als auch Goethes, dessen Felder an Ettersburg grenzten.

2 George Batty, ein Agrarökonom, dessen Urteil in Weimar hoch geschätzt wurde und dessen gute Ratschläge zu Goethes Erfolg als Minister beitrugen.

3 WA IV, 6, S. 415—418.

Anhang N
Notizen über einen Aspekt von Goethes Beziehung zur Musik

1 Zu Kaysers Biographie vgl. 46, 1, S. 49; 443.

2 Lorenzo da Ponte (1749—1838), ein Zeitgenosse Goethes, hat nur einen geringeren Platz in der italienischen Literaturgeschichte. Trotzdem ist sein Libretto zu *Don Giovanni* jedem von Goethes Libretti weit überlegen und wird als eines der besten Libretti angesehen, das jemals geschrieben wurde. In seinem späteren Leben erhielt da Ponte eine Professur für italienische Literatur an der Columbia Universität von New York.

3 119, S. 102.

4 WA IV, 2, S. 17.

5 Zur Biographie von Goethes Klavierlehrer Johann Andreas Bismann vgl. 389, besonders S. 248.

6 Johann André (1741—1799), Komponist, Dirigent und Musikverleger, lebte in der Nähe von Frankfurt. Ursprünglich Kaufmann wurde er ein Meister auf dem Gebiet der Musik, obgleich er niemals eine musikalische Ausbildung erhielt.

7 Zu Goethes Beziehung zur Arkadischen Gesellschaft zu Phylandria vgl. 251, 1, S. 94 f.; Bd. 6, S. 4—7 und S. 15.

8 »...im übrigen hat er mehr ein gutes Plappermaul, als Gründlichkeit.« 251, 1, S. 95.

9 zu Giovinazzis Biographie vgl. 389, S. 56—73.

10 WA I, 26, S. 18.

11 WA I, 26, S. 17.

12 Die verschiedenen Zeichen impliziter Kritik, die in diese Sequenz eingestreut sind und die Ambivalenz bezeugen, sollten von der generellen Entwicklung des Vaterbildes nicht ablenken.

13 Giovinazzi wurde ca. 1690 geboren; vgl. 387.

14 Goethe sagt über seinen Vater in *Dichtung und Wahrheit:* »So hatte er meine Mutter in den ersten Jahren ihrer Verheirathung zum fleißigen Schreiben angehalten, wie zum Clavierspielen und Singen; wobei sie sich genöthigt sah, auch in der italiänischen Sprache einige Kenntniß und nothdürftige Fertigkeit zu erwerben.« WA I, 26, S. 18.

15 WA I, 26, S. 45.

16 WA I, 27, S. 198.

17 Der vollständige Text dieser Arie erweckte meine Neugier. In der einschlägigen Goethe-Literatur wird Pietro Metastasio (1698—1782), der infolge vieler Libretti berühmt ist, als Autor angegeben (oder vermutet), und Domenico Corri (1746—1825), ein Italiener, der die meiste Zeit seines Lebens in England lebte, als Komponist. Ich konnte die Arie in der Ausgabe von Metastasios Gesamtwerk nicht finden, und ich fand trotz intensiver Nachforschungen unter den Experten niemanden, der mir die Arie lokalisieren konnte, ausgenommen Professor Siegmund Levarie (der darauf aufmerksam machte, was von Beginn an hätte klar sein sollen — daß Corri wegen seines Alters unmöglich der Komponist sein kann), der den vollständigen Text in *The Oxford Book of Italian Verse* (Oxford, 1952), S. 279 f. fand. Der Verfasser ist Paolo Rolli (1676—1765), der als Autor der *Canzonette* zu seiner Zeit berühmt war. Der Komponist ist aller Wahrscheinlichkeit nach Willem de Fesch (1687—1757). Er wurde in Antwerpen geboren, und seine munteren Melodien wurden bei Amateurmusikern populär, weil sie leicht zu spielen waren. Ich schulde Professor Levarie großen Dank, der inzwischen das Resultat seiner Recherchen veröffentlicht hat (366).

Die wörtliche Übersetzung dieser Arie verdanke ich Mr. Seymour A. Copstein, dem ich bei dieser Gelegenheit meinen Dank aussprechen möchte. [Die deutsche Übersetzung nach 366, S. 198 f. Das Gedicht stammt aus dem Jahr 1727. D. Hg. R. Sch.]

18 WA I, 19, S. 160.

19 Der Beginn der Arie mit der Betonung der Einsamkeit mag als peripheres bestätigendes Zeichen herangezogen sein.

20 WA IV, 7, S. 215 f.

21 WA IV, 6, S. 318.

22 WA IV, 19, S. 19. Mit diesem Zitat oder irgendeiner anderen Behauptung in diesem Anhang beabsichtige ich nicht, den Wert von Goethes Beitrag zur Musiktheorie in Frage zu stellen, der von manchen als bedeutend angesehen wird.

23 Pauline Anna Milder-Hauptmann (1785—1838), Opernsängerin.

24 Marie Szymanowska (1790—1831), berühmte Pianistin des russischen Hofes, traf Goethe 1823 in Marienbad und kam im selben Jahr nach Weimar, wo sie wieder für Goethe spielte.

25 WA IV, 37, S. 191 f.

26 Der Primärvorgang, muß ich wiederholen, ist immer bei der künstlerischen Produktion beteiligt, vorausgesetzt, daß der Schaffensvorgang sich nicht als Technik des Nachmachens vollzieht, und die obige Klassifizierung beabsichtigt nicht mehr als auf den Kontrast hinzuweisen zwischen der Phase, in welcher das Ich versucht, den Primärvorgang so weit als möglich zu akzeptieren, und jener Phase, in der das Ich versucht, so viel als möglich davon aufzuarbeiten.

27 WA IV, 4, S. 11. Vgl. auch den Brief vom 22. Februar 1779.

28 Eine ähnliche Beziehung kann man zwischen Goethes Fastnachtsspielen und ernsten Werken finden. Morris (398) gibt ein Beispiel dafür an.

29 WA IV, 3, S. 97.

30 WA IV, 7, S. 217. Wenn zu spekulieren erlaubt wäre, könnte man viele unbewußte

Gründe für Goethes zärtliche Beziehung zu Kayser finden. Da ist der Name, der im Deutschen Herrscher (»emperor«) heißt. Bettinas Bericht von der unerfüllten Liebe von Goethes Mutter zu dem tragischen *Kaiser* wurde schon früher erwähnt. Dieser Kayser war ebenfalls gewöhnlich von Melancholie befallen. Goethes Eifersucht auf Kayser in früheren Jahren muß intensiv gewesen sein; ein Junge, jünger als er selbst, als Genie angesehen zu einer Zeit, als Goethes eigene zukünftige Karriere höchst zweifelhaft war, muß sein Empfinden für Rivalität stark angestachelt haben, besonders im Hinblick auf seinen eigenen großen Ehrgeiz. So spinnen sich Fäden von Kayser zurück zu Vater, Mutter und den Geschwistern, und die Affektbeträge, die für Goethe auf Kaysers Bild lasteten, müssen im Unbewußten ungewöhnlich groß gewesen sein.

31 In späteren Jahren zollte Goethe Mozart den höchsten Tribut, den ein Dichterautor einem Komponisten zollen kann. Vgl. Goethes Antwort vom 30. Dezember 1797 auf Schillers Brief vom 29. Dezember 1797.

32 Heinrich August Reichardt (1751—1828), Theaterdirektor des Hoftheaters in Gotha und Bibliothekar; er veröffentlichte von 1775—1800 den jährlich erscheinenden *Deutschen Theaterkalender.*

33 WA IV, 7, S. 171 f.

34 WA IV, 7, S. 217.

35 Goethe zu Eckermann am 2. Januar 1824, 119, S. 429.

Anhang O
Zusätzliche Bemerkungen zu den *Römischen Elegien*

1 Die Anregung für die Untersuchung, deren Resultate in diesem Anhang dargestellt sind, verdanke ich Herrn Seymour A. Copstein.

2 Küssen wird ein viertes Mal erwähnt (XIII. Elegie, Vers 269), aber in einem Kontext, der psychologisch nicht relevant ist, da es sich um eine bloße Beschreibung oder Aufzählung von Dingen handelt, die gewöhnlich zwischen zwei Menschen geschehen, die sich ineinander verliebt haben. »Blick und Händedruck, und Küsse, gemüthliche Worte, / Sylben köstlichen Sinns wechselt ein liebendes Paar.« WA I, 1, S. 250.

3 WA I, 1, S. 239, Vers 101 f.

4 WA I, 1, S. 239, Vers 105.

5 WA I, 1, S. 251.

6 WA I, 1, S. 257, Vers 377 f.

7 WA I, 1, S. 257, Vers 381—384.

8 WA I, 1, S. 53, S. 5.

9 WA I, 2, S. 316 f. Johannes (Janus) Secundus (1511—1536) war ein holländischer Dichter, Maler und Bildhauer.

10 WA I, 2, S. 316.

11 WA I, 2, S. 316 f.

12 WA I, 2, S. 317.

13 WA I, 2, S. 317.

14 vgl. 253, S. 277. Kein anderer Herausgeber datiert, soweit mir bekannt ist, die Endfassung in dieser Weise.

15 488, S. 35.

16 Blei lebt nicht mehr. Eine Anfrage bei der Universität von Leyden ergab eine wertvolle Antwort des Chefbibliothekars, Dr. A. Kessen, der bestätigt, daß der »Epilog« in allen verzeichneten lateinischen Editionen fehlt und deshalb auch in zahlreichen anderen Übersetzungen.

Anhang P
Goethes Fasanentraum

1 WA I, 30, S. 168.

2 Das deutsche Wort Kahn bedeutet eine bestimmte Bootsart, etwa so etwas wie ein Fährschiff.

3 WA I, 30, S. 168 f.

4 WA III, 1, S. 306.

5 WA IV, 8, S. 92.

6 WA IV, 8, S. 106.

7 WA IV, 8, S. 186 f.

8 Vgl. Freud: ..., »daß das im Unbewußten wirksame Unersetzliche sich häufig durch die Auflösung in eine unendliche Reihe kundgibt,«... 171, S. 71.

9 Das deutsche Wort *mitteilen,* »share«, ist so, wie es Goethe hier gebraucht, doppelsinnig. Die übliche Bedeutung des Wortes ist, eine Information mitzuteilen. Doch »teilen« bedeutet auch teilhaben, und es gibt meiner Meinung nach keinen Zweifel daran, daß Goethe an Schätze dachte, die er mit seinen Freunden teilen wollte. So verstand ich diesen Teil des Traums von Anfang an, und nur während der Übersetzung bemerkte ich, daß die wörtliche Bedeutung des Wortes »eine Information mitteilen« heißt. Paul Fischer, der zuverlässige Führer durch Goethes Wortschatz, sagt unter dem Stichwort *teilen,* daß Goethe die Redewendung »einem etwas teilen« in der Bedeutung von »es ihm mitteilen« (to inform him of something) oder »mit ihm teilen« (to share with him) benutzt (vgl. 146, S. 621). Das Wort »impart«, das ich in der Übersetzung [für »mittheilen«] benutze, umfaßt beide Bedeutungen, die des Teilens und die des Informierens, und wird daher der Darstellung des Traumes gerecht. Wie erinnerlich *informierte* Goethe in Wirklichkeit den Herzog über sein sexuelles Abenteuer, und er ließ durch eine große Anzahl von Briefen seine Freunde an seinen aufregenden italienischen Erlebnissen *teilhaben,* und er brachte kleine Proben der wundervollen Dinge mit nach Hause, die er mit Freude in Italien sah.

10 WA I, 30, S. 163.

11 WA I, 30, S. 166.

12 WA I, 30, S. 166.

13 WA I, 30, S. 168.

14 Eine Organisation, zu jener Zeit von der Universität von Bologna unabhängig und in einem italienischen palazzo untergebracht.

15 WA I, 30, S. 170. Goethe stützte diesen Lehrsatz durch den Hinweis auf die Basilika-Form der Kirchen, durch die falschen Proportionen von italienischen Gerichtsräumen und durch den klösterlichen Charakter wissenschaftlicher Anstalten.

16 WA III, 1, S. 305.

17 WA III, 1, S. 305.

18 WA I, 30, S. 161. WA III, 1, S. 306.

19 Buder behauptet, daß ein Analytiker Freudscher Provenienz den Wunsch des Träumers, das kleine Boot in den Hafen zu steuern, als Ausdruck der Sehnsucht, in die Mutter zurückzukehren, interpretieren würde, und in weiterer Konsequenz als Angst vor der *vagina dentata.* Ich glaube, daß Buder hier falsch vermutet.

20 WA I, 30, S. 168.

21 WA III, 1, S. 310.

22 Ich lasse die Fruchtbarkeitsriten außer acht, bei denen die Ejakulation oft eine zentrale Rolle spielt.

23 Vgl. Freuds Beobachtung, daß es Personen gebe, »denen also eine bewußte Fähigkeit, das Traumleben zu lenken, eigen scheint«. Eine solche Person mag während des Träumens denken: »Das will ich nicht weiterträumen, um mich in einer Pollution zu erschöpfen, sondern hebe es mir lieber für eine reale Situation auf.« (158, S. 577 f.) Dennoch glaube ich im Fall von Goethes Fasanentraum nicht an eine solche bewußte Steuerung von Träumen.

24 Der Fasanentraum gibt reichlich Gelegenheit, Aspekte der Trauminterpretation zu diskutieren, besonders da wir, wie zuvor erwähnt, eine Interpretation des Traums nach der analytischen Psychologie Jungscher Prägung besitzen (vgl. 73). Deshalb möchte ich meine Erörterung von Goethes Traum nicht verlassen, ohne wenigstens das Folgende angesprochen zu haben. Buder befindet sich im Irrtum mit ihrer Annahme, daß Freuds Traumdeutung ausschließlich auf die Feststellung von Fixierungen oder auf das Infantile oder Krankhafte abzielt. Die gegensätzliche Haltung kennzeichnet ihrer Meinung nach den analytischen Psychologen der Jungschen Schule: »Nicht das, was noch ist, sondern das was noch nicht ist, aber werden will, wird in den Blickpunkt gerückt.« (73, S. 509). Und weiter: »In den Traumbildern sprechen die Dinge, die in einem Menschen werden wollen.« (73, S. 512). Diese Behauptung steht in Übereinstimmung mit der Theorie, daß in Träumen die Erfüllung der Wünsche verborgen ist. Aber wenn Buder behauptet, daß der Gesunde sich der Wirkung dieser Bilder ausliefert, die allmählich als »Kräfte in sein Leben« übertreten (S. 512) und daß diese Kräfte, die die Bildlichkeit des Traums formen, der menschlichen Wirklichkeit Gestalt verleihen, während die gehemmte, kranke Person »Traumimpulse« nicht in die Realität überführen kann, dann muß diese Idee zurückgewiesen werden. Der Neurotiker beherbergt oft unerfüllbare Wünsche, und ein Teil seiner Neurose besteht in seiner Weigerung, die Nicht-Erfüllung dieser wirklich vorhandenen Wünsche zu akzeptieren. Klinische Beobachtungen zeigen dann allzu oft, daß der Neurotiker »Traumimpulsen« in seinem realen Leben Wirklichkeit einräumt, während es weit besser wäre, wenn er die Wünsche für unerfüllbar oder verboten von seinem alltäglichen Leben fernhielte. Goethe wünschte sich in seinem Traum die Fähigkeit, eine Erektion auszuhalten, ein Wunsch, dessen Erfüllung sich nicht auf das Unmögliche oder Verbotene bezog — wenigstens vom Standpunkt der Wirklichkeit aus nicht. Goethe erwarb diese Fähigkeit während der zehn harten voritalienischen Jahre der Selbstdisziplin und Pflichterfüllung. Das Zusammentreffen, daß in diesem besonderen Traum der Traumwunsch sowohl für das Ich annehmbar war als auch den Fähigkeiten des Ich entsprach, mißbraucht Buder dazu, den Eindruck zu vermitteln, daß die Psychoanalye eine allgemeine Funktion des Traums übersehen habe. Die unzureichende Kenntnis der Vorgänge während des voritalienischen Jahrzehnts und Unwissen über die äußerst mächtigen unbewußten Kräfte, die Goethes Biographie offenbart, lassen den Fasanentraum entweder als telepathisch (sein Hauptinhalt wurde in Italien mit der Faustina-Episode erfüllt) erscheinen oder als ob der Traum in Goethes Leben neue Elemente eingeführt hätte, die vorher nicht da waren und die ihn zu Handlungen führten, die andernfalls unterblieben wären. In Wirklichkeit war das, was sich in Italien ereignete, die Erfüllung eines alten Kindheitswunsches, und die ganze Episode mit Charlotte von Stein war ein Versuch der Heilung von einem Symptom. Buder jedoch folgt der Tradition einer Denkschule und sieht in Goethes Beziehung zu Charlotte von Stein nichts als Merkmale der Regression. Wenn ein Traum aus dem Kontext herausgelöst wird und man es unterläßt, eine exakte Analyse aller Assoziationselemente vorzunehmen, dann natürlich kann dies der bestätigenden Evidenz jeder Art willkürlicher Interpretation dienen.

Anhang Q
Notizen über Goethes Beziehung zu Christiane Vulpius und über das allgemeine Problem der Moral im Leben des Genies

1 Zu Christianes Biographie siehe 134; 535; 536 (letztere erhielt ich erst kürzlich).

2 Siehe 66. In Wolfgang Vulpius' Biographie über Christiane (536) kann man mehr über ihn erfahren. Er war Jurastudent in Jena, vollendete aber anscheinend sein Studium nicht. Nach einer großen Zahl von Anträgen und Bewerbungen in einem Zeitraum von neun Jahren erhielt er 1759 endlich einen untergeordneten Posten. Nach sieben Jahren erreichte er seine einzige Beförderung — zum »Amtsarchivar«. Um 1778 bekam er etwas Geld vom Staat geliehen. Ob die Klagen über sein schlechtes Betragen zutreffend sind, ist nicht beweisbar, weil die betreffenden Dokumente während des Krieges verlorengegangen sind. Er gab seine Beschäftigung auf, und seine Familie mußte unter sehr prekären Bedingungen leben. Aber es dürfte von Interesse sein zu vermerken, daß Christianes Vorfahren der väterlichen Linie zu einer Gruppe mit höherem sozialen Status gehörten als Goethes väterliche Vorfahren.

3 Man hat oft vermutet, daß Goethes Gedicht »Der neue Pausias und sein Blumenmädchen« sich auf diesen Vorfall bezieht. In diesem Gedicht wird erzählt, wie ein Mann eine sexuelle Vergewaltigung bei einem Blumenmädchen versucht, das Pausias erfolgreich verteidigt. Dieser verliebt sich darauf in das Mädchen, das sich aber infolge der Scham über den Vorfall zurückzieht. Die Notwendigkeit zu arbeiten zwingt sie dazu, ihre Wohnung zu verlassen, und so trifft sie Pausias wieder, und sie kommen zusammen. Goethe leitet dieses Gedicht in ungewöhnlicher Weise ein — mit einem Zitat aus Plinius' Briefen zur Person des Pausias. Es wird behauptet, Goethe habe dies deshalb getan, um die Assoziation zu Christiane zu vermeiden.

4 Wolfgang Vulpius' Biographie belegt, daß Goethe zuvor schon Kenntnis von Christiane und dem Unglück ihrer Familie hatte. Goethe war im Staatsrat anwesend, als die schlechte Lebensführung ihres Vaters besprochen wurde; er hatte auch mit amtlichen Dokumenten zu tun, die sich auf die Begnadigung ihres Vaters durch den Herzog bezogen und ihn zum Aufseher des Wegebaus machten. Er war ebenfalls im Staatsrat anwesend, als Christianes Petitionen um Beistand für ihre Mutter und ihre Geschwister auf der Tagesordnung waren.

5 Die Bemerkung steht in einem Brief als Antwort auf einen Brief von Schiller, welcher ihn zur Taufe seines zweiten Sohnes, Ernst Friedrich Wilhelm (1796—1841) einlud. Goethe antwortete, er wäre sogar uneingeladen gekommen, »wenn mich diese Ceremonien nicht gar zu sehr verstimmten«. WA IV, 11, S. 126.

6 Das genaue Datum dieses Umzugs ist nicht bekannt. Anscheinend gehörte sie seit Oktober 1788 zu Goethes Haushalt.

7 Die Totgeburten, die Frühmortalität und verschiedene Fehlgeburten erklärt Kleine als Folgen einer fötalen Erythroblastose (Rhesopathie). Vgl. 332, S. 55.

8 Ein unübersetzbarer persönlicher Ausdruck, den sie und Goethe offenbar für ein Kind oder vielleicht ein erwartetes Kind benutzten, wortwörtlich: »crab-clawed-hood«. »Krabs« ist ein umgangssprachlicher negativer Begriff für »Kind«, entspricht ungefähr dem englischen »brat« (Balg).

9 Siehe oben S. 72 f. zu meiner Vermutung, daß in Goethes Beziehung zu Lenz derselbe Mechanismus herrschte.

10 Ihr Bruder Christian dachte, ihr Geburtstag sei der 6. Juni.

11 Wenn meine Rekonstruktion richtig ist, haben wir hier ein Beispiel für die Wiederkehr des Verdrängten. Denn der neue Geburtstag, der für Christiane ausgewählt wurde, war wieder der einer Schwester, obgleich der von Christianes Schwester.

12 WA I, 4, S. 61.

13 WA IV, 8, S. 139.

14 Vgl. Goethes Epigramm WA I, 1, S. 465. Vgl. auch Anhang S.

15 Gottlieb Meissel, Sekretär, beschäftigt in der herzoglichen Kanzlei. Goethe erwähnt ihn in einem Brief an C. G. Voigt vom 5. Juni 1800. WA IV, 15, S. 75.

16 Goethe beabsichtigte damals, sich eigene Pferde und einen eigenen Wagen zu halten, und verwirklichte dies später. In Weimar ging das Gerücht um, daß Goethe Amalie von Imhoff (1776—1831) heiraten wollte, Charlotte von Steins schöne und sehr talentierte Nichte. Offenbar wollten manche eine Heirat zwischen beiden arrangieren, »damit sich männliche und weibliche Genialität verbänden«. Vgl. 49, S. 479.

17 252, 1, S. 266 f.

18 Wahrscheinlich Teile seiner Tragödie *Die Piccolomini;* vgl. 252, 1, S. 491.

19 Goethe bezieht sich wahrscheinlich auf das Schreiben seines Epos *Hermann und Dorothea.*

20 WA IV, 12, S. 77.

21 WA IV, 12, S. 238.

22 Ehescheidungen waren aber nicht unüblich oder unmöglich. Die Eltern des Mädchens, das später Goethes Schwiegertochter wurde, waren z. B. geschieden.

23 Goethe erzählte seiner Mutter von seiner Lebensgemeinschaft ohne Trauschein und von seinem Sohn erst, als er im August 1792 in Frankfurt war.

24 WA IV, 14, S. 146.

25 WA IV, 12, S. 374 f.

26 WA IV, 13, S. 315.

27 Goethe war zu jener Zeit mit den *Wahlverwandtschaften* beschäftigt.

28 WA IV, 20, S. 399.

29 Friedrich Wilhelm Riemer (1774—1845) war in Goethes Haus anfangs, von 1803 bis 1812, Privatlehrer seines Sohnes August. Während dieser Zeit und nachfolgend bis zu Goethes Tod arbeitete er eng mit Goethe zusammen.

30 252, 2, S. 418.

31 252, 2, S. 418.

32 Christiane Friederike Wilhelmine Herzlieb, die Goethe gewöhnlich Minchen nannte, wurde am 22. Mai 1789 geboren. Sie verlor früh ihre Eltern und kam als Pflegetochter zu Frommann nach Jena, dem Verleger von einigen Werken Goethes. Goethe kannte sie von Kind auf und verliebte sich in sie etwa 1807, als er seine Sonnette schrieb, von denen die meisten ihr gewidmet sind. Sie hat wahrscheinlich auch einen Bezug zu den *Wahlverwandtschaften.* Die Intensität von Goethes Gefühlen für sie und das Ausmaß ihres Einflusses auf Goethes Werk sind oft erörtert worden.

33 WA IV, 23, S. 126.

34 WA IV, 16, S. 260.

35 Vgl. oben, Seite 873 ff. über die Rolle des kinästhetischen Systems in Wilhelm Meisters Beziehung zu Mignon.

36 Caroline Wilhelminia Johanne Ulrich (1790—1855), seit 1814 mit Friedrich Wilhelm Riemer (1774—1845), Goethes Sekretär und Mitarbeiter, verheiratet.

37 WA IV, 23, S. 361.

38 Oskar Ludwig Bernhard Wolff (1789—1851) studierte Medizin, Geschichte und Philosophie; er war Lehrer in Hamburg und als Stegreif-Parodist bekannt.

39 250, 1, S. 554.

40 Gräfin Christine Reinhard (gestorben 1815), Frau des Grafen Karl Friedrich Reinhard (1761—1837), der mit Goethe im Jahr 1807 bekannt wurde. Aus ihrer Freundschaft erwuchs

ein bedeutender Briefwechsel. Der zitierte Abschnitt stammt aus einem Brief der Gräfin an ihre Mutter, kurz nachdem sie Goethes Bekanntschaft gemacht hatte.

41 250, 1, S. 498.

42 Vgl. Goethes Briefe vom 22. September 1809, WA IV, 21, S. 75 f.; Christianes Brief vom 11. Juli 1810, 252, 2, S. 167–171; Goethes Tagebuch von Februar bis April 1811, WA III, 4, S. 182–201. Christiane war auch mit Goethes dramatischen Werken bekannt, weil sie eine leidenschaftliche Theaterbesucherin war und daher niemals eine Vorstellung von einem Goethe-Stück versäumte.

43 Vgl. oben Seite 425 zu der homosexuellen Bedeutung, welche die Schweiz meiner Meinung nach in Goethes Phantasie hatte.

44 WA IV, 12, S. 349.

45 Dennoch ist es möglich, daß diese Idylle verstanden wurde als Brief des Theokrit an Nikias, mit dem er in seiner Jugend Medizin studiert hatte, als Bericht über den Trost, den Theokrit selbst bei den Musen fand. Vgl. 120, S. XII, 139.

46 WA I, 1, S. 288.

47 ibidem.

48 WA I, 1, S. 289.

49 ibidem.

50 ibidem.

51 ibidem.

52 252, 1, S. LIII: »Wir ahnen etwas von der tiefen Trauer, von dem Gefühl der Einsamkeit, die den großen Mann zuzeiten beschleichen mußten;«

53 62, S. 269.

54 Ich stimme mit Etta Federn (134, passim) überein, die zu beweisen versucht, daß die übliche Beschreibung von Christiane als chronische Alkoholikerin nicht richtig ist.

55 Wenn Goethe bei der Wahl Charlotte von Steins dem Schwester-Typ folgte, dürfen wir in Goethes Mutter die Imago von Christiane sehen. Es gibt sicher eine Ähnlichkeit zwischen beiden in der Charakterstruktur. Das Umschalten von der Schwester-Imago zur Mutter-Imago, das wahrscheinlich den Entwicklungsablauf in umgekehrter Richtung wiederholte, gibt Anlaß zu weitreichenden Spekulationen.

56 Man begreift die Tragödie des Sohnes eines Genies nur voll, wenn man vor August von Goethes Grab bei der Cestius-Pyramide steht und die Inschrift liest: »Goethe filius Patri antevertens obiit anno XL« (Goethes Sohn, seinem Vater vorangehend, starb in seinem 40. Lebensjahr). Hier ist er seines Individualnamens beraubt, und sein Tod wird als bedeutsam angesehen nur für den Augenblick, den er in dem Leben seines Vaters füllt. Die Inschrift spiegelt verkürzt die Haltung der Gesellschaft gegenüber dem Sohn wider, und zugleich erfaßt sie ein verborgenes Verhalten des Vaters. Für die verwirkte Unabhängigkeit, Individualität und persönliche Identität — erzwungen durch die Art und Weise, wie die Welt seine Moralität untergräbt und grundsätzlicher noch durch die Tatsache, daß die zermalmende Größe seines Vaters ihn unausweichlich eines eigenen Charakterbildes beraubt, mit dem er identifiziert werden kann — erhielt der Sohn einen mageren Ausgleich in der ärmlichen Nische der Annalen der Geschichte, die auch nur reserviert ist durch die bloße Tatsache, daß er mit dem Genie zusammen war. Hier sollte beiläufig auf die ganz andere Wirkung, die das Genie oft auf die weiblichen Nachkommen hat, hingewiesen werden.

57 Ich beachte hier natürlich nicht jene zeitgenössischen Anklagen, die manchmal sehr schwerwiegend waren, von denen man aber heute weiß, daß sie keine Substanz haben, so z. B. Klopstocks Vorwurf der Ausschweifungen, die angeblich während der frühen Jahre von Goethes Weimarer Aufenthalt vorkamen; oder die Beschuldigung des Meineids, als Goethe die Autorschaft einer Farce, die Wieland verspottete, ableugnete. Das Stück wurde in Wirklichkeit

von Goethes Freund Heinrich Leopold Wagner geschrieben, aber es ist fast sicher, daß Goethe nicht nach Weimar berufen worden wäre, wenn man dort der weit verbreiteten Behauptung seiner Autorschaft Glauben geschenkt hätte.

58 Die nachteilige Wirkung bestimmter Formen von Demokratie für das Künstlergenie ist von vielen bemerkt worden. Vgl. die folgende Eintragung in Tolstois Notizbuch als mögliche Erklärung für das, was paradox aussieht: »Ein Mensch, der unter einer despotischen Regierung, so wie in der Türkei und in Rußland, lebt, mag mehr oder weniger frei sein, obgleich er der Gewalt einer Regierung ausgesetzt ist, bei der er nichts zu sagen hat. Ein Mensch in einem Verfassungsstaat ist immer ein Sklave, weil er ständig die Rechtmäßigkeit der Regierung, unter der er sich befindet, anerkennen muß.« (499, S. 647)

59 Dieser Konflikt bricht, wie auch anderswo erörtert wird (vgl. Anhang U), zwangsläufig mit besonderer Stärke aus, wenn ein Nachkomme oder ein Äquivalent vorhanden ist.

60 Als Goethe im Alter von vierundsiebzig Jahren wieder heiraten wollte, ergaben sich unerfreuliche Szenen zwischen Vater und Sohn.

Anhang R
Ergänzende Notizen zur Beziehung zwischen Goethe und Karl August

1 Ich habe im Text nicht von einem Vorfall berichtet, der sich bei Goethes Besuch in seinem Elternhaus in Begleitung des Herzogs 1779/80 aus Anlaß der zweiten Schweizerreise ereignete. Der geistige Zustand von Goethes Vater verschlechterte sich zu dieser Zeit offensichtlich, und es kam zu einer für Goethe höchst erniedrigenden Szene. In der Mitte dieses Aufenthaltes öffnete Goethes Vater — soweit bekannt, ohne provoziert zu sein — seine Schleusen zu einem Ausbruch wilden Ärgers gegen den Herzog. Er erklärte, er wolle die Ausgaben für den Aufenthalt des Herzogs und seiner Begleitung nicht mehr bezahlen. Das war um so peinlicher, als er in Gegenwart von Untergebenen des Herzogs sprach. Die Motivation für diesen Ausbruch ist klar: der Herzog hatte den alten Mann seines Sohnes beraubt, ihm seinen einzigen Trost genommen. Nach seiner Rückkehr nach Weimar schickte der Herzog Goethes Mutter eine große Geldsumme (ohne daß er dies Goethe wissen ließ). Dieser Vorfall wirft ein helles Licht auf die Realitätsfaktoren, die Goethes Gefühle zu und über seinen Vater mitbestimmten.

2 Vgl. 51,1, S. 421, zu Karoline Herders Brief, in welchem sie ihrem Ehemann ihre Treue erneut versichert.

3 Johann Christoph Schmidt (1728—1807) war Goethes Nachfolger im Geheimen Consilium.

4 WA IV, 8, S. 225 f.

5 WA IV, 8, S. 302.

6 WA IV, 8, S. 357 f.

7 WA IV, 9, S. 103.

8 541, 1, S. 405.

9 WA IV, 9, S. 173.

10 WA IV, 9, S. 138.

11 Es gibt aber ein Epigramm — in fast unmittelbarer Beziehung zu der zitierten Passage im Brief an Karl August —, welches den Gedanken zum Ausdruck bringt, daß Goethe unter der Wirkung seiner Liebe zu Christiane zeitweilig sein lyrisches Interesse an der Natur verlor. »O, wie achtet' ich sonst auf alle Zeiten des Jahres; / Grüßte den kommenden Lenz, sehnte dem

Herbste mich nach! / Aber nun ist nicht Sommer noch Winter, seit mich beglückten / Amors Fittich bedeckt, ewiger Frühling umschwebt.« Epigramm 91, WA I, 1, S. 328.

Es ist äußerst eindrucksvoll, mit welcher ausgezeichneten Objektivität Goethe die Wirkung seiner neuen Lebensweise prüfte, die aus seiner Beziehung zu Christiane resultierte. Das Epigramm klingt fast wie eine Warnung vor dem Verlust, dem der Künstler sich aussetzen kann, wenn er einem Liebesobjekt zu nahe kommt.

12 Mit dem »Wölkchen Poesie« meinte Goethe seine *Venetianischen Epigramme.*

13 WA IV, 9, S. 213.

14 WA IV, 9, S. 147.

15 Goethes beide Essays mit erotischen Themen aus dieser Zeit (wahrscheinlich für Karl August geschrieben) werden im Anhang S erörtert.

16 WA I, 1, S. 315.

17 WA I, 1, S. 316.

18 Goethes wirkliche Ambivalenz tritt in dem darauffolgenden Epigramm offen zutage, in dem der Mann der Tat und der Mann der Kunst ein Paar bilden. Das Epigramm endet: »Mein Freund, lebe nur, dichte nur fort!« WA I, 1, S. 316.

19 Die Weimarer Ausgabe verzeichnet zwischen dem 19. Oktober, als er heiratete, und dem 25. Dezember 1806, als er Karl August von seinem veränderten Status berichtete, drei Briefe Goethes an den Herzog: (1) zwischen dem 19. und 26. Oktober; (2) Mitte Dezember; (3) 25. Dezember 1806. In der jüngeren Ausgabe des Briefwechsels zwischen Goethe und Karl August (541, 1, S. 473) wird behauptet, diese drei Briefe seien irrtümlich als selbständige Briefe ediert worden; in Wirklichkeit handele es sich um Teile eines einzigen Briefes. Wie dem auch sei, die gesamte Struktur der Briefe verrät Goethes Zögern, dem Herzog zu schreiben. Es ist mir nicht gelungen herauszufinden, welche tatsächlichen Kommunikationsmöglichkeiten zwischen Weimar und dem Herzog nach dem Desaster von Jena bis Ende Dezember bestanden. In Goethes Tagebuch findet sich kein Zeichen der Unruhe über den Aufenthaltsort des Herzogs.

20 Karoline Jagemann (1777—1848), berühmte Schauspielerin und Sängerin, wirkte in Weimar seit 1797. Seit 1802 war sie die Mätresse des Herzogs und gebar am 25. Dezember 1806 einen Sohn (Carl Wolfgang, 1806—1895).

21 WA IV, 19, S. 251.

22 WA IV, 19, S. 202.

23 WA IV, 19, S. 248.

24 Es sollte festgehalten werden, daß Goethes Sohn den Beinamen des Herzogs erhalten hatte und daß der Sohn des Herzogs als ersten Vornamen den seines Vaters und als Beinamen Goethes Vornamen erhielt.

25 Anders als Goethe zögerte der Herzog nicht lange und löste das Problem seiner Mätresse durch ihre Erhebung in den Adelsstand im Jahr 1809. Carl Wolfgang wurde erbberechtigter Eigentümer eines Rittergutes.

26 250, 4, S. 478.

27 Wenn Karl August eine Politik der Neutralität verfolgt hätte in Übereinstimmung mit Goethes früherem Ratschlag im Jahre 1786, hätte Weimar weit weniger unter dem Sieg der Franzosen zu leiden gehabt. Man sollte auch nicht vergessen, daß Goethe ein glühender Bewunderer Napoleons war.

28 Ich lasse die Erfahrung mit dem Königsleutnant aus der Kinderzeit und ihre Konsequenz für die schnelle Entscheidung zu heiraten beiseite.

29 Im Anhang S mache ich weitere Ausführungen zum archaischen Konflikt zwischen Homosexualität und Heterosexualität.

Anhang S
Bemerkungen zu Goethes erotischer Dichtung

1 »Priapeia, sive diversorum poetarum in Priapum lusus; illustrati commentariis Gasperis Schoppii, Franci... Huic editioni accedunt Iosephi Scaligeri in Priapeia commentarii, ac Friderici Linden-Bruch in eadem notae. Patavii, apud Gerhardum Nicolaum V. Sub signo Angeli Aurati, 1664.« Zitiert nach WA I, 53, S. 491. Diese Ausgabe war mir nicht zugänglich. Ein Exemplar befindet sich in Goethes Bibliothek, dem angebunden ist: »Titi Petronii Arbitri, Equitis Romani, Satyricon... Lipsiae 1731.« WA I, 53, S. 491.

Die englische Übersetzung von 1890 (431) enthält ebenfalls weitreichende Fußnoten und Kommentare zum Ursprung der Kompilation, den verschiedenen Ausgaben und zum Hintergrund römischer Sexualgewohnheiten.

Caspar Schoppe (1576—1649), genannt Scioppius, war ein deutscher Gelehrter und römisch-katholischer Konvertit, der wegen seiner bösartigen Schriften gegen die Protestanten und gegen Joseph Justus Scaliger, vormals sein bester Freund, berühmt wurde. Scaliger (1540—1609), ein angesehener Renaissance-Gelehrter, war der Begründer der modernen Literaturkritik der antiken Literatur.

1a [Zusatz zur deutschen Ausgabe: In der amerikanischen Ausgabe folgt an dieser Stelle eine Übersetzung von Goethes lateinischem Text ins Englische. Es gibt offenbar keine veröffentlichte deutsche Übersetzung von Goethes lateinischen Bemerkungen; daher folgt hier eine Übersetzung des deutschen Übersetzers, die sich an die englische Übersetzung anlehnt. Da Eissler den lateinischen Originaltext (WA I, 53, S. 197—202, 203—207) nicht mit abdruckt, unterbleibt dies auch in der deutschen Ausgabe.]

2 Es sind Zweifel über die Identität des »Princeps Augustus« aufgetaucht, dem diese beiden Essays gewidmet sind. Außer Karl August, dem Herzog von Weimar, wurde August (1747—1806), der Bruder des Herzogs von Gotha, vermutet. Von ihm wird gesagt, daß er ein Kenner der antiken Literatur war. Meiner Ansicht nach aber kann kein Zweifel darüber bestehen, daß diese beiden Aufsätze für Karl August gemeint waren. Wie ich im Anhang R bemerkt habe, fühlte sich Goethe zu dieser Zeit bemüßigt, Karl August mit dem römischen Kaiser Augustus (und mit Maecenas) zu vergleichen. Da Goethe sich in beiden Aufsätzen teilweise spaßig und teilweise ernst gibt, würde es einen guten Sinn geben, wenn er dem Herzog die Rolle des Augustus zuschreibt.

3 vgl. *Priapeia* (431), Epigramm XXV, 1.5: »Vernis passeribus salaciores« = »geiler als im Frühling Spatzen« [bei Weibern liegen].

4 Der lateinische Text in der englichen Ausgabe der *Priapeia* (431, S. 27) liest *placeat,* wie Goethe als korrekten Text vermutet.

5 Die entsprechenden lateinischen Verse Num tandem prior est puellae, quaeso, / Quam sunt, mentula quos habet, capilli? sind in der englischen Ausgabe wie folgt übersetzt: »But is a girl, prithee, of more value than are the hairs which deck thy mentule?« (nach der freien deutschen Übersetzung: »Du traust dich auf dem Markt solch Kräuselhaar zu tragen / und siehst wie eine Dirne aus — man muß sich fragen, / was solche Burschen für die Bauch-[=Scham-]frisur erst wagen?«) Der (englische) Herausgeber fügt eine Erklärung hinzu: »Ist es richtig, die Ähnlichkeit mit einem Mädchen zu bemühen, um das unordentliche Haar der Scham, viel weniger des Kopfes, zu beschreiben?« (431, S. 43). Wo der lateinische Autor das mädchenhafte Verhalten des Jungen deswegen lächerlich macht, weil ein Junge ein sexuell anziehendes Lustobjekt (für einen Mann) sein sollte, sieht Goethe die Bedeutung einer Schelte des Jungen, weil er sich sexuell so attraktiv (für einen Mann) geben könnte wie ein Mädchen sei.

6 In diesem Epigramm begreift Goethe die zwischen den Zeilen stehende (homosexuelle) Bedeutung.

Die Übersetzung in der englischen Ausgabe (431, S. 53) lautet wie folgt: »If thou writest E, D, and then addest a joining line, that which wishes to cleave through the middle of D (thee) will be represented.« (C D schreiben und dazwischen einen Pfahl, ergibt das Bild dessen, der dich in der Mitte zu durchbohren gewillt ist.) Der (englische) Herausgeber stellt richtig die Zweideutigkeit des D in der zweiten Verszeile heraus, die für das lateinische Wort *te* (du) steht. So stellt das D das Bild des vom Penis zu spaltenden Anus dar.

7 Das heißt, »er bezeichnet als ›psoleon‹ [Penis], was wir ›psolum‹ nennen«. Diese Zeile lautet in Goethes Ausgabe: *Psoleon ille vocat, quod nos Psoloenta vocamus,* was etwa zu übersetzen ist mit: »Er nennt Pfriem (prick = Penis), was wir Pfriemen (pricking = Koitus) nennen.«

8 Hier scheint Goethe Schoppes Lesart »arae« deswegen vorzuziehen, weil es die Interpretation erlaubt: »Wenn der Penis schlapp und leblos ist — bloß ein Zündholz —, dann ist er wenigstens gut genug für das Opfer *auf dem Altar* des Priapus, wenn er zu nichts anderem taugt«; während Goethe offenbar glaubt, daß die Lesart »aram« die Interpretation erfordern würde: »Der nutzlose Penis kann wieder zum Leben erweckt werden, wenn die Kurtisanen Priapus *einen Altar weihen*«, d. h. sich so, wie sie sind, berufsmäßig dem Geschlechtsverkehr hingeben.

9 In diesem Epigramm, von dem Goethe nur die letzte Zeile zitiert, beklagt sich Priapus darüber, daß er trotz seines Alters noch soviel Kraft hat, um Sodomie auszuführen, wenn auch nur bei anderen alten Männern wie Nestor oder Priamus, und daß ihm deshalb von solchen gutmeinenden Leuten, die hohe Zäune um ihre Obstgärten ziehen, nicht geholfen, sondern daß er nur gehemmt wird, weil sie durch die Zäune seine Wächteraufgabe nicht erleichtern, sondern ihn seiner sexuellen Beute berauben — kurz, sie verschließen seinen Penis mit einer Spange. Goethe ist überrascht, daß Schoppe die Wendung »eine Spange anlegen« in diesem Kontext nicht erklärt mit »die Vorhaut so festheften, daß die Erektion verhindert wird«, eine weit verbreitete Praxis unter öffentlichen Schauspielern der alten Welt. Da man glauben kann, wie Schoppe bekannt gewesen sein könnte, daß es sich hier um einen »sprichwörtlichen« Ausdruck handelt, ohne auch zu wissen, daß diese Praxis üblich war, werden wir zu dem Schluß geführt, daß Goethe tief das Ausmaß der Beraubung empfand, das in dieser Praxis lag, so daß wir ihn hier auf eine Einschränkung genitaler Aktivität reagieren sehen.

10 Vgl. *Ilias* V, Vers 801 f: »Tydeus dort war klein von Gestalt nur, aber ein Krieger! / Selbst einmal, da ich [Athene] jenem den Kampf nicht wollte verstatten«... [Übersetzung Johann Heinrich Voss].

11 Goethes Ausführungen vertauschen *eo* in seiner Ausgabe mit dem oben zitierten *ea.* Der Herausgeber der englischen Ausgabe bekennt, daß er dieses Epigramm nicht versteht (das er als Nr. 81 zählt), und er berichtet, daß Schoppe es ebenfalls nicht begreift. Es ist interessant, daß er es im Kern so übersetzt, wie Goethe es paraphrasiert — d. h. er liest »ea«.

Goethes Erklärung zentriert sich auf die Parallele zwischen dem unzulänglichen Penis und Tydeus, der sich durch seine kleine Statur nicht entmutigen ließ, sondern bereitwillig zum Kampf antritt (*ingenio pugnax, corpore parvus erat*). Wenn der Penis seine Schüchternheit überwindet, würde er eine Erektion aushalten und sich seinen Möglichkeiten nach als angemessen erweisen. Auch hier also scheint Goethe eine Gelegenheit zu ergreifen, sich zu heterosexueller Aktivität anzuhalten.

12 Goethes Text hat »Priapus« d. h. den Nominativ.

13 Marcus Terentius Varro (116—27 v. Chr.), römischer Universalhistoriker und Schriftsteller, einer der fruchtbarsten Geister der Antike. Augustinus zitiert ausführlich aus den religiösen Partien von dessen Werk *Antiquitatum rerum humanarum et divinarum libri XLI,* das heute verloren ist.

14 Eine Lücke im Text, die mit dem Buchstaben »p« beginnt.

15 Das griechische Wort δεψειν bedeutet weich machen oder (etwas) weich kneten, z. B.

Wachs; *πεπαίνειν* bedeutet weich und warm werden; ein typischer Gebrauch findet sich bei Theokrit 2.140: *χρὼς ἐπὶ χρωτὶ πεπαίνετο.* [Rasch nun erwärmte Leib sich an Leib.]

16 *Sic;* die Passage steht im 9. Kapitel von Buch VI.

17 Goethe unterbrach seinen Text, bevor er die lateinischen Worte niederschrieb, deren Bedeutung in diesem letzten Satz in eckigen Klammern mitgeteilt wird. Sie sind Augustinus' Text entnommen.

18 Ich schulde Professor J. A. von Bradish Dank, dessen Hilfe es mir ermöglichte, den detailliertesten Stammbaum der Familie Goethe, der verfügbar ist, einzusehen, der Goethes Vorfahren bis zur zweiunddreißigsten Generation, d. h. bis ins 8. Jahrhundert, zurückverfolgt. Der Name »Schoppe« kommt darin nicht vor. Vgl. 434.

19 WA IV, 9, S. 174. Zu den Zeugnissen, welche diese präzise Datierung des ersten Aufsatzes erlauben, vgl. WA I, 53, S. 492.

20 Vgl. 198. Dr. Anna Freud berichtet von einem ähnlichen Verhalten wie bei Goethe bei Patienten, die sich auf heterosexuellen Geschlechtsverkehr einlassen, nachdem sie wegen ihrer Homosexualität erfolgreich behandelt worden sind.

21 WA I, 37, S. 30.

22 Unter den vielen Kritzeleien und Papierschnitzeln, die in Goethes literarischem Nachlaß gefunden wurden, gibt es eines, in dem Goethe sich mit einem Menschen vergleicht, der sich über die Dummheit seiner Schriften beklagt: »der Unterschied von mir zu ihnen ist der ihr Rausch ist ausgeschlafen, meiner steht aufm Papier«. WA I, 38, S. 482.

23 Eine griechische Frau der Antike, die in dem Ruf stand, eine Abhandlung über Stellungen beim Geschlechtsverkehr geschrieben zu haben. Sie wird im Carmen LXIII der *Priapeia* erwähnt (431, S. 60 und 121) — [S. 88 f. in der deutschen Ausgabe].

24 WA I, 53, S. 7.

25 Vgl. WA I, 38, S. 435 f. Vgl. auch 562.

26 Eine vollständige Erörterung von Goethes erotischer Dichtung müßte auch das Gedicht »Das Tagebuch« (WA I, 5, S. 345—350) einschließen, welches einen Aspekt der Sexualität des alten Goethe offenbart. Das geht über den Rahmen dieses Anhangs hinaus.

27 WA I, 1, S. 308.

28 WA IV, 9, S. 207.

29 WA I, 1, S. 323; Epigramm 66. In den meisten Ausgaben wird das letzte Wort weggelassen. Von Goethe wird gesagt, er habe seinem Sohn erklärt, die Bedeutung des fehlenden Wortes sei »Borborygmus« (Darmknurren), aber im Manuskript sagt er »Christus«. Vgl. 258, 1, S. 218.

30 WA I, 53, S. 15; Epigramm 37 der postum veröffentlichten Epigramme.

31 WA I, 53, S. 16; Epigramm 40 der postum veröffentlichten Epigramme; geschrieben in Schlesien 1790.

Dieser Gedanke war schon in der Antike geäußert worden und taucht auch in der modernen Literatur wieder auf.

32 WA I, 1, S. 317; Epigramm 38.

33 WA I, 1, S. 317; Epigramm 37.

34 WA I, 1, S. 318; Epigramm 41.

35 WA I, 5/2, S. 377.

36 WA I, 53, S. 14; Epigramm 34 der postum veröffentlichten Epigramme.

37 WA I, 53, S. 14 f.; Epigramm 35 der postum veröffentlichten Epigramme.

38 WA I, 53, S. 17; Epigramm 46 der postum veröffentlichten Epigramme.

39 WA I, 1, S. 310; Epigramm 10.

40 Das deutsche Wort »Schwanz", hier mit »tail« übersetzt, ist auch ein vulgäres Wort für »Penis«.

41 WA I, 53, S. 15 f.; Epigramm 38 der postum veröffentlichten Epigramme.

42 WA I, 1, S. 313.

43 Der Leser möge meine früheren Darlegungen über die *Priapeia* nicht mit dieser Schlußfolgerung für unvereinbar betrachten. Die *Bemerkungen zur Sammlung Priapeia* sind zugleich der Ausdruck von und eine Abwehr gegen Homosexualität. Die zum Ausdruck gebrachte Homosexualität stand nicht in erster Linie in Rivalität zu der heterosexuellen Richtung; die Homosexualität aber, gegen welche die Abwehrfunktion gerichtet war, bedeutete eine tief aggressive Zurückweisung des Weiblichen.

44 Ich lasse die Erörterung der entgegengesetzten Richtung aus, nämlich das Erregen der Eifersucht des Freundes und das Erwecken seines Interesses.

Anhang T
Skizzen zu einer Psychologie des Genies

1 Ich bin so kühn, diesem Anhang einen allgemeinen Titel zu geben, obwohl er sich auf tastende Schlußfolgerungen bezieht, die ich nur aus dem Studium von Goethe ziehe. Da man Goethe aus verschiedenen Gründen als Idealtyp von Kreativität ansehen kann, mag die Verallgemeinerung im Titel nicht gänzlich fehl am Platze sein. Dennoch ist zu erwarten, daß nur ein Teil meiner Ausführungen, wenn überhaupt etwas, für eine allgemeine Theorie des Genies gültig sein wird. Es erübrigt sich zu sagen, daß nur eine Typologie des Genies einen Abriß des gesamten Themenkomplexes vermitteln könnte. Ich verweise den Leser auf die Lektüre des Buches *The Childhood of the Artist* von Dr. Phyllis Greenacre (266), das nach Abschluß dieses Anhangs veröffentlicht wurde.

2 Ich bin mir bewußt, daß die Formulierungen »bedeutsam« und »nicht zu vergleichen« vage sind und für meine Darlegung keine brauchbare Definition abgeben.

3 Es gibt noch andere Anzeichen, daß Mozarts Gehörsinn unvergleichlich entwickelt war.

4 11, Teil 2, S. 160.

5 Anna Freud hat wiederholt die leicht zu übersehende Tatsache betont, daß das Verhalten von Eltern nicht nur das Produkt ihrer Konflikte ist, sondern auch auf ihren Reaktionen auf die Persönlichkeit des Kindes beruht. Vgl. 90.

6 Vgl. *Dichtung und Wahrheit*, 13. Buch: »Die Gewohnheit mit jungen Frauenzimmern anständig und verbindlich umzugehen, ohne daß sogleich eine entscheidende Beschränkung und Aneignung erfolgt wäre, hatte ich nur ihr [Cornelia] zu danken.« WA I, 29, S. 100.

7 Die mitgeteilten Angaben erlauben natürlich keine Schlußfolgerung, ob diese Leistung durch eine Abtretung eigener Ansprüche, die er befriedigt haben wollte, an die Schwester erreicht wurde.

8 WA I, 27, S. 21.

9 Im Hinblick auf neue klinische Beobachtungen, seit ich diese Wurzel von Goethes Genie beschrieben habe, möchte ich auf diese Quelle mehr Gewicht legen, als ich es ursprünglich getan habe. Ich hatte Gelegenheit, einen zweifellos künstlerisch begabten jungen Mann zu beobachten, der es in einer der Künste zu großer Meisterschaft brachte. Zu meiner Überraschung bestand das unbewußte Reservoir seines Ehrgeizes, seiner Hingabe und seiner Liebe zu seiner Kunst in der teilweise mit der Wirklichkeit zusammenfallenden Phantasie, daß er der einzige in der Familie war, der seine Mutter mit jener künstlerischen Stimulierung versorgte, nach der sie sich sehnte und deren sie bedurfte. Indem er sie damit versorgte, begründete er nicht nur eine besondere Nähe zu ihr, sondern gewann auch in frühem Alter durch die aktive Haltung des

Gebens die Oberhand über sie. Es war kein rezeptives Verhalten, das von ihrem künstlerischen Interesse profitierte, sondern zweifellos die Überzeugung, daß seine Mutter von ihm erhielt, was kein anderes Mitglied der Familie ihr geben konnte oder wollte; er agierte hier eine positiv ödipale Strebung, ohne den Preis eines Schuldgefühls zahlen zu müssen.

10 Dieser Punkt würde selbst dann nicht wesentlich abgeschwächt, wenn sich eines Tages herausstellte, daß Goethe hier weniger unter dem Einfluß eines Realitätsfaktors als unter der Wirkung einer Phantasie stand.

11 Möglicherweise war dies der psychobiologische Ursprung des Grundgefühls, von dem Goethe zweimal schrieb.

12 WA I, 6, S. 189. »Schaffen« und »erschaffen« sind hier in einen Gegensatz gebracht. Zweifel an der Bedeutung des ersteren sind möglich. Manchmal wird das Wort im Sinn von »erschaffen« (»to create«) gebraucht, aber auch im Sinn von »tätig sein« (»to be active«) oder »schöpferisch tätig sein« (»to be active creatively«). Vgl. 146, S. 520.

13 Der Anhang S, der Goethes erotische Dichtung erörtert, stellt einige seiner Phantasien dar, die sich auf Perversionen beziehen.

14 Zitiert nach 406, S. 286 f.

15 WA IV, 1, S. 132.

16 Wilhelm Dilthey (104, S. 225) zitiert diese Passage, datiert sie aber irrtümlich nach dem zweiten paranoiden Anfall. Er erklärt sie mit Goethes Wissen, daß keine einzige Beziehung ihm genügen werde, und mit seinem Streben nach Erlebnissen in ihrer totalen Fülle und in Freiheit. Ich bestreite nicht, daß das Lustprinzip in Goethes Bemerkung gegenüber Behrisch auch am Werke war, aber ich bin davon überzeugt, daß nur die Berücksichtigung des Realitätsprinzips, das beim Genie anders als bei einem gewöhnlichen Menschen ist, dieser Passage voll gerecht wird.

17 Die Möglichkeit, daß ein Bild zerstört oder nur bei Beleuchtung sichtbar werden könnte, fällt in eine andere Kategorie von Einschränkungen und spricht nicht gegen seinen idealen Charakter.

18 WA IV, 44, S. 70.

19 119, S. 65 f.

20 WA I, 1, S. 330.

21 In seinem Stück *Wenn wir Toten erwachen* stellt Ibsen den wirklichen Zustand des Künstlers dar, indem er eine in den realen Ereignissen verborgene Symbolik benutzt. Ein Bildhauer, inspiriert von der Schönheit seines Modells, erschafft ein Meisterwerk, das ihn berühmt macht. Das Modell aber bedeutet ihm nicht mehr als eine »Episode«. Als er sie Jahre später trifft, verliebt er sich leidenschaftlich in sie. Als sie im Begriff sind, ihre Leidenschaft zu genießen, werden beide von einer Lawine zermalmt. Ich glaube, daß Ibsens Stück von den Schlußfolgerungen her verstanden werden muß, die ich aus Goethes Lebensgeschichte gezogen habe. Wirkliche und genossene Objektliebe tötet das künstlerisch kreative Vermögen; in Ibsens Stück wird das Objekt, das die Mission des Künstlers zerstört, ebenfalls in den destruktiven Prozeß hineingezogen. Ob dies aus tragischer Schuld oder aus Rache des Künstlers geschieht, ist eine strittige Frage.

22 WA I, 15, S. 109.

23 119, S. 299.

24 In dem Buch der Sterbas *Beethoven und sein Neffe* (508) kommt dies hervorragend heraus. Man sieht es auch in Goethes Leben, obwohl es dort nicht so nachdrücklich hervortritt wie bei Beethoven und nicht zu einem gleich starken Rückschlag führte.

25 Die entgegengesetzte Befürchtung, nämlich die Verzweiflung, daß das Kind nicht bis zur Höhe des Ideals des geschaffenen Werkes heranwachsen wird, ist allerdings auch sichtbar.

26 Bis zu einem gewissen Grad wurde dies von Ferenczi vorweggenommen. Vgl. 140.

27 51, 1, S. 435.

28 51, 1, S. 436.

29 August wurde nicht vor dem 25. Dezember geboren. Das schließt die Möglichkeit aus, daß Christiane Wehen hatte.

30 Stellte sich Goethe nach dem Tod von Cornelia und dem Tod seines Vaters der wirklichen Schuld? Er hatte es abgelehnt, seiner Schwester zu schreiben und ihr den kleinsten Trost zu spenden, den sie von ihm berechtigt erwartete, und er hatte sich vor dem Tod seines Vaters, den er 1775 verlassen hatte, neunundzwanzig Monate lang von seiner Geburtsstadt ferngehalten.

31 Ich benutze hier den Begriff »Sublimierung« für jede Technik, welche die Triebe verändert und durch die Verwendung der so ersparten Triebenergie zur Schöpfung von Kunst führt.

32 Goethe war sich des einen großen Schritts vorwärts, den er in seiner Leipziger Zeit tat, offenbar bewußt. Als er im 7. Buch von *Dichtung und Wahrheit* über diese Periode schrieb, faßte er die Wirkung in der folgenden berühmten Passage zusammen: »Und so begann diejenige Richtung, von der ich mein ganzes Leben über nicht abweichen konnte, nämlich dasjenige was mich erfreute oder quälte, oder sonst beschäftigte, in ein Bild, ein Gedicht zu verwandeln und darüber mit mir selbst abzuschließen, um sowohl meine Begriffe von den äußern Dingen zu berichtigen, als mich im Innern deßhalb zu beruhigen. Die Gabe hierzu war wohl niemand nöthiger als mir, den seine Natur immerfort aus einem Extreme in das andere warf. Alles was daher von mir bekannt geworden, sind nur Bruchstücke einer großen Confession, welche vollständig zu machen dieses Büchlein ein gewagter Versuch ist.« WA I, 27, S. 109 f.

33 Zur Sublimation von Triebenergie zu einem Charakterzug vgl. 164.

34 Eine klinische Illustration dieser Behauptung kann man in einem Brief von Haydn an seinen Verleger finden. Vgl. 446, S. 180 f. Diese Episode wird mit besonders großer Klarheit von Heinrich Eduard Jacob (310, S. 354) herausgearbeitet.

35 Die Probleme des Begabten, wie Edmund Bergler sie darstellt, scheinen so für das Genie nicht von Bedeutung zu sein.

36 Ich habe aber nicht im Sinn, auf diese Weise Goethes künstlerisches Vermögen als lyrischer Dichter zu charakterisieren. Diese Form des künstlerischen Ausdrucks war so eng in sein Leben verwoben, daß niemals, wie ich glaube, die Gefahr bestand, daß sie sich erschöpfen würde. Anders verhielt es sich im Hinblick auf größere Literaturgattungen (Romane und Dramen).

37 Vgl. Freuds Diskussion (158, S. 585) von A. Maeders Theorie, daß dies eine Funktion des Traumes sei.

38 Beim Studium der Lebensgeschichte von Genies, z. B. Dostojewskis, gewinnt man den Eindruck, daß der Mensch dann am stärksten schöpferisch tätig ist, wenn er sich in den Klauen schwerer Gefahren befindet, die ihn von innen und außen bedrohen, ob nun die äußeren Gefahren wirklich oder nur eingebildet sind. Es sieht zuweilen so aus, als ob das Selbst gewaltige innere Widerstände gegen die schöpferische Produktion besiegen müsse, und als ob dieser Widerstand nur dann besiegt werden kann, wenn sich das Ich von Bedrohungen umgeben sieht. Dann scheint eine Situation zu entstehen, in welcher der kreative Akt zwingend notwendig wird als der einzige Weg, der für das Überleben offen geblieben ist. Im Hinblick auf die Komplexität der menschlichen Seele zögert man jedoch zu behaupten, daß keine geniale Schöpfung ohne großes Leiden hervorgebracht werden kann, und man fühlt sich eher geneigt, hier nur von einer statistischen Häufigkeit zu sprechen.

39 Das Problem, auf das wir bei der Beobachtung der produktiven Wirkung des Masochismus beim Künstler stoßen, trifft auch für die Kreativität des Wissenschaftlers zu. Vgl. Freuds Brief vom 16. April 1896: »Stolz auf manche Anerkennung und mit einem frechen Gefühl von Selbständigkeit bin ich zu gutem Wohlbefinden zurückgekehrt und bin seither sehr faul gewe-

sen, weil sich das *zur intensiven Arbeit nötige Mittelelend* nicht einstellen will.« 321, 1, S. 357; Hervorhebung von Jones. Im Prometheus-Mythos sehe ich eine symbolische Repräsentation des Masochismus eines schöpferischen Genies. Freud interpretiert die Bestrafung des Prometheus im Hinblick auf seine libidinöse Bedeutung mit der Bemerkung, daß die »tägliche Aufzehrung und Erneuerung [der Leber] eine zutreffende Schilderung von dem Verhalten der Liebesgelüste ist, die, täglich befriedigt, sich täglich wiederherstellen« (211, S. 6). Ich meine, daß diese Interpretation zu vervollständigen ist durch die Bemerkung, daß man, wenn Prometheus' Liebesbefriedigung mit Leiden verbunden ist, in diesem Leiden den Masochismus sehen kann, der aktiv danach strebt, eine neue Welt zu erschaffen. Wenn meine Ansicht korrekt ist, kehrt der Mythos die zeitliche Folge um. Der schöpferische Geist leidet nicht als Bestrafung für die Erfüllung verbotener Wünsche, sondern er erschafft, weil er leidet. Zu anderen Verkehrungen im Prometheus-Mythos vgl. 211.

40 Vgl. 142. Zur Kritik dieser Hypothese vgl. 276, 142 [S. 39 f. nach der deutschen Übersetzung].

41 Ich habe Goethes masochistische Neigungen ausführlich geschildert, aber sie führten niemals zu Masochismus im engeren Sinn einer Perversion. Ich habe nur einen Fall in Goethes Leben gefunden, der als masochistische Perversion bezeichnet werden kann. Im 2. Buch von *Dichtung und Wahrheit* (WA I, 26, S. 102 f.) wird eine Episode geschildert, die sich anscheinend während der Latenzzeit ereignete, als sich der Junge mehr oder weniger willentlich einem längeren Geschlagen-Werden durch drei Jungen aussetzte, von denen er wußte, daß diese ihn nicht mochten. Der sich selbst auferlegten Passivität und dem Erdulden von vermeidbarem Schmerz folgte ein furchtbarer Ausbruch von Aggression gegen diese drei.

42 Das wechselseitige Sich-Ausschließen von Kunst und sexueller Befriedigung stellt ein Problem dar, das einen wichtigen Aspekt der Psychologie der Kunst in sich birgt.

43 Zu den Gesetzen der psychischen Ökonomie im Bereich kultureller Gestaltungen vgl. Freuds Buch über den *Witz und seine Beziehung zum Unbewußten* (161) und Kris' wiederholt zitierte Sammlung von Aufsätzen über verschiedene Themen: *Die ästhetische Illusion* (346).

43 Ich berücksichtige hier nicht die Möglichkeit, daß diese Hemmungen sich auch im Genie entwickeln, aber im Verlauf einer Pubertätspsychose dahinschmelzen.

45 WA IV, 4, S. 300.

46 WA IV, 4, S. 301.

47 Mich für die Verwendung des banalen Ausdrucks »geistige Gesundheit« [mental health] entschuldigend möchte ich feststellen, daß das, was beim Genie wie Psychopathie aussieht, in Wirklichkeit ein Zeichen von geistiger Gesundheit ist.

48 Manifeste Homosexualität ist heute manchmal mit größten Leistungen verbunden; zu anderen Zeiten schädigt sie die kreative Funktion schlimm. Offenbar ist das Auftreten von Homosexualität nicht der entscheidende Faktor. Manifeste Homosexualität als solche schließt unbewußte starke heterosexuelle Objektbeziehungen nicht aus. Die Wirkung von Homosexualität auf Kreativität hängt, so vermute ich, hauptsächlich von den damit verbundenen inneren Faktoren ab. Die klinische Erscheinung an sich scheint insoweit neutral zu sein, als sie die kreative Funktion betrifft.

49 Zur defekten Überich-Entwicklung vgl. 3.

50 Daß dies nur eine untergeordnete Funktion des kreativen Prozesses sein kann, ist klar — obwohl es sich möglicherweise um eine der archaischsten handelt.

51 Trotzdem ist denkbar, daß künftige Untersuchungen beweisen werden, daß es entweder der Inhalt der Identifizierung des Genies ist, d. h. der Charakter der Menschen, mit denen es sich identifizieren konnte, oder daß es die ererbte Begabung ist, die es auf verschiedene Abfuhrwege treibt, oder daß es beides ist, was sein Schicksal bestimmt und gegen das Ausbrechen einer Psychose oder gegen Kriminalität schützt.

52 An C. F. von Reinhard am 1. Oktober 1809. WA IV, 21, S. 102.

53 Der Märtyrer kommt einem an dieser Stelle in den Sinn, und manches Genie hat sein Leben als Martyrium erfahren. Ungeachtet einer bestimmten Ähnlichkeit zwischen einigen Typen von Genie und dem Märtyrer besteht ein großer Unterschied. In der Stunde des höchsten Leidens hat der Märtyrer charakteristischerweise die Gelegenheit zur Wahl verloren. Obgleich der wirkliche Märtyrer die frühere Entscheidung nicht bedauern und freiwillig Leid ertragen wird, ist sich ein religiöser Märtyrer des Lohnes sicher, wenn das irdische Leiden einst aufhört. Das unerkannte Genie kann sicher sein oder auch nicht, Vergütung in Form späterer Berühmtheit zu erhalten; das spielt eine geringere Rolle in seiner Verfassung als die Gewißheit des Sieges beim Märtyrer. Horaz' Weissagung, daß die Mauern von Rom noch stehen würden, wenn sein Werk vergessen wäre, ist ein Beispiel für diesen Unterschied.

54 In unserer eigenen geschichtlichen Epoche ist ein solches Beispiel eines höchsten Opfers im Dienst des Erschaffens gut belegt. Ich meine Freuds Selbst-Analyse, in der das Genie zeitweilig einen fast vollständigen Verzicht des Lustprinzips erreichte.

55 WA IV, 4, S. 259.

56 Vgl. 359. Auch Helene Deutsch vermutet, daß »die besten Sublimierungen« von genitaler Libido stammen (98, S. 417).

57 Ich füge hier verspätet ein Zeugnis an, das bei verschiedenen früheren Punkten anzuführen sehr nützlich gewesen wäre. Ein so zuverlässiger wie besonnener Informant wie Kanzler von Müller schreibt, daß Karl August ihm am 27. Mai 1828 folgendes erzählte: »Goethe habe stets zu viel in die Weiber gelegt, seine eigenen Ideen in ihnen geliebt, eigentliche große Leidenschaft nicht empfunden.« 250, 4, S. 478.

Die Unterhaltung war sehr frei, und vom Herzog wurden viele Indiskretionen ausgesprochen. Es ist von größter Wichtigkeit, daß der Herzog, der mit Goethe in den frühen Weimarer Jahren, als man von Goethe glaubte, er gebe sich Exzessen hin, in intimster Nähe lebte, Goethe als jemanden ansah, der bei Frauen nicht leidenschaftlich fühlte.

Anhang U
Bemerkungen zum Problem der Umwandlung von Triebenergie

1 Eine Passage in Freuds Schrift über Schrebers Memoiren kann so verstanden werden, als enthalte sie einen Bezug auf den qualitativen Wechsel von Libido durch Sublimierung bei Patienten, die auf die Stufe des Narzißmus fixiert sind. Freud sagt, »daß eine Hochflut von Libido, die keinen andern Ablauf findet, [...] ihre in der Entwicklung gewonnenen Sublimierungen rückgängig macht«. 173, S. 298.

2 Soweit ich weiß, war es Robert Wälder, der zuerst den Begriff der Sublimierung auf Aggression ausdehnte. Dies geschah bei der Diskussion von Freuds Vortrag über *Die endliche und die unendliche Analyse,* gehalten am 6. Oktober 1937 in der *Wiener Psychoanalytischen Vereinigung,* in Verbindung mit seiner Darstellung der Konsequenzen von Freuds Einführung einer »Konfliktneigung« als neurotisierender Faktor. 214, S. 90. Als frühe indirekte Anspielung auf die Sublimierung von Aggression vgl. 170, S. 141: »Während dieser Forscherarbeit warfen Liebe und Haß ihre Vorzeichen ab und wandelten sich gleichzeitig in Denkinteresse um.« Vgl. auch Freuds Brief Nr. 33 (321, 3, S. 493 f.)

3 Zur besten und vollständigsten Erörterung des Themas Sublimierung vgl. 280. Kris (350,

S. 24 f.; 352, S. 744 f.) schlägt vor, den Begriff *Neutralisierung* zur Bezeichnung von Energieumwandlung und *Sublimierung* für die Verschiebung von Zielen zu verwenden.

4 197, S. 274. In diesem Zusammenhang dachte Freud sicherlich an desexualisierte Energie.

5 Es ist interessant hier festzuhalten, daß die einzige Adoleszenzkrise, auf die dies nicht zutrifft, die allererste war, d. h. die seiner Jugend. Gegen Ende dieser Krise oder kurz danach setzt anscheinend die kreative Periode ein.

6 Hartmann warnt vor einer Verwechslung von Selbst, Ziel und Ich-Funktion, wenn man Probleme der Energie erörtert. 280, S. 21 [deutsch S. 53]. Aber es scheint mir, daß der klinische Bericht klar feststellt, daß bei Goethe diese Funktionen, die der Konkretisierung von leidenschaftlich begehrten Zielen dienten, ebenfalls mit Triebenergie besetzt waren.

7 Die Bezugnahme auf andere Triebe befand sich in Übereinstimmung mit Freuds damaliger Klassifikation der Triebe in Sexualtriebe und Ich-Triebe, eine Klassifizierung, die er später fallen ließ.

8 Das Beispiel von Ausschließlichkeit in Verbindung mit Goethes *Farbenlehre* basierte auf einer Verringerung der Funktion des Erforschens.

9 Wenn ich hier von Hemmung spreche, meine ich nicht das Fehlen libidinöser Besetzung, sondern mehr eine geringe Besetzung.

10 In Freuds Studie über Leonardo da Vinci (170) finden sich zwei im wesentlichen gegensätzliche Behauptungen, die zwei Aspekte illustrieren, unter denen man das Problem betrachten kann. Auf S. 141 sagt Freud im positiven Sinn, daß die »Ausdauer, Stetigkeit, Vertiefung«, die Leonardos Forscherdrang auszeichnen, »sich aus der Leidenschaft ableiten«; auf Seite 206 aber sagt er von Leonardos Forschen, es »scheint einige der Züge an sich zu tragen, welche die Befähigung unbewußter Triebe kennzeichnen, die Unersättlichkeit, die rücksichtslose Starrheit, der Mangel an Fähigkeit, sich realen Verhältnissen anzupassen«.

11 Der Begriff genitale Libido ist unkorrekt. Er ist die Abkürzung für die exaktere, aber schwerfälligere Formulierung: aus der genitalen erogenen Zone stammende Libido.

12 Vgl. Robert Wälder, der von Hypertrophie bestimmter Tendenzen beim paranoiden und kreativen Denken spricht, die zu Hypergnosis führe.

13 Die Beurteilung der Hypertrophie ist in den Pathologielehrbüchern nicht ganz klar. Meine Bemerkung mag vom Pathologen gerügt werden, wird aber, denke ich, als Analogie erlaubt sein.

14 Dieses Beispiel entnahm Freud Heinrich Heines *Die Bäder von Lucca.*

15 Dies schließt natürlich nicht die Möglichkeit aus, daß jemand Witze bewußt und planmäßig zu konstruieren versucht, nachdem das Prinzip einmal klargestellt ist.

16 Tatsache ist, daß Freud auf die Psychologie des Witzes durch die Beobachtung aufmerksam wurde, daß die Wiedergabe der logischen Beziehungen der latenten Traumgedanken im manifesten Trauminhalt so oft wie ein schlechter Witz klang.

17 Vgl. 158, S. 554, den Paragraph, der 1914 hinzugefügt wurde.

18 Hier mögen andere bemerkenswerte Beziehungen zwischen Witz und Traum erwähnt werden. Beide haben die Neigung zur Kürze; beide sind autoplastisch. Man fühlt sich zu sagen bemüßigt, daß das, was der Traum in der visuellen Sphäre ist, der Witz im auditiven Bereich bedeutet. Ich glaube, daß die Affinität des Witzes zu Wörtern nicht ausreichend erforscht ist. Eine Erklärung der Tatsache, daß der Traum vorwiegend an die visuelle Sphäre gebunden ist und der Witz an die auditive, würde zu tiefsten Einsichten in die Grundstruktur des psychischen Apparates führen. Die moderne Comic-Zeichnung stellt eine wirkliche Synthese zwischen Traum und Witz dar.

19 Von den vielen Beispielen solcher talentierter Werke, die man zitieren könnte, möchte ich nur die Stücke von Edmond Rostand erwähnen.

20 Fairbain (129; 130) hat ähnliche Ansichten geäußert. Die Auffassungen differieren beson-

ders in bezug auf die besondere Beziehung zwischen Ich, Es und Überich im schöpferischen Augenblick. Ich stimme mit Fairbains Meinung, daß die Restitution ein unverzichtbarer Teil der Funktion künstlerischer Schöpfung ist, nicht überein. Wie dem auch sei, seine beiden Schriften waren ein wichtiger Schritt vorwärts in der psychoanalytischen Theorie der Kunst; doch sie sind anscheinend in der psychoanalytischen Literatur nicht hinreichend aufgegriffen worden. Vgl. auch 441.

21 Dies macht aber nicht die klinische Tatsache überflüssig, daß es zwei Persönlichkeitstypen gibt, bei denen ein Witz ein Symptom darstellt; der gewohnheitsmäßige Witzling, wie er kursorisch genannt werden mag, gehört oft in das Gebiet der Psychopathologie, und in einem solchen Fall kann der Witz auf dem Hintergrund des gesamten Baus der individuellen Persönlichkeit oft als regressive Formation erscheinen, aber dies muß nicht auf die Analyse der Gattung »Witze« ausgedehnt werden.

22 Freud (161, S. 195) schrieb über die Traumarbeit: »Es ist nicht abzuweisen, daß Stücke dieser indirekten Darstellung bereits in den vorbewußten Gedanken des Traumes zustande kommen, so z. B. die symbolische und die Gleichnisdarstellung«,...

23 Es ist eine herausfordernde Aufgabe, Traum, Tagtraum und Kunstwerk zu vergleichen. Von den vielen hier in Frage kommenden Facetten möchte ich nur die folgende ansprechen. Der manifeste Traum offenbart in außergewöhnlichen Fällen Es-Inhalte fast unverstellbar. Im allgemeinen aber stellt der Traum psychische Realität in einer nicht wiederzuerkennenden entstellten Weise dar. Das Ich befindet sich beim Tagträumen in einer relativ sichereren Position als beim Schlaf, und deshalb ist die Sprache des Tagtraums gewöhnlich klarer als die Traumsprache. Die Bedeutung des Tagtraums kann oft ohne die Assoziationen des Patienten ermittelt werden, im Gegensatz zum Traum, wo diese Möglichkeit nur ausnahmsweise besteht. Das Kunstwerk hat auch eine unbewußte Bedeutung, die bis zu einem gewissen Grade aus sich selbst heraus festgestellt werden kann, ohne Rückgriff auf die Biographie des Autors, wie Freud mit seiner Analyse von Shakespeares *Hamlet* bewiesen hat. Ich vermute, daß die Analyse eines besseren Literaturwerkes zu drei Gruppen von Interpretationen führen wird: zu einer, die sich auf Inhalte bezieht, die man gewöhnlich im Verdrängten, oder allgemeiner: im Es vorfindet; zu einer weiteren, die Inhalte betrifft, auf die wir gewöhnlich im Überich stoßen; und zu einer dritten, die eine relevante Lösung des Ich oder des Selbst enthält. Ob diese Bedeutungen auch im Hinblick auf das Leben des Autors wichtig sind oder auf den besonderen Augenblick, wenn das Kunstwerk geschaffen wird, muß in jedem Einzelfall von neuem untersucht werden. Die Notwendigkeit, die verschiedenen unbewußten Bedeutungen zu verhüllen, um sie schmackhaft zu machen und sie in einer ästhetisch angenehmen Art zu präsentieren, wird nicht nur aus Rücksicht auf das Publikum erzwungen, sondern in erster Linie — wie ich denke — auch durch innere Widerstände des kreativen Menschen. Das eigene Ich des Autors würde in den meisten Fällen ebenso rebellieren wie das Publikum gegen die bewußte Wahrnehmung des unreifen Rohmaterials, das hinter dem manifesten Inhalt eines geschaffenen Werkes entdeckt werden kann. Auch hier glaube ich wieder, daß der Faktor der Kommunikation als zweitrangig angesehen werden sollte. Fragen der Form haben ihre eigene vorrangige Bedeutung in bezug auf die Bedürfnisse des kreativen künstlerischen Selbst.

24 Die Begriffe ausgenommen, nämlich meine Bezeichnung dieser Vorgänge als Progressionen, habe ich, wenn ich nicht irre, nur wiederholt, was Ernst Kris so wundervoll behauptet hat. Vgl. *Die ästhetische Illusion* (346, S. 20 f. und passim). Ob die von mir versuchte Annäherung an das Problem, nämlich in diesem weiten Bereich von Phänomenen neue Formen einer höheren Synthese zu sehen, sich als fruchtbar erweisen wird, bleibt abzuwarten. Um den Unterschied des Zugangs noch einmal zu klären, beziehe ich mich auf meine früheren Vergleiche mit der Domestizierung von Tieren. In dem Moment, in dem der Mensch wilde Tiere in seine Zivilisation einführte, mag dies wie eine kulturelle Regression ausgesehen haben, nachdem die

Entwicklung ihn auf ein Niveau gebracht hatte, das weit über dem Reich der Tiere liegt. Sich wilden Tieren zuzugesellen mag an diesem Punkt wie kulturelle Regression ausgesehen haben (was sie in manchen Fällen auch gewesen sein kann); was aber so schien, erwies sich als Fortschritt und erleichterte weitere Entwicklungen in anderen Fällen.

25 Zu einer wichtigen Verbindung zwischen Realität und kreativem (wissenschaftlichem) Denken vgl. 432.

26 Freud schließt seine dreiundzwanzigste Vorlesung mit einer kurzen Bemerkung, die sich auf diesen Sekundärgewinn des Künstlers bezieht und wie dieser Gewinn sich in den Verlauf der künstlerischen Produktion einfügt. Vgl. 187, S. 391.

27 Zu einer vereinfachten Theorie der Kommunikation und des primären Gewinns durch die Erschaffung von literarischen Werken vgl. 459; 462.

28 Dieser Aspekt steht nicht im Widerspruch zu Freuds Integration der drei Zeitstufen in einer Theorie der Ursache und Funktion von literarischen Werken. Vgl. 166, S. 221 f.

29 Wenn Freiheit oder relative Freiheit von Ambivalenz bei einem Menschen selbstverständlich ist, mag das relevante Konsequenzen für die zwischenmenschlichen Beziehungen haben, aber es läßt keine Disposition über ein hohes künstlerisches Potential erwarten. Die angemessene Beschreibung und das richtige Verständnis von Ambivalenz beim Genie gehören zu den härtesten Aufgaben. In diesem Zusammenhang betone ich die Intensität der Ambivalenz und ihrer Relevanz für den kreativen Prozeß, obgleich ich an anderen Stellen die Stärke von unambivalenten Haltungen hervorgehoben habe. Es sieht so aus, als ob verschiedene Schichten oder Bereiche einer Persönlichkeit betrachtet werden müssen, um diese gegensätzlichen Erkenntnisse zu versöhnen. Es ist möglich, daß erhöhte Ambivalenz für die oberflächlicheren Teile der Persönlichkeit bezeichnend ist und daß wir, je tiefer wir hinabsteigen, um so weniger Ambivalenz antreffen. Eine solche Ansicht ist aber wahrscheinlich nicht mehr als eine unfertige Annäherung an dieses Thema und nicht sehr befriedigend.

30 Dies würde in etwa dem entsprechen, was heute ichsyntone (ichgerechte) Triebe genannt wird.

31 6, S. 199. Ich vermute, daß sich Alexander hier auf das bezieht, was Freud folgendermaßen bechrieben hat: »Eine allgemeine Tendenz unseres seelischen Apparats, die man auf das ökonomische Prinzip der Aufwandsersparnis [von Energie] zurückführen kann«, ... 172, S. 234.

32 Die wahre Größe von Genies wie Goethe kann man ahnen, wenn man die große Zahl von originalen und sogar »neuen« Schöpfungen in chronologischer Reihenfolge liest und wenn dort trotz des großen Unterschieds zwischen den einzelnen Schöpfungen ein persönlicher Stil auftaucht und sich ein roter Faden durch die Entwicklung zieht, die ungeachtet aller Verschiedenheiten eine Einheit höchsten Ranges stiftet.

33 410, Buch III, Nr. 815, S. 243. Es ist interessant, daß Wilhelm von Humboldt (1795) ähnliche Ansichten hegte.

Anhang V
Weitere Bemerkungen zu Goethes *Wilhelm Meister*

1 258, 9, S. 16: Karl Heinemann in der Einleitung zu *Wilhelm Meisters Lehrjahre.*

2 Wie schwierig eine kritische Analyse des *Wilhelm Meister* ist, kann man Goethes eigenen Worten zu Eckermann (am 18. Januar 1825) entnehmen: »Es gehört dieses Werk übrigens zu den incalculabelsten Productionen, wozu mir fast selbst der Schlüssel fehlt.«. 119, S. 112.

3 Goethe brachte das 6. Buch am 11. November 1785 zum Abschluß und begann unmittelbar danach mit dem 7. Buch. Man weiß nicht, wie weit er vor seiner Abreise nach Italien damit kam, da sich vom 7. Buch keine Vorstufen erhalten haben.

4 Indem Gundolf den Roman als Buch der Weisheit einschätzt und davor warnt, ihn als Roman zu betrachten, zerstört er das ganze darin enthaltene psychologische Problem. Vgl. 270, S. 716.

5 An Charlotte von Stein schrieb Goethe am 24. Juni 1782, wie schon früher zitiert, von »meinem geliebten dramatischen Ebenbilde«. WA IV, 5, S. 352. Diese persönliche Nähe trifft nicht nur auf die ursprüngliche Fassung zu, sondern auch auf die Endfassung, denn im Mai 1794 schrieb Goethe an Herder, daß das erste Buch seines Romans der Überarbeitung bedürfte, »um [...] als eine Pseudo confession mir vom Herzen und Halse zu kommen.« WA IV, 10, S. 158.

6 Die Tatsache, daß diese Objektbeziehung schon in der ersten Fassung des *Wilhelm Meister* auftaucht, kann als Argument gegen meine These verwendet werden.

7 Felix ist zusammengesetzt aus Fritz von Stein und August, Goethes illegitimem Sohn.

8 Die Krankheit, von der Goehe in *Dichtung und Wahrheit* behauptet, daß sie ihn nach dem Bruch mit Gretchen befallen habe, muß man hier natürlich auch im Auge haben.

9 Hervorhebung von Goethe. WA I, 23, S. 160.

10 WA I, 25, 1, S. 297.

11 Vgl. 203, wo Freud die Funktion der Verneinung beschreibt, um einen verdrängten Inhalt im Bewußsein auftauchen zu lassen.

12 Vgl. die letzte Zeile der postum veröffentlichten 1. Elegie: »Uns ergötzen die Freuden des ächten nacketen Amors/Und des geschauckelten Betts lieblicher knarrender Ton." WA I, 53, S. 4.

13 21. Februar 1827 zu Eckermann. 119, S. 475 f.

14 WA I, 25, 1, S. 249.

15 Zu Goethes Beziehung zu Amerika vgl. 29; 529.

16 498, S. 23, zitiert nach Grolmann, *Literarische Betrachtung* (498), S. 34.

17 WA I, 25, 1, S. 43.

18 WA I, 25, 1, S. 44 f.

19 WA I, 25, 1, S. 45 f.

20 WA I, 25, 1, S. 46.

21 WA I, 25, 1,S. 47 f.

22 WA I, 25, 1, S. 49 f.

23 Die ersten 13 Seiten seines Artikels sind ein glänzender Aufriß möglicher Annäherungen an dieses Problem.

24 WA IV, 2, S. 181.

25 Vgl. 214, S. 90, wo Freud den Faktor der »Konfliktneigung« einführt, der auf dem »Eingreifen eines Stückes von freier Aggression« beruht, die über die Stärke des homosexuellen Konflikts entscheidet.

26 Wie wichtig Homosexualität in Goethes Persönlichkeit war, wird an einer ganz überraschenden Stelle in seinem Werk offenbar: an der vorletzten Szene in *Faust*. Wie zuvor herausgestellt, ist der wirkliche Grund für die Niederlage Mephistos der, daß Faust Erfüllung und Seeligkeit gefunden hat, nicht, wie Mephisto wollte, in sinnlicher physischer Lust, sondern in einer sozialen konstruktiven Tat, und deshalb hat Faust seine Seele nicht verwirkt. Die konkrete Handlung erklärt Fausts Entkommen aber auf einer ganz anderen Ebene, nämlich als Ergebnis von Mephistos Abgelenktsein im entscheidenden Augenblick durch die physische Schönheit der Engel. Er wird sexuell erregt, und die Engel ziehen aus dieser momentanen Unaufmerksamkeit Nutzen, indem sie mit Fausts Seele davonfliegen. Mephistos Liebe ist unleug-

bar homosexuell. Er wendet sich an einen besonderen Engel, den »langen Burschen«, den er um einen lüsternen Blick anbettelt. Er preist sogar, zum Ärger mancher Gelehrter, den Charme der engelhaften Hintern. *Faust II,* V. 11784-11800, WA I, 15, S. 324.

In ihrer weitesten Bedeutung macht diese Episode auf mich den Eindruck des Gipfels jener Ironie, die in der westlichen Literatur seit den alten Griechen einen sehr wichtigen Platz einnimmt. Darüber hinaus bezeugt sie auch auf Goethes Seite einen ungewöhnlichen Grad von Freiheit und Mut des Ausdrucks. Sie ist natürlich für den psychologisch orientierten Biographen eine besondere Herausforderung. Dennoch liegt es außerhalb meiner Kraft, eine psychologische Interpretation im Sinne einer Vermutung über die Verbindung zu besonderen Ereignissen in Goethes Leben vorzulegen. Ich wage nur ein paar allgemeine Bemerkungen. Die Gelehrten stimmen darin überein, daß nicht nur Faust, sondern auch Mephisto Spiegelungen oder Aspekte von Goethe selbst sind. Da Mephisto für das Böse steht und sich jetzt am Ende des Stückes offenbart, daß seine Form von Sexualität homosexuell ist, können wir schließen, daß (1) Homosexualität für Goethe eine reale Gefahr war, mit der er zu kämpfen hatte; daß (2) Goethe Homosexualität in mancher Hinsicht als die Verkörperung des Bösen ansah. Es könnten viele Spekulationen angefügt werden. Besonders pikant ist, daß nach Fausts Tod in Mephisto genug Homosexualität freigesetzt wird, um ihn den Augenblick seines wichtigsten Zwecks verpassen zu lassen; daran mag man erkennen, wie stark Mephistos libidinöse Bindung an Faust in Wirklichkeit gewesen ist. Der Verführer wird am Ende selbst verführt und von seinen eigenen Leidenschaften ausgetrickst. Die Episode offenbart auch Goethes tiefe Einsicht in den Zusammenhang, der (wenigstens in unserem Zeitalter) zwischen nicht sublimierter Homosexualität, Aggression und allgemeiner Destruktivität besteht, z. B. gegen die positive sozialisierende Kraft, die in der heterosexuellen Liebe liegt. Die Verherrlichung des Weiblichen, mit der der *Faust* schließt, gewinnt ihre Bedeutung präzise aus dem Kontrast — was aus einsichtigen Gründen im allgemeinen übersehen wird — zu Mephistos plötzlichem Ausbruch von Homosexualität in seiner letzten Szene.

27 WA I, 25, 1, S. 42.

28 WA I, 25, 1, S. 42.

29 WA I, 25, 1, S. 55.

30 Es wäre interessant zu wissen, ob es Goethes Phantasie war oder ein damaliger oder früherer falscher Glaube, der vom Arzt ausgeführte Aderlaß sei ein Heilmittel gegen Bewußtlosigkeit. (Ich schulde Dr. Paul Klemperer Dank, 1961 meine Aufmerksamkeit auf die medizinische Literatur gelenkt zu haben, die keinen Zweifel daran läßt, daß zu Goethes Zeit der medizinische Aderlaß zur Wiederbelebung Ertrunkener empfohlen und angewendet wurde. Vgl. 85 a. Zu weiterer Literatur vgl. 365 a.)

31 WA I, 25, 1, S. 55. Das Wort »Sinnlichkeit« bedeutet im heutigen Deutsch »sensuality«, das Wort »verführen« »to seduce«. Goethe gebrauchte diese Worte im Sine von »sensuousness« [die fünf Sinne betreffend] und »to mislead« [fehlleiten], aber der letztere Begriff wird zu Goethes Zeiten auch im Sinne von »verführen« gebraucht.

32 WA I, 26, S 144.

Anhang Z
Wette, Vertrag und Prophetie in Goethes *Faust*

1 [Dieser Anhang ist ein Zusatz zur deutschen Ausgabe. Er wurde vom Verfasser in deutscher Sprache geschrieben und ist zuerst erschienen in: Jahrbuch der Psychoanalyse 16, 1984, S. 29—72. Der Aufsatz wurde für die Buchfassung leicht überarbeitet.]

2 Zitierte Literatur:

Trunz, Erich [Faust-Kommentar] in: J. W. Goethe, Werke, Hamburger Ausgabe in 14 Bänden, Band III, (1949), 12. Aufl., München 1982, S. 421—689.

Witkowski, Georg [Faust-Kommentar] in: Goethes Faust, hg. v. G. W., 2. Bd. (1906), Leiden 1950.

Emrich, Wilhelm, Die Symbolik von Faust II. Sinn und Vorformen (1943), 5. Aufl., Frankfurt 1981.

Jellinek, Stefan, Dying, Apparent Death and Resuscitation, London 1947.

3 Je größer das künstlerische Erlebnis bei der Religionsausübung wird, desto ärmer wird das religiöse, wie es in der Geschichte der Katholischen Kirche beobachtet werden kann. Je ärmer das mit dem Dienste an Gott verbundene Kunsterlebnis ist, desto größer ist die Chance der Erhaltung eines Religionserlebnisses wie im Judentum und Islam. Es bleibt fraglich, ob dies auch über das protestantische Musikerlebnis gesagt werden kann.

4 Zum folgenden siehe auch Anhang V, Anmerkung 26, Seite 1715.

5 WA I, 5, 1, S. 104.

6 Siehe Witkowski, *Goethes Faust,* 2. Bd., S. 297: *Tutti i Trionfi* etc., 1559 (Cosmopoli 1780) von Antonio Francesco Grazzini (1503—1583), florentinischer Meister der italienischen Prosa (Opera di A. Grazzini, Florenz, 1857). Für andere Bezüge auf Grazzini im Maskenzug siehe S. 298 f., 303 f.

7 Goethe an Carl Jacob Ludwig Iken am 27. September 1827; WA IV, 43, S. 83. E. Trunz, *Faust-Kommentar,* S. 448.

8 E. Trunz, *Faust-Kommentar,* S. 457.

9 W. Emrich, *Die Symbolik von Faust II,* S. 397.

10 W. Emrich, *Die Symbolik von Faust II,* S. 403.

11 *Faust-Kommentar,* 2. Bd., S. 398.

12 WA I, 27, S. 218.

Bibliographie der zitierten Werke

1 Abraham, Karl, Sollen wir die Patienten ihre Träume aufschreiben lassen? *Internationale Zeitschrift für Psychoanalyse 1,* 1913, S. 194—196. Auch in: K. A., *Psychoanalytische Studien,* hg. v. Johannes Cremerius, 2 Bde., 2. Aufl. Frankfurt 1971, Bd. 2, S. 244—246.

2 —, Versuch einer Entwicklungsgeschichte der Libido auf Grund der Psychoanalyse seelischer Störungen (1924), in: K. A., *Psychoanalytische Studien,* hg. v. Johannes Cremerius, 2 Bde., 2. Aufl. Frankfurt 1971, Bd. 1, S. 113—183.

3 Aichhorn, August, *Verwahrloste Jugend.* Die Psychoanalyse in der Fürsorgeerziehung. Zehn Vorträge zur ersten Einführung. Mit einem Geleitwort von Sigmund Freud (1925), 4. Aufl. Bern—Stuttgart 1957.

4 Alexander, Bernard, Spinoza und die Psychoanalyse, in: *Almanach für das Jahr 1928,* Wien, S. 94—103.

5 Alexander, Franz, Der neurotische Charakter. Seine Stellung in der Psychopathologie und in der Literatur. *Internationale Zeitschrift für Psychoanalyse,* 14, 1928, S. 26—44.

6 —, *Our Age of Unreason.* A Study of the Irrational Forces in Social Life, Philadelphia — New York 1942. Deutsch: *Irrationale Kräfte unserer Zeit.* Eine Studie über das Unbewußte in Politik und Geschichte, Stuttgart 1946.

7 —, und Thomas Morton French, *Psychoanalytic Therapy.* Principles and Application, New York 1946.

8 Allport, Gordon W., *The Use of Personal Documents in Psychological Science,* New York 1942.

9 Andeas, Willy, Sturm und Drang im Spiegel der Weimarer Hofkreise. II. Zu den Briefen der Gräfin Görtz, *Goethe* (N. F. des Jahrbuchs der Goethe-Gesellschaft) 8, 1943, S. 232—252.

10 —, *Carl August von Weimar. Ein Leben mit Goethe.* 1757—1783, Stuttgart 1953.

11 Arnim, Bettina von, *Goethes Briefwechsel mit einem Kinde* (1835), hg. v. Jonas Fränkel, 3 Bde., Jena 1906.

12 Bateson, Gregory und Mead, Margaret, *Balinese Character. A Photographic Analysis,* New York 1942.

13 Baumgart, Hermann, *Goethes »Geheimnisse« und seine »Indischen Legenden«,* Stuttgart 1895.

14 —, *Goethes lyrische Dichtung in ihrer Entwicklung und Bedeutung,* 3 Bde., Heidelberg 1931, 1933, 1939.

Beach, Frank A., siehe Ford, Clellean S.

15 Beaulieu-Marconnay, Carl Freiherr von, *Anna Amalia, Carl August und der Minister von Fritsch,* Weimar 1874.

16 Beck, Adolf, Der »Geist der Reinheit« und die »Idee des Reinen«. Deutsches und Frühgriechisches in Goethes Humanitätsideal, *Goethe* (N. F. des Jahrbuchs der Goethe-Gesellschaft) *7,* 1942, S. 160—169; 8, 1943, S. 19—57.

17 Benjamin, Walter, Die Aufgabe des Übersetzers, in: W. B., *Schriften,* Bd. 1, Frankfurt 1955, S. 40—54.

18 Benn, Gottfried, *Altern als Problem für Künstler,* in: G. B., Ges. Werke in 8 Bänden, hg. v. Dieter Wellershoff, Bd. 4, 1968, S. 1116—1146.

19 Berger, Dorothea, Die Volksmärchen der Deutschen von Musäus, Ein Meisterwerk der deutschen Rokokodichtung, *PMLA 69,* 1954, S. 1200—1212.

20 Bergler, Edmund, Can the Writer »Resign« from His Calling? *The International Journal of Psycho-Analysis 34,* 1953, S. 40—42.

21 Bergmann, Alfred, *Carl Augusts Begegnungen mit Zeitgenossen.* Ein Bild seiner Persönlichkeit in Briefen und Berichten, Tagebuchaufzeichnungen und Selbstzeugnissen, Weimar 1933.

22 Bernfeld, Siegfried, Bemerkungen über »Sublimierung«, *Imago 8,* 1922, S. 333—344.

23 —, Über eine typische Form der männlichen Pubertät, *Imago 9,* 1923, S. 169—188.

24 —, *Vom dichterischen Schaffen der Jugend.* Neue Beiträge zur Jugendforschung, Leipzig—Wien—Zürich 1924 (Quellenschriften zur seelischen Entwicklung, Bd. III).

25 —, Zur Sublimierungstheorie, *Imago 17,* 1931, S. 399—409.

26 —, *Trieb und Tradition im Jugendalter.* Kulturpsychologische Studien an Tagebüchern, Leipzig 1931 (Beihefte zur Zeitschrift für angewandte Psychologie 54).

27 Bernard, Walter, Freud and Spinoza, *Psychiatry 9,* 1946, S. 99—108.

28 Beutler, Ernst, Die Kindsmörderin, in: E. B., *Essays um Goethe,* Bd. 1, Wiesbaden, 3. Aufl. 1948, S. 100—116.

29 —, Von der Ilm zum Susquehanna. Goethe und Amerika in ihren Wechselbeziehungen, in: E. B., *Essays um Goethe,* Bd. 1, Wiesbaden, 3. Aufl. 1948, S. 462—520.

30 —, Hg., *Briefe aus dem Elternhaus.* Erster Ergänzungsband der *Goethe-Gedenkausgabe,* Zürich 1960.

31 Bibring, Edward, Psychoanalysis and the Dynamic Psychotherapies, *Journal of the American Psychoanalytic Association 2,* 1954, S. 745—770.

32 Bidney, David, The Metapsychology of Spinoza, in: D. B.: *The Psychology and Ethics of Spinoza,* New Haven 1940, S. 386—407.

33 Bieber, Hugo, Plutarch, *Goethe-Handbuch,* Bd. 3, S. 130.

34 Biedermann, Flodoard Freiherr von [Philologus], *Intermezzi scandalosi aus Goethes Leben,* Berlin 1925.

35 Biedermann, Woldemar Freiherr von, *Goethe und Leipzig.* Zur hundertjährigen Wiederkehr des Tages von Goethe's Aufnahme auf Leipzigs Hochschule, 2 Bde., Leipzig 1865.

36 —, *Goethe-Forschungen,* Frankfurt 1879.

36a —, *Goethe-Forschungen.* Neue Folge, Leipzig 1886.

37 Bleisch, P., Hg., *Bilder aus Ilmenaus Vergangenheit,* Ilmenau 1910.

38 Bloch, Robert, Goethe, Idealistic Morphology, and Science, *American Scientist 40,* 1952, S. 313—322.

39 Boccaccio, Giovanni, *Das Decameron,* übersetzt von A. G. Meißner, St. Petersburg—Leipzig 1782. Nachdruck Wiesbaden 1977.

40 Bode, Wilhelm, Hg., *Stunden mit Goethe.* Für die Freunde seiner Kunst und Weisheit, 10 Bde., Berlin 1905—1914.

41 —, Charlotte v. Stein in der Schilderung ihrer Verwandten, in: *Stunden mit Goethe 4,* 1908, S. 217—220.

42 —, Frau von Branconi, in: *Stunden mit Goethe 5,* 1909, S. 14—59.

43 —, Briefe der Frau v. Stein an Knebel, in: *Stunden mit Goethe 6,* 1910, S. 153—199.

44 —, Frau v. Stein als Figur im »Werther«, in: *Stunden mit Goethe 6,* 1910, S. 215—219.

45 —, *Amalie, Herzogin von Weimar,* 3 Bde., Berlin 1908. 1. Bd.: *Das vorgoethesche Weimar.*

46 —, *Die Tonkunst in Goethes Leben,* 2 Bde., Berlin 1912.

47 —, *Karl August von Weimar. Jugendjahre,* Berlin 1913.

48 —, *Weib und Sittlichkeit in Goethes Leben und Denken,* Berlin 1916.

49 —, *Charlotte von Stein,* Berlin, 3. Aufl. 1917.

50 —, *Goethes Sohn,* Berlin 1918.

51 —, Hg., *Goethe in vertraulichen Briefen seiner Zeitgenossen.* Auch eine Lebensgeschichte, 3 Bde., Berlin 1921—1923.

52 —, *Die Schicksale der Friederike Brion vor und nach ihrem Tode,* Berlin 1920.

53 —, *Goethes Leben. Lehrjahre 1749—1771,* Berlin 1920.

54 —, *Neues über Goethes Liebe,* Berlin 1921.

55 —, *Goethes Schweizer Reisen,* Leipzig 1922.

56 Bojanowski, P. von, Johann Caspar Goethe in Venedig, in: *Weimars Festgrüße zum 28. August 1899,* Weimar 1899, S. 3—54.

57 Bolk, L. [ouis], *Das Problem der Menschwerdung,* Jena 1926.

58 Bonaparte, Marie, Time and the Unconscious (1939), *The International Journal of Psycho-Analysis 21,* 1940, S. 427—468.

59 —, *Edgar Poe. Eine psychoanalytische Studie* (1934), 3 Bde., Frankfurt 1981.

60 Borcherdt, Hans Heinrich, Hg., *Briefwechsel zwischen Schiller und Goethe in den Jahren 1794 bis 1805,* 2 Bde., Berlin 1914.

61 Bornhak, F., *Anna Amalia, Herzogin von Sachsen-Weimar-Eisenach, die Begründerin der klassischen Zeit Weimars*, Berlin 1892.

62 Both, Rudolphine v., Unser Besuch bei Knebels, in: *Stunden mit Goethe 3*, 1907, S. 262—278.

63 Bradish, Joseph A. von, *Goethe als Erbe seiner Ahnen*, Berlin—New York 1933.

64 —, *Goethes Erhebung in den Reichsadelstand und der freiherrliche Adel seiner Enkel*, Leipzig 1933.

65 —, *Goethes Beamtenlaufbahn*, New York 1937.

66 —, Goethe und Christiane. Mit Hinzuziehung von sechs unveröffentlichten Urkunden zu Goethes Ehe, *The German Quarterly 20*, 1947, S.109—121.

67 Bräuning-Oktavio, H., Juristischer Beruf Goethes, in: *Goethe-Handbuch 2*, 1916, S. 289—291.

68 Briefe Zimmermanns und Charlottens v. Schiller an Charlotte und Friedrich v. Stein, *Mittheilungen aus dem Litteraturarchive in Berlin*, 2. Bd., 1898—1900, Berlin 1900, S. 1—32.

69 Brill, A. [braham] A. [rden], *Freud's Contribution to Psychiatry*, New York 1944.

70 Brown, Thomas K. Jr., Goethe's »Lila« as a Fragment of the Great Confession, in: *Studies in Honor of John Albrecht Walz*, Lancaster PA., 1941, S. 209—220.

71 Brunswick, Ruth Mack, The Preoedipal Phase of the Libido Development, *The Psychoanalytic Quarterly 9*, 1940, S. 293—319.

72 Buckley, Theodor Alois, Hg. und Übersetzer, *The Tragedies of Aeschylus*, London 1869. Deutsch: *Aischylos, Die Perser. Die Orestie.* Vier Tragödien, übertragen und erläutert von Ernst Buschor, München 1953.

73 Buder, Hildegard, Goethes Traum vom Fasanenkahn, *Psyche 3*, 1949/50, S. 507—512.

74 Bühler, Charlotte, *Der menschliche Lebenslauf als psychologisches Problem*, Leipzig 1933.

75 Bühler, Karl, *Die geistige Entwicklung des Kindes* (1918), 5. Aufl. Jena 1929.

76 Burdach, Konrad, Die Sprache des jungen Goethe (1885), in: K. B., *Goethe und sein Zeitalter,* Halle 1926, S. 38—60.

77 —, Faust und Moses, *Sitzungsberichte der Königlich Preussischen Akademie der Wissenschaften,* phil.-hist. Classe 23, 1912, S. 358—403, 627—659, 736—789.

78 Burkhardt, C. A. H., Jugend und Erziehung Karl August's von Weimar, *Westermanns Jahrbuch der Illustrierten Deutschen Monatshefte 17,* 1864/65, S. 460—470.

79 Burlingham, Dorothy Tiffany, Die Einfühlung des Kleinkindes in die Mutter, *Imago 21,* 1935, S. 429—444.

80 —, *Twins.* A Study of Three Pairs of Identical Twins, London 1952.

81 Buxbaum, Edith, Freud's Dream Interpretation in the Light of His Letters to Fliess, *Bulletin of the Menninger Clinic 15,* 1951, S. 197—212.

82 Bychowski, Gustav, Metapsychology of Artistic Creation, The *Psychoanalytic Quarterly 20,* 1951, S. 592—602.

83 —, From Catharsis to Work of Art: The Making of an Artist, in: *Psychoanalysis and Culture.* Essays in Honor of Géza Róheim, hg. v. George B. Wilbur and Warner Muensterberger, New York 1951, S. 93—409.

84 Carletta, *Goethe a Roma,* Roma 1899.

85 Carus, Carl Gustav, *Goethe.* Zu dessen näherem Verständnis (1842), Leipzig o. J.

85a Cary, R. J., A Brief History of the Methods of Resuscitation of the Apparently Drowned, *John Hopkins Hospital Bulletin 24,* 1913, S. 243—251.

86 Cassirer, Ernst, Goethe und die mathematische Physik. Eine erkenntnistheoretische Studie, in: E. C., *Idee und Gestalt.* Goethe/Schiller/Hölderlin/Kleist. Fünf Aufsätze, Berlin 1921, S. 27—76.

87 Chekhov, Anton, *Three Plays,* hg. und übersetzt von Elisaveta Fen, London—Baltimore—Melbourne 1951.

88 Cicero, *Tusculan Disputations,* hg. und übersetzt von J. E. King, Cambridge 1950.

89 —, *Tuskulanische Gespräche* (deutsche Übersetzung von Nummer 88), ins Deutsche übertragen und erläutert von Dr. Alexander Kabza, München 1959.

90 Coleman, Rose W., Ernst Kris und Sally Provence, The Study of Variations of Early Parental Attitudes. A Preliminary Report, *The Psychoanalytic Study of the Child 8,* 1953, S. 20—47.

91 Daly, C. D., The Rôle of Menstruation in Human Phylogenesis and Ontogenesis, *The International Journal of Psycho-Analysis 24,* 1943, S. 151—170.

92 David, Frida, *Friedrich Heinrich Jacobis »Woldemar« in seinen verschiedenen Fassungen,* Leipzig 1913.

93 De Buisonjé, Johannes Cornelius, *Charlotte von Stein und Christiane Vulpius, spätere von Goethe, in Goethes Lyrik,* Bussum 1923.

94 Dechent, [Hermann], Die autobiographische Quelle der Bekenntnisse einer schönen Seele, in: *Berichte des Freien Deutschen Hochstifts zu Frankfurt am Main,* NF 13, 1897, Heft 2, S. 10—59.

95 Deile, Gotthold, *Goethe als Freimaurer,* Berlin 1908.

96 Dennert, Friedrich, *Goethe und der Harz,* Quedlinburg 1920.

97 Deri, Frances, On Sublimation, *The Psychoanalytic Quarterly 8,* 1939, S. 325—334.

98 Deutsch, Helene, Über Zufriedenheit, Glück und Ekstase, *Internationale Zeitschrift für Psychoanalyse 13,* 1927, S. 410—419.

99 —, *The Psychology of Women. A Psychoanalytic Interpretation, 2 Bde.,* New York 1944. Deutsch: *Psychologie der Frau,* 2 Bde., Bern 1948.

100 Diderot, Denis, *Jacques le fataliste et son maître* (1773), Paris 1948. Deutsch: *Jacob und sein Herr.* Unter Zugrundelegung der Myliusschen Uebersetzung zum erstenmal vollständig hg. v. Hanns Floerke, 1. Bd., München—Leipzig 1911.

101 Diem, Carl, *Körpererziehung bei Goethe.* Ein Quellenwerk zur Geschichte des Sportes, Frankfurt 1948.

102 Diezmann, August, *Aus Weimars Glanzzeit.* Ungedruckte Briefe von und über Goethe und Schiller, Leipzig 1855.

103 Dilthey, Wilhelm, Aus der Zeit der Spinozastudien Goethes (1894), in: W. D., *Ges. Schriften 2. Bd.,* 2. Aufl. Leipzig—Berlin 1921, S. 391—415.

104 —, *Das Erlebnis und die Dichtung.* Lessing. Goethe. Novalis. Hölderlin. Vier Aufsätze, Leipzig 1910.

105 Du Halde, Jean Baptiste, *The General History of China* (1736), 3 Bde., London 1741. Deutsch: *Ausführliche Beschreibung des Chinesischen Reichs und der großen Tartarey,* 5 Bde., Rostock 1748—1756.

105a Düntzer, H. [einrich], *Frauenbilder aus Goethe's Jugendzeit. Studien zum Leben des Dichters,* Stuttgart—Tübingen 1852.

106 —, *Aus Goethe's Freundeskreise. Darstellungen aus dem Leben des Dichters,* Braunschweig 1868.

107 —, Charlotte von Stein, *Goethe's Freundin. Ein Lebensbild,* 2 Bde., Stuttgart 1874.

108 —, *Charlotte von Stein und Corona Schröter. Eine Vertheidigung,* Stuttgart 1876.

109 —, Goethes Gedichte auf dem Gickelhahn vom 2. und 3. September 1783, *Archiv für Litteraturgeschichte 8,* 1879, S. 491—503.

110 —, Die Zuverlässigkeit von Goethes Angaben über seine eigenen Werke in »Dichtung und Wahrheit«, *Goethe-Jahrbuch 1,* 1880, S. 140—154.

111 —, *Goethes Eintritt in Weimar,* Leipzig 1883.

112 —, Gretchen, in: H. D., *Abhandlungen zu Goethes Leben und Werken,* 1. Bd., Leipzig 1885, S. 32—65.

113 —, *Goethe und Karl August.* Studien zu Goethes Leben, 2. neubearbeitete und vollendete Auflage, Leipzig 1888.

114 —, *Freundesbilder aus Goethes Leben. Studien zum Leben des Dichters,* Leipzig, 2. Aufl., o. J.

115 Dürler, Josef, *Die Bedeutung des Bergbaus bei Goethe und in der deutschen Romantik,* Frauenfeld—Leipzig 1936.

116 Dyck, Martin, Goethe's Views of Pure Mathematics, *The Germanic Review 31,* 1956, S. 49—69.

117 —, Goethe's Thought in the Light of his Pronouncements on Applied and Misapplied Mathematics, *PMLA 73,* 1958, S. 505—515. Deutsch: Goethes Verhältnis zur Mathematik, in: *Goethe.* (N. F. des Jahrbuchs der Goethe-Gesellschaft) 23, 1961, S. 49—71.

118 Eberwein, Karl, Goethes Hausmusik, in: *Stunden mit Goethe 7,* 1911, S. 270—290.

119 Eckermann, Johann Peter, *Gespräche mit Goethe in den letzten Jahren seines Lebens* (1885), hg. v. H. H. Houben, Leipzig 1910.

120 Edmonds, J. [ohn] M. [axwell], Hg. und Übersetzer, *The Greek Bucolic Poets,* Cambridge 1912. Deutsch: *Theokrit, Gedichte, Griechisch-deutsch,* hg. v. F. P. Fritz, Tübingen 1970.

121 —, Hg. und Übersetzer, *Greek Elegy and Iambus with the Anacreontea,* 2 Bde., Cambridge 1954. Deutsch: *Die Gedichte Anakreons und der Sappho.* Oden, aus dem Griechischen übersetzt und mit Anmerkungen begleitet [von J. G. Götz], Carlsruhe 1760.

122 Ehrenberg, Rudolf, *Theoretische Biologie vom Standpunkt der Irreversibilität des elementaren Lebensvorganges,* Berlin 1923.

123 Eisler, Rudolf, *Philosophen-Lexikon,* Berlin 1912.

124 Eissler, K. R., *Discourse on Hamlet and »Hamlet«.* A Psychoanalytic Inquiry, New York 1971.

124a —, Notes on the Environment of a Genius, *The Psychoanalytic Study of the Child 14,* 1959, S. 267—313.

125 Engel, J. [ohann] J. [akob], *Herr Lorenz Stark. Ein Charaktergemälde,* 2. Aufl. Berlin 1806.

126 Epstein, Paul, Goethe und die Mathematik, *Jahrbuch der Goethe-Gesellschaft 10,* 1924, S. 76—102.

127 Erikson, Erik Homburger, The Dream Specimen of Psychoanalysis, *Journal of the American Psychoanalytic Association 2,* 1954, S. 5—56. Deutsch: Das Traummuster der Psychoanalyse, *Psyche 8,* 1954/55, S. 561—604.

128 Ernst, Fritz, *Aus Goethes Freundeskreis. Studien um Peter im Baumgarten,* Erlenbach—Zürich 1941.

129 Fairbairn, W. R. D., Prolegomena to a Psychology of Art, *The British Journal of Psychology 28,* 1937/38, S. 288—303.

130 —, The Ultimate Basis of Aesthetic Experience, *The British Journal of Psychology 29,* 1938/39, S. 167—181.

131 Fairley, Barker, *A Study of Goethe,* Oxford 1947. Deutsch: *Goethe, dargestellt in seiner Dichtung,* aus dem Englischen übersetzt von Hermann Boeschenstein, Frankfurt 1968.

132 Falck, P. [aul] T. [heodor], *Der Dichter J. M. R. Lenz in Livland.* Eine Monographie, Winterthur 1878.

133 Fambach, Oskar, *Goethe und seine Kritiker.* Die wesentlichen Rezensionen aus der periodischen Literatur seiner Zeit, Düsseldorf 1953.

134 Federn, Etta, *Christiane von Goethe.* Ein Beitrag zur Psychologie Goethes, München 1916.

135 Fenichel, Otto, *Hysterien und Zwangsneurosen.* Psychoanalytische spezielle Neurosenlehre, Wien 1931.

136 —, Weiteres zur präödipalen Phase der Mädchen (1934), in: *O. F., Aufsätze,* hg. v. Klaus Laermann, Bd. 1, Olten—Freiburg 1979, S. 234—275.

137 —, Der Begriff »Trauma« in der heutigen psychoanalytischen Neurosenlehre, *Internationale Zeitschrift für Psychoanalyse 23,* 1937, S. 339—359.

138 —, The Counter-Phobic Attitude, *The International Journal of Psycho-Analysis 20,* 1939, S. 263—274.

139 —, *The Psychoanalytic Theory of Neuroses,* New York 1945. Deutsch: *Psychoanalytische Neurosenlehre,* übersetzt von Klaus Laermann, Olten—Freiburg, 3 Bde., 1974—1977.

140 Ferenczi, Sándor, Hysterische Materialisationsphänomene. Gedanken zur Auffassung der hysterischen Konversion und Symbolik (1919), in: S. F., *Schriften zur Psychoanalyse,* Auswahl in 2 Bänden, hg. und eingeleitet von Michael Balint, Frankfurt 1970—1972, Bd. 2, S. 11—24.

141 —, Zur Symbolik des Medusenhauptes (1923), in: S. F., *Schriften zur Psychoanalyse,* Bd. 2, S. 134.

142 —, Das Problem der Unlustbejahung (1926), in: S. F., *Schriften zur Psychoanalyse,* Bd. 2, S. 200—211.

143 —, Entwicklungsstufen des erotischen Realitätssinnes, Kap. III der Schrift: Versuch einer Genitaltheorie (1924), in: S. F., *Schriften zur Psychoanalyse,* Bd. 2, S. 335—341.

144 Fielitz, Wilhelm, *Goethestudien,* Wittenberg 1881.

145 Fischer, Hans, *Goethes Naturwissenschaft,* Zürich 1950.

146 Fischer, Paul, *Goethe-Wortschatz.* Ein sprachgeschichtliches Wörterbuch zu Goethes sämtlichen Werken, Leipzig 1929.

147 Fischer-Lamberg, Hanna, Charlotte von Stein, ein »Bildungserlebnis« Goethes, *Deutsche Vierteljahresschrift für Literaturwissenschaft und Geistesgeschichte 15,* 1937, S. 385—402.

148 Flügel, J. C., Polyphallic Symbolism and the Castration Complex, *The International Journal of Psycho-Analysis 5,* 1924, S. 155—196.

149 Ford, Clellan S., und Frank A. Beach, *Patterns of Sexual Behavior*, New York 1951. Deutsch: *Formen der Sexualität.* Das Sexualverhalten bei Mensch und Tier, übersetzt von Wolfgang Schoene, Reinbek 1968.

150 Forssmann, Julius, *J. K. Lavater und die religiösen Strömungen des 18. Jahrhunderts*, Riga 1935.

151 Forster, J. G., *A Voyage round the World*, 2 Bde., London 1777. Deutsch: *Reise um die Welt*, 2 Bde., Berlin 1778—1780.

152 Fraiberg, Selma, Kafka and the Dream (1956), in: *Art and Psychoanalysis*, hg. v. William Phillips, New York 1957, S. 21—53.

French, Thomas Morton. *Siehe* Alexander, Franz, 1927.

153 Freud, Anna, *Das Ich und die Abwehrmechanismen* (1936), 12. Aufl. München 1980.

154 —, Die Pubertätsaskese, in: *153*, S. 119—123.

155 Freud, Sigmund, *Aus den Anfängen der Psychoanalyse. Briefe an Wilhelm Fließ. Abhandlungen und Notizen aus den Jahren 1887—1902.* Korrigierter Nachdruck der Paperback-Ausgabe von 1962, Frankfurt 1975.

156 —, (1892—93), Ein Fall von hypnotischer Heilung nebst Bemerkungen über die Entstehung hysterischer Symptome durch den »Gegenwillen«, *GW 1*, S. 1—17.

157 —, (1899a), Über Deckerinnerungen, *GW 1*, S. 529—554.

158 —, (1900a) Die Traumdeutung, *GW 2/3*.

159 —, (1901b) Zur Psychopathologie des Alltagslebens, *GW 4*.

160 —, (1905e [1901]) Bruchstück einer Hysterie-Analyse, *GW 5*, S. 161—286.

161 —, (1905c) Der Witz und seine Beziehung zum Unbewußten, *GW 6*.

162 —, (1890a) Psychische Behandlung (Seelenbehandlung), *GW 5*, S. 287—315.

163 —, (1905d) Drei Abhandlungen zur Sexualtheorie, *GW 5*, S. 27—145.

164 —, (1908b) Charakter und Analerotik, *GW 7*, S. 201—209.

165 —, (1908d) Die »kulturelle« Sexualmoral und die moderne Nervosität, *GW 7*, S. 141—167.

166 —, (1908e [1907]) Der Dichter und das Phantasieren, *GW 7*, S. 211—223.

167 —, (1909b) Analyse der Phobie eines fünfjährigen Knaben, *GW 7*, S. 241—377.

168 —, (1909c [1908]) Der Familienroman der Neurotiker, *GW 7*, S. 225—231.

169 —, (1910d) Die zukünftigen Chancen der psychoanalytischen Therapie, *GW 8*, S. 103—115.

170 —, (1910c) Eine Kindheitserinnerung des Leonardo da Vinci, *GW 8*, S. 127—211.

171 —, (1910h) Über einen besonderen Typus der Objektwahl beim Manne, *GW 8*, S. 66—77.

172 —, (1911b) Formulierungen über die zwei Prinzipien des psychischen Geschehens, *GW 8*, S. 229—238.

173 —, (1911c [1910]) Psychoanalytische Bemerkungen über einen autobiographisch beschriebenen Fall von Paranoia (Dementia paranoides), *GW 8*, S. 239—330.

174 —, (1911e) Die Handhabung der Traumdeutung in der Psychoanalyse, *GW 8*, S. 349—357.

175 —, (1913j) Das Interesse an der Psychoanalyse, *GW 8*, S. 389—420.

176 —, (1913i) Die Disposition zur Zwangsneurose, *GW 8*, S. 441—452.

177 —, (1913f) Das Motiv der Kästchenwahl, *GW 10*, S. 23—37.

178 —, (1914c) Zur Einführung des Narzißmus, *GW 10*, S. 137—170.

179 —, (1915c) Triebe und Triebschicksale, *GW 10*, S. 209—232.

180 —, (1915a [1914]) Weitere Ratschläge zur Technik der Psychoanalyse: III. Bemerkungen über die Übertragungsliebe, *GW 10*, S. 305—321.

181 —, (1916d) Einige Charaktertypen aus der psychoanalytischen Arbeit, *GW 10*, S. 363—391.

182 —, (1915b) Zeitgemäßes über Krieg und Tod, *GW 10*, S. 323—355.

183 —, (1915e) Das Unbewußte, *GW 10*, S. 263—303.

184 —, (1917d [1915]) Metapsychologische Ergänzung zur Traumlehre, *GW 10*, S. 411—426.

185 —, (1917b) Eine Kindheitserinnerung aus *Dichtung und Wahrheit*, *GW 12*, S. 13—26.

186 —, (1917e [1915]) Trauer und Melancholie, *GW 10*, S. 427—446.

187 —, (1916—17 [1915—17]) Vorlesungen zur Einführung in die Psychoanalyse, *GW 11*.

188 —, (1918b [1914]) Aus der Geschichte einer infantilen Neurose, *GW 12*, S. 27—157.

189 —, (1918 a [1917]) Das Tabu der Virginität. (Beiträge zur Psychologie des Liebeslebens III), *GW 12*, S. 159—180.

190 —, (1919h) Das Unheimliche, *GW 12*, S. 227—268.

191 —, (1920g) Jenseits des Lustprinzips, *GW 13*, S. 1—69.

192 —, (1920a) Über die Psychogenese eines Falles von weiblicher Homosexualität, *GW 12*, S. 269—302.

193 —, (1921c) Massenpsychologie und Ich-Analyse, *GW 13*, S. 71—161.

194 —, (1922b [1921]) Über einige neurotische Mechanismen bei Eifersucht, Paranoia und Homosexualität, *GW 13*, S. 193—209.

195 —, (1922a) Traum und Telepathie, *GW 13*, S. 163—191.

196 —, (1940c [1922]) Das Medusenhaupt, *GW 17*, S. 45—48.

197 —, (1923b) Das Ich und das Es, *GW 13*, S. 235—289.

198 —, (1923e) Die infantile Genitalorganisation, *GW 13*, S. 291—298.

199 —, (1924c) Das ökonomische Problem des Masochismus, *GW 13*, S. 369—383.

200 —, (1924e) Der Realitätsverlust bei Neurose und Psychose, *GW 13*, S. 361—368.

201 —, (1924b) Neurose und Psychose, *GW 13*, S. 385—391.

202 —, (1924d) Der Untergang des Ödipuskomplexes, *GW 13*, S. 393—402.

203 —, (1925h) Die Verneinung, *GW 14*, S. 9—15.

204 —, (1925j) Einige psychische Folgen des anatomischen Geschlechtsunterschieds, *GW 14*, S. 17—30.

205 —, (1926d [1925]) Hemmung, Symptom und Angst, *GW 14*, S. 111—205.

206 —, (1927e) Fetischismus, *GW 14*, S. 309—317.

207 —, (1930e) Ansprache im Frankfurter Goethe-Haus, *GW 14*, S. 547—550.

208 —, (1930a [1929]) Das Unbehagen in der Kultur, *GW 14*, S. 419—506.

209 —, (1931b) Über die weibliche Sexualität, *GW 14*, S. 515—537.

210 —, (1933a [1932]) Neue Folge der Vorlesungen zur Einführung in die Psychoanalyse, *GW 15*.

211 —, (1932a [1931]) Zur Gewinnung des Feuers, *GW 16*, S. 1—9.

212 —, (1936a) Brief an Romain Rolland: Eine Erinnerungsstörung auf der Akropolis, *GW 16*, S. 250—257.

213 —, (1941g [1936]) Entwurf zu einem Brief an Thomas Mann, *Internationale Zeitschrift für Psychoanalyse und Imago 26*, 1941, S. 217—219.

214 —, (1937c) Die endliche und die unendliche Analyse, *GW 16*, S. 57—99.

215 —, (1940e [1938]) Die Ichspaltung im Abwehrvorgang, *GW 17*, S. 57—62.

216 —, (1939a [1934—1938]) Der Mann Moses und die monotheistische Religion, *GW 16*, S. 101—246.

217 —, (1940a [1938]) Abriß der Psychoanalyse, *GW 17*, S. 63—138.

218 Freye, Karl, und Wolfgang Stammler, Hgg., *Briefe von und an J. M. R. Lenz*, 2 Bde., Leipzig 1918.

219 Fromm-Reichmann, Frieda, Das Jüdische Speiseritual, *Imago 13*, 1927, S. 235—246.

220 Fuchs, Eduard, *Illustrierte Sittengeschichte vom Mittelalter bis zur Gegenwart*, 3 Bde. und 3 Ergänzungsbde., München 1909—1912.

221 —, *Geschichte der erotischen Kunst*, 3 Bde., München, o. J. [1908].

222 Fuchs, Johannes, *Advokat Goethe*, Weimar 1932.

223 Funck, Heinrich, Die Wanderjahre der Frau von Branconi, *Westermanns illustrierte deutsche Monats-Hefte 40*, Bd. 79, 1895—96, S. 172—184.

224 —, Hg., Zehn Briefe der Susanna Katharina von Klettenberg an J. K. Lavater, *Goethe-Jahrbuch 16*, 1895, S. 83—96.

225 —, Hg., *Goethe und Lavater. Briefe und Tagebücher,* Weimar 1901.

226 Gaedertz, Karl Theodor, *Bei Goethe zu Gaste. Neues von Goethe, aus seinem Freundes- und Gesellschaftskreise.* Ein Schwänchen zum 150jährigen Geburtstage des Dichters, Leipzig 1900.

227 Garraty, John A., The Interrelations of Psychology and Biography, *Psychological Bulletin 51,* 1954, S. 569—582.

228 Gebhardt, Martin, *Goethe als Physiker. Ein Weg zum unbekannten Goethe,* Berlin 1932.

229 Geiger, Ludwig, *Aus seltenen und vergessenen Büchern, Goethe-Jahrbuch 7,* 1886, S. 305—309; 323—402; 361—366.

230 Geitel, Max, *Entlegene Spuren Goethes. Goethes Beziehungen zu der Mathematik, Physik, Chemie und zu deren Anwendung in der Technik,* München—Berlin 1911.

231 Gibb, John, Goethe's Friendship with Lavater, *The Hibbert Journal 13,* 1914/15, S. 190—202.

232 Glaser, Rudolf, *Goethes Vater. Sein Leben nach Tagebüchern und Zeitberichten,* Leipzig 1929.

233 Gloël, Heinrich, *Goethes Wetzlarer Zeit. Bilder aus der Reichskammergerichts- und Wertherstadt,* Berlin 1911.

234 Glover, Edward, The Psycho-Analysis of Affects, *The International Journal of Psycho-Analysis 20,* 1939, S. 299—307.

235 Goedecke, Karl, *Zu Goethe und Schiller, Archiv für Litteraturgeschichte 8,* 1879, S. 101—110.

236 Goethe, Johann Kaspar, *Viaggio in Italia* (1740), hg. v. Arturo Farinelli, 2 Bde., Rom 1932—1933. Deutsch: Erwin Koppen, Hg., *Goethes Vater reist in Italien. »Reise durch Italien«* von J. Caspar Goethe, Mainz—Berlin 1972 (gekürzte Übersetzung).

237 Goethe, Johann Wolfgang, Nachricht von dem Ilmenauischen Bergwesen. Aufgesetzt im Mai 1781, in: *Goethe, Die Schriften zur Naturwissenschaft,* hg. v. Günther Schmid, u. a. I, 1, Weimar 1947, S. 15—28.

238 —, Nachricht von dem ehmaligen Bergbau bei Ilmenau..., 1783, ebenda, S. 32—55.

239 —, *Goethes Faust,* hg. v. Georg Witkowski, 2. Bd.: *Kommentar und Erläuterungen, Literatur, Bilderanhang, Faust-Wörterbuch,* 10. Aufl. Leiden 1950.

240 —, *Maximen und Reflexionen* (1826). Nach den Handschriften des Goethe- und Schiller-Archivs hg. v. Max Hecker, Weimar 1907.

241 —, *Briefe und Aufsätze von Goethe aus den Jahren 1766 bis 1786.* Zum erstenmal herausgegeben durch A.[dolf] Schöll, Weimar 1846.

242 —, *Göthe's Briefe an Frau von Stein aus den Jahren 1776 bis 1826.* Zum erstenmal herausgegeben durch A.[dolf] Schöll, 3 Bde., Weimar 1848—1851.

243 —, *Goethes Briefe an Frau von Stein,* hg. v. Adolf Schöll, 2. vervollständigte Aufl., bearbeitet von Wilhelm Fielitz, 2 Bde., Frankfurt 1883—1885.

244 —, *Goethes Briefe an Frau von Stein,* hg. v. Adolf Schöll, 3. umgearbeitete Aufl., besorgt von Julius Wahle, 2 Bde., Frankfurt 1899—1900.

245 —, *Briefwechsel zwischen Goethe und Knebel* (1774—1832), 2 Bde., Leipzig 1851.

246 —, *Unterhaltungen mit dem Kanzler Friedrich von Müller* (1870), hg. v. C. A. H. Burkhardt, 3. Aufl. Stuttgart—Berlin 1904.

247 —, *Goethes Werke,* hg. im Auftrage der Großherzogin Sophie von Sachsen (Weimarer Ausgabe = WA), Weimar 1887—1919.
I. *Goethes Werke,* 55 Bde., 1887—1918.
II. *Goethes Naturwissenschaftliche Schriften,* 13 Bde., 1890—1904.
III. *Goethes Tagebücher,* 15 Bde., 1887—1919.
IV. *Goethes Briefe,* 50 Bde., 1887—1912.

248 —, *Goethes Sämtliche Werke.* Jubiläums-Ausgabe, 40 Bde. + Reg.Bd., hg. v. Eduard von der Hellen, Stuttgart—Berlin 1902—1912.

249 —, *Goethes Briefe an Charlotte von Stein,* hg. v. Jonas Fränkel, 2 Bde., Jena 1908.

250 —, *Goethes Gespräche,* hg. v. Flodoard Freiherr von Biedermann, 5 Bde., Leipzig 1909—1911.

251 —, *Der junge Goethe,* hg. v. Max Morris, 6 Bde., Leipzig 1909—1912.

252 —, *Goethes Briefwechsel mit seiner Frau,* hg. v. Hans Gerhard Gräf, 2 Bde., Frankfurt 1916.

253 —, *Goethes Gedichte in zeitlicher Folge,* hg. v. Hans Gerhard Gräf, 2 Bde., Leipzig 1916.

254 —, *Goethes Briefe an Charlotte von Stein,* hg. v. Julius Petersen, 2 Teile in 3 Bden., Leipzig 1923.

255 —, *Goethe. Die Schriften zur Naturwissenschaft*, hg. v. Günther Schmid, u. a. (Leopoldina), Bd. I, 1, Weimar 1947.

256 —, *Johann Wolfgang Goethe. Gedenkausgabe der Werke, Briefe und Gespräche*, hg. v. Ernst Beutler, 27 Bde., Zürich 1948—1971.

257 —, *Goethes Tätigkeit im Geheimen Consilium*, Teil I: *Die Schriften der Jahre 1776—1786. Goethes Amtliche Schriften*, 1. Bd., hg. v. Willy Flach, Weimar 1950.

258 —, *Goethes Werke*, hg. v. Karl Heinemann, 30 Bde., Leipzig, o. J.

259 Gothein, Eberhard, *Johann Georg Schlosser als badischer Beamter*, Heidelberg 1899.

260 Götting, Franz, Hg., *Chronik von Goethes Leben*, Leipzig 1949.

261 Gräf, Hans Gerhard, *Goethe über seine Dichtungen. Versuch einer Sammlung aller Aeußerungen des Dichters ueber seine poetischen Werke*, 3 Teile in 9 Bden., Frankfurt 1901—1914.

262 —, Hg., *Johann Heinrich Mercks Briefe an die Herzogin-Mutter Anna Amalia und an den Herzog Carl August von Sachsen-Weimar*, Leipzig 1911.

263 Gray, Ronald D., *Goethe the Alchemist. A Study of Alchemical Symbolism in Goethe's Literary and Scientific Works*, Cambridge—New York 1952.

264 Greenacre, Phyllis, Vision, Headache and the Halo. Reactions to Stress in the Course of Superego Formation, *The Psychoanalytic Quarterly 16*, 1947, S. 177—194.

265 —, Certain Relationships between Fetishism and Faulty Development of the Body Image, *The Psychoanalytic Study of the Child 8*, 1953, S. 79—98.

266 —, The Childhood of the Artist, *The Psychoanalytic Study of the Child 12*, 1957, S. 47—72.

267 Greenson, Ralph R., Forepleasure: Its Use for Defensive Purposes, *Journal of the American Psychoanalytic Association 3*, 1955, S. 244—254.

268 Grotefend, H., Zur Geschichte der Familie Goethe, *Mittheilungen des Vereins für Geschichte und Altertumskunde in Frankfurt a. M. 6*, 1881, S. 225—237.

269 Gruppe, O.[tto] F.[riedrich], *Reinhold Lenz. Leben und Werke*, Berlin 1861.

270 Gundolf, Friedrich, *Goethe* (1916), 2. Aufl. Berlin 1917.

271 –, *Caesar. Geschichte seines Ruhms*, Berlin 1924.

272 Gutman, James, Hg., *Ethics of Benedict de Spinoza*, New York 1949. Deutsch: *Benedictus de Spinoza, Die Ethik.* Lateinisch und deutsch. Revidierte Übersetzung von Jakob Stein. Nachwort von Bernhard Lakebrink, Stuttgart 1977.

273 Häcker, Valentin, *Goethes morphologische Arbeiten und die neuere Forschung*, Jena 1927 (dort 2. Kapitel: Zwischenkiefer. Erstes Auftauchen der Typus-Idee, S. 5–16).

274 Hárnik, J.[enö], Psychoanalytisches aus und über Goethes »Wahlverwandtschaften«, *Imago 1*, 1912, S. 507–518.

275 –, Nachtrag zur Kenntnis der Rettungsphantasie bei Goethe, *Internationale Zeitschrift für ärztliche Psychoanalyse 5*, 1919, S. 121 f.

276 Hartmann, Heinz, *Ich-Psychologie und Anpassungsproblem* (1939), Stuttgart, 2. Aufl. 1970.

277 –, On Rational and Irrational Action. *Psychoanalysis and the Social Sciences 1*, 1947, S. 359–392. Deutsch: Über rationales und irrationales Handeln, *Psyche 25*, 1971, S. 329–357.

278 –, Ernst Kris und Rudolph M. Loewenstein, Comments on the Formation of Psychic Structure, *The Psychoanalytic Study of the Child 2*, 1947, S. 11–38. Deutsch: Anmerkungen zur Entwicklung der psychischen Struktur, in: *Psychologie des Ich. Psychoanalytische Ich-Psychologie und ihre Anwendungen*, hg. v. Peter Kutter und Hermann Roskamp, Darmstadt 1974, S. 105–140 (Wege der Forschung CCLIX).

279 –, Contribution to the Metapsychology of Schizophrenia, *The Psychoanalytic Study of the Child 8*, 1953, S. 177–198. Deutsch: Ein Beitrag zur Metapsychologie der Schizophrenie, *Psyche 18*, 1964/65, S. 375–396.

280 –, Notes on the Theory of Sublimation, *The Psychoanalytic Study of the Child 10*, 1955, S. 9–29. Deutsch: Bemerkungen zur Theorie der Sublimierung, *Psyche 10*, 1956/57, S. 41–62.

281 Hartung, Fritz, Neue Mitteilungen aus Goethes amtlicher Tätigkeit, *Jahrbuch der Goethegesellschaft 6*, 1919, S. 252–282 (4. Ein Gutachten über die Vereinfachung des Kanzleistils, S. 262–264). [Jetzt: *Goethes amtliche Schriften*, Bd. I, Weimar 1950, S. 412–421.].

282 –, Das Großherzogtum Sachsen unter der Regierung Carl Augusts 1775–1828, Weimar 1923.

283 Heinemann, Karl, *Goethes Mutter.* Ein Lebensbild nach den Quellen, 4. verbesserte Aufl. Leipzig 1893.

284 –, *Goethe,* 2 Bde., Leipzig 1895.

285 Heisenberg, Werner, The Teachings of Goethe and Newton on Coulour in the Light of Modern Physics, *Philosophic Problems of Nuclear Science,* New York 1952, S. 60–76. Deutsch: Das Naturbild Goethes und die technisch-naturwissenschaftliche Welt (1967), in: W. H., *Schritte über Grenzen. Gesammelte Reden und Aufsätze,* München 1971, S. 243–262.

286 Hellen, Eduard von der, *Goethes Anteil an Lavaters physiognomischen Fragmenten,* Frankfurt 1888.

287 –, Hg., *Das Journal von Tiefurt,* Weimar 1892 (Schriften der Goethe-Gesellschaft 7).

288 Helmholtz, Hermann von, Goethes Vorahnungen kommender naturwissenschaftlicher Ideen (1892), in: H. H., *Vorträge und Reden,* Bd. 2, Braunschweig 1903, S. 335–361.

289 Hendrick, Ives, Work and the Pleasure Principle, *The Psychoanalytic Quarterly 12,* 1943, S. 311–329.

290 –, The Discussion of the »Instinct to Master«. A Letter to the Editors, *The Psychoanalytic Quarterly 12,* 1943, S. 561–565.

291 Heuschele, Otto, *Herzogin Anna Amalia.* Die Begründerin des weimarischen Musenhofes, 2. Aufl. München 1949.

292 Hering, Robert, Herr Rat Goethe als Kläger vor dem Frankfurter Acker- und Schöffengericht, *Im Frankfurter Raum. Vierteljahresschrift für Geschichte, Kunst, Kultur und Volkskunde der Heimat 1, Frankfurt 1931, S. 33–38.*

293 Hérenger, Alexandre, Goethe und Freud, *Psychoanalytische Bewegung 3,* 1931, S. 19–31.

294 Hermann, Imre, Die Regression zum zeichnerischen Ausdruck bei Goethe, *Imago 10,* 1924, S. 424–430.

295 Hildesheimer, Wolfgang, Aufzeichnungen über Mozart, *Merkur 10,* 1956, S. 1033–1053.

296 Hiller, Ferdinand, *Goethe's musicalisches Leben,* Köln 1883.

297 Hirzel, Ludwig, Johann Georg Schlosser, Lavater, Goethe und Cornelia Goethe, *Im Neuen Reich 9,* 1879, S. 273—285.

298 Hitschmann, Eduard, Psychoanalytisches zur Persönlichkeit Goethes, *Imago 18,* 1932, S. 42—66.

299 —, The Personality of Goethe (1932) in: *Great Men,* New York 1956, S. 126—151 (englische Übersetzung von 298).

300 —, (Multaretuli), Goethe über die Psychoanalyse, *Psychoanalytische Bewegung 4,* 1932, S. 386—392; 498—504.

301 Hoffer, Willie, Mouth, Hand and Ego-Integration, *The Psychoanalytic Study of the Child 3/4,* 1949, S. 49—56. Deutsch: Mund, Hand und Ich-Integration, *Psyche 18,* 1964/65, S. 81—88.

302 —, Development of the Body Ego, *The Psychoanalytic Study of the Child 5,* 1950, S. 18—23.

303 *Hölderlins sämtliche Werke.* Hist.-krit. Ausgabe, begonnen durch Norbert v. Hellingrath, 3. Aufl., 4 Bde., Berlin 1943.

304 Holt, Louisa P., Identification: A Crucial Concept for Sociology, *Bulletin of the Menninger Clinic 14,* 1950, S. 164—173.

305 Houben, H. H., Hg., *Ottilie von Goethe. Erlebnisse und Geständnisse.* 1832—1857, Leipzig 1923.

306 —, *J. P. Eckermann. Sein Leben für Goethe,* 2 Bde., Leipzig 1925—1928.

307 —, Hg. und Übersetzer, *Frédéric Soret. Zehn Jahre bei Goethe.* Erinnerungen an Weimars klassische Zeit 1822—1832. Aus Sorets handschriftlichem Nachlaß, seinen Tagebüchern und seinem Briefwechsel, Leipzig 1929.

308 —, *Goethes Eckermann. Die Lebensgeschichte eines bescheidenen Menschen,* Berlin 1934.

309 Humboldt, Wilhelm von, *Über den Geschlechtsunterschied. Über die männliche und weibliche Form,* Langensalza 1917 (Neudrucke zur Psychologie 1).

310 Jacob, Heinrich Eduard, *Joseph Haydn. Seine Kunst, seine Zeit, sein Ruhm,* Hamburg 1952.

311 Jacobi, Friedrich Heinrich, *Wider Mendelssohns Beschuldigungen betreffend die Briefe über die Lehre des Spinoza,* Leipzig 1786.

312 Jacobs, Ed[uard], Johann Friedrich Plessing. Prediger und Schriftsteller zu Belleben und Wernigerode, *Zeitschrift des Harz-Vereins für Geschichte und Altertumskunde 20*, 1887, S. 456—514.

313 Jacobson, Edith, Development of the Wish for a Child in Boys, *The Psychoanalytic Study of the Child 5*, 1950, S. 139—152.

314 Jaspers, Karl, *Strindberg und Van Gogh. Versuch einer pathographischen Analyse unter vergleichender Heranziehung von Swedenborg und Hölderlin* (1922), Bremen 1949.

315 Jekels, Ludwig, Der Wendepunkt im Leben Napoleons I., *Imago 3*, 1914, S. 313—381.

316 —, Shakespeare's »Macbeth«, *Imago 5*, 1917—1919, S. 170—195.

317 Johnson, Adelaide M., Sanctions for Superego Lacunae of Adolescents, in: *Searchlights on Delinquency*, hg. v. K. R. Eissler, New York 1949, S. 225—245.

318 Jokl, Robert H., Psychic Determinism and Preservation of Sublimation in Classical Psychoanalytic Procedure, *Bulletin of the Menninger Clinic 14*, 1950, S. 207—219.

319 Jones, Ernst, Die Empfängnis der Jungfrau Maria durch das Ohr. Ein Beitrag zu der Beziehung zwischen Kunst und Religion, *Jahrbuch der Psychoanalyse 6*, 1914, S. 135—204.

320 —, Der Mantel als Symbol, *Internationale Zeitschrift für Psychoanalyse 13*, 1927, S. 77—79.

321 —, *The Life and Work of Sigmund Freud*, 3 Bde., New York 1953—1957. Deutsch: *Das Leben und Werk von Sigmund Freud*, 3 Bde., Bern—Stuttgart 1960—1962.

322 Kantor, J. R., Goethe's Place in Modern Science, in: *Goethe Bicentennial Studies*, hg. v. H. J. Meessen, Bloomington, Indiana, 1950, S. 61—82.

323 Kardiner, Abram, *The Traumatic Neuroses of War*, Washington 1941.

324 Katan, M., Schreber's Hallucinations about the »Little Men«, *The International Journal of Psycho-Analysis 31*, 1950, S. 32—35.

325 Kaufmann, Walter A., Goethe and the History of Ideas, *Journal of the History of Ideas 10*, 1949, S. 503—516.

326 Kestner, A., Hg., *Goethe und Werther*, Stuttgart 1854.

327 Kielholz, A., Johann Georg Zimmermann zum zweihundertsten Geburtstag. Ein pathographischer Versuch, *Imago 15,* 1929, S. 243—262.

328 Kindermann, Heinz, *Das Goethebild des XX. Jahrhunderts,* Wien—Stuttgart 1952.

329 Kinsey, Alfred C., Wardell B. Pomeroy und Clyde E. Martin, *Sexual Behavior in the Human Male,* Philadelphia—London 1948; deutsch: Das sexuelle Verhalten des Mannes, Berlin—Frankfurt, 6. Aufl. 1966.

330 Klein, Melanie, *Die Psychoanalyse des Kindes,* Wien 1932.

331 —, Notes on Some Schizoid Mechanisms (1946), in: *Developments in Psycho-Analysis,* London 1952, S. 292—320. Deutsch: Das Seelenleben des Kleinkindes und andere Beiträge zur Psychoanalyse, Stuttgart 1962, S. 101—126 *(Beiheft zur »Psyche«).*

332 Kleine, H. O., *Der Untergang der Goethe-Sippe im Lichte der modernen Blutmerkmal-Forschung,* Stuttgart 1954.

333 Klopstock, Friedrich, *Sämmtliche Werke,* 11 Bde., Leipzig 1823.

334 Knetsch, Carl, Ahnentafel Johann Wolfgang von Goethes, in: *Ahnentafeln berühmter Deutscher,* N. F. 1, Leipzig 1933—1935, S. 5—9.

335 Kohlbrugge, J.[acob] H. F., *Historisch-kritische Studien über Goethe als Naturforscher,* Würzburg 1913.

336 Kohut, Heinz, und Sigmund Levarie, On the Enjoyment of Listening to Music, *The Psychoanalytic Quarterly 19,* 1950, S. 64—87.

337 —, The Psychological Significance of Musical Activity, in: *Music Therapy;* book of proceedings 1, 1951, S. 151—157.

338 Korff, H.[ermann] A.[ugust], *Geist der Goethezeit.* Versuch einer ideellen Entwicklung der klassisch-romantischen Literaturgeschichte, 5 Bde., Leipzig 1923—1957.

339 —, *Geist der Goethezeit,* 1. Teil: *Sturm und Drang* (1923).

340 Köster, Albert, Hg., *Die Briefe der Frau Rath Goethe,* 2 Bde., Leipzig 1923.

341 Kretschmer, Ernst, *Geniale Menschen.* Mit einer Porträtsammlung, Berlin 1929.

342 Krieg, Walter, Materialien zu einer Geschichte des Buchhonorars vom 15. bis 20. Jahrhundert, *Das Antiquariat,* Wien, 7, 1951, S. 249—254, 302—306, 349—354; 8, 1952, S. 4—6, 42, 50—52.

343 Kriegk, G.[eorg] L.[udwig], *Die Brüder Senckenberg. Eine biographische Darstellung,* Frankfurt 1869.

344 —, Goethe als Rechtsanwalt in den Jahren 1771—1775, in: G. L. K., *Deutsche Kulturbilder aus dem achtzehnten Jahrhundert,* Leipzig 1874, S. 263—517.

345 Kris, Ernst, und Otto Kurz, *Die Legende vom Künstler. Ein geschichtlicher Versuch,* Wien 1934.

346 —, *Psychoanalytic Explorations in Art,* New York 1952. Deutsch: *Die ästhetische Illusion.* Phänomene der Kunst in der Sicht der Psychoanalyse, Frankfurt 1977.

346a —, The Art of the Insane, *ibid.,* S. 85—169. Deutsch: Die Kunst der Geisteskranken (1932), S. 75—144.

347 —, The Image of the Artist, *ibid.,* S. 64—84. Deutsch: Das Bild vom Künstler (1935), S. 51—74.

348 —, The Psychology of Caricature, *ibid.,* S. 173—189. Deutsch: Psychologie der Karikatur (1935), S. 145—161.

349 —, On Inspiration, *ibid.,* S. 291—302. Deutsch: Die Inspiration (1939), S. 162—175.

350 —, Approaches to Art, *ibid.,* S. 13—63. Deutsch: Zugänge zur Kunst (1941), S. 9—50.

351 —, On Preconscious Mental Processes, *ibid.,* S. 303—318. Deutsch: Vorbewußte Geistesvorgänge (1950), S. 175—194.

352 —, Neutralization and Sublimation. Observations on Young Children, *The Psychoanalytic Study of the Child 10,* 1955, S. 30—46. Deutsch: Neutralisierung und Sublimierung. Beobachtungen an Kleinkindern, *Psyche 30,* 1976, S. 744—762.

—, Siehe auch: Colemann, Rose W.; Hartmann, Heinz.

353 Kroeber, A.[lfred] L.[ouis], *Configurations of Culture Growth,* Berkley 1944.

354 Kühn, Paul, *Die Frauen um Goethe.* Weimarer Interviews, Leipzig, 2 Bde. 1911/1912.

355 Laehr, Hans, *Die Heilung des Orest in Goethes Iphigenie,* Berlin 1902.

356 Lampl de Groot, Jeanne, The Pre-oepidal Phase in the Development of the Male Child, *The Psychoanalytic Study of the Child 2,* 1946, S. 75—83.

357 Lange-Eichbaum, Wilhelm, *Genie, Irrsinn und Ruhm.* Eine Pathographie des Genies (1927), 4. Aufl., vollständig neu bearbeitet, München—Basel 1956.

358 Langer, Georg, Die jüdischen Gebetriemen (Phylakterien), *Imago 16,* 1930, S. 435—485.

359 Lantos, Barbara, On the Motivation of Human Relationships. A Preliminary Study based on the Concept of Sublimation, *The International Journal of Psycho-Analysis 36,* 1955, S. 267—288.

360 Lappenberg, J. M., Hg., *Reliquien der Fräulein Susanna Catharina von Klettenberg, nebst Erläuterungen zu den Bekenntnissen einer schönen Seele,* Hamburg 1849.

361 Lehmann, Harvey C., The Creative Years in Science and Literature, *Scientific Monthly 43,* 1936, S. 151—162.

362 —, The Creative Years: »Best Books«, *Scientific Monthly 45,* 1937, S. 65—75.

363 Lenz, Jakob Mich.[ael] Reinhold, *Ausgewählte Gedichte,* hg. v. Erich Osterheld, Leipzig 1909.

364 Leschnitzer, Adolf F., Faust and Moses, *American Imago 6,* 1949, S. 229—243.

365 —, Goethe und der Myhus von der Geburt des Helden, *Neue Schweizer Rundschau 20,* 1953, S. 549—557.

365a Lesky, Erna, *Österreichisches Gesundheitswesen im Zeitalter des aufgeklärten Absolutismus,* Wien 1959 (Archiv für österreichische Geschichte, 122. Bd., 1. Heft).

366 Levarie, Siegmund, »Solitario bosco ombroso« — eine musikalische Kindheitserinnerung Goethes, *Goethe,* (N. F. des Jahrbuchs der Goethe-Gesellschaft) 19, 1957, S. 196—202.

367 Levy, Ernst, Goethes musiktheoretische Anschauungen, *Schweizerische Musikzeitung 92,* 1952, S. 393—403.

368 Lewin, Bertram D., Claustrophobia, *The Psychoanalytic Quarterly 4,* 1935, S. 227—233.

369 —, The Nature of Reality, the Meaning of Nothing, with an Addendum on Concentration, *The Psychoanalytic Quarterly 17,* 1948, S. 524—526.

370 —, *The Psychoanalysis of Elation,* New York 1950.

371 —, Phobic Symptoms and Dream Interpretation, *The Psychoanalytic Quarterly 21,* 1952, S. 295—322.

372 Loening, Richard, *Die Hamlet-Tragödie Shakespeares,* Stuttgart 1893.

Loewenstein, Rudolf, M. siehe Hartmann, Heinz.

373 Lorand, Alexander S.[ándor], The Mantle Symbol, *The International Journal of Psycho-Analysis 10,* 1929, S. 98—100.

374 Lorey, Wilhelm, Goethes Stellung zur Mathematik, in: Johannes Walther, Hg., *Goethe als Seher und Erforscher der Natur.* Untersuchungen über Goethes Stellung zu den Problemen der Natur, Halle 1930, S. 131—156.

375 Lukács, Georg, *Goethe und seine Zeit,* Bern 1947.

376 Maltzahn, Hellmuth von, *Karl Ludwig von Knebel, Goethes Freund,* Jena 1929.

377 Mann, Thomas, *Goethe als Repräsentant des bürgerlichen Zeitalters.* Rede zum 100. Todestag Goethes, Berlin 1932.

378 Markstrahler, Adolf, *Goethe und seine Zürcher Freundin Barbara Schultheß in Konstanz,* Konstanz 1913.

Martin, Clyde C. siehe Alfred C. Kinsey.

379 Matthaei, Rupprecht, Über die Anfänge von Goethes Farbenlehre, *Goethe.* (N. F. des Jahrbuchs der Goethe-Gesellschaft) 11, 1949, S. 249—262.

380 Maurois, André, *Olympio. The Life of Victor Hugo,* New York 1956. Französisch: *Olympio ou la vie de Victor Hugo,* Paris 1954.

381 Mauss, Marcel, Une Catégorie de l'Esprit Humain: La Notion de Personne, celle de »Moi«, in M. M., *Sociologie et Anthropologie,* Paris 1950, S. 331—362.

382 Meyer, Friedrich, *Verzeichnis einer Goethe-Bibliothek,* Leipzig 1908.

383 Mayer-Gross, W.[illi], Primäre Wahnerlebnisse, in: *Handbuch der Geisteskrankheiten,* hg. v. Oswald Bumke, spezieller Teil, Bd. 5: *Die Schizophrenie,* Berlin 1932, S. 357—368.

384 Maync, Harry, *Geschichte der deutschen Goethe-Biographie.* Ein kritischer Abriß (1906), zweiter Abdruck, Leipzig 1914.

Mead, Margret. Siehe Bateson, Gregory.

385 Meisner, *J. Goethe als Jurist,* Berlin 1885.

386 Menninger, Karl A., Emotional Factors in Organic Gynecological Conditions, *Bulletin of the Menninger Clinic 7,* 1943, S. 47—55.

387 Mentzel, Elisabeth, Domenico Giovinazzi, in: *Goethe-Handbuch,* 1. Bd., S. 718 f.

388 —, Das Offenbacher Mädchen, in: *Goethe-Handbuch,* 3. Bd., S. 57 f.

389 —, *Aus Goethes Jugend.* Ein Beitrag zu Goethes Entwicklungsgeschichte (1909), 2. Aufl., Leipzig o. J. (1919).

390 Merker, Erna, Friedrich Constantin Freiherr von Stein (1772—1844), in: *Goethe-Handbuch,* 3. Bd., S. 361—363.

391 Meyer, Heinrich, *Goethe. Das Leben im Werk,* Hamburg-Bergedorf 1949.

392 [Meyer, Nicolaus], *Briefe von Goethes Frau an Nicolaus Meyer,* Strassburg 1877.

393 Meyer, Richard M., Studien zu Goethes Wortgebrauch, *Archiv für das Studium der neueren Sprachen und Litteraturen 50,* 96 Bd., 1896, S. 1—42.

394 —, Das Gemeine, in: *Goethe-Handbuch,* 1 Bd., S. 682 f.

395 Möbius, Paul Julius, *Goethe,* 2 Bde., Leipzig 1903.

396 Mommsen, Wilhelm, *Die politischen Anschauungen Goethes,* Stuttgart 1948.

397 Moreno, J. L., *Who Shall Survive?* Foundations of Sociometry, Group Psychotherapy and Sociodrama, Beacon, N. Y. 1953. Deutsch: *Die Grundlagen der Soziometrie.* Wege zur Neuordnung der Gesellschaft, Köln 1954.

398 Morris, Max, Prometheus und Hanswurst, in: M. M., *Goethe-Studien,* 1. Bd., 2. veränderte Aufl. Berlin 1902, S. 237—248.

399 —, Herzogin Luise von Weimar in Goethes Dichtung, in: M. M., *Goethe-Studien,* 2. Bd., 2. veränderte Aufl. Berlin 1902, S. 1—75.

400 —, Christiane Vulpius in Goethes Dichtung, in: M. M., *Goethe-Studien,* 2. Bd., 2. veränderte Aufl. Berlin 1902, S. 76—109.

401 Mozart, Wolfgang Amadeus, *Liebesbriefe ans Bäsle, an Aloisia und Konstanze,* Einleitung und Zwischentexte von Elisabeth Soffé, Wien o. J.

402 Müller, B. A., Schöne Seele, in: *Goethe-Handbuch,* 3. Bd., S. 291—293.

403 Münz, Ludwig, *Goethes Zeichnungen und Radierungen,* Wien 1949.

404 Musäus, J. K. A., *Volksmärchen der Deutschen,* München 1948.

405 Muschg, Walter, Dichtung als archaisches Erbe, *Imago 19,* 1933, S. 99—112.

406 —, *Tragische Literaturgeschichte,* Bern 1948.

407 Muthesius, Karl, *Goethe, ein Kinderfreund,* Berlin 1903.

408 —, Johann Friedrich Krafft, in: *Goethe-Handbuch,* 2. Bd., S. 390.

409 Neumann, W.[ilhelm], *Johann Wolfgang Goethe.* Eine Biographie, 2 Bde., Cassel 1853/54.

410 Nietzsche, Friedrich, *Der Wille zur Macht. Versuch einer Umwerthung aller Werthe* (1884—1888), *Ges. Werke,* München 1920—1929, Bd. 19.

411 Nunberg, Herman, *Practice and Theory of Psychoanalysis,* New York 1948 (Kap. III, States of Depersonalization in the Light of the Libido Theory [1922]), S. 60—74.

412 —, Die synthetische Funktion des Ich, *Internationale Zeitschrift für Psychoanalyse 16,* 1930, S. 301—318.

413 —, *Allgemeine Neurosenlehre auf psychoanalytischer Grundlage,* Bern 1932.

414 —, *Problems of Bisexuality as Reflected in Circumcision,* London 1949.

415 Oberhoffer, M., *Goethes Krankengeschichte,* Hannover 1949.

416 Olden, Christine, About the Fascinating Effect of the Narcissistic Personality, *American Imago 2,* 1941, S. 347—355.

417 Packe, Michael St. John, *The Life of John Stuart Mill,* London 1954.

418 Panofsky, Erwin, »Et in Arcadia Ego«: Poussin and the Elegiac Tradition, in: E. P., *Meaning in the Visual Arts.* Papers in and on Art History, New York 1955, S. 295—320. Deutsch in: E. P., *Sinn und Deutung in der bildenden Kunst,* Köln 1975, S. 351—377.

419 Parr, Albert Eide, *Adaptiogenese und Phylogenese.* Zur Analyse der An-

passungserscheinungen und ihrer Entstehung, Berlin 1926 (Abhandlungen zur Theorie der organischen Entwicklung, Heft 1).

420 Piers, Gerhard und Milton B. Singer, *Shame and Guilt.* A Psychoanalytic and a Cultural Study, Springfield 1953.

421 Piper, Paul, Hg., *Joseph. Goethes erste große Jugenddichtung,* Hamburg 1920.

422 Platon, *Sämtliche Werke,* 3 Bde., Heidelberg o. J.

423 Plessing, F.[riedrich] V.[iktor] L.[eberecht], Selbstschilderung des Professors Plessing, *Neue Berlinische Monatsschrift 21,* 1809, S. 3—28.

424 Plutarch, *Große Griechen und Römer,* eingeleitet und übersetzt von Konrat Ziegler, 6 Bde., Zürich 1960—1965.

425 Pniower, Otto, Mütter, in: *Goethe-Handbuch,* 2. Bd., S. 641 f.

426 —, Proktophantasmist, in: *Goethe-Handbuch,* 3. Bd., S. 155 f.

427 Ponsonby, Arthur, *English Diaries.* A Review of English Diaries from the Sixteenth to the Twentieth Century, London 1923.

428 Popper-Lynkeus, Josef, Wovon sprechen Verliebte miteinander? in: J. P.-L., *Phantasien eines Realisten* (1899), Dresden 1922, S. 174—182.

429 Prang, Helmut, *Johann Heinrich Merck. Ein Leben für andere,* Leipzig 1949.

430 Preller, L., *Griechische Mythologie,* 2 Bde., Leipzig 1854.

431 *Priapeia or the Sportive Epigrams of diverse Poets on Priapus; the Latin text now for the first time Englished in Verse and Prose (the Metrical Version by »Outidanos« with Introduction, Notes Explanatory, and Excursus, by »Neaniskos«).* Cosmopoli 1890 (Privatdruck). Deutsch: Priapea. *Die Gedichte des Corpus Priapeorum lateinisch und deutsch,* hg. v. Carl Fischer, mit einer Einführung von Bernhard Kytzler, Salzburg 1969.

432 Radó Sándor, The Paths of Natural Science in the Light of Psychoanalysis, *The Psychoanalytic Quarterly 1,* 1932, S. 683—700.

433 Rank, Otto, *Der Künstler.* Ansätze zu einer Sexual-Psychologie (1907), 4. Aufl. Leipzig—Wien—Zürich 1925.

434 —, Belege zur Rettungsphantasie, in: O. R., *Der Künstler.* Und andere Beiträge zur Psychoanalyse des dichterischen Schaffens, Leipzig—Wien—Zürich 1925, S. 134—157.

435 —, *Das Inzest-Motiv in Dichtung und Sage.* Grundzüge einer Psychologie des dichterischen Schaffens, Leipzig—Wien 1912.

436 —, Die Nacktheit in Sage und Dichtung. Eine psychoanalytische Studie, *Imago 2,* 1913, S. 267—301, 409—446.

437 —, *Der Doppelgänger,* Leipzig—Wien—Zürich 1925 (zuerst: Imago 3, 1914, S. 97—164.)

438 —, Mythologie und Psychoanalyse, in: *O. R. Psychoanalytische Beiträge zur Mythenforschung,* Leipzig—Wien 1919, S. 1—20.

439 Rapaport, David, Toward a Theorie of Thinking, in: D. R., *Organization and Pathology of Thought,* New York 1951, S. 689—730.

440 Rausch, Georg, *Goethe und die deutsche Sprache,* Leipzig—Berlin 1909.

441 Read, Herbert, Psycho-Analysis and the Problem of Aesthetic Value, *The International Journal of Psycho-Analysis 32,* 1951, S. 73—82.

442 Redslob, Erwin, Goethes Monodram »Proserpina« als Totenklage für seine Schwester, *Goethe.* Viermonatsschrift der Goethe-Gesellschaft (N. F. des Jahrbuchs) 8, 1943, S. 252—269.

443 Refardt, Edgar, *Der »Goethe-Kayser«.* Ein Nachklang zum Goethejahr 1949, Zürich 1950.

444 Reich, Annie, Narcissistic Object Choice in Women, *Journal of the American Psychoanalytic Association 1,* 1953, S. 22—44. Deutsch: Narzißtische Objektwahl bei Frauen, *Psyche 27,* 1973, S. 928—948.

445 —, Early Identifications as Archaic Elements in the Superego, *Journal of the American Psychoanalytic Association 2,* 1954, S. 218—238.

446 Reich, Willi, *Joseph Haydn. Leben — Briefe — Schaffen,* Luzern 1946.

447 Reik, Theodor, Völkerpsychologische Parallelen zum Trausymbol des Mantels, *Internationale Zeitschrift für Psychoanalyse 6,* 1920, S. 350 f.

448 —, Psychologie und Depersonalisation, in: Th. R., *Wie man Psychologe wird,* Leipzig—Wien—Zürich 1927, S. 34—100.

449 —, Warum verließ Goethe Friederike? Eine psychoanalytische Monographie, *Imago 15,* 1929, S. 400—537.

450 —, Künstlerisches Schaffen und Witzarbeit, *Imago 15,* 1929, S. 200—231.

451 Reinsch, Frank H., Johann Kaspar Goethe's Italian diary, *The Modern Language Forum 34,* 1949, S. 101—108.

452 Riemer, Friedrich Wilhelm, *Mittheilungen über Goethe*, 2 Bde., Berlin 1841.

452a —, *Mitteilungen über Goethe*, hg. v. Arthur Pollmer, Leipzig 1921.

453 Ries, John, Hg., *Briefe der Elise von Türckheim geb. Schönemann*, Goethes Lili, Frankfurt 1924.

454 Rimpau, W., Frau von Branconi, *Zeitschrift des Harz-Vereins für Geschichte und Altertumskunde 33*, 1900, S. 1—176.

455 Róheim, Géza, Mond und Menstruation, in: G. R., Mondmythologie und Mondreligion, *Imago 13*, 1927, S. 442—537; hier 518—526.

456 —, The Song of the Sirens, *Psychiatric Quarterly 22*, 1948, S. 18—44.

457 Rosanow, M. N., *Jakob M. R. Lenz* — der Dichter der Sturm-und-Drang-Periode. Sein Leben und seine Werke, Leipzig 1909.

458 Ruland, C., Des Herrn Rath Haushaltungsbuch, in: *Weimars Festgrüße zum 28. August 1899*, Weimar 1899, S. 55—92.

459 Sachs, Hanns, Kunst und Persönlichkeit, *Imago 15*, 1929, S. 1—14.

460 —, Volentem ducunt fata, nolentem trahunt, *Psychoanalytische Bewegung 4*, Wien 1932, S. 143—150.

461 —, The Delay of the Machine Age, *The Psychoanalytic Quarterly 2*, 1933, S. 404—424.

462 —, *Gemeinsame Tagträume*, Leipzig—Wien—Zürich 1924.

463 —, *Freud, Master and Friend*, Cambridge 1945. Deutsch: *Freud, Meister und Freund*, übersetzt von Emmy Sachs, London 1950.

464 Sarasin, Philipp, Goethes Mignon, *Imago 15*, 1929, S. 349—399.

465 Schaefer, J. W., Goethe und Plessing, in: J. W. Sch., *Zur deutschen Literaturgeschichte*. Kleine Schriften, Bremen 1864, S. 241—257.

466 Schapiro, Meyer, Leonardo and Freud: An Art-Historical Study, *Journal of the History of Ideas 17*, 1956, S. 127—178.

467 Scherer, Carl, Carl Matthaei, *Goethe-Jahrbuch 15*, 1894, S. 216—244.

468 Scherer, Wilhelm, Goethe und Adelaide, in: W. Sch., *Aufsätze über Goethe*, Berlin 1886, S. 91—121.

469 Scheumann, Karl Hermann, Das Reich der Steine in Goethes Welt, in: *Goethe und die Wissenschaft*, Frankfurt 1951, S. 119—151.

470 Schilder, Paul, *Entwurf zu einer Psychiatrie auf psychoanalytischer Grundlage* (1925), Frankfurt 1973 (hier Kapitel: Die feinere Struktur des Ideal-Ichs und das Wahrnehmungs-Ich, S. 14—22).

471 —, *Gedanken zur Naturphilosophie,* Wien 1928.

472 —, *Mind: Perception and Thought in their Constructive Aspects,* New York 1942.

473 Schmid, Günther, *Goethe und die Naturwissenschaften. Eine Bibliographie,* Halle 1940.

474 Schmidt, Erich, *Lenz und Klinger. Zwei Dichter der Geniezeit,* Berlin 1878.

475 Schnitzer, Manuel, *Goethes Josephbilder. Goethes Josephdichtung,* Hamburg 1921.

476 Schöll, Adolf, *Goethe in Hauptzügen seines Lebens und Wirkens.* Gesammelte Abhandlungen, Berlin 1882.

477 Schopenhauer, Arthur, *Sämtliche Werke,* 5 Bde. (Großherzog-Wilhelm-Ernst-Ausgabe), Leipzig o. J.

478 —, *Sämtliche Werke,* Textkritisch bearbeitet und hg. v. Wolfgang Frhr. von Löhneysen, 4. Bd.: *Parerga und Paralipomena,* Kap. 6: Vom Unterschiede der Lebensalter (1850), S. 568—592.

479 Schottländer, Johann Wolfgang, Hg., *Carl Friedrich Zelters Darstellung seines Lebens,* Weimar 1931 (Schriften der Goethe-Gesellschaft 44).

480 Schubart-Finkentscher, Gertrud, *Goethes sechsundfünzig Strassburger Thesen vom 6. August 1771,* Weimar 1949.

481 Schüddekopf, Carl, Hg., *Goethes Parodie auf Fritz Jacobis »Woldemar«,* Weimar 1908.

482 —, Hg., *Briefe von Goethes Eltern,* Berlin 1912.

483 Schulenburg, Werner von der, *Johann Caspar Goethe. Vater eines Genies.* Berlin o. J. (1937).

484 Schultz-Gora, [Oskar], Zur Geschichte des Ausdrucks Belle âme, *Archiv für das Studium der neueren Sprachen und Litteraturen 52,* 100. Bd., 1898, S. 163—168.

485 Schwab, Gustav, *Die deutschen Volksbücher,* Leipzig o. J.

486 Schweitzer, Albert, Goethe: His Personality and His Work, in: *Goethe*

and the Modern Age, hg. v. Arnold Bergstraesser, Chicago 1950, S. 95—110. Deutsch: *Goethe. Der Mensch und das Werk,* in: A. Sch., Gesammelte Werke in fünf Bänden, 5. Bd., München o. J., S. 523—554.

487 Sears, Robert R., *Survey of Objective Studies of Psychoanalytic Concepts,* New York 1943.

488 Secundus, Johannes, *Die Küsse und die feierlichen Elegien,* deutsch von F.[ranz] Blei, Leipzig 1907.

489 Seuffert, Bernhard, Merope und Elpenor, *Vierteljahrschrift für Litteraturgeschichte 4,* 1891, S. 115 f.

490 Sharpe, Ella Freeman, From »King Lear« to »The Tempest« (1946), in: E. F. Sh., *Collected Papers on Psycho-Analysis,* London 1950, S. 214—241.

491 Silberer, Herbert, Bericht über eine Methode, gewisse symbolische Halluzinations-Erscheinungen hervorzurufen und zu beobachten, *Jahrbuch für psychoanalytische und psychopathologische Forschungen 1,* 1909, S. 513—525.

492 —, Symbolik des Erwachsenen und Schwellensymbolik überhaupt, *Jahrbuch für psychoanalytische und psychopathologische Forschungen 3,* 1911, S. 621—660.

493 —, Über die Symbolbildung, *Jahrbuch für psychoanalytische und psychopathologische Forschungen 3,* 1911, S. 661—729.

494 —, Zur Symbolbildung, *Jahrbuch für psychoanalytische und psychopathologische Forschungen 4,* 1912, S. 607—683.

495 Silberberg, William V., On the Psychological Significance of Du and Sie, *The Psychoanalytic Quarterly 9,* 1940, S. 509—525.

496 Simmel, Georg, *Soziologie.* Untersuchungen über die Formen der Vergesellschaftung, Berlin 1908.

497 —, *Goethe,* 3. Aufl. Leipzig 1918.

498 —, *Der Konflikt der modernen Kultur,* 1918. Zitiert nach: Adolf v. Grolmann, Goethes »Novelle«, in: A. v. G., *Literarische Betrachtung.* Beiträge zur Anschauung von Künstlerschicksal und Kunstform, Berlin 1930, S. 25—34 (Arbeiten zur Geistesgeschichte der germanischen und romanischen Völker, N. F. 6).

499 Simmons, Ernest J.[oseph], *Leo Tolstoy,* Boston 1946.

500 Simon, Ernest, Religious Humanism, in: *Goethe and the Modern Age*, hg. v. Arnold Bergstraesser, Chicago 1950, S. 304—325.

501 Spitz, René, Authority and Masturbation. Some Remarks on a Bibliographical Investigation, *The Psychoanalytic Quarterly 21*, 1952, S. 490—527. Deutsch: Autorität und Onanie, *Psyche 6*, 1952/53, Heft 4, S. 1—24.

502 Sprenger, Jacob, *Malleus Maleficarum*, London 1948. Deutsch: Jakob Sprenger und Heinrich Institoris, *Der Hexenhammer*. Zum ersten Male ins Deutsche übertragen und eingeleitet von J. W. R. Schmidt, 3 Bde., Berlin 1906.

503 Springer, Brunold, *Der Schlüssel zu Goethes Liebesleben*. Ein Versuch, Berlin-Nikolassee 1926.

504 Stärcke, August, *Psychoanalyse und Psychiatrie*, Leipzig—Wien—Zürich 1921.

505 Steck, Rudolf, *Goethe und Lavater*, Basel 1884.

506 Steinen, Wolfram von den, *Das Zeitalter Goethes*, Bern 1949.

507 Stekel, Wilhelm, Beiträge zur Traumdeutung, *Jahrbuch für psychoanalytische und psychopathologische Forschungen 1*, 1909, S. 458—512 (hier: Der Traum im Traume: S. 459—466).

508 Sterba, Editha, und Richard Sterba, *Beethoven and his Nephew*, New York 1954. Deutsch: *Ludwig van Beethoven und sein Neffe*. Tragödie eines Genies. Eine psychoanalytische Studie, München 1964.

509 Sterba, Richard, Aggression in the Rescue Fantasie, *The Psychoanalytic Quarterly 9*, 1940, S. 505—508. Deutsch: Die Aggression in der Rettungsphantasie, *Internationale Zeitschrift für Psychoanalyse und Imago 25*, 1940, S. 397—399.

510 —, Some Psychological Factors in Negro Race Hatred and in Anti-Negro Riots, *Psychoanalysis and the Social Sciences 1*, 1947, S. 411—427.

511 Sternfeld, Frederick W., *Goethe and Music*. A List of Parodies and Goethe's Relationship to Music. A List of References, New York 1954.

512 Stieda, Wilhelm, *Ilmenau und Stützerbach*, eine Erinnerung an die Goethe-Zeit, Leipzig 1902.

513 Straus, Erwin, *Vom Sinn der Sinne*. Ein Beitrag zur Grundlegung der Psychologie, Berlin 1935.

514 Strunz, Franz, *Goethe als Naturforscher,* Wien 1917.

515 Stümcke, Heinrich, *Corona Schröter,* 2. Aufl. Bielefeld—Leipzig 1926.

516 Sueton, *Cäsarenleben,* hg. und erläutert von Max Heinemann, 4. Aufl. Stuttgart 1951.

517 Suphan, Bernhard, Goethe und Spinoza. 1783—1786, in: *Festschrift zu der zweiten Säcularfeier des Friedrichs-Werderschen Gymnasiums zu Berlin,* Berlin 1881, S. 151—193.

518 —, Aus Weimar und Kochberg, *Preußische Jahrbücher 50,* 1882, S. 495—504.

519 —, Hg., Briefe von Goethe und Frau von Stein an Joh. Georg Zimmermann, in: *Wartburgstimmen. Halbmonatsschrift für deutsche Kultur,* Eisenach/Leipzig 2, 1904, S. 171—183.

520 Susmann, Margarethe, *Deutung einer großen Liebe. Goethe und Charlotte von Stein,* Zürich—Stuttgart 1951.

521 Taylor, W. S., *A Critique of Sublimation in Males: A Study of Forty Superior Single Men,* Worcester, Mass., 1933 (Genetic Psychology Monographs 13, 1).

522 Teweles, Heinrich, *Goethe und die Juden,* Hamburg 1925.

523 Thümen, F., *Die Iphigeniensage in antikem und modernem Gewande,* Berlin 1895.

524 Tornius, Valerian, *Die Empfindsamen in Darmstadt,* Studien über Männer und Frauen aus der Wertherzeit, Leipzig 1910.

525 Traumann, Ernst, *Goethe der Straßburger Student,* 2. umgearbeitete und vermehrte Aufl. Leipzig 1923.

526 Turner, Walter James, *Mozart* (1938), New York 1954.

527 Unger, Rudolf, Wandlungen des literarischen Goethebildes seit hundert Jahren (1921), in: R. U., *Aufsätze zur Literatur und Geistesgeschichte,* Berlin 1929, S. 220—232.

528 Urlichs, Ludwig, Hg., *Charlotte von Schiller und ihre Freunde,* 3 Bde., 1861—1865.

529 Urzidil, Johannes, Das Glück der Gegenwart. *Goethes Amerikabild,* Zürich—Stuttgart 1958.

530 Viehoff, Heinrich, *Goethe's Gedichte,* 2 Bde., 3. Aufl. Stuttgart 1876.

531 Viëtor, Karl, *Goethe. Dichtung, Wissenschaft, Weltbild*, Bern 1949.

532 Voigt, Julius, *Goethe und Ilmenau*, Leipzig 1912.

533 Vorwahl, H., Zu Goethes Liebesleben, *Zeitschrift für Sexualwissenschaft und Sexualpolitik 18*, 1932, S. 503—507.

534 Voss, Lena, *Goethes unsterbliche Freundin* (Charlotte von Stein). Eine psychologische Studie an der Hand der Quellen, Leipzig 1921.

535 Vulpius, Walther, Die Familie Vulpius, in: *Stunden mit Goethe 1*, 1905, S. 85—132.

536 Vulpius, Wolfgang, *Christiane*. Lebenskunst und Menschlichkeit in Goethes Ehe, Weimar 1953.

537 Wälder, Robert, Schizophrenic and Creative Thinking, *The International Journal of Psycho-Analysis 7*, 1926, S. 366—376. Deutsch: Über schizophrenes und schöpferisches Denken, in: R. W., *Ansichten der Psychoanalyse*. Eine Bestandsaufnahme, Stuttgart 1980, S. 43—56.

538 —, Das Prinzip der mehrfachen Funktion. Bemerkungen zur Überdeterminierung, *Internationale Zeitschrift für Psychoanalyse 16*, 1930, S. 285—300.

539 —, The Problem of Freedom in Psychoanalysis and the Problem of Reality-testing (1934), *The International Journal of Psycho-Analysis 17*, 1936, S. 89—108.

540 Wagner, Karl, Hg., *Briefe an und von Johann Heinrich Merck*, Darmstadt 1838.

541 Wahl, Hans, Hg., *Briefwechsel des Herzogs-Großherzogs Carl August mit Goethe*, 3 Bde., Berlin 1915—1918.

542 —, Carl Augusts Tagebuch, Eine »Quelle« zu Goethes »Briefen aus der Schweiz«, in: *Funde und Forschungen*. Eine Festgabe für Julius Wahle, Leipzig 1921, S. 180—192.

543 —, Hg., Goethe, *Aufzeichnungen des Freiherrn Carl von Stein-Kochberg (1835)*, Leipzig 1924.

544 —, Goethes geplante Biographie Bernhards von Weimar, *Goethe*. Viermonatsschrift der Goethe-Gesellschaft (N. F. des Jahrbuchs) 4, 1939, S. 203—208.

545 —, Ein unbekannter Brief Goethes an Charlotte von Stein, *Goethe*. Viermonatsschrift der Goethe-Gesellschaft (N. F. des Jahrbuchs) 7, 1942, S. 220—226.

546 Waldmann, F., *Lenz in Briefen,* Zürich 1894.

547 Warnecke, Friedrich, Goethes Harzreise im Winter, *Goethe-Jahrbuch 33,* 1912, S. 113—127.

548 Watts, A. E., Übersetzer, *The Metamorphoses of Ovid,* Berkley—Los Angeles 1954. Deutsch: Ovid, *Metamorphosen.* In deutsche Hexameter übertragen und mit dem Text herausgegeben von Erich Rösch, München, 9. Aufl. 1980.

549 Weber, Max, *Die protestantische Ethik und der Geist des Kapitalismus. Gesammelte Aufsätze zur Religionssoziologie,* 3 Bde., 4. Aufl. Tübingen 1947, 1. Bd., S. 17—206 (Kap.: »Askese und kapitalistischer Geist«, S. 163—206).

550 Weissel, Otto, *Der Advokat Goethe,* Wien—Leipzig 1927.

551 Winterstein, Alfred Frhr. v., Zur Psychoanalyse des Reisens, *Imago 1,* 1912, S. 489—506.

552 Witkowski, Georg, *Cornelia, die Schwester Goethes,* Frankfurt 1903.

553 —, *Cornelia, die Schwester Goethes,* Frankfurt, 2. veränderte Aufl. 1924 (gekürzte Fassung von 552).

554 —, *Goethe,* 2. umgearbeitete Aufl. Leipzig 1912.

555 Wolff, Eugen, Mignon. *Ein Beitrag zur Geschichte des Wilhelm Meister,* München 1909.

556 —, Über allen Gipfeln, in: *Goethe-Handbuch,* 3. Bd., S. 447.

557 Wollschlaeger, Goethe als Rechtsanwalt, *Deutsche Juristen-Zeitung 4,* 1899, S. 344—347.

558 Wood, Henry, Goethe's »Elpenor«, *The American Journal of Philology 12,* 1891, S. 458—480.

559 Zarncke, Friedrich, *Goetheschriften,* Leipzig 1897.

560 Zeitler, Julius, Hg., *Goethe-Handbuch,* 3 Bde., Stuttgart 1916—1918.

561 —, Behrisch, in: *Goethe-Handbuch,* 1. Bd., S. 179 f.

562 —, Hanswursts Hochzeit, in: *Goethe-Handbuch,* 2. Bd., S. 123 f.

Namen- und Sachregister

Zitatnachweise von Goethes Briefen an Charlotte von Stein (chronologisch geordnet)